CATHERINE TARLEY
DIE PLANTAGE

Roman

dtv

Ausführliche Informationen über
unsere Autoren und Bücher
www.dtv.de

Ungekürzte Ausgabe 2020
© 2012 dtv Verlagsgesellschaft mbH & Co. KG, München
dtv Verlagsgesellschaft mbH & Co. KG, München
Karte im Innenteil: Susanne Böhme auf Basis einer Karte
von David Rumsey Map,
www.davidrumsey.com
Umschlaggestaltung: buerosued.de unter Verwendung eines Fotos
von Trevillion Images/Lee Avison
Satz: Greiner & Reichel, Köln
Gesetzt aus der Bembo 10,5/13˙
Druck und Bindung: Druckerei C.H.Beck, Nördlingen
Printed in Germany · ISBN 978-3-423-21929-7

Für Emily und Colin

Die Geschichte des Kriegers
Eine Legende des Otter-Stammes

Ein Krieger tötete einen schwachen Mann, so zerstörte er das Gleichgewicht der Welt. Die Götter in ihrem Zorn sandten die Dämonen der Finsternis, ihn für den Frevel zu bestrafen. Die Dämonen marterten ihn, und der Wind trug seine Klage über das Land. Die Frau des Getöteten aber hatte Mitleid und bat die Götter um Gnade. Da erließen ihm die Götter den Martertod. Zur Sühne sollte er die Lebensaufgabe des schwachen Mannes erfüllen. So vergrub er seine Waffen, nahm die Frau zur Gefährtin und erfüllte das Leben des anderen. Die Dämonen blieben bei ihm, um ihn zu erinnern.

I. Ankunft

Nacht. Sterne. Schmerzen. Ich bin verwundet ... ich sterbe. Zwischen Gefallenen lag er auf dem nächtlichen Schlachtfeld, ein geschundener Körper mit zahllosen Verletzungen. Das Atmen fiel ihm schwer, jede Bewegung löste Qualen aus. Er verlor immer wieder das Bewusstsein. Aber der schmale Grat, der das Leben vom Tode trennt, war noch nicht überschritten.

Endlich erwachte er aus seiner totengleichen Erstarrung, und als gälte es, noch Schlimmerem als den Schmerzen zu entkommen, zog er sich, auf die Unterarme gestützt, in mühseligen Etappen einen Hang hinunter. Ein- oder zweimal berührte er in der Dunkelheit einen leblosen Körper, während er zur Talsenke kroch, angetrieben von der dumpfen Hoffnung, am Fuß des Abhangs an Wasser zu kommen.

Am anderen Morgen fand ihn sein Pferd am Rand eines schlammigen Rinnsals. Es blies ihm den warmen Tieratem ins Gesicht und vermittelte ihm die einfachste Form von Wirklichkeit: am Leben zu sein.

Irgendwie war es ihm gelungen, in den Sattel zu kommen. Seither trottete das Pferd dahin, blieb dann und wann stehen, um am Wegrand Gras oder Blätter von herabhängenden Zweigen zu fressen, an einem Bach zu trinken oder auszuruhen. Der Mann hielt sich im Sattel, meist lag er vornübergebeugt auf dem Hals seines Pferdes. Wenn er bei Bewusstsein war, trieb er es mit schwachem Schenkeldruck an, damit es in Bewegung blieb und weiter gen Süden ging.

Er hatte keine genaue Vorstellung, wie lange er unterwegs war oder wie weit er gekommen sein mochte. Seit Einbruch der Dämmerung folgte das Pferd einem breiten Flusslauf. Sie mussten das Plantagenland des Lowcountry erreicht haben.

Als er später in der Nacht wieder zu sich kam, war das Pferd stehen geblieben. Ringsum war es still. Er atmete den Staubgeruch trockener Spreu, anscheinend war das Pferd in einen leeren Stall gelaufen. Entkräftet ließ er sich aus dem Sattel gleiten, fiel zu Boden und verlor vor Schmerz fast die Besinnung. Schließlich schaffte er es, zur Stallwand zu kriechen und sich halb sitzend anzulehnen. Mit der unverletzten Linken zog er den Säbel. Den Griff der Waffe fest umschlossen, fielen ihm die Augen zu.

Es konnte nicht viel Zeit vergangen sein, als ihn das Geräusch von Schritten aufschreckte. Dann sah er Licht. Auf den Säbel gestützt, stemmte er sich hoch, dabei jagten von dem gebrochenen Bein grelle Schmerzen durch seinen Körper. Er biss die Zähne zusammen, um nicht laut aufzustöhnen. So stand er im Dunkeln und wartete.

II. Legacy

1.

Kühle Nachtluft wehte durch die Fenstertüren. Ein paar Blätter flogen vom Schreibtisch auf und schwebten kreiselnd zu Boden. Antonia hob sie auf, legte sie zu einem kleinen Stapel zusammen und stellte die Petroleumlampe aus geschliffenem Bleikristall darauf. Sie schraubte den Docht höher und nahm den Brief, den sie gelesen hatte, wieder zur Hand. Auf der Hälfte der Seite hielt sie inne, sah zum Fenster, horchte – nein, da war nichts, nur der nächtliche Gesang der Frösche, der von den Bewässerungsgräben in den Reisfeldern aufstieg und den der Wind herübertrug.

Sie zog das Schultertuch fester und schlang die Enden zu einem Knoten, ehe sie weiterlas. Plötzlich fuhr eine starke Windbö durch den Raum. Die Flamme blakte im Glaszylinder, die Fensterflügel schlugen laut aneinander. Schnell breitete sie die Arme über die Papiere, damit nicht alle vom Schreibtisch geweht wurden. Sie wollte aufstehen und die Fenster schließen, zögerte aber und ließ sich resigniert in den Stuhl zurückfallen. Was machte es für einen Unterschied, ob die Fenster geschlossen waren oder nicht? Der Raum vor ihr lag in Trümmern, die Außenmauer war an der Nordseite niedergebrochen, die hohe Decke mit den eleganten Stukkaturen zur Hälfte eingestürzt. Zwischen den rußgeschwärzten Wänden türmten sich Schutt und verbranntes Gebälk. Was das Feuer nicht zerstört hatte, war seit Monaten Wind und Wetter ausgesetzt.

Sie blickte durch den verwüsteten Saal, in dem vor dem

Krieg ihre Bibliothek untergebracht gewesen war. Auch wenn der Großteil der Sammlung gerettet werden konnte, waren doch viele wertvolle Bände verbrannt. Ringsum standen noch die Gestelle der Büchertruhen, doch was von der aufwendigen Ausstattung des Raumes übrig war, zerfiel jeden Tag mehr. Die Vertäfelung war weitgehend zerstört, ausgebrannte Wandschränke lagen umgestürzt mit zerbrochenen Scheiben am Boden. Nur der Schreibtisch, ein solides englisches Möbelstück, hatte den Flammen getrotzt. Antonia hatte ihn in den unversehrten Teil des Raumes geschoben, um sich hier mit einem Berg unerledigter Post niederzulassen.

Eine Bibliothek unter freiem Himmel – was für eine Ironie. Vor ihren Augen wurde nach und nach zunichte, was für ein paar Jahre das Herzstück ihres Lebens gewesen war; wurde zunichte wie ihre Vorstellung von einer besseren Welt. Sie wusste, es war falsch, so zu denken, jetzt, da sich das Blatt endlich wendete und wieder Hoffnung bestand. Sie würden den Krieg gewinnen, die Ideale, an die sie immer geglaubt hatte, würden dem Land endlich den Frieden bringen. *Enlightenment* – die Aufklärung, in Europa erdacht, würde sie in Amerika Früchte tragen, diese Erleuchtung des Geistes, die auch Antonia wie so viele andere Menschen inspiriert und gelehrt hatte, freiheitlich zu denken.

Henry hatte sie deswegen geliebt. Er hatte ihren Enthusiasmus bewundert, ihren Glauben an ein Gesellschaftskonzept der Freiheit und Menschlichkeit bestärkt und seine Visionen mit ihr geteilt. Und sie hatte ihn geliebt, vielleicht mehr, als sie einen so leidenschaftslosen Mann hätte lieben sollen. Niemand war ihr je so nah gewesen. Wie hatten sie sich nur entfremden können? Mit dem Niedergang der Plantage fing es an. Henrys anspruchsvolle Projekte, seine Misswirtschaft und ein unbekümmerter Lebensstil hatten sie innerhalb weniger Jahre ruiniert. Antonia machte ihm nie einen Vorwurf, doch ihre Enttäuschung blieb ihm nicht verborgen. Er konnte es nicht verwinden, in ihren Augen versagt zu haben. So begann er, ihr aus dem Weg zu gehen, suchte Bestätigung in fragwürdiger Gesellschaft und militärischen Abenteuern; dabei fand er den Tod.

Sie seufzte und legte den Brief ungelesen zu den übrigen Papieren, größtenteils unbezahlte Rechnungen oder Mahnungen, auch Gebote von Spekulanten, die zu Schleuderpreisen Plantagenland aufkauften, das die Grundbesitzer nicht mehr bewirtschaften konnten. Manche, die sich für ihr Anwesen interessierten, kannte sie gut, es waren Nachbarn, früher Freunde von Henry, die mit ihm zur Jagd geritten und in ihrem Haus zu Gast gewesen waren. Jetzt, nach seinem Tod, schienen sie nur darauf zu warten, dass Antonia ihnen die alte Plantage am Plains River überließ.

Das alles war wenig ermutigend. Dennoch, sie hatte den Krieg überlebt, nur das zählte. Sie hatte sich in Sicherheit gebracht und gewartet, bis die Soldaten weiterzogen und der Sturm vorüber war. Nun war sie zurückgekehrt, um ihr Haus wieder aufzubauen und die Felder instand zu setzen. Sie würde alles daransetzen, die Plantage zu behalten. Niemals, das hatte sie sich geschworen, würde sie ihr Land irgendwelchen Kriegsgewinnlern überlassen. Entschlossen schob sie alle Papiere zusammen und legte den Packen in ein Schubfach des Schreibtischs.

Da war es wieder, diesmal war sie ganz sicher, etwas gehört zu haben. Sie trat an eine Fenstertür und horchte. In der Dunkelheit draußen war nichts zu erkennen, aber sie konnte jetzt deutlich ein Geräusch von den gewohnten Lauten der Nacht unterscheiden: Schleppende, schwere Schritte, die sich dem Haus näherten, für einen Augenblick auf Höhe des Eingangs verhielten, um sich dann den Hang hinunter zum Wirtschaftshof zu entfernen. Ein Pferd! Vermutlich lief das Tier seiner Nase nach geradewegs zu den Stallungen. Nicht viele Pferde hatten den Krieg überlebt, auch dieses schien am Ende seiner

Kräfte zu sein. Sie sollte versuchen, es einzufangen, für die Arbeit auf den Feldern würde sie jedes Zugtier brauchen.

Die Nacht duftete nach Jasmin, als sie mit einer Laterne in der Hand aus dem Haus trat und die neunzig Yards zum Wirtschaftshof ging. Früher standen in ihren Stallungen zwei Dutzend Arbeitspferde, dazu einige erstklassige Karossiers und die Reitpferde der Lorimers. Doch die Rotröcke hatten die besten Pferde gestohlen, und später hatten die Continentals alle noch verfügbaren Tiere requiriert. Seit Monaten war das Stallgebäude verlassen.

In dem offenen Doppeltor hob sie die Laterne über ihren Kopf und spähte ins Innere. Sie hörte leises Schnauben, das Scharren von Hufen, und trat ein. Im Lichtschein entdeckte sie die große, massige Gestalt des Pferdes, gesattelt und aufgezäumt stand es bei einem leeren Stallabteil, wo es in der staubigen Spreu nach Futter gesucht hatte. Nun hob es den Kopf. Der Lichtschein spiegelte sich in seinem goldenen Auge.

»Ruhig, mein Großer, alles ist gut«, sagte sie sanft und ging näher.

Es war ein eindrucksvolles Tier, ein Hengst von überhohem Stockmaß. Er beugte den muskulösen Hals, als sie herantrat und ihm mit der freien Hand durch die Mähne und über den Widerrist strich. Sein schwarzes Fell war von Schlamm und Blut verkrustet. Sie hob die Laterne, um sich das Zaumzeug genauer anzusehen. Die aufwendig gearbeitete Kandare mit Silberverzierungen an Kinn- und Stirnriemen war bestes englisches Handwerk, ebenso der schwere Militärsattel mit den weit ausschwingenden Sattelblättern. In einer der Satteltaschen fand sie zwei Pulverhörner und einen Beutel mit Bleikugeln, in der anderen steckte ein Holster mit zwei Pistolen. Sie nahm den Holster mit den Waffen heraus und legte ihn auf den Boden.

Hatte es nicht geheißen, die Kämpfe in dieser Gegend seien vorüber? Die Briten befanden sich auf dem Rückzug. Während die amerikanischen Truppen und Milizen aus Carolina und Virginia sie in Eilmärschen verfolgten, verschanzten sie sich in ihren Stützpunkten im Norden in der Hoffnung, sich mit General Clintons Armee zu vereinigen. Wie aber kam dann dieses voll aufgezäumte englische Kavalleriepferd hierher?

Das Tier schob hungrig das Maul in Antonias Hand. Sie streichelte ihm begütigend über die Nüstern; gleich würde sie Futter holen, doch zuvor wollte sie ihm den schweren Sattel abnehmen. Um beide Hände frei zu haben, stellte sie die Laterne auf den Boden. Als sie sich wieder aufrichtete, bemerkte sie aus dem Augenwinkel eine Bewegung. Sie wagte nicht, sich umzusehen, doch ihr Herz schlug immer schneller, während sie mit mechanischen Handgriffen anfing, die Schnallen des Sattelgurts zu lösen. Und auf einmal bemerkte sie auch den Geruch: Die Ausdünstungen des warmen Pferdekörpers hatten ihn zunächst überdeckt, nun erkannte sie den brandigen Gestank nach Blut und Pulverrauch, der so viele Wochen die Luft über dem Landstrich verpestet hatte. Er weckte Erinnerungen an Geschützdonner, an die Schreie der Soldaten, an brennende Häuser und fliehende Menschen, an Sterbende und Tote. Wer immer dort im Dunkeln hinter ihr stand, ihn umgab der Geruch des Todes.

Angst wallte wie Übelkeit in ihr auf. Um nicht die Nerven zu verlieren, sprach sie beruhigend auf das Pferd ein. Als sie den losen Sattel mit beiden Händen packte, um ihn vom Pferderücken zu nehmen, wurde sie sich seines beträchtlichen Gewichts bewusst und erkannte ihre Chance: Sie spannte Arme und Schultern, atmete tief ein, und dann schwang sie den schweren Sattel in einer fließenden Bewegung über die Kruppe des Pferdes und schleuderte ihn mit aller Kraft hinter sich.

Der massive, holzverstärkte Sattelbug traf den Mann aus nächster Nähe, rammte ihm gegen Brustbein und Solarplexus. Ein Steigbügel schlug ihm an die Schläfe, ehe die Wucht des Aufpralls ihn gegen einen Stützpfeiler warf und er leblos zu Boden sank. Blut rann aus einer Schläfenwunde und aus seinem Mundwinkel. Als Antonia die Laterne über ihn hielt, glaubte sie, er sei tot.

2.

Im Januar 1781, nach Henrys Tod und nachdem ihre Plantage durch einen Anschlag britischer Truppen unbewohnbar geworden war, hatte Antonia bei ihrer Schwester Lydia im besetzten Charles Town Zuflucht gefunden. Inzwischen waren Monate vergangen. Der Revolutionskrieg hatte seinen erbitterten Höhepunkt überschritten, und das Gros der Invasionsarmee war nach Virginia abgezogen. Aber noch immer hielten britische Regimenter Charles Town und die Forts um die Stadt besetzt.

Während Lydia es verstand, sich eigennützig mit den Besatzern zu arrangieren, war Antonia es gründlich leid, in Gesellschaft der arroganten britischen Offiziere gute Miene zu wahren. Nachdem man sie schließlich mit anderen rebellisch gesinnten Bürgern gezwungen hatte, der öffentlichen Hinrichtung des berühmten Milizkommandeurs Hayne beizuwohnen, verließ sie die Stadt und verbrachte den Rest des Sommers zurückgezogen in ihrem Elternhaus auf Prospero Hill.

Ihr Großvater hatte das große Haus auf dem Hügel mit den prächtigen, über zwei Stockwerke reichenden Kolonnaden zu Anfang des Jahrhunderts erbaut. Von den Eingangsstufen reichte der Blick über die weite Ebene der Reisplantagen hin zum trägen Lauf des Cooper River, der in der Abendsonne aufleuchtete wie ein verschlungenes Band aus Gold.

Vier Generationen zuvor waren die Bells nach Carolina gekommen, anglikanische Auswanderer, die auf der Flucht vor Cromwells Truppen ihre Heimat in Südengland hatten verlassen müssen. Hatte der erste Robert Bell noch eigenhändig das Land um seine moosverfugte Blockhütte am Steilufer des Plains River gerodet, so wurde der dritte Robert Bell, Antonias Vater, einer der erfolgreichsten Pflanzer des Lowcountry. Er arrondierte das Farmland zwischen Cooper und Plains River zu einem stattlichen Besitz und wurde durch die Erträge seiner Reis- und Indigoplantagen ein reicher und geachteter Mann. Der Erfolg jedoch war überschattet von persönlichem Leid. Seine Frau Catherine und die beiden Söhne starben 1753 an Pocken. Um seine kleinen Töchter Diane und Lydia nicht mutterlos aufwachsen zu lassen, heiratete er wieder, aber auch seine zweite Frau Adela starb nach Antonias Geburt 1755 im Kindbett.

Robert Bells älteste Tochter Diane heiratete den ehrgeizigen Theodore Hocksley, Bells Kommissionär und späterer Stellvertreter. Als Bell 1773 einem Lungenleiden erlag, erbte Diane den gesamten Grundbesitz. Nun war Hocksley der Herr auf Prospero Hill. Bells zweite Tochter Lydia erbte das Elternhaus ihrer Mutter in Charles Town, Lyndon House, mit den dazugehörigen Gärten im Marschland westlich des Cooper River. Die Pachten für das Gartenland ermöglichten Lydia einen großzügigen Lebensstil. Selbstverständlich erwarben die Schwestern auch die Sklaven, die auf den Besitzungen lebten.

Antonia, die Jüngste, bekam als Vermächtnis ihres Vaters eine kleine Reis- und Indigopflanzung am Plains River. Antonia und ihr Mann Henry Lorimer gaben der Plantage den Namen Legacy.

Zu Ehren von Antonias Geburtstag hatte ihre Schwester Diane am letzten Tag des August 1781 auf Prospero Hill eine Dinnerparty gegeben. Es waren Leute ihres gesellschaftlichen Ranges gekommen, Bekannte der Bells und der Hocksleys. Durch den Krieg sah man bei gesellschaftlichen Anlässen immer auch Offiziere. So hatte Diane an diesem Abend einen Captain der South Carolina Militia eingeladen, Algernon Reed, einen vermögenden Junggesellen von Anfang dreißig, dem eine Plantage am Ashley River gehörte. Antonia war ihm bisher noch nicht persönlich begegnet. Doch ihr verstorbener Mann Henry Lorimer war mit ihm befreundet gewesen und auf Reeds Drängen in die Miliz eingetreten. Die letzten Monate seines Lebens hatte Henry meist in Reeds Gesellschaft verbracht. Nach allem, was Antonia zu Ohren gekommen war, hatten die Freunde sich die Zeit zwischen ihren militärischen Einsätzen an den Spieltischen und in den Bordellen der Stadt vertrieben. Als Antonia Captain Reed vorgestellt wurde, begegnete sie ihm mit einer gewissen Skepsis.

Reed, heimgekehrt von den letzten Rückzugsgefechten gegen die Briten in South Carolina, war der Held des Abends; er führte Antonia zu Tisch. Elegant, zuvorkommend, ein feiner Mann mit tizianroten Locken und einer rhetorischen Begabung, gelang es ihm, alle brillant zu unterhalten, ohne seine Tischdame dabei zu vernachlässigen. Von den heimatliebenden Gästen bestürmt, schilderte er die Kämpfe der Milizen gegen die britischen Divisionen und lobte den Mut und die Unerschrockenheit seiner Leute.

»Meine Männer haben den königlichen Truppen tapfer die Stirn geboten und ihrer Übermacht widerstanden. Und so, meine Herrschaften, ist es uns endlich gelungen, die Rotröcke aus Carolina hinauszujagen!« Er stand auf und erhob sein Glas: »Auf die siegreiche South Carolina Militia! Gott schütze Amerika, Land der Freiheit, Heimat der Tapferen!«

»Gott schütze Amerika!«

»Auf die Freiheit!«

»Ja, auf die Freiheit!«, riefen die Pflanzer und ihre Damen, hingerissen von ihrem Patriotismus. Antonias Begeisterung hielt sich in Grenzen. Sie sah die selbstzufriedenen Gesichter ringsum und wunderte sich, wie diese Sklavenhalter es fertigbrachten, in Hochrufe auf die Freiheit auszubrechen, ohne dass ihnen das Wort im Halse stecken blieb. Auf einmal bemerkte sie, dass ihr Schwager das Pathos der anderen nicht teilte. Er wirkte verstimmt und blickte missgünstig in Reeds Richtung. Kaum war das Gläserklingen verebbt, tönte er über den ganzen Tisch hinweg: »Bravo, Reed, Charles Town wird Sie als Helden feiern.«

»Zu viel der Ehre, Sir«, entgegnete Reed. »Wir haben nur unsere Pflicht getan. Jetzt hat sich Lord Cornwallis mit seinen Truppen in Yorktown verschanzt, und General Washington wird ihnen mit seinen Virginiern bald den Rest geben. Für meine Männer wird es Zeit, dass sie nach Hause zu ihren Familien zurückkehren. Auch auf mich wartet viel Arbeit.«

»Im allgemeinen Siegestaumel denken Sie ans Geschäft?«, bemerkte Hocksley. »Aber wen wundert's, dass ein Mann, dem weder Frau noch Kinder am Herzen liegen, sich ausschließlich um sein Vermögen sorgt.«

Peinliches Schweigen. Es schien, als sei Hocksley die Macht, die er mit dem Bell'schen Erbe an sich gebracht hatte, zu Kopfe gestiegen, dass er gar so selbstherrlich tat. Antonia wusste indessen, es ging um weit mehr: Als Vorstand des Planters Club führte Hocksley die einflussreiche Pflanzerlobby an, die das Handelsgeschehen im Lowcountry weitgehend kontrollierte. In dieser Funktion, natürlich auch im eigenen Interesse, hatte er Reeds Aufstieg genau beobachtet. Nachdem Reed mit gutem Geschäftssinn nach und nach den Landbesitz von Loyalisten, die die Kolonien verlassen mussten, aufgekauft und zu einer riesigen Plantage verbunden hatte, verfügte er über Anbauflächen, von denen andere nicht einmal zu träumen wagten. Würde die Arbeit auf den Feldern erst wieder aufgenommen, würde Reed auf seiner Plantage Hollow Park Reis und Baumwolle in einer Größenordnung produzieren, mit der andere Pflanzer nicht konkurrieren konnten. Vor diesem Hintergrund musste er Hocksleys Bemerkung als klare Kampfansage verstehen.

Allem Anschein nach wollte Reed sich jedoch nicht provozieren lassen. Mit feinem Lächeln verneigte er sich gegen den

Gastgeber, als wäre ihm ein Kompliment gemacht worden; eine souveräne Geste, die unter den Gästen die Befangenheit löste und die Unterhaltung wieder aufleben ließ.

Der Vorfall war bald vergessen, nur Antonia wollte es nicht so hingehen lassen. »Wie charmant, Mr. Reed, und wie überaus klug. Sie sind nicht nur ein Held, Sie beherrschen offenbar auch die Kunst der Diplomatie. Oder sind Sie nur opportunistisch?«

Reed nahm ihre Stichelei gelassen hin. »Ihr Schwager führt gern das große Wort«, sagte er. »Offenbar ist er so sehr von sich eingenommen, dass er glaubt, er könne die Spielregeln unseres Geschäfts bestimmen.«

»Er bestimmt sie nicht nur, er verändert sie auch zu seinen Gunsten, wie es ihm gerade passt. Hocksley hält den Handelsplatz Charles Town fest in seinen habgierigen Händen. Nur wer nach seiner Pfeife tanzt, kann in Frieden seinen Geschäften nachgehen.«

»Sie sprechen aus Erfahrung?«

»So könnte man sagen. Hocksley hat alles darangesetzt, uns zu ruinieren. Hat Henry Ihnen das nicht erzählt?«

»Nein, Madam. Ihr Mann hat nicht versucht, seinen Misserfolg als Pflanzer zu beschönigen oder anderen die Schuld zu geben. Er sprach kaum von der Plantage, wenn wir zusammen waren.«

Antonia rückte unmerklich von ihm ab. Sie hatte ihre Vorbehalte gegen ihn, es gab etwas, das sie nicht vergessen konnte: Reeds Eskapaden mit seinem Intimus, einem zwielichtigen Kreolen, hatten Henry auf fatale Weise fasziniert. Sie wusste bis heute nicht und wollte es auch nicht wissen, wie ihr diese beiden den Ehemann entfremden konnten. Aber der Umgang mit dem sonderbaren Freundespaar hatte Henry verändert; das machte sie Reed zum Vorwurf. Vielleicht, dachte sie, könnte Henry noch am Leben sein, wenn er ihm nicht begegnet wäre.

Reed deutete ihr Schweigen auf seine Weise: »Bitte verstehen Sie mich richtig, ich meinte lediglich, dass Henry nicht viel über die Arbeit auf der Plantage redete. Von Ihnen, Madam, hat er oft gesprochen, wenn auch bei Weitem nicht oft genug ...«

»Henry ist tot, Mr. Reed«, versetzte sie kühl. »Versuchen Sie etwa, der Witwe Ihres Freundes den Hof zu machen?«

»Verzeihen Sie, ich dachte, deswegen hätte man mich eingeladen.«

»Was fällt Ihnen ein!«

Ihr Ausruf ließ die Tischnachbarn interessiert aufblicken.

Reed lächelte, neigte sich zu ihr und sagte: »Madam, bitte korrigieren Sie mich, falls ich mich geirrt habe, aber es war nicht zu übersehen, wie Ihre Schwester uns den ganzen Abend mit wohlmeinenden Blicken bedacht hat. Anscheinend erwartete man von mir, dass ich mit Ihnen flirte. Ehrlich gesagt glaubte ich, auch Sie. Ich habe mein Bestes gegeben, leider ohne rechten Erfolg, wie ich sehe.«

Antonia starrte ihn entgeistert an. Sie hatte sich den ganzen Abend reserviert verhalten, wie konnte er sie derart missverstehen? Allein, dass er die Dinge so unverblümt beim Namen nannte, war ein Affront. Ohne ein weiteres Wort stand sie auf und verließ den Saal.

Draußen ging sie unter den Kolonnaden auf und ab und atmete die kühle Luft, die von den Rasenflächen aus dem dunklen Garten aufstieg, tief ein. Als sie sich wieder beruhigt hatte, setzte sie sich in einen Korbsessel. Den Kopf ins Polster zurückgelegt, beobachtete sie den Tanz der Nachtfalter um die gläsernen Laternen, die zwischen jedem Säulenpaar herabhingen und die Kolonnaden in weiches Licht tauchten.

Sie fühlte sich gedemütigt und enttäuscht. Aber was hatte sie sich von einem solchen Abend denn erwartet? Dianes Absicht, sie wieder zu verheiraten, war allzu offensichtlich. Ihre Schwester folgte blind dem gesellschaftlichen Leitmotiv, nur Ehefrauen wären ehrbar. Antonia nahm sich die Freiheit, diese Auffassung nicht zu teilen. Sie fühlte sich Henrys Angedenken und Legacy verpflichtet, im Übrigen wollte sie nach ihren eigenen Vorstellungen leben. Was also hatte sie mit diesen Leuten hier zu schaffen? Sie sollte sich besser um ihre Plantage kümmern, bevor alle Felder verwilderten und das ganze Anwesen verfiel. Ja, es war höchste Zeit, dass sie nach Hause zurückkehrte.

Sie hörte, wie die Fenstertür ins Schloss fiel, und wandte sich um. Reed war ihr nach draußen gefolgt. Er entzündete eine Zigarre und schritt rauchend durch den Säulengang. Als er zu ihrem Sessel kam, blieb er stehen und sah mit unbestimmtem Lächeln auf sie herab. Hier draußen, fand sie, wirkten seine Augen völlig farblos.

»Ich schätze, Madam, ich habe Sie durch meine Offenheit verletzt.«

»Sie brauchen sich nicht zu entschuldigen.«

»Ich wollte Ihnen auch nur sagen, dass Henry es verstanden hätte.« Nachlässig warf er die Zigarre in eine Steinvase und lehnte sich an eine Säule. »Ich denke, er hätte es gutgeheißen, wenn ich für Sie sorge. Weil ich sein Freund war.«

»Dass Henry und Sie befreundet waren, heißt nicht, dass ich Ihre Frau sein möchte.«

Er bedachte eine Weile, was sie gesagt hatte. »Sie wissen, dass ich Ihre kleine Plantage retten könnte.«

»Wollen Sie mich kaufen, Mr. Reed, zusammen mit meinem Land?«

»So würde ich es nicht nennen. Sagen wir einfach, ich möchte Ihnen die Möglichkeit geben, Legacy in einen Garten Eden zu verwandeln. Ihr ganz privates Paradies auf Erden, wie wäre das? Sie könnten Ihre und Henrys Ideen verwirklichen, den schönen Traum von Gleichheit und Brüderlichkeit. Wenigstens auf ein paar Morgen Land ginge Ihre Vision in Erfüllung, das ›kleine Modell‹ einer besseren Welt …«

»Hören Sie auf!«, rief sie ungehalten und stand auf, damit er nicht länger auf sie herabsehen konnte. »Sie behaupten, Henrys Freund zu sein, warum verspotten Sie dann seine Ideale? Sind Ihre so viel besser?«

»Ich fürchte, ich habe gar keine.«

»Wie zynisch Sie reden. Und Sie glauben, Sie könnten mir Henry ersetzen?«

»Ihn ersetzen?« Er lachte. »Ich kann viel mehr als das.« Plötzlich fasste er sie beim Arm. »Kommen Sie, gehen wir ein paar Schritte, es ist ein so schöner Abend.« Ein sonderbarer Ton schwang in seiner Stimme. Antonia wich zurück. Auf keinen Fall wollte sie länger mit ihm allein hier draußen bleiben.

»Ich fürchte, der Tau würde meine Schuhe verderben«, sagte sie und glitt rasch an ihm vorbei zum Eingang. »Adieu, Mr. Reed.«

Am anderen Morgen war ihr Entschluss gefasst: Sie würde ihre Zelte in Charles Town abbrechen und nach Legacy zurückkehren. Auch wenn es schlecht um die Plantage stand, ihre Pächter fortgezogen, die Landarbeiter geflohen waren: Wenn sie Legacy behalten wollte, durfte sie nicht länger untätig darauf warten, dass ein Wunder geschah.

Für die Rückfahrt in die Stadt stellte Diane ihr eine leichte Chaise zur Verfügung; das Gepäck würde man ihr später zusammen mit ihrem Hausrat aus Charles Town nachsenden. Die Schwestern hatten sich gerade in der Halle voneinander verabschiedet, als ein livrierter Haussklave kam und Antonia bat, ihm zum Arbeitszimmer ihres Schwagers zu folgen.

Hocksley stand an seinem Schreibtisch auf, begrüßte sie förmlich und bot ihr einen Platz an. Er selbst zog es vor, während ihrer Unterredung zu stehen. »Schön, dass wir vor Ihrer Heimreise Gelegenheit haben, unter vier Augen miteinander zu sprechen«, begann er. »Sie wissen hoffentlich, wie sehr es mir am Herzen liegt, Ihnen meine Hilfe anzubieten, jetzt, da Sie alleine zurechtkommen müssen.«

»Danke, Theodore, aber ich traue mir zu, die Verwaltung von Legacy selbst in die Hand zu nehmen.«

»Tatsächlich? Die meisten Anbauflächen Legacys liegen seit Jahren brach. Die Felder wieder instand zu setzen, ist ein aufwendiges Unterfangen.«

»Aufwendig, ja, aber nicht unmöglich.«

»Nun gut. Doch wie soll es weitergehen? Die Bewirtschaftung eines solchen Anwesens erfordert mehr als die Erfahrung eines einfachen Farmers – über die Sie im Übrigen nicht verfügen, meine Liebe. Der Erfolg einer Plantage hängt vom Weitblick und vom kaufmännischen Geschick eines Pflanzers ab. Das hatte der arme Henry leider zu spät begriffen.«

Er meinte Henrys Versuch, die Plantage nach unkonventionellen Methoden zu bewirtschaften. Ihr Mann war Philosoph gewesen, kein Farmer. Nachdem er die agrarökonomische Literatur ihrer Bibliothek zurate gezogen hatte, ließ er junge Nutzpflanzen und Schösslinge verschiedener Obstbäume aus Europa kommen und legte erste Modellpflanzungen an. Vom Boden und dem Klima South Carolinas begünstigt, lieferten seine Obst- und Gemüsegärten schon bald erfreuliche Erträge. Aber die Pflanzerlobby machte geschlossen Front gegen Henrys »Reformprodukte« und boykottierte auf Hocksleys Betreiben den Handel mit den neuen Agrargütern zugunsten ihrer riesigen Monokulturen.

»Gesetzt den Fall«, fuhr Hocksley belehrend fort, »man würde Ihnen Saatgut zur Verfügung stellen, und Ihre Nachbarn würden Sie bei der Instandsetzung der Plantage unterstützen, so entstünden für Sie daraus immense Verpflichtungen. Sie müssten die Plantage auf Jahre hinaus belasten.« Er blieb am Fenster stehen und sah auf die Gartenanlagen, während er beiläufig sagte: »Viel einfacher wäre es, Sie verkauften Legacy, ohne viel Aufhebens natürlich und zu fairen Bedingungen, vielleicht an jemanden aus dem engeren Umfeld, wobei ich nicht unbedingt von mir spreche. Ich garantiere Ihnen, Sie könnten schon bald ein sorgenfreies Leben führen. Wie ich hörte, hat Mr. Crossbow Ihnen für das Anwesen ein gutes Angebot gemacht. Schlagen Sie es nicht leichtfertig aus.«

Sie wusste, auf diesen Moment hatte er lange gewartet. Was immer sie tat, es war ihm ein Ärgernis. Nachdem sie in seinen Augen jahrelang Schande über die Familie gebracht hatte, wollte er endlich den Triumph auskosten, dass sie auf seine Großmut angewiesen war. Aber diese Freude würde sie ihm nicht machen. »Sie sprechen von einem guten Angebot, Theodore, von fairen Bedingungen? Sie müssten mich besser kennen! Ich weiß sehr wohl, was meine Plantage wert ist. Wieso sollte ich zu einem Schleuderpreis an Ihren Strohmann Crossbow verkaufen?«

Hocksley tat gelassen. »Es soll nicht heißen, ich hätte Ihnen nicht meine Hilfe angeboten.«

»Oh, ich benötige Ihre Hilfe nicht. Denn sehen Sie, ich stehe mit Ashley & Bolton, der Hausbank meiner Familie, in Verhandlung über einen Kredit zu wirklich großzügigen Bedingungen. Mr. Ashley erwartet mich just heute in Charles Town, damit wir die Sache zum Abschluss bringen. Wenn Sie mich also bitte entschuldigen würden.« Ehe er etwas erwidern konnte, ging sie hinaus.

Sie hatte gebluftt. Aber das wusste Hocksley nicht. Bestimmt hielt er sie für arrogant genug, gegenüber Ashley & Bolton den guten Klang des Namens Bell für ihre Zwecke in Anspruch zu nehmen. Und genau das hatte sie auch vor. Gilbert Ashley, der Bankinhaber, hatte ihr unlängst geschrieben, sie möge ihn wegen ihrer wachsenden Darlehensschulden aufsuchen. Bei der Gelegenheit wollte sie den Bankier an die langjährigen Geschäftsverbindungen mit dem Bell'schen Familienunternehmen erinnern im Vertrauen darauf, er werde ihren Kredit noch einmal verlängern. Sie war sich sehr wohl im Klaren, dass sie trotz alledem als Bittstellerin erscheinen würde.

Während sie auf den Wagen wartete, schlenderte sie durch die Ziergärten, die den Vorplatz umgaben. Zwischen den zahlreichen aus Europa und Asien importierten, zum Teil fremdartigen Bäumen und Stauden fiel ihr Blick auf einen toten Stamm, dessen Aststümpfe bizarr wie weiße Knochen aufragten. Sie erinnerte sich an die imposante griechische Zypresse, die hier wie eine Speerspitze zum Himmel emporgewachsen war. Nachdenklich ging sie zum Vorplatz zurück, gerade als die Chaise vorfuhr. Ein Bursche mit brauner Haut und hellem Kraushaar, dessen Vater bestimmt kein Schwarzer war, sprang vom Kutschbock.

»Guten Morgen, Maam!«, rief er und riss den Wagenschlag auf.

»Hallo, Nat«, begrüßte sie den jungen Mulatten. »Sollst du mich heute in die Stadt fahren?«

»Ja, Maam, ich bin jetzt zweiter Kutscher«, erklärte er stolz. »Ich kutschier' die Ladies.«

Nachdem Antonia eingestiegen war, fragte sie ihn: »Nat, weißt du, was mit dem Baum dort passiert ist?«

»Oh ja, Maam, das war im großen Gewittersturm letzten Herbst: Ein Blitz fährt hinein, die Erde zittert und es kracht fürchterlich! Danach stand da nur noch dieser Stamm.«

»Warum lässt Mr. Hocksley den toten Baum nicht fällen?«

»Das darf er nicht, Maam. Keiner rührt das Gerippe an. Das bringt Unglück.«

»Sagt wer?«

»Na, alle!«, antwortete Nat mit einer weit ausholenden Geste.

Antonia zog die Brauen zusammen. »Mr. Hocksley glaubt doch nicht an solchen Humbug.«

»Vielleicht tut er's, vielleicht nicht.« Nat zuckte die Schultern. »Anscheinend will er keinen Ärger mit den Voodoo-Leuten.«

Er kletterte auf den Kutschersitz, schnalzte mit der Zunge, der Wagen fuhr an. Antonia blickte nachdenklich zu der kahlen Zypresse zurück.

Das Bankhaus Ashley & Bolton stand an der Kreuzung von Broad und Meeting Street, am alten Versammlungsplatz von Charles Town. Ringsum lagen weite Teile der Stadt in Schutt und Asche. Nach einem großen Brand und der Explosion des Pulvermagazins waren ganze Straßenzüge zerstört. Doch in dem Areal zwischen Rathaus, Gerichtshof und der St. Michael's Episkopalkirche hatten einige Gebäude den Krieg weitgehend unbeschadet überstanden.

Ein Mann empfing Antonia, den sie zuvor in der Bank noch nie gesehen hatte. »Mr. Ashley bedauert, Sie nicht persönlich begrüßen zu können, Mrs. Lorimer. Er musste geschäftlich nach Philadelphia«, erklärte er und bat sie in den Konferenzsaal.

Sein Nordstaatenakzent ließ Antonia die Brauen heben. »Ich bedauere es noch weit mehr, Mister ...«

»Tyler, Madam, Andrew Tyler, aus dem New Yorker Büro. Aber bitte, nehmen Sie doch Platz.«

Antonia war enttäuscht, ja entmutigt. Sie hatte gehofft, die Freundschaft des alten Mr. Ashley zu ihrem Vater könnte ihr von Nutzen sein. Stattdessen sollte sie nun mit einem völlig Fremden über Dinge verhandeln, die ihre Lebensgrundlage berührten. Sie beobachtete Tyler, der vom Bürodiener ein Dossier entgegennahm und sich ihr gegenüber setzte. Er machte einen konzentrierten, professionellen Eindruck, während er die Akte durchblätterte. Tyler war ein attraktiver Mann: Klare Gesichtszüge, griechisches Profil, athletische Statur – nein, es ließ sich nicht leugnen, dass er blendend aussah. Trotzdem, er ist ein Yankee, dachte sie, und ihre Miene wurde ein wenig geringschätzig.

»Würden Sie mir bitte sagen, warum ich hergebeten wurde, Mr. Tyler?«

»Nun, Madam«, sagte er, »wir wissen um Ihre schwierige finanzielle Lage. Darum wollten wir Ihnen nahelegen, sich von uns beraten zu lassen.«

»Ist das so?«, meinte sie kühl.

Mit halbem Lächeln nahm er ihre Südstaatenarroganz hin, nach ein paar Monaten in Charles Town war er daran gewöhnt. Was ihn jedoch störte, war, dass sie wie selbstverständlich davon ausging, er schulde ihr einen Gefallen. Dabei war sie in Wirklichkeit voll und ganz auf seinen guten Willen angewiesen; eine Tatsache, die ihr bekannt sein musste und die sie bewusst ignorierte. Er ließ sich mit der Antwort Zeit.

»Sehen Sie, Mrs. Lorimer, ich habe hier die Kreditakte Ihrer Plantage. In summa schulden Sie der Bank mehr, als das Anwesen je wert war. Die Bodenpreise sind stark gefallen, dazu kommen die Kriegsschäden, die wir noch nicht einmal berücksichtigt haben. Es würde einiges Entgegenkommen unsererseits voraussetzen, wenn wir nach dem Verkauf auf die Durchsetzung weiterer Forderungen gegen Sie verzichteten.«

»Nach welchem Verkauf?«

»Nach dem Verkauf Ihrer Plantage.«

»Sie glauben doch nicht im Ernst«, rief sie, »ich würde Legacy verkaufen!«

»Sie werden es müssen.« Ungerührt schlug er die Akte zu. »Es tut mir leid, Madam, aber ich kann Ihren Kredit nicht mehr verlängern.«

Darauf war Antonia nicht vorbereitet. Sie wurde blass, die Kündigung des Bankkredits traf sie wie ein Schlag. Dieser geschäftstüchtige Yankee meinte es ernst, er wollte ihr nicht helfen. Vielleicht hätte sie liebenswürdiger sein, ihm weniger hochmütig begegnen sollen? Wie auch immer, später würde noch genug Zeit sein, sich Vorwürfe zu machen, jetzt musste sie sich schnell etwas einfallen lassen, wenn sie ihn dazu bringen wollte, die Angelegenheit noch einmal zu überdenken.

»Mr. Tyler, Sie wissen selbst, dass viele Pflanzer es genauso schwer haben wie ich. Die Plantagen des gesamten Lowcountry sind verwüstet worden, alles muss instand gesetzt werden. Es wird eine gewisse Zeit dauern, bis ich auf meinem Land wieder produzieren kann, und so lange brauche ich den Kredit

Ihrer Bank. Geben Sie mir nur ein Jahr. Sie werden sehen, dann werde ich auf Legacy wieder Reis anbauen.«

»Und wie wollen Sie das ohne Arbeitskräfte bewerkstelligen? Ich hörte, Sie haben Ihre Sklaven freigelassen. Warum?«

»Weil der Wohlstand Amerikas nicht durch Ausbeutung und Sklaverei erkauft sein darf.« Sie bemerkte, wie hochtrabend das klang, und biss sich auf die Lippen.

»Soso, der Wohlstand Amerikas.« Tyler lächelte nachsichtig. »Verehrte Mrs. Lorimer, falls es Ihrer Aufmerksamkeit bisher entgangen sein sollte: Dieser Wohlstand, von dem Sie sprechen, wird von einer Anzahl industrialisierter Staaten im Norden geschaffen, und zwar von freien Männern aller Stände, die sich harter Arbeit nicht schämen. Während sich der Süden in feudaler Großmannssucht gefällt, werden diese Männer der Nordstaaten die Welt verändern … Aber zurück zu Ihrem Problem. Sie haben Ihre Sklaven, wohlgemerkt wertvolle Wirtschaftsgüter, ersatzlos aufgegeben. Freie Landarbeiter können Sie nicht bezahlen, also werden Sie weder in einem Jahr noch sonst irgendwann wieder Ihre Plantage bewirtschaften können.«

Er wollte ihre Kreditakte endgültig beiseiteschieben, da legte Antonia ihre Hand darauf. »Warten Sie! Meine Leute werden ohne Bezahlung arbeiten.«

Tyler hob ungläubig die Brauen. »Wieso glauben Sie, die Schwarzen würden das für Sie tun?«

»Legacy ist ihr Zuhause, genauso wie meines. Darum werden sie keinen Lohn verlangen. Aber um die Leute und ihre Familien zu ernähren, benötige ich Ihren Kredit.«

»Und welche Sicherheit können Sie mir geben?«

»Nun, Mr. Tyler, ich gebe Ihnen mein Wort.«

Er lehnte sich in seinem Stuhl zurück, verschränkte die Arme. »Das Ehrenwort einer Südstaatenlady und der gute Wille einer Handvoll freigelassener Schwarzer?« Er nickte langsam. »Ich werde darüber nachdenken.«

3.

Antonia wusste nicht, wie lange sie schon auf dem kalten Boden kauerte, neben dem Mann in seinen blutstarrenden Kleidern. Er war schwer verwundet und bewusstlos. Das ganze Ausmaß seiner Verletzungen mochte sie sich gar nicht vorstellen. Sie erinnerte sich, dass bei dem Dinner auf Prospero Hill von einem Gefecht mit britischen Nachschubtruppen am Santee River die Rede gewesen war. Captain Reed hatte erwähnt, die englische Vorhut sei bei dem Zwischenfall vollständig vernichtet worden. Sollte der Verletzte etwa die lange Strecke vom Santee bis hierher geritten sein?

Sie fror. Vielleicht sollte sie einfach zurück ins Haus gehen, sie konnte ohnehin nichts für ihn tun. Er würde die Nacht wahrscheinlich nicht überleben. Morgen würde sie dann bei der Kommandantur den toten Soldaten melden. Sie nahm die Laterne, um sein Gesicht anzusehen. Er lag wie leblos da, angetrocknete Blutrinnsale im Mundwinkel und an der Schläfe, wo ihn der Steigbügel getroffen hatte. Er war so still, sein Brustkorb hob und senkte sich kaum wahrnehmbar. Sie wollte nach seinem Handgelenk greifen, um den Puls zu fühlen, tat es dann doch nicht. Vielleicht würde er wach, wenn sie ihn anfasste, und was dann? Selbst jetzt, da er ohnmächtig vor ihr lag, fürchtete sie sich vor ihm.

Sie wünschte, Henry wäre jetzt hier. Aber ihr Mann war tot, einer von Tausenden, die im Krieg umgekommen waren. Und dieser Soldat würde auch sterben, wenn sie nichts unternähme. Was für ein sinnloser Tod, nachdem er sich bis hierher geschleppt hatte. Nein, sie durfte ihn nicht so sterben lassen. Sie musste etwas tun. Und sie musste sich beeilen.

Die Bodendielen knarrten, während sich die Indianerin langsam in ihrem Schaukelstuhl wiegte. Die Tabakpfeife im Mund betrachtete sie unter halb geschlossenen Lidern die junge Frau in Männerkleidern, die durch den Wald und die Dunkelheit zu ihr gekommen war und sie anflehte: »Bitte, Vier Federn, du musst ihm helfen!«

»Muss ich das?«

»Um Himmels willen, er stirbt!«

»Dann stirbt er.«

Antonia presste die Lippen zusammen, um sich zu beherrschen. Vier Federn war der einzige Mensch, der ihr helfen konnte, aber es wäre zwecklos, ihre Hilfe erzwingen zu wollen. Die Indianerin vom Stamm der Secotan war in der Gegend als Heilerin bekannt. Mit ihren Kenntnissen der Naturmedizin behandelte sie Malaria und Gelbfieber, Brandwunden und Knochenbrüche. Sie half den Kindern, gesund zur Welt zu kommen, und den Alten, sie ohne Schmerzen wieder zu verlassen. Auch zu Antonias Geburt hatte man sie gerufen. Doch sie hatte nicht verhindern können, dass deren junge Mutter im Kindbett starb. Seither wachte sie über Antonias Leben, wie sie es der Sterbenden versprochen hatte.

»Ein Engländer also«, brummte sie durch den blauen Rauch, der von ihrer Pfeife aufstieg. »Haben nicht die Engländer deine Plantage verwüstet?«

»Das spielt jetzt keine Rolle«, sagte Antonia nervös. »Verstehst du denn nicht, ich kann ihn nicht einfach seinem Schicksal überlassen, es verstieße gegen das Gebot der Menschlichkeit.«

»Menschlichkeit!« Vier Federn schnaubte. »Was wissen die Leute nach sechs Jahren Krieg noch von Menschlichkeit? Dieser Engländer ist dein Feind, Antonia.«

Sie legte die Pfeife beiseite, und als hätte sie ihre Besucherin vergessen, schloss sie die Augen. Sacht schwang der Schaukelstuhl vor und zurück, vor und wieder zurück. Antonia spürte, wie die Zeit zerrann, und wollte die Hoffnung schon aufgeben, als ihr plötzlich ein neuer Gedanke kam. Beiläufig, als würde sie nur laut denken, sagte sie: »Ich könnte natürlich die schwarze

Zauberin um Hilfe bitten. Es heißt, sie bereite Heiltränke für ihre Leute.«

»Bist du verrückt geworden?«, knurrte Vier Federn. »Die Voodoo-Frau ist unberechenbar, am Ende macht sie aus deinem Soldaten einen dieser lebenden Toten.«

Antonia hielt ihrem strengen Blick stand, ein stummes Kräftemessen, bis sich Vier Federn endlich erhob und die irdenen Krüge, in denen sie ihre Heilmittel aufbewahrte, zusammentrug.

Die Abendsonne vergoldete das Laub der Steineichen, die vor fast einhundert Jahren entlang der Auffahrt zum Herrenhaus gepflanzt worden waren. Ein langer Tag ging zu Ende. Im Küchenkamin glomm unter der Asche noch ein Rest Glut. Antonia warf einen Armvoll Brennholz darauf und ließ sich in einen Stuhl sinken. Sie war am Ende ihrer Kräfte. Sie hatte getan, was sie tun musste, um das Leben eines Fremden zu retten, dessen bloße Anwesenheit sie in Gefahr brachte. Doch sie war viel zu erschöpft, um sich darüber Sorgen zu machen. Vier Federn kam aus dem Nebenraum herein. Sie schürte das Herdfeuer und bereitete Tee in einer Blechkanne, die sie zusammen mit zwei Tassen auf den Tisch stellte. Dann zog sie sich einen Stuhl heran.

»Wir müssen reden«, sagte sie und schenkte den Tee ein. »Bist du noch wach?«

Was für eine Frage! Seit Sonnenaufgang hatte Antonia das Feuer im Herd nicht mehr ausgehen lassen. Kessel um Kessel hatte sie Wasser abgekocht und in den angrenzenden Schlafraum geschleppt. Sie hatte ihre Damasttischdecken vom Herrenhaus geholt, in Streifen geschnitten und zu Verbänden gerollt, um sie als blutgetränkte Stofffetzen später im Herdfeuer zu verbrennen. Müde trank sie einen Schluck Tee und nickte ergeben.

»Nun gut«, begann Vier Federn. »Es war ein hartes Stück Arbeit, diesen Mann wieder zusammenzuflicken. Ich habe seine

Verletzungen behandelt, aber du wirst ihn noch wochenlang pflegen müssen. Glaub nicht, es wäre leicht, einen derart schwer verletzten Mann rund um die Uhr zu versorgen. Du musst seine Verbände wechseln, die Wunden sauber halten, ihn ernähren und waschen. Und wenn die Schmerzen ihn rasend machen, musst du auch das mit ihm durchstehen. Traust du dir das zu?«

»Ich denke schon«, sagte Antonia. »Er wird es doch schaffen, oder?«

»Ich bin mir nicht sicher. Er hat viel Blut verloren. Dazu kommt ein offener Bruch am rechten Unterschenkel, es könnte Wundbrand entstehen. Du weißt, was das bedeutet.«

Antonia nickte, ihr schauderte beim Gedanken an eine Amputation.

»Es sind auch einige Rippen gebrochen«, fuhr Vier Federn fort. »Quetschungen, Blutergüsse, eine Schusswunde im rechten Oberarm, die sich entzündet hat. Der Kratzer an der Schläfe, den du ihm verpasst hast, ist harmlos.« Sie machte eine Pause, bevor sie weitersprach: »Dann hat er noch diese seltsamen Verletzungen, gleichförmige, flach unter der Haut geführte Schnitte, wie vom Häuten. Sie verlaufen über seine Brust bis hinunter zu den Leisten. Es wurde eine breite Klinge benutzt, vielleicht ein Jagdmesser oder ein geschliffener Dolch. Er sollte wohl langsam sterben. Erstaunlich, dass er solche Martern überlebt hat.«

Beim Zuhören wurde es Antonia immer elender. Sie fragte sich, wer einem Menschen so etwas antun konnte. Ganz gleich, was der Mann getan hatte, niemand verdiente diese Art der Vergeltung.

»Er hat jetzt keine Schmerzen«, sagte Vier Federn, die ihre Erschütterung bemerkte. »Dank des Stechapfelsaftes wird er ein paar Stunden schlafen.« Sie reichte ihr eine kleine verkorkte Flasche. »Wenn er aufwacht, gib ihm hiervon einen oder zwei Tropfen, nicht mehr.«

»Du willst mich mit ihm allein lassen?«

»Im Augenblick kann ich nichts mehr für ihn tun. Sieh zu, dass er viel trinkt, Tee oder Wasser mit etwas Zucker und Salz.«

»Und davon soll er gesund werden? Ist das alles?«

»Nein, leider nicht.« Vier Federn seufzte. »Das gebrochene Bein muss ausgerichtet und geschient werden. Aber das schaffen wir nicht alleine.« Sie überlegte. »Wo ist dieser Schwarze, dein Kutscher?«

»Joshua? In Fort Wren, er wollte unbedingt bei den Pferden bleiben und für sie sorgen.«

»Das ist unser Mann!«, sagte Vier Federn. »Ich schicke ihm eine Nachricht, dass sich ein krankes Armeepferd nach Legacy verirrt hätte. Dann wird er sofort kommen.«

4.

Er erwachte in einem Bett mit vier hohen Pfosten. Die Vorhänge an den Fenstern waren zurückgezogen, es musste früh am Morgen sein.

Welcher Morgen? Wie lange lag er schon hier? Wo war er überhaupt? Es roch sauber, nach Kampfer und getrockneten Kräutern. Um den Brustkorb spürte er einen leichten Druck – es war ein Verband! Jemand hatte ihm die Uniform ausgezogen, ihn gewaschen und seine Wunden versorgt. Das Atmen tat jetzt weniger weh. Die Schmerzen, die seinen Körper tagelang in wilden Attacken überfallen hatten, schienen abgeklungen, vielleicht waren sie auch durch eine Droge betäubt. Vorsichtig bewegte er die Finger der einen, dann der anderen Hand. Er spürte, wie das Leben in seinen Körper zurückkehrte, versuchte, die rechte Hand zu schließen, schloss sie fest zur Faust, so als würde er seinen Säbel greifen – zum Teufel, der Säbel!

Er erinnerte sich, er war in diesem Stall … Eine Frau war hereingekommen, sie hatte ihn nicht bemerkt und begonnen, sein Pferd abzusatteln. Er wollte mit ihr sprechen, aber sie ... hatte ihn mit dem verdammten Sattel zu Boden geworfen. Er stieß eine üble Verwünschung aus, sofort durchfuhr ein scharfer Schmerz seinen Brustkorb. Während er keuchend nach Atem rang, nahm er links von sich eine Bewegung wahr. Vorsichtig wandte er den Kopf und erblickte eine junge Frau in Männerkleidern, die auf der anderen Seite des Bettes lag. Sein Ausruf hatte sie geweckt, ihr Gesicht war blass und übernächtigt.

»Wie geht es Ihnen?«, fragte sie mit unsicherer Stimme und setzte sich auf. »Haben Sie Schmerzen?«

»Wo sind wir hier?«

»Auf Legacy, einer Plantage am Plains River.« Unter seinem misstrauischen Blick zog sie ihre Stiefel an. »Ihr Pferd hat Sie hergebracht«, sagte sie, »aber keine Sorge, Sie sind hier in Sicherheit.«

»Wie meinen Sie das?«, fragte er schroff.

»Die Plantage ist verlassen, außer mir ist hier niemand.«

»Niemand? Sie können mich nicht allein in dieses Zimmer gebracht haben.«

»Aber nein, natürlich nicht. Eine Indianerin, eine heilkundige Frau, hat mir geholfen. Sie hat auch Ihre Wunden versorgt.«

Er beobachtete voller Argwohn, wie sie um das Bett herum zur Tür ging. »Wo wollen Sie hin?«

»Nirgends ... ich bin gleich zurück, ganz bestimmt!«, stieß sie nervös hervor und lief hinaus.

In der Küche atmete Antonia tief durch. Sie ärgerte sich darüber, dass der Engländer sie aus der Fassung gebracht hatte. Er sollte froh sein, dass er überhaupt noch lebte. Wenn sie andererseits bedachte, was ihm widerfahren war ... Mit der Zeit würde er sicher zugänglicher werden, doch jetzt brauchte er Ruhe. Wie Vier Federn es ihr eingeschärft hatte, würde sie ihm regelmäßig ein paar Tropfen von dem Stechapfelsaft geben, damit er ohne Schmerzen schlafen konnte.

Sie nahm einen Krug und füllte ihn mit Wasser. Als sie das Krankenzimmer wieder betrat, trug sie wie zum Beweis ihrer guten Absicht den vollen Krug vor sich her. »Sehen Sie, ich habe nur frisches Wasser geholt.«

Auf der Truhe am Fußende des Bettes hatte sie neben dem Verbandszeug schon das Schlafmittel bereitgestellt. Sie füllte ein Glas mit Wasser und nahm die kleine Flasche zur Hand. Als sie aufsah, begegnete sie dem finsteren Blick des Soldaten. Er beobachtete genau, wie sie die Flasche entkorkte und eine klare Flüssigkeit dem Wasser hinzufügte.

Sie trat zu ihm ans Bett. »Hier, trinken Sie das, in kleinen Schlucken ... nein, halt, warten Sie!«

Ehe sie ihn daran hindern konnte, trank er das Glas in einem Zug leer. Als er es ihr zurückgab, sagte er verächtlich: »Was werden Sie tun, wenn Ihnen die Betäubungsmittel ausgehen, Madam?« Sie nahm das leere Glas wortlos entgegen, da packte er ihr Handgelenk. Das Glas entglitt ihren Fingern und zersplitterte auf dem Boden. »Sehen Sie mich an!«, knurrte er mit vor Schmerz zusammengebissenen Zähnen und zog sie mit einem Ruck zu sich heran. »Was glauben Sie, wen Sie vor sich haben? Ich bin ein Offizier der Krone, ich werde mich nicht betäubt und kampflos ergeben.«

»Aber ... niemand wird Sie hier finden ...«

»Jedenfalls nicht unbewaffnet! Geben Sie mir meinen Säbel zurück, sofort!« Sie versuchte, ihm ihren Arm zu entwinden, worauf er sie noch fester hielt. »Tun Sie, was ich Ihnen sage! Ich will ... mein Schwert ... und meine ... Pistolen ...«

Er konnte nicht weitersprechen. Seine hellgrauen Augen verdunkelten sich, der Griff um ihr Handgelenk lockerte sich, dann ließ er sie los. Sein Arm schlug hart auf die Bettkante. Bewusstlos fiel er zurück.

Als Vier Federn gegen Mittag zurückkam, lag der Soldat ohnmächtig auf seinem Krankenlager. Sie untersuchte ihn und versorgte seine Verletzungen. Erst danach ließ sie sich von Antonia berichten, was am Morgen vorgefallen war. Eine Weile saßen sie schweigend am Küchentisch, Antonia rollte frische Leinenstreifen zu Verbänden, Vier Federn rauchte.

Endlich nahm sie die Pfeife aus dem Mund und brummte: »Nur einen oder zwei Tropfen von der Medizin, hatte ich gesagt! Wenn du ihn umbringen wolltest, hätten wir uns die ganze Mühe sparen können!«

»Es tut mir leid. Ich wollte, dass er wieder einschläft. Er war so aggressiv.«

»Was hast du erwartet? Dass er sich bei dir bedankt?«

»Zumindest könnte er zulassen, dass ich ihm helfe.«

»Oh, das wird er schon tun, Antonia, aber du darfst ihn auf keinen Fall wie einen Gefangenen behandeln.« Vier Federn blickte nachdenklich zum Nebenzimmer. »Wahrscheinlich wird es nicht lange dauern, bis er versucht, von hier wegzukommen.«

»Mit einem gebrochenen Bein?«

»Unterschätze ihn nicht! Der Mann ist ein Krieger. Er führt ein Leben am Rande des Todes und wurde dafür ausgebildet, sein Letztes zu geben oder zu sterben.« Sie tat einen Zug aus der Pfeife und sah dem Rauch nach. »Außerdem weiß er, dass ihm die Zeit davonläuft. Es ist absehbar, dass die Engländer kapitulieren und das Land verlassen. Dein Soldat wird um jeden Preis seiner Armee folgen wollen.«

»In seinem Zustand?«

»Sehr richtig, genau da liegt das Problem, Antonia. Wenn er aufgegriffen wird und herauskommt, dass du einen flüchtigen britischen Offizier in deinem Haus gesundgepflegt hast, bist du dran.«

»Meinst du, das wüsste ich nicht!« Unwillig schob Antonia das Verbandszeug beiseite. »Ich muss ihm klarmachen, dass wir einen anderen Weg finden werden. Nur darf er nichts überstürzen.«

»Nichts überstürzen?«, rief Vier Federn. »Nach allem, was ihm passiert ist, soll er riskieren, dass man ihn hier entdeckt?«

»Wer sollte ihn denn entdecken? Es kommt doch niemand her.«

Im selben Moment hörten sie einen Wagen auf den Hof fahren und vor der Remise halten. Antonia sprang auf, als schwere Schritte über die Veranda dröhnten. Kurz darauf wurde schwungvoll die Eingangstür aufgestoßen. Herein kam ein riesiger Mann, ein Schwarzer in einem langen Staubmantel. Mitten in der Küche blieb er stehen, nahm den breitrandigen Hut vom Kopf und rief: »Aaah! Wieder zu Hause!«

»Joshua!« Antonia lief zu ihm, fasste seine Hand und strahlte. Joshua Robert war ihr Vertrauter, ihr Freund aus Kindertagen. Und er war ein freier Mann.

»Schönen guten Tag, Miss.« Joshua verneigte sich und begrüßte auch Vier Federn, die ihn schweigend musterte. »Ich habe mich gleich auf den Weg gemacht«, sagte er und sah Antonia erwartungsvoll an. »Es hieß, ich solle mich um ein verirrtes Pferd kümmern?«

Antonia wich seinem Blick aus. Jetzt erst bemerkte er auf dem Tisch den Stapel sauber gefalteter Tücher und die zu Rollen aufgewickelten Leinenstreifen und spürte leises Unbehagen. »Ich werde schon mal zum Stall rübergehen«, sagte er und wandte sich zur Tür.

»Das kann warten, Joshua«, meinte Vier Federn. »Wir brauchen zunächst hier drinnen deine Hilfe.«

»Wozu?«

»Im Zimmer nebenan liegt ein Soldat mit einem gebrochenen Bein. Alleine kann ich es nicht richten.«

Joshua zog die Brauen zusammen. »Wohl keiner von unseren Jungs, nehme ich an? Na, ich hoffe nur, Sie wissen, was Sie tun.«

Vier Federn hatte es jetzt eilig. »Wir sollten anfangen, bevor er das Bewusstsein wiedererlangt. Macht Wasser heiß und wascht euch die Hände. Beeilt euch!«

Sie nahm eine Handvoll Bandagen und ihren Medizinbeutel und ging ins Krankenzimmer. Der Soldat lag reglos auf dem Bett, in einem Zustand zwischen Ohnmacht und Schlaf. Sie schlug die Decke zurück und strich sanft über seinen in Bandagen eingebundenen Körper. »Es wird wehtun. Aber du hast schon ganz anderes ertragen. Schlafe einfach weiter. Schlafe!«

Sie überzeugte sich, dass er gleichmäßig atmete. Dann entfernte sie den Verband von seinem Bein, säuberte die schorfige Wunde über dem Bruch und richtete frisches Verbandsmaterial her; auch zwei stabile Holzleisten hatte sie zum Schienen mitgebracht. Als Antonia und Joshua hereinkamen, erklärte sie ihnen in knappen Worten, wie sie vorgehen wollte.

Antonia starrte auf den Verletzten, auf das gebrochene Bein, die blutenden Wundränder und freiliegenden Knochen und wäre am liebsten hinausgelaufen. Doch sie blieb und hoffte nur, die Prozedur möge schnell vorübergehen.

Joshua betrachtete den Soldaten schweigend, während seine Miene sich zusehends verdüsterte. Als die Indianerin ihn aufforderte, ans Krankenbett heranzutreten und den Verletzten festzuhalten, fuhr er sie plötzlich feindselig an: »Nein, ich mach das nicht, soll er doch draufgehen.«

»Joshua«, sagte Vier Federn ruhig, »wir müssen jetzt anfangen.«

»Wissen Sie eigentlich, was Sie da von mir verlangen, Ma'm?«

»Sicher.« Sie ließ Joshua nicht aus den Augen. »Warum, glaubst du, habe ich gerade nach dir geschickt?«

Schließlich gab er widerwillig nach und nahm seinen Platz ein, befolgte die Anweisungen der Indianerin und hielt den Mann fest. Nun fasste Vier Federn das Bein des Mannes unterhalb der Bruchstelle, drehte, zog und dehnte es vorsichtig, um die Knochenteile voneinander zu lösen. Als sie eine Knochenspitze, die durch die Haut nach außen gedrungen war, zurückdrückte, wand sich der Verletzte trotz der Betäubung vor

Schmerz. Joshua hielt ihn ungerührt nieder. Doch der Verletzte wehrte sich immer mehr.

»Antonia, sprich mit ihm!«, sagte Vier Federn.

Aber Antonia war zu bestürzt, um tröstende Worte für den Gepeinigten zu finden. Mit zitternder Hand wischte sie ihm den Schweiß von Stirn und Wangen, mehr konnte sie nicht tun. Indessen hielt Joshua ihn unnachgiebig fest, bis Vier Federn die Bruchstelle ausgerichtet, zwischen den Holzschienen fixiert und so verbunden hatte, dass das verletzte Bein vom Fußgelenk bis zur Hüfte ruhiggestellt war. Antonia atmete auf, als der Soldat in ruhigen Dämmerschlaf zurückfiel.

Joshua rieb sich mit einem Tuch das Blut von den Händen. Ohne den Verletzten noch einmal anzusehen, wandte er sich zum Gehen. »Kommen Sie, Miss Antonia, ich bringe Sie hinaus.«

Antonia zögerte.

»Geh nur«, sagte Vier Federn zu ihr. »Ich bleibe hier bei ihm.«

Als die beiden draußen waren, entnahm Vier Federn ihrem Medizinbeutel einen Kerzenstumpf aus dunklem Wachs, entzündete ihn und steckte ihn in einen Leuchter auf dem Kaminsims. Bald erfüllte den Raum der Geruch von bitterem Balsam. Nun setzte sie sich zu dem Kranken und verteilte auf seinem Lager verschiedene Gegenstände: Um seinen Kopf legte sie vier blaugrüne Federn der Karaa-Krähe, die ihr Totem war und Quelle ihrer spirituellen Kraft. Unter den Verband um seine Brust schob sie einen flachen Stein mit dem eingeritzten Bild einer Schlange, Symbol des Weißen Wassers, das aus dem Ursprung der Welt strömt. Zuletzt band sie dünne Lederschnüre um seine Handgelenke, auf die blaue Perlen gezogen waren, als Talismane gegen missgünstige Geister. Ein Beben durchlief seinen Körper. Sie legte die Hand auf seine Brust, zählte die Herzschläge, seufzte und strich ihm über die feuchte Stirn. Was sie als Heilerin für ihn tun konnte, war getan. Nun flocht sie sein dunkles Haar zu zwei Strängen, die sie zärtlich durch ihre rauen Hände gleiten ließ.

Seit sie ihm zum ersten Mal begegnet war, hatte sie gehofft, ihn wiederzusehen, diesen Engländer, dessen Anblick sie an die Krieger ihres Volkes erinnerte, so stolz, so mutig und streitbar. Als Antonia sie letzte Nacht aufgesucht und von einem englischen Soldaten erzählt hatte, der halbtot in ihren Stallungen lag, wusste Vier Federn, dass er zurückgekommen war. Sie kannte seine Geschichte, dies war nicht das Ende. Es konnte ein Anfang sein. »Du hast Fürsprache gefunden, William: Dein Leben für ein anderes!«

Der Mann warf den Kopf unruhig zur Seite, er atmete schnell und unstet. Die Indianerin erhob sich, breitete die Arme über ihm aus und rief die Geister ihrer untergegangenen Welt.

Antonia ging mit Joshua zu den Stallungen, um nach dem Pferd des Soldaten zu sehen. Ehe sie sich in der vorigen Nacht aufgemacht hatte, um Vier Federn zu holen, hatte sie das Tier in einem der leeren Stallabteile untergebracht und mit ausreichend Futter und Wasser versorgt, es dann aber sich selbst überlassen. Als Joshua nun das Gatter öffnete, wandte das Pferd sich herum, brachte seinen großen ramsnasigen Kopf näher heran, sog den Geruch des Mannes in seine Nüstern und stieß die Luft geräuschvoll wieder aus.

»Was bist du für ein prächtiger Bursche!«, sagte Joshua voller Bewunderung. Mit ruhiger Hand strich er über den Brustkorb des Pferdes, ertastete den Zustand von Knien, Sprunggelenken und Hufen. »Offenbar kann er eine ganze Menge verkraften«, bemerkte er. »Ein gut trainiertes Militärpferd, es muss in ausgezeichneter Verfassung gewesen sein vor diesem letzten Gewaltritt.« Er untersuchte Augen und Ohren des Tieres, dabei sagte er halblaut: »Da hat jemand drauf geachtet, dass du immer gut versorgt warst, nicht wahr, mein Großer?«

Er klopfte dem Pferd die Schulter, verließ die Box und

schloss sorgfältig das Gatter. Antonia machte ihm ein Zeichen, ihr zu folgen. Sie gingen bis ans Ende der Stallgasse und betraten die Futterkammer, in der mehrere hüfthohe Hafertruhen standen. Antonia schob einen Stapel leerer Kleiesäcke von einer der Truhen und stemmte den Deckel auf. Joshua hob einen Sattel und Zaumzeug heraus.

»Nicht schlecht«, bemerkte er, »die Britische Armee spart nicht am Material.«

Antonia deutete erneut auf die Truhe. Er zog eine Pferdedecke heraus. Als er sah, was darunterlag, pfiff er leise durch die Zähne.

»Sieh an, ein kleines Waffenarsenal!« Nacheinander holte er einen Säbel mit Drapierung, einen Holster mit zwei Pistolen und einer Munitionstasche hervor und breitete alles auf dem Boden aus. »Was soll damit geschehen, Miss Antonia?«

»Das weiß ich noch nicht«, sagte sie nachdenklich, während Joshua die Pistolen sorgsam entlud und zusammen mit dem Säbel in die Truhe zurücklegte. »Fürs Erste bleibt alles hier. Wer käme schon auf die Idee, in unseren Futterkisten nach Waffen zu suchen?«

Als sie auf den Hof hinaustraten, stand die Sonne tief am westlichen Himmel. Antonia setzte sich an die Pferdetränke. Joshua, den Rücken gegen die sonnenwarme Stallmauer gelehnt, betrachtete sie nachdenklich. Er kannte Antonia gut genug, um zu wissen, dass sie sich in ihrer Hilfsbereitschaft für den Soldaten nicht beirren lassen würde. Und genau das bereitete ihm Sorgen. Schlimm genug, dass ihr nach dem Tod des Ehemannes auch der Verlust der Plantage drohte: Nun riskierte sie, in ernsthafte Schwierigkeiten zu geraten wegen dieses Deserteurs oder Kriegsverbrechers.

Dass sich Schwierigkeiten anbahnten, wusste er seit dem Moment, als er den Engländer wiedererkannt hatte. Er würde mit der Indianerin reden, aber er musste allein mit ihr reden. Antonia machte er den Vorschlag, sie solle ins Haus gehen und sich ausruhen, die Sorge um ihren Patienten könne sie vorerst ihm überlassen.

»Kommen Sie, Missy, Sie schlafen ja schon mit offenen Augen!«, rief er, um sie aufzuheitern, im sauertöpfischen Tonfall seiner Mutter, Antonias Nanny Charlene. »Hopp, auf Ihr Zimmer, und 'ne anständige junge Miss läuft nich in Stiefeln übern Hof!«

»Schon gut, Joshua«, willigte Antonia lachend ein. »Ich werde mich ein wenig hinlegen. Aber ruf mich, bevor Vier Federn geht.«

Im Kutscherhaus legte Joshua gerade Feuerholz nach, als Vier Federn aus dem Krankenzimmer kam. Er nahm die Emailkanne vom Herd, in der frischer Kaffee dampfte, goss ihr eine Tasse davon ein, dann machte er sich wieder an der Feuerstelle zu schaffen. In Gegenwart der Indianerin fühlte er sich befangen. Es hieß, sie verfüge über die spirituellen Fähigkeiten des alten Volkes, dergleichen war ihm nicht geheuer.

»Dieser Soldat nebenan«, begann er grimmig. »Er ist der Engländer, der Captain Lorimer erschossen hat, dieser verfluchte Colonel Spencer!« Aufgebracht warf er den Schürhaken in den Korb mit dem Feuerholz. »Sie müssen ihn doch erkannt haben? Am Snakewater Creek hetzte er seine Reiterschwadron auf uns, als wären wir Schlachtvieh!«

Vier Federn blies in ihren heißen Kaffee und sagte ruhig: »Ich weiß, wer er ist.«

»Er hat Legacy zerstört, und Sie retten ihm das Leben?«

»Es war Antonias Entscheidung.«

»Sie hätte sich anders entschieden, wenn sie wüsste, wer er ist«, sagte Joshua wütend.

»Antonia hat Mitleid mit ihm. Das ist in Ordnung.«

»Oh nein, es ist nicht in Ordnung, und das wissen Sie!« Er war ungehalten, dass die Indianerin sich nicht besorgter zeigte. »Wir müssen ihr die Wahrheit über diesen Mann sagen!«

»Die Wahrheit? Glaub mir, Joshua, die Wahrheit ist mehr als das, was du oder ich dafür halten.« Sie nahm ihre Jacke und die Tasche mit den Amuletten und ging hinaus.

Joshua war im Recht, das wusste sie, und wem läge Antonias Wohl mehr am Herzen als ihr? Doch auch Williams Wohl lag ihr am Herzen, ach viel mehr als das!

»Wenn du willst, dass sie die Wahrheit erfährt, dann tu nichts. Warte einfach ab, was geschieht«, sagte sie zu Joshua, der ihr nach draußen gefolgt war. »Jetzt fahr mich nach Hause. Es war ein langer Tag.«

Der Himmel spannte sich über der Welt wie ein leuchtendblaues Fahnentuch. Die ersten Sterne gingen auf, als Joshua nach schweigsamer Fahrt den Wagen beim Altwasserkanal anhielt. Von hier führte ein Fußweg zur Kate der Indianerin. Sie sagte zum Abschied: »Antonia kann den Mann nicht alleine versorgen. Also hilf ihr, Joshua, und bleib in der Nähe.«

»Oh, Sie können sicher sein, Ma'm, ich werde Tag und Nacht ein Auge auf ihn haben, schließlich ist es mein Haus, und er liegt in meinem Bett.«

Antonia erwachte am hellen Morgen. Als sie erkannte, wie lange sie geschlafen hatte, war sie im Nu auf den Beinen. Sie wusch sich das Gesicht und kämmte sich vor dem Kaminspiegel. Sie fand, das viele dunkle Haar machte ihr Gesicht heute besonders blass, und flocht es zu einem festen Zopf, der ihr bis zur Taille über den Rücken fiel. Dann trat sie näher an den Spiegel heran und betrachtete sich eine Weile mit zusammengezogenen Brauen. Der Blick ihrer dunklen Augen war intensiv und verlieh ihrem schmalen Gesicht einen ernsten Ausdruck. Wie Charlene es ihr als Kind beigebracht hatte, schob sie mit den Zeigefingern ihre Mundwinkel nach oben. »Lächeln, Missy, lächeln!«, sagte sie zu ihrem Spiegelbild und musste über die Grimasse lachen. Sofort strahlten ihre Augen. Schnell stieg sie in Reithosen und Stiefel und griff im Hinausgehen nach einem abgetragenen Jagdrock ihres Mannes, die passende Kleidung für das Leben auf der Plantage, fand sie. Für gesellschaftliche Anlässe oder für Besuche in der Stadt wählte sie die komplizierte Garderobe, die ihr Stand ihr vorschrieb. Sonst trug sie gern Männerkleidung.

Sie nahm die Abkürzung und ging quer über ein abschüssiges Stück Wiese zum Wirtschaftshof, einem gepflasterten Platz am Ende des Fahrweges, um den sich die landwirtschaftlichen Gebäude reihten: Gegen Osten lagen die Stallungen und das Kutscherhaus. Nach Süden schloss im rechten Winkel die Scheune an und dann, nach Westen hin, die Remise, ein altes Gebäude mit zwei Torbögen, in dem mehrere Kutschen und Wagen Platz hatten. Über der Remise gab es zwei Dachkammern, die man über eine steile Außenstiege erreichte. Früher hatten die Kutscher der Plantage hier gewohnt. Nachdem die alten Pferdeställe einem Brand zum Opfer gefallen und durch neue, großzügigere Stallungen ersetzt worden waren, hatte man auch ein separates Kutscherhaus errichtet. Die Kammern der alten Remise standen seither leer.

Als Antonia jetzt den Hof überquerte, sah sie, dass die Dachfenster geöffnet waren, und bekam Gewissensbisse: Sie hatte den Engländer im Kutscherhaus einquartiert, weil sie und Vier Federn den Verletzten nicht bis zum Herrenhaus hatten tragen können. Aus seinem Haus verdrängt, war Joshua in die Dachkammer gezogen. Antonia musste mit ihm darüber reden.

Sie traf ihn in der Küche, wo er mit zwei Pfannen am Herd hantierte. Es duftete nach gebratenem Fleisch und scharfen Gewürzen.

»Wunderbar, du hast etwas zu essen gemacht!«, sagte sie. »Ich komme um vor Hunger.«

Joshua brachte Schüsseln mit Hähnchenkeulen, Süßkartoffeln und Chilis und legte ihnen vor. Dankbar stürzte Antonia sich auf ihren Teller. Während Joshua noch mit Essen beschäftigt war, lehnte sie sich zurück und genoss das einfache Gefühl, satt zu sein.

»Ich weiß, es war nicht recht, dass wir diese Pferdegeschichte erfunden haben«, begann sie. »Aber wir mussten dich irgendwie dazu bringen herzukommen. Es tut mir auch leid, dass ich dich aus deinem Haus vertrieben habe.«

»Ist schon gut, Miss Antonia«, meinte er, wich aber ihrem Blick aus.

»Was ist los, Joshua?«

»Nun, Sie wissen so gut wie ich, dass es als Verrat gilt, wenn man den Rotröcken Zuflucht gewährt.«

Sie nickte stumm.

»Wäre es dann nicht das Beste, Sie lassen mich den Engländer nach Fort Wren bringen? Ich kenne den befehlshabenden Major-General Carlyle. Kriegsgefangene werden bei ihm korrekt behandelt. Bitte, Miss Antonia, es ist noch nicht zu spät.«

Sie hatte damit gerechnet, dass er einen solchen Vorschlag machen würde. Joshua war ein besonnener, vernünftiger Mann. Und er hatte recht, es war riskant, den Gegner im eigenen Haus zu beherbergen.

»Ich weiß, du meinst es gut«, sagte sie. »Aber ich habe mich entschieden, für ihn zu sorgen, bis er die Plantage wieder gesund verlassen kann. Das bin ich meiner Überzeugung schuldig.« Nach einer Pause fügte sie hinzu: »Es ist dir doch klar, dass Henry dasselbe für ihn täte, wenn er noch am Leben wäre.«

Joshua sah betroffen auf, aber sie war schon aufgestanden, um nebenan nach dem Kranken zu sehen.

Das Krankenzimmer lag im Halbdunkel. Ein dumpfer Geruch von Wundverbänden und verbrannten Kräutern schlug Antonia entgegen. Sie öffnete die Fenster, bevor sie ans Bett trat. Der Soldat war wach.

»Geht es Ihnen besser?«

Er nickte kurz.

Sie befühlte den Verband an seinem gebrochenen Bein; die Bandagen waren straff und trocken. »Ihr Bein ist gut versorgt«, meinte sie. »Aber ich denke, die anderen Verbände sollten gewechselt werden.«

Wieder nickte er, und sie half ihm, sich aufzusetzen, bevor sie frische Tücher und Salbe holte.

»Bitte ... könnte ich etwas trinken?«

»Natürlich.«

»Aber diesmal ohne irgendwelche Betäubungsmittel. Ich will wach sein.«

Wortlos reichte sie ihm ein Glas Wasser. Er trank es in einem Zug leer; sie füllte das Glas noch einmal, und wieder trank er es ganz leer. Dann bereitete sie einen frischen Verband vor, während er jeden ihrer Handgriffe verfolgte. Hin und wieder, wenn sie meinte, er merkte es nicht, warf sie einen Blick auf sein Gesicht. Er hatte sehr klare, männliche Züge, was durch den Bart mehrerer Tage noch unterstrichen wurde. Seine Nasenlinie, fand sie, war etwas markant, doch Wangen, Mundpartie und Kinn waren gut proportioniert. Ja, sie musste zugeben, er sah gut aus.

Seine grauen Augen machen mich nervös, dachte sie. Wenn er doch einmal lächeln würde! Plötzlich hob er die Brauen, und ihr wurde peinlich bewusst, dass sie ihn zu lange angestarrt hatte. Errötend nahm sie das Verbandszeug wieder auf und sagte: »Sie haben mir noch nicht verraten, wie Sie heißen.«

Er zögerte. »Sie wollen meinen Namen wissen?«

»Aber ja!«

Er überlegte kurz, dann deutete er ein Verneigen an. »William Marshall ... Colonel, zu Ihren Diensten, Madam.«

»Colonel Marshall, es ist mir ein Vergnügen«, erwiderte sie konventionell. »Ich bin Antonia Lorimer.«

»Das Vergnügen ist auf meiner Seite, Miss ...«

»Mistress!«

»Es ist mir eine Ehre, Mrs. Lorimer.«

Sie brauchte lange, um seine Verbände zu wechseln, in Dingen der Krankenpflege war sie völlig ungeübt. Der Patient stöhnte mehrmals vor Schmerzen auf, sodass sie, als sie endlich fertig war, es für das Beste hielt, er würde ein paar Stunden schlafen. Sie holte ein Glas Wasser und die Flasche mit Stechapfelsaft.

»Ich sagte schon, ich will keine Betäubungsmittel, Mrs. Lorimer.«

Diesmal zuckte sie nur mit den Schultern. »Sie trauen mir wohl immer noch nicht?«

»Wie sollte ich? Sie machen mir nicht den Eindruck einer königstreuen Kolonistin.« Er betrachtete sie abschätzend. »Sie werden Ihre Gründe haben, dass Sie mich so aufopfernd pflegen.«

»Was für Gründe bräuchte ich, um jemandem das Leben zu retten?«

»Nun, ich bin Colonel im Dienst Seiner Majestät König George III. Für Offiziere meines Ranges werden von der Armee hohe Lösegelder gezahlt.«

»Sie glauben, ich hätte an Geld gedacht?«

»Warum hätten Sie sich sonst die Mühe gemacht?«

»Vielleicht, Mr. Marshall, weil schon zu viele Menschen in diesem Krieg gestorben sind. Auch mein Mann ist tot, er wurde im vergangenen Winter von englischen Patrouillen erschossen.«

»Patrouillen?«, fragte er interessiert. »War Ihr Mann bei der Miliz?«

»Gezwungenermaßen. Henry lehnte prinzipiell jedes militärische Engagement ab. Aber es kam eine Zeit, da konnte er nicht mehr so tun, als ginge der Krieg ihn nichts an. Er ließ sich für die Miliz anwerben, weil er wohl dachte, auf diese Weise könnte er unsere Plantage beschützen.«

»Was ihm offenbar nicht gelungen ist.«

»Warum reden Sie so verächtlich über ihn? Henry war freundlich und gut, er hätte Ihnen bestimmt auch geholfen.«

Auf einmal hatte sie Tränen in den Augen. Er sollte es nicht merken, darum raffte sie die Verbandsachen zusammen und wollte gehen. Doch er hielt sie zurück.

»Warten Sie, Madam, bitte! Es … tut mir leid.«

»Was tut Ihnen leid? Dass er tot ist?« Ohne die Antwort abzuwarten, ging sie hinaus.

5.

Marshalls Wunden heilten langsam, aber stetig. Antonia und Joshua teilten sich die Krankenpflege. Ganz selbstverständlich übernahm Joshua die Sorge um Marshalls tägliche körperliche Bedürfnisse, während Antonia ein gewisses Geschick bei der Behandlung seiner Verletzungen entwickelte. Ihre Hoffnung, er würde mit fortschreitender Genesung zugänglicher werden, erfüllte sich jedoch nicht. Verdrossen über seine prekäre Lage, von seiner Einheit getrennt und vom weiteren Kriegsverlauf abgeschnitten zu sein, hing er meist düsteren Gedanken nach. Die Untätigkeit des Krankenlagers war ihm zuwider, viel zu früh stand er auf und versuchte zu gehen. Joshua musste ihm ein paar Krücken anfertigen, mit denen er sich jeden Tag an der kurzen Entfernung vom Bett zum Fenster übte.

Joshua behandelte ihn wie einen schwierigen, doch respektablen Gast, blieb aber auf Abstand. Nur wenn Marshall sich nach seinem Pferd Ghost erkundigte, taute Joshua auf. Seit er angefangen hatte, das Pferd durch gezielte Arbeit im Gelände wieder in Form zu bringen, konnte er täglich über Fortschritte berichten. So hatten die Männer ein neutrales Gesprächsthema.

Das Verhältnis zwischen Antonia und Marshall war komplizierter. Er gab sich verschlossen und beschränkte sich in der Unterhaltung auf meist zynische Kommentare. War er einmal in mitteilsamer Stimmung, sprach er über die Jahre seines

Kriegsdienstes in Amerika. Er konnte gut erzählen und, wenn er den formellen Umgangston fallen ließ, sie sogar zum Lachen bringen. Kam aber die Sprache auf persönliche Dinge, wurde seine Miene kalt und abweisend. Auf keinen Fall, das hatte Antonia inzwischen gelernt, durfte sie jene Begebenheit ansprechen, die zu seinen schrecklichen Verletzungen geführt hatte.

Er machte keinen Hehl daraus, dass er ihr nicht traute und sie genau beobachtete. Sein Misstrauen verärgerte sie, dennoch stellte sie ihren Entschluss, ihm auf Legacy Zuflucht zu gewähren, zu keinem Zeitpunkt infrage. Dabei ging es nicht allein um eine moralische Verpflichtung. Sie hatte unter dem Eindruck gelitten, mit Henrys Tod wäre ihr Leben zum Stillstand gekommen. Auch wenn sie ihren Mann am Ende nicht mehr geliebt hatte, vermisste sie seine Ansprache und die Auseinandersetzung mit seiner Gedankenwelt. Nun war Marshall aufgetaucht und brachte ihr Aufregung und erhebliche Unannehmlichkeiten. Aber mit einem Mal hatte ihr Leben wieder einen Sinn.

An einem Abend Ende September saß Antonia auf der Veranda vor dem Kutscherhaus und beobachtete, wie Joshua Ghosts tägliches Training mit ein paar Dressurübungen beschloss. Oben vorm Herrenhaus versammelte er das Pferd und ließ es dann in engen Volten um den Rasenplatz kantern. Antonia war beeindruckt von Ghosts kraftvoller Eleganz und der Harmonie seiner Bewegungen. Sie klatschte anerkennend Beifall, als Joshua zum Hof geritten kam und das erhitzte Pferd zu den Stallungen brachte.

Zurückgelehnt in ihren Sessel, blickte sie abwesend zum Herrenhaus, dessen Westseite mit den weißen Säulen des Portikus in der tief stehenden Sonne leuchtete. Die abendliche Brise raschelte im dürren Laub der Eukalyptusbäume, eine Ammer sang, vom Sattelplatz klang leises Hufeklappern herüber, vertraute Geräusche, die sie kaum wahrnahm, während sie ihren Gedanken nachhing.

Marshall war unbemerkt zur Tür gekommen. Blass und abgemagert nach wochenlangem Krankenlager, in Arbeitshosen, die ihm viel zu weit waren, lehnte er hinter ihr im Eingang. Ohne Krücken war der Weg heraus anstrengender gewesen als erwartet. Aber er hatte es drinnen nicht mehr ausgehalten. Der kühle Wind im Gesicht, an Armen und Oberkörper, die rauen Dielen unter den bloßen Füßen, das machte alle Mühe wett!

Antonia saß ganz still. Den Kopf zur Seite gewandt, schien sie in den Anblick von etwas versunken, das außerhalb seines Gesichtsfeldes lag. Er trat vorsichtig auf die Veranda und folgte ihrem Blick zu einer Villa klassischen Baustils.

»Also das hält Sie auf dieser gottverlassenen Plantage fest!«

Sie fuhr herum. Marshall stand nur einen Schritt hinter ihr. »Was machen Sie hier draußen? Sie sollen noch nicht aufstehen!« Sie sprang auf und schob ihm den Stuhl hin. »Hier, setzten Sie sich.«

Er ging nicht darauf ein, trat aber ans Verandageländer, um sich aufzustützen. »Sie haben ein schönes Haus, Mrs. Lorimer.«

»Sie hätten es vor dem Brand sehen sollen.«

»Wollen Sie mir erzählen, was hier passiert ist?«

»Es war ... ein Überfall, letzten Januar. Eine Einheit der örtlichen Miliz unter dem Befehl meines Mannes hatte ein britisches Munitionsdepot gesprengt. Die Besatzung von Fort Howard verfolgte sie bis zum Snakewater Creek, dort kam es zum Gefecht. Henrys kleiner Trupp hatte keine Chance gegen die britische Kavallerie ...«

»Es waren Dragoons«, warf Marshall ein. »In Fort Howard stand keine Kavallerie, sondern Leichte Infanterie der British Legion.«

»Mag sein. Jedenfalls zerschlugen sie die Miliz. Henry wurde erschossen, der Rest seiner Leute gefangen genommen. Nur Joshua kehrte zurück. Er warnte uns, dass die Soldaten auch hierher kämen, und brachte mich in Sicherheit, bevor die Reiter die Plantage überfielen. Als Vergeltung für den Handstreich auf das Munitionsdepot setzten sie das Haus in Brand und legten auf den Pflanzungen Feuer. Meine Landarbeiter wollten fliehen, aber sie wurden von den Soldaten brutal niedergemacht.«

»Glauben Sie nicht alles, was man Ihnen erzählt, Madam. Englische *Regulars* verhalten sich äußerst diszipliniert, solange man sie nicht provoziert. Wahrscheinlich wollte einer von Ihren Leuten sich als Held aufspielen.«

»Wie denn? Es waren einfache Landarbeiter, freigelassene Sklaven, sie hatten keine Waffen. Diese Soldaten haben wehrlose Menschen erschlagen!«

»In jedem Krieg sterben Zivilisten«, erwiderte er. »Durch Strafaktionen wie diese lernen die Leute, was passiert, wenn ihre Milizen sich mit regulären Truppen anlegen.«

»Lernen!«, fuhr sie ihn an. »Was haben Sie gelernt aus dem, was Ihnen am eigenen Leibe widerfahren ist?«

Sofort gefror seine Miene. »Davon verstehen Sie nichts.«

»Oh, ich denke doch, Mr. Marshall! Immerhin pflege ich Sie schon seit einigen Wochen.«

»Ich hab's mir nicht so ausgesucht!«

»Bitte, dann gehen Sie, ich halte Sie nicht auf.« Wütend kehrte sie ihm den Rücken – und erblickte Joshua am Fuß der Treppe. Er hatte den Wortwechsel gehört und war vom Stall herübergekommen.

»Alles in Ordnung, Miss Antonia?«

Sie biss sich auf die Lippen und sah zu Boden. Joshua kam herauf, er hatte bemerkt, dass Marshall sich kaum noch auf den Beinen halten konnte.

»Es ist spät, Sir, Sie sollten sich ausruhen«, sagte er ruhig. »Kommen Sie, ich bringe Sie hinein.«

Am nächsten Tag brach Antonia zeitig auf, um bei Vier Federn frische Medizin zu holen. Sie folgte einem von Dornenranken und giftigem Sumach überwucherten Pfad durch den Eukalyptuswald und kam nach einer halben Meile an den Altwasserkanal, der den Plains River mit dem Snakewater Creek verband. Die Luft über dem Wasserlauf war voller Dunst und flirrte im Frühlicht. Antonia lief auf dem Dammweg neben dem Kanal weiter, bis sich nach einer Viertelmeile rechter Hand eine Lichtung öffnete, in deren Mitte, erhöht auf einer flachen Anhöhe, eine Kate im vollen Morgenlicht stand. Ein heller Rauchfaden stieg vom Kamin senkrecht zum Himmel. Die Stille ringsum schien dicht und kompakt. Während Antonia durchs taufeuchte Gras zu der Kate ging, tauchte ein Otter aus dem Kanal, setzte sich auf die Hinterpfoten und spähte ihr nach.

»Der Otter da drüben, er beobachtet mich«, sagte Antonia, als Vier Federn ihr die Tür öffnete.

»Otter sind neugierig, wie alle Leute, die am Wasser leben«, meinte Vier Federn. »Möchtest du hereinkommen?«

In der Hütte roch es nach frisch gebrühtem Kaffee. Antonia setzte sich auf die Bank unter dem einzigen Fenster, Vier Federn stellte eine Blechtasse vor sie hin und zog ihren Schaukelstuhl heran.

»Wie geht es dem Engländer?«

»Mal besser, mal schlechter«, sagte Antonia nachdenklich. »Ich sehe ihm an, dass er oft Schmerzen hat. Aber er lehnt es ab, deine Medizin noch länger zu nehmen. Er will fort, wie du gesagt hast. Er versucht schon zu gehen, gestern kam er sogar auf die Veranda herausgehumpelt.«

»Er ist aufgestanden?«, fuhr Vier Federn auf. »Ich habe dir eingeschärft, er darf das Bein sechs Wochen lang nicht belasten.«

Antonia zuckte die Schultern. »Nun, Mr. Marshall hört nicht auf mich. Er macht, was er will.«

»Marshall? Sagt er, sein Name sei Marshall?«

»Ja, er heißt William Marshall. Er ist ein Colonel.«

Vier Federn nickte. »Erzähl mir von Mr. Marshall.«

Antonia zögerte. Sie wollte nicht zugeben, dass der Engländer sie fürchterlich tyrannisierte. »Er ist schwierig ... Joshua mag ihn nicht, weißt du. Aber er versorgt ihn gut.«

»Und du?«

»Ach, ich versuche, freundlich zu sein, aber er ...« Sie begegnete dem forschenden Blick der Indianerin, und da brach es aus ihr hervor: »Ich verstehe ihn einfach nicht! Ich meine, ihm ist etwas Schreckliches widerfahren, und ich möchte ihm gerne Gutes tun. Aber er hat für mich nur Verachtung übrig. Seine anmaßende Art wäre Grund genug, ihn zu hassen!«

Vier Federn sagte nichts dazu. Sie begann, einige Heilmittel einzupacken. Nach einer Weile fragte sie: »Wie ist ihm der Ausflug zur Veranda gestern bekommen?«

»Nicht so gut, glaube ich.«

Vier Federn nahm ein hauchdünnes, mit Bienenwachs verschlossenes kleines Schneckenhaus und legte es vor Antonia auf den Tisch. »Hier, gegen das Fieber.«

»Er wird es nicht nehmen.«

»Oh doch, er wird.«

Als Antonia zurückkam, stand vor dem Haus ein dunkelblauer Landauer. Vier Rappen waren angespannt, am Schlag prangten die Initialen der Hocksleys von Prospero Hill. Der Kutscher in kornblumenblauer Livree stand vorne beim Leitpferd. Er streifte Antonia mit seinem ausdruckslosen Sklavenblick.

Sie war alarmiert, ein Besuch ihres Schwagers verhieß selten Gutes. Nachdem Hocksley sie nicht zum Verkauf der Plantage bewegen konnte, sann er bestimmt auf irgendwelche Schliche, um Legacy doch noch an sich zu bringen. Gern hätte sie darauf verzichtet, ihn überhaupt zu begrüßen. Doch Marshalls Anwesenheit zwang sie, diplomatisch zu sein und die üblichen Höflichkeiten mit Hocksley auszutauschen, bevor sie ihn wieder verabschieden konnte. Keinesfalls durfte er Marshall zu Gesicht bekommen, denn auch ohne viel Phantasie würde er sonst Schlüsse ziehen, die für sie alle verhängnisvoll wären. Aber wo war Hocksley? Und wo war Joshua, jetzt, da sie ihn dringend brauchte?

»Hast du gesehen, wo Mr. Hocksley hingegangen ist?«, fragte sie den Kutscher.

»Ja, Maam.« Der Schwarze nickte träge. »Mass'a Hocksley ist zu den Stallungen gegangen. Er hat den kleinen Grauschimmel gebracht.«

»Grace!« Antonias Herz tat einen Sprung. Sie lief zum Wirtschaftshof, legte die Tasche mit den Medikamenten vorm Kutscherhaus ab und eilte weiter zum Stallgebäude. Als sie durch das Tor trat, hörte sie ihren Schwager mit Joshua reden.

»Du wirst dich ordentlich um das Pferd kümmern, hast du verstanden, Joshua? Es muss neu beschlagen werden, seit Monaten stand es auf der Koppel. So ein wertvolles Tier ist eigentlich viel zu schade für diese Wildnis ... Ah, meine Liebe, da sind Sie ja endlich.«

Antonia blinzelte, als sie in den dämmerigen Stall eintrat. Neben Hocksley stand Joshua und hielt ihre graue Araberstute am Halfter. Das Pferd drängte sofort auf sie zu und stieß sie zutraulich mit der Nase. Antonia streichelte Graces Mähne, ihren feinnervigen Kopf mit dem konkav geschwungenen Nasenrücken.

Mit Tadel in der Stimme bemerkte Hocksley: »Ich bin etwas verwundert, Antonia. Ich denke, Sie sollten ohne Begleitung nicht ausgehen.«

»Sehr freundlich, Theodore, dass Sie sich um mich sorgen. Aber nun, da ich Grace wiederhabe, kann ich ja auf meinen einsamen Wegen allem Ungemach einfach davonreiten.«

Hocksley überhörte ihren Spott. »Es war Dianes Idee. Sie glaubt, Sie hingen an diesem kapriziösen Pferd.« Weil der erwartete Dank ausblieb, setzte er hinzu: »Gut, dann möchte ich Ihre Zeit nicht länger beanspruchen.«

Antonia wollte erleichtert aufatmen, doch plötzlich ertönte am anderen Ende der Stallgasse Ghosts herrisches Wiehern.

»Was ist das?«, fragte Hocksley und schritt an den Reihen leerer Stallabteile vorbei, um sich den imposanten Hengst genauer anzusehen. »Ein prachtvolles Tier!«, staunte er. »Wo haben Sie ihn her? Es ist so gut wie unmöglich, in diesen Zeiten anständige Pferde zu bekommen.«

Antonia überlegte, was sie sagen sollte, als Joshua ihr zuvorkam: »Das Pferd gehört Mr. Marshall.«

»Und wer ist Mr. Marshall?«, wollte Hocksley wissen, worauf Joshua sich Antonia zuwandte und harmlos fragte: »Haben Sie Mr. Hocksley denn nicht von Ihrem Verwalter erzählt, Miss Antonia?« Da sie verständnislos den Kopf schüttelte, erklärte er: »Mr. Marshall ist vor ein paar Tagen hier gewesen, Sir. Er hat sich die Plantage angesehen, um sich ein Bild zu machen, welche Arbeiten fürs Erste anstehen. Er musste noch einmal zu seinem Regiment, wird aber bald wiederkommen und hier die Verwaltung übernehmen.«

Hocksley strich sich den Backenbart. »Ein Verwalter? Das ist eine unerwartete Wendung, nachdem Sie mir neulich erklärten, die Plantage alleine leiten zu wollen.« Er schien Antonias Nervosität nicht zu bemerken »Sagen Sie, wie machten Sie die Bekanntschaft dieses Mannes?«

»Nun, das war so ...«, improvisierte sie, während sie zusammen zum Haus zurückgingen, »Henry lernte Marshall im Feldlager kennen ... etwa vor einem Jahr. Er hat ihm anscheinend von unserer Plantage erzählt und ... na ja, darum kam Marshall nach Legacy.«

Bei seinem Wagen angelangt, ließ Hocksley sich schwer in den gepolsterten Sitz fallen. Bevor er dem Kutscher das Zeichen zur Abfahrt gab, beugte er sich über den Schlag und fragte: »Aber wozu hat der Mann sein Pferd hiergelassen?«

»Damit es sich erholt«, antwortete sie geistesgegenwärtig. »Auch für die Tiere ist ein Feldzug strapaziös. Er ist mit dem Handpferd zurückgeritten. Den Hengst hat er hier zur Pflege untergestellt.«

»Verstehe«, sinnierte Hocksley. Plötzlich fasste er sie schärfer ins Auge. »Vergessen Sie nicht, Ihren Verwalter beizeiten mit den hiesigen Gepflogenheiten vertraut zu machen. Es wäre bedauerlich, wenn der Mann an denselben Schwierigkeiten scheitern würde wie der arme Henry seinerzeit.«

»Wollen Sie wieder gegen mich intrigieren?«

»Aber meine Liebe, wir sind doch eine Familie!«

»Sind wir das, Mr. Hocksley?«

Er wandte sich ab und rief: »Abfahren!«

Ans Gatter gelehnt sah Antonia zu, wie Joshua Grace versorgte. Er striegelte ihr Fell, bürstete die üppige Mähne und den Schweif, danach verriegelte er die Box und stellte den Korb mit Bürsten und Kardätschen beiseite. Er setzte sich auf einen Heuballen, nahm seinen Hut ab, strich sich durchs kurzgeschorene Haar, während er nachdenklich schwieg. Antonia setzte sich zu ihm.

»Wir haben also einen Verwalter, Josh! Eigentlich keine schlechte Idee.« Sie knuffte ihn in die Seite und lachte: »Ich wette, unser Colonel wird von deinem Vorschlag begeistert sein!«

Joshua schien nicht zu Scherzen aufgelegt. »Wie lange wird der Engländer noch hier sein, Miss Antonia?«

»Woher soll ich das wissen? Vier Federn sagt, er brauche noch ein paar Wochen Ruhe. Warum fragst du?«

»Ich habe mir heute die Schäden im Herrenhaus angesehen. Die Bibliothek verfällt. Wenn nichts geschieht, werden nach ein paar stärkeren Regenfällen noch mehr Räume unbewohnbar. Sie sollten das Haus bald instand setzen lassen, sonst ist es zu spät.«

Es stimmte, sie durften die letzten Tage vor den Herbststürmen nicht ungenutzt verstreichen lassen. Aber das bedeutete, sie musste Bauhandwerker kommen lassen. Einerseits wollte sie vermeiden, dass fremde Leute auf die Plantage kamen, solange sie Marshall hier beherbergte. Andererseits kam es nicht in Frage, die Bibliothek und weitere Zimmer mit schönem Mobiliar aufzugeben.

»Gut, ich werde Mr. Shaughnessey fragen, ob er mir ein paar Männer für die Instandsetzung schickt.«

»Und der Engländer?«

»Richtig, der *Engländer!*« Es störte sie, dass Joshua sich weigerte, Marshall bei seinem Namen zu nennen. »Unser *Gast* wird hoffentlich so klug sein, im Kutscherhaus zu bleiben, solange die Bauleute hier arbeiten.«

6.

Die Shaughnesseys lebten auf The Willows, einer Reisplantage flussabwärts kurz vor Borroughton am Plains River. Frank Shaughnessey war ein angesehener, bodenständiger und umgänglicher Mann, und er war ein alter Freund der Lorimers. Unter seinen Sklaven gab es Männer, die er zu Handwerkern für seine eigenen Bauvorhaben ausgebildet hatte und bei Bedarf auch als Leiharbeiter auf die umliegenden Plantagen entsandte. Antonia wollte ihn bitten, die notwendigen Reparaturen an ihrem Haus vorzunehmen, und ihm als Gegenleistung die Nutzung ihrer Indigopflanzungen anbieten.

Joshua hatte den Maultierwagen für sie angespannt. Während sie gemächlich dahinzockelte, dachte sie an ihre Kutschen, die unter Planen geschützt in der Remise auf bessere Zeiten warten mussten. Neben einer altmodischen Equipage und einem komfortablen Landauer stand dort auch ein Phaeton. Seit sie einmal ihre Cousine Elise Raleigh in einem solchen Gefährt auf der River Road schnell wie der Wind hatte vorübergleiten sehen, hatte sie davon geträumt, selber einen Sportwagen zu besitzen. Zu ihrem einundzwanzigsten Geburtstag hatte Henry ihr dann tatsächlich einen meergrünen Phaeton geschenkt. Es war ein verrückter Einfall gewesen, sie konnten sich den teuren Wagen mit dem entsprechenden Gespann eigentlich nicht leisten. Aber wie vollkommen selig war sie doch gewesen!

Am späten Vormittag bog sie von der Landstraße in einen von Radspuren gefurchten Weg, der an den Reisfeldern von The Willows vorbeiführte und nach anderthalb Meilen vor dem alten Farmhaus endete. Das Gebäude, umgeben von Balsamsträuchern und hohen Steineichen, wirkte auf kuriose Weise überladen. Ursprünglich im strengen Stil der ersten Kolonialzeit erbaut, hatte man nachträglich einen von Säulen getragenen antikisierenden Sims vor die niedrige Fassade gesetzt. Die Eingangsstufen waren zu einer breiten Freitreppe umgestaltet worden und die Fenster der oberen Etage zierten Schnitzwerk und Stuck.

Kaum stieg Antonia vom Wagen, öffnete sich die Haustür und ein Dutzend Kinder stürmte die Treppe herunter. Ihnen folgte Frank Shaughnessey, ein Mann so breit wie hoch, mit rotblondem Backenbart und kleinen blauen Augen, die freudig strahlten, als er durch den Schwarm seiner Söhne und Töchter auf die Besucherin zustampfte.

»Wie schön, Sie wieder einmal bei uns zu haben, Mrs. Lorimer. Kommen Sie herein, das Essen wird gerade aufgetragen.«

Bei den Shaughnesseys wurde immer gerade das Essen aufgetragen. Der Hausherr reichte Antonia galant den Arm und geleitete sie in das geräumige Speisezimmer. Mrs. Shaughnessey rauschte herein, eine Matrone in Volants und Spitzen, die Antonia wie eine Tochter an ihrer Seite Platz nehmen ließ.

Die unkomplizierte, von Herzen kommende Freundlichkeit der Shaughnesseys tat Antonia gut. Frank Shaughnessey war der Einzige unter ihren Nachbarn, der ihr nach Henrys Tod beigestanden hatte. Er hatte mit ihren Gläubigern verhandelt und sogar Bürgschaften übernommen, damit ihre Handlungsfreiheit erhalten blieb; dafür hatte sie ihm ein paar von ihren Feldern übertragen, die an The Willows grenzten.

Shaughnessey respektierte Antonias Lebensstil, ihre freiheitliche Weltanschauung. Selbst war er zwar weit davon entfernt, seine Sklaven freizulassen, aber auf seiner Plantage lebten die Schwarzen in anständigen Verhältnissen und besser als so manche der freien Pachtbauern. Und Shaughnessey sorgte dafür, dass seine Sklaven mit ihren Familien zusammenblieben. Vor allem führte ihr Weg nie ins gefürchtete Work House, das Zuchthaus von Charles Town, wo renitenten Sklaven die Regeln des Gehorsams mit der Peitsche in die Haut geschrieben wurden.

Am Nachmittag breitete sich eine tiefe Ruhe über das Anwesen. Die Familie und die Diener hatten sich zurückgezogen, nur Antonia und Frank Shaughnessey saßen noch im Speisezimmer. Ein Luftzug bauschte die Vorhänge aus verblasstem Kattun, die vor den offenen Fenstern über die Bodendielen strichen. Alles Geschirr und das Tafelleinen waren abgeräumt, die Tischplatte schimmerte in dem tiefen Glanz, den Mahagoni nach jahrelangem Gebrauch annimmt.

Shaughnessey hatte längst bemerkt, dass Antonia etwas auf dem Herzen hatte. Aber er wollte sie nicht drängen, nahm eine Prise Schnupftabak und schnäuzte sich umständlich.

Antonia lehnte entspannt in ihrem Stuhl. »Mr. Shaughnessey ...«

»Bitte, nennen Sie mich Frank.«

»Gut, Frank. Sie wissen, Legacy ist alles, was ich besitze.« Er nickte, und sie fuhr fort: »Als ich zurückkam und die verwüsteten Felder sah und was sie mit meinem Haus gemacht hatten, da brach es mir fast das Herz. Henry und ich hatten mit Legacy einmal Großes vor, erinnern Sie sich? Unsere Pläne von einer freien Gemeinschaft? Ach, wir hatten auch gute Zeiten: Henrys ›Selbsternannte Philosophen‹, unsere Debattierabende in der Bibliothek, die vielen Gäste, die damals nach Legacy kamen ... Mit dem Krieg war plötzlich alles zu Ende; Henry lebte nicht mehr, Joshua war in Fort Wren, Charlene und die anderen

Schwarzen hatten sich hierher zu Ihnen geflüchtet oder nach Prospero Hill oder Lyndon Hall. Und meine Pächter«, sie schnaubte verächtlich, »diese Feiglinge machten sich aus dem Staub, bevor der erste Engländer über mein Land ritt.«

Shaughnessey, der unterm Zuhören seine Schnupftabakdose am Rockschoß blank rieb, nickte ihr ermunternd zu. Nun erzählte sie ihm von ihrem Besuch bei Ashley & Bolton in Charles Town, dass die Bank den Kredit gekündigt habe und sie finanziell nicht mehr unterstützen wolle.

»Ein ungemein kluger Yankee namens Tyler legte mir nahe, Legacy zu verkaufen. Aber das kommt nicht infrage, ich will die Plantage behalten. Wo sollte ich denn sonst leben?« Als sie Shaughnesseys aufmerksamem Blick begegnete, rückte sie mit ihrem Vorschlag heraus: »Frank, Sie kennen doch die alte Indigoplantage am Plains River, die wir Gordon's Hunting nennen? Was hielten Sie davon, die Pflanzterrassen samt der Anlage für die Indigoterie, sagen wir, fünf Jahre auf eigene Rechnung zu bewirtschaften? Im Gegenzug schicken Sie mir Ihre Bauleute, damit ich mein Haus wieder bewohnbar machen kann.«

»Na endlich!«, rief Shaughnessey. »Es wurde auch Zeit, dass Sie die Dinge wieder selbst in die Hand nehmen. Das Angebot Ihrer Indigopflanzung klingt interessant, ich werde darüber nachdenken. Mit der Reparatur Ihres Hauses dürfen wir dagegen keine Zeit verlieren.«

Er war nicht davon abzubringen, sofort mit seinem Vormann zu sprechen. Antonia sollte die Heimfahrt noch etwas aufschieben, bis er ihr sagen konnte, wann die Bauarbeiten begannen. So ging sie im Schatten der Vorhalle auf und ab, und während sie wartete, dachte sie an Marshall. Sie machte sich Sorgen. Gestern, nach ihrer Auseinandersetzung, war er in keiner guten Verfassung gewesen. Sie hätte vor ihrer Abfahrt besser noch einmal nach ihm sehen sollen.

»Guten Tag, Mrs. Lorimer Maam.«

Sie hatte die Stimme mit dem dunkel-süßen Klang erkannt,

noch bevor sie den Kopf wandte. Rovena Mougadou, eine hochgewachsene Schwarze, schritt mit stolzem Blick über den Vorplatz auf sie zu. In ihrer schwarzen Tunika und einem Bienenkorbturban, der ihre schlanke Gestalt krönte, erinnerte sie an eine archaische Königin. Rovena entstammte einem Clan afrokaribischer Zauberer auf Saint-Domingue. Ihre Kenntnisse geheimer Praktiken und Rituale des Voodoo-Kultes verschafften ihr einen fatalen Einfluss auf die Sklaven im weiten Umkreis.

Antonia fühlte sich in ihrer Gegenwart nicht wohl. Von der schönen *Antillaise* schien eine unheilvolle Aura auszugehen, die sich ihrer Umgebung augenblicklich mitteilte, als hätten die Vögel aufgehört zu singen.

»Da bist du also wieder, Rovena.«

»Die Engländer gehen – unsere Leute kehren zurück. Nicht alle, natürlich.« Rovena lächelte ohne Freundlichkeit. »Sie haben Ihren Mann verloren, Sie Unglückliche.«

»Ich komme zurecht«, entgegnete Antonia. Es machte sie nervös, wenn diese Frau vom Unglück sprach.

»Sie sind nicht allein auf Legacy, Maam«, sagte Rovena gedehnt. »Wie ich höre, ist Joshua Robert zurückgekommen?«

»Anscheinend sprechen sich die Dinge schnell herum!«

»Manche Dinge sprechen sich herum, Maam, und von manchen erfährt man nie, selbst wenn sie direkt vor unseren Augen geschehen.«

»Was soll das wieder heißen?«

Rovena trat näher an die Stufen heran. »Sie sind nervös, Mrs. Lorimer.«

»Ich bin nicht nervös!«

»Aber Sie machen sich Sorgen.« Rovena starrte sie sonderbar an. »Sie denken an diesen Mann ... Sie fürchten um sein Leben.«

Antonia erschrak, wie konnte Rovena wissen, was in ihr vorging? »Um welchen Mann sollte ich mich sorgen?«, antwortete sie ausweichend. »Du weißt, mein Mann ist tot.«

»Ja, er ist tot!« Rovenas Ton änderte sich schlagartig. »Mass'a Lorimer hatte den Tod verdient, und er wusste es. Sein Schicksal hat ihn nicht überrascht.«

»Was fällt dir ein?«, stieß Antonia hervor. »Hast du vergessen, wie viel mein Mann für deine Leute getan hat?«

»Oh nein, Maam, ich hab's nicht vergessen. Kein Schwarzer in dieser Gegend wird je vergessen, was Mass'a Lorimer uns angetan hat.« Leiser, als vertraute sie ihr ein Geheimnis an, setzte sie hinzu: »Ein besserer Mann hat ihn getötet!« Dann ging sie zu den Sklavenquartieren davon.

Antonia sah ihr fassungslos nach. Obwohl Rovenas ungeheuerliche Anschuldigung gegen Henry böswillig aus der Luft gegriffen sein musste, blieb bei Antonia ein beunruhigendes Gefühl zurück, als sei ihr etwas Wichtiges entgangen. In tiefem Grübeln traf Shaughnessey sie an.

»Was halten Sie davon«, riss er sie aus ihren Gedanken, »wenn ich morgen mit meinem Vorarbeiter Jordan bei Ihnen vorbeischaue?«

»Oh … ja, jederzeit! Danke, Frank, Sie sind wirklich sehr freundlich. Also dann bis morgen.«

Heimwärts lief das Maultier gewohnheitsgemäß in flotterem Trott. Am Himmel zogen breite Wolkenbänke nach Westen, der Sommer ging zu Ende. Antonias Gedanken kreisten um Rovenas Worte: »Kein Schwarzer in dieser Gegend wird je vergessen, was Mass'a Lorimer uns angetan hat …« Was hatte die *Antillaise* damit gemeint? Henry war doch stets für die Sache der schwarzen Sklaven eingetreten. Oder nicht? Sie beschloss, Joshua zu fragen. Er war ein Schwarzer, er musste wissen, wovon Rovena gesprochen hatte.

Als sie in der Abenddämmerung nach Hause kam, sah sie in den Dachfenstern der Remise Licht. Sie führte das Maultier auf die Koppel und brachte ihm einen Eimer Mais. Dann stieg sie die steile Außentreppe zur Dachkammer hinauf. Joshua hatte sie kommen gehört, er stand in der Tür, noch in Arbeitskleidung. Er würde sie nicht hereinbitten. Sie erwartete es auch nicht, sie respektierte diesen privaten Bereich seines Lebens. Schlimm genug, dass sie ihn aus dem Kutscherhaus vertrieben hatte.

»Alles in Ordnung, Miss Antonia? Sie waren lange weg.«

»Ja, und es hat sich gelohnt. Mr. Shaughnessey schickt schon morgen seine Bauleute.« Sie zögerte, denn was sie jetzt ansprechen musste, hatte ihr Joshua, falls Rovenas Andeutungen stimmten, seit Monaten verschwiegen. »Ich traf die *Antillaise* ...«

»Rovena? Sie ist zurück?«

»Sie hat nach dir gefragt, Joshua.«

»Was hätte ich mit ihr zu schaffen?« Er trat auf den Treppenabsatz heraus und lehnte sich lässig ans Geländer. Antonia wusste, seine Gleichgültigkeit war gespielt. Auch wenn er nicht abergläubisch war wie die schwarzen Sklaven, hielt er sich von den Anhängern des Voodoo-Kults, die bei den weißen Landbesitzern als Unruhestifter galten, fern.

»Weißt du, dass sie meinen Mann ›Mass'a Lorimer‹ nennt, als wäre er ein Sklavenhalter gewesen? Anscheinend gibt es böse Gerüchte.«

»Was für Gerüchte?«

»Das solltest du besser wissen als ich, Joshua!«, sagte sie schärfer als beabsichtigt. »Du kennst die Schwarzen von den Plantagen, sie reden mit dir.«

»Die Leute reden viel, Miss Antonia.«

»Rovena sagte, Henry habe etwas Schlimmes getan, etwas Unverzeihliches.«

»Sie soll sich besser um ihren eigenen Ruf sorgen! Denken Sie nicht mehr über diese dumme Geschichte nach.«

»Also gibt es eine Geschichte?«

»Nur leeres Geschwätz ... Sie dürfen so etwas nicht ernst nehmen.«

»Was soll ich nicht ernst nehmen?«

Joshua sah, dass sie sich nicht damit zufriedengeben würde.

»Also gut, es ist ungefähr ein Jahr her. Erinnern Sie sich noch, wie die Sklaven, die mit den Engländern fortgezogen waren, nach und nach wieder eingefangen und zu ihren früheren Besitzern zurückgebracht wurden? Irgendwann einmal hieß es, Mr. Lorimer habe dabei seine Hand im Spiel gehabt.«

»Das ist absurd! Henry so etwas zu unterstellen, nachdem wir unsere Sklaven freiließen ...«

»Bei Gott, Miss Antonia, ich habe diesem Gerede nie geglaubt!«

»Nein, du nicht, Joshua.«

Wer würde erzählen, dass Henry sich unter der Hand am Sklavenhandel beteiligt habe? War er nicht seiner liberalen Haltung wegen von anderen Pflanzern scharf kritisiert worden? Ein Sinneswandel hätte ihn in Pflanzerkreisen rehabilitiert. Doch das war nicht geschehen, die meisten hatten ihn zeit seines Lebens für einen verantwortungslosen Träumer gehalten. Und doch kursierten offenbar Gerüchte, wonach er ein Kopfgeldjäger gewesen sein soll. Konnte sie sich so in ihm getäuscht haben? Sollte seine Menschenfreundlichkeit nur eitle Attitüde gewesen sein, während er sich in Wahrheit am Handel mit entlaufenen Sklaven bereicherte? Die Vorstellung, von Henry so schändlich betrogen worden zu sein, war kaum zu ertragen. Sie fühlte sich mit einem Mal erschöpft. Zu erschöpft, dachte sie, um sich auch noch mit Marshall auseinanderzusetzen, der ihr zu Recht vorhalten würde, ihn den ganzen Tag vernachlässigt zu haben.

»Wie geht es unserem Patienten?«, fragte sie mit Blick zum Kutscherhaus.

Augenblicklich verdüsterte sich Joshuas Miene. »Zur Hölle mit ihm!«, grollte er. »Der Kerl weiß gar nicht, was für ein Glück er hatte, dass sein Gaul ihn gerade hier fallen ließ. Ein paar Meilen weiter, und sie hätten ihn am nächsten Baum gehenkt!«

»Joshua, bitte«, sagte sie müde und ging die Treppe hinunter.

»Hören Sie, ich weiß doch, wen ich vor mir habe!«, rief er ihr nach. »Ihr Colonel ist keiner dieser feinen Stabsoffiziere. Wie lange wollen Sie denn noch die Augen vor der Wahrheit verschließen, Miss Antonia? Denken Sie an seine Uniform, an die Waffen, an seine verächtliche Haltung: Er ist ein Dragoon, und zwar einer der schlimmsten Sorte, glauben Sie mir! Ich habe an Mr. Lorimers Seite gegen diese Schlächter gekämpft.«

Antonia wandte sich am Fuß der Treppe um. »Wie geht es ihm?«

»Was kümmert's mich, wie es ihm geht!«

»Joshua!«

»Na ja, heute war nicht viel mit ihm los. Jedenfalls machte er keinen Versuch aufzustehen. Er wollte auch nichts essen. Als ich ihm was zu trinken brachte, hat er mich zum Teufel gewünscht ...«

Antonia hörte schon nicht mehr zu, sie rannte zum Kutscherhaus.

Die Petroleumlampe neben dem Bett war heruntergedreht. Aufgestützt auf ein paar Kissen, schien Marschall im Halbschlaf vor sich hinzudämmern. Antonia erkannte sofort, dass es ihm schlechter ging; die Schatten auf seinen Wangen, die tiefen Linien um seinen Mund verhießen nichts Gutes. Sie ging zum Fenster und zog die Vorhänge zu. Langsam wandte er den Kopf in ihre Richtung.

»Wie fühlen Sie sich?«, fragte sie behutsam. »Joshua meinte, Sie hätten keinen guten Tag gehabt?«

Er antwortete nicht.

Wie lange würde sie seine Zurückweisung noch hinnehmen müssen?, dachte sie und seufzte. Warum konnte er sich nicht damit abfinden, für eine gewisse Zeit auf ihre Hilfe angewiesen zu sein?

Schweigend bereitete sie frische Verbände vor. Als sie ans

Bett trat und die äußeren Bandagen um seinen Oberkörper zu lösen begann, wich er plötzlich zurück; er schüttelte den Kopf, bedeutete ihr, sie solle aufhören. Im selben Augenblick spürte sie die Hitze, die durch seine Verbände drang. Beunruhigt fasste sie seine Handgelenke. Die Haut glühte, sein Puls ging zu schnell. Vier Federn hatte recht gehabt, er hätte nicht aufstehen dürfen.

»Mr. Marshall, bitte sehen Sie mich an!«, sagte sie eindringlich und schüttelte seinen Arm. »Kommen Sie, erkennen Sie mich? Mr. Marshall?«

Er nickte vage, doch seine Augen wirkten trüb.

»Hören Sie mir zu«, sagte sie laut. »Sie müssen etwas gegen das Fieber einnehmen. Ich werde hinausgehen und Medizin für Sie holen. Bis ich zurück bin, müssen Sie sich wach halten, haben Sie das verstanden? Versuchen Sie, wach zu bleiben!«

Sie lief in die Küche, wo sie Joshua damit beschäftigt fand, ihre Tasche auszupacken und die Arzneien auf dem Küchentisch zu sortieren. Sie nahm das kleine Schneckenhaus mit dem fiebersenkenden Mittel und wollte gleich wieder gehen, als sie Joshuas schuldbewusste Miene bemerkte.

»Du kannst nichts dafür, Joshua. Das Fieber hat er sich selbst zuzuschreiben.«

»Man könnte ihn in nasse Tücher hüllen«, sagte er. »Wenn Sie wollen, kümmere ich mich darum.« Sie warf ihm einen dankbaren Blick zu und war schon bei der Tür, als er brummte: »Aber das tue ich nur Ihretwegen!«

Marshall war noch bei Bewusstsein. Sie half ihm, sich aufzusetzen.

»Machen Sie den Mund auf«, sagte sie und legte ihm das Schneckenhaus auf die Zunge. »Sie müssen es zerkauen und hinunterschlucken.«

Danach gab sie ihm Wasser zu trinken. Sie musste ihn stützen, aber er war so schwer, dass sie ihn kaum halten konnte. Ohne Joshuas Hilfe, das wurde ihr wieder bewusst, hätte sie ihn niemals versorgen können. Als Joshua mit einem Ballen nasser Laken hereinkam, erklärte sie Marshall, was sie vorhatten. Soweit die Verbände es erlaubten, wickelten sie ihn in die feuchtkalten Tücher. Zuletzt deckten sie den Fiebernden mit zwei Decken zu. Mehr konnten sie im Augenblick nicht für ihn tun. Joshua versprach, später in der Nacht noch einmal nach ihm zu sehen, und ging zur Remise zurück.

Antonia wollte so lange bleiben, bis sich Marshalls Zustand gebessert hätte. Sie setzte sich an sein Bett und beobachtete ihn. Er hatte die Augen geschlossen, atmete schwer, manchmal sprach er im Fieber zerrissene Sätze, die sie nicht verstand. Die Temperatur schien, nachdem die Arznei zu wirken begann, noch gestiegen zu sein. Er keuchte und wälzte sich unruhig von einer Seite zur anderen. Antonia musste ihn festhalten, damit er die Tücher und Decken nicht wieder abstreifte. Endlich, nach über einer Stunde fiel die Anspannung von ihm ab und er atmete gleichmäßiger. Vielleicht schlief er. Sie strich seine langen Haare zurück, die feucht an seinen Schläfen klebten, und ließ ihre kühle Handfläche über seine Wangen gleiten. Mit einer Fingerkuppe fuhr sie die Linie seines Lippenbogens nach. Dann beugte sie sich herab und küsste ihn.

Als Joshua später hereinkam, fand er Antonia schlafend neben Marshall. Er griff nach Marshalls Handgelenk und konnte keine Anzeichen mehr von Fieber feststellen. Ohne ihn zu wecken, nahm er ihm die feuchten Tücher ab und deckte ihn ordentlich zu. Antonia wurde darüber nicht wach. Er breitete auch über sie eine Decke, ehe er den Raum wieder verließ.

Ein Sonnenstrahl stahl sich durch ihre Wimpern. Antonia blinzelte und hielt die Hand vor die Augen gegen das grelle Tageslicht. Die Vorhänge waren zurückgezogen, die Fenster weit geöffnet. Sie war allein. In eine Wolldecke gerollt lag sie in der Mitte des großen Vierpfostenbettes. Bei dem Gedanken, dass sie hier die ganze Nacht verbracht hatte, war sie sofort hellwach.

Jetzt bemerkte sie auch den betriebsamen Lärm, der durch die offenen Fenster hereinschallte, ein stetes Klopfen und Hämmern, dazwischen gelegentliche Zurufe: Shaughnessey und seine Bauleute! Schnell war sie aus dem Bett und stieg in ihre Stiefel – wer hatte sie ihr ausgezogen? In der Küche roch es nach Kaffee, die Kanne stand auf der Herdplatte, aber es war niemand da. Sie warf einen Blick durchs Fenster. Oben vor dem Herrenhaus standen zwei Lastwagen. Unter den Anweisungen Shaughnesseys und seines Vormanns luden ein paar Schwarze Dachbalken und Bauholz ab und trugen es zum Haus. Alles schien in bester Ordnung.

Wenn sie sich beeilte, konnte sie Marshall vielleicht finden, bevor er Shaughnessey oder sonst jemandem in die Arme lief. Sie flocht sich in aller Eile das Haar, strich ihre Bluse glatt und wollte die Jacke nehmen, die sie gestern über einen Stuhl gehängt hatte, aber da hing sie nicht mehr. Er hat sich Henrys Jagdrock genommen!, dachte sie empört und zog heftiger als notwendig die Eingangstür auf.

Marshall stand zwei Schritte weiter an der Hauswand. Durchs Fenster hatte sie ihn dort nicht bemerkt. Lässig auf die Krücken gelehnt, beobachtete er, was oben am Herrenhaus vor sich ging. Beim Klappen der Tür sah er sich zu ihr um.

»Haben Sie gut geschlafen, Madam?«

»Das sollte ich eher Sie fragen!« versetzte sie, noch unentschieden, ob sie erleichtert oder verärgert war. »Was machen Sie hier draußen? Sie müssten doch gemerkt haben, dass es Ihnen nicht guttut herumzulaufen.«

»Geht es mir vielleicht nicht gut?«

»Trotzdem sollten Sie wieder hineingehen. Sie sehen doch, dass Leute gekommen sind. Wenn Sie nun jemand hier entdeckt? Ich meine, wollen Sie mich unbedingt in Schwierigkeiten bringen?«

»Frauen wie Sie bringen sich selber in Schwierigkeiten.« Er kam zu ihr herüber, stellte die Krücken beiseite und fasste sie an den Schultern. »Dachten Sie, ich merke es nicht, wenn Sie mich küssen?« Er zog sie sacht an sich. Sie war so überrascht, dass sie es zuließ. Als er sie aber in den Arm nehmen wollte, stieß sie ihn unsanft zurück, dass er aufstöhnte vor Schmerz.

»Oh, Entschuldigung! Das ... tut mir leid!« Sie errötete und redete schnell weiter: »Bitte, Sie sollten nicht hier draußen bleiben. Sie sehen ja, ich muss jetzt gehen und mit den Leuten dort oben reden. Also würden Sie mir bitte Henrys ... würden Sie mir die Jacke geben? Mir ist kühl.«

Er blickte an sich herab und erkannte, wessen Rock er da trug. Sofort zog er die Jacke aus und reichte sie ihr. Dann nahm er die Krücken, während sie die Tür aufhielt und wartete, bis er hineingegangen war.

Shaughnessey hatte Wort gehalten und war gleich in der Früh mit seinen Handwerkern, zwei Fuhren Baumaterial und dem nötigen Werkzeug nach Legacy gekommen. Er hatte bereits mit Joshua einen Rundgang gemacht und sich einen Überblick über die Schäden verschafft. Nun besprach er sich mit seinem Vormann, als Antonia zum Haus kam.

»Hallo Frank! Mr. Jordan!«, begrüßte sie die Männer auf dem Vorplatz.

Jordan tippte an seine Kappe, Shaughnessey lüftete den Hut.

»Guten Morgen, Antonia. Ich hoffe, es stört Sie nicht, dass wir uns schon mal umgesehen haben.«

»Hat Joshua Ihnen alles gezeigt?«

»Das hat er. Jetzt ist er nach Borroughton gefahren und besorgt, was uns an Material noch fehlt.« Er wandte sich dem Gebäude zu. »Ich kann Sie beruhigen: Von oberflächlichen Brandspuren mal abgesehen, scheint mir das Wohngebäude intakt. Die tragenden Teile sind gemauert, Fußböden und Decken bestehen aus Hartholz, da kann ein Feuer so schnell nichts ausrichten. Die Schwachstelle war der Anbau, das leichte Deckengebälk der Bibliothek wurde bei dem Brand als Erstes zerstört.

Doch Sie hatten Glück im Unglück: In jener Nacht fegte ein Unwetter über unsere Gegend, die heftigen Wolkenbrüche hatten das Feuer bald gelöscht. Sie erinnern sich doch noch an diesen Sturm, Mr. Jordan?«

»Na klar. Das war 'n richtiger Orkan, Sir, ungewöhnlich für die Jahreszeit.« Jordan verbeugte sich vor Antonia, ehe er fortfuhr: »Ihre Leute, Ma'm, die kamen gleich nach dem Überfall zu uns. Sie sagten, es war wie beim Jüngsten Gericht: die blindwütenden Reiter, das Feuer, der Sturm.«

»Furchtbar. Die armen Leute!«, sagte Antonia. »Ich war in Charles Town und habe nie genau erfahren, was sich in jener Nacht abgespielt hat.«

»Nun, Ma'm, der alte Seth war dabei.« Jordan rief über den Vorplatz: »Seth, komm mal her!« Shaughnesseys schwarzer Kutscher stieg vom Wagen und kam zu ihnen herüber. »Erzähl Mrs. Lorimer von dem Überfall, Seth.«

Antonia war sich nicht sicher, ob sie Seths Geschichte hören wollte. Doch der Alte fing gleich an: »Kann mich erinnern, als wär's gestern gewesen: Ich sitze mit den Jungs unten in Coles Hütte, als plötzlich jemand Alarm schlägt. Wir laufen raus, sehen Reiter mit Fackeln, fünfzig, vielleicht sechzig Mann, die in vollem Galopp durch die Allee heranstürmen. Wir können uns gerade noch im Wald verstecken, dann sind sie da und hauen mit ihren Säbeln alles kurz und klein. Ein Trupp reitet zu den Feldern und legt dort Feuer, andere treiben die Leute aus der Siedlung. Die Frauen schreien, alle versuchen zu entkommen. Wer zu langsam ist und kein Versteck findet, wird erschlagen oder kommt unter die Hufe.«

Seth räusperte sich, spuckte auf den Boden. »Ihr Anführer, der steht mit seinem Riesenpferd hier oben, genau auf diesem Platz, und sieht zu, wie seine Männer die Plantage verwüsten. Schließlich befiehlt er, das Haus anzuzünden. Die Soldaten werfen ihre Fackeln aufs Dach und durch die Fenster, schon schlagen von innen die Flammen heraus, da bricht auf einmal ein Sturm los. Aus allen Richtungen heult der Wind und facht das Feuer so richtig an. Die Soldaten rücken ab, nur der Kommandeur bleibt noch da. Er starrt auf das brennende Haus und kann sich nicht losreißen. Und sein Höllenpferd scheut nicht vor den Flammen, weicht keinen Schritt zurück. Erst als mit Blitz und Donner dann die Wassermassen vom Himmel stürzen, sprengt er seiner Truppe hinterher.«

Die Männer nickten, manche kommentierten Seths Bericht. Antonia schwieg, vor ihrem inneren Auge erstand das Bild des Übeltäters, das Seth heraufbeschworen hatte: Ein arroganter Engländer, der hoch zu Ross vor ihrem brennenden Haus paradiert. Doch unversehens wandelte sich das Bild: Statt des englischen Reiters jener Sturmnacht sah sie jetzt Joshua, wie er mit Ghost in der Abendsonne vor dem Haus seine Volten reitet.

Shaughnessey bemerkte, dass sie die Brauen zusammenzog. »Alles in Ordnung, Antonia?«

»Oh ... Ja, sicher! Also, wie wollen Sie beginnen, Frank?«

»Wir werden in der Bibliothek eine neue Decke einziehen. Dadurch retten wir das Gebäude und verhindern, dass die Wetterschäden auf Ihr Wohnhaus übergreifen. Ich schätze, meine Leute werden damit die nächsten drei, vier Wochen beschäftigt sein.«

»Genau so machen wir es, Frank. Und danke für alles!«, sagte Antonia. Doch sie hatte kaum zugehört.

Nachdenklich sah sie Shaughnesseys Wagen nach. Als nur noch das Rauschen in den Baumkronen zu hören war, stieg sie zum Portikus ihres Hauses hinauf und betrachtete die Schäden, die der Brand hinterlassen hatte. Sie dachte an Seths Geschichte, an den englischen Kommandeur auf seinem Höllenpferd vor dem brennenden Haus und an Joshua auf Marshalls schwarzem Hengst. Ghost hatte seinen verletzten Herrn nach Legacy gebracht. Ausgerechnet nach Legacy.

7.

Nach dem letzten schweren Fieberschub ging es William mit jedem Tag besser. Wenn sein Bein auch noch lange nicht geheilt war, benötigte er doch immer seltener Joshuas Hilfe.

Es hielt ihn nicht mehr im Haus. Das Gehen tat zwar so höllisch weh, dass ihm manchmal fast übel wurde. Trotzdem war er schon ein paar Mal auf Krücken zu den Stallungen gegangen, um nach Ghost zu sehen. Joshua hatte das Pferd gut gepflegt. Der Mann verstand etwas von seinem Fach, so viel war sicher.

William wollte endlich wieder ausreiten. Natürlich musste er vorsichtig sein. Sein erstes Training wollte er davon abhängig machen, wie sicher er sich fühlte. Er würde sich zunächst auf ruhigen Seitenwegen halten und es beim Ritt querfeldein für den Anfang bei leichtem Gelände ohne Hindernisse belassen. Er war vor Tagesanbruch aufgestanden. Nachdem er sich sorgfältig rasiert hatte, betrachtete er sich im Spiegel über dem Waschtisch. Er sah verdammt blass aus! Wochenlang war er kaum an der Luft gewesen. Noch länger nur hier drin, und er würde verrückt werden. Es ging ihm körperlich wieder gut genug. Keinen Tag mehr würde er sich vorschreiben lassen, was er tun durfte und was nicht.

Vor dem Spiegel kämmte er sein Haar zurück und band es im Nacken zusammen. Die Lady hatte für ihn Kleider in den Schrank gelegt, auch seine eigenen Sachen, mit Ausnahme des Waffenrocks. Die grüne Montur mit den goldenen Litzen hatte sie sicher irgendwo versteckt, genau wie seine Pistolen und den Säbel. Wie war sie doch naiv!

Beim Ankleiden stellte er fest, dass er seine Bocksleder-Breeches nicht tragen konnte; die Knopfleiste lag direkt über dem Beinverband. Also wählte er ein Paar von Joshuas langen Reithosen. Er setzte sich aufs Bett, jetzt kam der unangenehme Teil: Vorsichtig stieg er mit dem rechten Fuß in den Reitstiefel und zog ächzend vor Schmerz den Stiefelschaft über die bandagierte Bruchstelle. Zum Teufel, warum dauerte es so lange, bis das Bein wieder in Ordnung war! Wenigstens die Rippenbrüche und Schnittverletzungen am Oberkörper waren weitgehend verheilt, obwohl ... Er sollte sich das nächste Mal besser vorsehen, wenn er der Kleinen näherkam. Den zweiten Stiefel in der Hand, saß er auf der Bettkante und blickte in die Morgendämmerung hinaus. Was hatte sie denn erwartet? Dauernd war sie in seiner Nähe, ihr musste doch klar sein, woran er ständig dachte. *Dafür* ging es ihm allemal gut genug. Bei der nächsten Gelegenheit würde er seinen Wünschen mehr Nachdruck verleihen.

Er zog den anderen Stiefel an, band die Stiefelriemen fest. Nur auf eine Krücke gestützt ging er langsam auf und ab, um das Bein an die Belastung zu gewöhnen.

Wieso hatte sie sich neulich so geziert? Ob sie sich vor ihm fürchtete? Er war ein Offizier und Gentleman, er würde niemals einer Frau etwas antun – außer natürlich, was man einer Frau als Mann nun mal antat. Genug jetzt! Bis er von seinem Training zurückkam, wollte er nicht mehr an sie denken. Er nahm den dunklen Mantel vom Haken, den Joshua ihm überlassen hatte, zog ihn über Hemd und Weste und ging hinaus.

Als er den Stall betrat, schnaubte Ghost und schüttelte die Mähne. William klopfte ihm die Schulter, zog den Pferdekopf zu sich her und streichelte ihn freundschaftlich. Während er das große Tier sattelte und zäumte, dachte er an die Jahre und die Gefahren des Krieges, die sie durchlebt und gemeinsam bestanden hatten. In Fragen der Disziplin duldete William keine Ausnahme, das galt auch für Ghost. Er hatte ihm mörderische Gewaltritte abverlangt und Unterordnung in einem Maße, wie sie ein weniger charakterfestes Pferd kaum verkraftet hätte. Und doch hatte Ghost ihm stets Treue bewiesen. Ihm hatte William es zu verdanken, dass er noch am Leben war.

Im letzten Gefecht waren sie gestürzt. Ein strauchelndes Kavalleriepferd hatte Ghost zu Fall gebracht ... Beim Aufprall des schweren Tierkörpers auf dem unebenen Boden wurde Williams rechter Unterschenkel zertrümmert. Ghost kämpfte sich wieder hoch und jagte ohne seinen Reiter davon, während der gegnerische Angriff über William hinwegging. Wie durch ein Wunder überlebte er und versuchte, kriechend die Deckung eines nahen Wäldchens zu erreichen. Er war noch nicht weit gekommen, als er drei Reiter sah, die sich über das Schlachtfeld näherten. Eine Patrouille der Landwehr, die den regulären Truppen der Rebellenarmee folgte. Sie hatten ihn entdeckt und ritten geradewegs auf ihn zu. Jeder Versuch zu entkommen war zwecklos. Also erwartete er sie mit dem Schwert in der Hand.

Die Männer ritten ohne Eile heran. Zwei von ihnen trugen die provisorischen Uniformen der Miliz mit den Rangabzeichen eines Captain und eines Lieutenant. Der dritte war ein junger *Minuteman*, er trabte auf einem sattellosen Indianerpony zwei Pferdelängen hinter den anderen her. Sie zügelten ihre Pferde, der Captain gab das Zeichen zum Absitzen.

»Colonel Spencer, wenn ich mich nicht irre?«, sagte er überrascht, dann an seine Begleiter gewandt: »Gentlemen, der Kommandeur der gefürchteten Dragoons!«

William hielt sie mit der gezückten Waffe auf Abstand. »Wann ... hatten wir das Vergnügen?«, stieß er keuchend hervor.

»Lenud's Ferry, vergangenen Mai, ein Gefangenenaustausch«, erwiderte der Captain, »zehn Milizionäre für Ihren verängstigten kleinen Kornett. Wir hatten dem Jungen kein Haar gekrümmt. Unsere Männer dagegen waren halb tot, als Sie sie uns zurückschickten. Wie auch immer«, er salutierte lässig, »ich bin Captain Reed, South Carolina Militia. Das ist Lieutenant Roscoe.«

Der Lieutenant trat einen Schritt vor. »Ziemlich ungewöhnlich, Sie am Boden zu sehen, Colonel«, höhnte er in einem eigentümlich schleppenden Tonfall. »Was ist passiert? Ist Ihnen

Ihr Gaul weggelaufen?« Er winkte den Adjutanten heran, der bei den Pferden gewartet hatte. »Kommen Sie, Quinn, das dürfen Sie sich nicht entgehen lassen: Spencer, der Schlächter, kriecht vor uns im Dreck!« Er schritt außer Reichweite des Säbels um William herum, der sich am Boden wand beim Versuch, den Lieutenant mit der Waffe auf Abstand zu halten.

»Ihr Dragoons liebt eure Schwerter, was?«, spottete Roscoe und setzte das entwürdigende Spiel eine Weile fort. Dann zog er eine Pistole und legte auf William an.

»Halt, Lieutenant«, sagte Reed, »der Mann ist Offizier der Britischen Armee.«

»Er hat Truppen von Loyalisten befehligt, er ist nicht besser als diese Bande von Verrätern!«

»Sie dürfen ihn dennoch nicht erschießen!«

»Das hab ich auch nicht vor. Ich will ihn entwaffnen.« Roscoe hob die Pistole und zerschoss Williams Fechtarm. Der Schuss übertönte Williams Aufschrei, als er getroffen zurückgeworfen wurde. Der Säbel lag nutzlos am Boden.

»Das war unnötig«, wies Reed seinen Lieutenant zurecht.

»Werden Sie nicht sentimental, Captain.« Roscoe steckte die Pistole in das Holster zurück. »Wir haben noch nicht einmal richtig angefangen.«

»Angefangen? Ich weiß nicht, was Sie meinen, Lieutenant.«

»Wirklich nicht?« Roscoe trat nah an Reed heran. »Dann werde ich es dir sagen, Algernon: Monatelang haben wir Spencer verfolgt. Jetzt werden wir mit ihm abrechnen, das sind wir Henry schuldig. Oder hast du vergessen, dass der Engländer unseren Freund kaltblütig umgebracht hat?«

Reeds Züge wurden hart. »Nein, das habe ich nicht. Aber wir müssen Spencer als Gefangenen korrekt behandeln.«

»Wer sagt, dass wir ihn gefangen nehmen?«

Sie tauschten einen Blick. Schließlich nickte Reed.

»Quinn, Sie reiten zurück zum Lager«, befahl er seinem Adjutanten. Dann legten er und Roscoe ihre Waffen ab. William hielt ächzend seinen blutenden Arm umkrampft, während er zusah, wie sie ihre Helme und die blauen Röcke mit den Rangabzeichen auszogen und zu den Waffen ins Gras legten. Nun, da sie sich ihrer soldatischen Attribute entledigt hatten, würde es für ihn keine Gnade geben.

»Es geht los, Spencer«, sagte Roscoe und versetzte ihm den ersten Tritt ... Ghost hatte ihn am nächsten Tag gefunden. William erinnerte sich lückenhaft an einen Ritt von zwei oder drei Tagen, der ihn zu diesem Stall gebracht hatte. Über einen Monat war das jetzt her.

Einen Arm über Ghosts Widerrist gelegt, führte er das Pferd bis zum Tor. »Warte, wir brauchen kein Publikum.« Er fasste mit einer Hand den Sattelknauf, mit der anderen den Sattelkranz, dann biss er die Zähne zusammen, stieß sich mit dem gesunden Bein vom Boden ab und zog sich in den Sattel. Gekrümmt, mit flachem Atem wartete er, dass der Schmerz in den Rippen nachließ, bevor er sich langsam aufsetzte. Den linken Steigbügel nahm er auf, das kaum verheilte rechte Bein ließ er locker herabhängen, so ritt er aus dem Stall, über den Wirtschaftshof und den Hang hinauf zum Herrenhaus.

Auf dem Vorplatz hielt er an. Aus der Nähe betrachtet, traten die Schäden an der Fassade deutlicher hervor. Das zerstörte Halbrund der Bibliothek mit Säulen und Kapitellen glich einer antiken Ruine. William dachte unwillkürlich an eine Bühnenkulisse für eine griechische Tragödie. In den Fenstern der oberen Etage spiegelte sich der Sonnenaufgang. Alles war ruhig, so ruhig, als stünde die Zeit still. Genau hier, von diesem Platz aus hatte er den Anschlag auf Legacy befohlen, als er in jener Sturmnacht mit seinen Männern hergekommen war, um die Bestrafung des Rebellen zu vollenden. Und genau wie damals, als er das Haus verlassen vorfand, fühlte er auch jetzt den Zorn der Enttäuschung. In einem Reflex trat er dem Pferd in die Flanken. Ghost warf sich auf der Hinterhand herum, und sie galoppierten durch die Allee davon.

»Was soll das heißen: Er ist fort?«

Antonia wandte sich entnervt vom Fenster ab. Joshua hantierte zwischen Herd und Küchentisch, goss Kaffee in zwei Tassen, schnitt Brot auf und verteilte gebratene Eier mit Speck auf die Teller.

»Er hat Ghost aufgezäumt und ist weggeritten«, erzählte er beiläufig. »Ich frage mich, wie er in den Sattel gekommen ist.« Er brachte die Teller zum Tisch und setzte sich. »Kommen Sie, essen Sie Ihr Frühstück, bevor es kalt wird.«

»Joshua! Auf den Straßen wimmelt es von Kriegsheimkehrern, an allen wichtigen Wegkreuzungen von hier bis Fort Wren stehen Militärposten. Was ist, wenn ihn jemand erkennt? Wenn sie ihn aufgreifen?«

»Das wird nicht passieren, glauben Sie mir. Der Mann gehört zu den bestausgebildeten Soldaten der Britischen Armee. Falls er da draußen jemandem begegnet, würde ich mir um den anderen größere Sorgen machen.«

Er hatte sein Frühstück beendet, trank den letzten Schluck aus seiner Kaffeetasse und stellte Antonias unberührten Teller zurück zum Herd. »Kommen Sie, Shaughnessys Leute werden bald hier sein«, sagte er, nahm seinen Hut vom Haken und hielt ihr die Tür auf. Weil sie zögerte, setzte er hinzu: »Sie können ihn nicht einsperren. Keine Sorge, er wird schon auf sich aufpassen.«

Sie gingen zusammen zum Herrenhaus. Geräuschvoll fuhr ein Stellwagen vor, Shaughnessys Arbeiter sprangen von der Ladefläche und luden Leitern und Seilzeug ab. Antonia drehte sich auf der Eingangstreppe um und blickte die Allee entlang. Joshua, der ihrem Blick folgte, sagte nachdenklich: »Hoffentlich nimmt er den Rückweg durch den Wald.«

Sie fiel aus allen Wolken. »Glaubst du, dass er zurückkommt?«

»Ja, was denn sonst?« Er lachte. »Dieser Engländer leidet zwar an schwerer Selbstüberschätzung, aber er ist nicht verrückt.«

William ritt an verwahrlosten Pflanzungen vorbei, an schlammigen Abzugsgräben und Schwemmbecken, die vollständig von Wasserhyazinthen überwachsen waren. Nach einer Meile kam er an das Stauwehr, das die Bewässerungsanlagen von Legacy mit dem Plains River verband. Das Wehr war geflutet, die Klappen zur Wasserstandsregulierung fehlten oder waren von Ablagerungen blockiert oder verrottet.

Er folgte dem Fluss, der die Besitzungen im Nordosten begrenzte, und schwenkte nach einer knappen Meile nach Süden. In den unwegsamen Auwäldern von Weiden und Schwarzpappeln ließ er das Pferd in Schritt fallen, um seinem verletzten Bein etwas Erleichterung zu verschaffen. Bald traf er auf einen künstlichen Wasserlauf, der zwischen erhöhten Uferdämmen dahinfloss und zu einer Lichtung führte, die in der vollen Morgensonne lag. Vom Boden stieg Dunst auf, was den Eindruck erweckte, als füllte die Lichtung ein milchiger See. Auf einem Hügel in der Mitte stand eine Kate.

William hielt an. Er war schon einmal hier gewesen, das wusste er genau. Und doch sah es anders aus als in seiner Erinnerung. Er zog die Brauen zusammen: Bäume, Sträucher, der Hügel mit der Kate, alles, die ganze Lichtung, selbst der Dunst vibrierte im Sonnenlicht wie eine Luftspiegelung. Er fuhr sich über die Augen. Irgendetwas geschah mit dem Licht, es verdichtete sich, wurde weiß und so blendend hell, dass er den Kopf abwenden und kurz die Augen schließen musste. Als er wieder hinsah, bemerkte er vor der Kate eine Frau in einem bunt gewebten Überwurf. Langes, grauschwarzes Haar hing über ihre Schultern herab. Mit ausdruckslosem Gesicht hob sie eine Hand, eine zurückweisende Geste.

Es war, als träfe ihn ein heftiger Stoß, starkes Schwindelgefühl befiel ihn. Er musste sofort von hier weg! Hart dirigierte er Ghost zurück in den Wald und trieb ihn energisch an. Das Pferd galoppierte los, es kannte den Weg.

Vier Federn hatte gewusst, dass er kommen würde, so wie sie von vielen Ereignissen wusste, lange bevor sie geschahen. War sie in guter Verfassung, konnte sie sehen, was sich zutragen würde, und Ort, Zeit und diejenigen benennen, die es betraf. War sie in Sorge, trübten ihre Befürchtungen die Vision, wie aufgewühlter Schlamm das klare Wasser einer Quelle.

Die Leute des Otter-Stammes nannten die Fähigkeit, Dinge vorauszusehen, *nu-alat*, die Bilder nannten sie *vé-nue*. Der Medizinmann war *nu-alat*, und seine Deutungen von *vé-nue* bestimmten die Zukunft des Stammes. Im Alter von zehn Jahren hatte Vier Federn begriffen, dass sie *nu-alat* war; wie der Medizinmann sah sie Bilder, aber sie sprach nicht darüber. Auch als sie entdeckte, dass er die Visionen zu seinem persönlichen Vorteil deutete, schwieg sie. Es stand ihr nicht zu, die Weisheit des Medizinmannes anzuzweifeln. Als sie älter wurde, konnte sie künftige Ereignisse mit großer Klarheit erkennen. Ihr Vertrauen in die Gabe wuchs, doch es machte sie traurig, über ihre Fähigkeit Stillschweigen bewahren zu müssen.

Dann sah sie, dass Schlimmes geschehen würde. Vor den Ältesten durfte sie nicht sprechen, darum ging sie ins Lager der Krieger und erzählte von der Bedrohung. Die Männer erschraken bei ihrer Schilderung von Tod und Verderben. Doch nach und nach verblassten die Befürchtungen, die Vier Federn mit ihrer Vision geweckt hatte. Es waren ruhige Zeiten, die Stämme lebten in Frieden miteinander, und nach erfolgreicher Jagd erwartete man ein Winterlager ohne Hunger. Nur Vier Federn dachte an die bevorstehende Gefahr und blieb wachsam.

Als weiße Männer das Dorf überfielen, töteten sie alle Krieger des Otter-Stammes und ihre Familien. Vier Federn verbrannte die Toten, bevor sie die Hügel und Täler ihrer Kindheit verließ. Die Heilerin des Otter-Stammes hatte sie die Medizin der Secotan gelehrt, auf ihren Wanderungen lernte sie neue Heilweisen kennen. Mit der Zeit wurde sie eine gesuchte Heilerin, die auch den weißen Einwanderern half.

Vor Jahren zeigte *vé-nue* ihr einen Mann mit Indianerhaar und Augen, hell und grau wie Nebel, mit dem Adlerblick des Kriegers. Als sie aus der Kate trat, sah sie ihn am Rande der Lichtung. An diesem Ort waren sie sich schon einmal begegnet, nun war er zurückgekehrt. Sie kannte seine Geschichte, die im Tod begonnen hatte. Irgendwann würde sie ihm alles erzählen. Doch nicht heute. Noch nicht.

Die Handwerker schafften Trümmerteile und Schutt aus der Bibliothek. Zwei Männer auf Leitern lösten vorsichtig die Überreste der plastischen Deckenornamente ab, die später als Vorlagen zur Anfertigung neuer Stukkaturen dienen würden. Dann begannen Jordans Leute, unter der Decke ein Gerüst aufzubauen.

Zuvor war das restliche Mobiliar, ein paar unbeschädigte Wandschränke und Antonias Schreibtisch, in der Verwalterwohnung, einer separaten Zimmerflucht auf der anderen Seite der Halle, untergebracht worden. Auch die Bücher würden hier bis zum Ende der Bauarbeiten sicher verwahrt bleiben.

Antonia suchte aus den offenen Büchertruhen einige Bände heraus, die sie als Handbibliothek behalten wollte. Die fertig gepackten Truhen wurden von Joshua mit Stroh aufgefüllt, fest verschlossen und an einer Wand aufgestapelt. Ein halbwüchsiger Schwarzer ging ihm dabei zur Hand, ein stiller Junge mit schräggeschnittenen Augen, den Antonia zuvor noch nie gesehen hatte.

»Wer bist du?«, sprach sie ihn an, nachdem alle Truhen verstaut waren. »Du lebst wohl noch nicht lagen auf The Willows?«

»*Non, Madame,* Mass'a Shaughnessey holte mich von seiner *domaine* auf Barbados«, antwortete er mit französischem Akzent. »Ich heiße Néné Mougadou.«

»Dann gehörst du zu Rovenas Familie?«

»*Oui, Madame,* ich bin der Neffe von *Rovena-la-Sorcière*. Ihr

Bruder Raoul Mougadou, der Caid von Beau Séjour, ist mein Vater.«

Antonia wechselte mit Joshua einen vielsagenden Blick. Raoul Mougadous Einfluss ging weit über die Insel Hispaniola hinaus, er erreichte alle Voodoo-gläubigen Schwarzen, von der Karibik bis in die Sklavendörfer Carolinas. Doch es gab noch einen weiteren Grund für Antonias Betroffenheit. Auf Beau Séjour wurde nicht nur Melasse für die Brennereien von Richmond und Provincetown produziert, die Plantage brachte noch eine weitaus wertvollere Handelsware hervor: schwarze Sklaven in großer Zahl für die amerikanischen Kolonien. Nénés sanfter Blick verriet nichts über die menschenverachtenden Zustände, die auf Beau Séjour herrschten. Doch seine Seele war versehrt. Mit kaum fünfzehn Jahren wirkte er erschreckend kraftlos, als hätte ihn das Leben vorzeitig erschöpft.

»Komm, Néné«, sagte Joshua und zwinkerte Antonia kurz zu, »wollen mal sehen, ob wir für dich was zu essen auftreiben.«

Frank Shaughnessey hatte ein paar Zeitungen geschickt, Antonia nahm sie mit zum Kutscherhaus, setzte sich auf die Veranda und las, was über Washingtons Vormarsch in Virginia berichtet wurde. Der Leitartikel schilderte voller Begeisterung die Belagerung eines Tabakhafens am York River. Der befestigte Stützpunkt war für Cornwallis' Armee zur Falle geworden, nachdem die Continentals von der Landseite her einen Ring um die Stadt geschlossen hatten, während die Flotte der französischen Verbündeten die Hafenzufahrt blockierte. Es hieß, mit der Belagerung von Yorktown sei der Sieg über Großbritannien in greifbare Nähe gerückt.

Als sie einen Wagen heranrollen hörte, legte sie den Artikel beiseite. Eine schwarze Reisekutsche hielt vor dem Herrenhaus und zwei Männer in formeller Kleidung stiegen aus. Der Größere der beiden betrachtete eingehend das Haus. Irgendwoher kam er ihr bekannt vor. Joshua erschien im Portikus und redete mit dem Mann, dann wandte er sich suchend zum Kutscherhaus und winkte ihr zu. Sie ging hinauf und erkannte beim Näherkommen den Yankee, Mr. Tyler aus New York, der neue Mitarbeiter von Ashley & Bolton. Der andere Mann musste ein subalterner Angestellter sein.

Tyler streifte sie kaum mit einem Seitenblick. Er hatte sie in ihren Männerkleidern nicht erkannt. Erst als Joshua sagte: »Die Gentlemen wollten Sie sprechen, Madam«, bemerkte Tyler seinen peinlichen Irrtum.

»Bitte um Vergebung, Mrs. Lorimer! Ich konnte ja nicht ahnen...«

»Schon gut, Mr. Tyler«, lachte sie, »ich werde Ihnen noch einmal verzeihen.«

Er verneigte sich galant und stellte ihr seinen Mitarbeiter vor. »Mr. Croydon hier ist mit der Bewertung Ihres Anwesens betraut. Ich begleite ihn, um mir selber einen Eindruck vom Zustand der Plantage und der Immobilien zu verschaffen, bevor ich in der Frage Ihres Kredits eine endgültige Entscheidung treffe.« Mit Blick auf das Haus nickte er beifällig. »Ich gebe zu, es spricht einiges dafür, den Besitz zu erhalten. Das Wohnhaus ist exquisit, und die Anbauflächen sollen vielfältig nutzbar sein. Auf dieser Basis, Madam, lässt sich wohl eine vernünftige Regelung finden.«

Antonia führte die Männer ins Speisezimmer. Sie hatten kaum an dem langen Esstisch Platz genommen, als Tyler berichtete, ein Geschäftskunde der Bank habe sich bereiterklärt, für einen Kredit zum Wiederaufbau Legacys zu bürgen.

»Als Gegenleistung«, ergänzte Croydon, »müssten Sie ihm auf drei Jahre die Nutzung Ihrer Indigopflanzung in der Gemarkung Gordon's Hunting überlassen. Sollten Sie danach zur Rückzahlung der Kreditsumme nicht in der Lage sein, würde der Bürge für Ihre Schulden eintreten, dafür ginge die Indigopflanzung in sein Eigentum über.«

»Das ist wirklich sehr großzügig von Mr. Shaughnessey«, sagte Antonia. »Ich hatte ihm Gordon's Hunting zur Pacht angeboten. Dass er eine Bürgschaft für Legacy übernehmen würde, hätte ich nicht erwartet.«

»Mr. Shaughnessey ist Geschäftsmann, Mrs. Lorimer«, erklärte Tyler geduldig. »Er weiß, was Ihre Indigopflanzungen wert sind. Im Übrigen stellt er faire Bedingungen, darum rate ich Ihnen, das Angebot anzunehmen.«

Antonia begann zu begreifen, dass sie von ihren ärgsten finanziellen Sorgen befreit war, und es wurde ihr leicht ums Herz. Nachdem alle Details durchgesprochen waren, versprach sie, die Unterlagen so bald wie möglich unterzeichnet zurückzusenden. »Haben Sie vielen Dank, dass Sie den weiten Weg hierher gemacht haben, Mr. Tyler!«, sagte sie, indem sie die Männer zu ihrer Kutsche begleitete.

»Es war mir eine Freude, Mrs. Lorimer«, beteuerte Tyler. »Und es wäre schön, wenn ich Sie in Charles Town wiedersehen dürfte … in der Bank selbstverständlich«, setzte er rasch hinzu.

Weil er Antonias amüsiertes Lächeln bemerkte, hielt er den Zeitpunkt für gekommen, sich zu verabschieden. Er versicherte sie seiner Verehrung, auch Croydon verneigte sich, und die beiden wollten eben in den Wagen steigen, als aus der Allee das Geräusch raschen Hufschlags klang.

Ein Reiter näherte sich in schnellem Galopp. Er sprengte in unvermindertem Tempo auf das Haus zu und brachte sein Pferd nach einer Levade auf dem Vorplatz zum Stehen. Das erhitzte Tier schnaubte, stampfte und schlug mit den Hufen, dass der Sand aufflog. Der Reiter neigte gelassen den Kopf zum Gruß.

Antonia beobachtete Marshalls Rückkehr mit gemischten Gefühlen. Natürlich war sie erleichtert, dass er zurück und wohlauf war. Aber was hatte er sich dabei gedacht, vor aller Augen hier aufzutauchen? Er wusste, wie problematisch seine

Situation war und dass er auch sie womöglich in Gefahr brachte. Ganz besonders missfiel ihr dieser flamboyante Auftritt, als wolle er von Haus und Hof Besitz ergreifen.

»Herrlicher Morgen für einen Ausritt, Sir!«, rief Joshua, der wie ein guter Reitknecht gleich herbeigelaufen kam. Er fasste Ghost bei der Kandare und hielt den Steigbügel, um William beim Absitzen zu helfen. Der schwang sich aus dem Sattel und landete sicher, aber hart auf beiden Füßen. Ein brutaler Schmerz schoss durch seinen Körper, nur mit Mühe konnte er einen Aufschrei unterdrücken. Joshua überließ ihm die Zügel, und so hielt er sich an Ghosts Zaum aufrecht, während es so aussah, als führte er sein Pferd zur Kutsche, wo ihn Antonia neben Tyler und Croydon erwartete.

»Guten Tag, Madam. Ich sehe, Sie haben Besuch?« Er verneigte sich knapp und überließ es Antonia, ihn bekanntzumachen.

»Colonel, dies sind Mr. Tyler und sein Assistent, Mr. Croydon vom Bankhaus Ashley & Bolton in Charles Town«, sagte sie formell, »und Gentlemen, ich darf Ihnen Colonel Marshall vorstellen.«

Die Männer wechselten die üblichen Höflichkeiten. Tyler gab sich zurückhaltend, dieser Colonel war ihm zuwider.

William entging Tylers Ablehnung nicht, und er deutete sie richtig. Sofort legte er gegenüber Antonia eine gewisse Vertraulichkeit an den Tag. »Es tut mir leid, Madam, dass ich am Morgen, als Sie noch schliefen, ohne Abschied aufgebrochen bin. Ich wollte vor Sonnenaufgang unterwegs sein, um unten am Fluss den Gezeitenwechsel zu beobachten.«

»Sie waren am Plains River?«, fragte sie überrascht. »Wie weit sind Sie geritten?«

»Ich bin den Bewässerungsgräben gefolgt bis zum Stauwehr. Das Leitungssystem scheint weitgehend in Ordnung, aber die Schleusenmechanik ist defekt. Die Anlage muss überholt werden, bevor die Felder wieder bewirtschaftet werden.«

»Habe ich Sie richtig verstanden, Mr. Marshall?«, fragte Croydon interessiert. »Sie wollen sich um die Instandsetzung der Pflanzungen kümmern?«

Ehe William antworten konnte, sagte Tyler: »Eine vernünftige Entscheidung! Und Sie, Madam, können nach Charles Town zurückkehren. Sie dürfen sich wirklich nicht länger ohne angemessene Begleitung in dieser Wildnis aufhalten.«

Vorsicht, Mr. Tyler!, dachte Antonia noch, da kam von William auch schon die Replik: »Keine Sorge, Sir! Die Lady ist in meiner Begleitung, wann immer es sie danach verlangt. Und seien Sie versichert, ich werde die Erwartungen der Dame nicht enttäuschen!«

Nun hatte Antonia genug. »Gentlemen! Ich weiß Ihre Sorge um mein Wohlergehen zu schätzen. Doch Mr. Tyler und Mr. Croydon, Sie haben noch den weiten Weg nach Charles Town vor sich. Ich denke, wir haben Sie lange genug aufgehalten.«

Die Männer verabschiedeten sich kühl, Tyler und Croydon fuhren ab. Als der Wagen in die Allee einbog, warf Antonia William einen verärgerten Blick zu.

»Was ist?«, fragte er. »Habe ich was Falsches gesagt?«

»Ihnen ist wohl nicht klar, dass die Zukunft meiner Plantage mit dem Bankkredit steht und fällt! Ich bemühe mich um ein gutes Einvernehmen mit Mr. Tyler, während Sie nichts Besseres zu tun haben, als sich mit ihm anzulegen!«

»Geht Ihr ›gutes Einvernehmen‹ schon so weit, dass er Ihnen sagt, wo und wie Sie zu leben haben? Wollen Sie sich wegen eines Kredits von ihm bevormunden lassen?«

»Ich lasse mich von niemandem bevormunden, Mr. Marshall.«

Er lächelte gnädig. »Entschuldigen Sie mich jetzt, mein Ausritt war länger als ursprünglich geplant.« Er legte den Arm über Ghosts Widerrist und ging langsam den Fahrweg entlang zum Kutscherhaus.

Als sie ihm nachblickte, erkannte sie an seinem forcierten Gang, dass er Schmerzen hatte. Sie beobachtete, wie er vor dem Kutscherhaus von Joshua seine Krücken nahm, dann auf der Treppe die Zeitungen entdeckte, die sie dort liegen gelassen hatte. Er setzte sich auf die Stufen und begann sofort zu lesen. Sie fragte sich, wie er die Nachricht von der Belagerung Yorktowns aufnehmen würde. Während er verletzt daniederlag, verlor England den Krieg. Die britischen Truppen würden bald das Land verlassen. Sie dachte, dass sie sich an seiner Stelle sofort auf den Weg machen würde – und da war ihr klar, dass er genau das vorhatte: Sein Ausritt heute war eine Probe gewesen. Sobald er imstande wäre, einen längeren Ritt zu bewältigen, würde er versuchen, einen der britischen Stützpunkte im Norden zu erreichen. Eines Tages wäre er fort, es war nur eine Frage der Zeit.

Überrascht sah er auf, als sie plötzlich neben der Treppe stand und atemlos hervorstieß: »Warum bleiben Sie nicht einfach hier?«

Er ließ die Zeitung sinken. »Was in aller Welt …«

»Sie haben sich doch heute auf der Plantage umgesehen, Sie sagten, die Hauptschleuse müsse repariert werden und es sei noch so viel zu tun vor der nächsten Pflanzsaison … ich meine, könnten Sie sich vorstellen, auf Legacy zu bleiben und mir zu helfen, die Plantage wieder aufzubauen?«

Er war so verblüfft, dass ihm die Worte fehlten. Wie kam sie nur auf so eine absurde Idee? Hatte sie ihm nicht ständig vorgeworfen, er sei selbstsüchtig und rücksichtslos? Wieso erwartete sie auf einmal, er würde ihr helfen? Glaubte sie am Ende, das Pflanzerleben würde einen besseren Menschen aus ihm machen? So naiv konnte sie nicht sein! Wenn sie erst wüsste, wer er wirklich war, würde sie sicher nicht versuchen, ihn zu halten. Vielleicht sollte er es ihr einfach sagen? Nein, lieber nicht. Aber irgendetwas musste er jetzt sagen.

»Ich fürchte, Madam, ich habe kein Talent zum Pflanzer. Ich bin Soldat, seit der Offiziersschule habe ich fast ununterbrochen Krieg geführt. Ich habe nicht dieses Verhältnis zu Land und Grundbesitz wie Sie. Den Boden unter meinen Füßen erobere ich oder ich verteidige ihn. Ich mache ihn nicht zu meiner Sache.«

»Ja, ich verstehe ... Nur vorhin, da hatte ich einen Moment das Gefühl, es würde Sie wirklich interessieren, was aus der Plantage wird.« Sie lächelte befangen. »Jedenfalls bin ich froh, dass es Ihnen schon so viel besser geht. Und jetzt lasse ich Sie weiterlesen.« Die Hände tief in den Jackentaschen, ging sie zu ihrem Haus zurück.

Auf der Veranda gab es eine Stelle, wo bis zum frühen Abend die Sonne hinschien. Dort hatte William es sich in einem Liegestuhl bequem gemacht. Die Hände im Nacken verschränkt, ließ er müßig den Blick schweifen über die Wiesen und Bäume zum tiefblauen Himmel, an dem weiße Wolkenbänder nach Westen zogen. Joshua hatte ihm mittags etwas zu essen gemacht, sein Bein frisch verbunden und ihm geraten, ein paar Stunden zu schlafen. Danach hatten sich die Schmerzen gelegt, William konnte sich hinaussetzen und die Zeitungen bis zur letzten Seite lesen.

Die meisten Artikel berichteten euphorisch über die Belagerung von Yorktown, umrahmt von einer nicht enden wollenden Hymne auf die Tapferkeit der Patrioten und den nahen Sieg der amerikanischen Unabhängigkeit. Dass die Britische Armee den Krieg verlor, traf ihn nicht unvorbereitet. Es waren strategische Fehler gemacht worden, der Misserfolg war seit Langem vorgezeichnet. Doch was bedeutete es schon aus englischer Sicht, dreizehn aufsässige Kolonien zu verlieren? Das Empire besaß trotzdem die unangefochtene Vormachtstellung in der Welt.

William setzte sich auf und begann, das verletzte Bein vorsichtig zu beugen und zu strecken. Die Beweglichkeit war deutlich eingeschränkt. Joshua hatte ihn gewarnt, das Bein zu belasten, ehe die Bruchstelle endgültig verheilt wäre. Verflucht, sollte er denn ewig auf dieser maroden Plantage festsitzen! Er ließ sich gegen die Stuhllehne zurückfallen. Im Geiste sah er schon die Schiffe der britischen Armada zurück nach Europa segeln ... Nein, so bald würde er es nicht schaffen, von hier wegzukommen, das hatte dieser erste Ausritt gezeigt. Aber so konnte es auch nicht weitergehen. Wenn er gesund werden wollte, musste er sein untätiges Krankenlager beenden. Er brauchte eine sinnvolle Betätigung, ein Ziel – so betrachtet, erschien ihm Antonias Vorschlag gar nicht mehr so abwegig. Wenn sie ihm freie Hand ließe, könnte er den Betrieb mit Sicherheit wieder zum Laufen bringen. Zumindest würde ihm bei der täglichen Arbeit die Zeit nicht lang.

Nachdem er das Anwesen heute umritten und im Geiste vermessen hatte, konnte er etwa abschätzen, was zu tun war. Die Größenordnungen des Plantagenbaus waren ihm vertraut, immerhin war er mit seinen Truppen kreuz und quer durch den Lowcountry gezogen.

Gut, bis er nach England zurückkehrte, würde er Legacy auf Vordermann bringen! Er wollte mit Antonia darüber reden. Ob sie heute noch einmal zum Kutscherhaus käme? Es dämmerte bereits, nein, es war schon spät, sie würde wohl nicht mehr kommen. Weil es ein milder Abend war, blieb er noch draußen und sah zu, wie es nach und nach dunkler wurde. Beim Haus oben waren die Fenster in der zweiten Etage erleuchtet. Er dachte daran, wie sie am Nachmittag bei der Treppe gestanden und mit ihm gesprochen hatte. Ganz außer Atem war sie gewesen, erhitzt vom Laufen ... Ausgestreckt in seinem Liegestuhl, ließ er sich von dem Gedanken an sie erregen. Eigentlich, fand er, hatte er sie lange genug in Ruhe gelassen.

8.

Es erwies sich als schwierig, die verbrannten Dachbalken in der Bibliothek aus ihrer Verankerung zu lösen, ohne das übrige Gebäude zu beschädigen. Jordan brauchte auf der Baustelle jeden Mann. So war der halbe Tag vergangen, bevor Antonia eine Gelegenheit fand, mit Joshua unter vier Augen zu sprechen. Sie hatte sich mittags vor dem Küchenhaus auf eine Bank gesetzt. Néné brachte ihr einen Teller mit süßen Pfannkuchen. Joshua kam mit seinem Kaffeebecher in der Hand heraus. Sie klopfte mit der Hand auf den Platz neben sich, damit er sich zu ihr setzte. Dann erzählte sie ihm, dass sie William angeboten hatte, auf der Plantage zu bleiben. Das Ganze war ihr im Nachhinein etwas peinlich. Aber so ausweichend, wie William geantwortet hatte, schien er die Sache ohnehin nicht in Erwägung zu ziehen.

Joshua war jedoch entsetzt. »Der Engländer soll Ihr Verwalter werden? Schlimm genug, dass man ihn gestern über Ihre Felder reiten sah. Wenn er für Sie arbeitet, werden Ihre Nachbarn wissen wollen, wer er ist und woher er kommt. Was dann? Wollen Sie sagen, er sei ein Deserteur?«

»Es wäre doch nur für kurze Zeit«, verteidigte sie sich. »Ich dachte, solange er noch hier ist, sollte er etwas zu tun haben, anstatt Tag für Tag da unten im Kutscherhaus zu sitzen und zu grübeln.«

»Ach, und da haben Sie ihm Legacy als Zeitvertreib angeboten?« Kopfschüttelnd stand Joshua auf und brachte das Geschirr hinein.

»Natürlich nicht!«, rief sie und folgte ihm ins Küchenhaus. »Er ist gar nicht auf meinen Vorschlag eingegangen. Ich glaube, er interessiert sich nicht für die Plantage.«

Joshua sah nachdenklich aus dem Fenster und sagte bei sich: »Da wäre ich mir nicht so sicher.«

Am Tag nach seinem Ausritt ruhte William sich aus. Erst den Nachmittag wollte er draußen verbringen und wartete, dass Joshua kam und ihm den Platz auf der Veranda herrichtete. Anders als sonst war Joshua einsilbig und überließ ihn bald wieder sich selbst. Von Anfang an hatte William gewusst, welchen Groll Joshua gegen ihn hegte. Erstaunlich genug, dass der Mann seine Krankenpflege übernommen hatte. Joshuas zur Schau getragener Unmut war das erste Anzeichen, dass die Zeit der Barmherzigkeit zu Ende ging.

Joshua kam zurück, als sich die Sonne schon über der Allee neigte. Die Wolken waren fortgezogen und gaben den Blick frei auf eine schmale, silberne Mondsichel; das gute Wetter würde demnach noch ein paar Tage anhalten. Er trat ans Geländer der Veranda und blickte zum Abendhimmel. »Wissen Sie was?«, sagte er. »Als ich Sie gestern im Morgengrauen fortreiten sah, da wünschte ich aus tiefstem Herzen, Sie würden sich beim Sprung am ersten Gatter den Hals brechen.«

»Kein besonders frommer Wunsch«, bemerkte William.

»Ansichtssache.« Joshua kam zu ihm und sah wie ein grimmiger Riese auf ihn herab. »Vermeiden Sie in Zukunft, Ihre Gesundheit unnötig zu strapazieren! Es geht mir dabei nicht um Sie. Ich habe nur keine Lust, noch länger für Sie sorgen zu müssen.«

»Sind Sie fertig, Mr. Robert?«

Joshua ignorierte Williams gereizten Ton. »Soll ich Sie hineinbringen?«, fragte er. »Es wird kühl.«

»Nein. Ich will zum Stall, nach meinem Pferd sehen.«

»Dann hole ich Ihnen die Krücken.«

»Ich brauche keine Krücken! Es reicht, wenn Sie mir bei der Treppe helfen, den Rest schaffe ich dann alleine.«

»Nein, Sir«, sagte Joshua. »Sie schaffen nicht einmal die Hälfte des Weges. Aber wir könnten etwas anderes ausprobieren.« Er verschwand im Kutscherhaus. Kurz darauf war er zurück und hielt William einen Stock hin. »Hier, versuchen Sie es damit.«

William nahm den Stock und drehte ihn in der Hand. Es war ein eleganter Gehstock aus massivem Ebenholz und verhältnismäßig schwer. Der versilberte Griff hatte die Form eines Pferdekopfes, der Schaft endete unten in einem stählernen Dorn von fast einem Spann Länge. »Ein wehrhaftes Accessoire!«, sagte er mit Kennermiene. Er stützte sich zur Probe auf den Stock und konnte ohne Mühe aufstehen. »Wo haben Sie den her?«

»Ein Freund von Mr. Lorimer hat ihn hiergelassen, als Pfand für eine größere Summe, die er ihm schuldete, Glücksspiel, Pferdewetten, was weiß ich. Jedenfalls hat er das Geld nie zurückgezahlt, und so blieb der Stock hier.«

William betrachtete den fein gearbeiteten silbernen Pferdekopf, in dessen Hals der Namenszug »Hadban Enzahi« eingraviert war, zusammen mit der Stempelprägung eines bekannten Londoner Silberschmieds. Er fasste den Stock fester, der Griff lag gut in der Hand. »Danke, Mr. Robert. Der Gentleman wird wohl nichts dagegen haben, wenn ich sein Pfand für eine Weile entleihe.«

Die Stahlspitze ritzte das Holz, als William auf den Stock gestützt die Treppe hinabstieg. Joshua ging zu den Stallungen voraus. Er entzündete eine Laterne, hielt das Tor auf und ließ ihn eintreten. Ghost schien hocherfreut über den späten Besuch. Nachdem Joshua den Wassertrog für die Nacht gefüllt hatte, untersuchte er sorgfältig die Sprunggelenke des Pferdes. Ghost war in bester Verfassung.

»Sie haben ihn ganz hervorragend hingekriegt, Mr. Robert«, sagte William anerkennend, während er Ghosts Mähne zauste. »Anscheinend mag er sie. Er lässt sich sonst nicht gern von andern anfassen.«

»Sicher, ein Klassepferd wie dieses kennt nur einen Herrn. Ich musste ihm erst tagelang gut zureden, bevor ich ihn reiten konnte.«

Nachdem sie das Boxengatter verriegelt hatten, sagte William: »Wissen Sie, dass Mrs. Lorimer mir die Instandsetzung ihrer Plantage anvertrauen möchte?«

»Heute Mittag hat sie mir davon erzählt«, erwiderte Joshua.

»Es hörte sich so an, als hätten Sie abgelehnt?«

»Sagen wir, ich denke noch darüber nach.«

»Tun Sie das!«, meinte Joshua knapp und wollte zum Tor gehen.

Doch William hielt ihn zurück. »Unter diesen Umständen, Mr. Robert, wird Mrs. Lorimer nichts dagegen haben, wenn ich mich etwas umsehe. Wollen Sie vorausgehen?«

Dank des Stockes konnte er mit Joshua einigermaßen Schritt halten, während sie durch die Stallungen gingen. Joshua erläuterte die Aufteilung des Gebäudes in Boxenbereich, Vorratsräume und Speicherflächen. William wollte wissen, wie viele Pferde zum Bestand gehörten und ob die requirierten Tiere bei der Armee anständig untergebracht wären. Joshua berichtete, dass er einige Monate als Stallbursche in Fort Wren geblieben sei, um die Pferde von Legacy selber betreuen zu können.

»Dann kennt man Sie im Fort wohl sehr gut?«, fragte William.

»Ich gehe in Fort Wren ein und aus, Sir.«

Am Ende der Stallgasse öffnete Joshua eine verriegelte Tür zu einem Raum, der unter dem Heuboden lag und durch eine Luke oben in der Wand belüftet wurde. Im Laternenlicht reihten sich ringsum hüfthohe Truhen aus rohem Holz. »Die Futterkammer«, sagte er. »Hier lagern wir Hafer, verschiedene Getreidemischungen, Kraftfutter. Im Augenblick sind die Vorratstruhen allerdings leer.«

William klopfte im Vorbeigehen mit dem Stock gegen die Truhen. Jedes Mal tönte es hohl. Bei der letzten Truhe, auf der sich leere Kleiesäcke stapelten, klang es aus dem Innern gedämpft zurück. Er blieb stehen.

»Was ist hier drin?«

»Nichts.« Joshua wandte sich wieder zum Gehen. »Vielleicht ein paar leere Säcke.«

William fuhr mit der Stockspitze am unteren Rand der Truhe entlang, dann hob er etwas vom Boden auf, ließ es in seine Rocktasche gleiten und folgte Joshua nach draußen. Als sie zum Kutscherhaus zurückkehrten, fanden sie auf der Treppe einen kleinen Brief, in dem stand, dass Antonia die beiden Männer zum Abendessen erwartete.

Im Speisezimmer brannten seit Langem wieder Kerzen und der Esstisch war mit weißem Damast und Tafelsilber gedeckt. An drei Plätzen standen Kristallgläser und Teller von feinem Porzellan, Teile eines kostbaren Meißener Services, das aus dem Weimarer Haushalt von Antonias Großeltern stammte und die Kriegszeiten, unter Lagen von Stroh im Zuber des Waschhauses versteckt, unbeschadet überdauert hatte. Im Gegensatz zum eleganten Dekor waren die Speisen schlicht. Antonia hatte alles, was gerade im Haus war, auf Platten angerichtet, Brot, eingelegtes Gemüse, gebratenes Fleisch und eine Fischpastete, die Mrs. Shaughnessey ihr geschickt hatte. Dazu öffnete sie eine Flasche Claret und stellte sie mit einer Wasserkaraffe auf den Tisch.

Es war ihr erstes gemeinsames Mahl, seit William nach Legacy gekommen war, und Antonia war etwas nervös. Gewöhnlich fiel es ihr nicht leicht, in Unterhaltungen mit William gelassen zu bleiben. Heute, so nahm sie sich vor, wollte sie sich nicht von seinen ironischen Kommentaren provozieren lassen. Sie saß am Kopf des Tisches und ließ Joshua rechts und William links von sich Platz nehmen. Joshua füllte die Gläser.

»Auf abwesende Freunde«, brachte Antonia den ersten Toast aus. Sie stießen an.

William erwiderte mit einem zweiten Toast: »Auf die charmante Gastgeberin!« Als sie gerade die Gläser erhoben, fügte er hinzu: »Und auf Legacy!« Dabei lächelte er und nickte ihr zu.

Auch wenn er es nicht aussprach, wusste sie, dass er seine Entscheidung getroffen hatte: Er würde Legacy für sie wieder aufbauen. Ja, sein leichtes Nicken gab ihr die Gewissheit, dass sie die Plantage behalten würde. »Auf Legacy!«, stimmte sie ein.

»Auf Legacy«, antwortete auch Joshua nach kurzem Zögern.

Beim Essen sprachen sie über den Baufortschritt in der Bibliothek. In der kommenden Woche sollten die tragenden Balken der neuen Deckenkonstruktion im Mauerwerk verankert werden.

»Wir dürfen keine Zeit verlieren«, sagte Antonia. »Joshua, du fährst gleich morgen mit Mr. Jordan nach Borroughton, um passende Wandanker beim Bauschlosser in Auftrag zu geben.«

»Madam«, sagte William ruhig, »die Instandsetzung Ihres Hauses hat natürlich absolute Priorität. Ich denke dennoch, Mr. Robert wird die Besorgungen in Borroughton um einen oder zwei Tag verschieben müssen.«

»Aber wenn sich die Arbeiten verzögern ...«

»Verehrte Mrs. Lorimer«, unterbrach er sie, wieder mit einem Lächeln. »Ich möchte Ihnen diese Verantwortung gerne abnehmen. Darum seien Sie versichert, dass ich mich um alles zu seiner Zeit kümmern werde. Sind Sie damit einverstanden?«

Zu überrascht, um Einwände zu erheben, nickte sie.

»Danke, Madam!« Er wandte sich an Joshua: »Also, Mr. Robert, morgen um sieben Uhr stehen Sie zu meiner Verfügung.«

Antonia fehlten die Worte. Wie übergangslos er die Dinge in die Hand nahm!

Joshua konnte und wollte seinen Ärger nicht länger verbergen. »Bekomme ich jetzt meine Anweisungen von Ihnen?«

»Allerdings. Sie werden mich morgen nach Fort Wren begleiten.«

»Was, um Himmels willen, wollen Sie in Fort Wren?«, rief Antonia.

William lehnte sich entspannt zurück. »Ihre Pferde zurückholen.«

»Das meinen Sie nicht im Ernst!«, entfuhr es Joshua.

»Ich meine immer, was ich sage«, erwiderte William, und zu Antonia gewandt: »Wir brauchen die Pferde. Und nun, da das Gros der Truppen nach Virginia abgezogen ist, hat die örtliche Garnison keinen Grund, die Requisition noch länger aufrechtzuerhalten. Zumindest werden sie nicht Ihre sämtlichen Pferde benötigen.«

Das leuchtete ein. Dennoch hatte Antonia größte Bedenken. »Es ist viel zu gefährlich! Stellen Sie sich vor, Sie begegnen im Fort jemandem, der Sie kennt! Oder Sie treffen unterwegs auf Patrouillen der Continentals. Frank Shaughnessey sagte, General Greene rücke mit seinen Truppen täglich weiter nach Charles Town vor.«

»Madam, ich trage keine Uniform. Niemand wird wissen, wer ich bin.«

»Trotzdem, Sie sind Engländer!«

»Na und? Hat Ihr Mr. Tyler oder etwa sein Gehilfe bemerkt, dass ich kein Amerikaner bin? Ich denke, in Begleitung von Mr. Robert bin ich vollkommen unverdächtig. Man wird uns ungehindert passieren lassen.«

Joshua gab ihm widerwillig recht.

»Dann bleibt es dabei«, entschied William. »Wir holen morgen die Pferde.«

Er war auffallend guter Laune, während er lässig in seinem Polsterstuhl lehnte. Antonia hatte aus Henrys Garderobe einen gedeckten Rock für ihn ausgesucht, den er zu einem weißen Hemd und schwarzen Reithosen trug. Sie fand, nach den paar Tagen an der frischen Luft sah er richtig gut aus.

»Ach, und denken Sie daran, Mr. Robert«, sagte William zu Joshua, »wir brauchen vernünftiges Futter für die Tiere. Versuchen Sie, so viel Hafer wie möglich aufzutreiben. Die Futterkammer sollte für drei Monate gefüllt sein.«

»Joshua«, fragte Antonia erstaunt, »wann warst du mit Mr. Marshall in der Futterkammer?«

»Heute Nachmittag. Ich habe ihm die Stallungen und Speicher gezeigt«, antwortete Joshua ruhig.

»Nun, ich wollte mich einmal umsehen«, meinte William. In seiner Hand rollte er eine Kugel von der Größe einer Tollkirsche. Es war eine Pistolenkugel, Kaliber .63, gefertigt nach seinen Anweisungen in einer Gießerei in New Jersey. Er hatte sie in der Futterkammer gefunden. Auf Antonias fragenden Blick hin ließ er die Kugel wieder in die Rocktasche fallen.

Bald verabschiedeten sich die beiden Männer. Zurück im Kutscherhaus, legte William sich vollständig bekleidet aufs Bett. Nach einer Stunde verließ er das Haus wieder und ging in der Dunkelheit zu den Stallungen. Dort, in der letzten großen Haferkiste, unter einer Pferdedecke verborgen, fand er, woran er seit zwei Monaten dachte. Erst zog er den Säbel mit der Drapierung hervor. Dann nahm er das Holster mit den beiden Pistolen und die Munitionstasche aus der Kiste und machte sich sofort daran, die Pistolen zu laden. Licht brauchte er dabei nicht, er konnte es mit geschlossenen Augen. Beide Schusswaffen steckte er gesichert in das Holster, das er sich mit der Munitionstasche um die Hüfte gürtete. Auch den Säbel hängte er sich mit dem Schultergurt um. Zuletzt warf er die Pferdedecke in die Kiste zurück, schloss den Deckel und legte den Stapel leerer Kleiesäcke wieder darauf.

III. *Henry Lorimer*

9.

Wegen der hochsommerlichen Temperaturen erstieg Theodore Hocksley mit gebremstem Schwung die Eingangsstufen der Trader's Bank. Das Gründerhaus an der geschäftigen Kreuzung von Broad und Meeting Street stand Tür an Tür mit den Kontoren der Pflanzerbarone Carolinas, im Zentrum des wirtschaftlich bedeutsamen Dreiecks, das von Charles Towns Handelsvereinigung, dem Planters Club sowie dem Exchange and Custom House gebildet wurde. Die Traders's Bank, Hocksleys Hausbank, war mit dem Sklavenhandel eines halben Jahrhunderts groß geworden. Noch heute unterhielt sie auf der Südroute eine eigene Flotte, die die Westindischen Inseln mit schwarzen Sklaven von der Elfenbeinküste belieferte. So hatte Trader's auch in den schwierigen Zeiten des Krieges Profite gemacht, während andere Häuser untergingen. Nur das Finanzhaus Ashley & Bolton konnte mit Trader's konkurrieren.

Hocksley hatte den stellvertretenden Direktor der Trader's Bank, seinen langjährigen Freund James Fowler, um ein Gespräch unter vier Augen gebeten. In Fowlers Büro empörte sich Hocksley über die Besatzungspolitik der Engländer.

Im Frühjahr 1780 hatte die britische Invasionsarmee den Süden erneut angegriffen. Vor dem vereinten Heer der Generale Sir Clinton und Lord Cornwallis war die Kontinentalarmee mit den örtlichen Milizen über den Cooper River nach Norden geflohen. Ohne auf nennenswerte Gegenwehr zu treffen, unterwarfen die britischen Truppen den Lowcountry und riegelten den Zugang zur Hauptstadt ab, indem sie eine Belagerungslinie von Edisto Island über Ashley und Cooper River bis Georgetown kontrollierten. Am 11. Mai 1780 unterschrieb General Lincoln die Kapitulation, Charles Town war eine besetzte Stadt.

»Cornwallis' Truppen verwüsten die Plantagen und vertreiben die Pächter«, eiferte sich Hocksley. »Und unsere Sklaven fliehen in Scharen, um sich ihren englischen ›Befreiern‹ anzuschließen.«

Auch Prospero Hill war betroffen. Die verbliebenen Sklaven mussten die Arbeit der Entflohenen miterfüllen, doch sie waren der Belastung nicht gewachsen, Qualitätsverluste und Ertragsrückgang waren die Folge. Aber gerade jetzt, im Erntemonat Juli, konnte Hocksley es sich nicht leisten, mit der Produktion seiner Baumwolle in Rückstand zu geraten, kauften doch die Lieferanten beider Armeen, Briten und Amerikaner, ihre Rohstoffe bei seinen Kommissionären.

»Um weiter im Geschäft zu bleiben, brauche ich neue Sklaven!«

»Wo ist das Problem?«, fragte Fowler. »Kaufen Sie welche.«

Hocksley schnaubte: »Sie wissen so gut wie ich, dass die Händler die Preise für Plantagensklaven nahezu verdoppelt haben. Und ich habe keine Lust, absurd hohe Fangprämien an Sklavenjäger zu bezahlen oder gar an die Briten, die unsere übergelaufenen Sklaven inzwischen als Kriegsbeute für teures Geld verkaufen. Nein, James, ich will Ihnen ein lukrativeres Geschäft vorschlagen.«

»Lukrativ?« Der Bankier hob die Brauen. »Inwiefern?«

»Nehmen wir an, Sie kaufen von der Handelsagentur Ihrer Bank vierzig Sklaven. Als Direktor von Trader's würde man Ihnen ein gutes Angebot machen, maximal fünfundzwanzig Prozent über dem Vorkriegspreis. Zu diesem Preis nun verkaufen Sie die Sklaven an mich. Dafür verpflichte ich mich, nach Kriegsende meine Überproduktion an Baumwolle zwei

Jahre lang zum halben Marktpreis an Ihre Kommissionäre zu verkaufen ... Natürlich bleibt das unter uns.«

Fowler schwieg mit düsterer Miene.

»Warum so zugeknöpft?«, fragte Hocksley. »Ich erinnere mich an Gelegenheiten, da sind Sie mir bereitwilliger entgegengekommen.«

»Ich bitte Sie, Theodore!«, verwahrte sich Fowler. »Verwechseln Sie kleine Gefälligkeiten unter Freunden nicht mit meinen Geschäftsentscheidungen für die Bank. Trader's vertritt amerikanische Investoren. Daher werde ich keine Spekulationen auf den Ausgang eines Krieges befürworten, in dem unsere eigenen Landsleute den Feind mit Handelsgütern unterstützen – Sie nehmen das bitte nicht persönlich!« Unvermittelt setzte er in privatem Ton hinzu: »Ehe ich es vergesse: Wir bitten am Donnerstag unsere engsten Freunde zum Dinner. Würden Sie und Diane uns die Ehre geben?«

Hocksley hatte das Gespräch mit höflichen Belanglosigkeiten beendet. Nun stand er verärgert vor dem Portal, schwitzend unter der Julisonne in seinem teuren Rock. Wegen Fowlers feiger Absage war er in der Sache nicht weitergekommen. Doch wenn er keine billigen Arbeitskräfte fand, würde er an diesem Krieg nichts mehr verdienen. Vielleicht sollte er versuchen, im Planters Club in Erfahrung zu bringen, wie die anderen Pflanzer ihr Sklavenproblem lösten? Kaum hatte er den Entschluss gefasst, sah er Henry Lorimer den Platz überqueren. Eilends lief er die Freitreppe hinunter.

»Hallo, Lorimer, wie geht es Ihnen?«, tönte er zur Begrüßung. »Kommen Sie, begleiten Sie mich zum Essen in den Club.«

Henry winkte ab, die Vorstellung, mit seinem Schwager den Planters Club aufzusuchen, behagte ihm ganz und gar nicht.

»Danke, Hocksley, wie Sie sehen, bin ich nicht passend gekleidet. Ich möchte die Anwesenden nicht in Verlegenheit bringen durch den Anblick eines Mannes in schmutzigen Stiefeln.«

»Aber ich bitte Sie! Dann suchen wir uns eben eine zwanglosere Umgebung. Was halten Sie vom Southern Sun Inn, unten bei den Piers?«

Er wandte sich nach Osten, dem Viertel mit volkstümlichen Schänken am Hafen zu, und zog Henry ohne Umstände mit.

Nach allem, was vorgefallen war, gab es zwischen ihnen keinerlei Sympathien. Doch Henry betrachtete die Dinge leidenschaftslos. Er erwartete sich nichts von den Menschen, dafür war er zu klug, infolge seiner puritanischen Erziehung vielleicht auch zu selbstgerecht. In jungen Jahren hatte er sich hohe Ziele gesteckt, in den Bostoner Salons die Nähe zur amerikanischen Intelligenzija gesucht und später Philosophie und Ökonomie an der Harvard University studiert. Der Ruf an das neu gegründete College von Charles Town verschaffte ihm einen Lehrstuhl für Philosophie und befriedigte fürs Erste seinen intellektuellen Ehrgeiz. In den Kreisen der verwöhnten Jugend Carolinas fand der junge Gelehrte viele Bewunderer, darunter Antonia Bell, deren aufgeklärte Ansichten sie in Henrys Augen wohltuend von den wenig gebildeten Frauen ihres Standes unterschieden. Besonders beeindruckte ihn, dass sie, getreu ihrer liberalen Geisteshaltung, die Sklaven ihrer Plantage freigelassen hatte. Bald heiratete er sie, und als neuer Herr auf Legacy versuchte er sich erstmals als Pflanzer.

Die Gegebenheiten dort kamen seinen sozialromantischen Vorstellungen entgegen. Um das Land ohne Ausbeutung von Sklavenarbeit zu bewirtschaften, beschäftigte er freie Schwarze neben weißen Landarbeitern und zahlte allen den gleichen Lohn. So brachte er in kürzester Zeit die Großgrundbesitzer der Region gegen sich auf, deren riesige Monokulturen, so auch Hocksleys Prospero Hill, von Sklavenarbeit abhängig waren. Schon früher wurden auf einzelnen Plantagen Sklaven freigelassen. Das führte mitunter zu Unruhen bei den Unfreien der umliegenden Besitzungen. Einmal kam es sogar zu einer echten Revolte. Die Erinnerung an den Stono-Aufstand war allenthalben noch frisch.

Natürlich war Henry für die etablierten Grundherren kein Konkurrent. Doch weil sein Konzept das Gesellschaftssystem der Kolonie gefährdete, wollte man ihn loswerden. Der einfachste Weg war ein Boykott seiner Waren. Hocksley gelang es, den einflussreichen Planters Club und die örtlichen Handelsvereinigungen davon zu überzeugen, Lorimers Produkte vom Handel an den Warenbörsen auszuschließen, war es doch unter der Würde der Reis- und Baumwollkommissionäre, über Preise für Obst und Gemüse nachzudenken.

Hocksley hielt seinen Schwager für einen Narren, der eine schöne Plantage ruinierte, indem er teure Lohnarbeiter beschäftigte und für ein akademisches Experiment das Vermögen seiner Frau aufs Spiel setzte. In einem Punkt stimmte Henry ihm zu: Es war ihm nicht gelungen, seinen Platz im konservativen Gefüge der Südstaaten zu finden. Zu spät hatte er erkannt, wie wichtig Familientraditionen waren, um sich in der Pflanzergesellschaft zu behaupten. So sah er sich weniger als ein Opfer seiner wirtschaftlich überlegenen Umgebung denn seiner Selbstüberschätzung. Er hätte sich nie auf den Süden einlassen sollen.

Sie fanden einen Tisch in einer holzgetäfelten Fensternische des zu dieser Stunde gut besuchten Southern Sun Inn. Hocksley bestellte Wein und Brot, gebratene Krebse und Austern, Okra und Grits. Dann kam er ohne Umschweife zur Sache: »Ich weiß, dass Sie am Ende sind, Lorimer. Der Ausschluss aus dem Handelsverein hat Ihnen das Genick gebrochen, es ist absehbar, wann Legacy unter den Hammer kommt. Ich will jedoch keine solche Blamage in meinem nächsten Wirkungskreis. Deshalb mache ich Ihnen einen Vorschlag, den Sie nicht ablehnen können.«

Eine junge Mulattin brachte den Wein. Hocksley schenkte

ein und trank seinem Gast zu. Henry drehte schweigsam sein Glas in der Hand, den Blick auf die von anstößigen Schnitzereien bedeckte Tischplatte gesenkt. Er wusste, er müsste aufstehen und gehen, bevor Hocksley mit einem schäbigen Vorschlag seine Ehre beschmutzte. Es war die letzte Gelegenheit, seine Seele zu retten. Doch er ließ sie verstreichen, nahm einen tiefen Schluck aus seinem Glas und bedeutete Hocksley fortzufahren.

»Sie wissen, Lorimer, uns laufen die Sklaven davon, um bei den Engländern unterzukriechen. Allen Pflanzern entstehen dadurch erhebliche Verluste, Lieferverzug, Ausfallschäden – keine Sorge, ich werde Sie nicht mit Details langweilen. Was ich Ihnen erklären möchte, ist, dass die meisten Grundbesitzer es sich etwas kosten lassen würden, wenn sie ihre Sklaven zurückbekämen.« Henry schenkte sich schweigend nach und trank. Also fuhr Hocksley fort: »Sehen Sie sich die Loyalisten an. Sie kämpfen auf Seiten der Briten gegen uns, aber die meisten sind Pflanzer wie wir und betrachten es als ihre Pflicht, übergelaufene Sklaven aufzugreifen und den Eigentümern zurückzubringen; gegen einen vernünftigen Rückkaufpreis, versteht sich. Ich denke, ein entschlossener Mann mit den richtigen Verbindungen könnte hier gute Geschäfte machen. Was meinen Sie? – Ah, unser Essen!«

Das Mädchen brachte alle Gerichte auf einmal. Hocksley aß genüsslich von den scharf gewürzten Speisen und bemerkte zwischendurch: »Greifen Sie zu, mein Freund, das weckt die Lebensgeister!«

Henry ignorierte das Essen, schenkte sich aber noch ein Glas Wein ein. »Gemeinhin nennt man Leute, die diese Art Geschäfte betreiben, Sklavenhändler«, bemerkte er leise, während Hocksley ungerührt weiteraß. »Wenn aber jemand diese Geschäfte im Krieg betreibt und sich um des Profits willen auf die Seite des Gegners schlägt, wie nennen Sie so jemanden, Hocksley? Verräter?« Er trank sein Glas aus und goss sich gleich wieder nach.

Hocksley tupfte mit dem Schnupftuch das Fett von seinen manikürten Händen. »Sie trinken zu viel, Lorimer. Und Sie sitzen auf einem ziemlich hohen Ross. Sie sollten froh sein, wenn Sie die Chance bekommen, Ihre Schande wieder wettzumachen.«

»Schande, Sir?«

»Ja, Schande!«, rief Hocksley voller Verachtung. »Es bringt nun einmal Schande über einen Mann, wenn er das Vermögen seiner Frau durchbringt, wenn er seine Geschäfte dilettantisch führt, ruinöse Wettschulden anhäuft und die übrige Zeit wirren Utopien nachhängt! Die Party ist zu Ende, Mr. Lorimer. Es wird Zeit, dass Sie etwas unternehmen. Die Familie Ihrer Frau will nicht am Schluss die Zeche zahlen!«

Henry war getroffen, solcher Vorwurf wog schwerer als alle persönlichen Misserfolge. Das Schlimmste war, Hocksley hatte recht. Henry hatte der Verantwortung gegenüber seiner Frau nicht genügt. Antonia hatte sich mit Hab und Gut seinen Idealen verschrieben. Ihr Haus stand seinen Freunden und Studenten offen, ihre Bibliothek wurde zum Treffpunkt von Leuten, die sich zur Reform der amerikanischen Gesellschaft bekannten. Doch mit der Zeit verlor sich der Idealismus, das Debattieren wurde mehr und mehr Selbstzweck. Skandalträchtige Feste und einige Affronts gegen das Establishment zogen Antonias Ruf in Mitleidenschaft. Es war Henry längst klar, dass sie ihre eigenen menschenfreundlichen Ziele ohne sein Zutun besser hätte verwirklichen können. In ihrer pragmatischen Art hatte sie begonnen, aus Legacy eine gemeinsame Lebensgrundlage für sich und ihre freien Landarbeiter zu machen. Doch ihr schöner, schlichter Ansatz war verdorben, weil er seinen akademischen Anspruch nach universaler Gültigkeit verfolgte. Am Ende war nichts von Bestand, er verlor seinen Lehrstuhl, die freie Gesellschaft der »Selbsternannten Philosophen« löste sich auf, Legacy verfiel. Seine Situation war mehr als verzweifelt, und darüber war Hocksley präzise im Bilde.

»Wenn ich Ihren Vorschlag annehme«, hörte er sich fragen, »Was springt am Ende für mich dabei heraus?«

Es kostete Hocksley sichtlich Mühe, sich das Hochgefühl seines Triumphs nicht anmerken zu lassen.

»Hören Sie, Lorimer, gehen Sie nach Hause und schlafen Sie sich erst einmal aus. Morgen Punkt neun Uhr erwarte ich Sie in meinem Büro.«

Er legte Geld für Essen und Wein auf den Tisch und ging.

Henry rief nach der Mulattin und bestellte eine Flasche von dem starken karibischen Rum, für den das Southern Sun Inn bekannt war.

10.

Als Henry am anderen Morgen zur Halle hinunterging, hörte er durch die angelehnte Tür des Speisezimmers, wie Antonia vor ihrer schwarzen Köchin Charlene geduldig die Haushaltsausgaben für die kommende Woche rechtfertigte. Er blieb am Treppenabsatz stehen und überlegte, ob er unbemerkt das Haus verlassen konnte, in das er zu nachtschlafender Zeit zurückgekehrt war, und das in einem Zustand, den er seiner Frau nicht hätte zumuten wollen. Als Joshua die Eingangshalle betrat, lief Henry die restlichen Stufen zur Halle hinunter und bedeutete ihm wortlos, ihm nach draußen zu folgen. Er ließ sofort anspannen, kurz darauf waren sie auf dem Weg nach Prospero Hill. Henry lehnte in den Polstern des Landauers und ließ den vergangenen Abend Revue passieren.

Die Flasche Rum und die süße Gegenwart des Mädchens hatten ihn bewogen, sie für ein paar Stunden Vergnügen zu kaufen, und die Mulattin nahm ihn mit zu der schmalen Kammer im oberen Stock.

Als er den Wirt später für die Dienste der kleinen Sklavin

bezahlte, hatte sich das Publikum im Southern Sun Inn auffallend verändert. Junge Stutzer mit ihren Mädchen mischten sich unter die Arbeiter von den Piers. Seeleute waren da und Soldaten mit ihren Liebchen. In den überhitzten Räumen wurde gespielt und getrunken. An einem improvisierten Spieltisch im hinteren Teil des Lokals erkannte Henry einen jungen Mann, der früher mit seinen Studenten nach Legacy gekommen war. Er hieß Oliver Roscoe, Henry hatte ihn zuletzt vor Monaten beim Pferderennen gesehen. Roscoe hatte sich von ihm Geld für Wettschulden geliehen, die Summe aber nie zurückgezahlt. Jetzt hatte er Henry entdeckt.

»Lorimer!«, rief er quer durch den Schankraum. »Hey, Lorimer, was hat Sie hierher verschlagen? Kommen Sie herüber!«

Roscoe war Kreole und sah ungewöhnlich gut aus, etwas feminin mit wimpernbeschatteten Augen und feinem Teint. Es hieß allerdings, er neige zu Brutalität. Als Henry sich nun einen Weg zwischen den Tischen hindurch zu den Kartenspielern bahnte, wusste er nicht recht, ob ihm daran lag, bei ihrer früheren Freundschaft anzuknüpfen. Roscoe aber zog ihn ungezwungen heran und präsentierte ihn den anderen Herren und ihren Begleiterinnen.

»Gentlemen, Ladies: Mein Freund Henry Lorimer«, sprach er in eigentümlich schleppendem Tonfall. »Ich wette, Sie erinnern sich an den Mann, der es wagte, den Planters Club herauszufordern ...«

»Lassen Sie es gut sein, Roscoe, um Gottes willen!«, wehrte Henry sofort ab. »Können wir diesen Teil der Geschichte nicht überspringen?«

»Sie haben recht, mein Freund. Trinken wir lieber.«

Die Gesellschaft hatte das Spiel wieder aufgenommen, während Roscoe am Tisch zwei Gläser mit dunklem Rum füllte und Henry eins davon in die Hand gab. Das andere Glas hob er kurz an und trank es aus, bevor Henry seines überhaupt an die Lippen führen konnte. Während Roscoe sich einen neuen

Drink einschenkte, erhob sich ein paar Plätze weiter ein vornehm gekleideter Mann und kam zu ihnen herüber.

»Gestatten Sie, Sir, dass ich mich vorstelle? Algernon Reed, aus Richmond in Virginia. Mr. Roscoe hat mir von Ihrem Salon erzählt.«

Roscoe reichte Reed ganz selbstverständlich sein Glas, aus dem er soeben getrunken hatte, und wandte sich an Henry: »Sagen Sie ihm, dass ich nicht nur wegen der Parties zu Ihnen kam, Lorimer.«

»Mr. Roscoe war der Jüngste in unserem Kreis«, tat Henry ihm den Gefallen. »Meine Studenten vom College brachten ihn mit. Anfangs wurde noch ernsthaft über die Zukunft Amerikas diskutiert. Die Parties kamen später.«

»Ihr Zirkel hatte einen gewissen Ruf«, sagte Reed.

Henry winkte bescheiden ab. »Es war ein Debattierclub.«

»Auf hohem Niveau. Es heißt, intellektuelle Prominenz kam in Ihr Haus?«

»Das stimmt. Ein paar unserer besten Männer waren auf Legacy zu Gast, Rutledge, der junge Drayton, Julien Longuinius. Auch Ben Franklin und Alexander Hamilton kamen aus Philadelphia zu uns.« Henry wirkte plötzlich ernüchtert. »Tja, Mr. Reed, die Sache hatte sich irgendwann überlebt. Der Zirkel von Legacy ist Geschichte.«

»Schade. Es müssen inspirierende Zusammenkünfte gewesen sein. Selbst für unseren Freund Roscoe!«

Roscoe ignorierte die Beleidigung und trank unbeteiligt seinen Rum. Er lebte auf anderer Leute Kosten, das war bekannt. Zurzeit lebte er offenbar auf Reeds Kosten. Er nahm den Zynismus seines Gönners teilnahmslos hin, fast beneidete Henry ihn um seine Gleichgültigkeit.

»Meine Herren, wir sollten die Umgebung wechseln«, entschied Reed, rief den Wirt und bezahlte ihre Drinks. Roscoe holte die Hüte und Stöcke, und Henry verließ mit den beiden Freunden das Southern Sun Inn. Er wusste, dass Antonia ihn seit Stunden zurückerwartete. Er sollte den Wagen in Lyndon House abholen und heimfahren.

Als er sich verabschieden wollte, tat Reed überrascht: »Sie wollen doch jetzt nicht nach Hause?«

Henry zögerte.

Was Reed nicht entging. »Mr. Roscoe und ich werden noch etwas unternehmen in dieser wundervollen Nacht«, sagte er und legte seinem Freund einen Arm um die Schulter. »Was hielten Sie davon, sich uns anzuschließen, Mr. Lorimer?«

»Kommt darauf an«, sagte Henry vage.

»Ausgezeichnet!« Reed lächelte. »Gentlemen, wir werden Mrs. Harper besuchen.« Mrs. Harper betrieb das teuerste Bordell der Stadt.

»Tut mir leid, Mr. Reed«, sagte Henry, »ich bin inzwischen ein armer Mann.«

»Ihre Offenheit ist rührend, Lorimer«, bemerkte Roscoe. »Aber es ist Algernons Abend, Sie können es ihm nicht abschlagen.«

»Mr. Roscoe hat recht«, meinte Reed, »Sie sind mein Gast.«

Mrs. Harpers Champagner war gut, und es wurden mehr Flaschen geöffnet, als sie trinken konnten, Reed kam es nicht darauf an. Die Huren von Mrs. Harper hatten professionelle Klasse, sie waren sehr hübsch, verschwiegen und nicht dumm. Sie bedienten die Männer mit exquisiter Liebestechnik, mit Unterwürfigkeit oder Wollust. Für gutes Geld täuschten sie Verlangen und Hingabe vor und ließen keine Wünsche offen.

Reed und Roscoe kamen oft zu Mrs. Harper, immer zusammen. Sie nahmen Henry mit auf ein Zimmer ganz aus rotem Samt, mit einem großen Bett in der Mitte. Die Huren kamen und begannen, sie auszuziehen. Henry hatte nichts dagegen, die Frauen waren geschickt, und die Gegenwart der beiden Männer störte ihn nicht. Reed und Roscoe schienen die Mädchen kaum zu beachten. Sie waren sich selbst genug, lagen beieinander und umarmten sich. Als Henry bemerkte, wie sie sich anfassten und küssten, wollte er sich abwenden, aber es erregte ihn auch, ihnen zuzusehen. Erst als Roscoe sich auch ihm zuwandte, flüchtete er. Die beiden Freunde vermissten ihn nicht. Sie teilten sich die Huren und das Bett und blieben die ganze Nacht zusammen.

Henry war in den Salon zurückgekehrt, er trank noch mehr Champagner. Was Roscoe und Reed taten, war ihre Sache. Ihm hatte die kleine Mulattin am Nachmittag vollauf genügt. Wenn er sein Glas ausgetrunken hätte, würde er nach Hause fahren. Doch Mrs. Harper ließ ihn nicht gehen. Sie führte ihn in ein schwarzes Zimmer. Eine Frau mit Katzenaugen kam herein, mit seidenfeinem Haar, und legte sich zu ihm. Sie trug schwarze Spitze, sie trug sie bis zuletzt. Er griff nach ihr, zog sie unter sich und drang in sie ein. Aber sie lachte nur über seine stumpfe Gier, schob ihn von sich herunter, drehte ihn auf den Rücken und hielt ihn so. Sie ließ sich Zeit, strich ihm durchs Haar und küsste ihn. Wie nie zuvor fühlte er seinen Körper unter ihren Händen, in ihrem Mund. Als er den Gipfel der Lust erreichte, ließ sie sich zurücksinken und ihn in sich kommen.

Nie hatte er besseren Sex. Später in der Nacht fiel ihm die Begegnung mit Hocksley wieder ein. Er erinnerte sich an keine Einzelheiten, nur an ein undeutliches Gefühl von Scham und Selbstmitleid. Doch das war nun vorbei. Er lag in einem seidenen Bett, mit einer wunderschönen Frau, und all sein Begehren war befriedigt. Er wollte sich nicht mehr verachten.

»Sie sehen ziemlich mitgenommen aus, wenn ich das sagen darf.« Joshua hatte den Landauer auf der Zufahrt von Prospero Hill angehalten und stand kopfschüttelnd am Wagenschlag. »Was haben Sie nur gemacht?«

»Was schon? Getrunken.« Henry strich nachlässig sein Haar zurück. »Und ich war mit ein paar Freunden in diesem Haus in der Water Street ... Komm schon, Josh, mach nicht so ein ernstes Gesicht! Du bist auch ein Mann.«

»Aber Sie sind ein Gentleman! Was Sie auch immer tun, Sie dürfen nicht die Haltung verlieren – verzeihen Sie, Sir.«

»Schon gut.«

Henry blickte über die weite Ebene des Lowcountry. Zwischen den Reisfeldern glitzerten die Gezeitenflüsse des Plains und Cooper River unter der Sommerglut. Warum bin ich nur hierhergekommen?, fragte er sich, müde in den Fond seines eleganten Wagens gelehnt. Doch die Frage war müßig, zumindest hätte er sie sich früher stellen und den Süden verlassen sollen, nachdem ihn das College nicht mehr unterrichten ließ. Vielleicht wäre ja Antonia damals mit ihm gekommen. Doch jetzt war es zu spät. Er konnte nur versuchen, ihre Plantage zu retten, indem er tat, was Hocksley von ihm verlangte. Er hatte keine andere Wahl.

»Alle werden mich verachten«, sagte er leise.

»Ich werde Sie niemals verachten!«, widersprach Joshua, der Henrys düstere Worte seiner angeschlagenen Verfassung zuschrieb.

»Du vielleicht nicht, Josh.« Henry lächelte traurig. »Jetzt lass uns weiterfahren. Ich möchte es hinter mich bringen.«

Der Wagen hielt vor dem großen Haus. Um Henrys Ankunft Würde zu verleihen, riss Joshua den Schlag auf und verneigte sich tief. Henry schritt durch den Säulengang und die Tür aus rotem Zedernholz, die ein Sklave in Livree für ihn offen hielt.

Prospero Hill deprimierte ihn jedes Mal aufs Neue. Das überladene Dekor, das Hocksleys Reichtum zur Schau stellte, war seinem puritanischen Geschmack zuwider. Die eigentliche Ursache für sein Unbehagen aber war weitaus konkreter: Es war das Wissen um das unwandelbare Los jener, die für die Prunksucht der Hocksleys tagein, tagaus hart arbeiten mussten und bei geringsten Verfehlungen schwer geschunden wurden.

Um den afrikanischen Leibeigenen Gehorsam und Disziplin beizubringen, machten Sklavenhalter wie Hocksley sich nicht selber die Hände schmutzig, sie brachten sie ins Work House, ein Zuchthaus am Stadtrand von Charles Town, und ließen sie gegen Bezahlung auspeitschen. Die Prügelknechte des Work House wussten die Bestrafung möglichst schmerzhaft zu machen, ohne die Leistungsfähigkeit der Sklaven auf Dauer einzuschränken.

Als Henry die verschlossenen Mienen der Schwarzen sah, flog ihn eine so starke Beklommenheit an, dass er sich zwingen musste, nicht unverrichteter Dinge wieder umzukehren.

»Sie sind tatsächlich pünktlich, Lorimer.« Hocksley sah von seinem Schreibtisch kaum auf, während er mit der Erledigung seiner Korrespondenz fortfuhr. Schließlich läutete er nach einem Diener und übergab ihm die Briefschaften. Erst jetzt bot er seinem Schwager einen Stuhl an. Es befriedigte ihn, Henry so erniedrigt zu sehen und ihn nach seiner geschäftlichen Niederlage nun auch persönlich seiner Willkür ausgeliefert zu wissen. Dennoch konnte er den Moment nicht so auskosten wie erhofft. Er spürte, dass sein Triumph nicht vollkommen war, und der Unmut darüber nagte an seiner neidischen Seele.

In Wirklichkeit hatte er durch Henrys Demütigung Antonia treffen wollen, diesen Snob, die seit jeher voll intellektuellen Hochmuts auf ihn herabsah. Theodore Hocksley war Ende zwanzig gewesen, als er dem Kontor ihres Vaters Robert Bell vorstand. Seine Beflissenheit und seine Durchsetzungsfähigkeit verschafften ihm Bells Wohlwollen, seine Untergebenen hingegen lernten, ihn zu hassen. Mit der Zeit wurde Hocksley die Ehre zuteil, im Familienkreis der Bells empfangen zu werden. Die beiden älteren Misses Bell gehörten zu den besten Partien Charles Towns, und Hocksley gab sich über die Maßen charmant, bis er die Gunst von Diane und Lydia Bell gewonnen hatte. In Wahrheit aber begehrte er die jüngste der Schwestern, Antonia.

Sie aber fühlte sich von Hocksley abgestoßen. Nachdem er bei einer Gelegenheit versucht hatte, sich an ihr zu vergreifen, ersann sie eine wirkungsvolle Methode, sich seiner Zudringlichkeiten zu erwehren. Wenn er fortan zu Besuch kam, führte sie ihn coram publico aufs Glatteis seiner mangelhaften Bildung. Von einem Backfisch lächerlich gemacht zu werden, hätte einen anderen beschämt, Hocksley aber war tödlich beleidigt. Ab jetzt tat er so, als übersähe er das vorlaute Mädchen, und bald heiratete er die Älteste der drei Schwestern, Diane. Im Herzen aber hegte er unversöhnlichen Hass gegen Antonia.

»Ihre Frau macht sich gewiss die größten Sorgen«, sagte er jetzt. »Ich meine, es kann Antonia nicht entgangen sein, was für einen erbärmlichen Anblick Sie bieten, mein armer Schwager.«

Henry ging auf die beleidigenden Worte nicht ein. Er hatte die Kristallkaraffen auf einem Serviertisch beim Fenster im Blick.

»Kann ich einen Drink haben?«

»Bedienen Sie sich. Sie scheinen es zu brauchen!«

Henry stand auf, schenkte sich einen Brandy ein, nahm einen großen Schluck und wartete darauf, dass die Wärme des Alkohols seinen revoltierenden Magen beruhigte.

»Wenn Sie sich an meine Instruktionen halten, wird unsere kleine Absprache für Sie wie für mich von Vorteil sein«, begann Hocksley und erklärte ihm seinen perfiden Plan. »Sie werden im Feldlager von General Cornwallis auf Silk Hope vorstellig und bekunden Ihren glühenden Eifer für die Sache König Georges und der Engländer. Damit das Ganze überzeugend wirkt, werden Sie gleich eigene Gefolgsleute mitbringen; Sie bekommen ausgesuchte Männer von meinen Besitzungen als Eskorte. Bestehen Sie unter Berufung auf Ihre gesellschaftliche Stellung auf einem höheren Offiziersrang. Sie treten standesgemäß in die Britische Armee ein, Lord Cornwallis wird Ihnen das nicht verwehren. Und lassen Sie sich nicht auf eine Erörterung Ihrer nicht vorhandenen militärischen Erfahrung ein. Das spielt in Ihrem Fall keine Rolle. Sie sollen Ihre loyalistischen Einheiten schließlich nur zur richtigen Zeit an den richtigen Ort führen, den Rest erledigen andere. Niemand wird von Ihnen Heldenmut verlangen; auch die Briten verlieren nicht gerne ihre Offiziere.«

Hocksley machte eine kurze Pause. »Kommen wir nun zu Ihrer eigentlichen Mission: Sie werden unsere entlaufenen Sklaven aufgreifen, die in den britischen Forts und Feldlagern als Hilfskräfte und Dienstpersonal arbeiten. Als Offizier der Britischen Armee haben Sie Zutritt zu jedem Lager, es sollte für Sie also nicht schwer sein, die Sklaven in gezielten Razzien gefangen zu nehmen und an vereinbarten Treffpunkten meinen Aufsehern zu übergeben. Alles Weitere geht Sie nichts mehr an. Ach ja, jede Razzia wird nach Kopfzahl entlohnt.« Er fasste Henry scharf ins Auge. »Die Sache verlangt eine gewisse Skrupellosigkeit.«

»Wenn ich Skrupel hätte, wäre ich nicht hier.«

»Klingt einleuchtend. Vielleicht habe ich Sie unterschätzt, Lorimer.«

Henry trank aus und stellte das leere Glas auf den Serviertisch. »Wann geht es los?«

»In drei Tagen. Die Männer, die Sie als Ihr Gefolge begleiten werden, kommen zum Treffpunkt an die Mündung von Plains und Cooper River. Punkt acht Uhr. Ich werde auch dort sein. Bringen Sie Ihren Kleidersack gleich mit.«

Henry salutierte ironisch und wandte sich zum Gehen.

»Und seien Sie um Gottes willen nüchtern!«, rief Hocksley ihm nach.

Auf der Rückfahrt war Henry schweigsam. Als sich der Wagen der Einfahrt von The Willows näherte, entschloss er sich spontan, Frank Shaughnessey einen Besuch abzustatten. Shaughnessey war ein Freund der Bells, er kannte Antonia seit ihrer Kindheit, und nachdem sie Henry geheiratet hatte, entwickelte sich eine Freundschaft zwischen den beiden Männern. In diesen Tagen wirkte The Willows verlassen, denn Shaughnessey hatte seine Familie kurz vor der Besetzung Charles Towns nach Barbados in Sicherheit gebracht. Die Shaughnesseys stammten von den ersten Kolonisten dieser westindischen Zuckerinsel und besaßen dort noch eine alte Pflanzung, die von einem Cousin verwaltet wurde. Shaughnessey hatte auch seine Sklaven nach Barbados geschafft und nur zwei Hausdiener behalten.

»Sie bleiben doch zum Essen?«, fragte er.

»Danke, Frank, ich habe keinen Appetit. Aber einen Brandy würde ich nehmen.«

Nachdem Shaughnessey jedem ein Glas eingeschenkt hatte, kam er auf die Kriegsberichte zu sprechen: Die Lage in den umkämpften Gebieten zwischen North und South Carolina sei prekär, General Washington rufe die örtlichen Milizen auf, verstärkt Truppenunterstützung zu leisten.

»Letzten Sonntag kam Major Marion ins Versammlungshaus nach St. James' Parrish, um persönlich Leute für die Landwehr anzuwerben. Viele unserer Nachbarn haben sich ihm angeschlossen – Herrgott, wenn ich nur zehn Jahre jünger wäre! Was ist mit Ihnen, mein Freund, werden Sie sich melden?«

Henry zuckte nur die Schultern und schenkte sich ein zweites Glas ein.

Shaughnessey sah ihm mit gerunzelten Brauen zu. »Sagen Sie einmal, Henry, irgendetwas stimmt doch nicht mit Ihnen. Ich kenne Sie jetzt lange genug, aber in solcher Verfassung habe ich Sie noch nie gesehen.«

Henry seufzte. Er hatte gehofft, bei seinem Freund die Unterredung mit Hocksley für eine Weile vergessen zu können. Aber Shaughnesseys Rechtschaffenheit führte ihm seine fatale Lage und seinen schmählichen Abstieg zum Befehlsempfänger umso deutlicher vor Augen. Erst jetzt wurde ihm in aller Klarheit bewusst, dass sein Schicksal durch das Abkommen mit Hocksley besiegelt war. Er befand sich im Würgegriff einer bösartigen Macht, die ab heute sein Leben bestimmen würde, ein Leben als Menschenhändler und Verräter. Der Gedanke schmerzte ihn, Shaughnesseys Achtung zu verlieren, wenn an den Tag käme, was aus ihm geworden war. Noch schlimmer wäre es, wenn Antonias nachbarschaftliches Verhältnis durch sein Verhalten Schaden nähme.

Die Shaughnesseys bezeigten seit jeher mitfühlendes Interesse an den Lorimers. Während Frank ihnen in geschäftlichen Fragen weiterhalf, hielt Erynn Shaughnessey wiederholt intime Aussprachen mit Antonia, in »familiären Dingen«, wie sie es nannte, zumal die Ehe der Lorimers kinderlos blieb.

Henry hatte nie darüber nachgedacht, ob seine Frau darunter litt, keine Kinder zu haben. In der ersten Zeit waren sie sich selbst genug gewesen, auch gab es reichlich Ablenkung durch die Zusammenkünfte ihres intellektuellen Zirkels. Als dann die unbeschwerten Tage vorbei waren, mussten die Lorimers um die Erhaltung der Plantage kämpfen; damals sprachen sie nicht über Kinder.

Allerdings wusste Henry sehr genau, dass er noch kein Kind in die Welt gesetzt hatte, obwohl sein promiskuöser Lebenswandel jede Menge Gelegenheit dazu geboten hatte. Doch weil Antonia sich für die Kinderlosigkeit ihrer Ehe anscheinend allein verantwortlich fühlte, ließ er sie in diesem Glauben.

Er begegnete Shaughnesseys ernstem Blick. So vieles hätte er sich gerne von der Seele geredet, aber dafür war es jetzt zu spät.

»Frank, Sie sind mein Freund und haben mir oft geholfen. Aber Sie wissen, es gibt Dinge, denen man sich eines Tages stellen muss.« Er machte eine Pause. »Was immer geschieht, bewahren Sie meiner Frau Ihre Wertschätzung, ich bitte Sie! Antonia ist der aufrichtigste Mensch, den ich kenne, und sie hat jemand Besseren verdient als mich. Stehen Sie zu ihr, wenn ich es nicht mehr kann und niemand sonst mehr zu ihr hält. Wollen Sie mir das versprechen, Frank?«

Shaughnessey nickte. Sonst konnte er nichts für ihn tun.

11.

Der 12. Juli 1780 versprach ein heißer Tag zu werden. Schon früh am Morgen flimmerte die Luft über den Flussniederungen. Ein Trupp von neun Reitern mit leichtem Marschgepäck war auf der Schotterstraße zu den Reispflanzungen am Oberlauf des Cooper River unterwegs. Auf einer Kuppe, kurz bevor die Straße sich wieder neigte, bogen die Reiter nach Süden in eine Allee. Sie passierten mehrere Wachtposten, bevor sie an dem von doppelten Palisaden gesicherten Tor zur Plantage Silk Hope Einlass begehrten.

Für die Wachsoldaten waren Neuzugänge dieser Art an der Tagesordnung. Seit das britische Armeekorps unter General Lord Cornwallis sein Feldlager auf der großen Pflanzung unterhielt, meldeten sich fast täglich königstreue Plantagenbesitzer mit ihren Gefolgsleuten zum Dienst für die Krone. In Loyalistenregimenter der Britischen Armee eingegliedert, unterstützten sie fortan England im Krieg gegen ihre rebellischen Nachbarn, deren Wunsch nach Unabhängigkeit sie nicht teilten.

Weisungsgemäß hatte Henry um ein persönliches Gespräch mit Lord Cornwallis gebeten. Wie Hocksley vorausgesagt hatte, verschaffte ihm seine gesellschaftliche Stellung das Entree bei einem der ranghöchsten Offiziere des britischen Heeres. Der General empfing ihn bei guter Laune, informell in einen bestickten Hausrock gekleidet, während er sein zweites Frühstück zu sich nahm.

»Mr. Lorimer, was verschafft mir das Vergnügen Ihres frühmorgendlichen Besuchs?«, fragte Cornwallis jovial.

»General«, begann Henry, »es ist mein glühender Wunsch …«

Weiter kam er nicht, die Flügeltüren wurden aufgestoßen, ein Offizier in voller Montur und staubbedeckt vom Ritt betrat den Saal. Mit klirrenden Sporen kam er an den Tisch und salutierte vor seinem General.

»Ah, Colonel Spencer!«, rief Cornwallis erfreut. »Gut, dass Sie zurück sind! Man hat mir schon von Ihrem Erfolg berichtet.«

Er machte die beiden Männer kurz miteinander bekannt und bat Spencer, ebenfalls Platz zu nehmen. Dann ließ er von der Ordonnanz frischen Tee servieren und forderte Henry auf fortzufahren.

»Wie ich bereits sagte, General«, begann dieser erneut, »ist es mein Wunsch, im Heer seiner Majestät König Georges zu dienen und als treuer Untertan meinen Beitrag zu leisten, damit die Rebellion gegen die Krone niedergeworfen wird.«

»Großer Gott, noch ein königstreuer Amerikaner!«, sagte Spencer gelangweilt. »Manchmal frage ich mich, gegen wen wir hier eigentlich kämpfen.«

»Nehmen Sie es ihm nicht übel«, sagte Cornwallis zu Henry. »Der Colonel kommt soeben aus einem Gefecht und ist verständlicherweise ungnädig!« Dann wandte er sich wieder an Spencer. »Vor drei Stunden bekam ich Meldung von Ihrer Aktion bei Sumter. Bemerkenswert! Die Depesche von Colonel Coates hebt die Leistung der Dragoons lobend hervor; er schrieb, dass Sie Gates' Nachschubtruppen vollkommen aufgerieben haben. Wann bekomme ich Ihren Bericht?«

»My Lord, ich erwarte noch eine genaue Aufstellung der erbeuteten Pferde, Waffen, der Munition und des Konvois. Lieutenant Mercey hat die Ränge der Gefallenen und Verwundeten beider Seiten aufgenommen; er ist mit mir angekommen und steht Ihnen zur Verfügung. Hier haben Sie meinen vorläufigen Bericht.« Er öffnete die zwei obersten Knöpfe seiner goldbetressten Uniformjacke und zog ein versiegeltes Schreiben hervor, das er vor Cornwallis auf das weiße Tischtuch legte.

»Danke, Colonel.« Cornwallis brach das Siegel, entfaltete das Schreiben, sagte im Aufstehen: »Bitte behalten Sie Platz, Gentlemen«, und ging zur Fensterfront des Raumes, um sich in die Lektüre des Berichts zu vertiefen.

Henry überlegte, ob Konversation angebracht war. Doch die Frage erübrigte sich, als er Spencers Blick begegnete, der ihn über den Tisch hinweg unbewegt und völlig ausdruckslos ansah. Henry wusste nur zu gut, wer ihm da gegenübersaß. Spencer war ein gefürchteter Kommandeur. Wo immer er mit seinen Reitertruppen auftauchte, behauptete er das Feld. Während der Kampagnen in den nördlichen Provinzen musste General Washington wuterfüllt mitansehen, wie Spencer mit seinen Dragoons die amerikanischen Truppen zersprengte und selbst fliehende Soldaten erbarmungslos niedermachen ließ. Seit der Eroberung Charles Towns hielt Spencer den Widerstand der Milizen durch eine Taktik rigoroser Anschläge in Schach. Er war ein glänzender Soldat, der seine militärischen Ziele skrupellos verfolgte.

Sein arrogantes Schweigen empfand Henry wie einen Vorwurf. Er hätte gerne bei der Ordonnanz ein Glas Brandy geordert, aber Spencers konstanter Blick hielt ihn davon ab.

Endlich kam Cornwallis wieder an den Tisch. »Mr. Lorimer, zurück zu Ihrem Wunsch, für England in den Krieg zu ziehen. Offen gestanden, haben wir schon mehr als genug Gentlemen-Farmer wie Sie in unseren Reihen, meist überwiegt ihr loyalistischer Dünkel bei Weitem ihre militärische Einsatzbereitschaft. Bei ihren Gefolgsleuten beobachten wir das genaue Gegenteil: Die Gefechte von Loyalistenverbänden eskalieren sehr viel häufiger, als es bei *Regulars* der Fall ist. Das könnte am Ende zu mehr Erbitterung führen, als unserer Sache dienlich ist.«

Cornwallis Seitenblick zu seinem Colonel war Henry nicht entgangen. Er musste auf der Hut sein, offensichtlich verachtete Spencer königstreue Amerikaner. Ein Wort von ihm konnte Hocksleys Plan zunichtemachen. Also verwarf Henry sein einstudiertes royalistisches Bekenntnis und begann zu improvisieren: »Um die Wahrheit zu sagen, General: Ich bin gar kein Loyalist.« Cornwallis Miene verfinsterte sich augenblicklich, weshalb Henry rasch fortfuhr: »Ich bin nicht einmal mehr

Pflanzer, meine Plantage am Plains River ist heruntergewirtschaftet, mein letztes Geld habe ich am Spieltisch verloren. Ich bin ruiniert, erledigt. Einem Mann in meiner Lage bleibt nur die Armee.«

»Und deshalb kommen Sie zu uns?«

»Meine rebellischen Landsleute liegen mir nicht besonders am Herzen.«

»Das ist in meinen Augen keine Empfehlung!«

»Wirklich nicht, Sir? Bedenken Sie, diese Aufständischen, aus denen sich die Milizen rekrutieren, sind meine Nachbarn, Farmer und ihre Söhne, sie betrachten mich als einen der ihren. Ich erfahre, wann und wo sie sich versammeln und was sie vorhaben. Ich weiß, wer die Milizen befehligt, und auch, wer sie finanziert. Da bieten sich doch verschiedene Möglichkeiten, wie ich Ihnen dienen könnte. Ich müsste ja nicht gleich Schulen und Kirchen niederbrennen.«

»Was sind Sie, Lorimer? Ein Spion oder nur ein erbärmlicher Verräter?«

»Jemand, der nichts mehr zu verlieren hat. Sehen Sie, General, fürs Erste habe ich meine eigene Eskorte mitgebracht. Andere kampfbereite Männer werden sich mir anschließen, sobald Sie mir ein Kommando geben. Bezahlen Sie meinen Leuten den üblichen Sold, und wir ziehen morgen mit Ihnen ins Feld!«

»Und wenn Sie kein Kommando bekommen?«, fragte Spencer.

Der Mann ließ ihn nicht aus den Augen! Henry hielt seinem kalten Blick stand und entgegnete: »Dann werde ich mich den Milizen anschließen. Seien Sie sicher, von denen bekäme ich mein Kommando, Söldner wie ich sind dort so willkommen wie echte Patrioten. Wir würden Ihre Patrouillen aus dem Hinterhalt angreifen und Ihren Nachschub überfallen. In kurzer Zeit würde ich Sie zur Verzweiflung treiben, denn ich kenne das Land besser als Ihre Späher. Glauben Sie mir, es macht für mich keinen Unterschied, für oder gegen wen ich kämpfe.«

In die Stille, die seinen Worten folgte, begann Spencer lässig zu applaudieren. »Alle Achtung, Lorimer, Sie reden wie ein Anarchist!«, und an Cornwallis gewandt: »Höchst ungewöhnlich für einen Amerikaner, finden Sie nicht, My Lord?«

»Ich muss doch sehr bitten, Colonel!« Cornwallis erhob sich und ging ein paar Schritte durch den Saal, dann winkte er Spencer zu sich. »Ich billige die Haltung dieses Mannes nicht!«, sagte er leise.

»Nein, My Lord«, erwiderte Spencer. »Doch er kann uns von Nutzen sein. Wie es scheint, macht sich Mr. Lorimer keine Sorgen um sein Seelenheil. Ich will damit sagen, er könnte die Art von Kommandos übernehmen, die sich für einen Berufssoldaten aus Gründen der Ehre verbieten.«

»Ich weiß nicht, von was für Kommandos Sie reden, Colonel.«

»Natürlich nicht, Sir.« Spencer lächelte kalt. »Doch wird ein Krieg leider nicht nur durch Heldentaten gewonnen, nicht wahr? Wenn Sie meine Meinung wissen wollen: Geben Sie ihm einen Rang und übernehmen Sie ihn mit seinen Leuten, sagen wir, für besondere Aufgaben.«

»Also gut«, meinte Cornwallis nach kurzem Überlegen und wandte sich an Henry: »Ich werde Sie Colonel Rutherford unterstellen, Sie werden im Rang eines Majors in den Dienst Seiner Majestät übernommen. Mein Adjutant wird Ihre Beglaubigung ausstellen und alles Weitere mit Ihnen besprechen.« Als Henry ihm dankte, fügte Cornwallis hinzu: »Und bitte, Major Lorimer, behalten Sie im Offizierscasino Ihre unorthodoxen Ansichten für sich.«

Henry wollte gleich zur Garnisonsverwaltung gehen und die Formalitäten erledigen. Auf halbem Wege hatte Spencer ihn eingeholt.

»Ich denke, Sie erklären mir jetzt, warum Sie wirklich hier sind.«

»Colonel?«

»Sie sind kein Desperado, Lorimer, dazu fehlt es Ihnen an Courage. Also was wollen Sie?«

»Ich gebe zu, Colonel, ich bin General Cornwallis gegenüber etwas zu weit gegangen. Im Grunde bin ich nur ein Bankrotteur ...«

»Der für den Sold eines Majors zum Verräter wird?«

»Ich habe keine Wahl! Ich will nicht Haus und Hof verlieren.«

»Hehre Gründe, bei Gott!«, entgegnete Spencer und wandte sich zum Gehen.

»Was wissen Sie von meinen Gründen!«, stieß Henry bitter hervor. »Ich täte alles, um die Plantage zu retten.«

»Ja richtig.« Spencer kam noch einmal zurück. »Die Plantage am Plains River. Wie heißt sie doch gleich?«

Henry wurde blass. »Legacy.«

»Legacy!«, wiederholte Spencer.

Colonel Rutherford betraute Henry aufgrund seiner Ortskenntnisse mit der Sicherung des Nachschubs. Abseits vom eigentlichen Kampfgeschehen begleitete Henrys Einheit den Tross. Gelegentlich wurde er mit seinen Männern ausgesandt, um Dörfer oder einzelne Gehöfte zu zerstören, von denen man annahm, sie würden die Milizen unterstützen. Wenn sie die Bewohner antrafen, sorgte Henry dafür, dass ihnen zumindest kein körperliches Leid geschah. Voller Erbitterung ließ er ihre Felder und Gärten verwüsten, das Vieh töten und Scheunen und Häuser niederbrennen, wohl wissend, dass er Dinge tat, für die britische Befehlshaber sich zu schade waren.

Spencer kämpfte währenddessen an vorderster Front. Henry hörte wohl von den militärischen Erfolgen der Dragoons, hatte aber keine rechte Vorstellung vom Kampfverhalten berittener Einheiten. Beim Angriff auf Camden war er dann dabei und lernte den Unterschied kennen: In dem Moment, da die Reitereien ins Kampfgeschehen eingriffen, verwandelte sich das Gefecht in ein Blutbad. Spencers Dragoons fielen über die gegnerischen Stellungen her und hieben mit ihren langen Säbeln die Infanteristen buchstäblich in Stücke. Henry war so entsetzt, er hätte fast die Flucht ergriffen.

In Silk Hope begegneten ihm die englischen Offiziere mit Geringschätzung, Spencer übersah ihn einfach. Auch von den Loyalisten im Offiziersclub wurde er gemieden; ein ehrgeizloser Überläufer war ihnen verdächtig. Das alles war Henry gleichgültig, es ging ihm weder um Anerkennung noch um militärische Verdienste. Er hielt sich strikt an die Vereinbarung, die er mit Hocksley getroffen hatte. Sein Augenmerk galt den schwarzen Sklaven, die sich in das englische Feldlager und in die Forts der Umgebung geflüchtet hatten.

Um so viele flüchtige Schwarze wie möglich in die Sklaverei zurückzubringen, entwickelten Henry und seine Männer eine erschreckende Routine. Dabei arbeitete ihnen die militärische Hierarchie in die Hand, denn die Wachtposten an den Palisaden ließen einen Major mit Eskorte selbst zu nächtlicher Stunde ungehindert passieren. Dann verteilten sich die Männer unauffällig auf dem Gelände des Forts und schlossen allmählich einen Ring um die Unterkünfte der Schwarzen. Auf Henrys Kommando schlugen sie zu. Sie überraschten die Leute im Schlaf, zerrten sie aus den Zelten, fesselten sie aneinander und schleppten sie fort. Nie mischten sich die englischen Soldaten ein; die Befreiung von Sklaven war nicht Ziel dieses Krieges, also genossen sie auch keinen Schutz.

Wenn Henry die Schwarzen an Hocksleys Gewährsleute übergab, bekam er sofort das vereinbarte Kopfgeld ausgezahlt. Nach mehreren erfolgreichen Razzien nahm er regelmäßig Urlaub vom Dienst in seinem Regiment und kehrte nach Hause zurück.

Jedes Mal nahm er sich vor, sein Doppelleben zu beenden und Antonia alles zu erzählen, doch dann verließ ihn wieder der Mut. Wie hätte er ihr erklären sollen, was mit ihm geschehen war? Er wusste selbst nicht mehr, wann er seinen Idealismus verloren hatte, wann er begriffen hatte, dass seine Gesellschaftsvisionen in der materialistischen Wirklichkeit South Carolinas keinen Bestand hatten. Der Süden hatte ihn verändert, das feuchte, heiße Klima, die Menschenverachtung der weißen Pflanzer. Würde Antonia das verstehen? Vermutlich nicht, aber vielleicht würde sie ihm irgendwann verzeihen.

Nach außen wahrte er den Schein, gab sich beschäftigt und kümmerte sich mehr schlecht als recht um die Plantage. Doch vor Antonia konnte er seine Befangenheit nicht verbergen, darum ging er ihr aus dem Weg. Er fand neue Freunde und neue Vorlieben, die ihn von Legacy entfernten, und so entfernte er sich auch immer mehr von ihr.

Der Sommer verging, dann der Herbst. Die Fronten verlagerten sich, aber die Kämpfe nahmen kein Ende. Das Land musste die riesigen Heere ernähren, Tausende Menschen, die nichts produzierten, sondern immer mehr fruchtbaren Boden verwüsteten und diejenigen vertrieben oder töteten, die noch hätten säen und ernten können.

Kalte Regenböen kündeten den Winter an. Henry war auf dem Weg nach Hause, über schlammige Straßen trottete sein Pferd durch den Lowcountry. Der Mantel hing ihm durchnässt von den Schultern, die Kälte drang durch den Stoff bis auf seine Haut. Er würde nicht mehr zu den englischen Regimentern zurückkehren. Familiäre Verpflichtungen hinderten ihn daran, mit den königlichen Truppen nach Norden zu ziehen, hatte er Cornwallis seine Demission erklärt. Der General versuchte nicht, ihn zu halten.

Auf Legacy angekommen, zog Henry sich in sein Arbeitszimmer zurück. Er notierte in den Geschäftsbüchern die Summen seines Soldes und der Kopfgeldzahlungen; damit waren die Kreditzinsen der Bank gedeckt. Auch einen Großteil der aufgelaufenen Händlerrechnungen und seine Spielschulden konnte er zurückzahlen. Doch die Hypothekenlast blieb erdrückend. Um das Kernstück der Plantage zu erhalten, würden sie sich von einigen Pflanzungen trennen müssen.

Er strich sich abwesend durchs Haar, das von ersten grauen Fäden durchzogen war, und blickte nachdenklich an den vielen Reihen von Geschäftsbüchern entlang, in denen die Geschichte der Plantage niedergeschrieben war. Obwohl ihm von Rechts wegen die Verfügungsgewalt über Antonias gesamten Besitz zustand, betrachtete er Legacy nach wie vor als ihr Eigentum. Darum sollte sie entscheiden, welchen Teil ihres Landes sie verkaufen würden.

Weil er vorhatte, noch am selben Tag nach Charles Town zu fahren, wollte er gleich mit ihr sprechen. Er öffnete die Tür zur Halle und sah sich unvermittelt der Indianerin gegenüber. Ohne seine Zustimmung abzuwarten, trat sie ein und setzte sich in einen der schweren Ledersessel.

»Schließ die Tür«, sagte sie. »Wir müssen reden.«

Er zuckte die Schultern, schloss die Tür und nahm ebenfalls Platz. Vier Federn ließ sich nur selten auf der Plantage sehen, mit ihm hatte sie kaum je geredet. Ihr Gesicht verriet nicht, was in ihr vorging, während sie ihn unter schweren Lidern eine Weile ruhig betrachtete. Endlich sagte sie: »Kennst du eine Schwarze mit Namen Oulah?«

Henry schüttelte den Kopf. Was konnte die Indianerin von ihm wollen? »Hören Sie, bestimmt möchten Sie mit meiner Frau ...«

»Oulah hat dich erkannt, Major Lorimer.«

»Was ...?«

»Ihr habt sie mit anderen Flüchtlingen aus Fort Wilson verschleppt. Hinter euren Pferden angebunden mussten sie über die High Hills bis hierher laufen. Am Plains River ließ Oulah sich ins Wasser gleiten. Lieber wollte sie ertrinken als zurück nach Prospero Hill. Sie ist aber nicht ertrunken. Seit einer Woche versteckt sie sich in meiner Kate.«

Henry hatte das Gefühl, als ob sich ein kalter Ring eng um sein Herz legte. »Was hat sie Ihnen sonst noch erzählt?«

»Sie sagte, die Schwarzen in Fort Wilson wussten von den Razzien. Sie hatten Angst, sich schlafen zu legen. Ihr kamt immer bei Nacht.«

»Ja, wir kamen bei Nacht.« Er war fast erleichtert, es endlich auszusprechen. »Ich habe die Leute an Hocksley verkauft. Es war die einzige Möglichkeit, schnell an Geld zu kommen.«

»Geld also.«

»Die Plantage ist hoch verschuldet. Wenn ich die Schulden nicht zurückzahle, werden wir ... wird Antonia Legacy verlieren. Ich weiß, es ist meine Schuld, ich habe uns ruiniert. Aber ich will es wiedergutmachen.«

»Falsch! Du lässt andere mit ihrem Leben dafür bezahlen.«

»Sollte ich die Plantage einfach aufgeben? Legacy ist Antonias Zuhause, es ist alles, was sie hat!«

»Mach dir um sie keine Sorgen. Sie hat sich immer alleine zu helfen gewusst. Bevor du kamst.«

Vier Federn hatte nie verstanden, wieso Antonia einen Mann wie Henry Lorimer geheiratet hatte, der zu schwach war, um sie vor ihren Feinden zu beschützen, aber zu feige, es einzugestehen. Bei allem, was sie gemeinsam begonnen hatten, trug Antonia ihre Ziele im Herzen, während Henry sie bloß im Munde führte. Es hatte Vier Federn nicht überrascht, ihn scheitern zu sehen.

Henry trat zum Fenster, und während er in den Regen hinaussah, ließ der Druck um sein Herz langsam nach. »Falls es Sie interessiert: Ich werde keine schwarzen Flüchtlinge mehr jagen. Die Engländer ziehen nach Norden, ihre Lager werden aufgelöst.« Er wandte sich ihr zu. »Es ist vorbei, ich kehre nicht zu Cornwallis Armee zurück.«

»Dann werdet ihr also die Plantage verlieren.«

»Nicht sofort. Wir können etwas Land verkaufen.«

»Das sieht dir ähnlich!« Vier Federn lachte trocken. »Du

würdest tatenlos zusehen, wie du nach und nach alles verlierst: Die Plantage an die Bank, das Land an die Engländer...«

»Nein, ich werde nicht einfach zusehen.« Er schämte sich vor dieser Frau, vor ihrem harten Gesicht. »Ich habe vor, mich demnächst zur Miliz zu melden. Sie brauchen jeden Mann.«

»Henry Lorimer, du hast für die Engländer gekämpft. Überlege dir gut, worauf du dich einlässt.«

Henry dachte an Spencer. Der kalte Ring schloss sich noch enger um sein Herz.

Im Januar 1781 wurden die britischen Truppen in der Schlacht von Cowpens erstmals vernichtend geschlagen. Das Selbstbewusstsein der Besatzer war empfindlich getroffen, doch die Verteidiger im Süden litten weiterhin unter den brutalen Nachstellungen der englischen Spähtrupps. Immerhin hatten sich die örtlichen Milizen inzwischen gut organisiert und griffen gezielt den Nachschub an, um den Lebensnerv des Feindes zu treffen.

Nach einem Anschlag der Miliz auf das Munitionslager von Fort Howard nördlich von Charles Town kam es zum Gefecht. Die Besatzung des Forts hatte die meisten Angreifer niedergemacht, bevor Henry Lorimer, der Captain der Miliz, mit dem Rest seiner Leute fliehen konnte. Spencer, dessen Regiment in Fort Howard stationiert war, nahm mit einer Reiterschwadron die Verfolgung auf. Als die Spur der Flüchtenden sich in den Flussniederungen verlor, ließ Spencer absitzen und befahl seinen Soldaten, die Uferregion systematisch abzusuchen – mit Erfolg: Seine Späher fanden den Zugang einer Furt. Sie konnten die Verfolgung wieder aufnehmen und stießen bald auf eine Lichtung, wo die Rebellen ihre erschöpften Pferde ausruhen ließen. Spencer gab sofort den Befehl zum Angriff.

Die Rebellen liefen in Panik auseinander, als die Dragoons aus dem Wald hervorbrachen und mit gezücktem Säbel im gestreckten Galopp über die Lichtung auf sie zujagten. Henry sprang in den Sattel und versuchte, seine versprengte Truppe zu ordnen. Doch die Dragoons hatten sie schon eingekreist, die ersten Männer fielen unter ihren Säbelhieben. Als Henry erkannte, dass kein Milizionär mit dem Leben davonkommen würde, gab er das Zeichen zur Kapitulation. Seine Leute wurden entwaffnet, in drei Gruppen zu je sechs Mann zusammengefasst und von den Dragoons mit vorgehaltener Waffe bewacht.

Henry hielt sein Pferd im Schatten einer Kate, die erhöht auf einem Hügel stand. Als Spencer heranritt, erkannte er in ihm den ehemaligen Loyalisten-Major. Angewidert blickte er vom Rücken seines riesigen Pferdes auf ihn hinab.

»Wieso überrascht es mich nicht, Sie bei den Rebellen wiederzufinden, Captain ... Wie war doch der Name?«

»Captain Lorimer, South Carolina Militia.«

»Wie auch immer. Geben Sie mir Ihre Waffe, Captain.«

Henry löste die Gurte des *porte-épées* und übergab sein Schwert mitsamt Drapierung.

»Wo werden Sie uns hinbringen, Colonel?«

»Wir nehmen Sie mit nach Fort Howard. Ihre Männer werden von dort auf die Gefangenenschiffe im Cooper River gebracht.« Spencer befestigte Henrys Säbel am Sattelknauf, dann blickte er ihn direkt an. »Sie dagegen, Captain, werde ich so lange verhören, bis ich alles erfahren habe, was ich über Ihre Milizen wissen will. Danach überstelle ich Sie als Spion und Überläufer der britischen Militärjustiz. Oder vielleicht übergebe ich Sie, wenn ich mit Ihnen fertig bin, Ihren eigenen Leuten mit einer Erklärung über Ihren Dienst in der Britischen Armee.«

Henry erbleichte. Ein Verhör durchzustehen, um danach als Verräter schmachvoll am Galgen zu enden – es hätte nicht schlimmer kommen können. Und doch, oder gerade weil seine Lage aussichtslos war, schwand die Beklemmung, die ihn sonst in Spencers Nähe erfasste, und er konnte zum ersten Mal seinen Blick offen erwidern.

»Ich weiß, Colonel, in Ihren Augen bin ich ein Verräter, ein Überläufer, für den Sie nur Verachtung übrig haben. Trotzdem könnten doch Gründe vorliegen, die mein Verhalten rechtfertigen. Nehmen Sie an, ich wäre durch eine persönliche Pflicht gebunden?«

»Loyalität geht vor jeder persönlichen Pflicht«, antwortete Spencer. »Für Ihr Verhalten gibt es keine Entschuldigung. Es ist wahr, ich habe Sie immer verachtet, vielleicht hätten wir die Sache früher ausfechten sollen. Jetzt werde ich mir nicht mehr die Hände schmutzig machen.«

Henry hatte nichts anderes erwartet. Doch er musste an Antonia und an die Frauen und Kinder seiner Leute denken.

»Ich bitte Sie, Sir, bei Ihrer Ehre: Verschonen Sie unsere Familien und unsere Häuser. Sie haben die Genugtuung meiner Kapitulation, ziehen Sie keine Unschuldigen zur Verantwortung.«

»Daran hätten Sie vorher denken sollen. Noch heute werden wir Ihre Plantage und danach die Farmen Ihrer Leute aufsuchen.«

Henry konnte nur hoffen, dass Antonia sich rechtzeitig in Sicherheit brachte. Wie aber sollte er ihr die Schmach ersparen, dass man ihn als Verräter hinrichten würde? Gab es noch einen Ausweg aus der Schande? Ja, eine Möglichkeit blieb, den Dingen eine andere Wendung zu geben.

»Ich fürchte, Spencer, Sie werden sich doch die Hände schmutzig machen«, sagte er und griff nach seiner Pistole.

Noch bevor er die Waffe berührte, zog Spencer in einem antrainierten Reflex seine Pistole aus dem Holster und schoss ihm aus kurzer Distanz durchs Herz. Henry wurde durch die Wucht des aufschlagenden Projektils aus dem Sattel geschleudert. Er war sofort tot.

Unter den gefangenen Milizen entstand Unruhe. Nachdem ihr Anführer auf den Colonel schießen wollte, fürchteten sie nun zu Recht um ihr eigenes Leben. Spencer winkte den

Wachen kurz zur Entwarnung und rief seinen Lieutenant zu sich.

»Der Mann war ein Verräter, Mercey, er stand als Loyalist im Sold der Krone«, erklärte Spencer den Zwischenfall, während er die abgefeuerte Pistole nachlud. »Ich hatte ihm gedroht, ihn vors Kriegsgericht zu bringen. Doch offenbar zog er es vor, hier zu sterben anstatt am Galgen.« Er steckte die gesicherte Pistole in das Holster zurück. »Lassen Sie seinen Adjutanten frei. Er soll den Toten nach Hause bringen.«

Eine Indianerin hatte den Vorfall von der Kate aus beobachtet. Als die beiden Soldaten die Pferde wendeten, kam sie und stellte sich Spencer in den Weg. Sie wirkte weder furchtsam noch zornig, sie blickte ihn nur eine Weile eindringlich an. Dann trat sie zurück, wandte sich dem Toten zu, breitete die Arme über ihm aus und begann einen Klagegesang in ihrer alten Sprache.

Die Gefangenen wurden von den Soldaten nach Fort Howard eskortiert, Spencer ritt mit seinem Lieutenant an der Spitze des Zuges.

»Dem Verräter gehörte eine Plantage, Legacy am Plains River«, sagte er zu Mercey. »Bringen Sie in Erfahrung, wo das ist. Wir werden seiner Witwe einen Besuch abstatten.«

IV. William Marshall

12.

Joshua hatte den Stellwagen aus der Remise geschoben. Als er das Maultier anschirrte, sah er William von den Stallungen herüberkommen. Er führte Ghost am langen Zügel hinter sich her. Es war Joshua anzusehen, was er von der Idee hielt, den weiten Weg nach Fort Wren zu Pferd zurückzulegen.

»Sparen Sie sich jeden Kommentar, Mr. Robert. Und halten Sie meinen Stock, bis ich im Sattel bin.« William stieg auf. Wenn er Schmerzen hatte, ließ er es sich nicht anmerken. Wortlos streckte er die Hand nach seinem Stock aus.

»Hey, das war sehr gut, Sir!«, rief Joshua, reichte ihm den Stock hinauf und klatschte beifällig in die Hände. William schüttelte nur den Kopf und ritt davon.

Die Landstraße nach Fort Wren führte am Fuße einer sichelförmigen Erhebung entlang, die das trockene Hügelland von den sumpfigen Anbaugebieten der großen Reisplantagen trennte. Viele Felder lagen brach. William ließ sein Pferd im Schritt neben dem Stellwagen gehen, während Joshua ihm die Besitzverhältnisse der angrenzenden Pflanzungen erklärte. Sie folgten bereits eine gute halbe Stunde der gewundenen Straße, als ihnen bei einer Wegbiegung ein Reitertrupp entgegenkam. Es war eine Jägerschwadron aus Fort Wren, der in geschlossener Formation an ihnen vorbeiritt, ohne weiter Notiz von ihnen zu nehmen. William war fast gekränkt, dass die Männer in ihm nicht den Soldaten erkannt hatten. Nicht einmal Ghost hatte sie stutzig gemacht.

»Haben Sie das gesehen?«, sagte er zu Joshua. »Wegen Fort Wren brauchen wir uns jedenfalls keine Sorgen zu machen.«
»Oh, ich mache mir keine Sorgen, Sir, bestimmt nicht. Schlimmstenfalls komme ich ohne Sie nach Hause zurück.«
»Sie könnten versuchen, höflicher zu sein, Mr. Robert.« William ließ Ghost angaloppieren, und Ross und Reiter jagten um die nächste Wegbiegung davon.

Joshua war bei dem Unternehmen gar nicht wohl. Als das Fort in Sicht kam, war der Engländer noch nicht wieder aufgetaucht. Joshua hielt auf die Palisaden zu, Sergeant Gallagher, der Wachhabende, ließ ihn nach einem Grußwort passieren, und er fuhr über den Exerzierplatz zu den Stallungen. Kaum war er vom Wagen gestiegen, richtete ihm einer der Burschen aus, er solle sich sofort bei der Kommandantur melden. Im Vorzimmer winkte ihn ein Adjutant in nagelneuer Uniform beflissen weiter: »Kommen Sie gleich mit hinein. Der Colonel erwartet Sie schon.« Also war der Engländer von den Wachen eingelassen worden! Joshua schwankte noch, ob William dadurch in seiner Achtung stieg oder ob Sergeant Gallagher sich nur lächerlich gemacht hatte.

William unterhielt sich indessen in bestem Einvernehmen mit Major-General Carlyle. Er hatte sich dem Garnisonskommandeur als Kriegsveteran vorgestellt, der eine Plantage am Plains River verwaltete. Es gelang ihm, Carlyle davon zu überzeugen, dass die Armee gewissermaßen verpflichtet sei, die Instandsetzung des Plantagenlandes zu fördern, indem sie den Pflanzern die requirierten Pferde zurückgab. Als Joshua und der Adjutant eintraten, unterzeichnete Carlyle bereits die Aufhebung der Requisition.

»Danke, General«, sagte William. »Männer mit Ihrem Weitblick werden dem Land zu Würde und Wohlstand verhelfen.«

Carlyle fühlte sich geschmeichelt. »Erzählen Sie, Colonel, wo haben Sie gekämpft? Sie sagten, Sie kommen aus dem Norden. Waren Sie in Bunker Hill dabei, in Saratoga?«

William nannte verschiedene Schlachten, die im Verlauf des Krieges eine entscheidende Wendung gebracht hatten. Seiner Darstellung mangelte es auffällig an Siegesfreude, aber nicht an Stolz. Der General war beeindruckt. Als er dann diskret auf den Stock hinwies, verdüsterte sich Williams Miene, sodass der ältere Carlyle ihm beschwichtigend zuredete: »Colonel, ich verstehe Ihre Verbitterung. Aber der Krieg ist vorbei, Sie sind jung und haben Ihr Leben noch vor sich. Amerika braucht Männer wie Sie! Besuchen Sie mich gelegentlich, vielleicht zum Dinner in unserem Offiziersclub, und berichten Sie mir von Ihrer Plantage.«

»Es wird mir eine Ehre sein, Sir!«

Als sie die Kommandantur verließen, war Joshua klar geworden, dass er sich zu Unrecht Sorgen gemacht hatte. Die Unverfrorenheit des Engländers war dieser Umgebung angemessen: Soldat unter Soldaten, war er innerhalb des Forts vollkommen er selbst, souverän, einnehmend, fast sympathisch. Seine Anweisungen wurden zügig ausgeführt, und bald standen alle neunzehn Pferde, dazu vier Mann als Eskorte, zum Abmarsch bereit.

Exakt fünfundzwanzig Yards vom Zentrum der Bibliothek entfernt, gab Antonia für Mr. Jordan die Positionsmessungen eines Trägerbalkens an, den sie von der Auffahrt aus durch das Prisma anpeilte. Es gefiel ihr, an der Rekonstruktion ihres Hauses selbst mitzuwirken, und sie nahm ihre Aufgabe sehr genau. Plötzlich hörte sie ein dumpfes Dröhnen und sah sich um. In der Allee waren Reiter aufgetaucht, sie trieben eine Pferdeherde auf das Haus zu. Antonia trat zur Seite, als die Kavalkade mit donnernden Hufen herangaloppierte. William ritt voraus, ihm folgten vier Soldaten. Sie dirigierten die Pferde zu dem freien Platz vor dem Haus und lenkten sie dort in einen Kreis, um ihren ungestümen Lauf zu stoppen. Antonia rief die Arbeiter von der Baustelle, damit alle mithalfen, die Pferde zusammenzutreiben.

William winkte Néné zu sich, der Junge sollte die Eskorte

mit Erfrischungen versorgen, bevor die Männer mit den besten Empfehlungen an General Carlyle wieder aufbrachen.

Antonia fand William verändert, seit er am Morgen die Plantage verlassen hatte. Er wirkte ungewöhnlich zufrieden inmitten der fröhlichen Aufregung, die er mit der Pferdeherde nach Legacy gebracht hatte. Nachdem er Jordan aufgetragen hatte, die Tiere zu den Stallungen zu bringen, begleitete er Antonia zum Haus. Er sah sie von der Seite an und lächelte.

»Sie sehen glücklich aus, Mrs. Lorimer.«

»Ich bin auch sehr glücklich.«

Beide schwiegen einen Augenblick, dann sagte er: »Ich würde mich jetzt gern zurückziehen. Später werde ich Ihnen von meinem Besuch in Fort Wren berichten.«

Das übliche angedeutete Neigen des Kopfes, dann ging er auf seinen Stock gestützt davon. Als Jordan kam und fragte, ob sie mit den Vermessungen fortfahren könnten, blickte sie William immer noch nach.

Seit William die Dinge in die Hand nahm, kam das Leben auf der Plantage in Bewegung. Er hatte die Pferde zurückgeholt und ernannte Joshua zum Stallmeister, der dadurch alle Hände voll zu tun hatte. Einer von Shaughnesseys Baugehilfen, Noah Lytton, ein freigelassener Schwarzer, der vor dem Krieg für die Lorimers gearbeitet hatte, blieb als Stallbursche auf Legacy. So war Joshua einigermaßen frei, um William bei der Instandsetzung der Plantage zu unterstützen.

Da William für alles die Verantwortung trug, musste er den Besitz genau kennen. Er unternahm mit seinem Stallmeister ausgedehnte Umritte, inspizierte jedes Feld, jedes Gehölz, die Wasserläufe, Sümpfe und Brachen und ließ sich die verschiedenen Arten der Nutzung und den Zustand der Ländereien von Joshua erklären. Danach zog er sich meist für den Rest des Tages in das Büro der Verwalterwohnung, einer Zimmerflucht im rechten Flügel des Herrenhauses, zurück. In dem Raum, der auch Henry als Arbeitszimmer gedient hatte, wurden von jeher alle Dokumente über den Plantagenbetrieb aufbewahrt; nun fanden auch die Besprechungen hier statt.

In den Stunden seiner Klausur hatte William eine Vorstellung von der Aufgabe bekommen, die auf ihn zukam. Die wirtschaftlichen Verhältnisse Legacys waren ernüchternd, aber seinen Schätzungen zufolge verfügte die Plantage über genug Potenzial, sie mussten es sich nur zunutze machen. Sein Hauptaugenmerk galt den Reisfeldern am Plains River. Er hatte berechnet, dass mit den Anbauflächen eine Produktivität erreicht werden könnte, die genug einbrächte, um Legacy sowohl zu unterhalten als auch die erdrückende Schuldenlast in kleinen Schritten abzubauen.

»Unser Ziel wird sein, zur nächsten Saison wieder anzupflanzen. Das heißt, über den Winter müssen alle Felder vorbereitet und die Bewässerungsanlagen vollständig überholt werden«, unterbreitete er Joshua und Antonia seinen Plan.

»Hört sich gut an«, meinte der Stallmeister gedehnt. »Aber wie sollen wir das schaffen, nur Sie, Noah und ich?«

»Wir brauchen natürlich geeignete Arbeitskräfte.«

»Und an wen hatten Sie dabei gedacht?«

»An die Leute, die vor dem Krieg hier lebten, wie Noah Lytton. Er ist von selbst wiedergekommen. Versuchen Sie, auch die anderen zurückzuholen.«

Joshua und Antonia wechselten einen Blick, dann sagte Antonia: »Viele meiner Freigelassenen leben heute auf The Willows. Ich müsste Frank Shaughnessey bitten, dass er sie zurückschickt.«

»Tun Sie das«, sagte William. »Sobald die ersten Leute zurückkommen, beginnen wir mit der Instandsetzung.«

Antonia begriff, dass William dabei war, Legacy zu seinem Unternehmen zu machen, und zwar mit einer Entschlossenheit, der sie wenig entgegensetzen konnte. Er ging seine Vorhaben strategisch an und war es gewöhnt, Erfolg zu haben, wie die

Mission von Fort Wren gezeigt hatte. Für Zögern war da kein Raum.

»Nun, Madam, dann wäre ja alles geklärt. Das Weitere überlassen Sie Mr. Robert und mir.«

Sie ließ ihn mit Joshua allein. Oh, wie sie dieses gnädige Lächeln hasste, wenn er mit ihr zufrieden war! Ihren anderen Gefühlen gab sie keinen Namen; es wäre nicht klug gewesen, sich ihm auf diese Weise auszuliefern.

Heftige Wirbelstürme entlang der Golfküste sandten schwere Wolkenfelder bis nach South Carolina. Täglich regnete es, meist mehrere Stunden lang, dass die Luft dicht und feucht war vom Dunst.

Die Außenarbeiten waren rechtzeitig fertig geworden, Wind und Regen konnten der Bibliothek nicht mehr schaden. Die klaffende Lücke im Nordflügel war geschlossen, die Fassade mit den kannelierten Halbsäulen in ihrer ursprünglichen Form wiederhergestellt. Auch der Innenausbau war weitgehend beendet. Antonia hatte Shaughnessey zu sich gebeten, um ihm zu zeigen, wie gut alles gelungen war. In einem eleganten Kleid und sorgfältig frisiert wie für eine Nachmittagsgesellschaft empfing sie ihn im Speisezimmer zum Tee. Als sie ihm für seine tatkräftige Hilfe und die noble Bürgschaft dankte, wurde er verlegen und meinte, dergleichen sei unter Nachbarn selbstverständlich, umso mehr unter Freunden.

Nach dem Tee führte sie ihn in die Bibliothek. Jordan und seine Leute hatten hier Erstaunliches geleistet. Die Flügeltüren waren abgespänt und weiß lackiert, die Schnitzereien der Türrahmen neu vergoldet. Zerbrochene Fenster waren verglast, Vertäfelungen frisch verfugt, die Wandschränke und die Gestelle für die Büchertruhen repariert. Den verbrannten Holzboden hatte man entfernt und im Flechtmuster des alten Ahorn- und Eichenparketts ersetzt. Über allem wölbte sich, weiß und rein wie die Schale eines Eis, die neue Decke.

Es roch nach Holzschnitt und Lack. Shaughnessey schritt durch den Saal und überprüfte mit kritischem Auge die Arbeit seiner Leute, während Antonia die Kerzen in den Wandleuchtern entzündete.

»Als ich nach Vaters Tod Prospero Hill verließ, Frank, da glaubte ich, meine Heimat verloren zu haben. Heute weiß ich, dieses alte Haus mit der Bibliothek ist mein wahres Zuhause.«

»Ich verstehe Sie gut, Antonia. Auch ich habe eine Vorliebe für die alten Pflanzerhäuser. Und Ihr Haus ist etwas Besonderes, eine klassische Palladio-Villa. Sie wissen, es gibt hier in der Gegend noch zwei weitere Häuser dieses Baustils, Barton Blure und Hollow Park. Leider ist Barton Blure inzwischen eine Ruine, es versinkt im Sumpf von Denis Island.«

»Und Hollow Park gehört Mr. Reed«, sagte Antonia nachdenklich.

»Anfangs waren die Häuser im Besitz eines Mannes«, erzählte Shaughnessey. »Er war ein Pirat oder Freibeuter, wer kennt schon den Unterschied. Jedenfalls besaß er so viel spanisches Gold, dass er sich drei Palladio-Villen bauen ließ. Angeblich bilden sie ein perfektes gleichseitiges Dreieck.«

Antonia ging zu einer Fenstertür und sah in die fallende Dunkelheit hinaus. »Wussten Sie, dass ich Legacy diesen Namen gab? Im Grundbuch steht noch der alte Name, Highwood ...«

Sie beobachtete den Reiter, der durch die Allee auf das Haus zukam. Er übergab sein Tier dem Stallburschen, betrat das Haus und klopfte an die offene Tür. Eine leichte Verbeugung, der anerkennende Blick galt ihrem Kleid. Dann bemerkte er Shaughnessey, der am Boden kniend die Verfugung des Parketts inspizierte.

»Sir, kann ich Ihnen irgendwie behilflich sein?«

»Oh, nein nein!« Shaughnessey stand behände auf. »Ich habe mir nur angesehen, wie meine Jungs ihre Arbeit gemacht haben.«

»Nun, Mr. Shaughnessey, Sie können sehr zufrieden sein.«

Die Männer schüttelten einander die Hand; Antonia hatte sie schon bei früherer Gelegenheit bekanntgemacht.

»Es freut mich, Mr. Marshall, mit nachbarschaflichem Engagement auf Legacy helfen zu können.«

Antonia trat hinzu und hängte sich bei Shaughnessey ein.

»Frank sagt, Charlene kommt nach Legacy zurück, ist das nicht großartig!«

»Ich bereue jetzt schon, dass ich sie gehen lasse«, meinte Shaughnessey. »Charlene ist die beste Köchin im Lowcountry.«

Sie gingen zusammen hinaus auf die von Laternen erleuchtete Veranda. Während sie auf Shaughnesseys Wagen warteten, kam William auf seine Pläne zu sprechen.

»Mrs. Lorimer hat sicher erwähnt, dass wir zur Saison wieder anbauen werden. Wir haben jedoch nicht annähernd genug Arbeitskräfte für die Instandsetzung. Es wäre an der Zeit, dass die Freigelassenen, die auf Ihrer Plantage untergekommen sind, nach Legacy zurückkehren.«

Shaughnessey bedachte sich einen Moment. »Nun gut, sobald die Arbeit auf den Feldern beginnt, werde ich sie zu Ihnen schicken.«

»Sie verstehen nicht, Mr. Shaughnessey: Ich brauche die Leute jetzt, unverzüglich. Damit wir zur Aussaat fertig sind.«

»Tja, wir sind mit dem Fermentieren des Tabaks noch eine Zeit lang beschäftigt. Aber ich werde sehen, wen ich entbehren kann. Sie wissen hoffentlich, es sind nur einfache Landarbeiter. Für das, was Sie vorhaben, brauchen Sie zumindest einen Fachmann.«

»Deswegen habe ich General Carlyle gebeten, mir jemanden zu schicken, der sich mit dem Bau von Bewässerungsanlagen auskennt.«

Shaughnessey und Antonia sahen sich verblüfft an.

»Diese zupackende Art ist es, was Ihrer Plantage lange Zeit gefehlt hat, meine Liebe«, meinte Shaughnessey, an William gewandt sagte er: »Lassen Sie es mich wissen, wenn ich etwas für Sie tun kann.«

»Dann frage ich Sie gleich: Wie viele Leute können Sie mir schicken, wenn möglich noch in dieser Woche?«

»Schwer zu sagen.« Shaughnessey wirkte auf einmal besorgt. »Sehen Sie, Mr. Marshall, ich fürchte, einige wollen nicht mehr nach Legacy zurück. Bei einem Überfall britischer Reitertruppen gab es hier ein furchtbares Gemetzel. Die Leute, die zu uns flüchteten, haben dabei Angehörige und Freunde verloren. Das Grauen jener Nacht hat sich ihnen tief eingeprägt. Sie erzählen sich, über der Plantage schwebe noch heute der böse Geist des Anführers der grausamen Dragoons.«

Williams Augen wurden schmal. »Dummes Sklavengeschwätz! Schicken Sie die Schwarzen hierher zurück. Ich werde ihnen die Geistergeschichten schon austreiben. Guten Abend, Sir!« Mit einem Nicken drehte er sich um und ging ins Haus. Der Stock hallte laut in der Halle, dann fiel die Tür zum Büro geräuschvoll ins Schloss.

»Was war denn plötzlich mit ihm los?«

»Ach, Frank, Sie müssen es ihm nachsehen. Er hat im Krieg Schlimmes erlebt, war schwer verwundet. Er spricht nie darüber, aber es muss mit den Schlächtereien der Dragoons zu tun haben. Er wird an das, was damals passiert ist, nicht gern erinnert.«

»Wahrscheinlich haben Sie recht, Antonia, wir sollten diese Geschichten ruhen lassen. Jedenfalls scheint Mr. Marshall den Aufbau Ihrer Plantage mit Energie voranzutreiben. Sie können ihm Legacy wohl getrost anvertrauen … Sehen Sie, da kommt mein Wagen!«

Noah fuhr den einspännigen Jagdwagen vor. Shaughnessey stieg ein und übernahm die Zügel. »Sie wissen, dass am Freitag eine Versammlung im Planters Club stattfindet? Vielleicht sollten Sie sich dort sehen lassen. Wenn Sie wollen, nehme ich Sie gerne mit. Gute Nacht, meine Liebe!«

13.

»Gütiger Himmel, Miss Antonia, wie seh'n Sie denn aus? Geht's uns so schlecht, dass die Lady wie 'n Fuhrknecht 'rumlaufen muss?«

Charlene war zurück! Antonia lief die letzten Stufen zur Halle hinab und warf sich der massigen Frau in die Arme, die inmitten von Körben, Kisten und Gepäckstücken im Eingang stand. »Oh Charlene! Dass du wieder da bist! Was hast du nur alles mitgebracht? Sieht nach Vorräten für ein ganzes Jahr aus.« Sie hob den Zipfel eines Tuchs, das über einen Korb gebreitet lag. »Hühner! Oh, phantastisch, Charlene!«

»Wusst ich's doch, dass an die einfachsten Dinge wieder keiner gedacht hat. Ihr müsst halb verhungert sein.«

Antonia schob Charlene in die Gesindeküche und zog sie neben sich an den langen Esstisch. Wie früher saßen sie beisammen, erzählten sich, wie es ihnen ergangen war, seit sie die Plantage im letzten Winter verlassen mussten. Antonia konnte sich keiner Zeit erinnern, in der Charlene nicht für sie da gewesen wäre. Ihr Vater Robert Bell kaufte sie als junge Sklavin für den Haushalt von Prospero Hill. Eine Weile beobachtete Bell das schwarze Mädchen, folgte mit den Blicken ihrem wiegenden Gang, während ihre farbenfrohen Kleider über ihren Hüften und vollen Brüsten spannten. Dann holte er sie in sein Bett. Bei ihr fand er den unkomplizierten Sex, den er von keiner seiner beiden Ehefrauen hatte erwarten können. Er hatte mit ihr einen Sohn, Joshua, den er mit seiner jüngsten Tochter aufwachsen ließ. Charlene wurde Antonias Nanny, sie ließ dem Mädchen dieselbe Liebe und Zärtlichkeit zuteilwerden wie ihrem eigenen Kind. Glück war für Antonia lange Zeit gleichbedeutend mit der Berührung von Charlenes weicher brauner Haut. Erst viel später verstand sie, dass Vier Federn sie auf ihre Weise ebenso sehr liebte. Nur hatte diese für die Bildung ihrer jungen Seele einen steinigen Weg gewählt.

Als ihr Vater starb, zog Antonia mit Charlene und Joshua nach Legacy. Charlene führte den Haushalt, Joshua wurde ihr Kutscher. Später erwirkte Antonia ihre Freilassung. Sie hätten, wie es in diesen Fällen üblich war, den Namen ihres früheren Herrn angenommen. Doch Antonias Schwestern untersagten den ehemaligen Sklaven, den Familiennamen der Bells anzunehmen. Daher wählten sie den Vornamen Robert Bells und hießen nun Charlene und Joshua Robert.

Charlene machte sich wortreich am Herd zu schaffen, während Antonia mit angezogenen Knien auf der Bank saß und dem Klang ihrer vertrauten Stimme lauschte. Charlenes raumgreifende Anwesenheit erfüllte das Haus mit der familiären Wärme, die Antonia in den vergangenen Wochen so vermisst hatte.

Joshua trat von der Gartenterrasse ein, wusch sich am Spültisch Hände und Gesicht und setzte sich zu den Frauen an den Tisch. Kurz darauf schlurfte Néné in die Küche.

»Was macht der Junge hier?«, fragte Antonia erstaunt.

»Mum hat ihn mitgebracht«, sagte Joshua.

Néné, den Kopf auf den Armen, war neben ihm auf der Bank eingeschlafen.

»Auf der Willows-Farm kann er nicht bleiben«, erklärte Charlene. »Die anderen Sklaven wollen ihn nicht um sich haben, nachdem sein Vater, Monsieur Raoul, ihn verstoßen hat. Selbst Rovena hat Néné aus ihrer Hütte hinausgeworfen.«

»Und jetzt soll er bei uns bleiben?«

»Na ja, Miss Antonia, irgendwo muss er ja bleiben«, meinte Joshua. »Er könnte mir doch zur Hand gehen ...«

»Joshua, er gehört Mr. Shaughnessey!«

Charlene verteilte Eierkuchen auf ihre Teller. »Lassen Sie ihn hier bei uns bleiben, Missy«, bat sie. »Er wird Ihnen gar nicht auffallen.«

Skeptisch betrachtete Antonia Néné, den Verstoßenen. »Was hat Mr. Marshall dazu gesagt, Joshua?«

Die Frage war ihm sichtlich unangenehm. »Er sagte, Sie können Néné nicht kaufen ...«
»Seht ihr!«
»... weil er Ihnen dafür kein Geld gibt.«
»Was soll das heißen: Er gibt mir kein Geld!?«
»Das fragen Sie ihn besser selber.«

Vor geraumer Zeit hatte William auf der Inventarliste der Plantage den Phaeton entdeckt. Sofort war der extravagante Wagen aus der Remise geholt und von Staub und Spinnweben befreit worden. Nun fuhr William täglich aus und hatte Antonia schon mehrmals gebeten, ihn zu begleiten. Heute hatte sie endlich zugestimmt.

Er führte das Fuchsgespann, zwei ausdauernde und temperamentvolle Cleveland Bays, mit ruhiger Hand, ließ sie gemächlich die Auffahrtsallee und dann die River Road in Richtung Borroughton entlangtraben.

»Hat Joshua mit Ihnen über Néné gesprochen?«, fragte Antonia.

»Sie meinen den Jungen aus Saint-Domingue? Er ist zu nichts zu gebrauchen, schläft mit offenen Augen.«

»Vielleicht muss man ihm ein wenig Zeit geben.«

»Bitte, Mrs. Lorimer! Sie sind nicht in der Situation, an anderen gute Werke zu tun.«

»Wieso? Was spricht dagegen, dass ich Néné bei uns aufnehme?«

»Er gehört Mr. Shaughnessey. Sie haben nicht das Geld, ihn zu kaufen.«

»Ich bekomme Geld von der Bank ...«

»Nicht dafür. Mit dem Geld aus dem Kredit wird die Schleuse repariert und Saatgut gekauft, und wenn die Landarbeiter zurück sind, müssen auch die entlohnt werden.«

»Sie wollen mir also verbieten, Néné zu kaufen?«

»Zum Teufel, ja! Hüaaah!«

Mit einem Zügelschlag ließ er die Pferde angaloppieren. Sie stürzten los, gewannen rasch an Tempo. Die langen Kurven zum Plains River nahm der Wagen in so abenteuerlicher Schräglage, dass Antonia sich erschrocken festhielt, rechts fasste sie die Seitenlehne des Sitzes, mit der Linken packte sie Williams Arm.

»Sind Sie verrückt geworden? Fahren Sie langsamer!«, rief sie ihm über das Rasseln der Räder zu. Aber er ließ den Pferden mehr Zügel und trieb sie auf der langen abschüssigen Geraden mutwillig weiter an. Der Wagen raste dahin, die hohen Hinterräder drehten sich mit einem scharfen, sirrenden Geräusch. Dazu schlugen die Pferdehufe einen atemberaubenden Takt.

Sie näherten sich mit hoher Geschwindigkeit der Stelle, wo die Straße aus Borroughton einmündete. Eben kam von dort ein schwer beladenes Fuhrwerk und schwenkte langsam in die River Road ein. Der Fuhrknecht hatte zu einer weiten Kurve ausgeholt und bemerkte den heranrasenden Phaeton erst, als sein Fuhrwerk die Straße bereits über die gesamte Breite blockierte. Antonia erbleichte, sie waren zu nah, zu schnell. Der Fuhrknecht rettete sich mit einem Sprung vom Kutschbock.

William fasste die Zügel ganz straff. »Festhalten, Lady!«

Zwei Wagenlängen vor dem Hindernis riss er die Pferde mit gewaltsamem Zügeleinsatz nach links. Kreischend frästen die Räder durch den Straßenschotter, doch das Gespann galoppierte sicher weiter und zog den Phaeton auf engstem Raum in der Innenkurve an dem Fuhrwerk vorbei in die Einmündung nach Borroughton. Der Wagen schlingerte bedenklich, aber die Gefahr war gebannt. William fing die Pferde aus ihrem rasenden Lauf ab. Am Ortseingang von Borroughton hielt er den Wagen.

»Sie haben mich zu Tode erschreckt!«, fuhr Antonia ihn an. »Und der arme Mann mit seinem Fuhrwerk! Haben Sie kein Verantwortungsgefühl?«

»Es ist nichts passiert. Ich hatte alles im Griff.«

»Oh ja, Sie haben alles im Griff, das habe ich gemerkt. Sie kontrollieren sogar, wie ich mein Geld ausgebe!«

»Was ist? Vertrauen Sie mir nicht?«

»Verlangen Sie nicht ein bisschen viel?« Diesmal wich sie seinem Blick nicht aus.

»Also gut, es tut mir leid«, sagte er. »Ich hätte Sie warnen sollen, Madam, einen Phaeton fährt man nun einmal so oder gar nicht.« Als sie ihm einen entnervten Blick zuwarf, hielt er ihr die Zügel hin. »Vielleicht möchten Sie zurückkutschieren?«

Zuhause fand sie eine Nachricht von Shaughnessey vor, der sie am nächsten Tag nach Charles Town zu dem Treffen im Planters Club mitnehmen wollte. Sie wusste, dass sie an der Versammlung teilnehmen sollte, auch auf die Gefahr einer neuen Konfrontation mit ihrem Schwager Hocksley. In jedem Fall wollte sie zuvor mit William darüber reden. Als Verwalter musste er über die Belange der Plantage im Bilde sein.

Ein Blick in den Spiegel der Eingangshalle zeigte ihr, dass die staubigen Reitkleider für die Unterredung nicht das Richtige waren. Rasch ging sie nach oben, kleidete sich um und klopfte wenig später in einem grauen Taftkleid à l'Anglaise, das Charlene für sie hergerichtet hatte, an die Bürotür.

»Was kann ich für Sie tun, Mrs. Lorimer?« William lehnte am Schreibtisch, während sie sich in einem Lederfauteuil niederließ.

»Mr. Shaughnessey hat mich daran erinnert, dass morgen eine offizielle Versammlung im Planters Club stattfindet. Ich möchte daran teilnehmen, um die Börsenzulassung meiner Plantage bestätigen zu lassen.«

»Den Geschäftsbüchern habe ich entnommen, dass Ihr Mann von der Handelsvereinigung ausgeschlossen und ihm die Börsenzulassung entzogen wurde. Ich vermute also, die Angelegenheit ist nicht ganz unproblematisch?«

»Allerdings. Gleich nach Henrys Tod hat man versucht, auch mich auszuschließen. Dem Planters Club gehören nur Männer an, es hieß, als Frau habe ich nicht das Recht, vor der Vereinigung aufzutreten. Aber die Börsenzulassung wird jeweils für die Plantage erteilt, unabhängig davon, ob ein Mann oder eine Frau die Geschäftsführung innehat.«

»Und wie viele Frauen kennen Sie, die ihre eigenen Plantagen betreiben?«

Sie zuckte die Schultern. »Keine. Aber deshalb kann man mir doch nicht die Börsenzulassung verweigern?«

»Ich denke, die Schwierigkeit besteht eher darin, dass man Sie hindern will, die Rechte für Legacy überhaupt wahrzunehmen. Gibt es jemanden, der ein Interesse daran haben könnte?«

»Mein Schwager, Theodore Hocksley. Er versucht seit Langem, mich zum Verkauf zu zwingen. Er hasst mich!«

»Darf ich raten: Sie haben seinen männlichen Stolz verletzt?«

»Selbst wenn es so wäre! Ich denke, ich sollte ihm zeigen, dass ich meinen Anspruch auch gegen seinen Widerstand durchsetzen werde.«

»Gut, Madam. Ist es Ihnen recht, wenn wir morgen früh um sechs Uhr abfahren?«

»Wir?«

»Nun, ich bin Ihr Verwalter, ich werde Sie selbstverständlich begleiten.«

»Aber … ist das nicht sehr riskant? All diese Leute werden sich fragen, wer Sie sind …«

»Möchten Sie lieber alleine hingehen?«

Sie schüttelte den Kopf.

»Dann also um sechs Uhr.«

Am nächsten Morgen stand sie zeitig auf und ließ sich von Charlene beim Ankleiden helfen. Beim Gedanken an die britischen Wachsoldaten, die an den Schlagbäumen den Zugang nach Charles Town kontrollierten, entschied sie sich für ein leuchtend rotes Kleid mit weißem Spitzeneinsatz und einer kurzen Jacke aus ebenso rotem Moiré. Sie legte noch eine Perlenschnur um ihren Hals und betrachtete zufrieden ihr »englisches« Spiegelbild, ehe sie in die Küche hinunterging und eine Tasse Tee trank.

Joshua kam herein, er lehnte in der Tür und grinste.

»Was ist?«, fragte Antonia. »Warum grinst du so?«

»Ich wollte Sie fragen, ob ich den Landauer oder den Phaeton anspannen soll.«

»Sag Mr. Marshall, wir sind nicht in Eile. Wir nehmen den Landauer. Und du, Joshua, kutschierst uns nach Charles Town.«

Der Planters Club residierte in der King Street, dem ehemals besten Geschäftsviertel der Stadt. Erfolgreiche Einwanderer hatten den Club Anfang des achtzehnten Jahrhunderts nach britischem Vorbild gegründet. Das Versammlungshaus, ein nüchternes Gebäude ohne Säulen oder sonstigen äußeren Zierrat, verfügte über großzügig geschnittene Gesellschaftsräume und ein gediegenes Restaurant. Um dem wachsenden Wohlstand der Mitglieder Rechnung zu tragen, war die Ausstattung mit der Zeit repräsentativer, um nicht zu sagen opulent, geworden. Pflanzer aus der Gegend trafen sich hier zum Lunch oder zum Dinner. Man sagte, im Rauchsalon des Planters Club habe sich das Schicksal so mancher carolinischer Pflanzerdynastie entschieden.

Den britischen Besatzern war die mächtige Pflanzerlobby ein Dorn im Auge, nachdem sich die meisten der Mitglieder nach der Einnahme Charles Towns geweigert hatten, England den Treueid zu leisten, und sich aufgrund ihres Reichtums vom strengen Besatzungsreglement freikauften. Erst als der Stadtkommandant zu drastischeren Maßnahmen griff und einige der einflussreichsten Bürger nach St. Augustine im britischen East Florida deportieren ließ, wurde auch den begüterten Charlestownern klar, dass man sich besser mit der Besatzungsmacht arrangierte.

Wer weiterhin seinen Geschäften nachgehen wollte, schwor

nolens volens den Eid auf die Krone. Die Leute hielten sich bedeckt oder zeigten zumindest Wohlverhalten, wenn die Engländer in ihren Häusern Quartier nahmen und sich eigenmächtig aus Küche und Keller bedienten. Vor allem galt es, bei den anmaßenden Militärs keinen Anstoß zu erregen, wollte man sich nicht mannigfachen Repressalien aussetzen oder gar im Gefängnis landen. Auch der Planters Club riet seinen Mitgliedern zu Opportunismus. So konnte er während der Besatzung seine wirtschaftlichen Interessen wahren und beim Handel mit Reis, Indigo und Baumwolle sowie auf dem amerikanischen Sklavenmarkt seinen Einfluss geltend machen.

Aus gutem Grund hatte Shaughnessey Antonia geraten, an einer offiziellen Versammlung des Planters Club teilzunehmen, um ihr Anliegen vorzubringen: Es würden viele Mitglieder kommen, die dem Club schon vor Hocksleys Vorsitz angehört hatten. Unter Umständen konnte ihr Votum den Einfluss von Hocksleys Clique relativieren. So vertraute Antonia auf den Corpsgeist der alten Pflanzergemeinde Charles Towns. Sie vertraute ebenso auf die Präsenz ihres Verwalters, der ihren Auftritt flankierte, als sie jetzt den Versammlungssaal betrat.

Sie war die einzige Frau und wurde von Pflanzern und Händlern respektvoll gegrüßt. Sie war eine Bell, das zählte. Der hagere Mann im schwarzen Rock hingegen, der auf einen Stock gestützt einen halben Schritt hinter ihr blieb, rief fragende Blicke hervor. Am Podium des Chairman, wo sich alle stimmberechtigten Mitglieder in die Anwesenheitsliste eintrugen, notierte auch Antonia ihren Namen und ihre Legitimation: *Antonia Bell Lorimer per Legacy, St. James' Parish, Plains River.*

Shaughnessey kam in Begleitung eines älteren Herrn in Perücke, altmodischem Gehrock, Kniebundhosen und Schnallenschuhen. Respektvoll traten die Umstehenden zur Seite, jedermann im Saal kannte den Kongressabgeordneten und Unterzeichner der Unabhängigkeitserklärung Julien Longuinius. Nach Kerkerhaft und Hausarrest hatten die Briten ihm schließlich unter strengen Auflagen gestattet, die Hauptstadt gelegentlich zu besuchen. Trotz seines Alters war er ungebeugt und verneigte sich mit Grazie.

»Antonia, mein Kind! Ich hatte so gehofft, Sie wiederzusehen. Wie sehr Sie meiner kleinen Adela gleichen!«

Adela Cosel, Antonias Mutter, war Longuinius' Nichte gewesen. Als Adelas Eltern 1746 starben, reiste er nach Weimar und nahm die Waise mit nach Carolina. Er erzog sie zu einer jungen Intellektuellen voller Phantasie und Wissbegier. Über ihren frühen Tod war er nie hinweggekommen.

»Wie freue ich mich, Mr. Longuinius!« Antonia drückte herzlich seine Hand. »So lange ist es her! Als ich Sie das letzte Mal sah, reisten Sie mit Mr. Rutledge und Mr. Laurence nach Philadelphia, mit der Proklamation in Ihrem Gepäck. Sie waren unsere Helden!«

»Ach, Kind, die Helden kamen später. Wir hatten sie bitter nötig, als die Rotröcke unser Land mit diesem schrecklichen Krieg überzogen.« Er bemerkte, wie Antonia kurz zu William blickte, und fragte: »Kenne ich den Herrn in Ihrer Begleitung?«

»Oh, ich möchte Ihnen meinen Verwalter, Mr. Marshall, vorstellen.«

Longuinius neigte sein weißes Haupt.

William verbeugte sich. »Ich fühle mich geehrt, Sir«, sagte er. »Darf ich fragen, was aus der fatalen Wette geworden ist? Haben Sie die tausend Acres von Mr. Adams bekommen?«

»Mein Herr, Sie sind der Erste, der mich danach fragt!«, lachte Longuinius.

»Was für eine Wette?«, fragte Antonia.

»Damals, im Überschwang der Freude über die Proklamation«, erzählte Longuinius, »hatte ich im Kongress mit John Adams um tausend Acres besten Farmlandes gewettet, dass Amerika den Krieg gegen England gewinnt. Die englischen Besatzer bekamen Wind davon, und natürlich sahen sie darin eine weitere Provokation. Dabei war es in jenen Tagen mehr als ungewiss, ob wir am Ende die Unabhängigkeit erlangen würden. Unsere Wette widersprach also jedem Sinn für Realität.«

»Nicht was Sie betrifft, Sir!«, wandte William ein. »Sehen Sie, hätte Amerika beim Einmarsch der englischen Truppen gleich die Waffen gestreckt, wären Sie und Mr. Adams als Verräter gehenkt worden. In diesem Falle hätte Mr. Adams zwar die Wette gewonnen, die tausend Acres aber nie bekommen. Sie dagegen konnten nur gewinnen, was durchaus Realitätssinn beweist.«

Williams drastische Schlussfolgerung verschlug allen für einen Moment die Sprache, nur Longuinius bemerkte gut gelaunt: »Bravo! So spricht ein Tory. Ich schätze Männer, die kein Blatt vor den Mund nehmen. Ob Freund oder Feind, ich weiß gern, woran ich bin.«

Beim Podium drängten sich immer mehr Leute, um sich in die Stimmliste einzutragen. Antonia ging mit Shaughnessey zur Saalmitte, Longuinius und William folgten ihnen.

»Da Sie nicht aus unserer Gegend stammen, Mr. Marshall«, sagte Longuinius mit wissendem Lächeln, »wie kamen Sie hierher?«

»Mein Regiment wurde '79 nach South Carolina verlegt. Ich habe die Spähtrupps der Berittenen Infanterie befehligt.«

»Riskante Kommandos!«, meinte Longuinius und wies auf Williams Stock. »Darf man fragen ...«

»Nein, Sir, lieber nicht.«

Longuinius nickte und legte begütigend eine Hand auf seinen Arm. »Der Krieg ist vorbei, Colonel, und Sie sollten auch versuchen, Ihren Frieden zu machen. Lassen Sie sich nicht von Rachegedanken beherrschen!« Weil er Williams Widerstreben spürte, setzte er hinzu: »Ich würde mich gern in Ruhe mit Ihnen unterhalten. Vielleicht machen Sie mir die Freude und kommen mich in meinem Haus auf Serenity Heights besuchen? Ich hätte einen vorzüglichen alten Brandy anzubieten.«

»Sehr freundlich, Sir.«
»Oh, es ist das Mindeste, um mich erkenntlich zu zeigen.«
»Erkenntlich? Wofür?«
Longuinius lächelte. »Nun, dass ich noch am Leben bin.«
Im Saal entstand Bewegung, Hocksley war in Begleitung zweier Männer zum Podium gekommen. Antonia kannte den vierschrötigen Mann zu seiner Rechten: Elijah Crossbow, Hocksleys Teilhaber an seiner karibischen Zuckerplantage Beau Séjour. Der andere war James Fowler, Hocksleys Financier, der im Planters Club die Interessen der Trader's Bank vertrat. Hocksley überging Antonia grußlos, trat ans Rednerpult und eröffnete nach kurzer Begrüßung die Beratung mit den drei obligatorischen Hammerschlägen.

Obwohl es genügend Stühle gab, blieben die Leute stehen und bildeten kleine Gruppen entsprechend ihrer politischen oder nachbarlichen Interessen. Aus gegebenem Anlass stand zu Beginn ein unliebsames Thema auf der Tagesordnung: Während die Besatzungsmacht in Charles Town täglich an Boden verlor, wollte es den Patrioten dennoch nicht gelingen, die Versorgung der Briten aus dem Umland zu verhindern. Man wusste von Loyalistenplantagen, die die besetzte Stadt wöchentlich mit Lebensmittelpaketen belieferten. Über den Ashley River gelangten regelmäßig ganze Bootsladungen an Schlachtvieh, Geflügel und Reis in den Hafen von Charles Town.

Keiner der anwesenden Pflanzer hätte es gewagt, die Militärverwaltung ihrer Hauptstadt offen zu kritisieren. Doch die Erfahrungen der letzten Monate hatten gezeigt, dass Charles Town ihnen nur als freier Handelsplatz gute Profite einbrachte. Wer also die Besatzer unterstützte, indem er den Nachschub für die truppenstarke britische Stadtgarnison lieferte und ihnen dadurch ermöglichte, die Stadt zu halten, schadete den wirtschaftlichen Interessen aller. Um allzu königstreue Landbesitzer des Lowcountry zur Räson zu bringen, drohte der Planters Club nun Sanktionen an.

»Wir werden jeden aus der Handelsvereinigung ausschließen, der mit den Briten kollaboriert«, verkündete Hocksley den Beschluss.

»Was ist mein Schwager nur für ein Heuchler!«, flüsterte Antonia. »Er hat das englische Heer jahrelang mit Baumwolle beliefert, alle haben davon gewusst.«

»Sie sollten vorsichtig sein«, warnte Shaughnessey sie leise. »Selbst wenn es stimmt, wird niemand es wagen, gegen ihn vorzugehen. Konzentrieren Sie Ihren Kampfgeist auf Ihr persönliches Anliegen, das ist im Augenblick wichtiger.«

»Mr. Shaughnessey hat recht, mein Kind«, bekräftigte Longuinius. »Jemanden wie Hocksley bringt man nicht durch Rechtschaffenheit zu Fall. Fordern Sie ihn also nicht unbedacht heraus.« Er wandte sich an die anderen: »Wenn Sie mich jetzt bitte entschuldigen würden. Diese Debatten im Planters Club wirken auf mich sehr ermüdend.« Er verneigte sich. »Meine Herren, Antonia, leben Sie wohl!«

Indessen wandte sich die Versammlung dem nächsten Tagesordnungspunkt zu: Die Inhaber der großen Reisplantagen am Cooper River planten eine Ableitung des Tidenwassers in ein System von Rückhaltebecken, um den Wasserstand auf ihren Reisfeldern gleichmäßig zu regulieren. Der Plains River sollte an die Regulierung angeschlossen werden. Nach verschiedenen Wortmeldungen hob Antonia die Hand.

»Die Regulierung würde der Region von St. James' Parish sehr viel Wasser abziehen. Das bedeutete das Aus für die Freeholder und die Pächter kleiner Farmen um Borroughton. Im Interesse dieser Leute kann ich dem Vorhaben nicht zustimmen.«

»Mrs. Lorimer hat recht«, ergriff auch Shaughnessey das Wort. »Die Existenz vieler Familien stünde auf dem Spiel. Ich schließe mich ihrer Meinung an ...«

»Die Äußerungen der Dame sind für die Erörterung unerheblich, Mr. Shaughnessey«, unterbrach ihn Hocksley.

Da Shaughnessey nicht gleich reagierte, wurde das Wort einem Pflanzer erteilt, der eine Abordnung Sklaven für den Bau des neuen Bewässerungssystems anbot. Er bekam Beifall, bis Antonias Stimme die Aufmerksamkeit des ganzen Saales auf sich zog.

»Ich fürchte, Gentlemen, Sie haben mich nicht verstanden. Als Eigentümerin einer der ältesten Plantagen am Plains River werde ich die Regulierung unseres Flusses und die damit verbundenen Nachteile für die Menschen meiner Nachbarschaft nicht hinnehmen. Sie wissen, dass den Einwohnern von St. James' Parish ein doppeltes Stimmrecht in dieser Sache zusteht ...«

»Mrs. Lorimer!«, tönte Hocksley vom Podium. »Ich weise Sie darauf hin, dass Sie in dieser Versammlung überhaupt kein Stimmrecht besitzen.«

»Mir steht jedes Stimmrecht zu, um die Belange meiner Besitzungen zu vertreten!«, erwiderte Antonia.

Hocksley schlug mit dem Hammer krachend aufs Pult: »Das Stimmrecht für Ihre Besitzungen wurde Ihnen aberkannt, als wir Ihren Ehemann Henry Lorimer aus der Handelsvereinigung ausgeschlossen haben. Wir werden uns kein zweites Mal mit Ihrem Fall auseinandersetzen.«

»Gentlemen!«, wandte Antonia sich nun an den Saal. »Ich erwarte, dass Sie meine Legitimation als Eigentümerin von Legacy respektieren –«

»Schweigen Sie, Mrs. Lorimer! Ich verbiete Ihnen, noch länger vor der Versammlung zu sprechen.«

Raunen erhob sich. Alle blickten gespannt zur Saalmitte, wo Antonia ihrem Schwager die Stirn bot. »Wagen Sie es nicht, mir den Mund zu verbieten, Theodore!«

»Genug! Verlassen Sie sofort den Saal!«

Wieder entstand Bewegung, auf einen Wink von Hocksley hatte Crossbow seinen Platz am Podium verlassen und bahnte sich einen Weg durch die Menge. Das leuchtendrote Kleid im

Visier, steuerte er wie ein gereizter Stier auf Antonia zu, ohne den schwarz gewandeten Mann zu beachten, der neben ihr stand. Crossbow stürmte heran und hob gerade die Hand, um nach Antonias Arm zu greifen, da traf ihn ein wohl berechneter Schlag in die Magengrube. Augenblicklich ging er zu Boden. Als Nächstes registrierte er, dass die Stahlspitze eines Stocks gegen seine Kehle gedrückt wurde und ihn rücklings auf dem Parkett niederhielt. Antonias Begleiter blickte auf ihn herab, seine Züge verrieten grausames Vergnügen an Crossbows demütigender Lage.

Antonia beobachtete entsetzt, wie Crossbow sich wand und dabei nach Atem rang. »Es ist genug, lassen Sie ihn gehen, Mr. Marshall!«, stieß sie hervor.

Auch Shaughnessey drängte: »Lassen Sie den Mann frei, Marshall, ich bitte Sie!«

Doch William hielt Crossbow ungerührt mit der Stockspitze am Boden nieder. Die Leute hatten einen Kreis gebildet, keiner traute sich, näher zu kommen, doch alle redeten gleichzeitig auf ihn ein: »Sir, das geht entschieden zu weit!« – »Wollen Sie ihn umbringen?« – »Wer sind Sie eigentlich?«

»Beruhigen Sie sich, Gentlemen. Ich kann Ihnen sagen, wer dieser Mann ist.« Hocksley war hinzugetreten. Er gab sich beherrscht, als er zu William sagte: »Mr. Marshall, nicht wahr? Der Verwalter von Legacy, oder sollte ich besser sagen: Mrs. Lorimers Bluthund?«

William warf ihm einen kalten Blick zu und erwiderte: »Mr. Hocksley, oder sollte ich sagen: der Mann, der die Plantage des dritten Robert Bell geheiratet hat, und, wenn die Gerüchte stimmen, der größte Kriegsgewinnler zwischen Savannah und Yorktown. Korrigieren Sie mich, falls ich mich irre, Sir.«

Die Umstehenden, darunter viele Parteigänger Hocksleys, schnappten nach Luft. Auch wenn Hocksley sich im Ton vergriffen hatte, Williams zynische Erwiderung war eine offene Kampfansage. Inzwischen war William einen Schritt zurückgetreten, achtlos nahm er die bohrende Spitze von Crossbows Kehle. Der stand keuchend auf, eine Hand auf den Hals gepresst. Auf seine Krawatte lief etwas Blut.

»Dies war ein Fehler, Mr. Marshall!«, sagte Hocksley voll unterdrückter Wut. »Glauben Sie, Sie können ungestraft meine Leute angreifen?«

»Wenn in meiner Anwesenheit jemand einer Lady zu nahe tritt, werden mir derlei Fehler immer wieder unterlaufen. Das, Mr. Hocksley, ist der Fluch einer guten Kinderstube.« Er nickte kurz zum Gruß, dann bot er Antonia seinen Arm und geleitete sie an den zurückweichenden Leuten vorbei aus dem Saal.

Auf der Rückfahrt sprachen sie wenig. William hatte eine Zeitung gekauft und las. Nichts deutete darauf hin, dass ihn der Auftritt im Planters Club noch länger beschäftigte. Manchmal sah Antonia ihn von der Seite an. Wie er für sie eingetreten war und ihr öffentlich Respekt verschafft hatte, machte sie stolz. Mehr noch, sie war überwältigt.

Später, als er sie zur Tür brachte, sagte sie: »Ich danke Ihnen, dass Sie mich verteidigt haben.«

»Ich habe nur dafür gesorgt, dass man Ihnen die nötige Achtung entgegenbrachte.«

»Sie haben sich als Einziger ehrenhaft verhalten.«

»Vielleicht, Madam, war ich der Einzige, der seine Ehre unter Beweis stellen musste.«

Antonia hatte die halbe Nacht wach gelegen, voller Sorge, was für Unannehmlichkeiten sie in Zukunft von Hocksley zu erwarten hätte. Als sie am späten Vormittag in die Küche herunterkam, erfuhr sie von Charlene, dass William fortgeritten war.

»Wo wollte er denn hin?«

»Hat er nicht gesagt.«

Charlene schälte Maiskolben. Antonia setzte sich im Nachthemd zu ihr an den Gesindetisch und kaute die süßen gelben Maiskörner.

»Ihr Verwalter is 'n schwieriger Mann«, sagte Charlene verstimmt. »Er kommt und geht, aber mit mir redet er nie ein Wort.«

»Na ja, er hat nicht die Angewohnheit, viel zu reden, wie du es vielleicht von mir gewohnt bist. Aber was er für die Plantage tut, ist richtig. Ich bin froh, dass er bei uns ist.«

Charlene nahm einen neuen Maiskolben aus dem Korb und zog die trockenen Blätter ab. Dann fing sie wieder an: »Néné läuft ihm nach wie 'n junger Hund, er schläft sogar im Kutscherhaus. Heute früh hat er für ihn die Satteltaschen gepackt. Er sagte, der Verwalter wollte in die High Hills reiten, den alten Mr. Longuinius auf Serenity Heights besuchen.«

»Sieh mal an!«, sagte Antonia leise. »Longuinius, alter Fuchs!«

Am Nachmittag brachten zwei große Planwagen die ersten Schwarzen mit ihrem Hausrat von The Willows zurück. Siebzehn Männer mit ihren Frauen und Kindern hatten sich entschlossen, wieder nach Legacy zu kommen. Nachdem es sich herumgesprochen hatte, dass die Lorimer-Plantage wieder bewirtschaftet wurde, würden bald auch die weißen Farmhelfer, die während des Krieges nach Borroughton gegangen waren, mit ihren Angehörigen zurückkehren.

Antonia begrüßte die Leute und erkundigte sich, wie es ihnen inzwischen ergangen war. Dann fuhren die Wagen weiter zur Siedlung. Sie bat Shaughnessey, der die Wagen zu Pferd begleitet hatte, auf eine Tasse Tee in die Bibliothek.

»Ich fürchte, Hocksley wird Ihnen Schwierigkeiten machen«, kam er gleich auf den Punkt. »Sie können sich denken, wie er sich nach dem Vorfall gestern im Club in Szene setzte. Sein Handlanger Crossbow genießt zwar nur wenig Sympathien, trotzdem ist es Hocksley gelungen, Sie und Ihren Verwalter in aller Augen für die Unannehmlichkeiten verantwortlich zu machen.«

»Ich weiß, Frank. Er hat einen Vorwand gesucht, mich ins

Unrecht zu setzen. Nun hat er ihn gefunden und wird versuchen, die Handelsvereinigung gegen mich einzunehmen.«

»Aus gutem Grund. Bitte, verstehen Sie mich nicht falsch, Antonia. Ich finde, Marshall hat sich Ihnen gegenüber vortrefflich verhalten; ich bin ja selber der Meinung, man sollte beizeiten Zeichen setzen. Aber er hat das vertretbare Maß überschritten.«

Sie gab ihm im Geiste recht. Doch sie wusste auch, wie viel es ihr bedeutete, sich beschützt zu fühlen. »Sehen Sie, Frank, gestern ist mir klar geworden, dass ich mich auf Marshall verlassen kann. Und nur darauf kommt es an.«

»Nun ja«, Shaughnessey setzte die Tasse aus chinesischem Porzellan behutsam auf die Untertasse zurück. »Aber da ist noch etwas, Antonia.«

»Nur zu, Frank!«

»Sie kennen Mr. Davenport, den Verwalter von Silk Hope? Er war gestern auch auf der Versammlung, später tranken wir im Warwick zusammen ein Glas Ale. Um es kurz zu machen: Davenport behauptet, Marshall sei ein britischer Offizier.«

Antonia erbleichte. »Wie kommt er darauf?«

»Er sagt, er habe ihn auf Silk Hope gesehen, in Cornwallis' Hauptquartier. Er erzählte, zum Stab um Cornwallis gehörten auch die Kommandeure der Reitertruppen, die das Gebiet vom Ashley bis zum Santee River kontrollierten. In Marshall glaubt er einen der Befehlshaber erkannt zu haben.«

»Nein!«

»Ich habe auch gesagt, er muss sich irren. Schließlich hatten Sie mir selber erzählt, Marshall wäre auf Wunsch Ihres Mannes nach Legacy gekommen.«

»Hat Davenport noch mit jemand anderem darüber geredet, Frank?«

»Nein, ich glaube nicht. Natürlich habe ich ihm klargemacht, dass solche Gerüchte gewissen Leuten wie gerufen kämen. Zum Glück ist er keiner von Hocksleys Parteigängern, im Gegenteil … Ich frage mich, was Ihr Verwalter wohl von Davenports Geschichte hält. Wo ist er eigentlich?«

»Fortgeritten. Longuinius hat ihn eingeladen.«

»Nach Serenity Heights?«, rief Shaughnessey. »Das ist ja ein Ding! Außer den Weggefährten vom Kontinentalkongress durfte ihn dort noch niemand besuchen.«

14.

Der Reiter hielt am Scheitelpunkt der Hügelkette und blickte über die Hänge hinab, die sich in sanften Wellen zu den Flussniederungen neigten, im Westen zum Cooper River, im Osten zum Santee River. Dann verließ er die Anhöhe und folgte einem Pfad am Waldsaum entlang. Er näherte sich Serenity Heights aus südwestlicher Richtung. Zur Mittagsstunde ritt er in die Umfriedung des Anwesens.

Er saß vorm Herrenhaus ab, einem Gebäude aus frühkolonialer Zeit, dem jede Form von Stilverfeinerung erspart geblieben war. Lediglich die Gartenanlagen zeugten vom europäisch geprägten Kunstsinn des Hausherrn. Zwei schottische Windhunde trabten herbei, um den Gast in Augenschein zu nehmen. Ein schwarzer Reitknecht führte sein Pferd zu den Stallungen, ein Hausdiener brachte die Satteltaschen mit seinem Gepäck aufs Zimmer. Nachdem er sich erfrischt und umgekleidet hatte, ging William zur Begrüßung in den Salon.

»Colonel!« Longuinius stand auf und kam ihm entgegen. »Schön, dass Sie der Einladung eines alten Mannes folgen. Sie bringen das lang entbehrte Vergnügen einer guten Unterhaltung in meine Einsiedelei.«

»Sie erweisen mir zu viel der Ehre, Sir. Ich bin nur Mrs. Lorimers Verwalter und genieße unverdienten Anteil an Ihrer Wertschätzung für die Lady.«

»Geben Sie sich nicht so bescheiden, das waren Sie noch nie!«

»Sie ... wissen?«

»Selbstverständlich!« Longuinius lächelte. »Hätte ich Sie sonst eingeladen?«

William fasste ihn schärfer ins Auge. Wo und wann waren sie sich schon einmal begegnet?

Longuinius sagte: »Der Provost Dungeon.«

»Sie waren einer unserer Häftlinge!«

Nach dem Fall Charles Towns im Mai 1780 brachten die Briten ihre politischen Gefangenen in die Hauptstadt und sperrten sie in die Kerker des Exchange and Custom House, der Zollbehörde am Hafen, die den Besatzern als Kaserne diente. Auch Williams Spähtrupps hatten manchen prominenten Rebellen aufgespürt und in den Kerker gebracht. Die Haftbedingungen in dem feuchten Rattenloch waren katastrophal. Die Gefangenen lagen in Eisen, zu mehreren zusammengeschlossen oder mit Halsringen an der Wand angekettet. Viele siechten mit Lungenentzündung oder Ruhr dahin, die Toten wurden erst nach Tagen fortgeschafft.

»Unter meinen Mitgefangenen war Gouverneur Rutledge aus Virginia, ein couragierter Mann«, erzählte Longuinius. »Er wandte sich an Sie mit der Bitte um Hafterleichterung für die Älteren unter uns. Er wusste, Sie waren der Einzige, der seinem Gesuch bei General Cornwallis Gehör verschaffen konnte.«

William erinnerte sich: Das Elend der Häftlinge hatte ihn beschämt, darum brachte er das Anliegen mit der nötigen Dringlichkeit vor Cornwallis. Er missbilligte es, dass altgediente Männer solcher Beschwernis ausgesetzt wurden, und erwirkte bei seinem General die Freilassung der ältesten Gefangenen, darunter Gouverneur Rutledge und, wie er jetzt erfuhr, auch Julien Longuinius.

»Wahrscheinlich hätte ich den Kerker nicht überlebt«, sagte Longuinius nachdenklich. »Auf Ihre Intervention hin durfte ich nach Serenity Heights zurückkehren und wurde lediglich unter Hausarrest gestellt. Ich habe Ihnen viel zu verdanken … Jetzt lassen Sie uns zu Tisch gehen. Sie müssen hungrig sein.«

Im Licht der Nachmittagssonne, später beim Tee, sprachen Sie über Williams Pläne für Legacy. Nachdem sie sich persönlich gut verstanden und keine Ressentiments hegten, unterhielten sie sich bald auch über den Krieg und die amerikanische Unabhängigkeit, mithin über das, was sie im Grunde zu Gegnern machte. William tat es gut, freimütig über seine strategischen Unternehmungen sprechen zu können, über Dinge also, die sein Beruf und für lange Jahre sein Lebensinhalt waren. Longuinius wiederum genoss die intellektuelle Herausforderung, als Vordenker der Revolution seinen Standpunkt einem höheren Offizier der Britischen Armee und damit dem Feind schlechthin zu vermitteln.

Ein Diener brachte für Longuinius frischen Tee. William nahm stattdessen Brandy. Er blickte durch die offene Gartentür auf die Rasenflächen des Parks. Wie schön es hier war! An einem Ort wie Serenity Heights hätte er leben mögen.

»Eines ist nach wie vor bemerkenswert«, nahm Longuinius die Unterhaltung wieder auf. »Im Sommer 1776, unmittelbar nach unserer denkwürdigen Proklamation, konnte niemand, weder Sie noch wir selbst, wirklich einschätzen, wie sich die Dinge entwickeln würden.«

»Nun ja, aus unserer Sicht war schwer abzuschätzen, wie viele Kolonisten die Rebellion maßgeblich betraf. Es gab hier in Amerika viele königstreue Loyalisten und noch mehr Unentschlossene, von denen keiner wusste, wofür sie sich entscheiden würden, wenn es zum Schwur käme. Unsere strategischen Entscheidungen mussten dem Rechnung tragen; schließlich wollten wir nicht alle Kolonisten für die Rebellion einiger weniger abstrafen.«

»Was dann dazu führte, dass Ihre Exzellenzen General William Howe und Admiral Richard Howe den Krieg ziemlich halbherzig angingen. Ist Ihnen klar, dass dieses unentschlossene Vorgehen überhaupt erst die Vorstellung in uns geweckt hat, wir könnten uns gegen England erfolgreich zur Wehr setzen?«

»Ja, das hatten viele Stabsoffiziere erkannt. Der spätere Oberbefehlshaber, Sir Clinton, nannte es den größten strategischen Fehler dieses Feldzugs, dass das Invasionsheer nicht gleich mit aller zu Gebote stehenden Härte vorgegangen ist. Jeder weiß, die Britische Armee bildet im Verband mit der Flotte die stärkste Streitmacht der Welt. Hätte man uns anfangs freie Hand gelassen, hätten unsere Truppen Washingtons Kontinentalarmee wahrscheinlich in Kürze vernichtet. Und Sie, die Initiatoren der Proklamation, hätte man wegen Hochverrats hingerichtet. Das wäre dann das Ende Ihrer glorreichen Unabhängigkeit gewesen.«

»Stimmt, objektiv hatten wir nicht die geringste Chance, und glauben Sie mir, das war uns allen bewusst. Ich erinnere mich an eine Bemerkung des dicken Ben Harrison aus Virginia. Wir hatten die Erklärung gerade zur Veröffentlichung an die Druckereien verschickt, da sagte er zu mir: ›Ich werde Ihnen gegenüber erheblich im Vorteil sein, wenn wir alle für das, was wir jetzt tun, gehenkt werden. Infolge meines Gewichts werde ich in wenigen Minuten sterben, Sie Fliegengewicht werden sicher ein oder zwei Stunden in der Luft baumeln, bevor Sie tot sind!‹ Dank der Zögerlichkeit Ihrer Oberbefehlshaber blieb mir diese unangenehme Erfahrung erspart.«

Sie lachten. William schenkte auch für Longuinius Brandy ein, dann brachte jeder seinen Toast aus.

»Auf die Vereinigten Staaten von Amerika!«

»Lang lebe König George!«

William drehte sein Glas in der Hand und beobachtete, wie der Facettenschliff des Kelchs das Licht in die Spektralfarben auffächerte. »Wir werden sehen, wie die Geschichte Ihrer dreizehn amerikanischen Staaten weitergeht«, sagte er nachdenklich. »Bis jetzt hatten Sie Glück.«

»Oh, es war nicht nur Glück, mein Freund«, erwiderte Longuinius. »Ich denke sogar, es war unvermeidlich, dass sich die amerikanischen Provinzen früher oder später von England lossagten.«

»Nur von England? Sie haben sich von der Monarchie losgesagt, ja von jeder herkömmlichen Staatsordnung! Amerika erprobt gerade das Modell eines souveränen Staates ohne Souverän und ohne zentrale Herrschaft. Der Gedanke ist nicht neu, die Umsetzung erscheint mir allerdings gewagt.«

»Amerika war immer ein Wagnis, Colonel. Von Anfang an kamen Leute hierher, die der Monarchie den Rücken kehrten. Sie wussten nicht, was an die Stelle des Königtums treten sollte, doch sie hatten Visionen und die Vorbilder der Antike. Jeder, der den weiten Weg über das Meer unternahm, wollte hier etwas Neues begründen. Ich möchte behaupten, jene Siedler hatten sich von den politischen und gesellschaftlichen Vorstellungen Englands bereits in dem Moment gelöst, als sie Segel setzten in die Neue Welt. Sie waren eigentlich keine englischen Kolonisten, sondern Einwanderer in einem freien Land.«

»Frei? Das mag für die nördlichen Provinzen gelten, für die Menschen, die in den Manufakturen, Spinnereien und Webereien, in den Metallhütten und Werften Neuenglands arbeiten. Diese Menschen bekommen Lohn und sind frei, und deshalb entsteht im Norden eine Wirtschaftsmacht. Hier im Süden dagegen finden Sie immer noch die alten Strukturen, Großgrundbesitz in der Hand weniger Reicher, daneben ein Heer von Unfreien, bitterarme rechtlose Sklaven, die fast zwei Drittel der Bevölkerung ausmachen. Was ist hier mit der Freiheit geschehen? Wie wollen sich der Norden und der Süden bei diesem gesellschaftlichen und wirtschaftlichen Gefälle auf einer politischen Ebene treffen? Wie können sie gleichberechtigte Verbündete sein?«

»Ich bestreite nicht, dass es eine große Aufgabe ist. Wir müssen die Einigkeit, die in der Verfassung vorausgesetzt wird, erst begründen. Doch ich bin zuversichtlich, was Amerikas Zukunft betrifft. Immerhin konnten wir uns auf diesem Kontinent behaupten.«

»Weil die imperiale Macht Englands Ihr Überleben gewährleistet hat, vergessen Sie das nicht.«

»Ah, da spricht der Sachwalter imperialer Macht! Es stimmt, England hat unsere Ansprüche gegen die Spanier und Franzosen durchgesetzt. Doch territoriale Kämpfe gehören der Vergangenheit an. In einem freien Amerika wird es keinen unnachgiebigen Herrschaftsanspruch mehr geben.«

»Glauben Sie? Ich denke, falls die Amerikaner sich einigen und unter gemeinsamer Fahne auf der internationalen Bühne etablieren, werden sie eines Tages den Verlockungen des Imperialismus nicht widerstehen.« William lächelte. »Sie müssen verzeihen, Sir, aber als Soldat sehe ich die Dinge pragmatisch.«

Der nächste Morgen war sonnig und mild. Nach dem Frühstück spazierten die beiden Männer durch den weitläufigen Park von Serenity Heights. Longuinius erläuterte voller Begeisterung, wie der Architekt durch perspektivische Verkürzungen und verlängerte Fluchten kunstvolle optische Täuschungen erzielt hatte. Bei einem streng geometrisch angelegten Garten blieben sie stehen.

»Es ist eine Miniatur des ›Tiber-Parterre‹ nach Originalentwürfen Le Nôtres, der dieses Kunstwerk für den Landsitz Ludwigs XIV. in Fontainebleau gestaltete.« Der Garten war ein Beispiel purer Abstraktion: Ein Karree, bestehend aus vier quadratischen Rasenflächen, deren innere Ecken so eingeschnitten waren, dass sie ein weiteres Quadrat, diesmal in Form eines Wasserbeckens, umschlossen. »Die Quintessenz des französischen Gartens!«, rief Longuinius enthusiastisch. »Die Leistungen der Philosophie, Wissenschaft und Kunst, die aus der Geisteshaltung des europäischen Barock hervorgegangen sind, suchen ihresgleichen. Ah, ich hätte gerne Le Nôtre gekannt!«

»Ich bin nicht unglücklich, in einer Zeit zu leben, die lediglich die Früchte einer bedeutenden Epoche erntet«, meinte William trocken.

»Geben Sie sich doch nicht so schlicht, Colonel«, erwiderte Longuinius munter. »Ich wette, wir finden auch für Sie einen Seelenverwandten aus einer bewegten Zeit. Lassen Sie mich nachdenken ... Ich hab's: Rom. Sie schlendern in Begleitung des jungen Cesare Borgia über die Piazza Navona ...«

»Ich an der Seite dieses Abenteurers?« William tat empört. »Die Borgias waren Giftmischer und Mörder, Il Valentino wurde der brutalste Kriegsfürst der Renaissance.«

»Er war ein Kind seiner Zeit.«

»Auch wieder wahr.«

»Aber vielleicht wäre Ihnen ein puritanischer Weltverbesserer vom Schlage Cromwells als Begleiter lieber?«

»Gott bewahre!«

Sie lachten herzlich. Es war augenfällig, wie sehr Longuinius jeden Augenblick in Williams Gesellschaft genoss und den Abschied hinauszögerte. Sie hatten den Park einmal durchmessen, nun setzten sie sich am höchsten Punkt der Anlage auf eine Bank und ließen die Aussicht auf sich wirken.

William blickte nach Osten, zum Atlantik in dunstiger Ferne und sagte: »Ich erinnere mich sehr gut an den Hurrikan, der unsere Flotte vor dieser Küste überraschte. Dagegen Ihre Verbündeten, die Franzosen, segelten unbehelligt mit der spätsommerlichen Brise von den Westindischen Inseln herauf. Sie sehen, auch diesmal hatten Sie Glück: Wäre Admiral de Grasse ein paar Tage später gekommen, hätten Clintons Entsatztruppen Yorktown vor ihm erreicht; der Belagerungsring um die Stadt wäre gesprengt worden, und das Blatt hätte sich wieder zu unseren Gunsten gewendet.«

»Ja, es gehört immer auch Glück dazu«, sagte Longuinius ernst. »Wie ist es mit Ihnen, Colonel, haben Sie im Leben Glück?«

William nahm seinen Stock und stand auf, doch er antwortete ihm nicht. Schweigend gingen sie zurück.

Während sie im Innenhof darauf warteten, dass Williams Pferd gesattelt wurde, erzählte Longuinius von Serenity Heights. »Dieser friedliche Ort hat mich vom ersten Moment an bezaubert. Ich wollte nirgendwo anders leben, und ich möchte hier sterben.«

William sah nach der Hügelkette im Westen. Hinter der nächsten Erhebung, vier, vielleicht fünf Meilen entfernt, war ihm das Schlimmste angetan worden. Für einen Moment stockte ihm der Atem, dann sagte er: »Sie fragten, ob ich im Leben Glück habe? Ich dachte lange Zeit, dass es so wäre. Dann ist etwas geschehen, das sich mit der Abwesenheit von Glück nicht hinreichend beschreiben lässt.« Sein Blick ging über die Hügel. »Mein Pferd fand mich und brachte mich nach Legacy; es muss den Weg zur Plantage wiedererkannt haben. Wir sind schon einmal dort gewesen.«

»Der Überfall der Dragoons? Mein Gott ... Sie haben Henry getötet!«

William nickte.

Longuinius fragte zögernd: »Weiß sie es?«

»Vielleicht. Sie fragt nicht.«

Der Reitknecht brachte das Pferd, das Gepäck war bereits hinter dem Sattel verschnürt. Sie reichten sich die Hand zum Abschied.

»Leben Sie wohl, Colonel, und kommen Sie einmal wieder.«

»Danke, Sir!« William stieg auf und salutierte.

»Adieu ... mein Junge«, sagte der alte Mann, als er ihm nachblickte.

Im Laufe des Tages trafen auf Legacy alle schwarzen Landarbeiter mit ihren Familien ein und nahmen ihre früheren Wohnungen in Besitz. Als Antonias Vater die Plantage gekauft hatte, ließ er das verfallene Sklavendorf südlich der Remise abreißen und auf dem Gelände zweckmäßige Holzhäuser errichten. Bei dem Überfall auf die Plantage waren die soliden Hütten kaum beschädigt worden, der nachfolgende Gewittersturm hatte alle Brände schnell gelöscht.

Immer mal wieder hörte man Klopfen und Hämmern, wenn die Männer schadhafte Schindeln oder lose Dielen ersetzten. Strohsäcke lüfteten auf den Außentreppen, aus den Türen wurde der Staub hinausgekehrt. Die Kinder hüteten Ziegen oder flochten aus Zweigen Pferche für Hühner und Gänse. Antonia half einer jungen Frau, einen losen Fensterflügel zurück in die Angeln zu heben, als sie Charlene mit Néné zur Siedlung kommen sah. Die Schwarzen warfen sich verstohlene Blicke zu. Sie alle kannten Néné von The Willows, doch niemand grüßte ihn.

Charlene steuerte ungerührt auf eine Hütte zu, vor der zwei Männer die Eingangsstufen mit ein paar Hufnägeln befestigten. »Hier ist sicher noch ein Platz für unseren Stallknecht, oder?«, übertönte Charlene die Hammerschläge.

»Es stehen genug Hütten leer, Mammy«, antwortete der Jüngere der beiden. »Wieso soll er bei uns wohnen?«

»Weil er lange genug alleine war. Er sollte bei euch jungen Männern in der Siedlung leben.«

»Wir wollen ihn aber nicht hierhaben!«

Antonia hatte den Wortwechsel gehört und kam zu ihnen heraus. »Lass mich mit ihnen reden«, sagte sie und schickte Charlene zum Haus zurück. Sie kannte die beiden Männer seit ihrer Jugend auf Prospero Hill. Der Ältere war der Vormann der Schwarzen, Wyndom Cole, der andere sein Bruder Benny.

»Warum soll Néné nicht bei euch wohnen?«

»Er bringt Unglück, Ma'am!« Cole vermied es, Néné anzusehen. »Glauben Sie mir, es geschehen schlimme Dinge, wenn er in der Nähe ist. Selbst seine Tante Rovena hat ihn nicht in ihrem Haus geduldet. Sie erkennt sofort, wenn jemand verflucht ist.«

»Es stimmt, ein böser Zauber liegt auf ihm!«, flüsterte Benny. »Sehen Sie nur hin, er hat keinen Schatten!«

Antonia hatte sich bereits mit Joshua über Néné unterhalten. Offenbar gab der Junge sich große Mühe, aber er konnte nicht gut mit Pferden umgehen. Joshua erzählte, die Tiere würden unruhig in seiner Gegenwart und schlügen mitunter sogar nach ihm aus. Antonia war aufgefallen, dass Néné stets erschöpft aussah. Er tat ihr leid.

Um ihm den ständigen Argwohn der anderen zu ersparen, nahm sie ihn wieder mit zurück. »Du wohnst bei uns im großen Haus«, sagte sie freundlich. »Und mach dir keine Sorgen, Néné, ich gebe nichts auf das Gerede über Zauberei und anderen Hokuspokus.«

Sie nickte ihm aufmunternd zu. Doch Néné reagierte nicht, er ging neben ihr her wie in Trance. Sie ertappte sich dabei, wie sie hinabsah zu seinen Füßen. Doch unter dem blassen Novemberhimmel gab es keine Schatten.

Ein wenig verfroren kam Antonia in die Küche, um sich aufzuwärmen. Charlene musterte sie mit kritischem Blick.

»Sie sollten sich vielleicht ein bisschen hübsch machen, wenn Sie nachher mit den Herren essen wollen.«

»Haben wir Besuch?«

»Mr. Shaughnessey ist da, dann noch ein Mr. Tiger ...«

»Tyler!«

»Genau. Und noch ein Mann von der Bank. Sie warten im Speisezimmer mit Mr. Marshall.«

»Himmel, die Bankleute!«

William hatte das Treffen mit ihren Finanziers vereinbart. Wie ärgerlich, dass sie diese wichtige Verabredung vergessen hatte! Rasch ging sie sich für das Dinner umkleiden, in der Eile verzichtete sie auf Schmuck und Rouge.

Etwas blass, in einem dekolletierten Abendkleid betrat sie das Speisezimmer. Die vier Männer standen am Kamin und unterhielten sich. Als Antonia eintrat, verstummten die Gespräche. Sie begrüßte zuerst Frank Shaughnessey, dann Tyler, der sich formell verbeugte, und seinen Mitarbeiter Croydon.

William hatte sie seit der Rückkehr vom Planters Club nicht mehr gesehen. Er verneigte sich leicht, stellte sich an ihre Seite, und beinahe übergangslos setzte er die Unterhaltung mit Tyler fort. Er hatte es ganz bewusst unterlassen, sie förmlich zu begrüßen, als bestünde zwischen Ihnen eine besondere Vertraulichkeit.

Im Verlauf des Tischgesprächs stellte Tyler detaillierte Fragen über den Zustand der Plantage, zum voraussichtlichen Termin für die Wiederaufnahme des Betriebs, zu den erwarteten Erträgen. William gab ihm die Auskünfte, die für die Kreditierung wichtig waren, dann stellte er seinen Plan für die Wiederbewirtschaftung Legacys vor. Seine Ausführungen überzeugten Tyler und Shaughnessey, sie schienen sehr zufrieden. Tyler bestätigte Antonia, damit seien aus seiner Sicht die nötigen Voraussetzungen für einen weiteren Kredit erfüllt. Shaughnessey besiegelte seine Zusage, für die Darlehenssumme zu bürgen, per Handschlag. Dann tranken sie auf den Geschäftsabschluss und auf die Zukunft Legacys.

»Zur Erntesaison können Sie sich immer noch um die Börsenzulassung bemühen, Antonia«, meinte Shaughnessey. »Bis dahin werden sich die Gemüter wieder beruhigt haben.« Er wandte sich an William: »Es war beeindruckend, Sir, wie Sie Crossbow zu Boden geschickt haben. Doch ich rate Ihnen, vorsichtiger zu sein. Vermeiden Sie eine offene Konfrontation mit den Wortführern des Planters Club.«

»Es soll ja tatsächlich Blut geflossen sein!«, bemerkte Tyler mokant. »Es heißt, der Chairman Mr. Hocksley nehme die Sache persönlich.«

»Das habe ich nicht anders erwartet«, gab William zurück. »Unter Gentlemen werden Herausforderungen gewöhnlich angenommen.«

»Gehen Sie nicht davon aus, dass Hocksley eine Auseinandersetzung mit Ihnen auf ehrenhafte Art beilegen wird«, sagte Shaughnessey.

»Wie meinen Sie das, Frank?«, fragte Antonia besorgt.

William sagte ruhig: »Madam, Sie haben nichts zu befürchten. Hocksley würde sich wohl an mich halten.«

»Und wie wollen Sie dem begegnen?«, wollte Tyler wissen.

William lächelte gelassen. »Wahrscheinlich werde ich mir ein Paar guter Pistolen zulegen und schon einmal anfangen, in meinen Mußestunden Zielübungen zu machen.«

»Aber bitte, Sir!«, meldete sich Croydon nervös zu Wort. »Sie gedenken doch nicht, jemanden mit einer Schusswaffe zu bedrohen?«

»Nein, Sir. Wenn es sein muss, werde ich es nicht beim Drohen belassen. Man soll seiner Linie treu bleiben; die meine dürfte inzwischen bekannt sein.«

»Wohlan, ich wünsche Sie niemandem zum Gegner!«, sagte Tyler und hob sein Glas. William machte gute Miene, und die Unterhaltung wandte sich anderen Themen zu. Am Ende des Dinners unterzeichneten Antonia und Tyler die Kreditvereinbarung, Shaughnessey setzte seine schriftliche Bürgschaftserklärung darunter.

Antonia bemerkte, dass William sehr zufrieden aussah.

Vom Treppenabsatz vor seiner Dachkammer blickte Joshua zum hell erleuchteten Herrenhaus. Bald wäre das Dinner zu Ende und die Gäste würden nach Hause fahren. Es hatte sich einiges getan, seit der Engländer die Plantage verwaltete. Widerwillig bewunderte Joshua die Entschlossenheit, mit der Spencer seine Pläne auf Legacy in die Tat umsetzte. Trotzdem lag es ihm schwer auf der Seele, dass Antonia dem Mann, der ihr ganzes Unglück verschuldet hatte, Haus und Hof anvertraute. Sollte er ihr die Wahrheit sagen oder weiterhin schweigen? Inzwischen war sie Spencer in einer Weise zugetan, dass Joshua beinahe wünschte, sie würde nie erfahren, wer dieser Mann in Wirklichkeit war … Und damit nicht genug, jetzt kam noch der Vorfall im Planters Club dazu. Joshua erinnerte sich nur zu gut an Hocksleys Versuche, sich Legacys zu bemächtigen. Er musste auf eine Gelegenheit wie diese gewartet haben! Doch außer Joshua schienen alle blind für die drohende Gefahr. Er ging in seine Kammer, nahm das Gewehr vom Schrank und lud es. Er steckte noch zusätzliche Munition ein, bevor er wieder hinausging. Wie in den Nächten zuvor würde er wachen, denn irgendwann würden sie kommen.

Die Gäste hatten sich verabschiedet. Shaughnesseys Wagen fuhr hinter der großen Kutsche von Ashley & Bolton durch die Allee davon. William ging zum Kutscherhaus zurück.

Auf der Veranda drehte er sich um, er hatte Schritte gehört.
»Was gibt es, Mr. Robert?«
»Ich mache meine Runde, Sir.«
»Mit dem Gewehr?«
»Für alle Fälle. Gute Nacht, Sir.«
»Gute Nacht, Mr. Robert.«

William ging in sein Schlafzimmer, reichte hinauf zum Baldachin über dem Bett und nahm aus dem Hohlraum des Betthimmels die beiden Pistolen mit der Munition. Sorgfältig überprüfte er die Ladung der Waffen. Sie waren als Paar für ihn angefertigt worden, wertvolle Duellpistolen mit silbernen Applikationen. Technisch verbessert durch den gezogenen Lauf, wurde die Treffgenauigkeit des Projektils, einer großen Kugel, Kaliber .63, deutlich erhöht. Entscheidend für die Zielgenauigkeit aber war eine im Mechanismus der Waffen verborgene Vorrichtung, ein sogenannter Stecher. Normalerweise brauchte man zum Abfeuern einer Pistole dieses Kalibers einen starken Zug. Der Stecher reduzierte den Zug auf weniger als ein Zehntel, was ein leichtes, ruhiges Auslösen eines Schusses ermöglichte und Abweichungen vom Ziel verminderte. Er richtete die Pistolen abwechselnd auf die Tür und den Spiegel über dem Waschtisch, stellte jeweils den Stecher ein und sicherte die Waffen. Dann zog er den schwarzen Staubmantel über seine Abendgarderobe, tat die Pistolen in die Außentaschen und ging hinaus.

Antonia hatte in der Bibliothek nach einem Buch gesucht, dem ersten Teil einer zweibändigen Ausgabe des »Orlando Furioso« von Ariost. Vergeblich hatte sie in mehreren Büchertruhen nachgesehen. »Was für ein Chaos!«, seufzte sie und nahm sich fest vor, ihre Bibliothek anderntags zu ordnen.

Sie ging nach draußen, um die Laterne vom Treppenaufgang hereinzuholen, als sie jemanden aufs Haus zukommen hörte. Es war Williams unverwechselbarer Schritt. »Was tun Sie hier?«

»Nachsehen, ob alles in Ordnung ist, Madam.« Er trat aus der Dunkelheit des Vorplatzes. »Nur zu Ihrem persönlichen Schutz!«

»Wollen Sie sich über mich lustig machen?« Sie nahm die eine Laterne vom Eingang, löschte die Kerze, stellte sie zurück und nahm die zweite Laterne.

Er stieg die Treppe herauf und lehnte sich an eine Säule des Portikus. Unschlüssig stellte Antonia die Laterne wieder auf den Boden.

»Es ist spät, Mr. Marshall!«

»Nun ja, vielleicht sollten wir hineingehen.«

»Ich werde Sie sicher nicht hereinbitten!«

»Wirklich nicht?« Er legte seinen Stock auf die Balustrade, stieß sich lässig von der Säule ab und kam auf sie zu. »Frieren Sie denn nicht in Ihrem bezaubernden Kleid?«

Sie wunderte sich, weshalb sie es ihm so leicht machte. Schon fasste er sie bei den Schultern und zog sie etwas unsanft an sich. Gegen ihren schwachen Widerstand nahm er sie in die Arme, hielt sie nah und fest an seinem Körper, bog ihren Kopf zurück, um sie zu küssen. Bei der Berührung seiner Lippen schloss sie die Augen. Er küsste sie voller Begehren, fordernd. Als er merkte, dass sie ihm nachgab, hob er sie auf die Balustrade. Sie schlang die Arme um seinen Hals, hielt sich an ihm fest, während er ihr Kleid hochschob, die Hände über ihre Knie und Oberschenkel hinaufgleiten ließ. Er drängte sich zwischen ihre Beine, sie spürte durch seine feinseidenen Hosen sein hartes Geschlecht – da hielt er inne, unterdrückte sein heftiges Atmen, blickte gespannt über ihre Schulter in die Nacht. In der nächsten Sekunde zog er sie von ihrem exponierten Platz hinunter, hinter die Balustrade. Er kniete neben ihr am Boden und bedeutete ihr zu schweigen, dann zog er die Pistolen aus dem Mantel, entsicherte die Waffen nacheinander, flüsterte tonlos: »Löschen Sie das Licht!«

Erschrocken tat sie, was er sagte. Der Eingangsbereich lag jetzt im Dunkeln, nur durch die offene Tür zur Halle fiel ein schmaler Streifen Licht. Er wies sie an, sich nicht zu rühren, während er aufstand und leise zurück an die Hauswand trat. Eine Pistole in jeder Hand, beobachtete er die Allee. Vor ihm, im Schutz der Balustrade, kauerte Antonia am Boden, ihr Herz schlug schnell, sie zitterte vor Kälte.

»Da sind sie!«, flüsterte er.

Als die Wolkendecke aufriss und der Mond den Vorplatz beleuchtete, erkannte sie mehrere Gestalten, die aus dem schwarzen Hintergrund der Allee in einer Linie auf das Haus zukamen. Es waren fünf Reiter, die mit verhängtem Zügel heranritten. Erst jetzt vernahm Antonia das gedämpfte Schlagen der Pferdehufe, die wohl mit Stoff umhüllt waren. Die Reiter hielten in einer Entfernung von etwa zwanzig Yards am Rand des Rasenplatzes. Ihre Gesichter waren unter Kapuzen mit Sehschlitzen verborgen. Der Mann in der Mitte spähte zum Haus, das jetzt im Dunkel lag. Er musste Antonia und William zuvor gesehen haben, denn er rief: »Haben wir Ihr Tête-à-Tête mit Mrs. Lorimer gestört, Marshall?« Der abfällige Tonfall Theodore Hocksleys war unverkennbar. »Wenn wir mit Ihnen fertig sind, werden Sie für die Dame weder als Verwalter noch als Liebhaber mehr von Nutzen sein!«

Antonia errötete im Dunkeln bei seinen Worten und ballte die Fäuste vor Wut, aber William schüttelte sacht den Kopf, damit sie wachsam blieb und schwieg.

Hocksley bekam von seiner Eskorte beifälliges rohes Gelächter, nur der Mann rechts neben ihm war anderer Meinung: »Wir sind hergekommen, um mit dem Mann abzurechnen. Es war unnötig, Mrs. Lorimer zu beleidigen, Sir!«

»Halten Sie den Mund, Perkins!«, fuhr ihn Hocksley an, bevor er ungeduldig zum Haus hinüberrief: »Ersparen Sie der Dame, dass wir Sie holen müssen, Marshall. Kommen Sie raus, Sie sehen doch, Sie haben keine Chance: Wir sind fünf gegen einen.«

»Falsch, Hocksley!«, gab William aus dem Dunkeln zurück. Er hob die Pistole in seiner rechten Hand und zielte. In dem Moment, als der Mond wieder durch die Wolken brach, dröhnte ein ohrenbetäubender Schuss. Der Reiter auf der rechten Flanke stürzte mit einem Schrei vom Pferd. Stöhnend wälzte er sich am Boden.

»Vier gegen einen«, rief William ungerührt und brachte die zweite Pistole in Anschlag, um auf den Reiter direkt neben Hocksley zu zielen.

»Nein, bitte!«, hauchte Antonia, als ihr klar wurde, was er vorhatte. Schon detonierte der zweite Schuss. Sie sah noch, wie sich der zweite Reiter getroffen krümmte, ehe sein Pferd durchging und mit ihm davongaloppierte.

»Drei gegen einen«, rief William. »Soll ich weitermachen?«

Hocksley und seine zwei verbliebenen Männer hatten Mühe, ihre Pferde zu beruhigen, indessen der Verletzte am Boden erbärmlich heulte.

»Was fällt Ihnen ein, auf meine Männer zu schießen!«, brüllte Hocksley außer sich vor Wut. »Das wird Ihnen noch leidtun!« Er hatte seinerseits eine Pistole gezogen. »Los, Leute«, befahl er, »holen wir uns diesen Hundesohn!«

»Das werden Sie schön bleiben lassen, Mr. Hocksley.« Die ruhige Stimme, die ihn aufhielt, kam aus dem Schatten der Allee. Der Abzug eines Gewehrs wurde gespannt, was der Warnung das nötige Gewicht verlieh. Hocksley und seine Männer verhielten augenblicklich ihre Pferde.

»Drei gegen zwei, Sir!«, rief Joshua aus seiner Deckung. »Aber ich möchte Ihnen nicht vorgreifen, Mr. Marshall.«

Während seine Gegner durch Joshuas Auftauchen abgelenkt waren, gab William Antonia die Pistolen und bedeutete ihr, sich ruhig zu verhalten. Dann griff er sich seinen Stock, ging ans Ende des Portikus und schwang sich über das Geländer der Balustrade. Antonia beobachtete aus ihrem Versteck, wie er den Vorplatz im Bogen umging und die rechte Baumreihe der Allee erreichte. Von dort näherte er sich unbemerkt dem Reiter, der neben Perkins die linke Flanke bildete. Sie hörte einen dumpfen Aufprall und ein hässliches Knirschen, als er den Mann durch einen Hieb mit dem Stock außer Gefecht setzte. Dann nahm William das Gewehr des Mannes und zwang Perkins zur Aufgabe, bevor der recht begriffen hatte, dass sein Nebenmann bereits erledigt war.

Gegenüber verließ Joshua seine Stellung zwischen den Bäumen. Er trat an Hocksley heran und drückte ihm den Gewehrlauf gegen den Bauch.

»Zwei gegen zwei!«, grinste er. »So gefällt mir das schon viel besser!«

Hocksley starrte entsetzt auf die Waffe in den Händen des schwarzen Hünen, als William dazukam. Die Gewehre der anderen Männer über dem Arm, sagte er: »Ihre Pistole, Hocksley.«

Hocksley warf sie ihm vor die Füße.

»Ihr Verwalter kann morgen die Waffen in meinem Büro abholen. Jetzt verschwinden Sie von hier!«

Perkins hatte die beiden Verletzten in die Sättel gehievt und machte sich mit ihnen davon. Hocksley riss wütend sein Pferd herum und rief über die Schulter zurück: »Sagen Sie der Dame, ich werde ihre Widersetzlichkeit nicht dulden, und schon gar nicht die ihres Personals. Also nehmen Sie sich in Acht, Marshall. Ich bin noch nicht mit Ihnen fertig!«

»Das hoffe ich doch«, rief William. »Es fängt gerade an, mir Spaß zu machen!«

Joshua sah dem davonjagenden Reiter nach. »Die Runde ging an Sie, Sir!«

»An uns, Mr. Robert!«

Es war wieder still. Vorsichtig stand Antonia auf, Knie und Fußknöchel taten ihr weh, sie fror in dem dünnen Seidenkleid. Es hatte aufgeklart. Über den Platz vor dem Haus, der hell im Mondlicht lag, sah sie William mit Joshua zurückkommen. Sie war unsicher, wie sie William begegnen sollte, jetzt, da er ihr so nahe gekommen war, sie angefasst, geküsst, bedrängt hatte. Es fiel ihr auf, dass er sich deutlicher als sonst auf den Stock stützte. Joshua trug die Gewehre, die sie den Männern abgenommen hatten. Vor der Treppe blieben sie stehen.

»Ich wollte Sie nicht beunruhigen, Miss Antonia«, fing Joshua an. »Aber ich hatte es kommen sehen, genau wie Mr. Marshall. Schon die dritte Nacht halte ich vor Ihrem Haus Wache. Gut, dass es jetzt passiert ist, nun können alle wieder ruhig schlafen.«

»Wie sollte ich ruhig schlafen?«, fuhr sie auf. »Du hast Hocksley gehört, er meint es ernst! Er wird uns noch größere Schwierigkeiten machen als zuvor!«

»Nach dieser Niederlage wird er es sich zweimal überlegen«, wandte William ein.

»Oh, aber natürlich!«, rief sie entnervt. »Sie haben ihn so richtig eingeschüchtert! Beeindruckend, allein gegen fünf Gegner, das hat Ihnen sicher gefallen! Seien Sie ehrlich, Sie brauchen das, sonst würde Ihnen etwas fehlen. Kaum ist der Krieg zu Ende, schaffen Sie sich in Hocksley Ihren neuen Feind. Doch es ist meine Plantage, mein Haus, über das Sie Gewalt und Verderben bringen. Sehen Sie das nicht?«

Überrascht hob er die Brauen. »Madam, alles, was ich in den vergangenen Wochen gemacht habe, geschah auf Ihren Wunsch. Ich habe versprochen, Ihre Plantage wieder aufzubauen und Ihnen zur Seite zu stehen. Nichts anderes tue ich!«

Sie hätte sich denken können, dass er nicht verstand, worüber sie sich aufregte. Da er immer auf Messers Schneide gelebt hatte, konnte er ihre Angst nicht ernst nehmen. Doch sie war zu erschöpft, um etwas zu erwidern.

»Gute Nacht, meine Herren!«, sagte sie, raffte ihr Kleid und ging ins Haus.

Zwölf Fuß unter ihr lag die Eingangshalle im frühmorgendlichen Licht, zwölf Fuß weiter oben wölbte sich die Deckenkuppel. Antonia stand auf der Galerie, breitete die Arme aus und beugte sich über das Geländer: Es war ein wundervolles Gefühl, so frei und leicht, als ob sie im luftleeren Raum schwebte.

Ein Chor aufgeregter Frauenstimmen klang aus der Gesindeküche. Um diese Zeit? Mit einem Seufzer riss sie sich los und ging hinunter. Außer Charlene saßen acht Frauen aus der Siedlung an dem großen Esstisch. Bei Antonias Eintreten verstummten sie augenblicklich.

Sie nickte zur Begrüßung. »Ihr seid ja schon recht munter, so früh am Morgen! Hat Charlene euch nicht gesagt, dass ihr flüstern müsst, um mich nicht zu wecken?«

Ein paar Frauen kicherten hinter vorgehaltener Hand. Charlene blieb ernst, ebenso Enjada Lytton, Noahs Frau, die neben ihr saß. Sie ergriff das Wort: »Letzte Nacht wurden wir von Schüssen geweckt, Maam. Alle waren sehr erschrocken. Noah und Wyndom Cole gingen zum Herrenhaus, nachsehen, was passiert war. Sie erzählten, maskierte Reiter hätten den Verwalter und Mr. Robert angegriffen. Maam, was wollten diese Männer hier?«

Alle Blicke richteten sich erwartungsvoll auf Antonia, die, ohne auf Details einzugehen, den Vorfall nüchtern zusammenfasste: »Ihr wisst, Mr. Hocksley und Mr. Marshall hatten im Planters Club einen Streit. Nun ist Mr. Hocksley sehr nachtragend, also kam er gestern Nacht mit seinen Männern hierher, um mit ihm abzurechnen. Aber gegen Mr. Marshall und Joshua konnten sie nichts ausrichten. Die beiden haben Hocksleys Leute überwältigt und ihm klargemacht, dass er hier nichts verloren hat. Ich denke, es wird ihm für die Zukunft eine Lehre sein.«

Das war nur eine schlichte Version, aber die Frauen schienen zufrieden, erhoben sich nach und nach und verabschiedeten sich wortreich. Erst als alle gegangen waren, brach Charlene ihr Schweigen.

»Ich hab die Schüsse auch gehört«, begann sie leise. »Ich dachte erst an Soldaten und hatte große Furcht. Dann ging ich trotzdem zur Haustür, und wissen Sie, was ich sah? Ich sah, wie mein Sohn den mächtigen Mr. Hocksley mit dem Gewehr bedrohte!« Charlene holte tief Luft. »Wie kommt er dazu, sich einzumischen? Er muss vollkommen verrückt geworden sein, die Waffe auf Mr. Hocksley zu richten!«

»Hocksleys Leute wollten Mr. Marshall lynchen. Wäre Joshua nicht gewesen ...«

»Soll Mr. Marshall doch seine Streitigkeiten alleine austragen«, schnitt Charlene ihr barsch das Wort ab. »Wie konnten Sie nur zulassen, dass Joshua sich wegen diesem Mann in Gefahr bringt!«

»Dieser Mann, Charlene, kümmert sich wie noch kein anderer um Legacy!«

»Oh ja, das tut er, und er kümmert sich auch um manch andres, wie mir scheint.«

»Das geht dich nichts an!«, entfuhr es Antonia.

»Genau, es geht nur Sie etwas an, Miss Antonia, und Ihren Ruf. Ich rate Ihnen, nehmen Sie sich vor Mr. Marshall in Acht!«

15.

William hatte offiziell die Leitung von Legacy übernommen. Ausgestattet mit Vollmachten für sämtliche Geschäfte der Plantage legte er die monatlichen Ausgaben und die Löhne fest und verfügte über das Geld aus dem Kredit. Wie er es geplant hatte, begann er mit der Instandsetzung der Reispflanzungen am Plains River.

Zunächst mussten die Bewässerungskanäle gereinigt und die Reisbänke ausgebessert werden. Anschließend wollte er die Reparatur der Hauptschleuse in Angriff nehmen. Major-General Carlyle hatte ihm einen Mann avisiert, der mit den technischen Anforderungen vertraut war. Joshua übernahm die Einteilung der schwarzen Landarbeiter und der weißen Farmgehilfen für die Arbeit auf den Reispflanzungen. Der Wiederaufbau von Legacy hatte begonnen.

Jeder war an den engen Zeitplan gebunden, die Feldarbeit hatte absoluten Vorrang, alles andere wurde hintangestellt. Joshua fuhr nur sehr unregelmäßig für Besorgungen nach Borroughton, auch die Post wurde seltener abgeholt. Nachdem mehr als eine Woche vergangen war, wollte Antonia nicht länger warten, nahm die Posttasche und ritt selbst los.

Um den Marktplatz von Borroughton lagen eine Handvoll Läden, diverse Warenlager, ein Mietstall und ein Gasthaus mit einer Posthalterei. Antonia band Grace bei der Viehtränke fest und schickte einen Jungen, dass er einen Sack Hafer holte. An der Tränke versorgten schwarze Reitknechte die Pferde einer Jagdgesellschaft. Es waren ein paar Rassepferde darunter, großrahmige, muskulöse Hunter aus englischer Zucht.

Eines der Pferde verhielt sich auffällig. Es tänzelte unruhig am Halfter, warf den Kopf hoch und schlug mit den Hufen das Pflaster. Antonia gefiel der fuchsrote Hengst, sein fein modellierter Kopf, der lange Rücken und sehnige Körper zeugten von edler Abstammung.

»Ein herrliches Pferd«, sagte sie zu dem Burschen, der es hielt. »Er scheint mir sehr nervös.«

»Nervös? Mit Verlaub, Ma'm, der Gaul ist verrückt! Taugt gerade noch für die Jagd querfeldein.«

Als sie näher kam, riss das Pferd den Kopf hoch, seine Nüstern bebten. Vorsichtig hob Antonia ihren Arm, um das Pferd an Handschuh und Jackenärmel schnuppern zu lassen. Es senkte zögernd den Kopf, atmete den vertrauten Pferdegeruch von ihren Kleidern. Jetzt ließ es sich anfassen. Antonia streichelte sein glänzendes Fell, die dunkelrote Mähne, die feine Nase mit dem silbrigen Blässenstern.

»So ein Schöner! Was ist mit ihm passiert?«

»Das weiß keiner so genau, Ma'm. Er ist ein englisches Vollblut, hatte ein paar gute Rennen, war dann nicht mehr an den Start zu bringen. Er drehte durch, brachte das ganze Feld durcheinander. Wie ich schon sagte, er ist verrückt. Jammerschade!«

Endlich kam der Stalljunge mit dem Hafer. Antonia überließ ihm Grace und ging in die Posthalterei, die in dem Gasthaus zwischen Nashs Lager für Baumaterialien und der Pharmazie von Seamus Boyle untergebracht war. Die Postausgabe befand sich im vorderen Teil der Wirtsstube. Weiter hinten an der Bar standen die Männer der Jagdgesellschaft. Den einen oder anderen kannte Antonia vom Sehen, es waren Pflanzer vom Cooper River, auch Offiziere in den Felduniformen von General Greenes Armee.

Sie wandte sich gleich zur Poststelle. Der Dienstmann nahm ihre Geschäftsbriefe für den Boten nach Charles Town entgegen, dann ging er die Post für Legacy holen. Während sie einen Stapel Zeitungen nach halbwegs aktuellen Ausgaben durchsuchte, wurde sie auf einmal angesprochen.

»Mrs. Lorimer! Ist das die Möglichkeit? Verzeihen Sie, Madam, ich hielt Sie zuerst für den Postreiter!«

»Oh, Mr. Reed. Sollte das ein Kompliment sein?«, erwiderte Sie kühl.

Er betrachtete belustigt ihren unkleidsamen Aufzug, den grauen Dreispitz, die weite Reitjacke und die Stulpenstiefel, und fragte spöttisch: »Was macht eine Dame wie Sie in einer Bar?«

»Ich kam lediglich zur Poststelle. Falls Sie etwas Skandalöses erwartet haben, muss ich Sie enttäuschen.«

»Sie können mich gar nicht enttäuschen! Ich bin jedes Mal entzückt, Sie zu sehen, in einer Poststelle, einer Bar, wo auch immer. Darf ich Ihnen irgendwie behilflich sein?«

»Danke, Mr. Reed, aber ich habe alles, was ich brauche.«

Wieso musste sie gerade ihm begegnen? Reed verunsicherte sie, auch wenn ihr nicht klar war, warum. Sein Verhältnis zu Henry hatte ihr nicht gefallen. Nun war Henry tot. Und sein Dandy-Freund Roscoe, der sich jahrelang von ihm aushalten ließ, war auch verschwunden. Der Gedanke, dass sie Reeds Interesse geweckt haben könnte, bereitete ihr Unbehagen. Um die Unterhaltung zu beenden, bezahlte sie den Briefboten und die Zeitungen. Doch ehe sie Einwände erheben konnte, nahm Reed ihre Posttasche und den Packen Zeitungen, um die Sachen für sie hinauszutragen. Wenn sie sich nicht lächerlich machen wollte, musste sie sich seine Hilfe wohl oder übel gefallen lassen.

Er begleitete sie zum Wagenstand, wo Grace angebunden wartete. Während sie die Zeitungen in der Satteltasche verstaute, machte er weiter Konversation: »Auf meinen Pflanzungen am Ashley River scheint ohne meine Aufsicht nichts zu funktionieren, daher bin ich dort ziemlich angebunden. Jagdausflüge hin und wieder sind mein einziger Kontakt zur Außenwelt. Sie können also verstehen, wie sehr ich mich freue, Sie heute wiederzusehen.«

Antonia schwieg.

Unbeeindruckt von ihrer abweisenden Haltung, sprach Reed weiter: »Was machen Ihre Pläne bezüglich der Plantage? Wie ich hörte, werden Sie wieder anbauen.«

»Wir haben begonnen, die Reispflanzungen am Plains River instandzusetzen.«

»Wir?«

»Ich habe einen Verwalter eingestellt.«

»Tatsächlich? Ich vermute, es handelt sich um denselben Gentleman, der im Planters Club auf eindrucksvolle Weise dafür sorgte, dass Ihnen der gebührende Respekt gezollt wurde?«

»Ihr Kontakt zur Außenwelt scheint mir doch recht gut.«

»Ich bitte Sie, die ganze Stadt redet davon!«

»Nun gut, Sie haben recht, dieser Gentleman, Mr. Marshall, ist mein Verwalter.«

Reed hob die Brauen. »Dem Ersten Mann auf Ihrer Plantage liegt anscheinend viel an der Verteidigung Ihrer Ehre, Madam. Es wird ihm nicht recht sein, wenn Sie unbegleitet ausreiten.«

»Es ist weder an Mr. Marshall noch an sonst jemandem, dazu eine Meinung zu haben!«

»Nun«, er verschränkte die Arme und lächelte, »ein Mann fordert nicht den gesamten Planters Club heraus, wenn es nicht seine höchstpersönlichen Interessen zu wahren gilt. Mir fielen sofort Gründe für Mr. Marshalls Engagement ein ...«

»Seine Gründe sind durch und durch ehrenhaft«, sagte sie gelassen.

»Jetzt haben Sie mich neugierig gemacht.« Er lächelte noch immer auf seine distanzlose Art. »Ich hoffe, ich lerne den ehrenhaften Mr. Marshall bei Gelegenheit kennen, Madam.«

Antonia schwang sich in den Sattel, grüßte knapp und ritt davon.

Als sie Grace zum Stall brachte, richtete Noah ihr aus, dass der Verwalter und der Stallmeister sie im Büro erwarteten. Sie traf die beiden Männer in Williams Arbeitszimmer in einer ernsten Unterredung an.

William hatte die Fortschritte der ersten Arbeitswochen

mit seinen Vorgaben verglichen; das Ergebnis war nicht befriedigend ausgefallen. »Um plangemäß voranzukommen, sind offensichtlich größere Anstrengungen erforderlich, als unsere Mannschaft zu leisten imstande ist. Der Damm um das Stauwehr ist kaum zu einem Drittel aufgeschüttet, dabei sollte er schon nächste Woche fertig sein. Auch die Arbeiten an den Ableitungskanälen sind um mindestens eine Woche im Verzug. Wir werden den Zeitplan mit dem jetzigen Tagespensum nicht einhalten können.«

»Sir, die Leute arbeiten sehr hart«, meinte Joshua.

»Dann müssen wir sie eben in drei Schichten arbeiten lassen. Zwei Schichten sind zu wenig.«

»Sie wissen, Sir, für eine dritte Schicht haben wir nicht genug Arbeiter.«

»Die Frauen?«

»Sind schon eingeteilt; viermal pro Woche eine halbe Schicht.«

»Also gut, Mr. Robert, dann brauchen wir mehr Leute.«

»Und wo soll ich die herbekommen? Die Schwarzen fliehen nach Charles Town und verdingen sich bei den Engländern. Und weiße Indenturknechte kommen zu teuer.«

William überflog noch einmal die Zahlen, dann legte er seine Aufzeichnungen beiseite. »Wir brauchen Sklaven«, sagte er.

Antonia wechselte einen Blick mit Joshua. Der schüttelte nur den Kopf, ging zur Tür und sagte vorm Hinausgehen: »Abfahrt morgen früh wie immer um Punkt sieben Uhr, Sir. Soll Ihr Pferd auch gesattelt werden?«

William nickte. »Ja, danke, Mr. Robert.« Als er mit Antonia allein war, sagte er: »Sie finden es unmoralisch, mit Sklaven zu arbeiten, Madam, ich kenne Ihren Standpunkt. Die Instandsetzung erfordert jedoch mehr Arbeitskräfte, als ich im schlechtesten Fall angenommen hatte. Wir haben keine Wahl.«

»Lassen Sie mir Zeit, darüber nachzudenken.« Mehr wollte

sie jetzt nicht dazu sagen, denn sie wusste, es war nicht ratsam, sich unvorbereitet auf eine Auseinandersetzung mit ihm einzulassen. Stattdessen packte sie die Posttasche aus und legte die Geschäftsbriefe vor ihn auf den Schreibtisch. »Hier! Ich war heute in Borroughton und habe die Post und ein paar Zeitungen geholt.«

»Sie hätten nicht alleine dorthin reiten sollen!«

»Was geht es Sie an, wann und wohin ich ausreite?« Sie konnte nicht glauben, dass er genau so reagierte, wie Reed es vorhergesagt hatte. »Ich wüsste nicht, dass ich Ihnen über mein Tun und Lassen Rechenschaft schulde, Mr. Marshall.«

»Sie scheinen mich nicht zu verstehen«, erwiderte er ruhig. »Wie soll ich dafür sorgen, dass Ihnen nichts geschieht, wenn ich nicht einmal weiß, wo Sie sind? Ich will Ihnen keine Angst machen, aber Sie sollten es nicht darauf ankommen lassen, gewissen Leuten zu begegnen.«

»Wem sollte ich schon begegnen?«, sagte sie schnell. »Nur eine Jagdgesellschaft war da, ein paar Pflanzer aus der Umgebung.« Sie dachte an Reed und setzte hinzu: »Niemand, der uns interessiert.«

Am frühen Abend traf Lieutenant Farell ein, ein hübscher junger Bursche, den General Carlyle für die Leitung des Schleusenbaus nach Legacy abkommandiert hatte. Farell wurde von Joshua herumgeführt und in einem der Pächterhäuser in der Siedlung der weißen Landarbeiter untergebracht.

Um ihn willkommen zu heißen, bat ihn Antonia zusammen mit William und Joshua zum Abendessen, später unterhielten sie sich in der Bibliothek. Antonia ließ sich von Farell bewundern und lächelte ihn an, bis er errötete. Auf ihre Nachfrage bekannte er, ein ganz passabler Sänger zu sein. Joshua ließ sich überreden, ihn mit seinem volltönenden Bass zu begleiten, und sie gaben einige volkstümliche Balladen und Soldatenlieder zum Besten. Danach wünschte Antonia allen eine gute Nacht und überließ den Männern die Bibliothek für ihre Zigarren und Brandys.

Mitternacht war vorbei, als das letzte Glas geleert war. Weil Farell den Weg nicht allein gefunden hätte, begleitete Joshua ihn noch zu den Pächterhäusern. William stand bei einer Fenstertür und hörte von fern, wie die beiden ein Spottlied auf die britische Kavallerie sangen. Er lachte und schloss die Tür.

Antonia hatte in ihrem Salon Briefe geschrieben. Als die Uhr auf dem Bord zwölfmal schlug, legte sie die Feder zur Seite, löschte die Kerze und ging in ihr Schlafzimmer. Das Kaminfeuer war heruntergebrannt, von der Glut fiel ein schwacher Lichtschein in den dunklen Raum. Sie nahm ein Kissen und ließ sich auf dem Boden davor nieder, ganz nahe bei der Feuerstelle, damit sie noch ein wenig Wärme erreichte. Sie streifte die Schuhe ab und zog ihre ausgekühlten Füße unter ihr Kleid.

Die Augen mussten ihr zugefallen sein. Sie sah auf, als die Zimmertür geschlossen wurde. Er lächelte über ihren von Müdigkeit verlangsamten Blick, während er mit einem Kienspan die Kerzen in den Leuchtern neben dem Bett und über dem Kamin entzündete. Er fasste ihre Hände, zog sie zu sich hoch, nahm sie in die Arme und küsste sie. Alsbald löste er die Verschlüsse ihres Kleides, der üppige Seidenstoff glitt knisternd zu Boden und nach und nach jedes Stück ihrer feinen Wäsche. Dann zog er sich vor ihr aus. Nach Wochen sah sie wieder die Male seiner Folter und biss sich bestürzt auf die Lippen. Vorsichtig berührte sie mit den Fingerspitzen die roten Linien, die wie eine verborgene Rüstung in seine Haut gezeichnet waren, ein Muster aus symmetrischen Narben, das sich über den Brustkorb bis zu den Lenden ausbreitete. Sie ließ ihre Hände federleicht darübergleiten, berührte die empfindlichen Male mit den Lippen, bis er sie erregt an sich zog.

Er war kein zärtlicher Liebhaber, gierig bemächtigte er sich ihres Körpers, hart und unnachgiebig, völlig selbstbezogen nach Befriedigung hungernd. Sie ließ ihn. In der Morgendämmerung lag sie erschöpft in seinen Armen, ihre Brüste schmerzten, ihre Lippen waren wund. Der ganze Leib tat ihr weh nach der Tour de Force dieser Nacht, dass sie zurückzuckte, als er sich wieder über sie beugte und sie küsste. Er fragte, ob es zu viel sei.

»Nein, William, Liebster, nein!« Sie schlang die Arme um ihn und zog ihn an sich.

Im grauen Morgenlicht, ohne Rock, mit offenem Hemd stand er am Fenster und beobachtete, wie im Dunstschleier über dem Wald die blasse Sonnenscheibe erschien. Als er bemerkte, dass sie wach war, setzte er sich zu ihr ans Bett. Er strich ihr das Haar aus der Stirn, fuhr sanft die Linien ihres Gesichts nach. Sie lag ganz still in diesem Augenblick der Zärtlichkeit. Die ganze Nacht hatte er von ihr Hingabe verlangt, erst jetzt berührte er sie so, dass sie ihre Scheu vor ihm verlor.

Zum ersten Mal war er in dieser nachgiebigen Stimmung. Zum ersten Mal seit jenem Tag war er so befriedigt, so beglückt, und so verletzbar. Unvermittelt überfiel ihn die Erinnerung an die erniedrigenden Qualen, an die qualvolle Erniedrigung der Folter, die er zu oft schon im Geiste durchlebt hatte. Es war zu schwer, um es allein zu ertragen. Er wollte Antonia erzählen, was passiert war. Sie, die ihm von allen Menschen am nächsten war, würde sein Unglück verstehen.

»Die Schlacht war verloren«, begann er. »Mein Pferd war gestürzt, ich lag mit zertrümmertem Bein am Boden. Da kam eine Patrouille der Miliz, zwei Offiziere und ein Adjutant. Sie wussten, wer ich war.« Er griff nach ihrer Hand, bevor er weitersprach: »Sie wollten mich nicht einfach töten, es ging ihnen um Vergeltung. Den Adjutanten schickten sie fort, sie wollten keine Zeugen. Der eine Offizier schlug mich halbtot. Er zertrat mir die Rippen, ich konnte kaum noch atmen und dachte, gleich ist es zu Ende. Dann kam der andere, er hielt … dieses

Messer in der Hand. Der, der mich zuerst geschlagen hatte, wusste anscheinend, was mir bevorstand, und riss mir die Uniformjacke und das Hemd herunter. Dann trat er beiseite, und der andere begann, mir die Haut vom Leib zu schneiden!« Die Erinnerung überwältigte ihn. Er schloss die Augen, während das Entsetzen in ihm widerhallte. »Ich schrie! Oh, ich flehte ihn an, mich zu töten ... Aber es dauerte noch lange, bis er endlich ... zufrieden war.«

Er nahm Antonias Hände, verbarg sein Gesicht darin. Sein Körper bebte von stummem Schluchzen. Sie legte den Kopf auf seine Schulter. Sein Gesicht in ihren Händen, ließ er sich von ihr halten. Als er sich wieder gefasst hatte, stand er auf, ging im Zimmer auf und ab. Seine Stimme war hart, als er sagte: »Ich habe meinen Soldaten befohlen, furchtbare Dinge zu tun, und habe selber furchtbare Dinge getan. Das ist der Krieg, Gewalt wird mit noch mehr Gewalt vergolten. Ich wusste, womit ich rechnen musste, wenn ich den Falschen in die Hände fiel. Aber diese Männer hielten nicht nur Strafgericht über meine Taten, sie folterten mich zu ihrem Vergnügen! Sie genossen die pure Gewalt und ihre Grausamkeit. Dieser Captain ... er war ... was auch immer. Ich werde die beiden finden.«

»Du willst dich rächen!«, sagte sie erschrocken. »Was würde das ändern? Du kannst nicht ungeschehen machen, was passiert ist.«

»Meinst du, das wüsste ich nicht? Ich werde für immer mit der Erinnerung leben müssen. Du hast keine Ahnung, wie es ist, wenn dir solche Qualen zugefügt werden, dass dir der Tod wie eine Erlösung erscheint ... Um meiner Selbstachtung willen muss ich mich rächen, verstehst du? Ich kann sie nicht weiterleben lassen, nachdem sie ihr perverses Vergnügen mit mir hatten.«

»Wer weiß, wohin der Krieg sie geführt hat?«, versuchte sie, ihn zu beschwichtigen. »Die Truppen sind schon lange weitergezogen.«

»Milizen ziehen nicht fort. Nein, die beiden müssen in dieser Gegend sein.«

»Vielleicht sind sie nicht mehr am Leben? Du wirst wahrscheinlich nie erfahren, was aus ihnen geworden ist.«

»Menschen haben Namen.«

»Du kennst ihre Namen?«

»Sie waren so höflich, sich vorzustellen: Captain Reed, Lieutenant Roscoe. Ich werde sie finden.«

Er nahm Weste und Rock und zog sich vor dem Kaminspiegel an. So sah er nicht, wie blass sie geworden war.

Reed und Roscoe, Henrys Freunde! Oh, sie waren ihr noch nie geheuer gewesen, weder Roscoe mit seiner manischen Spielsucht, noch Reed, dieser Millionär ohne Familie und Vergangenheit. Als er sich bei ihrem Geburtstagsdinner als Held feiern ließ, konnte seine Begegnung mit William erst wenige Tage zurückgelegen haben! Fröstelnd zog sie die Decke um sich. »Ja, William«, sagte sie leise, »ich bezweifele nicht, dass du sie finden wirst.«

Sie bemerkte, dass er sie einen Augenblick lang forschend ansah. Ob er ahnte, dass sie ihm etwas verschwieg? Selbst wenn, sie würde ihm nicht sagen, was sie über seine Peiniger wusste: Aus demselben Grund, aus dem sie sein Leben gerettet hatte, wollte sie mit seiner Rache nichts zu schaffen haben.

Er musste ihre Vorbehalte gespürt haben, nahm wortlos den Stock und wandte sich zum Gehen.

»William!«

In der Tür drehte er sich um. Hatte sie wirklich erwartet, er käme noch einmal zurück?

»Deine Rachsucht macht mir Angst, Will! Es ist so viel Schlimmes passiert, ich will nur, dass es endlich vorbei ist. Nach Henrys Tod, nach der Zerstörung der Plantage möchte ich wieder in Frieden hier leben. Das verstehst du doch?«

Er sah sie an, unnahbar wie je, verneigte sich knapp und ging.

V. Colonel Spencer

16.

Offiziell wohnte William im Verwalterappartement, einer abgeschlossenen Wohnung im rechten Flügel des Hauses. Die wahren Verhältnisse im Herrenhaus blieben jedoch kein Geheimnis; es überraschte auch niemanden. Die Leute auf der Plantage sahen, dass der Verwalter das Vertrauen der Herrin gewonnen hatte, es erschien ihnen ganz natürlich, dass mehr daraus wurde.

Antonia lernte schnell, was es hieß, ihr Leben mit William zu teilen. Es beschränkte sich darauf, dass er sie begehrte; ihr mädchenhafter Liebreiz war für ihn eine ständige Versuchung. Und sie ließ sich darauf ein, es gefiel ihr, wenn er sie leidenschaftlich bedrängte. Wahrscheinlich hätte er sie glücklich machen können, wenn er sie liebevoller behandelt hätte. So war sie sich nicht sicher, ob er über die rein körperliche Anziehung hinaus viel für sie empfand. Manchmal bezweifelte sie, dass er tieferer Gefühle überhaupt fähig war. Er verließ sie im Morgengrauen und verbrachte den ganzen Tag auf den Reispflanzungen oder an seinem Schreibtisch. Antonia zog sich in die Bibliothek zurück, vertiefte sich in ihre Bücher und wartete doch nur darauf, dass die Zeit verging, bis er zurückkam.

Als Verwalter von Legacy begegnete William ihr mit allem gebührenden Respekt. Aber er ließ keinen Zweifel aufkommen, dass er die Entscheidungen traf. Außer Charlene nahmen die Leute Anweisungen jetzt von ihm entgegen. Selbst Joshua hatte sich, was die Organisation der Plantage betraf, mit

Williams Führungsanspruch abgefunden. Und Néné wich ihm nicht mehr von der Seite. William hatte ihn Shaughnessey kurzerhand abgekauft und zu seinem Leibdiener gemacht. Er hatte den stillen Jungen gerne um sich, behandelte ihn gut und ließ ihn in der Kammer neben seinem Ankleidezimmer schlafen. Antonia hatte er erklärt, er wolle Néné ein ungewisses Schicksal ersparen.

Jeden Tag ritt William als Erster zu den Reispflanzungen, neuerdings begleitete ihn der fähige junge Lieutenant Farell. Nachdem er sich einen Überblick über das Bewässerungssystem von Legacy verschafft hatte, riet er William, die alte und überdies schadhafte Hauptschleuse am Fluss komplett zu ersetzen. Für das neue Hebewerk musste zusätzlich ein tiefes Bassin im Stichkanal zwischen dem Plains River und den Feldern ausgeschachtet werden. Auch die ableitenden Kanäle mussten der modernen Anlage angepasst werden.

William war sich darüber im Klaren, dass die Erneuerung der Schleuse ohne weitere Arbeitskräfte bis zur Aussaat nicht bewerkstelligt werden konnte. Wenn er seinen Zeitplan einhalten wollte, musste er sich etwas einfallen lassen.

Schon machte sich die tägliche Schwerstarbeit bei den Leuten bemerkbar, sie waren erschöpft und reizbar. Auch die Spannungen zwischen den weißen Farmarbeitern und den Schwarzen wuchsen. Die Farmarbeiter, ganz im Geiste der weißen Sklavenhaltergesellschaft, lebten nämlich in der Vorstellung, dass ein Schwarzer, ob Sklave oder Freigelassener, immer in der schlechteren Position sein müsste. Infolgedessen blieben auf Legacy, wo Schwarze und Weiße zu denselben Bedingungen arbeiteten, Schwierigkeiten nicht aus.

Um dem zu begegnen, versuchte Antonia, bei ihren Leuten mehr Gemeinsinn zu wecken. Sie hielt sie dazu an, sich die täglichen Aufgaben wie Brotbacken oder die Pflege der Obst- und Gemüsegärten zu teilen. Aber offenbar konnte es keiner dem anderen rechtmachen und die beiderseitige Ablehnung blieb.

Nur Joshua ließ sich nicht aus der Ruhe bringen. »Haben Sie Geduld«, sagte er, wenn Antonia entmutigt war. »Der Erfolg der Plantage wird die Gemüter besänftigen.«

Zur Saison im Herbst 1781 gab es in Charles Town die gewohnte Folge von Festen, Konzerten, Bällen. Das gesellschaftliche Leben wurde durch die Präsenz der britischen Besatzer sogar belebt, auch wenn gute Patrioten den Einladungen zu Tory-Parties nur zähneknirschend Folge leisteten. Wie zum Hohn auf General Greene und den Belagerungsring seiner amerikanischen Truppen gab der Stadtkommandant Colonel Nisbet Balfour einen Galaempfang im Exchange. Balfour und seine Offiziere tanzten im fahnengeschmückten Ballsaal mit den Frauen der treuen loyalistischen Anhänger, während in Sichtweite der erleuchteten Fenster zahllose Amerikaner auf britischen Gefangenenschiffen elend dahinvegetierten.

Auch Lydia gab ihr traditionelles Fest zum Auftakt der Saison. Antonia hatte für die Gesellschaften ihrer Schwester nie viel übrig gehabt und wollte sich entschuldigen. Aber William riet ihr, sich nicht zurückzuziehen. Um die Interessen Legacys zu wahren, musste sie Präsenz zeigen, besonders nach dem Eklat im Planters Club. Sie gab ihm recht, gerade jetzt durfte sie nicht den Anschein erwecken, klein beizugeben. So gesehen war ihre Anwesenheit auf Lydias Ball ein absolutes Muss.

Als sie an Williams Arm die Freitreppe zum Ballsaal hinaufstieg, erstrahlte Lyndon House im Lichterglanz unzähliger Kerzen. Ihr Korsagenkleid aus blutrotem Samt erregte Aufsehen: Die meisten Damen hatten dezentere Farben gewählt, einige mutigere unter ihnen trugen patriotisches Blau. Nur Antonia kam in den Farben des Feindes zum Ball. Livrierte geleiteten die Gäste in das sogenannte Musikzimmer, einen Saal von unerwarteten Dimensionen mit einer Bühne für ein kleines Orchester. Halbsäulen unterteilten die Wände in harmonischer

Folge. Darüber, in einer Höhe von vierzig Fuß, öffnete ein riesiges Oberlicht aus buntem Glas den Raum in luftige Grenzenlosigkeit.

Lydia verließ den Kreis ihrer Bewunderer und begrüßte ihre Schwester. Unter den Gästen befanden sich die tonangebenden Mitglieder der Pflanzerlobby. Diese Leute wussten genau, wer der schwarz gewandete Mann an Antonias Seite war, der sich auf einen markanten Gehstock stützte; man erinnerte sich nur zu gut an Williams Auftritt im Planters Club. So, dass alle Umstehenden es hören konnten, sagte Lydia: »Antonia, Liebes, du weißt hoffentlich, dass sich ganz Charles Town über deinen Begleiter die furchtbarsten Geschichten erzählt!«

»Sie sehen, Mr. Marshall, Ihr Ruf eilt Ihnen voraus«, meinte Antonia leichthin und machte William mit ihrer Schwester bekannt. Er begrüßte Lydia mit einer tiefen Verbeugung, küsste ihre Hand, gab sich ausnehmend charmant. Seine übertriebenen Komplimente ließen Antonia aufhorchen.

»Du flirtest mit meiner Schwester!«, flüsterte sie ihm zu, als sie anschließend den Saal durchqueren. »Das gehört sich nicht!«

Er lachte. »Höre ich da Eifersucht, Liebling?«

Ehe sie etwas Passendes erwidern konnte, kamen Gilbert Ashley und sein junger Partner Tyler auf sie zu. Tyler machte William mit Mr. Ashley bekannt.

»Ich habe gehört, dass Sie die Neuorganisation Legacys sehr wirksam in die Wege leiten, Mr. Marshall«, sagte der Bankier. »Mr. Tyler hat mich über die Entwicklung detailliert unterrichtet. Bemerkenswert!«

»Sie sind sehr freundlich, Sir.«

»Ich brauche Ihnen vermutlich nicht zu sagen, dass Ihnen die meisten Gäste hier weniger gewogen sind als ich«, meinte Ashley nach einem Rundblick.

»Miss Bell ist sich dessen wohl bewusst«, bemerkte Tyler. »Wahrscheinlich erhofft sie sich von Ihrer Anwesenheit einen amüsanten kleinen Skandal.«

»Ich fürchte, ich muss Sie und unsere Gastgeberin enttäuschen«, antwortete William. »Ich habe Mrs. Lorimer versprechen müssen, im Hause ihrer Schwester jeder Herausforderung aus dem Weg zu gehen.«

Die Männer lachten.

Dann läuteten die Diener, und die Gäste begaben sich zu den Banketträumen. Das Souper wurde an einer Tafel serviert, die sich über eine ganze Flucht von Zimmern erstreckte. Den Blumenschmuck, Orchideen und duftende Orangenblüten, hatte Lydia aus ihren Gewächshäusern von Kiawah Island kommen lassen. Englisches Tafelsilber und Porzellan aus Limoges schimmerte auf edlem Damast. Strahlende Lüster überboten sich mit dem Glitzern von Epauletten, Ordenssternen, Diamanten.

Antonia saß zwischen zwei Männern aus Lydias Gefolge, Ruppert Dean und George Culphin, beide Anteilseigner einer New Yorker Reederei. Hocksley, umringt von seiner Clique aus dem Planters Club, hielt an einem entfernten Teil der Tafel Hof. Antonia hatte sich vorgenommen, den Schein zu wahren. Auch ihr Schwager bewies guten Willen, er erhob sich und entbot, für jedermann sichtbar, Antonia seine Reverenz, die sie mit unverbindlichem Nicken erwiderte. Lydia selbst saß am Kopf der Tafel, flankiert von Tyler zur Rechten und William zu ihrer Linken. Antonia lächelte ein wenig schadenfroh; Lydia tat sich keinen Gefallen mit diesen zwei Rivalen als Tischherren.

Zwischen den Gängen der endlosen Speisenfolge erzählten Dean und Culphin, dass ihre Schifffahrtsgesellschaft, die Starline, den Handel mit dem ehemaligen Mutterland Großbritannien wieder aufgenommen hatte.

»Die Schiffe unserer Flotte sind höchst komfortabel, schnell und gegen Angriffe von Freibeutern gerüstet«, schwärmte Dean. »Wir hatten auf der nördlichen Passage noch keine Verluste durch Piraterie.«

»In der Tat lässt sich das Englandgeschäft gut an«, fuhr Culphin fort. »Unser neuer Agent in London konnte erstklassige Geschäftspartner gewinnen. Die Starline hat eine hohe Auslastung, seit er für uns arbeitet.«

»Wie erfreulich, dass Sie in England zuverlässige Leute finden«, bemerkte Antonia gleichgültig.

»Oh, der junge Mann ist Amerikaner, Madam, hier aus Charles Town. Vor zwei Monaten, direkt nach der Kapitulation, ging er für uns nach London. Mit unserem schnellen Flaggschiff hatte Mr. Roscoe England noch vor der heimkehrenden Flotte erreicht.«

Antonia ließ ihr Glas sinken. »Mr. Oliver Roscoe?«

»Ganz recht, Madam. Ein Bekannter von Ihnen?«

»Nein, eigentlich nicht«, erwiderte sie. »Mein Mann kannte ihn.«

Die übrige Unterhaltung ging an ihr vorbei. Sie blickte zum oberen Ende der Tafel, wo William höflich Konversation machte. Wahrscheinlich litt er unter Tylers intriganter Gesprächsführung, der es ausnutzte, dass William sich nicht wehren durfte. Sie lächelte ihm zu und überlegte, ob es eine gute Idee gewesen war, hierherzukommen. Als Roscoes Name fiel, war ihr bewusst geworden, dass alle Leute an diesem Tisch noch gestern Williams Feinde gewesen waren. Sie dachte an die fürchterlichen Narben, die unter der Abendgarderobe seinen Körper bedeckten, und fragte sich, wie er sich in dieser Umgebung vorkommen mochte.

Nach dem Essen kam er gleich zu ihr, um sie ihren Tischherren zu entführen. Sie hätte ihn am liebsten umarmt, stattdessen nahm sie nur seine Hand und hielt sie fest, während sie in den Ballsaal gingen. Ein Kammerorchester spielte eine Française. Antonia und William gingen eine Runde um die Tanzfläche, als er bemerkte: »Da, Mr. Tyler ist gerade hereingekommen, bestimmt sucht er nach dir! Ich finde, einen Tanz könntest du ihm ruhig gewähren.«

»Ist das dein Ernst?«

»Aber ja! Er wird sein Glück kaum fassen können. Schon um deine Schwester zu ärgern, solltest du mit ihm tanzen!«

»William!«

»Sieh nur, gleich begeht er den Fehler seines Lebens und fordert eine der beiden Gänse dort drüben auf!«

»Das sind meine Nichten Dora und Jane-Eliza Hocksley –«

»Tja, zu spät, jetzt ist Tyler vergeben. Warte, wie wäre es mit einem deiner Tischherren? Sie stehen dort bei der Tür. Deine Schwester sagt, sie seien Millionäre, alle beide.«

»Hör schon auf, Will, du weißt, mit wem ich tanzen möchte.«

»Aber ich kann nicht mit dir tanzen.« Behutsam klopfte er mit der Stockspitze auf das glänzende Parkett. »Es tut mir leid, Antonia.«

»Ach, das ist nicht schlimm.« Sie drückte kurz seinen Arm. »Komm, lass uns zu den Spieltischen gehen.« Im Hinausgehen warf sie einen Blick zurück auf die Tanzfläche. Andrew Tyler forderte gerade eine junge Frau zu einer Courante auf. Antonia wäre gern an ihrer Stelle gewesen.

An den Spieltischen waren alle Plätze besetzt. Als Lydia ihre jüngere Schwester mit William hereinkommen sah, rief sie mitten im Spiel: »Setz dich zu mir, Antonia, Liebes. Du bringst mir Glück! Holen Sie einen Stuhl für Ihre Dame, Mr. Marshall.«

Antonia ließ sich neben Lydia nieder, die ihre Partie wieder aufnahm. Sie spielte sehr konzentriert. Als sie gewann, gab sie Antonia einen Kuss auf die Wange und sammelte zufrieden die Jetons ein. In der Spielpause neigte sich William zu Antonia, sie unterhielten sich, lachten.

Lydia beobachtete ihre Vertrautheit und erkannte im selben Moment, dass William in ihre Schwester verliebt war. Seine Aufmerksamkeit für sie, Lydia, war reine Tändelei gewesen; von Antonia war er bezaubert. Alles Strenge fiel von ihm ab, und er sah fabelhaft aus, wenn er sie mit hellen Blicken anhimmelte.

Eifersüchtig beobachtete Lydia die beiden, und zum ersten Mal beneidete sie ihre jüngere Schwester.

Missgestimmt rief sie ihren Freund Ashley: »Gilbert, kommen Sie, gegen Sie spiele ich am liebsten. Bei Ihnen weiß ich wenigstens, dass ich meine Gewinne auch ausbezahlt bekomme.«

»Aber meine liebe Miss Bell …«

»Keine Ausflüchte, Gilbert. Mit einem Bankhaus im Hintergrund entkommen Sie mir nicht!«

Ashley lachte etwas verlegen.

»Bist du nicht ein bisschen direkt?«, flüsterte Antonia ihrer Schwester zu.

»Wieso, Liebes? Mr. Ashley schätzt meinen Sinn fürs Geld.« Leiser setzte sie hinzu: »Dieses Gespür geht dir leider vollkommen ab, Kleines. Anstatt dich nach einem vermögenden Verehrer umzusehen, schläfst du mit deinem Verwalter. Das ist schlechter Stil.«

Antonia konnte nichts mehr erwidern, die neue Partie hatte bereits begonnen. Lydia spielte versiert, mit Mut zum Risiko, schließlich zog sie die richtige Karte und gewann. Sie sprang auf und klatschte sich selber Beifall. »Mein Spiel, Gentlemen! Antonia ist meine Glücksfee, wie immer!« Sie zog ihre Schwester impulsiv an sich, wandte sich auch William zu, um sich von ihm beglückwünschen zu lassen. Er schien jedoch nicht sonderlich beeindruckt. Verärgert über seine Gleichgültigkeit meinte sie: »Anscheinend zählen die Karten nicht zu Ihren Leidenschaften, Mr. Marshall?«

»Lassen wir meine Leidenschaften aus dem Spiel, Madam.«

»Wie Sie wollen. Aber spielen Sie wenigstens eine Partie mit.«

»Ich fürchte, Ihre hohen Einsätze kann ich nicht bedienen.«

»Oh! Sie haben an meinen Tischen natürlich Kredit.« Mit einem Seitenblick auf Antonia fuhr sie fort: »Spielen Sie, Marshall! Antonia ist eine Glücksfee. Ich wette, sie würde Sie gern beglücken.«

William wollte sich nicht provozieren lassen und überging die Zweideutigkeit. Da trat Hocksley mit James Fowler an den Spieltisch. Er hatte Lydias Anspielung gehört und sagte zu William: »Glücksspiel und Frauen sind eine heikle Verbindung, mein Herr. Ich denke nur an meinen armen Schwager: Kaum jemand hatte so viel Pech wie Henry Lorimer. Ich rate Ihnen, machen Sie nicht denselben Fehler wie er. Suchen Sie Ihr Glück anderweit.«

Unangenehme Stille. Um Antonias willen begnügte William sich damit, diplomatisch zu erwidern: »Wir sprachen lediglich über ein Spiel, Sir. Es zeugte von Mangel an Humor, solche Dinge mit allzu viel Ernst zu behandeln.«

»Humor, Mr. Marshall? Wer nähme es wohl mit Humor, wenn ein Mann leichtfertig den Besitz seiner Frau verspielt?«

Bevor William dazu kam, Hocksleys Ungehörigkeit zu parieren, war Antonia von ihrem Stuhl aufgesprungen.

»Was fällt Ihnen ein, Theodore, meinen verstorbenen Mann zu beleidigen?«

»Wie könnte ich ihn beleidigen, liebe Schwägerin? Henry hatte sich selbst entehrt, als er Sie durch seine Spielschulden ruinierte.«

»Spielschulden?«

»Um Ihre marode Plantage zu erhalten, hatte er auf sein Glück im Spiel gesetzt und verloren. Tja, und als er nicht mehr weiterwusste, kam er zu mir. Ich habe ihm geholfen, eigentlich müssten Sie mir dankbar sein. Unser Geschäft brachte ihm genug ein, um den Verkauf von Legacy abzuwenden.«

Antonia fasste ihn scharf ins Auge. »Henry hat mir von keinem ›Geschäft‹ mit Ihnen erzählt.«

»Natürlich nicht, Sie sollten davon nichts erfahren. Was Ihr Mann tat, war wenig ehrenvoll, es hätte nicht Ihre Zustimmung gefunden. Doch es eröffnete ihm sehr einträgliche Verdienstmöglichkeiten.«

»Wagen Sie es nicht, weiter in diesem Ton über Henry zu reden und Ihre Lügen zu verbreiten! Es gibt Mittel und Wege ...«

Sacht legte ihr William seine Hand auf die Schulter. »Kommen Sie, Madam ...«

»Mr. Marshall!«, fuhr sie ungehalten herum. »Würden Sie bitte ...«

»Nein, Madam. Sagen Sie nichts mehr und kommen Sie, bitte.« Er zwang sie mit festem Blick, seiner Aufforderung zu folgen. Nach einem kurzen Abschied von Lydia verließ sie an seinem Arm das hell erleuchtete Haus.

Spät in der Nacht fuhr der Phaeton beim Herrenhaus vor. Während der nächtlichen Rückfahrt war Antonia an Williams Schulter eingeschlafen. Jetzt küsste er sie, um sie aufzuwecken. »Warte auf mich in der Bibliothek«, sagte er, nachdem er sie zur Tür gebracht hatte.

Sie ging hinein, indessen er den Wagen zur Remise fuhr. Kaltes Mondlicht fiel durch die vielen Fenstertüren und breitete sich im Raum aus wie Nebel. Fröstelnd nahm sie vom Tisch eine Feuerzeugbüchse und entzündete die vorbereiteten Scheite im Kamin. Den Mantel eng um sich geschlungen, stand sie in der Wärme vor den auflodernden Flammen. Als William hereinkam, setzten sie sich zusammen auf den Diwan und sahen ins Feuer. William begann zu erzählen.

»Dein Mann kam im Juli 1780 als Major zur British Legion. Unter Colonel Rutherford zog er fünf Monate lang gegen die Rebellen zu Felde. Er beteiligte sich an Kämpfen gegen Milizen und Continentals.« Er spürte ihre Verwirrung und wandte sich ihr zu. »Ich bin ihm mehrmals begegnet, im Feldlager auf Silk Hope, später in Fort Howard. Ich habe ihm von Anfang an misstraut, auch wenn er auf unserer Seite kämpfte. Für mich war er ein Verräter.«

»Ich verstehe das nicht«, sagte sie matt. »Warum hätte er das tun sollen? Henry trat als einer der Ersten für die Unabhängigkeit ein. Er sympathisierte nicht mit Loyalisten.«

»Es hatte nichts damit zu tun, Antonia. Du hast gehört, dass Hocksley von einträglichen Verdienstmöglichkeiten sprach. Er wollte damit sagen, dass Lorimer entflohene Sklaven aus unseren Feldlagern verschleppte, um sie für ein Kopfgeld den ehemaligen Eigentümern zurückzubringen.«

»Dann hat Rowena also die Wahrheit gesagt.« Sie sah nachdenklich ins Feuer, dabei streifte sie abwesend die Schuhe ab und zog die Füße unter den Mantel. »Henry blieb immer wieder längere Zeit von Legacy fort«, erinnerte sie sich. »Nach dem Niedergang der Plantage war er nicht mehr oft zu Hause. Ich wollte ihm keine lästigen Fragen stellen ... Wie verzweifelt muss er gewesen sein!«

William hatte sie genau beobachtet. Sie glaubte ihm und wusste, dass er die Wahrheit sprach. Doch was auch immer er ihr über den loyalistischen Verräter erzählen mochte, jener Henry Lorimer, den sie einmal geliebt hatte, würde ihrem Herzen nahe bleiben. Plötzlich erfüllte ihn ohnmächtige Wut auf diesen Mann, dessen Vergehen in seinen Augen verzeihlich waren verglichen mit seinen eigenen Taten während des Krieges. Er stand auf, trat zum Kamin, stieß zornig mit dem Stock zwischen die zerfallenden Scheite. Seine Bitterkeit wuchs wie sein Unwille gegen dieses Leben, das nicht seines war und ihn doch auf fatale Art gefangen hielt. Was ging ihn dies alles überhaupt an? Was ging ihn diese Frau an, deren Mann, deren Haus und Besitz seiner Hand zum Opfer gefallen waren? Er wollte wieder der werden, der er in Wirklichkeit war. Er musste ihr sagen, was er getan hatte.

»Weißt du, wie dein Mann umgekommen ist?«

Antonia zögerte, sie war auf der Hut. »Angeblich hat er Widerstand geleistet, nachdem er sich bereits mit seinen Leuten ergeben hatte. Er wurde erschossen.«

William fuhr herum. »Ich hätte sie alle erschießen lassen

können, jeden einzelnen Mann, meine Dragoons warteten nur auf meinen Befehl!«

»Du? Du hast ihn erschossen?«

»Ich hatte das Recht dazu!«, stieß er wütend hervor. »Er war wortbrüchig. Er wollte sich mir widersetzen!«

Als er sah, wie sie vor ihm erschrak, mäßigte er sich. »Nachdem Lorimer sich ergeben hatte, erkannte ich in ihm unseren Loyalisten-Major. Ich nahm seinen Säbel entgegen und gab ihm zu verstehen, dass ich ihn als Verräter und Spion vor ein britisches Militärgericht brächte oder ihn den Continentals übergäbe, mit einer Erklärung über seinen Dienst in der königlichen Armee. In beiden Fällen hätte er am Galgen geendet. Die Vorstellung, als Verräter schmachvoll gehenkt zu werden, muss für ihn unerträglich gewesen sein. Vielleicht hoffte er, noch entkommen zu können, jedenfalls zog er seine Pistole. Nur war er nicht schnell genug, ich habe ihn erschossen.« Er ließ Antonia nicht aus den Augen, während er weitersprach: »Bei unserer ersten Begegnung in Silk Hope hatte er mir von Legacy erzählt, also kam ich mit meinen Männern hierher. Man hatte dich bereits gewarnt und in Sicherheit gebracht. Sonst wären wir uns früher begegnet.«

Die Wahrheit verletzte sie und tat weh. Sie wollte nicht, dass William jener Colonel Spencer war, den sie den Schlächter nannten, der Henry getötet und ihre Plantage hatte verwüsten lassen. Heute auf dem Ball war er ihr so nahe gewesen! Sie suchte seinen Blick, doch das Feuer war heruntergebrannt, sie konnte seine Züge kaum noch erkennen. Alles war dunkel, überschattet von einem Tabu, das gebrochen wurde, als sie sich in den einzigen Mann verliebte, den sie nie lieben durfte. Dafür gab sie ihm die Schuld.

»Warum hast du mich getäuscht, William?«

»Das habe ich nicht getan.«

»Du bist nicht William Marshall!«

»Ich bin William Marshall Spencer, du hast die Initialen

W.M.S. in meiner Uniform gesehen, hast du dir nie Gedanken darüber gemacht? Mag sein, dass ich geschwiegen habe, wenn ich besser geredet hätte. Aber die Wahrheit lag offen vor deinen Augen. Du wolltest sie nicht sehen!«

»Und wenn es so wäre? War es nicht gut so, wie es war? Sieh doch, was die Wahrheit aus uns macht! Du hast mich so lange im Ungewissen gehalten, warum hast du es nicht dabei belassen?« Sie weinte und bedeckte mit den Händen ihr Gesicht, sein Anblick schmerzte sie zu sehr. Auf bloßen Füßen lief sie hinaus.

Der Winter war mit feuchter Kälte hereingebrochen. Schwere Regenfälle überzogen in dichter Folge das Land. Die Uferwege versanken im Morast, Dunstschwaden benetzten Kleider und Stiefel auf dem langen Ritt zu den Reisfeldern. William hätte nie gedacht, dass es in South Carolina so kalt sein konnte. Das Haus wurde trotz der vielen Kaminfeuer nicht mehr warm. Doch eine andere Kälte machte ihm mehr zu schaffen. Seit der Nacht nach dem Ball hielt Antonia sich von ihm fern. Ihr Schweigen trieb ihn trotz Wind und Wetter aus dem Haus. Tagsüber beaufsichtigte er die Arbeiten an der Schleuse, und wenn er am Abend todmüde und vom Regen durchnässt zurückkehrte, zog er sich in die Verwalterwohnung zurück und saß nächtelang über den Büchern und der Korrespondenz.

Die Instandsetzung der Felder kam nur langsam voran. Das schlechte Wetter machte den Aushub und die Befestigung der Reisbänke zu einer mühevollen Plackerei, vor allem fehlte es an Arbeitskräften. William nahm immer häufiger die schwere körperliche Arbeit in den Bewässerungsgräben auf sich, Seite an Seite mit den Arbeitern. Er belastete sich über die Schmerzgrenze hinaus. Es war ihm nur recht, denn es lenkte ihn ab und betäubte die Sehnsucht nach Antonia. Aber es machte die langwierige Heilung seines Beins zunichte.

Joshua bemerkte die Verschlechterung, und da er sich lange

um Williams Genesung gekümmert hatte, war es ihm nicht gleichgültig. Zwar wurde zwischen ihnen die Zeit seines Krankenlagers nie angesprochen, doch sie hatte ihr Verhältnis geprägt, und Joshua hatte daher die undankbare Aufgabe, William bisweilen ins Gewissen zu reden.

Als sie eines Abends lange im Büro gearbeitet hatten und zum Abschluss zusammen ein Glas Brandy tranken, sagte er: »Sir, es wäre jammerschade, wenn Sie sich in den Gräben Ihre Gesundheit ruinieren. Ich meine, nachdem wir uns so viel Mühe gegeben haben, sollten Sie wirklich vorsichtiger sein.«

»Jeder muss mitarbeiten, sonst können wir es nie schaffen.«

William nahm sich noch einen Brandy, worauf Joshua bemerkte: »Der wird Ihnen auch nicht helfen, wenn Sie irgendwann nicht mehr laufen können.«

»Mr. Robert! Ich habe Sie nicht um Ihre Meinung gebeten!«

»Sir, ich sehe doch, dass Sie ohne Ihren Stock praktisch nicht mehr gehen können. Also halten Sie sich zurück. So oder so können wir den Zeitplan nicht einhalten.«

»Wir werden den Plan einhalten, verdammt, wir müssen es schaffen!«

»Vergessen Sie's. Wir sind zu wenige da draußen. Und dem Ankauf von Sklaven wird Miss Antonia niemals zustimmen.«

»Ach nein? Wie schön, Mr. Robert, dass die Lady mit Ihnen darüber spricht. Mir gegenüber bekundet sie nicht mehr das geringste Interesse an unserer Arbeit.« Missgelaunt griff er nach dem Stock und ging mit forcierten Schritten durchs Zimmer.

Joshua beobachtete ihn mit gerunzelter Stirn. Er hatte dem Frieden nie getraut. Bis heute war es ihm ein Rätsel, woher Antonia Lorimer die Geduld nahm, einen Mann wie Spencer zu ertragen. »Es ist wahr, sie lässt sich in letzter Zeit kaum noch sehen. Vielleicht können Sie mir sagen, was passiert ist?«

»Was weiß denn ich?«, erwiderte William ungehalten. »Madam kommt nicht mehr aus ihren Zimmern, Madam spricht nicht mehr! Was kann ich dafür?«

Joshua fuhr auf und trat bedrohlich nah vor ihn hin, das Funkeln in seinem Blick erinnerte William an das, was zwischen ihnen stand. Joshua sagte: »Sie sind wohl der Einzige, der etwas dafür kann! Ich weiß alles über Sie, Mr. Spencer, glauben Sie mir. Ich lasse Sie nicht aus den Augen, und ich schwöre Ihnen, ich bringe Sie mit meinen bloßen Händen um, wenn Sie Antonia Lorimer ein Leid antun!«

William nickte nur, ging zum Schreibtisch zurück und warf sich in seinen Stuhl. Doch Joshua ließ nicht locker. »Alles war in schönster Ordnung, und dann, von einem Tag auf den andern, ist sie todunglücklich. Also was zum Teufel haben Sie ihr getan?«

»Nichts! Ich habe, seit ich hier bin, versucht, ein paar Dinge wiedergutzumachen. Sie wissen, wovon ich spreche, Mr. Robert... Aber das ist offenbar nicht möglich.« Er strich sein Haar zurück, das wenig gepflegt über seine Schultern fiel. Mehr zu sich selbst sagte er: »Warum hat sie mich nur hier festgehalten? Nun spricht sie nicht mehr mit mir, will mich nicht sehen. Wahrscheinlich hasst sie mich.«

»Wenn's nur so wäre!«, brummte Joshua, nahm seinen Hut und ging.

Als Joshua anderntags die Wagenpferde in den Stall zurückbrachte, traf er Antonia, die Grace für den täglichen Ausritt sattelte. »Wollen Sie wirklich da raus? Bei dem Regen sind Ihre Kleider in kurzer Zeit durchnässt.« Er hängte seinen Hut an den Gatterpfosten und schüttelte den nassen Mantel aus. »Ich hatte Mr. Marshall schon vorgeschlagen, die Leute heute früher abzuholen. Bevor die da draußen noch Schwimmhäute kriegen.«

»Und?«

»Hat er nicht erlaubt.« Er führte ein Zugpferd ins nächste Stallabteil und fing an, sein Fell mit Stroh trockenzureiben. »Sie wissen, er will planmäßig zur Aussaat fertig sein, komme was da wolle. Jetzt arbeitet er selber jeden Tag in den Gräben, wie die anderen Arbeiter.«

Sie sah ihn entgeistert an. »Sag, dass das nicht wahr ist!«

»Tja, ich hab ihm geraten, es nicht zu tun. Damit macht er sich das Bein kaputt. Aber Sie kennen ihn ja ... In letzter Zeit sehen Sie sich wohl nicht oft?«

»Ich bin ihm seit Tagen nicht begegnet.« Sie lehnte sich gegen die Boxenwand. »Bitte, du musst ihn davon abbringen, in den Gräben und im Wasser zu arbeiten.«

Er sah sie zweifelnd an.

»Mein Gott, Joshua, du wirst ihm das doch irgendwie ausreden können!«

»Das sollten Sie lieber selber machen.«

»Nein! Ich kann nicht.«

Sie sah so unglücklich aus, dass er zu ihr hinging und sie sacht an den Schultern fasste. »Na, na, Miss Antonia, was ist denn?«

»Ach, Joshua, ich hätte auf dich hören sollen. Das alles ist ... ein schrecklicher Irrtum. Er ist nicht Marshall, verstehst du, er ist ... ein anderer!«

»Ja, Miss Antonia, ich weiß, wer er ist. Ich habe es von Anfang an gewusst.«

»Aber ... Joshua, warum ...«

»Ich durfte es Ihnen nicht sagen! Die Indianerin meinte, es sei besser so.«

»Vier Federn? Wieso?« Sie erinnerte sich, dass Vier Federn Joshua angewiesen hatte, bei Williams Krankenpflege zu helfen. Sie erinnerte sich auch an seinen dauernden Groll. »Du hast ihm geholfen, aber du hast ihn immer gehasst.«

»Er hat Ihren Mann kaltblütig umgebracht!« Er trat zurück und stellte den Abstand zwischen ihnen wieder her, dann fuhr er fort: »Wenn es so etwas wie Freundschaft zwischen einem weißen Gentleman und einem freigelassenen Schwarzen geben kann, dann war Henry Lorimer mein Freund. Er war ein anständiger Mensch. Vor allem war er kein Feigling! Damals am Snakewater Creek, da konnten wir nur vermuten, was sich zwischen ihm und dem Engländer abspielte. Aber was immer Ihr Mann getan hat, er wollte uns bestimmt nicht im Stich lassen. Was hätte es ihm genutzt, Spencer zu erschießen? Er hatte nicht die geringste Chance zu entkommen. Die Dragoons hätten ihn abgefangen, noch bevor er den Wald erreicht hätte. Nein, Spencer wollte mit ihm abrechnen wegen des Überfalls auf sein Munitionsdepot. Deshalb hat er ihn umgebracht. Spencer war für seine Rücksichtslosigkeit bekannt, dieser verdammte englische ...«

»Bastard? Das wollten Sie doch sagen, Mr. Robert?«

Beide fuhren herum. William stand im Eingang unter dem Torbogen, von Hut und Mantel lief das Wasser herab. Ghost, mit triefender Mähne, überragte ihn dunkel.

Antonia hatte William in der letzten Zeit nur von Ferne gesehen, wenn sie abends am Fenster stand und wartete, dass er vom Plains River zurückkehrte. Nun erschrak sie bei seinem Anblick. Das lange Haar hing in nassen Strähnen um sein Gesicht, die grauen Augen waren dunkel umschattet, die Miene verschlossen.

Er führte Ghost bis zur Mitte der Stallgasse, dort blieb er stehen. »Wollen Sie wissen, ob Lorimer als der Mann gestorben ist, für den Sie ihn hielten?« Er sprach zu Joshua, aber Antonia fühlte, seine Worte galten ihr und ihrer Erinnerung an den Toten.

»Als Lorimer sich mit seiner Einheit ergab, war mir sein gesamter Besitz auf Gnade oder Ungnade verfallen«, begann er. »Meine Methoden waren bekannt, er musste sich darüber im Klaren gewesen sein, denn als er mir den Säbel übergab, flehte er mich an, Legacy zu verschonen. Er hätte sich den Atem sparen können. Wie dem auch sei, plötzlich griff er zur Pistole, als wollte er sich der Gefangennahme widersetzen. Aber ich denke nicht, dass er vorhatte zu fliehen. Wahrscheinlich glaubte er, die Strafaktion gegen Legacy verhindern zu können, wenn er mich tötete. Also setzte er alles auf eine Karte – und verlor. Immerhin war er kein Feigling.«

Er entließ Ghost, der müde zu seiner Box trottete, bat Joshua, sein Pferd zu versorgen, und ging nach einer knappen Verneigung fort.

Augenblicklich fiel die Anspannung von Antonia ab. Ans Gatter gelehnt, bedachte sie seine Schilderung von Henrys Tod am Snakewater Creek. Schon einmal hatte er ihr von der Begegnung erzählt. Joshua hatte den Hergang aus seiner Sicht ganz anders dargestellt. Nun hatte sie von William eine dritte Version gehört, doch die Wahrheit war für sie immer noch nicht greifbar.

Joshua hatte Ghost abgesattelt, kam zurück und begann, das Wagenpferd zu striegeln. »Er lügt!«, stieß er zwischen den Zähnen hervor.

»Wieso glaubst du das?«

»Ihr Mann war doch nicht verrückt! Ein Berufssoldat wie Spencer war ihm allemal überlegen. In dieser Situation auf Spencer zu schießen, wäre glatter Selbstmord gewesen.«

»Seltsam, wie William über Henrys Beweggründe gesprochen hat. Es klang fast, als hätte Henry keine andere Wahl gehabt, als sein Ehrenwort zu brechen. Warum sagte er das, Joshua?«

»Zur Rettung seiner eigenen Ehre natürlich! Wenn Ihr Mann als Erster zur Waffe gegriffen hätte, dann wäre Spencer im Recht gewesen, als er ihn erschossen hat.«

Nachdenklich ging Antonia mit Grace hinaus und ritt davon. Wenn sie Gewissheit haben wollte, gab es nur einen Menschen, der ihr helfen konnte.

Die Kate war verlassen, aber der Raum noch warm vom Herdfeuer. Auf dem Tisch lag ein frisch gebackenes Maisbrot. Antonia beschloss, auf Vier Federn zu warten. Das erdige, krautige Aroma im Innern der Kate gab ihr das Gefühl, dem Wesen der Dinge hier näher zu sein als anderswo. An diesem Ort schien das Leben selbst lebendiger, kraftvoller, wirksamer zu werden. Schon als Kind war sie gerne hierhergekommen, hatte Vier Federn geholfen, die Beeren, Kräuter und Rinden, die sie zur Herstellung ihrer Arzneien brauchte, zu verlesen, auszupressen, zu zerkleinern und zu mischen. Wenn sie so beschäftigt waren, erzählte die Indianerin von der Zeit ihrer Wanderungen.

Nachdem sie ihren Stamm und ihre Familie verloren hatte, war sie jahrelang durchs Land gezogen, vom Lowcountry bis zu den Bergketten des Blue Ridge und auf immer neuen Wegen zurück zum Meer. Traf sie auf Leute ihres Volkes, erlernte sie deren Heilweisen, die mit der Verdrängung der Stämme durch die weißen Siedler allmählich verloren gingen. Die Siedler waren harte, geradlinige Menschen. Aber sie verachteten die Indianer und teilten unter sich das Land auf, das den Göttern gehörte. Vier Federn wurde von ihnen nur wegen ihrer Heilkunst respektiert. Auf ihren Wanderungen durch die High Hills rief man sie einmal zu einem Haus, wo ein Mädchen in schwerem Fieber lag. Es war das Mündel des Kongressabgeordneten Julien Longuinius. Vier Federn pflegte die kleine Adela gesund. Durch den eigenen Verlust von Heimat und Familie fühlte sie sich der Waisen verbunden und besuchte sie von Zeit zu Zeit auf Serenity Heights. Wenn sie sich ihre Geschichten erzählten, fühlten beide sich weniger einsam.

Adela war vierzehn, als sie mit Robert Bell, einem Witwer mit zwei kleinen Töchtern, verheiratet wurde. Selbst noch ein halbes Kind, sollte sie den Mädchen die Mutter ersetzen. Als Waise hatte sie gelernt, dankbar zu sein, und fand sich in das gesetzte Leben an der Seite eines Mannes, der ihr Vater hätte sein können. Doch wann immer sie konnte, floh sie ins Kinderzimmer zu den Mädchen. Nach kaum einem Jahr wurde nach Vier Federn geschickt, sie sollte Adela bei der Niederkunft beistehen. Das Kind kam nach vierzehn Stunden zur Welt, ein Mädchen, Adela nannte es nach ihrer deutschen Großmutter Antonia. Wenige Tage später starb Adela im Kindbett. Vier

Federn bezog die Kate am Snakewater Creek, um aus der Entfernung über die kleine Antonia zu wachen, wie sie es Adela versprochen hatte. Die Zeit ihrer Wanderungen war vorüber.

Als Vier Federn zurückkehrte, musste Antonia sich gedulden, bis die Indianerin die nassen Fellstiefel ausgezogen, Tee gekocht und sich mit ihrer Tasse im Schaukelstuhl niedergelassen hatte.

»Warum hast du mir nicht gesagt, wer er ist?«, fragte Antonia endlich.

»Was hätte es geändert? Erinnere dich, wie du ihn halbtot in den Ställen gefunden hast. Hättest du ihn sterben lassen, wenn ich dir gesagt hätte, wer er ist?«

»Aber er hat meinen Mann getötet!«, rief Antonia unter Tränen. »Er hat diesen furchtbaren Krieg bis in mein Haus gebracht. Von allen, die in unserem Land kämpften, war er mein schlimmster Feind!«

»Das ist wahr.« Vier Federn ließ den Stuhl ausschwingen. Es war an der Zeit, Antonia zu erklären, dass nur geschehen war, was geschehen musste: Dass William Spencer zu ihr gekommen war, weil Henry nicht zurückkommen konnte.

»An dem Tag, als Henry starb, war er hier in meiner Kate. Ich sah den Tod in seinen Augen.«

Antonia blickte überrascht auf. »Wieso kam er zu dir?«

»Er wollte, dass ich dich warne. Henry war mit der Miliz auf der Flucht vor Spencer und seinen Dragoons. Er sagte, auch du und die Angehörigen seiner Leute wären in großer Gefahr. Ich sollte dafür sorgen, dass ihr euch vor den Reitertruppen in Sicherheit bringt. Als er weiterwollte, hatten die Dragoons die Lichtung schon erreicht. Sie griffen an und töteten Henrys Leute. Bevor alle sterben mussten, ergab er sich, und die Soldaten nahmen seine Männer gefangen. William Spencer, der englische Kommandeur, traf Henry vor meiner Kate. Er wusste, dass Henry zuvor auf englischer Seite gekämpft hatte. Ich hörte, wie er ihm drohte, ihn als Überläufer vors Kriegsgericht zu bringen.«

Antonia nickte schwach. »William hat mir alles erzählt.«

»Henry wusste, sein Leben war verwirkt. Doch nach dem Prozess wäre sein Doppelspiel in aller Munde gewesen. Ich denke, er wollte verhindern, dass die Schande seines Verrats ans Licht kam, und sah nur einen Ausweg: Er musste sterben, bevor man ihn verurteilte. Darum griff er nach der Pistole. Es war klar, dass Spencer ihn im selben Moment erschießen würde.«

Antonia sah aus dem Fenster. Dort auf der Lichtung, nur wenige Schritte entfernt, war Henry von William getötet worden.

»Ich erinnere mich an das helle Licht an jenem Wintertag«, sagte Vier Federn nachdenklich. »Die Sonne schien durch den Nebel wie durch trübes Eis. Es war ein Tag voller Kälte und Kraft, ein guter Tag. Als William Spencer und Henry Lorimer hier zusammentrafen, taten sie, was sie tun mussten. Beide glaubten, das Richtige zu tun. Einer kam zu dir zurück.«

Es hatte aufgehört, zu regnen. Ein paar Sonnenstrahlen fielen durchs Fenster und malten blasse Lichtflecken auf die Tischplatte. Antonia fuhr mit der Handfläche über das warme, glatte Holz. Hatte sie Williams Leben am Ende gerettet, damit er Henrys Platz einnähme?

Sie kam spät zurück. Ein aufkommender Wind brachte neue Regenböen, vor denen sie eilig ins Haus flüchtete. In der Eingangshalle legte sie die nasse Jacke ab, schüttelte das Wasser von ihrem Dreispitz und wollte auf ihr Zimmer gehen. Vorm Treppenaufgang verlangsamte sie ihre Schritte, sie hörte aus dem Büro die Stimmen von William und Farell. Die Tür ging auf und Farell trat mit so viel Schwung heraus, dass er beinahe mit ihr zusammenstieß.

»Verzeihen Sie, Mrs. Lorimer!« Höflich wies er nach drinnen. »Bitte, Ma'm, Sie können eintreten.«

»Sehr freundlich, Mr. Farell.« Sie wich einen Schritt zurück. »Eigentlich wollte ich nicht ...«

»Soll ich Mr. Marshall sagen, dass Sie ihn sprechen möchten?«

»Nein! Ich meine, das ist nicht nötig. Danke sehr!«

Farell schien entschlossen, seine gute Erziehung unter Beweis zu stellen, selbst wenn er ihr die Tür bis in alle Ewigkeit aufhalten müsste. Also schickte sie sich ins Unvermeidliche und ging hinein.

William war nicht da. Das Feuer im Kamin war heruntergebrannt, der Raum nur matt von einer Petroleumlampe erhellt. Die Tür zum Verwalterappartement stand einen Spalt offen. William musste nach nebenan in seine Wohnung gegangen sein, nachdem sich Farell von ihm verabschiedet hatte. Erleichtert wollte Antonia das Büro wieder verlassen, als durch die Halle fröhlicher Lärm schallte. Wie es sich anhörte, steuerte Charlene direkt auf das Arbeitszimmer zu. Rasch zog sich Antonia hinter den Schreibtisch zurück und stellte sich in die Nische einer Fenstertür. Im gleichen Moment betrat Charlene mit einem voll beladenen Tablett den Raum und rief zu der angelehnten Tür: »Ich habe Ihnen Ihr Abendessen gebracht, Sir.« Sie arrangierte Geschirr und Speisen auf einem Beistelltisch und setzte mit Bestimmtheit nach: »Mr. Marshall? Kommen Sie, Sir, Sie sollten wirklich etwas essen! Glauben Sie etwa, es tut Ihnen gut, ständig unterwegs zu sein, ohne 'nen Happen zu sich zu nehmen? Sir?«

Antonia hörte seinen unverwechselbaren Schritt und zog sich noch tiefer in die Fensternische zurück, gerade als William eintrat.

»Ich habe Sie gehört, Mrs. Robert. Doch nehmen Sie endlich zur Kenntnis, dass ich auf Ihre Sorge um mein Wohlbefinden keinen Wert lege!«

»Du lieber Gott, Mr. Marshall!« Charlene wedelte beschwichtigend mit der Hand. »Sie sind heute aber gar nicht gut aufgelegt. Kein Wunder, Sie arbeiten zu viel und essen zu wenig. Schauen Sie sich doch an!« Sie musterte ihn von oben bis unten. »Sie sehen furchtbar aus, mager und abgearbeitet. Mrs. Lorimer hat recht, wenn sie nichts mehr von Ihnen wissen will.«

»Ihre Offenheit ehrt Sie, Mrs. Robert«, meinte William ungerührt. »Wenn Sie mich jetzt bitte entschuldigen wollten?«

Sie standen sich noch einen Moment schweigend gegenüber, dann wandte sich Charlene zur Tür. Er blickte ihr kurz nach und entdeckte Antonia, die ihm stumm bedeutete, sie nicht zu verraten. Nachdem Charlenes Schritte in der Halle verklungen waren, brach William das peinliche Schweigen: »Wenn du willst, kannst du hinausgehen und wir vergessen einfach, dass du hier warst.«

Antonia kam verlegen aus der Fensternische hervor. Sie war schon auf dem Weg zur Tür, ihr Herz schlug immer schneller, dann kehrte sie um und lief zu ihm. »William!«

Er nahm sie in die Arme und hielt sie fest, dass es ihr fast den Atem nahm.

17.

Da Farells Mitarbeit für die Umsetzung seiner Pläne von wertvollem Nutzen war, forderte William in Fort Wren weitere Hilfskräfte an. Er formulierte ein entsprechend dringliches Gesuch an Major-General Carlyle und schickte den Lieutenant damit auf den Weg. Während Farells Abwesenheit wurden die Arbeiten am Schleusenbassin ausgesetzt. Die Männer erledigten vorübergehend die leichtere Feldarbeit, die sonst den Frauen überlassen war. Nach Wochen aufreibender Mühen ging das Leben auf Legacy wieder einen ruhigeren Gang.

William und Antonia verbrachten viel Zeit zusammen in seiner Wohnung oder in der Bibliothek, fernab vom Plantagenalltag. Nachdem sie wieder zueinandergefunden hatten, bemerkte Antonia, dass William seine überlegene Haltung langsam ablegte. Selbstironisch unterwarf er sich ihren Wünschen, und da die Instandsetzungsarbeiten vorerst ruhten, fügte er sich in die von ihr angeordnete Muße, um sein schmerzendes Bein auszukurieren. Er lernte die wohltuende Trägheit zu schätzen. Besonders liebte er es, auf dem Diwan in der Bibliothek liegend zuzuhören, während Antonia ihm vorlas oder ihm von ihren naturkundlichen oder historischen Entdeckungen berichtete. Allerdings beobachtete er ihren ernsten Eifer eher amüsiert.

Nach einer Woche meldete sich Lieutenant Farell mit guten Neuigkeiten zurück: General Carlyle hatte einen Zug des in Fort Wren stationierten Infanteriebataillons abkommandiert und William zur Unterstützung der Arbeiten auf Legacy unterstellt. Die Soldaten würden in wenigen Tagen auf der Plantage eintreffen.

»Die Hilfstruppen sind im Anmarsch!«, überbrachte William Antonia die gute Nachricht. »Carlyle, der alte Knabe, schickt mir eine Abteilung Infanterie ›für patriotische zivile Dienste‹. Wie findest du das?«

»Großartig, William! Wir müssen überlegen, wie wir die Soldaten unterbringen. In der Pächtersiedlung gib es nicht genug Platz.«

»Sie werden natürlich biwakieren.«

»Du willst die armen Jungs auf freiem Feld kampieren lassen, zu dieser Jahreszeit?«

»Es sind Soldaten, sie lieben es!«

»Ach, Will, wie stellst du dir das vor? Tagsüber sollen sie mit Spitzhacke und Spaten in eisigem Wasser arbeiten, und dann am Abend in einem durchnässten Zelt auf klammen Feldbetten schlafen?«

»Die halten das aus«, meinte er sorglos. »Vergiss nicht, sie haben gerade die Engländer besiegt!«

Er ließ sich lachend in einen Sessel fallen. Die Vorstellung, dass Soldaten der Kontinentalarmee unter seinem Befehl auf Legacy schuften sollten, schien ihm sehr zu behagen. Weil Antonia indigniert auf ihn herabsah, ergriff er ihre Hände und zog sie auf seinen Schoß. »Denk nicht mehr an die armen Teufel.

Sei lieber nett zu mir«, verlangte er und küsste sie, bis sie sich nicht mehr gegen ihn sträubte.

Abends in der Bibliothek lasen sie in den Zeitungen, die Farell mitgebracht hatte. Antonia fand einen Artikel über den Theaterdichter Congreve, der an Londons Bühnen wegen seines bissigen Witzes Tradition hatte.

»Ich frage mich, wer solche Stücke mag«, murmelte sie, während sie eine Rezension einer seiner Komödien überflog. »Will, was hältst du von diesem Congreve? Anscheinend war er der Auffassung, Frauen besäßen keinen Humor!«

»Ein scharfsichtiger Mann«, meinte er. »Ich kann ihm nur zustimmen.«

»Ich finde das nicht komisch!«

»Siehst du, liebste Antonia, genau das hat Congreve gemeint!«

»Wenn du mich verspottest ...«

»Nicht böse sein, Kleines!« Er setzte sich zu ihr auf den Diwan. »Schau, du weißt so viele schöne und unnütze Dinge.«

»Das ist ein zweifelhaftes Kompliment, Will.«

»Ganz und gar nicht. Ich bewundere nur deine intellektuelle ... Raffgier.«

»Die *unnützen* Dinge brauche ich, um in dieser Wildnis geistig zu überleben! Wenn du wüsstest, was ich noch alles sehen und kennenlernen möchte. Ach, es gibt so viel mehr als Indigo und Reis!«

»Oh ja«, sagte er, abwesend mit dem Ende ihres Zopfes spielend. »Ich glaube, in London wäre eine Frau wie du eine gesellschaftliche Sensation. Du hättest deinen Salon in Mayfair, geistvolle Bewunderer lägen dir zu Füßen ... Für einen rauen Soldaten wie mich hättest du nichts mehr übrig.«

Er sagte das ganz beiläufig, trotzdem wurde sie hellhörig.

»Du denkst an London, William?«

Er antwortete nicht.

»Möchtest du fort?«

Er zögerte eine Sekunde zu lang. »Nein, Antonia, ich will nicht fort, nicht von dir. Es ist nur so lange her, dass ich dort war, in London … Weißt du, diese Stadt lässt einen Tag und Nacht spüren, dass man lebt: Parties, Clubs, Covent Garden, Pall Mall, die Theater im West End. Du triffst gut gelaunte Leute, schöne Frauen, abends gehst du mit Freunden auf Gesellschaften, Dinners, Bälle … Manchmal habe ich das Gefühl, ein Teil von mir ist noch immer dort.«

Antonia erschrak, er meinte es ernst.

»Übrigens haben wir einen Gesichtspunkt bei der Planung für Legacy nie ins Kalkül gezogen«, fuhr er auf einmal sehr sachlich fort. »Es geht um meinen Dienst in der Armee: Wenn ich mich in England beim Regiment zurückmelde, bekomme ich auch wieder Sold. Ich könnte auch vorläufig aus dem aktiven Militärdienst ausscheiden und mich auf halben Sold setzen lassen. Die Ruhebezüge eines Colonels sind zwar nicht hoch …«

»Aber doch zu hoch, als dass du darauf verzichten könntest, nehme ich an.«

Sie wollte sich abwenden, doch er hielt sie bei den Schultern und sah ihr in die Augen. »Es ist immerhin einiges Geld, Antonia.«

»Du denkst doch an etwas ganz anderes!« Sie machte sich von ihm los, stand auf. »Sei ehrlich, du überlegst, wie du elegant und möglichst in Amt und Würden nach England zurückkehren kannst. Das hast du doch gerade beschrieben: Was für ein aufregendes Leben dich in London erwartet!«

Er kam zu ihr, hielt sie fest. »Warum bist du so zornig, was habe ich getan? Sieh doch, ich denke an uns beide, und an Legacy. Was könnten wir hier machen mit diesem Geld! Antonia, sieh mich an.«

Unglücklich wandte sie sich ihm zu. Sie spürte, seine Sehnsucht nach England, nach seinem früheren Leben war stärker als alles, was er für sie empfand. Er würde sie verlassen. Es war nur eine Frage der Zeit.

Legacy bereitete sich auf die Ankunft der Soldaten vor. In Borroughton wurden große Mengen an Lebensmitteln besorgt, dazu Seife, Zündhölzer, Petroleum und Kerzen, Kleiderstoffe, Nähzeug und Stiefelfett. Joshua musste in den Stallungen und in der alten Remise Platz schaffen für etliche Pferde. Dann kamen die Soldaten, in drei Abteilungen zu je acht Mann ritten sie gegen Mittag auf das Herrenhaus zu. Antonia und William standen an der Fenstertür der Bibliothek.

»Sieh an!«, sagte William. »Endlich haben sie gelernt, in geordneter Formation anzureiten. Du hättest eure Rebellentruppen früher sehen sollen: Kein Drill, keine Disziplin, sie waren den Schuss Pulver nicht wert! Bei erster Feindberührung sind sie geflohen, die Infanteristen haben ihre Waffen fortgeworfen, um schneller weglaufen zu können.« Aus ihm sprach die Arroganz britischer Offiziere, die Amerikanern zutiefst verhasst war. Antonia bekam leise Zweifel, ob die Sache gutgehen würde.

»Komm, Antonia, wir wollen die Männer willkommen heißen. Vor ihnen liegt eine harte Zeit. Bevor ich sie wieder gehen lasse, werden sie lernen, was ich unter einem ›patriotischen Einsatz‹ verstehe.«

»Sei gnädig, Will«, sagte Antonia, als sie auf den Säulengang hinaustraten. »Sie kommen, um uns zu helfen!«

Lieutenant Farell lief vom Wirtschaftshof herüber. Mit einem Winken begrüßte er seine Kameraden, bevor er neben dem Verwalter von Legacy Aufstellung nahm.

Der Sergeant ließ die Abteilung absitzen, dann meldete er: »First Sergeant Gallagher und der Dritte Zug, Fünfte Kompanie des Bataillons South Carolina melden sich zum Hilfsdienst auf der Plantage Legacy.« Er salutierte. »Colonel Marshall, Sir! Lieutenant Farell!« Er salutierte erneut.

William lächelte hauchdünn. »Danke, First Sergeant, Ihre Männer dürfen bequem stehen. Ich denke, man hat Ihren Soldaten erklärt, dass ich Leistungsbereitschaft erwarte. Im

Übrigen wünsche ich, dass während der Arbeit wie auch im Quartier militärische Disziplin herrscht.«

Gallagher errötete indigniert. »Sir, General Carlyle hat mich persönlich instruiert. Wir sind stolz, mit diesem zivilen Einsatz unserem Land dienen zu dürfen.«

»Seien Sie herzlich willkommen«, ergriff Antonia schnell das Wort. »Es ist uns eine Ehre, dass der General Sie für die Instandsetzung der Reispflanzungen zu uns geschickt hat. Sergeant Gallagher, bitte lassen Sie es mich wissen, wenn es Ihnen oder Ihren Leuten an irgendetwas fehlen sollte.«

»Ich danke Ihnen, Madam.« Der Sergeant salutierte schneidig und wandte sich wieder an William. »Wo sollen wir das Lager einrichten, Sir?«

»Lieutenant Farell wird Ihnen den Platz zeigen, First Sergeant.«

Gallagher ließ die Männer wegtreten und folgte ihnen in Begleitung Farells.

»Wolltest du die beiden nicht zu uns zum Essen bitten?«, fragte William, als er mit Antonia hineinging.

Sie schüttelte den Kopf. »Erst, wenn sich der arme Sergeant von deinem Empfang erholt hat.«

Nach dem verregneten Januar brachte der Februar einen Wetterumschwung. Von einem Tag zum anderen riss der Himmel auf, die Sonne schien warm wie im Frühling und trocknete die seit Wochen durchweichten Böden. Mit der Ankunft der Soldaten wurde die Arbeit in den Reisfeldern wieder aufgenommen. Die Männer aus Fort Wren legten sich mächtig ins Zeug und leisteten Erstaunliches, auch die Zusammenarbeit mit den Schwarzen verlief weitgehend reibungslos. Obwohl sie die freigelassenen Sklaven nicht als gleichwertig ansahen, nahmen sie dieselben Mühen auf sich wie sie. Joshua stellte beruhigt fest, dass sich die Stimmung auf Legacy entspannte.

Außerhalb des Diensts blieben die Soldaten unter sich. Am

Abend nach dem Essen saßen sie vor ihren Zelten, erschöpft, aber gut gelaunt. Wenn William gelegentlich auf ein Wort zu ihrem Lager kam, bezeigten sie ihm den Respekt, den sie einem Vorgesetzten schuldeten.

Antonia ritt wieder öfter aus. An einem sonnigen Morgen hatte sie William und Farell zum Plains River begleitet, um dem Fortgang der Arbeiten zuzusehen, danach besuchte sie ihre Nachbarn auf The Willows. Wie immer wurde sie von den Shaughnessey-Kindern stürmisch begrüßt und Erynn nötigte sie freundlich, zum Essen zu bleiben.

»Ich sehe weniger Shaughnesseys an Ihrer Tafel als beim letzten Mal, Erynn«, meinte Antonia, der am Mittagstisch zwei leere Plätze auffielen.

Mrs. Shaughnessey schnitt ihren jüngsten Kinder mundgerechte Happen vor, dabei antwortete sie: »Ach ja, Frank hat die beiden Ältesten zu Onkel Ron nach Barbados geschickt ... hier, Carry. Nicht so schlingen, Joey! ... Toby und Fred sind vorige Woche abgereist, sie sollen auf Großvaters Zuckerplantage arbeiten.«

Toby und Fred? Antonia erinnerte sich an zwei junge Burschen, die sich von den anderen balgenden jungen Shaughnesseys kaum unterschieden hatten.

»Sind die beiden denn schon erwachsen?«

»Erwachsen genug!«, sagte Frank Shaughnessey lachend. »Bei meinem Bruder werden die Jungs lernen, wie man Melasse produziert. Toby möchte auf Barbados bleiben und unsere alte Pflanzung Meringo übernehmen. Tja, aber Fred möchte lieber durch die Welt ziehen. Dabei gäbe es bei uns genug zu erforschen.« Shaughnesseys Augen begannen zu leuchten. »Ach, Antonia, Amerika ist so groß! Es wartet nur darauf, von unternehmenden Menschen in seiner ganzen Weite entdeckt zu werden. Ich sage Ihnen, auf Dauer können weder Engländer noch Franzosen noch Indianer verhindern, dass wir uns auch im Westen umsehen. Jenseits des Mississippi ...«

»... ist das Gras auch nicht grüner als hier, Frank«, beendete seine Frau die Schwärmerei und läutete eine kleine Glocke. Zwei schwarze Mädchen trugen das Geschirr ab und brachten Schalen mit Kompott und eine Platte heißer Butterkuchen. Nach dem Essen ließ sich Antonia von Shaughnessey hinausbegleiten.

»Ich traf Mr. Tyler im Exchange«, sagte er. »Demnächst wird er sich mit Ihrem Verwalter in Verbindung setzten. Es geht um Ihre Börsenzulassung. Tyler hat sich überlegt, Sie könnten der Auseinandersetzung mit Hocksley möglicherweise aus dem Wege gehen, indem Sie Ashley & Bolton als Zwischenhändler einschalten. Als Ihr Geldgeber hat Tyler großes Interesse daran, dass Ihre Plantage die erste Ernte gut verkauft. Natürlich würden Sie die Bank am Gewinn beteiligen müssen.«

»Was halten Sie davon, Frank?«

»Nun, besser so, als gar nichts verkaufen. Warten Sie ab, was Marshall dazu sagt. Ich schätze, er wird Tylers Vorschlag gutheißen.«

Sie betrachtete ihn von der Seite. Sein roter Backenbart wurde langsam grau, sein drahtiges Haar lichtete sich über den Schläfen. Sie kannte ihn schon lange, er war ein zuverlässiger, guter Freund. Es bedrückte sie, dass sie ihm die Wahrheit über William verheimlichte. Aber nachdem die beiden Männer sich inzwischen kannten, musste sie es William überlassen, ob er Shaughnessey ins Vertrauen zog oder nicht.

»Da kommt unser kleiner Pferdenarr«, rief Shaughnessey, als sein jüngster Sohn Grace brachte und Antonia sorgsam die Zügel in die Hand gab. »Gut so, mein Junge«, sagte Shaughnessey mit väterlichem Stolz. »Ist das nicht ein feines Pferdchen, Joey? Weißt du, Grace stammt von weit her, aus der arabischen Wüste, wo Reiter in wehenden Gewändern mit Falken jagen.«

»Ehrlich?«, flüsterte Joey hingerissen.

Antonia musste lächeln, sie konnte sich vorstellen, dass Frank in diesem Alter wahrscheinlich genau so ausgesehen hatte: ein stämmiger, sommersprossiger Junge mit rotem Schopf und staunenden blauen Augen. Kurzerhand hob sie Joey in den Sattel und führte Grace für den Jungen am langen Zügel um das Haus. Shaughnessey, der neben ihnen herschlenderte, schüttelte schmunzelnd den Kopf.

»Was amüsiert Sie, Frank?«

»Nichts für ungut, Antonia, aber Ihre Aufmachung ist abenteuerlich. Man könnte Sie auf den ersten Blick für einen dieser Bauernlümmel halten, die sich an Markttagen in Borroughton herumdrücken.«

»Genau das ist beabsichtigt! Wenn ich alleine unterwegs bin, möchte ich nicht begafft oder angesprochen werden. Einen Bauernlümmel nimmt niemand wahr.«

»Na, wenn Sie sich da mal nicht täuschen.«

»Wieso?«

»Offenbar haben Sie trotz Ihrer drolligen Vermummung nachhaltig Eindruck gemacht. Bei der Jagd neulich am Goose Creek schwärmte einer der Gentleman von einer Amazone in Männerkleidung, die wenig Sinn für Tändeleien zeigte – mir war klar, er konnte nur Sie gemeint haben.«

Antonia blieb stehen. »Ich weiß, von wem Sie sprechen, Frank. Wäre Mr. Reed ein Gentleman, würde er über eine Frau nicht so reden.«

»Ach, meine Liebe, Sie dürfen ihm das nicht verübeln. Der Mann verehrt Sie, daran ist doch nichts Ungehöriges. Im Übrigen hat er sich absolut ehrenhaft über Sie geäußert. Er hat sich auch bei Ihrem Schwager nach Ihnen erkundigt. Ich könnte mir vorstellen, Hocksley würde nur zu gern für ihn vermitteln.«

»Das darf doch nicht wahr sein!«

»Warum nicht? Es wäre durchaus in Ihrem Interesse. Reed hat sich mit Hollow Park ein Imperium geschaffen, inzwischen gehören ihm fast zwei Fünftel des Plantagenlandes in der Ashley-Region. Das sagt jedenfalls Hocksley, und was diese

Dinge angeht, ist er bekanntlich bestens informiert. Denken Sie darüber nach, Antonia, Mr. Reed ist ein reicher Mann. Und ich finde ihn nicht unsympathisch, ohne Allüren ...«

»Er soll mich in Ruhe lassen!«

Weil sie nicht weitergingen, wollte Joey absteigen. Antonia hob ihn aus dem Sattel und ließ ihn Grace allein weiterführen, während sie mit Shaughnessey ums Haus zurückging.

»Ich merke schon, Sie mögen Reed nicht«, sagte er. »Ist er Ihnen zu nahe getreten?«

»Nein, Frank, das ist es nicht. Wussten Sie, dass mein Mann mit ihm befreundet war? Er lernte ihn wenige Monate vor seinem Tod kennen. Man hatte Henry wegen seiner antibritischen Einstellung vom College relegiert, er vertrieb sich die Zeit, weiß Gott!, nicht in bester Gesellschaft. Als er Reed begegnete, fing er an, sich zu verändern. Er schien nicht mehr derselbe. Sie kannten Henry sehr gut, Frank, Sie wissen, was ich meine.«

Shaughnessey erinnerte sich, dass Henry Lorimer zuletzt desillusioniert und vom Leben enttäuscht war. Der Alkohol hätte ihn über kurz oder lang zugrunde gerichtet, wenn nicht eine Kugel seinem Leben ein Ende gesetzt hätte. Shaughnessey war überrascht, dass Antonia es anders sah.

»Geben Sie Reed etwa die Schuld an Henrys Tod?«

»Vielleicht. Ich weiß es nicht.« Sie zögerte. »Mein Mann ist nicht der Einzige, über den er Unheil gebracht hat.«

»Was denn für Unheil?«

»Nun, Reed erwarb als Captain der Miliz nicht nur patriotische Ehren, Frank. Ich weiß, dass er einen Kriegsgefangenen gefoltert hat!«

Shaughnessey verstand ihre Empörung, wusste aber auch, dass nicht jeder so dachte wie sie. »Wenn er das getan hat, ist es furchtbar, Antonia, das steht außer Zweifel, auch wenn dergleichen im letzten Kriegsjahr vielleicht öfter vorkam, als man wahrhaben möchte. Doch nach dem Unrecht und den ganzen Grausamkeiten, die unsere Leute von britischen Soldaten erdulden mussten, wen interessierte es da, wenn zur Abwechslung auch mal ein paar Rotröcken übel mitgespielt wurde? Heute wird über diese Dinge nicht mehr gesprochen. Im Übrigen hat Reed sich im Krieg ausgezeichnet, er genießt in der Gegend einiges Ansehen ...«

»Tun Sie mir nur einen Gefallen, Frank, halten Sie ihn mir fern«, beschwor sie ihn. »Halten Sie ihn ... von Legacy fern.«

Shaughnessey verstand. »Es ist Marshall, jener Kriegsgefangene, den Reed folterte?«

Sie nickte schwach.

»Dann hat Davenport ihn also wirklich erkannt! Marshall ist dieser Colonel Spencer?«

Sie nickte wieder.

»Wer weiß noch davon?«

»Joshua und Vier Federn. Ich glaube, auch Mr. Longuinius.«

»Hach, ich wusste es! Longuinius hat ihn durchschaut.« Er lachte trocken. »Lädt seinen Erzfeind zu sich nach Hause ein! Das hat Stil.« Dann wurde er nachdenklich. »Ich könnte mir denken, Spencer wartet auf eine Gelegenheit, es Reed heimzuzahlen. Weiß er, wo er ihn finden kann?«

»Ich bin mir nicht sicher. Bisher hatte er zu kaum jemandem Kontakt.«

»Verstehe ... Sagen Sie, wieso kam Spencer überhaupt hierher?«

Sie seufzte. »Ach Frank, das ist eine lange Geschichte.«

Joey hatte Grace zurückgebracht. Antonia ließ sich von Shaughnessey in den Sattel helfen, sie fühlte sich auf einmal erschöpft. »Hören Sie, Frank, ich möchte Sie in die Sache nicht hineinziehen. Aber es darf nie dazu kommen, dass Spencer und Reed sich begegnen!«

»Ich tue, was ich kann. Nur fürchte ich, auf Dauer lässt sich ein Zusammentreffen nicht verhindern.«

»Das ist auch nicht nötig. Spencer wird nicht mehr lange hier sein.«

»Tja, fast schade«, sagte er. »Er wäre ein ausgezeichneter Verwalter gewesen.«

Der Heimweg nach Legacy war ihr noch nie so lang vorgekommen. Das Reiten hatte sie ungewöhnlich ermüdet, nach der Rückkehr wollte sie sich gleich zurückziehen. Aus der Haustür kam ihr Sergeant Gallagher entgegen, sofort nahm er Haltung an und grüßte. Sie wollte nicht unhöflich erscheinen, darum blieb sie stehen und erkundigte sich, ob für die Bequemlichkeit seiner Soldaten gesorgt sei.

»Danke, Ma'm, wir haben alles, was wir brauchen. Von Bequemlichkeit kann allerdings nicht die Rede sein. Ein Feldlager um diese Jahreszeit ist mit einigen Entbehrungen verbunden.«

»Das kann ich mir vorstellen. Doch Mr. Marshall hat es angeordnet. Er beurteilt die Frage der Unterbringung aus soldatischer Sicht natürlich anders als ich.«

»Die Auffassung des Colonels, was man Soldaten zumuten kann, kennen wir bereits zur Genüge!«

Eine so schroffe Erwiderung hatte sie nicht erwartet. »Was wollen Sie damit sagen?«, fragte sie betroffen. »Soweit ich weiß, erfolgt die Einteilung Ihrer Leute nur nach Rücksprache, Sergeant.«

»Das ist korrekt. Ich habe die Arbeitspläne abgesegnet, und meine Männer haben ihr Pensum stets erfüllt. Doch ich bezweifle, dass der Colonel eine rechte Vorstellung davon hat, was es heißt, täglich zehn Stunden in kaltem Wasser Gräben auszuheben und Dämme aufzuschütten. Ihre Niggersklaven sollten diese Arbeit machen, die sind es gewohnt.«

»Die Schwarzen hier sind keine Sklaven, Mr. Gallagher, wann geht das endlich in Ihren irischen Dickschädel!«, rief sie ungehalten. »Meine Leute leisten die gleiche Arbeit wie Ihre Soldaten, nur mit dem Unterschied, dass die Soldaten Sold bekommen, während die Schwarzen auf Legacy umsonst arbeiten.

Und wissen Sie, warum sie das tun? Um nicht den einzigen Ort zu verlieren, wo sie als freie Menschen leben können.«

Gallagher wollte etwas sagen, aber sie war noch nicht fertig.

»Bis Major-General Carlyle uns Unterstützung schickte, hat Mr. Marshall an den Bewässerungsgräben mitgearbeitet. Das ist der Grund, warum sein Bein ein halbes Jahr nach der Verwundung noch nicht geheilt ist.« Sie nickte kühl. »Aber Sie kennen ja seine Auffassung, was man Soldaten zumuten kann.«

Sie ließ ihn stehen, ging ins Haus und schloss hörbar hinter sich die Tür. Allein in der Halle, atmete sie tief durch. Der Wortwechsel hatte sie ihre letzte Kraft gekostet, sie wollte sich nur noch hinlegen und schlafen. Langsam stieg sie die Treppe hinauf.

»Warte, Antonia, ich muss mit dir reden«, hörte sie William vom Fuß der Treppe rufen. Sie drehte sich um und musste sich aufs Geländer stützen. Die Augen fielen ihr fast zu. Noch nie war sie so müde gewesen.

»Was ist denn, kommst du jetzt?«, fragte er ungeduldig.

Eine Hand am Geländer, ging sie wieder hinunter. Er küsste flüchtig ihre Wange und führte sie in sein Arbeitszimmer.

»Setz dich!«

Sie sank in einen Ledersessel, er machte es sich in dem anderen Sessel bequem.

»Dein Mr. Tyler hat mir geschrieben«, sagte er aufgeräumt. »Der Bursche ist schlauer, als ich dachte!«

»Er ist nicht *mein* Mr. Tyler«, wandte sie ein.

Aber er sprach schon weiter. »Er schlägt vor, unsere erste Ernte pro forma über das Börsenkontor von Ashley & Bolton zu verkaufen. Das heißt, wir würden unsere Ware nicht im offiziellen Handel, sondern privat an die Bank verkaufen, die dann ihrerseits damit an die Börse ginge. Auf dem Papier sieht es etwas komplizierter aus, im Prinzip gelangt die Ware durch verschiedene Hände an die Börse. Damit das Ganze plausibel wird, müssen zwischen dem Vertragsschluss und dem Warenverkauf an der Börse mindestens sechzig Tage verstreichen. Tyler hat in der Börsenzulassung von Ashley & Bolton eine Klausel gefunden, wonach eine Bank Sonderfristen bei Kommissionsverkäufen geltend machen kann, wenn der Anteil der Fremdware mindestens fünfundvierzig Prozent beträgt ... Na ja, genau genommen ist es eine Umgehung, aber das ist Tylers Sache. Für uns ist nur entscheidend, dass über die Charles Towner Börse ein bestimmtes Geschäftsvolumen für Legacy abgewickelt wird. Danach würde die Plantage wieder an allen Handelsplätzen zugelassen. Wie findest du das?«

Ohne ihre Antwort abzuwarten, holte er vom Schreibtisch eine Mappe und fuhr fort: »Natürlich kassiert Tyler eine Provision, doch das soll uns nicht wehtun. Hauptsache, wir sind wieder im Geschäft.« Er entnahm der Mappe ein Dokument. »Lies es dir durch. Bis auf die Quote der Gewinnbeteiligung ist der Auftrag komplett, du musst nur noch unterzeichnen.«

Sie begann zu lesen, war aber kaum imstande, den Wortlaut der einzelnen Paragraphen aufzunehmen. Betäubende Müdigkeit hatte sie erfasst, und das am hellen Nachmittag! Was war nur mit ihr los? Sie reichte William die Papiere zurück. »Du bist für diese Dinge zuständig, Will, du hast alle Vollmachten. Warum muss ich mich darum kümmern?«

»Begreifst du das wirklich nicht?«, rief er enthusiastisch. »Dieser Handel mit Tyler gibt dir endlich die Möglichkeit, deinem Schwager Hocksley und seinem Planters Club die Stirn zu bieten: Indem du diesen Vertrag unterschreibst, wirst du Legacy wieder an die Börse bringen! Meinst du nicht, du solltest das eigenhändig tun?«

Beschämt nahm sie das Schriftstück und versuchte, den Inhalt, den er längst geprüft hatte, wenigstens zu überfliegen. Dann unterschrieb sie den Vertrag und gab ihn William, der ihn zusammen mit anderen Papieren in die Mappe legte. Er ging ans Fenster, sah in Richtung Stallungen. »Der Wagen wird gleich kommen.«

»Wolltest du nicht morgen nach Charles Town fahren?«

»Ich habe es mir anders überlegt. Ich will, schon bevor wir morgen zum Notar gehen, die Höhe der Provision ausgehandelt haben.«

Antonia kam zu ihm, sah mit ihm hinaus zur Allee. Er legte von hinten die Arme um sie und zog sie an sich.

»Wo bist du eigentlich so lange gewesen?«, flüsterte er, küsste ihr Haar, ihre Wangen. »Ich hab überall nach dir gesucht.« Er ließ seine Hände unter ihre Bluse gleiten, umfasste ihre Brüste, presste sich erregt an ihren Körper. Er bedrängte sie, ihm nachzugeben, verlangte es mit so schamlosen Worten, dass sie errötete. Sie drehte sich zu ihm, umarmte ihn. Sie war immer noch so müde und überließ sich dem starken Halt seiner Arme. Gleich hob er sie hoch, um sie in sein Schlafzimmer zu tragen. Die Kutsche würde warten müssen.

Als er später am Bettrand saß und die Stiefelriemen festzog, sah sie ihm träumerisch zu. Sie würde nicht nach oben in ihr Zimmer gehen. Sie wollte hier in seiner Wohnung bleiben, in seinem Bett schlafen, bis er wieder zurückkäme.

Er strich zart über ihre Wange. »Alles in Ordnung mit dir, Antonia, Kleines?«

»Ja, es ist alles in Ordnung. Ich bin nur sehr müde, Will.«

Er beugte sich herab, küsste sie. »Ich komme bald zurück.«

Joshua ließ den Landauer vor der Bank an der Broad Street halten. »Ich brauche Sie heute nicht mehr, Mr. Robert«, sagte William beim Aussteigen. »Mr. Tyler hat mich als seinen Gast im Sports Club in der Church Street untergebracht. Geben Sie mein Gepäck dort ab.«

»Wann möchten Sie morgen zurückfahren?«

»Ich werde Miss Bell gegen elf Uhr in Lyndon House meine Aufwartung machen. Danach können wir aufbrechen.«

»Dann wird der Wagen morgen zu Mittag abfahrbereit sein, Sir«, sagte Joshua und fuhr davon.

Tyler empfing William in der Eingangshalle der Bank und führte ihn in den Konferenzraum, wo Gilbert Ashley sie bereits erwartete.

»Meine Herren, bitte nehmen Sie Platz«, sagte der Bankier. Vor ihm lag eine Kopie der von Tyler entworfenen Transaktion. »Ich freue mich, dass Sie sich zu einer Ausweitung unserer Geschäftsbeziehung entschließen konnten, Mr. Marshall.«

»Mrs. Lorimer hat Ihr Angebot mit großem Interesse gelesen, Sir«, erwiderte William diplomatisch. »Sie freut sich, dass man sich bei Ashley & Bolton wieder der besonderen Verbindung mit der Familie Bell erinnert.« Das war eine kühne Eröffnung, doch er wollte Antonia nicht wie eine Bittstellerin erscheinen lassen. »Sie wird Ihr Angebot gerne annehmen, sofern Sie die Höhe Ihrer Gewinnbeteiligung noch einmal überdenken.« Ashley und Tyler sahen ihn sprachlos an, während er fortfuhr: »Sehen Sie, bei all dem drängt sich die Frage auf, wieso Ashley & Bolton sich mit einem Mal selber am Warenhandel beteiligen möchte, noch dazu in klarer Opposition zum einflussreichen Planters Club. Wenn Sie für Mrs. Lorimer Partei ergreifen, dann haben Sie mit Sicherheit etwas anderes im Blick als diese einmalige Gewinnbeteiligung aus einem noch ungewissen Ernteertrag. Welche Interessen verfolgen Sie wirklich, Gentlemen?«

Tyler wechselte einen Blick mit Ashley, dann sagte er: »Der Planters Club erscheint nur nach außen geschlossen, intern ist Hocksleys Hausmacht nicht mehr stabil. Vielen Pflanzern missfällt das anmaßende Auftreten ihres Chairman, auch gegen die Geschäftspraktiken Fowlers und der Agenten der Trader's Bank häuft sich die Kritik. Am Fall von Mrs. Lorimer wurde für uns deutlich, dass Ashley & Bolton zu lange einer Entwicklung zugesehen hat, die den Interessen der Bewohner der Region zuwiderläuft. Nachdem unsere Bank einen nicht unbeträchtlichen Teil des Handelsaufkommens von Carolina finanziert, haben wir uns entschlossen, nun auch an der Börse eine Position anzustreben, die unserem wirtschaftlichen Gewicht entspricht.«

»Und so, Mr. Marshall, gedenken wir, die hiesigen Machtverhältnisse ein wenig zu korrigieren«, ergänzte Ashley.

»Sie rechnen damit, dass nach Ihrem Engagement für Legacy andere, weit vermögendere Grundbesitzer Mrs. Lorimers Beispiel folgen werden und ihre Handelsgeschäfte Ihrer Bank übertragen.« William lächelte. »Sie wollen also Ihren Konkurrenten, die Trader's Bank, ausmanövrieren!«

»Sagen wir einfach: Falls es uns gelingt, Mr. Tylers geniale Idee erfolgreich umzusetzen, werden sowohl Mrs. Lorimer als auch wir davon profitieren«, meinte Ashley konziliant.

William nickte. »Bleibt noch die Frage der Provision. Da ich Ihre Beweggründe nun kenne, hielte ich es für fair, den zukünftigen Mehrgewinn der Bank bei der Berechnung der Vermittlungsprovision zu berücksichtigen.«

»So sei es in Gottes Namen Ihnen überlassen, eine angemessene Quote für unsere Vermittlungstätigkeit zu bestimmen«, sagte Ashley und hob die Hand, um Tylers Protest abzuwehren, und setzte freundlich hinzu: »Lassen Sie Mrs. Lorimer wissen, dass ich mich freue, ihr in dieser Weise dienen zu können. Und sagen Sie ihr auch, dass ich sie zur Wahl ihrer Interessenvertreter beglückwünsche.«

Ein Diener meldete, Ashleys Wagen sei vorgefahren. »Die Herren begleiten mich doch zum Essen in den Club?«, fragte Ashley.

Sie fuhren zur South Battery und hielten vor einem dreistöckigen, dunkelbraunen Backsteinhaus mit schmalen Sprossenfenstern und strengem Portal, das den renommierten Foundation Club aus der Gründerzeit Charles Towns und das Restaurant The Golden Bowle beherbergte. Shaughnessey erwartete sie in der Bar. Er empfing seinen Freund Gilbert Ashley sehr herzlich und wechselte auch mit Tyler ein paar verbindliche Worte. William begrüßte er höflich, aber reserviert.

Nachdem Antonia ihn ins Vertrauen gezogen hatte, wollte er William künftig mit mehr Distanz begegnen. Aber es fiel ihm schwer, gleichmütig zu bleiben, als er sich jetzt klarmachte, dass hier, kaum zwei Schritte von ihm, der Mann stand, der das Land so lange terrorisiert und ohne Pardon seinen Freund Henry Lorimer erschossen hatte. Er musste sich zwingen, William nicht ständig anzustarren, der sich, lässig auf seinen Stock gestützt, mit Ashley und Tyler über Politik unterhielt. Als die Männer ihre Gläser hoben und sich zutranken, mochte er William nicht in die Augen sehen.

Nach einem vorzüglichen Dinner im Golden Bowle waren die geschäftlichen Details besprochen und man verabredete sich für den nächsten Vormittag beim Notar. Dann verließen sie gemeinsam den Club. Ashley wollte sich zurückziehen. Er bat Tyler, für die Unterhaltung seiner Gäste zu sorgen, und verabschiedete sich.

Die anderen schlenderten die Battery entlang und dann die Bay Street Richtung Norden. Als sie sich den Piers näherten, führte Tyler die Männer zielstrebig in eine Seitenstraße zum Hafen und blieb vor einer Bar stehen, dem Southern Sun Inn.

»Kommen Sie, lassen Sie uns hineingehen!«, entschied Tyler. trotz Shaughnesseys skeptischem Blick.

Im Southern Sun traf man um diese Zeit Halbwelt, Theaterleute, Nachtschwärmer, auch elegante Paare, dazu käufliche Liebesdienste jeder Art. Tyler fand einen Tisch und bestellte Rum und Zigarren. Sie blieben nicht unbemerkt von den Schönen der Nacht, die sich zutraulich zu ihnen setzten. Der Wirt brachte Gläser und einen Krug hochprozentigen braunen Rum, der mit Limette und Zucker versetzt war. Shaughnessey überließ das Gebräu seiner professionellen Tischdame und bestellte Whiskey. Nicht lange, dann wechselte Tyler an einen der Spieltische, die inzwischen voll besetzt waren. Es ging um viel Geld. Ein junger Stutzer mit überpuderter pockennarbiger Haut, der ungeniert Tylers teuren Rock taxierte, nahm als Mitspieler neben ihm Platz. Während alle ihre Einsätze leisteten, gab der Stutzer einem bulligen Mann, der ihnen gegenüber saß, ein diskretes Zeichen.

»Bitte um Vergebung, gnädiger Herr!« Der Wirt war zu William an den Tisch getreten, er senkte die Stimme: »Ihr solltet ein Auge auf Euren Freund haben.« William nickte und warf ihm eine Münze zu.

»Was war denn?«, fragte Shaughnessey, als der Wirt sich entfernte.

»Das Übliche, Tyler läuft Gefahr, von ein paar Ganoven um sein Geld erleichtert zu werden. Entschuldigen Sie mich einen Augenblick.«

Er stellte sich zu den Spielern an den Kartentisch, ohne die Partie mit besonderem Interesse zu verfolgen. Tyler legte eine hohe Karte ab, der Stutzer stach sie mit einem Trumpf. Nun musste der Bulle gegenüber seine Karte ablegen. Er zögerte, sah zu dem Stutzer herüber – und fing Williams Blick auf, der kaum merklich den Kopf schüttelte.

Um den dreisten Prostituierten zu entkommen, ging Shaughnessey zum Ausschank und bestellte noch einen Whiskey. An den Schanktisch gelehnt, sah er sich im Lokal um. Neue Gäste kamen herein, vier Männer in feiner Abendgarderobe. Shaughnessey erkannte Simon Grandle, den Besitzer einer Nachbarplantage südlich von Borroughton. Grandle lotste seine Begleiter gleich an die Bar.

»Gentlemen, darf ich bekannt machen: Mein Nachbar, Frank Shaughnessey.«

Der Mann, der zuletzt hinzutrat, war Algernon Reed. »So trifft man sich, Mr. Shaughnessey«, sagte er und lüftete den Hut. »Sind Sie allein hier? Dann schließen Sie sich uns an, Sir, kommen Sie mit uns zu den Spieltischen.«

Auf einen Schlag war Shaughnessey nüchtern. Bei den Spieltischen würde Reed mit Spencer zusammentreffen! Er musste sich schnell etwas einfallen lassen.

»Bitte, meine Herren, erweisen Sie mir die Ehre, Sie auf einen echten irischen Whiskey einladen zu dürfen!«, rief er. »Der Wirt bezieht ihn von der Brennerei meines Vetters in Kilkenny. Den müssen Sie probieren!«

Gläser wurden aufgereiht und gefüllt, Grandle brachte einen Toast aus. Als eine zweite Runde eingeschenkt wurde, entschuldigte sich Shaughnessey kurz und eilte zu den Spieltischen.

Vor Tyler türmten sich Münzen und neue Dollarscheine. Er war bester Laune. William, den wehrhaften Stock unter dem Arm, stand gelassen dabei. Er hatte Tylers bulligen Gegenspieler während der ganzen Partie nicht aus den Augen gelassen und dessen heimliche Absprachen mit dem Stutzer vereitelt. Jetzt, in der Spielpause, flirtete er mit einer hübschen Kokotte, die an seinem Arm hing und seine Aufmerksamkeit auf ihr Dekolleté lenkte. In dem Moment trat Shaughnessey zu ihnen an den Spieltisch, seine Bedrängnis stand ihm ins Gesicht geschrieben.

Tyler, eine Zigarre zwischen den Zähnen, fragte: »Was haben Sie denn angestellt, Shaughnessey?«

»Gentlemen, ich muss sofort aus dem Lokal verschwinden! Wäre es zu viel verlangt, wenn ich Sie um Rückendeckung bäte?«

William und Tyler sahen sich verblüfft an.

»Sind Sie etwa wegen einer der Huren in Schwierigkeiten?«, fragte William belustigt, als Shaughnessey sich nervös zur Bar umwandte.

»Wir hätten ihn nicht allein lassen sollen«, sagte Tyler und lachte. »Kommen Sie, Marshall, bringen wir ihn hier raus!« Unter den finsteren Blicken der anderen Spieler stopfte er sich den Gewinn in die Rocktaschen. »Eine Ehrensache, Gentlemen!«, erklärte er den Mitspielern seinen raschen Aufbruch.

William befreite sich aus dem Griff der Kokotte. »Sie dürfen wieder ungestört Ihrem Broterwerb nachgehen«, sagte er zu den Falschspielern.

Er und Tyler flankierten Shaughnessey, und zu dritt bahnten sie sich den Weg aus dem gedrängt vollen Lokal.

Grandle hatte noch eine Runde ausschenken lassen. Während er und seine Freunde dem Whiskey zusprachen, beobachtete Reed unberührt das Kommen und Gehen in dem überfüllten Lokal. Plötzlich spannte sich seine Haltung und er blickte wie gebannt zur Tür.

»Was ist los, Reed?«, fragte Grandle. »Sie schauen ja aus, als hätten Sie ein Gespenst gesehen!«

Reed lächelte eigenartig. »Ich musste nur gerade an jemanden denken.«

Tyler hielt die nächste freie Droschke an. Shaughnessey stieg ein, wünschte eine gute Nacht und fuhr in sein Hotel. William und Tyler gingen zu Fuß weiter. Als sie in die Church Street einbogen, verlangsamten sie ihren Schritt.

»Darf ich Sie etwas Persönliches fragen, Mr. Marshall?«

William sah Tyler kurz von der Seite an. »Nur zu.«

»Haben Sie und Mrs. Lorimer gemeinsame Pläne? Verstehen Sie mich nicht falsch«, fuhr er rasch fort, »aber ich muss das wissen. Ich habe bemerkt, dass sie Ihnen großes Vertrauen entgegenbringt. Sie schätzt Sie sehr, und zu Recht, davon bin ich überzeugt. Doch bei allem Respekt: Antonia Lorimer ist mir nicht gleichgültig!«

»Tatsächlich?«

»Jeder erwartet, dass sie sich in absehbarer Zeit wieder verehelicht. Ich will damit sagen, falls Sie ernste Absichten verfolgen, Sir, werde ich aus Fairness Ihre älteren Rechte respektieren und mich nicht um die Dame bemühen.«

Sie waren vor dem schmiedeeisernen Tor zum Sports Club

stehen geblieben. William merkte, dass Tyler nervös auf eine Antwort wartete.

»Da Sie von Fairness sprechen«, sagte er endlich, »sollen Sie es als Erster erfahren: Sobald ich einen fähigen Verwalter gefunden habe, der meine Arbeit fortführt, werde ich Legacy verlassen.«

»Sie wollen von hier fortgehen?«

»So ist es. Ich muss persönliche Angelegenheiten regeln. Ich erwäge auch, meine militärische Karriere weiterzuverfolgen.«

Tyler war einen Moment sprachlos. Nie hätte er damit gerechnet, dass Marshall ihm das Feld kampflos überließ. Auf einmal fühlte er große Erleichterung, ja, er empfand sogar Sympathie für den anderen. »Marshall, es täte mir leid, falls es je zwischen uns zu Missverständnissen ...«

»Es waren keine Missverständnisse, Tyler, machen wir uns nichts vor: Sie und ich hatten dieselben Absichten. Hätte ich bei Mrs. Lorimer erreicht, was ich wollte, dürften Sie nicht einmal wagen, an sie zu denken!« Sofort bereute er seine schroffen Worte. »Verzeihen Sie, Tyler. Vergessen Sie, was ich zuletzt sagte.«

Tyler nickte und öffnete das Tor. »Kommen Sie, es ist spät.«

18.

»Er soll warten!«

Lydia scheuchte den Diener hinaus mit dem Bescheid, Mr. Marshall möge im Empfangszimmer Platz nehmen. Dann klatschte sie in die Hände, das Zeichen für die Zofe.

Was fiel dem Mann ein, sie unangekündigt zu besuchen, noch dazu zu einer Tageszeit, zu der sie nicht einmal ihre beste Freundin empfing? Normalerweise verwandte Lydia Bell viel

Zeit und Konzentration darauf, ihrem Ruf als Verkörperung von Jugend und Schönheit gerecht zu werden. Nun war die Zeit knapp, und sie hasste es zu improvisieren. Die Zofe musste ihr rasch Wangen, Schultern und Dekolleté pudern und ausgewählte Partien des Gesichts mit Rouge betonen. Sie verzichtete auf Schönheitspflästerchen, ließ sich auch das Haar nicht hoch aufstecken. Ausnahmsweise durften die blonden Locken ganz natürlich um ihre Schultern fallen. Sie wählte ein lindgrünes Tageskleid aus Crepeline mit dunkelgrünem Kordelbesatz. Die enge Taille war gar nicht bequem, aber für einen kurzen Empfang würde es gehen. Im Salon stellte sie sich gegen das vom Fenster einfallende Licht und ließ bitten.

William wartete verärgert im Antichambre. Nur Antonia zuliebe war er hierhergekommen. Doch ihre überspannte Schwester behandelte ihn wie einen der Müßiggänger aus dem Kreise ihrer Verehrer. Als hätte er nichts Besseres zu tun!

In aller Frühe war er zum Hafen gegangen und hatte bei der Agentur der Norrington Steele eine Schiffspassage nach England gekauft. In seiner Brieftasche befand sich der Passagierschein für die Überfahrt von Charles Town über New York nach London. Die Independence sollte am vierten April in See stechen, schon in zwei Wochen.

Er sah hinunter auf den Hof, wo Joshua die Pferde vor den Wagen spannte. In England hielt man ihn wahrscheinlich für tot, gefallen in South Carolina. Ob ihn jemand vermisste? Sein Bruder Thomas vielleicht, sonst wartete niemand auf ihn. Und seine geliebte Percy? Unter Tränen hatte sie geschworen, auf ihn zu warten. Im Winterlager '78 in New York hatte er erfahren, dass sie ihn wegen seines besten Freundes verlassen hatte. Außer sich vor Wut und Enttäuschung war er in den Krieg gezogen.

Er fragte sich, wie die anderen Offiziere seines Regiments, Linton, Everett, Rawdon, seine Rückkehr aufnehmen würden.

Was sollte er ihnen erzählen? Was sollte er vor allem Lord Cornwallis berichten? Sein General würde eine Erklärung verlangen, warum er sich nicht beizeiten zurückgemeldet hatte. Doch das Schwerste stand ihm hier bevor, wenn er Antonia sagen würde, dass er sie verließ. Er machte sich keine Vorwürfe mehr, das hatte er hinter sich. Die Abreise war beschlossen, aber die Gründe, warum er fortgehen musste, konnte er ihr nicht nennen.

»Mr. Marshall?«

Er folgte dem Diener in einen intimen Salon, wo Lydia ihn in huldvoller Pose erwartete.

»Welche Überraschung! Ich wüsste nicht, dass ich je zu so früher Stunde Besuch empfangen durfte!«

»Anscheinend komme ich ungelegen, Madam«, meinte er nach einer knappen Verneigung.

Sie lächelte katzenhaft. »Dafür habe ich Sie warten lassen. Nun sind wir quitt!« Sie ließ sich auf einem chintzbezogenen Sofa nieder und winkte ihn heran, in dem Sessel neben ihr Platz zu nehmen.

»Miss Bell, ich wollte die Stadt nicht verlassen, ohne Ihnen meine Aufwartung gemacht zu haben«, sagte er galant. »Gestatten Sie mir die Bemerkung, dass Sie seit dem Ball noch schöner geworden sind, falls das überhaupt möglich ist!«

»Wenn Sie schon Komplimente machen, sollten Sie weniger grimmig dreinschauen.«

»Ich bitte um Vergebung, Madam!« Hatte er sich so wenig in der Gewalt, dass selbst diese Gans ihn durchschaute?

»Versuchen Sie nicht, mir etwas vorzumachen, Marshall«, sagte sie mit ihrem kleinen überlegenen Blick. »Ich weiß, was Sie bedrückt.«

»Bedrückt, Madam?«

»Ja, genau das sagte ich. Es geht um Antonia, habe ich recht? Glauben Sie mir, Marshall, ich habe das nicht gern getan, aber ich fühle mich für meine Schwester verantwortlich. Sie dürfen mir deswegen nicht gram sein.«

»Wenn Sie mir freundlicherweise sagen würden, weswegen ich Ihnen gram sein könnte, Miss Bell?«

»Nun, weil ich doch Antonia ins Gewissen geredet habe«, gab sie selbstgefällig zu. »In ihrer Situation muss sie sich beizeiten nach einer passenden Verbindung umsehen. Darum habe ich ihr geraten, das Verhältnis mit Ihnen zu beenden, bevor ihr guter Ruf Schaden nimmt. Als Sie eben hereinkamen und mich so düster anblickten, fürchtete ich fast, Sie wollten mir Vorhaltungen machen.«

Er hätte fast gelacht über ihr dummes Intrigieren. Sollte sie ruhig glauben, sie hätte Antonia und ihn entzweit, es kümmerte ihn nicht. Er nahm seinen Stock und stand so abrupt auf, dass sie erschrocken fragte: »Was haben Sie jetzt vor?«

»Ich werde meine Konsequenzen ziehen.«

»Bitte, Mr. Marshall, tun Sie nur nichts Unüberlegtes!«

»Ich meinte, dass ich South Carolina verlasse.«

»Oh! Nun ja. Wahrscheinlich ist das für alle das Beste.«

»Das denke ich auch. Vielleicht würden Sie mir etwas versprechen, Madam? Reden Sie bitte mit niemandem darüber, dass ich fortgehe.«

Jetzt war sie doch gerührt. »Mr. Marshall, ich werde so lange schweigen, wie ich muss.«

Er versicherte sie seiner Dankbarkeit und verneigte sich tiefer, als er es üblicherweise tat.

Die Rückfahrt in dem behäbigen Landauer ging ihm zu langsam. Hätte er doch nur den Phaeton genommen! Farell erwartete ihn beim Stauwehr, er wollte die letzten Details für den Einbau der Schleusenanlage mit ihm durchsprechen. Mit etwas Glück wären die Arbeiten am Bewässerungssystem in wenigen Tagen abgeschlossen.

Morgens vor dem Termin beim Notar hatte er Tyler mitgeteilt, dass seine Abreise feststand. Tyler hatte nicht verbergen können, dass er ihn gerne ziehen sah. William hatte ihn gebeten, Antonia in allen geschäftlichen Dingen zu beraten und darauf zu achten, dass der eingeschlagene Kurs zur Neuorganisation der Plantage beibehalten wurde. Im Übrigen würde ihr Frank Shaughnessey als Geldgeber und Freund zuverlässig zur Seite stehen. Nun musste er nur noch einen Verwalter für Legacy finden.

Joshua kutschierte aus der Stadt heraus und fuhr auf der Dorchester Road nach Norden. William lehnte bequem im Fond des offenen Wagens. Sie unterhielten sich über die kommende Pflanzsaison, dann wechselte William beiläufig das Thema.

»Ich frage mich, Mr. Robert, ob Sie mit Ihrer Stellung als Stallmeister zufrieden sind.«

»Kann mich nicht beklagen.«

»Stört es Sie eigentlich, dass ich Ihnen Anweisungen erteile?«

»Sir, Sie sind der Verwalter.«

Sie fuhren ein Stück schweigend weiter, ehe William wieder anfing: »Ich hatte immer den Eindruck, dass Sie mich als Vorgesetzten respektieren.«

»Haben Sie Anlass, daran zu zweifeln?«

»Nein. Ich denke nur, unser wirkliches Problem ist damit noch nicht aus der Welt.«

Die Pferde schnaubten. Joshua hatte die Zügel hart angezogen und brachte den Wagen unsanft zum Stehen, dann wandte er sich um. »Worauf wollen Sie hinaus?«

»Nennen wir es Ressentiments: Sie hassen mich, Mr. Robert. Nicht einmal meinen Namen können Sie aussprechen, weil Sie ihn so hassen wie alles an mir.«

Joshua sprang vom Kutschbock und kam zum Wagenschlag. »Haben Sie mir irgendetwas vorzuwerfen?«

»Keineswegs!«

»Also was kümmert es Sie, was ich von Ihnen halte oder wie ich Sie nenne, solange ich auf Legacy meine Arbeit mache?«

»Legacy! So kommen wir der Sache schon näher. Sie würden alles tun, um auf der Lorimer-Plantage bleiben zu können, nicht wahr? Darum geben Sie sich devot und befolgen auch schön meine Anweisungen, obwohl sie mich hassen und – seien Sie ehrlich, Mann! – Sie mich lieber heute als morgen zum Teufel schicken würden. Aber Sie können nur machtlos zusehen und dabei denken: Soll er sich doch aufspielen. Irgendwann hat die Lady genug von ihm und setzt ihn wieder an die Luft.«

Er sah, dass Joshua die Fäuste ballte, und behielt ihn wachsam im Auge, als er fortfuhr: »Was aber, wenn Ihre Rechnung nicht aufgeht? Frauen sind so schwach! Wenn ich es will, wird Mrs. Lorimer mich heiraten. Dann übernehme ich den Besitz. Und wenn Sie auf Legacy bleiben wollen, Mr. Robert, müssen Sie mir zu Diensten sein und Tag für Tag meine Befehle befolgen.« Joshuas Wut war unheilvoll spürbar. Trotzdem ging William noch weiter. »Ich gebe zu, es ist nicht fair. Aber das Leben ist nun mal nicht fair. Wer wüsste das besser als Sie?«

Als Antwort packte ihn Joshua bei den Rockaufschlägen und zog ihn halb aus der Kutsche.

»He, Mann, sachte!«, stieß William hervor.

Joshua atmete tief durch, dann stieß er ihn zurück in den Sitz und wandte sich ab. William spürte, wie sein Herz Adrenalin pumpte. Zur Beruhigung strich er seinen Rock glatt. Dabei behielt er Joshua im Auge, der zum Wagen zurückkam und ihn aufgebracht anfuhr: »Herrgott, Spencer, warum tun Sie das?«

»Ich wollte wissen, ob Sie der Mann sind, für den ich Sie halte.«

»Wozu? Was wollen Sie von mir?«

Ein eindrucksvoller Mann, dieser schwarze Sohn von Robert Bell, dachte William. Nach allem, was er über Antonias Vater gehört hatte, schien Joshua dessen Format geerbt zu haben. Er war aufrichtig, unbestechlich, stolz.

»Hören Sie zu, Mr. Robert. Ich werde nach England zurückkehren. Ich weiß, Sie würden für Antonia durchs Feuer gehen. Deshalb möchte ich, dass Sie an meiner Stelle der Verwalter von Legacy werden.«

Joshua sah ihn ausdruckslos an. »Wieso jetzt? Wieso sind Sie nicht vor Monaten gegangen, als es für alle das Beste gewesen wäre? Jetzt ist es anders, nachdem Sie für alles die Verantwortung übernommen haben. Wie soll es weitergehen, wenn Sie fort sind?«

»Sie, Mr. Robert, werden dafür sorgen, dass es weitergeht. Sie setzen die Plantage instand, und im Frühjahr können Sie wieder produzieren. Sie brauchen mich nicht mehr.«

»Was meint Mrs. Lorimer dazu?«

»Sie wird mir sicher zustimmen, dass Sie die Plantage am besten verwalten können.«

»Sie haben ihr nicht gesagt, dass Sie weggehen, richtig?«

»Ich hatte noch keine Gelegenheit.«

»Was sind Sie für ein gefühlloser Mensch, Mr. Spencer!« Joshua sah kopfschüttelnd auf ihn herab. »Ich kann nicht glauben, dass Sie ihr das antun wollen. Sie leben mit ihr zusammen wie Mann und Frau, und dann stehen Sie auf und gehen, weil es Ihnen zu viel wird.«

»Ich denke nicht, dass Sie das beurteilen können.«

Doch es stimmte, William hatte von Anfang an gewusst, dass er Antonia verlassen würde. Er hatte der Versuchung nicht widerstehen können, hatte ihre Zuneigung und ihre Liebe benutzt, um sein Selbstgefühl zu nähren und den Körper zu befriedigen. Jetzt aber hielt er es nicht mehr aus. Er wollte nicht darüber nachdenken. Es war verstörend genug, dass jede tiefere Empfindung für Antonia einen Nachhall von Schmerz und Demütigung in ihm hervorrief. Er musste sie verlassen, sonst würde er immer wieder zurückgeworfen auf jenes Unaussprechliche, das ihm geschehen war und nie mehr ungeschehen sein würde; das ihn körperlich und seelisch für immer gezeichnet hatte. Auch jetzt überfiel ihn die Erinnerung daran wie ein physischer Schmerz, er krümmte sich, keuchte. Es geht vorüber, dachte er.

Es ging vorüber. Er fuhr sich übers Gesicht, räusperte sich. »Mr. Robert?«

Joshua stand vorn beim Gespann, er blickte einem Segler auf dem Cooper River nach.

»Sie haben mir noch nicht geantwortet, Mr. Robert.«

Joshua wandte sich um. »Sir?«

»Übernehmen Sie den Job?«

»Ich, ein freigelassener Sklave, als Verwalter! Wie stellen Sie sich das vor?«

»Lassen Sie das meine Sorge sein.«

Joshua stieg auf den Kutschbock, nahm die Zügel und ließ die Pferde anziehen.

»Ich mache Sie zum Verwalter von Legacy«, sagte William, »und wenn es das Letzte ist, was ich hier tue.«

Die Sykomoren standen unbeweglich vor dem farblosen Himmel. Langsam stieg die Sonne hinter den Wirtschaftsgebäuden auf. Ihre blasse Scheibe schien sich auf dem Dachfirst auszuruhen, bevor sie den Aufstieg in den Himmel begann.

Es war noch früh. Aus dem Ankleidezimmer nebenan kamen leise Geräusche, Néné ordnete die Garderobe seines Herrn. Antonia wollte nicht aufstehen, am liebsten wäre sie den ganzen Tag in dem großen Mahagonibett geblieben. Ihre Haut fühlte sich kühl an, aber die Mattheit schien ein deutliches Zeichen, dass sie krank würde. Schließlich überwand sie ihre Lethargie, schlurfte in Williams Morgenmantel durch die kalte Halle und erklomm die Treppe, die wie ein Berg vor ihr lag.

Charlene brachte das Frühstück nach oben in den kleinen Salon, aber der Geruch der gebratenen Eierkuchen verursachte Antonia Übelkeit. Also zog sie sich an und ging nach draußen. Die frische Luft tat gut. Sie ging ums Haus und durch den Garten im weiten Bogen zum Wirtschaftshof. Neben der Remise standen die angespannten Stellwagen und die Pferde der Soldaten. Alles war auf den Beinen. Wyndom Cole und Richard Allen, der Vormann der weißen Landarbeiter, teilten ihre Leute in Gruppen ein und hießen sie auf die Wagen steigen. Sergeant

Gallagher ließ die Soldaten antreten. Da der Verwalter nicht da war, erteilte Lieutenant Farell den Tagesbefehl. Gallaghers Männer ritten zu den Reisfeldern voraus, dann folgten die Wagen mit den Arbeitern.

Am Rand des gepflasterten Hofs standen zwei über mannshohe, mit Bolzen verstärkte Metallkästen. Es waren die Behälter der neuen Schleusenanlage, die am Vortag von einem Schlossereibetrieb aus Georgetown angeliefert worden waren. Jeder der Behälter maß etwa fünfzehn Fuß in der Länge und fast neun Fuß in der Breite. Je eine der kürzeren Seiten war offen, hier würden die Behälter später zusammengesetzt. An den jeweils anderen Enden gab es Durchflussöffnungen, die mit Metallschiebern zur Regulierung versehen waren. Farell und Gallagher überprüften die Abmessungen der Apparatur. Als Antonia dazukam, erläuterte Farell kurz die Funktionsweise des modernen Hebewerks und zeigte ihr, wie der Mechanismus bedient wurde.

»Die Ausschachtung für die Anlage soll heute fertig sein. Dann müssen wir das Schleusenbassin vollständig trockenlegen«, sagte Gallagher. »Am Nachmittag wird Cole mit den Leuten der zweiten Schicht die Anlage runter zum Fluss bringen, damit wir morgen gleich an Ort und Stelle mit dem Einbau beginnen können.«

»Wenn alles glattgeht«, erklärte Farell, »möchte ich mit Tom die Felder probeweise fluten. Wir machen mit der Anlage zwei Testläufe, danach können Ihre Arbeiter die Pflanzung für die Aussaat vorbereiten.«

»Heißt das, wir werden den Zeitplan einhalten?«

»Ja, ich denke, wir werden rechtzeitig fertig.«

»Oh, ich habe so gehofft, dass wir es noch schaffen. Das verdanken wir vor allem Ihren Männern, Sergeant.« Nach dem Wortwechsel am Vortag wollte sie freundlich zu ihm sein.

Auch Gallagher zeigte sich aufgeschlossener als gewohnt. »Ich gebe zu, Ma'm, ich hatte am Anfang meine Zweifel. Aber nachdem wir gesehen haben, mit welchem Elan Ihre Leute rangingen, wollten auch meine Männer zeigen, was sie können. Die Zusammenarbeit hier auf Ihrer Plantage war etwas Besonderes.«

Sie lächelte. »Ja, Sie haben recht, es ist etwas Besonderes.« Plötzlich hatte sie eine Idee. »Sagen Sie Ihren Leuten, dass wir feiern werden, wenn die Schleuse fertig ist. Ich gebe auf der Plantage ein Fest, das alle ein wenig für die Anstrengung entschädigen soll.«

»Das ist sehr liebenswürdig, Ma'm. Die Männer werden das zu schätzen wissen.«

»Wir müssen los, Tom«, sagte Farell. »Wenn der Colonel zurückkommt, sollten wir mit den Vorbereitungen fertig sein.«

Sie verabschiedeten sich von Antonia und ritten den anderen nach.

Antonia zog sich in die Bibliothek zurück. Sie las in einem illustrierten Atlas über die Fauna der Westindischen Inseln, als Charlene hereinplatzte.

»Jetzt muss ich Néné schon wieder nach Borroughton schicken, Missy, nur weil Ihnen einfällt, dass Sie eine Party geben wollen!«

»Woher weißt du von meinem Fest?«

»Noah Lytton hat gehört, wie diese beiden Soldaten davon sprachen. Und Noah hat es Néné gesagt. Und Néné konnte es sich erstaunlicherweise merken und hat mir davon erzählt. Vielleicht hätten Sie es mir selber sagen können?«

»Tut mir leid, ich hab's vergessen.« Als sie an die Vorbereitungen für das Essen dachte, fühlte sie sich wieder elend. »Da ist noch was, Charlene«, meinte sie kleinlaut. »Ich glaube, ich bin krank.«

Charlene kam und legte ihr in alter Gewohnheit die Hand an die Stirn, um die Temperatur zu fühlen. »Was fehlt Ihnen denn?«

»Ich weiß es nicht. Mir ist übel, und ich bin erschöpft.

Immerzu könnte ich schlafen. Vielleicht ist eine Erkältung im Anzug?«

Charlene betrachtete sie erst von der Seite, dann kniff sie die Augen zusammen, nahm Antonias Kinn zwischen Daumen und Zeigefinger und sah ihr genau ins Gesicht. »Also Sie wollen immerzu schlafen, ja?« Sie zog die Augenbrauen hoch, bis zum Rand ihres bunt gemusterten Kopftuchs. »Wenn das alles ist, was Ihnen fehlt, Missy, brauchen wir uns keine Sorgen zu machen. Warten wir einfach ab, was passiert!« Summend, mit wiegenden Hüften, ging sie davon.

Antonia sah ihr kopfschüttelnd nach, dann nahm sie ihr Buch und kehrte zurück zu den endemischen Kormoranarten Antiguas.

Für den Abend hatte sie Farell und Gallagher zum Essen eingeladen. Das Speisezimmer war für ein Dinner im kleinen Kreis vorbereitet, die Männer nahmen mit William im Arbeitszimmer schon die Cocktails. Antonia lag angekleidet und frisiert auf ihrem Bett. Ihr war übel, und der Gedanke, einen Abend in Gesellschaft durchstehen zu müssen, machte es noch schlimmer. Sie hatte überlegt, sich entschuldigen zu lassen. Sie hätte gerne mit William darüber gesprochen, aber nach der Rückkehr aus Charles Town war er gleich wieder fortgeritten. Charlene sagte, er sei ungehalten gewesen, weil sie mitten am Tage schlief.

Dabei hatte sie gar nicht geschlafen. Sie hatte elend auf dem Bett gelegen und gehofft, dass sich die Übelkeit legen würde, die zu ihrer Erschöpfung hinzugekommen war. Sie hätte ihn in seiner Wohnung erwarten sollen. Sicher hatte er ihr von dem Gespräch mit den Bankiers berichten wollen, schließlich ging es um wichtige Entscheidungen für Legacy. Und sie war nicht einmal zu seiner Begrüßung erschienen!

Als es klopfte, hoffte sie, es sei William, der nach ihr sehen wollte. Es war natürlich Charlene. »Sie werden jetzt hinuntergehen und ein freundliches Gesicht machen, Miss Antonia.

Lassen Sie die Herren nicht länger warten. Hungrige Männer sind nicht sehr rücksichtsvoll.«

»Männer sind nie sehr rücksichtsvoll. Wieso ist William nicht zu mir gekommen?«

»Weil er beschäftigt ist, Missy. Er sorgt dafür, dass etwas vorwärtsgeht auf Ihrer Plantage. Also kommen Sie, und seien Sie nett zu ihm.« Sie zog sie vom Bett hoch, richtete ihr mit ein paar Handgriffen die Frisur und tätschelte ihr die Wange. »Sie mögen sich scheußlich fühlen, aber aussehen tun Sie wie das blühende Leben!«

Antonia ging hinunter. Aus dem Büro hörte sie Männerstimmen, schon kam William ihr entgegen. »Du hast mich warten lassen!« Er nahm sie in die Arme, küsste sie und flüsterte: »Jetzt müssen wir nur noch dieses Dinner hinter uns bringen, dann habe ich dich für mich!«

»William, es geht mir nicht besonders gut.« Sie wollte sich befreien, doch er zog sie fest an sich.

»Du siehst hinreißend aus!«

»Lass mich los, Will!« Sie entwand sich seinen Armen. »Wir haben Gäste.«

»Weißt du was? Ich sage den beiden, du wolltest heute niemanden sehen. Ich schicke sie einfach nach Hause!«

»Das geht nicht! Ich bin die Gastgeberin, ich möchte sie nicht vor den Kopf stoßen. Bitte begleite mich jetzt hinein.«

Später fragte sie sich, wieso sie ihm bloß nicht erlaubt hatte, das Dinner abzusagen. Als das Essen auf den Tisch kam, konnte sie nur mit Mühe an sich halten, um nicht hinauszustürzen und sich würgend zu übergeben. Während sie sich um Haltung bemühte, schienen die Männer ihre prekäre Lage nicht zu bemerken. Sie waren mit Charlenes köstlichen Gerichten beschäftigt. Der Wein tat das Übrige, dass Farell, Gallagher und William sich ausgezeichnet unterhielten.

Nach dem Dinner, beim Kaffee in der Bibliothek, fühlte Antonia sich besser. Der Zigarrenrauch verlor sich unter der hohen

Decke, während der neutrale Geruch nach Holz und Büchern die Rebellion in ihrem Innern besänftigte. Sie sprachen über alle möglichen Themen. Farell war ein amüsanter Gesprächspartner. Gallagher las im »Kalender des armen Richard« und lachte vor sich hin, bis die anderen verlangten, er solle ihnen aus Franklins Satiren vorlesen. William enthielt sich ausnahmsweise seiner ironischen Gesprächsbeiträge. Er betrachtete Antonia mit etwas Abstand. Wenn sie ihm zulächelte, blieb sein Blick ernst. Nach einer Stunde forderte er Gallagher und Farell mit seinem gewohnten Mangel an Subtilität auf, Antonia und ihn alleine zu lassen. Er erinnerte sie an den frühen Arbeitsbeginn und brachte sie zur Tür.

Auf dem Weg zu ihren Unterkünften ließ Gallagher seinen Unmut frei heraus. »Wie kann er eine Dame so kompromittieren!«

»Ach, Tom, es weiß längst jeder über ihr Verhältnis Bescheid!«, sagte Farell und lachte. Weil er Gallaghers Einstellung kannte, setzte er hinzu: »Marshall wird sie bald heiraten. Er ist ein Gentleman.«

Gallagher blieb skeptisch. »Er ist so unverschämt arrogant, Jake. Ich finde es unerträglich, wie er mit den Männern spricht. Er hat diesen einschüchternden Ton an sich, den sie in der Britischen Armee pflegen.«

»Wundert Sie das? Er hat jahrelang in der Kolonialarmee gedient.«

Gallagher überlegte kurz. »Er müsste sich '75 wie General Lee als einer der Ersten General Washington angeschlossen haben ...« Er schüttelte nachdenklich den Kopf. »Aber Marshall ist nicht der Typ, der die Seiten wechselt, Jake.«

»Er hat die Kolonialarmee verlassen, um für Amerika zu kämpfen. Das ist etwas anderes als die Seiten zu wechseln. Er ist schließlich Amerikaner.«

»Er ist ein Tory, haben Sie das noch nicht bemerkt?«

»Washington war froh, als er gut ausgebildete Leute wie Marshall bekam, um seine Truppen zu führen. War ihm doch gleich, ob seine Offiziere Tories waren! Hauptsache, sie brachten den Jungs bei, wie man gegen die Engländer kämpft.«

»Wissen Sie eigentlich, wo er herkommt?«

»Marshall? Er sagte aus dem Norden. New York, vielleicht New Jersey, was weiß ich … Ach Tom, Sie mögen ihn einfach nicht! Das ist Ihr gutes Recht, aber lassen Sie es Mrs. Lorimer nicht merken. Es würde ihr gar nicht gefallen.«

William sah in seinem Appartement nach Néné. Er brauchte ihn heute nicht mehr und schickte ihn zu Bett. Im Arbeitszimmer nahm er den Passagierbrief für die Independence aus seiner Brieftasche und legte ihn aufgefaltet auf die grünlederne Schreibunterlage. Gedankenversunken betrachtete er das wappengeschmückte Firmenemblem der Norrington Steele, ehe er sich losriss, um in die Bibliothek zurückzugehen.

Antonia lag auf dem Diwan und sah ins Kaminfeuer. Er setzte sich zu ihr, beugte sich über sie, küsste sie.

»Du bist so schön heute Nacht! Die beiden jungen Männer werden sich über meine verliebten Blicke amüsiert haben.«

»Sie fanden es weniger amüsant, wie du sie vor die Tür gesetzt hast, Will.« Doch sie lächelte nachsichtig und ließ sich von ihm umarmen. Sie sehnte sich nach Zärtlichkeit, nur würde er nicht sehr zärtlich sein, nicht in einem Moment wie diesem. Schon zog er sie zu sich, raffte ihr Kleid hoch über ihre Hüften. Sie spürte sein Gewicht, als er über sie kam, und schloss die Augen.

Das Feuer war heruntergebrannt, darum nahm er seinen Rock vom Boden auf und deckte sie damit zu. Auf einmal sagte er: »Warum hast du mich heute nicht erwartet?«

Sie rückte etwas von ihm ab. »Du hättest auch zu mir kommen können. Vielleicht habe ich ja in meinem Zimmer auf dich gewartet.«

»Hast du das? Hast du wirklich auf mich gewartet?«

Sie schmiegte sich in seinen Arm und legte den Kopf an seine Schulter. »Ist das denn so wichtig, William? Tagelang gehst du deiner Wege, ich sehe dich meistens erst am späten Abend. Soll ich immer nur auf dich warten?« Sie seufzte. »Tut mir leid, ich will nicht schwierig sein. Aber es geht mir nicht gut. Vielleicht bin ich krank.«

»Du siehst nicht krank aus, Antonia. Was fehlt dir denn?«

»Ich weiß nicht, was es ist. Seit ein paar Tagen bin ich müde, immer nur müde.«

Er sagte nichts. Als sie ihn ansah, wirkte er abwesend.

»Was gab es in Charles Town?«, fragte sie, um auf andere Gedanken zu kommen. »Du hast noch gar nichts erzählt. Wen hast du getroffen?«

Er schwieg, blickte nachdenklich an ihr vorbei.

»William?«

»Ja? Oh, gestern Abend waren wir mit Mr. Ashley im Foundation Club. Tyler, Shaughnessey und ich gingen danach in eine Bar am Hafen, es wurde spät. Auf dem Heimweg hat Tyler von dir geredet. Du scheinst ihm viel zu bedeuten.«

»Oh bitte, William! Fang nicht wieder davon an.«

»Ich wollte nur sagen, er ist ein anständiger Bursche. Wenn es ums Geschäft geht, kannst du dich auf ihn verlassen.«

»Wieso sollte ich mich auf Mr. Tyler verlassen?«, fragte sie. »Du kümmerst dich doch um alles.«

»Auf jeden Fall wird er für dich da sein.«

Sie merkte, dass er ihrem Blick auswich, und erschrak. Das also war es! Das war seine Art, ihr mitzuteilen, dass er fortgehen würde. Sie hatte immer befürchtet, dass er sie einmal verlassen würde, trotzdem war es ein Schock. Nur die seltsame Erschöpfung, die alle ihre Empfindungen dämpfte, milderte ihren Schmerz in diesem Augenblick.

»Wer wird mir helfen, die Plantage zu führen?«, fragte sie, nur um nicht schweigend sein Schweigen zu ertragen. »Mr. Tyler wird nicht jeden Tag herkommen, um hoch zu Ross die Reispflanzungen zu inspizieren.«

»Ich habe mit Mr. Robert gesprochen. Er weiß ebenso gut wie ich, was zu tun ist. Wenn du einverstanden bist, wird er die Verwaltung übernehmen.«

Sie waren weiter voneinander abgerückt, mit jeder Minute würde es schwieriger werden, wieder zueinander zu finden. Sie wollte ihn nicht schon jetzt verlieren, darum überwand sie die Enttäuschung, die Kränkung und den Kummer und nahm seine Hand.

»Es bleibt uns doch noch etwas Zeit, William?«

Darauf nahm er sie behutsam in den Arm und wiegte sie. Als könnte das ihr Leid verringern.

Er hatte sie im Morgengrauen geweckt. Immer stand er in der Stunde zwischen Nacht und Morgen auf und begann als Erster auf der Plantage den Tag; eine Gewohnheit, die ihm bei allen Respekt eintrug, außer bei Antonia, die sich morgens nie von ihm trennen mochte. Wenn er sie eine Zeit lang wach gehalten hatte, ging er hinunter in seine eigenen Räume, zu den morgendlichen Ritualen des Waschens, Rasierens und Ankleidens, bis er dann für einen frühen Umritt das Haus verließ.

An diesem Morgen wollte ihm das Gewohnte nicht recht gelingen. Er ging zwischen Fenster und Bett hin und her, erzählte ihr vom Einbau der Schleuse, und dass die Apparatur heute für einen Probelauf in Betrieb genommen würde. Dann setzte er sich zu ihr ans Bett, um ihr noch etwas anderes zu sagen.

»Longuinius hat mir geschrieben, um mich nach Serenity Heights einzuladen. Wenn du nichts dagegen hast, würde ich ihn gerne besuchen.«

»Will, ich habe nie versucht, über deine Zeit zu verfügen.«

»Ich weiß. Aber weil ich doch ...«

»Nein!« Sie fuhr hoch, wiederholte entschieden: »Nein! Sag es nicht!«

»Also gut.« Er stand auf, offensichtlich wollte er ihre Weigerung, über seine Abreise zu sprechen, als Vorwurf auffassen. »Dann werden wir von jetzt an nicht mehr darüber reden.«

Nachdem er gegangen war, sank sie weinend aufs Bett. Es war das eingetreten, wovor sie sich am meisten gefürchtet hatte: Obwohl er noch da war, verließ er sie nach und nach, mit jeder Minute mehr. Und sie musste es ertragen, verlassen zu werden. Es war ein zersetzender, entmutigender Zustand, dieses ungewisse Warten auf den Abschied. Und doch war alles besser, als wenn er schon fort wäre.

Als sie später aufstand, fühlte sie sich so matt wie an den vergangenen Tagen. Sie trank in der Gesindeküche Tee, wechselte teilnahmslos ein paar Worte mit Charlene und ging zu den Stallungen. Außer Noah Lytton, der die leeren Pferdeboxen auskehrte, war niemand da. Wer anpacken konnte, musste heute bei der Montage der neuen Schleusenanlage mithelfen. Antonia sattelte Grace und ritt am Altwasserkanal entlang. Als sie auf die Lichtung kam, sah sie vom Kamin der Kate einen dünnen Rauchfaden aufsteigen.

»Du hast Glück«, wurde sie von der Indianerin begrüßt, »ich habe Haferkekse gebacken. Sind gerade fertig geworden.«

Kaum hatte Antonia sich auf der Bank am Fenster niedergelassen, kam Ruhe in ihre Gedanken, und sie fühlte sich so frisch wie schon seit Tagen nicht mehr. Wie immer gab ihr dieser Ort Kraft und Selbstvertrauen: Auch wenn sie William verlor, verlor sie doch nicht sich selbst.

Vier Federn setzte sich ihr gegenüber. »Erzähl.«

»Er geht fort, er verlässt mich. Was soll ich nur tun?«

»Das, was du immer getan hast«, sagte Vier Federn schlicht. »Lebe dein Leben.«

Antonia schüttelte den Kopf. »Welches? Mit ihm hatte gerade ein neues Leben begonnen!«

»Dann wirst du noch einmal von vorne anfangen, es ist sehr

einfach: Du stehst auf, du isst, du schläfst. So lebst du Tag für Tag, Jahr für Jahr dein Leben. Ich tue es bis heute.«

Antonia bemerkte einen alten Kummer in den Augen der Indianerin. Ohne Einleitung begann Vier Federn zu erzählen: »Ich hatte mit meinem Bruder auf den Hügeln Flechten gesammelt für die Heilerin unseres Dorfes. Kleiner Bär und ich waren auf dem Rückweg, als wir die Schüsse hörten. Ich wollte mich mit ihm verstecken, doch er riss sich los und lief voller Angst zum Dorf zurück. Ich folgte ihm bis zum Fluss … Auf den Kiesbänken lagen die Krieger des Otter-Stammes. Alle waren tot, ihre Körper von Säbeln aufgeschlitzt. Im Uferwasser floss ihr Blut. Weiße Männer standen zwischen den Toten. Sie skalpierten sie, die langen Zöpfe mit den Federn und bunten Perlen banden sie sich vorne an die Gürtel. Von den Hautfetzen troff Blut, es färbte ihre Hosen rot und lief ihnen in die Stiefel … Wo die Hütten gestanden hatten, waren schwarze Ascheflecke. Sie hatten die Familien zusammengetrieben, die Alten, die Mütter mit ihren Söhnen und den kleinsten Kindern getötet. Die Mädchen hatten sie an den Händen gefesselt und mit Seilen an ihre Sättel gebunden. Sie zerrten sie hinter sich her, als sie durch den Fluss davonritten. Kleiner Bär lief zu den toten Frauen, er warf sich zu unserer Mutter auf den Boden. Das hatte ein Mann gesehen und kam noch einmal zurück. Neben meinem Bruder sprang er vom Pferd. Er riss ihn an den Haaren hoch, skalpierte ihn und schlug ihn mit dem Gewehrkolben tot. Die Haare band er zu den anderen Skalps an seinen Gürtel, dann folgte er seinen Leuten. Ich ging fort, aß, was ich fand, schlief auf dem Boden und lebte weiter.«

An Stricken und Seilen wurde die Schleusenapparatur langsam in das exakt ausgehobene Bassin hinabgelassen, wo Joshua und Farell die beiden Metallgehäuse mit Haltebolzen in der vorgesehenen Position zusammenfügten und fixierten. Danach gab Farrell das vereinbarte Zeichen für Richard Allan und seine Männer, die nun begannen, mit Spitzhacken den provisorischen Damm am Fluss einzureißen. Schnell füllte sich der Stichkanal vor der Schleuse mit Wasser.

William stand mit Ghost auf dem Damm und beobachtete den Einbau. Es erfüllte ihn mit Befriedigung, dass die alte Reisplantage zur Produktivität zurückgeführt wurde. Antonia würde bald erste Ernteerträge erzielen, die sie mit Tylers Hilfe an der Charles Towner Börse zu Geld machen würde. Die Plantage würde sich unter Mr. Roberts Verwaltung bald selber tragen. Bei einer intensiven Nutzung des Landes konnte Legacy in ein paar Jahren ansehnliche Einnahmen abwerfen, damit wäre Antonia wirtschaftlich abgesichert. Sie brauchte ihn nicht mehr.

Ghost schnaubte mutwillig, als Gallagher auf seinem schweren Wallach die Böschung herauf ritt. Der Sergeant fragte William, wann die Soldaten nach Fort Wren abrücken konnten, er wolle General Carlyle ihre Rückkehr ankündigen.

»Gut, dass Sie mich daran erinnern, First Sergeant. Der Plan ist folgender: Wir werden heute die Felder fluten. Ab morgen testen wir die Schleuse, die Probeläufe sollten nach zwei Tagen abgeschlossen sein. Also endet der Dienst Ihrer Männer in voraussichtlich vier Tagen.«

»Dann werde ich dem General unsere Rückkehr für den vierten April avisieren. Soweit ich weiß, wollte Lieutenant Farell die Anlage noch einmal vollständig überprüfen?«

»Richtig, ich denke, er wird Ihnen ein paar Tage später folgen. Kann ich Ihnen mein Dankesschreiben an General Carlyle mitgeben?«

»Sir, ich werde es ihm persönlich übergeben! Ich darf Ihnen schon ankündigen, dass der General Sie zu unserem Garnisonsball im Mai einladen wird. Wir alle hoffen natürlich, dass Sie und Mrs. Lorimer kommen werden.«

»Wenn es sich einrichten lässt, werden wir gerne kommen.«

Sie hörten Farell rufen. »Hey, Tom! Mr. Marshall, Sir! Es geht los!«

Sie ritten hinunter zum Wehr und saßen ab.

Farell salutierte strahlend. »Wenn Sie erlauben, Colonel, beginnen wir mit der Probeflutung.«

Die Arbeiter hatten sich auf einer Seite des Stichkanals versammelt, Farell stand beim Schleusentor, Joshua an den Flutungsklappen. Auf Williams Zeichen drehte Farell ein Kurbelrad und öffnete dadurch das Hauptschott. Während der Schieber sich langsam senkte, schoss schlammbraunes Flusswasser dröhnend und gurgelnd in die metallene Schleusenwanne. Der Wasserspiegel stieg rasch an. Als die Wanne zu zwei Dritteln gefüllt war, öffnete Joshua nacheinander die Schotts der beiden Flutungsklappen. Im Schwall strömte das Wasser in die ableitenden Kanäle, die an den Feldern entlangführten und es durch ein Gitternetz von Bewässerungskanälen über die Anbauparzellen verteilten. Joshua und Farell hoben in Siegerpose die Arme, sofort erscholl lauter Jubel. William verneigte sich anerkennend vor den Leuten, und Joshua klopfte Farell mit so begeistertem Schwung auf die Schulter, dass der Lieutenant um ein Haar in die Schleusenwanne gefallen wäre. Eine Weile noch standen Landarbeiter und Soldaten beisammen, stolz und erleichtert beredeten sie den gemeinsamen Erfolg. Dann machten sich alle nach und nach auf den Rückweg.

William traf in vollem Galopp vorm Herrenhaus ein. Er gab Noah, der vom Wirtschaftshof herbeigelaufen kam, den kurzen Bescheid, das erhitzte Pferd nur abzureiben und für den Weiterritt in die High Hills zur Verfügung zu halten.

Von der Halle aus rief er nach Néné. »Pack meine große Satteltasche, ich verreise für zwei Tage.«

Gleich ging er nach oben, um sich von Antonia zu verabschieden. Auf sein Klopfen erhielt er keine Antwort. Schlief sie etwa schon wieder? Leise trat er ein. Sie war nicht in ihrem Schlafzimmer. Die Verbindungstür zum Salon war angelehnt.

»Antonia?«

Er klopfte sacht mit dem Griff seines Stocks und schob die

Türe langsam auf. Auch hier war sie nicht. Nach einem Moment des Zögerns trat er ein. Er war erst zwei- oder dreimal in dem mädchenhaften Zimmer gewesen; hier erinnerte alles an sie und weckte in ihm den intensiven Wunsch, ihr nahe zu sein. Er wollte ihr wenigstens ein paar Zeilen hinterlassen, setzte sich an ihren Schreibtisch und nahm Feder und Papier.

»Liebste, ich mache mich auf den Weg nach Ser. Hts. und wollte dich umarmen ...« Er schrieb, wie sehr sie ihm in diesem Augenblick fehle, etwas, das er noch nie zu ihr gesagt hatte. Den fertigen Brief vor sich, sah er sich in ihrem Salon um. An der gegenüberliegenden Wand zwischen zwei Fenstern hingen Miniaturen in ovalen Rahmen. Er ging hin, um sie sich aus der Nähe anzusehen. Ein auf Porzellan gemaltes Bild zeigte ein Mädchen mit ungebändigtem Haar und intensiven dunklen Augen. Er hielt es zunächst für ein Portrait von Antonia, dann las er in der Rundung des Rahmens den Namen Adela Cosel, »Mama« war in kindlicher Handschrift hinzugefügt. Daneben, auf Seidenkarton gezogen, hingen Scherenschnitte von drei Mädchenprofilen, nach der Bildunterschrift »Les belles Bells«, die Schwestern Diane, Lydia und Antonia Bell.

Darunter hing noch ein Bild, die Rötelzeichnung eines jungen Mannes mit kinnlangem hellem Haar und offenen Gesichtszügen, der dem Betrachter gelassen entgegensah. William hätte ihn kaum wiedererkannt. Erst ein längerer Blick auf die Zeichnung brachte ihm die Erinnerung an Henry Lorimer zurück. Sie waren sich begegnet, als Henry desillusioniert und am Ende war. Als William jetzt die Zeichnung betrachtete, blickte er in das Gesicht eines selbstbewussten Intellektuellen, dem sein Idealismus auf die Stirn geschrieben stand, und erstmals bekam er eine Vorstellung von dem Mann, in den sich Antonia vor sieben oder acht Jahren verliebt hatte. Lorimer musste ein sympathischer Bursche gewesen sein, intelligent, unverkrampft. Er brachte berühmte Leute ins Haus, sie hatten einen Debattierclub, Freunde, Parties. Offenbar war er spleenig genug gewesen, seiner Frau den Phaeton zu schenken. Wenn Antonia von ihrem Schreibtisch aufblickte, sah sie jedes Mal das Bild des Mannes, den sie geliebt hatte.

William war mit zwei Schritten beim Schreibtisch, zerknüllte den Brief und warf ihn in die Kaminglut. Seine Worte der Liebe kamen ihm lächerlich vor, wenn er sich vorstellte, wie sie hier saß und Erinnerungen an den Verstorbenen nachhing. Er fühlte sich verletzt, als hätte sie ihn abgewiesen. Natürlich tat er ihr Unrecht, aber das war ihm egal. Er wartete, dass das Blatt verbrannte, und zerstieß mit dem Stock die Asche, ehe er den Raum verließ und die Tür hinter sich zuwarf.

Vor dem Haus wartete Noah mit dem Pferd. Gereizt ging William nach dem Gepäck sehen. Néné war noch nicht fertig und hantierte umständlich mit den Kleidungsstücken. Die Arbeit ging ihm eben langsam von der Hand, William wusste das. Doch jetzt war ein schlechter Zeitpunkt für Trödelei. Die Entdeckung von Henrys Bild stimmte William denkbar ungnädig und er wollte seinen Zorn an jemandem auslassen. Er packte also seinen saumseligen Kammerdiener, schüttelte ihn wie einen jungen Hund und stieß ihn in die offene Ankleide, wo er mit Wäschefächern und Kleiderbügeln krachend zu Boden ging.

William bereute sofort seine unbeherrschte Reaktion, stellte den Jungen wieder auf die Füße und gab ihm einen aufmunternden Klaps. »Mein Gepäck. In drei Minuten!«

Wenig später war er unterwegs nach Serenity Heights.

19.

Die Wolken leuchteten rot vorm purpurnen Abendhimmel, nachdem die Sonne längst hinter dem Hügelkamm verschwunden war. Ein Diener schloss die Vorhänge und entzündete die Kerzen in den Wandleuchtern. Er schob einen Fußschemel vor

Longuinius' Sessel und legte ihm eine wärmende Decke um die Knie.

William war am späten Nachmittag eingetroffen und hatte alleine einen Imbiss eingenommen. Sein Gastgeber ließ sich entschuldigen; eine anhaltende Unpässlichkeit zwang ihn, tagsüber mehrere Stunden zu ruhen. Sobald er sich besser fühlte, kam er in den Salon, um William zu begrüßen.

Erfreut hatte Longuinius bemerkt, dass William den Gehstock nicht mehr brauchte. Er betrachtete ihn mit einem Gefühl von Zuneigung und Respekt und erinnerte sich daran, wie er ihm zum ersten Mal begegnet war, im Herbst 1777 in Philadelphia. Die verängstigten Einwohner erlebten damals die Einnahme ihrer Stadt wie eine eitle Militärparade. Auch Longuinius verfolgte die Truppenschau der britischen Eroberer, denn er saß in Philadelphia fest: Während der Kongress und die Wortführer der Unabhängigkeit vor der anrückenden Armee flohen, hatte er im Hause Benjamin Franklins auf eine Nachricht des Freundes aus Frankreich gewartet und darüber den rechten Zeitpunkt zur Flucht verpasst.

Nachdem die Briten die Stadt in unversehrtem Zustand vorfanden, quartierten sie sich in den Häusern ihrer Gegner ein. So kam es, dass Longuinius auf einmal mit drei Offizieren und deren Ordonnanzen traulich unter einem Dach wohnte. Für einen Mann von seinem politischen Einfluss war die Lage äußerst prekär. Doch die neuen Mitbewohner Harcourt, André und Spencer hielten ihn für einen nur unbedeutenden Verwandten Franklins und schenkten ihm weiter keine Beachtung.

Die Besatzer führten in Philadelphia ein angenehmes Leben. Abgesehen von vereinzelten Scharmützeln mit den Rebellen versahen die Offiziere des franklinschen Haushalts einen geruhsamen Dienst. In der Hauptsache sorgten sie für ihre Unterhaltung, organisierten Bälle und Theateraufführungen. Harcourt inszenierte sogar ein Ritterturnier in mittelalterlichen Kostümen, die »Mischianza«, zum Abschied ihres Oberbefehlshabers Lord Howe. Indessen saß Longuinius wie auf Kohlen und wartete auf eine Gelegenheit, aus der Stadt zu fliehen.

An einem kalten Wintermorgen schrieb er in Franklins Bibliothek einen Brief an General Washington. Er machte Angaben über Truppenstärken, Kanonen und Befestigungswerke in der besetzten Stadt und warnte besonders vor den Patrouillen; Harcourts Spähtrupps planten wieder einen Überfall auf die amerikanischen Fouragiertransporte. Der Brief sollte nach Einbruch der Dämmerung von einem Boten zu Washingtons Hauptquartier ins zwanzig Meilen entfernte Valley Forge gebracht werden. Longuinius hatte das gesiegelte Schreiben eben eingesteckt, als seine Mitbewohner vom Morgenappell zurückkehrten und sich ebenfalls in dem einzigen geheizten Raum niederließen. Longuinius am Schreibtisch tat so, als wäre er in seine Briefschaften vertieft.

»Sie sollten sich das gut überlegen«, wandte sich Harcourt an seinen Untergebenen Spencer. »Es besteht wirklich kein Grund, Mr. Stuart zu fordern.«

»Er ist mir bei meiner Dame in die Quere gekommen!«, versetzte Spencer, worauf André meinte: »War es nicht eher umgekehrt? Stuart war der Erste bei Miss Shippen, und Sie, Spencer, wollten sie ihm ausspannen!«

»Wie auch immer«, sagte Harcourt, »ich habe mit Mr. Stuart geredet. Nach allem, was vorgefallen ist, möchte er Ihnen lieber nicht mehr begegnen. Als Ihr Freund gebe ich Ihnen den Rat, die Sache auf sich beruhen zu lassen.«

»Ich fühle mich aber beleidigt.«

»Zum Teufel, Spencer! Stuart hat Sie in flagranti mit seiner Freundin erwischt!«

»Er hatte in meinem Revier nichts zu suchen.«

»Miss Shippens Salon ist niemandes *Revier*. Vor allem hätten Sie ihn nicht so demütigen dürfen.«

»Er soll froh sein, dass er in dem Misthaufen landete«, sagte Spencer grinsend.

»Genau«, stimmte André ihm lachend zu. »Anstatt zur Hofseite hätten Sie ihn ja auch aus einem Fenster zur Straße hinauswerfen können!«

Harcourt lächelte schwach und stand auf. »Ein letztes Mal, Spencer: Nehmen Sie Ihre Forderung zurück.«

»Niemals!«

»Vergessen Sie nicht, er ist General Clintons Protegé.«

»Ein arroganter Stabsadjutant ist er, mehr nicht!«

»Nun gut«, erwiderte Harcourt gelassen, »da Sie mir keine Wahl lassen, befehle ich Ihnen, sich umgehend zur Truppe ins Feldlager zu begeben. Sie werden dort bleiben, bis Mr. Stuart Philadelphia verlassen hat und sich auf dem Rückweg nach New York befindet. Ich hoffe, ich habe mich klar ausgedrückt, Lieutenant-Colonel? Ordonnanz!« Ein junger Soldat kam herein. »Lassen Sie anspannen, packen Sie Mr. Spencers Sachen und begleiten Sie ihn zum Feldlager. Ich brauche den Wagen später selber, also sehen Sie zu, dass Sie bald wieder zurück sind.«

»Jawohl, Sir!«, rief der Soldat und ging, um Spencers Ausquartierung vorzubereiten.

»Tut mir leid, Spencer«, sagte Harcourt. »Wenn Sie nicht an Ihre Karriere denken, gestatten Sie wenigstens, dass ich es für Sie tue.« Er wandte sich an den Major. »Kommen Sie, André, gehen wir zum Lunch ins Bunch-of-Grapes. Leben Sie wohl, Spencer.«

Sie gingen hinaus, ihre Schritte verklangen, während Spencer verdrossen ins Feuer starrte. Longuinius wollte sich zurückziehen, um den kompromittierenden Brief in Sicherheit zu bringen. Als er hinausging, sah Spencer mit düsterer Miene auf, besann sich dann und stand auf, um den älteren Herrn höflich zu grüßen. Longuinius nickte und wollte schnell weitergehen.

»Oh Sir«, rief Spencer, »bitte warten Sie einen Moment.«

Longuinius seufzte und blieb stehen.

»Ich fragte mich gerade, ob ich Sie zu einer Spazierfahrt einladen dürfte«, sagte Spencer. »Sie konnten die Stadt länger nicht verlassen, da würden Sie eine Ausfahrt in der freien Natur bestimmt genießen.«

»Eine Ausfahrt? *Pourquoi pas?*« Longuinius überlegte kurz. »Wohin wollen wir denn fahren, Colonel?«

»Ach, es geht nicht um mich. Ich würde Ihnen den Wagen gern überlassen, Sie können dann alleine, nur zu Ihrem Vergnügen, aus der Stadt hinausfahren. Vielleicht möchten Sie sich das Feldlager ansehen?«

Sehr schlau, mein Freund!, dachte Longuinius. Ich fahre an deiner Stelle zum Feldlager, und bevor Harcourt sein Lunch beendet, hast du den armen Mr. Stuart längst erledigt! Er lächelte, dieser Goldjunge wollte ihm helfen, die Stadt zu verlassen – nun gut, eine bessere Chance würde sich kaum bieten!

»Ich nehme Ihr freundliches Angebot an, Mr. Spencer. Meinen Sie denn, Ihre Patrouillen lassen mich passieren?«

»Sie bekommen selbstverständlich meinen Passierschein, Sir.«

»Fein! Dann hole ich nur rasch Hut und Mantel.«

Ohne Gepäck, nur in seinem pelzbesetzten Mantel, den Brief an Washington unterm Hutband seines Dreispitzes, verließ Longuinius das Haus Benjamin Franklins in der Market Street. Als er in den Wagen stieg, gab ihm Spencer den Passierschein. Longuinius beugte sich noch einmal aus dem Fenster.

»Harcourt hat recht«, sagte er lächelnd. »Denken Sie an Ihre Karriere, junger Mann, lassen Sie Mr. Stuart am Leben!« Dann fuhr der Wagen an, und er winkte fröhlich zurück. »*Au revoir, Colonel!*«

Nach diesem Abenteuer hatte Longuinius sich manchmal gefragt, was wohl aus Mr. Stuart geworden war; oder aus dem Kutscher, der damals ohne seinen Fahrgast zurückkehren musste, der »dem Ruf der Natur folgend« am Waldrand ausgestiegen und danach spurlos verschwunden war.

Der Diener war gegangen. William nahm sich ein Glas Brandy, während Longuinius, in seinen Sessel gelehnt, noch etwas bei jener Zeit in Franklins Haus verweilte. Er hatte sich damals ein paar Mal mit Spencer unterhalten, in der Hoffnung, an Informationen über Truppenbewegungen oder die Organisation des Nachschubs zu kommen. Aber Spencer erzählte am liebsten von der Jagd mit seiner Meute von Foxhounds und seinem Lieblingshund Clover. Unermüdlich ritt er mit dem Hundeführer neue Strecken ab und organisierte Fuchsjagden für seine Offiziersfreunde und ihre Damen. Nach seiner Flucht aus Philadelphia hatte Longuinius oft an Spencer gedacht. Er hatte ihn gerngehabt und insgeheim mit dem Sohn verglichen, den er nie hatte.

In den Jahren nach der Aufgabe Philadelphias führte Spencer mit der British Legion die Kampagnen in den südlichen Provinzen. Longuinius hörte vom Terror der Dragoons unter ihrem unerbittlichen Kommandeur. Es fiel ihm schwer, zu glauben, was aus dem etwas großspurigen jungen Mann geworden war, den er in so guter Erinnerung hatte. Als er ihn Jahre später an der Seite von Antonia Lorimer im Planters Club wiedertraf, erschrak er, so verändert kam Spencer ihm vor. Sein jugendlicher Schneid war zu einer harten, zynischen Haltung verhärtet. Aber da war noch etwas anderes; Spencer musste etwas erlebt haben, das über die gewöhnlichen Erfahrungen eines Krieges hinausging. Das hatte Longuinius gleich gespürt.

»Sie schweigen, mein Freund«, sagte er freundlich. »Und Sie machen mir den Eindruck, als läge Ihnen etwas auf der Seele.«

William nickte. »Meine Arbeit auf der Plantage ist so gut wie abgeschlossen, Mrs. Lorimer benötigt meine Hilfe nicht mehr.«

»Ich verstehe. In Ihrem letzten Brief erwähnten Sie eine Reise?«

William zögerte. »Mein Reiseziel könnte Anlass zu Spekulationen geben, die für Mrs. Lorimer von Nachteil wären.«

»Was denn für Spekulationen? Sagen Sie es geradeheraus: Sie wollen nach England zurückkehren!«

»Sir, ich habe Verpflichtungen, die mich in meine Heimat zurückrufen.«

»Gestatten Sie mir die Bemerkung, dass es für Sie auch hier Verpflichtungen gibt!«

Longuinius hatte seine Sanftmut verloren. Er billigte sich als Antonias Großonkel zu, voreingenommen zu sein. Nach allem, was ihm zu Ohren gekommen war, sorgte Antonias Verhältnis zu ihrem Verwalter für einiges Gerede. Da sie sich nicht im Geringsten bemühte, die Gerüchte zu entkräften, hatte sie anscheinend überzeugende Beweise erhalten, dass Spencer es ernst mit ihr meinte. Also wie kam er dazu, sie verlassen zu wollen?

»Ich bin beileibe kein Konformist«, sagte er. »Als Junggeselle habe ich größtes Verständnis, wenn ein Mann sich für ein Leben fernab familiärer Bindungen entscheidet. Doch nachdem Sie offensichtlich mit Mrs. Lorimer zusammenleben, hätte ich von Ihnen mehr Verantwortungsgefühl erwartet!«

»Sir, Mrs. Lorimer hat gewusst, dass ich immer noch Soldat der Britischen Armee bin.«

»Ach so! Und nun glauben Sie, der Zeitpunkt sei gekommen, Ihrem Land und dem König Ihre Treue zu beweisen? Mr. Spencer, es mag sein, dass Sie zunächst gezwungen waren, in Amerika zu bleiben. Doch mittlerweile sind Monate vergangen. Sie hätten längst die Möglichkeit gehabt zu gehen und blieben trotzdem hier, nur weil Sie einem Techtelmechtel nicht widerstehen konnten! Manch einer würde es Ihnen nachsehen, doch in meinen Augen ist Ihr Verhalten keinesfalls ehrenhaft.«

William hatte nicht erwartet, in dieser Weise zurechtgewiesen, ja als gewissenlos hingestellt zu werden. Glaubte Longuinius etwa, es fiele ihm leicht, Antonia, der er sein Leben verdankte, zu verlassen? Doch täglich fühlte er die Schmach des Fahnenflüchtigen im fremden Land. Alles, was ihm heilig war, zwang ihn, nach England zurückzugehen.

»Sie haben recht«, sagte er. »All die Monate habe ich vorgegeben, ein anderer zu sein, habe ein Leben gelebt, das nicht meines ist. Ich habe es Antonia zuliebe getan, was keine Entschuldigung sein soll. Aber immer war mir bewusst, dass ich Schande über mich bringe, solange ich nicht den mir zugewiesenen Platz einnehme. Darum möchte ich nach England und zu meiner Truppe zurückkehren. Ich schulde meinem Land Loyalität.«

»Ihrem Land? Und was, glauben Sie, schulden Sie Antonia?«

»Nur eins: Ich muss aus ihrem Leben verschwinden, bevor die Wahrheit uns einholt! Antonia darf nicht mit mir in Verbindung gebracht werden. Mein Name hat in dieser Gegend einen verderblichen Klang.«

»Das ist leider wahr.«

Longuinius wirkte plötzlich verhalten. William wusste auch, warum: Er hatte ein Thema berührt, das sie bisher sorgsam vermieden hatten. Nun fand er, war es an der Zeit, dass dieses Thema zur Sprache kam. »Sir, bei meinem ersten Besuch erwähnten Sie Gouverneur Rutledge.«

»Oh ja, Sie hatten auch seine Freilassung aus dem Kerker erwirkt.«

»Bald zeigte sich, dass es ein Fehler war. Rutledge nutzte Cornwallis' Entgegenkommen aus, um zu fliehen. Er schloss sich General Buford an mit dem Ziel, die Virginia *Regulars* mit den Truppen der Kontinentalarmee, die von Norden gegen Charlotte marschierten, zu vereinigen. Um das zu verhindern, verfolgten wir Bufords Heerzug und stellten ihn an der Grenze zu North Carolina. Obwohl wir in der Überzahl waren, bot ich Buford faire Kapitulationsbedingungen an. Auf Rutledges Rat hin lehnte er ab. Doch Rutledge hatte sich verkalkuliert, die erwarteten Truppen blieben aus. In einer Gegend, die Waxhaws heißt, kam es dann zur Schlacht.«

»Die Waxhaws!« Longuinius seufzte schwer. »Eine beispiellose Schlächterei!«

William zuckte die Schultern. »Was glauben Sie, hätte General Buford mit uns gemacht, wenn ihm die Continentals rechtzeitig zu Hilfe gekommen wären?«

»Mr. Spencer, Bufords Truppen wurden nicht einfach geschlagen, sie wurden vernichtet! Sie selbst sollen den Befehl gegeben haben, jeden niederzumachen, der sich ergab.«

»Die Schwarze Flagge?« William schüttelte den Kopf. »Nein, Sir, so ist es nicht gewesen.« Er fasste Longuinius schärfer ins Auge. »Waren Sie jemals in einer Schlacht? Nein? Stellen Sie sich die Linien der Infanterie vor, angetreten in schöner Formation, Mann neben Mann, die Reihen exakt hintereinander ausgerichtet. Man lässt sie bis auf Schussdistanz vorrücken. Auf Kommando feuert die vorderste Linie, darauf knien die Männer zum Nachladen, und die zweite Reihe legt an und schießt. Wer durch gegnerische Salven fällt, wird durch nachrückende Kameraden ersetzt, so bleiben die Linien in geschlossener Ordnung – bis zu dem Moment, da eine Seite das Signal zum Sturm gibt. Dann bricht das Chaos los! Alle Liniensoldaten stürzen schreiend auf den Gegner zu. Gleichzeitig erreicht die Kavallerie das Feld, in voller Angriffsgeschwindigkeit brechen die Berittenen in die Flanken der vorstürmenden Infanterie, reiten die Fußsoldaten nieder und fallen ihnen in den Rücken. Mehrere Tausend Mann treffen im Zentrum der Schlacht mit Säbel und Bajonett aufeinander. Dazu kommt das Geschützfeuer der Artillerie, Menschen und Pferde werden von Granaten zerrissen. Es ist ein Inferno!«

William hörte den Geschützdonner, die heranzischenden Geschosse und darüber sein eigenes heiseres Gebrüll, die Männer anfeuernd zum Töten, Töten, Töten!

Er atmete tief durch, bevor er weitersprach. »Der Angriff löst eine Welle der Gewalt aus, die im Verlauf des Gefechts immer mächtiger wird. Wenn Sie zögern, rollt diese Welle über Sie hinweg, und Sie gehen unter. Wenn Sie sich aber mitreißen lassen und kämpfen, werden Sie selber ein Teil der Unmenschlichkeit, die um Sie herum entfesselt ist. Glauben Sie mir, ich habe meine Dragoons in viele Kämpfe geführt. Ich habe gesehen, wie die Besten von ihnen zu Bestien wurden und jeden Gegner in Stücke schlugen. Ja, ich kenne den Rausch des

Blutes, der uns in der Nähe des Todes überkommt ... Keine Gefangenen!« Er lachte rau. »Glauben Sie wirklich, im Gefecht töten die Männer auf Befehl?«

Longuinius konnte ihm ansehen, dass er sich nicht ohne Befriedigung an jenes Blutbad erinnerte, das ihm den bösen Ruhm eines Erzschlächters eingetragen hatte. Es ist seine dunkle Seite, dachte er bei sich, eine zerstörerische Leidenschaft, die seinen Charakter maßgeblich bestimmt. Dass er nach außen kühl und beherrscht erscheint, ist reine Disziplin.

Erschöpft schloss er die Augen, die Unterhaltung hatte ihn angestrengt. Sofort war William bei ihm.

»Sir, es tut mir leid!«

»Aber nein!«, antwortete Longuinius matt. »Ihre Offenheit ehrt Sie, auch wenn es mich erschreckt, wie Sie darüber denken.« Er bedeutete William, seinen Sessel heranzuziehen. »Ich gebe zu, ich war manchmal in Sorge um Antonia, als ich Sie in Ihrer Nähe wusste.« Er hustete, musste wieder zu Atem kommen. »Nach Henrys Tod bin ich ihr nicht oft begegnet. Das Leben in der besetzten Stadt machte sie traurig, sie schien verändert, als hätte sie ihr Ziel aus den Augen verloren. Dann sah ich sie mit Ihnen zusammen im Planters Club. Ach, mir fiel sofort auf, wie sehr sie sich zu Ihnen hingezogen fühlte! Sie wirkte so zuversichtlich und dem Leben wieder zugewandt. Ich will damit sagen, was immer Sie getan haben, Mr. Spencer, es ist gut, dass Antonia Ihnen begegnet ist.«

»Ich konnte ihr geben, was sie als Frau vermisst hat«, sagte William, »aber mehr nicht. Ich lebe mit ihr zusammen, doch ich kann sie nicht lieben. Ich weiß, es klingt abscheulich nach allem, was sie für mich getan hat, aber es lässt sich nicht ändern. Natürlich spürt sie meine Kälte, es macht sie von Tag zu Tag unglücklicher. Es ist besser, wenn ich fortgehe.«

Longuinius nickte. Er ahnte, dass William sich den Anschein von Kaltherzigkeit gab, während er in Wahrheit unter seiner inneren Zerrissenheit litt. Wortlos reichte er ihm die Hand, um zum Ausdruck zu bringen, dass er seinen Entschluss respektierte und ihm vor allem keinen Vorwurf machte. Dann nahmen sie voneinander Abschied.

Am nächsten Morgen machte William sich in aller Frühe auf den Rückweg. Er folgte dem Plains River und erreichte mittags das Stauwehr. Wie erwartet, traf er Farell, der die beiden Vorarbeiter von Legacy, Cole und Allan, in die Handhabung der Regulierungsmechanik einwies. Der Sachverstand des jungen Ingenieurs war beachtlich. William freute sich, mit welchem Enthusiasmus er den Männern die komplizierten technischen Abläufe vermittelte. Er sprach mit ihm noch einmal alle Details durch, die beim weiteren Betrieb der Anlage zu beachten waren, dann ritt er allein zum Hof zurück.

Als er Joshua sein Pferd übergab, sagte er: »Ich habe etwas mit Ihnen zu besprechen, Mr. Robert. Sagen wir um fünf Uhr in meinem Büro?«

»Ist in Ordnung, Mr. Marshall.«

William ging über den Fahrweg zurück und war schon auf dem halben Weg zum Herrenhaus, als Antonia durch das offene Stalltor trat. Sie lehnte sich an Ghosts Schulter, während sie William nachsah.

»Hat er es dir schon gesagt?«

»Dass er uns verlässt?« Joshua nickte. »Anscheinend möchte er, dass ich mich als Verwalter um Ihre Plantage kümmere.«

»Das möchte ich auch, Joshua. Wie soll ich denn alleine zurechtkommen?«

»Na wie vorher, ehe er herkam!« Er warf einen Blick zum Herrenhaus, wo William gerade zwischen den Eingangssäulen verschwand. »Es ist nicht so einfach, wie Mr. Marshall es sich vorstellt«, sagte er, indem er Ghost abzäumte. »Als Verwalter müsste ich Bankgeschäfte abwickeln und Preise an der Börse verhandeln, Aufgaben, die ein Schwarzer nicht wahrnehmen darf. Besser, ich bleibe Ihr Kutscher.«

Er brachte Sattel und Zaumzeug in die Sattelkammer.

»Jeder kennt dich in Charles Town, Joshua«, sagte Antonia, als er zurückkam. »Als mein Verwalter wärst du viel glaubwürdiger als dein Vorgänger.«

»Er hat sich wenig Freunde gemacht. Dafür hat er hier eine ganze Menge bewirkt. Ich würde mein Bestes tun, um das fortzusetzen, was er begonnen hat, wenn Sie es wünschen, Miss Antonia.«

»Du weißt, du bist der Einzige, dem ich Legacy anvertrauen würde.« Sie ließ den Blick über das Anwesen schweifen. »Was meinst du, wird es gutgehen?«

»Fürchten Sie, dass Mr. Hocksley mit seinen Leuten wieder hier aufkreuzt?«

»Ich habe keine Ahnung, was er tun wird, aber ich traue ihm alles zu.«

Joshua hatte Hocksleys wütenden Blick nicht vergessen, als er ihn mit dem Gewehr bedrohte. Wäre der Engländer erst fort, würde Hocksley seinen Hass auf Joshua lenken. Antonia gingen ähnliche Gedanken durch den Kopf. Sie versuchte, aufmunternd zu lächeln, ehe sie William zum Haus folgte.

Er sah kurz auf, als sie eintrat, faltete und siegelte noch einen Brief. »Komm her zu mir!« Als sie zum Schreibtisch kam, legte er einen Arm um ihre Taille und zog sie auf seinen Schoß. »Ich habe Carlyle geschrieben, dass ich seine Männer in ein paar Tagen nach Fort Wren zurückschicke. In dem Brief erwähne ich auch, dass Lieutenant Farell hervorragende Arbeit geleistet hat. Übrigens, Carlyle erwartet dich nächsten Monat zum Garnisonsball.«

»Ach, er kennt mich doch gar nicht. Warum sollte ich da hingehen?«

»Hast du nicht immer gesagt, wie freundlich er zu uns war? Du könntest ihm die Ehre erweisen, auf seinem Ball zu erscheinen.«

»Und du, Will? Wo wirst du nächsten Monat sein?«

»Antonia, du wolltest nicht, dass wir darüber reden.«

»Ja ja, ich weiß!« Unwillig machte sie sich los, ging zur Anrichte mit den Karaffen, nahm sich ein Glas und goss es halb voll Brandy. Mit einem verächtlichen Blick setzte sie das Glas an die Lippen. Doch er war schon bei ihr und hielt ihre Hand fest.

»Lass das, es ist nicht gut für dich!«

»Wenn schon!« Sie riss ihre Hand unerwartet heftig zurück, sodass das Glas zu Boden fiel und zersprang. Überall lagen Scherben, der Geruch des verschütteten Alkohols schlug ihr entgegen und löste wieder Übelkeit in ihr aus. Sie fühlte, wie ihre Knie nachgaben.

William fing sie auf und führte sie zu einem Sessel. Zwischen lauter Glassplittern kniete er vor ihr und hielt ihre Hände. »Kleines, warum tust du das? So machst du es uns beiden unnötig schwer.«

Sie musste die Augen schließen, so elend fühlte sie sich. »William, es geht mir gar nicht gut.«

»Ich weiß.« Er nahm sie behutsam in die Arme, wiegte sie sacht. »Glaub mir, es wird bald vergehen. Du musst einfach etwas Geduld haben.«

»Wovon redest du? Wieso muss ich Geduld haben?«

»Ich meine nur, mach dir keine Sorgen«, sagte er schnell. »Du wirst sehen, es geht auch wieder vorüber.« Ganz sanft zog er sie an sich und küsste sie. »Fühlst du dich etwas besser?«, fragte er leise und streichelte ihre Wange.

Wie zärtlich er sein konnte! Sonst kannten seine Liebesbezeigungen nur ein Ziel. Sie fragte sich, was ihn zu so viel Rücksichtnahme bewogen habe, da klopfte es an die Tür.

»Bleib bei mir!«, bat sie rasch.

Aber er war schon aufgestanden, ging zum Schreibtisch, rief: »Herein!« Es war Joshua.

»Ich lasse euch allein«, sagte Antonia und raffte sich schnell auf.

Joshua wartete im Eingang, bis sie den Raum verlassen hatte.

»Schließen Sie die Tür, Mr. Robert«, sagte William. »Setzen Sie sich.« Er holte einige gesiegelte Papiere aus einer Mappe. »Hier sind die Vollmachten für Ashley & Bolton, ausgestellt auf Ihren Namen und von Mrs. Lorimer gegengezeichnet; dazu Ihre Verfügungsberechtigung über das Geld aus dem Darlehen von Mr. Shaughnessey. Bei allen Fragen wenden Sie sich an Mr. Tyler. Er ist kompetent, zuverlässig. Sie können ihm vertrauen. Falls Sie Schwierigkeiten mit der Pflanzerlobby bekommen sollten, steht er auf Ihrer Seite.«

Er schob Joshua die Dokumente hinüber und lehnte sich zurück.

»Zur Verwaltung der Plantage muss ich Ihnen nichts sagen. Dies noch: Ich möchte, dass Sie Ghost behalten. Achten Sie darauf, dass ihn niemand außer Ihnen reitet.«

»Aber Sir«, Joshua schüttelte den Kopf, »das kann ich nicht annehmen. Ich meine, Ghost ist kein Pferd für … meinesgleichen.«

»Als Verwalter von Legacy brauchen Sie ein anständiges Pferd. Können wir uns darauf verständigen?«

»Ja, Sir. Ich danke Ihnen!« Dann sagte er: »Sie werden uns also bald verlassen?«

»Morgen.«

»Aber Mrs. Lorimer gibt morgen ein Fest!«

»Das weiß ich. Keine Sorge, ich kutschiere selber nach Charles Town. Wenn Sie das nächste Mal in die Stadt kommen, können Sie den Wagen in Lyndon House abholen.«

Joshua hatte es anders gemeint. »Was sagt Mrs. Lorimer dazu, dass Sie morgen fortgehen?«

»Sie weiß es noch nicht. Sie erfährt es früh genug, wenn ich mich verabschiede.«

»Nein, das dürfen Sie ihr nicht antun!«

»Oh, es war nicht meine Idee. Ich musste versprechen, den Zeitpunkt der Abreise nicht zu erwähnen.« Er stieß seinen

Stuhl zurück, durchquerte den Raum, Glassplitter knirschten unter seinen Stiefeln. »In ihrem Zimmer hängt ein Bild von Lorimer.« Er sah Joshua forschend an. »Glauben Sie, dass sie ihn sehr vermisst?«

»Ich weiß nicht. Damals, zu Beginn ihrer Ehe, waren sie sehr glücklich.«

»In dieser ach so glücklichen Zeit hat Lorimer die Plantage ruiniert«, bemerkte William trocken. »In weniger als drei Jahren hatte er seine Frau um ihr gesamtes Vermögen gebracht. Sagen Sie mir, Mr. Robert, wieso hat sie diesen Mann geheiratet?«

»Henry Lorimer war ein liebenswerter Gentleman, gebildet, charmant; ganz anders als die Pflanzersöhne der Charles Towner Gesellschaft. Miss Antonia wollte einen Mann, der ihre Vorstellung von einer besseren Welt teilte.«

»Wegen seines philanthropischen Spleens hat sie alles verloren!«

»Es war nicht allein seine Schuld, sein Schwager Mr. Hocksley hatte erheblichen Anteil daran.«

»Sie nehmen Lorimer in Schutz?«

»Er war mein Freund.«

»Ihr Freund, sagen Sie? Wussten Sie, dass er als Kopfgeldjäger entlaufene Sklaven einfing?«

Joshua zögerte. »Es gab diese Gerüchte.«

»Ich bin ihm auf Silk Hope begegnet, als er sich Cornwallis andiente. Wie so viele Loyalisten trat er unserer Armee bei. Später habe ich erfahren, dass er sich auf diese Weise Zutritt zu unseren Feldlagern verschaffte, um entflohene Sklaven aufzugreifen und gegen Bezahlung ihren Eigentümern zurückzubringen. Tut mir leid, aber das ist die Wahrheit.«

»Ich weiß!«, stieß Joshua hervor. »Er kam hierher mit den besten Absichten. Aber bevor er es richtig begriffen hatte, waren all seine schönen Pläne zunichte. Henry Lorimer war schwach. Er hat nicht nur meine schwarzen Brüder verkauft, am Ende hat er auch sich selber verkauft.«

William setzte sich wieder. »Erzählen Sie weiter.«

»Es ist vielleicht zwei Jahre her«, fuhr Joshua fort. »Er wurde unzugänglich, trank zu viel. Manchmal war er wochenlang verschwunden, danach kam er mit den Taschen voll Geld zurück. Miss Antonia machte sich Sorgen. Ihretwegen habe ich ihn begleitet, als er sich zur Miliz meldete.«

Nach einem Moment Schweigen fragte William noch einmal: »Glauben Sie, dass sie ihn vermisst?«

»Wissen Sie, er hat sie allein gelassen, als sie ihn am meisten brauchte. Nein, ich glaube, nachdem sie ihn begraben und vor der Welt betrauert hatte, war sie fertig mit ihm.«

William nickte. Weil er nichts weiter sagte, verabschiedete sich Joshua. Es war dunkel geworden. Als William die Kerzen in den Wandleuchtern entzündete, trat er überall auf Glassplitter. Er rief Néné und ließ ihn die Scherben zusammenkehren. Dann machte er sich daran, die letzten Anweisungen zu schreiben, damit Joshua und Lieutenant Farell nach der Überprüfung der Schleuse die Reispflanzungen freigeben konnten.

Es war spät, als er hinaufging. Das Nachtlicht neben dem Bett brannte. Antonia hatte auf ihn gewartet. Als er sich über sie beugte, zog sie ihn zu sich und flüsterte: »William, Liebster, komm zu mir.«

Er umarmte sie, küsste ihre Wangen, ihren Hals, ihre Brüste. Sie umschlang ihn mit ihren Beinen, zog seinen Körper an sich. Bevor sie seinem Liebesdrängen nachgab und sich von ihm überwältigen ließ, hielt sie ihn plötzlich zurück.

Er bemerkte den fragenden Ausdruck ihrer Augen. Warum sah sie ihn so an? Sie konnte nicht wissen, dass es ihre letzte Nacht war, er hatte es ihr nicht gesagt.

»Liebste, was ist?«

Sie schüttelte stumm den Kopf. Die Worte, auf die sie heute und in allen Nächten zuvor gewartet hatte, diese Worte würden von ihm nicht kommen. Doch er hielt sie, er wollte sie. Wie sollte sie ihm widerstehen!

20.

Das Küchenhaus auf der Rückseite des Anwesens summte wie ein Bienenstock. Charlene hatte alle Frauen und Mädchen um sich versammelt, sogar Antonia half bei den Vorbereitungen für das Festessen. Die Soldaten hatten auf der Wiese zwischen Allee und Wirtschaftshof alles Rüstholz zusammengetragen, das von den Bauarbeiten an der Bibliothek übrig war, und zimmerten daraus einfache Tische und Bänke.

Die Aprilsonne stand hoch am Himmel. Gegen Mittag wurde es so heiß, dass Sergeant Gallagher den Männern erlaubte, Uniformröcke und Hemden auszuziehen und sich mit einem kalten Guss zu erfrischen. Es dauerte nicht lange, dann übergossen die Soldaten sich gegenseitig eimerweise mit Wasser, bis alle triefend nass und lachend im Gras lagen. Nur Gallagher trotzte der Hitze mannhaft in voller Montur.

Im Herrenhaus war es still; gedämpft drangen von außen Geräusche herein. William hatte mit den Festvorbereitungen nichts zu schaffen, an seinem Sekretär im Schlafzimmer ordnete er Papiere, die er auf der Reise brauchte. Néné war nebenan mit Packen beschäftigt. Als der fröhliche Lärm der Soldaten lauter wurde, ging William vors Haus und sah der Balgerei eine Weile zu. Da bemerkte er eine altmodische Droschke, die die Allee heraufzockelte und in der Rotunde hielt. Ein paar junge Leute stiegen aus, denen aus dem Innern der Droschke etliche Pastetentöpfe und Brotkörbe herausgereicht wurden.

Eindeutig Shaughnesseys, dachte William und ging näher heran; gerade rechtzeitig, um einer stattlichen Matrone aus dem Wagen zu helfen. Niemand hatte so früh mit Mrs. Shaughnesseys Besuch gerechnet. William stand der Dame in wenig kleidsamer Aufmachung gegenüber; ohne Rock und Weste, die Hemdschöße über den Breeches, mit offenem Kragen und hochgeschlagenen Ärmeln. Sogar das Haar fiel ihm offen über die Schultern.

»Néné! Meinen Rock!«, rief er über die Schulter zum Haus. Erynn Shaughnessey musterte unterdessen mit gestrenger Miene diesen Colonel Marshall, über den sie schon manches gehört hatte und der sie jetzt, wie er so vor ihr stand, eher an einen finsteren indianischen Wilden erinnerte als an einen Offizier der Kontinentalarmee.

Endlich kam Néné gelaufen und half William in den Rock. Nun begrüßte William Mrs. Shaughnessey noch einmal in aller Form. »Es ist mir eine Freude, Madam«, sagte er und verneigte sich tief. »Wollte Ihr Mann Sie nicht begleiten?«

»Mr. Shaughnessey wird später nachkommen«, antwortete sie etwas geziert. »Wenn ich ihn richtig verstanden habe, wollte er sich gern diese neuen Wasserräder ansehen, die Sie unten am Fluss anbringen ließen.«

»Wasserräder! Madam, falls es Sie interessiert, erkläre ich Ihnen gerne das Prinzip einer modernen Schleusenanlage ...«

»Nein danke, nicht nötig!«, verwahrte sie sich gegen seine Belehrungen. Zu ihrer beider Erleichterung kam Antonia aus dem Haus, und William konnte sich zurückziehen.

Die beiden Frauen gingen hinein. In der Eingangshalle schob Erynn Antonia auf Armeslänge von sich und betrachtete sie mit kritischem Blick. »Sie sehen gut aus, meine Liebe. Dies Kleid bringt Ihre Figur zur Geltung.« Sie drehte Antonia nach rechts und nach links. »Täusche ich mich, oder haben Sie ein wenig zugenommen? Keine Angst, es steht Ihnen!« Sie legte mütterlich den Arm um sie. »Ich rate Ihnen, mein Kind, vergraben Sie sich nicht hier draußen auf der Farm. Fahren Sie in die Stadt, gehen Sie unter Leute. Sie sollten daran denken, wieder zu heiraten!«

Antonia seufzte. »Erynn, haben Sie jemanden Bestimmten im Auge?«

»Gott bewahre!«, rief Mrs. Shaughnessey. Sie trat vor den Spiegel und richtete das Band ihrer Haube, dabei sage sie: »Dieser junge Bankier, wie heißt er doch gleich ...?«

»Tyler?«

»Richtig, Mr. Tyler. Er wird als Gilbert Ashleys Kronprinz gehandelt, wussten Sie das? Nun, Mr. Tyler war kürzlich bei uns zu Gast. Er ist so klug und sympathisch! Stellen Sie sich vor, er hat während des ganzen Essens nur von Ihnen geredet! Sie sind ihm nicht gleichgültig, meine Liebe. Vielleicht sollten Sie ihn ein wenig ermutigen?«

Antonia verdrehte die Augen. Doch weil Sie Erynns wohlmeinende Absichten kannte, machte sie gute Miene und lauschte wie eine folgsame Tochter dem Loblied auf Andrew Tyler.

Gegen vier Uhr waren die Festvorbereitungen abgeschlossen. Die Steingutkrüge mit Ale und Bier wurden zum Kühlen in einen Wasserbottich gestellt. Auf der Wiese standen mit Lorbeergirlanden geschmückte Tische und Bänke. Antonia ließ für Mrs. Shaughnessey einen bequemen Sessel aus dem Haus herunterbringen und platzierte sie mit ihrem jüngsten Sohn Joey und dessen Nanny an einen Tisch unter den Bäumen. Nach und nach fanden sich die Männer, Frauen und Kinder von Legacy ein. Charlene hatte Kuchen, süßes Gebäck und gewürzte Pfannkuchen aufgetragen. Ein Stück weiter war ein großer Gitterrost aufgebaut, auf dem später Fleischspieße und Maiskolben gebraten würden. Die Leute saßen zusammen, plauderten, lachten. Antonia ging von Tisch zu Tisch, redete mit allen ein paar Worte.

Als sie zu Joshua kam, der mit Farell die Alekrüge füllte, nahm sie ihn kurz beiseite: »Wo ist Mr. Marshall? Solange er nicht erscheint, wird niemand etwas essen. Das muss er doch wissen!«

»Klar weiß er das«, meinte Joshua gelassen und reichte zwei volle Krüge an Farell weiter. »Er wird schon kommen. Sie kennen ihn doch, er braucht seinen Auftritt.«

William verschloss die Papiere für die Schiffspassage und die Akkreditierung von Ashley & Bolton mit den Cheques und dem Geld für die Überfahrt in seiner Brieftasche. Am Morgen hatte ein Bote von Serenity Heights eine versiegelte Dokumentenmappe gebracht. In einem Begleitschreiben bat Longuinius, William möge die Mappe seinem Londoner Notar übergeben. Brief und Mappe waren in einer Reisetasche verwahrt.

Néné lungerte schläfrig in einem Sessel. Er hatte William beim Ankleiden bedient und danach sämtliche Sachen ordentlich verpackt. Das ganze Gepäck lag auf dem Bett, am Boden davor stand eine Holzkiste mit Schuhen und Stiefeln.

William klappte den Schreibschrank zu und sagte: »In Ordnung, Junge, du kannst zu den andern nach draußen gehen. Aber vergiss nicht, Néné: kein Wort über die Reise!«

»Nein, Sir, kein Wort.«

Als Néné gegangen war, nahm William aus einer Schublade des Schreibschranks seine Duellpistolen. Eine Pistole tat er mit dem Holster zum Gepäck, die andere lud er, sicherte sie und steckte sie mit der Munition in die Innentasche seines Mantels. Dann nahm er vom Schrank den Säbel herunter. Er zog die Waffe aus der Scheide. Nur eine Drehung des Handgelenks, und der Stahl der Klinge blitzte auf und durchschnitt die Luft mit dem Geräusch zerreißender Seide. Er schob die Waffe zurück in die Scheide und legte sie zu dem Kleidersack mit den Mänteln. Nach einem letzten Blick durch das Zimmer nahm er Hut und Stock und ging hinaus.

Frank Shaughnessey fuhr mit dem Einspänner bis zur Remise. Als Antonia ihm entgegenging, sah sie, dass Rovena Mougadou nach ihm aus dem Wagen stieg. Die *Antillaise* stand erhobenen Hauptes neben ihrem Herrn. Die schwarze Tunika, der schwarze, hohe Turban gaben ihrer Gestalt eine Eleganz, die einer Dienerin nicht zustand. Einen Korb, in dem zwischen Tüchern Weinflaschen lagen, hielt sie zwanglos im Arm, als wäre es ihr Geschenk für die Gastgeberin.

»Ich habe mir erlaubt, die Bestände Ihres Weinkellers ein wenig zu ergänzen«, sagte Shaughnessey zur Begrüßung.

Während er dem Stallburschen Anweisungen für das Wagenpferd gab, trat Rovena auf Antonia zu und betrachtete sie eindringlich aus ihren schräg geschnittenen Augen. »Guten Tag, Mrs. Lorimer, Maam. Wie geht es Ihnen? Sie sehen erschöpft aus.«

Antonia fühlte einen Schauer. Schon befürchtete sie, Rovena wollte eine ihrer unheimlichen Prophezeiungen aussprechen, doch auf einmal lächelte die Schwarze.

»Machen Sie sich keine Sorgen, Maam. Mit dem Kind ist alles in Ordnung.«

»Was ... warum ...?« Antonia konnte nicht weitersprechen. Benommen hob sie die Hand an die Stirn, als Rovena mit einem leisen Zungenschnalzen davonschritt. Sie wurde von einem Schwindel erfasst und musste kurz die Augen schließen.

»Meine Liebe, Sie sind ja ganz weiß im Gesicht!«, hörte sie Shaughnesseys besorgte Stimme. »Kommen Sie, gehen wir in den Schatten.«

Sie ging an seinem Arm zurück zur Allee. Cole und Allan standen dort im Gespräch mit Joshua und Lieutenant Farell. Die Männer hatten Krüge mit Ale in der Hand. Farell reichte Antonia und Shaughnessey auch etwas zu trinken. Sie nahm einen Schluck, dann ging es ihr wieder besser und sie unterhielt sich mit den Männern. Alle waren guter Dinge, nur Joshua schien nicht bei der Sache. Als sie ihn ansprach, gab er keine Antwort.

»Hey, Josh!«, rief Farell und stieß ihn an, damit er aufmerkte. Zu Shaughnessey sagte er: »Es ist die Schwarze, die Sie mitgebracht haben, Sir. Sieht aus, als hätte sie unseren Mann hier becirct!«

»Aber Mr. Robert hat mich doch gebeten, Rovena mitzubringen«, antwortete Shaughnessey arglos. Alle Blicke richteten sich auf Joshua.

»Ich sollte wohl Mr. Marshall Bescheid sagen, dass alle da sind«, murmelte er und ging schnell davon.

Nachdem sein Herr ihn nicht mehr benötigte, fiel Néné wieder in die gewohnte Lethargie. Langsam wanderte er über die Wiese und suchte sich einen Platz an einem freien Tisch. Nur an dem einem Ende saßen zwei junge Frauen aus den Pächterhäusern, die miteinander flüsterten, während sie den Soldaten am Nebentisch verstohlene Blicke zuwarfen. Néné kauerte schläfrig auf seinem Platz. Die Mädchen waren ihm gleichgültig, alle Menschen waren ihm gleichgültig, so war es immer gewesen.

Néné lebte jenseits des Glücks. Sein Herz war zu Asche verbrannt, zusammen mit der schwarzen Hexe, die auf dem Scheiterhaufen ihr Leben lassen musste. Es hieß, sie habe ihre Herrin durch einen Zauber getötet. Néné war sieben Jahre alt gewesen, als er mit ansehen musste, wie seine Mutter in den Flammen starb. Der Anblick verzehrte sein Innerstes; zurück blieb ein tauber, kalter Stein in seiner Brust, dessen dumpfe Fühllosigkeit ihn für immer von anderen Menschen trennte. Er blieb für sich und wurde gemieden. Nur bei William hatte er das Gefühl, wohlgelitten zu sein.

Tatsächlich mochte William ihn gerne um sich. Nénés Teilnahmslosigkeit war ihm nicht unangenehm, womöglich hatte er ihn gerade deshalb zu seinem Leibdiener gemacht. Nachdem er ihn von Shaughnessey gekauft hatte, wollte er ihn freilassen. Doch auf Legacy lebten bereits mehr freigelassene Schwarze, als nach dem Gesetz zulässig war, darum blieb Néné in Williams persönlichem Eigentum.

Als Kammerdiener kam er William sehr nahe, er bediente ihn beim An- und Auskleiden und kannte die Narben, die seinen Körper bedeckten. Hatte Néné auf Beau Séjour auch manch arge Misshandlung gesehen: Was seinem Herrn widerfahren war, schien damit nicht annähernd vergleichbar. In seinem eigenen dumpfen Leid fühlte er sich ihm verbunden, und sein Vertrauen wurde von William erwidert. Das galt auch für die Reise. Für beide stand außer Frage, dass Néné seinen Herrn begleiten würde.

»He du, *Cuff*«, rief eins der Mädchen mit schriller Stimme. »Geh und hol uns Limonade.«

»Lass ihn in Frieden, Sarah«, sagte die andere. »Wenn die Missus dich hört.«

»Kann sie ruhig hören.«

»Die Missus will nicht, dass wir ihn wie 'n Sklaven behandeln.«

»Aber er ist nun mal ein Sklave! Na los, Nigger, beweg dich!«

Néné gehorchte. Es kam ihm gar nicht in den Sinn, sich zu weigern, und er machte sich auf, die Limonade zu holen, die Charlene vorbereitet hatte. Hinter dem Herrenhaus war von den Geräuschen des Festes nichts zu hören. Die Tür vom Küchenhaus stand offen. Als er eintrat, bemerkte er Rovena, die beim Spülstein aus einer Schöpfkelle Wasser trank.

»Da bist du ja endlich«, sagte sie, kam zu ihm und legte die Hände auf seine Schultern. »Ich wollte dich noch einmal sehen, bevor du fortgehst.«

Er fragte nicht, woher sie es wusste. Sie betrachtete ihn ernst. Ihre und seine Augen hatten denselben Schnitt, denselben honigbraunen Farbton. Nachdenklich strich sie über sein weiches krauses Haar.

»Erinnerst du dich an deine Mutter Ayala, Néné?«

Er schüttelte den Kopf.

Ungewöhnlich sanft fuhr sie fort: »Du warst damals noch sehr klein. Ich konnte ihr nicht helfen, aber ich habe ihr versprochen, auf dich achtzugeben. Wenn ich mit den *egun* sprach, habe ich Ayala von dir erzählt, um die Ahnen freundlich zu stimmen. Ich habe versucht, dich zu beschützen. Aber ich kann es nicht mehr, wenn du in England bist.«

»*Ink Land?*«

»Er wird dich dorthin mitnehmen. Es ist seine Heimat.«

»Wo ist *Ink Land*?«

»Ich weiß nicht, irgendwo.«

Sie schwiegen. Als Joshua hereinkam, sahen sie aus, als erwachten sie aus demselben Traum. Néné fiel ein, warum er hergekommen war, griff sich den Krug Limonade und trottete hinaus.

Joshua ging zu Rovena, zog sie an sich. »Ich habe dich gesucht.«

»Ich weiß«, sagte sie, indem sie sich seiner Umarmung entzog. »Aber ich wollte mich von meinem Neffen verabschieden.«

»Wo geht er denn hin?«, fragte er verblüfft.

Sie wich seinem Blick aus. »Zu seiner Mutter.«

Antonia sah William mit unverwechselbarem Schritt näherkommen, den Stock führte er mit sich wie ein Attribut seines Ranges. Er sah gut aus, elegant, in einem schwarzen Rock mit roter Weste und rehledernen Breeches, etwas martialisch, wie immer. Das lange Haar hatte er fest mit schwarzem Seidenband geflochten, den Hut trug er lässig unterm Arm. Er verneigte sich vor ihr und nickte den anderen zu.

»Wie schön, dass Ihre Familie gekommen ist, Sir«, begrüßte er Shaughnessey herzlich. »Darf ich Ihnen noch einmal versichern, wie sehr wir uns Ihnen verpflichtet fühlen. Mrs. Lorimer wird mir zustimmen, dass Sie Legacy gerettet haben.«

»Ich bitte Sie, Marshall«, wehrte Shaughnessey ab. »Ich bin derjenige, der am meisten dabei gewonnen hat. Wie Sie wissen, hat mir Mrs. Lorimer die beste Indigopflanzung weit und breit zur Nutzung überlassen. Hoffentlich tut es Ihnen nicht schon leid, Antonia.«

»Bei Ihnen ist Gordon's Hunting in guten Händen, Frank. Mr. Marshall hat recht, wir verdanken Ihnen sehr viel!«

Sie tranken auf Shaughnesseys Wohl. Während Farell nachschenkte, zog Antonia William beiseite.

»Du musst ein paar Worte sagen, die Leute warten darauf.«

Sie klatschte zweimal in die Hände. Sofort verstummten die Gespräche. William trat vor, dass alle ihn sahen.

»Wenn ich Mrs. Lorimer richtig verstanden habe, möchte sie, dass ich ihre Party eröffne.« Antonia nickte lächelnd, und er fuhr fort: »Also gut, ich will es nicht zu feierlich machen: Wir alle können stolz sein auf das, was wir in den letzten Wochen gemeinsam geleistet haben. Ich gebe zu, es waren anstrengende Wochen. Die Arbeit war hart, und vermutlich hat mich der eine oder andere von Ihnen bisweilen zur Hölle gewünscht ...«

Die Soldaten johlten und klopften mit den Krügen laut auf die Tische. William hob die Hand. »Danke, meine Herren, ich denke, wir verstehen uns!« Dann wandte er sich wieder an alle. »Wenn Sie sich jetzt umsehen, wissen Sie: Es war richtig, dass ich diesen Einsatz gefordert und den Zeitplan durchgesetzt habe. Ich habe viel von Ihnen verlangt, und Sie haben alles gegeben.« Er wies mit dem Stock dahin, wo hinter den Bäumen der Fluss lag. »Als wir im Wasser des Plains River geschuftet haben, hat jeder von Ihnen erfahren, was er zu leisten imstande ist. Nur mit diesem Bewusstsein konnten wir es schaffen, die großen Reispflanzungen instandzusetzen. Ich habe Mrs. Lorimer versprochen, dass Legacy zur nächsten Pflanzsaison wieder in Produktion gehen wird. Dass ich mein Versprechen halten konnte, ist Ihr Verdienst, und ich möchte Ihnen allen dafür danken!«

Die Leute applaudierten. William nahm Antonias Hand und führte sie nach vorne. »Mrs. Lorimer hatte die wunderbare Idee, für die Bewohner von Legacy und für alle, die uns geholfen haben, dieses Fest zu geben«, er verbeugte sich vor ihr. »Es ist zugleich eine Abschiedsfeier für die Soldaten aus Fort Wren.« Er salutierte, dann rief er allen zu: »Genießen Sie den Tag!«

Gläser und Krüge wurden gehoben, dann stimmten die Soldaten Antonia zu Ehren das Lied »Fair Lady« an. Farell holte sie in ihren Kreis, denn der Refrain des Liedes verlangte, dass sie am Ende jeder Strophe mit dem Vorsänger einen Schluck Ale oder Bier aus dessen Glas trank. Umringt von den singenden Soldaten, klatschte sie im Takt mit und trank aus dem Krug. Als die vierte Strophe des Liedes vorbei war und Antonia wieder ein Krug Ale gereicht wurde, trat William an Sergeant Gallagher heran.

»Sagen Sie, First Sergeant, wie viele Strophen hat das Lied eigentlich?«

»Das müssen Sie doch wissen, Colonel«, erwiderte Gallagher. »Jeder Soldat der Kontinentalarmee kennt das Lied!«

»Aber keiner zählt mit, weil alle nach der Hälfte betrunken sind«, parierte William. »Das sollten wir Mrs. Lorimer ersparen. Also sorgen Sie dafür, dass heute ausnahmsweise die fünfte Strophe die letzte ist.«

Zu Shaughnessey sagte er: »Mrs. Shaughnessey meinte, Sie würden sich gerne die Schleuse ansehen, Sir.«

»Das ist wohl wahr.«

»Nun, wenn es Ihnen recht ist, reiten wir zusammen zum Fluss, und ich erkläre Ihnen die Funktionsweise der neuen Anlage. Kommen Sie, wir werden rechtzeitig zurück sein.«

Am späten Nachmittag ließ Charlene das Essen auftragen. Sie hatte die verschiedensten Speisen zubereitet: Nach einer scharfen Suppe und süßen Fleischspießchen gab es überbackene Austern und Salat, gefolgt von gefüllten Maispfannkuchen, Bratfisch, Gemüseauflauf und Geflügelpastete.

Antonia setzte sich zu Mrs. Shaughnessey. Erschöpft, aber zufrieden blickte sie in die Runde der Feiernden. Alles ist gut, dachte sie. In der ersten Abenddämmerung kamen William und Shaughnessey zurück. Der kleine Joey lief den beiden Reitern entgegen.

»Er wird seinen Vater anbetteln, dass er ihn zum Sattelplatz mitreiten lässt«, sagte Mrs. Shaughnessey zu Antonia, während die Männer absaßen. Doch es war nicht Shaughnessey, sondern William, der Joey kurzerhand auf sein Pferd hob. Er zeigte dem Kind, wie es sich an Ghosts Mähne festhalten sollte, dann gab er den Zaum des Pferdes frei. Ghost trabte auf Zuruf zwei, drei Runden in einer weiten Kreisbahn und kam danach zu

William zurück. Joey durfte noch bis zu den Tischen reiten, dann hob William ihn aus dem Sattel. Mrs. Shaughnessey, die der Vorführung voller Besorgnis zugesehen hatte, nahm ihren Sohn erleichtert in Empfang.

»Sie können stolz sein auf Ihren Sohn, Madam«, sagte William, um ihren Ermahnungen zuvorzukommen. »Master Joseph macht im Sattel eine fabelhafte Figur.« Er klopfte Joey anerkennend auf die Schulter, dann ritt er, Shaughnesseys Pferd am Zügel führend, zu den Stallungen.

»Er hat recht, Erynn.« Shaughnessey, der neben seiner Frau Platz genommen hatte, biss genussvoll in eine Pastete und sagte kauend: »Unser Joey ist der geborene Reiter.«

»Aber Ghost ist für den Anfang nicht ganz das Richtige, Frank«, sagte Antonia. »Komm mit, Joey, ich lasse Grace satteln. Der Stallbursche soll sie für dich am Zügel führen.«

Sie nahm den Jungen an der Hand und ging mit ihm zum Wirtschaftshof.

William hatte sein Pferd in den Stall gebracht. Er blieb noch etwas da, streichelte Ghosts schönen Kopf, die kräftige, gebogene Nase des Pferdes. Vor drei Jahren war er ihm bei der Remonte aufgefallen. Der pechschwarze Neapolitaner mit der gelockten Mähne hatte es ihm angetan, er musste dieses Pferd haben! Ghost hatte sich als ausdauernd, treu und wesensfest erwiesen, wie sein Berberblut es versprach. Zuletzt hatte Ghost ihm das Leben gerettet. Es fiel William schwer, ihn zurückzulassen. An die Schulter des Pferdes gelehnt, blickte er durch die Stallgasse zum Tor. In schrägen Bahnen fiel das Abendlicht herein und brachte die staubige Luft zum Funkeln. Dort, bei der ersten Stallbox, hatte er im Dunkeln gewartet, mühsam aufrecht stehend mit dem Säbel in der Hand, halb ohnmächtig vor Schmerz ... Er hörte Antonia, die draußen mit Noah Lytton sprach. Sofort verließ er die Box, verriegelte das Gatter. »Mach's gut, alter Junge!«, sagte er und ging rasch hinaus.

Antonia gab Joey dem Stallburschen an die Hand. »Führe Grace für Master Joseph an der Longe herum. Gib gut auf ihn acht, Noah!« Lytton nahm den Jungen mit, und sie wollte zurückgehen.

»Warte, Antonia!« William kam zu ihr und legte den Arm um ihre Taille.

»William, nicht hier!«

»Glaubst du, es kümmert irgendjemanden?« Er hielt sie fest im Arm, atmete mit geschlossenen Augen den Kastaniengeruch ihres Haares. Von der Wiese hörte er die Leute, wie sie miteinander redeten und lachten. Er wollte Antonias Nähe spüren, sie zum letzten Mal so halten, ein letztes Mal so tun, als hätten sie alle Zeit der Welt. Wochenlang hatte er den Gedanken an den Abschied verdrängt. Jetzt, da es so weit war und er fortging, wusste er nicht, wie er es ihr sagen sollte. Er brachte es einfach nicht über sich. Stattdessen sagte er: »Warum küsst du mich nicht?«

»Hier draußen, vor all den Leuten?«

»Küss mich!«

Sie sah ihn prüfend an. War das eines seiner kleinen Spiele? Nein, diesmal war es kein Spiel, das las sie in seinem hellen Blick. Es waren seltene Momente, in denen er ihr so nahe war. Sie legte die Hände auf seine Schultern, zog ihn an sich.

»Ich liebe dich, Will«, flüsterte sie und küsste ihn. Und er hielt sie fest und küsste sie, wie nur er eine Frau küssen konnte. Als er sie losließ, wandte sie sich rasch ab und lief zur Wiese zurück.

Er blickte ihr kopfschüttelnd nach. Dann sah er hoch zum wolkenlosen Himmel: Ja, er würde den Phaeton nehmen.

Antonia schlenderte zwischen den Tischen hindurch. Jemand rief ihr etwas zu, sie lachte, blieb stehen, schwatzte mit den Leuten, ging wieder weiter, um mit anderen ein paar Worte zu wechseln. Die meisten kannte sie schon sehr lange, einige der Schwarzen seit ihrer Kindheit auf Prospero Hill. Sie sah Zufriedenheit in den Gesichtern, guten Willen, Vertrauen. Im Weitergehen überließ sie sich der angenehmen Stimmung, genoss die Freude der anderen wie ihre eigene. Sie nahm sich Zeit, mit den Kindern am Teich bei der Siedlung die flaumigen Entenküken anzusehen.

Als sie zur Wiese zurückging, sah sie in einiger Entfernung unter den Alleebäumen ein verliebtes Paar. Der Mann stand mit dem Rücken zu ihr, eine Hand gegen den mächtigen Stamm einer Sykomore gestützt; an seiner lässigen Haltung erkannte sie Joshua. Die Frau hatte sich auf einem tiefen Ast niedergelassen. Unter dem schwarzen Turban blickte ihr schönes Gesicht zu ihm auf. Rovena Mougadou lachte dunkel, während sie mit dem ganzen Körper ihre Bewunderung für Joshua zum Ausdruck brachte. Antonia stand reglos, verblüfft vom Anblick einer Vertrautheit, die ihr bis heute entgangen war. Was hatte sie überhaupt noch bemerkt in den letzten Monaten? Ihre ganze Aufmerksamkeit galt nur noch einem einzigen Menschen. Was immer sie dachte oder tat, es geschah für William, aus Liebe zu ihm. Was mache ich nur, wenn er fort ist?, dachte sie bestürzt. Sie wandte sich ab und ging unbemerkt auf einem anderen Weg zurück.

Die Laternen waren entzündet worden. Ein Fiedler und ein Flötenspieler aus der Pächtersiedlung brachten ihre Instrumente, ein schwarzer Banjospieler und zwei junge Männer mit ihren Trommeln kamen dazu. Musik erklang, und die ersten Paare fingen an zu tanzen. Die Musiker spielten einfache Giques und Lieder, die jeder mitsingen konnte. Antonia stellte sich dazu und klatschte im Takt der Musik mit. Plötzlich ergriff Farell ihre Hand und zog sie mit unter die Tanzenden. Erst führte er sie noch gesittet zu einem Riverdance. Beim nächsten Tanz fasste er sie um die Taille und drehte sich mit ihr zum schnellen, anregenden Rhythmus der Musik. Antonia sah die anderen Paare in raschen Kreiseln an ihnen vorüberfliegen.

Als der Tanz zu Ende ging, wurde sie von einem anderen Soldaten aufgefordert und dann der Reihe nach von den übrigen jungen Männern. Als Farell wieder an die Reihe kam, tanzte er noch ausgelassener als zu Anfang mit ihr, bis er sie aus einer Drehung heraus auffing und zum Kreis der Zuschauer führte.

»Hier bringe ich Ihnen Ihre Dame, Sir!«, sagte er zu William, der ihnen zugesehen hatte.

Antonias Atem ging rasch, ihre Wangen waren rosig erhitzt. Mit einem Blick, der schwer zu deuten war, betrachtete William ihre glückliche Aufgelöstheit. Farell, verunsichert, nahm Haltung an.

»Sir! Ich habe mir erlaubt, stellvertretend mit Mrs. Lorimer den Tanz zu eröffnen.«

»Schon gut, Lieutenant.« William lächelte und legte Farell freundschaftlich die Hand auf die Schulter. »Nun muss ich Ihnen Mrs. Lorimer für eine Weile entführen. Doch keine Sorge, im Laufe des Abends werden Sie noch Gelegenheit bekommen, mit ihr zu tanzen. Wenn Sie uns jetzt bitte entschuldigen würden.«

Er reichte Antonia den Arm und schlug den Weg zum Haus ein. »Lass uns in die Bibliothek gehen«, sagte er, als sie die dunkle Halle betraten. Drinnen entzündete er die Kerzen in den Wandleuchtern. Antonia ließ sich erschöpft auf den Diwan sinken. Durch die Festvorbereitungen war sie den ganzen Tag auf den Beinen gewesen, und mit Farell war sie zuletzt so ausgelassen gewesen wie schon lange nicht mehr. In die Kissen zurückgelehnt, beobachtete sie William, der bei einer Fenstertüre stand und schweigend zur Rotunde hinaussah.

Sie hatte gelernt zu akzeptieren, dass er sich in einer ständigen Auseinandersetzung mit sich selbst befand. Auch wenn sie die Gründe seiner plötzlichen Abkehr nicht immer nachvollziehen konnte, überließ sie ihn seinen Reflexionen, um ihm Zeit zu geben, die Ordnung seiner inneren Welt wiederherzustellen.

Weniger aus dem Bedürfnis, sich mitzuteilen, als vielmehr, um Klarheit in ihre Gedanken zu bringen, schilderte sie ihm ihre Begegnung mit Joshua und der *Antillaise*. »Es hat mich sonderbar berührt, als ich sie zusammen sah. Sie schienen völlig hingerissen voneinander, als ob die übrige Welt gar nicht mehr für sie existierte.« Nachdenklich zeichnete sie mit dem Finger die verschlungenen Blumenmuster auf ihrem Kleid nach. »Erstaunlich, dass zwei Menschen, deren Charaktere so unterschiedlich sind, sich so unwiderstehlich anziehen.«

Ja, es war erstaunlich, auch sie konnte Williams Wesen kaum begreifen, dennoch liebte sie ihn. Seine zynische Weltsicht war ihrer Lebensanschauung fremd, und wie oft fühlte sie sich seinem kalten Pragmatismus hoffnungslos unterlegen. Und doch spürte sie in jedem Augenblick, wie sehr ihr Glück von seiner bloßen Gegenwart abhing.

Als wäre er sich ihrer Gedanken bewusst, wandte er sich um und blickte sie voller Wehmut und Bedauern an. Augenblicklich verstand sie. Es war so weit, er hatte sich entschlossen: Noch in dieser Stunde würde er fortgehen! Ihr war, als würde ihr Herz stillstehen, nur um im nächsten Moment schnell und immer schneller zu schlagen. Sie lief zu ihm, ließ sich von ihm auffangen und in die Arme schließen. So hielten sie einander umschlungen, doch ihre Gedanken, das spürte Antonia, folgten schon getrennten Wegen. Er hatte sich aus ihrem gemeinsamen Leben gelöst, war fort von ihr, fort von Legacy, schon so weit fort!

Den Kopf an seiner Schulter, fiel ihr Blick durchs Fenster: Draußen stand reisefertig angespannt der Phaeton. Noah und Néné waren dabei, das Gepäck im Fond zu verstauen. Sie presste die Lippen zusammen, um nicht aufzuschluchzen. Seit Langem hatte sie gewusst, dass er sie verlassen würde. Sie hätte auf den Abschied vorbereitet sein müssen, aber sie war es nicht. Stumm hielt sie ihn fest, Tränen rannen über ihr Gesicht. Er fasste sie sanft an den Schultern und schob sie ein kleines Stück von sich weg, behutsam wischte er die Tränen von ihren Wangen.

»Du hattest gesagt, ich solle nicht über die Abreise sprechen«, sagte er. »Erinnerst du dich?«

Sie nickte.

»Und ich habe mich daran gehalten. Nun bitte ich dich, Antonia: Stelle keine Fragen, wenn ich jetzt gehe. Keine einzige Frage, bitte!«

Sie nickte stumm. Er umarmte sie ein letztes Mal. Dann gingen sie zusammen hinaus. Néné saß allein auf den Stufen des Portikus. Ein Wink seines Herrn, und er stieg in den Wagen.

William küsste Antonia auf die Stirn.

»Leb wohl, Liebste!«

»Leb wohl, Will!«

Er stieg in den Phaeton und nahm die Zügel. Auf seinen Zuruf zogen die Pferde an. Der Wagen beschrieb einen Bogen um die Rotunde und verschwand in der dunklen Allee.

Charlene hatte Antonia eine ganze Weile nicht mehr gesehen und war beunruhigt; es war nicht Antonias Art, ihre Gäste zu vernachlässigen. Auf der Wiese, im Schein von Laternen, tanzten einige Paare langsam zur melancholischen Musik der Schwarzen. Andere standen dabei und sahen den Tanzenden zu. Im Näherkommen erkannte Charlene ihren Sohn. Er war nicht allein.

»Joshua Robert!«, sagte sie, ohne Rovena neben ihm zu beachten. »Sieh nach, wo Miss Antonia bleibt. Sie kann nicht als Erste das Fest verlassen.«

Joshua und Rovena wechselten einen Blick, dann ging er, um Antonia zu suchen. Jetzt, da sie alleine waren, taxierte Charlene die schöne *Antillaise* mit hochgezogenen Brauen, während Rovena ihr mit unbewegter Miene begegnete. Charlene sprach als Erste.

»Was führt dich her, Rovena Mougadou, noch dazu an einem Freitag? Ich dachte, freitagnachts seiest du unabkömmlich?«

»Pass auf, was du sagst, Charlene Robert!«

»Soll das eine Drohung sein?«

»Nimm dir einfach ein Beispiel an unseren Brüdern und Schwestern und erweise mir etwas mehr Respekt.«

»Respekt? Vor einer Hexe?«

»Dein Sohn denkt anders darüber.«

»Pah, mein Sohn hat doch nur eins im Sinn!«

»Natürlich, er ist ein Mann!« Rovena schnalzte mit der Zunge. »Joshua weiß, was er will.«

»Weiß er auch, was du willst?«, erwiderte Charlene. »Oh, ich kenne dich und deine Machenschaften, mich täuschst du nicht! Deine Sippe hat dich nach Carolina geschickt, damit du den dunklen Kult bei uns verbreitest. Als wäre unser Leben nicht schon schwer genug! Sollen wir auch noch vor eurem Priesterklan kriechen?«

»Niemand wird gezwungen, sich uns anzuschließen. Wieso wollt ihr das nicht verstehen?« Rovena senkte die Stimme. »Die Mougadous sind Orakelpriester, Hüter der Magie von Khoum. Wir stammen aus den roten Bergen Dahomeys, meine Großeltern Néo und Sula wurden dort geboren. Die Sklavenhalter haben ihnen nicht nur die Freiheit genommen: Als sie die *ounsi* Mougadou zu diesem Kontinent verschleppten, verloren sie ihre Heimat, ihre Vergangenheit, ihre Geschichte. Nur eines konnten sie ihnen nicht nehmen: Die Erinnerung an ein ungezähmtes Leben, an den Ursprung, an Afrika. Mit dem alten Kult bleibt die Erinnerung in uns allen lebendig. Voodoo ist Afrika!«

»Sprich nicht davon!«, zischte Charlene und hob die Hand, als müsste sie drohendes Unheil abwehren. »Es ist ein übles Vermächtnis, Nénés Mutter musste dafür sterben!«

»Die weißen Herren von Beau Séjour haben Ayala getötet«, entgegnete Rovena. »Sie haben sie hingerichtet, um uns und unsere Anhänger einzuschüchtern.«

»Macht das einen Unterschied? Die Machtintrigen von Raoul Mougadou wurden seiner Frau zum Verhängnis. Seine

Verwünschungen fallen auf seine eigenen Leute zurück. Denk an Néné: Seine Familie behauptet, er sei verflucht. Auch du hast ihn verstoßen, so sehr fürchtest du die Geister, die ihr beschwört!«

»Das verstehst du nicht, Charlene.«

»Ich will es auch nicht verstehen! Der arme Junge … Ganz verstört war er, als er zu uns kam. Jetzt geht es ihm besser. Hier auf Legacy kann er in Frieden leben.«

Rovena schüttelte den Kopf.

»Wieso nicht?«, fragte Charlene unwirsch.

Rovena zögerte. »Er ist fort.«

»Fort? Ist er weggelaufen?«

»Nein. Sein Herr hat ihn mitgenommen.«

Die Wagengeräusche waren verklungen. Antonia blieb auf den Eingangsstufen stehen, dort, wo er sie verlassen hatte. Was sollte sie sonst tun? Ohne Gefühl für die Zeit blickte sie in die dunkle Allee, während der Schmerz größer und größer wurde. Joshua tauchte am Fuß der Treppe auf. Eine Weile schwiegen sie.

»Du hast es seit Wochen gewusst.«

»Ich durfte nicht darüber sprechen, Miss Antonia.«

Sie nickte abwesend. Bebend schlang sie die Arme um ihren Körper, als wäre ihr auf einmal kalt.

Joshua wusste, er konnte ihr nicht helfen, trotzdem fragte er: »Kann ich irgendetwas tun?«

Sie schüttelte den Kopf.

Er sah ihre Tränen. »Möchten Sie, dass ich die Leute nach Hause schicke?«

»Nein, ich komme mit und sage ihnen selber Gute Nacht.«

Sie lächelte ihm dankbar zu. Endlich konnte sie den Platz auf der Treppe verlassen.

21.

Die Independence lag vor dem Beaufort Peer am Anleger der Norrington Steele vor Anker. Die Fregatte sollte frühmorgens ablegen und die Küste entlang nach Norden segeln, in New York weitere Ladung aufnehmen und von dort am 25. April zur Überquerung des Atlantiks in See stechen. Die Passagiere hatten sich schon am Vorabend in ihren Kabinen eingerichtet. Auch William hatte sein Gepäck an Bord bringen lassen. Nachdem er alles zu seiner Zufriedenheit vorfand, ließ er Néné beim Auspacken zurück und ging wieder in die Stadt.

Er wollte den Abend vor der Abreise in Tylers Gesellschaft verbringen. Die beiden Männer trafen sich zu einem späten Dinner, danach schlenderten sie durch die nächtlichen Straßen zur Atlantic Street, um im Warwick noch etwas zu trinken. Sie fanden einen Platz am Schanktisch und orderten französischen Cognac.

»Wenn ich Sie richtig verstanden habe, wollen Sie zu Ihrem Regiment zurückkehren?«, begann Tyler.

»Ich hatte es vor, bin aber noch nicht entschieden«, antwortete William ausweichend. »Ich habe gewisse persönliche Verpflichtungen zu berücksichtigen.«

»Verstehe.« Tyler drehte nachdenklich sein Glas zwischen den Händen. »Beabsichtigen Sie, irgendwann zurückzukommen?«

»Nach Charles Town? Darüber habe ich noch nicht nachgedacht. Spielt das eine Rolle?«

»Für mich schon!«, erwiderte Tyler etwas zu schnell.

William hob die Brauen. »Sieh an! Selbst Ihre Fairness hat Grenzen, nicht wahr, Tyler?«

»Wie meinen Sie das?«

»Kommen Sie, seien Sie ehrlich: Ihnen wäre es doch am liebsten, ich würde mich in dieser Stadt nie wieder blicken lassen.«

Tyler überlegte einen Moment, dann trank er sein Glas in einem Zug leer und setzte es entschlossen ab.

»Es ist wahr, ich wünschte, Sie würden nicht mehr zurückkommen. Sie wissen, ich habe Ihre Anwesenheit auf Legacy respektiert, auch wenn es mir nicht leichtgefallen ist. Sollten Sie Charles Town aber endgültig verlassen, werde ich Mrs. Lorimer zu verstehen geben, was ich für sie empfinde.«

»Sehen Sie, nichts anderes habe ich erwartet!« William lächelte und setzte hinzu: »Bekanntlich ist es immer die Dame, die die Wahl trifft. Versuchen Sie es, Tyler! Vielleicht haben Sie mehr Glück als ich.«

Sein zynischer Unterton konnte Tyler nicht entgangen sein, doch es war ihm jetzt egal. Auf seinen Wink füllte der Wirt noch einmal ihre Gläser.

»Also dann: Auf Ihre Reise, Marshall, wo immer sie Sie hinführt!«

Auf dem Rückweg zum Hafen bedachte William noch einmal Tylers Worte. Dieser Yankee schien allen Ernstes zu glauben, er, William Spencer, würde ihm seine Frau überlassen! Er lachte verächtlich. Offenbar hatte Tyler immer noch nicht begriffen, mit wem er es zu tun hatte.

Am Beaufort Pier begegnete William nur den Soldaten, die zur späten Stunde ihren Patrouillengang machten. Sie verlangten seine Reisepapiere, prüften die Beglaubigung des Stadtkommandanten für die Ausreise aus South Carolina und ließen ihn zum Anleger passieren.

Die Independence hob und senkte sich sacht in der nächtlichen Drift. Außer der Wache an Deck sah ihn niemand an Bord gehen. In der Kabine legte er den Abendanzug ab. Néné sah schläfrig zu, wie sein Herr das Reisenecessaire zum Tisch brachte und Handspiegel, Kamm und Schere herauslegte.

»Komm her, Néné!«, sagte William, indem er sich setzte und das Band von seinem Zopf löste.

Der Junge kletterte aus der Koje und schlurfte herbei.

»Hier, nimm.« William hielt ihm die Schere entgegen. »Schneid mir die Haare ab!«

»Abschneiden, Sir?« Néné gähnte und rieb sich die Augen.

»Aber ja! Kürze sie alle auf dieselbe Länge, so etwa.« William maß zwischen Daumen und Zeigefinger eine Spanne von anderthalb Inches. »Und gib acht auf die Bewegung des Schiffs, damit du mich nicht schneidest, verstanden?«

»Ja, Sir.« Néné runzelte die Stirn, was ihn auf rührende Weise besorgt aussehen ließ. Er nahm eine Partie von Williams Haar und tat vorsichtig den ersten Schnitt, dann den nächsten. Es war eine langwierige Prozedur. William ließ ihn mit erstaunlicher Geduld gewähren, betrachtete sich ab und zu in dem Handspiegel, schließlich nickte er zufrieden.

»Das hast du gut gemacht, Junge.«

»Aber, Sir, gefällt Ihnen das wirklich?«

William winkte ab. »Das ist nicht wichtig. Als Mann von Stand werde ich in London eine Perücke tragen.«

Um vier Uhr früh wurde die Glocke zum Ablegen geläutet. Die ganze Mannschaft war auf den Beinen. An Deck herrschte Betrieb, Offiziere riefen Befehle, die Maate gaben sie weiter, schickten die Deckwache an die Brassen und die Toppsgasten ins Rigg zu den oberen Rahen, um die Segel zu setzen. Am Gangspill legten sich zehn Männer ins Zeug, der Anker wurde aufgeheißt, die Leinen klargemacht.

William stieg aufs Achterdeck. Kapitän Murdoch grüßte ihn militärisch, er kannte den Rang seines Passagiers und erkundigte sich, ob er mit der Unterbringung zufrieden sei. William lobte den nüchternen Komfort seiner Kabine. Er nahm Kapitän Murdochs Einladung an, mit ihm von der Brücke die Manöver der Independence zu verfolgen, die bereits in die Fahrrinne des Cooper River steuerte. Nachdem sie die Mündung in den Stono River passiert hatten, wandte sich das Schiff backbord, an Fort Moultrie und Sullivans Island vorbei hinaus aufs offene Meer, und nahm Fahrt auf gen Norden. Der Kapitän übergab dem Ersten Offizier das Kommando und zog sich zur Kursbestimmung in seinen Salon zurück. William blieb auf der Brücke, nur in Gesellschaft des schweigsamen Rudergängers.

Im frischen Seewind schlug er den Mantelkragen hoch, rückte den Dreispitz in die Stirn und beobachtete, gegen das Schwanken des Decks auf seinen Stock gestützt, den Horizont. Schwere Wolkenbänke lagen vor der Küste South Carolinas, der Übergang vom Meer zum Himmel war kaum auszumachen. William erinnerte sich an seine erste Überfahrt im Frühjahr 1776, als General Clintons Invasionsheer von New York nach Süden zog. Einem bösen Vorzeichen gleich segelte die Armada in einen Sturm, sodass sie erst Anfang Mai in Cape Fear in North Carolina landen konnten. Zu Land und zur See zogen die Expeditionstruppen gegen Charles Town, doch der entscheidende Angriff auf die Stadt scheiterte am Widerstand des unscheinbaren Fort Sullivan. Die Flotte war zum Rückzug gezwungen, und General Clinton rief seine Truppen zurück in die nördlichen Provinzen. Der Krieg dauerte an, während William bedingungslos loyal König und Vaterland diente, wie er es auf Englands Fahne geschworen hatte.

Jetzt, nach sechs langen Jahren, nachdem der Krieg verloren war, durfte er Amerika verlassen und endlich heimkehren, um zu tun, was ihm beliebte, bis sich sein Schicksal erfüllte.

Als er noch einmal zurückblickte, war die Küste hinter der Dünung verschwunden.

22.

Schon beim Aufwachen bedrückte sie eine dumpfe Last. Der Schlaf brachte ihr keine Erholung, sie schleppte sich durch den Tag, wie gelähmt vom Gefühl der Einsamkeit. Von William verlassen worden zu sein, war mehr, als sie glaubte ertragen zu können. Zunächst hatte sie sich eingeschlossen und ihrem grenzenlosen Kummer überlassen. Irgendwann waren die Tränen versiegt, sie hörte nur noch ihren Herzschlag. Als die Einsamkeit sie zu ersticken drohte, floh sie aus dem Haus, floh vor dem Schmerz der Trauer, vor der Qual der Erinnerungen. Ohne Ziel, ohne Blick für ihre Umgebung, ohne ein Wort für ihre Leute lief sie hinaus und wanderte über die Felder ihres Anwesens, an den Bewässerungskanälen entlang zu den wilden Auwäldern am Fluss.

Manchmal wiederum blieb sie tagelang in der Verwalterwohnung, saß am Schreibtisch in Williams Arbeitszimmer und wartete darauf, dass die Zeit verging. Wenn Joshua nach der Arbeit hereinkam, um ihr vom Tagewerk auf der Plantage zu berichten, versuchte sie, aufmerksam zuzuhören. Aber ihre Gedanken drehten sich um William, sie fragte sich, wo er jetzt sein mochte, wie es ihm ginge. Sie hatte seinen Entschluss, nach England zurückzukehren, immer für einen Fehler gehalten, aber sie war machtlos gewesen gegen die Kräfte der Vergangenheit. Vergeblich hatte sie versucht, ihm nahezubringen, dass er seine Heimat heute möglicherweise mit anderen Augen sehen würde; es waren Jahre verstrichen, er selbst war durch die Hölle des Krieges gegangen. Trotzdem schien er zu glauben, er könnte zurückkehren und einfach weitermachen, wo er aufgehört hatte. Vielleicht hoffte er, indem er an sein voriges Leben anknüpfte, würde auch seine Seele wieder heil.

Zuweilen schlug ihre Trauer auch um in Zorn. Dann warf sie William Selbstsucht und Treulosigkeit vor und gab ihm in wütenden Selbstgesprächen die alleinige Schuld an ihrem

Kummer. Sich selbst schalt sie, nur ihre Zeit zu vergeuden; er sei es nicht wert, dass sie sich nach ihm verzehre. Doch was sie auch tat, sie litt unter seiner Abwesenheit in jedem wachen Augenblick, so sehr, dass andere Dinge nach und nach für sie an Bedeutung verloren. Um nicht vollends den Boden unter den Füßen zu verlieren, hielt sie sich an den Rat der Indianerin: Sie stand auf, aß und schlief und stand wieder auf. So ging das Leben irgendwie weiter.

»Tee, Miss Antonia?« Charlene goss roten Kräutertee in eine Tasse, tat zwei Löffel Zucker hinein und stellte das dampfende Getränk vor Antonia auf den Tisch. Antonia machte keine Anstalten, davon zu trinken.

»Sie sind halb verhungert, Missy, wollen Sie auch noch verdursten?«

»Du übertreibst«, seufzte Antonia müde.

Charlene setzte sich mit einer Schüssel Erbsenschoten zu ihr auf die Bank und begann, die Hülsen mit einem trockenen Knacken aufzubrechen. »Dabei müssten Sie gerade jetzt regelmäßig essen«, sagte sie. »Na warten wir's ab. Normalerweise kommt der Appetit von allein zurück.«

»Normalerweise?«

Charlene schälte weiter das Gemüse und sagte beiläufig: »Nach dem dritten Monat legt sich die Übelkeit meistens.« Sie fasste Antonia genau ins Auge. »Das könnte zeitlich hinkommen, nicht wahr?«

Antonia sah sie entgeistert an. »Du meinst, ich bin ...«

»Schwanger, na klar, was haben Sie denn gedacht?« Charlene sah sie amüsiert von der Seite an. »Ganz gleich, was man von Mr. Marshall halten mag: In dieser Hinsicht war offensichtlich auf ihn Verlass.«

Antonia überlegte kurz. »Aber das ist nicht möglich!«, rief sie. »Ich meine, Henry und ich waren über fünf Jahre verheiratet, aber ich wurde nicht schwanger.«

»Und wenn Sie noch mal so lang mit ihm verheiratet gewesen wären, Miss Antonia, von Mr. Lorimer hätten Sie nie Kinder bekommen. Hat er etwa behauptet, es läge an Ihnen?«

Antonia blickte ungläubig an sich herab. Seit Wochen hatte ihr Körper ihr Zeichen gegeben, doch sie hatte nicht darauf geachtet, sodass ihr das Nächstliegende entgangen war. »Ich bekomme ein Baby!«, flüsterte sie. »Und ich habe gedacht, ich sei krank. Wie konnte ich nur so dumm sein!«

Plötzlich stiegen Tränen in ihre Augen, sie schluchzte. Charlene rückte auf der Bank zu ihr heran, legte ihr den Arm um die Schultern.

»Na na, nicht weinen, Missy.« Sie wischte mit der Schürze ihre Tränen fort. »Sie haben sich doch immer ein Baby gewünscht.«

»Aber verstehst du denn nicht, Charlene: Wenn William gewusst hätte, dass wir ein Kind haben würden, wäre er niemals fortgegangen!« Sie wurde ganz aufgeregt. »Er muss es erfahren! Du wirst es sehen, dann kommt er zurück. Ja, er kommt ganz bestimmt wieder zu mir zurück. Ich werde ihm sofort schreiben, über die Agentur von Norrington Steele kann ich ihm einen Brief nachsenden lassen, dann wird er es bald wissen und ...«

»Kommt nicht infrage«, bremste Charlene ihren Eifer. »Sie werden ihm nicht schreiben.«

»Er muss es doch erfahren!«

»Wozu? Wollen Sie ihm die Sorge für ein Kind aufhalsen?«

»Aber es ist sein Kind!«

»Na und? Er würde denken, er solle wegen einer lästigen Pflicht zurückkommen.«

»Soll er ... denn nicht?«, fragte Antonia verwirrt.

»Aber nein!« Charlene tätschelte ihr tröstend die Hand. »Sie möchten doch, dass er aus Liebe zu Ihnen zurückkommt, oder? Also warten Sie es ab. Wenn er Sie wirklich liebt, wird er irgendwann von ganz alleine wiederkommen.«

»Ach Charlene!« Antonia lehnte sich traurig an ihre Schulter. Wie sollte sie ihr erklären, dass William sie verlassen hatte, um sie nicht lieben zu müssen? Wie sollte sie erklären, was sie selbst nicht verstand.

VI. Algernon Reed

23.

Charles Town war das Herzstück des amerikanischen Handels gewesen, solange die englische Krone aus dem Wohlstand ihrer Kolonien den eigenen Vorteil zog. Jetzt, im Frühjahr 1782, nach den schweren Kriegsjahren, wähnte das düpierte Empire, der rebellische Süden läge wirtschaftlich vernichtet am Boden. Doch die Pflanzer und Händler Carolinas taten ihm diesen Gefallen nicht. Trotz hoher Einbußen durch die Zerstörung der Fluren und den Verlust vieler Sklaven nahmen sie die Geschäfte wieder auf, und trotz aller Repressalien und Schikanen durch die Besatzungsmacht begann der Handel wieder zu florieren.

Weil die traditionelle Börsenhalle im Exchange von der britischen Militärverwaltung als Kaserne genutzt wurde und für den Warenhandel geschlossen war, wurden die Markthallen zur Börse umfunktioniert. Die Stimmung an dem provisorisch eingerichteten Sellers Board war optimistisch. Alte Handelsbeziehungen lebten auf, Verträge wurden neu verhandelt, Prognosen für die kommende Ernte abgegeben. Endlich war man wieder im Geschäft.

Der April war ungewöhnlich warm, die Leute vom Land kamen in offenen Wagen zur Stadt. An den Toren staute sich der Verkehr, die Wachposten ließen die Farmer aus dem Umland erst nach umständlichen Kontrollen die Stadtgrenze passieren. Joshua hieß den Kutscher, an der Kreuzung Bay Street und Market Street zu halten, und stieg ohne Eile aus. Seit er die Plantage führte, besuchte er regelmäßig die Börse. Die schlichte

Würde seiner Stellung als Verwalter stärkte sein Selbstvertrauen, trotzdem kostete es ihn jedes Mal Überwindung, sich unter die weißen Sklavenhalter zu begeben. Die Gelassenheit, die er in ihrer Gegenwart an den Tag legte, war nicht echt. Er blieb auf Abstand. Sie wiederum vermieden es, ihn zu beachten.

Die Erntezeit war noch fern, in der Markthalle herrschte mäßiger Betrieb. Vor den Tafeln mit den Notierungen debattierten einzelne Händler und Kommissionäre über Mengen und Preise. Joshua überblickte die Halle, er war verabredet und allem Anschein nach als Erster eingetroffen. Um die Zeit des Wartens zu nutzen, blätterte er in den ausliegenden Zeitungen und notierte sich die tagesaktuellen Kurse.

»Hallo, Mr. Robert«, ertönte es vom Eingang her. »Ich bin spät dran. Der alte Seth hat sich verfahren, ist das zu glauben!«

»Guten Tag, Mr. Shaughnessey!« Joshua verneigte sich. »Ihr Kutscher kommt allmählich in die Jahre.«

»Das kann man wohl sagen. Seth hat mich schon kutschiert, da war ich noch ein Junge in kurzen Hosen.«

Shaughnessey erkundigte sich nach Antonia und der Plantage. Er wollte Joshuas Meinung hören, wie viel Reis sie wohl in diesem Jahr produzieren würden. Als Antonias Geldgeber hatte Tyler ihn darüber informiert, dass die Bank mit Legacy wegen der kommenden Ernte in Kaufverhandlungen stünde.

»Das stimmt«, bestätigte Joshua. »Ashley & Bolton drängt darauf, dass Mrs. Lorimer schon jetzt den Vertrag unterzeichnet. Angeblich muss die Bank die gesamte Ernte aufgekauft haben, bevor das erste Reiskorn reif ist, sonst, so meint Mr. Tyler, könnte die Handelsvereinigung uns später Schwierigkeiten machen.« Er wiegte skeptisch den Kopf. »Sie kennen ja Mr. Tylers Spitzfindigkeiten.«

»Seien Sie getrost, der Mann weiß, was er tut«, antwortete Shaughnessey munter. »Die Herren vom Planters Club werden vor Wut schäumen, wenn sie merken, dass ein cleverer Yankee sie ausmanövriert hat! Gilbert Ashley hat mir erzählt, in den vergangenen Wochen habe Tyler die Plantagen im Umland aufgesucht und eine ganze Reihe Pflanzer am Cooper und Santee River davon überzeugen können, exklusiv an Ashley & Bolton zu verkaufen. Gilbert scheint sehr zufrieden, Tyler wird der Bank beachtliche Marktanteile sichern. Antonia ist also gut beraten, wenn sie ihm ihre Angelegenheiten anvertraut.« Er hatte sich unterm Reden umgesehen. »Da drüben ist mein Nachbar Grandle. Der Schlaukopf hat unter der Hand Loyalistenland gekauft, sein Grund reicht jetzt bis rauf nach St. James' Parrish. Nun gut, ich werd meinem Nachbarn nicht in die Suppe spucken, Geschäft ist Geschäft. Kommen Sie, Mr. Robert, wir wollen ihm Guten Tag sagen.«

Sie gingen zur Mitte der Halle, wo Shaughnessey den biederen Mann herzlich begrüßte. Grandle erwiderte Shaughnesseys Gruß, aber als Joshua sich vorstellte, nickte er kaum. Shaughnessey überging sein abweisendes Gebaren, indem er Joshua ganz selbstverständlich in die Unterhaltung mit einbezog.

»Mr. Grandle und ich gehen seit Jahren gemeinsam zur Jagd, Mr. Robert«, erzählte er. »Wir haben so manchen armen Vogel auf dem Grund von Legacy geschossen. Mrs. Lorimer hat mir deswegen oft Vorhaltungen gemacht.«

»Dabei ging sie früher selber in den Flussniederungen jagen«, sagte Joshua. »Was sie verabscheut, sind diese Gesellschaftsjagden, bei denen sich keiner die Mühe macht, die erlegten Tiere aufzulesen.«

Grandle wandte sich an Shaughnessey: »Wir wollen nächsten Sonntag auf Enten und Wasserhühner pirschen. Sind Sie dabei?«

»Sie können auf mich zählen.«

»Also abgemacht!« Grandle überlegte kurz, dann sagte er zu Joshua: »Du wirst deiner Herrin Bescheid sagen, damit alles seine Ordnung hat, wenn wir über ihr Land reiten. Hast du verstanden?«

»Ja, Sir.« Joshuas Augen verengten sich unmerklich.
Die Turmuhr begann zu schlagen.
»Zeit für den Lunch!«, rief Shaughnessey. »Mr. Robert?«
»Ich esse in Lyndon House.«
»Gut. Ich denke, Grandle, wir gehen in den Club.«
Die Männer wandten sich gerade zur Tür, als Theodore Hocksley und Algernon Reed eintraten. Joshua wartete im Hintergrund, während die anderen sich begrüßten. Hocksley führte gleich wieder das große Wort, Reed gab sich zurückhaltend. Joshua hatte ihn seit Kriegsende nicht mehr gesehen. Wie immer wirkte Reed vornehm und elegant, sein Auftreten war von ausgeprägter Höflichkeit. Joshua hatte gehört, er verwalte seinen riesigen Grundbesitz Hollow Park mit vorausschauender Präzision. Trotzdem war er sich nicht sicher, was er von ihm halten sollte, und fragte sich, warum jemand, der seine Geschäfte so erfolgreich betrieb, die meiste Zeit wie ein Einsiedler lebte, ohne Familie, nur von seinen schwarzen Sklaven umgeben.

Während er darüber nachdachte, fiel ihm auf, dass Reeds Blick abschweifte und erstarrte, als fixierte er einen imaginären Punkt. Fast eine Minute stand Reed vollkommen reglos, bevor er langsam den Kopf wandte, um zum Gespräch der anderen zurückzukehren. Joshua senkte rasch den Blick, als hätte er etwas Unerlaubtes gesehen. Was war das gerade? Reeds Lässigkeit erschien ihm plötzlich falsch, wie eine einstudierte Pose. Er beobachtete genau Reeds weltläufiges Gebaren, wie er lächelnd in einer vollendeten Geste den Hut abnahm und sich vor einem Bekannten verneigte. Als er sich wieder aufrichtete, fiel Sonnenlicht durchs Portal herein und ließ sein dunkles Haar scharlachrot aufleuchten, dass Joshua unwillkürlich zurückwich. Reed, der seine Reaktion bemerkt hatte, trat lächelnd auf ihn zu.

»Kennen wir uns nicht?«

»Ich war Mr. Lorimers Leibdiener, Sir«, antwortete Joshua mit einer Verbeugung.

»Richtig, Lorimers schwarzer Adjutant.« Reed wandte sich an Shaughnessey: »Gehört der Mann jetzt zu Ihrem Gefolge?«

»Aber nein! Mr. Robert ist kein Diener. Er ist der Verwalter von Legacy.«

»Sie sagen also, dieser Mann hier leitet die Plantage für Mrs. Lorimer?« Reed überlegte. »Ich erinnere mich, dass Mrs. Lorimer einen Verwalter engagiert hatte. Aber wie ich sie verstanden habe, handelte es sich um einen ehemaligen Offizier.«

»Sie meinen Colonel Marshall«, sagte Joshua mit einem Seitenblick auf Hocksley. »Er hat Legacy bis vor Kurzem geleitet. Aber er ging fort.«

»Höchste Zeit, dass meine Schwägerin diesen unbeherrschten Mann loswurde!«, schaltete Hocksley sich ein.

»Es stimmt leider«, sagte Shaughnessey, »mit seiner ruppigen Art hat er manchen vor den Kopf gestoßen. Aber vergessen Sie nicht, in welch kurzer Zeit er die maroden Pflanzungen auf Vordermann gebracht hat. Das war ziemlich beeindruckend.«

»Trotzdem hätte Antonia nicht jemanden einstellen dürfen, über den sie praktisch nichts wusste.«

»Erzählte Ihre Schwägerin nicht, ihr Mann Henry habe Marshall gekannt?«

»Wie auch immer«, sagte Hocksley, »jetzt ist er fort, und das ist gut so. Nur scheint Antonia aus dieser Erfahrung nichts gelernt zu haben. Wie wir sehen, fiel ihr nichts Besseres ein, als die Verantwortung für ihren Besitz in die Hände eines freigelassenen Sklaven zu legen.« Er wandte sich direkt an Joshua: »Vergessen Sie nie, wo Ihr Platz ist, *Mister* Robert!« Und leise, dass nur Joshua es hören konnte, setzte er hinzu: »Kein Nigger bedroht mich ungestraft mit der Waffe.«

Joshua vermied es, darauf zu antworten. Schnell verabschiedete er sich von Shaughnessey und den andern und machte sich auf den Heimweg. Als er bei der Einfahrt von Lyndon House ankam, zögerte er, ging dann weiter die Straße hinauf und folgte einem Fußweg zur Rückseite des Anwesens. Durch die Gartenpforte betrat er das Sklavendorf, ein paar armselige Hütten zwischen Hühnerhof und Wäschebleiche. Gefolgt von einer Horde Kinder ging er zum Küchenhaus und setzte sich an der Hauswand auf eine Bank. Er seufzte schwer, wischte sich den Schweiß von Stirn und Gesicht. Die Köchin hantierte drinnen laut mit Töpfen und Pfannen. Der Duft von Gumbo und frisch aufgebrühtem Kaffee stieg ihm in die Nase, aber der Appetit war ihm vergangen. Seine Gedanken kreisten ununterbrochen um Hocksleys Drohung. Eins war klar: Wenn Hocksley ihn verklagte, war er verloren.

24.

In der Nacht zum Sonntag fegte Gewitterregen über das Land. Bei Sonnenaufgang roch die Luft frisch und würzig nach nassem Laub, es war ein guter Tag für die Jagd. Auf dem Anger gegenüber der Pfarrkirche von St. James' formierte sich die Jagdgesellschaft. Hundegebell und das unruhige Wiehern der Pferde störten den sonntäglichen Frieden, in dem Reverend Stowe seine Gemeindemitglieder an der Kirchpforte mit seinem Segen und einem persönlichen Wort verabschiedete.

Wie jeden Sonntag hatte Hocksley mit seiner Familie am Gottesdienst teilgenommen. Um seine Jagdfreunde nicht warten zu lassen, verließ er die Kirche als einer der Ersten, entrichtete die obligatorische Spende für Bedürftige und schüttelte dem Reverend unbeteiligt die Hand. Reed kam über den Kirchhof herüber, um die Hocksleys zu begrüßen. Er reichte der älteren Tochter Dora seinen Arm und geleitete sie und die jüngere Jane-Eliza, den Eltern folgend, zur Kutsche. Als der Wagen abfuhr, gingen die beiden Männer zu ihren Pferden.

Kurz darauf trafen Shaughnessey und Grandle ein und der Jagdmeister gab das Hornsignal zum Aufbruch. Vom Gebell der

Meute begleitet, setzten sich die Jäger mit ihren Reitknechten, Hundeführern und dem Tross in Bewegung. Sie folgten der Straße in östliche Richtung nach Red Bank, setzten über den Cooper River und ritten weiter nach Hartford. Dort stieß ein kleiner Reitertrupp hinzu, Mr. Ball, der Besitzer der Plantage Limerick, und Mr. Davenport, der Verwalter von Silk Hope, mit Gefolge. Die Gesellschaft war nun vollzählig und ritt in zügigem Tempo die vier Meilen nach Daniel Island, wo das erste Jagen begann. Der Tross zog schon voraus nach Barton Blure; die Jäger wollten sich dort zur Mittagszeit treffen, um vor der melancholischen Ruine des Herrenhauses einen Imbiss einzunehmen.

Von der Morgenfrische war nichts mehr zu spüren. Kein Windhauch bewegte die Rispen des mannshohen Schilfs, als die Jäger allein oder zu zweit in das von Wasserläufen durchzogene Gelände pirschten. Hocksley und Reed folgten ihren Jagdgehilfen, die einen trittsicheren Pfad zu den Nistplätzen der Wasservögel suchten. Wolken von Stechmücken schwebten über den Tümpeln, je weiter sie in die Sumpfwildnis vordrangen, desto unangenehmer wurde der feuchtwarme Brodem stehender Luft. Reed hatte schon bald genug und erklärte Hocksley, er wolle nach Barton Blure vorausgehen und dort auf das Eintreffen der übrigen Jagdgesellschaft warten.

Es war nur ein kurzer Fußmarsch nach Barton Blure. Riesige Lebenseichen bezeichneten den Verlauf einer Auffahrtsallee, von den Gebäuden der alten Plantage war jedoch nicht viel übrig geblieben, ein paar Grundmauern und die Sockel der Kaminzüge, Überreste einer Freitreppe und ein Haufen vermoderter Bretter und Bohlen, die im sumpfigen Untergrund versanken. Auf den Bruchstücken dessen, was einmal der Portikus war, bereiteten die Diener das Picknick für die Jäger vor. Reed ließ sich eine Decke und Wein bringen und machte es sich im Schatten der Alleebäume bequem.

Vom Cooper River kam ein sachter Windhauch; er fing sich in den Flechten von Spanischem Moos, die von den Ästen herabhingen und in der Brise wehten wie silbrige Schleier. Dann und wann waren Gewehrschüsse zu hören und weit entferntes Hundegebell. Reed lachte verächtlich, er fand es lächerlich, kleinen Vögeln in unwegsamem Gelände nachzustellen. Man ruinierte sich im Morast die Stiefel und war zu guter Letzt gezwungen, mit nassen Füßen zu dinieren.

Die Menschen seiner Klasse und ihre Vergnügungen langweilten ihn, er war ein Einzelgänger, Geselligkeiten waren ihm zuwider. Dennoch begab er sich von Zeit zu Zeit unter Leute, pflegte sogar die eine oder andere Bekanntschaft. Er tat es, um sich und der Welt den Anschein zu geben, dazuzugehören. Er tat es um der Privilegien willen, die man hierzulande den Mitgliedern der Geldaristokratie zubilligt wie einst den Feudalherren in der Alten Welt. Nur im Schutz dieser Privilegien war es ihm gelungen zu überleben. Auf ihren Schutz war er angewiesen, wenn er tun musste, was sein kranker Geist ihm auferlegte.

Algernon Reed entstammte einer Puritanerfamilie aus Richmond, die es nach drei Generationen im Tabakhandel zu einigem Wohlstand gebracht hatte. Weil seine spät berufenen Eltern sich die Erziehung ihres einzigen Sohnes nicht zumuten wollten, wurde Algernon mit sieben Jahren in die Obhut des streng geführten Holdon-Instituts übergeben. Die Internatsjahre waren hart. Der Schulleiter, Mr. Holdon, hielt nichts von einer Unterbrechung der Lehrzeiten. Mit Ausnahme von zwei freien Tagen am Ende jedes Trimesters gab es für die Schüler keine Ferien, ebenso wenig waren Besuche zu Hause bei der Familie vorgesehen. Algernon sah seine Eltern zweimal im Jahr für ein paar Stunden in Holdons Besucherzimmer. Während Mrs. Holdon Tee reichte, durfte er vom Schulsport berichten und von den sonntäglichen Bibellesungen. Nur am Ende, auf dem Weg zum Tor, wo die Droschke wartete, konnte er mit seinen Eltern einige persönliche Worte wechseln. Es waren befangene Momente, sodass Algernon es nicht über sich brachte, von seinen Kümmernissen zu reden.

Dabei durchlebte er einen Albtraum. Jede Nacht lag er halbtot vor Angst im Dunkeln und betete, es möge einen der anderen Jungen treffen. Doch regelmäßig kam die Reihe auch wieder an ihn, Holdon trat im Schlafsaal an sein Bett, hieß ihn aufstehen und mitkommen in ein Kellerverlies. Algernon musste sich ausziehen und auf eine Bank legen. Holdon nannte eine willkürlich gewählte Zahl und schlug mit einem Stock erbarmungslos auf ihn ein, bis die genannte Zahl an Schlägen erreicht war. Es war schiere Grausamkeit. Gleichgültig gegen Algernons Schreie vollzog Holdon die Züchtigung bis zum letzten Schlag. Der Hausknecht brachte Algernon danach zurück in den Schlafsaal. Am nächsten Morgen las Holdon vor dem Unterricht aus dem Buch Hiob.

Algernon war sechzehn Jahre, als kurz nacheinander beide Eltern starben. Ihr Tod brachte ihm neben der lange ersehnten Freiheit auch die Leitung des Familienunternehmens. Gewohnt, hart zu arbeiten, erwarb er sich die im Handelsgeschäft notwendigen Kenntnisse, um seinen Wirkungskreis über Virginia hinaus zu erweitern. Er handelte mit Reis und Indigo aus Carolina und stieg in den aufblühenden Baumwollhandel ein. Nach wenigen Jahren unterhielt er Handelsniederlassungen von den Häfen Georgias über die Ostküste hinauf bis nach Boston. Mit Anfang zwanzig war er bereits ein gemachter Mann. Viele bemühten sich um den jungen Unternehmer, man stellte ihm manches heiratsfähige Mädchen vor.

Doch Reeds Interesse ging nicht in diese Richtung, Gefühle kannte er nicht. Wenn er sich einer Frau näherte, dann weil er es auf ihre Hingabe abgesehen hatte. Die körperliche Befriedigung erwies sich jedoch als Enttäuschung. Während ihn das Verlangen in immer neue Abenteuer trieb, wurde die Ernüchterung von Mal zu Mal größer. Obwohl er nicht genau wusste, wonach er sich sehnte, spürte er, dass er es durch Liebesgetändel nicht bekommen würde.

Zu der Zeit begannen die Anfälle. Sie glichen einer Art vorübergehender Abwesenheit, wie wenn er in Trance reglos innehielt. Sie kündigten sich nicht an und dauerten kaum Minuten. Reed wusste nicht, was mit ihm geschah, er empfand dabei nichts, nur Stille, Leere. Anfangs hielt er es für eine körperliche Schwäche und versuchte, mehr auf sich zu achten, aß und schlief regelmäßiger in der Hoffnung, die seltsamen Absencen würden vorübergehen. Doch sie hörten nicht auf. Da sie aber für ihn keine Beeinträchtigung darstellten, fand er sich damit ab.

Er führte das Leben eines Einzelgängers, was ihn nicht sonderlich betrübte, denn er hatte nie erfahren, was es hieß, Familie zu haben. Er wohnte allein in dem großen Haus am Stadtrand. Wenn er sich einsam fühlte, fuhr er zu den Dörfern am James River, wo er sich die Gesellschaft von Frauen kaufte. In seiner Kutsche nahm er sie mit an einen ungestörten Ort. Einmal bei einer solchen Gelegenheit löschte eine Absence sein Bewusstsein aus. Etwas anderes trat an dessen Stelle ...

Als die Frau seinen glasharten Blick bemerkte, wich sie befremdet zurück. Aber er hielt sie fest.

»Was denn, hast du Angst vor mir?«

In seiner Stimme schwang ein lauernder Ton, der sie erschreckte. Was war auf einmal in ihn gefahren? Wieso starrte er sie an wie ein hungriges Tier? Sie wollte raus aus dieser Kutsche, nur fort von ihm! Um sich zu befreien, versetzte sie ihm einen beherzten Stoß.

Als hätte er nur auf Gegenwehr gewartet, warf er sich auf sie und drückte sie mit seinem Gewicht nieder. Eine Weile ließ er sie kämpfen, dann schlug er zu.

»Wärst besser nicht in meinen Wagen gestiegen!«

Er schlug sie wieder und wieder. Als Blut aus ihrem Mundwinkel lief, hielt er inne. Witternd wie ein Hund kam er heran und fing an, das Blut von ihrem Gesicht zu lecken. Sie lag verängstigt und angewidert unter ihm und wagte kaum zu atmen. Plötzlich spürte sie, wie seine Zähne in ihr Fleisch eindrangen ...

Vielleicht trat sie ihn in die Weichteile oder ihre Faust traf ihn, als sie in Panik um sich schlug. Jedenfalls kam er zu sich. Desorientiert, verwirrt von ihren Schreien, stammelte er Entschuldigungen, beteuerte, er habe ihr nicht wehtun wollen. Schließlich gab er ihr Geld, um sie zu trösten und damit sie schwieg. Zu Hause grübelte er lange über das Geschehene nach. Er musste einen Anfall gehabt haben. Die Frau war außer sich vor Angst gewesen, offensichtlich hatte er sie brutal misshandelt. Doch er konnte sich an nichts erinnern. Was auch geschehen war, er hatte die Kontrolle verloren; das durfte nicht wieder geschehen. Von nun an ging er Frauen aus dem Weg, auch vom übrigen gesellschaftlichen Leben zog er sich zurück. Seine Bekannten, die sein Verhalten natürlich nicht verstehen konnten, kamen zu dem Schluss, der Erfolg habe ihn überheblich gemacht, und wandten sich bald von ihm ab.

Einsam und frustriert konzentrierte er sich auf seine Arbeit. Das lenkte ihn ab, und seine Geschäfte florierten. Zu Beginn des Krieges hatte er sein Firmenvermögen annähernd verdoppelt, er war ein reicher Mann. Doch seit der Konflikt mit den Kolonien eskalierte, bekam auch er zunehmend die Restriktionen zu spüren, die England dem amerikanischen Handel auferlegte. Bei dem Gedanken, dass er durch seine Steuerzahlungen den Krieg gegen seine Heimat Amerika mitfinanzierte, fühlte er sich in seiner patriotischen Seele verletzt. Als mit dem Einmarsch englischer Truppen in Virginia der Handel zwischen den freien Provinzen und den besetzten Nordstaaten zum Erliegen kam, sperrte Reed seine Kontore zu und begab sich in den Süden zu den Rebellen.

Im Herbst 1776 kam Reed nach Charles Town. Er war achtundzwanzig Jahre alt, vermögend und für einen Neuengländer überaus salonfähig. Er kaufte ein Haus in einer noblen Gegend, seine Umgangsformen verschafften ihm das gesellschaftliche Entree. Die verwöhnten Charlestowner überhäuften ihn bald mit mehr Einladungen, als er wahrnehmen konnte. Nachdem er die vergangenen Jahre meist allein zugebracht hatte, machten ihn die vielen Menschen in seiner Nähe nervös, vor allem die lebenshungrigen Frauen, jene Southern Belles, die so anders waren als die Mädchen in Virginia, und die selbstbewusst seinen Salon belagerten.

Um zeitweise zur Ruhe zu kommen, verbrachte er manchen Abend der Woche in seinem Kontor am Frachthafen. Oft ging er erst, wenn die ganze Stadt schlief, zu Fuß nach Hause. Eines Nachts auf seinem Heimweg durchs Hafenviertel beobachtete er, wie ein junger Stutzer mit zwei Matrosen um eine Straßendirne stritt. Ein Wort gab das andere, auf einmal gingen die Matrosen auf den Stutzer los. Reed erwog noch, dem Mann zu Hilfe zu eilen, da zog der eine Matrose ein Stilett und stach zu. Der junge Mann ging schwer verletzt zu Boden, während die beiden Angreifer sich davonmachten.

Die Prostituierte, die den Kampf verfolgt hatte, kniete neben dem Bewusstlosen und versuchte, seine Wunden zu versorgen. Reed stand unschlüssig abseits. Im Licht der ersten Dämmerung sah er, wie das Blut des Verletzten der Frau über die Hände rann. Er konnte den Blick nicht mehr abwenden, gebannt starrte er auf ihre blutigen Hände. Plötzlich konnte er das Blut riechen. Er atmete den erregenden Geruch tief ein, und sein Herz schlug schneller; er wollte das Blut nicht nur riechen, er wollte mehr. Lautlos hob er das Stilett auf, das der Matrose zurückgelassen hatte, und trat heran, griff die Frau beim Haarschopf, riss ihr den Kopf zurück und führte einen langen Schnitt von ihrem rechten Ohr bis zum Schlüsselbein. Im Schwall trat Blut aus der Wunde, stoßweise schoss es hervor und floss dunkel über ihren Körper herab. Er hielt ihren Kopf, stierte auf das hervorquellende Blut. Ihre Augen waren aufgerissen, der Mund zu einem stummen Schrei geöffnet. Als der Blutfluss versiegte, ließ er sie los. Sie kippte zur Seite, ihr Kopf schlug aufs Pflaster.

Reed nahm das Messer zwischen die Zähne, dann packte er die Frau bei den Handgelenken und zog sie in den nächsten

Torweg, drehte sie auf den Rücken und setzte sich rittlings auf ihre Oberschenkel. So hielt er sie zwischen seinen Knien fest, während ihr Körper von Krämpfen geschüttelt wurde. Ungeduldig zerriss er ihr Kleid und zerrte das Mieder herunter. Er legte das Stilett zwischen ihre Brüste, beugte sich herab und betrachtete aus kürzester Distanz ihr Gesicht, die grauen Lippen, blutbespritzten Wangen, starrenden Augen. Er kam noch näher, witternd wie ein Hund den Geruch von Blut und Schweiß und Angst. Plötzlich drangen gurgelnde Laute aus ihrer Kehle. Mit einem Knurren fuhr er zurück, riss einen Ärmel von ihrem Kleid und stopfte ihr den Fetzen in den Mund.

Nun schob er ihre schlaffen Arme nach oben. Die Spitze des Stiletts stach er in ihre linke Achselhöhle und begann, mit flach geführter Klinge einen Streifen Haut bis zum Brustbein abzuheben. Dasselbe wiederholte er auf der rechten Körperhälfte. Danach schnitt er einen flachen Bogen um ihre linke Brust und genauso um die rechte. Methodisch führte er Schnitt um Schnitt in zwanghafter, irrer Symmetrie, während die Frau unter ihm verblutete.

Endlich legte er das Messer zur Seite und betrachtete sein Opfer mit nachdenklich zur Seite geneigtem Kopf, beugte sich dann herab und leckte ihr das Blut vom Gesicht und von den Lippen. Der Geschmack des Blutes erregte ihn, er zog ihr den Knebel aus dem Mund, saugte an ihren Lippen, küsste ihren blutigen Mund. Keuchend riss er seine Kleider auf, fasste sein hartes Glied, rieb sich und kam schnell zum Höhepunkt. In Ekstase und höchster Lust schrie er auf, warf sich auf die Sterbende, presste sich an ihren geschundenen Leib. Er hörte, wie ihr Herz zum letzten Mal schlug. Erschöpft schloss er die Augen.

Als er wieder zu Bewusstsein kam, lag er auf der Toten. Seine Kleider klebten, von kaltem Blut durchtränkt, auf seiner Haut. Würgender Ekel überkam ihn, er kroch ein Stück fort, übergab sich. Schaudernd vor Übelkeit und Kälte lag er auf Händen und Knien, ohne einen klaren Gedanken fassen zu können.

Irgendwo in der Nähe hörte er ein Geräusch, es war der junge Stutzer, der vor Schmerz ächzte. Reed sah von dem Verletzten zu der verstümmelten Leiche der Frau. Er wusste nicht, was passiert war, nur sein Instinkt sagte ihm, dass er sich jetzt besser in Sicherheit brächte.

Als man die Leiche fand, geriet die Stadt in höchste Aufregung. Die Zeitungen berichteten voller Abscheu über die Tat. Frauen wagten es nach Einbruch der Dunkelheit nicht mehr, alleine vor die Tür zu gehen. Der Stadtrat stellte Trupps mit Knüppeln bewaffneter Burschen zusammen, die nachts in den Straßen patrouillierten. Die Bevölkerung war so aufgebracht, dass sie die Polizei bei ihren Nachforschungen mit Hinweisen überhäufte und der Commissioner der Flut von Verdächtigungen im Einzelnen gar nicht nachgehen konnte. Doch auch nach Wochen fehlte von dem Täter noch immer jede Spur.

Reed hatte sich mit letzter Kraft in sein Haus in der Queen Street geflüchtet, dann zwangen ihn die Nachwirkungen des Anfalls in die Knie. Apathisch lag er hinter vorgezogenen Bettvorhängen in trübem Dämmerschlaf. Nach zwei Wochen zeigten sich endlich Anzeichen einer Besserung. Es musste noch eine weitere Woche verstreichen, bis sein kranker Geist zur Ruhe kam. Dann stand er auf, und es ging ihm erstaunlich gut. Bald fühlte er sich besser als je zuvor, wie erlöst, als wäre er von einer Bürde befreit, die ihn jahrelang niedergedrückt hatte. An die Vorgänge jener Nacht erinnerte er sich nicht.

Nach seiner Genesung erfuhr er von dem bestialischen Mord an einer Prostituierten. Der Vorfall lag fast einen Monat zurück, doch in der Tagespresse wurde immer noch darüber berichtet. Reed reagierte betroffen, gleichzeitig übte der Fall eine besondere Faszination auf ihn aus. Immer wieder las er die Zeitungsartikel, in denen die seltsamen Verletzungen des Opfers geschildert wurden, und glaubte, den blutüberströmten Körper der Frau bildlich vor Augen zu haben. Selbst ihre

Haarfarbe und das Muster ihres Umschlagtuchs hätte er beschreiben können; er war erstaunt über seine Vorstellungsgabe. Dann fand er seine blutbesudelten Kleider. Sie lagen in einer verschlossenen Kommode neben seinem Bett. Er selbst musste sie dort hineingelegt haben, denn er trug den Schlüssel immer bei sich. Was hatte das zu bedeuten?

Der Mord hatte sich in der Nacht seines schweren Anfalls zugetragen. Er konnte sich nicht erinnern, was auf dem Heimweg geschehen oder wie er nach Hause gekommen war. Doch sah er vor dem geistigen Auge den Schauplatz des Mordes, sah seine eigenen blutverschmierten Hände und die verstümmelte Leiche einer Frau. Er musste dort gewesen sein und etwas getan haben, das die blutstarrenden Kleider in der Kommode erklärte.

Natürlich wusste Reed, dass mit ihm etwas nicht stimmte. Die ständigen Absencen hingen mit einem Defekt zusammen, der schon einmal dazu geführt hatte, dass er eine Frau misshandelt hatte. Doch seitdem war er auf der Hut, er hatte sich keiner Frau mehr genähert. Wenn er etwas mit dem Mord am Hafen zu tun haben sollte, dann musste etwas passiert sein, worauf er keinen Einfluss hatte.

Schon in früher Kindheit fiel ein Schatten auf Reeds Gemüt. Unbemerkt hatte eine Krankheit in ihm gekeimt und einen Fremdkörper hervorgebracht, ein missgestaltetes Imitat seines Wesens, das sich von den Demütigungen und dem seelischen Leid seiner Jugend nährte. Als junger Mann hatte er erstmals Absencen. Ein unüberwindbarer Widerwille hinderte ihn daran, deren Ursache zu ergründen; seine Versuche, den Erinnerungsverlust einer Absence nachzuvollziehen, steigerten die innere Abwehr, konnten sogar zur Ohnmacht führen. Auch jetzt musste er mit erheblichem inneren Widerstand rechnen, wenn er versuchen würde, die Vorgänge der Mordnacht zu rekonstruieren. Also wählte er einen anderen Weg: Er rief sich seine Vision des Tatorts vor Augen.

Die Wirkung war so heftig, dass ihm schwindelte. Sein dunkler Zwilling, die Kehrseite seines Bewusstseins, packte ihn mit eiserner Faust und ließ ihn seinen aggressiven Willen spüren. Er sog ihm den Atem aus den Lungen, warf ihn zu Boden und hielt ihn dort fest.

Was willst du von mir?, dröhnte es hinter seiner Stirn wie Glockenschläge.

Stöhnend schloss er die Augen und dachte: Hast du die Frau getötet?

Du warst es! Du tust, was ich tue!

Wer ... bist du?

Ich bin Algernon. Ich bin, was du bist. Tu, was ich tue!

Am nächsten Morgen fühlte er sich zerschlagen. Ich bin ein Mörder, sagte er zu sich, und ich bin geistesgestört. Gefasst überdachte er seine Lage. Bisher hatte niemand die Spur bis zu ihm verfolgt, und es war unwahrscheinlich, dass man ihn mit der Mordsache in Verbindung brächte. Aber die Anfälle würden wiederkehren, und da er jetzt wusste, wozu er dann fähig war, musste er etwas unternehmen. Zunächst las er alles, was er an Literatur über psychische Abnormitäten in die Hände bekam. Dabei stellte er fest, dass die Wissenschaft zwar verschiedene Erscheinungsformen des Irrsinns beschreiben konnte, die Ursache der Erkrankung aber im Dunkeln blieb. Und trotz aller Gelehrsamkeit war es offenbar nie gelungen, geistesgestörte Menschen zu heilen. Stattdessen verbarg man sie vor der Welt, ließ sie in Käfigen dahinvegetieren oder verkaufte sie zu Studienzwecken an zweifelhafte Gelehrte. Für Kreaturen wie ihn gab es wenig Hoffnung, und wenn er nicht auf elende Art enden wollte, musste er dafür sorgen, dass niemand von seinem Zustand erfuhr.

Er war immer zurückhaltend gewesen, nun wurde er menschenscheu. Gesellschaftlichen Umgang pflegte er nur noch, wenn es aus geschäftlichem Interesse unvermeidbar war. Um

Höflichkeitsbesuchen von Nachbarn oder Bekannten zu entgehen, verbrachte er die freien Nachmittage auf den Rennplätzen vor der Stadt, wo er den Jockeys beim Training seiner englischen Vollblüter zusah. Manchmal schaute er sich auch eines der Footballspiele an, die samstags auf einer Pferdeweide hinter den Rennställen stattfanden. Hafenarbeiter traten gegen die Soldaten von Fort Sullivan an. Es kamen alle möglichen Zuschauer, Fuhrknechte, Dandies, einfache Leute. Wetten wurden abgeschlossen, Krüge mit Ale und Rum herumgereicht.

Die Schauerleute waren die Champions dieser Saison. Im Entscheidungsspiel wurden mehrere Stürmer schwer gefoult und mussten ausgewechselt werden. Als den Schauerleuten die Ersatzspieler ausgingen, sprang ein Mann aus dem Publikum über die Absperrung und lief zum Kapitän. Die Zuschauer schienen ihn zu kennen. Der Bursche sei ein Streuner, entnahm Reed den Bemerkungen der Umstehenden, ein junger Glücksritter, der wegen seiner Spielschulden wohl bald aus der Stadt geworfen werde.

Die Teamchefs hatten sich unterdessen geeinigt. Der neue Mann band sich die grüne Schärpe der Schauerleute um und lief unter dem anerkennenden Beifall des Publikums aufs Feld. Reed schätzte ihn auf Anfang zwanzig. Unter den anderen Spielern wirkte er wie ein Halbwüchsiger, erwies sich im Spielverlauf jedoch als kampferprobt und reaktionsschnell wie kaum ein anderer. Von Anfang an blieb er hart am Gegner, übernahm die Sturmspitze, brachte den Ball konsequent nach vorn und warf nach wenigen Minuten sein erstes Tor. Die Leute applaudierten und skandierten seinen Namen: Roscoe! Roscoe!

Wegen seiner rauen Taktik wurde Roscoe vom Schiedsrichter mehrfach verwarnt. Aber er warf Tore und brachte seine Mannschaft in Führung. Als der Schlusspfiff ertönte, hatten die Hafenarbeiter die Soldaten haushoch besiegt. Rund ums Spielfeld gab es begeisterten Beifall, die Champions ließen sich feiern, Wettgewinne wurden ausgezahlt, allmählich brachen die

Leute auf. Auf dem Weg zu seinem Wagen kam Reed an der Spielerbank vorbei. Roscoe saß dort allein für sich. Unberührt von der Siegesfreude seiner Mitspieler, blickte er teilnahmslos vor sich hin, während er sein Hemd zuknöpfte. Reed blieb stehen und sah zu, wie er seine Stiefel anzog und die Stiefelriemen schnürte. Als er endlich den Kopf hob, berührte Reed mit behandschuhter Hand die Hutkrempe.

»Ich könnte Sie im Wagen in die Stadt mitnehmen.«

Roscoe strich sich das schweißnasse Haar aus der Stirn und sah ihn mit unbestimmtem Ausdruck an. Auf Reeds einladende Geste hin stand er auf, nahm Rock und Hut und folgte ihm wortlos zum Kutschenstand.

Die geräumige *Calèche* war schon vorgefahren. Der Kutscher riss den Wagenschlag auf und wartete in serviler Haltung, bis Reed eingestiegen war. Roscoe, einen Fuß auf dem Antritt, stand vollkommen versunken in Betrachtung des luxuriösen Wagens und strich sacht mit den Fingerspitzen über den makellos schimmernden, nachtblauen Lack; eine Geste naiver Bewunderung, die Reed lächerlich fand und doch auch rührend.

»Als ich ein Junge war, hatten wir eine Kutsche und schöne Pferde«, sagte Roscoe mehr zu sich selbst. »Im Frühling fuhr Mamá mit mir ans Meer.« Er sprach in einem eigenwillig schleppenden Tonfall und überdehnte die einzelnen Silben. Noch nie hatte Reed jemanden so reden gehört.

25.

Roscoe war Kreole aus der einstmals spanischen Kolonie East Florida. Nachdem der Familienbesitz verloren und die verarmte Familie zu Verwandten nach Georgia gezogen war, verbrachte er seine Jugend mit anderen jungen Tagedieben am Hafen von Savannah. Er konnte weder lesen noch schreiben und lernte, sich mit seinen Fäusten Respekt zu verschaffen. Eine Weile verdiente er seinen Lebensunterhalt mit Schaukämpfen, bis er sich mit siebzehn Jahren zum Dienst in der britischen Kolonialarmee verpflichtete. Nachdem er außer Kämpfen nichts gelernt hatte, brach er wahllos Duelle vom Zaun, um sich abzureagieren. Als er dazu überging, Untergebene zu quälen, endete die Episode bei der Armee mit seiner unehrenhaften Entlassung.

Er verließ Savannah und kam 1776 nach Charles Town, einer von vielen jungen Abenteurern ohne Geld oder Protektion und ohne die geringsten Ambitionen außer eines fatalen Hanges zum Glücksspiel. Er trank, war unverschämt und schlug sich schon aus geringstem Anlass. Auf ruinöse Spielschulden häufte er Verluste aus infantilen Wetten und wäre im Schuldgefängnis gelandet, hätte sich nicht stets jemand gefunden, der sich für ihn verwendete und ihn vor den Konsequenzen seines exzessiven Lebens bewahrte. Der Grund dafür war sehr einfach: Roscoes erotische Ausstrahlung weckte Begierden; Frauen wie Männer wollten ihn zum Liebhaber und kamen im Gegenzug bereitwillig für seinen Unterhalt auf.

Er war sich seiner Wirkung bewusst, wenngleich er sie nicht absichtlich ins Spiel brachte. Anmutig, wohlgestalt und kaum fünf Fuß sechs Inches groß, sah er aus wie ein Heranwachsender. Seine weichen, von langen Locken umspielten Gesichtszüge, die dunklen Augen voll jugendlichen Trotzes verstärkten den knabenhaften Eindruck, doch sein Körper war eindeutig der eines Mannes, muskulös, durchtrainiert, mit einer Aura passiver, naturhafter Sinnlichkeit. Er legte seinen Gönnern gegenüber provozierendes Desinteresse an den Tag und leistete die geschuldeten Liebesdienste teilnahmslos und ohne Leidenschaft. Aber gerade die Gleichgültigkeit, mit der er sich darbot, war für viele unwiderstehlich.

Es überraschte ihn daher nicht, von Reed angesprochen zu werden. Aber Reeds Interesse war nicht sexueller Art. Als er

Roscoes offensivem Spiel zusah, einer Synthese aus Draufgängertum und Gewaltbereitschaft, war ihm blitzartig klar geworden, dass er die Lösung für sein Problem gefunden hatte: Er musste jemanden wie Roscoe zum Leibwächter nehmen! Einen unerschrockenen Burschen wie ihn brauchte er an seiner Seite, wenn er durch einen Anfall je in Schwierigkeiten geriete. Natürlich hieße das, ein nicht geringes Risiko einzugehen, denn nach der ersten Absence wüsste sein Begleiter über seinen Geisteszustand Bescheid und Reed wäre ihm auf Gedeih und Verderb ausgeliefert. Doch blieb ihm eine Wahl? Die Anfälle hatten wieder begonnen, ständig musste er befürchten, sich durch sein Verhalten zu verraten. Es ging so weit, dass er an manchen Tagen das Haus nicht mehr verließ. Bevor er völlig paranoid wurde, musste er etwas unternehmen.

Auf der Fahrt in die Stadt erwies Roscoe sich als nicht gerade gesprächig. Reed bestritt die Unterhaltung nahezu allein und bekam den argen Verdacht, Roscoe verstünde überhaupt nicht, worüber er mit ihm redete. Als er sich später über ihn erkundigte, bekam er zu hören, Roscoe lasse sich aushalten. In der Hinsicht schien er wenig Skrupel zu kennen; für Geld, hieß es, tue er alles und bediene bereitwillig die niedersten Triebe. Reed beobachtete ihn eine Zeit lang, um sich eine Meinung zu bilden. Er hielt ihn für nicht besonders intelligent, und wie alle geistlosen Menschen schien sich Roscoe die meiste Zeit zu langweilen. Wetten und Glücksspiele waren seine einzige Form der Unterhaltung. Reed brauchte ihn nur gelegentlich am Spieltisch einzuladen, und bald wich Roscoe nicht mehr von seiner Seite.

Jetzt sah man Reed wieder in den Clubs und Bars der Stadt, immer in Begleitung Oliver Roscoes. Er zahlte ohne Limit für die Verbindlichkeiten seines notorisch verschuldeten Begleiters, ermöglichte ihm jede Art von Amüsement und ein Leben im Überfluss. Seine Beziehung zu dem jungen Herumtreiber war kurze Zeit in aller Munde, dann hatte man sich an das ungleiche Freundespaar gewöhnt.

Roscoe war nicht sicher, was Reed sich von ihrer Freundschaft erwartete. Letztlich verwirrte ihn Reeds Haltung, seine Überlegenheit und Großzügigkeit schüchterten ihn ein. Wenn Reed mit ihm sprach, wurde ihm jedes Mal bitter bewusst, welche intellektuelle Kluft ihre Welten trennte. Und doch fühlte er sich in seiner Nähe wohl. Dieser Mann war für ihn der Inbegriff eines Gentleman. Er bewunderte ihn und wollte lernen, sich genauso ehrenhaft zu verhalten.

Reed hatte anfänglich Zweifel, ob er sich an Roscoes dauernde Anwesenheit in seinem Hause würde gewöhnen können. Um seinem Bedürfnis nach Abstand Rechnung zu tragen, überließ er Roscoe vorsorglich eine ganze Etage zur freien Verfügung. Trotzdem brachte das gemeinsame Leben die beiden Männer einander näher, in ganz anderer Weise, als Reed geahnt hatte. Als Roscoe nämlich bemerkte, dass Reed sich keine Geliebte hielt und Frauen grundsätzlich mied, nahm er sich unaufgefordert der nächtlichen Bedürfnisse seines Freundes an. Es war ein zweckorientierter geschlechtlicher Umgang, der Reeds Verzicht auf weibliche Nähe erträglicher machte; später wurde er Teil ihrer Vertrautheit.

Roscoe musste erst ein Lebensgefühl für Komfort und finanzielle Freiheit entwickeln. Er kleidete sich wie ein Dandy, richtete seine Räume in Reeds Stadthaus völlig neu ein und lebte nur zu seinem Vergnügen; sogar ein eigener Wagen mit Kutscher stand zu seiner Verfügung.

Reed legte ausdrücklich Wert auf seine Begleitung außer Haus, ließ aber nie den Eindruck entstehen, er fordere seine Gesellschaft als Gegenleistung für seine Freigiebigkeit. Tatsächlich deutete Reed mit keinem Wort an, dass er ihn aus einem bestimmten Grund bei sich aufgenommen hatte. Nach reiflicher Überlegung hatte er sich entschlossen, das Problem seiner psychischen Verfassung nicht zur Sprache zu bringen.

Er vertraute darauf, dass Roscoe sich im Ernstfall aus purem Eigennutz loyal verhalten würde, nachdem er sich erst an die Annehmlichkeiten gewöhnt hatte. Im Übrigen bezweifelte er, dass Roscoe begriffen hätte, was es mit den Anfällen auf sich hatte, wenn er versucht hätte, es ihm zu erklären.

Es ging lange Zeit gut. Reed hatte hin und wieder Absencen, was aber nicht weiter auffiel. Dann bemerkte Roscoe, dass sein Freund nicht mehr ausgehen wollte. Reed lief ruhelos durchs Haus, schlief immer weniger, wurde nervös. Einige Tage war er gar nicht mehr ansprechbar und schloss sich in seinen Räumen ein. Dann erschien er eines Abends, bereit zum Ausgehen, und befahl, den leichten Wagen anzuspannen; Roscoe sollte kutschieren. Reed wirkte unangenehm verändert, ungeduldig und herrisch, wie Roscoe ihn noch nie erlebt hatte. Sie fuhren zum Hafen, im Vergnügungsviertel ließ Reed ein Mädchen von der Straße zu ihnen in den Wagen steigen, dann fuhren sie stadtauswärts, durch unbebautes Gelände am Fluss entlang zu den alten Landungsbrücken.

Bei einem Lagerhaus ließ Reed anhalten. Er nahm die Laterne vom Kutschbock, ging voraus und stieß die Tür zu einem Verschlag auf. Wortlos bedeutete er den anderen hineinzugehen. Roscoe tat wie geheißen. Als das Mädchen zögerte, zerrte Reed sie kurzerhand mit hinein und verriegelte die Tür. Er legte Rock und Weste ab. Roscoe lehnte abwartend beim Eingang und fragte sich, welche Rolle ihm wohl zugedacht sei, als Reed die Frau ohne Vorwarnung niederschlug. Roscoe schrie ihn an, was in aller Welt in ihn gefahren sei. Reed beachtete ihn nicht, er schlug die Frau ein zweites und drittes Mal mit solcher Rohheit, dass sie verängstigt vor ihm liegen blieb. Roscoe wollte dazwischengehen, dann sah er ein Messer in Reeds Hand und wich zurück. Reed indessen packte die wimmernde Frau, zog sie in den Lichtkreis unter der Laterne, zerriss ihr das Kleid und band mit einem Fetzen Stoff ihre Hände zusammen. Roscoe wurde klar, dass sein Freund etwas Abscheuliches vorhatte, aber er machte keinen weiteren Versuch, der Frau zu helfen. Was ihn zurückhielt, war keine Furcht. Er stand einfach da und sah zu, während Reed tat, was er tun musste.

Als es vorbei war, kauerte Reed über der Toten wie ein Raubtier über der Beute. Er hob den Kopf und sah Roscoe ohne Anzeichen des Erkennens an, dann brach er bewusstlos zusammen. Roscoe hielt es in dem Verschlag jetzt nicht mehr aus, er riss den Türriegel zurück und stolperte ins Freie.

Es war eine Nacht ohne Mond, der Lichtschein vom Eingang verlor sich nach wenigen Schritten. Blind und orientierungslos lief er durch die Dunkelheit, direkt auf den Fluss zu; der nachgiebige Untergrund warnte ihn im letzten Moment. Schwer atmend blieb er auf der Uferböschung stehen und ließ sich zurück ins feuchte Gras fallen.

Was sollte er jetzt tun? Offenbar war Reed wahnsinnig geworden! Verstört dachte er an seinen Freund, der bewusstlos in dem Verschlag neben der Toten lag. Würde er so gefunden, blutbesudelt über dem verstümmelten Opfer, wäre er verloren ... *Dío*, Algernon war ein Irrer, ein wahnsinniger Mörder! Womöglich hatte er so etwas schon früher getan. Aber wie hätte er sein mörderisches Verhalten auf die Dauer vor ihm verbergen können? Sie waren immer zusammen, Reed wollte ja, dass er ihn überall hin begleitete.

Eine ungute Ahnung kam ihm, dass sein Freund wusste, was für bestialische Dinge er tat, und dass sie heute Nacht nicht zufällig hier waren. Jetzt, in schwärzester Nacht verstand er endlich, weshalb Reed ihn in seiner Nähe duldete. Überwältigt von Scham, Demütigung, Enttäuschung und einem anderen, noch viel furchtbareren Schmerz verbarg er das Gesicht in den Händen und weinte. »Oh Algernon, Algernon! Ich hätte dich niemals zurückgelassen!«

Er wollte nicht an Reeds Zuneigung zweifeln. War er nicht immer geduldig und freundlich mit ihm, schenkte er ihm nicht mehr Aufmerksamkeit als irgendjemand zuvor? Er kannte keinen großzügigeren Menschen, selbst die exorbitanten Spielschulden hatte er anstandslos beglichen. Er war sein einziger Freund. Was würde aus ihm, wenn Reed nicht mehr da wäre?

Es klarte langsam auf, Sterne erschienen am Nachthimmel. Roscoe trocknete mit dem Rockärmel sein Gesicht und ging zu dem Lagerhaus zurück. Erst trug er die Tote hinunter zum Fluss. Als er den Leichnam in die Strömung gleiten ließ, bekreuzigte er sich. Danach kümmerte er sich um seinen Freund, brachte ihn auf die Beine und fuhr mit ihm nach Hause.

Sie sprachen nie über das, was geschehen war. Doch wenn Reed an manchen Abenden schweigsam wurde, abrupt vom Spieltisch aufstand und die Runde grußlos verließ, so folgte Roscoe ihm auf dem Fuße. Reed fand seine Opfer auf der Straße, weibliche oder männliche Prostituierte, Dienstmädchen, Stallburschen. Was er auch tat, Roscoe blieb bei ihm. Manchmal konnte er das Schlimmste verhindern, doch einige Menschen starben unter Reeds Händen.

Nach einem Anfall war Reed nicht ansprechbar. Oft verlor er das Bewusstsein, und wenn er wieder zu sich kam, war er verstört und fand sich alleine kaum zurecht; dann war für ihn die Gefahr, entdeckt zu werden, am größten. In diesem Zustand gab Roscoe ihm Schutz, es war die Essenz ihrer Freundschaft. Aber Roscoes Gefühle waren nicht nur freundschaftlicher Natur. Wenn Reed gefangen war in seiner geistigen Nacht, konnte Roscoe ihm nahe sein und mit ihm tun, was für ihn Liebe war. Es waren kurze Momente der Leidenschaft. Diese Liebe – das, was Roscoe dafür hielt – war die einzige Gewissheit in seinem Leben. Es war sein Unglück, dass er sie im Gefolge des Irrsinns erlebte.

Reed wusste nichts von Roscoes Gefühlen. Doch seine Rechnung war aufgegangen, Roscoe verhielt sich wie erwartet und gab ihm die Möglichkeit, sich wieder frei bewegen zu können. Seine Anhänglichkeit hielt er allerdings für ein Zeichen großer Naivität: Sein Freund schien nicht zu begreifen, dass sich sein Tötungstrieb auf jeden richten konnte, der sich im Bereich seines Zugriffs befand: Indem Roscoe ihn beschützte, war er mehr als jeder andere gefährdet.

26.

Nacheinander trafen die Jäger in Barton Blure ein, wo Reed sie ausgeruht und bester Laune erwartete. Um der großen Hitze zu entgehen, lagerte die ganze Jagdgesellschaft im Schatten der hohen Bäume. Die Diener brachten Wein, Obst und Platten mit kalten Speisen. Beim Essen erzählten die Männer von ihren Jagderlebnissen.

Shaughnessey, Grandle und Davenport hatten sich nach dem Imbiss auf den Stamm einer umgestürzten Steineiche gesetzt, um den Fortgang der Jagd zu besprechen.

»Wir werden gegen fünf Uhr an der Brücke von Plains Falls sein«, sagte Shaughnessey, während er noch einmal Wein nachschenkte. »Wir folgen dem Fluss über die Lorimer-Besitzungen. Oberhalb des Stauwehrs von Legacy können wir auf Reiher und Kormorane gehen.«

»Ein guter Platz für Kormorane«, meinte Grandle. »Der neue Kanal zieht die Vögel in Scharen an. Mrs. Lorimer erinnert sich hoffentlich, dass wir heute auf ihrem Grund jagen?«

»Wenn nicht, schickt sie uns ihren Verwalter auf den Hals!«, lachte Shaughnessey.

Davenport fragte: »Sie meinen den humorlosen Kriegsveteranen?«

»Nein, Marshall ist nicht mehr da. Jetzt hat sie ihrem Stallmeister die Verwaltung übertragen. Das war gescheit, kaum jemand kennt Legacy so gut wie Joshua Robert.«

»Wieso ist Marshall fort?«, wollte Davenport wissen.

»Keine Ahnung. Jemand sagte, er sei wieder bei der Armee.«
Shaughnessey mochte den Punkt nicht weiter erörtern, stand auf und fuhr in seinen Jagdrock. »Kommen Sie, Gentlemen, Zeit für den Aufbruch. Ich sage den andern, dass wir weiterreiten.«
Kaum war er gegangen, kam Davenport auf das Gespräch zurück. »Sagen Sie mal, Mr. Grandle, sind Sie diesem Marshall je persönlich begegnet?«

»Nein, warum?«

»Nun, außer Mr. Shaughnessey hat ihn in der ganzen Nachbarschaft offenbar niemand zu Gesicht gekriegt. Dabei hatte er anfangs für einiges Aufsehen gesorgt, ich glaube, jeder kennt die Geschichte seines Auftritts im Planters Club. Danach hat man ihn nirgendwo mehr gesehen.«

»Kein Wunder, er hatte genug zu tun, die heruntergekommene Lorimer-Plantage instand zu setzen.«

»Seltsam, dass er plötzlich verschwunden ist.«

»Wieso? Shaughnessey sagte doch, dass er wieder bei der Armee ist.«

»Das dürfte kaum möglich sein.« Davenport hob vielsagend die Brauen. »Marshall ist keiner von unseren Jungs.«

»Sie meinen ...«

»Er gehört zu den Rotröcken: Spencer, Kommandeur der British Legion. Noch kein Jahr ist es her, da hat er seine verfluchten Dragoons über unser Land geschickt!«

Als Spencers Name fiel, stand Reed von seinem Ruheplatz im Gras auf und kam näher. Grandle nahm ihn gleich zum Gewährsmann: »Mr. Reed, was würden Sie sagen, wenn Sie hörten, ein prominenter britischer Offizier weilte unerkannt in unserer Gegend?«

»Sprechen Sie von jemand Bestimmtem?«

»Es geht um Spencer, einen Befehlshaber der British Legion.«

»Sie meinen den Schlächter Spencer?«

»Genau den. Mr. Davenport behauptet, Spencer habe sich noch kürzlich hier aufgehalten.«

Reed wandte sich an Davenport: »Und wie kommen Sie darauf?«

»Sir, ich habe ihn gesehen! Als Cornwallis im vorletzten Sommer sein Feldlager auf Silk Hope eingerichtet hatte, blieb ich dort, um ein Auge auf das Haus zu haben, bis die Engländer wieder verschwinden und Mr. Laurens zurückkommen würde. Spencer ging bei uns ein und aus. Und vor einem halben Jahr sah ich ihn dann wieder, im Planters Club. Er nannte sich Marshall, aber ich dachte sofort: Das ist Spencer!«

»Nun, Mr. Davenport, ich war mit meinen Truppen bei Rückzugsgefechten am Santee, als Spencers Einheit vollständig niedergemacht wurde.«

»Meist konnten die Kommandeure entkommen«, wandte Davenport ein.

Reed schüttelte den Kopf. »Nein, diesmal nicht. Auch die Offiziere fielen im Kampf. Ich habe das Schlachtfeld gesehen.«

Am Sammelplatz vor den Ruinen entstand Bewegung, der Tross formierte sich bereits. Die drei Männer gingen, um sich der übrigen Gesellschaft anzuschließen. Nach ein paar Schritten fing Grandle noch einmal an: »Angenommen, Mr. Davenport, Spencer hätte, wie Sie glauben, überlebt: Was hätte ihn abhalten sollen, mit den englischen Truppen das Land zu verlassen?«

»Was weiß denn ich?«, sagte Davenport. »Tatsache ist, dass ich ihn gesehen habe, im Planters Club, zusammen mit Mrs. Lorimer.«

»Richtig, Mrs. Lorimer!«, bemerkte Reed. »Ich erinnere mich, dass sie ihren Verwalter in den höchsten Tönen lobte. Und dieser Mann soll Spencer gewesen sein?«

»Nein, das wäre absurd«, sagte Grandle. »War doch Spencer derjenige, der die Lorimer-Plantage verwüsten ließ. Er wäre wohl der Letzte, der sich dort als Verwalter andiente!« Als er merkte, dass Davenport unsicher wurde, fuhr er fort: »Mal ehrlich, wenn er wirklich hier war, glauben Sie denn, er hätte sich am helllichten Tag dem gesamten Planters Club präsentiert?

Außer Ihnen, Mr. Davenport, hätte ihn sicher noch jemand wiedererkannt.«

»Mr. Grandle hat recht«, sagte Reed. »Spencer hatte in der Gegend viele Feinde. Er wäre nicht weit gekommen.«

Davenport nickte langsam. »Ich könnte schwören, der Mann im Planters Club war Spencer. Aber bitte, meine Herren, ich werde nicht weiter darauf bestehen.«

Sie kamen beim Sammelplatz an, da meinte Davenport: »Wissen Sie, Mr. Reed, was Sie gerade über Spencer sagten, trifft auf Marshall ebenfalls zu!« Er lachte wie über einen guten Witz. Als er Reeds verständnislosen Blick auffing, erklärte er: »Nun, dieser Marshall hat sich hier richtig Feinde gemacht. Und, na ja, vielleicht wird er auch nicht weit kommen.«

»Wieso?«

»Wegen des Stocks natürlich!«

»Was für ein Stock?«

Die Reitknechte warteten mit den Pferden. Reed spürte, dass ihm etwas entgangen war, das machte ihn nervös. Er trat Davenport in den Weg und wiederholte barsch: »Was für ein Stock?«

»Nun, Marshall stützt sich beim Gehen auf einen Stock, anscheinend eine Kriegsverletzung.«

»Natürlich, das Bein!«, sagte Reed bei sich. Er wirkte plötzlich angespannt. »Und jetzt kann er nur mit einem Stock gehen?«

»Nein, Sir, so würde ich es nicht nennen. Als er Crossbow niederstreckte, benutzte er den Stock wie eine Waffe. Übrigens ein ungewöhnliches Stück aus Ebenholz mit einer langen Stahlspitze.«

»Und den Griff ziert ein silberner Pferdekopf«, ergänzte Reed.

»Woher wissen Sie das?«

»Na, es würde passen, er war schließlich ein Dragoon.«

»Marshall doch nicht«, sagte Davenport. »Oder was meinten Sie, Sir?«

Reed überhörte die Bemerkung. Während sich die anderen noch bereit machten, stieg er aufs Pferd und galoppierte voraus bis zur Weggabelung nach Hartford, dann ritt er im Schritt weiter. Davenports Bemerkung hatte ihn kurz aus der Fassung gebracht. Jetzt war er wieder ruhig, und bis die anderen aufschlossen, dachte er über die neue Situation nach.

Spencer war also aus dem Reich der Toten zurückgekehrt! Er würde sich rächen wollen, die Frage war nur, wann. Und warum hatte er sich nicht schon längst gerührt? Immerhin musste er sich monatelang auf der Lorimer-Plantage aufgehalten haben. Zu lang vielleicht, sodass er fürchtete, erkannt zu werden, und sich an einen sicheren Ort zurückgezogen hatte, um auf den richtigen Zeitpunkt für seine Rache zu warten.

Reed wusste, dass sein Leben in Gefahr war, auch wenn ihm seiner Natur gemäß das Gefühl für die eigene Bedrohung fehlte; er war furchtlos, wie er todbringend war. Dennoch musste er über Maßnahmen für seinen persönlichen Schutz nachdenken. Nur konnte er sich jetzt nicht darauf konzentrieren. Er war irritiert, weil Davenport diesen Stock erwähnt hatte. Es war ein unverwechselbares Einzelstück, er hatte ihn einmal als Geschenk für Oliver Roscoe anfertigen lassen. Aber Roscoe war fort, und daran wurde er nicht gern erinnert.

Nachdem ihn die Gruppe der Jäger und Hundeführer eingeholt hatte, setzte sich Shaughnessey mit seinem ausgeruhten Quarter Horse an die Spitze und führte die Jagdgesellschaft zur Brücke von Plains Falls. Das ansteigende Flussufer war wie geschaffen für die Jagd auf Kormorane; man konnte unbemerkt anpirschen, während sich die schlangenhalsigen Vögel von der Uferböschung in den Fluss stürzten. Die Schatten wurden schon länger, als die Männer absaßen und, jeder für sich, einen Pfad durch das Schilfdickicht suchten.

»Das war ein Schuss!«
»Ein Schuss?« Antonia stützte die Hände auf die Hüften. »Oh

ja, das hatte ich fast vergessen: Ein paar Nachbarn veranstalten heute eine Jagd. Um nach Borroughton zu kommen, müssen sie über mein Land reiten. Es gefällt mir eigentlich nicht.«

»Dann erlaube es ihnen nicht. Schluss, aus!«

Antonia schüttelte lächelnd den Kopf. »Das kann ich nicht machen, Jake. Alle Nachbarn dulden Jagden über ihren Grund. Das ist so üblich.« Sie ging zu dem jungen Mann, der neben dem Metallschott der Schleuse kniete und versuchte, die Kurbelvorrichtung zu bewegen. »Sag mir lieber, wie es hiermit weitergehen soll. Du kannst nicht ständig herkommen, um die Anlage zu richten.«

»Nein, verdammt!« Farell stand auf und fuhr sich mit dem Handrücken über die Stirn. »Ich verstehe nicht, warum die Leute so wenig Interesse für einfache technische Zusammenhänge aufbringen! Man muss nur in der richtigen Reihenfolge vorgehen, dann klemmt die Mechanik auch nicht.«

»Sie geben sich Mühe ...«

»Eben nicht!«, unterbrach er sie verärgert. Mit gerunzelten Brauen sah er in die Richtung, aus der wieder Schüsse zu hören waren. »Der Colonel hätte sie schon dazu gebracht, sorgfältiger zu arbeiten.«

»Du tust gerade so, als wäre Marshall alles geglückt.«

»Er wusste mit den Leuten richtig umzugehen, Antonia! Josh dagegen wird von ihnen nicht respektiert.«

»Joshua weiß, was er tut, aber er wird sich nicht wie ein Sklaventreiber aufführen.«

Farell seufzte. »Er steht zwischen zwei Welten, Antonia, das nehmen sie ihm übel. Als Sohn eines Weißen fühlt er sich den Schwarzen gegenüber im Vorteil; und weil er sie das nicht merken lassen will, lässt er ihnen zu viel durchgehen.«

Es stimmte, Joshua fühlte sich nicht eindeutig dem schwarzen Teil der Gesellschaft zugehörig, und seine unentschiedene Haltung wurde ihm nicht verziehen. Als Verwalter machte er seine Sache gut, aber Antonia sah selbst, wie seine Autorität auf subtile Weise unterlaufen wurde. Das führte zu Spannungen und die Arbeit litt. Farell hatte all das richtig erkannt. Seit William nicht mehr da war, wurde seine Meinung für Antonia immer wichtiger, darum wollte sie offen zu ihm sein.

»Joshua ist der Sohn eines Weißen, das ist nicht zu übersehen«, begann sie. »Aber weißt du auch, wessen Sohn er ist?« Er schüttelte kurz den Kopf, und sie sagte: »Sein Vater war der dritte Robert Bell, mein Vater. Du siehst, Joshuas Position hier ist mehr als schwierig. Auch für mich ist es nicht ganz leicht, viele Dinge spielen da zusammen. Aber ich weiß, ich kann mich blind auf Joshua verlassen. Und ich würde ihn niemals fallen lassen, egal was passiert.«

Farell nickte nachdenklich. »Sieh mal, Antonia, es gibt etwas, das Joshs Status eindeutig klären würde und die Leute dazu brächte, ihn zu respektieren. Ich glaube, du weißt, was ich meine.«

Sie tat so, als wüsste sie es nicht.

»Er sollte Rovena heiraten«, sagte er mit Nachdruck. »Er sollte mit ihr zusammenleben, eine Familie gründen, so wie er es sich wünscht.«

»Offenbar bist du besser informiert als ich«, gab sie zurück. Er wollte etwas erwidern, doch sie fuhr schnell fort: »Nein, ich will nicht, dass Rovena Mougadou auf meine Plantage kommt. Die Frau ist eine Hexe!«

»Antonia, rede bitte keinen Unsinn. Rovena ist eine kluge, schöne Frau, und sie ist ehrgeizig. Sie weiß genau, was für einen Mann sie sich ausgesucht hat.«

»Natürlich weiß sie das!«, rief Antonia erbost, dann wurde sie ernst. »Jake, es gibt ein paar wichtige Dinge, die du wissen solltest. Rovena kommt von einer Plantage auf Hispaniola, die nur zum Zwecke des Sklavenhandels betrieben wird. Der Caid von Beau Séjour, Raoul Mougadou, ist Rovenas Bruder und Nénés Vater. Er ist der *oungan*, der Kultleiter der Voodoo-Gemeinde von Port-au-Prince, ein mächtiger Voodoo-Priester.

Von Saint-Domingue aus verbreiten die Sklaven den Kult überall hin, während Monsieur Raoul die Voodoo-Gläubigen auf die Distanz in seinem Bann hält. Jetzt hör gut zu, Jake: Beau Séjour gehört auf dem Papier einem Mr. Crossbow, aber der wirkliche Eigentümer ist mein Schwager Hocksley. Seine Aufseher führen die Plantage mit unbarmherziger Strenge, für die Schwarzen muss es die Hölle sein. Einmal haben sie sich gewehrt, worauf Hocksley entsetzliche Strafen verhängte. Was damals vorgefallen ist, weiß ich nicht, aber offenbar ist er zu weit gegangen. Seitdem fürchtet er die Mougadous und holt keine Sklaven mehr von Saint-Domingue nach Prospero Hill.«

»Verstehe«, sagte Jake nachdenklich.

»Und nun kommen wir ins Spiel«, fuhr sie fort. »Hocksley will Legacy seit Langem an sich bringen, er wartet nur darauf, dass ich verkaufe. Aus diesem Grund wird er es nicht zulassen, dass die Mougadous auf meiner Plantage zu Einfluss kommen. Als Néné nach Legacy kam, war mir dabei gar nicht wohl. Aber sein Clan hat ihn verstoßen, er zählt also nicht. Mit Rovena ist es anders, sie ist eine *manbo*, eine Voodoo-Priesterin, die ihre eigenen Anhänger hat. Hocksley würde es nicht dulden, dass sie auf meiner Plantage lebt, weder als Sklavin noch als Freigelassene oder Joshuas Frau. Jake, ich weiß, wozu er fähig ist. Ich darf ihn nicht provozieren.« Sie seufzte. »An Marshall kam er nicht vorbei. Aber jetzt ...«

Ein Schuss krachte und ließ Antonia jäh zusammenfahren. Zornig wandte sich Farell in die Richtung, in der er den Schützen vermutete: »Passen Sie auf, wohin Sie schießen, Mann! Hier sind Leute bei der Arbeit!«

Er stand mit Antonia unterhalb des Dammes. Der Abhang war von Sträuchern dicht bewachsen, sodass die Sicht nach oben verdeckt war. Sie hörten Schritte auf dem Pfad über dem Damm, das Geräusch abgleitender Sohlen, dann trat unweit von ihnen ein Mann auf den Uferstreifen. Er war groß und schlank, zur schlichten Jagdkleidung trug er teure Reitstiefel, das Gewehr lag lässig in seiner Armbeuge. Der Dreispitz warf einen Schatten auf sein Gesicht, Antonia erkannte ihn erst, als er den Hut abnahm und näher trat. Als er sich verbeugte, fiel der Abendsonne roter Abglanz auf sein Haar.

»Es tut mit leid, wenn ich Sie erschreckt habe, Mrs. Lorimer«, sagte Algernon Reed mit feinem Lächeln. »Hat man Sie über unsere Jagd nicht unterrichtet?«

Sie brauchte einen Augenblick, um sich zu fangen. Reeds unvermutetes Auftauchen erschien ihr wie ein Übergriff, wie immer verunsicherte er sie. Sein Lächeln nahm sie ihm besonders übel. »Selbstverständlich weiß ich von der Jagdgesellschaft«, antwortete sie kühl. »Mr. Shaughnesseys Jagdgäste sind auf Legacy willkommen. Doch ich war nicht darauf gefasst, ausgerechnet Sie zu treffen, Mr. Reed!«

Wenn ihre brüsken Worte ihn verstimmt hatten, zeigte er es nicht. Er machte sich mit Farell bekannt und sagte: »Lieutenant, vielleicht könnten Sie für einen Augenblick mein Gewehr nehmen? Ich möchte der Lady meine Verehrung bezeigen.«

Ohne Farells Antwort abzuwarten, gab er ihm das Gewehr, ergriff Antonias Hand und zog sie mit größter Selbstverständlichkeit an seine Seite. Sprachlos vor so viel Unverfrorenheit, ließ sie es zu, dass er sie mit sich fortführte, während er gelassen zu plaudern begann.

»Was für ein Glück, dass ich Mr. Shaughnesseys Jagdeinladung gefolgt bin. So kann ich Ihnen endlich meine Aufwartung machen, Madam. Ich hoffe, Sie sehen es mir nach, dass ich Sie nicht schon früher besuchen kam. Doch ich hatte den Eindruck, unsere bisherigen Begegnungen erlaubten keinen so vertrauten Umgang.«

»Unsere Begegnungen erlauben Ihnen mit mir überhaupt keinen Umgang!«, entgegnete sie scharf.

Er lächelte, doch sein Ton wurde entschiedener. »Weswegen sind Sie mir böse? Wann immer wir uns begegnen, versuche ich, Sie meiner Wertschätzung zu versichern. Habe ich es an Ehrerbietung fehlen lassen?«

»Hören Sie, Sie verschwenden Ihre Komplimente, wenn Sie glauben, Sie könnten meine Zuneigung gewinnen. Sie haben mir meinen Mann weggenommen! Nichts kann die verlorenen Stunden aufwiegen, die Henry mit Ihnen und Ihrem Freund Roscoe verbrachte.«

»Wollen Sie mir Henrys Freundschaft zum Vorwurf machen, Madam?« Er blieb abrupt stehen und hielt sie am Arm fest. »Anscheinend hat sich Ihr Mann in unserer Gesellschaft wohler gefühlt als bei Ihnen auf der Plantage. Man kann es ihm nicht verdenken, er war kein Farmer, und er hatte keine Lust, Ihnen und sich selbst noch länger etwas vorzumachen.«

»Das ist nicht wahr, es lag ihm sehr viel an Legacy! Es ging uns gut, bevor er Sie traf, Mr. Reed. Sie und Ihr kreolischer Freund haben ihn zu einem schlechten Leben verführt. Sie haben ihn verleitet, sich durch immer neue Schulden in eine verzweifelte Lage zu bringen!«

»Das ist lächerlich, Madam! Es hätte mich ein Schulterzucken gekostet, die Spielschulden Ihres armen Mannes zu begleichen. Nein, Sie haben ihn mit Ihren stummen Vorwürfen zur Verzweiflung getrieben. Um seinen Schuldgefühlen zu entfliehen, war ihm jede Ablenkung recht.«

»Wieso verkehren Sie alles ins Gegenteil!« Sie entwand sich seinem Griff. »Henry hat so viel getan, um unsere Plantage zu retten ...«

»Nachdem er sie erst ruiniert hatte. Wie muss er sich wohl gefühlt haben, als er Ihr Vermögen durchgebracht hatte?«

»Worauf wollen Sie hinaus?«

»Das kann ich Ihnen sagen, Madam: Als ich Henry kennenlernte, war er erledigt. Er konnte Ihnen nicht mehr in die Augen sehen vor Scham, deshalb kam er nicht mehr nach Hause. Aber Sie haben ihn immer noch nicht in Ruhe gelassen, Sie mussten ihn zu allem Überfluss in diesen furchtbaren Krieg schicken.«

»Ich habe ihn nicht geschickt!«

»Er ging nur, um Sie nicht wieder zu enttäuschen, tun Sie nicht so, als wüssten Sie das nicht! Er war mein Freund, Madam, und er könnte noch leben ...«

»Aber er ist tot!«

»Oh ja, er ist tot.« Reeds Stimme wurde kalt. »Erschossen von Ihrem Colonel, Ihrem trefflichen Verwalter. Ist es nicht so?«

Antonia wurde blass. »Wovon sprechen Sie?« Sie wich zurück, tat einen Schritt auf den Rand der Uferböschung, dann einen zweiten und verlor das Gleichgewicht. Sie breitete die Arme aus, schwebte für einen Sekundenbruchteil schwerelos im Nichts, unter ihr das gurgelnde Strömen des Flusses, über ihr der hohe, vollkommen wolkenlose, fliederfarbene Abendhimmel. Dann wurden ihre Handgelenke gefasst, sie fühlte sich kraftvoll nach oben gezogen; anstatt rückwärts ins schwarze Wasser, fiel sie nach vorne, in Reeds Arme. Er fing sie auf und hielt sie, während ihr Herz wie rasend schlug.

Gleich war auch Farell da und redete auf sie ein: »Antonia, schau mich an! Komm schon, es ist ja nichts passiert.«

Zögernd öffnete sie die Augen, sah über Reeds Schulter in Farells besorgtes Gesicht, der nun erleichtert fragte: »Na, alles in Ordnung?«

Sie nickte, alles war in Ordnung. Aber Reed hielt sie noch immer umfangen. Sie spürte, dass er den Atem anhielt. Was war mit ihm los? Was war das für eine merkwürdige Umarmung, und wieso sagte er nichts, kein aufmunterndes Wort, nichts? Erst als sie nachdrücklich von ihm wegstrebte, ließ er sie endlich los. Seine Arme glitten an ihr herab. Er trat zurück, aber er konnte den Blick nicht von ihr wenden.

Farell indes hakte sie kameradschaftlich unter und führte sie ein Stück weg vom Wasser. »Du setzt dich jetzt hier auf die Böschung«, sagte er. »Ich hole unsere Pferde, und dann reiten wir langsam zurück.«

Während Farell mit ihr sprach, starrte Reed sie unaufhörlich an. Es sah aus, als versuchte er, sich etwas einzuprägen, das er auf keinen Fall vergessen durfte. Noch immer hatte er kein Wort gesprochen.

Wie geheißen, setzte Antonia sich an den Grashang. Sie fröstelte, schlang die Arme um die hochgezogenen Knie und hörte dem Gespräch der beiden Männer zu.

»Ausgezeichnete Reaktion, Mr. Reed, Respekt!«, sagte Farell ungezwungen. »Warum ist sie nur über die Böschung getreten? Hat sie denn den Fluss nicht gesehen?«

»Den Fluss? ... Ja, Sie haben recht ... das Ufer ist etwas uneben.« Reed wirkte unkonzentriert. »Wir hatten über ihren Mann gesprochen. Sie wissen vielleicht, dass Mr. Lorimer ...«

»Ja. Kein erfreuliches Thema, schätze ich.«

»Nein, Mr. Farell, ganz und gar nicht. Henry Lorimer und ich waren befreundet.«

»Verstehe.« Farell fand, nun sei der Höflichkeit Genüge getan. »Mr. Reed, wären Sie so freundlich, bei Mrs. Lorimer zu bleiben, bis ich die Pferde geholt habe?«

»Natürlich, gehen Sie ruhig, Lieutenant.«

Als er fort war, hob Reed sein Jagdgewehr auf, das Farell am Ufer ins Gras gelegt hatte. Dann stand er dort, reglos, still, die Frau in seiner Nähe schien er vergessen zu haben.

Antonia verspürte Unwillen, noch mehr aber wunderte sie sich über sein seltsames Verhalten. Er schien auf einmal völlig verändert. Es hätte sie weniger überrascht, wenn ihn die Situation zu irgendwelchen Freiheiten veranlasst hätte; sein abweisendes Schweigen war ihr dagegen ein Rätsel.

Als Farell endlich mit den Pferden kam, verabschiedete Reed sich sehr formell. Antonia erwiderte sein Adieu lediglich mit einem Nicken. Dann stieg er den Damm hinauf und ging in der einsetzenden Dämmerung davon.

»Da sind Sie ja endlich!«, rief Shaughnessey. »Ich wollte schon nach Ihnen suchen lassen.« Die Jäger warteten am vereinbarten Treffpunkt. Inzwischen war es zu dunkel für die Pirsch. »Gentlemen, für heute ist die Jagd beendet. Also dann, reiten wir los.«

Reed gab dem Reitknecht das Gewehr in Verwahrung und schwang sich in den Sattel. Er hing seinen Gedanken nach, während er alleine am Schluss ritt. Sein überzüchteter Fuchshengst litt es nicht gerne, hinter anderen Pferden gehen zu müssen, und so wurde Reed unsanft aus seinen Gedanken gerissen, als das Tier plötzlich ausbrach und vorpreschen wollte. Er brachte das Pferd energisch zur Räson und schloss zu dem vorausreitenden Hocksley auf, der den jüngeren Mann sogleich nach seinen Jagderfolgen befragte. Reed gestand freimütig, dass er nichts geschossen habe; er wisse nicht einmal, wie so ein Kormoran aussehe.

»Das würde Sie meiner Schwägerin sehr sympathisch machen«, meinte Hocksley. »Sie hasst es, wenn wir auf ihren Besitzungen jagen.«

»Ich fürchte, ich habe mir im Gegenteil Mrs. Lorimers Sympathien gründlich verscherzt.« Reed kam jetzt nicht umhin, über seine Begegnung mit Antonia zu sprechen: »Wie ich so dem Uferdamm folgte und nach den ominösen Kormoranen Ausschau hielt, traf ich bei der Schleuse Mrs. Lorimer in Begleitung eines jungen Soldaten. Um ein paar Worte zu wechseln, spazierte ich mit ihr am Wasser entlang, doch wie es der Zufall wollte, führte ich sie auf ein Stück unbefestigte Böschung. Es gelang mir gerade noch, sie vor dem Sturz in diesen grässlichen Fluss zu bewahren.«

»Was haben Sie getan, Reed, dass sie vor Ihnen ins kalte Wasser flüchten wollte?«

»Nichts von all dem, was Sie vielleicht denken. Es war ihre eigene Unachtsamkeit. Nun, ich wollte ihr wirklich nicht zu nahe treten, aber um sie aufzufangen, musste ich sie beherzt anfassen. Danach hat sie nicht mehr mit mir geredet. Anscheinend bin ich endgültig in Ungnade gefallen.«

Hocksley lachte ihn aus. »Kein Jagdglück, und auch noch dieses Missgeschick. Wirklich, Reed, das war heute nicht Ihr Tag!« Dann fragte er unvermittelt: »Sie sind ihr doch nicht ganz zufällig begegnet?«

»Wie meinen Sie?«

»Nun, es wäre doch möglich, dass Sie ein Auge auf meine Schwägerin geworfen haben, nicht wahr?«

Die Frage brachte Reed kurz aus der Fassung. »Es wäre vermessen«, antwortete er zögernd, »würde ich behaupten, Mrs. Lorimer hätte mich zu irgendeinem Zeitpunkt ermutigt. Aber ich gebe zu, dass ich in ihr mehr als nur die Witwe meines geschätzten Freundes sehe.«

»Das habe ich mir gedacht!« Hocksley wurde gleich persönlich. »Darf ich offen sein? Ich mache mir Sorgen, seit Antonia wieder da draußen auf ihrer Pflanzung lebt, alleine unter diesen Schwarzen. Sie ist viel zu vertrauensselig! Leider hört sie weder auf ihre Schwester noch auf mich; unterstellt uns, wir würden sie bevormunden. Dabei wollen wir nur ihr Bestes.« Nun heiterte sich seine Miene auf. »Aber Sie, Reed, Sie können ihr vielleicht nahebringen, dass sie Vernunft annimmt; ich meine, da Ihnen Antonias Wohlergehen offenbar am Herzen liegt. Wissen Sie, was ich kürzlich zu meiner Frau sagte? Diane, sagte ich, es würde mich sehr beruhigen, wenn der ehrenwerte Mr. Reed unsere Antonia ehelichen würde.«

Reed schwieg, was Hocksley als Zustimmung auffasste und einen noch vertraulicheren Ton anschlug. »Ein Mann in Ihrem Alter braucht Familie, Kinder, ein häusliches Leben. Was nützt Ihnen Ihr Reichtum, Ihr prächtiges Haus, wenn Sie immer allein sind? Machen Sie es wie ich, nehmen Sie sich eine Frau aus guter Familie. Zugegeben, Antonia ist eigensinnig, aber sie ist eine Bell. Ich sage Ihnen, heiraten Sie sie!«

Reed sah reserviert geradeaus. Nachdem sie eine Weile schweigend weitergeritten waren, erklärte er: »Verstehen Sie mich nicht falsch, Mr. Hocksley. Ich habe eine hohe Meinung von Mrs. Lorimer und kenne keine Frau, die mich mehr bezaubern könnte. Nur bezweifle ich, dass sie mir in irgendeiner Weise gewogen wäre.«

Hocksley neigte sich im Sattel herüber. »Wir wissen doch, Reed, oft sagen Frauen Nein, dabei meinen sie eigentlich Ja! Denken Sie darüber nach. Und vergessen Sie nicht, Sie können auf meine Unterstützung zählen.«

Reed sah ihn zweifelnd an, dennoch nickte er.

Antonia hatte sich abends zeitig zurückgezogen. Es ging ihr gut, das harmlose Missgeschick am Fluss war vergessen, aber die Begegnung mit Reed ging ihr nicht aus dem Sinn. Nachdenklich lag sie an das Kopfende ihres Himmelbettes gelehnt, während Charlene leise summend die Bettvorhänge zuzog und ihr aus alter Gewohnheit prüfend den Handrücken an die Stirn hielt. Als sie gehen wollte, fragte Antonia: »Kannst du dir vorstellen, Charlene, dass dich jemand im Arm hält, aber du hast das Gefühl, dass er dich eigentlich von sich stoßen möchte?«

»Sie meinen aus Ärger oder Zorn?«

»Nein, anders: Er hält dich fest, als wollte er dich umarmen, aber er kann es nicht. Jedenfalls nicht so, wie ein Mann es normalerweise tut. Er hält dich fest, aber du spürst nichts, ich meine ... nichts! Er ist kalt, sein Körper reagiert nicht auf die Berührung. Dabei sieht er dich an, als wärst du seine größte Liebe und zugleich sein größter Feind ... Wie soll ich es beschreiben? Er weiß, er tut etwas, das er nicht tun sollte, verstehst du: Er darf dich nicht umarmen, niemals, unter keinen Umständen!«

Sie ließ sich in ihre Kissen sinken, zog die Decke hoch zum Kinn.

Charlene sah sie ernst an. »Geht es Ihnen wirklich gut, Miss Antonia?«

»Natürlich, es ist ja nichts passiert.«

»Dann schlafen Sie gut, Missy.«

Die Tür fiel leise ins Schloss. Antonia dachte an Reeds seltsamen Blick, als er sie berührt hatte. Sofort überlief sie ein Schauer, nein, sie wollte nicht mehr an Algernon Reed denken. Wäre nur William jetzt bei ihr! Er fehlte ihr so sehr. Sie fragte sich, ob er je zu ihr zurückkehren würde.

Es war zu spät, um zum Ashley River zu reiten, obwohl er es vorgezogen hätte, die Nacht auf Hollow Park zu verbringen. Shaughnesseys Gastfreundschaft in allen Ehren, aber das laute Haus voller Kinder und schwatzhafter Diener ging Reed nach kurzer Zeit auf die Nerven. Höflich ließ er das Dinner über sich ergehen. Da er wie immer kaum Appetit hatte, zog er sich vorzeitig in den Salon zurück.

Der abgelegene Raum mit den altmodischen Möbeln wurde selten benutzt. Weil alle Jagdgäste noch bei Tisch saßen, hatte Reed ihn für sich allein. Er warf sich in einen Sessel, legte die Füße hoch und entzündete eine von Shaughnesseys Zigarren. Der Tagesritt hatte ihn nicht besonders erschöpft, aber vom Wein und dem späten Essen war er müde geworden. Er ließ die Zigarre in der Aschenschale verglühen und wäre fast in seinem Sessel eingeschlafen. Doch seine Gedanken fanden keine Ruhe.

Er hatte Antonia Lorimer wiedergesehen! Wie bei ihren vorigen Begegnungen hatte sie unverhohlen gezeigt, dass sie ihn ablehnte. Zuerst, bei jenem Dinner auf Prospero Hill, hatte es ihn noch nicht gestört. Aber als er sie dann in Borroughton traf, reizte ihre selbstgerechte Haltung ihn, sie zu demütigen. Das war dumm von ihm gewesen, und er wäre ihr beinahe hinterhergeritten, um sich für seine Worte zu entschuldigen. Seither ging sie ihm nicht mehr aus dem Kopf. Heute am Plains River wollte er sich nicht wieder abweisen lassen. Vielleicht wäre er besser seiner Wege gegangen, aber er konnte der Versuchung nicht widerstehen, in ihrer Nähe zu bleiben. Dadurch hatte sich alles verändert.

Er stand auf, goss sich einen Brandy ein, trat ans Fenster. Hinter den schwarzspiegelnden Scheiben lag dunkle Nacht, doch er kannte die Aussicht von hier bei Tage: So weit das Auge reichte, dehnte sich unter dem Horizont die Auenlandschaft der großen Flüsse. Von Anfang an war er von dem Landstrich wie verzaubert gewesen. Der Gegensatz zu seiner gewohnten städtischen Umgebung hätte nicht größer sein können, trotzdem wusste er, dass er nirgendwo anders mehr leben wollte. Als er dann erfuhr, dass Hollow Park zum Verkauf stand, bot er einen Kaufpreis, den der damalige Eigentümer nicht ablehnen konnte, und bezog noch im selben Monat das Herrenhaus am Ashley River. Später kaufte er weiteres Land in der Umgebung, Pachthöfe und Plantagen, aber auch Wälder, Brachwiesen, Sümpfe, brackiges Schwemmland, es war wie eine Sucht: Er wollte, dass das Land zwischen den Flüssen seine Heimat würde. Sein Reich.

Die Bewirtschaftung der Pflanzungen übertrug er mehreren Verwaltern, die verantwortliche Leitung hatte er selber inne. Das erforderte viel Zeit. Sein Freund Oliver Roscoe hatte dafür wenig Verständnis. Er hielt es nie lange aus auf Hollow Park, die meiste Zeit verbrachte er in der Stadt, wo er in verschwenderischem Luxus lebte. Auch nachdem Charles Town an die Briten fiel, ließ Roscoe sich nicht davon abhalten, die notorischen Spielhöllen aufzusuchen. Selbst auf die Gefahr hin, als Milizoffizier von den Besatzern kassiert zu werden, sorgte er durch seine Eskapaden unablässig für Gerede.

Nun wusste Reed, wie wichtig es für ihn war, dass die Leute sich nicht in Mutmaßungen über seine Lebensführung ergingen. Wohlweislich gab er sich den Anschein seriöser Zurückhaltung, damit man ihn auf Hollow Park in Ruhe ließ. Durch Roscoes exponiertes Auftreten aber drohte auch sein eigener Ruf Schaden zu nehmen. Um also nicht in Schwierigkeiten zu geraten, stellte er seinen Freund vor die Wahl, entweder sein Verhalten von Grund auf zu ändern, was auch hieße, sich am Erwerb seines Lebensunterhalts zu beteiligen, oder seine Sachen zu packen und zu gehen. Roscoe entschied sich überraschend für beides: Der Krieg war gerade zu Ende gegangen, da nahm er eine Stellung in London an und begab sich mit wehenden Fahnen nach England.

Reed war erst einmal erleichtert, denn die Unterhaltung seines vergnügungssüchtigen Freundes war auf die Dauer anstrengend geworden. Es ging ihm eine Zeit lang richtig gut, nachdem Roscoe fort war. Seine Geisteskrankheit entwickelte sich in langen Zyklen, und in einer anhaltend ausgeglichenen Phase gelang es ihm, über mehrere Monate die Oberhand zu behalten und mit gelegentlichen Absencen auch ohne Beistand fertigzuwerden.

Dann verstärkte die Krankheit ihren Zugriff, Reed wurde ruhelos, nervös, aggressiv. Irgendwann war sein Zustand so labil, dass er nicht mehr riskieren konnte, unter Menschen zu gehen. Jetzt merkte er, wie abhängig er von seinem Freund Roscoe geworden war. Er vermisste nicht nur seine Begleitung, er vermisste die Gegenwart seines Gefährten und sehnte sich nach ihm mit einer Intensität, die seine Perspektive verschob: Roscoe war nicht länger Ursache, sondern Ziel seiner Sehnsucht, was in Reeds Fall ein verhängnisvoller Unterschied war.

Er schrieb seinem Freund nach London, dass er zurückkommen solle. Den Brief verband er mit einer Geldanweisung auf seine Londoner Bank, damit Roscoe alle Ausgaben in der teuren Stadt begleichen und heimkommen könnte. Lange wartete er auf eine Antwort. Aber außer der Nachricht, dass die Bankanweisung an Roscoe ausgezahlt worden sei, erfolgte keine Reaktion auf sein Schreiben. Auch weitere Briefe blieben unbeantwortet. Reed war außer sich, wütend, ratlos, verzweifelt, zuletzt panisch. Er konnte nichts tun, als immer wieder zu schreiben und auf Antwort zu hoffen.

Während die Wochen vergingen, spürte er, wie der Irrsinn die Hand nach ihm ausstreckte. Zuletzt schloss er sich im Keller seines Hauses ein. Nur sein Leibdiener Castor blieb in der Nähe. Reed erlitt eine schwere Bewusstseinstrübung. In Anfällen von

Raserei warf er sich gegen die Wände des fensterlosen Raumes, bis er ohnmächtig zusammenbrach. Castor band ihn an Händen und Füßen, damit er sich nicht mehr verletzte, sondern nur noch knurrend am Boden wälzen konnte wie ein gefangenes Tier, so lange, bis der aggressive Schub vorüber war. Danach fiel er in tagelange Apathie, vegetierte ohne Sinn für Ort und Zeit dahin. Nach zwei Wochen erst lockerte sich der Griff um sein gequältes Hirn und entließ ihn aus der Dunkelheit.

Von nun an verließ er Hollow Park nur noch selten. Er lebte in ständiger Furcht vor dem nächsten Krankheitsschub, der ihn möglicherweise in völlige Umnachtung stoßen würde. Obwohl er seit Monaten keine Zeile von Roscoe erhalten hatte, hoffte er doch immer, sein Freund würde zu ihm zurückkommen und ihn aus der erstickenden Einsamkeit erlösen. Oft war er verzweifelt, und er war gefährlicher denn je.

Er trank aus und stellte das leere Glas aufs Fensterbrett. Draußen auf dem Boden der Veranda sah er den Ausschnitt des erleuchteten Fensters, darin die dunkle Gestalt eines Mannes im Gitterwerk der Fenstersprossen. Der Anblick seines gefangenen Schattens weckte in ihm Erbitterung. Ja, sie würden ihn einkerkern, wenn sie ihm auf die Spur kämen, würden ihn in einen eisernen Käfig sperren wie die Hexer in Salem, ihn vielleicht am Ende gar bei lebendigem Leibe verbrennen, den besessenen Mörder, der sich an der menschlichen Gesellschaft und an der Natur vergangen hatte! Sie würden ihn büßen lassen für seine Verbrechen und für sein Anderssein. Aber büßte er nicht schon sein Leben lang? Und wofür, was hatte er getan? Er wusste nicht, warum er sich in diese Bestie verwandelte, die solche furchtbaren Dinge tat. Was war mit ihm geschehen? Hatte es für ihn je die Chance auf ein normales Leben gegeben?

Er riss sich los vom Schattenbild seiner Sühne, ging zurück und ließ sich in den Sessel fallen. Antonia ... Er hatte nur mit ihr reden wollen, er hatte nicht vorgehabt, sie anzufassen! Ach, sie konnte nicht ahnen, wie viel Beherrschung es ihn gekostet hatte, sie einfach in den Armen zu halten. Trotzdem musste sie die dunkle Bedrohung gespürt haben, die von ihm ausging. Ihr sichtlicher Widerwille traf ihn ins Herz, und plötzlich lehnte sich etwas in ihm auf gegen sein verlorenes Leben. Er wollte es nicht länger hinnehmen. Warum sollte er nicht versuchen, Antonias Zuneigung zu gewinnen? In ihrer Nähe würde er sich beruhigen, und sein gequälter Geist könnte Frieden finden. Wenn er ihr nahe sein dürfte, wenn er endlich nicht mehr allein wäre, würde alles gut werden.

Die Erinnerung an ihre Berührung weckte in ihm Empfindungen, die er nicht kannte, Empfindungen so machtvoll und aufwühlend wie die Liebe. In Wirklichkeit war es der pure Selbsterhaltungstrieb, der ihn, nachdem Einsamkeit und Verzweiflung seinen Lebenswillen langsam in die Knie zwangen, glauben ließ, er habe sich in Antonia verliebt. Das elementare Gefühl, das er für Liebe hielt, überwältigte und erschreckte ihn, so schön war es.

Antonia ... Das Neue, das nie Erfahrene, das er mit ihr verband, nahm den ganzen Raum seiner Vorstellung ein. Oh, er würde sie lieben! Und er würde sie wieder verlieren. Er wusste, was geschähe, wenn er ihr näherkäme; was er mit ihr tun würde; was er immer tat. Es stand nicht in seiner Macht, sie zu schützen. Was sollte er nur tun? Vielleicht konnte Roscoe sie beschützen, so wie er auch ihn immer beschützt hatte. Vielleicht konnte er verhindern, dass ihr ein Leid geschah. Er musste ihn wiederfinden!

Ausgestreckt in seinem Sessel, sah Reed aus, als ob er schliefe, doch er schlief nicht: Er betrat den Ort in seinem Innern, wo seine Ängste und seine Zwänge lebten. Es kostete ihn große Überwindung weiterzugehen. Trotzdem ging er tiefer und tiefer in den wilden Wald seiner Seele, bis er ihn fand, den Freund mit dem Gesicht eines Engels, Oliver Roscoe, so gleichgültig in seiner traurigen Liebe. Reed wollte zu ihm, Dornenranken zerrten an ihm, sie schnitten ihm tief ins Fleisch, rissen ihm die Haut vom Leib, bis er blutüberströmt zusammenbrach. Doch Oliver, sein lieber Oliver war bei ihm und tröstete ihn. Immer tröstete er ihn nach dem grausigen Ritual, nahm ihn in die Arme, strich ihm mit blutigen Händen durchs Haar, küsste ihn mit dem Geschmack von Blut auf den Lippen.

»Es ist vorbei, Algie, mein Liebster, alles ist wieder gut«, flüsterte er. »Ich komme nach Hause, ich komme zu dir zurück!«

Reed fuhr sich kurz über die Augen, stand auf und ging wieder zu der Gesellschaft ins Speisezimmer.

Hocksley blickte verstimmt auf seinen wohlgeordneten Schreibtisch, die gerade Rückenlehne des Stuhls zwang ihn zu einer sehr aufrechten, steifen Haltung. Er hätte zufrieden sein können. Die Geschäfte liefen gut, der Handel mit den europäischen Märkten erholte sich allmählich. Die zivilen Kommissionäre zahlten ihm für seine Baumwolle einen geringeren Preis als die Briten zu Kriegszeiten, doch er konnte nicht klagen. Nein, seine Verstimmung rührte von einem Schreiben der Bank, das ihn am Morgen erreicht hatte und aufgefaltet vor ihm lag. Fowler teilte ihm darin mit, man könne das Bankhaus Ashley & Bolton nicht daran hindern, die Produkte von Legacy auf eigene Rechnung an der Börse zu verkaufen. Seine Schwägerin Mrs. Lorimer könne auf diesem Umwege, obwohl sie aus der Handelsvereinigung ausgeschlossen sei, ihre Geschäftsinteressen dennoch wahren. Die Sache sei völlig legal, und wenn die Bank den erforderlichen Umsatz erziele, werde die Lorimer-Plantage wieder an allen Warenbörsen zugelassen.

Hocksley hatte getobt, aber natürlich konnte er gegen Gilbert Ashleys Bankhaus nichts unternehmen. Fowler riet ihm dringend davon ab, weiter in der bisherigen Weise gegen Antonia vorzugehen. Aber Hocksley wollte nicht zusehen, wie ihm die Felle davonschwammen. Bevor die Erntesaison begann, musste er etwas unternehmen, um zu verhindern, dass Antonia wirtschaftlich unabhängig wurde. Doch er würde dieses Mal umsichtiger handeln. Er wollte Antonia in Sicherheit wiegen, sie sollte glauben, er sei nicht mehr an Legacy interessiert. Als ein Diener meldete, dass der Lunch serviert werde, sperrte Hocksley Fowlers Brief in ein Schubfach seines Schreibtischs. Den Schlüssel steckte er in die Bundtasche seiner Weste, neben die Uhr seines Schwiegervaters Robert Bell.

Diane Hocksley und die beiden Töchter Dora und Jane-Eliza erwarteten ihn bereits am gedeckten Tisch. Nachdem der Hausherr Platz genommen hatte, wurde aufgetragen. Während ein Diener das Beef tranchierte und vorlegte, schlug Hocksley seiner Frau vor: »Du solltest deine Schwester einladen, Diane, vielleicht zum Lunch am nächsten Sonntag, nach dem Gottesdienst.«

Diane faltete die Hände in ihrem Schoß. »Sprichst du von Antonia?«

»Natürlich, von wem denn sonst?«, erwiderte er gereizt.

»Nun, ich wundere mich etwas, Theodore. Ich hatte nicht den Eindruck, dass wir in letzter Zeit den Kontakt mit Legacy suchten.«

»An mir soll es nicht liegen!« In toleranter Geste breitete Hocksley die Arme aus. »Im Übrigen dachte ich, du hättest deine Pläne mit ihr. Wolltest du ihr nicht ins Gewissen reden? Du versuchst doch schon länger, sie wieder unter die Haube zu bringen.«

Diane wollte das Thema nicht vor den Mädchen erörtern, konnte ihrem Mann die Antwort aber nicht schuldig bleiben. »Als ihre Schwester ist es meine Pflicht, mich nach einem passenden Ehemann für sie umzusehen. Allerdings hat sie meine Vorschläge zurückgewiesen. Die Herren, die infrage kämen, haben sich inzwischen anderweitig orientiert. Ich wüsste im Moment beim besten Willen nicht, wer als Kandidat in Betracht käme.«

Hocksley legte sein Besteck auf den Teller und sagte: »Kürzlich auf der Jagd traf ich Mr. Reed. Früher hatten wir bisweilen unsere Differenzen, aber diesmal haben wir uns recht angenehm unterhalten. Wir kamen auch auf Antonia zu sprechen. Ich habe ganz den Eindruck, dass sich der Mann für deine Schwester interessiert.«

Reed war auf Prospero Hill kein Unbekannter. Dora und Jane-Eliza, die alt genug waren, sich ihre eigenen Gedanken über einen betuchten Junggesellen zu machen, warteten gespannt, was ihre Mutter dazu meinte.

Diane ließ ihre Gabel sinken, bis sie mit einem kaum hörbaren Geräusch auf dem Tellerrand zu liegen kam. »Das ist nicht dein Ernst, Theodore!«

»Warum nicht? Er ist ein angesehener Mann, hat Geld, einen schönen Besitz, was willst du mehr?« Er wies auf seine beiden Töchter und meinte belustigt: »Oder hast du schon andere Pläne mit ihm?«

»Um Gottes willen, nein!« Dianes üppiger Busen wogte erschrocken unter der belgischen Spitze ihres Nachmittagskleides.

»Was hast du denn, Diane? Ich erinnere mich, dass du von einer Verbindung deiner Schwester mit Reed einmal sehr angetan warst.«

»Aber Dora möchte Mr. Reed heiraten!«, platzte Jane-Eliza heraus.

»Gar nicht wahr!«, zischte Dora.

»Doch, das steht in deinem Tagebuch!«

Dora trat ihre Schwester unter dem Tisch.

»Aua!«

»Mädchen, ihr geht sofort hinaus!«

»Aber Mama!«

»Auf eure Zimmer, sofort!«

Als sie allein waren, sah Hocksley seine Frau tadelnd an. Sie hatte rote Flecken an Hals und Wangen und wrang nervös ihre Serviette zwischen den Händen.

»Du lässt dich gehen, Diane, das steht dir nicht«, sagte er. »Abgesehen davon finde ich deine Reaktion absurd. Was hat Reed getan, dass du ihn auf einmal ablehnst?«

Diane schlug die Augen nieder. Ihre Abneigung gegen Reed war Intuition, ein ungutes Gefühl, das sie in seiner Gegenwart anflog. Die Bekanntschaft mit ihm ging über die gesellschaftlichen Formen kaum hinaus, und die wenigen Begegnungen *en famille* waren stets freundschaftlich verlaufen. Wie konnte sie da von ihrem Mann Verständnis erwarten?

»Es ist nicht leicht zu erklären, Theodore. Doch ich habe Mr. Reed beobachtet. Er ist eigenartig.«

»Mach dich nicht lächerlich!«

»Ich kann dir nicht sagen, was es ist. Er hat eine Art, jemanden anzusehen, dass es mich graust.«

»Wen hat er angesehen, dass es dich graust, Diane?«

»Dora. Wenn er zu Besuch da war.« Sie hielt seinem zweifelnden Blick stand. »Oder neulich in St. James', nach dem Gottesdienst. Er sieht sie ganz eigenartig an. Nur Dora sieht er so an. So als wollte er … als hätte er irgendetwas mit ihr vor.«

»Meine Güte, Diane!« Hocksley klang erleichtert. »Mr. Reed kommt ja nicht zufällig zu uns ins Haus. Vielleicht macht er unserer Dora ein wenig den Hof, sie ist schließlich kein Kind mehr. Hör zu, auch wenn er ein Gentleman ist, kann ich mir natürlich vorstellen, was er mit Dora … Herrgott, Diane, er ist ein Mann, das ist doch normal!«

»Nein, Theodore, das ist es nicht! Ich meine, bei jedem anderen Mann wäre es normal, aber eben nicht bei ihm, verstehst du das nicht? Wie er sie ansieht, das ist eben nicht normal!« Leise setzte sie hinzu: »Und was er mit Dora vorhat, ist nicht normal.«

»Was redest du da!«

»Du hast mich genau verstanden. Mit Mr. Reed stimmt etwas nicht.«

Am Nachmittag arbeitete Hocksley mit seinem Gehilfen Perkins im Kontor. Er diktierte Briefe an seinen Lagerverwalter auf Saint-Domingue und an die Händler in den nördlichen Provinzen; die Melasseproduktion von Beau Séjour sollte umgehend verschifft und der Export in die Wege geleitet werden. Sie arbeiteten ein paar Stunden sehr konzentriert, bis die Uhr auf dem Sims siebenmal schlug – das Zeichen für Perkins, dass sein Dienst zu Ende war. Er war kaum gegangen, als ein Diener meldete, Crossbow warte in der Halle. Crossbow war für Hocksley in mancherlei Hinsicht nützlich, in erster Linie als sein Strohmann bei den Geschäften von Beau Séjour. Er betrieb in eigener Regie auch eine kleine Tabakplantage, Elverking am Ashley River. Er war mit vielen Pflanzern im Umland bekannt und erfuhr eine Menge Dinge, die er wiederum Hocksley hinterbrachte. Hocksley ließ ihn hereinbitten und begrüßte den vierschrötigen Mann jovial.

Wie immer gab Crossbow Geschichten und Gerüchte zum Besten, die gerade die Runde machten. Hocksley hörte mit halbem Ohr zu, bis Crossbow Hollow Park erwähnte.

»Sie waren bei Reed?«

»Yep. Er hatte etwas Pech mit der letzten Lieferung: Zwei Männer, die wir ihm von Beau Séjour schickten, waren mit Typhus infiziert und sind ein paar Tage nach der Ankunft gestorben. Und eine von den Frauen ist am Landungssteg im Ashley ertrunken. Nun hat er wieder fünfzehn arbeitsfähige Erwachsene bestellt.«

»Sie machen gute Geschäfte mit ihm, Crossbow.«

»Kann man so sagen! Er muss schon an die zwanzig, dreißig Lieferungen von Beau Séjour bekommen haben. Erst vor einem Vierteljahr hab ich ihm vierzehn Schwarze für seine Reisplantage Stratton verkauft, alle aus dem Clan von Monsieur Raoul.«

»Reed kauft Mougadous? Weiß er Bescheid?«

»Keine Ahnung. Es leben 'ne ganze Menge von denen auf

Hollow Park. Mr. Reed scheint mit ihnen klarzukommen. Oder die mit ihm. Seltsam, der Mann.« Crossbow tippte sich an die Stirn.

Hocksley fragte sofort: »Was meinen Sie damit?«

»Oh, nichts weiter, Sir. Mr. Reed ist ein Gentleman, keine Frage, aber er scheint mir etwas speziell, wenn Sie verstehen? Manchmal soll er sich tagelang im Herrenhaus einschließen, hinter geschlossenen Läden. Nichts für ungut, aber ich find das schon sonderbar.« Crossbow nahm seinen Hut und stand auf. »Übrigens, Sir, haben Sie gehört, dass die Ashley-Bank in den Warenhandel einsteigt?«

»Fowler hat mir davon berichtet.«

»Der neue Yankee-Bankier soll sich die Sache ausgedacht haben.«

»Tyler, ja, ich weiß.« Hocksley runzelte missmutig die Stirn. »Der Mann hat gute Ideen, auch wenn mir nicht passt, was er so treibt.«

»Es heißt, Mr. Ashley ließe ihm ziemlich freie Hand.«

»Passen Sie auf, ehe der alte Ashley sich's versieht, schickt ihn der Bursche in den Ruhestand!«

Sie lachten. Als die Kaminuhr achtmal schlug, verabschiedete sich Crossbow.

Hocksley blieb allein in seinem Kontor und dachte nach. Offenbar war Tyler Gilbert Ashleys designierter Nachfolger, sein Einfluss auf die Entscheidungen der Bank gewann erheblich an Gewicht. Tyler wiederum hatte Legacy zu seiner Sache gemacht, und wie es aussah, hatte er die Plantage wieder ins Geschäft gebracht. Auch wenn er das nicht für Gotteslohn tat, sondern gute Guineas damit verdiente, stand Antonia in ihm ein fähiger Finanzmann zur Seite, der ihre Interessen vor dem Hintergrund seines mächtigen Bankhauses wahren würde.

Erst Marshall, jetzt Tyler, sinnierte Hocksley. Offensichtlich hatte Antonia begriffen, dass sie jemanden brauchte, der für sie die Kohlen aus dem Feuer holte. Ob sie wusste, was ihre Schwester Lydia über sie erzählte? Lydia hatte ihm anvertraut, Antonia habe Marshall wegen Tyler entlassen. Wenn das stimmte, dann war Antonia klüger, als er gedacht hatte. Wahrscheinlich, so dachte er weiter, würde sie auch Tyler wieder vor die Türe setzen, wenn ein anderer käme, der ihr noch mehr Sicherheit und Wohlstand bieten könnte. Zum Beispiel Reed, der nur darauf zu warten schien, von Antonia erhört zu werden.

Sollte es wirklich so einfach sein? Er müsste Reed nur davon überzeugen, dass er Antonia mit dem richtigen Engagement für sich gewinnen könnte. Wenn es dazu käme und Antonia Reed heiratete, fiele ihr Vermögen an ihren neuen Ehemann, auch die Plantage. Reed verfügte bereits über so viel Ländereien, dass er einen so unbedeutenden Besitz wie Legacy bestimmt verkaufen würde, wenn man ihm einen guten Preis böte. Noch dazu, wenn er sich dadurch für Hocksleys Vermittlung erkenntlich zeigen könnte.

Auf einmal schien sein Ziel zum Greifen nah. Er musste so bald wie möglich mit Reed reden! Und dennoch dämpfte seinen Enthusiasmus ein leiser Zweifel, der ihm seit dem Gespräch mit seiner Frau nicht mehr aus dem Kopf ging. Was, wenn mit Reed tatsächlich etwas nicht stimmte? Diane neigte nicht zu Hysterie. War ihre Sorge am Ende begründet? Er hatte selber Reeds Aufmerksamkeit für seine Tochter bemerkt, und Dianes Andeutungen weckten gewisse Vorstellungen, bei denen sich ihm der Magen umdrehte. Meine kleine Dora!, dachte er mit klopfendem Herzen. Er wüsste nicht, was er täte, wenn jemand dem Mädchen ein Leid zufügte.

Jemand? Etwa ein kultivierter Mann wie Reed? Unsinn, Hirngespinste! Was sollte mit Reed denn nicht stimmen? Er war gebildet und wohlhabend, ein Mitglied der Charles Towner Gesellschaft und ein Patriot. Sein Prestige ließ Unterstellungen dieser Art einfach nicht zu. Er mochte exzentrisch sein, nun gut. Aber er war ein Gentleman.

27.

Nach Henrys Tod und der Flucht von Legacy hatte Antonia geglaubt, einsam zu sein. Jetzt erst erfuhr sie, was Einsamkeit wirklich war. Williams Abwesenheit schien ihr wie ein leerer Raum, der sie umgab, wohin sie auch ging, und sie von allem trennte, was sie nicht mehr mit ihm teilen konnte. Manchmal war es kaum zu ertragen, als wäre das Leben selbst mit ihm fortgegangen. In solchen Momenten versuchte sie, ihrem ungeborenen Kind, das sie für immer mit William verbinden würde, ganz nahe zu sein. Sie sprach mit ihm und sang ihm die traurigen deutschen Lieder ihrer Mutter Adela vor; das tröstete sie ein wenig.

Nachdem sich ihre Aufregung über die Schwangerschaft gelegt hatte, ging es ihr auch körperlich besser. Sie wurde zwar schnell müde, führte aber wieder ihr gewohntes Leben, unternahm Ausritte und bewegte sich auf ihrer Plantage mit altvertrauter Sicherheit. Außer Charlene und Joshua wusste niemand, dass sie ein Kind erwartete. Um sich jemandem mitzuteilen, führte sie eine Art Journal. Es war kein Tagebuch, eher ein Kalender, in dem sie üblicherweise die Zahlungsfristen der Bank oder Einladungen notierte. In diesem Journal beschrieb sie nun die Empfindungen, die ihre fortschreitende Schwangerschaft begleiteten. Auch andere Gedanken flossen mit ein, neue Eindrücke, Erinnerungen, präzise Zustandsbeschreibungen, die ihr ganzes Leben reflektierten. Es waren Briefe an den Abwesenden.

Eines Abends fiel ihr auf, dass die Tinte im Glas zur Neige ging. Auch das übrige Schreibzeug war in einem bedauernswerten Zustand, sie musste in die Stadt, um sich mit allem Notwendigen einzudecken. Einen Shawl um die Schultern geworfen, verließ sie noch einmal das Haus, um mit Joshua die Fahrt nach Charles Town zu verabreden. Auf dem Weg zum Wirtschaftshof überlegte sie, was sie alles mit dem Besuch in der Stadt verbinden könnte. Beim Kutscherhaus klopfte sie kurz an und öffnete die Tür: »Joshua, morgen fahren wir nach ...«

Er war nicht allein. In dem vom unruhigen Herdfeuer erleuchteten Raum stand er mit einer Frau in den Armen. Die beiden küssten sich leidenschaftlich. Schnell zog Antonia die Tür wieder zu und lief zurück zum Herrenhaus. Atemlos, mit klopfendem Herzen stürzte sie hinauf in ihr Zimmer. Sie wunderte sich, dass der Anblick des verliebten Paars sie so verstört hatte, wusste sie doch seit dem Fest von Joshuas Verhältnis mit Rovena.

Nein, es war etwas anderes, eine sentimentale Regung, das Gefühl, dass etwas zu Ende war. Joshua, der seit sie denken konnte dafür gesorgt hatte, dass es ihr an nichts fehlte, ihr treuer Joshua hatte sich jetzt Rovena zugewendet. Schon länger hatte sie bemerkt, dass er sich zurückzog und ihr Umgang formeller wurde. Es tat ihr weh, dass er das unkomplizierte Verhältnis, das immer zwischen ihnen bestanden hatte, einfach aufgab.

Sie ließ sich kraftlos aufs Bett sinken und zog die Decke um sich. Da war noch etwas. Der Anblick der Verliebten machte ihr die eigene Einsamkeit doppelt bitter. Sie sehnte sich so sehr nach Williams impulsiver, überwältigender körperlichen Nähe! Die Angst, ihn vielleicht für immer verloren zu haben, und der Schmerz des Verlusts überfielen sie mit ungekannter Macht. Sie krümmte sich unter der Decke zusammen und weinte untröstlich.

Joshua kam am nächsten Morgen zum Herrenhaus, um nachzufragen, was sie wünsche; ihren späten Besuch beim Kutscherhaus erwähnte er mit keiner Silbe. Sie studierte seine ruhige Miene und sagte: »Ich muss nach Charles Town. Wir sollten recht bald abfahren.«

»Ich werde den Landauer anspannen lassen, Madam. Noah wird Sie in einer halben Stunde abholen.«

»Noah?«, fragte sie verblüfft. Gleich wurde ihr peinlich bewusst, dass sie erwartet hatte, Joshua würde sie selber kutschieren. Wie unbedacht von ihr, den Verwalter zu Kutschdiensten heranzuziehen!

»Kann ich sonst noch etwas für Sie tun?«, fragte er mit einem Ausdruck leichter Ungeduld.

Genau so hatte William sie angesehen, wenn sie sich zu einer Angelegenheit äußerte, die er längst ohne sie entschieden hatte. Auch Joshua hatte ein paar Dinge ohne sie entschieden, als er die exponierte Stellung als ihr Verwalter übernahm und ein Stück von ihr abrückte, um sich schützend vor sie stellen zu können. Denn er würde Hocksley die Stirn bieten müssen, der seine Hand nach Legacy ausstreckte und der ihn seit jenem Überfall voller Hass verfolgte. Selbst seine Liebe zu Rovena würde ihn in Schwierigkeiten bringen, wenn er je wagen sollte, die Voodoo-Priesterin zu sich nach Legacy zu holen. Antonia zuliebe hatte er eine Bürde übernommen, von deren Last sie sich keine Vorstellung machte. Sie musste lediglich lernen, mit der ungewohnten Distanz zurechtzukommen.

»Noah soll sich beeilen«, sagte sie in geschäftsmäßigem Ton. »Ich möchte zur Mittagszeit in Lyndon House sein. Das wäre alles ... Mr. Robert.«

Es war eine gute Entscheidung gewesen, nach Charles Town zu kommen. Antonia spürte sofort, wie der Rhythmus der Stadt und ihre bunte, laute, herrlich mutwillige Betriebsamkeit sie belebten. Rechtzeitig zum Lunch war sie in Lyndon House eingetroffen, und nachdem sie ihr Reisekostüm gegen eines von Lydias eleganten Tageskleidern getauscht hatte, stürzte sie sich heißhungrig auf die Delikatessen des Mittagstischs.

Die Freundinnen ihrer Schwester hinterbrachten ihr unterdessen den neuesten Klatsch über den Drayton-Skandal: Die Affäre von Gouverneur Draytons Tochter Sybill mit einem Captain der britischen Garnison war schon längere Zeit

Stadtgespräch, als durch eine Indiskretion herauskam, dass der schneidige Captain auch eine Liaison mit der Frau eines loyalistischen Zivilbeamten unterhielt. Alle Welt lachte über die *ménage à trois*, nur der düpierte Ehemann bestand darauf, sich mit dem Captain zu duellieren, und so kam es zum Eklat. Der Loyalist wurde, wie nicht anders erwartet, getötet und der Offizier nach Fort Wilderness, dem letzten britisch kontrollierten Außenposten, strafversetzt. Die entehrte Gouverneurstochter und die trauernde Witwe waren seither verschwunden. In Lydias Salon wollte man einem Gerücht Glauben schenken, wonach die Rivalinnen ihrem Liebhaber gemeinsam ins Indianerland gefolgt seien.

Die Unterhaltung drehte sich wie immer um wohltuende Belanglosigkeiten. Antonia ließ sich durch die Mittagsstunden treiben, und als sich die Gesellschaft auflöste, fuhr sie mit ihrer Cousine Elise Raleigh zur Broad Street, um durch die eleganten Geschäfte zu bummeln. In einem französischen Kaufhaus verbrachten sie über eine Stunde, probierten Hüte und Shawls und ließen sich dekorative Kosmetika zeigen. Antonia kaufte zwei chinesische Lackdöschen mit Puder und Rouge, die sie restlos beglückten. Sie verabschiedete sich von Elise und ging alleine weiter zu den Händlern am Marktplatz, die schon ihren Vater beliefert hatten, bestellte Tee, Kaffee, Rosinen, weißes Mehl, Zucker und Wein und vereinbarte, dass die Einkäufe am anderen Morgen von ihrem Kutscher abgeholt würden. Dann ging sie die King Street hinauf zum College Quarter.

Das College von Charles Town, nordwestlich des Stadtzentrums, war ein lockeres Ensemble aus Institutsgebäuden und Wohnhäusern zwischen getrimmten Rasenflächen und Eichenbäumen. Antonia kam gerne ins Universitätsviertel. Sie schätzte die klassische Architektur der Kollegiengebäude, deren klare Formgebung den Anspruch einer humanistischen Bildung widerspiegelte, der sich Lehrende wie Studierende der aufgeklärten *Liberal Education* verpflichtet fühlten.

Sie schlenderte über das Campus Green, bei der Randolph Hall wandte sie sich Richtung Calhoun Street. Hier kannte sie sich gut aus, Mitte der Siebzigerjahre hatte sie viel Zeit in den Buchhandlungen und Leihbüchereien des College Quarter verbracht. Einmal, beim Stöbern in den Bücherkisten, war sie mit einem jungen Gastdozenten ins Gespräch gekommen, Henry Lorimer aus Boston. Weil er ihre Literaturbegeisterung teilte, erbot er sich, vergriffene oder zensierte Bücher für sie zu besorgen. Er versprach, für sie bis ans Ende der bekannten Bücherwelt zu gehen, wenn sie ihm erlaubte, die Schätze seiner literarischen Piraterie persönlich nach Legacy zu bringen. Lydia hatte damals behauptet, Antonia habe sich in eine Kiste alter Bücher verliebt, in der sie durch glücklichen Zufall auch einen Ehemann gefunden habe.

Antonia warf im Vorbeigehen einen Blick in die Auslagen der Antiquariate in der St. Philip Street. Ihr eigentliches Ziel war ein kleiner Laden für Schreibzeug, »Ink, Quills & Parchment« stand über dem Eingang. Das Geschäft war eine Institution im College Quarter. Im Schaufenster lagen Schreibfedern, die der Inhaber Mr. Berling, ein Ästhet und Schöngeist, wie kostbare Schmuckstücke auf einer samtenen Unterlage präsentierte. Antonia betrat den Verkaufsraum, der von deckenhohen Regalreihen in schmale Gänge unterteilt war. Sie suchte sich gebündelte Federkiele und Siegellack aus offenen Kartons. In einem Bord mit Flaschen farbiger Tinte fand sie mit sicherem Griff ihre bevorzugte Nuance eines dunklen Violetts. Dann ließ sie sich von Berling verschiedene Metallschreibfedern vorlegen. Um das Schriftbild und unterschiedliche Strichstärken vergleichen zu können, setzte sie sich an ein Schreibpult und probierte die Federn nacheinander aus.

Es kamen etliche Kunden in den Laden, die meisten ließen sich ein oder zwei Ries Schreibpapier auf Folio- oder Quartformate zuschneiden. Antonia war auf ihre Schriftproben konzentriert und bemerkte nicht, dass sie die Aufmerksamkeit eines Mannes auf sich gezogen hatte, der kurz nach ihr den Laden betreten hatte.

Algernon Reed hatte ihre Stimme erkannt, als sie mit Berling sprach. Während sie nun Zeile um Zeile auf schmale Streifen Korrekturpapier schrieb, stand er nur wenige Schritte von ihr entfernt und betrachtete sie hingerissen. Jede Nuance ihrer Erscheinung nahm er in sich auf, die Neigung ihres Kopfes, die Rundung von Schultern und Armen, den seidigen Schimmer des grauen Taftkleides, das sich um ihre Hüften bauschte. Selbst den Schwung der Feder in ihrer Hand prägte er sich ein, um den Anblick nie mehr zu vergessen.

Er hätte für immer so stehen bleiben und ihr zusehen mögen. Da bemerkte er, wie ein paar Streifen Papier, die ihrer schreibenden Hand im Weg lagen, von ihr beiseitegeschoben wurden und über den Rand des Pultes zu Boden fielen. Während sie eine neue Feder ins Tintenglas tauchte, verließ er seinen Beobachtungsposten und näherte sich ihrem Platz. Er atmete den puderigen Duft ihres Parfums ein und stand einen Moment ganz still, indem er sich vorstellte, wie er ihr Haar und ihre Wange mit den Lippen berührte. Antonia indessen schrieb selbstvergessen Zeile um Zeile, nicht ahnend, wie nah er ihr war.

Neben dem Pult, direkt vor seinen Schuhspitzen lagen die zu Boden gefallenen Papierstreifen. Er beugte sich auf ein Knie herab, hob sie auf und las, was Antonia geschrieben hatte. Er stutzte, las den ersten Papierstreifen noch einmal, dann den zweiten, den dritten. Als ihm bewusst wurde, dass das kratzende Geräusch der Schreibfeder verstummt war, sah er langsam auf.

Antonia starrte ihn entgeistert an. Wie lange war er schon da? Und was tat er hier, neben ihrem Pult? Sie sah die Papierstreifen in seiner Hand und hörte, wie er vorlas: »›Es beginnt wie es endet, zur rechten Zeit am rechten Ort.‹ – Glauben Sie etwa, was Sie hier geschrieben haben?«

»Wieso interessiert Sie das?« Sie zerriss die letzten Schriftproben. »Es ist nicht sehr höflich, Mr. Reed, die Notizen anderer Leute zu lesen.«

»Die Blätter lagen am Boden, jeder hätte lesen können, was Sie geschrieben haben.« Er erhob sich und hielt ihr das ganze Bündel hin. »Hier, das sind alle.« Doch als sie die Hand danach ausstreckte, zog er die Blätter zurück. »Bitte, Mrs. Lorimer, ich würde diese Zeilen gerne behalten.«

»Wozu? Es sind nutzlose Schreibübungen.«

»Nicht für mich! Es ist Ihre Handschrift ...«

»Auf gar keinen Fall!« Sie sprang auf. »Geben Sie mir die Blätter sofort zurück!«

Er wollte sie ihr reichen, als sie unbeherrscht danach griff und ihre Hände sich berührten. Sie fuhr zurück, die Blätter flatterten zu Boden. Er sammelte sie wieder auf und gab sie ihr.

»Verzeihen Sie!«, sagte sie errötend. Während sie die Blätter in ihre Handtasche steckte, fragte sie sich, warum jede ihrer Begegnungen im Streit enden musste. »Ich glaube, ich bin etwas müde«, sagte sie zu ihrer Entschuldigung. »Die Luft hier drinnen ...«

»Kommen Sie!« Genau wie beim letzten Mal nahm er sie entschlossen beim Arm. Auf dem Weg zum Ausgang wies er Berling an, ihre Einkäufe zu verpacken; die Sachen würden abgeholt.

In der frischen Abendluft gingen sie nebeneinander die Straße hinunter. »Lassen Sie uns im Voltaire eine Tasse Tee trinken«, sagte Reed und führte sie durch den Droschkenverkehr der George Street zu einem beliebten Studentenlokal. Er war sichtlich bemüht, sie ihre Befangenheit vergessen zu machen, indem er sie mit allen möglichen Anekdoten unterhielt. Als sie ihren Tee getrunken hatte, betrachtete er sie eine Weile mit unbestimmtem Ausdruck.

»Ich fürchte, Madam, Sie haben immer noch eine ungünstige Meinung von mir.«

»Nun, Mr. Reed, das liegt daran, dass Sie persönliche Dinge

sehr direkt ansprechen. Was Sie neulich über Henry gesagt haben, hat mich verletzt.«

»Das war nicht meine Absicht. Aber ich möchte nicht über Ihren Mann sprechen.« Ehe sie erkannte, worauf er hinauswollte, fragte er: »Können Sie sich vorstellen, dass Sie auch meine Gefühle verletzt haben?«

»Gefühle, Mr. Reed?«

Am liebsten hätte sie das Wort zurückgenommen, denn nun sah er sie mit demselben fatalen Ausdruck aus Verlangen und Verachtung an, mit dem er sie am Plains River angestarrt hatte. Doch kaum war es ihr bewusst geworden, da war der Moment auch schon vorbei.

»Bitte vergeben Sie mir meine früheren Indiskretionen«, meinte er demutsvoll. »Nichts liegt mir ferner, als Sie zu kränken.«

Sie verließen das Café, Reed rief für Antonia eine Droschke.

»Erlauben Sie mir, Sie wiederzusehen?« Als er ihr Zögern bemerkte, sagte er lächelnd: »Ich würde mir nie verzeihen, es versäumt zu haben, der einzigen gebildeten Frau South Carolinas den Hof zu machen.«

»Versuchen Sie, mir zu schmeicheln?«

»Das würde ich nicht wagen!«

»Was wollen Sie dann?«

Wieder lächelte er. »Sagen wir, ich möchte zur rechten Zeit am rechten Ort sein.«

VII. London

28.

William stieg die Stufen zum säulenflankierten Portal des Stadtpalais am Grosvenor Square hinauf und ließ den Türklopfer in Form eines Delphins mit einem metallischen Schlag zurückfallen. Ein Lakai in gepuderter Perücke öffnete ihm. Seine resedagrüne Livree war nagelneu, zwei Reihen frisch versilberter Wappenknöpfe glänzten an den Revers. Ein weiterer grün livrierter Lakai führte William in die Halle und nahm Hut und Handschuhe entgegen. Der Kämmerer erwartete ihn bereits. Er bat um Williams Karte und geleitete ihn, von den beiden Lakaien gefolgt, über den rechten von zwei bombastischen Treppenaufgängen hinauf zu den Empfangsräumen im ersten Stock. Während der Kämmerer seine Ankunft meldete, wartete William im Vorzimmer. Der Raum enthielt eine umfangreiche Sammlung von Militaria. Waffen aller Epochen lagen auf blauem Samt und genau dokumentiert in Tischvitrinen. William betrachtete eine Serie indischer Dolche, als der Kämmerer zurückkam.

»Seine Lordschaft erwartet Sie, Mr. Marshall.«

William hatte das Palais zu offiziellen Anlässen, militärischen Ehrenempfängen und zum Neujahrsbankett besucht, dennoch beeindruckte ihn der Festsaal immer wieder aufs Neue: Ein weiter, luftiger Raum, aufstrebende Wandpfeiler und monumentale Deckenfresken mit Darstellungen eines verklärten klassischen Altertums. Die Ausstattung war eine Huldigung an den Kunstsinn dieser kunstbesessenen Zeit: Auf der »englischen« Seite des Saales Werke von Reynolds, Gainsborough, West und früher Mitglieder der Royal Academy, gegenüber auf der »europäischen« Seite Gemälde flämischer Meister, Claude Lorrains und der Franzosen Boucher und Fragonard. Über der Flügeltür, durch die William hereingekommen war, umrahmten italienische Stillleben zwei delikate Knabenportraits Caravaggios. An der Westseite schließlich, zwischen raumhohen Fenstern, hingen ein früher Velázquez und, der Stolz des Hausherrn, eine Pietà von El Greco. Marmorbüsten standen auf Konsolen im Raum verteilt. Elegantes Mobiliar und persische Teppiche in reichlicher Menge ergänzten die Einrichtung und verliehen dem großen Raum einen erstaunlich wohnlichen Charakter.

William schritt zügig auf das gegenüberliegende Ende des Saales zu. Während der Heimreise nach England hatte er sich an die glückliche Erregung erinnert, die ihn erfüllte, als er mit hochfahrenden Zielen von diesem Ort aufgebrochen war. Doch heute, bei seiner Rückkehr, fehlte jede Euphorie. Das erwartete Hochgefühl nach aller überwundenen Beschwernis stellte sich nicht ein. Er atmete tief durch, als könnte er die triumphale Atmosphäre des Saales in sich aufnehmen, und hoffte auf Inspiration. Jedoch kein Funke entzündete die frühere Begeisterung, die Götter und Genien der grandiosen Fresken blickten gleichgültig von ihren Wolkenthronen auf ihn herab. Der Weg durch den Saal schien ihm mit jedem Schritt weiter, sein Gang wurde ungelenk, als hätte die Energie, die ihn monatelang angetrieben hatte, sich in diesem Augenblick erschöpft.

In der Mitte des Saales blieb er stehen. An dieser Stelle war er vor über sechs Jahren zum Lieutenant-Colonel befördert worden. Damals, als er mit Stolz das Regiment der 3rd Light Dragoons übernommen hatte, glaubte er sich am Anfang eines großen Abenteuers, in dem ihm eine zweifellos ehrenvolle Rolle zugedacht sei. Stattdessen begann mit dem Kommando ein gnadenloser Unterdrückungsfeldzug, der seinem Land keinen Ruhm einbrachte und der sein Leben und ihn selber für immer verändern sollte. Nun war er zurück, doch es war keine glorreiche Heimkehr. Und mit einem Mal, und viel zu spät, wurde ihm klar, was er bis jetzt erfolgreich verdrängt hatte: dass England nicht mehr auf ihn wartete! Mochte er selbst den Entschluss, zu seinem Regiment zurückzukehren, nie infrage gestellt haben: Hier wurde er wahrscheinlich nicht vermisst, am allerwenigsten von seinem früheren Mentor, dem gegenüberzutreten er soeben im Begriffe stand.

Die erwartungsfrohe Spannung war dahin. Umso stärker wurde die alte Erbitterung, dass man ihn in Amerika einem ungewissen Schicksal überlassen hatte. Aber er durfte sich seine Gefühle nicht anmerken lassen, und so gab er sich den Anschein von Gelassenheit. Müßig auf den Ebenholzstock gelehnt, blickte er dem älteren Mann in Zivil entgegen, der über seinen Briefschaften am Schreibtisch saß.

Als der Klang der Schritte verhallte, sah der Mann auf, um sich nach kurzem Zögern zu erheben. Tags zuvor war ein Schreiben abgegeben worden, darin bat ein gewisser Colonel Marshall um ein Gespräch unter vier Augen; er machte keine Angaben zu seiner Person, betonte nur seine Verbundenheit mit den Regimentern der Dragoons. Das Interesse des Mannes war geweckt, zumal der Stil des kurzen Briefs ihn an die Depeschen eines seiner fähigsten Kommandeure erinnerte, der im amerikanischen Krieg gefallen war. Die Umstände, unter denen dieser umgekommen war, belasteten sein Gewissen mehr, als er sich eingestehen wollte. Einem Wunschdenken folgend, hatte er dem unbekannten Schreiber unter der angegebenen Adresse eines Hotels in Mayfair für den heutigen Tag eine Einladung zukommen lassen.

Während er seinen Besucher jetzt schweigend musterte, wurde die hoffnungsvolle Ahnung, die ihn in den letzten vierundzwanzig Stunden umgetrieben hatte, zur Gewissheit.

Williams Miene dagegen verriet keine Gefühlsregung. »Mylord«, sagte er, mehr nicht.

»Spencer! Sie sind es tatsächlich!«, rief da der ältere Mann und ging rasch auf ihn zu. »Ich wollte meinen Augen nicht trauen. Wo zum Teufel haben Sie nur gesteckt, Colonel?«

Erleichtert und freudig gerührt ergriff er die Hand seines verloren- und totgeglaubten Offiziers, fast hätte er ihn umarmt. Als der Mann ihn wieder freigab, grüßte William militärisch, ohne jene Nonchalance, die seinen Vorgesetzten zu anderer Zeit gereizt hatte. Er wirkte kühl, Ergriffenheit erschien ihm nicht angebracht. Seine Lordschaft gab sich sehr herzlich, bat ihn, näherzutreten und Platz zu nehmen, wobei er Williams Gehstock mit einem ernsten Seitenblick registrierte. Ein Diener brachte Tee und Brandys, dann waren sie ungestört.

»Erzählen Sie, Spencer, ich will alles wissen: Was ist in den High Hills passiert?«

William konnte mit einer offiziellen Version der Geschichte aufwarten, die Cornwallis genügen sollte: »Es ist schnell erzählt, Sir. Wir hatten das Rebellenheer durch einen Überraschungsangriff zum Stehen gebracht. Sie warfen ihre Kavallerie zum Gegenangriff herum, daher teilte ich die Formation und führte meine Leute in die Flanken der angreifenden Reiterei. Doch gegen ihre Überzahl konnten wir nicht bestehen. Meine Schwadron wurde von der Rebellenkavallerie niedergemacht. Unsere Sache war bereits verloren, als mein Pferd zu Fall kam.« Er berührte mit dem Stock sein rechtes Bein. »Damit war der Kampf für mich zu Ende.«

»Die ganze Aktion war vorbildlich, Spencer«, sagte Cornwallis mit Nachdruck. »Ich habe den Bericht über den Angriff Ihrer Dragoons im Stab verlesen, man war beeindruckt. Sie hatten richtig entschieden, als Sie den Vorstoß allein wagten, um dem Bataillon den ungefährdeten Abzug nach Virginia zu ermöglichen. Leider«, fuhr Cornwallis fort, »hat kaum eine Handvoll Ihrer Leute überlebt. Aber was war mit Ihnen, Colonel? Als es hieß, Sie seien gefallen, habe ich sofort nach Ihnen suchen lassen.«

»Zweifellos, Mylord«, erwiderte William kalt, »aber andere haben mich gefunden. Sie gaben sich große Mühe, mich zu töten. Doch es braucht mehr, um einem Dragoon die Kriegerseele herauszureißen.«

Cornwallis' feines Gesicht wirkte angespannt, während er Williams Blick sondierte; er widerstand kaum dem Drang, sich zu entschuldigen.

»Wir konnten unsere Soldaten vor Übergriffen nicht schützen«, begegnete er Williams Schweigen, »und wir wussten um die Gefahr, die unseren Männern in der Gewalt des Feindes drohte. Darum haben wir nach Vermissten gesucht. Wir hatten Sie nicht aufgegeben!«

»Das war irgendwann nicht mehr wichtig«, sagte William. »Selbst die furchtbarsten Dinge relativieren sich ... Überleben ist ein Reflex, also habe ich überlebt. Aber ich war nicht mehr ich selbst.«

»Nicht Sie selbst?«, fragte Cornwallis. »Wie soll ich das verstehen?«

»Ganz einfach, die Leute dort hielten mich für einen anderen, für einen Loyalisten oder Deserteur, jedenfalls für einen Amerikaner. Als der Rebellenjäger Spencer wären meine Chancen, am Leben zu bleiben, gleich null gewesen.«

Cornwallis nickte. »Und wo waren Sie die ganze Zeit?«

»Auf einer Plantage in South Carolina. Mehr tot als lebendig fand ich Zuflucht auf einem Anwesen, das unsere Truppen zerstört hatten. Um mich erkenntlich zu zeigen, half ich nach meiner Genesung beim Wiederaufbau der Plantage. Nun bin ich zurück, Mylord, zu des Königs und Ihrer Verfügung.«

Der General überlegte, dann sagte er: »Verstehen Sie mich richtig, Colonel, ich bin überzeugt, dass Sie sich korrekt verhalten haben. Aber Sie müssten die Gründe für Ihre Abwesenheit an offizieller Stelle darlegen, sich unter Umständen vor einem

Militärgericht verantworten; zumindest müssten Sie erklären, warum Sie sich erst nach Monaten zurückmelden.«

»Ich kam nicht früher weg!«, rief William und ließ erstmals Zeichen von Anspannung erkennen. »South Carolina ist nicht New York. Können Sie sich vorstellen, was nach der Kapitulation in den südlichen Provinzen los war? Sir, dort wurden Loyalisten gelyncht, nur weil sie gerufen hatten: ›Es lebe König George!‹ Was glauben Sie, hätte man mit mir gemacht? Ich bin dort kein Unbekannter, die Rebellen verfluchen meinen Namen.«

»Was Sie früher nicht störte«, warf Cornwallis ein, »im Gegenteil, als ›Fürst der Finsternis‹ waren Sie sehr überzeugend.«

William nickte abwesend. Es stimmte, er hatte es genossen, den Feind das Fürchten zu lehren. *Here come the Dragoons!*, klang der Schlachtruf, mit dem seine gedrillten Reitereinheiten die Revolutionstruppen in die Flucht schlugen. Seine Soldaten kämpften siegreich in vielen Gefechten. Doch der Feldzug stockte, und bald war klar, der eigentliche Krieg wurde nicht auf den Schlachtfeldern geführt, sondern im ganzen Land, von dem ganzen amerikanischen Volk.

Die Einbeziehung der Zivilbevölkerung in Kampfhandlungen war mit den Grundsätzen der Kriegsführung nicht vereinbar. Doch England konnte den Krieg nicht gewinnen, wenn sein Heer nur gegen die kämpfenden Truppen zu Felde zog. General Howe und die Oberste Heeresleitung in New York wollten Erfolge sehen und stellten den Kommandeuren anheim, geeignete Mittel zu finden, um die aufständischen Provinzen zu unterwerfen. William, bisher ohne Handhabe gegen den Widerstand der Bevölkerung, passte seine Strategie den Gegebenheiten an: Er schickte seine Dragoons mit Feuer und Schwert über das Land und versetzte die Provinz in Angst und Schrecken. Er wusste, was er tat, und er wollte es so. ›Fürst der Finsternis‹, sagte Cornwallis? Zu viel der Ehre! Es genügte ihm, der berüchtigte Schlächter Bill Spencer zu sein.

Cornwallis hatte befürchtet, Williams böser Ruhm könnte ihm den Siegeslorbeer verderben; es war ihm wahrscheinlich zupassgekommen, dass sein Colonel so glorios untergegangen war. William konnte ihm ansehen, wie wenig ihm die Vorstellung behagte, den Totgesagten wieder in allen Ehren aufzunehmen. Daher fragte er ihn ohne Umschweife: »Mylord, würden Sie mir ein Regiment anvertrauen? Bitte antworten Sie mir ehrlich, denn meine Loyalität gehört Ihnen.«

»Ich weiß Ihre Loyalität zu schätzen, Spencer. Aber ich will nicht verschweigen, dass Ihr Engagement im letzen Krieg kritisch gewürdigt wurde«, erwiderte Cornwallis. »Nach der Kapitulation wurden einige Ihrer strategischen Entscheidungen in Zweifel gezogen; ob berechtigt oder nicht, sei dahingestellt. Jedenfalls erscheint es mir unter diesen Umständen unklug, Ihnen ein neues Kommando zu übertragen. Man würde allseits nur darauf warten, dass Sie Fehler machen, nicht wahr? Ehrlich gesagt, hielte ich es für das Beste, Colonel, Sie reichten offiziell Ihre Demission ein. Ich würde mich der Sache persönlich annehmen, dann werden keine lästigen Fragen nach Ihrem Verbleib in Amerika aufkommen. Wir wollen schließlich nicht, dass die Sache vor dem Militärgericht endet.«

Cornwallis hatte sich geschickt aus der Affäre gezogen. William, getreu seinem Grundsatz, die eigene Position nicht zu überschätzen, blieb nur der Rückzug.

»Also gut, Sie erhalten in Kürze mein schriftliches Entlassungsgesuch.« Er stand auf und verneigte sich. »Und danke für Ihre Geduld, Sir.«

Cornwallis erhob sich ebenfalls, er sagte etwas atemlos: »Bitte warten Sie, Spencer, lassen Sie uns gemeinsam überlegen, welche Möglichkeiten es außerhalb der Armee für Sie gibt. Wenn Sie möchten, empfehle ich Sie dem Kolonialminister.«

»Sir, ich habe Ihre Zeit schon zu lange in Anspruch genommen.«

»Nun, lassen Sie es mich wissen, wenn ich etwas für Sie tun kann.«

»Danke, Sir.« Lakonisch wie zu Anfang verabschiedete er sich: »Mylord!«

Den Stock hart aufsetzend, verließ er den großen Saal und seine atemberaubende feudale Atmosphäre.

Der Frühling hatte plötzlich eingesetzt. Nach den langen Wochen des Londoner Winters drängte es die Menschen hinaus, niemand wollte die ersten Sonnentage verpassen. Zwischen Spaziergängern und offenen Kutschen schritt William mit verschlossener Miene durch Green Park, er wollte zum Lunch in seinem Hotel am Berkeley Square sein. Auf dem Hauptweg zum Eingangstor in Piccadilly passierte ihn ein einspänniger Jagdwagen in rasanter Fahrt. Sein Blick folgte dem schnell dahinrollenden Gefährt, dessen Insassen, ein junger Stutzer mit seiner Dame, ohne Geste der Entschuldigung weiterfuhren – geradewegs auf eine Abteilung Horseguards zu, die in Zweierformation vom Tor in den Park einschwenkten. Dem Lenker des Jagdwagens wurde wohl klar, dass er die Garde passieren lassen musste, und er wollte sein Fahrzeug schleunigst zum Stehen bringen. Zu spät, zu hart versuchte er, das Pferd zu zügeln. Das Tier brach nach der Seite aus und zog den Jagdwagen in weitem Bogen über die Rasenfläche. Dem Fahrer gelang es kaum, das nervöse Pferd zu beruhigen. Er brachte sein Fahrzeug bis auf zehn Yards an den Weg heran, dann verweigerte das Tier jeden weiteren Schritt.

Inzwischen war William näher gekommen. Als er sah, in welch peinlicher Lage sich der junge Mann befand, ging er hin, fasste das Pferd beim Zaum und führte es entschlossen auf den Fahrweg zurück.

Der Stutzer zog ungeduldig die Zügel an und rief: »Sir, ich denke, ich komme ganz gut alleine zurecht!«

William überhörte den unhöflichen Ton und meinte: »Sie

sollten besser vor der Stadt trainieren, bevor Sie unter so vielen Passanten fahren.«

»Ich kann selbst beurteilen, ob ein Pferd meinen Anforderungen genügt«, versetzte der Stutzer. »Wenn Sie jetzt den Zaum loslassen würden?«

Williams Blick gefror. »Ich fürchte, Sie missverstehen mich, Sir! Ich bin überzeugt, Ihr Pferd käme allein bestens zurecht. Das Problem, scheint es, liegt vielmehr bei Ihnen und Ihrem mangelhaften Können als Fahrer.«

Empört sprang der junge Mann vom Wagen. Da schaltete sich seine Begleiterin ein, die unter ihrem Hut und Schleier verborgen das Geschehen schweigend verfolgt hatte. »Warte, Ronnie!«

»Glaubst du, ich lasse mir das gefallen?«, rief er und wandte sich wieder gegen William, doch die Dame mahnte erneut: »Bitte, Ronnie, halte dich zurück. Der Gentleman scheint zu wissen, wovon er spricht.«

Die Stimme! William vergaß den Stutzer und konzentrierte sich auf die Begleiterin, deren Stimme so vertraut klang. Nur das Gesicht dazu wollte ihm nicht einfallen, und unter dem Schleier waren ihre Züge nicht zu erkennen. »Madam, bitte lassen Sie mich mein Versäumnis nachholen und Ihnen einen guten Tag wünschen!« Er wechselte den Ebenholzstock in die Linke, nahm den Hut ab und verbeugte sich.

Sie betrachtete seine strenge schwarze Aufmachung, die ihn deutlich von den Männern der Londoner Gesellschaft, denen modische Verfeinerung über alles ging, unterschied. Nein, dieser Mann gehörte in einen anderen Kontext, Haltung und Tonfall zeugten eindeutig von martialischem Charakter. Sie war ihm schon einmal begegnet, aber wann? Und wo? Ronnie täte jedenfalls gut daran, vorsichtig zu sein.

»Es war sehr freundlich von Ihnen, uns behilflich zu sein. Doch wir sind in Eile«, sagte sie bestimmt. »Leben Sie wohl, mein Herr!«

»Es war mir eine Freude, Madam! Guten Tag, Sir!«

Er hatte den Park bereits verlassen, als Ronnie in den Wagen stieg und das Pferd halbherzig antrieb.

Gemächlich rollte der Wagen durch das Tor nach Piccadilly und folgte dem Boulevard nach Westen. Bei Nummer sechzehn, Park Lane hielten sie und Ronnie war seiner Begleiterin beim Aussteigen behilflich. Auf dem Weg ins Haus sagte sie: »Ich weiß jetzt, an wen mich dieser Mann im Park erinnerte, Ronnie!«

Ronald York sah verstimmt drein. »Es interessiert mich nicht im Geringsten, wer dieser Mensch war! Wir sollten die ganze Sache vergessen, Beatrice.«

Beatrice Trenton schlug den Schleier des extravaganten Hutes zurück; amüsiert blitzten ihre mandelförmigen Augen. Nicht zum ersten Mal fragte sie sich, ob er sich seines Glückes bewusst war, einer Frau wie ihr den Arm reichen zu dürfen.

»Gut, Ronnie, wir vergessen den Vorfall!« Um ihn ein wenig zu quälen, setzte sie hinzu: »Ich fürchte nur, er wird es nicht tun.«

»Wie meinst du das?«

»Nun, du warst nicht gerade höflich. Es ist unklug, sich solch einen Mann zum Feind zu machen.«

»Dann weißt du also, wer er ist?«

»Ich sagte doch gerade, dass ich mich wieder erinnere.« Über die Buchshecke hinweg pflückte sie ein paar frisch erblühte Azaleen, dabei fuhr sie fort: »Er heißt Spencer. Vor ein paar Jahren hatte er eine Affäre mit Persephone Hunter. Na ja, du kennst Percy: Als Spencer in den Krieg zog, vertrieb sie sich die Zeit mit seinem Freund Earnshaw. Die beiden waren nicht gerade diskret, jedenfalls erfuhr Spencer davon. Er muss so wütend gewesen sein, dass Earnshaw schon erwogen hatte, sich nach Indien versetzen zu lassen.« Nachdenklicher fügte sie hinzu: »Ich weiß noch, dass Percy fast erleichtert schien, als es hieß, Spencer sei kurz vor Kriegsende in Carolina gefallen.«

»Dann war der Mann eben im Park jedenfalls nicht Spencer.«

»Da wäre ich mir nicht so sicher.« Sie betrachtete abwesend die blutroten Blüten in ihrer Hand. »Amerika ist weit weg. Wer könnte sagen, was dort wirklich passiert ist?«

Nach dem Lunch zog sich William auf sein Hotelzimmer zurück. Er ließ sich in einen Sessel fallen, nahm vom Tisch eine Zeitung, überflog die Meldungen der Titelseite, doch er war nicht bei der Sache. Seine Gedanken kehrten ständig zu der Unterredung mit Cornwallis zurück. Unzufrieden warf er die Zeitung wieder auf den Tisch und versank in tiefes Grübeln.

Die Absage seines Generals war eine herbe Enttäuschung. Nicht dass er erwartet hätte, im Handumdrehen wieder in den Dienst eintreten zu können. Es war ihm bewusst, dass seine Rückkehr den General in eine delikate Lage brachte. Durch seine Anwesenheit hier in London geriet Cornwallis unter Zugzwang: Selbst wenn er persönlich bereit wäre, Williams Gründe ungeprüft gelten zu lassen, müsste er zu der langen Abwesenheit seines Untergebenen offiziell Stellung nehmen. Er müsste Williams Verhalten in einer für alle Beteiligten nachvollziehbaren Weise erklären und billigen; erst danach bestünde die Möglichkeit, ihm wieder ein Kommando zu übertragen. Hätte sich Cornwallis aus diesen Gründen zurückhaltend gezeigt, hätte William das durchaus verstanden. Aber keinesfalls hatte er damit gerechnet, dass Seine Lordschaft ihn wegen Vorbehalten, die nicht einmal seine eigenen waren, fallen ließ und kalt lächelnd seinen persönlichen Nützlichkeitserwägungen opferte. Das war schwer zu verkraften, nachdem William ihm bis zuletzt seine Loyalität bewiesen hatte.

Loyalität! Er lachte bitter. Loyalität hatte ihm mehr geschadet als genutzt, wann würde er das endlich begreifen?

Dass er sich seine Unbelehrbarkeit vorwerfen musste, trug nicht dazu bei, seine Laune zu verbessern. Zu allem Überfluss kam Mrs. Crawford, die Hausdame des Hotels, auch noch mit der Nachricht, Néné sei verschwunden. William hatte so etwas kommen sehen. Nach der ersten Aufregung ihrer Ankunft in London war Néné von Tag zu Tag unzugänglicher geworden. Zwar erweckte sein phlegmatisches Gebaren den Anschein, er würde sich mit seinen neuen Lebensumständen abfinden. Doch bei jeder Gelegenheit fragte er, wann sie denn wieder nach Amerika führen. Der Junge tat William leid, aber eigenmächtige Ausflüge wie heute würde er nicht dulden.

Weil er so lange schwieg, glaubte Mrs. Crawford, er sinne darauf, wie er seinen Diener bestrafen solle, und versuchte auf ihre rechtschaffene Art zu vermitteln. »Sie dürfen nicht zu streng mit ihm sein, Mr. Marshall. Bestimmt wollte er nur spazieren gehen und hat sich dabei verlaufen. Warum müssen Sie ihn auch immer im Zimmer einsperren?«

»Seien Sie versichert, dass ich ihn nie eingesperrt habe – was sich jetzt offensichtlich als Fehler erweist. Wie auch immer, nachdem er mir ständig mit der Heimreise in den Ohren liegt, wird er sich wahrscheinlich bei den Schiffen am Westindien-Pier herumtreiben.«

»Dann sollten wir Nick gleich dorthin schicken, um nach ihm zu suchen!«

»Na gut, soll Ihr Sohn von mir aus zum Hafen fahren.«

Wäre es nach William gegangen, er hätte Néné aus erzieherischen Gründen eine Weile sich selbst überlassen; sollte der Bengel doch sehen, wie schnell der Spaß vorbei wäre, ohne Geld in den Taschen und mit der falschen Hautfarbe in diesem Teil der Welt! Nun konnten sich die Crawfords um ihn kümmern. William würde jedenfalls den sonnigen Nachmittag nutzen und ein paar Stunden ausreiten.

Jenseits von Westminster, zwischen ausgedehnten Weiden und grünen Wiesen, lag die Grange, ein ehemaliges königliches Hofgut, das ein Gestüt und einen gut bestückten Mietstall beherbergte. Der Prince of Wales stellte hier seine Rennpferde unter, der Herzog von Essex hatte sogar seinen eigenen Übungsparcours anlegen lassen. William betrat den gepflegten Reithof. Frisch gekalkte Stallgebäude strahlten in der Sonne, Sattelplätze und Wege waren sauber gefegt. Es herrschte die disziplinierte Betriebsamkeit eines gut organisierten Unternehmens.

Der Stallmeister fragte ihn nach seinen Anforderungen und ließ einen kräftigen Wallach vorführen, ein elegantes großrahmiges Pferd, das sich für die Row ebenso wie zur Fuchsjagd eignete. Dann brachte der Reitknecht einen Vollblüter, einen rauchweißen Grauschimmel mit schwarzen Augen und dunklen Nüstern, Mähne und Schweif streiften fast den Boden, als er sich, am langen Zügel geführt, harmonisch und sicher in den Gangarten präsentierte. William nickte anerkennend.

»Wie ich sehe, findet Harun Enzahi Ihren Beifall«, sagte der Stallmeister.

»Enzahi?« Verblüfft zeigte William ihm den silbernen Pferdekopf seines Gehstocks mit der Gravur. »Ein Hadban Enzahi stand hierfür Modell!«

»Das war sein Urgroßvater«, erzählte der Stallmeister. »Eine interessante Pferdedynastie, im deutschen Marbach züchtet man die Linie seit dem sechzehnten Jahrhundert, sie geht angeblich auf das Lieblingspferd Saladins zurück. Sie können ihn gern zur Probe reiten, Mr. Marshall.«

William verglich den Pferdekopf-Knauf seines Stocks mit dem lebenden Vorbild und nickte: »Na dann, Hadban Enzahi, ich sollte dir hier wohl begegnen.«

Harun wurde gesattelt und ihm für zwei Stunden zur Verfügung gestellt. Der Parcours führte durch eine der schönsten Gegenden Englands. Für eine Weile überließ William sich dem Zauber der Landschaft von grünen Hügeln und Wäldern unter einem hohen Himmel. Als er das Pferd wieder dem Burschen übergab, bat er darum, dass man ihm eine Abschrift der Zuchtpapiere sendete. Auch wenn der Kaufpreis seine kühnsten Vorstellungen überstieg.

Später auf dem Rückweg zur Stadt, zurückgelehnt im Fond

der Droschke, überkamen ihn nahezu heimatliche Gefühle. Es gab für ihn in England genug, woran er anknüpfen konnte, das Stammhaus der Familie, die Ländereien an der irischen See, vielleicht die Politik; es musste nicht das Militär sein. Er würde eine Aufgabe finden, die ihn erfüllte. Er dachte daran, wie er sich auf Legacy hatte verbergen müssen, wie er seinen Namen verleugnet und in Unehre gelebt hatte. Wie hatte er das nur so lange ausgehalten? Nun, das lag hinter ihm. Er hatte alles wohlgeordnet zurückgelassen. Die Plantage war bei Joshua Robert in guten Händen, er brauchte sich um Legacy keine Sorgen zu machen ... Und dennoch beunruhigte ihn die Vorstellung, irgendetwas könnte passiert sein. Antonia erwartete ein Baby, und er war nicht bei ihr, um sie zu beschützen. Wenn ihr nun etwas zustieße ... Halt! Solche Überlegungen durfte er nicht zulassen, dadurch nährte er nur unnötig Zweifel. Denn es kamen ihm manchmal Zweifel. Vielleicht hätte er nicht fortgehen sollen. Vielleicht war es der größte Fehler seines Lebens gewesen, Antonia und Legacy zu verlassen. Doch er hatte sich entschieden, es war vorbei.

Captain Harris hob sein Glas und trank dem jungen Mann zu, der, wie er fand, für das Lokal und die Tageszeit viel zu elegant daherkam.

»Sie behaupten also, Sie haben ihn gestern in Green Park gesehen?«, sagte er. »Nichts für ungut, Mr. York, aber der Mann, den Sie meinen, ist tot.«

»Hörte man nicht schon von Soldaten, die für tot erklärt wurden und doch zurückkehrten?«, hielt Ronnie dagegen. »Manchmal sogar erst nach Jahren?«

»Nun, es mag vorkommen, dass in den Kriegswirren die Spur eines einfachen Soldaten verloren geht.« Mit geringschätzigem Kopfschütteln verwarf Harris diese Möglichkeit. »Aber Sie haben ja nicht nach irgendeinem einfachen Soldaten gefragt, Mr. York.«

Um Beatrices Andeutungen auf den Grund zu gehen, hatte Ronnie sich am Tag nach der Begegnung im Park zum Gasthaus White Bull begeben, das in Soldatenkreisen beliebt war und wo er hoffte, mehr über Spencers Verbleib in Erfahrung zu bringen.

Der Wirt, ein Veteran aus dem Revolutionskrieg, hatte sich sofort erinnert: »Sicher, ich hab ihn im New Yorker Hauptquartier oft gesehen. Spencer befehligte Truppen der British Legion, königstreue *Provincials* aus Neuengland, die unserem Expeditionsheer eingegliedert wurden. Der Colonel hat selber seinen Sturmtrupp ausgebildet, die Green Horse, Teufelskerle allesamt! Lieferten sich ständig Scharmützel mit den Rebellen drüben in Jersey. Im Winter vor zwei Jahren zog Spencers Regiment zur Offensive gegen die Rebellen im Süden. Fragen Sie einfach Captain Harris, der war in Carolina dabei.« Damit hatte der Wirt ihn an einen drahtigen Mann mittleren Alters verwiesen, der kurz nach Ronnie hereingekommen war.

»Der Colonel war ein prominenter Offizier«, fuhr Harris nun fort. »Als Kriegsgefangener wäre er für die Rebellen von hohem Wert gewesen, sie hätten ihn uns sofort zum Austausch angeboten.«

»Vielleicht war er ja verwundet, von seiner Einheit getrennt, irgendwo im Hinterland?«

»Das können Sie vergessen! Spencer war ein Hardliner, er ist immer irgendwie zur Truppe zurückgekehrt.« Harris nahm einen tiefen Schluck von seinem Stout. »Er ist vor einem Jahr bei Rückzugsgefechten in Carolina gefallen. Gesetzt den Fall, er wäre am Leben und wieder in England, dann hätte er sich als Erstes bei General Cornwallis zurückgemeldet. Seien Sie versichert, in weniger als einer Stunde hätte jeder, der in seinem Regiment gedient hat, von seiner Rückkehr erfahren. Aber da mir nichts dergleichen zu Ohren gekommen ist, würde ich sagen, Sie müssen ihn wohl mit jemandem verwechselt haben.«

Sie tranken aus, Ronnie legte ein paar Münzen auf den

Schanktisch und nahm seinen Hut. Doch dann fiel ihm noch etwas ein. »Sagen Sie, Captain, hat irgendjemand *gesehen*, wie Spencer umgekommen ist?«

Harris' Miene verdüsterte sich. »Sie wollen's genau wissen, was? Na gut, dann erzähle ich Ihnen von Spencers letzter Schlacht.« Er machte dem Wirt das Zeichen für zwei weitere Gläser Stout und begann: »Wir schlugen uns seit Juni mit den Rebellen in Virginia und konnten Verstärkung gebrauchen. General Cornwallis schickte Spencer mit den Dragoons zurück nach Carolina, er sollte die Besatzungen kleiner Außenposten wie Fort Watson sammeln und zum Hauptheer bringen. Ende August hatten wir Hilfstruppen von der Stärke eines Infanteriebataillons zusammen und marschierten zurück nach Virginia. Colonel Spencer, der die Vorhut befehligte, verfolgte einen gemischten Verband Continentals und Militia, die in versetzter Linie unserem Bataillon vorauszogen; anscheinend hatten sie vor, den Hilfstruppen am Santee River den Weg abzuschneiden. Als ihre Nachhut in Sicht kam, gab Spencer den Befehl zum Angriff. Unsere Schwadron jagte los und fiel über sie her, das war ein Coup, sage ich Ihnen! Wir setzten ihnen gehörig zu und sie erlitten schwere Verluste. Natürlich blieb unsere Attacke nicht unbemerkt. Das ganze Regiment hielt und brachte seine Linien in Kampfstellung. Spencer ließ sammeln, dann zeigte er uns, was in unserem Rücken geschah: Die Hilfstruppen folgten uns nicht mehr, sie drehten ab, um unbehelligt an der Rückseite der High Hills weiterzuziehen. Der Colonel beobachtete den Abzug ungerührt und erklärte, was er vorhatte: Beim Gegenangriff der Rebellen sollten wir uns aufteilen und sie auf ihren Flanken attackieren. Jedem war klar, dass wir damit nicht durchkämen. Aber er wollte versuchen, die Rebellen so lange aufzuhalten, bis das Hilfsbataillon sicher auf dem Weg nach Norden war. Als der Feind zum Angriff blies, führte Spencer den rechten Flügel, ich übernahm den linken. Wir ritten gleichzeitig los. Er traf mit seinen Leuten zuerst auf den

Gegner, sie schlugen sich Mann gegen Mann, als meine Abteilung von schwerer Kavallerie eingeschlossen wurde. Die Lage war aussichtslos. Ich wollte Spencer das Zeichen geben, dass ich unsere Position aufgebe, und hatte ihn gerade ausgemacht – auf seinem Riesenhengst war er nicht zu übersehen –, als Pferd und Reiter stürzten, und mit ihm noch andere, Freund und Feind. Inzwischen war unsere Schwadron von Rebellen eingekreist. Gegen ihre Überzahl konnten wir nichts ausrichten, wir wurden vernichtet. Ich versuchte, ein paar meiner Jungs, die noch auf Pferden saßen, rauszubringen.« Er schüttelte resigniert den Kopf. »Aber die Rebellen jagten uns nach und töteten alle, bis auf zwei Burschen aus Maryland und mich. Wir konnten durch einen Wald entkommen.«

»Und Spencer?«

»Zuletzt sah ich, wie er zwischen lauter Gefallenen auf den Säbel gestützt versuchte hochzukommen. Dann ritt die gegnerische Kavallerie über ihn hinweg.«

Sie schwiegen. Nach einer Weile verabschiedete sich Ronnie: »Danke, Captain Harris, das war eine eindrucksvolle Schilderung. Leben Sie wohl!«

Auf der Rückfahrt ließ er sich Harris' Bericht noch einmal durch den Kopf gehen. Besonders der dramatische Schluss hatte ihm gefallen, er sah es bildlich vor seinen Augen, wie Spencer, verletzt auf den Säbel gestützt, von den Gegnern niedergeritten wurde.

Vor seinem Haus Nummer dreißig, Clarges Street blieb er nachdenklich im Wagen sitzen. Er dachte an den Fremden im Park. Der auffällige Gehstock des Mannes war ihm nicht entgangen; auch dass der Mann den Stock nicht zum Vergnügen mit sich geführt, sondern sich deutlich darauf gestützt hatte.

Beatrice Trentons Verhältnis zu Persephone Hunter war nicht mehr so innig wie früher, nachdem Beatrices Mutter bei einer Abendeinladung Bruce Earnshaw, Persephones Verlobten, übergangen hatte. Persephones in Bedauern gekleidete Empörung darüber, dass Earnshaw am Grosvenor Square nicht willkommen sei, quittierten die Trentons mit dem Hinweis auf seinen falschen Umgang. Gekränkt zeigte Persephone daraufhin Beatrice die kalte Schulter.

Beatrice wusste, dass ihre Freundin die Verlobung mit Earnshaw bereute. Die Verbindung war nicht der Erfolg, den sich Percy in ihrer Sucht nach gesellschaftlicher Anerkennung versprochen hatte, als sie William Spencer wegen Earnshaw verließ. Aufgrund dieser Vorgeschichte fühlte sich Beatrice verpflichtet, ihrer Freundin von der Begegnung in Green Park zu berichten, und lud sie am nächsten Tag zu einer Spazierfahrt ein. Danach tranken sie zusammen Tee in Beatrices Salon mit Blick auf die blühenden Vorgärten der Park Lane.

Percy entnahm ihrer Handtasche ein silbernes Etui mit Zigarillos. »Du erlaubst, Beatrice? Earnshaw hat mir eine Schachtel von einem Fest auf der Burg mitgebracht. Für die Gelage des Kreolen wurde eine ganze Schiffsladung davon aus Kuba importiert.«

Beatrice schenkte ihnen Tee nach, als Percy auf die unselige Abendeinladung zurückkam. »Weiß deine Mutter überhaupt, was sie mir angetan hat? Ich war die einzige Frau ohne Begleitung. Du kannst dir vorstellen, wie demütigend es war!«

»Es tut mir wirklich leid, Percy …«

»Wenn deiner Mutter Earnshaws Umgang nicht passt, wieso lädt sie seine Freunde ein? Alle waren da, die ganze Clique, nur er nicht!« Gereizt blies sie einen blassblauen Rauchschleier in die Luft. »Hast du keine Sorge, dein kleiner Ronnie könnte auch eines Tages in Ungnade fallen?«, fragte sie maliziös. »Er ist ein notorischer Spieler, und deine Mutter hasst Glücksspiele! Wusstest du, dass er regelmäßig auf der Burg zu Gast ist?«

»Nein«, gestand Beatrice, »wahrscheinlich hat er sich dort nicht sonderlich amüsiert, sonst hätte er mir davon erzählt.«

Percy sah sie mitleidig an. War ihre Freundin wirklich so

naiv zu glauben, bei den Orgien auf der Burg würde sich ein Mann nicht amüsieren?

Beatrice, die den Blick richtig deutete, sagte schnell: »Was erzählt denn Earnshaw über die Besuche auf der Burg? Immerhin setzt er dort seinen guten Ruf aufs Spiel.«

Überrascht hob Percy die Brauen; offenbar war Beatrice doch nicht so naiv. »Soviel ich weiß, geht es um irgendwelche Geschäfte, die Feste interessieren ihn nicht.« Sie seufzte: »Du kennst ihn doch, er gehört nicht zu der Sorte Männer, die wissen, wie man sich amüsiert. Dazu fehlt es ihm an Temperament.«

»William Spencer hatte Temperament!«, platzte Beatrice heraus.

»Ich bitte dich, du kannst Bruce nicht mit Spencer vergleichen«, nahm Percy ihren Verlobten in Schutz.

Beatrice hatte nie verstanden, dass ihre Freundin Spencer wegen Earnshaw verlassen hatte. »Wie konntest du Bruce nur den Vorzug geben?«, sagte sie. »Verzeih, er war doch schon immer ein Langweiler.«

»Aber er war hier, Kleines, hier in London, während unser schneidiger Bill Spencer auszog, um sich Scharmützel mit Rebellen zu liefern.«

»Er war im Krieg, Persephone.«

»Wie auch immer, Billy ist nicht zurückgekommen. Du siehst also, ich hatte den richtigen Instinkt, Earnshaws Antrag zu erhören, anstatt meine Zeit mit fruchtlosem Warten zu vertun.« Sie warf den Zigarillo in den kalten Kamin.

»Du hast dich schnell getröstet«, bemerkte Beatrice. »Ich erinnere mich nicht, dass du nur einen Ball versäumt hättest.«

»Na wenn schon! Ich eigne mich nicht zur Soldatenbraut, noch weniger zur Kriegerwitwe.«

»Aber wie hast du Spencer einfach vergessen können? Ich dachte, ihr hättet euch geliebt?«

»Tja, das dachte ich zu Anfang auch, bis ich ihn besser kennenlernte. William Spencer liebt niemanden außer sich selbst.

Er hatte sich mit mir geschmückt wie mit seinen Orden. Mich zu erobern, der so viele vergeblich den Hof gemacht hatten, schmeichelte seiner Eitelkeit.«

»Wie herzlos du sprichst! Dabei hat er dir einmal viel bedeutet.«

»Das ist lange her.«

»Und jetzt ist er dir gleichgültig?«

»Nun ja, er ist tot.«

»Ist er nicht!«

»Wie ...?«

»Er ist nicht tot!«

»Was redest du denn da?«, stieß Percy ungehalten hervor. »Er ist in Amerika gefallen.«

»Vielleicht hat es eine Verwechslung gegeben oder jemand hat sich geirrt. Jedenfalls ist er am Leben, Percy, ich hab ihn gesehen!«

»Du hast ...« Persephone wurde blass. »Wo?«

»In Green Park. Wir haben auch miteinander gesprochen.«

»Wann?«

»Gestern Morgen.«

Percys Ausdruck wechselte von Verwirrung zu Bestürzung. Hastig raffte sie Tasche, Shawl und Handschuhe zusammen und lief ohne Gruß hinaus.

29.

Néné hockte auf einem Schemel im Vorzimmer und rieb einen Stiefel mit Lederwachs ein. Um ihn herum standen andere Stiefel und Schuhe, die er auf Hochglanz gebürstet hatte. Nachdem Nick ihn bei den Docks aufgelesen hatte, wollte er wenigstens seine versäumten Pflichten nachholen. Doch er fühlte sich schlecht, nicht aus Angst vor Strafe, sondern vor Sorge:

Wie konnte er seinem Herrn erklären, dass sie besser wieder heimfahren sollten? Erst eine knappe Woche waren sie in London, doch Néné wusste, dies war kein sicherer Ort. Die alte steinerne Stadt mit den überfüllten Straßen voller lärmender Menschen verstörte ihn zutiefst. Und er spürte, dass Mr. Marshall in *Ink Land* genauso unglücklich war wie er. Néné sehnte sich nach der Wärme und der honigsüßen Luft von Carolina. An diesem Morgen hatte er es nicht mehr ausgehalten, war auf den Lastkarren eines Fischhändlers gesprungen und dorthin gefahren, wo sein Heimweh begonnen hatte.

Ein Wald von Schiffsmasten ragte über Southwalk. Néné bahnte sich einen Weg durch Händler, Matrosen, heimkehrende Soldaten, Fuhrknechte, Lastenträger, Dirnen und Diebe, die am Londoner Hafen ihren Gewerben nachgingen. Endlich hatte er das Stimmengewirr hinter sich gelassen und schlenderte an den Kais entlang, wo Rumpf an Rumpf die großen Segler lagen und sich träge in der steigenden Flut wiegten. Néné bestaunte die Schnitzereien, die Vergoldungen und kunstvollen Bemalungen, die das Heckkastell manches Großseglers schmückten. Am meisten aber faszinierten ihn die Galionsfiguren mit ihren lebendigen Augen aus Glas. So blieb er lange unter dem Bug eines Schnellseglers stehen und betrachtete die Büste eines Indianers in vollem Federschmuck, dessen ernstes Adlerprofil über den Vordersteven in unbestimmte Ferne blickte.

Unterm Schauen drangen vertraute Laute an sein Ohr, ein Gullah-Shanty, wie es die schwarzen Lotsen in den Südprovinzen sangen. Er spähte hinauf zur Takelage, wo zwei Schwarze die Fockrahen mit neuen Segeln besteckten und dabei ihre Arbeit mit dem typischen Wechselgesang begleiteten.

Néné formte die Hände zum Trichter und rief: »He, ihr da oben!«

Die beiden turnten durch die Takelung aufs Deck und beugten sich über die Bugreling, um den gut gekleideten Jungen auf dem Kai eingehend zu mustern. »Sieh mal, was für 'n feiner

Nigger!«, rief der Größere und pfiff durch die Zähne. »Was machst 'n hier, Kleiner?«

»Ich geh spazieren«, antwortete Néné großspurig. »Und ich hör gern zu, wie ihr die alten Sklavenlieder singt.«

»Hast du das gehört, Bone?«, rief der Lange vergnügt.

Doch Bone fand es nicht lustig, er sagte: »Du hältst uns für Sklaven, Mann? Das sind wir nicht, klar? Wir sind freie Männer, auf 'nem freien Schiff.«

»Woher kommt ihr?«

»Die Offiziere aus New York, die Mannschaft aus dem Süden. Alles Schwarze, von Plantagen geflohen wie wir. Ich bin aus der Gegend von Georgetown, Jigger hier kommt aus Charlotte.«

»Ihr seid aus Carolina? Ich wohnte auf einer Plantage bei Charles Town!«, rief Néné, merkte jedoch, wie albern das klang, und wechselte das Thema: »Das ist mal ein schönes Boot!«

Jigger verdrehte die Augen, »Das is 'n Schiff, Mann, kein Boot! Die Tristar ist 'ne schnelle Korvette. Schau dort oben«, er zeigte zu der Flagge mit drei Sternen am Hauptmast, »das Zeichen der Starline-Flotte. Die Tristar ist das Flaggschiff, 'ne echte First Lady aus Amerika.«

In der Tat war die Tristar ein bemerkenswertes Schiff. Der schlanke Rumpf maß hundertsiebzig Fuß vom Rundheck bis zum Bugspriet bei dreißig Fuß Breite, der Hauptmast stand fast hundert Fuß über Deck. Als dreimastiges Vollschiff für Kaperfahrten konzipiert, konnte sie es mit jeder Fregatte aufnehmen und machte selbst bei großer Beladung noch schnelle Fahrt. Die Tristar war aber nicht nur schnell, sie konnte auch die Zähne zeigen: Nachdem sie auf einer Atlantiküberquerung durch Seeräuber in Bedrängnis geraten war, hatte die Reederei beschlossen, das Schiff aufrüsten zu lassen. Das ließ sich der Londoner Generalagent der Starline nicht zweimal sagen und schickte die Tristar unverzüglich nach Deptford ins Trockendock, wo er sie umbauen und bewaffnen ließ.

Beladen hatte die Tristar einen Tiefgang von vierzehn Fuß, war also stabil genug für eine zusätzliche Besegelung. Man gab den drei Masten die nötige Vorspannung, um dem enormen Winddruck von vierundzwanzig Segeln standzuhalten, durch die das Schiff nun über fünfzehn Knoten Fahrt machte. Schließlich wurde ein volles Geschützdeck eingezogen, bestückt mit sechzehn Zwölfpfünder-Kanonen auf Lafetten und acht Zehnpfündern, vier davon als Relinggeschütze. Selbstbewusst trug die Tristar ein leuchtend weißes Pfortenband, als Warnung für jeden Angreifer auf dem Atlantik oder an den piratenverseuchten Küsten der Armorica bis zur Biskaya.

So schön und stark lag sie jetzt am Pier. Néné blickte sehnsüchtig auf zu der Flagge mit den drei goldenen Sternen, als Bone plötzlich herumfuhr: »Achtung, Jigger, da kommt der Master mit dem Käpt'n.« Augenblicklich verschwanden die zwei Matrosen, kurz darauf erklang wieder ihr melodischer Gesang.

Néné setzte sich auf einen der eisernen Halteringe am Kai. Seine Augen hingen an dem Schiff, während er sich voller Hoffnung ausmalte, mit der Tristar nach Amerika zurückzusegeln. Indessen gingen die zwei Männer im Gespräch vorüber und blieben beim Fallreep stehen. Der Kapitän im blauen Rock mit Goldlitzen und Epauletten war ein fülliger Mann von Mitte vierzig, der mit wenig Enthusiasmus zu seinem Schiff aufsah. Der andere Mann war noch jung und wirkte in seiner dandyhaften Aufmachung zwischen den Seeoffizieren und Matrosen deplatziert.

Das muss der sein, den Bone den Master nannte, dachte Néné. Weil er kindlichen Gefallen an dekorativen Garderoben fand, bewunderte er dessen auffälligen Rock aus blutroter Seide, die goldene Weste mit den kleinen Quasten entlang der Knopfleiste, den Spitzenbesatz an Kragen und Manschetten, die roséfarbenen Kniehosen. Der pelzverbrämte Dreispitz und die schwarzen Lackschuhe mit deutlich erhöhten Absätzen gefielen ihm besonders gut. Er horchte auf, als der Ton zwischen den Männern schärfer wurde.

»Hören Sie auf, Käpt'n«, sagte der Dandy. »Nur weil im Nordatlantik wie jedes Frühjahr ungemütliches Wetter aufzieht, ändern wir nicht den Zeitplan.«

»Diese Entscheidung müssen Sie wohl mir überlassen«, erwiderte der Kapitän gereizt. »Auf Ihr Betreiben wurde der Umbau des Schiffs vorzeitig abgeschlossen. Haben Sie sich seitdem mal die Mastenlager angesehen? Der Fall hat die Lager verzogen. Wenn sie nicht neu verzapft werden, werden die Masten unter dem Druck der großen Segelfläche instabil, und wir könnten auf dem Atlantik bei Sturm Probleme kriegen. Ich schlage daher vor, die Abfahrt um eine Woche hinauszuschieben, bis die Zimmerleute die Umbauarbeiten ordentlich zu Ende gebracht haben.«

Der Master hatte sich, während der Kapitän redete, gelangweilt abgewendet; so konnte Néné sein Gesicht sehen. Als Kind der Karibik erkannte er mit einem Blick den Criollo, die dunkelschattigen Augen, den olivfarbenen Teint seiner spanischen Vorfahren. Gleichgültig wartete der Mann die Rede des Kapitäns ab, schließlich sagte er in provozierend schleppendem Tonfall: »Sehen Sie sich um, Käpt'n: Die Tristar ist das bestgerüstete Handelsschiff, das in diesem Hafen vor Anker liegt. Seien Sie getrost, die Konstruktion ist jeder Orkanstärke gewachsen. Wir werden uns also an den Zeitplan halten und in drei Tagen auslaufen. Andernfalls entziehe ich Ihnen das Kommando.«

Der Kapitän wusste, dies war keine leere Drohung; dieser arrogante Bengel konnte ihm in der Tat das Kommando über sein Schiff entziehen. Nun war der Kapitän ein geradliniger Mann, seine Auffassung von korrekter Pflichterfüllung erlaubte ihm nicht, seine Bedenken in den Wind zu schlagen und womöglich Crew, Schiff und Fracht in Gefahr zu bringen. So gesehen wäre es verantwortungslos – und jeder halb so tüchtige

Seemann würde ihm da zustimmen –, in Kenntnis der Umbaumängel in ein Sturmtief hineinzusegeln.

»Mir ist natürlich klar, Mr. Roscoe, dass Sie und die Starline Company bei Ihren Auftraggebern in der Pflicht stehen«, begann er noch einmal. »Zeit ist Geld, wer wüsste das besser als ich nach dreißig Jahren Dienst auf Handelsschiffen? Ich gebe Ihnen recht, bisher hat die Tristar alle Herausforderungen auf See spielend gemeistert. Aber wenn mein Schiffszimmermann sagt, die Maste halten die Spannung nicht aus, dann kann ich als Kapitän nicht guten Gewissens segeln. Das Risiko für Mannschaft und Ladung wäre zu hoch.«

Roscoes Miene war undurchschaubar, während er die Worte seines Kapitäns bedachte. Endlich meinte er: »Sie geben, wie vereinbart, pünktlich den Befehl zum Ablegen. Oder Sie geben hier überhaupt keine Befehle mehr.« Ohne Gruß drehte er sich um und ging zur Hafenzufahrt, wo seine Kutsche wartete.

Néné hatte keinen Blick mehr für den gedemütigten Kapitän, er sprang auf und rannte Roscoe hinterher.

»Bitte warten Sie, Sir! Sir!«

»Was willst du?«

»Bitte, Mr. Roscoe, ich möchte auf Ihrem Schiff mitfahren, auf der Tristar! Bitte nehmen Sie mich mit, Sir! Ich mache alles, was Sie wollen, ich kann kochen, putzen ...«

»Für jemanden, der Arbeit sucht, bist du zu gut angezogen«, sagte Roscoe abschätzig. »Bist du ein Sklave?«

»Ja, Sir!«

»Und willst auf einem Schiff anheuern? Junge, wenn das dein Herr erfährt, wird's dir schlecht ergehen!«

»Oh nein, Sir, mein Herr ist gut zu mir. Mr. Marshall würde mich nicht schlagen, das hat er noch nie getan.«

»Wie dumm von Mr. Marshall«, meinte Roscoe, »nur Schwächlinge behandeln Sklaven mit Milde. Kein Wunder, dass du ihm davonläufst.«

Indessen war Roscoe eingestiegen. Néné schämte sich dafür,

dass er dem Ansehen seines Herrn schadete, trotzdem sprang er, als die Kutsche sich in Bewegung setzte, auf den Antritt und hielt sich am Wagenschlag fest.

»Mr. Roscoe, ich bitte Sie, nehmen Sie mich mit!«, bettelte er. »Ich will zurück nach Amerika! Lassen Sie mich auf der Tristar mitfahren, bitte!«

»Scher dich zur Hölle!«, sagte Roscoe gelangweilt und stieß ihn vom Wagen.

Gegen den Dielenschrank gelehnt, den Stiefel ungeputzt auf dem Schoß, träumte Néné vor sich hin, als die Tür aufflog und William hereinstürmte. Néné ließ den Stiefel fallen und stolperte beim Aufstehen über den Schemel.

William fasste ihn bei den Schultern, er war so erleichtert, dass er den erschrockenen Jungen nur ein wenig schüttelte und ihm einschärfte: »Bleib künftig in meiner Nähe, Néné, damit du in der großen Stadt nicht verloren gehst.« Damit ließ er ihn los und zog sich mit der Post und den Zeitungen in den Salon zurück.

Néné fiel ein Stein vom Herzen, dass es weder Vorhaltungen noch eine Bestrafung gab. Erst später am Abend fiel ihm auf, dass sein Herr ihn nicht beachtete und seit der Ermahnung bei seiner Rückkehr nicht mehr mit ihm gesprochen hatte. Traurig zog er sich in seine Kammer zurück. Er konnte nicht einschlafen, Williams Gleichgültigkeit machte ihm mehr zu schaffen als jedes Schelten. Er stand noch einmal auf und ging in den Salon.

»Es tut mir leid, Sir.«

»Schon gut«, sagte William. »Gibt's noch etwas?«

»Sir, ich möchte zurück nach Amerika.«

»Ich weiß, Junge. Jetzt geh schlafen.«

An diesem Abend überschlug William, was er seit der Ankunft in London für den täglichen Bedarf ausgegeben hatte. Wie nicht anders zu erwarten, würden seine Barmittel bald verbraucht sein. Er verfügte über Cheques für drei, höchstens vier weitere Monate, danach musste er Geld verdienen. London war eine teure Stadt, bei seinem Lebensstil benötigte er regelmäßige Einkünfte in beträchtlicher Höhe.

Er hatte noch nie in Erwägung gezogen, seinen Lebensunterhalt auf den Gütern der Familie zu verdienen. Die Verantwortung für den Grundbesitz war mit dem Erbe auf seinen älteren Bruder Thomas übergegangen, William als zweiter Sohn hatte die Wahl gehabt zwischen Klerus oder Militär. Als er nach dem College überlegte, ob er das bequeme Leben eines geistlichen Landjunkers führen oder lieber Soldat werden sollte, war ihm die Entscheidung nicht schwergefallen. Inzwischen hatte er sich manchmal gefragt, was aus dem Besitz der Spencers geworden war.

Das Gutshaus in Eccleston stand seit dem Tod der Eltern leer. Thomas arbeitete als Anwalt in London, die Schwestern hatten eigene Familien gegründet. Er könnte also nach Lancashire zurückkehren, Thomas würde ihn sicher als Verwalter seiner Ländereien und Forste einsetzen. Aber würde er dort auch leben wollen? Er war vor Jahren fortgegangen, für die meisten Nachbarn und die Pächter des Anwesens war er ein Fremder. Dazu kam, dass die Vorstellung, Thomas nach so langer Zeit wieder gegenüberzutreten, ihn eigentümlich befangen machte. Nun, er brauchte sich ja nicht sofort entscheiden.

Dagegen duldete die Frage seiner Demission keinen Aufschub. Nachdem Cornwallis für seine weitere militärische Karriere nicht garantieren wollte, hielt William es für ratsam, seinen Abschied von der Armee zu nehmen. Sollte Cornwallis ein Letztes für ihn tun und ihn einem der vielen Ministerien empfehlen: Die Royal Society oder die East India Company suchten für ihre Missionen immer Männer, die über militärische Erfahrung verfügten.

Er nahm einen frischen Briefbogen und die Feder zur Hand und verfasste sein Gesuch an den General, er möge ihn von seinen Pflichten entbinden und aus dem Dienst in der Armee seiner Majestät des Königs von England entlassen. Er siegelte das Schreiben und rief den Hausboten, damit er den Brief gleich am nächsten Tag zustellte.

Am anderen Morgen fühlte William sich frei und voll jener Tatkraft, die jedem neuen Anfang innewohnt. Er beschloss, das radikale Schwarz seines Anzugs aufzulockern, und wählte eine Weste aus lichtblauem Seidenjacquard, die er zwei Tage zuvor in der Savile Row gekauft hatte. Das Muster des Westenstoffes zeigte Phoenix im Flammengefieder, ein Symbol für Wiedergeburt und Neubeginn, was ihm für seine Situation besonders passend erschien.

Zunächst musste er eine Bank aufsuchen, um seine Cheques einzulösen. Anschließend wollte er Longuinius' Bitte nachkommen und dessen Londoner Notar das Schreiben aushändigen, das er ihm kurz vor seiner Abreise übersandt hatte. Vorsorglich schickte er einen Boten zu dem Notariat Clarke & Clarke am Inner Temple, um seinen Besuch für den Nachmittag anzukündigen. Weil er wahrscheinlich den ganzen Tag in der City verbringen würde, vertraute er Néné ausdrücklich der Obhut von Mrs. Crawford an.

Auf der Fahrt vom West End in die älteren Stadtviertel wurde ihm bewusst, wie sehr sich London in den letzten Jahren verändert hatte. Die City war eine einzige Baustelle. Der koloniale Reichtum, der aus dem expandierenden Empire zufloss, bewog die Regierung, in großem Umfang öffentliche Bauten in Auftrag zu geben. Namhafte Architekten gaben der Stadt ein neues Gesicht, indem sie dem imperialen Geist der Zeit prunkvolle Denkmäler setzten. Zur gleichen Zeit, neben neuem Glanz und Luxus für die Upper Class, nahm das Elend erschreckende Formen an. Zahllose Bettler lungerten an den Straßenrändern, kriegsversehrte Soldaten boten stumm ihre Verwundungen dar, Frauen ihre verhungernden Säuglinge, Kinder verkauften sich für einen Bissen Brot. Ein stetiger Zug verarmter Landbewohner strömte täglich durch die Stadttore herein und vermehrte das Heer der Obdachlosen. Selbst unter der Stadt, in den lichtlosen Katakomben der Kanalisation, entstand eine Population der Armut, des Hungers und der Seuchen.

William sah den Prunk und das Elend der alten Welt, und auf einmal sehnte er sich nach Amerika.

Die Droschke hielt vor einem wuchtigen Sandsteinbau, der im vorigen Jahrhundert nach dem großen Brand errichtet worden war. Als William die auf Ashley & Bolton gezeichneten Cheques vorlegte, wurde er von dem Bankangestellten, der die Auslandsgeschäfte leitete, zuvorkommend empfangen.

»Es freut mich, einen Freund Andrew Tylers bei uns begrüßen zu dürfen«, sagte er, nachdem er Tylers Begleitschreiben überflogen hatte. »Beabsichtigen Sie, länger in London zu bleiben, Sir? Dann könnten Sie überlegen, die Summe anzulegen.«

Der Banker hielt ihn für einen Amerikaner. William beließ es dabei und sagte: »Alles hängt davon ab, wie sich die Geschäfte entwickeln.«

»Verstehe. Und was für Geschäfte führen Sie nach England, Mr. Marshall?«

William wollte nicht mehr als nötig preisgeben. Um Zweifel an seiner Bonität zu zerstreuen, aber jegliches Interesse an seiner Person im Keim zu ersticken, gab er eine plausible, wenngleich ernüchternde Erklärung: »Ich beobachte, wie sich der trianguläre Überseehandel nach dem Krieg entwickelt. Sie wissen, von South Carolina verschiffen wir Reis nach London, für den Erlös werden Alkohol, Waffen und Schwarzpulver gekauft. Diese zweite Fracht ist für die Elfenbeinküste bestimmt, zum Tauschhandel gegen afrikanische Sklaven. Diese dritte Fracht geht ...«

»Nach South Carolina, wo sich das Dreieck schließt. Sie brauchen es nicht weiter auszuführen.«

Der Banker reagierte so ablehnend wie erwartet; mit einem

Sklavenhändler aus South Carolina wollte er nichts zu tun haben. Natürlich wusste er zwischen Geschäftlichem und Persönlichem zu trennen und brachte Williams Konteneröffnung zügig zum Abschluss. William verließ die Bank mit gemischten Gefühlen. Wie viele Facetten würde er seiner Identität noch hinzufügen, bevor er wieder er selbst wurde?

Von High Holborn ging er über Lincoln's Inn Fields und den Strand zum Temple, dem Bezirk der juristischen Kanzleien und Notariate. Die Amtsräume des Notars James Clarke befanden sich in Middle Temple. Das Viertel war ihm vertraut, unbewusst von seinem Ortssinn geleitet, stand er plötzlich vor einem schmucklosen Haus aus dunklem Ziegel. Er nahm die zwei Stufen zum Eingang und las, nur zur Bestätigung, das Messingschild neben der Tür: Thomas Marshall Spencer – Barrister.

Was tat er hier? Er war noch nicht so weit, seinem Bruder gegenüberzutreten. Wie sollte er Thomas erklären, warum er ihn über sein Schicksal im Ungewissen gelassen hatte? Andererseits, wie konnte er noch zögern anzuklopfen? Die Entscheidung nahm ihm ein untersetzter Mann ab, der aus der Türe trat.

»Entschuldigen Sie!«, sagte er, indem er an William vorbei die Stufen hinabeilte und davonging.

Als William aufsah, stand sein Bruder vor ihm.

»Bill!«, stieß Thomas hervor. »Bist du es wirklich? Oh mein Gott, Billy, Junge, du lebst!«

Im nächsten Moment fühlte William sich von starken Armen herangezogen und herzhaft umarmt. Er war sprachlos, gerührt. Es wurde ihm klar, dass er nicht mit Wiedersehensfreude gerechnet hatte. Plötzlich überwältigt, erwiderte er die Umarmung seines Bruders.

»Billy, Billy! Wo bist du nur gewesen?«, rief Thomas, als er ihn wieder freigab. »Komm herein, komm!«

William folgte ihm durch die Eingangshalle, an den verblüfften Bürogehilfen vorbei in sein Arbeitszimmer. Dort blieben die beiden Männer befangen voreinander stehen. Thomas betrachtete seinen jüngeren Bruder von oben bis unten.

»Gut siehst du aus. Etwas mager. Was ist das für ein Stock? Na, setz dich erst mal. Was trinkst du? Scotch?«

William nickte und setzte sich auf eine Polsterbank, während Thomas die Drinks eingoss. Er gab William ein Glas und stieß mit seinem klingend dagegen.

»Willkommen daheim, Bruder!«

»Danke, Thomas!«

Thomas setzte sich zu ihm. Nach einem Augenblick gebührenden Schweigens fragte er: »Seit wann bist du wieder in London?«

»Erst ein paar Tage.« Williams Blick ging durch den holzgetäfelten Raum, über die Regale mit juristischen Periodika. »Seltsames Gefühl, wieder hier zu sein! Kannst du dir vorstellen, dass ich über sechs Jahre fort war? Hier sieht alles noch so aus wie früher.«

»Ja. Es ist auch noch so wie früher.« Thomas sah zufrieden aus. Er war acht Jahre älter als William, ebenso groß gewachsen, aber von stärkerer Statur. Er wirkte kraftvoll, stattlich und strahlte eine überlegene Ruhe aus. Stets hatte er vernünftig und umsichtig gehandelt, hatte seine juristischen Studien zügig abgeschlossen, anschließend eine Ausbildung am Temple durchlaufen und war in die Kanzlei eingetreten, die ihm heute gehörte. Für Außenstehende schien das Verhältnis der beiden Brüder von Thomas' Nachsicht gegenüber Williams ungestümem Wesen geprägt, dabei waren sie sich im Grunde sehr ähnlich: Thomas' Beständigkeit und Williams draufgängerischer Mut waren zwei Seiten derselben Medaille.

Thomas bat um Williams Stock, begutachtete die solide Machart, die feine Silberarbeit des Handstücks. Auf seinen fragenden Blick hin erzählte William ihm in knappen Worten von seinem letzten Gefecht.

»Mein Pferd stürzte im Kampfgetümmel, das Schienbein

wurde mir zertrümmert, aber ich konnte entkommen und fand Schutz auf einer Plantage. Wochenlang lag ich verletzt danieder. Später habe ich dort gearbeitet, um mir das Geld für die Überfahrt zu verdienen.«

Thomas runzelte die Stirn. »Und das war alles?«

»Was soll das denn heißen?« William nahm indigniert den Stock wieder an sich. »Falls es dir entgangen ist: Das ist kein Spazierstock!«

»So habe ich es nicht gemeint«, sagte Thomas. Seine Bemerkung sollte nicht leichtfertig klingen, er wollte auf etwas ganz anderes hinaus. »Mir ist vollkommen klar, dass du einiges durchgemacht hast, Bill. Doch sieh mal, man sagte uns, du seist gefallen, tatsächlich warst du monatelang verschollen. Und jetzt plötzlich stehst du vor der Tür, wohlauf und eleganter denn je! Natürlich schuldest du niemandem Rechenschaft, aber man fragt sich doch, was du die ganze Zeit gemacht hast.«

»Wie ich schon sagte«, meinte William zögernd, »ich habe auf einer Plantage gelebt. Auf Legacy wurde gut für mich gesorgt. Als ich wieder gesund war, wollte ich mich erkenntlich zeigen. Das Land war nach dem Krieg verwüstet, es gab viel zu tun.«

»Du wirst wohl kaum als Landarbeiter auf dieser Plantage gearbeitet haben.«

»Nein, das nicht«, sagte William, der bezweifelte, dass sein Bruder sich vorstellen konnte, mit welchen Schwierigkeiten der Wiederaufbau von Legacy verbunden gewesen war. »Im Grunde habe ich dafür gesorgt, dass der Betrieb wieder zum Laufen kam, habe Arbeitskräfte organisiert, mich um die Finanzierung gekümmert. Ich war der Verwalter.«

»Anscheinend hattest du ein anständiges Einkommen«, stellte Thomas mit Genugtuung fest. »Du musst deine Sache gut gemacht haben. Warum wolltest du nicht bleiben?«

»Ich habe mit dem Gedanken gespielt«, sagte William nachdenklich. »Ich hatte auf Legacy einiges erreicht, die Arbeit gefiel mir. Es ist mir nicht leichtgefallen, wieder fortzugehen …

Die Jahre in Amerika sind nicht spurlos an mir vorübergegangen, manches sehe ich seither mit anderen Augen. Weißt du, die Menschen dort sind nicht wie wir, Thomas. Sie haben einen unverstellten Blick auf das Leben und besitzen einen ausgeprägten Realitätssinn und ein Maß an Idealismus, zu dem wir gar nicht mehr fähig sind. Sie wissen, worauf es in einer Gesellschaft ankommt, und handeln danach – zu meinem Glück; denn so wie wir mit den Rebellen verfahren waren, hätte ich in ihren Augen hundertmal den Tod verdient! Doch gerade die, denen wir am schwersten zugesetzt hatten, haben mir am Ende das Leben gerettet, haben Böses mit Gutem vergolten. Und weißt du, warum? Weil sie daran glauben, die Welt verändern zu können. Diese Überzeugung und das Lebensgefühl, das daraus entsteht – das, Thomas, ist die Neue Welt. Das ist Amerika.«

Durch Thomas' ruhige stille Aufmerksamkeit ermutigt, fuhr er fort: »Ich will nicht verschweigen, was du vielleicht schon vermutest: Ich lebte mit einer Frau zusammen, Antonia, ihr gehört die Plantage. Ihretwegen habe ich lange gezögert, ehe ich mich entschließen konnte, nach England zurückzukehren. Ich ... habe sie geliebt.« Endlich, da die Weite eines ganzen Ozeans zwischen ihnen lag, durfte er aussprechen, was er für Antonia empfand: »Ich liebte sie so sehr, dass ich alles andere darüber vergaß, Heimat, Familie, selbst meine Pflicht als Soldat. Es gab nichts, was ich nicht für sie getan hätte.«

»Warum in aller Welt hast du sie verlassen?«, fragte Thomas entgeistert.

»Auf die Dauer wäre es nicht gutgegangen.«

»Wie kannst du dir so sicher sein?«

»Weil unser Verhältnis ... unmöglich war! Ein Spiel der Götter, Ironie des Schicksals, was weiß ich? Es gab etwas, das für immer zwischen uns gestanden hätte, und gerade das hatte uns zusammengeführt. Unsere Begegnung war von Anfang an problematisch, aber mit der Zeit kamen wir uns näher ... Es stimmt, ich habe sie verlassen. Aber sie hat auch nicht versucht, mich zu halten.«

»Glaubst du, sie hat deine Gefühle nicht erwidert?«

»Wir waren uns wohl beide nicht über unsere Gefühle im Klaren. Als ich ihr erzählte, was in den letzten Kriegstagen geschehen war, wirkte sie bestürzt, schockiert. Doch ich bezweifele, dass sie verstanden hat, was es für mich bedeutet und was seither in mir vorgeht oder was ich heute empfinde, wenn ich eine Frau umarme.« Resigniert setzte er hinzu: »Es ist besser so. Sie würde mich nur verachten.«

Thomas hatte keine Ahnung, wovon William sprach oder was ihm widerfahren war. Aber weil er gehört hatte, dass viele Soldaten nach den Gewalthandlungen eines Krieges von Selbstvorwürfen gequält wurden, führte er Williams Haltung auf ein moralisches Problem zurück: Welcher vernunftbegabte Mensch käme bei der Durchsetzung militärischer Ziele nicht über kurz oder lang mit seinem Gewissen in Konflikt!

»Wie kommst du nur darauf, Antonia könnte dich verachten?«, begann er. »Sie hat im Kriegsgebiet gelebt und wird wissen, wozu Menschen fähig sind, die sich auf den Tod bekämpfen. Sie weiß auch, dass du jahrelang ihre Landsleute bekriegt hast. Trotzdem hat sie dich aufgenommen und dir auf ihrer Plantage eine Existenz geboten. Wozu sollte sie das tun, wenn sie dich verachtete? Ist dir klar, wie viel du ihr bedeuten musst, wenn sie sich auf ein Leben mit dir eingelassen hat? Sie hat sich mit dem, was du getan hast, abgefunden und dich akzeptiert, so wie du bist. Was ist das anderes als Liebe, William? Dass sie nicht versuchte, dich zu halten, als du gehen wolltest, war vielleicht der größte Beweis ihrer Liebe. Ich meine, was erwartest du noch?«

»Ich erwarte gar nichts!« William war plötzlich aufgesprungen und ging nervös durch den Raum. »Antonia weiß nicht, was mit mir los ist«, stieß er hervor. »Sie hat sich in ein Wunschbild verliebt, aber das bin nicht ich, nicht nachdem ... Versteh doch, ich musste fortgehen, Thomas, sie würde die Wahrheit nicht ertragen.« Er blieb vor dem Kamin stehen, starrte in den Spiegel darüber; seine grauen Augen blickten ihm düster und ohne Zuversicht entgegen. Was ist aus mir geworden?, fragte er sich bestürzt. Es kam ihm so vor, als stünde ihm der Verlust seiner Selbstachtung auf die Stirn geschrieben. Wie hatte er glauben können, er brauchte nur nach Hause zurückzukehren und alles wäre wieder gut? Neben einem Mann wie Thomas wurde ihm erst recht bewusst, dass er seine seelische Unversehrtheit für immer verloren hatte.

Thomas beobachtete ihn betroffen. Ein solcher Ausbruch ließ sich mit Schuldgefühlen oder enttäuschter Liebe allein nicht erklären, da musste noch etwas anderes mit im Spiel sein. Etwas Schlimmes war seinem Bruder zugestoßen, sonst wäre er nicht in einem so desolaten Zustand. Er ging zu ihm, legte ihm eine Hand auf die Schulter.

»Du wirkst mitgenommen. Willst du mir nicht sagen, was geschehen ist?«

William rührte sich nicht.

»Billy, mein Junge, so kenne ich dich nicht! Was haben sie nur mit dir gemacht?«

Schroff entzog William sich der Berührung. »Spar dir deine Anteilnahme! Ich komme schon klar.«

»Gewiss, verzeih«, beschwichtigte Thomas. »Ich dachte nur, falls es etwas gibt, worüber du reden möchtest ...«

»Nein!«

»Na gut, ich lass dich in Ruhe.«

Thomas setzte sich in einen Sessel, holte seine Tabaksdose hervor, schnupfte zwei Prisen, schnäuzte sich geräuschvoll und steckte sein spitzenbesetztes Taschentuch wieder in den Rockärmel. Danach herrschte Schweigen. Er konnte sich nicht erinnern, dass sie je zuvor über persönliche oder intime Dinge gesprochen hätten. Williams Verhältnis zu dem älteren Bruder war in erster Linie von Respekt geprägt; obwohl sie einander zugetan waren, gestattete er sich keine vertraulichen Äußerungen. Als Erwachsene hatten sie sich nicht mehr oft gesehen, auch aus Amerika hatte William nur wenige lakonische Briefe geschrieben. Nun fand Thomas ihn verschlossener denn je, und er bezweifelte, ihn mit seinen Worten erreicht zu haben.

Doch er hatte ihn erreicht, und seine Gelassenheit half William, die Abwehrhaltung aufzugeben, hinter der er sich unweigerlich verschanzte, sobald ein Gespräch an seine Folter zu rühren drohte. Nachdem Thomas von ihm weder Bekenntnisse noch Erklärungen verlangte, konnte er sich entspannen.

»Du verstehst, Thomas, dass es Dinge gibt, über die ich nicht spreche; es würde doch nichts ändern.«

»Nein, wahrscheinlich nicht«, sagte Thomas. »Doch manchmal hilft ein neuer Blickwinkel. Ich weiß nicht, was dir passiert ist. Aber wie schlimm es auch war, William: Es ist vorbei! Lerne, damit zu leben. Einen besseren Rat kann ich dir nicht geben.«

Thomas ließ Tee bringen. Sie sprachen über die Familie und über alte Freunde in Lancashire, Thomas erzählte von seiner Arbeit in London. Die Spencers hielten einen Sitz im Parlament, den Thomas als Familienoberhaupt innehatte. In alter Tory-Tradition vertrat er eine konservative politische Auffassung. Was die Entwicklungen in den abtrünnigen Kolonien anbetraf, befürwortete er den uneingeschränkten Machtanspruch Englands, das seit Kriegsende eine viel schwerer wiegende Kontrolle der amerikanischen Staaten anstrebte als die lange Leine der früheren Kolonialpolitik.

Zu seinem Erstaunen stieß er bei seinem Bruder auf Widerspruch. William verteidigte den amerikanischen Standpunkt und die Unabhängigkeit der dreizehn Staaten und kritisierte die restriktive englische Handelspolitik.

»Es ist beschämend, mitansehen zu müssen, wie England eine Sanktion nach der anderen gegen seine ehemaligen Kolonien verhängt. Die aufgeklärten Länder Europas haben die Freiheit

Amerikas längst als Faktum anerkannt. Sie unterstützen das noble Experiment, dass sich ein souveräner Staat allein durch den Bürgerwillen legitimiert.«

»Gütiger Himmel, William, jetzt sprichst du wie ein Whig!«, verwahrte sich Thomas. Im Stillen begrüßte er es, dass William von seiner politischen Arroganz Abstand genommen hatte und erstmals echtes Engagement an den Tag legte.

Hingegen musste William sich eingestehen, dass seine geistige Heimat nicht mehr in England lag; er hatte erst zurückkehren müssen, um das zu begreifen.

Sie verabredeten sich für einen der kommenden Tage zum Lunch. Dann trennten sie sich in brüderlichem Einvernehmen.

Nachdem William am Morgen alleine ausgegangen war, wusste Néné nichts mit sich anzufangen. Er langweilte sich und war in Gedanken bei den Schiffen am Hafen. Irgendwann konnte er der Versuchung nicht mehr widerstehen und lief davon.

Strahlend schön lag die Tristar am Pier. An Bord waren die Vorbereitungen für die Rückfahrt im vollen Gange. Der Quartiermeister überwachte unten am Fallreep die Proviantierung. Der gut angezogene schwarze Junge war ihm gleich aufgefallen, er winkte ihn heran und sagte: »Dir gefällt wohl unser Schiff?«

»Oh ja, Sir!«

»Dann sieh sie dir noch einmal gut an. Wir segeln nämlich in drei Tagen nach Amerika.«

Néné seufzte sehnsüchtig. »Ich will auch nach Amerika. Würden Sie mich mitnehmen?«

Der Quartiermeister lachte auf. »Klar!«, rief er und klopfte Néné derb auf die Schulter.

Néné riss die Augen auf. »Wirklich?«

»Sicher, Junge. Du kannst mir gleich die Überfahrt bezahlen.«

»Bezahlen?« Nénés Enthusiasmus erlosch augenblicklich. »Ich habe kein Geld.«

»Dann verdiene dir welches! Arbeit gibt's hier genug.«

Er meinte das Getriebe zwischen Frachthafen und Speicherhäusern, wo sich Kinder und Halbwüchsige als Laufburschen, Handlanger oder Lastenträger betätigten. An den großen Piers wurden ständig Gelegenheitsarbeiten vergeben. Néné fasste sich also ein Herz und reihte sich am Verladeplatz des Old Town Pier unter den vielen Dienstwilligen ein. Bald schleppte er in Säcke eingenähte Baumwollflocken vom Kai zu den Lieferwagen oder trug unhandliche Teekisten über einen schwankenden Steg von Bord eines Klippers der East India Company. Die mühselige Arbeit brachte ihm gerade genug ein, um sich bei einer Garküche gebratene Makrelen mit Brot kaufen zu können. Er legte seinen guten Rock ab und aß mit dem Heißhunger eines Fünfzehnjährigen. Nach dem Essen setzte er sich auf ein leeres Heringsfass und sah den Schiffen nach, die mit der Strömung den Fluss hinunter Richtung Greenwich fuhren oder stromaufwärts gegen Westminster getreidelt wurden.

Am Hafen wurde es ruhiger. Die Wirtin sperrte ihre Garküche zu und sagte, er solle nach Hause gehen. Also zog er den Rock wieder an und schlenderte am Wasser entlang. Außerhalb des Handelshafens war das Flussufer von keiner Kaimauer gefasst. Das Ufer stieg allmählich an zu einem grasbewachsenen Streifen sandigen Bodens, auf dem der Treidelpfad verlief. Ein Mann überholte Néné. Am langen Zügel führte er ein Zugpferd, das einen Lastkahn zog. Néné ging langsam weiter, bald war das Gespann hinter der langen Biegung des Flusses verschwunden. Der Weg führte an hohen Mauern entlang stadtauswärts. Von Zeit zu Zeit kam Néné an verschlossenen Toren vorbei; dahinter lagen Obstgärten, von Buchshecken gerahmte Rasenflächen, weitläufige Parks.

In der sinkenden Sonne ging er weiter stromaufwärts. Eine ganze Weile lief er an einer efeuüberwachsenen Einfriedung entlang, bis er zu einem offenen Tor kam. Ein Kiesweg führte durch den verwilderten Park zu einem festungsartigen Gebäudekomplex. Von dort kamen zwei Männer, die eine sperrige Holzkiste trugen. Ohne Néné zu bemerken, gingen sie durch das Tor, überquerten den Treidelpfad und trugen ihre Last über die Böschung hinunter zum Wasser. Ein Boot lag an der Anlegestelle vertäut; die Männer hievten die Kiste hinein und verstauten sie im Laderaum.

Inzwischen war die Sonne hinter den Bäumen verschwunden. In der einsetzenden Dämmerung sah Néné, dass sich von dem Anwesen wieder zwei Männer mit einer Holzkiste näherten. Der vordere Träger war ein kräftiger Mann mit grauem Stoppelhaar. Der andere, ein schmächtiger Bursche, kaum älter als Néné, hatte Mühe, die Kiste im Gleichgewicht zu halten. Gerade als die beiden durch das Tor traten, stolperte der Junge über die steinerne Schwelle und geriet ins Straucheln. Néné sah den Schrecken auf seinem Gesicht, lief heran und packte die Kiste in dem Moment, als der Junge hinfiel. Néné ging in die Knie, denn die Holzkiste war viel schwerer als erwartet. Durch das Schwanken der Last alarmiert, warf der Vordermann einen Blick über die Schulter. Als er anstelle seines Gehilfen Néné erblickte, fuhr er herum; dabei entglitt die Kiste seinen Händen und krachte auf die Steinschwelle.

Der Junge, Néné und der Gauhaarige starrten auf die zertrümmerte Kiste: Zwischen geborstenen Brettern und einer Schütte Stroh lagen Gewehre, nagelneue Waffen aus Heeresbeständen, wie die Prägung B. A. auf jedem Schaft erkennen ließ.

Der Grauhaarige fasste sich als Erster. »Was sitzt du da und glotzt!«, fuhr er seinen Gehilfen an. »Lauf zum Boot und hol ein paar Säcke, damit wir die Schießprügel einpacken können. Los, beweg dich!« Kaum war der Junge davongetrabt, beschimpfte der Mann Néné: »Du fauler Nigger, wieso bist du nicht bei deinen Brüdern auf dem Schiff? Ihr wisst doch, die Mannschaft bleibt an Bord. Ihr habt hier nichts zu suchen!« Er trat mit geöffneten Pranken auf ihn zu. »Wer hat dich geschickt? Antworte, oder bist du taub?«

Néné aber stand wie gebannt vom bösen Glanz der Waffen. Er hörte nicht, was der Mann zu ihm sagte. Er hörte auch nicht, dass sich vom Park her Schritte näherten. Als er bei der Schulter gepackt wurde, warf er den Kopf herum und sah in die sanftesten Augen.

»Wir kennen uns schon, nicht wahr?«, sagte Roscoe gedehnt. Er wandte sich an den Grauhaarigen: »Wie kommt er hierher?«

»Das will ich gerade herausfinden, Master. Ich hab ihn gefragt, warum er nicht auf dem Schiff ist ...«

»Das ist keiner von meinen Niggern, Gibbs. Sehen Sie das nicht?«

»Keiner von Ihren?« Gibbs starrte Néné entsetzt an, dann sagte er. »Ich schwöre Ihnen, Master, ich hab keine Ahnung, was er hier will! Als wir mit der Kiste kamen, stand er plötzlich auf dem Weg ...«

»Genug! Sorgen Sie dafür, dass hier aufgeräumt wird. Und Gibbs: Ich wünsche, dass alle Waffen aus der Burg noch heute Nacht an Bord der Tristar gebracht werden. Gnade Ihnen Gott, wenn irgendwas schiefgeht!«

»Aye, Sir.« Gibbs rief seine Männer und ließ sie die zerbrochene Kiste samt Waffen zum Anleger hinunterbringen.

»Nun zu dir.« Roscoe schüttelte Néné wie einen jungen Hund. »Hast wohl gedacht, du könntest ausreißen? Jetzt bin ich dein neuer Herr!« Er gab ihm einen Stoß, dass er durch das Tor in den Park stolperte. »Sperren Sie ihn ein, Gibbs.«

Als William die Kanzlei seines Bruders verließ und zum Haus des Notars kam, waren die offiziellen Amtsstunden längst vorüber. Er übergab dem Bürodiener Longuinius' Papiere, dazu seine Karte mit dem Hinweis, Mr. Clarke möge über ihn verfügen. Dann nahm er eine Droschke zum Berkeley Square. Im Hotel fragte er den Concierge nach einem Lokal, das er früher häufig besucht hatte. »Sagen Sie, Watson, gibt es noch das Cocoa Tree?«

»Sie meinen den Nachtclub in der Curzon Street? Gewiss, Sir.«

»Bitte reservieren Sie heute Abend für mich einen Tisch auf der Empore.«

Mrs. Crawford klopfte kurz darauf an seine Zimmertür. »Sir, Ihr Diener ist schon wieder weggelaufen.«

»Uneinsichtiger Bengel!«, grollte William. »Aber ich mache Ihnen keinen Vorwurf, ich weiß, Sie können nichts dafür.«

»Natürlich nicht! Sicher waren Sie zu streng mit ihm.«

»Oh nein, Mrs. Crawford, ganz bestimmt nicht!« Er seufzte und lenkte ein: »Na schön, es soll mir recht sein, wenn Ihr Sohn noch einmal nach ihm suchen möchte. Ich schätze allerdings, Néné wird dafür sorgen, dass man ihn diesmal nicht so leicht findet.« Er schob sie behutsam Richtung Tür. »Machen Sie sich keine Sorgen, es wird ihm schon nichts passieren, schließlich ist er kein Kind mehr.«

»Aber falls Nick ihn nicht zurückbringt?«

»Dann, Mrs. Crawford, werde ich mich morgen selber auf die Suche machen.«

Im Casino des Cocoa Tree Club drängte sich die übliche Schar gewohnheitsmäßiger Spieler; auch im Restaurant waren die meisten Tische vergeben. Die Gäste, überwiegend Männer, manche in Begleitung schöner Frauen, bildeten einen Querschnitt des verwöhnten, leichtlebigen Ausgehpublikums des neuen Londoner West End. Der Manager nahm am Treppenaufgang Williams Karte entgegen und führte ihn beflissen zu seinem reservierten Tisch.

»Es freut mich, Sie heute Abend bei uns begrüßen zu dürfen, Mr. Marshall. Ich schicke Ihnen gleich den Weinkellner. Falls Sie einen besonderen Wunsch haben, stehe ich Ihnen persönlich zur Verfügung, fragen Sie einfach nach Mr. Rossetti.«

Von seinem Platz auf der Empore überblickte William das Defilee, das die Schönen und Reichen allabendlich unter der lichten Kuppel des Casinos zelebrierten: elegante Paare von Stand, höhere Offiziere samt Entourage, Lebemänner mit ihren Kurtisanen. William sah ein paar bekannte Gesichter, doch er entdeckte niemanden, der ihn interessierte. Unentschieden zwischen Langeweile und Melancholie trank er von seinem Champagner und beobachtete die Spieltische unter der Empore. Glücksspiele reizten ihn nicht, er sah es lediglich als sportliche Herausforderung, zwischen all den Amateuren einen professionellen Spieler ausfindig zu machen.

Es war noch früh, die Einsätze moderat, zu spektakulären Spielergebnissen käme es erst zu fortgeschrittener Stunde. Während er einen Tisch, an dem Vingt-et-un gespielt wurde, ins Visier nahm, bemerkte er plötzlich, dass er beobachtet wurde. Eine rosige junge Frau in taubengrauer Robe sah direkt zu ihm herauf. Als er fragend ihren Blick erwiderte, verbarg sie ihr Gesicht hinter dem Fächer und neigte den hochfrisierten Kopf, um sich wieder dem Spiel zuzuwenden.

Er brauchte zwei Sekunden, dann wusste er, wer sie war: Beatrice Trenton, Tochter Lord Arninghams, des fünften Earl von Kerry. William hatte mit Beatrices älterem Bruder Charles eine Internatsschule in Rutland besucht. Als er Charles beim Studium in London wiedertraf, wurde ihm die heranwachsende Beatrice in ihrem Elternhaus inoffiziell vorgestellt. Seit ihrem gesellschaftlichen Debüt musste sie eine der höchstbegehrten Partien Englands sein. Hatte sie ihn wiedererkannt oder wollte sie mit ihm flirten? Vielleicht beides, er würde es herausfinden. Er rief den Kellner, bezahlte den Champagner, gab ihm ein ernstzunehmendes Trinkgeld und dazu den Rat, einen Herrn im gelben Rock am Tisch direkt unterhalb der Balustrade im Auge zu behalten; der Mann spiele falsch.

Er pflückte vom Tischschmuck eine dunkelrote Rose, steckte sie ans Revers seines Abendanzugs und begab sich hinunter ins Casino. Durch den lärmerfüllten Saal näherte er sich Beatrices Platz von der Seite, um sie in aller Ruhe zu betrachten.

Sie spielte ohne Engagement, ihr Begleiter hingegen starrte wie gebannt auf seine Karten und achtete kaum darauf, wenn sie ihm etwas zuflüsterte. Als er aufsah, um vom Croupier neue Karten entgegenzunehmen, erkannte William den Fahrer des Jagdwagens in Green Park. Beatrice Trenton war also die Dame in seiner Begleitung gewesen. Ihre Stimme war ihm gleich bekannt vorgekommen!

Die Partie schien für den jungen Mann eine ungünstige Wendung zu nehmen, schlecht gelaunt warf er sein Blatt auf den Tisch. Bevor die Karten für das nächste Spiel ausgegeben wurden, tätschelte Beatrice ihm liebevoll den Arm, überließ ihm ihre verbliebenen Chips und ging aus dem Saal. William folgte ihr. In der Halle blieb sie vor einem Wandspiegel stehen, um eine Locke festzustecken. William hatte schräg hinter ihr Aufstellung genommen. Als sich ihre Blicke im Spiegelglas trafen, drehte sie sich geschmeidig herum.

»Wieder in London, Mr. Spencer?«, sagte sie, indem sie seinen herausfordernden Blick erwiderte. »Ich wusste sofort, dass Sie es sind, als wir uns in Green Park begegneten.«

»Ihr Schleier ließ mich im Zweifel, Miss Trenton. Warum haben Sie sich nicht zu erkennen gegeben?«

»Oh, ich konnte doch nicht Ihre kleine Diskussion mit Mr. York stören.«

»Wollten Sie lieber zusehen, wie er sich lächerlich macht?«

»Mr. York hat sich wie ein Gentleman verhalten«, verteidigte sie ihren Freund. »Ich dulde nicht, dass Sie ihn verspotten.«

»Gut pariert, Miss Trenton! Ich hoffe nur, der Bursche ist es wert, dass Sie so tapfer für ihn in die Bresche springen.«

»Sie meinen, ob er es mit einem Haudegen wie Ihnen aufnehmen könnte? Nein, davon würde ich ihm wahrscheinlich abraten. Trotzdem schätze ich Ronnie als treuen, zuverlässigen Freund. Es ist nicht fair, dass Sie sich über ihn lustig machen.«

»Sie haben recht, ich sollte nicht vorschnell urteilen. Allerdings bezweifle ich, dass dem jungen Mann an einer Vertiefung unserer Bekanntschaft gelegen ist. Ich komme nur ungern darauf zurück, aber wie Sie sich erinnern, hatten Mr. York und ich leider keinen guten Start.«

Beatrice schüttelte missbilligend den Kopf. »Warum sind Sie bloß so überheblich?«

»Bin ich das, Madam?«

»Sie waren es schon immer, auch als Sie Charlie beim Cricket abkanzelten; dabei war er Ihr Freund.«

»Ihr Bruder war nicht besonders sportlich.«

»Sie nannten ihn einen hoffnungslosen Fall!«

»Das war die Wahrheit.«

»Trotzdem war es nicht nett.«

»Nun, Miss Trenton, ich bin wahrscheinlich kein netter Mann, im Gegensatz zu Mr. York.« Fast mitleidig fügte er hinzu: »Bezüglich männlicher Tugenden setze ich andere Prioritäten.«

»Oh, ich weiß! Alle Welt weiß es!«, rief sie. »Es gab Zeiten, da war bei Dinnerparties nur von Ihren Heldentaten die Rede. Überall traf man Kriegsheimkehrer, die von verwegenen Angriffen berichteten, von Ihrem Mut im Angesicht des Feindes.«

»Großer Gott!«

»Ganz recht, die Heldenverehrung drohte ermüdend zu werden.« Sie hielt inne, denn sie merkte, dass sie auf seinen ironischen Ton einging. Sie mochte diesen Ton nicht, und was sie zu sagen hatte, war nicht ironisch gemeint: »Auf einmal war es mit den Lobeshymnen vorbei. Man erfuhr unter der Hand die unschönen Details.«

»Die hoffentlich weniger ermüdend waren.«

»Spotten Sie nicht, Mr. Spencer!«

»Bitte, reden Sie weiter.«

»Es hieß, um den Widerstand der Rebellen zu brechen, seien Sie mit Ihren Reitertrupps gegen die Zivilbevölkerung zu Felde gezogen. Menschen wurden terrorisiert, Dörfer verwüstet. Offiziell wird über solche Dinge natürlich nicht gesprochen.«

Er betrachtete sie mit neuem Interesse. Wer hatte ihr von

den Einsätzen der Dragoons berichtet? Soldaten waren loyal, er konnte sich darauf verlassen, dass die Aktionen von seinen Männern nicht öffentlich kommentiert wurden. Also kamen nur andere Offiziere in Betracht: Everett, Rutherford? Möglicherweise Bruce Earnshaw; es war ihm schon zu Ohren gekommen, dass Earnshaw das Vorgehen seiner Patrouillen kritisiert hatte.

»Sie dürfen nicht alles glauben, was man Ihnen erzählt, Beatrice«, sagte er. »Die Leute neigen zu Übertreibung.«

»Übertreibung, Mr. Spencer? Es war von Erschießungen die Rede, von Vergewaltigungen, Auspeitschen, Skalpieren! Wie konnten Sie es dazu kommen lassen?«

»Miss Trenton, ich denke, das Ganze ist etwas komplizierter, als es auf den ersten Blick scheint.«

»Oh bitte!« Entnervt wollte sie sich abwenden, aber er hielt sie am Arm fest.

»Hören Sie, ich leugne nicht, was geschehen ist. Doch bevor Sie urteilen, möchte ich Ihnen etwas erklären.«

Wie er in finstrem Schwarz und auf den Stock gestützt vor ihr stand, war etwas Tragisches um ihn, das sie gegen ihren Willen für ihn einnahm. »Also schön«, sagte sie, »ich höre Ihnen zu.«

Mit einer Verneigung gab er ihren Arm frei. Er bedachte sich. »Der Krieg verändert unsere Maßstäbe«, begann er. »Anfangs hat man keine rechte Vorstellung, was einen erwartet. Dann ist es auf einmal so weit, man zieht in die Schlacht und muss kämpfen – in erster Linie, um zu überleben, vergessen Sie das nicht; man kämpft, um nicht selber der Gewalt zum Opfer zu fallen. Dabei lernt man schnell, dass Gewalt ein schreckliches, aber sehr wirkungsvolles Mittel ist, um schlimme Dinge von sich selbst und von seinen Leuten abzuwenden. Man hat gar keine Wahl und tut immer mehr schlimme Dinge, auch der Gegner tut es, dabei wollen alle nur, dass es irgendwann aufhört. Aber man hat gelernt: Gewalt ist das einzige Mittel gegen Gewalt. Einen Krieg kann nur gewinnen, wer dieses Prinzip nicht hinterfragt. Wenn man erst anfängt, sich darüber Gedanken zu machen, kommt man ganz schnell an den Punkt, an dem man nicht mehr bereit ist, noch weitere Opfer zu bringen. In dem Moment hat man verloren.«

Beatrice war schockiert. Als wollte sie sich vor seinen Worten schützen, hob sie ihren Fächer vors Gesicht und blickte ihn über den Rand aus feiner Spitze hinweg an.

»Verstehen Sie mich richtig, Miss Trenton, ich möchte nichts entschuldigen. Ich versuche, Ihnen nur vor Augen zu führen, dass man mit moralischer Entrüstung der Sache nicht gerecht wird. Im Krieg tun Menschen furchtbare Dinge, weil sie unter furchtbaren Bedingungen überleben wollen. Ob das, was sie tun, richtig oder falsch, gut oder böse ist, die Frage stellt sich unter solchen Umständen nicht. Die allgegenwärtige Lebensgefahr setzt jeden menschlichen Konsens außer Kraft, das sind die Mechanismen eines Krieges: Konfrontieren Sie jemanden lange genug mit Gewalt, und er wird gewalttätig, auch wenn er im Grunde kein böser oder ehrloser Mensch ist. Meine Soldaten waren keine Barbaren; es waren einfache Männer, junge Burschen, Familienväter, der gute Durchschnitt. Sie wurden für den Patrouillendienst gedrillt und bekamen klare Befehle. Trotzdem sind Aktionen außer Kontrolle geraten. Und wissen Sie, warum? Weil die Männer unter enormem Druck standen; täglich starben ihre Kameraden bei Überfällen; als Offizier musste man damit rechnen, dass man seine Leute in einen tödlichen Hinterhalt führte. Alle hatten Angst, den nächsten Tag nicht mehr zu erleben.« Er sah sie gerade an. »Ja, es kam zu Übergriffen, jeder weiß das. Wir haben die Rebellen gejagt und auf der Flucht erschossen, ihre Angehörigen misshandelt, ihre Helfershelfer gehenkt. Aber nicht, weil wir blutdurstige Bestien waren, sondern weil unser Leben von Kampf und Gewalt bestimmt wurde. Gewalt setzt etwas Untergründiges, Verborgenes in uns frei. Sie veranlasst uns, Dinge zu tun oder hinzunehmen, die wir unter normalen Verhältnissen verabscheuen würden. Die wenigsten sind dagegen gefeit.«

Beatrice konnte nicht fassen, wie gelassen er all die Schandtaten zugab. Sie hatte sich lange geweigert, Gerüchten über seine Ruchlosigkeit Glauben zu schenken. Sie wollte sich ihre hohe Meinung von dem draufgängerischen jungen Dragoon, in den sie als Vierzehnjährige verliebt gewesen war, bewahren. Inzwischen hatte sie längst eingesehen, dass William Spencer nicht die Verkörperung des romantischen Ideals war. Doch er war ihr nicht gleichgültig, und wenn er sie heute gebeten hätte, ihm zu vergeben, sie hätte ihm seine Verfehlungen verziehen. Stattdessen redete er von Angst und Gefahr, scheute sich nicht einmal, einen obskuren Hang zu Gewalt als Vorwand zu nehmen, um sich aus der Affäre zu ziehen. Es war enttäuschend.

William bedauerte schon, sich so freimütig zu ihren Vorwürfen geäußert zu haben. Beatrice musste ihn für einen gewissenlosen Kerl halten, der, anstatt Reue zu zeigen, sie mit seiner Kaltblütigkeit beeindrucken wollte. Jedenfalls hatte er sich ihre Sympathie gründlich verscherzt. Doch was bedeutete das schon? Was wog die Missbilligung einer verwöhnten jungen Frau verglichen mit dem Elend seines Lebens?

»Warum schweigen Sie, Beatrice?«, fragte er. »Habe ich Sie erschreckt?«

»Das trifft es nicht ganz.« Sie faltete den Fächer zusammen und sagte: »Wir waren einmal Freunde, Sie, mein Bruder Charlie und ich. Leider sind Sie nicht mehr der Mann, den ich damals kannte oder zu kennen glaubte. Man hat mir gesagt, Bill Spencer sei tot. Sein Regiment kam ohne ihn nach England zurück. Es hieß, er sei als Held gefallen – ich finde, dabei sollten wir es belassen. Wer weiß, vielleicht erlangen Sie auf diese Weise einst unsterblichen Ruhm wie unser teurer General Wolfe.«

Williams Ausdruck wurde hart. »Was gilt mir dieser Ruhm? Mein Leben hat sich von der Straße des Ruhms weit entfernt. Doch Sie haben recht, Miss Trenton, da Sie dem Lebenden nicht verzeihen können, werden wir es bei seinem ehrenvollen Tod belassen. Ich werde Sie nicht länger belästigen.«

Er verneigte sich, wollte sich abwenden, da stand Rossetti wie aus dem Boden gewachsen vor ihm.

Der Manager erkannte sofort, dass der Zeitpunkt ungünstig war. »Pardon, Mr. Marshall! Madame!« Er dienerte pflichtschuldig. »Bitte, Mr. Marshall, könnten Sie einen Augenblick Ihrer Zeit erübrigen? Mr. Merryman würde Sie gern sprechen, der Inhaber des Clubs ...«

»Ich weiß, wer Merryman ist«, schnitt ihm William das Wort ab. »Sagen Sie ihm, ich komme in die Bar, wenn ich mich von Miss Trenton verabschiedet habe. Und nun entschuldigen Sie uns!«

Gekränkt von so viel Ungeneigtheit, stürzte Rossetti davon.

»Wieso hat er Sie ›Marshall‹ genannt?«, fragte Beatrice.

»Das hat nichts zu bedeuten«, sagte William gereizt.

»Ach wirklich? Ein falscher Name, dazu der düstere Aufzug – das hat nichts zu bedeuten?« Plötzlich kam ihr ein Gedanke: »Wer weiß außer mir, dass Sie wieder in London sind?«

»Nur mein Bruder. Thomas schien erfreut, dass ich noch lebe. Kaum zu glauben, nicht?«

»Verzeihen Sie mir, William.« Sie schlug beschämt die Augen nieder. »Ich war nicht sehr freundlich. Natürlich bin ich froh, dass Sie wohlbehalten zurück sind. Aber wie es scheint, hat es für Sie keine Eile, unter die Lebenden zurückzukehren. Schon als ich Sie kürzlich im Park wiedersah, fragte ich mich, was Sie mit dieser Verstellung bezwecken mögen. Wenn niemand wissen soll, dass Sie wieder da sind, wozu sind Sie dann überhaupt zurückgekehrt?«

Dieselbe Frage hatte er sich, seit die Independence in See stach, immer wieder gestellt. Um die Antwort nicht schuldig zu bleiben, sagte er: »Ich bin Engländer. Ich kam zurück, weil dies meine Heimat ist. Zumindest habe ich das bis vor Kurzem geglaubt.«

Ronald York sah Beatrice zurückkommen und stand auf, um ihr seinen Platz am Spieltisch anzubieten. Dann erkannte er mit Unbehagen in ihrer Begleitung den Fremden von Green Park. Um einer Konfrontation auszuweichen, kümmerte er sich umständlich um Beatrices Bequemlichkeit. Als er schließlich doch nicht umhinkam, William zu begrüßen, verneigte er sich etwas steif. William begegnete ihm mit verdächtigem Wohlwollen.

»Guten Abend, Sir. Mein Name ist Marshall. Sie sind vermutlich Mr. York? Miss Trenton hat mir so viel von Ihnen erzählt, dass ich darauf bestand, Ihre Bekanntschaft zu machen.«

Beatrice wurde hellhörig; sie war vor Williams Zynismus auf der Hut und wollte, dass er Ronnie in Frieden ließ.

»Ach Mr. Marshall«, sagte sie, »Waren Sie nicht mit Mr. Merryman verabredet?«

»Miss Trenton hat recht«, musste William zugeben. »Es wäre nicht sehr höflich, den Gentleman warten zu lassen. Nun, ich bin sicher, Mr. York, wir bekommen noch einmal Gelegenheit für einen ausführlichen Gedankenaustausch.«

Er wünschte beiden einen guten Abend und machte sich auf den Weg in die Bar.

Ronnie sah ihm missmutig nach. »Hat er nicht gerade gesagt, er heiße Marshall?« Weil Beatrice nicht antwortete, bemerkte er: »Als wir ihm vorgestern in Green Park begegneten, hast du gesagt, er heiße Spencer.«

»Dann habe ich mich eben geirrt.«

»Was meinst du damit: Du hast dich geirrt? Hast du ihn mit diesem Spencer verwechselt oder nur vergessen, dass er Marshall heißt?«

»Um Himmels willen, Ronnie, sei nicht spitzfindig!« Schnell schwang sie ihren Fächer, um seine lästigen Fragen zu verscheuchen, und bat den Croupier um neue Karten.

Der Inhaber des Cocoa Tree war ein unauffälliger Mann in mausgrauer Perücke. Seine geduldige Miene erinnerte an jene subalternen Lohnschreiber, die in lichtlosen Halbgeschossen ein bescheidenes Auskommen fanden. Doch der Schein trog, wie so oft. Merryman hatte seinen Club im Laufe der Jahre durch kluge Geschäftspolitik zum einträglichsten Spielcasino der Stadt und sich selbst zu einem reichen Mann gemacht. Den Erfolg verdankte er seinem exzellenten Personengedächtnis, der umsichtigen Schulung seines Personals, nicht zuletzt auch einem gewissen Laisser-aller im Umgang mit seinen Gästen.

Er empfing William an der Bar und bestellte Brandy. »Sie wissen, Mr. Marshall, dass Sie uns einen großen Dienst erwiesen haben?«

»Der Herr im gelben Rock? Das habe ich gerne getan, der Mann hat sich unsportlich verhalten.«

»Unsportlich! Eine interessante Sichtweise«, meinte Merryman. »Besäße ein Falschspieler genug sportlichen Ehrgeiz, sich nicht erwischen zu lassen, müsste ich befürchten, Sie zollten ihm am Ende gar Respekt!« Ihre Brandys wurden serviert, sie tranken sich zu, dann fuhr Merryman fort: »Sie werden verstehen, dass ich den Fall pragmatischer beurteile. Der Mann wird den Club nicht wieder betreten, schließlich muss ich nicht dulden, dass meine Gäste mich ausplündern.«

»So viele Falschspieler werden es doch nicht sein?«

»Gelegenheit macht Diebe, heißt es nicht so? Mein Metier hat mich gelehrt, dass jeder zum Falschspielen tendiert, wenn er nur intelligent und skrupellos genug ist.« Mit dem Lächeln eines Großinquisitors fügte Merryman hinzu: »Ich habe das Gefühl, wir sind uns schon einmal begegnet, Sir.«

»Möglich. Doch bin ich kein Freund des Nachtlebens, ich bevorzuge den frühen Morgen.«

»Tatsächlich? Ich glaubte, aus Ihrer Reservierung jenes bestimmten Tisches auf der Empore schließen zu dürfen, unsere Räumlichkeiten seien Ihnen vertraut.«

»Nun, ich wollte in Ihrem Restaurant dinieren. Leider möchte die Dame, die ich hier traf, den Abend in anderer Begleitung verbringen.«

»Ich gebe zu, Ihr Tête-à-Tête mit Miss Trenton ist mir nicht entgangen. Es täte mir leid, wenn ich Rossetti in einem unpassenden Moment geschickt hätte. Er meinte, Sie seien wegen der Störung verärgert gewesen?«

»Keineswegs, meine Unterhaltung mit Miss Trenton war ohnedies beendet.« William stellte sein leeres Glas auf die Bar.

»Danke für den Drink, Mr. Merryman.«

»Sir, es war mir ein Vergnügen.«

Merryman begleitete William zur Halle. Als der Diener Williams Garderobe gebracht hatte, kam Merryman auf den Anlass des Gesprächs zurück.

»Auch wenn Sie meinen, es sei nicht der Rede wert, möchte ich Ihnen doch danken, dass Sie den Ruf meines Hauses vor Schaden bewahrt haben. Ich stehe in Ihrer Schuld, und es wäre mir eine Freude, mich erkenntlich zeigen zu können. Sollten Sie einmal meine Hilfe benötigen ...«

»Unwahrscheinlich, aber danke«, sagte William kurz. Er setzte den Hut auf und behielt den Mantel über dem Arm. Nach einem flüchtigen Gruß gingen sie auseinander.

Gäste kamen und gingen. Unbeachtet stand Merryman in der belebten Halle seines Clubs, durch die offene Eingangstür sah er William in eine Droschke steigen und davonfahren. Ein feines Lächeln lag um seinen Mund. Wie lange mochte es wohl dauern, bis ihm unter der Hand zugetragen würde, dass der Colonel zurück sei?

Trotz der späten Stunde herrschte auf den Boulevards viel Verkehr. William klappte das Fenster herunter. Feuchte Nachtluft, schwer von Regen und kaltem Kohlenrauch, strömte herein und mischte sich mit dem stockigen Geruch im Innenraum der Mietdroschke. Er sah unbeteiligt nach draußen, froh, dem

Cocoa Tree und seinen Erinnerungen und Illusionen entkommen zu sein. Noch nie hatte er sich in vertrauter Umgebung so fremd gefühlt. Was ihn einst mit der Welt dieser leichtlebigen Menschen verbunden hatte, war unwiederbringlich verloren. Er war ein Fremder geworden, und das nicht erst, als er sich einen anderen Namen zulegte. Der Bruch ging tief, er trennte ihn von seinem vorigen Leben. Nach allem, was mit ihm geschehen war, gehörte er nicht mehr hierher. Andere spürten es auch, Cornwallis, Beatrice, Merryman – unabhängig voneinander hatten sie es ihm klargemacht. Merryman war zu klug, um indiskret zu sein; er redete vorsichtig von Falschspielerei. Aber Beatrice und Cornwallis hatten ihm deutlich zu verstehen gegeben, dass er gut daran täte, seinen Heldentod nicht zu überleben.

Der Regen hatte aufgehört, als die Droschke in den ruhigen Berkeley Square einbog. Unaufgefordert half der Concierge William beim Aussteigen. Als hätte Watson geahnt, dass mit dem nasskalten Wetter Williams Beschwerden wiederkämen, hatte er in seinen Zimmern einheizen lassen. Im Sessel vor dem Kamin wartete William darauf, dass die Wärme des Feuers den Schmerz in seinem Bein besänftigte.

Néné war noch nicht wieder aufgetaucht. Wie befürchtet, hatte Nick Crawford vergeblich nach dem Jungen geforscht. Am nächsten Morgen würde William die Suche also selber in die Hand nehmen müssen. Am Pier der Amerikafahrer wollte er beginnen; ein halbwüchsiger Schwarzer in guter Kleidung musste doch irgendjemandem aufgefallen sein.

Der Hausdiener hatte ihm ein Bad eingelassen. Das heiße Wasser war eine Wohltat. In der kupfernen Wanne ausgestreckt, konnte William sich langsam entspannen.

Wie gut, dass er heute den Weg zum Haus seines Bruders gefunden hatte! Thomas hatte ihn mit einer Herzlichkeit empfangen, die ihm selbst das Herz geöffnet hatte. Er hatte ihn dazu gebracht, endlich auszusprechen, was er Antonia hätte sagen sollen, aber nie zuvor über seine Lippen gekommen war: dass er sie liebte, mehr als alles auf der Welt! Wie musste sein Schweigen sie enttäuscht haben. Ob sie ihn deshalb gehen ließ? Thomas meinte, gerade das sei der Beweis ihrer Liebe gewesen. William glaubte das nicht. Wenn sie ihn wirklich liebte, hätte sie ihn nicht gehen lassen.

Ein Frösteln überlief ihn. Er stieg aus dem kalt gewordenen Wasser und trocknete sich vor dem Wandspiegel ab. Aus seinen kurzen Haaren fielen Wassertropfen und rannen ihm mit angenehmem Prickeln über Brust und Rücken herab. Er betrachtete sich eine Weile schweigend, während er mit einer Hand über die feinen Narben strich.

»Angenommen, sie hätte gesagt: Geh nicht fort!«, sagte er.

Die Miene seines Spiegelbildes wurde so verächtlich, dass er sich schnell abwandte.

30.

Am anderen Morgen hüllte eine dichte Wolkendecke die Stadt in graue Regenschleier. William ging seit zwei Stunden die Piers ab und stellte gleichgültigen Matrosen die immerselben Fragen. Er beschrieb ihnen einen halbwüchsigen schwarzen Jungen mit verträumtem Blick. Aber wen er auch fragte, niemand hatte einen Jungen gesehen, auf den die Beschreibung passte.

Gegen Mittag frischte der Wind auf, in Böen wehte er über den Fluss und trieb kalte Regenschauer vor sich her. William kam zum Pier der Amerikafahrer zurück. Von den Spitzen seiner Hutkrempe triefte das Wasser, der Mantel war schwer vor Nässe. Er fror bis ins Mark, das Bein tat jetzt höllisch weh. Der Kai lag verlassen. Sein Unterfangen kam ihm zunehmend sinnlos vor, und er dachte daran, zum Hotel zurückzufahren.

Er stand unter dem Bug einer Dreimastbark, einem der neuen Schnellsegler, die im Seekrieg auch Jagd auf Handelsschiffe machten. An dem Schiff war er schon öfter vorbeigegangen, den Namen Tristar hatte er sich gemerkt. An Deck versahen zwei schwarze Matrosen die Wache, sie standen hinterm Schanzkleid im Vorschiff und sahen aus den Kapuzen ihres Ölzeugs zu ihm herunter.

»Wohin fährt euer Schiff?«, fragte er.

»Nach New York, Mister, zum Heimathafen.«

»Wann?«

»Übermorgen früh, mit ablaufender Flut.«

»Na, dann gute Heimfahrt, Jungs!«, sagte William und dachte, einen letzten Versuch wäre es wert. »Ist euch vielleicht ein junger Schwarzer aufgefallen, der sich hier bei den Schiffen herumgedrückt hat? Fünfzehn Jahre alt, nicht sehr groß?«

Die beiden Matrosen sahen sich an und nickten. »So einer war hier, Mister.«

»Wann war das? Habt ihr mit ihm gesprochen?«

»Er kam gestern hierher, sagte, er sei aus Charles Town.«

»Das ist er! Néné, er ist mein Diener. Wisst ihr, wo er jetzt sein könnte?«

Der ältere Matrose blickte kurz den Kai entlang, dann sagte er: »Gestern hing er den ganzen Tag hier rum, faselte was von anheuern und nach Amerika fahren. Als der Master von der Inspektion kam, lief Ihr Diener hinter ihm her und versuchte, auf die Kutsche aufzuspringen. Das war das Letzte, was wir von ihm gesehen haben.«

William überlegte. »Glaubt ihr, er hat sich auf der Tristar anheuern lassen?«

»Schon möglich«, meinte der Ältere, und der Jüngere setzte hinzu: »'Ne harte Schule für so 'n schmächtiges Kerlchen!«

»Na schön«, sagte William. »Wer ist dieser Master? Vielleicht kann er mir ja weiterhelfen.«

»Er ist der Agent der Starline.«

»Dann finde ich ihn wohl in der Agentur am Hafen?«
»Glaube kaum, dass Sie ihn dort antreffen.«
»Und warum nicht?«
Die beiden sahen sich unsicher an. »Er kommt nur selten her«, sagte der Jüngere. »Wenn er jemanden sehen will, lässt er ihn auf sein Schloss kommen.«
»Ein Schloss? Wie komme ich zu diesem Schloss?«
»Keine Ahnung«, sagte der ältere Matrose achselzuckend.
Der Jüngere meinte: »Wir waren noch nie dort, Mister.«
William kam es vor, als hätte er Nénés Spur verloren, kaum dass er sie gefunden hatte. Er rückte den Hut tief in die Stirn und machte sich auf den Heimweg.

Mrs. Crawford empfing ihn bei der Rückkehr mit gutgemeinten Vorwürfen und war erst zufrieden, als er in Hausrock und Seidenshawl in seinem völlig überheizten Zimmer starken Tee trank. Als sie später das Geschirr abräumte, erkundigte sie sich nach Néné.

»Sie müssen dieses Schloss finden!«, sagte sie nach seinem Bericht. »Es ist der einzige Anhaltspunkt, den wir haben, Sir.«
»Nun, was schlagen Sie also vor, Mrs. Crawford?«
»Schicken Sie Nick noch mal zum Hafen, damit er in der Agentur der Schifffahrtsgesellschaft fragt, wo dieser Master üblicherweise anzutreffen ist.«

Ihre besonnene Entschlossenheit gefiel ihm. »Sehr gut, Madam, veranlassen Sie, was Sie für richtig halten.«

Nachdem sie gegangen war, sah William die Post durch. Die Grange hatte die erbetene Abschrift des Stammbaums jenes Araberhengstes geschickt, von der Bank kam ein dickerer Brief, wahrscheinlich ein Anlageangebot; die gefaltete Karte von Thomas enthielt den Vermerk, er werde ihn am übernächsten Tag um ein Uhr zum Lunch abholen. Schließlich ein Schreiben des Notars. William brach die beiden Siegel, entfaltete das Blatt und überflog die wenigen Zeilen. Der Notar bat ihn um einen Besuch in Middle Temple, das Begleitschreiben von Longuinius solle er mitbringen. Erst jetzt bemerkte er den amtlichen Charakter des Schreibens. Ein Blick auf die Uhr sagte ihm, dass es die passende Zeit für den Besuch bei Mr. Clarke sei. Er suchte den Brief heraus, den Longuinius ihm zusammen mit den Papieren für den Notar gesandt hatte, machte sich ausgehfertig und schickte nach einer Droschke.

Clarkes Amtsdiener bat ihn, in der Bibliothek zu warten. Zwischen einem guten Jahrhundert juristischer Fallentscheidungen sich selbst überlassen, ließ William sich in einen Sessel fallen; er musste sein Bein entlasten, das ihm in letzter Zeit nicht nur wegen des Wetters zu schaffen machte. Für einen Moment schloss er die Augen, sofort erschienen die Silhouetten hoher Bäume vor einem südlichen Himmel, die Sykomoren und immergrünen Eichen von Legacy.

»Mr. Marshall?« In der Tür stand ein älterer Mann, der ihn aus stahlblauen Augen betrachtete. »Welch glückliche Gabe, an Ort und Stelle schlafen zu können!«

»Die Gewohnheit eines Soldaten«, sagte William, der gleich aufgestanden war, um den Notar zu begrüßen.

Clarke führte ihn in sein Arbeitszimmer, wo sie an seinem Beurkundungstisch Platz nahmen. Es lag darauf der Umschlag, den William am Tag zuvor abgegeben hatte. Das Siegel war gebrochen.

»Mr. Marshall, hat Mr. Longuinius Sie über den Inhalt der Dokumente, die Sie mir überbringen sollten, in Kenntnis gesetzt?«

»Nein, Sir, ich habe keine Ahnung, um was es sich handelt«, sagte William. »Ein Bote brachte mir den Umschlag. In einem Begleitschreiben erklärte Longuinius, es seien persönliche Unterlagen, die ich zu Ihnen nach London bringen solle.«

»Dürfte ich dieses Schreiben sehen?« Als William zögerte, erklärte der Notar: »Mr. Longuinius hat mich zu seinem Testamentsvollstrecker und Nachlassverwalter eingesetzt. Der

Umschlag, den Sie mitgebracht haben, enthielt unter anderem einen Zusatz zu einer letztwilligen Verfügung, die er vor längerer Zeit in meine Verwahrung gegeben hatte. Da ich vor der Testamentseröffnung prüfen muss, ob alle Dokumente vollständig vorliegen, müsste ich wissen, ob Mr. Longuinius in seinem Schreiben Äußerungen gemacht hat, die seinen Nachlass betreffen.«

»Soll das heißen ...?«

Clarke nickte: »Mr. Longuinius ist tot.«

Nein, warum jetzt!, dachte William bestürzt. Er hatte kaum Zeit gehabt, ihn kennenzulernen. So viel hatte er ihm noch sagen wollen, Dinge, die er nur ihm hätte anvertrauen können. Julien Longuinius war der Einzige gewesen, der ihn nicht verurteilt hatte; der verstand, durch welche Hölle er gegangen war. Er schluckte trocken, fuhr sich über die Augen. Wortlos nahm er Longuinius' Brief aus der Innentasche des Rockes und legte ihn auf den Tisch.

Der Notar entfaltete den Briefbogen, der mit vielen Zeilen einer gestochen scharfen Schrift bedeckt war. Er setzte umständlich sein Pince-nez auf und begann vorzulesen: »An William Marshall ...«, Clarke sah kurz auf, »An William Marshall Spencer, Col. B.A., et cetera. Mein lieber Spencer, verzeihen Sie, dass ich Sie kurzerhand zu Botendiensten verpflichte, doch Sie scheinen mir der geeignete Überbringer. Zusammen mit meinem Brief wurde Ihnen ein versiegelter Umschlag übergeben, den ich Sie bitte, meinem Londoner Notar James Clarke auszuhändigen. Wundern Sie sich nicht, dass ich nach jahrelanger Kritik an unserem Mutterland England die Handhabung juristisch komplexer Zusammenhänge in die Hände eines Mannes lege, der sein ganzes Leben im Herzen des alten Empires verbracht hat. Doch ich kenne niemanden mit einem besseren Urteilsvermögen. – Ich habe den Entschluss, England für immer zu verlassen, nie bereut. Auch Sie, Spencer, sind ein Mann für die Neue Welt; es war kein Zufall, dass wir uns in

Amerika begegnet sind. Zugegeben, es ist nicht die beste aller möglichen Welten, aber es ist eine Chance: Der Anfang ist gemacht, auch Sie waren auf Ihre Art daran beteiligt. Ich hoffe, Sie kommen hierher zurück. Betrachten Sie Serenity Heights als Ihr Heim! In Freundschaft und Respekt, Julien F. C. Longuinius, Kongressabgeordneter der Provinz South Carolina, et cetera.«

Clarke faltete den Brief und legte ihn an den Rand des Schreibtischs, damit William ihn an sich nehmen konnte.

»Sie heißen tatsächlich Spencer?«

William nickte.

»Gut, Mr. Spencer, es könnte sein, dass ich Ihnen zu den übrigen Schreiben die eine oder andere Frage stellen müsste.« Er öffnete den Umschlag und entnahm ihm mehrere Schriftstücke, die meisten abgefasst in Longuinius' präziser Schrift. Obenauf lag der amtliche Totenschein, dessen Inhalt Clarke kurz zusammenfasste: »Julien Longuinius verstarb am 2. April 1782 um vierzehn Uhr. Dem Bericht des Arztes, der den Totenschein ausstellte, zufolge, erlag er einem langjährigen Leiden des Herzens und der Koronargefäße. Als Todesursache wurde Herzstillstand infolge spontanen inneren Verblutens festgestellt.«

Longuinius musste schon länger im Bewusstsein seines nahen Todes gelebt haben, trotzdem blieb er dem Leben heiter zugewandt. William dachte mit schwerem Herzen an den letzten Besuch in dem stillen Haus. Er hatte nicht erkannt, dass Longuinius todkrank war, und ihn durch schwierige Gespräche unnötig angestrengt. Er hatte sogar mit Longuinius gestritten, der ihm vorwarf, Antonia gegenüber nicht aufrichtig zu sein. Wieso war er nur so unsensibel gewesen!

Clarke hatte inzwischen ein weiteres Schreiben überflogen. Das Blatt noch in Händen, sagte er: »Mr. Longuinius schreibt hier von einer Begebenheit, die sich in seiner Gegend zugetragen haben soll; eine Indianerin, die an sein Sterbebett kam, hat sie ihm erzählt. Ich kenne Longuinius als eingefleischten Skeptiker, aber diese Geschichte scheint ihn tief berührt zu haben; jedenfalls wollte er, dass Sie davon erfahren. Darf ich sie Ihnen mit meinen Worten wiedergeben?«

William nickte, und Clarke begann: »Die Secotan-Indianer Carolinas erzählen einen Mythos von einem Krieger, der schuldig wurde, weil er einem schwachen Mann das Leben nahm. Zur Strafe verhängten die Götter über ihn den Martertod. Die Frau des Getöteten hatte Mitleid und bat die Götter, dem Krieger das Leben zu schenken. Als Sühne für seine Schuld wurde ihm auferlegt, das Leben des schwachen Mannes weiterzuführen, damit die Ordnung der Welt wiederhergestellt sei. Nun berichtete die Indianerin, dass der Mythos oder die Legende, wenn Sie so wollen, sich in jüngster Zeit verwirklicht habe: Ein britischer Offizier und ein amerikanischer Rebell begegneten sich auf Leben und Tod. Unser Offizier tötete den Rebellen, worauf dessen Verbündete bei nächster Gelegenheit an ihm grausame Vergeltung übten. Vom Tode gezeichnet, fand der Mann auf den Besitzungen des Rebellen Zuflucht. Die Witwe nahm ihn auf, und er blieb bei ihr, bestellte ihr Land und sorgte für sie. Nach der Idee jenes Mythos hat er das Leben seines Feindes fortgeführt.« Clarke breitete die Arme aus, um auszudrücken, dass er sich einer persönlichen Wertung enthielt.

William hatte äußerlich unbewegt, dennoch aufmerksam zugehört. Er wusste, es war von Vier Federn die Rede, jener Indianerin, die neben dem toten Lorimer die Totenklage angestimmt hatte. Sie war es auch, die Williams Leben in Händen hielt, als er auf Legacy im Fieber lag. Was hatte sie mit ihm gemacht? Sollte sie ihn dazu bestimmt haben, wie der Krieger aus der Legende ein Leben zu führen, das nicht das seine war?

»Mr. Spencer«, riss Clarke ihn aus seinen Gedanken, »berührt diese Geschichte Ihr Verhältnis zu Mr. Longuinius oder hat sie mehr episodischen Charakter?«

»Es ist eine Geschichte, Sir, weiter nichts.« William nahm Longuinius Brief wieder an sich. Die Nachricht über seinen Tod hatte ihn tief getroffen. Er musste allein sein, griff schon nach seinem Stock, um zu gehen, als Clarke sagte: »Ich werde nun Mr. Longuinius' letzten Willen verlesen, zumindest den Teil, der Sie betrifft, Mr. Spencer.«

»Mich, Sir?«, fragte William verblüfft.

Clarke blickte streng über sein Pince-nez. »Nun, es dürfte Ihnen inzwischen klar geworden sein, warum ich Sie hergebeten habe? Also lassen Sie uns bitte beginnen.«

Er nahm das eigentliche Testament zur Hand, ließ die Präliminarien aus und begann sofort mit dem Wortlaut: »Ich, Julien F. C. Longuinius, setze hiermit Antonia Bell Lorimer und William Marshall Spencer zu meinen rechtmäßigen Erben ein. Mein Vermögen soll unter den Genannten wie folgt aufgeteilt werden ...« In kurzen Worten: Antonia erhielt das Barvermögen, die Bankguthaben und Aktien. Serenity Heights mit allem Grundbesitz aber wurde William hinterlassen.

Clarke legte das Dokument zur Seite. »Die Aufteilung der Vermögenswerte ist eindeutig. Haben Sie sonst Fragen zu dem Erbe, Mr. Marshall, pardon, Mr. Spencer?«

William wusste nicht, womit er gerechnet hatte, allenfalls mit einem symbolischen Zeichen ihrer Freundschaft. Aber dies?

»Ehrlich gesagt bin ich überwältigt, Sir. Ich weiß nicht, wie ich diesen Beweis seiner Wertschätzung verdient habe, und ich würde mich natürlich unglaublich darüber freuen, wäre da nicht die traurige Tatsache seines Todes.«

»Mein verehrter Herr!« Clarke lächelte geduldig. »Haben Sie eine ungefähre Vorstellung, wie viel Ihr Erbe in Zahlen ausgedrückt wert ist?«

»Nein, Sir.«

»Also unabhängig vom Wert des Objektes wird für die Bewirtschaftung des Grundbesitzes inklusive aller Einkünfte aus Pachten et cetera ein jährlicher Ertrag in Höhe von rund viertausend Pfund Sterling angesetzt. Das ist, wenn Sie mir die Bemerkung erlauben, sehr viel Geld.«

William hielt kurz den Atem an, als ihm klar wurde, dass er ab sofort über ein Einkommen verfügte, das ihm für alle Zeit einen Lebensstil gestattete, der seine Vorstellung von Wohlstand bei Weitem übertraf. Er war ein reicher Mann!

»Können wir die Details ein andermal besprechen?«, bat er den Notar, denn er konnte nicht länger still sitzen. »Sicher haben Sie Verständnis, wenn ich mich jetzt verabschiede. Und danke, Sir!«

Er musste hinaus, unter Leute, irgendwohin, egal wohin. Er hielt eine Droschke an und hieß den Kutscher, ihn an einen belebten Ort zu bringen. Der Mann ließ ihn vor einem neuen Café in Piccadilly mit dem verheißungsvollen Namen Spices aussteigen. William trug ihm auf, eine Stunde später an derselben Stelle auf ihn zu warten.

Im Spices empfing ihn eine angenehm luftige Atmosphäre. Helles Holz, hohe Fenster, viele Kronleuchter, an den Wänden gute Kopien beliebter Genremaler. Alles wirkte frisch und unprätentiös und stand in deutlichem Kontrast zu den opulent dekorierten Restaurants und spiegelstarrenden Clubs in der City. William entschied sich für einen Platz an der Bar, gegenüber dem Eingang, mit Ausblick auf die Flaniermeile, und bestellte Kaffee, der mit Kardamom gewürzt war.

Ich werde Longuinius nie wiedersehen, aber sein Haus soll mir gehören, dachte er, von widerstreitenden Gefühlen bewegt. Longuinius hatte ihn gedrängt, in Amerika ein neues Leben zu beginnen, nun hatte er ihm Serenity Heights als neues Zuhause gegeben – nur dass es die High Hills sein sollten! Nicht weit von den schönen Gärten, die ihm jetzt gehörten, lag der Ort seiner größten Niederlage, wo seine Treue geopfert und sein Stolz bestraft wurde. Die Erinnerung daran war unerträglich. Wie sollte er dort leben, wo für ihn alles zu Ende ging? Und gab es nicht zuvor noch eine Rechnung zu begleichen? Er war sich jetzt nicht mehr sicher. In seiner gegenwärtigen Stimmung erschien ihm der tödliche Hass auf jene zwei Männer monströs. Vielleicht sollte er Longuinius' Rat befolgen und sich nicht länger von seinem Verlangen nach Rache beherrschen lassen. Vielleicht war gerade Serenity Heights der Ort, wo er sich mit seinem Schicksal abfinden konnte.

Durch die großen Fenster sah er, dass seine Droschke wie verabredet vorm Eingang wartete. Er legte Geld auf den Bartresen. Erstaunt bemerkte er, dass der Kellner ihm im Gegenzug ein Briefchen zuschob. William entfaltete das parfümierte Billet, auf dem in einer großen, eigenwilligen Schrift stand: »Ich hätte erwartet, du würdest zuerst zu mir kommen. P.« Er sah sich suchend im ganzen Lokal um. Sie war natürlich schon fort.

Am Berkeley Square meldete sich Nick Crawford mit schlechten Neuigkeiten zurück. Der junge Fuhrknecht hatte die Büros der Starline-Agentur verschlossen vorgefunden. Von einem Wachmann hatte er schließlich erfahren, dass nur am Tag vor der Abfahrt eines Schiffes jemand von der Agentur käme, um die Zollabfertigung vorzunehmen.

»Die Tristar soll übermorgen auslaufen«, sagte William, »also können wir erst morgen jemanden in der Agentur erreichen.«

»Dadurch verlieren wir noch einen Tag, Sir. Aber es lässt sich wohl nicht ändern. Ich werde dann morgen noch mal zum Hafen fahren.«

William entließ Nick mit einem großzügigen Trinkgeld.

Als er allein war, überlegte er, wie es jetzt weitergehen sollte. Seine finanzielle Unabhängigkeit veränderte die Lage von Grund auf. Zunächst aber gab es wichtige Dinge zu regeln. Als Erstes musste Néné gefunden werden. Danach wollte er mit dem Notar die nötigen Schritte unternehmen, die ihn als Longuinius' Erbe legitimierten. Schließlich würde er sich um eine Passage nach Amerika kümmern müssen, damit er Serenity Heights als neuer Eigentümer in Besitz nehmen konnte.

Was die Rückkehr nach South Carolina für ihn bedeutete, darüber wollte er jetzt noch nicht nachdenken.

Vor dem Zubettgehen schrieb er einige Briefe, an Clarke, an die Bank, an seinen Schneider in der Savile Row. Danach lag er lange wach. Es war aber nicht die Zukunft in Amerika, die ihn um den Schlaf brachte. Die Vergangenheit hatte den Arm nach ihm ausgestreckt: Ich hätte erwartet, du würdest zuerst zu mir kommen ... Und ich, Percy? Was hatte ich erwartet, als ich in den Krieg zog? Hatte ich vielleicht nicht erwartet, du würdest auf mich warten, wie du es versprochen hattest?

Selbst nach so langer Zeit tat ihm die Erinnerung an Persephones Untreue fast körperlich weh und er spürte die Wut der Enttäuschung, die ihn damals fast um den Verstand gebracht hatte. Sein Freund John Rutherford reiste im November 1778 als Adjutant in der Geleittruppe des scheidenden Oberbefehlshabers General Howe nach England. Drei Monate später kehrte Rutherford mit Neuigkeiten aus London nach New York zurück. Er erzählte von Bruce Earnshaw, einem Freund aus ihren gemeinsamen Anfängen bei den Queen's Dragoons. Earnshaw war im zweiten Kriegsjahr in den Stab von Major-General Malvern in die Heimat zurückbeordert worden und hatte in der Londoner Militärverwaltung schnell Karriere gemacht. Als er zum Major befördert wurde, berichtete Rutherford, habe er sich offiziell mit Miss Persephone Hunter verlobt.

Die Demütigung hatte William ihr nie verziehen. Und heute hatte sie ihn im Spices beobachtet. Das war eines ihrer kleinen Spiele, typisch Percy, auch das Briefchen gehörte zu dem Spiel: Ich hätte erwartet, du würdest zuerst zu mir kommen. Warf sie ihm etwa vor, er habe seinen Antrittsbesuch versäumt? Na gut, er würde mitspielen und alles Versäumte nachholen.

Persephone Hunter bewohnte die zweite Etage eines hübschen Backsteinhauses mit weiß lackierten Fensterkästen und schmiedeeisernen Scheinbalkonen in Nummer vierzehn, Charles Street. Es war eine Adresse, die sich nicht der vornehmen Exklusivität St. James's rühmte, doch gehörte man auch in Mayfair zur feinen Gesellschaft. Als William am folgenden Tag zur offiziellen Besuchszeit seine Karte abgab und sich der Dame melden ließ, konnte er feststellen, dass sie auf der Sonnenseite der dramatisch expandierenden Stadt lebte.

Er wurde in den mondänen Salon geführt und gebeten, einen Moment zu warten. Seine souveräne Geduld voraussetzend, brachte ihm der Diener eine Tasse Tee. Nicht dass ihn die Begegnung mit seiner ehemaligen Herzdame nervös gemacht hätte, doch fand er nicht die Ruhe, Platz zu nehmen. Persephone wusste, wie er es hasste, wenn sie ihn warten ließ. Es war unklug von ihr. Ein Wiedersehen nach so langer Zeit war schwierig genug. Gerade als er den Stock nahm, um zu gehen, erschien sie.

»Es gibt niemanden, der so wundervoll grimmig schauen kann wie du, Billy!« Ihr tief ausgeschnittenes Korsagenkleid aus goldenem Moiré raschelte bei jeder Bewegung, als sie auf ihn zukam und ihm ihre Hand zum Kuss bot. Er führte ihre Fingerspitzen an die Lippen, hielt sie eine Idee zu lange, zu fest. Mit einem kleinen Ruck entzog sie ihm ihre Hand. »Noch immer so heftig! Wann wirst du endlich feine Zurückhaltung lernen?«

»Verzeih, ich bin einfach überwältigt, wie immer, wenn ich dich sehe, Percy. Du bist noch schöner geworden!« Er sah in ihre dunkelblauen Augen und wusste wieder, warum er sich damals beim Frühjahrsball des Prince of Wales in sie verliebt hatte. Hingerissen betrachtete er ihr herzförmiges Gesicht, die leicht schmollenden Lippen, ihre zimtfarbene, kaum gebändigte Löwenmähne. Sie lachte hell auf.

»Oh, du siehst mich an, als hättest du in Amerika keine schönen Frauen gesehen! Du kommst doch gerade aus Amerika, oder, Billy?«

»Aus South Carolina.« Er schien einen Hauch reserviert.
»Und es gibt dort sehr schöne Frauen.«

Wie zufällig lehnte sie sich an ihn und strich mit einer Hand sacht über seinen Rockaufschlag. Dabei blickte sie zu ihm auf und sagte: »Als ich eben hereinkam, da hast du mich angesehen, als ob du gleich … Nun, ich liebe diese Komplimente, die ein Mann mit den Augen macht!«

Impulsiv nahm er sie in die Arme, ihren Lockungen konnte er nicht widerstehen. Er zog sie an sich, wollte sie küssen, da neigte sie den Kopf zurück und meinte: »Weißt du, Earnshaw macht mir diese Komplimente schon lange nicht mehr.«

»Verdammt, Percy!«, fuhr er auf, fast stieß er sie von sich. »Du solltest lieber nicht von Bruce sprechen.«

»Warum denn nicht?«

»Das fragst du? Er war mein Freund, seinetwegen hast du mich verlassen!«

»Wäre es anders, wenn er nicht dein Freund gewesen wäre?« Sie ging zu einer Sitzgruppe aus verschiedenen Sesseln und Sofas und ließ sich lässig in einen kleinen Fauteuil sinken. Wie sie aufsah, bemerkte sie seinen eisigen Ausdruck; zu leichtfertig hatte sie ihn gereizt. Um ihn zu besänftigen, sagte sie schnell: »Sieh mal, ich habe mir einfach Sorgen um meine Zukunft gemacht, Billy Darling, das musst du verstehen. In dieser Gesellschaft braucht eine Frau einen Mann an ihrer Seite. Du warst nicht da!«

Sie mochte es ja, wenn er so grimmig war; ebenso wie seine stürmische Verliebtheit hatte ihr seine glühende Eifersucht gefallen. Während er sie mit düsterer Miene ansah, fing sie an, es zu genießen, ihn immer noch so leicht aufbringen zu können und mit seiner heiklen Eitelkeit zu spielen. Was sie nicht bedachte: anders als früher war William heute nicht mehr in sie verliebt. Einen kurzen Moment hatte ihre Ausstrahlung ihn überwältigt, doch diesen Eindruck hatte sie mit ihrem dummen Spott zerstört. Dagegen empfand er wieder die Demütigung, die sie ihm zugefügt hatte. Er fühlte denselben Groll, der ihn damals erfüllte, und man sah es ihm an.

Nur Persephone wollte es nicht sehen, noch erkannte sie, wie sehr ihr Billy sich verändert hatte. Vielleicht besaß sie zu wenig Menschenkenntnis, war nicht sensibel genug oder es war ihr auch egal; jedenfalls schien sie nicht zu begreifen, dass William heute als jemand vor ihr stand, der durch seine persönliche Hölle gegangen war. Sie merkte nicht, dass er in der kritischen Stimmung war, in der sich ein Mann die Frage stellte, ob er sich gerade zum Narren machte.

»Wieso stehst du da und siehst mich finster an, Billy? Komm, sei nicht schwierig, setz dich zu mir. Es wäre auch sicher besser ... für dein Bein, nicht wahr?«

»Keine Sorge, Percy«, sagte er kalt und tippte mit dem Stock an sein Knie, »das hier hindert mich nicht im Geringsten.«

»Umso besser, Darling!« Ohne Gespür für die gespannte Atmosphäre, nahm sie eine kleine Tischuhr zur Hand, blickte kurz auf das Zifferblatt und stellte die Uhr ungehalten zurück. »Schon zwölf vorbei! Bruce hatte versprochen, früh zurück zu sein, damit wir nach dem Lunch zur Grange fahren können.«

»Du erwartest Bruce? Jetzt?«

»Sagte ich das nicht?« Sie betrachtete ihre rosa polierten Fingernägel. »Wo du schon einmal da bist, wäre es doch nett, wenn ihr beide euch wiedersähet, nach der langen Zeit.«

»Es wäre *nett*?«

»Ach, wir werden es ja sehen. Wollen wir nicht zusammen auf ihn warten?«, fragte sie über die Schulter, denn er war zur Tür gegangen.

Er blieb im Eingang stehen. »Wozu warten, Percy?«

Er schloss beide Türflügel und drehte die Verriegelung um. Den Stock legte er auf einen Konsolentisch, dann kam er zurück und blieb hinter ihrem Sessel stehen. Gedankenlos strich sie eine Strähne ihrer wundervollen Mähne zurück. Sie hatte nicht gemerkt, dass er so nah war, und fuhr zusammen, als er sie bei den Schultern fasste. Sacht ließ er die Hände über ihre weiße Haut gleiten ins Dekolleté ihres Kleides. Sie erschauerte, als sie seine Lippen an ihrer Schläfe, ihrem Ohr spürte. Als er ihre Brüste mit unerwartet festem Griff umfasste, schrie sie erschrocken auf und wollte sich ihm entwinden. Er hatte sich herabgebeugt, hielt ihre Brüste schmerzhaft fest, küsste ihre Wange, ihren Hals. Sie wusste nicht recht, ob ihr seine Zudringlichkeit unangenehm war oder ob sie es mochte. Er spürte ihre Verwirrung und ließ sie kurz los, kam um ihren Sessel herum, kniete sich vor sie und zog sie wenig sanft an sich.

Sie wehrte sich nicht. Erst als er eine Hand in ihren Nacken legte und sie zwang, ihn zu küssen. »Was fällt dir ein? Lass mich in Ruhe!«, stieß sie hervor.

»Darf ich mir nicht die Zeit vertreiben, während wir auf Bruce warten?«

»Bist du verrückt geworden? Was erlaubst du dir ...«

»Sch-sch-sch, ganz ruhig, Percy.« Er lächelte nicht freundlich. Plötzlich fasste er die Korsage ihres Kleides und riss sie mit einem Ruck herunter. Persephone bedeckte verstört ihre entblößten Brüste, die von seinem ersten Zugriff rötliche Male aufwiesen. Ehe sie noch reagieren konnte, packte er sie um die Taille und zog sie herunter auf den Boden. Ungeduldig zerrte er die weiten Röcke des Kleides über ihre Hüften hoch. »Halt still!«, fuhr er sie an, als sie ihn daran hindern wollte, und fasste unzart ihre Handgelenke mit einer Hand zusammen. So konnte sie sich nicht wehren, als er ihre Schenkel auseinanderschob und sie mit seinen Knien am Boden festhielt.

Er war zu stark, und sie von seiner unbeirrten Gewalttätigkeit zu schockiert, um wirksam Widerstand zu leisten. Er riss sich den Rock herunter, öffnete seine Hosen und streifte sie herab; ließ sich auf sie fallen, drang in sie und nahm sie mit harter, selbstbezogener Gier. Auf die Unterarme gestützt, griff er in ihr Haar und drehte ihren Kopf, dass sie zu ihm aufsehen musste. Gegen ihr Sträuben küsste er sie. Der Gleichtakt von

Zunge und stoßendem Geschlecht steigerte seine Lust, seine Leidenschaft erwachte. Um sie zu mehr Hingabe zu animieren, nahm er ihre Knie weit nach oben, ehe er weitermachte. Oh, er wusste, was er tat und wie er es tat. Sie erinnerte sich viel zu gut an seine dunkle Erotik, die sie oft überwältigt hatte. Jetzt aber empfand sie nur Abscheu und drehte den Kopf zur Seite, er sollte endlich zum Ende kommen. Sie ergab sich passiv, während er auf dem Gipfel der Lust aufstöhnte. Als er wieder versuchte, sie zu küssen, stieß sie ihn weg.

Die körperliche Befriedigung war nicht von Dauer. Ernüchtert gab er Persephone frei, legte das zerrissene Kleid um sie, wollte ihr aufhelfen. Aber sie ertrug es nicht, dass er sie anfasste, wich zurück und barg sich in den Kissen ihres Sessels. William ordnete seine Kleidung, fuhr sich durchs Haar. Dann kniete er neben ihrem Platz nieder, nahm ihre Hand, um sie zu küssen. Doch sie zog sie heftig zurück.

»Fass mich nicht an!«

»Oh Percy!«

»Geh weg, geh!«

»Bitte, nicht ...«

»Geh! Ich will dich nie mehr sehen.«

»Verzeih mir, verzeih mir bitte!« Er nahm wieder ihre Hand und küsste sie. »Es tut mir leid.«

»Das ist nicht wahr, es tut dir nicht leid. Du magst es genau so, mit Gewalt, brutal und rücksichtslos. Nun lass mich sofort los!«

Widerstrebend gab er ihre Hand frei. »Das glaubst du doch nicht wirklich, Percy?«

»Oh doch! Du bist wie ein Tier, ein böses, gewalttätiges Tier!«

»Zum Teufel, so bin ich nicht, Percy!«

»Nenne mich nie wieder Percy. Geh fort, verschwinde!«

»Bitte, es tut mir ...«

»Hör auf, ja? Sag nicht dauernd, dass es dir leidtut.«

»Ich meine, du warst ... zu aufregend.«

»Brutaler Kerl, mach es dir nicht so leicht.«

»Du glaubst, ich mache es mir leicht?«, fuhr er jäh auf. »Wenn du wüsstest! Nichts ist für mich leicht, verstehst du? Nichts ist mehr, wie es war!«

»Was schreist du so? Du hast keinen Grund zu schreien! Du nicht!«

Er wandte sich ab, fuhr sich über die Augen. Es war vorbei, schon lange, bevor er sie wiedersah. Warum also hatte er sich voll roher Begierde auf sie gestürzt, als hinge alles davon ab, sie wieder zu besitzen? Warum musste er grob erzwingen, was sie ihm sicher auch freiwillig gegeben hätte? Persephone würde ihn hassen, sie hatte recht, er war ein brutaler Kerl. Ihn reute nicht, was er getan hatte, im Gegenteil, es hatte ihm gefallen. Aber es war entehrend, dass er ihr Gewalt angetan hatte. Er musste fort, Persephones Verachtung entfliehen. Er nahm seinen Stock, kam noch einmal zurück und beugte sich zu ihr.

»Percy?«

»Was willst du noch?«

»Darf ich dich küssen?«

»Wage es nicht, Bill!«

Er neigte sich noch näher zu ihr. »Ein letztes Mal? Ich fasse dich auch nicht an.«

»Nein.«

»Ich werde fortgehen, du siehst mich nie wieder, ich verspreche es dir.«

»Geh endlich. Geh!«

Es wäre nicht weit gewesen zum Berkeley Square, aber er konnte jetzt nicht ins Hotel zurück. Er wandte sich östlich und folgte der Regent Street Richtung City, verließ bald den Boulevard und ging ziellos durch Nebenstraßen. Unmerklich ging er schneller, immer schneller. Sein Herz schlug hart, doch nicht vor Anstrengung. Es schlug im Takt seiner Schritte, es raste nach dem scharfen Akzent des Stockes. Was hatte er getan! Wie weit würde er laufen müssen, um die Schmach loszuwerden?

Sein Bein schmerzte höllisch, aber er ging weiter, immer weiter, und kam in eine Gegend kleiner Leute. An sein Ohr drang das Cockney feilschender Händler, Dienstmägde, Lumpensammler. Kriegsversehrte bettelten um Almosen, Gelegenheitsdiebe strichen um Torwege, dazwischen Laufburschen, die mit Traglasten vorüberhasteten. William nahm sie kaum wahr, es trieb ihn immer weiter.

Um die Zeit ertönten die Schichtglocken. Im Viertel der Spinnereien und Webereien strömten Arbeiter aus den Fabriken. Die abgestumpften Mienen der Leute, vom Berufsstand der Handwerker weit entfernt, zeugten vom Frondienst der Manufakturen, einer dröhnenden Maschinerie, die Männer, Frauen und Kinder vierzehn Stunden am Tag zur Arbeit antrieb. Zwischen geschwärzten Gemäuern, unter rußenden Schloten, die das Tageslicht verdunkelten, blieb William atemlos stehen. Auf den Stock gestützt, sah er sich um. Hier entstand also der Wohlstand der industrialisierten Zeit!

Das Elend der Fabrikarbeiter ließ ihn wieder an seinen neuen unfassbaren Reichtum denken. Er rief eine Droschke und fuhr zum Berkeley Square.

Kaum war er ins Hotel zurückgekehrt, erschien Nick Crawford, um ihm Bericht zu erstatten.

»Wie Sie es wünschten, Sir, bin ich heute noch einmal bei der Starline Company vorstellig geworden. Sie können mir glauben, dass ich höflich um Auskunft gebeten habe. Aber die Leute dort wurden gleich grob, sie haben mich sogar bedroht, Sir!«

William hob eine Hand. »Mr. Crawford, schildern Sie mir genau, was sich dort abgespielt hat.«

Vor dem Kontor standen einige Lastkarren, erzählte Nick. Ein Dutzend schwarzer Matrosen brachte vom Speicher des

Kontors große Frachtkisten und verlud sie auf die Karren. Um den Leuten nicht im Weg zu sein, setzte sich Nick in der Abfertigungshalle auf eine Bank, wo er auf einen Angestellten der Agentur warten wollte. Stattdessen kam der Bootsmann der Tristar mit dem Zahlmeister herein. Der Zahlmeister wollte keine weitere Ladung übernehmen, weil das Schiff angeblich schon genug Fracht genommen habe. Der Bootsmann bestand jedoch darauf, den ganzen Lagerbestand aufs Schiff zu bringen und die Tristar noch in der Nacht zum Auslaufen klarzumachen.

Als er Nick bemerkte, befahl er ihm, beim Beladen der Karren mit anzupacken; schließlich werde ein Fuhrknecht nicht fürs Rumsitzen bezahlt. Als Nick darauf hinwies, dass er nicht zu dem Fuhrpark draußen gehöre, gab der Bootsmann seinen Leuten ein Zeichen, und Nick wurde von zwei Männern an den Armen gepackt. Der Bootsmann fuhr ihn an, was er im Kontor zu suchen habe. Nick sagte, dass er mit dem Gentleman sprechen wolle, den man hier den Master nenne. Daraufhin lachten alle gemein, und der Bootsmann meinte, der Master müsse sein kleines Rendezvous mit Nick wohl vergessen haben. Nick verlangte entrüstet, sofort losgelassen zu werden. Darauf stieß man ihn grob zur Tür hinaus. Nick unternahm noch einen Versuch und fragte den Fahrer eines der Lastkarren, wo er das Schloss finden könne, in dem sich der Master aufhalte. »Da war der Bootsmann schon hinter mir hergekommen. Er hielt mir eine Pistole vor und sagte, wenn ich nicht mit der Fragerei aufhörte und auf der Stelle verschwände, würde es mir leidtun! Da hab ich mich lieber davongemacht.«

William runzelte die Brauen. »Ich fürchte, wir sind da auf etwas gestoßen, Mr. Crawford.«

»Schmuggler?«

»Etwas in der Art.«

»Tut mir leid, dass ich Ihnen nicht weiterhelfen konnte.«

»Sie haben getan, was Sie konnten, Mr. Crawford. Hätte ich

geahnt, dass Sie auf solche Schwierigkeiten stoßen würden, hätte ich Sie nicht allein losgeschickt. Jedenfalls danke ich Ihnen für Ihre Mühe.«

Er griff in seine Rocktasche. Aber Nick stand schnell auf. »Nein, Sir, Sie haben mir schon genug Geld gegeben. Ich hoffe nur, dass wir Néné bald finden. Dann gute Nacht, Sir!« Mit einer raschen Verbeugung war er hinaus.

Offenbar war Nick einer Bande in die Quere gekommen, die irreguläre Fracht an Bord der Tristar brachte, um sie als Zuladung mit der bereits deklarierten Fracht zu verschiffen; und alles im Auftrag des Mannes, der in der Londoner Vertretung der Starline Company offiziell das Sagen hatte! Nick hatte großes Glück gehabt, dass diese Leute ihn nicht für voll genommen hatten und laufen ließen. Was aber war mit Néné passiert? William war überzeugt, dass sein Verschwinden mit den Machenschaften um die Tristar zusammenhing. Der einzige konkrete Hinweis führte zu dem Agenten der Starline Company, dem Master, der seine Crew überwiegend aus Schwarzen rekrutierte. Er musste diesen Mann finden. Er wusste auch schon, wer ihm dabei helfen konnte.

Von der Empore beobachtete Rossetti verdrossen den hageren Mann, der, den Stock unterm Arm, die Treppe zum Restaurant hinaufstieg. Rossetti seufzte. Er betrachtete es als seine Pflicht, Gästen, deren Namen Mr. Merryman in einem gewissen Tonfall nannte, besonders zuvorkommend zu begegnen. Merryman hatte von Mr. Marshall in diesem Tonfall gesprochen, er hatte sogar darum gebeten, in Kenntnis gesetzt zu werden, wenn er den Club das nächste Mal besuchte.

Rossetti konnte Marshall nicht ausstehen. Seine Abneigung war keine spontane Antipathie, das wäre zu einfach. Nein, sein Urteil beruhte auf peniblen Publikumsstudien, die er seit Jahren für sich betrieb, um den komplexen Anforderungen seiner Stellung gerecht zu werden. Inzwischen hatte er eine

Reihe sorgfältig differenzierter psychologischer Typologien entwickelt, anhand derer es für ihn ein Leichtes war, einen Menschen schon bei der ersten Begegnung bestimmten Kategorien – Rossettis Kategorien! – zuzuordnen.

So entsprach Marshall einem Typus, der Rossetti aufgrund seines Minderwertigkeitsgefühls als Emigrant in höchstem Maße verhasst war: Männer wie Marshall gaben sich nicht nur unerträglich arrogant; sie gefielen sich besonders in einer Art spektakulärer Kompromisslosigkeit, eine Haltung, die schon ganze Familien ruiniert hatte. Die Welt bewunderte hingerissen solche Männer wegen ihrer Charakterstärke, während Rossetti darin nichts weiter als Prinzipienreiterei erkennen konnte.

Odemar Rossetti, der stolzen Herzens Frankreich verlassen musste, hatte mit den Jahren seines Exils eine spezielle Meinung über englische Männer von Stand entwickelt, die laut zu äußern er sich wohl hütete. Der Umgang mit dieser Klasse zwang ihn zu äußerster Selbstbeherrschung, während sein hugenottisches Gewissen gequält aufstöhnte. Nun erzeugte Marshalls Auftreten in ihm ein Gefühl verzweifelter moralischer Deprimiertheit.

Oberflächlich betrachtet hätte man Marshalls Überheblichkeit für eine ungute Kombination von stolzem Eigensinn und Egozentrik halten können. Weit gefehlt! Rossettis Analyse ergab, dass seine Arroganz die schamloseste Zurschaustellung von Schwäche darstellte: ein Kokettieren nämlich mit der eigenen Unfähigkeit, sich gewissen inneren Zwängen zu widersetzen, die stärker waren als man selbst. Unnötig zu erwähnen, dass sich solche inneren Zwänge stets als Tugenden erwiesen, wie Treue, Tapferkeit, Mut, Großmut, Edelmut … Es wurde Rossetti ganz übel bei der Aufzählung sich endlos steigernder Ritterlichkeit, die in Gestalt Marshalls die Freitreppe heraufstieg und für sich in Anspruch nahm, immer im Recht zu sein, selbst im Unrecht.

»Mr. Marshall, welch eine Ehre!« Rossetti dienerte ergeben. »Ich werde sofort einen Tisch für Sie vorbereiten lassen. Wünschen Sie, wieder vorn an der Balustrade …«

»Bemühen Sie sich nicht«, entgegnete William. »Ich habe schon einen Platz entdeckt, dort drüben, gleich neben dieser ... sagen Sie, Rossetti, ist das eine echte Palme?«

Mit dem Blick eines Märtyrers geleitete Rossetti ihn zu einem Tisch, der weniger exponiert stand, aber doch einen guten Ausblick bot über den Saal und das Casino. William nahm Platz und orderte, ohne Empfehlungen zuzulassen: »Bringen Sie mir Fleisch, Rinderlende wäre gut, auch irgendetwas frisches Grünes und Brot. Dazu einen roten Bordeaux, kühl temperiert bitte.«

Rossetti entfernte sich aufatmend, es hätte schlimmer kommen können. Nachdem er die Bestellung an den Souschef weitergegeben hatte, informierte er Merryman.

Der Kellner hatte das Geschirr abgeräumt und einen Korb mit Obst und Walnüssen gebracht. William ließ sein Weinglas wieder füllen und überlegte, ob er Zigarren kommen lassen sollte, als Merryman an seinen Tisch trat.

»Schön, dass Sie heute wieder bei uns sind, Sir. Ist alles zu Ihrer Zufriedenheit?«

»Danke, Mr. Merryman, ein angenehmer Platz.«

»Ja, in der Tat. Ich schätze auch den Blick von hier oben, aus der Reserve, sozusagen.«

»Würden Sie mir die Freude machen, sich zu mir zu setzen; das heißt, falls Ihre Zeit es erlaubt?«

»Gern, Mr. ... Marshall, nicht wahr?«

Der Weinkellner brachte unaufgefordert eine Flasche Sauternes, eine Karaffe Wasser und zwei Gläser. William blieb beim Rotwein, er hob sein Glas.

»Auf das Cocoa Tree!«

»Auf die Treue unserer Gäste!« Merryman ließ seinen professionellen Blick durchs Restaurant schweifen, ehe er fragte: »Also wie kann ich Ihnen behilflich sein, Mr. Marshall?«

»Sagte ich, dass ich Ihre Hilfe benötige, Sir?« William lächelte harmlos.

Merryman lächelte ebenso unverbindlich. »Da Sie mich

baten, an Ihrem Tisch Platz zu nehmen, vermutete ich, es gäbe einen konkreten Anlass.« Er goss Wasser in seinen Wein und ließ William Zeit zu entscheiden, ob er das Angebot annehmen wollte.

»Was wissen Sie über die Starline Company?«, kam William sofort auf den Punkt.

Merryman hob anerkennend die Brauen. »Wenn ich Ihren Ton richtig deute, haben Sie das Wesentliche bereits in Erfahrung gebracht.«

Dann erzählte er in wenigen Sätzen, was Nicks Bericht und Williams eigene Überlegungen bestätigte: »Die Agentur ist in illegale Geschäfte verwickelt. Die Schiffe der Starline-Flotte transportieren neben den üblichen Handelsgütern nicht deklarierte Ware außer Landes. Zwischen den regulären Zielhäfen fahren sie Küstenregionen des Festlands an, die außerhalb der offiziellen Handelslinien liegen; dort wird ein Teil der geschmuggelten Ware umgeschlagen. Der Großteil der Lieferungen wird allerdings direkt nach Amerika verschifft. Das Zentrum der kriminellen Aktivitäten befindet sich hier in London, einer der Hauptakteure ist der Generalagent der Starline. Angeblich ist die New Yorker Reederei an den krummen Geschäften nicht beteiligt.«

»Wissen Sie, um was für Waren es sich handelt?«

»Waffen. Praktisch alles, was die Armee zu bieten hat, Musketen, Pistolen, Munition, was dazugehört. Auch Geschützstücke, Haubitzen, Artilleriebedarf, und alles neu, auf dem Weg vom Hersteller zu den Arsenalen abgezweigt. Wichtigster Abnehmer soll die amerikanische Kontinentalarmee sein.«

»Die Lieferanten müssen Leute in der Heeresleitung sein«, sagte William. »Nicht viele Stellen haben mit der Beschaffung zu tun; die Kontrolle über die Bestände, die Vergabe an die Waffenschmieden, das liegt in den Händen von wenigen Personen, die ich …« Er sprach nicht weiter, doch Merryman führte seinen Gedanken fort.

»Die Sie möglicherweise kennen, wollten Sie sagen, nicht wahr?«

»Vielleicht, Mr. Merryman. Für mich ist es allerdings wichtiger, etwas über die andere Seite zu erfahren.«

»Über die Waffenschieber?«

»Über die Leute, die die Geschäfte hier in London abwickeln und die Schiffe stellen: über die Starline-Agentur.«

Merryman sah ihn einen Augenblick nachdenklich an, dann sagte er: »Warum? Verstehen Sie mich nicht falsch, Sir, aber ich möchte Ihnen raten, in dieser Richtung nicht weiter nachzuforschen, schon gar nicht im Alleingang. Sie begeben sich in Gefahr, wenn Sie versuchen, mehr herauszufinden.«

William musterte ihn kühl. »Keine Sorge, Mr. Merryman, ich weiß, was ich tue.«

»Sicher, sofern es Sie betrifft«, sagte Merryman, von Williams Herablassung unbeeindruckt. »Aber wissen Sie auch, wie die Gegenseite operiert? Waffenschieber, die in so großem Stil arbeiten, haben Verbindungen zu einflussreichen Personen, solche Leute dulden es nicht, dass man ihre Kreise stört. Diese Form organisierter Kriminalität hat es hier früher nicht gegeben.« Und er setzte hinzu: »Sie waren lange fort.«

William reagierte nicht sofort. Er stellte sein Glas exakt in die Mitte des Tisches und sah langsam auf. Als ihre Blicke sich trafen, nickte er. Auch Merryman nickte. »Ich kenne meine Gäste. Aber ich überlasse Rossetti die Show, deshalb wissen die wenigsten, wer ich bin. Doch ich sehe, wer hier ein und aus geht. In London kommt jeder, der auf sich hält, in meinen Club; auch Sie, nach über sechs Jahren.« Er neigte den Kopf leicht zur Seite. »Willkommen daheim, Mr. Spencer!«

William hatte dem Mann zu keinem Zeitpunkt etwas vormachen können. Merryman wusste, warum er gezwungen war, sein Inkognito zu wahren. Er hatte auch recht, wenn er ihn davon abbringen wollte, sich mit einer Organisation anzulegen, die eine Nummer zu groß für ihn war. Doch William suchte keine Konfrontation mit dem Kartell. Auch wenn ihn kalter Zorn packte beim Gedanken, dass sich an der Waffenschieberei Männer bereicherten, auf deren Befehl er oft genug sein Leben riskiert hatte; hohe Offiziere, die ohne jeden Skrupel Truppen ins Mündungsfeuer von Waffen schickten, die sie selber dem Gegner verkauft hatten. Nein, mit einem abgeschmackten Skandal um korrupte Würdenträger wollte William nichts zu schaffen haben. Es ging ihm lediglich darum, Néné wiederzufinden. Wie es aussah, führte die Suche nach dem Jungen zwangsläufig zu diesem Waffenschmuggler, dem Agenten der Starline, dem Master. Merryman würde ihm sicher weiterhelfen können. William musste nur den Eindruck zerstreuen, er befände sich im Heiligen Krieg gegen das organisierte Verbrechen.

»Hören Sie, Merryman, ich habe nicht vor, dem Polizeichef von London die Arbeit abzunehmen. Ich interessiere mich nur aus einem einzigen Grund für die Starline: Mein Diener, ein junger Schwarzer, ist verschwunden. Ich habe erfahren, dass er auf der Tristar anheuern wollte; das war vor zwei Tagen. Von dem Jungen fehlt jede Spur. Sie hatten mir Ihre Hilfe angeboten, nun komme ich darauf zurück. Sie können mir helfen, den Jungen wiederzufinden, wenn Sie mir sagen, wer der Agent der Starline ist und wo ich ihn antreffe.«

Merryman wurde ernst: »Kennen Sie das Palais DuBreille, am Stadtrand, außerhalb der alten Wälle? Ein altertümlicher, einschüchternder Bau, die Imitation einer mittelalterlichen Burg mit all ihren abschreckenden Merkmalen. Lord DuBreille hat das Anwesen an die Starline vermietet, es heißt, der Agent der Gesellschaft residiere dort wie ein böser Infant in Abwesenheit des Regenten. Er ist der Master. Die Angestellten der Agentur und die Crews scheinen ihn zu fürchten, dabei wirkt er auf den ersten Blick so sanft und betörend wie ein Engel. Er genießt einen zweifelhaften Ruf – traurig, dass Schönheit so verworfen sein kann! Er ist oft hier gewesen, ein manischer Spieler; behauptet, er sei Amerikaner, doch seinem Aussehen nach vermute ich, er ist Kreole. Er nennt sich Oliver Roscoe.« Merryman bemerkte, dass sein Gegenüber aschfahl geworden war. »Mr. Roscoe scheint für Sie kein unbeschriebenes Blatt zu sein, Mr. Spencer?«

Es fiel William nicht leicht, ruhig zu bleiben. Schon bei Merrymans Beschreibung hatte sich sein Herzschlag ahnungsvoll verlangsamt. Der Name Roscoe ließ Hass wie Übelkeit in ihm aufwallen, dunkel und zäh wie das Sekret einer vernachlässigten Wunde, die nach Monaten wieder aufbrach. Als hätte er nur auf diesen Augenblick gewartet, war sein Rachewunsch zurück, ein starker, wohlvertrauter Impuls, der seinem Leben nach allen Zweifeln wieder Gewissheit gab.

Er sagte beherrscht: »Mr. Roscoe hat seine charakterlichen Defizite schon bei anderer Gelegenheit bewiesen. Was Sie jetzt erzählen, klingt nicht ermutigend.« Er nahm sein Glas und trank einen Schluck Wein. »Falls sich mein Diener in diesem Schloss aufhält, muss ich ihn so bald wie möglich da rausholen. Die Tristar soll morgen auslaufen. Verstehen Sie, ich will den Jungen nicht verlieren.«

»Gut, ich werde sehen, ob ich über das Palais DuBreille etwas in Erfahrung bringen kann, das uns weiterhilft. Warten Sie hier«, sagte Merryman und begab sich ins Casino.

31.

Im Palais DuBreille liefen die Fäden eines weit gespannten Schmugglernetzes um den Nordatlantik zusammen. Mit dem üblichen Schwarzhandel teurer Konsumgüter aus den Kolonien, Alkohol, Farbpigmente und Tabak, befassten sich die Initiatoren nur am Rande. In der Hauptsache ging es um Waffenschieberei, Menschen- und Drogenhandel. Die illegalen Geschäftswege verliefen über die Kanalinseln, entlang der französischen Atlantikküste zwischen La Rochelle und dem Golf von Biskaya und transatlantisch nach Amerika zu den neuen unabhängigen Staaten der amerikanischen Ostküste und nach Nouvelle France im Norden. Als Londoner Generalagent der New Yorker Starline Company wusste Oliver Roscoe, wie rigide die Regeln des Seehandels unter dem englischen Protektionismus durchgesetzt wurden. Als er sah, wie viele Geschäfte außerhalb der gesetzlichen Zoll- und Einfuhrbestimmungen getätigt wurden, machte er sich auch mit den Regeln des Schleichhandels vertraut.

In seiner Funktion als Vertreter einer amerikanischen Reederei stellte er Kontakte zu einer Gruppe vermögender Personen her, die ihr Geld in Kaperschiffe investierten. Es war nicht schwer, diese Leute von der Lukrativität des Schwarzhandels zu überzeugen und für eine Zusammenarbeit zu interessieren. Roscoe bot an, die Schiffe der Starline für illegale Warentransporte zur Verfügung zu stellen. Dafür ließ er sich einen entsprechenden Gewinnanteil an allen über die Starline-Flotte laufenden Transporten zusichern. Darüber hinaus bestand er darauf, die Abwicklung selbst zu überwachen und nur von ihm engagierte und bezahlte Leute einzusetzen. Die Vereinbarung erwies sich für alle Geschäftspartner als lohnend.

Er hatte viel erreicht. Sein Status als Generalagent der Starline verschaffte ihm das gesellschaftliche Entree, der Waffenhandel finanzielle Freiheit. Wenn es seinen Interessen diente, ließ er Geschäftsbeziehungen in private, intimere Verhältnisse übergehen. Seine bedenkenlose Promiskuität öffnete ihm manche Tür in den gehobenen Kreisen; DuBreille war nur einer von vielen, die er sich so zu Dank verpflichtet hatte. Überhaupt fand er in der Alten Welt die Umgebung charakterlicher Extreme, die seinen Neigungen entgegenkam.

Seit zwei Tagen war Néné in einem Turm über einem brackigen Abzugsgraben eingesperrt. Durch ein vergittertes Fenster konnte er ein paar Baumwipfel sehen und das Stück Themse, das die Anlage im Süden begrenzte. In seinem Gefängnis war gerade Platz, um zwei Schritte von einer Wand zur andern zu gehen. Wenigstens gab es eine Holzpritsche und in der Außenmauer einen Abtritt. Neben der Tür stand auch ein Eimer mit Trinkwasser und einer Schöpfkelle.

Anscheinend hatte man ihn vergessen. Er hörte in seiner Umgebung keinen Laut und hatte bohrenden Hunger. Weil der Raum auch tagsüber dämmrig blieb, war ihm jedes Zeitgefühl abhandengekommen.

Beim Geräusch eines Schlüssels, der im Schloss gedreht wurde, fuhr er aus dem Schlaf. Die Tür ging auf, jemand hielt eine Laterne hoch.

»Mitkommen, Nigger. Wird's bald!«, blaffte Gibbs.

Néné hielt es für das Beste, keine Fragen zu stellen, und lief vor dem Mann den Gang entlang bis zu einer Pforte in einem spitz zulaufenden steinernen Bogen. Gibbs stieß die Pforte auf, und sie traten auf einen Balkon: es war ein Altan, die Brüstung durchbrochen von gotischen Spitzbögen; unter der Holzbalkendecke eines riesigen Saales ragte er in den freien Luftraum hinaus. Vorsichtig folgte Néné dem Mann ans Geländer und sah hinunter.

Der Saal war für ein Bankett gerichtet, eine lange Tafel für eine größere Gesellschaft gedeckt. Kerzenleuchter standen zwischen silbernen Tellern und schimmernden Trinkpokalen. Schalen mit Obst und Brot sowie Zinnkrüge waren zwischen den Plätzen verteilt; jäh verspürte Néné seinen Hunger. In den Leuchtern waren nur einzelne Kerzen entzündet, die zusammen mit dem unsteten rötlichen Lichtschein eines Kaminfeuers den Saal leidlich erhellten. Die Szene mutete altertümlich, düster, fast unheimlich an.

Jemand rief: »Bringen Sie ihn herunter.«

Gibbs dirigierte Néné unsanft zur Rückseite des Altans, wo eine Treppe mit ausgetretenen Stufen in den Bankettsaal hinunterführte.

Von unten betrachtet, gab das Verhältnis von Länge zu Breite dem Saal noch wuchtigere Dimensionen. Néné erblickte auf der rechten Längsseite einen wahren Höllenschlund von einem Kamin, übermannshoch und mit Granitblöcken umfasst, in dem ein prasselndes Feuer brannte. Vor dem Kamin in einem hochlehnigen Stuhl saß Roscoe. Als Néné aus dem Schatten des Altans hervortrat, erhob er sich und kam mit seltsam federnden, zeremoniellen Schritten zu dem Tisch in der Saalmitte. Im flackernden Licht glitzerten Partien seines Rocks, als rieselte Goldstaub aus den Faltenwürfen. Seine extravagante Aufmachung vor dem mittelalterlichen Rahmen der Burg war der Gipfel der Selbstinszenierung.

Für diese Nacht war er in Samt und Seide gekleidet. Er trug ein Hemd aus Organza mit Spitzenjabot und überlangen Manschetten, blauseidene Beinkleider, eine Weste aus saphirblauem Brokat, golddurchwirkt und perlenbesetzt wie die Mieder in elisabethanischer Zeit. Darübergeworfen ein Admiralsrock aus nachtblauem Samt mit aufgeschlagenen Schößen, trotz der Stofffülle auf Roscoes schlanke Figur gearbeitet und verziert mit funkelnden Litzen und einem Besatz von goldenen Spangen. Wie er in seinen Stulpenstiefeln dahinschritt, erinnerte er an einen Freibeuter des vergangenen Jahrhunderts.

Néné betrachtete ihn fasziniert und vergaß einen Augenblick, wie hungrig er war. Roscoe nahm in einem Sessel am Kopf der Tafel unterhalb des Altans Platz und wies Néné an, sich neben ihn an die lange Tischseite zu setzen.

»Iss, Junge!«

Das ließ sich Néné nicht zweimal sagen, er zog eine silberne Brotschale, die in seiner Reichweite stand, heran, aß fast das ganze Brot, nahm sich auch einen Apfel. Roscoe füllte zwei Becher mit Wein, nahm einen Becher für sich und schob den anderen Néné hin. Er lehnte sich zurück, um ihn ohne besonderes Interesse zu betrachten.

»Trink!«

Néné nahm den Becher, trank durstig und zu schnell, verschluckte sich hustend; das brachte ihn zur Besinnung und machte ihm wieder bewusst, wo er war und neben wem er saß. Er rutschte in seinem Stuhl zurück und sah Roscoe verstohlen an, der lässig den Becher mit Wein in der Hand balancierte.

Roscoe blickte abwesend in das Feuer des Höllenkamins. Er hatte seine Pläne mit diesem jungen Sklaven, der eine so leichte Beute für ihn geworden war. Am späten Abend erwartete er Gäste, Néné sollte sie bedienen. Auf den Gesellschaften in der Burg wurde keine besonders subtile Unterhaltung geboten, in diesem Punkt legte Roscoe keinen Wert auf Raffinement, es ging um die Befriedigung vordergründig motivierter Lüste. Heute würde ein Gelage arrangiert werden; seine Freunde sollten auf Ruhebetten liegen und speisen, während der junge Schwarze beim Essen aufwarten und danach den Gästen bei was auch immer dienlich sein sollte; etwas in dieser Art stellte Roscoe sich vor. Er hatte seine Erfahrung mit schwarzen Sklaven, die duldsame Lethargie des Jungen erschien ihm für den Anlass perfekt. Während er seinen Gedanken nachhing, beobachtete er Néné mit seinem samtweichen Blick. Das machte den Jungen nervös, der, um das lastende Schweigen zu brechen, anfing, über das Erste, das ihm gerade ins Auge fiel, zu reden.

»Sie haben da einen sehr schönen Stock, Sir. Ich meine, ich erkenne so was, diese feinen Sachen für richtige Gentlemen.«

Roscoe sah neben seinem Platz herab; dort lehnte ein Stock mit schlankem Mahagonischaft und kunstvoll geschnitztem Elfenbeinknauf, ein unverzichtbares Accessoire seiner Garderobe, das er stets unterm Arm bei sich trug. »Du kennst dich also aus?«

»Oh ja, mein Herr ist ein richtiger Gentleman, so wie Sie, Sir. Er hat auch einen solchen Stock. Jedenfalls sehr ähnlich, aus schwarzem Holz.« Néné beugte sich herab, um sich Roscoes Stock genau anzusehen. Dann nahm er wieder ein Stück Brot und redete kauend weiter. »Also unser Stock ist länger, und der

Griff ist ganz anders, mit dem Kopf von 'nem Pferd. Sieht sehr schön aus, dieser Stock von Mr. Marshall, ist aber nicht ungefährlich. Ich hab mir damit mal fast den Fuß durchbohrt, weil unten so 'ne lange Eisenspitze ... Was ist denn?«

Roscoe war nach vorn geschnellt, dass er den Jungen fast berührte. Seine schwarzen Augen bekamen einen harten Glanz, als er fragte: »Ein Ebenholzstock mit einem Pferdekopf als Griff und einem spannenlangen Dorn?«

Néné nickte eingeschüchtert.

Roscoe ließ sich wieder in seinen Sessel zurückfallen. »Iss noch etwas«, sagte er.

Néné griff wieder zu, denn er hatte immer noch großen Hunger. Roscoe sah ihm eine Weile beim Essen zu.

»Wenn du unbedingt nach Amerika zurück wolltest, warum bist du dann deinem Herrn davongelaufen?«

Néné hörte auf zu kauen.

»Du hättest doch nur warten brauchen, bis ihr wieder zurückfahrt nach Georgia, oder war's Carolina?«

»South Carolina! Mr. Marshall hat mich für seine Plantage am Plains River gekauft.« Néné überlegte kurz. »Na ja, es ist nicht seine Plantage, aber er bestimmt, was gemacht wird.«

»Wessen Plantage ist es denn?«

»Sie gehört Miss Antonia.«

Roscoe betrachtete ihn erstmals interessiert. »Und dein Mr. Marshall, ist er ihr Mann?«

»Vielleicht, ich weiß es nicht. Charlene sagt, der Mann von Miss Antonia ist tot.«

»Was macht dann dein Herr auf der Plantage von Miss Antonia?«

»Er ist der Verwalter. Lieutenant Farell und die Soldaten vom Fort nennen ihn Colonel.«

»Ein Colonel? Warum ist er nicht mehr bei der Armee?«

»Weil er im Krieg arg verletzt wurde«, sagte Néné. »Sein Bein ist nicht mehr gut geworden, darum braucht er auch den

Stock.« Träge vom Wein, zuckte er die Achseln. »Aber das andere ist noch schlimmer.«

»Das andere?«

Als Roscoe fragend den Kopf zur Seite neigte, erklärte Néné: »Ich bediene ihn beim Ankleiden, da sehe ich diese vielen Narben auf seinem Körper.« Er fuhr sich mit den gespreizten Händen über den Brustkorb und verzog schaudernd das Gesicht. »Das waren lauter Schnitte, überall, ganz schrecklich!«

Roscoe wollte nicht glauben, was er da hörte. »Sag, Junge, hast du eine Ahnung, wo dein Mr. Marshall eigentlich herkommt?«

Jetzt musste Néné erst nachdenken. »Charlene sagt, er kommt aus New York, aber das stimmt nicht. Unser Schiff hat erst in New York gehalten, doch da wollte er nicht hin. Wir sind gleich weitergefahren nach *Ink Land*. Mr. Marshall wollte hierher, nach London. Er kennt jede Straße und jeden Platz in dieser Stadt. Und jeden Abend geht er aus.«

Er hatte also richtig verstanden: Spencer war am Leben, und er war in London! Roscoe wusste, was das für ihn bedeutete. Ein Lidschlag seiner schönen Augen, dann stand er auf und schritt mit schwingenden Rockschößen zur Mitte des Saales, drehte sich herum und rief zum Altan hinauf: »Gibbs! Erklären Sie dem Jungen, was er später auf dem Fest zu tun hat. Danach bringen Sie ihn mir.«

Er vollendete die Drehung und ging weiter, direkt auf einen Wandteppich zu, ein verschossener Gobelin, der dem infernalischen Kamin gegenüber hing. Ohne den Schritt zu verlangsamen, schlug er den Gobelin beiseite und verschwand durch einen steinernen Torbogen, der sich in der Mauer dahinter befand und von dem zurückfallenden Wandteppich wieder verdeckt wurde.

Als die Schritte verklungen waren, rief Gibbs vom Altan: »Du hast gehört, was der Master gesagt hat. Also komm jetzt rauf!«

Néné steckte sich ein paar Stücke Brot in die Jackentaschen, dann stieg er zum Altan und folgte Gibbs durch verzweigte Gänge zu einem Trakt der Burg, in dem sich die Wirtschaftsräume befanden. Küchengerüche, allerhand Klappern von Töpfen und Pfannen und Stimmenlärm sagten ihm, dass Vorbereitungen für ein großes Essen im Gange waren.

Gibbs führte ihn in eine Wäschekammer und suchte aus einem Schrank für Livreen und Arbeitskittel ein paar Sachen heraus. Er gab Néné das Kleiderbündel und befahl ihm, sich umzuziehen, dann ließ er ihn allein. Die Kostümierung bestand aus weiten goldgelben Pluderhosen, dazu einem kurzen, ärmellosen grünseidenen Wams, einer Art Bolero mit goldenen Fransen, und Saffianpantoffeln mit aufgebogenen Spitzen. Néné legte die weiten Hosen und den Bolero an und schlüpfte in die Pantoffeln. Sofort fröstelte er.

Gibbs kam wieder herein und betrachtete ihn mit anzüglichem Grinsen. »Der Master wünscht, dass du im Bankettsaal als Haremssklave den Gästen zu Diensten bist – du weißt doch, was man da von dir erwartet?« Als Néné verständnislos den Kopf schüttelte, erläuterte Gibbs: »Als Haremssklave musst du den Damen und Herren zu Willen sein.«

Aber Néné schien ihm nicht folgen zu können. Da fragte Gibbs, ob man ihm auf der Plantage nicht beigebracht habe, auf welche Arten er einen Mann oder eine Frau körperlich befriedigen könne; er gebrauchte andere Worte, Néné fühlte sich schlecht dabei. Gibbs lachte nur und beschrieb dann anschaulich, von derben Gesten untermalt, was Néné etwa wissen sollte, um die ihm bevorstehende Aufgabe zu erfüllen. Néné wünschte, man sperrte ihn wieder in das Verlies über dem Abzugsgraben. Aber Gibbs brachte ihn in den Donjon.

Um den zentralen Spieltisch unter der Kuppel brandete Beifall: Ronald York war es mit unverschämtem Glück gelungen, die Bank in Bedrängnis zu bringen. Der verantwortliche Croupier hatte seinen Gehilfen zu Merryman um Instruktionen gesandt, ob an seinem Tisch weitergespielt werden könne. Da das Spiel unterbrochen wurde, orderten Ronnies Mitspieler Champagner. Und während die Croupiers machtlos zusahen, feierten die jungen Dandys die Glückssträhne ihres Freundes gleich an Ort und Stelle, auf dem grünen Filz des Spieltischs.

Merryman kam dazu und erfasste die Situation mit einem Blick. Er fragte, wer der Gewinner des Abends sei, und schickte nach Rossetti. Als der Manager erschien, wies er ihn an, die Horde betrunkener Gentlemen in die Bar einzuladen, wo sie auf Kosten des Hauses weiterfeiern konnten. Dann trat er an Ronnie York heran und bat ihn um ein Gespräch unter vier Augen. Merryman ließ dem Glückskind der Stunde noch etwas Zeit, im Gefühl seines Erfolgs Fuß zu fassen, ehe er behutsam begann, seinen Plan ins Werk zu setzen.

»Wie gedenken Sie, den weiteren Verlauf dieser besonderen Nacht zu gestalten, Mr. York? Nachdem Ihre Freunde sich zweckvergessen betrinken, werden Sie sich wohl nach anderer Gesellschaft umsehen müssen.«

Ronnie hatte nicht über den Augenblick hinaus geplant. Er wollte schon in Erwägung ziehen, seine Chips einzulösen und mit dem märchenhaften Gewinn nach Hause zu fahren. Merryman kannte Ronnie schon lange, aber die Phantasielosigkeit des jungen Mannes erschütterte ihn immer wieder aufs Neue; bei dem, was er nun vorhatte, kam ihm Ronnies Unentschlossenheit allerdings entgegen. Er musste ihm nur auf die Sprünge helfen, deshalb brachte er das Gespräch auf den gewünschten Kurs.

»Ein Gentleman wie Sie erhält, würde ich denken, genug Einladungen zu amüsanten Festen?«

»Sicher, es gibt ein paar informelle Parties.« Ronnie überlegte laut: »Richardson feiert seinen Geburtstag im Riff. Dann wird im Tudor's die Lounge des Prince of Wales eröffnet. Heute findet auch eines dieser dekadenten Bankette auf der

Burg statt. Nein, ich weiß nicht, Merryman, im Grunde reizt mich das alles nicht.«

»Ganz unter uns, Mr. York: Um eine Einladung ins Palais DuBreille würde Sie manch einer beneiden. Roscoes Feste gelten als exklusiv.«

»Exklusiv? Die Unterhaltung des Kreolen sagt mir nicht zu. Bei der Wahl seiner Garderobe ist er begnadet, das muss man ihm lassen. Aber er spricht allzu ungezwungen von schockierenden Dingen.«

Und tut sie auch!, dachte Merryman und kam zu seinem eigentlichen Anliegen: »Bevor ich wegen Ihres sensationellen Spiels ins Casino kam, saß ich mit einem Bekannten beim Dinner. Er hatte mich gebeten, später mit ihm zur Burg zu fahren. Leider bin ich im Club heute unabkömmlich. Ich möchte meinen Bekannten nicht enttäuschen, daher mein etwas ungewöhnliches Ansinnen, Sir: Würden Sie den Herrn vielleicht zu Roscoes Fest begleiten? Sie würden mir aus einer großen Verlegenheit helfen. Dieser Gentleman ist jemand, den man nicht gerne versetzt, Sie verstehen?«

Ronnie verstand voll und ganz. »Es wird mir eine Freude sein, Ihren Freund auf die Burg zu begleiten«, sagte er, immer noch im Hochgefühl des Siegers. »Ich kann ihn gern in meinem Wagen mitnehmen.«

Merryman dankte Ronnie für diesen großen Gefallen. Sie verabredeten sich für halb zwölf in der Halle, und Merryman ging zurück ins Restaurant.

William hatte die Unterhaltung von seinem Tisch aus beobachtet. Als Merryman zurückkam, meinte er: »Ich bin Ihnen für Ihre Unterstützung sehr dankbar, Sir, aber wieso vergeuden Sie Ihre Zeit mit jemandem wie Ronnie York?«

»Folgendes habe ich in Erfahrung gebracht«, sagte Merryman, indem er die Spitze überging. »Roscoe gibt heute in DuBreilles Burg ein Fest. Ich denke, Sie sollten hingehen und ihn direkt auf Ihren verschwundenen Diener ansprechen. Falls er ihn dort festhält, wird er es vor den Gästen nicht zum Eklat kommen lassen, und Sie können den Jungen mitnehmen. Sollte er mit der Sache nichts zu tun haben, würden Sie sich auch nichts vergeben.«

»Ich soll dort hineinspazieren und sagen: Falls Sie versehentlich meinen Diener entführt haben, würden Sie ihn freundlicherweise wieder laufen lassen? Ich bitte Sie, Merryman«, meinte William kopfschüttelnd, »das soll ein Plan sein?«

»Haben Sie einen besseren? Es bleibt Ihnen nicht mehr viel Zeit. Wenn die Tristar morgen früh Anker lichtet, ist das hier vielleicht Ihre letzte Chance, den Jungen zurückzubekommen. Jetzt hören Sie zu: Damit Sie in die Burg eingelassen werden, habe ich arrangiert, dass Sie mit jemandem eintreffen, den man dort von früheren Besuchen kennt; es wäre völlig unverdächtig. Sie könnten gleich zusammen in seinem Wagen hinfahren.«

»An wen haben Sie dabei gedacht?«, fragte William.

Merryman lächelte.

»Nein, das ist nicht Ihr Ernst!«, rief William. »Nicht Ronnie York, der Mann kann nicht mal kutschieren.«

»Keine Sorge, er ist zuverlässig, wenn es darauf ankommt. Sie wissen, Miss Trenton wählt ihre Freunde mit Bedacht.«

»Also gut«, seufzte William, »da Sie und Miss Trenton so große Stücke auf ihn halten, soll mich Mr. York in die Burg begleiten.«

Zur verabredeten Zeit kamen William und Merryman in die Eingangshalle. Weil Ronnie noch nicht erschienen war, ging Merryman ins Casino, um ihn aus dem Kreis der Gnade, wie er den harten Kern unermüdlicher Glückssucher nannte, loszueisen. Als er wenig später mit ihm in der Halle erschien, waren dem jungen Mann noch deutliche Zeichen von Verklärung anzusehen. Doch dann blieb Merryman bei William stehen, und das Wiedersehen wirkte auf Ronnie ernüchternd wie ein Guss kalten Wassers.

»Die Gentlemen kennen sich?«, fragte Merryman vorsichtig.

William nickte: »Wir sind uns erst zwei Mal begegnet, doch es war immer ein Erlebnis.« Er wandte sich an Ronnie: »Was machen Ihre Fahrstunden, Mr. York?«

»Ihre Besorgnis grenzt an Impertinenz, Sir!«, erwiderte Ronnie gekränkt.

William merkte, sein boshaftes Spiel ging allmählich zu weit, und wollte seine zynischen Worte abmildern: »Mr. Merryman meinte, Sie haben sich erboten, mich zur Burg mitzunehmen. Doch wenn Ihnen meine Begleitung unangenehm ist, kann ich mir auch eine Droschke nehmen.«

»Wenn Ihnen mein Fahrstil nicht passt, werde ich mich gewiss nicht aufdrängen!«

»Großer Gott, unterstellen Sie mir nicht zu viel Subtilität, Mr. York«, versetzte William entnervt. »Doch ich respektiere durchaus, wenn Sie nichts mit mir zu tun haben wollen.«

Merryman sah irritiert von einem zum anderen; er hätte nie vermutet, dass sein schöner Plan an solchen Petitessen scheitern könnte. William wusste selber, dass er Merryman und Ronnie für ihre Hilfe dankbar sein und seine Energien besser darauf konzentrieren sollte, in Kürze seinem Erzfeind Roscoe gegenüberzutreten.

»Hören Sie, Mr. York, es tut mir leid«, sagte er und bemühte sich, liebenswürdig zu klingen. »Ich weiß Ihr Entgegenkommen wirklich zu schätzen und würde Ihr Angebot gerne annehmen.«

Ronnie schien unsicher, ob er dem Friedensangebot trauen sollte. Doch nach kurzem Überlegen verneigte er sich souverän, um zu zeigen, dass er die Entschuldigung annahm.

»Gut, Gentlemen«, sagte Merryman erleichtert. »Wie wäre es, wenn Sie sich jetzt auf den Weg machten?«

Gibbs schob den Jungen in das Zimmer und schloss hinter ihm die Tür. Néné blieb unschlüssig stehen. Er befand sich im Hauptraum des mächtigen Donjon, des befestigten Wohnturms der Burg. Aus dem oktogonalen Grundriss strebten, von wenigen bleiverglasten Fenstern unterbrochen, glatte graue Steinmauern empor. In den acht Ecken standen mannshohe eiserne Leuchter, der Widerschein der Kerzen warf einen tiefen Glanz auf die altertümlichen Möbel. Nach oben verlor sich das Licht und ließ das Deckengewölbe und die kunstvollen Steinmetzarbeiten im Dunkeln.

Gut die Hälfte des Zimmers nahm, freistehend unter einem scharlachroten Himmel mit Vorhängen aus rotgoldenem Brokat, ein ausladendes Bett ein. Auf purpurnen Laken, in einer üppigen Fülle seidiger Kissen, lag Roscoe, in Hosen und Stiefeln; sein Hemd und den schönen Admiralsrock hatte er abgelegt. Er winkte Néné lässig heran. »Zieh mir die Stiefel aus!«

Néné beeilte sich, ihm aus den hohen Stiefeln zu helfen. Roscoe sah unbewegt zu, bis der Junge die Stiefel ordentlich gegen das Bettende gestellt hatte. Nun sprang er mit einer katzenhaften Bewegung vom Bett. Überrascht wich Néné zur Raummitte zurück.

»Keine Angst, Kleiner«, sagte Roscoe in sanft schmeichelndem Ton, als redete er mit einem scheuen Tier. So begann er sein Spiel.

Leichtfüßig ging er um den Jungen herum. Sein muskulöser Körper war makellos, von gleichmäßig blassolivefarbenem Teint. Er bewegte sich spielerisch, mit Anmut und beunruhigend kraftvoll. Néné spürte eine unklare Bedrohung, er war auf der Hut. Roscoe indessen ging langsam zum Bett zurück und sagte einladend: »Komm mit!«

Néné zögerte, tat zwei unentschlossene Schritte. Diesen Teil des Spiels liebte Roscoe ganz besonders. »Komm nur!«, lockte er ihn. »Komm noch näher, ganz nah zu mir!«

Néné war Schritt um Schritt herangekommen. Er stand jetzt so dicht vor Roscoe, dass mehr Nähe ihm kaum erträglich erschien.

Der Mann neigte sich zu ihm und sagte: »Hat dir Mr. Gibbs erklärt, was du heute Abend zu tun hast?«

Néné blickte errötend zu Boden, nickte aber gehorsam. Roscoe war ihm jetzt so nah, dass Néné die Wärme seines Körpers spürte, seinen animalischen Geruch unter dem schweren Parfum atmete. Vor Scham wagte er nicht, Roscoe anzusehen, er hielt den Kopf tief gesenkt und fuhr zusammen, als Roscoes Lippen seine Wange streiften. Dann hörte er ihn ganz sanft flüstern: »Mach jetzt, was er dir erklärt hat, mein Kleiner!«

Néné fuhr erschrocken auf. Roscoe aber legte die Arme um seine Taille, zog ihn an sich und küsste ihn auf den Mund. Néné entzog sich dem Kuss, drehte den Kopf zur Seite und wollte zurückweichen, aber Roscoe hielt ihn fest. Seine schönen dunklen Augen blickten ohne Sanftmut, während seine Hände Nénés Rücken streichelten, dann hinaufglitten unter das Wams. Streichelnd streifte er es ihm ab, umfasste die schmalen Knabenschultern. Sein Griff wurde fester. Plötzlich drückte er den Jungen mit einem kräftigen Stoß hinunter auf die Knie, packte ihn dann beim Schopf, bog ihm den Kopf zurück, dass Néné schmerzhaft das Gesicht verzog. Aus halbgeschlossenen Augen blickte Roscoe auf ihn herab. »Los, Junge, mach schon!«

Néné versuchte, seinen Kopf aus dem harten Griff zu befreien. Da schlug Roscoe ihn ins Gesicht. Néné konnte so schnell nicht reagieren, nicht einmal aufschreien. Er starrte Roscoe entsetzt an und wurde ein zweites Mal geschlagen. Der Schmerz trieb ihm die Tränen in die Augen, er schmeckte Blut in seinem Mund.

Roscoe hielt ihn fest und zwang ihn, zu ihm aufzusehen. Über seine laszive Miene glitt ein boshaftes Grinsen. »Hast du's nicht begriffen?«, fragte er in gedehntem Tonfall. »Du sollst meinen Schwanz in den Mund nehmen. Wie du's deinem Herrn immer machst, klar?«

Unwillkürlich bäumte Néné sich auf, um sich weiterer Demütigungen zu widersetzen. Das war ein Fehler, Roscoe stieß ihm mit dem Knie in die Magengrube. Keuchend rang Néné nach Luft, er wollte sich zusammenkrümmen. Aber Roscoe hielt ihn fest, dass er auf den Knien bleiben musste.

»Sieh mich an!« Seine Stimme war nicht mehr sanft. »Du sollst mich ansehen!«

Er wippte auf den Fußballen, was sicher nichts Gutes verhieß. Doch wie befohlen, sah Néné langsam zu ihm auf. So schnell, dass er sich nicht ducken konnte, schlug Roscoe zu; zweimal, dreimal traf seine Faust Nénés Gesicht. Er schlug ihn auch unter die Rippen, einen tiefen Hieb in den Bauch, dann stieß er ihn von sich. Néné fiel auf den Boden und blieb ächzend liegen. Roscoe ging von ihm weg, um das monströse Bett herum, an den schimmernden Möbeln entlang, die Hände auf seine schmalen Hüften gestützt, wie selbstvergessen vor sich hin summend. Zweimal ging er die Runde um das Zimmer, dann kam er zurück und blieb vor dem Jungen stehen.

Néné kauerte am Boden, sein Kopf schmerzte, sein Körper tat von den Schlägen weh, er wagte nicht aufzusehen. Er wusste, was Roscoe von ihm erwartete. Er wollte das nicht tun. Aber wenn er sich wehrte, würde Roscoe ihn wieder schlagen, bis er seinen Widerstand aufgab.

Roscoe beugte sich herab, legte ihm die Hand unters Kinn und hob sein Gesicht an. Einen Moment lang betrachtete er ihn schweigend. Dann ging er zum Bett, setzte sich auf den Rand und sagte gedehnt wie zu Anfang: »Komm her. Na komm schon, ich tu dir nichts.«

Néné kam langsam auf die Füße, eine Hand an der Wange, die von den Schlägen glühte, ging er zu dem riesigen Bett. Einen Schritt von Roscoe entfernt wartete er, furchtsam auf jede Bewegung des Mannes achtend. Alles sträubte sich in Néné, aber Roscoes Blick zwang ihn, näher zu kommen; er kannte diesen Blick und fürchtete ihn. Als er vor dem Bett stand, zog Roscoe ihn heran, streichelte seine Arme, den feinen Flaum auf seiner Haut.

»Leg dich hin.«

Néné wollte aufschluchzen, doch er hatte keine Wahl, Roscoe würde ihm weiter zusetzen. Und warum sollte er aufbegehren und sich schlagen lassen und noch mehr erdulden, als er am Schluss ohnehin ertragen müsste?

Als er auf dem purpurnen Bett lag, streifte Roscoe seine Hosen ab. Nackt, wie ein Raubtier auf allen vieren kam er auf ihn zu. Er legte sich neben den verängstigten Jungen und umarmte ihn nicht ohne Zärtlichkeit. Gegen sein schwaches Aufbegehren öffnete er ihm die Lippen; seine Zunge drang in Nénés Mund. Er erregte sich an dem Kuss, dabei schob er eine Hand nach unten, unter den seidigen Stoff der weiten Hosen, zwischen Nénés Beine. Er griff nach dem Geschlecht des Jungen, streichelte seine Schenkel und seine Hinterbacken. Er streifte ihm die Haremshosen herunter, drückte ihm die Knie auseinander und legte sich zwischen seine gespreizten Beine.

Néné blieb, nachdem der Mann von ihm abgelassen hatte, auf dem Rücken liegen und sah in den scharlachroten Himmel. Sein Atem ging flach, manchmal lief ein schwaches Beben durch seinen Körper.

Roscoe hatte sich von ihm abgewendet, sobald seine Lust befriedigt war, und beachtete ihn nicht mehr, wie ein Knabe ein zerbrochenes Spielzeug fallen lässt. Er rief seinen Leibdiener, ließ sich von ihm waschen, parfümieren, die schönen Kleider anlegen, seine schwarzen Locken kämmen. Ein Lakai nahm währenddessen seine Anweisungen für den Empfang der Gäste entgegen. Roscoe entließ ihn mit dem Bescheid, er werde in Kürze zur Begrüßung in die Burghalle herunterkommen. Sein Leibdiener half ihm in den prunkvollen Rock, zupfte an Kragen und Ärmeln die Rüschen und Spitzen seines Hemdes zurecht und besprengte zuletzt sein Haar mit einem exotischen Duftöl; dann zog er sich zurück.

In seiner fabelhaften Aufmachung kam Roscoe zum Bett und lehnte sich an einen der gedrehten Pfosten, die den Baldachin trugen. Er warf einen prüfenden Blick auf den Jungen. Néné lag zwischen den Purpurlaken hingestreckt und sah teilnahmslos zum Betthimmel. Inzwischen zeigten sich in seinem Gesicht und am Körper, wo ihn Roscoes Schläge getroffen hatten, dunkle, blutunterlaufene Male.

»Es wird deinem Herrn gar nicht gefallen, wie du aussiehst. Was wollen wir ihm denn erzählen, wenn er kommt, hm? Er scheint dich ja sehr ins Herz geschlossen zu haben. Stell dir vor, er hat überall nach dir gesucht.«

Er ging ums Bett herum, lehnte sich an einen anderen Bettpfosten.

»Hat er dich wirklich noch nie angerührt? Kriegt ihn nicht mehr richtig hoch, was? Er war ja übel zugerichtet, als wir mit ihm fertig waren … Algie hat gesagt, Spencer sei tot. Warum hat er das gesagt? Warum zum Teufel hat er ihn am Leben gelassen?«

Einen Moment blickte er Néné an, als erwartete er von ihm tatsächlich eine Antwort. Dann wandte er sich ab und machte sich an einem Schreibschrank zu schaffen.

Néné setzte sich auf und beobachtete ihn zwischen den Bettvorhängen hindurch. Er hatte verstanden, wovon Roscoe gesprochen hatte: Roscoe und jemand, der Algie hieß, hatten seinem Herrn die schrecklichen Verletzungen zugefügt! Néné erschauerte, als ihm klar wurde, wem er in die Hände gefallen war. Er fuhr rasch in die Pluderhosen, ließ sich vom Bett gleiten, suchte am Boden Wams und Pantoffeln zusammen und zog sie an. Dann schlich er an der Wand entlang zur Tür. Er wollte fliehen. Vielleicht, überlegte er, konnte er durch den Garten entkommen und am Fluss entlang zum Hafen laufen.

Schon fast bei der Tür, sah er, was Roscoe an dem Schreibschrank tat, und blieb wie angewurzelt stehen. Vor Roscoe auf der Schreibplatte lagen zwei neue schwarze Pistolen. Er war dabei, die erste Waffe zu laden, Pulver, Kugel, dann stellte er den Abzug nach. Er legte die Pistole beiseite, nahm die zweite, und während er sie lud, sagte er, ohne aufzusehen: »Du hast es kapiert, Spencer wird versuchen, dich hier 'rauszuholen. Wenn er heute Nacht zu unserer Party kommt, werde ich ihn erwarten und dann ...« Er hob die Pistole, zielte auf Nénés Stirn und machte leise: »Pchhh!« Als er Nénés entsetztes Gesicht sah, grinste er, sicherte die Waffe und steckte sie in ein Holster, das er unter dem Admiralsrock um die Hüften geschnallt hatte. Die zweite Pistole ließ er am Abzug um einen Finger kreisen, bevor er sie in die andere Holstertasche steckte.

»Komm, Haremsknabe!«, sagte er. »Wir haben Gäste.«

32.

Bevor sie den Weg nach Westminster einschlugen, wollte William bei seinem Hotel am Berkeley Square halten. Während Ronnie im Wagen wartete, ging er auf sein Zimmer, um sich zu bewaffnen. Als er den Pistolengurt umschnallte, sagte er sich, er tue dies nur, um für den Ernstfall vorbereitet zu sein. Wenn er Néné gefunden hätte, wollte er ihn, ohne Aufsehen zu erregen, mitnehmen. Mit Roscoe würde er später abrechnen.

Zurück in der Hotelhalle, fragte ihn der Concierge, ob es Neuigkeiten wegen seines Dieners gebe.

»Keine guten, fürchte ich«, sagte William. »Néné ist womöglich denselben Schmugglern in die Quere gekommen, die schon Mr. Crawford bedroht haben. Jetzt bekam ich den Hinweis, auf der Burg von Lord DuBreille nach ihm zu suchen.«

»Sagten Sie nicht, die Tristar würde schon morgen ablegen?«

»So ist es, Mr. Watson. Darum muss ich den Jungen sofort ... Mr. York, was zum ...!« Ronnie stand im Eingang, er musste alles gehört haben. Das hatte gerade noch gefehlt. »Kommen

Sie, Mr. York«, sagte William im Hinausgehen. »Wir sollten keine Zeit verlieren.«

Auf der Fahrt schwiegen sie zunächst. Ronnie fuhr den Tilbury deutlich verhaltener als beim Aufbruch vom Cocoa Tree. Sobald er in die Allee nach Westminster eingebogen war, sagte er: »Ich denke, Sie schulden mir eine Erklärung. Von was für Schmugglern war eben die Rede?«

William seufzte. »Na gut, hören Sie zu: Es geht um meinen Diener. Ich vermute, dass er von Leuten, die für einen Waffenschieberring arbeiten, zwangsgeheuert wurde.«

»Und jetzt wollen Sie im Palais DuBreille nach dem Jungen suchen? Ich bitte Sie, nur weil sich Mr. Roscoe skurril benimmt, ist er doch kein Krimineller.«

»Glauben Sie? Wonach klingt dann Ihrer Meinung dies: Als Generalagent der Starline lässt Roscoe zur Nachtzeit nicht deklarierte Ware an Bord eines seiner Schiffe bringen, das von der Hafenbehörde bereits geprüft und zur Abfahrt freigegeben wurde.«

Ronnie runzelte die Stirn. »Mr. Roscoe genießt nicht den besten Ruf«, sagte er. »Aber Schmuggel? Waffenschieberei?«

»Wenn ich an seine sonstigen Qualitäten denke, wäre er nur als Waffenschieber direkt sympathisch, Mr. York, das können Sie mir glauben.«

Während sie weiterfuhren, wurden Ronnie allmählich Williams Motive für ihren gemeinsamen Ausflug klar.

»Sie hatten das mit Merryman von Anfang an geplant!«, sagte er indigniert. »Meine Begleitung benutzen Sie nur als Entree, um Roscoe wegen dieser Waffenschiebergeschichte zur Rede stellen zu können. Ich meine, legen Sie sich an, mit wem Sie wollen, aber ziehen Sie mich da nicht mit hinein!«

William hatte ihm unbewegt zugehört. »Halten Sie an, Mr. York. Ich möchte Ihnen etwas zeigen.«

Widerwillig zügelte Ronnie das Pferd. William zog die beiden Pistolen aus dem Holster unter dem Rock hervor. Ronnie starrte mit offenem Mund auf die eindrucksvollen Waffen: »Glauben Sie, dass Sie die brauchen werden?«

»Wer weiß? Sie könnten uns vielleicht nützlich sein.«

»Uns?«

Ronnie wich zurück, als William ihm die eine Pistole hinhielt und fragte: »Können Sie damit umgehen?«

»Nein!«

»Nehmen Sie sie trotzdem.« William reichte ihm die Duellpistole. »Wollen Sie mir nicht helfen?«

Zögernd griff Ronnie nach der Waffe. Er staunte, wie gut ausgewogen sie war und nicht annähernd so schwer in der Hand lag, wie er erwartet hatte. Mit Blick auf die Pistole meinte er zweifelnd: »Ich glaube nicht, dass ich Ihnen damit von Nutzen sein kann.«

»Unterschätzen Sie nicht die Macht des Scheins, Ronnie – ich darf Sie doch so nennen?«

Abweisend hohe Mauern, Wehrgänge und Söller gaben dem Palais DuBreille das Gepräge einer normannischen Zwingburg. Der Urgroßvater des jetzigen Lord DuBreille hatte das Palais erbaut und auf diese Weise die Gefolgschaft seiner Familie für William the Conqueror gewürdigt, was zu Zeiten Charles I. als politische Provokation verstanden wurde. Den mächtigen Baukörper umgaben ringförmig Wall und Graben, als Zugang diente eine altertümliche Zugbrücke. So war DuBreilles Anwesen wie eine echte mittelalterliche Burg für ungebetene Besucher unzugänglich; ein unschätzbarer Vorteil auch in ruhigeren Zeiten.

An diesem Abend war die Zugbrücke für die Gäste herabgelassen. Über dröhnende Holzbohlen lenkte Ronnie den Tilbury in den von Pechfackeln beleuchteten Torgang. Im Burghof hallte Hufgeklapper, Kutschen fuhren ein und aus, Reitpferde wurden zu den Ställen geführt. Lakaien nahmen die Gäste in Empfang und geleiteten sie zum Portal. Aus den

Gängen schallte fremdartige, pulsierende Musik, dazwischen gellte Gelächter: Die ruhelosen Menschen der Nacht jagten nach neuen Vergnügungen.

William und Ronnie betraten den Bankettsaal und fanden sich in einer Gesellschaft, die nach obskuren Kriterien zusammengestellt war. Angehörige des Adels mischten sich unter Schauspieler, Stutzer und Stricher aus den Vergnügungsvierteln. Es gab kein erkennbares Protokoll, weder in der Wahl der Kleidung noch der Begleitung. Auf der Basis toleranten Inkognitos war jeder, was er sein wollte, es zählte nur der schöne falsche Schein.

An einer langen Tafel wurde unablässig von silberschweren Platten vorgelegt, während der Saal in Bewegung blieb. Diener servierten Getränke, die Gäste flanierten, verweilten im Gespräch. Es wurde getanzt, und natürlich wurde gespielt, Vingt-et-un, Royaume, Faro. Ausgelassenheit herrschte an den Spieltischen, selbst wenn man hoch verlor; das war man dem Gastgeber schuldig.

Beim Hereinkommen bemerkte William zwei Männer, die er auch im Abendanzug als Militärs erkannte. Er blieb in ihrer Nähe stehen, und während er Ronnie mit stoischer Miene zutrank, entnahm er beiläufig ihrer Unterhaltung, dass sie dem Stab von General Malvern angehörten, der die Aufsicht über die Arsenale innehatte. Die beiden Offiziere sprachen über eine Waffenlieferung, die offenbar noch am selben Abend mit Roscoe verhandelt würde. Wie Merryman vorausgesagt hatte, sollten die Waffen mit den Schiffen der Starline Company nach Amerika gebracht werden. Die beiden Männer warteten noch auf den verantwortlichen Verbindungsoffizier, der für Malvern die Verhandlung mit Roscoe führen sollte.

Korruption an höchster Stelle, wie William vermutet hatte. Seine Ernüchterung war vollkommen, als der Name von Roscoes Verhandlungspartner fiel: Major Earnshaw! Seit Bruce Earnshaw ihm Persephone weggenommen hatte, war er für ihn als Freund erledigt. Doch sie hatten einmal derselben Sache gedient, mit demselben vaterländischen Stolz. Dass Earnshaw nun geschäftsmäßig Waffen aus Armeebeständen abzweigte und sich mit Kriminellen wie Oliver Roscoe gemeinsam am illegalen Waffenhandel bereicherte, war erbärmlich.

William hatte genug gehört. Er ging mit Ronnie zu den Faro-Spielern, die, völlig gebannt vom Fall der Würfel, sie nicht weiter beachteten. Ronnie wirkte besorgt; mit Williams Pistole in der Tasche fühlte er sich verpflichtet, ihm notfalls beizustehen.

»Wie soll es nun weitergehen, Mr. Marshall?«

»Ehrlich gesagt, mein Freund, ich weiß es nicht. Wieso hat sich Roscoe noch nicht gezeigt?«

»Er nimmt's in punkto Höflichkeit nicht so genau. Bei manchen Parties habe ich ihn überhaupt nicht zu Gesicht gekriegt. Kennen Sie ihn näher?«

»Zu nah! Er wird kaum erfreut sein, mich wiederzusehen. Ich möchte das Überraschungsmoment nutzen und ihn direkt vor seinen Gästen auffordern, meinen Diener freizulassen.«

»Sie wollen ihn überrumpeln?«

»Natürlich. Darin liegt oft der Erfolg.«

Um die Anspannung zu lösen, lenkte er ihr Augenmerk auf ein Gelage, das vor dem Höllenkamin aufgebaut war: »Sehen Sie sich diese Dekadenz an!« Ein Dutzend Ruhebetten waren in einem Kreis angeordnet und üppig mit Polstern und Kissen dekoriert; auf niedrigen Taburetten standen Weinkaraffen und Obstschalen. Frauen und Männer im Zustand fortschreitender Gelöstheit amüsierten sich bei einem pikanten Gesellschaftsspiel, aßen und tranken dazu, scherzten miteinander, küssten und liebkosten sich ungeniert. »Nun, Ronnie, fällt Ihnen dazu was ein?«

»Ich habe Hunger!«

»Das wäre mein zweiter Gedanke gewesen«, gestand William. »Vielleicht möchten Sie auch im Liegen speisen?«

Auf Ronnies abwehrende Geste hin setzten sie sich an die lange Tafel. Sofort wurden ihnen allerlei delikate Speisen vorgelegt. Eine junge Frau, die sich als Schauspielerin der Royal Comedy ausgab, hatte an Ronnie sichtlich Gefallen gefunden. Während die beiden anbändelten, sah William sich um und verschaffte sich einen Überblick über die Gesellschaft im Saal. Einmal hob er den Blick zu dem Altan, der eine Stirnseite des Saales in luftiger Höhe überspannte. Zwei Männer standen dort, der Montur nach Deckoffiziere eines Handelsschiffes. Spontan dachte er an Leibwächter. Dass die beiden seinetwegen dort standen, bedachte er nicht.

Außer dem Ticken einer Uhr war in dem holzgetäfelten Raum nur gelegentliches Seitenumblättern zu hören. An einem wuchtigen Tisch, einen aufgeschlagenen Folioblock in Händen, saß Oliver Roscoe. Er ignorierte seine Gäste, ein Mann und eine Frau in Abendgarderobe, die ihm gegenüber in unbequemen Stühlen Platz genommen hatten.

Der Mann, ein farbloser Enddreißiger, übte sich in Geduld. Die Frau langweilte sich demonstrativ. Sie hielt die Arme verschränkt und bog den langen Hals zurück, damit die aufgetürmte, zimtfarbene Perücke ihr klassisches Profil zur Geltung brachte.

Persephone Hunter war es gewohnt, im Mittelpunkt galanter Aufmerksamkeit zu stehen. Nun aber ließ man sie die halbe Nacht in der Kanzlei des Palais DuBreille warten, bis irgendwelche unsäglichen Geschäfte zum Abschluss kamen! Warum nur hatte sie eingewilligt, Bruce hierher zu begleiten? Nach der Begegnung mit William hatte sie nicht vorgehabt, heute die Wohnung überhaupt zu verlassen. Bruce Earnshaw hatte immer wieder bei ihr vorgesprochen, bis sie dann am Abend in der Lage war, ihn zu empfangen. Da es ihm sehr wichtig zu sein schien, dass sie mit zu Roscoes Party kam, hatte sie schließlich eingewilligt, ihn zur Burg zu begleiten. Das war offensichtlich ein Fehler gewesen: Eine geschlagene Stunde saßen sie schon in diesem düsteren Turmzimmer, während Roscoe sie auf beleidigende Art übersah.

Earnshaw versuchte, mit Blicken ihre Gereiztheit zu besänftigen. Für ihn stand viel auf dem Spiel: Er wollte mit Roscoe die Details einer weiteren Waffenlieferung besprechen; als Anschlussgeschäft von erheblichem Umfang brächte es Earnshaw eine Provision ein, auf die er nicht verzichten konnte. Persephone indes zeigte für seine Lage wenig Verständnis. Nachdem er ihre Verabredung zum Lunch verpasst hatte, behandelte sie ihn äußerst ungnädig und hatte ihn schon auf dem Hinweg gebeten, die Nacht im Club zu verbringen. Warum mussten schöne Frauen so anstrengend sein? Er lächelte geduldig und küsste ihre Hand.

Als er wieder aufsah, begegnete er Roscoes ungerührtem Blick. »Earnshaw, aus Ihrem Lieferbericht geht nicht hervor, von welchem Modell der Brown Bess hier die Rede ist.« Er pochte auf den Folioblock, der vor ihm auf dem Tisch lag. »Die Bezeichnung der Produktionsreihe fehlt. Bei dem Posten von zwölfhundert Musketen für die Infanterie sollte es sich um das neue Short-Land-Modell, Kaliber .71 mit dem kürzeren Zweiundvierzig-Inches-Lauf handeln, nicht um das Vorläufermodell. Wie, Earnshaw, soll ich diese Auslassung verstehen?«

Hingelümmelt in seinem kostspieligen Admiralskostüm brachte er Earnshaw so aus dem Konzept, dass dieser nur eine lahme Erklärung vorbrachte: »Ich glaube nicht, dass die Auslieferungsstelle in Bristol in diesem Falle das Verschulden trifft. Sie, Mr. Roscoe, hatten den Termin für die Verschiffung vorgezogen, und in der Eile konnten wir nicht ...«

»Sie halten mich nicht wirklich für so dumm, Earnshaw?«, fiel Roscoe ihm ins Wort.

Earnshaw hasste seinen überspannten, kreolischen Tonfall. Wollte der Mann ihm drohen? Er dachte noch über eine Antwort nach, als Roscoe fortfuhr: »Ihr General sollte keinen Untergebenen schicken, der die Rahmenbedingungen unseres

Abkommens nicht kennt. Bei Ihrer Inkompetenz erübrigt sich jede weitere Verhandlung.«

»Erlauben Sie, Sir! Die Rahmenbedingungen sind klar, General Malvern möchte sie nicht noch einmal diskutieren.«

»Ist mir egal, was Malvern möchte oder nicht, Earnshaw! Sagen Sie ihm, wenn er meine Bedingungen nicht akzeptiert, kommen wir nicht ins Geschäft.«

Earnshaw erschrak. Er hatte dem General zugesichert, dass die Vereinbarung mit Roscoe heute noch zum Abschluss käme, darum machte er einen letzten Versuch: »Mr. Roscoe, Sie wissen, dass wir Lt.-Colonel Reading und Major Blackburn erwarten. Mr. Reading ist der Verbindungsmann in den Bristoler Arsenalen, Mr. Blackburn leitet die Verteilung der Arsenalsbestände. Die beiden Herren kennen die Vereinbarungen im Detail und können die fraglichen Abweichungen sicher erklären.«

Roscoe schlug den Lieferbericht zu und stand auf. »Gut, Major, sehen wir nach, ob Sie Ihre Gewährsleute ausfindig machen können.«

Earnshaw ging gleich zur Tür. Roscoe aber kam zu Persephones Platz und sprach sie zum ersten Mal an diesem Abend an: »Sind Sie verärgert, weil ich nicht mit Ihnen flirte, Madam? Tja, das Geschäft geht nun mal vor.« Er neigte sich zu ihr herunter. »Wie wär's, ich schicke Earnshaw allein hinunter und wir vertreiben uns zusammen die Zeit, bis Ihr Freund zurückkommt, hm?«

»Nein! Bemühen Sie sich nicht«, stieß sie unter seinem anzüglichen Blick errötend hervor. »Ich bleibe sehr gerne allein hier oben.«

»Na schön, vielleicht ein andermal«, sagte er achselzuckend und ging mit Earnshaw hinaus.

Er lief eine Wendeltreppe hinunter und trat unter einem steinernen Bogen hindurch. Earnshaw, der ihm gefolgt war, fand sich unversehens an exponierter Stelle auf dem Altan über dem Bankettsaal. Achtsam trat er einen Schritt zurück. Roscoe hingegen setzte sich rittlings auf die Brüstung und beugte sich vor, um sehen zu können, was unterhalb des Altans im Gewoge der vielen Menschen vor sich ging. Earnshaw entdeckte zu seiner Erleichterung bald seine beiden Verbindungsmänner. Roscoe winkte daraufhin einen seiner Wächter heran und wies ihn an, die Offiziere in seine Kanzlei zu bitten.

Da Earnshaw der Blick in die Tiefe Übelkeit verursachte, schlug er vor: »Vielleicht sollte ich Blackburn und Reading oben in Empfang nehmen?«

»Ja ja, gehen Sie nur, Earnshaw«, winkte Roscoe ab. »Ich komme gleich nach.« Während Earnshaw schnell davonging, nahm Roscoe sich Zeit, um seine Gäste zu beobachten. »Wollen doch mal sehen, wer alles glaubt, eingeladen zu sein.«

Durch das Stimmengewirr und die Musik schallte Gelächter herauf. Belustigt sah er zu, wie seine Diener ein paar Betrunkene davon abhalten wollten, auf die eisernen Deckenleuchter zu klettern. Die Leute schienen sich prächtig zu amüsieren, auch das Gelage fand großen Anklang. Auf den Polstern vor dem Kamin räkelten sich wonnetrunkene Paare. Wie es aussah, schien der junge Sklave da unten seine Sache gut zu machen. Roscoe nickte zufrieden, die Party war ein Erfolg.

Ronnie und die kleine Schauspielerin waren sich nähergekommen. William war es nur recht, denn nun konnte er sich getrost alleine auf die Suche nach Néné machen. Er trank Ronnie einvernehmlich zu, als das Mädchen etwas entdeckt hatte.

»Seht nur den kleinen Mohren!« Sie zeigte begeistert zu dem Gelage beim Kamin. »Ist das originell!«

William wandte sich um und erfasste die Situation mit einem Blick: Néné kniete am Boden und reichte einem Paar von einem Tablett Konfekt. Die Frau biss die Süßigkeit in zwei Hälften, eine Hälfte gab sie ihrem Galan in einem Kuss;

die andere schob sie Néné in den Mund, der angewidert das Gesicht verzog. Angewidert? William bemerkte dunkle Male auf Nénés hellbrauner Haut, Blutergüsse. Der Junge war geschlagen worden, er hatte Schmerzen!

William sprang auf. Doch Ronnie hatte ihn schon beim Arm gefasst.

»Warten Sie, Marshall!«

»Ronnie, der Junge dort ist Néné!«

»Das ist mir schon klar«, sagte Ronnie halblaut. »Sie dürfen jetzt nur nichts überstürzen. Lassen Sie uns überlegen ...«

Aber William machte sich heftig los, mit wenigen Schritten war er beim Kamin und trat zwischen die Ruhebetten. Er schmetterte das Tablett mit dem Konfekt zu Boden, stieß die Frau zurück, die Néné wieder eine Süßigkeit in den Mund stecken wollte. Ohne ihr Gezeter zu beachten, zog er Néné fort und führte ihn zu einer Bank am Sockel des Höllenkamins. »Setz dich, Néné, und sag mir, was passiert ist. Wer hat dich so zugerichtet?«

»Sir, ich wollte zurückkommen, aber der Master hat mich eingesperrt. Er schlägt mich und sagt, er ist jetzt mein Herr!«

»Beruhige dich, Néné. Schau, ich bin gekommen, um dich von hier wegzubringen.«

»Aber ich kann nicht mitkommen, Sir. Das geht jetzt nicht mehr.« Néné schlug die Augen nieder. »Bitte, Sir, es ist besser, Sie gehen wieder. Sie dürfen nicht hierbleiben!« Néné drehte den Kopf weg, um seinem Blick auszuweichen.

William bemerkte seine ungewohnte Scheu. Ein böser Verdacht zog ihm den Magen zusammen. »Was hat er dir getan?«

»Mr. Roscoe hat mich geschlagen!«

»Das habe ich nicht gemeint.«

Jetzt sah Néné erschrocken auf. »Sir, ich wollte das nicht, er hat mich gezwungen«, flüsterte er.

William atmete tief durch. »Du kannst nichts dafür, Néné.

Und glaub mir, du bist noch immer derselbe Junge. Keine Angst, es wird wieder gut, Néné.«

Ronnie war gekommen. Bekümmert sah er, wie der Junge in dem dünnen Kostüm zitterte. »Wir sollten jetzt gehen«, sagte er zu William. »Sie haben Ihren Diener gefunden, nun brauchen wir Mr. Roscoe nicht mehr zu bemühen.«

»Ihn nicht bemühen, sagen Sie?« William trat nah an ihn heran, damit Néné ihn nicht hörte: »Sehen Sie, was dieser Hund dem armen Jungen angetan hat? Er hat ihn misshandelt, missbraucht und lässt ihn von diesem Pack auch noch demütigen.« Wütend drohte er mit dem Stock gegen das Gelage vor dem Kamin.

»Wir sollten trotzdem gehen«, drängte Ronnie. »Bringen Sie den Jungen von hier weg, das ist das Beste, was Sie für ihn tun können.«

Aber William hörte nicht zu. Ronnie spürte, dass ein gefährlicher Ingrimm, der mit dem Unglück des Jungen nichts zu tun hatte, sich Williams bemächtigte, und es beschlich ihn ein ungutes Gefühl.

»Hören Sie, Marshall«, sagte er besorgt, »ich weiß nicht, was zwischen Ihnen und Roscoe vorgefallen ist ...«

»Was wissen Sie überhaupt, Mr. York?«, fuhr William ihn an. »Was wissen Sie von Männern wie Roscoe, denen es Vergnügen bereitet, Menschen zu quälen?« Dann, mühsam beherrscht: »Tut mir leid, Ronnie, ich wollte nicht so mit Ihnen sprechen. Wieso muss ich mich ständig bei Ihnen entschuldigen!«

»Ist schon gut.« Ronnie versuchte ein Lächeln. »Also dann, gehen wir. Komm mit, Junge.«

Néné war aufgestanden, um mit ihnen hinauszugehen, doch dann blieb er wie vom Donner gerührt stehen und sah bestürzt nach oben. William wusste, wo er hinblickte, und sagte zu Ronnie: »Schnell, bringen Sie den Jungen raus!«

Ronnie fragte nicht, er fasste Néné am Arm und zog ihn mit sich durch die betrunkenen und feiernden Menschen zur

Saaltür. Er hoffte nur, dass William bei allem berechtigten Zorn nicht vergaß, in wessen Haus er sich befand, und sich zurückhielt, wenn er Roscoe zur Rede stellte. Roscoe wäre wohl klug genug, es coram publico nicht zum Skandal kommen zu lassen.

Vom Kamin halb verdeckt, blickte William zum Altan. Dort stand Roscoe, schön wie ein gefallener Engel, und blickte hinunter in den Saal. William tat keinen Lidschlag, während er den Stock in die linke Hand wechselte und mit der rechten langsam in den Rock griff. Seine Hand schloss sich um den passgenau gearbeiteten Pistolengriff, er legte zwei Finger auf den Abzug und löste die Sicherung. Adrenalin strömte durch seinen Körper. War das der Moment, auf den er seit Monaten wartete? Nur einen Sekundenbruchteil überlegte er: Wollte er Roscoe zur Rechenschaft ziehen, weil er Néné entführt und misshandelt hatte? Als Nénés Herr hätte er das Recht, Roscoe deswegen vor den Richter zu bringen; aber mehr nicht. Was würde dann aus seiner Rache? Roscoe hatte ihn gedemütigt, ihn gefoltert. Hier und jetzt könnte William seinen Stolz und seine Selbstachtung wiedergewinnen, er musste nur aus dem Schatten treten, auf Roscoe anlegen und ihn erschießen.

Damit war es entschieden. Er zog die Pistole und schritt ans Ende der langen Tafel. Dem Altan genau gegenüber wandte er sich um, spannte den Abzug und nahm Roscoe ins Visier.

Die Wächter auf dem Altan hatten nach Roscoe geschickt; unter den Gästen des Gelages habe es Handgreiflichkeiten gegeben. Roscoe war also noch einmal zurückgekommen, aber er konnte keine Anzeichen von Streit oder gar Tätlichkeiten unter den Gästen feststellen. Die Paare vergnügten sich und waren vollauf mit sich beschäftigt; nur sein kleiner Sklave war verschwunden. Als er die Wächter darauf aufmerksam machte, sah er unten eine Bewegung wie ein dunkler Flügelschlag und wandte den Kopf zur Saalmitte. Ein schwarz gekleideter Mann blickte direkt zu ihm herauf. Er wollte sich schon wieder abwenden, als der Mann den Arm hob und mit einer Pistole auf ihn zielte.

Roscoe nickte, als er William Spencer erkannte. Er hatte ihn erwartet, aber nicht mit einer offenen Konfrontation dieser Art gerechnet. Kaltblütig erwog er seine Alternativen. Er musste Spencer erledigen, das war klar. Aber er durfte nicht riskieren, dass die Burg als Schauplatz eines Duells ins öffentliche Interesse rückte; immerhin lagen in den Verliesen tonnenweise Armeewaffen und Munition. Was bedeutete, er musste Spencer erstmal auf andere Art loswerden. Aber wie? Der Zeitpunkt war ungünstig; er musste noch die Leute in der Kanzlei abfertigen, während am Fluss schon das Boot wartete, das ihn zu seinem Schiff bringen sollte. Nach Plan sollte er längst an Bord sein. Die Zeit drängte, vor der Zollinspektion am nächsten Morgen musste er die Tristar weit genug außerhalb des Zugriffs der Obrigkeit gebracht haben. Nein, Spencer sollte ihm nicht das Geschäft verderben. Am besten, seine Männer nahmen ihn so lange in Gewahrsam, bis das Schiff mit der kostbaren Fracht England verlassen hatte.

Auch Roscoes Gedankengang dauerte nicht länger als den Bruchteil einer Sekunde. Gelassen zog er eine Pistole aus dem Holster unter dem Admiralsrock hervor. Den beiden Wächtern bedeutete er mit einem Wink, den Mann in der Halle zu ergreifen, dann hob er die Waffe und nahm William seinerseits ins Visier.

Die Leute in Williams nächster Umgebung hatten sich rasch in Sicherheit gebracht, die übrigen Gäste schienen kaum beunruhigt. Man wusste, der Gastgeber liebte abartige Vergnügen; bestimmt hatte Roscoe den dramatischen Auftritt inszeniert. Jedenfalls bewunderten alle die Flamboyance, mit der die beiden Gegner ihren Konflikt öffentlich machten, und warteten gespannt auf den Ausgang dieser Zurschaustellung bedingungsloser Entschlossenheit. Auch die anwesenden Offiziere gaben sich nicht den Anschein, als wollten sie intervenieren. Sie interessierte lediglich, wer der düstere Mann war, der die Kühnheit besaß, Roscoe zu fordern; galt doch der Kreole gemeinhin als verwegener Duellant.

Néné lief indessen apathisch neben Ronnie her. Seit dem Augenblick, da er Roscoe auf dem Altan erblickt hatte, hatte ihn alle Hoffnung verlassen: Der schöne Teufel war gekommen, um seinen Herrn zu töten! Jetzt war es Néné gleichgültig, was mit ihm geschah.

Ronnie und er hatten den Ausgang fast erreicht, als ein Raunen durch den Saal ging. Sie blickten zurück und sahen, wie William und Roscoe sich gegenseitig mit Pistolen bedrohten. Nur noch einen Augenblick, und Néné sähe seine schlimmste Befürchtung wahr werden. Im Unterschied zu Ronnie, der noch überlegte, ob er William helfen sollte, zögerte Néné keine Sekunde. Er duckte sich unter Ronnies schützendem Arm hindurch und lief zurück.

Roscoe hatte den Vorteil, den Saal von oben zu überblicken. Als er Néné vom Eingang her auf William zulaufen sah, zog er mit der Linken die zweite Pistole und zielte damit auf den Jungen ...

William hatte damit gerechnet, dass Roscoe sich nicht kampflos ergeben würde, es kümmerte ihn nicht. Zu tödlicher Rache entschlossen, nahm er ihn ins Visier, zählte im Geiste eins, zwei ... Plötzlich sah er, dass Roscoe eine zweite Pistole zog ...

»Halt, Junge, keinen Schritt weiter!«

Néné blieb wie angewurzelt stehen. Entsetzt starrte er zu Roscoe auf dem Altan, der jetzt auch ihn mit einer Pistole bedrohte.

Roscoe sagte in die Stille: »Sie hätten den Welpen besser erziehen sollen, Spencer. Er ist ein notorischer Ausreißer.«

»Nein, glauben Sie ihm nicht, Mr. Marshall!«, schrie Néné

verzweifelt. »Ich wollte Ihnen nicht weglaufen, bestimmt nicht!«

William hielt die Waffe auf Roscoe gerichtet, doch er spürte, wie ihm das Geschehen entglitt.

»Bitte, Mr. Marshall, ich wäre zu Ihnen zurückgekommen!«, rief Néné und wollte weitergehen.

Aber Roscoe fuhr ihn an: »Rühr dich nicht von der Stelle!«

Auch William sagte scharf: »Bleib stehen, Néné!«

Néné blickte verwirrt von einem zum anderen. Unter dem Altan traten zwei Männer heraus, die geradewegs auf William zugingen.

»Nicht den da!«, rief Roscoe. »Bringt mir den Jungen.«

Bevor Néné recht begriffen hatte, wurde er von den Wächtern auf den Altan geschleppt.

Roscoe steckte eine Pistole ins Holster, packte Néné im Genick, zog ihn nach vorn an die Brüstung und hielt ihm den Lauf der anderen Waffe an die Schläfe. »Ich werde Ihren kleinen Sklaven noch eine Weile behalten«, sagte er zu William. Auf seinem Engelsgesicht zeigte sich ein falsches Lächeln. »Sie wollen sicher nicht, dass ihm etwas passiert? Dann belästigen Sie mich nicht länger, Spencer.«

William ließ die Pistole sinken. »Einverstanden«, sagte er geschlagen. »Nur tun Sie ihm nichts.«

Néné hatte mit klopfendem Herzen zugehört. Das Einzige, was er verstand, war, dass Roscoe ihn behalten würde. Er fing an zu zittern, er wusste, Roscoe würde ihm das Leben zur Hölle machen. Dann sah er zu William, und Tränen liefen über sein Gesicht. Nur bei seinem Herrn war er sicher gewesen, ohne ihn war er verloren. Williams Zuneigung war die einzige, die letzte Gewissheit in seinem Leben. Er schloss die Augen und ließ sich über die Brüstung fallen.

»Néné, nein!«

Williams Schrei hallte im Saal wider, als der Junge auf dem Boden aufschlug. Im nächsten Augenblick kniete William neben ihm nieder, schob einen Arm unter seinen Rücken. Néné blutete am Hinterkopf, sein Gesicht wurde fahl, sodass die dunklen Male der Schläge stärker hervortraten.

»Néné, hörst du mich? Schau mich an! Néné!« William stützte Nénés Kopf, überall war Blut, es quoll hinter seinem Ohr hervor. Er hatte schon zu viele Verwundete gesehen und wusste, es war vergebens; trotzdem riss er sein Halstuch herunter und versuchte, die Blutung zu stillen. Irgendwas musste er doch tun!

Néné öffnete die Augen einen schmalen Spalt, er lächelte matt, als er William erkannte. William wollte ihn halten, Néné sollte noch nicht gehen, er musste ihm noch etwas sagen.

»Du hattest recht, Néné, wir gehören nicht hierher. Wir gehen zurück nach Amerika, ich verspreche es dir.«

»Lega …cy?«

»Oh, ich habe jetzt ein eigenes Haus, wir haben ein neues Zuhause, in den High Hills.«

»Hills …«

»Ich werde dich dorthin bringen, Néné. Wir gehen nach Serenity Heights, nach Hause.«

Néné lächelte, dann schloss er die Augen. Ein Beben lief durch seinen Körper, als er in Williams Armen starb.

»Es tut mir so leid, Néné!«, flüsterte William. »Es tut mir leid, dass ich dich nicht beschützen konnte, und dass ich heute nicht für dich gekämpft habe. Ich habe nur an mich gedacht.« Voll Trauer neigte er den Kopf.

Nicht viele im Saal verstanden, was passiert war, und die es gesehen hatten, wollten es vergessen. Sie strebten fort von der Unglücksstelle, während Ronnie diesen Gleichgültigen entgegenlief. Dort, wo der Junge niedergestürzt war, hielt William den leblosen Körper in den Armen. Ronnie berührte ihn an der Schulter.

»Mr. Marshall, diese Leute hier … Wir sollten nicht länger bleiben.«

Abwesend sah William auf.

»Lassen Sie mich Ihnen helfen, Sir. Ich werde ihn zum Wagen bringen.«

William nickte, und Ronnie nahm ihm den Jungen aus den Armen, hob ihn hoch und wandte sich zum Gehen. Schwer auf seinen Stock gestützt, stand William auf. Er bückte sich noch einmal nach der Pistole, die am Rande der Blutlache lag, sicherte die Waffe und steckte sie ins Holster. Die Leute wichen zurück, als er Ronnie mit dem toten Jungen zum Ausgang folgte.

Der Burghof lag wie eine leere Kulisse im grauen Licht zwischen Nacht und Morgen. Ein älterer Lakai kam ihnen nach, brachte ihre Garderoben und eine wollene Decke für den schmalen Körper auf Ronnies Armen. William nickte stumm zum Dank. Ronnie legte den toten Knaben in den Wagen und deckte ihn sorgfältig zu. Als er auf die Kutschbank steigen wollte, bemerkte er, dass William zurückblickte.

»Möchten Sie nicht einsteigen, Sir?«

»Nein, ich bleibe. Geben Sie mir die Pistole, Mr. York.«

»Wie?«

»Ich sagte, geben Sie mir die andere Pistole.«

»Sind Sie wahnsinnig?« Ronnie packte William rau am Ärmel. »Mann, Sie könnten jetzt da drinliegen, ist Ihnen das nicht klar? Nur weil der arme Junge dumm genug war, sich für Sie zu opfern …«

»Roscoe hatte ihn in seiner Gewalt, was hätte ich denn machen sollen?«, rief William. »Er hat Néné auf dem Gewissen! Er hat den Jungen in den Tod getrieben. Das werde ich nicht so hingehen lassen.«

»Haben Sie denn überhaupt nicht zugehört? Roscoe hat vor allen Leuten gesagt, der Junge sei ein entlaufener Sklave. Er wird behaupten, Néné wollte lieber sterben als weiter Ihr Sklave zu sein, und die Leute im Saal werden das bestätigen. Roscoe ist zu weit gegangen, ganz klar. Aber im Prinzip haben Sie kaum etwas gegen ihn in der Hand.«

William nickte. Was Ronnie sagte, war vernünftig, doch er

wusste, was er zu tun hatte. »Ich werde jetzt da hineingehen, mein Freund, und Sie werden mich nicht daran hindern, verstanden? Also geben Sie mir die Pistole, es könnte sein, dass ich sie brauche.«

Er würde keinen Widerspruch dulden, das hatte Ronnie begriffen. »Na gut«, sagte er entschlossen, »ich weiß zwar nicht, warum ich das tue, aber ich werde Sie begleiten, Marshall. Und die Pistole behalte ich.«

William klopfte ihm auf die Schulter, dann gingen sie gemeinsam zurück in die nachtdunkle Burg.

Die Atmosphäre in der Kanzlei war gespannt. Earnshaw redete seinen Untergebenen Blackburn und Reading begütigend zu, nachdem sie auf dem Weg zur Kanzlei eine makabre Szene beobachtet hatten: Roscoe und ein unbekannter Mann hatten sich vor aller Augen mit Pistolen bedroht; offenbar ging der Streit um einen schwarzen Sklaven, der dann zu Tode gekommen war. Die beiden Offiziere hatten Earnshaw gerade berichtet, was passiert war, als Roscoe mit wehenden Rockschößen hereinkam und sich in seinen Sessel hinter dem Schreibtisch warf.

»Würden Sie die Güte haben, sich zu setzen, Gentlemen, damit wir die Angelegenheit abschließen können.« Ohne den Vorfall im Saal zu erwähnen, schlug er mit einem Seufzer überstrapazierter Geduld den Folioblock auf. »Ich habe Major Earnshaw bereits auf fehlerhafte Angaben zu den vereinbarten Posten hingewiesen, kurz gesagt: Wenn die Lieferung tatsächlich der Aufstellung in diesem Bericht entspricht, kommen wir nicht ins Geschäft.«

»Augenblick, Mr. Roscoe, wir können die Sache nicht mehr stoppen«, erwiderte Blackburn. »Die Lieferung ist bereits unterwegs. Damit haben wir unseren Part erfüllt.«

»Irrtum, Mr. Blackburn, ich bezahle nur, was ich bestellt habe.«

Earnshaw sog scharf den Atem ein, Reading und Blackburn sahen sich verunsichert an.

»Wie stellen Sie sich das vor?«, fragte Reading. »Was sollten wir denn jetzt damit anfangen?«

»Sie meinen, was Sie mit zwölfhundert Brown-Bess-Infanteriegewehren der Long-Land-Baureihe tun, die wie durch Zauberei irgendwoher auftauchen, obwohl sie in keinem Bestandsprotokoll des Arsenals fehlen?« Roscoe lächelte intrigant. »Vielleicht wüsste ich einen Abnehmer für die zwölfhundert Gewehre, allerdings würde er einen weit niedrigeren Preis zahlen. Seit die neue Serie auf dem Markt ist, lässt sich das Vorgängermodell nicht mehr so gut verkaufen.«

»Sie wollen nur den Preis drücken!« Major Blackburn schnaubte wütend. »Wissen Sie, wie man Leute wie Sie nennt, Mr. Roscoe?«

»Ja, weiß ich«, sagte Roscoe kalt. »Werden Sie nun eine neue Preisvereinbarung unterzeichnen?«

»Das können wir nicht entscheiden«, sagte Reading. »Damit würden wir unsere Kompetenz überschreiten.«

»In dem Fall, meine Herren, ist jedes weitere Wort Zeitverschwendung. Ich möchte Sie nicht länger bemühen.«

Reading und Blackburn standen auf.

»Endlich!«, seufzte Persephone und erhob sich ebenfalls. »Lass uns gehen, Bruce.«

»Sagen Sie Miss Hunter, sie soll sich wieder setzen«, meinte Roscoe, an Earnshaw gewandt. »Unsere Unterredung ist noch nicht beendet.«

Persephone schnappte nach Luft, aber Earnshaw hatte längst vor Roscoes Unverfrorenheit kapituliert.

»Bitte gedulde dich, Percy«, sagte er gedämpft, »Wir sind bald fertig.« Dann verabschiedete er die beiden Offiziere: »Schildern Sie General Malvern die neue Situation. Sagen Sie ihm, wir brauchen Vollmachten, die einen flexibleren Verhandlungsspielraum erlauben. Und danke, dass Sie gekommen sind.«

Reading und Blackburn tauschten einen Blick, der ihre Ansicht über die Autorität ihres Vorgesetzten verriet, erwiesen Persephone eine Reverenz und verließen die Kanzlei mit militärischem Gruß.

Wieder saßen Earnshaw und Persephone dem Kreolen gegenüber. Roscoe hatte sich den Bericht des Arsenals vorgenommen; völlig unempfindlich für die gereizte Atmosphäre, prüfte er die Auflistung akribisch bis zum Ende. Er hatte nie richtig lesen gelernt, nur sein zweckorientierter Umgang mit Zahlen ermöglichte ihm die Zuordnung der einzelnen Positionen. Die Lektüre bereitete ihm Mühe und dauerte entsprechend lange. Wenn er in der Lieferaufstellung Abweichungen von seinen Anforderungen fand, teilte er es Earnshaw sofort mit. Nach Durchsicht der letzten Seite schlug er den Block zu und lehnte sich zurück.

»Nun, Earnshaw, ich werde Ihr schönes Land in wenigen Stunden verlassen. Klären Sie diese Dinge, bis ich zurückkomme, dann werde ich über ein Anschlussgeschäft nachdenken. An dieser Stelle können wir uns jede weitere Diskussion sparen.«

»Aber Mr. Roscoe, ich brauche Ihre Zusage, dass unsere Vereinbarung im Wesentlichen bestehen bleibt. Wir haben erhebliche Vorleistungen erbracht, unsere Kosten sind immens.«

»Ich werde längstens vier Monate fort sein. Zeit genug für Sie, entsprechende Anweisungen zu treffen, damit Sie das nächste Mal korrekt liefern können. Bis dahin werde ich keine Zusage über ein weiteres Engagement der Starline-Flotte abgeben.«

Earnshaw wollte Bedenken hinsichtlich der Frist äußern, kam aber nicht dazu. Es klopfte, ein Lakai trat ein und meldete zwei Herren auf ein Wort in einer dringenden Sache.

Als die beiden Besucher eintraten, rief Roscoe entnervt: »Was wollen Sie denn noch, Spencer?«

Persephone erstarrte, Earnshaw fuhr herum.

»William!« Er sprang auf. »Wo kommst du her? Es hieß, du seiest ... gefallen!«

»Die Herren kennen sich?«, fragte Roscoe. »Dann darf ich Sie der Dame vorstellen, Spencer. Oder sind Sie mit Miss Hunter auch schon bekannt?«

»Halten Sie sich raus, Mr. Roscoe«, drohte William, dem Persephones Befangenheit nicht entgangen war.

Indessen hatte Earnshaw sich von der Überraschung erholt. »Seit wann bist du in der Stadt, Bill? Ich wusste ja nicht ...«

»Was hast du mit Leuten wie Roscoe zu schaffen, Bruce?«, versetzte William kalt.

»Nur zu, Earnshaw«, sagte Roscoe, »erzählen Sie Mr. Spencer von unserer Geschäftsbeziehung. Es dürfte ihn interessieren.«

Wenn Earnshaw von Williams Zurückweisung getroffen war, ließ er er sich nicht anmerken. »Du musst verstehen, wir wollen in erster Linie unsere ehemaligen amerikanischen Kolonien unterstützen. Die rigide Haltung der Londoner Regierung wird von vielen kritisiert. Mit Handelssperren und Wirtschaftssanktionen gegenüber Amerika ist niemandem gedient ...«

»Waffen, Bruce!«, unterbrach William ihn ungehalten. »Ihr verkauft Waffen an die Amerikaner, die sie schon bald auf unsere Jungs richten werden.«

»Aber der Krieg mit Amerika ist vorbei ...«

»Es gibt immer einen nächsten Krieg. Leute wie Roscoe und seine Partner profitieren davon, sie unterscheiden nicht zwischen Freund oder Feind. Aber du, Bruce! Wie konntest du es so weit kommen lassen?«

»Geld, die alte Geschichte«, warf Roscoe ein. »Die Armee zahlt schlecht, und Miss Hunters Capricen werden den guten Major einiges kosten, nicht wahr, Earnshaw?«

Aber anstatt Earnshaw erwiderte William: »Lassen Sie Miss Hunter aus dem Spiel, Mr. Roscoe, ich warne Sie!«

Roscoe hatte schon bemerkt, dass Persephone Williams

Blick auswich. Jeder Zug ihres Gesichts verriet ihre verletzten Gefühle. Es fiel ihm nicht schwer, die richtigen Schlüsse zu ziehen, er beugte sich über den Tisch und sagte mit gesenkter Stimme: »Sollten Sie nur mir gegenüber die Spröde spielen, Madam? Oder hat Mr. Spencer bloß die älteren Rechte?«

Jetzt war es um ihre Haltung geschehen. »Sie unverschämter Mensch, wie können Sie es wagen!«

Roscoe lehnte sich grinsend zurück, sichtlich zufrieden, sie aus der Fassung gebracht zu haben. Da sie ihn nicht treffen konnte, wandte sie sich errötend gegen William.

»Wieso kommst du hierher? Sagtest du nicht, ich würde dich nie wiedersehen? Warum tust du mir das an?«

William nahm ihre Anklage schweigend hin. Es war ihm unangenehm, dass er sie in Verlegenheit brachte.

Auch Earnshaw hatte eins und eins zusammengezählt. »Du hast dich also doch zurückgemeldet, William, bei ihr natürlich! Wie war euer Wiedersehen? Persephone hat gar nichts erzählt. War es wie früher?«

»Ich bitte dich, Bruce«, hauchte Persephone.

Er aber beachtete sie nicht, sondern ging William zornig an: »Du warst bei ihr, um dich zu rächen, gib es zu! Du hast mir nie verziehen, dass sie dich meinetwegen verlassen hat. So etwas kannst du nicht ertragen, William.«

»Pass auf, was du sagst, Bruce. Während ich einen aussichtslosen Krieg führte, hast du dich an meine Frau herangemacht.«

»Sie war nicht deine Frau!«

»Aber ich war dein Freund, Bruce!«

»Wirfst du mir vor, dass ich mich für Percy anstatt für dich entschieden habe?«

»Du hast dich gegen mich entschieden. Als wäre eine schöne Frau Entschuldigung genug, seine Verpflichtungen zu vergessen.«

»Oh-oh! Ich kenne noch jemanden, der wegen einer Frau

seine Verpflichtungen vergessen hat«, mischte Roscoe sich wieder ein. »Warum waren Sie nicht bei Ihrer Truppe, Spencer, beim Abzug der Briten in Yorktown? Na?«

William war mit zwei Schritten neben seinem Platz. »Sie wagen es, mich das zu fragen, Mr. Roscoe?« Der Dorn seines Stockes reichte gefährlich nah an Roscoes Herz. »Sie können von Glück sagen, dass Sie den Saal vorhin lebend verlassen durften!«

»Wollten Sie wirklich mit mir abrechnen, wegen dieser Geschichte letzten Herbst?« Roscoe schob Williams Stock respektvoll zur Seite. »*Dío*, Colonel, was haben Sie erwartet? Es war Krieg, wir waren Gegner, keiner hat dem anderen was geschenkt. Warum tun Sie so, als wären wir besonders niederträchtig gewesen, das nimmt Ihnen doch keiner ab. Ausgerechnet Sie, Spencer, der die Milizen zum puren Vergnügen jagte, Sie mussten wissen, dass wir Sie nicht ungeschoren davonkommen lassen.«

Es fiel William nicht leicht, bei dem enervierenden Geschwätz ruhig zu bleiben. Doch er musste sich beherrschen, durfte sein Ziel nicht aus den Augen verlieren. Nein, es ging nicht nur darum, Roscoe für Nénés Tod zu bestrafen. Williams Ziel war die Rache an seinen Folterern, und plötzlich war er diesem Ziel sehr nahe. Er hatte Roscoe gefunden, nun musste er Reed aufspüren, vor allem Reed! Um an ihn heranzukommen, musste er Roscoe zum Reden bringen.

»Zugegeben, ich war auf manches Ungemach gefasst, als ich Ihnen und Ihrem Captain in die Hände fiel«, begann er. »Doch Sie haben meine Erwartungen weit übertroffen. Besonders die Fertigkeiten Captain Reeds haben nachhaltig Eindruck bei mir hinterlassen; wenn ich in den Spiegel schaue, werde ich stets daran erinnert.«

»Andere hatten weniger Glück«, sagte Roscoe unbestimmt. »Seien Sie froh, dass Sie noch am Leben sind.«

»Oh, das bin ich, denn so kann ich es ihm heimzahlen.«

»Sie wollen zu ihm?« Roscoe wirkte jetzt weniger selbstsicher; ihn machte die Vorstellung, dass Reed in den Fokus von Williams Rachedrohung geriet, offenbar nervös.

Was William nicht entging. »Ich will Mr. Reed an unsere Begegnung in den High Hills erinnern«, antwortete er. »Es wird Ihren Freund kaum freuen, mich wiederzusehen.«

»Lassen Sie es bleiben, wenn Ihnen Ihr Leben lieb ist.«

»Was sollte ich befürchten? Er hätte mich schon damals töten können. Aber er hat es nicht getan, warum?«

»Warum, warum! Woher soll ich das wissen? Er weiß doch selbst nicht, was er tut.« Roscoe lachte unfroh, er sagte bei sich: »Erst will er, dass ich gehe, dann schreibt er, ich soll wieder nach Hause kommen – ›nach Hause‹, wie harmlos das klingt!«

William hatte ihn genau beobachtet. »Und, werden Sie zu ihm zurückkehren?«

»Was geht Sie das an?«

»Ich hörte, Sie haben vor, nach Amerika zu fahren.«

Auf einmal wurde Roscoe argwöhnisch. »Worauf wollen Sie hinaus, Spencer?«

»Nun, ich denke, dass Sie Ihren Freund vor mir warnen werden.«

Roscoe wollte etwas erwidern, überlegte es sich aber dann anders. Er lehnte sich zurück und zupfte müßig an den Goldtressen seines Admiralsrocks, als hätte er das Interesse an der Unterhaltung verloren.

William erkannte, dass er von ihm nichts mehr erfahren würde. Ernüchtert besann er sich des Knaben, der unten tot im Wagen lag; er musste Roscoe deswegen zur Rede stellen. »Hören Sie, Mr. Roscoe«, sagte er beherrscht, »ich bin hier, um Sie wegen der Misshandlung meines Dieners zur Rechenschaft zu ziehen. Also, kommen Sie freiwillig mit?«

»Ich wusste, dass Sie davon anfangen würden!« Roscoe stand auf und stolzierte mit wiedergewonnener Sicherheit durch die Kanzlei. »Reden Sie mit Inspektor MacGrath, Sie finden ihn unten an der Bar. Sagen Sie ihm, welche Summe Ihnen als Schadensersatz vorschwebt. Er soll das mit der Agentur regeln; man wird Ihnen das Geld anweisen.«

Er wandte sich an Earnshaw und Persephone, die seinem Wortwechsel mit William verständnislos zugehört hatten. »Nun müssen Sie mich leider entschuldigen. Ich sollte längst auf meinem Schiff sein. Miss Hunter! Gentlemen!«

Nach einer gekonnten Verbeugung vor Persephone ging er zum Ausgang. William wollte ihn aufhalten. Doch es kam ihm jemand zuvor.

»Ich fürchte, Sie müssen Ihre Reise verschieben, Mr. Roscoe.«

Ronnie, der von allen unbeachtet beim Eingang gewartet hatte, stand plötzlich mit der Pistole im Anschlag zwischen Roscoe und der Tür.

»Sie kenne ich doch!«, meinte Roscoe verblüfft. »Sie waren schon öfter hier, nicht wahr?« Er wandte sich an William: »Gehört der auch zu Ihnen?«

Nur William spürte, dass Ronnie über seine eigene Kühnheit entsetzt war. »Danke, Mr. York«, sagte er, und an Roscoes Adresse: »Ich denke, die Präfektur von Westminster ist für Ihren Fall zuständig.«

Mit einer Geste forderte er Roscoe auf, ihm zu folgen. Roscoe aber machte keine Anstalten mitzukommen. Er sah ungerührt an William vorbei und meinte: »Worauf warten Sie, Earnshaw!«

In der Stille des holzgetäfelten Raums war ein leises Klicken zu hören, gefolgt von einem metallischen Einrasten, eine Pistole war entsichert, der Abzug gespannt worden.

»Tut mir leid, William, aber es wäre besser, du würdest Mr. Roscoe nicht länger aufhalten.« Earnshaw war sein Stolz schon lange abhandengekommen, und er hatte zu viel zu verlieren, wenn Roscoe ihn preisgäbe. Mit ruhiger Hand zielte er nun auf den Rücken seines ehemals besten Freundes. Er war ein guter

Schütze, und er würde schießen, sobald William eine falsche Bewegung machte. Also breitete William langsam die Arme aus; er würde nicht nach seiner Waffe greifen.

»Es ist vorbei, Ronnie. Sie können die Pistole herunternehmen«, sagte er. Erleichtert ließ Ronnie die Waffe sinken.

Mit wiegenden Schritten kam Roscoe auf ihn zu. »Ronnie, Ronnie, Ronnie«, sagte er kopfschüttelnd, »das ist nicht die richtige Gesellschaft für Sie.« Er nahm ihm die Duellpistole aus der Hand und steckte sie in seine Rocktasche. Dann ging er zu William. Er trat nah heran und sah ihn lange an, fand aber in seinen beherrschten Zügen weder Verachtung noch Wut. William, der deutlich größer war als Roscoe, sah einfach über ihn hinweg.

»Sie erlauben?« Roscoe zog die Aufschläge von Williams Rock auseinander. Er hätte die Pistole einfach aus dem Holster nehmen können. Stattdessen legte er ihm seine Hände rechts und links auf die Brust und ließ sie langsam bis zu Williams Hüften herabgleiten. William fühlte, wie sein Herzschlag aussetzte, als Roscoes Finger mit Nachdruck über die Narben fuhren, die unter dem Stoff der Kleidung geschützt und doch empfindlich für die Berührung waren. Er hielt den Atem an. Endlich zog Roscoe mit der Rechten Williams Pistole aus dem Holster und trat zurück.

Zum Vergleich nahm er die Pistole, die er Ronnie abgenommen hatte, hervor und pfiff leise durch die Zähne. »Donnerwetter, ein schönes Paar! Gezogene Läufe! Die werde ich natürlich mitnehmen. Ich lasse Ihnen dafür meinen Stock. Zu Ihnen passt er besser.« Immer noch mit Blick auf die Waffen sagte er: »Ich werde Algernon eine geben, was meinen Sie, Spencer?«

»Sie sind ein Paar, sie sollten nicht getrennt werden.«

»Genau das habe ich gemeint«, antwortete Roscoe und steckte die beiden Duellpistolen in die Rocktaschen.

»Guten Abend, Miss Hunter, Gentlemen! Es war mir ein Vergnügen.« In der Tür drehte er sich ein letztes Mal um; ein

Glitzern seines nachtblauen Rocks, er setzte schwungvoll den pelzverbrämten Hut auf und war fort.

William fixierte Earnshaw quer durch den Raum, bis er die Waffe senkte. Dann verneigte er sich wortlos vor Persephone. Ohne Earnshaw noch eines Blickes zu würdigen, sagte er zu Ronnie: »Kommen Sie, mein Freund. Wir müssen Néné nach Hause bringen.«

Die Bestürzung der Crawfords und Mr. Watsons war William unerträglich, er schloss sich in seinem Zimmer ein. Ronnie erklärte den Leuten so viel, wie nötig war. Der Tote wurde in einer leeren Wäschekammer auf ein Feldbett gelegt. Watson schickte nach einem Arzt, der die amtlichen Dokumente ausstellen sollte. Ronnie bekam in der Dienstbotenküche eine Tasse Tee. Übernächtigt saß er mit den anderen um den Tisch. Es wurde wenig gesprochen, jeder dachte an den Jungen dort in der Kammer.

Der Arzt, Dr. Walsh, kam gegen sechs Uhr vom Nachtdienst im Orphan Hospital. Walsh, ein vierschrötiger, lauter Mann, schreckte die hohläugige Runde aus ihrem Kummer auf. Er verlangte, dass Ronnie ihm bei der Untersuchung assistierte und ihm schilderte, wie der junge Schwarze zu Tode gekommen war. Als Dr. Walsh den Befund notierte, fragte er, wer die erforderlichen Angaben zur Ausstellung des Totenscheins machen könne. Das brachte alle in Verlegenheit. Die Hotelangestellten respektierten Williams Wunsch nach ungestörter Ruhe. Dr. Walsh aber beharrte darauf, den Herrn des toten Sklaven zu sprechen. Ronnie erbot sich, ihn nach oben zu begleiten.

Die Stirn gegen die kühle Fensterscheibe gelehnt, blickte William auf den friedlichen Berkeley Square. Das Viertel erwachte, die ersten Händler waren mit ihren Lieferwagen unterwegs. Er sah hinaus und sah doch nichts. Sein Blick war nach innen gekehrt, in Trauer um den Tod eines Unschuldigen. Er hatte versagt. Spätestens als er die Leibwächter bemerkt hatte, hätte sein Verstand ihm sagen müssen, dass in der Burg nichts gegen Roscoes Plan geschah. Selbst Néné hatte ihn gewarnt, aber er hatte nicht hören wollen. Verblendet vom selbstgerechten Wahn der Rache hatte er die offene Konfrontation gesucht, wissend, dass sein Gegner nicht fair kämpfen würde. Darum war Néné jetzt tot.

Er wollte das Pochen an der Tür nicht hören. Dann drang Ronnies Stimme gedämpft zu ihm.

»Es ist wichtig, Sir. Die üblichen Formalitäten, es wird nicht lange dauern ... Mr. Marshall?«

William seufzte, was hätte er ohne Ronnie getan. Er ging zur Tür, öffnete und bat den Arzt herein.

Ronnie ging müde die gewundene Treppe zur Hotelhalle hinunter. Der Concierge sprach am Empfang mit einem stattlichen Mann, der etwas ungehalten wirkte. Ronnie verstand, dass dieser mit jemandem verabredet sein sollte, den Watson im Gästebuch nicht verzeichnet fand. Als Ronnie mit einem angedeuteten Nicken vorbeiging, hörte er, wie der Concierge erklärte: »Bei der Adresse könnte ein Irrtum vorliegen, Mr. Spencer. Vielleicht meinte der Gentleman das neue Hotel in der Barkley Lane.«

Ronnie ging zum Empfang zurück. »Sie haben nach einem Gast gefragt, Sir?«

Der Mann bezog ihn ohne Umstände ein: »Richtig. Ich kann mir nicht vorstellen, dass er mir eine falsche Adresse notiert haben soll, das sieht Billy nicht ähnlich.«

»Billy?«

»William Spencer, mein Bruder. Wir sind zum Lunch verabredet.«

Ronnie nicke langsam. »Ich denke, ich kann Ihnen weiterhelfen, Mr. Spencer.«

»Sind Sie mit meinem Bruder bekannt, Sir?«
»Ein Gentleman mit einem auffälligen Gehstock?«
»Das ist Billy. Wohnt er hier?«
»Ja.«
»Und wieso weiß der Concierge nichts davon?«
»Nun, Ihr Bruder ist hier als Mr. Marshall abgestiegen.«

Thomas Spencer musterte ihn streng, auch Watson schwieg abwartend. Ronnie wusste selbst nicht recht, was er davon halten sollte.

»Hören Sie, wir hatten alle eine schlechte Nacht. Es wäre doch am einfachsten, ich bringe Sie zu Mr. Marshall und Sie entscheiden selber, ob der Gentleman Ihr Bruder ist.«

Thomas fand den Vorschlag vernünftig und ging mit Ronnie hinauf. Auf halbem Weg kam ihnen der Arzt entgegen.

»Sie müssen Mr. Marshall dazu bewegen, die Polizei zu benachrichtigen«, redete Dr. Walsh laut auf Ronnie ein. »Der Junge ist vor seinem Tod misshandelt worden, der Vorfall muss untersucht werden. Vielleicht gelingt es Ihnen, Mr. York, Ihren Einfluss geltend zu machen. Guten Tag, Gentlemen.«

Dr. Walsh war kaum außer Hörweite, als Thomas sagte: »Wieso werde ich den Eindruck nicht los, dass hier etwas ganz und gar nicht in Ordnung ist?«

Erneut aus seinen Gedanken aufgestört, öffnete William mit düsterer Miene. Thomas trat ohne zu zögern ein und ging an ihm vorbei in den Salon, indem er beiläufig bemerkte: »Mein Lieber, du siehst furchtbar aus!«

William war ihm gefolgt. »Was machst du hier, Thomas? ... Warte: Unsere Verabredung zum Lunch! Verzeih, ich hab's vergessen. Weißt du, ich hatte eine schlechte Nacht ...«

»Das habe ich schon gehört. Du erlaubst?« Thomas schenkte sich eine Tasse von dem kalt gewordenen Tee ein und setzte sich in einen Sessel. Die hauchzarte Teeschale in ihrer Untertasse auf dem Knie balancierend, fasste er seinen Bruder, der schweigend am Fenster stand, schärfer ins Auge. »Kannst du mir erklären, warum du in dem Hotel unter dem Namen unserer Mutter als William Marshall bekannt bist? Wenn der junge Mann nicht gewesen wäre, hätte ich dich nie gefunden.«

William setzte sich in einen Sessel ihm gegenüber. Er strich sich mit den Händen kräftig über Stirn und Wangen, um frischer zu werden. »Willst du die ganze Geschichte hören, Thomas?«

Er ließ nichts aus, erzählte vom Krieg, von Spencer, dem Schlächter, und der Green Horse, von heißblütigen Angriffen und wilden Siegesfeiern und schließlich davon, wie sie in den High Hills verraten wurden. Er sprach darüber, was Reed und Roscoe ihm angetan hatten, über Legacy und Antonias verlorene Liebe, über Cornwallis' Zurückweisung und die Begegnung mit Persephone; er verschwieg nichts und endete bei der vergangenen Nacht, als Nénés Tod ihm die Vergeblichkeit all seines Strebens vor Augen geführt hatte. Thomas hörte ruhig bis zum Ende zu und ließ dann eine Weile schweigend vergehen.

»Ich erinnere mich gut an deinen letzten Besuch, bevor du mit dem Invasionsheer aufgebrochen bist. Du warst ungemein stolz auf deine Beförderung, Billy. Ich glaube, mir ist noch kein Offizier begegnet, der mehr von sich überzeugt war als du damals. Du hast seitdem viel erlebt, und anscheinend sind Dinge geschehen, die dich aus dem Gleichgewicht gebracht haben.«

»Wenn du es so nennen willst.«

»Wie würdest du es denn nennen? Dein Verstand predigt dir Loyalität bis zum letzten Atemzug, obwohl die Erfahrung zeigt, dass du am Schluss auf verlorenem Posten stehst. Und trotzdem hast du alles dafür aufgegeben: dein neues Leben, die Freiheit in einem jungen Land, die Liebe zu Antonia. Die Waagschalen deines Lebens, Herz und Verstand, sind aus der Balance geraten. Dein Verstand hält dich fest, aber dein Herz will fort, und plötzlich ...« Er ließ die Teetasse los, sie kippte zu einer Seite, doch er fing sie sicher auf und hielt das zarte Geschirr lächelnd hoch.

William nickte ergeben. »Du hast recht, mein Leben ist aus dem Lot.« Auf einmal klang er ratlos. »Deshalb kam ich auch hierher zurück, um dort wieder anzuknüpfen, wo ich meinen Weg verloren hatte.«

»Aber Billy, das kann nicht funktionieren! Du hast dich verändert. Deine heutigen Ansichten haben mit der Einstellung des Mannes, der du noch vor ein paar Jahren warst, nichts mehr zu tun.« Thomas stand auf, legte seinem Bruder die Hand auf die Schulter. »Du hast deine englische Seele auf dem Schlachtfeld verloren, du kannst nicht mehr zurück in unser altes Empire. Nach den Jahren in Amerika hast du amerikanisch zu denken gelernt. Als du vorhin über deinen Freund Longuinius und seinen Kampf für die Unabhängigkeit gesprochen hast, Billy, da hättest du die Begeisterung in deinen Augen sehen sollen!«

»Longuinius ist tot«, sagte William. »Am Tage vor seinem Tod hatte ich ihn besucht, aber ich habe nicht bemerkt, wie es um ihn stand. Er hat mir seinen Besitz vermacht, in den High Hills am Santee River.«

»Sieh mal an!« Thomas zog die Brauen hoch. »Was tust du dann noch hier?«

VIII. Oliver Roscoe

33.

Die Tristar fuhr hart am Wind. Von der aufgewühlten See emporgehoben, wies ihr Bugspriet wie ein Speer gegen den Himmel. Gleich darauf neigte sich der Schiffsrumpf wieder steil hinab, in rasender Fahrt zwischen anrennenden Wellenbergen. Von Luv kamen immer neue schwarzblaue Wogen, stiegen wie glasige Wände neben dem Schiff auf und schienen für wenige Sekunden zu verharren, ehe sie sich zu einer kalten Umarmung beugten und ihre Wassermassen auf das Deck stürzten.

Ein Mann stand mit einem Tau gesichert auf dem Achterdeck. Im schwarzen Bootsmantel, den Kragen übers Kinn hoch geschlossen, stemmte er sich gegen die Heckgalerie. Seine Hände wurden vom kalten Salzwasser wund, indem er das Geländer umklammert hielt und mit breitem Stand die Bewegung des Schiffs abfing. Hereinbrechende Seen gingen auf ihn nieder, als wollten sie ihm die Knochen zerschlagen. Doch er würde die Brücke nicht verlassen, um unter Deck Schutz zu suchen. Entschlossen, den Sturm bis zum Ende durchzustehen, verlangte er nichts als ein Tau zur letzten Rettung, falls ihn die Kräfte verließen.

Der Mann musste verrückt sein!

Das Wasser fand den Weg überallhin, in die Offizierskammern, in die Quartiere der Besatzung vor dem Mast. Abwechselnd standen zwei Mann an der Lenzpumpe, der Pegel in der Bilge stieg beunruhigend schnell. Um dem Sturm die Angriffsfläche zu nehmen, wurden Segel aufgeholt und die Fahrt mit zwei Vorsegeln und dem Besansegel stabilisiert. Zum Reffen der oberen Segel mussten die Matrosen aufentern ins Rigg. Dort oben rissen die Bewegungen des Schiffs sie von Backbord nach Steuerbord, auf und ab mit dem wüsten Seegang. Auf den Rahen im brausenden Wind konnten sie die Befehle des Maats nur erahnen, der Sturm überbrüllte jeden menschlichen Laut. Der Kapitän gemahnte seine Leute an ihre Zuversicht. Jeder gab sein Bestes, während der Orkan stärker wurde und die See sich wütend aufbäumte.

Als ein Brecher die Tristar von achtern bis mittschiffs überflutete, fühlte der Mann sich wie von eisiger Faust gepackt und auf die Knie geworfen. Er schrie auf, brüllte vor Zorn, erstickte fast am zurückflutenden Wasser, das seinen Schrei ertränkte. Salzwasser auswürgend kämpfte er sich hoch, zog sich wieder auf die Füße. Er keuchte vor Anstrengung, als er sich erneut dem Sturm darbot.

Warum tat er das? Was hielt ihn davon ab, dem gesunden Menschenverstand zu folgen und sich allerspätestens jetzt in Sicherheit zu bringen? Wozu setzte er sein Leben mutwillig aufs Spiel? Nun, er war ein Spieler! Im Vertrauen auf sein Glück nahm er jedes Risiko in Kauf; so hatte er immer gelebt, und nur so hatte er überlebt. Er konnte sich nicht erinnern, dass man je auf ihn Rücksicht genommen hätte, darum tat er es auch nicht. Weil er nie gelernt hatte, vorsichtig zu sein, betrachtete er sein Leben als riskanten Zeitvertreib. Und wer im Spiel bleiben wollte, musste bereit sein, bei jedem Einsatz mitzugehen. Jung an Jahren, war er schon an einen Punkt gelangt, da das Leben für ihn nur in höchster Gefahr einen Sinn bekam. Spielen war alles und alles ein Spiel, also setzte er sein Leben. Was wäre faszinierender, als um den höchsten Einsatz zu spielen!

Im ungewöhnlich heißen Frühling 1757 wurde Miguel Olivero Ruizco Martinez de Avilés als letzter Abkömmling kreolischer Aristokraten in Spanisch-Florida geboren. Seine Vorfahren stammten aus Kastilien, Ramon Rodriguez Martinez de Avilés kam Anfang des sechzehnten Jahrhunderts mit einer Expedition von Abenteurern und Goldsuchern nach Nordamerika. Sein Sohn Hernan beteiligte sich im Jahre 1565 an Menéndez' Vernichtungsfeldzug gegen die Hugenotten und erhielt von der spanischen Krone in Anerkennung seiner Verdienste einen Adelstitel und Latifundien im Nordosten Floridas. Das Territorium der Martinez de Avilés erstreckte sich von der Atlantikküste einige Tagesritte weit ins Landesinnere und von ihrem Herrensitz Soledad bei St. Augustine hundert Meilen nach Süden. Die Familie beherrschte praktisch ein Drittel Floridas über einhundertfünfzig Jahre wie ein eigenes Königreich. Erst mit dem Ende der Vormachtstellung Spaniens in Amerika verlor sie an Einfluss, ihr legendärer Reichtum schwand dahin, und die fortschreitende Landnahme anderer Kolonialmächte setzte ihrer feudalen Herrlichkeit ein Ende. Lange bevor Florida an England fiel, war von dem gewaltigen Grundbesitz nicht mehr übrig geblieben als ein paar Hektar Weidelandes und das Stammhaus auf der Indigoplantage Soledad.

Miguels Mutter, Isabella Maria Alba Ruizco Martinez de Avilés, eine unbedarfte Frau mit seelenvollen Augen, wurde unsanft aus ihren Jungmädchenträumen gerissen, als sie nach der Blatternepidemie von 1755 allein und ohne einen Real Bargeld dastand. Von der Verantwortung für den heruntergewirtschafteten Betrieb restlos überfordert, gab sie den elterlichen Nachlass in die Obhut des Anwalts der Familie und lebte vom stückweisen Verkauf ihres Grundbesitzes. Sie wohnte auf dem verfallenden Stammsitz ihrer Vorfahren in Gesellschaft einer Aufwartefrau und ihres letzten Haussklaven Cupide, den sie aus Sentimentalität nicht verkaufen wollte. Während sie durch die leeren Räume wanderte, sehnte sie sich nach einer Heirat mit einem wohlhabenden Mann, der sie aus ihrer ereignislosen Tristesse heraushole.

Während der Parade zum Namenstag der Infantin begegnete

sie auf der Promenade von St. Augustine dem bildschönen Darrel Jackson, einem berufsmäßigen Spieler, der sich nach einer erfolgreichen Saison ein paar Tage des Nichtstuns gönnte. Isabella in ihrem Verlangen nach Liebe und Glück war für einen charmanten Herumtreiber wie Jackson leichte Beute. Er brauchte kaum eine Stunde verliebter Schmeichelei, schon war es um ihr Herz geschehen. Die atemberaubende Liebe ihres Lebens währte gerade drei Monate, dann fand sich Isabella verlassen und schwanger in dem baufälligen Anwesen von Soledad wieder.

In Einsamkeit und unter Schmerzen geboren, war der kleine Miguel für seine Mutter nur eine ungeliebte Erinnerung an ihr vergangenes Glück. Der ältliche Cupide kümmerte sich um den Jungen und zog ihn mit Familiengeschichten groß. Staunend lauschte Miguel Cupides Erzählungen vom Glanz und Ruhm der Martinez de Avilés, von rauschenden Festen und eleganten Soireen aus einer Ära bevor sein Großvater, der Zeichen der Zeit zu spät gewahr, Besitz und Privilegien verloren hatte. In Miguels kindlicher Phantasie wurde die glorreiche Vergangenheit der Familie zum Ersatz für alles, was ihm im wirklichen Leben fehlte.

Indes fand Donna Isabella Wege, wie sie Darrel Jackson vergessen konnte: sie verliebte sich immer wieder aufs Neue. Männer kamen und gingen in ihrem Leben, und bald lernte Miguel, dass er nicht im Weg sein durfte, wenn seine Mutter Herrenbesuch empfing. Da Cupide im Alter ungesellig wurde, war der Junge die meiste Zeit sich selbst und seiner Langeweile überlassen. So vertat er die einsamen Tage seiner Kindheit im verwilderten Garten hinter dem Haus, in Erwartung darauf, dass Mamá abends kam und ihm vorlas.

Die Jahre vergingen. Als Miguel mit zehn Jahren immer noch wartete, dass Mamá ihm vorlas, wurde Isabella endlich seiner vernachlässigten Bildung gewahr. Es gab kein Geld für einen Hauslehrer oder ein Internat, und natürlich kam eine öffentliche Schule nicht infrage. Doch weil gerade die warme Jahreszeit begann, vergaßen sie einstweilen die Schule und fuhren ans Meer. Wie jedes Jahr logierten sie in einem Sommerhaus von Verwandten in einem ruhigen Badeort, der keinesfalls mondän hätte genannt werden können, und verbrachten die Tage mit Ausfahrten oder Spaziergängen an der Uferpromenade.

Eines Nachmittags wurde Donna Isabella auf der Terrasse eines Cafés von einem Mann mittleren Alters angesprochen, dessen gepflegtes Äußeres sie gleich für ihn einnahm. Er stellte sich vor als Alfonso de Soto, Inhaber einer kleinen Druckerei in St. Augustine. Isabella bat ihn an ihren Tisch. Señor de Soto, hocherfreut über die Gesellschaft, bestellte Tee und für den jungen Herrn Miguel Schokolade und Mengen von Kuchen und Zuckergebäck.

Man traf sich täglich. De Soto verwöhnte Miguel, wo er nur konnte. Es war nicht zu übersehen, dass er von dem Jungen fasziniert war, was nicht verwunderte. Miguel war ein schönes Kind, nicht nur im herkömmlichen Sinne: Miguel war berückend. Lange dunkle Locken, wimpernbeschattete Augen und ein makelloser, blass olivenfarbener Teint gaben seinem Knabengesicht feminine Weichheit. Sein kindlicher Körper war zartgliedrig, seine Gesichtszüge drückten eine Art frühreifen Ennui aus, der bei einem Jungen seines Alters irritierte. Er war zu jung und sich seiner Ausstrahlung nicht bewusst, das war sein Unglück.

Als de Soto vorschlug, den Jungen zum Baden mitzunehmen, stimmte Isabella gleich zu, denn es kam ihr entgegen, wenn ihr Sohn ein paar Stunden außer Haus war. De Soto unternahm mit Miguel ausgedehnte Fahrten zu den Stranddünen südlich des Badeortes. Er gab sich den Anschein eines väterlichen Freundes und umwarb den Jungen mit kleinen Beweisen seiner Zuneigung. Bald wurden seine Annäherungen direkter, und eines Nachmittags war es um seine Beherrschung geschehen. Nach dem gemeinsamen Bad im Meer zog er den Jungen an sich, stammelte Liebesworte, versuchte, ihn zu küssen. Miguel wollte sich ihm entziehen. Doch de Soto war ein kräftiger Mann, er hielt den Jungen fest, öffnete seine Schenkel und streichelte sein Geschlecht. Miguel war vor Schreck und Scham wie gelähmt. Er weinte, aber er wehrte sich nicht, als de Soto ihn auf Hände und Knie niederdrückte und seinen Körper in Besitz nahm.

Isabella sah seine Not nicht oder wollte sie nicht sehen, bedenkenlos überließ sie ihn de Soto für seine täglichen Ausfahrten. Miguel wusste nicht, wie er sich des Mannes erwehren sollte, der ihn bei jeder Gelegenheit seiner Leidenschaft unterwarf. Unfähig, sich mitzuteilen – mit wem hätte er auch reden können? –, wählte er eine kindliche Ausflucht und wurde krank. Matt lag er danieder, konnte unmöglich aufstehen oder gar das Haus verlassen. De Soto zeigte sich besorgt und wollte den Patienten besuchen. Aber Miguel mochte niemanden sehen.

Obwohl der Arzt keine Krankheitssymptome feststellen konnte, machte sich Isabella große Sorgen. Sie redete sich ein, ihr Sohn leide an einer unbekannten, womöglich lebensgefährlichen Erkrankung, und saß seufzend an seinem Bett. Als Miguel sah, wie seine geliebte Mamá seinetwegen litt, konnte er nicht mehr guten Gewissens an seiner Ausflucht festhalten und wurde gesund. Als de Soto ihn wieder zum Strand mitnehmen wollte, drängte Isabella: »Sei ein lieber Junge, Miguel, mach Don Alfonso doch die Freude!« Miguel war ein lieber Junge, er machte ihm die Freude.

Inzwischen vergötterte de Soto den schönen Knaben. Großzügig versuchte er, ihm jeden Wunsch von den Augen abzulesen, führte ihn aus und brachte ihm täglich Geschenke. Aber Miguel hatte um de Sotos Zuneigung nie gebeten. Was dieser Mann ihm über lange Zeit antat, zerstörte seine Selbstachtung und schuf Empfindungen, unter denen er verzweifelt litt: Er wurde missbraucht, und die Welt ließ es zu.

Indem er das begriffen hatte, begann sich das Verhältnis zu seinen Mitmenschen von Grund auf zu verändern. Hatte er sich als elfjähriger Junge geschämt und erniedrigt gefühlt, minderwertig selbst in den Augen de Sotos, der doch behauptete, ihn zu lieben, so entwickelte er als Heranwachsender die Vorstellung, dass nach aller erduldeten Demütigung in Zukunft er derjenige sein werde, der demütigen und missbrauchen durfte, wen immer er dazu ausersehen würde. Diese Vorstellung durchdrang sein ganzes Wesen und äußerte sich schließlich in einem auffällig aggressiven Verhalten. Miguel wurde gemein, rücksichtslos, brutal; wer ihm nahekam, dem erging es schlecht. Er verfolgte kein bestimmtes Ziel, aber er tat, was er tun musste, um jeden, der sich mit ihm einließ, seiner Willkür zu unterwerfen; nur das konnte ihn befriedigen. Später, als erwachsener Mann, sollte er seinen ahnungslosen Opfern schmerzhaft klarmachen, wie unbarmherzig Miguel de Ruizco sein konnte.

Bei allem Unglück bewahrte ihn die Begegnung mit de Soto zumindest vor der fortschreitenden intellektuellen Verwahrlosung. Als Don Alfonso bei einem Besuch auf Soledad einen Eindruck von Miguels geistlosem Alltag bekam, konnte er sein Entsetzen kaum verbergen. Unverzüglich engagierte er auf eigene Kosten einen Hauslehrer, der dreimal die Woche zur Plantage hinausfuhr und mit Engelsgeduld versuchte, die versäumte Schulbildung teilweise wettzumachen. Miguel war jedoch schwierig und sperrte sich gegen alle Lerninhalte, die nicht spontan sein Interesse weckten. Der Lehrer bemerkte allerdings eine gewisse arithmetische Begabung seines Schülers, eine Vorliebe für Zahlenspiele. Der Grund dafür lag auf der Hand: Miguel hatte das Geld entdeckt! Er entwickelte ein scharfes Gespür dafür, dass alles im Leben seinen Preis hatte, auch seine eigene Person.

Unnötig zu erwähnen, dass Miguel, kaum dass er die Zusammenhänge verstanden hatte, de Soto teuer bezahlen ließ für die Willfährigkeit, die er ihm abverlangte. Miguel verband seine

Forderungen nicht mit Anschuldigungen oder gar Drohungen, vielmehr erlaubte er Don Alfonso, sich als sein Gönner zu betrachten, wobei über Art und Umfang dessen, was gegönnt wurde, selbstverständlich Miguel nach Gutdünken entschied.

Nachdem sich Miguels kindliche Züge verloren, hörte de Soto auf, ihn zu bedrängen. Nie sprachen sie über das, was geschehen war. Mit der Zeit, als Miguel fälschlich annahm, den nötigen Abstand gefunden zu haben, pflegte er mit Don Alfonso einen höflichen, sogar respektvollen Umgang. Der ältere Mann führte den Dreizehnjährigen gerne in gute Restaurants aus, oder Miguel besuchte ihn in seiner Wohnung über der Druckerei. An einem Abend hatte de Soto ihn zu sich nach Hause eingeladen, nach dem Essen brachte er Miguel zur Tür. Beim Verabschieden fragte er ihn, ob er ein paar Tage mit ihm verreisen wolle, in den kleinen Badeort am Meer. Miguel blickte ihn ausdruckslos an und schüttelte stumm den Kopf. Wie beiläufig legte er de Soto den Arm um die Schulter, plötzlich zog er ihn von der Wohnungstür ans Treppengeländer und stürzte ihn die zwei Stockwerke hinab auf den Mosaikboden der Eingangshalle. Als Miguel durch die Halle hinausging, sah er den Toten nicht einmal an.

Die Tristar hatte die Schwelle zur Tiefsee hinter sich gelassen, der Sturm entfaltete nun seine volle Macht. Dreißig, vierzig Fuß hohe Wellenberge rollten vom Nordatlantik heran und wälzten grüne Wassermassen über das Schiff. Sturmböen drückten es weit in die Seitenlage, bis die Rahnocken fast in die See tauchten. Kaum hatte es sich wieder hochgekämpft, als neue Sturzseen hereinbrachen und sich mit den Wassern des entfesselten Himmels über die Decks ergossen.

Der Rudergänger bekam ein neues Kommando und nahm südöstlichen Kurs, um den schweren Seen auszuweichen. Doch der Wind verdoppelte seine Stärke, und unter dem gewaltigen Segeldruck gaben die Mastenlager langsam nach. Die Masten würden aus der Spur brechen, wenn nicht vorher die Besegelung riss. Da tauchte im Lee für einen kurzen Moment ein dunkles Phantom aus der Gischt: Cap d'Ouessant. Das Schiff näherte sich der vorgelagerten Klippe in rasendem Tempo. Am Klüverbaum riss die Takelung, dann ein lautes Kreischen, splitterndes Holz: Groß- und Besanstangen brachen, fegten mit Segeln und Rahen übers Deck, durchschlugen das Schanzkleid und rissen mehrere Männer mit über Bord. Beim nächsten Brecher übers Achterdeck konnte der Erste Offizier keine Leine mehr fassen, auch er wurde von der See verschluckt.

Der Mann auf der Brücke fühlte seine Hände nicht mehr. So oft er beim Rollen und Krängen des Schiffs stürzte, so oft die Wassermassen ihn auf die Planken niederdrückten, so oft stand er wieder auf, hustete mit brennender Kehle, spie das Salzwasser aus, krümmte sich würgend und glaubte ersticken zu müssen. Bevor er wieder zu Atem kam, warf ihn die nächste Woge zu Boden. Aber er kam wieder hoch und schüttelte zornig das Wasser aus seinem Haar. Nein, er würde sich nicht beugen! Der Orkan toste um ihn, doch er brüllte dagegen, aus Leibeskräften: Solange er stand, würde die Tristar segeln.

Mit vierzehn Jahren verließ Miguel Olivero Ruizco Martinez de Avilés seine Heimat Florida. Der Familienbesitz Soledad war gepfändet worden, Donna Isabella musste mit ihrem Sohn in Savannah bei ehemaligen Dienstboten unterkommen. Isabellas Lebensmut war gebrochen, sie verzehrte sich nach La Florida und begann zu kränkeln. Miguel Olivero kam in schlechte Gesellschaft, er raufte und trank. Um unter den Kolonial-Engländern bestehen zu können, verleugnete er seine spanisch-katholische Abstammung und begann als Oliver Roscoe noch einmal von vorn.

Er unterschätzte, wie viel in ihm weiterlebte von dem kreolischen Jungen und seinen Konquistadorenträumen. In seinem verwilderten Geist trug er noch eine kindliche Sehnsucht nach

Ruhmestaten, doch die Vorzeichen hatten sich geändert. Indem er der Welt gleichgültig entgegenblickte, begann er einen Kreuzzug in eigener Sache.

Mit der Pubertät nahm seine Körperkraft zu und er entdeckte, wie befriedigend physische Überlegenheit sein konnte. Von mittelgroßer Statur, leicht gebaut und schnell, war er der geborene Kämpfer. Aufgrund eines natürlichen Sinnes für Bewegungsabläufe wusste er seine Stärke optimal einzusetzen; das musste er auch, um sich auf den Straßen von Savannah zu behaupten. In den Bandenkriegen bekam sein Kampfstil etwas jäh Gewalttätiges, was ihm unter den Schlägern und Streunern der Stadt Respekt verschaffte. Einmal nahm ein Freund ihn mit in einen Fight Club, eine jener Kampfarenen, wo gegen hohe Wettsummen Schaukämpfe geboten wurden. Die Kämpfer hatten alle Freiheiten; von wenigen Grundregeln kaum behindert, war einzige Zielvorgabe die finale Kampfunfähigkeit des Gegners.

Roscoe unterwarf sich einem rigiden Training und bewarb sich bei verschiedenen Fight Clubs, in denen junge Männer für die Kampfarena ausgebildet wurden. Nicht lange, dann erkannte jemand sein Talent, und Roscoe fand seine Bestimmung in der Welt der Schaukämpfe. Ein Club auf dem Gelände der Warren Hastings Warf nahm den Fünfzehnjährigen auf. Das Training war hart, doch schon nach zwei Monaten hatte er genug gelernt, um einem durchschnittlichen Kämpfer seiner Gewichtsklasse entgegenzutreten. Bei den nächtlichen Sessions seines Clubs wurde er regelmäßig in den Ring geschickt. Er traf auf Amateure, Matrosen und Hafenarbeiter, denen es um die Herausforderung des Kräftemessens ging, aber auch auf professionelle Schläger, die nur wegen des Preisgeldes kämpften.

Roscoe war beängstigend gut; wen er zu Boden schickte, der stand so schnell nicht mehr auf. Wegen unnötiger Brutalität wurde er wiederholt verwarnt, längst hatte er unter den jugendlichen Preiskämpfern einen schlechten Ruf, aber der Club verdiente gut an ihm, deshalb behielt man ihn.

Mit sechzehn Jahren war er der Beste unter den Amateuren des Warren Hastings Fight Club. Cheftrainer Jerry Lloyd hatte ihn eine Weile beobachtet. Er wollte den virilen Jungen in der Profiliga sehen und schickte ihn nach ein paar zusätzlichen Trainings gegen Berufsfighter in den Ring. Nun traf Roscoe auf wahre Kampfmaschinen, meist waren es Sklaven von den Zuckerplantagen Jamaikas, die ihren Besitzern hohe Preisgelder einbrachten. Doch gegen Oliver Roscoe waren sie chancenlos. Er war nicht nur ein hochtrainierter Kämpfer, er hatte sich auch zahllose Kämpfe angesehen und die besondere Verletzlichkeit des menschlichen Körpers studiert. Er wusste, wie man jemanden schwer, sehr schwer oder tödlich verletzte.

Als Roscoe im Halifax Fight Club in Atlanta erstmals gegen einen Profi antrat, verstummten schon bald die Anfeuerungsrufe. Der Gegner, ein stiernackiger Syrer mit gewaltiger Armmuskulatur, griff überraschend schnell an. Roscoe wich seinen weit auslegenden Schlägen vier- oder fünfmal aus, dann hatte er den Takt des anderen erkannt. Nach dem sechsten Ausleger, der ihn wieder verfehlte, unterlief er die gegnerische Deckung und trat dem Mann von unten gegen die Kinnlade. Mit gebrochenem Kiefer stürzte der Syrer auf die Bretter. Er spuckte Blut, war vom Schock des Anschlags ganz benommen und kehrte nur langsam in die Gegenwart zurück, wo Roscoe ihn mit zwei schweren Faustschlägen in den Solarplexus empfing. Nach Luft ringend, krümmte sich der Syrer am Boden, während Roscoe sich abwandte und lässig um den Ring schlenderte.

Die Zuschauer begannen zu zählen, es sah nicht so aus, als ob der Syrer wieder aufstünde. Schon hob der Manager an zu den üblichen Phrasen von einem fairen Kampf und dem Sieg des besseren Mannes, als Roscoe seine Kreisbahn unterbrach. Mit zwei Schritten war er bei seinem wehrlosen Gegner und trat ihn ein Mal und sofort ein zweites Mal in den ungeschützten

Bereich der Nieren und Lendenwirbel. Der Mann brüllte vor Schmerz, das Publikum stöhnte betroffen, der Manager sah sich nervös nach Unterstützung um. Aber Roscoe ließ ihm keine Bedenkzeit: Er packte die Handgelenke des Syrers und riss ihm die Arme straff nach hinten, die überdrehten Schultergelenke machten den Schmerz der Prozedur sichtbar. So hielt er den Oberkörper des Mannes für einige Sekunden, dann setzte er ihm einen Fuß zwischen die Schulterblätter und trat kurz zu. Das Geräusch brechender Knochen war deutlich zu vernehmen. Roscoe ließ ihn fallen und machte ein paar Übungen zur Lockerung seiner Armmuskulatur.

Der Syrer öffnete den blutigen Mund zu einem gurgelnden Laut, dann bewegte er sich nicht mehr. Empörte Rufe wurden laut, eine Welle von Beschimpfungen folgte. Der Manager des Halifax Fight Club übte Beschwichtigungsgesten und rief nach den Saalordnern. Jerry Lloyd indessen stieß Roscoe in den Tunnel zum Ausgang der Arena.

»Was ist los mit dir, Roscoe, bist du verrückt geworden?«, fuhr er ihn an. »Verflucht, du hast den Mann umgebracht!«

Roscoe, ohne Bewusstsein für die Situation, grinste und schüttelte die nassen Haarsträhnen aus dem Gesicht. Sein nackter Oberkörper glänzte von Schweiß, an seinen Händen klebte das Blut des Toten.

»Wie war ich, Jerry?«, fragte er in einem eigentümlichen, aufreizend schleppenden Tonfall. »Los, sag schon, war ich gut?«

Lloyd war nicht zu Scherzen aufgelegt. »Ich warne dich, Kleiner, so was darf nicht passieren, hast du mich verstanden? Noch so eine Nummer, und du bist gefeuert. Ist das klar?«

»Klar, Boss!«, beteuerte Roscoe mit alberner Schwurgeste. Weil sein Trainer unerbittlich schwieg, schlug Roscoes kindische Haltung in Trotz um. »Was willst du, Jerry?«, rief er. »Meinst du, ich lass mich von so einem miesen Schwein anrühren? Ich warte doch nicht, bis der mich an den Eiern kriegt.«

erklärte dem Mann kurz die Situation: Er solle sich wehren, sonst mache es keinen Spaß. Natürlich gab es im Kerker keine Zuschauer, und niemand würde ihn zwingen, den Ring zu verlassen, und richtig, die Rekruten trugen Ketten an den Füßen! Aber sonst war es wie immer, als er jetzt mit ihnen Fight Club spielte.

Für seine eigenmächtige Strafaktion musste er sich vor einem Militärgericht verantworten; unter anderem zog das Urteil seine unehrenhafte Entlassung nach sich. Das war nun selbst für jemanden wie Oliver Roscoe mit seinem eigenwilligen Ehrbegriff zu viel. Bevor ihn die Militärpolizei zur Verbüßung der verhängten Strafe festnehmen konnte, verließ er Savannah für immer.

In jenem Sommer 1776 herrschte Siegesstimmung in South Carolina. General Lees Kontinentaltruppen hatten mit Unterstützung der örtlichen Milizen dem britischen Expeditionsheer eine vernichtende Niederlage beigebracht. Als dann am 4. Juli in Philadelphia die Unabhängigkeit für alle dreizehn Kolonien proklamiert wurde, gaben die Briten den Feldzug im Süden auf und der kommandierende General Clinton schiffte sich mit dem englischen Heer nach New York ein.

South Carolina feierte seine Unabhängigkeit mit überschwänglicher Begeisterung. Als Oliver Roscoe in Charles Town eintraf, schien die Stadt nur auf ihn gewartet zu haben. Die Patrioten luden ihn zu ihren Siegesfeiern ein, denn er war einer aus dem Süden, das reichte als Entree; »Savannah Kid« nannten sie ihn oder einfach »Handsome«. In der neuen Umgebung verlor er kein Wort über seine Karriere als Profikämpfer, sondern gab sich ganz im Stil der eleganten Stadt als Dandy. Mangels eigener Einkünfte auf finanzielle Zuwendungen angewiesen, ließ er sich aushalten; wer seine Spielschulden bezahlte, dem zeigte er sich erkenntlich, wie es von ihm erwartet wurde.

Dann begegnete er Algernon Reed. Die beiden Männer hätten unterschiedlicher nicht sein können, der feine, zurückhaltende Reed und daneben Roscoe, ein promiskuitiver Stutzer, ungebildet, schwierig, infantil. Doch es gab Parallelen; beide trugen schwer an den Defiziten ihrer jungen Jahre und an dem Schaden, den jeder auf seine Art daran genommen hatte. Vielleicht hatten beide gespürt, dass sie genau das verband, was sie von denen trennte, deren Lebensweg ohne tiefere Erschütterungen verlaufen war.

Sie waren schon eine Zeit lang befreundet, als Roscoe erstmals Reeds geistige Aussetzer bemerkte. Dann wurde er eines Tages Zeuge des bestialischen Tötungstriebes seines Freundes, und nun begriff er, dass Reed geistesgestört war. Trotzdem erwog er zu keinem Zeitpunkt, ihn den Behörden auszuliefern. Ebenso wenig machte er sich Gedanken darüber, ob er selber in Reeds Nähe gefährdet war. Treu blieb er bei ihm, und was immer sein Freund auch tat, er fühlte sich ihm nur noch mehr verbunden.

Reed gab ihm zum ersten Mal das Gefühl, mehr wert zu sein als das Preisgeld der Arena; dafür liebte er ihn und tat alles in seiner Macht Stehende, damit sein Wahnsinn unentdeckt blieb. Bis zu einem gewissen Grad konnte er sogar mäßigend auf ihn einwirken, wenn er die Vorzeichen rechtzeitig bemerkte und ihn ablenkte, bis der Zwang von ihm abließ. Doch wenn Reed dem Tötungstrieb erst einmal verfallen war, tat Roscoe ihm jeden Willen, er konnte nicht anders: Er wollte Reeds Ekstase miterleben, in seinen grünen Augen den Irrsinn sehen, den erregenden Ausdruck seiner Raserei.

Nach dem tödlichen Ritual fand Reed nur schwer in die Wirklichkeit zurück und blieb noch einige Zeit verwirrt. Roscoe brachte ihn dann in Sicherheit und verwischte die Spuren der Tat. Aber er tat noch etwas anderes.

Unmittelbar nach einem Anfall, wenn sich der Zugriff des Irrsinns lockerte und Reed sich plötzlich als mordendes Untier erkannte, dann ließ ihn das Entsetzen über seine Bluttat annähernd menschlich empfinden. In diesen kurzen Augenblicken konnte Roscoe ihm nahe sein. Er strich ihm zärtlich durchs Haar, umarmte ihn und betrachtete sein klares, männliches Gesicht. Er beobachtete ihn genau; Reed schrak vor intimen Berührungen zurück, darum musste er vorsichtig sein, wenn er das Blut von seinen Lippen küsste. Reed in diesem Zustand so nahezukommen, war gefährlich; für Roscoe lag darin ein besonderer Reiz.

»Mein armer Algie!«, sprach er zwischen einem Kuss und dem nächsten. »Algie, Darling, Algie, mein Liebster!«

Selten tat er mehr. Manchmal tat er es doch und stillte sein Liebesverlangen, zog ihn an sich, fasste sein Geschlecht und streichelte ihn, während er in ihn eindrang. Reed nahm es hin als das, was es war, die Liebe eines Mannes. Er blieb passiv, was Roscoes Leidenschaft nur noch steigerte: Nichts kam dem gleich, Algie im Höhepunkt in den Armen zu halten! Auch dafür liebte er ihn.

Später brachte er den Freund zurück in sein leeres Haus. Sie schliefen in dem großen Bett und hörten den Atem des anderen. So entkamen sie ihren Dämonen.

34.

Die Lage der Tristar war hoffnungslos. Nach Stunden vergeblichen Ankämpfens gegen den Orkan trieb sie entmastet mit gebrochenem Steuerruder in den Untergang. Es war nur noch eine Frage der Zeit, wann das geschlagene Schiff gegen die Felsklippen vor der Île d'Ouessant geschleudert würde.

Als dem Mann die Kräfte schwanden und er der Gewalt des Sturms nichts mehr entgegensetzen konnte, gab er seine Einwilligung in das Ende. Wie der Junge am Anfang fremder Gier, so unterlag der Mann einer entfesselten Natur. Er hielt sich nicht mehr aufrecht, die Hände an die Heckgalerie gebunden, schleiften die blutenden Knie auf den Planken. Er brüllte nicht mehr an gegen den Orkan, er hatte verloren, immer wieder verloren. Er weinte um den kleinen Miguel, um Algernon, seinen einzigen Freund, und erkannte, dass der Einsatz zu hoch gewesen war.

Im Sommer 1780 formierten sich in den Südprovinzen starke Milizenverbände und begannen, gemeinsam mit den Kontinentaltruppen das Land Stück um Stück zurückzuerobern. Reed hatte sich im Rang eines Captains zur Miliz von South Carolina gemeldet. Um seine Einheit auf volle Mannschaftsstärke zu erweitern, stellte er ein Aufgebot zusammen und rekrutierte Männer aus Charles Town und den Gemeinden am Ashley River. Er warb auch Oliver Roscoe für seine Truppe. Durch die unehrenhafte Entlassung war Roscoe der Eintritt in die Armee verwehrt, doch bei der Miliz nahm man es nicht so genau. Reed setzte es durch, dass er als First Lieutenant seinem Befehl unterstellt wurde; so zogen die Freunde zusammen in den Krieg.

Die Kampagnen weckten Reeds Temperament, nie hatte Roscoe ihn so energisch erlebt. Als Kompaniechef nahm er die Verantwortung für seine Provincials sehr ernst. Er besorgte auf seine Kosten Uniformen und Waffen und achtete darauf, dass die Männer vernünftig ernährt und untergebracht waren; auch im Gefecht blieb er an der Seite seiner Leute. Mit dem Beginn der Kriegszüge verschwanden seine Anfälle, nach Jahren der Heimsuchung schien sein Geist einstweilen Frieden gefunden zu haben. Roscoe empfand diese Zeit wie eine Befreiung. Zwischen den Gefechten und der Routine des Patrouillendienstes lebten er und Reed im Feldlager. Sie teilten das einfache Leben der Soldaten und waren sich nahe, ohne sich wie früher nahezukommen.

Die Monate bei der Miliz waren für Roscoe die glücklichste Zeit ihrer Freundschaft, bis zu einem Zwischenfall kurz vor Kriegsende: Ihr Jägerbataillon sollte zu einem Truppenverband der Continentals aufschließen, der ein britisches Hilfscorps auf dem Weg nach Virginia verfolgte. Am Santee River wollten sie den Briten den Weg abschneiden. Doch in den High Hills gelang der englischen Vorhut ein Ablenkungsmanöver, das dem Gros ihrer Hilfstruppen den sicheren Rückzug über den Fluss ermöglichte. Bei der Aktion wurde die englische Vorhut von der Überzahl amerikanischer Kavallerie niedergemacht.

Als Reeds Kompanie eine knappe Stunde später eintraf, wehte von den Hügeln der Geruch des Todes. Er ließ das Lager aufschlagen, teilte die Patrouillen ein und unternahm mit Roscoe und seinem Adjutanten einen Aufklärungsritt. Auf der Anhöhe empfingen sie die Krähen. Zwischen den Toten der englischen Vorhut fanden sie einen Überlebenden, Colonel Spencer, ein Offizier der British Legion, der durch sein rüdes Vorgehen den Widerstand der Patrioten zermürbt und den Zusammenhalt in der Bevölkerung mittels brutaler Strafaktionen zerschlagen hatte. Er war eine Hassgestalt für die Miliz, Reed und Roscoe betrachteten ihn als persönlichen Feind, weil er viele ihrer Kameraden auf dem Gewissen hatte. Nun war Spencer ihnen ausgeliefert. Noch am Boden liegend und schwer verletzt, bedrohte er sie mit der blanken Waffe.

Unter dem Eindruck der Gewalttaten, die auf Spencers Befehl begangen worden waren, übertraten Reed und Roscoe die Grenze des Erlaubten und übten Vergeltung. Roscoe, dem Meister der Schmerzen, konnte selbst Spencer auf Dauer nicht standhalten. Reed sah ruhig zu, wie er den Engländer malträtierte. Plötzlich trat er heran, eine Klinge blitzte in seiner Hand. Roscoe machte keinen Versuch, ihn aufzuhalten, sondern entfernte sich, um ein Stück weiter bei den Pferden zu warten.

Er hatte Spencer übel zugerichtet. Aber als er ihn jetzt schreien hörte, wurde ihm klar, dass das Leiden des Engländers gerade erst begann. Reed tötete langsam, indem er seinen Opfern die Haut vom Leibe schnitt. Was für ein elender Tod, dachte Roscoe ohne Mitleid. Als die Sonne sank, verstummten die Schreie. Reed kauerte neben Spencer am Boden, als wollte er ihm beim Sterben zusehen. Roscoe wünschte, er würde es endlich beenden. Worauf wartete er noch? Auf einmal sah er, dass sein Freund den Geschundenen in die Arme nahm. Roscoe wollte seinen Augen nicht trauen, als Reed den Engländer wahrhaft innig an sein Herz drückte. Er lief hin, schüttelte ihn, damit er Spencer losließ.

»Das reicht jetzt!«, fuhr er ihn an.

Reed stieß seinen Freund unwillig zurück. Er wirkte nicht desorientiert wie sonst nach einem Anfall, nur schien er sich vom Anblick des blutüberströmten Mannes kaum losreißen zu können.

»Ist er tot?«, fragte Roscoe.

Reed fasste an Spencers Kehle und nickte. Dann stand er auf, nahm das Messer vom Boden, wischte mit dem Handschuh das Blut ab und steckte es in den Stiefelschaft. Wortlos wandte er sich ab und ging zu den Pferden.

Roscoe zog dem wie leblos daliegenden Spencer den Waffenrock über, um die schändlichen Verletzungen zu verbergen; so ließ er ihn liegen und folgte Reed zum Lager. Am nächsten Morgen befahl Reed den Rückmarsch. Er schickte seine Leute in die Etappe nach Charles Town und begab sich auf seine Plantage Hollow Park. Roscoe blieb bei der Truppe, bis die Miliz aufgelöst wurde.

Seit dem Vorfall in den High Hills verhielt Reed sich vorsichtiger denn je. Er zog sich zurück und arbeitete. Roscoe blieb immer nur ein, zwei Tage auf Hollow Park. Die übrige Zeit verbrachte er damit, sich in der Stadt zu vergnügen. Wie viele andere Glücksritter nutzte er die Besatzungssituation Charles Towns für persönliche Freiheiten. Er überhörte die Mahnungen seines Freundes, sich unauffälliger zu betragen, bis Reed ihm irgendwann sämtliche Zuwendungen strich. Glühend vor Zorn stellte Roscoe ihn zur Rede, doch Reed blieb bei seiner Haltung. Darauf trennten sie sich in Unfrieden.

Roscoe sah sich nach einer Verdienstmöglichkeit um; insoweit wenigstens hatten Reeds Erziehungsversuche gefruchtet. Er bewarb sich auf eine Ausschreibung der Starline-Schifffahrtsgesellschaft als Generalagent für die Londoner Niederlassung. Kaum ein Amerikaner ging in jener Zeit freiwillig nach England, daher nahm die Starline Company ihn ohne Referenzen unter Vertrag. Die Kränkung durch seinen Freund hatte Roscoes Familienstolz geweckt: Ein Martinez de Avilés, ein Grande von Geburt, ließ sich nicht vor die Tür setzen! Schon eine Woche nach dem Zerwürfnis mit Reed verließ er Charles Town und begab sich mit wehenden Fahnen nach London.

Die Hauptstadt des Commonwealth bot an Zerstreuung, was er sich nur wünschte, und bald fand er in der vielschichtigen Gesellschaft der Alten Welt den ihm gemäßen Lebensraum. Die Leitung der Hafenagentur sollte ihn nicht allzu sehr beanspruchen; während seine Angestellten ihm im Wesentlichen die Arbeit abnahmen, nutzte er seine Möglichkeiten als Generalagent der Starline Company, um unter der Hand seine eigenen, illegalen Geschäfte zu betreiben.

Nach wie vor faszinierte er die Menschen durch sein verführerisches Äußeres. Doch wer ihn näher kennenlernte, nahm davon Abstand, sich über den Zeitvertreib eines Verhältnisses hinaus mit ihm einzulassen. Nur einer hatte bisher die Souveränität besessen, ihn mit all seinen Schwächen zu akzeptieren; so dauerte es nicht lange, bis er merkte, wie sehr Algernon Reed ihm fehlte. Doch weil sein Stolz nun einmal verletzt war, ließ er Reeds Briefe unbeantwortet. Während die Monate vergingen, setzten die Anfechtungen der Einsamkeit ihm immer mehr zu. Schließlich beschloss er, die Tristar auf der nächsten Überfahrt nach Amerika zu begleiten und Reed bei der Gelegenheit wiederzusehen. Mit ein paar Zeilen in schlechter Orthographie kündigte er ihm seinen Besuch an.

Die Reise war für den Spätsommer geplant. Inzwischen gelang Roscoe sein bisher bedeutendster Geschäftsabschluss mit dem nordatlantischen Waffenkartell: Offiziell war der Krieg gegen England noch nicht zu Ende, und die Vereinigten Staaten wollten für die Verteidigung ihrer Unabhängigkeit gerüstet sein. Roscoes englische Partner vermittelten den Kontakt zu Major Stanley, einem Beschaffungsoffizier der amerikanischen Armee. Roscoe konnte Stanley die benötigte Lieferung von Gewehren und Artilleriegeschützen aus britischen Waffenschmieden binnen Kurzem zusagen, und man wurde handelseinig.

Die Sache hatte allerdings den Haken, dass Roscoe dieselben Waffen bereits an einen Schmugglerring in Boulogne verhandelt hatte. Das Geschäft mit den Amerikanern entsprach jedoch eher Roscoes Gesinnung, darum wollte er zunächst seine patriotische Pflicht gegenüber Amerika erfüllen und die französischen Schmuggler mit einem zweiten, nachgeschobenen Posten abspeisen, den sein Verbindungsmann beim Arsenal in der Zwischenzeit auftreiben sollte. Um sich mit den Waffen für Amerika aus der Schusslinie der Franzosen zu bringen, wollte er so bald wie möglich in See stechen.

Wenn alles glattlief, würde die Atlantiküberquerung weniger als zwanzig Tage dauern. Falls die Waffenhändler in Boulogne Wind von der Sache bekämen, sollten sie ruhig kommen! Die Tristar war nach dem Umbau mit vierundzwanzig Kanonen gerüstet wie ein Geleitschiff, das jeden Küstensegler in die Flucht schlug. Sein übervorsichtiger Kapitän wollte die Bemastung noch einmal überholen lassen, doch dafür war keine Zeit, darum übertrug Roscoe das Kommando kurzerhand dem Skipper der Pole Star, eines Schwesterschiffs, das zur Reparatur auf Reede lag. Die deklarierte Fracht der Tristar wurde auf andere Schiffe der Gesellschaft umverteilt und der Schnellsegler mit den Waffen beladen.

Der neue Kapitän war willig, die Fracht an Bord, am nächsten Morgen sollte die Tristar Anker lichten – da tauchte, von den Toten auferstanden, Spencer bei Roscoes Festgelage auf. Spencer wollte mit ihm abrechnen, Roscoe konnte es ihm nicht verdenken. Im Visier ihrer Waffen standen sie sich gegenüber, ein starker Moment, erregend und elegant wie jedes Duell. Für Sekunden verband sie die Gewissheit des Todes. Doch das Band zerriss, als sich der kleine Sklave in den Tod stürzte, dummer Junge! Das hatte Roscoe nicht beabsichtigt, aber sein Ziel war erreicht: Spencer gab sich geschlagen. Zumindest war er Roscoe fürs Erste nicht mehr im Weg.

Im Morgengrauen fuhr die Tristar der Themsemündung entgegen. Die Bark bewies ihre Qualität und erreichte die Einfahrt in den Englischen Kanal in der Hälfte der angenommenen Zeit. Sie umfuhren Margate und passierten die Straße von Dover, dann hielt das Schiff unter vollen Segeln westlichen Kurs Richtung Atlantik. Sie machten gute Fahrt. Roscoe stand auf der Brücke, gegen den Sprühregen und die Gischt trug er einen Bootsmantel über seinem kostbaren Admiralsrock. In jeder der tiefen Rocktaschen lag eine von Spencers Duellpistolen, mit der Bewegung des Schiffs im starken Seegang stießen sie gegen seine Oberschenkel, rechts, links, dann wieder rechts.

Spencer hatte nicht auf ihn geschossen, und doch traf er ihn mitten ins Herz, als er nach Algernon Reed fragte und Roscoe an etwas erinnerte, woran er nie mehr denken wollte: Als Reed den halbtoten Spencer, anstatt ihn zu töten, innig umarmt hatte, war der Engländer ihm näher gewesen, als Roscoe selbst es je sein könnte. Dieser Augenblick hatte alles verändert. Roscoes schlichtes Glück in Reeds Nähe war zerstört, und weil er so nicht weiterleben wollte, ging er nach London. Er hatte seinen Entschluss schon bald bereut, und zuletzt hatte ihm die Begegnung mit Spencer die Augen geöffnet: Es war gar nicht wichtig, was Reed für ihn empfand, wenn Roscoe nur bei ihm sein konnte! Selbst wenn es nie so werden konnte, wie er es sich wünschte, so war doch alles besser als dies Leben, fern von dem geliebten Freund. Was galt ihm sein Stolz, die Eifersucht und verletzte Eitelkeit? Er wollte zu Algernon zurück, für immer.

Ein paar Fischer am Strand beobachteten, wie draußen ein Segler gegen den Orkan ankämpfte und verlor. Vom Gipfel grüner Wellenberge gegen den Fels des Kaps geworfen, barst der Rumpf des Schiffs. Die teure Fracht, die Waffen und Kanonen sanken zum Meeresgrund, dann verschwand die Tristar im Sog des Strudels. Die Trift trug die Trümmer rasch fort von der Stelle des Untergangs. Am nächsten Tag suchten die Bewohner des Küstenstreifens nach Treibgut, das sie in ihren armseligen Haushalten verwenden konnten. Wer am Strand nichts Brauchbares fand, war zumindest für die nächsten Wochen mit Brennholz versorgt, denn die Küste war übersät mit Bruchstücken von gutem, hartem Eichenholz. So wurde das Unglück der Seefahrer zumindest zum linden Segen für die wenigen, die hier am Rand der Welt ihr Leben fristeten und nichts wussten von den Ambitionen ihres hochfahrenden Zeitalters.

Père Guénégou, der Seelsorger einer Gemeinde von Taglöhnern und Fischern, machte sich schon früh am Morgen nach dem Sturm auf, um sich einen Vorrat an Feuerholz zu sichern. Mit einer Handkarre zog er über die Landzunge von Bizière und las kleinere Holzstücke auf, Splitter von Spieren und Gaffeln, die er vorm Verfeuern nicht zerkleinern musste. Der Kiesstrand führte zu einem Felsvorsprung, der die Landzunge im Westen begrenzte. Der Pater hievte die ungefüge Karre über einen Wall aus groben Kieseln und gelangte in eine Bucht, die nur bei Flut überspült, die übrige Zeit aber durch den aufragenden Felsklotz vor der Brandung geschützt war.

Hier wollte er vor dem Rückweg ausruhen und sah sich nach einem Rastplatz um. Dabei entdeckte er am Ausgang der Bucht ein ungewöhnliches Artefakt. Es war das geschwungene

Endstück der mit Pilastern verzierten Heckgalerie der Tristar. Wie erstaunlich, dachte Père Guénégou, dass die fragile Konstruktion den Schiffbruch unbeschadet überstanden hatte. Der untere Teil des Holzgeländers hatte sich zwischen zwei Felsbrocken verkeilt, sodass die gebogene Brüstung hoch über dem Sand aufragte. Etwas, das ein Bündel Segeltuch oder Takelage sein mochte, hatte sich weiter oben verfangen und schwang sacht in der Seebrise. Père Guénégou überlegte, ob er hinübergehen und sich die Schnitzereien aus der Nähe ansehen sollte. Indessen drehte sich das Bündel oben im Wind.

»Sacré Dieu!«, entfuhr es ihm. Dort an der Heckgalerie hing ein Mensch!

Der Pater hastete über den Strand und blieb atemlos unter dem bizarren Galgen stehen. Der Schiffbrüchige hing zehn Fuß über dem Boden. Seine Handgelenke waren an die Galerie gefesselt, der Abstand zwischen den Händen hielt seine Arme ausgebreitet. Er trug einen Bootsmantel und Stulpenstiefel, sein Kopf war auf die Brust gesunken, von Salz verklebtes dunkles Haar fiel über sein Gesicht. Père Guénégou überlegte, wie er den Mann von da oben bergen sollte, als ein Windstoß den Schiffbrüchigen erfasste und den Mantel wie schwarze Schwingen um seine ausgebreiteten Arme hob. Erschrocken bekreuzigte sich der Pater und sprach ein Stoßgebet. Dann riss er sich zusammen und stieg vorsichtig, wie auf einer gebogenen Leiter, an der Heckgalerie hoch. Mit einer Hand nahm er aus der Tasche seiner Soutane das Messer, das er zum Austernernten dabeihatte, und durchtrennte die Fesseln mit zwei resoluten Schnitten. Der Mann fiel hinab auf den Sand. Eilig stieg der Pater zu ihm herunter, drehte ihn auf den Rücken und strich ihm das Haar aus der Stirn, die von einem schweren Schlag aufgerissen und blutunterlaufen war.

»*L'Archange Michel!*«, rief Père Guénégou und fiel auf die Knie, denn der Schiffbrüchige glich dem streitbaren Erzengel des Altarbildes, dem die Pfarrkirche von Bizière wie die meisten Gotteshäuser der Küste bis zur Abtei von Mont-Saint-Michel geweiht war, wie sein irdischer Zwilling. Versunken betrachtete er den leblos hingestreckten Körper, die weichen Gesichtszüge, den schmerzlich schön geschwungenen Mund des Jünglings, der sterbend mit seinem himmlischen Ebenbild vereint schien. Große Trauer erfasste den Priester angesichts der Verschwendung, die im Tod dieses engelsgleichen Mannes lag. Warum sollte Gott etwas so Schönes vernichten, das er offensichtlich mit viel Sorgfalt erschaffen hatte? Er seufzte und sprach voller Demut die Totengebete.

Oliver Roscoes Lebensweg hätte ihn kaum weiter von seinem Glauben entfernen können. Doch als nun die frommen Litaneien an sein Ohr drangen, wendete er den Kopf der betenden Stimme zu. Überrascht hielt Père Guénégou inne, dann packte er Roscoe beherzt bei den Schultern, schüttelte ihn voller Freude und rief in seinem rauen Französisch: »Komm, mein Junge, mach die Augen auf, nur zu! Sieh, das Leben hat dich wieder! Danke, oh Herr, ich danke dir!«

Roscoe öffnete die Augen unter einem grauen Himmel. Ein alter Mann in der Soutane eines armen Landpfarrers redete in einer fremden Sprache auf ihn ein. Unendlich erschöpft brachte Roscoe Worte hervor, die aus einem anderen Leben kamen: *»Padre, ayeúdeme, por favor!«*

Père Guénégou stützte ihn, damit er sich aufsetzen konnte, und klopfte den Sand von seinem Mantel, dabei lächelte er mit Tränen in den Augen. »Schon gut, Junge, wir machen alles, was du willst. Zuerst aber nehme ich dich mit in meine Kirche, dort zeige ich dir ein Bild. Das bist du auf dem Bild, du bist der Erzengel Michael!«

»Perdone, Padre, no comprendo.«

Père Guénégou horchte auf. »Du sprichst Spanisch, richtig? Sag mir deinen Namen, mein Sohn. Verstehst du mich? Wie lautet dein N-a-m-e?«

»Il mi nome ... es Miguel.«

»Miguel? Das bedeutet Michael! Guter Gott, ist das möglich? Du heißt tatsächlich wie unser Erzengel Michael!«

Am 16. Juni 1782 schrieb Père Guénégou an seinen Mitbruder und Freund Émanuel Rammeau:

»Mein Bruder *in Christo*, lieber Émanuel,

ein Engel ist vom Himmel gefallen! Nach einem gewaltigen Sturm fand ich am Strand einen jungen Mann. Ich hielt ihn für tot, aber Gott hat ihm sein Leben geschenkt. Er heißt Miguel und trägt den Familiennamen kastilischer Granden, spricht aber wie unsere Mitbrüder der Mission in Amerika. Miguel ist stark, er arbeitet wie ein Sklave, sodass mir nichts zu tun bleibt, als die Messe zu lesen. Im Allgemeinen redet er nicht viel und wirkt teilnahmslos; schwer zu sagen, ob er vorsichtig ist oder bloß einfältig. Doch auch wenn er tagsüber schweigt, so spricht er des Nachts im Traum, ruft leidenschaftliche Worte, als verzehre er sich vor Liebe. Unter seiner Traurigkeit spüre ich eine gefährliche Bereitschaft zu Gewalt. Sein inneres Gleichgewicht scheint aus dem Lot, und ich bete zu Gott für seine unsterbliche Seele.

Dein Bruder *in Christo* Horace Guénégou, OSH«

IX. In der Neuen Welt

35.

Die Umbrellamagnolie hinter dem Haus stand in voller Blüte. Aus dem ausladenden, dunkelgrün glänzenden Blätterdach sprossen Blütendolden, die den Garten mit zartem Duft erfüllten. Unter dem Baum auf einer Bank, bequem in vielen Kissen, lag Antonia und las. Die dicht belaubten Äste reichten ringsum fast bis auf den Rasen und verbargen sie vor dem Blick des Besuchers, der durch die Gartentür auf die rückwärtige Veranda heraustrat. Charlene musste ihm gesagt haben, er würde sie hier draußen finden. Als Antonia seine Schritte durch die Halle kommen hörte, hatte sie schnell den Saum ihres Kleides gerafft und die Füße auf die Bank gezogen; sie wollte nicht, dass er sie gleich entdeckte.

Auf diese Weise sich selbst überlassen, schlenderte Algernon Reed an der Brüstung der Veranda entlang. Den Hut lässig unterm Arm, überblickte er das verwilderte Areal, in dem bis auf die gewaltige Magnolie keinerlei Zierpflanzen wuchsen. Nach Jahren der Vernachlässigung erinnerte nur ein von Quecken und Moos überwachsenes Basrelief an die symmetrischen Strukturen des ursprünglichen Formalen Gartens. Während Reed sich suchend umschaute, beobachtete Antonia ihn durch das Blätterzelt. Wie er wohl reagierte, wenn sie plötzlich, gar nicht weit von ihm, unter dem großen Baum hervorträte? Ob er amüsiert wäre, vielleicht gereizt? Oder nur gelangweilt?

Nach einem letzten Rundblick stieg Reed die fünf Stufen

zum Rasen hinunter. Er machte keine Anstalten, die Suche fortzusetzen, sondern setzte sich, nachdem er sorgfältig die Rockschöße geteilt hatte, auf die Treppe und überließ sich seinen Betrachtungen. Still wie ein Vogel im Nest wartete Antonia in ihrem Versteck. Nichts geschah. Reed saß nachdenklich auf den Stufen, als hätte er den Anlass seines Besuchs vergessen. Sie wunderte sich, wie er ohne Anzeichen von Ungeduld dort ausharrte, während jeder andere, davon war sie überzeugt, längst gegangen wäre. Aber er war eben nicht wie jeder andere. Nach Wochen seines beharrlichen Werbens war sie sich immer noch nicht sicher, was sie von ihm halten sollte. Auch wenn er sich ihr gegenüber aufmerksam verhielt, wusste sie, dass die Gesellschaft ihn anders erlebte.

Er stand im Ruf eines Lebemanns und Hedonisten; man sagte ihm nach, er verbringe die Saison in seinen Stadthäusern in Charles Town und Savannah, an den Stätten gehobenen Amüsements. Seine Nachbarn auf dem Lande hingegen hielten ihn für einen Einzelgänger, der in vollkommener Abgeschiedenheit auf seinem Landsitz am Ashley River lebte. Genaueres wusste anscheinend niemand. Und neuerdings schien er sich um Antonia Lorimer zu bemühen. Um sie sehen zu können, begleitete er Shaughnessey bei dessen Besuchen auf Legacy. Er gab sich galant gesprächig und sorgte beim Tee oder an der Abendtafel für angenehme Unterhaltung. Er erzählte sogar witzige Anekdoten und brachte Antonia mit guten Pointen zum Lachen. Sie bemerkte die selbstbewusste Männlichkeit, die er ihr gegenüber an den Tag legte, und nahm seine Aufmerksamkeiten hin, ohne ihn jedoch zu ermutigen.

Mit der Zeit kam er auch alleine nach Legacy, um ihr seine Aufwartung zu machen. Sie unterhielten sich dann auf der Veranda oder gingen im Schatten der Allee eine Weile spazieren. Sie bat ihn, ihr von seinen Reisen nach Louisiana und Virginia zu berichten. Er hatte manches gesehen, was sie nur aus Büchern kannte, und als guter Beobachter konnte er ihre vielen

Fragen präzise beantworten. Sie hörte ihm gerne zu, und er war so zuvorkommend und liebenswürdig, dass ihre Vorbehalte allmählich zurücktraten. In Wahrheit empfand sie Genugtuung über sein Bemühen, ihr gefällig zu sein; es schien ihr fast wie eine Art Wiedergutmachung.

Nun saß Reed hier auf den Stufen, als wäre er nur gekommen, um die nachmittägliche Muße zu genießen. Doch seine Gedanken waren alles andere als müßig, sie kreisten beständig um einen Brief, der heute aus London eingetroffen war. Roscoe hatte endlich geschrieben! In wenigen Zeilen teilte er ihm mit, dass er Ende des Sommers zurückkommen würde. Nun, er hatte nicht wörtlich »zurückkommen« geschrieben; eigentlich war nur von einem wichtigen Geschäftstermin in New York die Rede. Roscoe schlug vor, sie könnten sich bei der Gelegenheit sehen, bevor er nach England zurückfahre.

Reed hatte den Brief mehrmals gelesen, ehe er die kalkulierte Grausamkeit erkannte, die in den Auslassungen des empörend kurzen Schreibens bestand. War das alles? Nach so vielen Monaten fragte er nicht einmal, wie es ihm ginge? Oliver wusste doch, was mit ihm los war. Wie konnte er so tun, als würde ihn das alles nichts angehen! Ihm wurde klar, dass er in der ganzen Zeit, während er auf Olivers Rückkehr gewartet hatte, nie ernsthaft in Betracht gezogen hatte, er könnte ihn als Freund verloren haben. Was aber, wenn Roscoe ihn nur sehen wollte, um ihm zu sagen, dass er ihn für immer verlasse? Die Vorstellung versetzte ihm einen schweren Schlag. Verzweiflung überfiel ihn, Trauer, Hoffnungslosigkeit. Er war Empfindungen von solcher Intensität nicht gewachsen, sie hätten ihn überwältigen, wenn nicht gar vernichten können. Doch er hatte machtvollen Beistand.

Nach der Trennung von Roscoe war er erneut zum Gefangenen seiner Obsessionen geworden. Nicht nur, dass er seines lebenswichtigen Begleitschutzes entbehrte; alleingelassen in seinem leeren Haus glaubte er, vor Einsamkeit sterben zu müssen. Sein Unglück trieb ihn immer weiter in den Wahnsinn, bis die Krankheit eines Tages zu ihm sprach: Durch den Zwilling, den sie in seinem Hirn erschaffen hatte, offenbarte sie ihm in endlosen abscheulichen und obszönen Monologen ihre Absichten. Reed hörte zu und fand am Ende darin Trost, denn solange der Zwilling zu ihm sprach, war er nicht allein. Auch heute, in seiner tiefen Verzweiflung, hatte ihn der Zuspruch seines monströsen Versuchers vor einem Nervenzusammenbruch bewahrt. Selbst hier und jetzt, in Antonias Garten, spürte er die Gegenwart des Zwillings.

»Hallo, Mr. Reed!« Antonia trat aus dem Baumschatten und kam leichten Schrittes auf ihn zu. Schnell stand er auf und ging ihr entgegen. »Was ist nur mit Ihnen? Seit einer halben Stunde sitzen Sie auf der Treppe und träumen vor sich hin.«

»Sie haben mich beobachtet?«

»Nun, ich wollte Sie nicht stören.« Sie bemerkte, wie er sie anstarrte, und fragte vorsichtig: »Ist alles in Ordnung?«

Er atmete tief durch, entschuldigte sich aber gleich mit einem Lächeln: »Es tut mir leid, ich war wohl in Gedanken.« Indem er mit ihr zum Haus zurückging, kam er auf den Grund seines Besuchs zu sprechen: »Ich wollte Sie fragen, ob Sie mir die Ehre erweisen würden, mich auf Hollow Park zu besuchen? Ich würde Ihnen gerne das Haus und den Park zeigen.«

Sie beobachtete ihn von der Seite und bemerkte: »Ich hörte, Sie empfangen nie Gäste auf Ihrer Plantage?«

»Das stimmt. Ich bin nicht gesellig, zudem bringen Besucher nur Unruhe. Aber bitte, bei Ihnen ist das etwas anderes. Ich könnte mir vorstellen, dass Sie die Geschichte des Anwesens interessiert, die Besonderheiten des Baustils. Hollow Park wurde wie Legacy im Jahr 1671 errichtet, wussten Sie das? Den Häusern liegt dasselbe Konzept zugrunde.«

»Das hat auch Frank Shaughnessey gesagt. Er meinte, Barton Blure habe ursprünglich auch zu dem Ensemble gehört.«

»Und es hat von den dreien die originellste Vergangenheit.

Angeblich wurde es aufgegeben, weil die Besitzer fürchteten, von Alligatoren gefressen zu werden.«

»Von Alligatoren?«

»Wie vormals der alte Morrell. Kennen Sie die Geschichte?«

»Nein!«

»Wollen Sie sie hören?«

»Aber ja!«

»Gut, kommen Sie nach Hollow Park, und ich werde Sie Ihnen erzählen.«

Sie lachte über seine Überredungsschliche.

»Werden Sie kommen, Antonia?«, fragte er sie noch einmal.

»Ich will es mir überlegen.«

Sie waren um das Haus herum zum Eingang gekommen, wo Reed sein Reitpferd angebunden hatte. Kaum sah der Fuchshengst seinen Herrn zurückkehren, zerrte er aufgeregt schnaubend an der Trense. Antonia, die ungestüme Pferde liebte, besänftigte ihn mit ruhigen Worten. Das Tier neigte den Kopf mit dem auffälligen Blässenstern und ließ sich von ihr die Mähne streicheln.

Reed sah eine Weile nachsichtig zu, dann sagte er: »Genug jetzt, Lone Star, sonst werde ich noch eifersüchtig.« Er setzte den Hut auf, nahm das Pferd beim Zügel und saß auf. »Wann darf ich Ihnen meinen Wagen schicken, um Sie abzuholen, Madam?«

»Hatte ich denn zugesagt?«

»Sie wollten es sich überlegen.«

»Nun gut, sagen wir übermorgen. Aber ich werde reiten. Meine kleine Grace und ich hatten in letzter Zeit viel zu wenig Bewegung.«

»Wie Sie möchten«, sagte er und verneigte sich. »Dann erwarte ich Sie übermorgen zum Lunch. Leben Sie wohl!«

Als er fortgeritten war, kam Joshua mit den beiden Vormännern aus dem Verwalterbüro. Wie immer zum Wochenbeginn hatten sie die Leute in Arbeitsgruppen für die verschiedenen

Pflanzungen eingeteilt. Cole und Allan grüßten respektvoll, ehe sie an ihre Arbeit zurückgingen. Auch Joshua wollte gehen, aber Antonia hielt ihn auf ein Wort zurück.

»Übermorgen unternehme ich einen Ausflug«, erzählte sie munter. »Ich möchte zum Ashley River reiten und anschließend Lydia in Charles Town besuchen. Noah soll mich begleiten.«

»Wollen Sie nicht lieber den Wagen nehmen? Bis zum Ashley River sind es an die zwölf Meilen.«

»Ach, Joshua, ich möchte wieder einmal einen Reitausflug unternehmen, der diese Bezeichnung verdient! Der Wagen mit meinem Gepäck soll in die Stadt vorausfahren, ich werde dann abends in Lyndon House eintreffen. Und keine Sorge, wir werden mittags ein, zwei Stunden rasten. Mr. Reed hat mich zum Lunch eingeladen. Er will es sich nicht nehmen lassen, mir seine berühmten Gärten zu zeigen.«

»Ich weiß nicht, Miss Antonia.« Joshua runzelte die Brauen. »Das scheint mir keine gute Idee. Es heißt, Mr. Crossbow arbeite für Mr. Reed als Unterverwalter. Gut möglich, dass Sie ihm auf Hollow Park begegnen.«

Sie ärgerte sich über seinen Einwand, der sich im Grunde gegen ihren Bekannten Mr. Reed richtete; das stand ihm nicht zu. Noch mehr missfiel ihr die Vorstellung, dass Reed mit Elijah Crossbow, diesem Abschaum der Sklavenhaltergesellschaft, zu tun hatte.

»Danke, Joshua«, erwiderte sie kühl, »aber deine Bedenken sind übertrieben.«

Er hob die Brauen, enthielt sich jedes weiteren Kommentars und ging. Seine Bemerkung ließ ihr jedoch keine Ruhe. Es war nicht verwunderlich, dass Reed auf seiner Riesenplantage einen ganzen Verwalterstab beschäftigte. Trotzdem musste es einen besonderen Grund geben, wenn er jemanden wie Elijah Crossbow einstellte. Am besten, sie fragte Charlene, die über die Verhältnisse auf den benachbarten Anwesen am besten Bescheid wusste.

»Hollow Park is' 'ne gigantische Plantage«, sagte Charlene, indem sie den Deckel von der Terrine hob und mit einer Suppenkelle die beiden Teller füllte. »Es gibt dort viele Sklavendörfer, sie liegen weit verstreut. Mr. Reed wohnt ganz allein im Herrenhaus, die meisten der Schwarzen bekommen ihn nie zu Gesicht. Ein paar Hausdiener bringen ihm das Essen, aber sonst müssen sie sich vom Herrenhaus fernhalten.« Sie legte den Deckel auf die Terrine und setzte sich, dabei murmelte sie: »Is' wohl auch besser so. Nach allem, was erzählt wird.«

»Was wird denn erzählt?«, fragte Antonia, die vorsichtig von ihrem Chili aß, dessen rote Pfefferschoten ihr auf der Zunge brannten.

Charlene, unempfindlich für die Schärfe, kaute erst genüsslich, ehe sie antwortete: »Die Leute sagen, der Herr von Hollow Park habe den bösen Blick.«

»Großer Gott, Charlene!« Antonia legte geräuschvoll ihr Besteck auf den Teller. »Wer denkt sich solchen Unsinn aus?« Doch unwillkürlich dachte sie an Reeds seltsames Starren. Kein Wunder, dass manche abergläubische Sklaven darin den gefürchteten, Verderben bringenden Blick sehen wollten.

Charlene jedenfalls ließ sich von Antonias Einwurf nicht beirren. »Diese und jene Geschichte wird erzählt, und glauben Sie mir, Missy, jede davon hat einen wahren Kern.« Sie hob bedeutungsvoll die Brauen, als sie hinzusetzte: »Übrigens kauft Mr. Reed nur Sklaven von Beau Séjour.«

Na bitte, dachte Antonia, das ist die Verbindung zu Crossbow! »Schon erstaunlich, dass Reed gerade die aufsässigen Voodoo-Leute bevorzugt. Findest du nicht, Charlene?«

»Gleich und gleich gesellt sich gern. Sie bleiben unter sich, halten sich von anderen Schwarzen fern. Es scheint Mr. Reed nur recht zu sein, dass seine Sklaven ebenso abgesondert leben wie er selbst. Im Übrigen kümmert es ihn nicht, was sie nachts am Ashley River treiben.«

»Was weißt du davon?«

»Joshua hat mir von den Freitagsmessen erzählt. Was dort geschieht, ist unheimlich, und es ist nicht recht.«

»Joshua geht zu Voodoo-Messen?«

»Er folgt Rovena in allem, was sie tut. Sie hat große Macht über ihn.«

»Aber er gab mir sein Wort, dass sie den Voodoo-Kult nicht nach Legacy bringt!«

Die Verhältnisse hatten sich geändert. Nachdem Joshua das Geld aufgebracht hatte, um Rovena freizukaufen, wurde sie von Shaughnessey in die Freiheit entlassen. Der Pfarrer der schwarzen Baptistengemeinde traute Joshua und Rovena. Ein paar Tage nach der Trauung berichtete Charlene mit finsterer Miene von einer weiteren, nächtlichen Zeremonie, an der auch einige Bewohner von Legacy teilgenommen hätten.

Antonia, die Joshuas gesundem Menschenverstand vertraute, hatte ihn bislang gewähren lassen. Nun begann sie, sich Sorgen zu machen.

»Er hat sich verändert«, sagte sie nachdenklich. »Ich vermisse sein freies, dröhnendes Lachen. Meinst du, dass er glücklich ist?«

»Joshua hat viel erreicht, aber er trägt auch eine große Verantwortung. Als Verwalter wird er von den Leuten respektiert; was er sagt, wird gemacht. Oh, ich bilde mir mächtig was ein auf meinen Jungen!« Charlene lächelte, wurde aber gleich wieder ernst. »Ich fürchte Rovenas Einfluss. Sie ist ehrgeizig und schürt seinen Stolz. Für einen Schwarzen ist es gefährlich, den Kopf zu hoch zu tragen, selbst wenn er frei ist.«

Antonia gab ihr im Stillen recht. Schweigend beendeten sie das Abendessen.

Von Legacy zum Ashley River war man zu Pferd bei sportlichem Tempo eine Stunde unterwegs. Antonia hatte für die Strecke den Vormittag eingeplant, was sie nicht übermäßig anstrengen sollte. Als sie morgens mit Noah Lytton losritt, war sie im Hochgefühl einer lang vermissten Freiheit ihrem

Begleiter bald davongaloppiert. Auf seinem braven Handpferd trabte Noah gemächlich hinterher, sodass sie an jeder Wegkreuzung auf ihn warten musste. Vom Snakewater Creek nahmen sie einen Pfad in südwestlicher Richtung nach Whittley, zur Plantage der Raleighs am Goose Creek. Dort gönnten sie den Pferden eine Ruhepause, während Antonia ihre Tante Helena Raleigh besuchte.

Als Antonia weiterreiten wollte, fragte Mrs. Raleigh: »Wo soll es denn hingehen?«

»Nach Charles Town, zu meiner Schwester Lydia.«

»Aber Kindchen, da unternimmst du so einen beschwerlichen Ritt?« Die alte Dame schüttelte missbilligend den Kopf. »Lyddie hätte dir doch ihren Wagen schicken können!«

»Keine Sorge, Tante Helena, früher mit Henry habe ich viel weitere Reitausflüge unternommen.« Reeds Einladung erwähnte sie nicht, als sie sich von ihrer Tante verabschiedete.

Von Whittley waren es noch knappe sechs Meilen bis Hollow Park. Es begann, heißer zu werden. Sie ließen die Pferde im Schritt gehen und kamen gemächlich vom Goose Creek durch lichte Zypressenwälder ins Schwemmland des Ashley River. Zwei Silberreiher flogen auf und glitten über den Fluss und die zahllosen Seitenarme und Staubecken dahin, die längs der Ufer in der Sonne glitzerten. Antonia beobachtete den Flug der großen Vögel und drehte sich im Sattel herum, um ihnen nachzublicken. Plötzlich durchfuhr sie ein tiefer, dunkler Schmerz. Sie hielt Grace sofort an, doch schon ließ ein noch stärkerer Schmerz sie aufschreien. Sie krümmte sich vornüber, fasste in Graces Mähne, um sich im Sattel zu halten, während der Schmerz langsam verebbte. Noah fragte besorgt, was passiert sei. Sie richtete sich vorsichtig auf, zuckte ratlos die Schultern. Als sie nach geraumer Zeit nichts mehr spürte, beschloss sie, den Weg fortzusetzen.

In den Flussniederungen ritten sie auf Dämmen zwischen ausgedehnten Reisfeldern dahin, die sich, von Reisbänken und

Bewässerungskanälen unterteilt, so weit das Auge reichte aneinanderreihten. Bisweilen führte sie der Weg durch niedrige Gehölze, dann an üppig aufgeschossenen Anpflanzungen vorbei. Nachdem sie schon eine halbe Stunde durch gut gepflegte Besitzungen ritten, kam Antonia erst zu Bewusstsein, dass dies alles Reeds Land war. Mit fast 25.000 Acres bildete Hollow Park den größten zusammenhängenden Grundbesitz weit und breit. Von Old Town Landing, dem Ort der ersten Siedlung, reichten die Anbauflächen in einer gewaltigen Ausdehnung beiderseits des Ashley River viele Meilen flussaufwärts.

Auf den Feldern arbeitete ein Heer von Sklaven. Wenn Antonia und Noah vorbeiritten, verstummten die Wechselgesänge, die Leute hielten inne und sahen ihnen ohne Gruß nach. Antonia musste an Charlenes Worte denken und fühlte durch die vielen Augenpaare den Blick der *Antillaise* auf sich gerichtet.

Endlich mündete der Weg auf die Straße von Dorchester nach Bee's Ferry. Sie ließen sich zum Westufer des Ashley River übersetzen, folgten der Zufahrtstraße von Hollow Park und kamen auf eine Allee, die nach einer Viertelmeile vor dem Herrenhaus endete.

Antonia wurde bereits erwartet. Der Stallknecht hatte kaum ihre Zügel genommen, als Reed aus dem Säulenumgang des Hauses trat und die Freitreppe herunterlief, um sie zu begrüßen.

»Ich freue mich so, dass Sie gekommen sind, Madam«, sagte er und war ihr beim Absitzen behilflich. »Fast fürchtete ich, Sie könnten es sich noch einmal anders überlegen.«

»Wo denken Sie hin, Mr. Reed, Sie haben mir doch eine Geschichte versprochen!«

An seinem Arm stieg sie zwischen den Säulen zum Eingang hinauf. Er führte sie in die zentrale Halle, ein quadratischer, luftig hoher Raum, von dessen Grundriss schlanke Säulen über zwei Stockwerke zur stuckverzierten Decke emporstrebten. Über drei Absätze führte der Treppenaufgang zu einer umlaufenden Galerie und den Zimmern der oberen Etage. Ein Lichtauge in der Decke erhellte den Luftraum über der Halle.

Reed geleitete Antonia durch doppelte Flügeltüren in den Salon. Während er über die Geschichte des Hauses sprach, sah sie sich um. Links vom Salon lag die Bibliothek, daneben Reeds Arbeitszimmer. Rechts vom Salon ging man in das Speisezimmer.

»Das Haus wurde nach Originalplänen Palladios gebaut, es ist das detailgenaue Gegenstück einer klassischen Villa in Italien«, erzählte Reed, während er sie durch die Räume begleitete. »Haben Sie bemerkt, wie die monumentale Wirkung der äußeren Kolonnaden bei der inneren Säulenhalle in eine elegante, private Dimension umgesetzt wurde? Ich bewundere diese Architektur, weil sie dem künstlerischen Anspruch nach Harmonie entspricht und zugleich das natürliche Bedürfnis nach Licht, Luft und freiem Raum erfüllt. Palladios Prinzipien sind wie für unser Klima gemacht. Ihr Haus auf Legacy wurde nach denselben Vorgaben gebaut.«

»Ein ehrenvoller Vergleich, doch gemessen an Ihrem Anwesen, wohne ich eher in einem Puppenhaus!«, meinte sie, als sie zum Speisezimmer gingen. Sie war beeindruckt und hätte ihre Begeisterung gern deutlicher gezeigt. Aber es gab etwas in diesem Haus, das sie irritierte, sie wusste nur noch nicht, was.

»Sie sehen blass aus, Madam«, bemerkte er, als sie am Tisch Platz genommen hatten. »Ich mache mir schon Vorwürfe. Wenigstens bis zur Fähre hätte ich Ihnen meinen Wagen entgegenschicken sollen.«

»Aber nein! Es war ein schöner Ritt hierher. Wahrscheinlich bin ich nur ein wenig aus der Übung.« Sie versuchte, unbekümmert zu erscheinen, war aber wirklich froh, sich endlich ausruhen zu können. Ein schwarzer Diener brachte Wein, danach servierte er in einer feinen Speisefolge Schildkrötensuppe mit geröstetem Weißbrot, Salate, traditionelles englisches Roastbeef und gratiniertes Gemüse. Reed unterhielt sie auf seine intelligent-amüsante Art. Er nahm selber nur wenig zu sich, beobachtete sie aber genau und verlangte nachdrücklich, dass sie vernünftig essen solle. Als der Kaffee serviert war, bat sie: »Jetzt die Geschichte! Sie haben es mir versprochen.«

»Ja, richtig, Richard Morrell.« Er setzte sich bequem zurück und begann zu erzählen.

»Vor etwa hundert Jahren, zehn Jahre nach der Gründung Charles Towns im großen Bogen des Ashley River, ließ sich hier ein wohlhabender Händler aus der Karibik nieder. Er nannte sich Richard Morrell, angeblich hatte er als Freibeuter ein Vermögen gemacht. Morrell erkannte schnell, dass der Platz der Siedlung ungünstig gewählt war, denn die von Moskitos verseuchten Sümpfe machten den Kolonisten das Leben zur Hölle. Deshalb erwarb er von Lord Ashley Cooper, einem der englischen Lord Proprietors, zwölf Meilen flussaufwärts ein Stück Land und baute das erste Haus auf Hollow Park. In den nächsten Jahren erwarb er weiteres Land. Von einer Reise brachte er einen italienischen Architekten mit, der nach Bauplänen Palladios auf Hollow Park ein neues Haus im klassischen Stil erbaute. Nachdem Morrell das Herrenhaus bezogen hatte, beredete ihn der Italiener, noch zwei weitere Häuser zu bauen. Morrell in seinem Größenwahn ließ dem Architekten freie Hand, Palladios Pläne detailgetreu umzusetzen bis hin zu der symmetrischen Vorgabe, die Häuser exakt vierzehn Meilen voneinander entfernt an die Eckpunkte eines gleichseitigen Dreiecks zu positionieren. Geld spielte keine Rolle. Mit großem Aufwand wurde Material herbeigeschafft und mit dem Bau der Herrenhäuser von Barton Blure und Highwood, Ihres heutigen Legacy, begonnen. Der italienische Baumeister war jedoch von einem formalen Perfektionismus besessen, der die Fertigstellung der Bauten unmöglich machte. Die beiden Häuser blieben lange unvollendet. Dann kam ein schlimmes Jahr, auf eine Moskitoplage folgte eine Fieberepidemie, an der viele Siedler starben. Als Morrell wochenlang nicht nach Hollow

Park zurückkehrte, machten seine Diener sich auf die Suche. Sie fanden seine Leiche in Barton Blure, die Alligatoren hatten ihn halb aufgefressen. Den Italiener sah man nie wieder.«

Antonia rührte nachdenklich in ihrem Kaffee. »Wirklich eine seltsame Geschichte. Frank Shaughnessey hat von dem Baumeister und Morrells bizarrem Ende gar nichts erzählt.«

»Verraten Sie ihm lieber nichts von den Alligatoren«, meinte Reed, »sonst hält mich Mr. Shaughnessey am Ende für einen Aufschneider!«

Sie lachten, und er schien zufrieden, dass er sie wieder aufgeheitert hatte. »Habe ich Ihnen erzählt, dass die Galopper eingetroffen sind?« Er hatte zwei englische Vollblüter erworben, die speziell für den Einsatz in Rennen über kurze Distanzen gezüchtet wurden. Schon öfter hatte er ihr von diesen schnellen Rennen erzählt, die in Großbritannien den Turfs den Rang abliefen und sich auch im amerikanischen Rennsport etablierten. »Die Tiere müssen sich noch eingewöhnen, aber man erkennt schon ihr Temperament, sie beweisen große Sprintfreudigkeit in der Bahn. Kommen Sie, ich möchte sie Ihnen zeigen.«

Als sie aufstanden, fühlte Antonia einen Anflug von Müdigkeit. Doch sie dachte, ein paar Schritte an der frischen Luft würden ihr guttun.

»Wir gehen durch den Garten«, sagte Reed. »Von hier oben können Sie auch die Rasenterrassen sehen, später wollen wir sie uns ... Aber was haben Sie denn?«

Antonia war mit einem unterdrückten Aufschrei zusammengefahren. Ein tiefer, heftiger Schmerz hatte, wie schon auf dem Hinweg, ihren Leib zusammengezogen. Sie wollte weitergehen, da überfielen sie so schwere krampfartige Schmerzen, dass sie fast in die Knie ging. Vorsichtig ein- und ausatmend, stand sie mit einem Ausdruck ungläubigen Entsetzens, hoffend, dass das, was wie Krallen ihren Unterleib griff, sie wieder freigäbe.

Reed war bei ihr und beobachtete sie aufmerksam. »Sie

haben irrsinnige Schmerzen, das sehe ich Ihnen an«, sagte er mit sanfter Stimme. »Arme Antonia, was bereitet Ihnen solche Pein? Sagen Sie es mir.«

Als sie aufsah, begegnete sie seinem gänzlich mitleidlosen Blick. Er studierte ihr gequältes Gesicht, als wäre er von so viel Leid fasziniert; anders ließ sich sein hingerissenes Starren nicht beschreiben.

Sie schrie auf, weil ein neuer, unerträglicher Schmerz sie schier zu zerreißen schien. Halt suchend griff sie nach Reeds Arm. »Was ist das nur?«, stieß sie hervor. »Bitte, Algernon, ich ... aaah!«

Er fing sie auf, trug sie in den Salon und legte sie in die Kissen einer Polsterbank. Sie krümmte sich gegen den reißenden Schmerz in ihrer Mitte, atmete heftig und zu schnell. Reed, von ihrem Aufschrei in die Wirklichkeit zurückgebracht, kniete vor ihr und hielt ihre verkrampften Hände. »Antonia, sagen Sie mir, ist unterwegs etwas passiert, sind Sie gestürzt? Was kann das denn sein? Antonia, sprechen Sie mit mir!«

»Ich weiß nicht ... es tut so weh!«

Sie schloss die Augen, zog wimmernd die Knie an. Reed rief laut nach seinen Dienern, gab kurze Befehle; jemand aus dem Sklavendorf solle geholt werden. Er hielt alle zu äußerster Eile an. Dann redete er Antonia beruhigend zu. »Es gibt hier eine Frau, die sich um die Kranken kümmert, sie wird gleich hier sein. Ich möchte Sie lieber nach oben bringen, Sie sollten sich hinlegen, in Ordnung?«

Antonia krümmte sich unter entsetzlichen Schmerzen, die jetzt nicht mehr aufhörten. Es war ihr alles egal, sollte er sie doch nach oben bringen und diese Frau holen, diese Schwarze, die bestimmt eine Voodoo-Hexe war und ihr womöglich etwas eingeben würde, das sie vielleicht umbrachte. Oder ihr Kind!

»Oh, bitte nicht, aaaaah!«

Reed hob sie hoch und trug sie hinauf in ein abgedunkeltes Zimmer. Die schweren Vorhänge vor den Fenstern ließen nur durch einen Spalt etwas Tageslicht herein. Er legte sie behutsam auf das Bett, zog ihr die Reitstiefel aus und breitete eine Decke über ihren verkrampften Körper. Nervös rief er zur offenen Tür: »Castor, Bessie, wir sind hier oben! Beeilt euch!«

Antonia hörte die Stimme einer Frau: »Es wäre wohl besser, wenn ich mit ihr alleine sein könnte, Mass'a.«

»Gut. Aber ruf mich sofort, wenn Hilfe nötig ist, hörst du, Bessie?«

Schritte, das Schließen der Tür, Stille. Jemand setzte sich auf den Bettrand. Ruhige Hände fühlten die Temperatur ihrer Stirn, schlugen die Decke zurück, schoben sich sanft zwischen Antonias Hände und ihren harten Bauch. Unter den sicheren Handgriffen beruhigte sie sich allmählich. Sie öffnete die Augen und sah im dämmrigen Licht ein ernstes, schwarzes Gesicht.

»Keine Angst, Maam, ich will bloß fühlen, ob es sich wehrt. Der Bauch ist ganz hart. Haben Sie noch Krämpfe?«

»N…nein. Es war, als würde ich zerrissen. Jetzt ist es ein dumpfer Schmerz.«

»Sie hatten Wehen. Gut, dass es sich wieder beruhigt. Der Bauch hat sich zusammengezogen, um es zu schützen. Was haben Sie gemacht, sind Sie gestürzt?«

»Ich bin vom Plains River hergeritten.«

Bessie hatte begonnen, Antonias Bauch mit sanft kreisenden Bewegungen zu streicheln; unter der rauen Handfläche raschelte der Stoff des Reitkostüms. Antonia entspannte sich. Der Schmerz war noch da, aber er wurde schwächer, ihr Körper lehnte sich nicht mehr auf. Ihre Bauchhöhle fühlte sich innerlich wund an, doch der Schmerz ebbte weiter ab.

»War wohl ein bisschen zu viel, Maam, den ganzen Weg zu Pferd hierher. Wie weit sind Sie denn? Fünfter?«

»Kann sein, ich weiß nicht genau.«

»Hm … Ihr Leib fühlt sich jetzt nicht mehr so hart an. Geht es besser?«

»Ja, ich glaube, es wird besser.«

Antonia atmete tief durch, es tat nicht mehr weh. Sie schloss die Augen, fuhr sich mit dem Handrücken über die feuchte Stirn. Sie wurde schläfrig und ließ sich von der Müdigkeit forttragen. »Bleib ... bei mir.«

»Aber ja, ich bleibe noch bei Ihnen. Wenn es nicht anfängt zu bluten, ist alles in Ordnung. Schlafen Sie, Maam.«

»Mr. Reed ...«

»Ich rede mit Mass'a Reed und werde ihn beruhigen. Schlafen Sie jetzt.«

Als Antonia gleichmäßig atmete, warf die Frau einen Blick unter die Röcke des Reitkostüms. Als sie kein Blut sah, deckte sie die Schlafende zu und verließ leise das Zimmer.

Vor der Tür zum Salon stand der schwarze Kammerdiener Castor. Er nickte Bessie zu, und sie trat ein. Reed, hingestreckt in einem Sessel, starrte ausdruckslos vor sich hin. Als die Schwarze näher kam, belebten sich seine Züge. »Ah, Bessie! Wie geht es Mrs. Lorimer?«

»Sie schläft, Mass'a. Es geht ihr besser.«

»Das ist gut. Ich habe mir große Sorgen gemacht.«

»Sie hat sich überanstrengt. So lange Strecken darf sie nicht mehr reiten, sie könnte es sonst verlieren. Sie soll nur noch Kutsche fahren, wenn Sie mich fragen.«

Reed neigte den Kopf zur Seite. »Sie könnte ... es verlieren?«

»Jetzt nicht mehr, es hat sich wieder beruhigt. Sie müssen keine Angst haben, sie wird das Baby behalten. Aber sie soll sich etwas schonen, achten Sie darauf, Mass'a.«

»Ja ... natürlich, ich werde darauf achten, Bessie.« Er stand auf, ging rasch ein paar Schritte durchs Zimmer, kam wieder zurück. »Aber was soll denn jetzt geschehen? Ich meine, sie liegt da oben!«

»Lassen Sie sie schlafen. Morgen früh, wenn sie aufwacht, wird sie wieder ganz munter sein.«

»Morgen! Soll sie die Nacht über hierbleiben?«
»Na ja, das muss sie wohl.«
Bessie kannte die Marotte ihres Herrn, niemanden im Herrenhaus zu dulden. Doch er hatte sich die Dame hergeholt, sollte er sehen, wie er zurechtkam. Schließlich bekam sie ein Baby von ihm.

Reed stand noch so, wie Bessie ihn verlassen hatte, und wartete. Reglos, alle Sinne nach innen gerichtet, wartete er auf eine Reaktion aus dem dunklen Spiegel. Er kannte den machtvollen Willen, der ihn kontrollierte. Die Anfälle überkamen ihn nicht mehr unvorbereitet, er spürte, wenn der Wahnsinn auf sein Bewusstsein übergriff. Gespannt bis in jeden Nerv, erwartete er nun den Befehl, dem er sich nicht widersetzen würde.

Doch es blieb still. Was sollte er jetzt tun? Oben in dem Zimmer lag Antonia und schlief ... Er verließ den Salon, ging hinauf. Die Türe war angelehnt, er hörte ihre regelmäßigen Atemzüge und trat leise ein. Der Raum lag in trübem Zwielicht. Er öffnete die Vorhänge, ließ das Abendlicht herein. Antonia hatte im Schlaf die Decke beiseitegeschoben. Er setzte sich zu ihr ans Bett, um sie zu betrachten. Sie wirkte auf ihn anziehend, ohne dass er sie im klassischen Sinne schön fand. Ihre Nase war zu gerade, die hohen Wangenknochen und dunklen Brauen gaben ihr etwas Ungezähmtes. Der besondere Reiz lag für ihn in ihrem mädchenhaften Wesen. Wie sie sich bewegte, wie sie beim Lächeln leicht das Kinn hob, oder die unbewusste Geste, mit der sie den Kopf kurz senkte und ihr Haar im Nacken zusammenfasste – darin lag ein verführerischer Zauber, den er bei anderen Frauen nicht verspürte.

Nun betrachtete er sie ratlos. Bessie sagte, Antonia sei schwanger. Die Schwarze kannte sich in diesen Dingen aus. Offensichtlich hielt sie ihn für den Vater des Kindes, morgen wusste es jeder auf der Plantage. Es gab Schlimmeres, soweit es ihn betraf. Aber was war mit Antonia? Wenn es bekannt wurde, würden die Leute natürlich mutmaßen … Abrupt stand er auf. Für ihn gab es nichts zu mutmaßen, er hatte genug über die Verhältnisse auf Legacy gehört, über Antonia und ihren Verwalter Marshall. Der Mann musste der Vater des Kindes sein. Und wer war dieser Marshall, der plötzlich hier auftauchte und die Lorimer-Plantage mit militärischer Disziplin instand setzte? Wer, wenn nicht dieser Engländer, Spencer! Davenport hatte ihn erkannt, das hatte Reed nie bezweifelt. Dabei war Spencer so gut wie tot gewesen, als er ihn zurückließ.

Viele Menschen hatte er in geistiger Umnachtung getötet. Aber bei Spencer war es anders. Reed hatte gewusst, was er tat, als er ihn folterte. Um den Engländer leiden zu lassen, hatte er sich bewusst seiner dunklen Wesenshälfte unterworfen. Das hatte er davor noch nie getan. Erstmals hatte er gespürt, wie die mörderische Besessenheit von ihm Besitz ergriff und ihm schließlich die Hand führte. Der Engländer erduldete Fürchterliches, keine Ohnmacht erlöste ihn von seiner Qual. Ab einem bestimmten Zeitpunkt wurde Reed klar, dass Spencers Wille zu stark war; dass er trotz Schmerz und Verzweiflung nicht aufgeben würde wie die anderen, die unter seinen Händen gestorben waren. Da brachte er es nicht mehr über sich, ihm die Kehle durchzuschneiden wie einem Tier. Nein, Spencers Leiden war zu grandios, um es zu beenden. Um dieses einzigartige Erlebnis mit ihm zu teilen, schloss Reed ihn in die Arme; er wollte ihm ganz nah sein und spüren, wie sein starkes Herz immer weiter schlug. Wie erregend war es, ihn zu halten, im Gleichtakt ihrer Herzen vereint zu sein! Danach hätte er ihn töten sollen. Doch er ließ ihn am Leben … Und Spencer hatte nichts Besseres zu tun, als zurückzukommen und ihm Antonia wegzunehmen. War das der Dank?

Aber er wollte nicht mehr an Spencer denken. Hier war Antonia, seine Liebste, endlich war sie bei ihm! So vertrauensvoll war sie in sein Haus gekommen, so ruhig lag sie hier und schlief. Jetzt gehörte sie ihm. Vorsichtig, um sie nicht zu wecken, legte er sich zu ihr. Er fasste sie nicht an, vermied jede Berührung, doch er ließ es geschehen, dass ihr Haar seine Wange streifte. Als sie sich später im Schlaf umwandte, ruhte ihr Arm mit leichtem Druck an seiner Seite. So lag er neben ihr, wachte, träumte.

Die Nacht kam und die Dunkelheit, sie rissen ihn aus dem trügerischen Frieden. Er setzte sich auf und erblickte Antonia, die tief und ruhig schlief. Sacht legte er eine Hand um ihre Kehle. Als er das stete Pochen unter der Haut fühlte, sog er scharf den Atem ein. Schnell ließ er sie los, stand auf und zog sich zurück bis zur Tür. Doch er konnte nicht fort, er musste hin zu ihr und wieder die Hand um ihren Hals legen, auch die andere Hand, um das zarte Pochen zu fühlen. Wie weiß ihre Haut war, ihr Gesicht, ihre Brust, die Arme und Hände, so weiß! Und wie hilflos sie war! Während er sie betrachtete, veränderte sich sein Gesichtsausdruck in unheilvoller Weise.

Etwas hatte sie geweckt, sie schlug die Augen auf und sah, über sich gebeugt, eine reglose Gestalt. Sie erkannte Reed vor dem dunklen Hintergrund des Zimmers, er war näher, als es schicklich sein konnte. Vom Schlaf benommen, nahm sie den Druck um ihre Kehle kaum wahr. Dann allmählich spürte sie, dass seine Hände ihren Hals immer fester umschlossen. Hellwach, ja empört, wollte sie auffahren, hielt sich aber rechtzeitig zurück. Reed sah voll tiefer Gewissheit auf sie herab, dass sie glaubte, es müsste ihr etwas entgangen sein; sonst würde sie wohl verstehen, was gerade passierte. Sie sagte so ruhig wie möglich: »Es geht mir wieder gut, Mr. Reed. Sie können mich loslassen.«

Erst geschah nichts. Dann wurde der Griff um ihren Hals fester.

»Algernon!«, rief sie erschrocken. Zögernd öffnete er die Hände, rührte sich aber sonst nicht. Um Souveränität zu gewinnen, setzte sie sich auf und sagte in forscherem Ton: »Es ist ja schon dunkel! Wie lange habe ich geschlafen?«

»Sehr … lange«, antwortete er stockend. »Sie können … in diesem Zimmer bleiben. Morgen fahre ich Sie nach Hause.«

»Ich fürchte, meine Unpässlichkeit hat für einige Aufregung gesorgt?«

»Aufregung? … Oh ja, Sie sind … plötzlich zusammengebrochen.«

Er wirkte abwesend, irgendetwas schien ihn zu beschäftigen. Sie fragte sich, ob ihm die schwarze Hebamme erzählt hatte, dass sie schwanger war. »Die Frau, die Sie mir schickten, war eine große Hilfe.«

»Bessie ist sehr erfahren. Sie deutete an …«

»Ach ja, ich weiß«, sagte Antonia schnell. »Sie meinte, ich habe mich überanstrengt. Es sei nichts Ernstes, eine leichte Schwäche. Das hat sie Ihnen doch auch gesagt?«

Reed zögerte. »Eine leichte Schwäche … Ja, ich glaube, das sagte sie.«

Gut, dachte sie, er wusste also nichts von ihrer Schwangerschaft. Nun musste sie ihn dazu bringen hinauszugehen. »Es ist sehr freundlich, dass ich über Nacht hierbleiben kann«, begann sie. »Ich möchte nur meiner Schwester gerne eine Nachricht schicken. Sie erwartete mich heute Abend in Charles Town. Inzwischen wird Lydia sich fragen, wo ich bleibe.«

»Sie hatten nicht gesagt, dass Ihre Schwester Sie erwartet!«, rief er bestürzt. »Ich werde sofort jemanden hinschicken.« In der Tür drehte er sich noch einmal um. »Bitte bleiben Sie in diesem Zimmer, wenn ich fort bin!«, sagte er eindringlich. »Gehen Sie unter keinen Umständen hinaus! Jetzt entschuldigen Sie mich.«

Nachdem er gegangen war, atmete sie erleichtert auf. Sie wollte ihm nicht unterstellen, er hätte versucht, die Situation auszunutzen. Bestimmt hatte er sich nur vergewissern wollen, dass es ihr gut ging. Vielleicht war er in Sorge gewesen, sie hätte Fieber bekommen? Nun, jetzt war er gegangen und kümmerte sich hoffentlich um eine Nachricht an Lydia. Warum hatte er nur so strikt darauf bestanden, dass sie das Zimmer nicht verließ? Unwillkürlich dachte sie an Morrell und die Alligatoren.

Er stand auf dem Gang vor ihrer Tür und spürte, wie der fremde Wille des Wahnsinns ihn noch einmal freigab. Er wusste, er musste noch etwas tun, Antonia hatte gesagt, jemand müsse benachrichtigt werden. Sie hatte recht, niemand sollte sich beunruhigen oder gar anfangen, Fragen zu stellen. Aber es blieb ihm nicht mehr viel Zeit.

Er eilte über die Galerie zu seinen Zimmern. In aller Hast zog er sich um, einfaches Hemd, dunkle Hosen, schwarzer Jagdrock und Reitstiefel. Sein Jagdmesser. Dann lief er hinunter, durch den Garten, der wie abgestorben und grau im Mondlicht lag. Als er zum Reithof kam, wartete Castor schon mit seinem Pferd vor dem Stall. Der Diener hatte die Unruhe seines Herrn bemerkt und Lone Star für ihn gesattelt.

Reed trug ihm auf, Antonias Reitknecht nach Charles Town zu schicken, damit Miss Bell nicht länger beunruhigt war. Dann schwang er sich aufs Pferd. Er musste fort.

Dies war seine Nacht. Es hätte Algernons und Antonias Nacht sein können, ihre einzige Nacht, doch was für eine Nacht! Lone Star stieg auf der Hinterhand, aber Reed zwang ihn in die Pflicht und jagte davon. Hell genug war es, hell genug zu finden, was er suchte.

Antonia hörte Reed die Treppe hinuntereilen. Sicher würde er Noah mit einer Botschaft zu ihrer Schwester schicken. Doch Lydia war ihr im Augenblick einerlei. Sie dachte an ihr Kind. Nachdem ihr Körper sie heute gewarnt hatte, gelobte sie, sich achtsamer zu verhalten, um es nur ja gesund zur Welt zu bringen, ihr Kind, das einzige verbliebene Band zu William! Er hatte sie verlassen, nur der Schmerz der Trennung hielt ihr die Treue. Nein, sie durfte nicht an ihn denken, ihre Gefühle für

William machten sie schwach, und Schwäche konnte sie sich nicht leisten, nicht jetzt.

Wenn Reed zurückkäme, wollte sie ihm angemessen gegenübertreten. Darum machte sie sich etwas zurecht, flocht ihr Haar neu, strich Rock und Bluse glatt, zog die Kostümjacke wieder an und fuhr in ihre halbhohen Stiefel. Gleich fühlte sie sich respektabler. Vor allem wollte sie das trübe Mondlicht vertreiben. Auf dem Frisiertisch stand eine Petroleumlampe, aber sie sah sich vergeblich nach einer Feuerzeugbüchse um. Als es klopfte, rief sie: »Sie können hereinkommen, ich bin jetzt auf.«

Sie hatte Reed erwartet, doch sein Diener Castor betrat das Zimmer. Der Schwarze verneigte sich, ging durch den Raum und entzündete die Petroleumlampe und die Nachtlichter auf dem Kaminsims.

Er verneigte sich wieder. »Kann ich noch etwas für Sie tun, Maam?«

»Danke, wenn ich nur nicht im Dunkeln sitzen muss!«

Castor überging die Ironie und sagte: »Maas'a Reed hat mir aufgetragen, für Ihre Bequemlichkeit zu sorgen, Maam.«

»Du meinst, er hat dir aufgetragen, mich zu ihm in den Salon zu begleiten?« Weil Castor nicht antwortete, sagte sie: »Er ist doch unten im Salon, oder?«

Castor überhörte ihre Frage. »Kann ich Ihnen Erfrischungen bringen, Maam?«

»Schluss damit! Du führst mich augenblicklich zu deinem Herrn.«

»Maas'a Reed ist fortgeritten, Maam.«

»Fortgeritten, wieso? Wohin? Hat er wenigstens hinterlassen, wann er zurückkommt?«

Castor ließ sich von ihrer Verärgerung nicht aus dem Konzept bringen. »Maam, wenn Sie mich nicht mehr brauchen, würde ich in die Halle hinuntergehen.«

Obwohl seine stoische Art sie verstimmte, musste Antonia seine Ergebenheit bewundern. Sie erinnerte sich, was Charlene erzählt hatte; während andere Pflanzer die Voodoo-Anhänger mieden, holte Reed sie ganz gezielt auf seine Plantage. Dafür musste es einen Grund geben. Bevor sie Castor entließ, fragte sie beiläufig: »Was für ein Tag ist heute?«

»Heute ist Freitag, Maam.«

»Freitag!« Sie nickte wissend. »Dann ist Mr. Reed vielleicht zu eurem Versammlungsort am Ashley River geritten. Nimmt er an euren dunklen Ritualen teil?«

Er zuckte nicht mit der Wimper, die Anspielung verfing bei ihm nicht. Dann sagte er: »Es gibt dunklere Mächte, als Sie und ich uns vorstellen können.«

»Dunklere Mächte?«

»Gute Nacht, Maam.« Er verneigte sich. »Ich werde in der Halle wachen.«

Die erste Dämmerung weckte sie aus traumlosem Schlaf. Die Zudecke um die Schultern gelegt, ging sie ans offene Fenster. Vor ihr lag die Flusslandschaft in fahlem Dunst. Die nächtliche Flut strömte zum Meer zurück und legte die Uferbänke frei, es roch brackig nach Fäulnis und Zerfall. In einiger Entfernung zwischen den Steineichen am Flussufer bemerkte sie eine Bewegung, ein Mann auf einem Pferd, der aus nordwestlicher Richtung kam und rasch auf dem Damm näher ritt. Der Reiter trieb das Pferd schonungslos an, bis es in schwerfälligem Galopp auf den Hofweg einbog. Vor den Stallungen fiel der Mann aus dem Sattel. Mit Mühe stand er wieder auf, ließ das abgeschlagene Tier am Hoftor stehen und kam gebeugten Ganges durch den Garten herauf.

Sie hätte Reed fast nicht erkannt. Der ansteigende Weg bereitete ihm sichtlich Schwierigkeiten, er stolperte, fing sich halbwegs und schleppte sich unsicher wie ein Trunkener zu seinem Haus. Als er die Treppe zur Terrasse herauftappte, bemerkte sie an seinen Händen Blut, auch in seinem bleichen Gesicht sah sie Spuren geronnenen Blutes. Womöglich war er unterwegs gestürzt oder gar angegriffen worden! Sie erwog, nach Castor zu rufen oder selber hinunterzulaufen und ihre Hilfe anzubieten, als Reed unterhalb ihres Fensters an die Brüstung trat und abwartend nach dem Uferdamm zurückblickte. Achtlos streifte er die blutigen Handflächen an den Rockschößen ab. Dann trat er in den Säulenumgang und war Antonias Gesichtsfeld entzogen.

Sie sah weiter auf die Stelle, wo er zuvor gestanden hatte, die nachlässige Geste vor Augen, mit der er das Blut von den Händen gewischt hatte. Etwas sagte ihr, dass es nicht sein eigenes war. Beim Geräusch von Schritten aus der Halle fuhr sie herum, tastete sich fahrig durchs Halbdunkel zum Bett zurück. Von unbestimmter Furcht erfasst, kauerte sie sich unter der Decke zusammen. Die Schritte erreichten die Galerie, hielten vor der Tür; vom Fenster kam ein Luftzug, als sie lautlos aufschwang.

Antonia lag ganz still, ihr Puls raste. Sie merkte, dass er ans Bett herantrat, seine Hand berührte ihr Haar. Mit geschlossenen Augen erschauerte sie beim Gedanken an das Blut, während seine kühlen Fingerspitzen über ihre Stirn und Wange strichen. Sie spürte, wie er sich zu ihr beugte, so nah war er, dass sein Atem sie streifte. Als er sich wieder aufraffte, keuchte er vor Anstrengung. Dann Schritte, die Tür fiel ins Schloss, der Luftzug erstarb.

Weiter entfernt schlug eine Tür, danach herrschte Stille. Gerade stieg die Sonne über den Fluss. Antonia zog die Bettvorhänge zurück, damit das Morgenlicht ihre dunklen Empfindungen vertrieb. Was hatte Reed in ihrem Zimmer gewollt? Schon am Abend zuvor hatte er sich sonderbar verhalten, aber jetzt, angesichts seines desolaten Zustands, kam ihr der Verdacht, dass mit ihm vielleicht etwas nicht stimmte. Wo war er in der Nacht gewesen, dass sein Pferd fast zuschanden geritten war? Irgendetwas musste passiert sein, woher stammte sonst all das Blut, ja, was hatte er da draußen gemacht?

Sie dachte daran, wie er am Abend plötzlich in ihrem Zimmer stand und die Hände um ihren Hals gelegt hatte. Wollte er ihr da etwas antun?

Impulsiv warf sie die Decke zurück und setzte sich auf. Nein, das war absurd! Gestern ging es ihr nicht gut, der Wehenschmerz, die Angst um das Baby hatten sie verwirrt und empfindlich gemacht, kein Wunder, dass sie sich ängstigte, krank, schwach, in einem fremden Haus. Ganz sicher gab es für Reeds Verhalten an diesem Morgen eine einfache Erklärung. Gut möglich, dass er vom Pferd gestürzt war und sich verletzt hatte, schließlich war er die ganze Nacht unterwegs gewesen. Dass er bei seiner Rückkehr heraufkam, um nach ihr zu sehen, gehörte sich zwar nicht, aber deshalb musste sie nicht gleich panisch reagieren.

Sie legte sich wieder hin, um noch ein wenig zu ruhen. Der blaugoldene Betthimmel und die gelb und blau gestreiften Vorhänge leuchteten in warmen Tönen. Da, auf dem Laken neben dem Kopfkissen, war ein rötlicher Fleck. Als sie genauer hinsah, erkannte sie den blassen Abdruck einer Hand und wich jäh zurück.

In seinem Zimmer sank er entkräftet zu Boden. Castor wachte vor der Tür, herinnen war er in Sicherheit. Flach atmend lag er auf den kühlen Holzdielen, während seine Nerven nach und nach taub wurden. Bevor er wieder unter Menschen gehen konnte, würden einige Stunden vergehen; so lange dauerte es, bis sich sein Geist vollständig von dem Ungeheuer, das von ihm Besitz ergriffen hatte, befreien konnte. Schon verlor er das Bewusstsein für seine Person. In einem Zustand apathischer Ruhe, auf Herzschlag und Atmung reduziert, erstarrte jede geistige Regung. Kein Denken. Kein Fühlen. Nichts.

36.

Bessie kam herein und machte sich leise summend im Zimmer zu schaffen. Sie raffte die Vorhänge hinter den Wandhaltern zusammen und schob das Fenster ganz auf, sodass der Duft von geschnittenem Gras hereinwehte. Sie setzte sich zu Antonia ans Bett und fragte, wie es ihr gehe. Während sie sich unterhielten, tastete sie Antonias Unterleib ab, dann nickte sie zufrieden. »Sie sollten sich eine Weile schonen. Ruhen Sie sich öfter am Tag aus, Maam, und versuchen Sie, jegliche Aufregung zu vermeiden.«

Aufregung vermeiden – genau das hatte Antonia vor, darum wollte sie so bald wie möglich abreisen. Bessie konnte es ihr nicht ausreden aufzustehen, sondern musste ihr sofort Waschwasser, Seife und Handtücher für ihre Morgentoilette bringen und ihr das Haar aufstecken. Antonia strich ihr Reitkostüm so gut es ging glatt und ging nach draußen.

Sie spazierte durch den Formalen Garten und über frisch gemähte Wiesen zu den Rasenterrassen, die wie die flachen Stufen einer überdimensionalen Freitreppe zum Ufer des Ashley River hinabführten. Die Sonne stand hoch am Himmel und sog flirrenden Dunst aus dem breit vorüberströmenden Fluss. Antonias Blick folgte dem sanften Gefälle des Geländes, während sie die Harmonie der Anlage auf sich wirken ließ.

Als sie von ihrem Spaziergang zurückkam, erwartete Castor sie an der Terrassentür und führte sie in das sonnengelbe Speisezimmer, wo das Frühstück für sie angerichtet war. Mehrere Haussklaven bedienten sie mit Tee, verschiedenen warmen Gerichten, Obst und Gebäck. Castor stand in stoischer Ruhe neben der Tür zur Halle. Er verbeugte sich tief, als sein Herr den Raum betrat. Reed ging ohne Zögern auf Antonia zu, sie dagegen konnte ihre Unsicherheit nicht verbergen und errötete, als er ihre Hand zum angedeuteten Kuss ergriff.

»Entschuldigen Sie meine Verspätung, Madam«, sagte er und setzte sich ihr gegenüber an den Tisch.

Er sah tadellos aus. Sein tizianrotes Haar, noch feucht vom Bade, lag ihm in kurzen Locken um den Kopf, wodurch er mehr denn je an einen römischen Patrizier erinnerte. Er trug seine bevorzugten hellen Farben, schneeweißes Hemd und Krawatte, sandfarbene Hosen, Rock und Weste aus fliederblauem Seidenjacquard; nur die rehbraunen Stiefel waren ein Zugeständnis an das Leben auf dem Lande. Trotz umsichtig ausgeführter Toilette und eleganter Kleidung strahlte er heute nicht die gewohnte Souveränität aus. Er wirkte übernächtigt und war nicht gesprächig. Außerstande, seinen empfindlichen Organismus schon um diese Zeit mit Nahrungsaufnahme zu konfrontieren, ließ er sich von Castor lediglich Tee servieren. Eine Weile schwieg er. Erst als ein Diener Antonia Tee nachschenkte, wurde er sich ihrer Gegenwart wieder bewusst.

»Wie geht es Ihnen heute?«

»Danke, sehr gut! Es ist alles in Ordnung, ich meine, ich bin jetzt wieder wohlauf.« Nervös nahm sie einen Schluck Tee und redete schnell weiter: »Ich denke, ich sollte gleich nach dem Frühstück zu meiner Schwester weiterreisen. Sie wird sich schon schreckliche Sorgen machen – was natürlich völlig unbegründet ist, nicht wahr? Was sollte mir hier schon zustoßen! Jedenfalls wäre es sehr freundlich, wenn Sie Ihren Leuten Bescheid geben würden, dass mein Pferd gesattelt wird. Ich möchte bald aufbrechen.«

»Nach der Aufregung von gestern sollten Sie sich lieber schonen«, wandte er ruhig ein. »Ich werde Sie mit meinem Boot nach Charles Town bringen lassen.«

»Bitte machen Sie sich keine Umstände …«

»Ich lasse die Sloop klarmachen, mit dem Segler sind Sie in knapp zwei Stunden in der Stadt.« Mit ehrlichem Bedauern setzte er hinzu: »Sie haben noch nichts von Hollow Park gesehen. Es ist schade, dass Sie nicht länger bleiben.«

»Oh nein, ich denke, ich habe Ihre Gastfreundschaft schon über Gebühr ausgenutzt, und letzte Nacht ...«
»Ja?«
»Nun, ich weiß, dass Sie in Ihrem Hause lieber ungestört sind, Mr. Reed.«
»Wenn ich diesen Eindruck vermittelt habe, täte mir das sehr leid.«
Sein wachsamer Blick war ihr nicht entgangen, darum sagte sie: »Oh, Sie waren überaus zuvorkommend. Ich wollte einfach sagen, es ist mir unangenehm, dass meine Unpässlichkeit so viel Aufregung verursacht hat.«
»Das muss Ihnen nicht unangenehm sein. Es war mir eine Ehre, Ihnen meinen Schutz anzubieten.«
Seinen Schutz? Offenbar meinte er, was er sagte. Wusste er denn nicht, was in der vergangenen Nacht vorgefallen war? Während er Castor Anweisung gab, sein Schiff klarzumachen, beobachtete sie ihn ganz genau, seine Mimik, die elegante Gestik. Wenn sie es richtig bedachte, war es kaum glaublich, dass ihr jetzt derselbe Mann gegenübersaß, den sie im Morgengrauen auf das Haus hatte zuwanken sehen.

Da ihr Aufbruch bevorstand, blieb nichts weiter zu sagen. Schweigend betrachtete er sie, in seinem Blick war keine Freundlichkeit, als wäre er von ihr enttäuscht. Was hatte er sich erwartet? Sie pflegten nachbarlichen Umgang, darüber hinaus hatte sie ihm nie ein Gefühl von Vertrautheit vermittelt, das ihn hätte ermutigen können, mehr zu erhoffen. Dennoch sah er sie an, als hätte sie ihn abgewiesen. Vor dem Hintergrund der letzten Nacht machte sein stummer Vorwurf sie nervös. Je eher sie aufbrach, desto besser. Sie wollte ihm vorschlagen, sie könnte doch schon zur Schiffslände fahren, als auf dem Vorplatz ein mehrspänniger Wagen vorfuhr. In der Halle ertönten Männerstimmen, sodann meldete Castor, ein Herr möchte seine Aufwartung machen. Reed stand auf, um dem Besucher entgegenzugehen, da wurde die Tür aufgestoßen. Hocksley trat ein.

Ihn hätte Antonia hier zuletzt erwartet. Reed gelang es, seine Überraschung in höfliche Worte zu kleiden. »Mr. Hocksley, was für eine Ehre! Wie geht es Ihnen, Sir? Und wie geht es Mrs. Hocksley und Ihren zauberhaften Töchtern?«

Hocksley nahm das Kompliment geschmeichelt entgegen und erklärte: »Miss Bell hat mich gebeten, Mrs. Lorimer in den Schoß der Familie zurückzuholen.« Zu Antonia sagte er: »Was hat Sie aufgehalten, meine Liebe? Wie ich sehe, sind Sie wohlauf.«

»Der lange Ritt gestern hatte mich mehr angestrengt als erwartet. Ich vergaß, wie schnell man aus der Übung kommt. Doch es geht mir gut, am liebsten würde ich nach Charles Town reiten.«

»Madam, das kommt unter diesen Umständen nicht infrage!«, sagte Reed mit so viel Nachdruck, dass Antonia sich fragte, ob Bessie ihm am Ende doch mehr erzählt hatte.

»Seien Sie nicht unvernünftig, Antonia«, meinte auch Hocksley. »Ich bringe Sie in meinem Wagen nach Lyndon Hall. Wir würden bei Crossbow vorbeifahren, seine Plantage liegt praktisch auf dem Weg. Wenn wir dort am frühen Nachmittag abfahren, sind wir zum Abendessen in Charles Town.« Plötzlich besann er sich. »Natürlich möchte ich Ihnen die Dame nicht vorzeitig entführen, Reed. Ich könnte zu Crossbow fahren und Mrs. Lorimer später hier abholen? Sie wollen ihr sicher die berühmten Gärten zeigen.«

»Ich denke, Mrs. Lorimer möchte sofort abreisen.«

Reeds schroffe Erwiderung verblüffte Hocksley. Er hatte gehofft, Reed würde anbieten, Antonia selber nach Charles Town zu bringen, und ihn dieser lästigen Pflicht entheben. Dass Reed Antonia dagegen nicht halten wollte, sah für Hocksley nach verletzter Eitelkeit aus. Wahrscheinlich hatte die dumme Gans ihn erneut abgewiesen.

Hocksley konnte nicht wissen, wie schwer es Reed fiel, Antonia gehen zu lassen. Er fühlte sich machtvoll zu ihr hingezogen, selbst die Absence hatte die Erinnerung an ihren lebensvollen, warm pulsierenden Körper nicht auslöschen können; gerade darum durfte sie nicht länger in seiner Nähe bleiben. Weil das Schweigen peinlich zu werden drohte, sagte er: »Selbstverständlich steht es Ihnen frei, Madam, wann und wie Sie weiterreisen möchten. Mein Schiff ist jederzeit abfahrbereit, sofern Sie nicht lieber Mr. Hocksleys Angebot annehmen möchten.«

Antonia hatte sich schon entschieden. »Ich möchte meine Schwester nicht bis zum Abend im Ungewissen lassen. Wenn es also keine Umstände macht, würde ich gern Ihr Boot nehmen, Mr. Reed.«

Er schickte nach einem Wagen, der sie zur Anlegestelle bringen sollte. Nachdem sich Antonia von ihrem Schwager verabschiedet hatte, begleitete Reed sie hinaus. Ein zweirädriges Gig fuhr vor. Er half ihr beim Einsteigen und wartete neben der offenen Wagenseite, während sie sich zurechtsetzte.

»Ich werde Noah schicken, um mein Pferd abzuholen«, plauderte sie. »Hoffentlich macht Grace inzwischen keine Schwierigkeiten.«

Er lächelte flüchtig und sah nach vorn in die Allee. »Sie sollten sich nicht zu viele Gedanken machen, Mrs. Lorimer.« Dann wandte er sich ihr ruhig zu. »Es war sehr schön, dass Sie mich auf Hollow Park besucht haben, auch wenn es mir sehr leidtut, dass es Ihnen gestern nicht gut ging. Ich wünschte nur …« Er hielt inne. Antonia befürchtete, er würde auf die vergangene Nacht zu sprechen kommen. Aber er sagte etwas anderes: »Ich wollte Sie fragen, ob ich Sie wieder auf Legacy besuchen darf?«

Sie wurde blass. Nein, er sollte nicht mehr kommen, nie mehr! »Besuche zur Erntezeit? Oh, Mr. Reed, ich fürchte, wir alle werden furchtbar viel zu tun haben, wenn in ein paar Tagen die Reisernte beginnt und …«

»Bitte, Sie müssen es nicht erklären«, unterbrach er ihren Redefluss. »Ich sehe, es war nicht sehr klug von mir, danach zu fragen. Vergessen Sie es am besten.« Er verneigte sich formell. »Leben Sie wohl, Madam.«

Er trat zurück, gab dem Kutscher den Befehl zur Abfahrt. Der Wagen fuhr mit knirschenden Rädern an. Als sie in die Allee einfuhr, drehte Antonia sich um und winkte zum Abschied. Reed sah ihr nach, ohne die Geste zu erwidern.

Hocksley war es nur recht, dass er sich nicht um Antonias Rückführung zu kümmern brauchte, denn er musste mit Reed über etwas Wichtiges sprechen. Am Vorabend hatte er im Planters Club Elijah Crossbow getroffen, von dem er sich regelmäßig berichten ließ, was sich auf den Besitzungen der Rice Lords und Cotton Barons des Lowcountry tat. Crossbows Tabakplantage grenzte im Marschland an Hollow Park. Auf Hocksleys Empfehlung hin stellte Reed den Mann als Verwalter ein. Damit hatte Hocksley auf Hollow Park seinen zuverlässigsten Spion platziert. Eine Plantage von der Größenordnung Hollow Parks war ein bedeutender Wirtschaftsfaktor, ihre Produktivität konnte die Preise erheblich beeinflussen. Als Vorsitzender des Planters Club war Hocksley daran interessiert, über die Vorgänge auf der größten Besitzung im Bezirk Charles Town stets unterrichtet zu sein, um deren Angebotsvolumen frühzeitig abschätzen und bei seinen Preisabsprachen berücksichtigen zu können.

Von Crossbow erfuhr er auch, wenn Reed wieder Sklaven von Beau Séjour kaufte. Hocksley beobachtete diesen stetigen Zustrom mit Argwohn, auch mit wachsender Sorge, denn seit er die Frau des Voodoo-Priesters Raoul Mougadou, des Caids von Beau Séjour, hatte hinrichten lassen, hing über ihm die Rachedrohung des mächtigen Stammesoberhauptes.

Durch den Ankauf von Sklaven aus Hispaniola verbreitete sich der unheimliche Voodoo-Kult aus der Karibik im Laufe der Jahre in den südlichen Provinzen Amerikas. Auch die Sklaven von Beau Séjour wurden in erster Linie nach South

Carolina verkauft. Das hatte Hocksley nicht gestört, solange keine Familienmitglieder der Mougadous nach Prospero Hill oder in seinen näheren Wirkungsbereich gelangten. Jahrelang hatten die Anhänger des Kultes auf den Plantagen stillgehalten und sich aus Angst vor Repressalien geduckt. Doch neuerdings funktionierte der Mechanismus der Abschreckung nicht mehr so zuverlässig wie früher. Die Schwarzen wurden aufsässig. Die Abstrafungen im Work House riefen bei ihnen nicht mehr jene passive Verzweiflung hervor wie früher, vielmehr führten sie zu einem unterschwelligen Murren.

Hocksley wusste, wer dafür verantwortlich war. Antonias früherer Stallmeister Joshua Robert, ein Freigelassener, war nach seinem Aufstieg zum Verwalter von Legacy unter den Schwarzen im weiten Umkreis zu einigem Einfluss gelangt. Das Prestige seiner Stellung ermöglichte es ihm, eine Sklavin freizukaufen und zur Frau zu nehmen, *Rovena-la-Sorcière,* die Schwester von Monsieur Raoul, auch sie eine berüchtigte Zauberin des Kults. Durch dieses Vorbild – ein freier Schwarzer, der die Voodoo-Priesterin befreite – entstand in den Sklavendörfern ein neues Gefühl von Furchtlosigkeit. Das Selbstbewusstsein der Schwarzen wuchs und ermutigte sie, gegen die bestehende soziale Ordnung aufzubegehren. Hocksley griff wie andere Sklavenhalter zu drastischen Bestrafungen, doch verblüffenderweise verstärkte das den Ungehorsam. Wenn er seine Arbeiter nicht dadurch verlieren wollte, dass er sie zu Krüppeln prügeln ließ, musste er das Übel an der Wurzel packen: Er musste das unselige Bündnis der Voodoo-Hexe mit dem selbstherrlichen Bastard seines Schwiegervaters Robert Bell zerschlagen.

Aus diesem Grund wollte er Reed heute ins Gebet nehmen. Hunderte von Sklaven, in vielen Dörfern über das Gebiet von Hollow Park verstreut, stellten ein bedenkliches Potenzial für den aufkommenden Widerstand dar. Mit seinem Laisser-faire, Laisser-aller könnte Reed der gesamten Pflanzergemeinschaft schaden; das musste Hocksley ihm klarmachen. Der Stono-

Aufstand in den Vierzigerjahren hatte genau so begonnen. Auf eine zweite Revolte dieser Art durfte man es nicht ankommen lassen.

Als Reed wieder ins Speisezimmer kam, hatte Hocksley sich bereits niedergelassen und ließ sich von den Hausdienern in reichlicher Menge Koteletts mit Eiern und Speck vorlegen. Nachdem er mit gutem Appetit sein zweites Frühstück verzehrt hatte, lehnte er sich zurück und kam auf den Grund seines Besuchs zu sprechen.

»Wie ich höre, Reed, kaufen Sie Sklaven von Beau Séjour? Das ist sehr lobenswert! Wir müssen die alten Besitzungen in der Karibik unterstützen, damit sie beim Vormarsch der Franzosen und Holländer nicht zu sehr an Boden verlieren.« Er pflückte ein paar Trauben von der Obstschale und warf sie sich in den Mund. »Allerdings sind Sklaven aus Saint-Domingue nicht unproblematisch. Sie hängen einer eigentümlichen Ausprägung des Voodoo-Kultes an und lassen sich nur schwer kontrollieren. Glauben Sie mir, wenn Aufstände zu befürchten sind, dann von den Hispaniola-Schwarzen. Bestimmt ist Ihnen aufgefallen, dass Ihre Sklaven von Beau Séjour recht unzugänglich sind.«

Reed, der ihm unbewegt zugehört hatte, ließ eine ganze Weile verstreichen, bevor er antwortete: »Die Organisation meiner Pflanzungen liegt in den Händen erfahrener Verwalter, einer davon, auf Ihre Empfehlung, ist Mr. Crossbow. Als Sklavenhändler kennt er die Verhältnisse auf Saint-Domingue besser als wir. Er sollte beurteilen können, ob die Schwarzen, die er mir liefert, sich in die Abläufe meiner Plantage fügen. Im Übrigen hatten wir mit den Sklaven von Beau Séjour noch nie Probleme. Ich finde nicht, dass sie besonders unzugänglich sind, wie Sie behaupten. Mein Diener Castor zum Beispiel könnte mir nicht treuer ergeben sein.«

Hocksley musterte missfällig den hageren Schwarzen, der hinter seinem Herrn stand. Er erkannte einen Mougadou, wenn er ihn sah. Castor hatte sofort seinen Argwohn erregt. »Sie sollten nicht zu vertrauensvoll sein, Reed. Ich rate Ihnen, Widersetzlichkeiten sofort und ohne Milde zu bestrafen.«

»Widersetzlichkeiten? Wie ich schon sagte, habe ich nichts dergleichen feststellen können. Sollte ich erfahren, dass es auf meinen Pflanzungen je dazu kommt, werde ich beizeiten die entsprechenden Maßnahmen ergreifen.« Mit feinem Lächeln setzte er hinzu: »Ich pflege meine Interessen stets durchzusetzen, vergessen Sie das nicht!«

Hocksley hatte Reeds Verweis, sich aus seinen Angelegenheiten herauszuhalten, wohl verstanden. Er war es nicht gewöhnt, dass man so mit ihm redete, und Reeds arrogante Art passte ihm nicht. Verstimmt erhob er sich. Den Hut in der Hand, sagte er: »Schön, es geht mich nichts an, wie Sie hier wirtschaften. Nur soll es später nicht heißen, ich hätte Sie nicht gewarnt.«

Reed begleitete ihn zur Tür. »Ich weiß Ihre Sorge natürlich zu schätzen, Hocksley«, sagte er zum Abschied. »Bitte bestellen Sie Mrs. Hocksley meine ergebensten Grüße.« Als die pompöse Kutsche anfuhr, war er in Gedanken schon bei anderen Dingen.

Crossbows Tabakplantage lag in einem von toten Flussarmen durchzogenen Sumpfgebiet im großen Mäanderbogen des Ashley River. Ausgang des siebzehnten Jahrhunderts hatten skandinavische Glaubensflüchtlinge hier das Dorf Elverkonge gegründet. Durch die Malaria im Sommer und das feucht-kalte Winterklima fortschreitend dezimiert, gaben sie nach drei Generationen auf und verließen die Sümpfe. Als Crossbow 1766 den Grundbesitz Elverking erwarb, standen von der ehemaligen Ansiedlung nur noch das Versammlungshaus und ein überdachter Brunnen. Da er kaum Mittel für den Erhalt der Plantage aufwendete, dämmerte Elverking dem Verfall entgegen.

Crossbow bewirtschaftete die Plantage wie vor hundert Jahren ohne Bewässerungstechnik, lediglich unter Ausnutzung des Gezeitenhubs im Ashley River. Die offenen Wasserläufe zu den Feldern mussten regelmäßig gepflegt werden. Sklaven und angemietete weiße Lohnknechte waren seit Tagen damit beschäftigt, die von Schlingpflanzen überwucherten Abzugskanäle zwischen dem Fluss und den Parzellen freizulegen und Schlammablagerungen zu entfernen. Crossbow überwachte die Arbeiten selbst. Gereizt schlug er mit dem Hut nach Mücken, während er seine Leute trotz brütender Hitze zu mehr Eifer anhielt. Als die Kutsche mit den Initialen von Prospero Hill heranrollte, übergab er das Kommando seinem Aufseher und fuhr mit Hocksley zum Hof zurück.

Das zum Herrenhaus umfunktionierte Versammlungshaus stand zwanzig Yards von einer Zeile trostloser Sklavenunterkünfte entfernt. Teile des Fundaments versanken im morastigen Untergrund, dass der First sich bedenklich zu einer Seite neigte. Graugrüne Bartflechten hingen von den Bäumen wie Strähnen verfilzten Haares und verfingen sich an den Dachschindeln und der abblätternden Fassade. Die Gazevorhänge, zum Schutz vor Stechmücken an den Veranden angebracht, wirkten wie Trauerflor angesichts des allgemeinen Verfalls.

Wolken von Moskitos flogen von den Drainagegräben auf, als die Kutsche auf dem Vorplatz hielt. Crossbow und Hocksley suchten den Schatten der Veranda, ein Diener brachte ihnen Gläser mit Rum und eine Karaffe Wasser.

Nach einem tiefen Schluck machte Hocksley seinem aufgestauten Ärger Luft. »Was glaubt Reed, wer er ist, verdammt noch mal! Er soll gefälligst mehr Engagement zeigen. Wenn er nicht bald einen strengeren Kurs mit seinen Sklaven einschlägt, bekommt er ernste Schwierigkeiten, und nicht nur er!«

»Dem Mann fehlt die richtige Einstellung«, pflichtete Crossbow ihm bei. »Mit seinen zigtausend Acres und hunderten Sklaven kann er es sich leisten, in doppelten Schichten zu arbeiten, woanders müssen die Schwarzen härter ran. Überhaupt macht er sich wenig Gedanken um die Disziplin.«

»Deshalb müssen Sie dafür sorgen, dass Zucht herrscht auf Hollow Park, Crossbow. Überlegen Sie sich, wie Sie im Ernstfall durchgreifen wollen. Vielleicht sollte man über neue Formen der Bestrafung nachdenken. Aber was geht dort vor?«

Über das unbebaute Gelände hinter dem Herrenhaus näherte sich ein schweigsamer Zug. Ein Schwarzer führte ein Maultier, das einen offenen Karren zog, ein Dutzend Sklaven folgte dem Gefährt. Der Aufseher, der neben dem Karren herging, ließ den Zug dreißig Yards vom Haus anhalten. Die Augen mit der Hand beschattend, wandte er sich der Veranda zu.

»Mr. Crossbow? Entschuldigen Sie, Sir!«, rief er, als er seinen Dienstherrn und Hocksley hinter den Gazevorhängen erkannte. »Die Leute haben im Abzugskanal was gefunden. Das sollten Sie sich ansehen.«

Leise fluchend verließ Crossbow die schattige Veranda. Hocksley folgte ihm zu dem Karren. Auf der Pritsche lag unter einer Plane etwas von der Form eines menschlichen Körpers. Crossbow nickte dem Aufseher kurz zu, der daraufhin die Plane beiseitezog. Die Schwarzen wichen ein Stück zurück, auch Hocksley machte unwillkürlich einen Schritt rückwärts. Auf dem Wagen lag der Leichnam einer Frau, bis zur Hüfte entblößt und von Schnittwunden bedeckt, sodass die Haut sich vom Hals bis zur Leiste in Streifen ablöste. Schon setzten sich Fliegen auf die bläulich verfärbten Wunden. Auf einen Wink von Crossbow deckte der Aufseher die Tote wieder zu und folgte den beiden Pflanzern auf die Veranda.

Crossbow ließ sich schwer in seinen Sessel fallen, Hocksley nahm sich einen neuen Drink. Dem Aufseher boten sie keinen Sitzplatz an. Erschöpft lehnte er an einem Stützpfeiler des Vordachs. Er war jung, Mitte zwanzig, kränkliche rote Flecken zeichneten seine eingefallenen Wangen.

»Wer ist die Tote, Javis?«, fragte Crossbow.

Der Aufseher hob kaum den Blick und stierte mit fiebertrüben Augen vor sich hin.

»Ich hab Sie was gefragt, Mann!«, rief Crossbow barsch. »Wissen Sie, wer die Frau ist?«

»J-ja, Sir. Sie heißt Prudence. Prudence Fraser, eins der Mädchen aus dem Mad Stallion.«

»Eine Hure, na ja. Wie ist das passiert, ein Unfall?«

»Wohl kaum, Sir. Ich meine, sehen Sie sie doch an!«

Javis schwankte, er musste sich am Geländer festhalten, um nicht umzusinken. Das Fieber hatte ihn geschwächt, nun noch die Sache mit der Toten, das war zu viel für ihn.

Hocksley bemerkte, dass der Mann am Ende war, ging hin und legte ihm eine Hand auf die Schulter. »Reißen Sie sich zusammen, Javis«, sagte er ruhig. »Erzählen Sie mal: Wo genau haben die Schwarzen die Leiche gefunden?«

»Am Stauwehr von Lennox Flow, Sir. Die Leute haben die Schlingpflanzen aus dem Abzugsgraben geharkt und sie dabei rausgezogen.«

»Tja, das ist eine scheußliche Sache«, sagte Hocksley nüchtern. »Was glauben Sie, seit wann ist sie tot?«

»Noch nicht lange, höchstens einen Tag.«

»Wieso nicht länger?«

»Na ja, Arme und Beine waren noch ganz starr, als wir sie auf den Karren legten. Bei diesen Temperaturen löst sich die Totenstarre spätestens nach einem Tag.«

»Sie kennen sich aus, Javis!«

»Ich musste im Krieg viele Tote begraben, Sir.«

»Verstehe. Und die bläuliche Verfärbung?«

»Nun, die Leiche hat im Wasser gelegen.«

Hocksley sagte nachdenklich: »Gestern also. Freitagnacht.« Er überlegte. »Könnte es ein Tier gewesen sein?«

»Nein, Sir, das war kein Tier, aber ... so was hat's schon mal gegeben.«

»Was wollen Sie damit sagen?«

»Vor zwei Jahren ungefähr zogen sie eine Tote aus dem Cooper River, die auch so zugerichtet war.«

»Sie meinen das Mädchen, das man bei den Landungsbrücken fand?«

»Ja, Sir. Es hieß, sie hatte ein akkurates Muster aus lauter Schnitten in der Haut.«

»Das stimmt, ich habe in der ›Gazette‹ darüber gelesen«, sagte Hocksley mit gerunzelter Stirn. »Von der Sache hat man nie mehr gehört.«

»Dann werde ich jetzt den Sheriff informieren«, meinte Crossbow und stand auf.

»Aber lassen Sie uns zuvor das, was der Aufseher gesagt hat, schriftlich festhalten«, sagte Hocksley und ging mit ihm hinein.

Javis lehnte am Geländer, kalter Schweiß rann ihm über das Gesicht, hinter den Schläfen pochte sein malariaverseuchtes Blut. Unter halb geschlossenen Lidern blickte er zu dem Karren hinüber, der verlassen in der Sonne stand. »Prudence, armes Mädel«, murmelte er im Fiebernebel. »Jetzt hat dich der Erlkönig geholt.«

Antonia blieb länger in Lyndon Hall. Sie suchte keine Unterhaltung, sondern verbrachte die meiste Zeit für sich, schlief lange, verträumte oft den halben Nachmittag. Sie schonte sich, auch wenn keine Wehen mehr aufgetreten waren, nur um sicherzugehen, dass ihr Körper sich vollständig erholte. Natürlich versuchte sie auch, Abstand zu gewinnen. Sie wollte vergessen, was sie auf Hollow Park erlebt hatte; vor allem wollte sie mit niemandem darüber reden.

Für ihre Schwester hatte sie sich ein paar Worte zu ihrem Besuch auf Reeds Plantage zurechtgelegt. Dabei musste sie auf der Hut sein vor Lydias Spürsinn und ihrem notorischen Hang zu Intrigen.

»Ich war in großer Sorge wegen deines plötzlichen Unwohlseins«, sagte Lydia eines Nachmittags bei einer Tasse Tee. »Ich hoffe, man hat auf Hollow Park gut für dich gesorgt?«

»Aber ja, ich hatte dort alles, was ich brauchte. Mir ging es bald wieder gut, ich war einfach sehr müde.«

Einen Augenblick lang war nur das Ticken der Kaminuhr zu hören und das leise Geräusch eines Löffels, der hauchzartes Porzellan berührte.

»Welchen Eindruck hast du von Hollow Park?«, fing Lydia wieder an. »Es muss ein prächtiges Anwesen sein.«

»Das Haus wirkt eindrucksvoll, aber unpersönlich«, sagte Antonia nach kurzem Nachdenken. »Eigentlich sind nur das Speisezimmer und die Bibliothek vollständig möbliert. Der Salon ist fast leer. Viele Räume sehen unbewohnt aus.«

Es fiel ihr auf, dass sie sich vor allem an die Architektur erinnerte. Reeds Haus hatte einen seltsam abstrakten Eindruck bei ihr hinterlassen, es fehlte die Inspiration durch das Leben. Genauso verhielt es sich mit den Gärten, die ganz ohne blühende Sträucher oder Blumenrabatten auskamen, gestaltet durch nichts als gewachsene Linien und grüne Flächen. Alles war vollendete äußere Form; innen herrschte Leere, unbewohnter Raum. Sie dachte an Reed in seinem leeren Haus. Plötzlich war sie beunruhigt.

Lydia machte sich indes ihre eigenen Gedanken über Hollow Park. Da Reed bekanntlich keinen Besuch empfing, war sie überzeugt, dass er Antonia nur aus einem Grund eingeladen hatte.

»Was kannst du mir von Mr. Reed erzählen, Antonia? Du musst wissen, ich kenne ihn kaum, nur ein-, zweimal habe ich ihn auf Einladungen von Bekannten gesehen. Seit sein kleiner Herzbube verschwunden ist, taucht er in Gesellschaft überhaupt nicht mehr auf. Er gibt weder Dinnerparties noch Soireen, und das bei seinen Möglichkeiten! Wie bist du mit ihm bekannt, Kleines? Theodore vermutet, Reed hätte womöglich ernste Absichten?«

»Das ist Unsinn. Mein Nachbar Frank Shaughnessey bringt ihn manchmal nach Legacy mit. Reed unterhält sich gern mit mir, weiter geht sein Interesse nicht. Mein Besuch auf Hollow Park war reine Höflichkeit.«

»Es ist nichts dabei, jemanden zu besuchen, Antonia. Jedoch als Frau alleine, über Nacht?«

»Ich hatte nicht vor zu bleiben! Aber sei unbesorgt, Mr. Reed wird als der Gentleman, der er ist, darüber kein Wort verlieren. Niemand erfährt, dass ich auf Hollow Park war. Es sei denn, Theodore erzählt es herum. Wieso hast du ausgerechnet ihn geschickt?«

»Ach, Antonia«, rief Lydia, »könntest du bitte endlich deinen Streit mit Theodore beenden?«

Zunächst war Antonia sprachlos, nur um im nächsten Moment aufzufahren: »Mein Streit? Ich habe nie mit Hocksley gestritten! Er ist es, der mich mit Neid und Missgunst verfolgt. Als er mit Diane verlobt war ...« Sie hielt inne, doch auf Lydias fragenden Blick hin, fuhr sie fort: »Du weißt, als Vater noch lebte, kam er oft zu uns nach Hause. Während er mit dir und Diane im Salon plauderte, verbrachte ich die meiste Zeit mit Joshua in den Ställen, pferdenärrisch wie wir waren! Einmal kam Hocksley zu den Stallungen, um sein Reitpferd zu holen. Ich war alleine dort, da machte er sich schamlos an mich heran, und plötzlich packte er mich. Zum Glück kam Joshua dazu. Er war schon als Junge sehr kräftig und scheute sich nicht, Hocksley von mir wegzuzerren. Hocksley ließ ihn nicht bestrafen aus Furcht, es könnte herauskommen, dass er sich an mir vergreifen wollte. Von da an war ich auf der Hut. Er hatte schnell begriffen, dass ich mich mit ätzendem Spott rächte, sobald er sich mir näherte. Das hat er mir nie verziehen. Um mich zu demütigen, hat er alles darangesetzt, Henry und mich zu ruinieren. Er will, dass ich von seiner Gnade abhängig bin.«

Die Gefühle, die die Erinnerung bei ihr auslöste, hatten ihr die Röte ins Gesicht getrieben. Lydia wirkte bestürzt und beschämt.

»Es tut mir so leid, Antonia, nicht nur wegen der Geschichte mit Theodore. Es tut mir leid, dass ich mich nicht mehr um dich gekümmert habe, als du ein kleines Mädchen warst. Aber du hattest ja Charlene und Joshua, die dich beide vergötterten; und diese verrückte Indianerin, die mit niemandem sprach außer mit dir. Auch Papa hat dich verwöhnt. Er hat dir alles durchgehen lassen, obwohl du ein anstrengendes Kind warst, eigenwillig und unbeirrbar, genau wie deine Mutter. Du hast ihn wohl sehr an Adela erinnert.«

»Sprich weiter, Lydia!«, drängte Antonia. »Erzähl mir von Mama.«

»Was soll ich dir erzählen? Sie lebte kaum ein Jahr mit uns auf Prospero Hill. Als wir Adela kennenlernten, war sie ein elfjähriges Mädchen, wenig älter als Diane und ich. Onkel Julien hatte sie adoptiert. Wenn er sie zu Besuch mitbrachte, spielte sie mit uns im Kinderzimmer. Nach zwei Jahren hat Papa sie geheiratet, wir mussten jetzt ›Mama‹ zu ihr sagen. Und dann ist sie so jung gestorben.«

»An was erinnerst du dich noch? Erzähl!«

»Ich weiß noch, wie Onkel Julien uns Adela Cosel vorstellte. Sie war sehr frei erzogen und für ein Mädchen ihres Alters ziemlich klug und gebildet. In ihrem Elternhaus in Weimar trafen sich berühmte Leute aus ganz Europa. Adela konnte sich mit ihnen in verschiedenen Sprachen unterhalten und erzählte von Dingen, die viele Erwachsene nie verstehen würden. Sie hat alle auf ihre Art fasziniert, ein außergewöhnliches Mädchen! Kein Wunder, dass Papa von ihr bezaubert war. Uns Kindern erzählte sie ihre düsteren deutschen Märchen, richtige Schauergeschichten, die sie in ihrer Phantasie immer weiterspann. Ihre Lieblingsgeschichte handelte von einem Waldgeist, dem Erlkönig, der bei Nacht und Nebel übers Moor reitet. Wer ihm begegnet, muss sterben. Adela aber sagte, sie habe keine Angst: Wenn ihr der Erlkönig begegne, würde sie mit ihm davonreiten.«

Vielleicht ist er ihr wirklich begegnet, dachte Antonia. Es

gab ihn, den Erlkönig, sie hatte ihn gesehen, als er aus dem Dunkel über den Damm geritten kam. Ein Mann auf einem Pferd. Weh dem, der ihm dort draußen begegnet war.

Die Kaminuhr schlug die volle Stunde. Lydia wollte nach dem Mädchen rufen, um frischen Tee zubereiten zu lassen. Doch Antonia hatte bereits etwas vor. Sie verabschiedete sich unter dem Vorwand, dass die Schneiderin sie zur Anprobe erwarte. Kurz darauf stieg sie in eine Mietdroschke und nannte dem Kutscher eine Adresse im College Quarter.

Dr. Inghams Praxis lag hinter dem Universitätscampus in der Jules Row. Antonia kannte den Arzt aus der Zeit, als sie ihren Vater wegen eines Lungenleidens zu wöchentlichen Behandlungen in die Praxis begleitet hatte. Ingham hatte ein Verfahren entwickelt, das in den Lungenflügeln gestaute Sekret abzusaugen, um dem Patienten vorübergehend Erleichterung zu verschaffen. Als Mediziner galt Inghams Hauptaugenmerk der Erforschung der Malaria, die im Lowcountry alljährlich viele Opfer forderte. In einer jahrelangen Studie hatte er das Auftreten des Wechselfiebers in bestimmten Regionen dokumentiert und fand dadurch seine Beobachtung bestätigt, dass es typische Krankheitsverläufe gab, die man gezielt behandeln konnte. Er verifizierte seine Forschungsergebnisse in einer breiter angelegten Studie mit Ärzten in Louisiana und Georgia, die wie er das periodische Auftreten der Malaria untersuchten. Diese Studie zeigte, dass die Anzahl derer, die nach einer Infektion mit Malaria ihr Leben in langsamem Siechtum zubrachten, stetig zunahm. Ein beunruhigendes Ergebnis, und noch immer war die Ursache des Fiebers nicht entdeckt. Doch Ingham war überzeugt, dass der geheimnisvolle Erreger der Krankheit, wie der Name *mal'aria* besagte, in den »schädlichen Lüften« der Sümpfe zu finden war.

Antonia hatte Ingham in einem kurzen Brief um einen Untersuchungstermin gebeten, weil sie sich vergewissern wollte, dass mit ihr und dem Kind alles in Ordnung war, bevor sie in die Wildnis am Plains River zurückkehrte, wo es nur den unbedarften Viehdoktor Boyle in Borroughton gab. Von Inghams Assistenten bekam sie den Bescheid, der Arzt sei zur Behandlung seiner Malariapatienten an den Ashley River gefahren; sie könne ihn nach seiner Rückkehr am Montag aufsuchen.

Als sie nun sein Ordinariat betrat, erhob sich Ingham und ging ihr entgegen. Er musste inzwischen um die sechzig sein, war ergraut und etwas untersetzt, aber sehr vital, mit forscher Gestik und klarem, nüchternem Blick.

»Ich freute mich, als ich hörte, dass Sie heute kommen, Mrs. Lorimer. Der Anlass Ihres Besuchs hat hoffentlich keine ernstere Ursache?«

»Ich möchte wissen, ob alles in Ordnung ist, was in Ordnung scheint, Doktor. Nur …«

»Bitte setzten Sie sich, meine Liebe.« Behutsam kam er ihrer aufkommenden Scheu zuvor und bot ihr einen Stuhl an.

Blätter mit Notizen bedeckten seinen Arbeitstisch, Handskizzen von krankheitstypisierten Gesichtszügen, wissenschaftliche Veröffentlichungen und Zeitungsausrisse; auf einer Seite standen medizinische Lehrbücher und Nachschlagewerke, auf der anderen lag, halb geöffnet, die Instrumententasche. Ingham nahm ein liniertes Blatt und eine frisch beschnittene Feder zur Hand.

»Erzählen Sie mir, weswegen Sie hier sind, Mrs. Lorimer. Ich werde Ihnen dann ein paar Fragen stellen, einverstanden?«

Inghams ruhige Autorität half ihr, über ihren delikaten Zustand zu reden. »Vor vier Tagen unternahm ich einen Reitausflug, um Bekannte zu besuchen«, begann sie. »Es war ein Ritt von mehreren Stunden, was an sich kein Problem ist, doch ich bin etwas aus der Übung. Unterwegs bekam ich Schmerzen im Unterleib, die wieder vergingen, während ich langsam weiterritt. Am Nachmittag, etwa eine Stunde nach meiner Ankunft, bekam ich so starke Schmerzen, dass ich mich hinlegen musste. Nur sehr langsam wurde es besser, danach war ich erschöpft und schlief lange. Am anderen Morgen spürte ich nichts mehr.« Sie zögerte. »Ich bin im fünften Monat schwanger.«

Ingham hatte alles notiert. »Gravidität, angenommen zweites Trimenion«, sagte er bei sich und machte eine ergänzende Notiz. »Seither geht es Ihnen gut?«

»Ja.«

»Sind zuvor schon Wehen aufgetreten?«

»Nein.«

»Darf ich fragen, wo Sie waren, als die Schmerzen einsetzten, Madam?«

»Ich war zu Besuch auf der Plantage von Mr. Reed, Hollow Park.«

»Wer hat sich um Sie gekümmert?«

»Eine schwarze Hebamme. Sie untersuchte mich auf ihre Weise und meinte, ich könne unbesorgt sein, solange es nicht zu Blutungen komme.«

»Das ist richtig. Hatten Sie inzwischen Blutungen oder andere Beschwerden?«

»Nein. Wie ich schon sagte, Doktor, es geht mir wieder gut.«

»Fein, sehr schön.« Ingham legte die Feder weg. Den Kopf zur Seite geneigt, fragte er: »Haben Sie vor, Hollow Park in Zukunft öfter zu besuchen, Mrs. Lorimer?«

Antonia spürte, wie sie errötete, hielt seinem Blick aber stand. »Sie irren sich, Doktor. Es ist nicht Mr. Reed.«

»Madam, als Ihr Arzt würde ich nur gerne wissen, wen ich im Falle, dass Komplikationen auftreten, ins Vertrauen ziehen kann.«

Sie wandte sich rasch ab, sah zum Fenster, das durch den Tränenschleier nur ein verschwommener, heller Fleck war.

Ingham ließ ihr etwas Zeit, dann kam er um den Tisch herum und gab ihr ein frisches Taschentuch. »Wenn ich Sie untersucht habe, sage ich Ihnen, worauf Sie in den nächsten Wochen der Schwangerschaft achten sollten. Nun kommen Sie bitte ins Behandlungszimmer, es wird nicht lange dauern.«

Nach der Untersuchung verschrieb er ihr ein Stärkungsmittel, das sie in der Apotheke mischen lassen sollte. Sein Befund, Mutter und Kind seien in bester Verfassung, war für Antonia eine große Erleichterung, nachdem sie tagelang in der Sorge gelebt hatte, sie könnte ihr Kind womöglich verlieren. Während der Arzt das Rezept ausstellte, brachte sein Assistent einen Stapel Abschriften herein, er sagte zu Ingham: »Obenauf liegt der Bericht von Elverking, Sir.«

»Danke, mein Junge, legen Sie alles auf den Schreibtisch.« Ingham entließ den Studenten mit einem Nicken, dann gab er Antonia das Rezept und fragte: »Interessieren Sie sich noch für Naturwissenschaften, meine Liebe?« Er tippte mit dem Ende der Feder auf die oberste Abschrift. »Dies hier ist eine Fallstudie über die Malariaerkrankung eines Plantagenaufsehers aus den Fiebersümpfen am Ashley River. Als die Krankheit bei ihm ausbrach, war er ein kräftiger junger Mann. Trotz frühzeitiger Gabe von Medikamenten ist das Fieber bei ihm nie ganz abgeklungen. Die Studie verdeutlicht die verheerenden Gesundheitsschäden durch anhaltendes hohes Fieber. Bei meinem Besuch vor drei Tagen war der arme Mann in so schlechter Verfassung, dass ich fürchte, er wird den nächsten Krankheitsschub nicht überleben.«

Wie immer hatte Ingham seinen Befund gleich vor Ort in einem Notizenheft festgehalten und bei der Rückkehr seinem Assistenten zur Abschrift gegeben. Folglich glaubte er, dass ihm der Assistent mit der Bezeichnung »Bericht von Elverking« Javis' Krankengeschichte vorgelegt hatte.

»Vielleicht möchten Sie einen Blick hineinwerfen?«, fragte er Antonia. »Der klassische Verlauf einer Malariaerkrankung; der nächste Abschnitt wird sich mit dem Tod des Patienten befassen. Tja, die Malaria ist die Geißel des Lowcountry.«

Antonia zog sich die Abschrift heran; auf dem Deckblatt stand lediglich eine Nummer. »Was bedeutet die Zahl?«, fragte sie.

»Die Kennziffer des Patienten. Für die Veröffentlichung wurde die Studie anonymisiert, ich dürfte sie Ihnen sonst nicht zu lesen geben.«

Sie schlug die erste Seite auf. Nach zwei Sätzen sah sie auf. Ingham blätterte in seinen Notizen, darum entging ihm ihr irritierter Blick. Sie wollte etwas sagen, besann sich aber und las weiter. Sie überflog die Formalien und konzentrierte sich auf die sachlichen Details. Die meisten medizinischen Fachbegriffe verstand sie nach kurzem Überlegen, Inghams Stellungnahme auf der letzten Seite prägte sie sich genau ein. Dann legte sie den Bericht zurück.

Ingham gab ihr das Rezept. »Sie sehen blass aus, Madam.«

»Ich bin nur etwas müde.« Sie stand auf, um sich zu verabschieden. »Könnte Ihr Assistent mir einen Wagen rufen? Ich möchte gleich nach Hause.«

Ingham schickte den Studenten nach einer Droschke und begleitete Antonia hinaus.

»Machen Sie sich nicht zu viele Sorgen, Mrs. Lorimer«, sagte er herzlich. »Es war richtig, dass Sie hergekommen sind. Geben Sie auf sich acht, und seien Sie vor allem zuversichtlich. Leben Sie wohl!«

Zwei Tage zuvor war Ingham in seinem Einspänner zu den Pflanzungen und kleineren Farmen am Ashley River gefahren, um die am Fieber erkrankten Plantagenarbeiter mit Medikamenten zu versorgen. Als er nachmittags in drückender Hitze auf Elverking eintraf, herrschte dort eine ungute Stille. Ein paar Schwarze lungerten vor den Sklavenhütten; sie beobachteten, wie er vor dem Herrenhaus anhielt, aber keiner von ihnen rührte sich zu seiner Begrüßung noch kam jemand, um das Pony zu versorgen. Er nahm seine Arzttasche und wollte sich zu den Sklavenquartieren begeben. Da trat Crossbow vor die Tür und bat ihn kurz angebunden um eine Unterredung.

Im Salon empfing ihn Theodore Hocksley; als sei er der Hausherr, bot er ihm einen Platz an und einen Drink, während Crossbow nach dem Aufseher Javis schickte. Ingham behandelte Javis seit mehreren Monaten wegen einer Malariainfektion. Als der junge Mann hereinkam, erkannte der Arzt mit einem Blick seine kritische Verfassung und ging ihm besorgt entgegen. Doch Hocksley hielt ihn auf. »Wir haben Sie nicht wegen Javis hereingebeten, Doktor.«

»Sondern?«

»Die Schwarzen haben im Kanal eine verstümmelte Frauenleiche gefunden.«

»Das ist Sache des Coroners.«

»Er wurde bereits benachrichtigt. Für das Protokoll ist ein ärztlicher Befund erforderlich, jemand muss den Todesgrund feststellen. Da Sie schon mal hier sind, Doktor, könnten Sie das erledigen.«

»Der zuständige Constable von Goose Creek wird nicht erbaut sein, wenn sich ein Arzt aus Charles Town mit dem Fall befasst«, gab Ingham zu bedenken.

»Sie sind nicht gerade kooperativ, Ingham!«, murrte Crossbow. »Nachdem ich Ihre Experimente mit meinen Sklaven jahrelang geduldet habe ...«

»Die Lebenden brauchen meine Hilfe, nicht die Toten«, meinte Ingham.

Darauf fuhr Crossbow den Aufseher in angewidertem Ton an: »Verdammt, Javis, gehen Sie und schaffen Sie endlich die Leiche weg!«

»Sir?«

»Bringen Sie die Tote hier weg, irgendwohin, wo uns der Gestank nicht belästigt. Na los!«

Javis reagierte verzögert, wie in Trance wankte er zur Tür.

»Warten Sie, Mr. Javis!«, rief Ingham und fasste ihn stützend um die Schultern. Zu den beiden Männern in ihren Fauteuils sagte er: »Also gut, ich werde die Tote untersuchen und dem Coroner meinen Befund schicken. Aber später möchte ich mich ungestört meinen Patienten widmen.«

»Na also, warum nicht gleich!«, meinte Crossbow. »Javis kann Ihnen die Leiche zeigen.«

Sie gingen über eine Wiese zu einem Karren, beim Näherkommen bemerkte Ingham den Geruch, die Fliegenschwärme. Auf der Ladefläche, notdürftig von einer Plane bedeckt, lag eine Frauenleiche, deren Körper ungewöhnliche Verletzungen aufwies. Ingham entfernte die Plane und klappte eine Seitenwand des Karrens herab, dass die Tote wie auf einem Tisch vor ihm lag. Auf seine Frage erfuhr er von Javis, die Frau habe in einem Bordell an der Landstraße, zwei Meilen von Elverking, gearbeitet.

Die Tote war gefesselt. Man hatte ihr die Hände so hinter dem Kopf zusammengebunden, dass der Strick zwischen den Handgelenken in einer Schlinge um ihren Hals lag. Beim Versuch, sich zu wehren, hatte sie sich selber stranguliert, wie die blutunterlaufenen Würgemale an ihrer Kehle zeigten. Die Kleider waren zerrissen, am Oberkörper bis zu den Hüften fanden sich symmetrisch angeordnete Schnittverletzungen. Mit einer Sonde fuhr Ingham in die größeren Wunden, prüfte die Menge geronnenen Blutes, die Beschaffenheit der Wundränder; er nahm an, das Opfer hatte noch gelebt, als ihm die Verletzungen beigebracht wurden. Die Untersuchung der Geschlechtsorgane ergab keine Anzeichen von sexuellen Handlungen im Zusammenhang mit der Tat. Der Zustand der Leiche schien Javis Vermutung zu bestätigen, dass der Tod innerhalb der vergangenen vierundzwanzig Stunden eingetreten war.

Ingham deckte den Leichnam zu und ging zum Hofbrunnen, wo er gründlich mit Wasser und Seife die Spuren der Obduktion von seinen Händen wusch. Danach kümmerte er sich um den kranken Javis. Er brachte ihn in seine Unterkunft und gab ihm ein chininhaltiges Medikament. Es stand nicht gut um Javis, das Fieber stieg bedenklich. Ingham blieb an seinem Bett und redete mit ihm.

»Sie haben der Infektion nicht viel entgegenzusetzen, Mr. Javis. Dazu kommt das unzuträgliche Klima. Sie sollten am Meer leben.«

Javis lächelte schwach. »Sie sind sehr freundlich, Doktor, aber die Seeluft kann mich nicht mehr retten.« Die fiebrig-trüben Augen halb geschlossen, murmelte er: »Nicht mehr lange, dann kommt er ... und nimmt mich mit.«

»Wer soll denn kommen, Mr. Javis?«, fragte Ingham geduldig.

Javis flüsterte: »Der Erlkönig kam und nahm sie mit ... Elverking ist sein Reich.«

Der Arzt horchte eine Weile auf den flachen, unregelmäßigen Atem des Fiebernden, dann ging er hinaus, er konnte nichts mehr für ihn tun. Draußen hielt er ein Mädchen an, das mit einem Reiskessel aus dem Küchenschuppen kam. »Wenn du das Essen verteilt hast, geh zu Mr. Javis. Gib ihm zu trinken und rede mit ihm. Wirst du das tun, Mädchen?«

Die kleine Sklavin riss die Augen auf. »Stirbt er?«

»Ja, aber er soll nicht alleine sein, wenn es zu Ende geht, verstehst du?«

Sie nickte zögernd. Erleichtert begab er sich zu seinen Patienten in den Sklavenhütten.

Bevor er sich auf den Rückweg machte, hielt er seine Befunde in seinem Notizenheft fest. Die Krankengeschichte von Greg Javis war mit diesem letzten Besuch für ihn abgeschlossen, ganz anders dagegen der Fall der toten Frau. Nachdem er seinen Obduktionsbericht für das amtliche Protokoll noch einmal durchgelesen hatte, schrieb er in einem Nachsatz: »Die Tote von Elverking erinnert an zwei ungeklärte Leichenfunde im Bezirk Charles Town aus den Jahren 1777 und 1779. Die beiden Leichname, ein Matrose und eine Kellnerin, wiesen die gleichen symmetrisch am Oberkörper verlaufenden Schnittverletzungen auf und beide starben ebenfalls durch Verbluten. Wie bei der Toten von Elverking gab es in den früheren Fällen keinen Hinweis auf ein Sexualdelikt. Man kann vermuten, dass sie alle Opfer des- oder derselben Täter wurden.«

Bei der Abfahrt trieb er das Pony so heftig an, dass es ihm wie eine Flucht vorkam, als er den Wagen in schwankender Fahrt durch das Hoftor lenkte. Seine Gedanken waren bei dem sterbenden Javis, bei seinen Fieberphantasien vom Erlkönig, bei dem von Wasserhyazinthen umschlungenen, geschundenen Frauenleichnam, und er wurde den Eindruck nicht los, einer drohenden Gefahr nur knapp entronnen zu sein.

Sein Weg führte an gefluteten Reisterrassen vorüber, trübe Seen stehenden Wassers, unter deren Oberfläche sich ein Mikrokosmos von geheimnisvoller Vitalität entfaltete: Myriaden von Larven einer Stechfliegenart, der Anopheles. In ihrer unscheinbaren Winzigkeit von der Wissenschaft noch nicht bemerkt, verbreitete sie Jahr um Jahr die Seuche Malaria, den Unheil bringenden Atem der Sümpfe.

Die Anwesenheit der toten Frau war ein sichtbarer Beweis für die Existenz des Bösen. Die Schwarzen waren zu den Bewässerungskanälen zurückgeschickt worden, aber sie nahmen die Arbeit nur zögerlich auf und mieden den überwachsenen Abzugsgraben, in dem die Tote gelegen hatte. Der neue Aufseher, Crossbows Fuhrknecht Gabriel Quinn, der die Aufgaben des kranken Javis übernehmen musste, begegnete verschlossenen Mienen und einem Widerstand aus Passivität, vor dem seine ungehaltenen Befehle wirkungslos verhallten. Also ging er zum Farmhaus zurück, schilderte Crossbow die Situation und schlug vor, die Arbeiten an den Kanälen abzubrechen; es gebe für die Leute genug anderes zu tun.

»Kommt nicht infrage!«, blaffte Crossbow. »Lernen Sie sich durchzusetzen, Mann. Wenn Javis den Fieberanfall nicht übersteht, werden Sie den Job noch eine Weile machen müssen.«

»Schon möglich. Aber heute bringe ich die Leute nicht mehr dazu, am Lennox Flow zu arbeiten, Sir. Sie fürchten sich.«

»Auf einmal so zartbesaitet, Quinn? Sie wissen, wie man mit widerspenstigen Sklaven verfährt. Nehmen Sie die Peitsche!«

»Augenblick«, unterbrach ihn Hocksley. »Sie sagen, die Sklaven fürchten sich. Was meinen Sie, Mr. Quinn, wovor könnten sich diese Schwarzen mehr fürchten als vor unseren Bestrafungsmethoden?«

Quinn schwieg und wich seinem Blick aus.

»Nur zu, Quinn, erklären Sie es uns«, verlangte Crossbow. »Was ist mit den Sklaven los?«

»Woher soll ich das denn wissen?«, fuhr Quinn auf. »Fragen Sie Javis oder, verdammt, fragen Sie doch die Schwarzen selbst!«

Crossbow ärgerte sich über den Widerspruch, doch er wusste, dieser Fuhrknecht würde sich nicht so leicht einschüchtern lassen. Quinn war ein raubeiniger Bursche von Anfang zwanzig, der schon zwei Kriegsjahre in der Miliz gedient hatte. Er machte keinen Hehl daraus, dass ihm sein Brotherr zuwider war.

»Also was soll jetzt geschehen, Mr. Crossbow?«, fragte er. »Javis wollte die Leute morgen zum Vorsortieren des Tabaks einteilen. Sie könnten schon heute damit beginnen.«

»Na schön, Quinn, schicken Sie sie von mir aus in den Trockenschuppen, ehe noch mehr Zeit vergeudet wird.«

»In Ordnung, Sir. Wäre das alles?«

»Warten Sie, Mr. Quinn«, hielt Hocksley ihn zurück. »Sie haben auf Elverking sicher einen schwarzen Vorarbeiter?«

»Ja, Sir. Jeremy, er ist unser Caid.«

»Holen Sie ihn her.«

»Wozu wollen Sie mit meinem Vormann reden?«, fragte Crossbow, als Quinn gegangen war.

Hocksley überging die Frage und sagte beiläufig: »Ihre Pflanzungen stoßen doch an Reeds Land?«

»Stimmt, die Grenze verläuft am Lennox Flow.«

»Am Lennox Flow, wo die Leiche gefunden wurde?« Hocksley runzelte die Stirn. »Beunruhigt Sie nicht der Gedanke, dass an die zweihundert Voodoo-gläubige Sklaven von Beau Séjour hier in nächster Nähe leben, Crossbow?«

»Glauben Sie, die Voodoos haben die Frau umgebracht?«

Hocksley betrachtete ihn indigniert. »Wen kümmert es, was mit der Prostituierten passiert ist? Hier geht es um viel mehr.« Auf Crossbows begriffsstutzige Miene hin wurde er deutlicher. »Stellen Sie sich all diese Schwarzen von Hollow Park vor, die den gefährlichen Einflüsterungen ihres Anführers Raoul Mougadou folgen. Währenddessen lässt Reed den Dingen ihren Lauf, weil er die Bedrohung fahrlässig ignoriert. Sie und ich aber wissen, was geschehen kann, wenn man dem Treiben fanatischer Voodoo-Priester tatenlos zusieht.«

Crossbow nickte düster beim Gedanken an die Vorfälle auf Beau Séjour. Hocksley hatte die Frau des Klan-Oberhaupts Raoul Mougadou wegen eines ominösen Verbrechens hinrichten lassen. Danach kam es auf der Plantage zu Krawallen, in deren Verlauf ein Aufseher auf Anordnung des Voodoo-Priesters getötet wurde. Crossbow als nomineller Besitzer von Beau Séjour ließ daraufhin exemplarische Bestrafungen vornehmen, wodurch er wertvolle Arbeitskräfte verlor; auch dafür gab er dem Voodoo-Priester die Schuld.

Hocksley kannte Crossbows tief sitzenden Argwohn gegen die Mougadous und malte nun den Teufel an die Wand: »Reeds schwächliches Engagement ist erschreckend. Was, wenn die Situation auf Hollow Park außer Kontrolle gerät und seine Mougadous die übrigen Sklaven aufwiegeln, sich gemeinsam gegen ihre Herren aufzulehnen? Es wäre nicht der erste Sklavenaufstand, den wir bestehen müssten.« Er machte eine Pause, um den folgenden Worten Gewicht zu verleihen: »Wenn sich allerdings herausstellen sollte, dass diese Frau tatsächlich in einem Voodoo-Ritual ermordet wurde, dann hätte man etwas in der Hand, um sofort gegen die Anhänger des Kultes vorgehen zu können.«

Nachdem er Crossbow die Argumente in den Mund gelegt hatte, ließ er ihm etwas Zeit, damit sich der Gedankengang setzen konnte, bevor er letzte Anweisungen gab: »Wenn der Constable Sie später zu der Mordsache befragt – und das wird er, da die Leiche nun einmal auf Ihrem Grund gefunden wurde –, so sollten Sie nicht zögern, dem Mann durch Ihre Schlussfolgerungen die Aufklärung des Falles zu erleichtern.«

Elijah Crossbow nickte, er hatte verstanden. Er würde des Constables Augenmerk von Elverking auf Hollow Park lenken.

Die Hitze hatte ihren Höhepunkt überschritten. Crossbow und Hocksley verließen den licht- und luftlosen Salon und gingen auf die Veranda. Am Fuße der Treppe stand ein älterer Schwarzer.

»Komm herauf, Jeremy, der Gentleman will mit dir sprechen«, rief Crossbow. »Jeremy stammt als Einziger meiner Sklaven von Beau Séjour«, erklärte er Hocksley. »Als Caid sorgte er immer für gutes Einvernehmen unter den Schwarzen.«

Indessen war Hocksley herangetreten und fragte Jeremy: »Gehst du zu den Freitagsmessen am Ashley River?«

Jeremy zuckte nicht mit der Wimper. »Wenn's so was geben sollte, hab ich's nicht erfahren, Mass'a.«

Hocksley kniff die Augen zusammen und wurde noch direkter: »Deine Brüder auf Hollow Park haben euch hier in große Schwierigkeiten gebracht. Erst töten sie bei einem Voodoo-Ritual diese Frau, danach werfen sie sie hier ins Wasser. Was meinst du, wo der Constable die Täter suchen wird?«

Jeremys Miene blieb beherrscht, dennoch hatten Hocksleys Worte ihre Wirkung nicht verfehlt. Sein Atem ging rascher, als er sagte: »Auf Elverking gibt's kein Voodoo, Mass'a. Die Leute hier wissen nichts von Freitagsmessen.«

»Wie du meinst«, entgegnete Hocksley trocken. »Ich bin sicher, bis morgen früh wird mir einer von euch erzählen, was ich wissen will.«

Die Drohung war unmissverständlich. Jeremy wusste, dass

kein Sklave von Elverking eine gezielte Befragung unter der Peitsche durchstünde. Schweiß trat auf seine Stirn, er dachte an seine Frau, seine beiden Söhne und all die anderen, für deren Wohlergehen er sein Leben lang verantwortlich war. Um sie zu schützen, entschloss er sich, seinen Klan zu verraten.

»Ich bin Jérémie Mougadou«, sagte er gefasst. »Ich wurde auf Beau Séjour geboren. Fragen Sie mich, wenn Sie etwas über meine Stammesbrüder wissen wollen.«

Hocksley weidete sich an Jeremys Verzweiflung. Aber er wollte seinen schönen Plan nicht gefährden, darum bemühte er sich um einen Anklang von Milde, als er ihn befragte. »Viele Sklaven auf Hollow Park gehören zu deinem Stamm. An wen, glaubst du, würden sie sich wenden, wenn sie Rat suchen?«

Jeremy sah schweigend geradeaus und vermied es, den gefährlichen Mann anzusehen.

Hocksley ließ nicht locker: »Du weißt, dass es in der Gegend nur eine Voodoo-Hexe gibt, die von den Leuten eures Klans anerkannt wird.«

»Sie meinen die *Antillaise*? Sie lebt nicht auf Hollow Park.«

»Glaubst du, das wüsste ich nicht? Sie kommt und geht wann und wohin sie will, seit sie keine Sklavin mehr ist. Wann war sie zuletzt am Ashley River? Rede!«

Jeremy schüttelte den Kopf und bedeckte sein Gesicht mit den Händen.

An seiner Stelle antwortete Crossbow: »Gestern fuhr der Aufseher mit Jeremy und seinen beiden Söhnen rüber nach Stratton. Die Reispflanzung produziert für den Bedarf von Hollow Park, die Überschüsse verkauft Reed an mich. Während die Männer den Reis aufluden, bekam Javis einen Fieberanfall. Heute früh erzählte er, die Hexe Rovena Mougadou habe ihm auf Stratton irgendwelche Drogen verabreicht.«

»Gestern war Freitag, Jeremy«, sagte Hocksley leise. »Berichte mir von der Zusammenkunft der Mougadous letzte Nacht am Ashley River.«

Eingepfercht in der staubigen Luft des Trockenschuppens standen die Arbeiter, die zum Verlesen des Tabaks eingeteilt waren. Auf niedrigen Holztischen lagen die gedörrten, gelbbraunen Blätter, die sie nach Qualität sortieren und in Ballen binden mussten. Eine einzige Stimme sang einen klagenden Gottesruf, danach wurden keine Lieder mehr angestimmt, es gab auch keine Gespräche oder Dispute. Die Menschen in der halbdunklen Baracke schwiegen, doch das Schweigen war beredt. Der neue Aufseher Quinn fühlte die abweisenden Blicke. Er hielt es in der stickigen Enge nicht lange aus, ging hinaus und setzte sich, an die Wand des Trockenschuppens gelehnt, auf eine Bank in den Schatten, darauf hoffend, dass die Leute trotz seiner Abwesenheit ihre Arbeit machen würden.

Gegenüber bei den Unterkünften sah er die kleine Sklavin, die sich um Javis kümmern sollte. Sie schlich unter dem Vordach der Sklavenhütten entlang. Der dunkelblaue Kittel, der formlos um ihren dünnen Körper hing, ließ ihre zarten Knöchel und bloßen Füße sehen. Sie sprang auf die steinerne Umfassung des Brunnens und stellte einen Blecheimer unter den Pumpenkopf. Quinn beobachtete sie, wie sie beidhändig den Hebearm betätigte, bis endlich ein schwacher Wasserstrahl in den Eimer rann. Danach kam sie mit dem vollen Eimer, dessen Gewicht sie zu einer Seite herabzog, denselben Weg zu den Sklavenunterkünften zurück. Als sie auf Höhe der Bank anlangte, rief Quinn quer über den Hof: »He, Mädchen, warte mal.«

Misstrauisch sah sie zu ihm hinüber. Sie kannte den Fuhrknecht vom Sehen, ein großer Kerl mit ausgeblichenem strähnigem Haar und von der Sonne braungebrannter Haut, der die Pferde versorgte und den Master kutschierte. Weil Javis nicht mehr aufstehen konnte, hatte er jetzt die Aufsicht über die Sklaven; sie musste also tun, was er sagte. Unschlüssig stellte sie den Eimer ab und wartete, während er zu ihr herüberkam.

Quinn fragte sich, wie alt sie wohl sein mochte; dreizehn, höchstens vierzehn Jahre. Ihr Haar lag in kleinen Zöpfen um den schön modellierten Kopf, was ihrem Gesicht etwas rührend Kindliches verlieh.

»Sag, Kleine, wie geht es Mr. Javis?« Sie sah ihn erschrocken an, antwortete aber nicht. »Du warst doch bei ihm? Der Doc meinte, ich soll dich freistellen, damit du ihn versorgen kannst.«

»Er wird sterben«, antwortete sie, wachsam die Miene des Mannes im Blick, fluchtbereit.

Er fuhr sich mit der Hand über die Wange, gegen den rauen Strich seines Bartes von zwei Tagen, und sagte: »Greg hat manchmal von dir geredet. Ich glaub, er mag dich.« Er sah an dem zierlichen Mädchen herab. »Hat er ... ich meine, habt ihr beide ...«

»Nein!« Sie wich zurück. »Nur daran denken Sie! Dass er stirbt, ist Ihnen egal!« Erschrocken presste sie die Hand auf den Mund, so hätte sie nicht mit ihm reden dürfen.

Quinn blickte nach rechts und links über den Hof, es war niemand zu sehen. Er trat auf das Mädchen zu, ließ seine Hand ihren dünnen Arm hinaufgleiten, berührte ihre Schulter, die samtweiche, braune Haut ihrer Wange. Ihre aufgerissenen Augen zeigten, wie sehr sie sich fürchtete. Da trat er zurück, räusperte sich. »Du darfst nicht glauben, ich hätte kein Mitleid mit ihm.« Er stieß mit dem Stiefel nach ein paar kleinen Steinen und sagte mehr zu sich: »Greg ist der einzige Mensch in diesem gottverlassenen Sumpf, mit dem man schon mal reden konnte. Jetzt frisst ihn das Fieber auf, es ist erbärmlich!«

Das Mädchen sagte vorsichtig: »Warum gehen Sie nicht zu ihm, Mass'a Quinn?«

»Ich weiß nicht.« Quinn zuckte die Schultern. »Worüber redet man mit einem, der stirbt? Ich bin dafür nicht der Richtige.«

»Sie müssen nicht reden«, sagte sie, »nur bei ihm sitzen und zuhören. Er spricht dauernd, erzählt von so einem König aus den Sümpfen.«

»Ein König?«

»Er sagt, der Erlkönig wird kommen und ihn holen.«

»Ach, der arme Greg, er phantasiert! Der Erlkönig ist eine Gestalt aus einem Märchen.«

»Aber Mr. Javis hat ihn gesehen! Er sagt, er hat sich die Frau geholt, die sie heute am Lennox Flow gefunden haben.«

»Prudence Fraser?«, sagte Quinn überrascht. »Wo hat Greg sie gesehen, wann war das?«

»Letzte Nacht, als Jeremy und seine Jungs ihn von Stratton zurückbrachten. Mr. Javis lag mit Fieber hinten im Wagen. Da sah er den Erlkönig auf seinem Pferd vorbeireiten, und vor ihm im Sattel diese Frau.«

Wie Javis kannte auch Quinn die Sage vom Erlkönig, der die Menschen verführt, um ihnen das Leben zu nehmen. Quinn wusste, wie schockiert Javis gewesen war, nachdem seine Leute die Leiche von Prudence Fraser gefunden hatten. Das könnte seine Fieberphantasie über den Erlkönig erklären. Wenn es aber gar keine Fieberphantasie war, wenn er Prudence tatsächlich gesehen hatte?

Das Mädchen nahm den Eimer auf, sie wollte Javis nicht noch länger allein lassen und lief zu seiner Unterkunft.

Bei der Tür hatte Quinn sie eingeholt. »Warte! Ich weiß nicht mal, wie du heißt, Kleine.«

»Zadia.«

»Zadia! Hör mal, ich sollte wohl doch mit Greg sprechen.«

Sie nickte, schob leise die Tür auf.

Javis lag apathisch auf seinem Lager, seine Züge waren vom Tode gezeichnet. Zadia strich ihm über die bleiche Stirn und schüttelte traurig den Kopf. Beklommen trat Quinn von dem Sterbenden zurück.

»Bleib bei ihm, Zadia, lass ihn jetzt nicht allein«, sagte er und leiser, indem er sich abwandte: »Wenn er dich nicht mehr braucht, dann komm zu mir.« Schnell ging er über den Hof davon.

Als Antonia von ihrem Arztbesuch zurückkehrte, fand sie das Haus ihrer Schwester voller Gäste. Sie hätte sich zurückziehen können, doch sie blieb in Lydias Salon, ließ sich von langweiligen Personen in langweilige Gespräche verwickeln über Belanglosigkeiten, die den Alltag der meisten Menschen bewegten. Den ganzen Abend verbrachte sie in dieser harmlosen Gesellschaft, nur um den Moment so weit wie möglich hinauszuschieben, da sie allein wäre mit ihren Gedanken.

Mitternacht war längst vorbei, an Schlaf nicht zu denken. Noch in Kleidern saß sie auf dem Bett und überlegte. Was Ingham ihr zu lesen gegeben hatte, war nicht Javis' Krankengeschichte gewesen, sondern ein Obduktionsbericht. Es ging um eine tote Frau, die drei Tage zuvor auf Crossbows Plantage Elverking gefunden worden war. Ingham hatte die Frau für die Ausstellung des Totenscheins untersucht. Er schrieb in seinem Bericht, jemand habe ihr selbststrangulierende Fesseln angelegt und sie dann systematisch durch Messerschnitte verstümmelt. Würgemale am Hals der Toten zeigten, dass sie verzweifelt versucht habe, sich zu wehren, ehe sie am Blutverlust gestorben sei. Der Bericht enthielt medizinische Details über Art und Anzahl der Verletzungen. Nach dem allgemeinen Zustand der Leiche lag der Zeitpunkt des Todes höchstwahrscheinlich in der Nacht von Freitag auf Samstag.

In der Arztpraxis war es ihr nur mit Mühe gelungen, vor Ingham zu verbergen, was in ihr vorging. Denn es stand für sie außer Zweifel, dass Reed die Frau getötet hatte. Als sie ihn vor zwei Tagen verstört und blutbesudelt im Morgengrauen von seinem nächtlichen Ausritt nach Hollow Park zurückkehren sah, hatte sie schon geahnt, dass er etwas Furchtbares getan haben musste. Sie hatte es in dem Moment nicht wahrhaben wollen, obwohl sie wusste, wozu er fähig war: Sie hatte die grausigen Wunden gesehen, die er William bei der Folter zugefügt hatte. Und nun stand in Inghams Bericht, dass der Körper der toten Frau dieselben symmetrischen Schnittverletzungen aufwies, die Antonia von Williams Wundmalen so leidvoll vertraut waren.

Aber das war noch nicht alles: Am Schluss seines Befundes erwähnte Ingham frühere Obduktionen von zwei Leichen, die auf die gleiche auffällige Art verstümmelt worden waren. Die beiden Todesfälle waren nie aufgeklärt worden; nun vermutete er, es handele sich diesmal wieder um denselben Täter.

Wenn Ingham Recht hatte, und die Untersuchungsergebnisse sprachen dafür, dann hatte Reed drei Menschen auf bestialische Weise umgebracht. Warum sollte er so etwas tun? Angesichts des Obduktionsberichts hatte sie unwillkürlich an die Tat eines Wahnsinnigen denken müssen; anders ließ sich ein solches Verhalten nicht erklären. Auf einmal erschien ihr das, was er William angetan hatte, in einem anderen Licht. War Reed geistesgestört?

Seine plötzlichen Stimmungswechsel waren ihr immer suspekt gewesen. Jetzt fragte sie sich, ob es mehr war als nur das. Sie dachte wieder an ihren Besuch auf Hollow Park. Ja, er hatte sich in jener Nacht seltsam verhalten, womöglich hatte er ihr wirklich etwas antun wollen. Was immer er vorgehabt hatte, schließlich fand er ein anderes Opfer, das an ihrer Stelle sterben musste.

Ob er wusste, was mit ihm los war? Er musste es wissen, wie wäre es ihm sonst gelungen, seine Spur jedes Mal zu verwischen. Drei Leichen waren gefunden worden, drei Morde, vielleicht waren es noch mehr ... Sie fühlte sich elend. Was sollte sie jetzt tun? Zu wissen, dass Reed der Täter war, stürzte sie in einen schweren Gewissenskonflikt: Die Vernunft und ihre Forderung nach Wahrhaftigkeit geboten ihr, den Mörder preiszugeben, dennoch schreckte sie davor zurück. Wenn Reed die Frau im Zustand geistiger Umnachtung getötet hatte, durfte er dafür nicht zur Verantwortung gezogen werden, das war ihre aufrichtige und innerste Überzeugung. Leider sah die Welt das anders, Geisteskrankheit war keine Entschuldigung, wenn daraus für die Gesellschaft Probleme erwuchsen. Unter dem Rad eines öffentlichen Prozesses würde mit Reed verfahren wie mit einem gefährlichen Tier. Ohne Aussicht auf Gnade würde er abgeurteilt werden für Verbrechen, die er ohne Bewusstsein für sein Tun begangen hatte. Eine unerträgliche Vorstellung! Ihr Gerechtigkeitsempfinden wehrte sich dagegen, ihn schuldig zu sprechen. Selbst wenn sie durch ihr Schweigen weitere Menschenleben in Gefahr brachte, sie würde ihn nicht verraten. Sie konnte es nicht.

37.

In Charles Towns Börse war es trotz der frühen Stunde gedrängt voll. Viele Pflanzer waren aus der Region gekommen, um ihre Erntetonnagen registrieren zu lassen. In der großen Halle wurden Bekanntschaften erneuert und neue geknüpft, und natürlich traf man wie in jedem Jahr förderliche Absprachen mit den Bevollmächtigten der verschiedenen Handelsvereinigungen.

Hocksley hatte seinem Verwalter Perkins die Formalitäten der Registrierung überlassen. Nun wartete er darauf, dass seine Preisgebote für Reis und die immer wichtigere Baumwolle öffentlich bekannt gemacht wurden. Vor den Tafeln mit den Notierungen traf er seinen Freund James Fowler. Der Banker nutzte den gut besuchten Börsentag, um sich einen Vorgriff auf den Verkaufserlös einiger Schuldner von Trades Development zu sichern. Die beiden tauschten sich über die Umsatzvolumina verschiedener Plantagen aus, als Fowler einen Mann bemerkte, der mit eleganter Leichtigkeit durch all die behäbigen Landleute geradewegs auf ihn zukam.

»Hier trifft man sich wieder, Mr. Fowler!«, rief er forsch. »Ich hoffe, es geht Ihnen gut! Und wenn das kein Zufall ist:

Guten Morgen, Mr. Hocksley.« Er lüftete den Dreispitz und verneigte sich aus schlanker Höhe. Sein extravagantes Äußeres zeugte von teurem Geschmack; der Rock aus blauem Atlas mit Seidenweste, Spitzenjabots und blendend weißen Manschetten; dazu avantgardistisch lange, graue Beinkleider, die den Schaft der schwarzen Zugstiefel halb verdeckten. Lässig stellte er sein griechisches Profil, die blonden Locken, die Statur des trainierten Sportlers zur Schau. Er war sich seiner Attraktivität bewusst und zeigte es.

»Sehr erfreut, Mr. Tyler«, begrüßte Fowler den Geschäftskonkurrenten ohne Enthusiasmus. Hocksley bedachte Tyler mit gleichgültigem Nicken, während Fowler bemerkte: »Ich las gerade Ihren Namen auf der Liste der Verkäufer. Verspricht sich Mr. Ashley von Ihren Börsenaktivitäten tatsächlich einen nennenswerten Profit?«

»Mr. Ashley und ich dachten, es sei an der Zeit für Innovationen«, erwiderte Tyler selbstgefällig. »Wir halten ein Engagement an der Warenbörse für eine sinnvolle Ergänzung unseres Geschäfts.«

»Bleibt abzuwarten, was dabei herauskommt.«

»Richtig, Mr. Fowler. Zumindest aber werden wir etwas Bewegung in den örtlichen Handel bringen!«

»Zweifellos wird es Bewegung geben, Mr. Tyler. Die Frage ist, ob das für Ihre Anleger von Vorteil ist.«

»Oh, da bin ich ganz sicher, Sir. Die Erträge vieler kleiner und mittlerer Pflanzungen ergeben als Summe eine bedeutende Handelsmasse, die dem Preisgebot unseres Anlegerkonsortiums das nötige Gewicht verleiht. Ich denke, das ist ein großer Vorteil für alle, die sich bisher dem Preisdiktat der großen Agrarproduzenten beugen mussten. Sie scheinen skeptisch, Mr. Hocksley?«

»Die Idee ist gut, aber nicht neu«, sagte Hocksley herablassend. »Machen Sie sich nichts vor, Tyler, Sie vertreten hier Pflanzer mit begrenztem unternehmerischem Horizont, die

Sie schwerlich für längerfristige Ziele gewinnen können. Vergessen Sie nicht, dass die Allianz der Großgrundbesitzer ihre Interessen unbeirrt von Krieg und Frieden verfolgt.«

»Wir wissen, dass wir mit dem Planters Club rechnen müssen. Doch nicht alle denken dort wie Sie, Mr. Hocksley. Es dürfte Sie einiges kosten, die Mitglieder Ihrer Lobby auf Kurs zu halten.«

»Uns ist nicht entgangen, dass Sie Leute aus unseren Reihen auf Ihre Seite bringen konnten. Wir können solche Abwanderungen leicht verschmerzen, allein die Produktion von Mr. Laurens' Plantage Silk Hope wiegt die paar Abtrünnigen auf.«

»Ein Glück für Sie, dass Mr. Laurens im Tower von London sitzt und Ihrer Politik nicht widersprechen kann«, bemerkte Tyler spöttisch. »Der Herr von Hollow Park scheint Ihrem Werben dagegen wenig Gehör zu schenken.«

Der Hinweis auf sein fruchtloses Bemühen, Reed zum Beitritt in den Planters Club zu bewegen, versetzte Hocksley einen Stich. Es war auch zu ärgerlich: Der größte Landbesitz der Region lag in den Händen eines blasierten Millionärs, der keinerlei Neigung zeigte, die Pflanzerlobby zu unterstützen. Im Gegenteil, es war ein offenes Geheimnis, und darauf zielte Tylers Bemerkung ab, dass Reed seine Vermögensinteressen dem Bankhaus Ashley & Bolton, also dem erklärten Gegenspieler des Planters Club, anvertraut hatte. Sollte die Annäherung zwischen Reed und Tyler dazu führen, dass sie künftig gemeinsame Marktinteressen verfolgten, hätte das für Hocksleys Lobby ernste Folgen. Das Warenaufkommen aus Tylers Anlegerpool zusammen mit den Massenproduktionen von Hollow Park würde das vom Planters Club kontrollierte Handelsvolumen übersteigen. Dadurch verlöre Hocksleys Fraktion an Einfluss bei der Preisgestaltung und der Vergabe von Handelslizenzen. Das wäre das Ende für Hocksleys Ambitionen.

Er wollte es Tyler heimzahlen, dass er es wagte, ihm sein Scheitern vor Augen zu führen, und wählte eine boshafte Replik: Es war nicht zu übersehen, dass Tyler sich seit Längerem um Antonia Lorimer bemühte. Hocksley konnte sich daher vorstellen, dass eine Andeutung ihres Tête-à-Tête mit Reed, dessen Zeuge er kürzlich wurde, nicht nur Tylers Verliebtheit empfindlich abkühlen, sondern auch seine Geschäftsbeziehung mit Reed nachhaltig belasten würde. Perfide nahm er also Tylers Spitze auf, um sie gegen ihn zu wenden.

»Sie haben recht, Tyler, für den Planters Club ist es bedauerlich, auf Mr. Reeds Mitgliedschaft verzichten zu müssen. Anscheinend ist er aber in seiner Entscheidung, dem Club beizutreten, nicht frei, nachdem er mit Rücksicht auf Mrs. Lorimer im Streit um die Börsenzulassung von Legacy ihre Partei ergriffen hat.«

Tyler reagierte wie erwartet. »Welche Rücksichten hätte Reed gegenüber Mrs. Lorimer zu wahren?«

»Bitte, ich möchte keine Gerüchte in die Welt setzen«, sagte Hocksley. »Aber nachdem meine Schwägerin ein paar Tage auf Hollow Park verbracht hat, bekommt ihr Verhältnis zu Mr. Reed einen gewissen offiziellen Charakter. Als ich kürzlich wegen geschäftlicher Dinge bei Reed vorbeischaute, saßen sie gerade beim Frühstück. Ich wollte Antonia gerne im Wagen mitnehmen, aber sie zog es vor, mit Reeds Jacht nach Charles Town zu fahren. Lassen Sie mich Ihre Worte gebrauchen: Meine Schwägerin scheint dem Werben des Herrn von Hollow Park durchaus Gehör zu schenken.«

Tyler wahrte tadellose Haltung. »Mr. Reeds Aufmerksamkeit für Mrs. Lorimer ist nur allzu verständlich. Sie sollten Ihrer Schwägerin mehr Souveränität in ihren Entscheidungen zubilligen, Mr. Hocksley. Sie scheint sehr genau zu wissen, was sie will.«

»Schön, dass Sie es so gelassen sehen, Tyler«, meinte Hocksley voller Genugtuung. »Manch anderer hätte sich herausgefordert gefühlt.«

Noch immer beherrscht, verabschiedete Tyler sich und

schritt rasch dem Ausgang zu. Er war zutiefst verletzt; nicht durch Hocksleys Häme, die berührte ihn nicht. Nein, er fühlte sich vom Leben ungerecht behandelt, und falls Hocksleys Geschichte auch nur im Ansatz stimmte, war er von seiner Herzdame bitter enttäuscht. Er hatte sich Antonia Lorimer gegenüber wie ein Ehrenmann verhalten. Gleichwohl glaubte er, er hätte ihr deutlich zu verstehen gegeben, wie viel sie ihm bedeutete und dass er nur auf eine Ermutigung wartete, um sich ihr zu erklären. Aber sie hatte ihn nie ermutigt, obwohl es Gelegenheit dazu gegeben hätte. Sie sahen sich oft, wenn sie in die Stadt kam und ihn wegen geschäftlicher Dinge in der Bank aufsuchte. Dann gingen sie zusammen essen, führten stundenlange Gespräche, ohne zu merken, wie die Zeit verging. Er konnte sich allerdings nie ganz des Eindrucks erwehren, dass sie seine Gegenwart suchte, um die Abwesenheit des anderen leichter ertragen zu können: wenn es sich im Zusammenhang mit Legacy ergab, brachte sie das Gespräch stets auf Marshall. Sie wusste, dass Tyler ihn als Verwalter mit der Zeit zu schätzen gelernt hatte, und freute sich, wenn er seinen Verdiensten für Legacy faire Anerkennung zollte.

Marshall hatte Tyler gegenüber behauptet, seine Gefühle seien von Antonia nicht erwidert worden. Aber als Tyler sie nach Marshalls Abreise wiedersah, bot sie einen herzzerreißenden Anblick von Verlassenheit. Was immer der Grund für die Trennung war, Antonia hatte sicherlich nicht gewollt, dass er fortging. Dass Marshall ihn über sein Verhältnis zu ihr im Unklaren gelassen hatte, gab ihm zu denken. Er hatte diesen Mann gut genug kennengelernt, um zu wissen, dass er nichts ohne Berechnung tat. Darum fühlte er sich nie ganz frei, wenn er Antonia begegnete. Wie hätte er also überzeugend um sie werben sollen?

Im Nachhinein erschien ihm seine Zurückhaltung als großer Fehler, möglicherweise hatte Antonia es als Schwäche gedeutet, wenn nicht als Desinteresse! Kein Wunder, dass Reed sie beeindruckte. Mit nur einem Federstrich konnte er sie all ihrer Sorgen entheben. Objektiv müsste Tyler als ihr Bankier sie sogar beglückwünschen, falls sie sich zur Ehe mit dem Millionär entschließen würde. Doch das wäre wirklich zu viel verlangt. Überhaupt war sie zu schade für einen kauzigen Snob wie Algernon Reed.

Aufgebracht stürmte er zum Ausgang und traf Joshua Robert, der seine gereizte Stimmung jedoch nicht zur Kenntnis nahm.

»Oh, Mr. Tyler, haben Sie schon die Notierung für unser Ernteergebnis bekommen? Das kann sich wahrlich sehen lassen, Sir! Und Sie hatten recht: Wir haben den Beweis geliefert, dass Freigelassene mehr leisten als Sklaven. Wie ich schon zu Mr. Shaughnessey sagte, werden Ihre Zielvorgaben sogar noch überschritten, voraussichtlich liegt die Reisproduktion von Legacy zwanzig Prozent über dem Soll!«

»Ausgezeichnet, Mr. Robert, das freut mich außerordentlich«, sagte Tyler, doch seine düstere Miene strafte ihn Lügen. Joshua spürte, dass der Zeitpunkt ungünstig war, und wollte sich taktvoll verabschieden, als Tyler fragte: »Ist es wahr, dass Mrs. Lorimer in der Stadt ist?«

»Sie besucht ihre Schwester, Sir. Sie können sie in Lyndon House antreffen.«

»Vermutlich ist sie nicht erst heute mit Ihnen angekommen, Mr. Robert?«

Joshua überlegte einen Augenblick. »Sie war bei Bekannten im Lowcountry, ehe sie hierherkam.«

Jetzt wollte Tyler es genau wissen. »Man hört, die Dame habe einen Besuch am Ashley River gemacht.«

»Hört man das?«

»Es heißt, sie sei mehrere Tage zu Gast auf Hollow Park gewesen!«

»Ihre Sorge um Mrs. Lorimer in Ehren, Sir. Aber wann und wo sie Besuche macht, ist wohl allein ihre Sache.«

»Nein, Mr. Robert, da bin ich anderer Meinung. Solche unbesonnenen Freiheiten führen nur zu Gerede.«

Jetzt fuhr Joshua auf: »Wer versucht, Mrs. Lorimer ins Gerede zu bringen?«

»Hocksley!«

Joshua atmete tief durch. »Seit Mrs. Lorimer Legacy besitzt, versucht Mr. Hocksley, ihr zu schaden. Dazu ist ihm jedes Mittel recht; sie ins Gerede zu bringen, zählt zu den harmloseren Varianten. Eines sollten Sie wissen: Wenn Sie Mrs. Lorimers Partei ergreifen, wird Hocksley sich auch gegen Sie wenden.«

Tyler nickte und blickte finster zu Boden. Als er wieder aufsah, hatte er einen Entschluss gefasst. »Ich habe mir Hocksley längst zum Gegner gemacht, das ist nichts Neues, ich kann damit leben. Aber was ist mit Mr. Reed? Damit könnte ich ehrlich gestanden weniger gut leben.«

»Ich glaube, dazu kann nur Mrs. Lorimer etwas sagen.«

»Dann werde ich sie fragen.«

Tyler verließ schnurstracks die Börse, hielt die erste Droschke an und nannte dem Kutscher als Fahrtziel Hausnummer vier, Meeting Street. Er verbat sich alle Spekulationen bis zu dem Moment, da er Antonia gegenüberstünde. Keine zehn Minuten später betrat er ihren Salon.

Sie stand lächelnd von ihrem Platz am Schreibtisch auf. Nie würde er vermuten, dass sie, als er angemeldet wurde, noch beim Frühstück saß, in fliegender Hast den bequemen Hausmantel gegen Kleid und Schuhe getauscht und sich das Haar aufgesteckt hatte. Eigentlich müsste er die Luftwirbel noch spüren, dachte sie, als er ihre Hand ergriff und küsste. Erst als er wieder aufsah, merkte sie, dass er sich formeller gab als sonst.

Tyler bedeutete ihr mehr, als sie sich eingestehen wollte. Nachdem er sich anfangs nur um die finanzielle Absicherung der Plantage gekümmert hatte, suchte sie, seit William fort war, seinen Rat auch in anderen Dingen. Sie war gern mit ihm zusammen und genoss es umso mehr, als sie wusste, dass er sie verehrte. Das hieß nicht, dass er Williams Platz eingenommen hätte. Er war ihr Vertrauter, mehr nicht. Sie ließ ihn stets die Grenzen ihrer Freundschaft spüren, und er schien es zu akzeptieren. Wie er heute ihre Aufmerksamkeit einforderte, fand sie, stand ihm nicht zu.

»So früh, so unaufschiebbar war Ihr Besuch noch nie, Mr. Tyler.« Sie hob die Brauen, denn noch immer hielt er ihre Hand. »Was verschafft mir die Ehre?«

»Ehre, Madam! In der Tat, um der Ehre willen bin ich hier, genauer gesagt, um meiner Ehre willen, mit der es sich nicht verträgt, was man sich über Sie erzählt!«

Sofort entzog sie ihm ihre Hand und setzte sich, ohne ihm einen Platz anzubieten. »Was hat man Ihnen denn erzählt, dass Sie gleich um Ihre Ehre fürchten müssten?«

Einen Augenblick stand er schweigend vor ihr, dann sagte er: »Ich hatte immer den Eindruck, Sie schätzten meine Gesellschaft.«

»Haben Sie Anlass, daran zu zweifeln?«

»Allerdings! Ganz offensichtlich scheinen Sie die Gesellschaft eines anderen der meinen vorzuziehen.«

Der scharfe Ton ließ sie aufhorchen.

Schon fuhr er aufgebracht fort: »Glauben Sie, ich kann Ihren Besuch auf Hollow Park ignorieren, wenn die halbe Stadt darüber spricht? Vielleicht gilt Ihr Interesse schon länger Mr. Reed, nur ich bin der Einzige, der nichts davon wusste!«

»Nein, nicht doch, ich bitte Sie!«, sagte sie tonlos, während alles Blut aus ihren Wangen wich.

So ungehalten Tyler war, entging ihm doch nicht, dass seine Vorhaltungen ihr einen argen Schock versetzten. Einesteils hatte er befürchtet, sie würde ihre Neigung für Reed eingestehen, andernteils gehofft, seine Eifersucht würde sich als unbegründet erweisen. Dass seine Frage sie in solche Verwirrung stürzen würde, hatte er nicht erwartet.

»Was ist passiert, Madam?«, fragte er ernst. »Ich sehe Ihnen an, dass etwas Unerfreuliches vorgefallen sein muss. Hat dieser Mann sich unkorrekt verhalten?«

»Aber nein, wo denken Sie hin. Ich wüsste von nichts, das ich Mr. Reed vorwerfen könnte. Er hatte mich eingeladen, sein Haus zu besichtigen«, erzählte sie wahrheitsgemäß. »Er kennt interessante Details zur Geschichte der alten Pflanzerhäuser, darüber haben wir uns lange unterhalten. Unerfreulich war in der Tat nur die Begegnung mit meinem Schwager.«

»Mr. Hocksley behauptet, er habe Sie beide in trautem Einvernehmen angetroffen. Er machte Andeutungen über Sie und Reed, die ihm wohl vielversprechend erscheinen.«

»Aber ich habe nichts mit Mr. Reed im Sinn!«, rief sie. »Es ist Hocksleys fixe Idee, mich mit ihm zu verkuppeln, weil er glaubt, dass es seinen Interessen dient. Bitte, Andrew, gönnen Sie ihm nicht den Triumph, uns durch seine dummen Intrigen zu entzweien.«

Sie stand auf, reichte ihm die Hand zur Versöhnung. Er tat Abbitte, indem er ihre Hand küsste. Wenig später verabschiedete er sich.

Fürs Erste war er beruhigt, aber das reichte ihm nicht. Er hatte heute erfahren, wie demütigend Eifersucht sein konnte; das sollte ihm nicht wieder passieren. Seit er Antonia kannte, hatte er seine Gefühle für sie zurückgehalten. Berufliche Distanz spielte dabei eine gewisse Rolle und natürlich Williams Anwesenheit auf Legacy. Nachdem sein Rivale das Feld geräumt hatte, war ihm dessen Part an Verantwortung zugefallen, nicht aber der Platz an der Seite Antonias. Alles, was recht war, aber Integrität hatte auch Grenzen: Es war an der Zeit, dass er sich ihr erklärte.

Zu Mittag traf er sich mit zwei Börsenhändlern seiner Bank, die ihm beim Lunch einen Überblick der aktuellen Notierungen geben sollten. Während sie sich über Preisangebote, Schätzungen und Tendenzen ausließen, war er kaum bei der Sache.

Ungeduldig wartete er das Ende der Besprechung ab. Als die beiden Broker zur Börse zurückgingen, rief er einen Wagen und fuhr ein zweites Mal nach Lyndon Hall.

Auf dem oberen Flur kam ihm Antonia ausgehfertig entgegen. Sein Eifersuchtsanfall hatte sie endlich aus ihrer Lethargie aufgerüttelt, nachdem sie, von schweren Gedanken gequält, tagelang nicht das Zimmer hatte verlassen wollen. Ihre Klausur hatte allerdings auch ein Gutes: Sie hatte sich von der Aufregung der vorzeitigen Wehen vollständig erholt. Frisch und ausgeruht wollte sie die Zeit vor der Heimreise nutzen, um in der Stadt Erledigungen zu machen.

Als sie Tyler nun auf sich zukommen sah, dachte sie verblüfft, sie hätte vielleicht eine Verabredung vergessen – da war er schon bei ihr, zog sie mit sich in den Salon und gab der Tür einen Stoß, dass sie von allein ins Schloss fiel. Selbst wenn Antonia etwas hätte sagen wollen, hätte er sie nicht zu Wort kommen lassen. Er tat nämlich, was ihm in der Situation angemessen erschien: Er nahm sie in die Arme und küsste sie. Und sie ließ sich umarmen, als hätte sie darauf gewartet, dass er es tat.

Tyler wusste, es war richtig gewesen, noch einmal zurückzukommen. Auf einmal war es ganz leicht, ihr nahe zu sein, sie zu halten, zu küssen. Er war am Ziel seiner Wünsche, aus der Umarmung wurde schnell ein konkreterer Akt. Antonia sollte seinem Verlangen nachgeben. Das war alles, was er im Augenblick wollte.

In ihrem Schlafzimmer war es heiß, kein Lufthauch bewegte die Vorhänge vor den offenen Fenstern. Auf einen Ellbogen gestützt, spielte er mit ihrem Haar, wand abwesend eine dunkle Strähne um seine Finger. Sie lächelte, strich mit sanfter Hand seinen Arm hinauf und um seine Schulter, streichelte zärtlich seinen Nacken. Auf einmal griff er nach ihrem Handgelenk und hielt es fest. Er betrachtete ihre geröteten Wangen, die halb geöffneten Lippen, ließ dann den Blick über ihren nackten Körper gleiten. An ihn geschmiegt lag sie neben ihm, wie sie sich ihm vor wenigen Minuten hingegeben hatte. Nachdem sein Verlangen befriedigt war, kehrte das Misstrauen zurück. Seit dem Morgen ging ihm etwas im Kopf herum und ließ ihm keine Ruhe. Er musste die Wahrheit erfahren.

»Wie lange warst du auf Hollow Park?«

Sie erstarrte in seinem Arm. »Das ist doch nicht wichtig, Andy, Liebster ...«

»Wie lange warst du bei ihm?« Er fasste sie fester an. »Sag es mir!«

Er würde nicht nachgeben, sie musste ihm antworten. »Ich war nicht einmal einen ganzen Tag dort. Er hatte mich zum Lunch eingeladen, nach dem Essen wollte er mir die Gärten zeigen. Aber es ging mir nicht gut, ich musste mich hinlegen. Er ließ ein Gästezimmer für mich richten und schickte mir eine schwarze Dienerin, die sich um mich kümmerte. Ich schlief bis zum nächsten Morgen. Nach dem Frühstück ging es mir viel besser. Auf meinen Wunsch ließ er mich in seinem Boot nach Charles Town bringen.«

»Warum ging es dir nicht gut? Fehlt dir etwas?«

Sie überlegte einen Augenblick. »Nein, Andy, mir fehlt nichts. Es war nur die Anstrengung, ich war lange zu Pferd unterwegs gewesen. Man sollte keine weiten Ritte unternehmen, wenn man ein Kind erwartet.«

»Du ... Nein! Sag, dass das nicht wahr ist!«, rief er, fast stieß er sie von sich. »Es stimmt also, du und Reed ...«

»Nein, Andrew, nein! Es ist Williams Kind.«

Verwirrt starrte er sie an, dann sagte er: »Verzeih, ich hatte keine Ahnung ... Ich sollte wohl besser gehen.«

Schnell griff sie nach seiner Hand. »Nein, geh nicht weg!« Sie mochte ihn nicht fortlassen, er war so verliebt gewesen, es sollte nicht schon vorbei sein. Zärtlich schlang sie die Arme um ihn. »Andy, mein lieber, liebster Andy, bleib bei mir!«

Er zögerte, unsicher, was er jetzt tun sollte.

»Küss mich!«, verlangte sie zärtlich flüsternd. »Küss mich noch einmal, Andy, küss mich!«

Er konnte ihr nicht widerstehen, zog sie an sich, küsste sie und spürte, wie erneut die Begierde in ihm erwachte. Der Beweis von Williams Treulosigkeit ließ ihn seine eigenen Bedenken vergessen. Antonia war sein! Er gab seinen Gefühlen nach und dem erregenden Rausch von Hitze und Lust.

Herabgebeugt vor dem Spiegel ihres Frisiertischs band er sein Halstuch. Danach zupfte er sorgfältig die Spitzenmanschetten unter den Ärmelaufschlägen zurecht. Lächelnd sah Antonia seinem selbstverliebten Getue vom Bett aus zu. Nachdem er mit kritischer Akkuratesse noch ein paar Locken über der Stirn zurückgestrichen hatte, riss er sich von seinem Spiegelbild los, kam zu ihr und legte den Arm um sie. Der kühle Atlasstoff seines Rocks ließ sie kurz erschauern.

»Ich muss gehen, Tonia. Aber wir sehen uns morgen wieder. Du kommst doch zur Börseneröffnung?«

»Ehrlich gesagt, wollte ich morgen nach Hause fahren. Wenn Joshua die Preisgebote abgegeben hat, reisen wir nach Legacy zurück.«

»Du darfst jetzt nicht fort!«, rief er entrüstet. »Du sollst hier sein, bei mir. Komm schon, was willst du denn allein da draußen?«

»Ich bin dort nicht allein, Joshua und Charlene sind bei mir und all die Leute, die auf meiner Plantage leben. Legacy ist mein Zuhause, Andy. Es gibt für mich viel zu tun, wenn ich heimkomme.«

»Und was ist mit mir?«

»Du kannst mich, wann immer du willst, auf Legacy besuchen kommen. Wenn ich in der Stadt zu tun habe, werden wir uns auch sehen. Vorerst können wir uns hier bei meiner Schwester treffen.«

»Vorerst? Wie lange soll es so weitergehen? Ich meine, du wirst bald jemanden brauchen, der ...«

»Der was? Der sich als Vater meines Kindes ausgibt, wolltest du das sagen?«

Er hatte es anders gemeint. »Ich denke, du wirst jemanden brauchen, der sich um dich und das Kind kümmert. Marshall ist fort, für mich ist es nur dein Kind. Es macht mir nichts aus, wenn man mich für den Vater hält.«

»Nein!«, unterbrach sie ihn, »Du musst nicht die Verantwortung für Williams Kind übernehmen. Mit uns beiden hat das nichts zu tun.«

»Tonia, ich liebe dich. Wenn du ein Kind bekommst, hat das natürlich mit uns beiden zu tun.«

Er wollte für sie einstehen, das rechnete sie ihm hoch an. Aber es änderte nichts daran, dass sie einen anderen liebte.

»Andy, auch wenn du es nicht hören willst: Mein Herz gehört William. Ganz gleich, ob er fortgegangen ist, liebe ich ihn und werde auf ihn warten, bis er zurückkommt.«

Es war für ihn ein harter Schlag. Doch dieses Mal, das schwor er sich, würde er sich nicht in Zurückhaltung üben; nachdem er Antonia erobert hatte, wollte er sie behalten.

»Du glaubst doch nicht im Ernst, dass Marshall zurückkommt?« Er fasste sie an den Schultern, damit sie ihm nicht ausweichen konnte. »Auch wenn es nicht schön ist, musst du dich damit abfinden, dass er dich verlassen hat. Männer tun das, so ist es nun mal. Ich behaupte ja nicht, er hätte dich nicht geliebt. Aber jetzt ist er fort. Versuche, ihn zu vergessen.«

»Nein! Er wird zurückkommen. Ich weiß es!«

»So, du weißt es? Ohne ihn in deinen Augen herabsetzen zu wollen, obwohl er es verdient hätte: Vor seiner Abreise sagte er zu mir ...«

»Hat er mit dir über mich gesprochen?«, fiel sie ihm erschrocken ins Wort. Was wusste Tyler, das sie nicht wusste? »Andy, bitte, was hat er gesagt?«

Jetzt konnte er nicht mehr zurück. »Bevor sein Schiff in See stach, trafen wir uns abends in der Stadt. Wir redeten über alles Mögliche, auch Privates, und na ja, dann fragte ich ihn, ob er vorhabe zurückzukommen.«

»Andy!«

»Was denn? Ich wollte wissen, ob er Ansprüche auf dich erhebt. Marshall hat das verstanden.« Er bedachte sich und sagte: »Glaubst du, das heute wäre geschehen, wenn ich wüsste, dass er wiederkommt?«

»Das heißt, ihr habt es abgesprochen? William hat mich dir überlassen!« Sie war den Tränen nahe. »Oh ja, ich weiß schon: Männer tun so etwas.«

»Nicht, Tonia!« Er nahm sie in die Arme, doch er spürte ihren Widerstand. Er musste ihr etwas Zeit lassen, dann käme sie schon darüber hinweg, sie würde den anderen vergessen und mit ihm glücklich werden. Er war ganz sicher, dass er sie glücklich machen konnte. Sie musste es nur zulassen. »Wenn du nach Hause fahren möchtest, Liebste, dann tu das. Ich verspreche dir, ich werde dich in Ruhe lassen.« Nach kurzem Zögern fuhr er fort: »Aber wenn du deine Meinung änderst, wenn du glaubst, dass du mich sehen möchtest, lass es mich wissen. Wirst du das tun?«

»Ja, Andy.«

»Ich liebe dich, Tonia.« Er küsste sie zärtlich zum Abschied. »Ich bin für dich da, wenn du mich brauchst.«

Als die Glocke zur Börseneröffnung läutete, hatte Hocksley seine Absprachen getroffen. Er hatte den Zusammenhalt innerhalb der Pflanzerlobby gestärkt und in den Händlergremien eine Preispolitik gefordert, die dem Planters Club den Vorrang gegenüber dem neuen Konsortium um Ashley & Bolton sichern sollte. Auch persönlich versprach er sich in dieser Saison gute Geschäftsgewinne. Täglich trafen in Charles Town Wagen von seinen Pflanzungen ein. Seine Verwalter waren instruiert, die für den Export bestimmte Baumwolle in eigens dafür angemieteten Speicherhäusern bis zur Verschiffung nach Europa zwischenzulagern. An alles hatte er gedacht, er hätte zufrieden sein können. Doch eine Sache trieb ihn um und verdarb ihm die Freude an der schönen Ordnung seiner Welt.

Er fürchtete, für einen Vorfall, der Jahre zurücklag, zur Rechenschaft gezogen zu werden. Damals war auf sein Geheiß die Frau des Stammesoberhauptes Raoul Mougadou als Hexe auf dem Scheiterhaufen verbrannt worden. Für das Unrecht dieser unmenschlichen Tat drohte ihm vom Clan der Mougadous Vergeltung. Anfangs hatte er geglaubt, er könnte sich der Bedrohung entziehen, Raoul Mougadou lebte auf Saint-Domingue, an die fünfzehnhundert Meilen von seinem heimischen Wirkungskreis entfernt. Doch jedes Jahr brachten die westindischen Sklavenschiffe mehr schwarze Voodoo-Gläubige nach South Carolina, sie lebten auf Plantagen in Hocksleys nächster Umgebung. Monsieur Raouls Rachefluch bedrohte seine Schwelle.

Es war bezeichnend, dass sich ausgerechnet auf Legacy, nach dessen Besitz Hocksley verlangend die Hand ausstreckte, eine Front gegen ihn formierte. Joshua Robert, der schwarze Bastard seines Schwiegervaters Robert Bell, hatte sich mit der Voodoo-Priesterin Rovena zusammengetan, der Schwester von Monsieur Raoul. Hocksley war überzeugt, dass die beiden von Legacy ausgehend die Rache der Mougadous gegen ihn vorbereiteten. Doch er war entschlossen, die Anhänger seines Erzfeindes Raoul Mougadou unschädlich zu machen, ehe sie ihm gefährlich werden konnten.

Der Leichenfund von Elverking nun inspirierte ihn zu einem perfiden Plan: Er ließ verbreiten, die Tote sei das Opfer eines rituellen Mordes durch Voodoo-Anhänger, die unter den Sklaven von Hollow Park zu finden seien. Die meisten Sklavenhalter fürchteten den fremdartigen Voodoo-Kult, sie sahen darin eine Art Teufelsbeschwörung, deren Ausübung aufs Schärfste geahndet werden musste. Indem Hocksley vorgab, gegen die Ausbreitung des obskuren Kults einzuschreiten, wusste er also die öffentliche Meinung geschlossen hinter sich. So würde sein Plan die erhoffte Schlagkraft entfalten.

Die Ermittlungen am Fundort der Leiche auf Elverking hatten zu keinen brauchbaren Erkenntnissen geführt. Aber dann hatte Crossbow dem Constable von unerlaubten Vorgängen auf den Pflanzungen des benachbarten Hollow Park berichtet. Am Ende war er bereit gewesen, drei heilige Eide zu schwören, dass die Voodoo-Priesterin *Rovena-la-Sorcière* zur Mordnacht im Sklavendorf Stratton auf Hollow Park gewesen sei und ihre Anhänger zu unheimlichen Ritualen am Ashley River versammelt habe. So nahmen die Dinge ihren Lauf.

Vor seiner Abreise aus Charles Town kehrte Hocksley zu seinem Appartement im Planters Club zurück. Bei einem ausgiebigen zweiten Frühstück überflog er die Schlagzeilen der ›Gazette‹, dann las er die Morgenpost. Darunter befand sich auch ein kurzes Schreiben Crossbows, dessen Inhalt Hocksleys Stimmung deutlich aufhellte: Wie erwartet, hätten die Ermittlungen auf Hollow Park im Fall der ermordeten Prostituierten den Verdacht des Constable bestätigt, schrieb Crossbow. Anscheinend lag tatsächlich ein Ritualmord durch die Sklaven von Stratton vor. Der Untersuchungsrichter in Charles Town hätte Mr. Reed aufgefordert, vierzehn Sklaven, die des gemeinsam begangenen Mordes beschuldigt würden, in den Gewahrsam der Obrigkeit zu übergeben. Die Schwarzen, die von der Plantage Beau Séjour auf Saint-Domingue stammten, wären inzwischen ins Work House gebracht worden, wo sie ihrer Bestrafung entgegensähen. Gegen die Voodoo-Priesterin wäre Haftbefehl erlassen worden; als Freigelassene würde sie bis zur Verhandlung in den Provost Dungeon gesperrt.

Das waren gute Nachrichten! Entspannt machte sich Hocksley auf die Heimreise. Die Kontrollen am Stadttor nahm er gelassen hin. Die britischen Wachsoldaten wussten, es lohnte sich für sie, wenn sie den mächtigen Pflanzer zügig abfertigten. Hocksley ließ ein paar Münzen in die Hand des Sergeanten fallen, dann konnte er den Schlagbaum ungehindert passieren. Nach dem Durchqueren der Bannmeile von Charles Town kam sein Wagen zum Belagerungsring von General Greenes Truppen, was jedes Mal ein unangenehmes Hindernis auf Hocksleys Heimweg darstellte. Die Soldaten erkannten die prächtige Kutsche schon von Weitem und ließen sich dennoch viel Zeit, bevor sich einer der Offiziere bequemte, seinen Passierschein entgegenzunehmen und zu überprüfen und Hocksley nach einer Reihe lästiger Fragen endlich durchzuwinken.

Die offene Kutsche fuhr schnell auf der Charles Town Road nach Norden. Hocksley nahm von der Landschaft ringsum nichts wahr. Er bedachte den Plan, den er ins Werk gesetzt hatte. Er war ihnen zuvorgekommen, diesem Raoul Mougadou und seinem unseligen Clan. Nicht mehr lange, und alles hätte ein Ende; die dunkle Bedrohung, die besorgten Blicke über die Schulter, den Herrn entwürdigend auf seinem eigenen Land. Nicht mehr lange, und er könnte wieder ruhig schlafen.

»Noah hat den Wagen vorgefahren, Madam. Wenn Sie so weit wären, könnten wir abfahren.«

Joshua stand lässig in der Tür zum blauen Salon, den breitrandigen Lederhut in der Hand. Lydia und Antonia standen auf und umarmten sich.

»Danke, Lydia! Es hat mir gutgetan, hier bei dir zu sein und für eine Weile nicht an Reis und Kraftfutter denken zu müssen.«

»Ach, Liebes, ich hatte gehofft, du würdest mehr erleben! Du bist kaum ausgegangen, hast niemanden eingeladen. Wenigstens hat dir dein Bankier seine Aufwartung gemacht. Du hast ihn hoffentlich ein wenig ermutigt? Oder wurde wieder nur über die Plantage geredet?«

»Du kennst mich, Lyddie, Legacy ist das Wichtigste in meinem Leben«, sagte Antonia mit einem flüchtigen Lächeln. Dann nahm sie ihre Handtasche, küsste zum Abschied Lydias gepuderte Wange und folgte Joshua hinunter in die Halle.

Als sie aus der Haustür trat, kam ein junger Mann auf sie zu, der zwischen den Säulen des Portals auf sie gewartet haben musste. Sein schüchternes Gesicht kam ihr bekannt vor. Mit einer stummen Verbeugung reichte er ihr ein gesiegeltes Schreiben. Als sie den Absender las, wusste sie, woher sie den Überbringer kannte.

»Bitte richten Sie Dr. Ingham meine Grüße aus. Sie dürfen ihm bestellen, dass ich vollkommen wiederhergestellt bin.«

Inghams Assistent verneigte sich erneut, indem er auf das Schreiben in ihrer Hand deutete. »Bitte um Vergebung, Madam. Der Doktor lässt Sie bitten, ihm gleich eine Antwort zukommen zu lassen.«

»Das geht nicht. Sie sehen ja, dass ich im Moment abreise. Bestellen Sie Dr. Ingham meine Grüße, ich werde ihm schreiben.«

»Aber Madam, der Doktor sagte, es sei sehr wichtig und ich dürfe nicht ohne eine Antwort zurückkommen.«

Sie wog den verschlossenen Umschlag in der Hand, eine scharfe Falte erschien zwischen ihren Brauen. Energisch brach sie das Siegel, überflog die wenigen Zeilen und wusste, bevor sie zu Ende gelesen hatte, dass sich das Rad ohne ihr Zutun in Bewegung gesetzt hatte.

Als Joshua das letzte Gepäckstück herausbrachte, sagte sie: »Oh, Joshua, ich muss noch einmal zu Dr. Ingham in die Jules Row. Es wird nicht lange dauern.«

Sie lächelte, aber er kannte sie zu lange, um sich täuschen zu lassen. Nach einem skeptischen Blick wandte er sich an Inghams Assistenten: »Steigen Sie ein, wir nehmen Sie mit.«

Der junge Mann ging zum Wagen, Joshua und Antonia blieben allein im Säulengang stehen. »Was ist los, Madam? Ich sehe doch, dass Sie etwas beunruhigt.«

Sie nickte, Joshua konnte sie nichts vormachen. »Ich fürchte, es ist etwas Schreckliches passiert, Joshua. Doch es geht dabei um Dinge, über die darf man nicht sprechen, über die darf man nicht einmal nachdenken. Und ich muss heute verhindern, dass Dr. Ingham über etwas nachdenkt, bevor die Zeit dafür gekommen ist.«

Joshua sah ihr in die Augen. »Wovor haben Sie Angst? Sagen Sie es mir!«

»Ich kann nicht. Bitte, Joshua, wir müssen jetzt los.«

Antonia und der Arzt saßen einander gegenüber. Auf dem Tisch zwischen ihnen lagen akkurat geordnete Schriften mit Inghams medizinischen Studien, der greifbare Beweis eines nüchternen, von naturwissenschaftlicher Forschung geprägten Lebens. Ingham hatte sie wie immer herzlich empfangen, er konnte allerdings eine gewisse Skepsis nicht verbergen.

»Ich halte es für wichtig, dass wir uns unterhalten, Madam«, begann er das Gespräch, indem er eine Mappe heranzog und aufschlug. »Sie wissen, dass ich Ihnen vorgestern anstatt meiner Malariastudie versehentlich einen Obduktionsbericht zu lesen gab. Nachdem Sie mich mit keiner Silbe auf meinen Irrtum hingewiesen haben, frage ich mich, was wohl in Ihnen vorgeht?« Sein Ton war eine Nuance schärfer geworden, darum antwortete sie ausweichend.

»Natürlich war ich von dem, was ich da las, schockiert, Doktor. Ein medizinisches Gutachten über eine verstümmelte Leiche! Bei jedem Laien weckt das gewisses Entsetzen.«

»Und doch schienen Sie nicht entsetzt.«

»Vermutlich galt meine Hauptsorge meinem ungeborenen Kind.«

»Vermutlich«, bemerkte Ingham, der sie aufmerksam beobachtete.

Als er nach ihrem letzten Besuch die Verwechslung der Abschriften entdeckt hatte, war ihm mit Befremden bewusst geworden, wie vollkommen unbewegt sie den Obduktionsbericht aufgenommen hatte. Obwohl zu dem Zeitpunkt noch nichts an die Öffentlichkeit gedrungen war, hatte sie über das geschilderte Verbrechen nicht ein Wort der Betroffenheit verloren; was nur bedeuten konnte, dass sie bereits davon gewusst hatte. Die Sache war zu wichtig, als dass er darüber hinweggehen konnte, darum hatte er sie noch einmal zu sich gebeten. Wie nicht anders erwartet, verunsicherten sie seine Fragen, darum lenkte er das Gespräch behutsam in ruhigere Bahnen.

»Meine Liebe, es ist ganz natürlich, dass Sie von den vorzeitigen Wehen sehr mitgenommen waren. Die Gefahr einer Fehlgeburt muss für Sie ein Schock gewesen sein; zumal Sie nicht zu Hause in Ihrer vertrauten Umgebung waren, sondern zu Besuch auf Hollow Park, ohne Beistand einer sorgenden Hausfrau, deren weibliches Verständnis in einer solchen Situation notwendig gewesen wäre. Wenigstens hatte Mr. Reed jemanden mit den entsprechenden Kenntnissen zur Hand.«

»Oh, er hat sich auch persönlich um mich gekümmert! Hatte ich das nicht erwähnt?«, sagte Antonia mit Nachdruck. »Er war sehr besorgt, ständig kam er nach oben, um nachzufragen, wie es mir ging. Ich bin überzeugt, Doktor, er hat das Haus keine Sekunde verlassen, während ich dort daniederlag.«

»Von einem Gentleman kann man so viel Achtsamkeit erwarten, Madam.«

»Aber ja, er war sehr aufmerksam und wollte keinen Schritt von meiner Seite weichen.«

Ingham wunderte sich, dass sie ihr Zusammensein mit Reed derart betonte. Vor zwei Tagen noch war sie bestrebt, jeden Gedanken an Vertrautheit zwischen ihnen zu zerstreuen, nun aber erklärte sie, Reed sei Tag und Nacht um sie gewesen. Was konnte ihren Sinneswandel bewirkt haben? Dem Obduktionsbericht musste sie entnommen haben, dass der Mord sich in der Nacht ihres Besuchs, wahrscheinlich nicht allzu weit von Reeds

Anwesen entfernt, ereignet hatte. Sollte sie auf Hollow Park etwas beobachtet oder vernommen haben, das sie im Nachhinein mit dem Fall in Verbindung brachte? Wenn es so wäre, was hielt sie dann davon ab, es ihm zu erzählen? Eine vernünftige Frau wie sie würde doch versuchen, zur Aufklärung des Verbrechens beizutragen? Es sei denn, sie hatte ein Interesse daran, genau das zu verhindern, um den Täter zu schützen.

Ahnungen, Vermutungen, so kam er nicht weiter, er brauchte Beweise. Zwei unaufgeklärte Morde derselben Art, das konnte Zufall sein; drei waren eine Serie. Es gab jemanden da draußen, der methodisch Leute umbrachte und es verstand, seine Spur immer wieder zu verwischen. Schon lange beschäftigten ihn diese Vorfälle, und erstmals hatte er das Gefühl, der Lösung näher zu kommen. Er musste Antonia dazu bewegen, die Wahrheit zu sagen. Dazu würde er sensibel vorgehen müssen und das Gespräch beiläufig auf einen Punkt zusteuern lassen, an dem sie sich ihm einfach anvertrauen musste.

»Ehrlich gesagt, bin ich erleichtert, Mrs. Lorimer«, sagte er mit einem Lächeln. »Ich darf wohl annehmen, Sie haben mir das Missgeschick mit den vertauschten Abschriften verziehen? Das Ganze ließe mir sonst keine Ruhe.«

Seine Worte hatten die erhoffte Wirkung; Antonia lehnte sich entspannt zurück und sagte: »Seien Sie unbesorgt, Doktor, ich habe davon keinen Schaden genommen. Natürlich ist es schrecklich, was der armen Frau geschehen ist.«

»Das ist wahr. Es wird Sie daher sicher beruhigen, dass die Polizei schon erfolgreich war. Wie ich heute erfahren habe, wurden die Täter überführt und eingesperrt.«

»Die ... Täter?«, sagte sie überrascht. »Nun, die Polizei arbeitet erstaunlich effizient!«

»Ja, nicht wahr?« Er ließ sie nicht aus den Augen, als er fortfuhr: »Die Hinweise führten nach Stratton, einem Sklavendorf auf einer von Mr. Reeds zahllosen Pflanzungen. Die Sklaven von Stratton praktizieren im Geheimen Voodoo-Rituale; anscheinend wurde die Frau das Opfer einer Art Teufelsbeschwörung. Die Schwarzen, die an den Vorgängen beteiligt waren, wurden ins Work House gebracht.«

Antonia fragte vorsichtig: »Und Mr. Reed?«

»Tja, was sollte er machen? Er musste die Leute aufgrund der richterlichen Anordnung herausgeben. Wahrscheinlich ärgert ihn der Verlust der Arbeitskräfte, doch das kann er verschmerzen, Geld scheint für ihn keine Rolle zu spielen.«

»Hat er denn nichts unternommen, um den Vorwurf gegen seine Leute zu entkräften? Als ihr Herr könnte er doch intervenieren.«

»Sie haben ja eine hohe Meinung von dem Gentleman!«, schnaubte Ingham, der aus seiner Verachtung für Sklavenhalter keinen Hehl machte. »Männer wie Reed befürworten rigorose Maßnahmen, um die Disziplin unter ihren Sklaven durchzusetzen. Abgesehen davon, warum hätte er einschreiten sollen? Die Schwarzen haben alles zugegeben.«

»Ach so?« Sie stutzte. »Dann ist der Fall also gelöst?«

»Abwarten! Geständnisse lassen sich auch erzwingen. Ich glaube nicht, dass die Schwarzen die Frau getötet haben.«

Er sah sie lange an, Antonia hielt seinem Blick ohne mit der Wimper zu zucken stand. Nein, dachte er, sie glaubt es auch nicht, sie weiß sogar, dass die Sklaven unschuldig sind! Noch einen kleinen Schritt weiter, sagte er sich, und sie wird sich offenbaren. »Wenn Sie den Bericht zu Ende gelesen haben, Madam, kennen Sie meine Auffassung, dass der Mord von Elverking kein Einzelfall ist. Ich bin überzeugt, dass wir es mit einer Serie von Morden zu tun haben.«

Antonia wurde totenblass.

Doch er wollte ihr nichts ersparen und erzählte ungerührt weiter: »Vor vier, fünf Jahren fand man die Leichen von zwei jungen Leuten, die zu Tode gefoltert worden waren. Nur befasste sich niemand ernsthaft mit der Aufklärung der Fälle, man hatte andere Sorgen durch den drohenden Krieg, und so wurde der Täter nie gefasst. Wenn ich nun den Fall von Elverking mit meinen früheren Obduktionsberichten vergleiche, besteht für mich kein Zweifel, dass hier dreimal derselbe Täter am Werk war. Dabei stellt sich zwangsläufig die Frage: Warum hat er damals aufgehört zu morden? Und warum fängt er jetzt, nach Jahren, wieder an?«

»Vielleicht hat er ja nicht aufgehört, Doktor«, sagte Antonia leise. »Vielleicht wurden die anderen Leichen nur nicht gefunden.«

Nun war es an Ingham, blass zu werden. »Sie ziehen bemerkenswerte Schlüsse, Madam, bei Gott!« Was um Himmels willen wusste sie? »Wollen Sie mich nicht an Ihren Überlegungen teilhaben lassen?«

Sie schüttelte langsam den Kopf, während sie ihre Zweifel niederrang. Gut, die Behörden hatten Tatsachen geschaffen, um den Fall abschließen zu können. Das Rad schien zum Stillstand gekommen, Reed war in Sicherheit. Aber um welchen Preis! Unschuldige würden hingerichtet für eine Tat, die sie nicht begangen hatten. Und irgendwann würde wieder eine verstümmelte Leiche gefunden werden. Es lag an ihr, das zu verhindern. Aber durfte sie Reed deshalb ausliefern?

Als sein Dasein ihm zur Falle geworden war, hatte er bei ihr Trost gesucht. Er hatte sie gedrängt, ihn auf Hollow Park zu besuchen, aber nicht, weil er ihr etwas antun wollte: An dem Morgen nach dem Mord war er zu ihr gekommen, um ihr zu zeigen, was der Wahnsinn aus ihm gemacht hatte. Er musste sich der Folgen bewusst gewesen sein, die ihm bei seiner Auslieferung drohten. Dennoch legte er sein Schicksal in ihre Hand, wohl weil er ihre Ansichten über Menschlichkeit kannte und ihrer Empathie und ihrem moralischen Verantwortungsgefühl vertraute. Darum durfte sie ihn nicht preisgeben. Und obwohl sie wusste, dass hier ihre Schuld begann, war sie wie gebannt von dem Gefühl, das Richtige zu tun.

»Ich wüsste nicht, wem meine Überlegungen in dieser Sache

weiterhelfen könnten«, bemerkte sie und stand auf. »Wie Sie sagten, wurde der Fall ja bereits aufgeklärt.«

Ingham erhob sich ebenfalls und begleitete sie zum Wagen.

Beim Abschied sagte sie: »Ihre Malariastudie hätte mich wirklich interessiert, Doktor. Wie geht es Ihrem Patienten, diesem jungen Aufseher?«

»Er ist gestorben.«

»Oh! Das tut mir leid.«

»Ja, er war ein tapferer Mann, aber in den Sümpfen hatte er keine Chance, gesund zu werden. Das Wechselfieber ist der Fluch von Elverking!« Der Arzt dachte an den Sterbenden in seiner einsamen Kammer. »Wissen Sie, er phantasierte, als es zu Ende ging. Es ist erstaunlich, worin ein Mensch Trost finden kann. Zu ihm kam der Tod in Gestalt des Erlkönigs.«

Die Abenddämmerung hob die Konturen der Landschaft schärfer hervor. Im Schwemmland um den Plains River glitzerten die Reisfelder wie ein Meer blaugrüner Rispen, die sich in weichen Wellen vor der Brise neigten. Hoch am Himmel zog ein Seeadler ohne Flügelschlag dahin. Der Wagen verließ die Flussniederungen und folgte der Straße nach Borroughton, vorbei an alten Kulturen und lichtgrünem Laub, Reichtum früherer Pflanzergenerationen.

Sie hatten während der Heimfahrt schweigend ihren Gedanken nachgegangen. Als Noah den Wagen in die Auffahrt lenkte, sahen Joshua und Antonia gleichzeitig auf.

»Wieder zu Hause, Joshua! Ich bin mal gerade acht Tage fort gewesen, doch es kommt mir so viel länger vor.«

Der Landauer fuhr in das grüne Gewölbe der Allee, durch die doppelten Baumreihen schien die Abendsonne kaum noch hindurch. Antonia blickte voraus, wo am Ende der überwachsenen Zufahrt das Herrenhaus weiß aufleuchtete. Als sie in das Auffahrtsrondell einfuhren, kamen auch die anderen Gebäude in ihr Blickfeld, rechts unterhalb der großen Wiese der Wirtschaftshof mit den Stallungen und dem Kutscherhaus, ein Stück dahinter die Häuser der beiden Siedlungen, die Hausgärten und Geflügelpferche.

»Es ist so ruhig«, sagte Joshua. »Wieso ist niemand zu sehen?«

Der Wagen umfuhr das Rondell und hielt knirschend vor den Eingangsstufen. Die Pferde schnaubten, dann war es still. Noah raffte sich als Erster auf, sprang vom Kutschbock und lud Antonias Gepäck aus. Joshua stieg aus, fasste Antonia in alter Gewohnheit um die Taille und hob sie vom Wagen.

»Nicht gerade, was man sich unter einem freudigen Empfang vorstellt«, meinte er.

Antonia rief laut: »Charlene, wir sind zurück! Hallo, wo sind denn alle?«

Endlich öffnete sich die Haustür, Charlene trat unter den Portikus. Stumm, in starrer Pose, wirkte sie gealtert. Tiefe Falten zeichneten Kummer in ihr Gesicht. Antonia setzte zu einer Frage an, als ihr auffiel, dass Charlene nur ihren Sohn ansah.

Plötzlich wandte Joshua sich zum Kutscherhaus um. »Rovena?«

Charlene schüttelte den Kopf. »Es heißt, eine weiße Frau wäre bei ihrer letzten Zusammenkunft getötet worden. Sie wollen ihr den Prozess machen ...«

»Rovena!« Joshua stürzte davon zum Kutscherhaus.

»Um Gottes willen, Charlene!«, rief Antonia. »Was ist hier los?«

»Bewaffnete Männer sind gekommen, sie hatten einen Haftbefehl, um Rovena abzuholen. Sie haben sie ins Gefängnis nach Charles Town gebracht.«

»Joshua! Ich muss zu ihm!«

»Nein, Miss Antonia. Sie können ihm nicht helfen.«

»Aber Charlene ...«

»Er hat gewusst, wohin sie ging und wen sie traf. Schon lange hab ich befürchtet, dass so was passiert.«

Antonia hatte das Gefühl, der Boden unter ihren Füßen gäbe nach. Was hatte sie getan, was hatte sie nur getan!

»Rovena hat nichts mit der Sache zu tun«, entfuhr es ihr. »Die Mougadous haben die Frau nicht umgebracht!«

»Können Sie das beweisen, Missy?«

Antonia hielt Charlenes strengen Blick nicht aus, sie biss sich auf die Lippen und sah zu Boden, während Charlene wieder hineinging.

Sie lief am Kutscherhaus vorbei und weiter bis zu den Pächterhäusern, trat auf die Veranda eines frisch verputzten Steinhauses und klopfte. Der Vormann der weißen Landarbeiter öffnete.

»Ich muss Sie sprechen, Mr. Allan.«

Mit einer Verbeugung ließ er sie eintreten. Richard Allan war nicht verheiratet, er lebte allein in dem kleinen Haus. Seine Küche sah ordentlich und sauber aus. Er rückte für Antonia einen zweiten Stuhl an den Tisch.

»Sie kommen wegen der *Antillaise*?«

»Ich muss wissen, was hier los war, Richard.«

Er verschränkte die Arme und begann: »Gestern am frühen Nachmittag teilte ich mit Mr. Cole und dem jungen Doherty die Gespanne für die Transporte zur Reismühle ein, als oben beim Haus ein Reiter auftauchte, gefolgt von so einem Kastenwagen. Der Reiter redete auf dem Vorplatz mit Charlene, dann kam er zum Wirtschaftshof geritten, der Kastenwagen fuhr hinterher. Charlene lief voraus zum Kutscherhaus, anscheinend wollte sie die *Antillaise* warnen. Dann hielt der Wagen, zwei Wachmänner stiegen aus. Der Berittene wollte von uns wissen, wo er die schwarze Voodoo-Hexe finden kann.«

»Das ist unerhört!«

»Hab ich auch gesagt; schon zieht er aus der Stulpe vom Handschuh ein gefaltetes Papier und sagt, er sei der Constable vom Bezirk Goose Creek und habe einen Haftbefehl gegen die Frau von Mr. Robert. Doherty, der denkt gar nicht nach und zeigt zum Kutscherhaus. Sofort schickt der Constable seine Männer in Mr. Roberts Haus.«

Antonia sah vor dem offenen Fenster die friedliche Umgebung ihres Besitzes. Sie atmete den vertrauten Laubgeruch des Waldes, der von draußen hereinwehte, und wusste doch, wenn Allan alles erzählt hätte, wäre nichts mehr wie zuvor. Dann würde das Entsetzen über ihre Schuld für immer bei ihr sein.

»Aus dem Kutscherhaus tönte Geschrei von den Frauen«, fuhr Allan fort. »Kurz darauf zerrten die Wachmänner die *Antillaise* heraus, ihre Hände und Füße waren mit Ketten zusammengeschlossen. Alle Schwarzen liefen auf dem Hof zusammen und stellten sich mit ihrem Vormann dem Constable in den Weg. Cole fragt ihn, warum sie Rovena mitnehmen wollen. Da treibt der Mann sein Pferd hart an und reitet Cole einfach nieder! Coles Leute werden laut und drängen heran. Der Constable zieht die Pistole und ruft, wenn jemand näherkommt, erschießt er den Vormann. Mich fährt er an: ›Als Aufseher sollten Sie die Nigger besser im Griff haben!‹ Auf seinen Wink hin ziehen die Wachmänner die *Antillaise* zum Wagen. Doch sie schreit und wehrt sich heftig. Da meint er eiskalt: ›Die schwarze Hexe leistet Widerstand, Männer. Knüpft sie am nächsten Baum auf!‹ Der eine Wachmann greift sich vom Wagen ein Seil, schlingt es Rovena grob um den Hals und reißt daran, dass sie vor seine Füße auf den Boden hinschlägt. Plötzlich tritt Charlene auf den Mann zu, sie sieht ihn ernst und stumm an, bis er zurücktritt. Dann hilft sie der *Antillaise* aufzustehen und bringt sie in den Gefängniswagen. Als auch die Wachmänner eingestiegen sind und der Wagen abfahrbereit ist, fragt Cole den Constable noch einmal, was Rovena vorgeworfen wird. Der antwortet, sie habe ein weißes Mädchen durch ihre Teufelsanbeter abschlachten lassen; dafür müsse sie büßen, und ihre Voodoo-Nigger mit ihr.« Allan seufzte. »Tja, Ma'm, dann sind sie mit ihr weggefahren.«

»Danke, Richard, Sie haben sich korrekt verhalten«, sagte

Antonia beim Hinausgehen. »Wäre Mr. Robert da gewesen, er hätte für seine Frau auch nicht mehr tun können.«

»Wohl wahr, Ma'm«, nickte Allan. »Wenn's einer hätte verhindern können, dann ...«

»Ja, ich weiß. Aber er ist fort, Richard.«

Die Siedlung der Schwarzen lag wie ausgestorben. Sie vermied es, zu den Häusern mit den verschlossenen Läden hinzusehen. Auf dem Wirtschaftshof striegelte Noah Lytton eines der Kutschpferde.

»Gute Nacht, Noah«, sagte sie.

»Gute Nacht, Ma'm«, antwortete er, sah aber nicht auf, als sie vorüberging.

Vorm Kutscherhaus blieb sie unschlüssig stehen. Ein schwacher Lichtschein hinter den Fenstern sagte ihr, dass Joshua noch auf war. Die Nacht war warm und sternenklar. Aus dem Wald tönte der Wechselgesang zweier Nachtschwalben; Ziegenmelker hießen sie bei den Siedlern, denen die Vögel als Unglücksboten galten. Müde setzte sie sich auf die Treppe, und plötzlich dachte sie an einen Nachmittag, der ihr nun so fern schien, als gehörte er zu einem anderen Leben. Wie lange war es her, dass sie hier an dieser Treppe gestanden und William gebeten hatte, als ihr Verwalter auf Legacy zu bleiben? Sie schloss die Augen und machte den Fehler, der Erinnerung nachzugeben; sie spürte Williams heftige Umarmung, den Blick seiner hellgrauen Augen, hörte ihn noch einmal ›Leb wohl, Liebste!‹ sagen. Das Gefühl des Verlusts schmerzte genauso, als hätte er sie in diesem Augenblick verlassen. Sie umschlang ihre Knie, wiegte sich leise und fragte sich, warum sie ihn nicht dafür hassen konnte. Es wäre so viel leichter.

Mitternacht war vorbei, als Joshua vors Haus trat und auf der Treppe ihre schmale Gestalt bemerkte. Er setzte sich zu ihr, blickte zum sternenübersäten Himmel und sagte: »Was machen Sie noch so spät hier draußen, Ma'm?«

»Ich habe auf dich gewartet.«

Er sah wieder auf die Erde, sah die Landschaft im nächtlichen Frieden. »Was soll ich nur tun?«, fragte er leise. »Sagen Sie mir, wie ich sie beschützen kann.«

Er hatte sich ihr zugewandt, Verzweiflung in den Augen. Sie kannte ihn gut, er gab nicht schnell auf. In den vergangenen Stunden musste er jede Möglichkeit, wie er Rovena retten könnte, im Geiste geprüft und am Ende doch verworfen haben. Jetzt bat er sie um ihre Hilfe.

Als Ingham ihr erzählte, man habe die Mougadous ins Work House gesperrt, hatte sie nicht bedacht, dass sich die Anschuldigungen in erster Linie gegen Rovena richteten. Konnte sie zulassen, dass Joshuas Frau umkam, würde sie zusehen, wie sein Glück zerbrach? Nur weil sie einen Irren schützen wollte, der in seinem mörderischen Zwang nicht wusste, was er tat? Nur weil dieser Mann sein Leben in ihre Hand gegeben hatte? Unsichtbar ragte über ihr das monströse Rad; noch stand es still.

»Kannst du mir sagen, was du über Rovenas Zusammenkünfte weißt?« Sie wollte möglichst sachlich über alles reden, und Joshua ging darauf ein.

»Ich weiß nicht mehr als Sie, denn ich war nie dabei. Ich brachte Rovena an den Ashley River, wenn sie mich darum bat, das war alles.«

»Wieso der Ashley River?«

»Fast alle Mougadous leben auf den Pflanzungen von Hollow Park. Es heißt, Mr. Reed erwerbe diese Leute ganz gezielt für seine Plantagen. Er weiß auch von den Versammlungen.«

»Das kann nicht sein! Die Pflanzer verbieten Voodoo.«

»Er nicht. Rovena hat erzählt, er habe es sich selber angesehen.«

»Aber wieso?«

»Anscheinend will er wissen, was sie bei ihren nächtlichen Zusammenkünften tun. Er reitet wie zufällig vorbei, bleibt manchmal stehen und hört ihren Liedern zu. Sie wissen, dass er sie gewähren lässt.«

Antonia konnte nicht glauben, dass Reed erlaubte, was andere Grundbesitzer aufs Schärfste bestraften. Wie verrückt war er eigentlich? Oder, fuhr es ihr durch den Kopf, vielleicht war er gar nicht so verrückt, wie sie dachte.

»In der Nacht, die Sie auf Hollow Park verbracht haben, hat Rovena ihn auch wieder gesehen«, sagte Joshua.

Ihre Blicke begegneten sich – ein Ruck, die Speichen hatten sich um einen Schlag weitergedreht, dann stand das Rad wieder still.

»Glaubst du, Mr. Reed wäre nachts fortgeritten, während ich in seinem Hause zu Gast war?«

»Ich weiß nur, was Rovena erzählt hat. Die Mougadous hatten sich bei Stratton am Ashley River versammelt. Da ist er ihnen begegnet. Er kam über den Damm, hielt bei ihnen, dann ritt er weiter. Er war in der Nacht unterwegs, so viel ist sicher.«

Es gefiel ihr nicht, welche Wendung ihr Gespräch nahm. »Es ging mir nicht gut, als ich auf Hollow Park ankam«, sagte sie ausweichend. »Ich musste mich hinlegen und habe lange geschlafen. Ich kann also dazu nichts sagen.«

»Aber es wäre doch eine Möglichkeit!«

»Was meinst du, Joshua?«, flüsterte sie erschrocken.

Er aber sagte lebhaft: »Erkennen Sie es denn nicht? Mr. Reed hat die Zusammenkünfte oft beobachtet, er weiß, dass nichts Ungutes oder Gefährliches dabei passiert. Er ist auch letzten Freitag zu ihnen an den Ashley River gekommen und hat gesehen, dass sie nichts Böses getan haben. Bitte, Miss Antonia«, sagte er flehend, »reden Sie mit Mr. Reed! Er könnte dem Richter in Charles Town erzählen, was er in der Nacht gesehen hat. Er könnte bezeugen, dass meine Frau und seine Sklaven unschuldig sind. Er ist ein feiner Herr, er wird es Ihnen nicht abschlagen können, wenn Sie ihn darum bitten.«

Der Gedanke war einleuchtend: Würde Reed bezeugen,

dass die Voodoo-Rituale harmlos waren und von ihm geduldet wurden, könnte das den Vorwurf gegen die inhaftierten Sklaven und Rovena entkräften. Doch er würde sich selbst in Gefahr bringen, denn in seiner Zeugenaussage käme unweigerlich sein nächtlicher Ausritt zur Sprache. Zwar schuldete er als Gentleman für seinen Lebenswandel niemandem Rechenschaft, trotzdem würde das Gericht wissen wollen, was er in der Nacht, in der Prudence Fraser getötet worden war, in dieser Gegend gemacht habe.

Reed wusste, dass er nicht mit dem Fall von Elverking in Verbindung gebracht werden durfte; darum hatte er keinen Finger gerührt, um seine Sklaven zu retten. Das, worum Antonia ihn jetzt bitten sollte, wäre glatter Selbstmord. Um Joshua von seiner Idee abzubringen, sagte sie: »Meinst du nicht, Mr. Reed hätte versucht, seine Sklaven zu schützen, wenn es eine Aussicht auf Erfolg gegeben hätte? Immerhin gehen ihm vierzehn vollwertige Arbeitskräfte verloren. Wenn er eine Chance gesehen hätte, sie zu behalten, hätte er längst etwas unternommen.«

Joshua nickte bedächtig. »Sie haben recht, wahrscheinlich konnte er für seine Leute wirklich nichts tun. Aber ich werde die Hoffnung nicht aufgeben, ganz gleich wie gering die Chancen für Rovenas Rettung sind. Ich bin ein freier Mann, Verwalter einer traditionsreichen Plantage, ich trage Verantwortung und genieße einen gewissen Respekt.« Der Ausdruck von Verzweiflung war wie weggewischt. »Morgen werde ich an den Richter schreiben. Als Rovenas Ehemann habe ich das Recht, sie zu sehen.«

Vor Antonias Schlafzimmerfenster lag der nächtliche Garten wie eine Bühne unter der silberweißen Mondscheibe. Es gab keine Farben, alles war fahl, bleich, grau. Von hier oben konnte sie den Grundriss der barocken Gartenanlage erkennen, ihre verborgene Symmetrie wurde bei längerem Hinsehen sichtbar, die Wege und Rabatten des alten Plans traten aus den verwilderten Grünflächen hervor, wie eine Geheimschrift in alkalischer Lösung. Der Nachtwind rauschte im Laub der riesigen Umbrellamagnolie, der Seele des Gartens.

Sie musste nicht lange warten. Einer nach dem anderen erschienen als blasse Schatten im Mondlicht die Akteure auf der Bühne ihres Lebens: Joshua zuerst, der mehr als jeder andere für sie getan hatte, und mit ihm Rovena und Charlene. Sie war im Begriff, ihnen Schreckliches anzutun … Andrew Tyler, von dem sie Treue verlangte, während er nur die Oberfläche ihrer Haut lieben durfte, armer Andy … Hocksley, seinen Neid und seine Ränke kannte sie lange genug, um auf alles Böse gefasst zu sein … Algernon Reed, er war ihre Bürde. Sie wollte Unschuldige opfern, um seine Menschenwürde zu bewahren … Schließlich William, der Eine und Einzige, ihm gehörte ihre Liebe. Er würde ihr Mitleid für Reed nie verzeihen, und so lief sie Gefahr, ihn für immer zu verlieren … Sie wandte sich ab und legte sich in ihren Reisekleidern aufs Bett. Es sollte endlich Friede sein.

38.

Bei jedem Schlagloch schwankte die Ladung und neigte sich bedenklich über die Seitenbretter, während der Stellwagen über den Uferdamm holperte. Prall gefüllte Rupfensäcke von der Größe kapitaler Schafböcke türmten sich auf der Ladefläche. Es war eine von vielen Fuhren, die seit Börseneröffnung von der Plantage zu Crossbows Lagerhaus in Charles Town geliefert wurden. Der Tabak von Elverking verkaufte sich gut, die Preise stiegen, Crossbow konnte zufrieden sein.

Gabriel Quinn saß lässig auf dem Kutschbock und überließ es dem Gespann, das Tempo vorzugeben. Es war heiß, aber nicht zu heiß, und es gäbe Schlimmeres, als für einen Tag in die Stadt zu fahren. Er ließ sich Zeit, denn er war froh, der Routine von Elverking für ein paar Stunden zu entkommen. Seit Javis' Tod musste er neben seinen Aufgaben als Stallmeister auch noch die des Aufsehers erfüllen; er hatte schon jetzt genug davon. Quinn war kein Sklaventreiber und wollte es auch nicht werden. Zum Glück hatte er es auf Elverking mit den Schwarzen nicht schwer. Der Vorarbeiter, der Caid Jeremy, wusste mit seinen Leuten umzugehen; und er fiel Quinn nicht in den Rücken, wenn Crossbow das Ergebnis auf die Schnelle steigern wollte und Quinn Zusatzschichten einplanen musste.

Nein, Menschen schinden war nichts für ihn. Nicht dass er zimperlich wäre. Aus freien Stücken war er damals zur Miliz gegangen; seither wusste er, was es hieß, auf verlorenem Posten zu kämpfen. Die gedrillten britischen *Regulars* verachteten die Landwehr und gewährten gefangenen Milizen kein Pardon. In seinen drei Kriegsjahren hatte er neben vielen Niederlagen auch ein paar heroische Momente erlebt, und er kannte keine Verbitterung. Ein einfaches Leben, mit eigenen Händen erarbeitet, und sein eigener Herr zu sein, das war's, was er wollte.

Vor dem großen Mäanderbogen des Ashley Estuary wandte sich die Dorchester Road durch die Marschen nach Osten. Auf der ebenen Straße rollte der Wagen ruhig dahin, und Quinn konnte seinen Gedanken nachhängen. Er dachte an das Mädchen; er dachte in jeder freien Minute an sie, an Zadia! Als sie ihm zum ersten Mal auffiel, hatte ihre zarte Gestalt in ihm den Wunsch geweckt, sie vor allem Ungemach zu schützen. Seit er als Aufseher die Arbeiten einteilte, wies er Zadia leichte Aufgaben zu, ließ sie in der Küche helfen oder auf den Trockenböden Tabakblätter auffädeln. Er wollte nicht, dass sie mit den Männern aufs Feld ging. Vor allem aber sollte sie nicht im Herrenhaus dienen. Er hasste den Gedanken, dass sie Crossbows Willkür ausgesetzt wäre. Die Vorstellung, der vierschrötige Mann würde sie anrühren, konnte ihn um den Verstand bringen.

Als Javis gestorben war, kam sie zu ihm. Er war im Stall bei den Pferden gewesen, da schlüpfte sie durchs Tor herein und setzte sich auf einen Strohballen.

»Mass'a Javis braucht mich jetzt nicht mehr«, sagte sie leise.

Quinn ging hin und nahm sie vorsichtig in die Arme. Sie fühlte sich zart und fein an, wie er es sich vorgestellt hatte. Er schloss kurz die Augen, hielt den Atem an, dann ließ er sie los und sagte: »Ich tue nichts, was du nicht willst, Zadia.«

Sofort sprang sie von dem Strohballen und lief hinaus. Aber sie kam wieder; wenn er allein war, sah sie ihm bei seiner Arbeit zu und redete über was auch immer. Quinn hörte ihre Stimme und genoss das glückliche Gefühl, sie nah bei sich zu haben. Er berührte sie kaum, strich ihr mal über die Wange oder hob sie kurz hoch, nur um ihr Federgewicht zu spüren. Natürlich wollte er mehr, manchmal wurde er ganz gereizt und fuhr dann nach der Arbeit zum Mad Stallion. Dennoch blieben seine Nächte unruhig, er dachte an Zadia und schlief schlecht. Nur wenn sie in der Nähe war, auf einer Leiter oder einer Futterkiste saß und belangloses Zeug redete oder albern kicherte, dann war alles gut.

Die Leute bemerkten ihre Vertrautheit und machten sich ihren Reim darauf. Die schwarzen Frauen lachten über den Aufseher, der mit schmachtenden Blicken an dem Mädchen hing. Die weißen Pächter, die mit Crossbow auf dem Hof zusammenstanden, machten anzügliche Bemerkungen über Quinn und die kleine Sklavin. Nur Crossbow sagte nichts dazu.

Quinn lenkte den Wagen von der Straße herunter und hielt bei einer Baumgruppe. Die Pferde mussten rasten. Er füllte ihre Trinkeimer aus dem Wasserschlauch, trank selber einen Schluck Wasser und ließ sich dann im Schatten unter einer Tamarinde nieder. Vom Ashley River, der eine halbe Meile entfernt in einer weiten Schleife vorüberströmte, wehte der salzige

Meergeruch des Gezeitenstroms. An den glatten Baumstamm gelehnt, blickte Quinn über die sonnenbeschienenen Marschen und überlegte, wie es für ihn auf Elverking weitergehen sollte. Denn wie es aussah, hatte sein Verhältnis zu Crossbow den Tiefpunkt erreicht.

Den Tag zuvor war Quinn länger als geplant unterwegs gewesen, es wurde Abend, bis er nach Elverking zurückkehrte. Nachdem er die Pferde versorgt hatte, ging er zum Küchenschuppen. Zadia war nicht da, drum hielt er sich nicht auf und wollte sie anderweit suchen, als er eine junge Schwarze aus dem Herrenhaus kommen sah. Er fragte sie, wo Zadia sei. Das Mädchen zögerte. Als er wieder fragte, machte sie sich schnell davon. Quinn brauchte einen Moment, dann lief er los, nahm mit einem Satz die Treppe zur Veranda und trat ohne anzuklopfen in Crossbows Salon; von dort ging er weiter ins Speisezimmer, dann ins Verwalterbüro, hier fand er sie: Crossbow drückte Zadia auf den Tisch nieder und presste seinen Leib gegen ihre Schenkel. Sie hatte den Kopf abgewandt. Als sie Quinn erblickte, weiteten sich ihre Augen flehentlich.

»So, Mädchen, hier treibst du dich also herum!«, rief Quinn. »Wieso bist du nicht bei der Arbeit?«

Crossbow fuhr herum, sah Quinn in der Tür stehen und ließ Zadia unwillig los. Er hatte bei der Kleinen noch nichts erreicht, und nun brachte dieser übereifrige Fuhrknecht ihn um sein Vergnügen! Er wollte lospoltern, aber Quinn kam ihm zuvor.

»Das Mädchen hat Küchendienst, Sir, sie ist heimlich fortgelaufen.« Mit strenger Miene setzte er hinzu: »Ich werde ihr beibringen, dass sie zu gehorchen hat.« Währenddessen schlich Zadia zur Tür. Als sie an Quinn vorbeikam, raunte er: »Los, lauf weg!«

Sie rannte hinaus, und Crossbow ging ein Licht auf. »Was fällt Ihnen ein, Quinn? Wer hat Ihnen erlaubt, einfach hier reinzukommen?«

»Mit Verlaub, Sir, ich sorge nur dafür, dass die Schwarzen ihre Arbeit machen. Eigenmächtigkeiten dulde ich nicht.«

»Unsinn, tun Sie nicht so verdammt pflichtbewusst, Mann! Wenn ich die Kleine zu mir rufe, haben Sie sich rauszuhalten, klar?«

Bis jetzt hatte Quinn sich beherrscht, nun wurde sein Ton schärfer. »Es wäre hilfreich, Sir, wenn Sie sich an die Arbeitsabläufe hielten. Wie soll ich sonst die gewünschten Ergebnisse liefern?«

Crossbow wurde rot vor Zorn. »Wollen Sie mir vorschreiben, was ich auf meiner Plantage zu tun und zu lassen habe, Quinn?«

»Ich halte mich an Ihre Vorgaben. Sie sagten, ich ginge den Job nicht hart genug an? Nun, ich kann auch anders.«

»Soll das eine Drohung sein?«

»Wenn Sie es so verstehen.«

»Ich warne Sie, Quinn, mischen Sie sich nicht in meine Angelegenheiten ein!«

»Was für Angelegenheiten meinen Sie? Kleinen Mädchen Gewalt anzutun?«

»Scheren Sie sich zum Teufel!«, bellte Crossbow hinter ihm her.

Quinn hätte ihm am liebsten eine verpasst. Das hätte Crossbow zumindest verdient, nachdem er sich an Zadia vergreifen wollte. Auch für Quinn war es hart, von Crossbow so respektlos behandelt zu werden; schon aus Gründen der Selbstachtung musste sich etwas ändern. Zornig trat er nach einem Stapel Tabaksäcke, die ihm im Weg lagen. Am Brunnenhaus zog er sein Hemd aus und wusch sich mit ein paar Güssen Wasser seinen Ärger mitsamt dem Staub und dem Schweiß des langen Tages herunter. Danach stellte er sich in die Abendsonne, die den Hof in warmes Licht tauchte, schüttelte das Wasser aus den Haaren und ließ sich von den letzten Sonnenstrahlen trocknen. Allmählich beruhigte sich seine gekränkte Seele. Er zog sein

Hemd über und ging zur Remise. Auf dem Weg dachte er an Zadia. Er musste sie irgendwie vor Crossbows Übergriffen schützen. Das heute war erst der Anfang gewesen. Er sollte sich schnell etwas einfallen lassen.

Als er seine Dachkammer betrat, saß sie auf dem Bett; die Knie bis zum Kinn hochgezogen, blickte sie ihm erwartungsvoll entgegen. Sein Herz machte einen Sprung. Gleich war er bei ihr, fing an zu reden, entschuldigte sich, dass er ihr erst im letzten Moment zu Hilfe gekommen war. Er redete noch, als sie die Arme um seinen Hals legte. Dann verschlug es ihm die Sprache, denn sie zog ihn mit unerwarteter Kraft an sich und schlang ihre schlanken Beine um seinen Körper. Sie vergrub ihr Gesicht in seinem nassen Haar, sog gierig seinen Geruch nach Mann ein. Ihre Lippen glitten über seine rauen Wangen und sein kratzendes Kinn, sie küsste seinen Adamsapfel und die Mulde darunter, zog sein Hemd auseinander und malte mit ihrer Zunge feuchte Blumen auf seine Brust.

In seinen Träumen liebte Quinn sie schon lange; der Ausbruch ihrer Leidenschaft kam für ihn jedoch völlig unerwartet. Ehe er recht glauben konnte, dass Zadia das von ihm wollte, wonach er sich seit Wochen sehnte, hatte sie ihn schon aufs Bett gezogen. Ohne zu zögern, zog sie ihn aus und berührte ihn unbefangen, ganz hingerissen von seiner handfesten Erregung. Jetzt vergaß er alle Zurückhaltung. Er warf sich auf sie, nahm sie, drang in sie ein, wobei er bedenkenlos und wenig gefühlvoll ihre innerste Schwelle überwand. Zadia erschrak über den Schmerz, den er ihr zufügte, während er kaum innehielt, als sie schrie. Doch der Augenblick ging vorbei, und sie fand zu ihm zurück und ließ sich lustvoll von ihm überwältigen. Zadia machte es ihm leicht und gab ihm alles, was er wollte, so oft und so lange er wollte.

Am anderen Morgen wussten alle, dass der neue Aufseher sich das Mädchen genommen hatte. Als Quinn den Wagen zum Beladen auf den Hof brachte, merkte er, dass ein paar Männer ihn mit herausfordernden Blicken ansahen. Quinn lächelte, er fühlte sich wie ein Held! Mit federnden Schritten ging er über den Hof und erteilte Befehle. Als der Stellwagen abfahrbereit war, stieg er schwungvoll auf den Kutschbock. Gewöhnlich brachte Crossbow ihm die Post alsbald heraus; heute ließ er ihn warten. Um nicht unnötig Zeit zu verlieren, ging Quinn schließlich ins Haus, klopfte an und betrat das Verwalterbüro. Crossbow reichte ihm die Posttasche kommentarlos über den Tisch.

»Noch was?«, fragte Quinn.

Crossbow schnappte hörbar nach Luft: »*Sir,* wenn ich bitten darf!«

»Was?«

»Sprechen Sie mich gefälligst korrekt an, Mr. Quinn! Haben Sie verstanden?«

»Ja ... Sir.«

Crossbows Augen funkelten tückisch. »Glauben Sie, mir aus irgendeinem Grund den Respekt verweigern zu dürfen?«

»Nein ... Sir.«

»Na also. Vergessen Sie nicht, ich bin Ihr Boss!«

»Nein ... ich meine ja, Sir.«

»Und wagen Sie es nie mehr, mir vorzuschreiben, wie ich mit meinen Sklaven umzugehen habe. Ist das klar?«

»Ja, Sir.«

Ohne Gruß bedeutete Crossbow ihm zu gehen.

Quinn lag im Gras und sah den Wolken nach. Von einem Schurken wie Elijah Crossbow zurechtgewiesen zu werden, war besonders demütigend. Doch Quinn hatte die Konfrontation herausgefordert, indem er ihm sein vermeintliches Vorrecht auf Zadias Unschuld vereitelt hatte. Crossbow würde das so nicht hinnehmen; es war nur eine Frage der Zeit, bis er ihn hinauswerfen würde. Was würde dann aus Zadia? Quinn sah keine Möglichkeit, wie er ihre Situation verbessern konnte.

Solange er Aufseher auf Elverking war, konnte er wenigstens verhindern, dass Crossbow sie anrührte. Sie war jetzt sein Mädchen. Zadia! Er schloss die Augen und, inspiriert von der Liebe der Nacht, überließ er sich erregenden Tagträumen. Er bemerkte es nicht, als sich ein Reiter näherte und sein Pferd wenige Schritte von ihm anhielt.

»Gabriel Quinn! Kein Jahr aus dem Dienst und alles vergessen?«

Quinn hob den Kopf und blinzelte gegen die Sonne. »Mein Captain!«, rief er, sprang auf, hob den Hut vom Boden, setzte ihn auf und salutierte. »Erste Verhaltensregel, Sir: Immer auf die Deckung achten!«

»In Ordnung, Quinn. Stehen Sie bequem.«

Quinn trat näher. »Schön, Sie zu sehen, Captain Reed!« Er nahm den Zaum des Reitpferdes und hielt den Steigbügel, dass Reed mit elegantem Schwung absitzen konnte.

»Danke, mein Junge.«

Reed schlenderte einen Wirtschaftsweg zwischen gefluteten Feldern entlang. Quinn, der Reeds Pferd führte, hatte Mühe, Schritt zu halten, denn der temperamentvolle Fuchshengst wollte partout nicht dorthin, wohin man ihn führte. Um von seinem Verdruss mit Lone Star abzulenken, sagte er: »Ich habe in der ›Gazette‹ über Ihren Rennstall gelesen, Captain. Sie züchten Sprinter aus englischen Vollblütern?«

»Zum Zeitvertreib.«

»Das stell ich mir spannend vor: Ganz neue Zuchtlinien zu entwerfen!«

Reed lächelte melancholisch. »Soll ich ehrlich sein, Quinn? Ich langweile mich hier noch zu Tode! Ich bin weder ein Farmer noch ein Züchter, und werde es auch niemals sein.« Er nickte Quinn zu. »Und Sie? Was machen Sie außer im Gras liegen und träumen?«

»Ich wurde auf Elverking als Stallmeister eingestellt, bin aber nur ein besserer Fuhrknecht. Heute bringe ich eine Tabaklieferung zu den Piers. Das kann dauern. Am Tobacco-Kai ist zurzeit der Teufel los.«

»Die Tabakhändler sprechen von einer Rekordernte. Crossbow wird gute Abschlüsse machen.«

Quinn sah Reed von der Seite an, er glaubte zu wissen, was in ihm vorging, darum fasste er sich ein Herz. »Sir, ich hasse dieses Leben auf Crossbows Plantage! Ich wäre lieber heute als morgen wieder unter Ihrem Kommando mit der Militia unterwegs!«

»Ja, Quinn, ich weiß ... Unsere Truppe war nicht schlecht, was?« Die Erinnerung ließ Reeds Augen kurz aufleuchten, seine feinen Züge belebten sich für einen Moment, ehe ihn wieder die Melancholie umfing. »Ich kann Sie gut verstehen«, sagte er. »Auch mir fehlt unsere Gemeinschaft, der Zusammenhalt mit den Kameraden und das Gefühl, mitten in einem großen Abenteuer zu stecken. Man hofft, unbeschadet herauszukommen, trotzdem genießt man es, dabei zu sein. Nur darf man sich nicht täuschen: Was Sie und ich erlebt haben, das Kämpfen und die Freude über einen Sieg, das erscheint uns heute so großartig, weil unser Leben auf Messers Schneide stand; hinter jeder Wegbiegung lauerte der Tod, und wir hatten Angst.«

»Sie doch nicht!«, rief Quinn. »Oh nein, Sie hatten keine Angst, Captain!«

»Natürlich hatte ich Angst. Meinen Sie, sonst wäre ich noch am Leben?«

Quinn wollte das nicht hören. Er hatte seinem Captain blind vertraut, nie hatte er an seiner Zuversicht gezweifelt. Wie konnte er jetzt so reden? Er zog das widerspenstige Pferd unwillig am Zaum und sagte: »Ich denke, Sir, Sie waren einfach umsichtiger als andere. Angst kann man das nicht nennen. Sie passten auf, dass Ihren Leuten nichts zustieß, schließlich trugen Sie die Verantwortung.« Nach ein paar Schritten sagte er: »Ihr First Lieutenant, der war allerdings ein echter Draufgänger!«

Reed schwieg, während Quinn fortfuhr: »Ich meine, wir waren

alle nicht zimperlich, weiß Gott! Aber der Lieutenant, der wollte es jedes Mal wissen! Ich habe mich oft gefragt, ob er wirklich so tollkühn ist oder die Gefahr einfach nicht erkennt. Was ist aus ihm geworden?«

»Aus Lieutenant Roscoe?« Reed blieb stehen und sah nach Süden, wo drei-, vierhundert Yards entfernt der Fluss in der Sonne glitzerte. »Ich denke, es geht ihm gut«, sagte er. »Er ist jetzt in London.«

»In London? Bei den verdammten Briten?«

»Keine Sorge, Quinn, er hat unsere Sache nicht verraten, im Gegenteil. Er beliefert die Armee mit Kriegsgerät: Fabrikneue Waffen, in englischen Arsenalen unterschlagen, bringt Roscoe auf amerikanischen Handelsschiffen außer Landes, direkt unter den Augen der britischen Behörden.«

»Das sieht ihm ähnlich«, meinte Quinn.

Reed nickte. »Da haben Sie recht, das sieht ihm ähnlich.«

Sie hatten den ausgedehnten Schilfgürtel des Flusses erreicht und beobachteten die Fischerboote in einem größeren Rückflussbecken. Die Fischer tauchten ihre Käscher ins Wasser, dann leerten sie die kleinen Krebse und Fische im hohen Bogen in die Boote, wobei ein funkelnder Regen auf die ölig glänzende Wasseroberfläche fiel. Reed betrachtete fasziniert dies Spiel von Licht und Wasser.

Quinn, der allmählich an die Weiterfahrt dachte, bat Reed, zum Wagen zurückkehren zu dürfen. Aber Reed rührte sich nicht. Quinn bemerkte seinen entrückten Gesichtsausdruck.

»Alles in Ordnung, Sir?«

Reed schien nicht zugehört zu haben, er blickte über die spiegelnde Wasserfläche, das Kinn leicht angehoben, als lauschte er einem fernen Ruf. Als Quinn seine Frage wiederholte, wandte Reed sich nach einiger Verzögerung um. Sein Gesicht wirkte seelenlos, ein fremder Ausdruck lag darin, der Quinn beunruhigte.

»Mein Captain!«, sagte er, und noch einmal: »Mein Captain, Sir!« Beherzt fasste er ihn am Arm und schüttelte ihn mit Nachdruck. Da entzog Reed sich abrupt seinem Zugriff. Quinn entschuldigte sich, aber das machte es nicht besser. Reed schwieg immer noch, doch er starrte ihn jetzt auf eine Art an, die Quinn gar nicht gefiel.

Unwillkürlich wich Quinn zurück, bedachte aber nicht, dass Lone Star hinter ihm stand. Als er gegen das nervöse Tier prallte, warf es empört wiehernd den Kopf hoch und brach zur Seite aus. Er fasste die Zügel fester und stemmte sich gegen das Pferd, damit es nicht durchging. »Gib Ruhe, blöder Gaul!«, stieß er hervor, als das Tier nach ihm schlug.

Plötzlich trat Reed dazwischen. »Sachte, Lone Star, benimm dich, alter Junge!«, sagte er ruhig, zog den Kopf des Pferdes zu sich und strich ihm über die geweiteten Nüstern. »Sie können ihn loslassen, Quinn.« Tatsächlich wurde Lone Star umgänglicher, während sein Herr beruhigend zu ihm sprach.

Quinn sah ihm eine Weile zu. »Verzeihen Sie, Captain, was war vorhin eigentlich los?«, fragte er geradeheraus.

Reed hob die Brauen. »Was meinen Sie?«

»Nun, Sie schienen irgendwie abwesend«, sagte Quinn, der nicht mehr genau wusste, was ihn an Reeds Verhalten so beunruhigt hatte; darum spielte er das Ganze herunter. »Na ja, sicher haben Sie nur überhört, dass ich Sie etwas fragte.«

»Ja, das tut mir leid«, meinte Reed mit feinem Lächeln. »Ich war mit meinen Gedanken woanders, das passiert mir manchmal. Sie halten mich deswegen hoffentlich nicht für … verschroben?«

»Wie käme ich dazu!« Quinn lachte gutmütig. »Aber, Sir, jetzt muss ich weiter. Ich hab noch viel zu erledigen und möchte nicht zu spät heimfahren.«

Sie gingen zurück zu Quinns Rastplatz an der Straße. Quinn dachte an Zadia; es bereitete ihm Sorge, dass er so lange abwesend war.

Reed deutete Quinns Schweigen auf seine Weise. »Sie sind

mit den Verhältnissen auf Elverking nicht zufrieden, habe ich recht?«

»Ach, das spielt keine Rolle mehr. Mr. Crossbow passt mein Ton nicht. Ich denke, er wird mich entlassen, sobald er jemanden gefunden hat, der nach seiner Pfeife tanzt. Was soll's, ich wollte ohnehin von Elverking fort. Es ist kein guter Ort, so viele Leute sterben am Fieber. Und dann die Tote, die am Lennox Flow gefunden wurde!«

»Eine unschöne Sache, in der Tat«, sagte Reed. »Vierzehn meiner Sklaven waren an dem Verbrechen beteiligt, nun wird man sie hinrichten. Stellen Sie sich vor, Crossbow schien nicht einmal verwundert: Er hat dem Constable erklärt, die Schwarzen von Saint-Domingue, die er mir verkauft hat, seien gemeingefährlich. Hat man da noch Worte! Ich denke, ich sollte den Kaufpreis von ihm zurückverlangen.«

Quinn überlegte einen Augenblick. »Sir, ich glaube nicht, dass die Schwarzen die Frau getötet haben.«

»Und warum nicht? Es heißt, ihre Schuld wäre erwiesen.«

»Wissen Sie, ich glaube, jemand versucht, den Voodoo-Sklaven diesen Mord anzuhängen.«

»Und wer, wenn nicht der Mörder selbst, sollte Ihrer Meinung nach ein Interesse daran haben?«

»Keine Ahnung. Unser Caid hat gesagt, dass die Leute von Stratton nichts Böses im Schilde führen. Ihr Voodoo habe nichts mit uns Weißen zu tun.«

»Schon möglich. Crossbow dagegen behauptet, bei dem Mord handele es sich um einen Racheakt, nachdem die Aufseher von Beau Séjour eine Voodoo-Hexe getötet haben.«

»Aber wieso Prudence Fraser? Sie hat doch nichts getan.«

»Was weiß ich? Wahrscheinlich wurde sie nur zufällig das Opfer. Irgendjemand musste sterben.«

Quinn runzelte die Stirn. »Nein, Sir, das passt alles nicht zusammen. Überlegen Sie mal: Wie hätten die Schwarzen Prudence in ihre Gewalt bringen sollen? Das Mad Stallion liegt ein ganzes Stück von Stratton entfernt, und Ihre Sklaven hätten sie schwerlich mit dem Wagen abholen können. Im Übrigen ist es den Mädchen verboten, sich mit Schwarzen einzulassen. Prudence wäre sicher nicht mitgegangen. Ich meine, Sie kannten doch Prudence, sie war …«

»Nein, ich kannte sie nicht, Quinn. Wie kommen Sie darauf?« Reed lächelte entwaffnend. »Aber ich gebe Ihnen recht, es könnten einem gewisse Zweifel kommen.«

Sie hatten Quinns Lagerplatz erreicht. Während Quinn sein Gespann abfahrbereit machte, schwang Reed sich in den Sattel. Doch er ritt noch nicht fort, er ließ Lone Star neben dem Wagen halten und sagte nach kurzem Überlegen: »Habe ich schon erwähnt, dass ich einen Bereiter für meine englischen Vollblüter suche? Ich weiß, dass Sie eine gute Hand mit Pferden haben, Quinn. Falls Sie also erwägen, den Arbeitgeber zu wechseln …«

»Oh, Captain, Sir!« Quinn strahlte. »Sie wissen, ich täte nichts lieber, als für Sie zu arbeiten!«

»Gut, denken Sie darüber nach. Sie können gern kommen und sich den Betrieb einmal ansehen.«

»Danke, Sir. Würde Ihnen Samstagnachmittag passen? Da hätte ich Zeit, zu Ihnen nach Hollow Park hinüberzureiten.«

»Also, dann bleibt es dabei. Ach, und Quinn: Kennen Sie die Abkürzung? Sie führt über den Damm eines alten Bewässerungskanals, der bei der Anlegestelle von Hollow Park in den Fluss mündet. Der Kanal wird nicht mehr genutzt, darum ist der Damm teilweise überwachsen, aber Sie können ihn nicht verfehlen. Er beginnt an der Schleuse von Lennox Flow. Sie folgen dem Damm an Stratton vorbei und erreichen Hollow Park in kaum der halben Zeit.« Er tippte zum Gruß lässig an die Hutkrempe. »Dann bis Samstag!«

Quinn grüßte militärisch und trat ein Stück zurück, als Reed anritt. Das blutrote Pferd warf sich herum und stieg.

Reed lachte zu Lone Stars Kapriolen, ehe er in einer Staubwolke davonsprengte.

Nach Charles Town waren es noch knapp vier Meilen. Auf der gut ausgebauten Straße fuhr das Gespann zügig dahin, während Gabriel Quinn über Reeds Angebot nachdachte. Die Entscheidung sollte ihm nicht schwerfallen: Der Marstall von Hollow Park hatte einen guten Namen, eine solche Pferdezucht zu betreuen war mehr, als er sich je erträumt hatte. Es war eine große Chance für ihn und obendrein der leichteste Weg, von Elverking fortzukommen. Endlich dürfte er wieder unter seinem Captain dienen! Am Samstag, gleich nach dem ersten Gottesdienst in St. Andrews, wollte er nach Hollow Park reiten und sich die Stallungen ansehen. Zurück konnte er dann die Abkürzung über Lennox Flow nehmen.

Das gefiel ihm nicht, neuerdings mied er auf seinen Wegen die Schleuse von Lennox Flow. Die Abkürzung musste genau an der Stelle vorbeiführen, an der die Leiche gefunden worden war. Aber darüber hatte Reed kein Wort verloren. Quinn wunderte sich, dass er den Weg durch die Sümpfe kannte. Angeblich benutzten nur die Voodoo-Leute den geheimen Pfad, um ungesehen zu ihren nächtlichen Versammlungen zu gelangen; Jeremy hatte ihm von der Abkürzung erzählt, als er ihn um Erlaubnis bat, seine Verwandten in Stratton zu besuchen.

Quinn musste an Javis' Fieberphantasien denken, an seine Vision des Erlkönigs mit der todgeweihten Prudence Fraser. Vielleicht war sie ihm ja tatsächlich in Stratton begegnet. Wer war dann jener Reiter in ihrer Begleitung gewesen? Quinn stellte sich vor, wie der Mann mit ihr zur Schleuse von Lennox Flow ritt: Bis Tagesanbruch, wenn die Arbeit auf den Plantagen wieder begann, waren es nur wenige Stunden. Aber wenn er die Abkürzung durch die Sümpfe nahm, blieb ihm noch genug Zeit ... Wusste Reed eigentlich, was er ihm da erzählt hatte? So, wie er ihm die Abkürzung beschrieben hatte, schien sie ihm bestens vertraut, er musste sie oft geritten sein. Auch in der Mordnacht?

Nein, so etwas durfte er nicht einmal denken! Selbst wenn Javis nicht phantasiert und er Reed mit dem Mädchen tatsächlich gesehen hatte, bedeutete das lediglich, dass Reed mit ihr die Nacht verbracht hatte; es wäre nicht das erste Mal gewesen. Prudence hatte ihm von Reeds Besuchen im Mad Stallion erzählt: »Dein Captain Reed, das ist ein piekfeiner Kerl, trägt nur Samt und Seide. Und Manieren hat der! Trotzdem merkst du gleich, was mit ihm los ist. Müsste er sonst dafür bezahlen? Er kommt erst spät, wenn wir geschlossen haben. Den andern Mädchen ist er nicht geheuer, also geh ich meistens mit ihm rauf. Ob er pervers ist? Na, ich muss ihn fesseln, sogar mit 'ner Schlinge um den Hals, darauf besteht er. Ansonsten stellt er keine Ansprüche, ich soll's ihm einfach besorgen. Nur die Fesseln darf ich niemals lösen. Und daran halt ich mich. Du glaubst ja nicht, was er mir alles verspricht, nur damit ich ihn losbinde! Wenn er fertig ist, verschwinde ich. Sein schwarzer Diener wartet dann schon vor der Zimmertür. Na ja, vom Geld her lohnt sich's.«

Als Reed seine Bekanntschaft mit Prudence abgestritten hatte, war Quinn erschrocken, fast fühlte er sich schuldig, die Wahrheit zu kennen. Dabei war es nur verständlich, dass Reed leugnete, die Ermordete gekannt zu haben. Schließlich wusste man im Mad Stallion um seine Vorliebe für Würgfesseln, und die Tote war auf dieselbe Art gefesselt gewesen, als man sie fand ... Aber davon wollte Quinn lieber nichts wissen. Er wollte auch keinen verhängnisvollen Fragen nachgehen, wohin sollte das führen? Er verehrte Reed und vertraute ihm wie keinem anderen. Alles, was er wusste, hatte er von ihm gelernt, in allem versuchte er, seinem Beispiel nachzueifern. Wie käme er dazu, so einen Mann zu verdächtigen? Wegen intimer Extravaganzen? Das ging ihn doch gar nichts an.

Er schnalzte ein-, zweimal mit der Zunge, um die Pferde anzutreiben und auch, um sich selbst aus dem Grübeln zu reißen. Doch die unguten Gedanken ließen sich nicht so leicht abschütteln. Und unvermutet kam ihm beim Anblick der dunstigen Marschen ein makaberer alter Kehrvers in den Sinn, begleitet vom Klapp-Klapp des Hufschlags:

> *Der Erlkönig reitet durchs düstere Moor,*
> *Sein Stern leitet dich ins Verderben.*
> *Was immer er dir des Nachts verspricht,*
> *Eh der Tag anbricht, wirst du sterben.*

Arme Prudence, dachte Quinn, sie hätte es wissen müssen, sie kannte ihn doch! Aber sie schlug die Warnung in den Wind und ritt mit dem Erlkönig. Hatte sie die Zeichen nicht erkannt? *Sein Stern leitet dich ins Verderben* – Lone Star, der Stern auf der Stirn von Reeds wahnsinnigem Pferd!

Trotz der brütenden Hitze in den feuchtheißen Marschen überlief ihn ein Schauer. *Was immer er dir des Nachts verspricht ...* Prudences Worte über Reed fielen ihm wieder ein: »Du glaubst ja nicht, was er mir alles verspricht ...« Oh Prudence, er hatte dir nicht zu viel versprochen.

Eh der Tag anbricht, wirst du sterben.

Der Lastwagen holperte durch die Coming Street. Quinn bog nach dem Universitätscampus in die Jules Row und fuhr an Reihen neuer, zweckmäßiger Wohnhäuser vorbei, die für die Angestellten des Colleges gebaut worden waren. Am Ende der Straße hielt er vor einem älteren Backsteingebäude, stieg vom Kutschbock und ging auf das Haus zu. Zwei junge Männer lungerten auf einer Bank im Vorgarten, es waren Studenten, die hier Logis genommen hatten. Die beiden musterten abschätzig Quinns ländliche Kleidung.

»Dienstboteneingang auf der Rückseite«, sagte der eine.

Quinn tippte zum Gruß an seine Hutkrempe. »Ich muss den Doktor sprechen.«

»Was du nicht sagst!«, spottete der andere, sein Freund lachte dazu.

Jetzt kam Ingham selbst an die Haustür. »Quinn, da sind Sie ja endlich!«, rief er. »Ich habe Sie schon erwartet. Kommen Sie herein.«

»Noch einen schönen Tag, die Herren«, sagte Quinn zu den verblüfften Studenten und folgte Ingham ins Haus.

Die Aufzeichnungen, die Quinn von Elverking mitgebracht hatte, bestätigten eine traurige Tendenz, dass immer mehr Menschen im Lowcountry an Malaria erkrankten. Inghams Studie über Neuerkrankungen auf den Plantagen am oberen Ashley River verdeutlichte diese Entwicklung. Die Patienten litten unter den typischen, periodisch wiederkehrenden Fieberschüben und wurden so geschwächt, dass viele in den heißen Sommermonaten nach einem akuten Fieberanfall starben. Die einzig erkennbare Disposition für die Erkrankung bestand im Lebensraum; die Infizierten lebten in einer Sumpfregion, wo die meiste Zeit Hitze und hohe Luftfeuchtigkeit herrschten.

In den südlichen Provinzen Amerikas beruhte der Wohlstand gerade auf der landwirtschaftlichen Nutzung des sumpfigen Schwemmlandes, daher hatten sich die Bewohner der Gegend mit den zyklischen Fieberepidemien abgefunden. Ingham versuchte vor allem den Feldarbeitern in den Malariasümpfen zu helfen. Wenn er an die zahllosen Tümpel und Wasseradern dachte, die unter der brütenden Julihitze dampften, bedauerte er das Los der Sklaven und Pächter in dieser krank machenden Umgebung. Nur die Myriaden Stechfliegen waren hier offensichtlich in ihrem Element.

»Sie haben die Aufzeichnungen sehr gewissenhaft fortgeführt, Mr. Quinn. Damit haben Sie nicht nur mir einen großen Dienst erwiesen.«

Ingham hatte die letzten Eintragungen aus Quinns Journal in die Krankenstatistik seiner Studie übertragen, jetzt blickte er den robusten jungen Mann über den Rand seines Kneifers freundlich an. Er mochte Gabriel Quinn und schätzte seine genaue Arbeitsweise, die erstaunliche Einsicht in die Tragweite dieses wissenschaftlichen Experiments bewies.

Quinn hatte Inghams Auftrag gerne und mit der ihm eigenen Ernsthaftigkeit erledigt. Dabei hatte er mit dem Arzt selten über Dinge geredet, die außerhalb des Forschungsprojekts lagen. Jetzt aber musste er etwas ansprechen, das ihm seit einigen Stunden auf der Seele lag.

»Sie erinnern sich, Doktor, dass Greg Javis vor seinem Tod im Fieber phantasierte?«

Ingham legte den Kneifer beiseite und nickte.

Quinn fuhr fort: »Das Mädchen, das ihn versorgte, erzählte mir, er habe düstere Visionen gehabt. Sicher kennen Sie die Geschichte vom Elfenkönig oder Erlkönig, der Menschen in die Irre führt, damit sie in den Sümpfen zugrunde gehen. Nun, Javis redete im Fieber, der Erlkönig würde kommen und ihn holen.«

»Ich weiß, er sagte das auch zu mir.« Ingham seufzte. »Im Fieberwahn wurden die Sümpfe von Elverking für Mr. Javis offenbar zum Reich des sagenumwobenen Erlkönigs. Kein abwegiger Vergleich, wenn Sie mir die Bemerkung erlauben.«

Quinn wanderte durchs Zimmer, in Bewegung konnte er freier reden. »Greg Javis behauptete, er habe den Erlkönig wirklich eines Nachts gesehen.«

»Nun ja, bei anhaltendem Fieber werden die Wahnvorstellungen für den Erkrankten zunehmend realer ...«

»Nein, Doktor, was ich sagen möchte ist: Javis hat jemanden gesehen, den er für den Erlkönig hielt.«

»Wovon sprechen Sie, Mr. Quinn?«

»Am Tag vor seinem Tod hatte Javis auf Stratton zu tun. Er bekam einen schweren Fieberanfall, erst spät in der Nacht konnten die Leute ihn im Wagen zurückbringen.« Quinn kreuzte weiter durchs Zimmer. »Der Weg von Stratton nach Elverking führt durch die Sümpfe des Lennox Creek. Unterwegs hat Javis jemanden gesehen, den sein fiebriger Verstand für den Erlkönig hielt. Er sagte, der Erlkönig ritt vorüber und hielt eine Frau vor sich im Sattel.« Er blieb beim Fenster stehen, sah auf die unverputzten Rückseiten der Nachbarhäuser. »Javis behauptete, die Frau sei Prudence Fraser gewesen. Das bedeutet, dass der Mann, den Javis den Erlkönig nannte, wahrscheinlich Prudence umgebracht hat.«

»Offenbar haben Sie es noch nicht gehört, Mr. Quinn: Der Constable hat eine Reihe Sklaven eingesperrt, die den Mord gemeinsam begangen haben.«

Quinn schüttelte den Kopf. »Sie waren es nicht.«

»Aber die Schwarzen haben die Tat bereits gestanden!«

»Sie waren es nicht«, wiederholte Quinn. »Jemand wurde gezwungen, die Voodoo-Leute zu beschuldigen.«

Ingham beobachtete ihn, wie er unbewegt am Fenster stand. Quinn schien etwas zu wissen, konnte sich aber nicht dazu durchringen, es auszusprechen, darum wagte Ingham einen Vorstoß: »Sie meinen, Mr. Javis habe das Mädchen erkannt, na gut. Aber hat er auch etwas über den Mann gesagt? Wer ist dieser Erlkönig?«

Quinn rührte sich nicht. Auf dem Weg zur Stadt war er fest entschlossen gewesen, mit dem Arzt offen über seine Vermutung zu sprechen. Aber jetzt konnte er es nicht. Es war ihm unmöglich, Reed des Mordes zu verdächtigen, weil er es einfach nicht wahrhaben wollte; es hatte mit seiner Vorstellung von Treue zu tun, mit Respekt und Dankbarkeit. Mit Angst vor Enttäuschung. Oh, mein Captain!

Endlich drehte er sich um. »Es war ein Mann auf einem Pferd. Mehr hat Javis nicht gesagt.«

»Na ja, vielleicht war es so.« Ingham nickte bedächtig, dann setzte er hinzu: »Oder aber Mr. Javis kannte den Mann und wollte deshalb nicht mehr sagen, auch das wäre möglich.«

»Können Sie sich vorstellen, Doktor, dass einer so was tut?«, fragte Quinn vorsichtig. »Ich meine, jemanden zu decken, der etwas so Entsetzliches getan hat?«

Ingham schüttelte den Kopf. »Ach mein Junge, Menschen tun oft Dinge, die sie sich selbst nicht erklären können. Wie soll da ein Außenstehender die Beweggründe eines anderen verstehen? Wer weiß, vielleicht war Mr. Javis mit diesem Reiter befreundet, oder er fühlte sich ihm verpflichtet? Aus irgendeinem Grund könnte ihm daran gelegen gewesen sein, einen Verdacht von ihm fernzuhalten.«

Quinn stand mit gerunzelter Stirn da. Als er Inghams Blick begegnete, nahm er seinen Hut und die Posttasche und steckte das Journal ein.

»Ich muss jetzt zurück, Sir. Wird spät genug, bis ich nach Elverking komme. Wenn Sie es wünschen, führe ich die Aufzeichnungen noch eine Weile fort.«

»Tun Sie das, Mr. Quinn. Versuchen Sie, die Krankheitsverläufe möglichst genau zu dokumentieren.«

»Sicher, Doktor. Allerdings werde ich nicht mehr lange dort sein.«

»Sie wollen fortgehen? Fürchten Sie das Fieber?«, fragte Ingham besorgt.

Aber Quinn konnte ihn beruhigen, der Grund seien die Differenzen mit Crossbow. »Sehen Sie, Doktor, ich habe ein gutes Angebot bekommen. Captain Reed schlug mir vor, die Pflege seiner Rennpferde zu übernehmen. Ein Spitzenjob, das müssen Sie zugeben! Bevor meine Arbeit auf Hollow Park beginnt, werde ich Ihnen natürlich das Journal mit den letzten Aufzeichnungen vorbeibringen.« Es klang geradezu schuldbewusst, als er hinzufügte: »Es tut mir leid, Sir, aber ich kann Ihnen nicht helfen, wenn ich in Captain Reeds Diensten stehe.«

»Tja, das ist schade. Ich wüsste nicht, auf wen ich mich so wie auf Sie verlassen könnte.«

»Ja dann.« Quinn setzte seinen Hut auf. »Auf Wiedersehen, Doktor.«

»Leben Sie wohl, Mr. Quinn.«

Wieder alleine in seiner Ordination, nahm Ingham wie so oft in den vergangenen Tagen die Mappe mit den alten Gutachten zur Hand. Er schlug einen Bericht auf, der vom 21. September 1777 datierte. Damals hatte er die Leiche einer Frau untersucht, die bei den alten Landungsbrücken im Fluss gelegen hatte. In der Obduktion wurden neben zahlreichen Verletzungen durch Schnitte und Messerstiche auch Strangulationsmale am Hals des Opfers festgestellt. In einem Bericht vom 12. Juni 1779 führte die Untersuchung einer männlichen Leiche zu einem ähnlichen Befund. Der Mann, ein junger Matrose eines Handelsschiffs, wurde tot in einem Speicherhaus bei den Docks gefunden. Wie die Leiche der Frau wies sein Körper schwere Schnittverletzungen auf, an denen er verblutet war. Um seine Kehle fanden sich ebenfalls auffällige Würgemale, doch der Tod war eindeutig nicht auf Strangulieren zurückzuführen gewesen.

Ingham nahm den letzten Obduktionsbericht hinzu. Die Autopsie von Prudence Fraser hatte ebenfalls Tod durch Verbluten ergeben. Die Leiche wies auch deutliche Würgemale auf, hervorgerufen durch ein Seil, mit dem die Hände der Toten in ihrem Genick gefesselt waren und das zusätzlich nach Art einer sogenannten Würgfessel um den Hals der Toten geschlungen war. Das Opfer musste sich beim Versuch der Gegenwehr selber stranguliert haben. Mehr als aufgrund der ähnlichen Verletzungen glaubte Ingham in der methodischen Art der Fesselung eine Verbindung zwischen den drei Mordfällen zu erkennen. Und ebenso wie die Verstümmelungen deutete die eigentümliche Fesselung der Opfer auf das absonderliche Wesen des Täters hin. Denn das stand für ihn fest: Es war ein und derselbe Täter, der einem grausamen Tötungstrieb folgte.

Genug, er brauchte jetzt eine Tasse Tee! Als er in die Küche hinunterkam, fand er den Raum verwaist. Die Hoftür stand offen, in dem kleinen Apothekergarten sang ein Zeisig. Auf dem Esstisch standen die Reste einer Mahlzeit, benutztes Geschirr. Oftmals, wenn Ingham seine Arbeit unterbrach, um sich frischen Tee zu holen, saß um den Tisch eine Runde junger Leute, die lauthals diskutierten oder herumalberten. Ingham gefiel das studentische Leben in seinem Haus, der Trubel störte ihn nicht, auch wenn er in Kollegenkreisen seiner Haltung wegen als zu liberal galt. Nun, da die Köchin ausgegangen war, legte er selbst im Herd etwas Holz nach und setzte den Wasserkessel auf. Er spülte die Teekanne aus, tat Teeblätter hinein, nahm sich eine saubere Tasse vom Bord und setzte sich an den abgegessenen Tisch. Mit halbem Ohr lauschte er dem Summen des Kessels, während seine Gedanken zu der Toten von Elverking zurückkehrten.

Offiziell galt der Mordfall als gelöst. Die Voodoo-Sklaven hatten die Tat gestanden, bald würde der Schuldspruch gefällt und das Urteil vollstreckt, der Fall Prudence Fraser käme zu den Akten. Ingham hingegen glaubte nicht an die Schuld der Schwarzen, nur hatte er nichts in der Hand, um den Vorwurf gegen sie zu entkräften. Auch Quinn war von der Unschuld der Sklaven überzeugt. Er brachte einen neuen Tatverdächtigen ins Spiel, einen unbekannten Reiter, den Erlkönig aus Javis' Fieberphantasien. Quinn schien mehr zu wissen, als er preisgab; ja er verhielt sich erstaunlich passiv, als vertraute er darauf, dass Ingham von allein die richtigen Schlüsse zog.

Ingham vermutete, dass Quinn den Reiter kannte, ihn aber aus persönlichen Gründen decken wollte. Als er sich heute mit Quinn unterhalten hatte, musste er unwillkürlich an das Gespräch mit Antonia Lorimer denken. Auch sie schien über den Fall mehr zu wissen, als ihr lieb war, aber sie äußerte sich widersprüchlich und wich ihm aus unerfindlichen Gründen aus. Über das Geständnis der Voodoo-Sklaven schien sie fast erleichtert, vielleicht weil sie hoffte, dass jemand anderes dadurch der Verdächtigung entging. Etwa jener geheimnisvolle Erlkönig? Ingham musste unbedingt herausfinden, wer sich hinter dieser Gestalt verbarg.

Nun konnte er Mrs. Lorimer nicht dazu befragen, sie hatte die Stadt wieder verlassen. Aber den jungen Quinn wollte er bei seinem nächsten Besuch auf Elverking ernsthaft ins Gebet nehmen – doch nein, er würde ihn gar nicht mehr dort antreffen! Quinn wollte ja in Reeds Dienste treten.

Als das Wasser kochte, nahm er den Kessel vom Feuer und goss den Tee auf. Er beobachtete das Aufwallen der Teeblätter, goss noch etwas heißes Wasser nach und ... hielt inne. Wie hatte Quinn sich ausgedrückt: Es tue ihm leid, aber er könne ihm nicht helfen, wenn er in Captain Reeds Diensten stehe. Wieso tat es ihm leid? Oh, er hatte nicht die Malariastudie gemeint, nein, er entschuldigte sich, dass er Ingham in der Mordsache nicht helfen konnte! Quinn war Reeds Adjutant gewesen, und nun begab er sich wieder in dessen Dienst. Er war seinem Captain loyal ergeben und würde nichts tun, was Reeds Interessen zuwiderlief.

Mit dem Kessel in der Hand stand Ingham beim Herd. In der Halle tickte die Standuhr, sonst war das Haus vollkommen still. Langsam fügten sich die Teile für ihn zum Ganzen: Mrs. Lorimer versicherte, Reed habe das Haus in der Mordnacht nicht verlassen, während Mr. Quinn unmittelbar nach dem Leichenfund wieder in Reeds Dienste trat – Alibi und Flankenschutz, warum? Wer war dieser Reed? Ingham war ihm nie begegnet, es hieß, er sei ein Einzelgänger. Warum wollte Mrs. Lorimer sich seinetwegen kompromittieren? Und was zwang Quinn so unwiderstehlich in seinen Dienst?

Vor ein paar Jahren, im Sommer 1777, hatte Crossbow ihm von einem »Virginia-Mann« erzählt, der die große Plantage westlich von Elverking gekauft hatte. Im September desselben Jahres wurde die erste verstümmelte Leiche gefunden ... War

Reed der Erlkönig? Hatte er Prudence Fraser getötet, wie zuvor den Matrosen und die kleine Kellnerin? Oder gab es am Ende noch mehr Tote? Wie hatte Mrs. Lorimer gesagt: »Vielleicht wurden die anderen Leichen nur nicht gefunden.«

In den Kellern des Exchange, der britischen Zollbehörde am Charles Towner Hafen, befand sich der Kerker der Stadt, der berüchtigte Provost Dungeon. Zu den üblichen inhaftierten Schwerverbrechern wie Brandstiftern, Schmugglern und Piraten kamen seit der Besatzungszeit auch viele antiroyalistische Amtsträger und sonstige politisch missliebige Personen. Dabei diente der Dungeon gleichermaßen als Vollzugs- und Untersuchungsgefängnis. Im Volksmund hieß es, aus dem Dungeon hinaus führe der Weg über den Richtplatz.

»Besuchserlaubnis, erteilt von dem ehrenwerten Richter Jones und ausgestellt am 30. Mai 1782 für Mr. Joshua Robert, Gutsverwalter.« Stockend las der Wachmann den Wortlaut des amtlichen Schreibens: »Ehemann der vormaligen Sklavin Rovena Mougadou, vordem im Eigentum von Mr. Frank Shaughnessey.« Er warf Joshua einen verächtlichen Blick zu. »Hab mich schon gewundert, wieso sie die schwarze Hexe zu uns gebracht haben anstatt ins Work House. Aber wozu der noch Benehmen einbläuen, das Luder wird so und so gehenkt.«

Die anderen Wachen lachten roh. Joshua ballte die Fäuste in den Taschen und schwieg. Wenn er seine Frau sehen wollte, durfte er sich mit den Männern nicht anlegen.

»Dann komm mal mit, Nigger«, meinte der Wachmann. Er griff sich die Schlüssel, nahm einen brennenden Kienspan aus der Feuerstelle und sperrte eine eisenbeschlagene Tür auf, die von der Wachstube in den Kerker führte. Im Gang dahinter schlug ihnen ein Schwall schimmeliger Luft entgegen, dass es Joshua fast den Atem nahm, bevor er beklommen die Treppe hinunterstieg, Unten schloss der Wachmann das deckenhohe Gittertor des Kerkers auf, warf den Kienspan in einen Feuerkorb und winkte Joshua, ihm zu folgen. Es herrschte nahezu Dunkelheit, die Kellerluken waren mit Holzklappen fest verschlossen. Ehe Joshua in dem spärlichen Feuerschein etwas erkennen konnte, vermittelten ihm schon die Gerüche und Geräusche einen Eindruck von der erbärmlichen Lage der Gefangenen. Unter dem niedrigen Gewölbe stand die Luft, es roch nach ungewaschenen Leibern, nach Exkrementen und Erbrochenem aus einer fauligen Grube unter der Verladerampe, durch die bei jedem Wellenschlag vom Kai Wasser hereinschwappte.

Als Joshua sich an die Lichtverhältnisse gewöhnt hatte, sah er, dass der Kerker als ein einziger großer Raum die gesamte Grundfläche des Gebäudes einnahm. Das Ziegelgewölbe der Decke ruhte auf gedrungenen Säulen. Die Gefangenen waren mit kurzen Fußketten an diese Säulen gekettet, sodass sie sich kaum einen Schritt davon entfernen konnten. Entlang der Außenmauern, in den Nischen zwischen den Pfeilern des Fundaments, lagen Gefangene in Halseisen, meist zu mehreren mit langen Ketten an Wandringe geschlossen. Joshua folgte dem Wachmann durch die Masse hustender, ächzender Menschen, die auf schmutzigem Stroh am Boden lagen.

Vor einer Mauernische blieb der Wachmann kurz stehen. »Viertelstunde«, sagte er und ging.

Joshua hörte leises Klirren. In der Nische kauerte eine Gestalt, die heiser seinen Namen sagte: »Josh!« Er warf sich neben Rovena auf den Boden und zog sie behutsam an sich. Tagelang hatte er nichts von seiner Frau gehört, zur Tatenlosigkeit verdammt, war er wie erstorben umhergegangen. Ohne Rovena gab es für ihn kein Glück, sein Lebensmut schien versiegt. Nun hielt er sie hilflos in den Armen. Der Stolz seiner schwarzen Königin war gebrochen, und er weinte.

Ihr kahl geschorener Kopf lehnte an seiner Schulter. »Du darfst ihnen nicht glauben, Josh. Wir haben nichts Böses getan«, flüsterte sie.

Ach, wie hätte er diesen Lügen glauben können! Rovena war keine Hexe. Gewiss hatte sie großen Einfluss unter ihren Stammesleuten, sie wurde respektiert und man hörte auf ihren Rat. Aber das andere, die Stimmen, die aus ihr sprachen, das hatte seine Ursache in einer Sphäre, die sich menschlichen Einsichten entzog. Rovena nutzte ihre Gabe nur zum Guten. Niemals gäbe sie sich für dunkle Machenschaften her, geschweige denn für einen Mord.

Er versuchte, im trüben Lichtschein ihre Züge zu erkennen, und berührte ihr Gesicht, das von Wundschorf überzogen war. Sie zuckte zurück, als er erschrocken das Ausmaß der Verletzungen feststellen wollte.

»Was haben sie dir angetan!«, stieß er hervor. »Oh Rovena, es tut mir so leid. Was kann ich machen? Sag es mir, Rovena!«

Er spürte den leichten Druck ihrer Hand; auch jetzt war sie es, die ihn tröstete, nicht umgekehrt.

»Du kannst nichts machen, Josh. Sie werden uns den Tod der weißen Frau sühnen lassen. Wenn es vorbei ist, werdet ihr anderen wieder in Frieden leben können.«

»Wie kannst du glauben, dass Friede sein wird, wenn sie dir und den Mougadous das Leben nehmen! Wir werden das nicht hinnehmen, das schwöre ich dir!«

»Nein, Josh, tu das nicht! Du darfst unsere Leute nicht verleiten, sich gegen die Weißen aufzulehnen, es wäre das Ende für euch alle. Du hast so viel erreicht, und du kannst so viel mehr für uns tun. Wähle nicht den Weg der Vergeltung.«

»Soll es denn immer so weitergehen?«, sagte er mühsam beherrscht. »Sollen wir immer gehorchen und uns schlagen und umbringen lassen, wenn es ihnen gefällt?« Er stöhnte verzweifelt beim Gedanken, dass er sie bald verlieren würde.

Aber Rovena redete ihm geduldig zu: »Höre, Josh, unsere Zeit wird kommen. Noch nicht heute, auch nicht morgen. Aber sie wird kommen. Vertraue mir, Josh, und mach deine Arbeit gut, nur so kannst du uns helfen. Sei der Sohn deines Vaters! Robert Bell war mächtig, du kannst es auch sein. Sei klug, warte auf deine Chance, und höre auf Charlene. Sie kennt dich am besten.«

Joshua knurrte unwillig, er wollte keine Ratschläge, er wollte Gewissheit. »Sag mir, was am Ashley River passiert ist, Rovena. Ihr habt die Frau nicht getötet. Aber warum müsst ihr dafür sterben?«

Rovena antwortete leise: »Unsere Feinde wollen uns vernichten ...«

»Mr. Hocksley und Crossbow, sein Knecht! Sie fürchten die Rache deines Bruders und wollen ihn mit dem Prozess gegen euch einschüchtern.«

»Aber wir haben auch Freunde unter den Weißen. Dem einen, der uns beschützt, darf nichts geschehen. Dafür ist kein Preis zu hoch.«

»Was können ein paar arme Sklaven schon für einen Weißen tun!«, rief Joshua erbittert.

Rovena schwieg. Noch einen Augenblick, dann verstand er. »Um Gottes willen, Rovena, wen willst du durch deinen Tod schützen? Wenn du weißt, wer die Frau getötet hat, dann musst du es sagen. Hast du nicht gehört, dass sie auf bestialische Weise abgeschlachtet wurde? Wer so etwas tut, ist gefährlich. Du darfst ihn nicht decken!«

»Sch-sch! Ich weiß, was ich tun muss.« Die Kette klirrte, als sie die Hand hob und auf seine Lippen legte. »Er ist besessen. Ich erkenne den Dämon, der in ihm lebt. Aber ich kann ihm nicht helfen, von ihm loszukommen, das kann niemand. Wenigstens lassen wir ihn nicht allein. Castor steht ihm bei, so gut er kann.« Sie machte eine Pause, es strengte sie an zu sprechen. »Wenn wir uns nachts am Fluss trafen, kam er und sah uns zu. Ich glaube, unsere Gemeinschaft hat ihm gefallen, das Ritual. Er ließ uns unseren Kult und die Zusammenkünfte und wusste zu verhindern, dass sie unseren Versammlungsplatz fanden.«

»Aber er ist ein Mörder, ein Ungeheuer!«

»Das ist nicht er, der diese Dinge tut. Es ist ein Dämon, der von ihm Besitz ergreift und durch ihn tötet. Wenn die Menschen hier von seiner Besessenheit erführen, würden sie ihn einsperren, und wir hätten dann niemanden mehr, der uns schützt. Die meisten von uns leben bei ihm ...«

»Auf Hollow Park! Die Mougadous leben bei Mr. Reed, er ist es also!«

»Joshua, du darfst ihn nicht verraten. Versprich es mir.«

»Du glaubst, ich lasse zu, dass sie dich töten, und dieser Irre darf weiter frei herumlaufen?«

»Versprich es mir.«

»Niemals!«

»Josh, bitte, es geht um meine Familie. Du darfst Mass'a Reed nicht verraten.«

»Ich darf dich nicht verlieren, Rovena, alles andere ist mir gleich!«

»Es ist mein Schicksal.« Sie fasste seine Hand. »Du kannst es mir nicht abnehmen, begreif das doch, mein Liebster. Denk an Néné, er hat sich auch nicht gegen sein Los aufgelehnt.«

»Deine Familie hat ihn verstoßen!«

»Er gehörte nicht mehr zu uns. Sein Herz war vor langer Zeit gestorben, er ging wie ein Toter durchs Leben.«

»Ein Zombie, ein lebender Toter? Warum hat ihn Monsieur Raoul nicht gleich getötet, wie konnte er den eigenen Sohn zu so einem Dasein verdammen?«

»Nénés Leben war verpfändet. Er hat es eingelöst und wurde frei.«

»Wieso denn frei? Er gehört Mr. Marshall, er hat ihn mitgenommen.«

»Néné starb für seinen Herrn.«

»Was redest du da, niemand weiß ...«

»Er starb für den englischen Soldaten, er starb in seinen Armen. Am Ende war er glücklich.«

Joshuas Herz krampfte sich zusammen, denn er wusste, dass

sie die Wahrheit sprach. Er dachte an Néné, an den Engländer, an Rovenas nahen Tod, und Tränen liefen über sein Gesicht.

Die Junisonne hatte ihre Hitzeglocke über die Landschaft gestülpt. Den ganzen Tag lang hatte sich kein Lufthauch geregt. In der Dachkammer war es heiß, durchs offene Fenster, von den hohen Bäumen schallte das eintönig-einschläfernde Zirpen der Zikaden. Hingerissen betrachtete Quinn Zadias zarte Gestalt. Sie erschien ihm zerbrechlich und schutzbedürftig wie ein Vogel, obwohl er ihre begehrliche Kraft gut kannte. Er streichelte ihren flachen Bauch, ihre Flanken, die kleinen Brüste. Aber seine Gedanken waren abwesend.

Es gab ein Problem, der Caid war verschwunden. Nun erwartete Crossbow von Quinn, dass er ihn wieder herbeischaffte. Als Erstes schickte Quinn ein paar Leute mit Crossbows Bluthunden los, um nach der Fährte des Mannes zu suchen. Stundenlang hörte man aus den Sümpfen enervierendes Gebell, doch die Hundeführer kehrten unverrichteter Dinge zurück. Von Jeremy fehlte jede Spur. Wenn Quinn die Schwarzen auf der Plantage nach ihrem Vormann befragen wollte, wichen sie ihm aus. Jeremy Mougadou und seine Familie lebten abgesondert von den anderen Sklaven, die man aus Afrika hergeschafft hatte. Die Afrikaner gehorchten dem karibischen Caid, gingen ihm aber sonst aus dem Weg.

Quinn hatte gleich ein ungutes Gefühl, als Crossbow nach Jeremy fragte. Er erinnerte sich, dass Jeremy von Hocksley zu dem Mord verhört worden war. Später saß der Schwarze niedergeschlagen vor seiner Hütte. Nachdem der Constable die Mougadous von Stratton ins Work House gebracht hatte, war Jeremys altes Gesicht von Todesangst gezeichnet. Offenbar hatte er Dinge preisgegeben, die seinen Stammesbrüdern zum Verhängnis wurden. Er würde nun den Preis dafür zahlen müssen.

Auch Quinn zahlte seinen Preis. Er wusste, wer der Mörder

von Prudence Fraser war, und er trug schwer an diesem Wissen. Tag und Nacht dachte er an die unschuldigen Sklaven, die im Work House auf den Prozess warteten. Indem er sie ihrem Schicksal überließ und schwieg, wurde er selbst schuldig. Aber er hatte keine Wahl. Er konnte nur einem Herrn dienen, und er würde ihm bis zuletzt dienen. Ganz gleich, ob richtig oder falsch, er war entschlossen, Reed zu schützen, und nahm das ungerechte Los der Sklaven und den Verlust seines Seelenfriedens dafür in Kauf. Für ihn gab es nur eine Pflicht: Reed davor zu bewahren, von der Menge in Stücke gerissen zu werden.

Als die Essenszeit im Sklavenquartier vorüber war und die Arbeit in der Küche für diesen Tag beendet, war Zadia in seine Kammer heraufgekommen. Sie hatten sich aufeinander gestürzt und voller Begierde verschlungen, und wie nur Zadia es konnte, hatte sie ihn von allem anderen abgelenkt. Nun lag sie zufrieden neben ihm. Er wollte sie fragen, was sich die Schwarzen über Jeremy erzählten; möglicherweise hatte sie etwas erfahren, das er wissen sollte.

»Sag, was glaubst du, ist mit dem Caid passiert? Er war immer zuverlässig, hatte eine Reihe Vergünstigungen. Wieso kommt jemand wie er auf die Idee abzuhauen?«

Zadia wollte die Frage überhören, kam aber seinem fragenden Blick nicht aus und sagte: »Glaub mal nicht, der ist freiwillig weg. Jeremy hat sich mächtig in Schwierigkeiten gebracht.«

»Was für Schwierigkeiten?«, fragte Quinn.

Aber Zadia hatte keine Lust zu reden. Sie rollte sich ganz nah an ihn heran und kraulte den blonden Flaum auf seinem Oberschenkel. Ihre Fingerspitzen krabbelten immer weiter nach oben, dass er Mühe hatte, bei der Sache zu bleiben.

»Warte, Zadia, in was für Schwierigkeiten ist Jeremy geraten?«
»Sie sagen, er hat die Priesterin verraten.«
»Wen hat er verraten? Zadia, wovon redest du?«
Schmollend kehrte sie ihm den Rücken zu und bemerkte

über die Schulter: »Was weiß denn ich von der Geheimniskrämerei? Mag's auch gar nicht wissen!«

Aber er wollte es wissen und hielt sie zwischen seinen starken Armen fest, sodass sie sich ihm nicht entziehen konnte. »Komm schon, Süße, sag mir, was du gehört hast, es ist wichtig.«

»Nur du bist wichtig, Gab!« Sie küsste ihn, und es wäre nicht dabei geblieben.

»Nein, Zadia. Erst sagst du mir, was du über Jeremy weißt.«

Gleichgültig drehte sie eins ihrer Zöpfchen um den Finger und erzählte: »Jeremy geht nachts an den Ashley River, wenn sie Voodoo machen. Die Mougadous sind seine Brüder, Rovena-die-Hexe ist seine Nichte. Aber er hat sie verraten. An den mächtigen Pflanzer.«

»Mr. Hocksley?«

»Hm-hm. Er hat gedroht, Jeremys Söhne auspeitschen zu lassen. Da hat Jeremy erzählt, dass die Priesterin in der Nacht, als die weiße Frau getötet wurde, mit den Leuten von Stratton Voodoo gemacht hat.«

»Sie haben mit dem Mord nichts zu tun!«, sagte Quinn düster. »Und jetzt wird man ihre Priesterin hinrichten und noch vierzehn weitere Mougadous werden sterben.«

»Fünfzehn.«

»Wieso fünfzehn?«

»Jeremy!«

Quinn starrte sie fassungslos an.

Sie zuckte nur die Schultern. »Er hat sie verraten. Sie werden ihn nicht leben lassen.«

»Heißt das, er ist vor seinen eigenen Leuten geflohen?«, fragte Quinn.

Zadia schüttelte den Kopf. »Nicht geflohen, Gab. Die Leute von Stratton kamen her. Jeremy hat sich nicht gewehrt, als sie ihn mitnahmen.«

Quinn pfiff leise durch die Zähne. Er hatte sich fast so

etwas gedacht, nachdem Jeremys Miene täglich verzweifelter geworden war. Wie es sich anhörte, hatte er sich in sein Schicksal gefügt. Nun gut, dann konnte er Crossbow berichten, was seinem Caid widerfahren war. Aber er konnte es auch lassen! Sollte Crossbow sehen, wie er seine Plantage – mit oder ohne Caid – am Laufen hielt. Er, Gabriel Quinn, wäre jedenfalls nicht mehr lange hier.

Zadia schmiegte sich wieder mit ihrem heißblütigen, kleinen Leib an ihn, dass er lustvoll aufstöhnte. Sie mochte es nicht, wenn er so ernst und nachdenklich war, und wollte ihn zärtlich umschlingen. Doch gerade ging ihm zu viel durch den Kopf. Nein, das war jetzt nicht der Zeitpunkt, konnte sie das nicht verstehen? Er machte sich los und stand auf. Die Arme aufs Fensterbrett gestützt, atmete er die feucht-heiße Nachtluft. Er wusste, dass sie ihn beobachtete. Bestimmt war sie verunsichert, weil er sie zurückwies; am Ende fürchtete sie, er hätte genug von ihr und würde sie ins Sklavenquartier zurückschicken.

Wie sollte er ihr erklären, dass es nicht von ihm abhing, was aus ihr wurde? Er liebte sie wirklich, seine Sehnsucht nach ihr wurde umso größer, je öfter sie zusammen waren. Durch Zadia hatte er bekommen, was ihm das Leben an Schönheit bisher vorenthalten hatte; wenn er sie umarmte, wurde die Welt für ihn vollkommen. Am liebsten würde er sie nie wieder loslassen! Doch sie gehörte einem Sklavenhalter, der mit ihr nach Belieben verfahren konnte. Quinn war in ständiger Sorge, sie an Crossbows Willkür zu verlieren, und es quälte ihn, dass er nichts für sie tun konnte.

Lange betrachtete er die gelbe Mondscheibe, die tief über den Sümpfen hing. »Ich werde bald fortgehen«, sagte er ohne sich umzudrehen. »Captain Reed will mich als Bereiter einstellen, ich soll auf Hollow Park seine englischen Vollblüter trainieren. Es wird ein gutes Leben sein. Auf seiner Plantage gibt es kein Fieber, man spürt dort den Wind vom Meer. So weit das

Auge reicht, ist alles sein Land. Sein Haus und die Gärten sind vollkommen schön.«

Eine leichte Berührung unterbrach seine Schwärmerei, Zadia war zu ihm gekommen. Er legte die Arme um sie. Zart und schmal stand sie vor ihm und betrachtete mit ihm den Mond, der die Erde zu streifen schien.

»Du sollst mit mir kommen, Zadia«, flüsterte er ihr ins Ohr. »Ich will ihn bitten, dass er dich Mr. Crossbow abkauft.«

»Das würde dein Captain für dich tun?«

»Ja, ich glaube, das würde er tun.«

Er dachte an Reeds Absence am Ashley River und fühlte einen kalten Schauer. Gleich zog er Zadia nah an sich, die Berührung ihrer warmen Haut tröstete ihn. Sie wandte sich ihm zu, legte die Arme um seinen Hals, um ihn zu küssen. Aber er sah über sie hinweg, gebannt vom Mond über dem Moor.

»Woran denkst du, Gab?«

»An den Erlkönig.«

X. Heimkehr

39.

Am 16. Juni 1782 schrieb Père Guénégou an seinen Mitbruder und Freund Émanuel Rammeau:

»Mein Bruder in Christo, lieber Émanuel,

Unsere Congregation hat mir befohlen, dem armen Schiffbrüchigen meinen Schutz zu entziehen. Das betrübt mich sehr, zumal ich zu wenig Spanisch spreche, um dem Jungen zu erklären, warum er nicht länger bei mir bleiben kann. Dennoch glaube ich, eine barmherzige Lösung gefunden zu haben: Er ist ein Kind der Neuen Welt, und so scheint es mir das Beste, ihn in seine Heimat Neuspanien zurückzuschicken. Also erwirkte ich beim Generalprior in Lissabon die Erlaubnis, meinen lieben ›Engel‹ zum Ordenskolleg von Funchal zu senden, von wo er sich mit dem nächsten Schiff zu unserer Mission nach Brasilien einschiffen wird. Mit Gottes Hilfe sollte er danach den Weg nach Hause finden. Alles ist vorbereitet, nächste Woche bringt eine Schaluppe meinen Miguel nach Madeira. Ich bete darum, dass er in der Neuen Welt seinen Seelenfrieden wiederfinden möge.

Dein Bruder in Christo Horace Guénégou, OSH«

Die Glocken läuteten zum dritten Mal am Morgen. Oliver Roscoe fragte sich entnervt, wieso manche Menschen es für erstrebenswert hielten, ihre Lebenszeit mit einer dauernden Abfolge von Andachten zu vergeuden. Nicht nur tagsüber quälten ihn die frommen Pflichten, er hatte das Gefühl, die

Gebete häuften sich besonders des Nachts, perfiderweise zur Zeit seines tiefsten Schlafs. Als wäre alles andere nicht schon schlimm genug!

Er überquerte den Klosterhof des Hieronymitenkonventes von Funchal. Ringsum bot sich eine atemberaubende Aussicht, nichts als azurblaues Meer unter lichtblauem Himmel, das Panorama eines grenzenlosen Horizonts. Dessen ungeachtet steuerte Roscoe geradewegs auf eine etwa sechs Fuß hohe Mauer zu, die den Innenhof mit der Abteikirche und den Wohngebäuden vom Klostergarten trennte. Nach kurzem Anlauf und einem katzenhaften Sprung saß er rittlings oben auf der Umfriedung des Gartens. Aus der Tasche seines grauen Novizenhabits nahm er ein Fladenbrot, das einer der dienenden Brüder im Refektorium für ihn beiseitegelegt hatte, und aß ein paar Bissen ohne großen Appetit. Ab und an kickte er kleine Steine vom Mauerkranz über den grünen Steilhang, der zur Altstadt und dem Hafen von Funchal abfiel.

Beim letzten vollen Stundenschlag verließen die Klosterschüler und Novizen das Kollegiengebäude und strebten in geordneter Eile dem Portal der Konventskirche Nossa Senhora da Incarnacao zu. Ein paar von Roscoes Konnovizen hatten ihn entdeckt und gaben ihm mit Zeichen zu verstehen, er solle sie zum Gottesdienst begleiten. Aber Roscoe hatte entschieden, heute seinem eigenen Zeitplan zu folgen. Er wandte ihnen den Rücken zu, schwang sich lässig von der Mauer und landete in einem gepflegten Garten, den die Gründer des Konvents der Meditation und gläubiger Erbauung gewidmet hatten. An diesem abgeschiedenen Ort gedachte er, den ihm geraubten Schlaf nachzuholen, legte sich zwischen Pflanzbeeten und blühenden Sträuchern ins Gras und schloss die Augen. Mehr denn je glich er einem schlafenden Engel im Garten Eden, und mehr denn je trog der Schein.

Als er zwei Stunden später, vom Schlaf erfrischt, den Garten wieder mit einem Sprung über die Mauer verließ, lag der Klosterhof menschenleer in der Mittagssonne; höchste Zeit, dass er einen wichtigen Entschluss in die Tat umsetzte. Er lief zu den Wohngebäuden, die zurückgesetzt zwischen der Kirche und der Bibliothek lagen. Das Dormitorium mit der Cella der Novizen schloss hier an die Außenmauer der Anlage. In dem Winkel befand sich ein vergitterter Durchlass, die Porta Benedicta, durch die man das Kloster diskret verlassen und wieder betreten konnte; vorausgesetzt, der Bruder Cellarius hielt einen Mitbruder für vertrauenswürdig genug, ihm den Schlüssel auszuhändigen. Roscoes Vertrauensvorschuss in der Konventgemeinschaft hatte sich schon bald nach seiner Ankunft auf ein absolutes Minimum reduziert. Trotzdem war er im Besitz des Schlüssels und nutzte die Pforte, wann und wie es ihm gefiel.

Die Aufnahme von Fra Miguel war für die frommen Brüder eine Zumutung. Anfangs hofften alle, er würde sich nach einer Eingewöhnungszeit der Ordensregel beugen und ins Klosterleben einfügen. Doch die Bemühungen der Confratres versagten bei diesem Novizen, dessen Gleichgültigkeit noch die erträglichere Seite seines Charakters darstellte. Roscoe zeigte nicht das geringste Verständnis für die drei heiligen Gelübde der Regularkleriker, die da sind Armut, Keuschheit und Gehorsam, und begegnete jeglicher religiösen Unterweisung mit aggressivem Widerwillen. Hingegen bewies er eine ausgeprägte Neigung für alles, was für die Brüder unter den Begriff Lasterhaftigkeit fiel, und waltete in der Cella Novitiorum wie der Fuchs im Hühnerstall. Er wurde im Kolleg nur noch geduldet, weil der Prior ein gutartiger Mann war und den jungen *americano* zur tieferen Seelenbildung für die Mission auserkoren hatte. Die Ablehnung indes beruhte auf Gegenseitigkeit; Roscoe hielt sich der mönchischen Gemeinschaft weitgehend fern. Vor allem dachte er nicht daran, sich von den Mönchen auf einen ihrer Außenposten in Südamerika schicken zu lassen.

Mehr denn je war ihm bewusst, dass er an einen Wendepunkt seines Lebens gelangt war. Im Auge des Orkans hatte er seinen

Tod gesehen, doch das Meer hatte ihn wieder ausgespien. In einem kahlen Niemandsland am Ende der Welt hatte Miguel traurige Wochen in Gegenwart von Menschen verbracht, die außer der Armut nur ihren spröden Glauben kannten und die mit dem *naufrage Espagnol*, dem schiffbrüchigen Spanier, nichts zu tun haben wollten. Sein Leben schien zum Stillstand gekommen. Er sprach nicht mehr, vertat die Tage am einsamen Strand, indem er mit Tränen in den Augen aufs graue Meer starrte. Als er glaubte, vor lauter Unglück sterben zu müssen, brachte ihn eine glückliche Fügung nach Madeira. Da begriff Roscoe, dass er eine zweite Chance bekam: Er würde nach Amerika zurückkehren.

Wie bei früheren Lebensentscheidungen vertraute er auch diesmal darauf, dass seine Intuition ihm den Weg wies. Als er neben der Levada den Hang hinab zur Stadt lief, kannte er sein Ziel bereits von früheren Erkundungsgängen durch Funchal. Heute betrat er das weiße Haus mit den bunt glasierten Azulejos am Tor zum ersten Mal. Im begrünten Innenhof sah er zu den schmiedeeisernen Balkonen und dem Rankwerk von Bougainvilleen und Macleayen hinauf, als ein Diener in weißer Tunika sich lautlos auf bloßen Füßen näherte.

»Sie wünschen, Señor?«

»Ich möchte Señor Turner sprechen.«

Der Diener verneigte sich tief und sprach: »Wen darf ich melden?«

»Mein Name ist Miguel Martinez.« Das graue Klosterhabit hatte er unter einem Ginsterstrauch bei der Porta Benedicta zurückgelassen. Stattdessen hatte er die Kleider angezogen, die er beim Untergang der Tristar getragen hatte. In seinem blauen Admiralsrock, einem halbwegs weißen Hemd, Samthosen und Stulpenstiefeln wirkte er wie ein Marineoffizier, der ein neues Kommando und etwas Fortüne brauchte.

Nachdem der Diener gegangen war, wurde Roscoe sich des schweren Blütendufts in dem üppig bewachsenen Patio bewusst. Von überall klang der Gesang kleiner Vögel, die in Käfigen entlang der Laubengänge flatterten und den Innenhof mit ihren rollenden und zwitschernden Kadenzen erfüllten. Zwei Kinder kauerten unter dem Treppenaufgang und spielten mit jungen Katzen.

Er stand ganz still und nahm die Empfindung des Augenblicks in sich auf: der kühlschattige Patio, duftende Blüten, Vogelzwitschern, Kinderlachen – so sollte es sein, das Leben am Mittag, zwischen Erinnerungen an eine erfüllte Nacht und der Aussicht auf guten Machismo unter Freunden. Er schloss die Augen, er durfte diesen Augenblick nicht vergessen. Er brauchte eine Vision wie diese, um zu tun, was er jetzt tun musste.

»Señor Turner lässt bitten.«

Der Diener führte ihn in einen orientalisch anmutenden Raum und bat ihn um einen Augenblick Geduld. In einem mit kostbaren Fayencen eingefassten Bassin blühten Seerosen; unter der Wasseroberfläche standen Zierfische, bewegungslos bis auf den leichten Kiemenschlag. Roscoe ging zu einem Bogengang gegenüber der Tür, dahinter lag ein zweiter Innenhof. Unter den umlaufenden Arkaden türmten sich Warenkisten, Fässer, Säcke. Am Boden, zwischen Körben und verschnürtem Gepäck, saßen Männer vorwiegend jüngeren Alters, manche von ihnen schliefen, andere unterhielten sich oder besserten Kleidung und Schuhwerk aus. Sie alle machten keinen glücklichen Eindruck, als teilten sie denselben Fatalismus. Die Szene wirkte bedrückend, aber nicht beunruhigend.

»Señor Martinez, vermute ich?«

Roscoe drehte sich um. Ein Mann mittleren Alters mit schmalem Schnurrbart und blasser sommersprossiger Haut kam rasch auf ihn zu und neigte zur Begrüßung kaum merklich den Kopf. Auf Englisch angesprochen, fiel auch Roscoe übergangslos in sein schleppendes Südstaatenenglisch: »Sehr erfreut, Ihre Bekanntschaft zu machen, Mr. Turner.«

»Ganz meinerseits«, antwortete Turner gut gelaunt. Sie nahmen in bequemen Korbsesseln Platz. »Wie kann ich Ihnen behilflich sein, Señor Martinez?«

Bevor Roscoe antwortete, erkundete er ein letztes Mal seinen Willen, dachte an Algernon, an die Freundschaft, die sie verband. Ja, sein Entschluss stand unumstößlich fest. »Ich muss nach Amerika. Wie ich hörte, vermitteln Sie die Möglichkeit einer Überfahrt.«

Turners blaue Augen blitzten kurz auf. »Was ist passiert, dass ein Gentleman diesen Weg in Betracht ziehen muss?«

»Ich habe mein Schiff verloren, Fracht, Kreditbriefe, alles. Nun will ich noch einmal von vorn anfangen.«

»Jung genug sind Sie«, sagte Turner geschäftsmäßig. »Die Bedingungen der Indentur sind Ihnen bekannt? Die Überfahrt, danach sieben Jahre Plantagenarbeit gemäß den allgemeinen Bestimmungen. Kein Vergnügen, aber zu schaffen für einen Mann, der weiß, was er will.«

»Wo genau wird es hingehen?«

»Ich vermittele meine Klienten an Señor Duarte Cortés, er wiederum beliefert die südlichen amerikanischen Provinzen. Jeder Kontrakt wird behördlich registriert. Nach Ablauf der festgesetzten Zeit erlangen Sie Ihren früheren Individualstatus zurück.«

»Und wann ist die nächste Passage?«

»Sie scheinen es eilig zu haben!« Turner lächelte dünn. »Unser Schiff, die Crusader, wird, so Gott will, in den nächsten Tagen hier eintreffen, Ladung aufnehmen und dann die Weiterfahrt über den Atlantik antreten. Nach Stopps auf Bermuda und den Florida Keys ist der Zielhafen Wilmington in Carolina. Sie haben noch fast eine Woche Zeit, es sich zu überlegen.«

»Ich brauche keine Bedenkzeit, Mr. Turner«, erwiderte Roscoe, dem die Aussicht auf die bevorstehende Heimreise den Entschluss leichter machte, obwohl er wusste, dass es alles andere als leicht sein würde. Doch in der Sache gab es keinen zweiten Anlauf, heute oder nie, das hatte er sich geschworen.

Turner, von Roscoes Tonfall wie von seinem Äußeren irritiert, musterte ihn mit unverhohlener Neugier. »Woher kommen Sie, wenn ich fragen darf, Señor Martinez?«

»Aus La Florida. Aber ich lebte lange in Georgia und zuletzt in South Carolina.«

»Was macht ein Kreole unter lauter amerikanischen Rebellen?«

»Er kämpft mit ihnen gegen die Briten.«

»Touché!«, erwiderte Turner säuerlich. »Und Ihr Schiff?«

»Ein New Yorker Handelsfahrer. Wir kamen von London, als die Tristar in einem Sturm vor Cap d'Ouessant sank.«

Turner nickte nachdenklich. »Wie alt sind Sie, Señor?«

»Fünfundzwanzig.«

»Wenn Sie Ihre Freiheit wiedererlangen, werden Sie Anfang dreißig sein. Das ist noch kein Alter, aber Ihre Jugend ist dann vorüber. Haben Sie daran gedacht?« Roscoes ausdrucksloser Blick war ihm Antwort genug. »In Ordnung, Señor Martinez. Dann blieben noch die Formalitäten.«

Er entnahm einem Reisesekretär, der neben seinem Korbsessel stand, einen doppelseitigen Vertrag mit dem Titel »Plantation Indenture«. Roscoe trug seinen spanischen Namen und sein Alter ein, Turner ergänzte Beginn und Ende der Vertragsdauer. Nachdem beide unterschrieben hatten, teilte Turner den Kontrakt entlang einer gezahnten Linie.

»Gegen Vorlage dieses Papiers erhalten Sie nach Ablauf der Dienstzeit Ihre Freiheit zurück«, sagte er und gab Roscoe eine Hälfte des Kontrakts. »Gute Reise, Don Miguel!«

40.

Die Bar des Edinburgh Hotels war ein angenehmer Ort, um sich müßig dem Fluss der Zeit zu überlassen. Es war früh am Abend, Seeoffiziere und Händler kamen herein und mischten sich unter die Hotelgäste. Die Türen zur Hafenpromenade standen weit offen, dahinter glänzte die Bucht von Funchal unter der Abendsonne.

An den Schanktisch gelehnt, ließ William den Blick über die Mole zum Leuchtturm schweifen, zur Isla de Nossa Senhora da Conceição und weiter übers Meer. In Gedanken hatte er Amerika längst erreicht und weilte an einem Ort jenseits des atlantischen Ozeans, weit entfernt von Funchal, auch weit entfernt von seinem inneren Standpunkt. Jener ferne Ort weckte große Sehnsucht in ihm, und doch war er sich seiner Rückkehr und des Wiedersehens, das ihn dort erwartete, keinesfalls sicher. In Momenten wie diesen fiel es ihm schwer, an die Existenz eines Ortes namens Legacy zu glauben; als hätte ihm ein anderer davon erzählt.

In Madeira war er nur widerwillig an Land gegangen. Er hätte eine direkte Passage vorgezogen. Doch die Crusader war das nächste Schiff gewesen, das von London nach Amerika auslief, und weil er die Abreise von England nicht um zwei weitere Wochen aufschieben wollte, hatte er den Halt auf Madeira in Kauf genommen.

Inzwischen kamen ihm Zweifel, ob es der richtige Entschluss war, nach Carolina zurückzukehren. Die eintönige Fahrt, vorbei an Frankreich und der Iberischen Halbinsel, der erzwungene Aufenthalt auf Madeira, das alles war seiner Seelenlage nicht zuträglich und machte ihn geneigt, das ganze Unternehmen infrage zu stellen. Sein Bruder Thomas, der ihn gut kannte, hatte ihn beim Abschied in London vor genau dieser Art Zweifel säender Spekulationen gewarnt. Also befolgte er jetzt Thomas' Rat, indem er der Aussicht über das

Meer den Rücken kehrte und sich seiner nächsten Umgebung zuwandte.

In dem gemischten Publikum um die Bar fielen ihm zwei junge Männer auf, die sich in betulichem Kolonialenglisch unterhielten. Dem Aussehen nach mussten es Brüder sein, rotblonde, stämmige Burschen, die auf gediegene Art provinziell gekleidet waren. William schätzte sie auf Anfang zwanzig. Der Ältere der beiden hatte sich einen flaumigen Backenbart stehen lassen, was William an ein ihm wohlbekanntes Gesicht erinnerte. Als er den Kellner heranwinkte, unterbrachen die Brüder ihr Gespräch und verfolgten interessiert seine Order. Er wählte einen Brandy, was bei dem Jüngeren der beiden eine Reaktion hervorrief, die man nur als Frohlocken bezeichnen konnte. William überlegte, ob er das Betragen des jungen Amerikaners als alkoholbedingte Aufgekratztheit ignorieren oder sich provoziert fühlen sollte. Dabei ließ sein Blick zweifelsfrei erkennen, dass er eine Erklärung erwartete.

»Sir, wir wollten Sie nicht verärgern«, entschuldigte sich auch schon der Bärtige. »Wir hatten gewettet, ob ein Engländer Whiskey oder eher Brandy trinkt. Und da wir einen Gentleman wie Sie, Sir, insoweit als Gewährsmann betrachten, waren wir gespannt, was Sie ordern würden.«

»Ich habe auf Brandy getippt und gewonnen!«, ergänzte sein jüngerer Bruder munter. Weil William humorlos schwieg, setzte er hinzu: »Bitte gestatten Sie uns, Sie auf diesen Drink einzuladen.«

William nickte gnädig, und die Sache war aus der Welt.

»Wir sind Amerikaner, aus Charles Town, South Carolina«, sagte der junge Mann voll Stolz. »Wir waren eine Weile auf Barbados, haben den alten Familienbesitz wieder in Schwung gebracht.« Er verneigte sich formell. »Ich bin Frederick Shaughnessey, und dies ist mein Bruder Tobias.«

Natürlich Shaughnesseys! William lächelte kopfschüttelnd. Wie klein war doch die Welt.

»Sehr erfreut, meine Herren! Mein Name ist William Marshall.« Man trank sich zu. »Was tun zwei junge Pflanzer aus Barbados in Funchal?«, fragte er mit echtem Interesse.

Der Bärtige, Tobias, erklärte: »Wir sind auf dem Weg nach Le Havre-de-Grace, morgen fährt unser Schiff weiter. Fred will die Zuckerplantage weiterführen und muss neue Handelspartner in Europa gewinnen. Ich begleite ihn und werde mich eine Weile umtun, in Frankreich, vielleicht in Russland.«

»Möchten Sie denn keine Plantage aufbauen?«, fragte William, der in Tobias den jungen Frank Shaughnessey erkannte. »Nach dem Krieg gibt es genug brachliegendes Land. Ein unternehmender Geist wie Sie, Mr. Shaughnessey, könnte da sein Glück machen.«

»Andere waren leider schneller«, sagte Tobias nüchtern. »Reiche Bodenspekulanten aus dem Norden, die noch reicher werden wollten, haben den größten Schnitt gemacht.«

»Die Charles Towner Pflanzer waren selber schuld, auch unser alter Herr!«, meinte Frederick. »Wenn die Karten neu gemischt werden, muss man zugreifen! So eine Gelegenheit darf man sich nicht entgehen lassen.«

»Was soll das heißen, Fred? Hätte Dad die Notlage seiner Nachbarn ausnutzen sollen? Um sich am Ruin anderer zu bereichern, wie Hocksley, wie Vandoussen …?«

»Das habe ich nicht gesagt, Toby. Ich spreche von Landaufkäufern, die Stück um Stück ganze Landstriche an sich gebracht haben. Wie hätten sonst diese Riesenplantagen am Ashley und Cooper River entstehen können? Männer wie Clayburn oder Reed, die haben gewusst, wie man investiert.«

William musste sehr an sich halten. »Reed?«

»Ein geschäftstüchtiger Händler aus Virginia«, erklärte Toby. »Er besitzt das meiste Plantagenland weit und breit.«

»Es gab einen Captain Reed … bei der Miliz.«

»Das ist er. Reed kam nach Charles Town, als die Briten die Nordstaaten besetzten. Er machte im Handel ein Vermögen.

Am Ashley River hat er im großen Stil Land gekauft. Heute gehört ihm ein sagenhaftes Anwesen, Hollow Park, gigantische Anbauflächen für Reis, Tabak und Baumwolle.«

»Er lebt am Ashley River?«, fragte William, um sicherzugehen.

»Allerdings. Er verlässt Hollow Park so gut wie nie«, sagte Toby und schüttelte mitleidig den Kopf. »Dad nennt ihn einen höflichen Sonderling. Tja, Geld allein macht anscheinend nicht glücklich!«

William trank aus, wünschte den Shaughnesseys eine gute Weiterreise und ging hinaus. Die Mole ragte verlassen ins Meer, im Westen stand die Sonne tief am Horizont. William schritt rasch den Steinwall entlang bis zum Leuchtturm, kehrte um, ging den Weg zurück bis ans Ende der Hafenpromenade und hastete erneut zum Leuchtturm hinaus. Er forcierte seinen Gang, weit ausschreitend stützte er sich schwer auf seinen Stock und konnte doch nicht mit seinen rasenden Gedanken Schritt halten. Welche Ironie, dass er immer dann, wenn er sich von seinen Racheverlangen befreit zu haben glaubte, die Fährte seiner Peiniger kreuzte. So war es auch, als er nach England kam; er wollte in der Heimat Abstand vom Trauma der Folter gewinnen, und traf auf Oliver Roscoe.

Der arme Néné fiel Roscoes Bosheit zum Opfer, trotzdem ließ William ihn laufen. Die Vergangenheit sollte ruhen, er wollte endlich Frieden finden. Er war entschlossen gewesen, zu Antonia zurückzukehren und auf Serenity Heights mit ihr ein neues Leben zu beginnen. Und nun erfuhr er, dass er genau dort, am Ziel seiner Reise, Reed finden sollte, seinen Folterer, der dort die ganze Zeit auf ihn gewartet hatte. Es war, als lachten die Götter ihn aus!

Roscoe war auf See zugrunde gegangen. Doch Reed lebte, und solange er lebte, konnte William nicht zur Ruhe kommen. Am Fuße des Leuchtturms blieb er atemlos stehen und blickte in den blutroten Sonnenuntergang. Beim Gedanken an die

Begegnung, die am Ende dieser Reise stand, befiel ihn lähmendes Entsetzen. Er wusste und hatte es immer gewusst, dass die Konfrontation mit Reed ihn in seinen inneren Abgrund stürzen würde. Wenn er Hand an seinen Folterer legte, musste er sich dem Entsetzen stellen und ein zweites Mal die eigene Vernichtung durchleben. Und überleben! Damals wollte sein geschundener Körper sich nicht ergeben. Was aber, wenn es heute nicht mehr so wäre? Ein gefährlicher Gedanke.

Er war ein anderer geworden, von seinem Ehrgeiz, seinen Hoffnungen und Illusionen war wenig übrig. Was, wenn er im entscheidenden Moment feststellen würde, dass er nicht die Kraft hatte, seine Rache zu vollenden? Weil es vielleicht nichts mehr gab, wofür es sich lohnte? Weil es zu spät war? Aber wie könnte es zu spät sein! Er war auf dem Weg zu Antonia, also war es auch noch nicht zu spät! Für sie musste er es zu Ende bringen, für ein Leben mit ihr musste er frei werden von der Angst, von dem Hass und der Verachtung, die ihn im Innern zerstörte. Er würde mit Reed abrechnen. Für Antonias Liebe musste er es tun.

Der Moment der Schwäche war vorüber, er verließ die dunkle Mole. Scharf klang der Dorn seines Stocks auf dem Pflaster. Der schweifende Lichtstrahl des Leuchtturms glitt über die ruhige See, streifte mit zuckend weißem Lichtfinger die Kaimauer und die von Algen bewachsenen Wellenbrecher vor der Außenmole. William ging unter dem suchenden Blendstrahl hindurch und beschleunigte seine Schritte Richtung Hafen. Er wollte rechtzeitig zum Dinner zurück auf dem Schiff sein.

Die Crusader war ein schwerer Frachtsegler aus der Vorkriegszeit mit einer zahlenstarken Mannschaft, wie es bei Schiffen älterer Bauart notwendig war, wenn es galt, die einfachen, großflächigen Bram- und Marssegel zu reffen. Die Brigg hatte beträchtlich Ladung aufgenommen, vor allem Eisen in Barren aus den englischen Erzhütten für die Werkzeugschmieden Pennsylvanias. In Madeira kamen Wein in Zwanzig-Galonen-Fässern und Häute aus Spanien für die Lederverarbeitung hinzu. Die Schauerleute mussten einen Teil der Beladung auf Deck verstauen, da der Platz im Schiffsrumpf der Unterbringung menschlicher Fracht vorbehalten war.

Nun war die Crusader kein Sklavenschiff im üblichen Sinne. Sie transportierte auf ihren Fahrten Indenturknechte aus Europa in die Neue Welt. Diesmal waren es Portugiesen aus Madeira und vom Festland, Kanarier und Spanier, die sich für den Preis einer Überfahrt und die vage Aussicht auf eine kleine Parzelle Ackerland an einen *Patrón* verkauft hatten, der sie als weiße Arbeitssklaven auf amerikanische Plantagen vermittelte. Im Unterschied zu einem schwarzen Sklaven konnte ein Indenturknecht nach Ablauf der üblichen siebenjährigen Dienstzeit wieder ein freies Leben führen, ohne Benachteiligung oder Diskriminierung, zumal in einem Land ohne die entwürdigenden Feudalstrukturen des alten Europa.

Die *Indenturos* auf der Crusader gehörten Señor Duarte Cortés, der streng darauf achtete, dass keiner seiner Dienstverpflichteten bevorzugt wurde, damit während der Überfahrt unter den Leuten Ruhe herrschte. Die Unterbringung an Bord war spartanisch, aber anders als afrikanische Sklaven konnten die *Indenturos* sich in ihrem Quartier frei bewegen und durften sich zu festgelegten Tageszeiten auch an Deck aufhalten. Sie bekamen Hängematten zum Schlafen und mehrmals täglich Mahlzeiten aus der Kombüse.

Für zahlende Passagiere gab es vier zweckmäßig eingerichtete Kajüten, die neben der Kapitänskajüte unterm Achterdeck lagen. In London ging William als einziger Passagier an Bord. Untertags blieb er in seiner Kajüte, las oder schrieb an einem Bericht über die Kampagnen in den südlichen Provinzen. In den Abendstunden ging er für ein oder zwei Stunden an Deck und unterhielt sich auf der Brücke mit Jim Greene, dem Rudergast der ersten Wache, dessen lakonischer Lancashire-Witz ihn an seine Heimat an der irischen See erinnerte.

Am Abend nach der Abfahrt von Madeira lernte er beim Dinner zwei weitere Passagiere kennen. Als man sich zu Tisch setzte, ließ der Kapitän es sich nicht nehmen, William mit gewisser Befriedigung als Colonel der Britischen Armee vorzustellen. Danach machten sich die Mitreisenden selber bekannt, und William hatte das Vergnügen, Mr. Henegue McElrond kennenzulernen, einen umgänglichen, etwas rechthaberischen Schotten, der im Auftrag einer Edelsteinschleiferei von Glasgow zu den Smaragdminen Brasiliens reiste. Der dritte Passagier war Señor Duarte Cortés, ein eitler Mann von Anfang fünfzig mit abgelebten Zügen, der vom Handel mit Indenturknechten profitierte, seit der Tabakboom und ein Mangel an schwarzen Sklaven in Virginia ihm Höchstpreise für weiße Leibeigene bescherten. Jim Greene hatte William berichtet, dass Cortés als spanischer Statthalter in Kuba früher den Sklavenmarkt von Havanna kontrolliert habe; seine Unbarmherzigkeit gegenüber afrikanischen Sklaven sei weithin bekannt gewesen.

Nach dem Dinner fragte Kapitän Robins, ob William und die beiden anderen Passagiere auf ein Glas Wein in seinen Salon kommen wollten. In der Hoffnung auf etwas Unterhaltung während der mehrwöchigen Reise schloss William sich der Gesellschaft an. Nach einer Stunde entschuldigte sich der Kapitän, dessen Dienstplan routinemäßige Kursabstimmungen mit dem Navigator vorsah; Mr. Fletcher, der zweite Offizier, sollte seine Gäste weiter unterhalten. Fletcher schlug ein Kartenspiel vor. Man rückte näher an den Tisch, die Karten wurden gegeben und die Einsätze geleistet. McElrond und Cortés als die »Zivilisten« spielten zusammen gegen die Offiziere Fletcher und Marshall. McElrond ging klug aber konservativ vor und vermied jedes Risiko. Ganz im Gegensatz zu Cortés, der ein leidenschaftlicher Spieler war und durch seine leichtsinnigen Alleingänge McElrond gern zur Verzweiflung brachte.

William und Fletcher machten ein schnelles, für ihre Gegner schwer durchschaubares Spiel. Fletcher, der typische Besucher von Offiziersclubs, bevorzugte einen offensiven Stil und zwang die Gegenspieler durch seine provokanten Eröffnungen zur Aufgabe ihrer Strategie. William dagegen gab seine Absichten nie zu erkennen. Er merkte sich jede Karte im Spielverlauf und wartete einfach ab, dass Cortés oder McElrond auf Fletchers flamboyante Aktionen eingingen, um die Partie seinerseits dann mit einer wohlüberlegten Kartenkombination zu entscheiden. Unnötig zu erwähnen, dass er sich mit Fletcher ohne Worte verständigte.

Es war schon spät, als McElrond aufstand und sich empfahl. Der Steward füllte noch einmal die Gläser, William und Fletcher tranken sich zu auf ihr erfolgreiches Spiel. Cortés entzündete eine Zigarre und blies feine Rauchkringel in die Luft.

»Es war mir ein großes Vergnügen, Señores«, sagte er mit einer Verneigung. »Sie haben souverän gespielt, auch unser Mr. McElrond. Da sieht man wieder, dass die Temperamente doch sehr verschieden sind. Wie schaffen es Engländer, bei einer so aufregenden Sache wie dem Glücksspiel kühl und diszipliniert zu bleiben?«

Fletcher lachte. »Gut, dass Mr. McElrond das nicht gehört hat!«

»Natürlich, er ist Schotte«, erinnerte sich Cortés. »Wie konnte ich das vergessen! Wahrscheinlich geht es Ihnen mit den Schotten so wie uns Spaniern mit den Portugiesen: Außenstehende bemerken kaum Unterschiede, während wir unsere Einzigartigkeit erbittert verteidigen. Wer will schon so sein wie sein Nachbar? Das ist wohl der Grund für die meisten Kriege.«

»Unterstellen Sie den Menschen nicht zu viel Esprit, Mr. Cortés«, erwiderte Fletcher mit der Arroganz der Kadettenschulen. »Mit Ausnahme weniger aufgeklärter Staaten wie dem Britischen Empire führen andere Länder ihre Kriege doch nur aus Machtanmaßung. Im Grunde ist der Gegner sogar austauschbar, es geht lediglich darum, jemanden zu unterwerfen; politische Motive dienen dabei einzig als Entschuldigung für Machtgier und Unterdrückung.«

»Bravo, Mr. Fletcher!« Cortés hob lächelnd das Glas. »Ich bin wirklich beruhigt, dass die meisten Kriege unter Beteiligung Ihres aufgeklärten Empires geführt werden, unter leidenschaftslosen Kommandeuren wie unserem Colonel hier.«

»Was wollen Sie damit sagen?«, fragte Fletcher nach einem Seitenblick zu William, der unbeteiligt schwieg.

Cortés sog an seiner Zigarre und sagte durch eine Wolke blauen Rauchs: »Junger Mann, lassen Sie uns Ihre schöne Abstraktion der Überlegenheit Englands an einem konkreten Beispiel überprüfen. Schauen Sie her«, er wies mit eleganter Geste auf William, »sehen Sie sich Mr. Marshall an, der Prototyp des britischen Offiziers, der die Traditionsgene Ihrer Militärkaste zur Schau trägt: Disziplin, kühle, abgeklärte Distanz – die pure Korrektheit. Auf den ersten Blick scheint er über jeden Zweifel erhaben.«

In Cortés' Ton lag kaum ein Hauch Ironie. Fletcher wurde erst unsicher, als er Williams Blick bemerkte. »Was für Zweifel meinen Sie?«

»Nun, Señor Fletcher, Sie sprachen von Machtgier, von der Lust an Gewalt und Unterdrückung et cetera. Glauben Sie denn, es gibt andere Beweggründe für kriegerische Auseinandersetzungen? Denken Sie an Ihre englischen Eroberungskriege. Ein Blick ins Geschichtsbuch, und bei jedem regen sich Zweifel an der Integrität der Kriegsherren. Nehmen wir das jüngste Beispiel, den amerikanischen Unabhängigkeitskrieg ...«

»Sie meinen die Rebellion!«

»Wie auch immer, Señor Fletcher. Sie glauben doch nicht, irgendein englischer Befehlshaber hätte den Standpunkt einer höheren Moral bemüht, um Großbritanniens Überlegenheit gegenüber den aufständischen Kolonisten durchzusetzen? Im Gegenteil, sie schickten ihre Eliteeinheiten gegen schlecht bewaffnete Provinzler, überfielen ahnungslose Dörfer und machten die männlichen Bewohner bis hin zu elfjährigen Jungen nieder. Nennen Sie das eine *aufgeklärte* Art der Kriegsführung?«

Fletcher reagierte wie erwartet. »Ich behaupte ja nicht, dass alles richtig war. Sie sprechen vermutlich einzelne Exzesse schlecht geführter Truppen an ...«

»Mein lieber Señor Fletcher, erlauben Sie, dass ich Sie korrigiere: Solche Exzesse waren im besetzten South Carolina vor knapp einem Jahr an der Tagesordnung.«

»Trotzdem können Sie daraus keine Rückschlüsse ziehen auf den offiziellen Angriffsplan oder auf taktische Empfehlungen der Befehlshaber.«

»Wirklich nicht? Was hatte Ihren Sir Clinton oder Ihren Lord Cornwallis wohl bewogen, derart erbarmungslos gegen die Kolonien zu Felde zu ziehen, wenn nicht die Machtgier Englands und der Wille, sich die abtrünnigen Gebiete gewaltsam wieder einzuverleiben? Hier, unser über jeden Zweifel erhabener Colonel kann Ihnen sicher berichten, wie es zu den Übergriffen kam.«

»Sir, es verbietet sich, Mr. Marshall mit derartigen Vorkommnissen in Verbindung zu bringen!«

»Tatsächlich? Ich denke, er ist dabei gewesen.«

Nun fand William, war es an der Zeit einzugreifen. »Es wäre ein Fehler, Señor, das Ziel unseres Einsatzes in den Kolonien mit den Mitteln zur Erreichung desselben zu verwechseln. Die Kampagnen hatten ihre dunklen Seiten, das will ich nicht bestreiten. Aber wer Krieg führt, muss zur Anwendung äußerster Gewalt bereit sein. Das ist die Grundvoraussetzung, andernfalls kann man es gleich sein lassen.«

»Ich verstehe«, warf Cortés ein, »der Zweck heiligt die Mittel!«

»Nicht unbedingt. Als Kommandeur der Britischen Armee muss ich darauf achten, dass unsere Aktionen im angemessenen Verhältnis stehen zu dem vorrangigen Interesse Englands, seinen Einfluss in der Welt zu erhalten.«

»Wie es sich erwiesen hat, gebührt dem Interesse Amerikas an seiner Freiheit der Vorrang. Die Welt gehört nicht England allein, Colonel.«

»Bedauerlicherweise«, meinte William ohne jede Ironie.

Cortés streifte behutsam die Asche von seiner Zigarre und sagte nachdenklich: »Sieben Jahre Krieg, sieben Jahre Besatzung ganzer Provinzen. Jeder weiß, wie schwer die Bevölkerung in den besetzten Gebieten gelitten hat.«

»Eklatante Verstöße gegen das Kriegsrecht wurden nie heruntergespielt oder geleugnet«, entgegnete William. »Heute erklärt man die Situation damit, dass die Soldaten moralisch korrumpiert gewesen seien. Die Verantwortlichen stellen sich auf den Standpunkt, die ablehnende Haltung der Bevölkerung und ihre Feindseligkeiten gegen die Besatzungstruppen seien schuld gewesen an einer fortschreitenden Verrohung der Sitten; daher konnte es nicht ausbleiben, dass bei Kampfhandlungen oder bei Auseinandersetzungen mit Zivilisten das Kriegsrecht verletzt wurde.«

»Ein interessanter Standpunkt«, meinte Cortés. »Was sagen Sie dazu, Señor Fletcher?«

Fletcher fehlten die Worte; Williams zynische Dialektik beschämte den geradlinigen Marineoffizier, sodass er betroffen schwieg. Cortés hatte auch keine Antwort erwartet. Er zog einen der Silberleuchter heran und entzündete an der Kerze seine Zigarre, die überm Reden ausgegangen war. Dabei betrachtete er William mit einem Ausdruck, in dem sich Neugier und Tücke die Waage hielten.

»Sind Sie auch der Ansicht, Colonel, die amerikanische Landbevölkerung hätte die Grausamkeiten der Expeditionstruppen durch ungerechtfertigten Widerstand selbst verschuldet?«

Darauf hätte William nicht geantwortet, wenn nicht Fletcher so verzweifelt auf eine Ehrenerklärung von ihm gewartet hätte. »Der Ausdruck ›Landbevölkerung‹ trifft es nicht ganz, Señor

Cortés. Ersetzen Sie ihn durch die Bezeichnung ›Miliz‹, und Sie bekommen den richtigen Eindruck von der Situation in den südlichen Provinzen.«

»Gut, reden wir von Milizen. Was nichts an der Tatsache ändert, dass Sie ausgebildete *Regulars* gegen Bauernburschen und alte Männer schickten, die mit rostigen Säbeln aus den Indianerkriegen und einer Handvoll Gewehren antraten, und deren Anführer von General Washington aus gutem Grund nicht in die Reihen seiner Continentals aufgenommen wurden.«

»Falsch, Señor Cortés: Die Milizen wurden von Hauptleuten geführt, die ihre Ausbildung in den Garnisonen unseres Kolonialheeres absolviert hatten. Die Männer der freiwilligen Landwehr waren im wehrpflichtigen Alter, darunter viele Veteranen aus dem Siebenjährigen Krieg, die durchaus imstande waren, Washingtons Kontinentalarmee mit einsatzstarken Verbänden zu unterstützen, und es auch taten. Im Übrigen, Señor, operierten die Rebellenmilizen bevorzugt aus dem Hinterhalt, wodurch sie unsere technische Überlegenheit ausglichen. Unterstützt durch die Bevölkerung und dank ihrer guten Ortskenntnisse sind einheimische Verteidiger im Vorteil gegenüber jedem noch so gut bewaffneten und gedrillten Invasionsheer.«

Für Fletcher fügte er hinzu: »Wenn ich meine Leute zu einem bestimmten Ort schickte, waren die Rebellen meistens vor uns da und warteten in einem Versteck auf den günstigen Moment für den Überfall. Wir hatten dadurch große Verluste.«

»Auf die Dauer machte Sie das bestimmt wütend«, sagte Cortés konziliant. »Aber reicht das als Entschuldigung für Kriegsverbrechen?«

Fletcher sah nervös von einem zum andern. Offenbar wollte Cortés die genannten Übergriffe Spencer persönlich anlasten. William aber ließ den Vorwurf gelassen an sich abgleiten.

»Sie tragen einen großen Namen, Señor Cortés«, sagte er mit einem Anflug von Verachtung. »Er steht als Synonym für Spaniens Unmenschlichkeit gegen andere Völker. Während

Ihrer Amtszeit in Havanna wurde in diesem Ihrem Namen das Naturrecht mit Füßen getreten. Ich möchte bezweifeln, dass Sie berufen sind, meine Entscheidungen in diesem Krieg zu beurteilen.«

Cortés konnte oder wollte darauf nichts erwidern. Er nickte stumm und blickte unter schweren Lidern in die Kerzenflamme, die Augen fahlbraune Halbmonde, das Erbe der Aztekenmädchen, die man auf Yucatan den weißen Göttern dargebracht hatte.

Fletcher wurde das anhaltende Schweigen unangenehm. Er sah zum Stundenglas. Vielleicht würde ein Hinweis auf die fortgeschrittene Zeit die Spannung lösen? Als Williams Blick ihn streifte, ließ er den Gedanken sofort fallen.

Ungerührt ließ William noch eine weitere Minute verstreichen. Dann nahm er sein Weinglas, trank den Rest von Kapitän Robins altem Port und bemerkte leichthin: »Wir haben zwar den Krieg verloren, Señor, aber heute Nacht eine Menge von Ihrem Geld gewonnen. Ich schlage Einsatzlimits vor, damit uns der Spaß am Ende nicht zu teuer kommt. Was halten Sie davon, Gentlemen?«

Er wollte nicht einfach das Thema wechseln, doch er wusste, der Kapitän würde es nicht gutheißen, wenn in seinem Salon um so hohe Summen gespielt wurde.

Cortés aber mochte nichts davon hören. »Ich bitte Sie, Colonel, wollen Sie uns um das ganze Vergnügen bringen? Oder fürchten Sie meine Revanche?«

Das war nun das Letzte, was William zu befürchten hatte. Wenn es darauf ankam, standen ihm spielerische Möglichkeiten zu Gebote, die zwar nicht orthodox waren, aber den Faktor des Zufalls eliminierten. »Ich gebe Ihnen jederzeit Gelegenheit zur Revanche, nur fürchte ich, unser Einvernehmen könnte darunter leiden.«

»Lassen Sie das meine Sorge sein, Colonel!«, rief Cortés stolz. »Wenn die Señores McElrond und Fletcher es vorziehen, sich in

Sicherheit zu bringen, bitte! Doch ich wüsste nicht, was zwei Caballeros wie uns hindern sollte, das Glück auf die Probe zu stellen.«

William lächelte sein seltenes Lächeln und dachte, dass jeder im Leben Demut lernen musste. »Die Reise fängt an, mir Spaß zu machen!«, sagte er mit einer Verbeugung.

So verbrachte man die folgenden Abende beim Kartenspiel. Fletcher blieb Williams Spielpartner, nur während der Wachen nahm der Kapitän oder auch der Erste Offizier seinen Platz am Spieltisch ein. Zu guter Letzt hatte man sich doch auf eine Begrenzung des Verlustrisikos verständigt, dergestalt, dass zwar die Höhe der Einsätze offen blieb, das allabendliche Kartenspiel aber nach zwei Stunden endete. William war es nur recht, so konnte er seine nächtlichen Spaziergänge an Deck wiederaufnehmen und sich gelegentlich mit seinem Landsmann Greene unterhalten.

Am fünften Reisetag fühlte McElrond sich nicht wohl. Es herrschte starker Seegang, seit dem Morgen rollte die Brigg auf langen Wellenbergen auf und ab. Der Schotte ließ vom Steward ausrichten, er werde bis auf Weiteres in seiner Kajüte bleiben, und so fiel mit Rücksicht auf den seekranken McElrond das Kartenspiel aus. Am übernächsten Tag war das Meer wieder spiegelglatt, die Crusader glitt vor einer steten Brise ruhig dahin. Doch dem armen McElrond ging es nicht besser, im Gegenteil, er konnte nichts essen, klagte über kolikartige Schmerzen.

Nach dem Dinner ging William an Deck. Er stieg auf die Brücke und erzählte Greene von der Unpässlichkeit des Schotten.

»Also seekrank ist der bestimmt nicht«, bemerkte der Steuermann.

»Das denke ich auch.«

»Ein Doktor wär' nicht schlecht.«

»Stimmt, der wäre jetzt nicht schlecht«, pflichtete William ihm bei. »Aber wir haben keinen an Bord.«

»Sir, unten bei den *Indenturos* gibt's einen Wundarzt. Kein richtiger Doktor, aber anscheinend versteht er sein Handwerk.«

»Na, vielleicht könnte er McElrond helfen. Kann ich den Mann sprechen?«

»Aye, Sir. Wenn Sie wollen, gehen wir nach meiner Wache zu ihm.«

Den Stock unterm Arm, in breitem Stand, um den Seegang auszugleichen, lehnte William an der Heckgalerie. Die Crusader machte gute Fahrt, das kräftige Hoch über den Azoren beschleunigte den Passat, der sie schnell und gleichmäßig vorantrieb. William betrachtete die Konstellationen am westlichen Himmel. Seit der Abfahrt von Madeira lief der Kurs konstant westwärts, nächstes Ziel war Bermuda. Wenn sie keinem Orkan ausweichen mussten, konnten sie den Archipel bei gleicher Windstärke in zwei bis drei Wochen erreichen und nach einer weiteren knappen Woche die amerikanische Ostküste.

Die Schiffsglocke schlug zum Wachwechsel. Greene übergab das Steuer der nächsten Ruderwache, dann ging er hinunter zum Hauptdeck, öffnete das Großluk und forderte William auf, ihm zu folgen. Nacheinander stiegen sie den Niedergang hinunter in den Rumpf des Schiffes. William wusste, die Indenturknechte waren im zweiten Frachtdeck untergebracht, tief unten in der Last, in einem Bereich, der unterhalb der Wasserlinie lag. Er musste mit Greene also bis zum Kielraum hinunter; kein angenehmer Gedanke.

Vorn unter dem Oberdeck lagen die Mannschaftsquartiere. Die Balkendecke war niedrig, William ging gebeugt zwischen herabhängenden Laternen hinter Greene her. In der Back saßen zwei ältere Matrosen, einer besserte Kleidung aus, der andere schnitzte an einem Robbenzahn. Die Schiffsjungen schliefen in ihren Kojen, die übrigen Schlafplätze waren leer.

William tippte Greene auf die Schulter. »Sagen Sie, wo ist der Rest der Mannschaft?«

»Die ganze Freiwache ist da unten.« Greene deutete zum Boden.

Jetzt bemerkte William ein dumpfes Dröhnen, das aus dem Bauch des Schiffs kam und die Bodenplanken erschütterte. »Sie meinen, die Männer sind bei den *Indenturos*? Warum?«

»Das werden Sie gleich sehen, Sir«, sagte Greene und ging weiter. »Folgen Sie mir.«

Er öffnete das nächste Luk, und sie stiegen den Niedergang zum ersten Frachtdeck hinunter, einem flachen, dicht gestauten Laderaum. Hier war das Dröhnen erheblich lauter, es klang wie ein rhythmisches Stampfen, auch Pfiffe waren zu hören und Schreie. Trotz der aufgestapelten Fracht vibrierte der Boden des Zwischendecks im Takt der Erschütterungen.

Vor dem Luk zum letzten Niedergang blieb Greene stehen und sagte: »Wenn wir da unten sind, sollten Sie besser mit niemandem reden. Es ist nämlich so, Sir, die Leute sind hier gern unter sich, wenn Sie verstehen, was ich meine?«

»Sie meinen, ich sollte gar nicht wissen, was hier vorgeht?«

»Aye, Sir, so könnte man sagen.«

William sah ihm an, dass er sich unbehaglich fühlte. Aber da sie nun schon hier waren, nickte er Greene zu, das Luk zu öffnen.

Der Lärm, der ihnen entgegenschlug, war von massiver, körperhafter Substanz. Unten angekommen, gewährte ihnen der Torwächter nach dem obligaten Handschlag Einlass in ein wahres Inferno. Die Luft war heiß, gesättigt von menschlichen Ausdünstungen, vom Geruch nach Petroleum und faulem Bilgenwasser. Zwischen zwei niedrigen Frachtbereichen vorn und achtern lag mittschiffs das Quartier der *Indenturos*. Die Decksbalken waren hier an die siebeneinhalb Fuß hoch, der Raum dröhnte vom Gestampf und Gejohle einer kompakten Menschenmenge. Kerzenstümpfe baumelten an Drähten von den Balken und warfen ihr unstetes Licht ins Halbdunkel. Nur ein Kreis in der Mitte des langgestreckten Schiffsrumpfs war von zwei Petroleumlampen leidlich beleuchtet. Dorthin, zum Zentrum des Geschehens, drängten die Männer.

Greene machte sich gleich auf die Suche nach dem Wundarzt. William, der beim Eingang auf ihn warten wollte, erfasste die Situation, die sich darbot, mit einem Blick: Das hier war ein Fight Club! Während seiner Stationierung in New York hatte er schon Kampfarenen dieser Art kennengelernt; an Bord eines britischen Handelsschiffs hätte er dergleichen nicht erwartet.

Die *Indenturos* waren unschwer an ihrer bäuerlichen Tracht zu erkennen. In ihren Gesichtern glaubte William denselben Ausdruck von Entwurzelung zu entdecken, der ihm bei den zahllosen Habenichtsen aufgefallen war, die nach der Landflucht in England ein Hungerleben auf Londons Straßen fristeten.

Die Matrosen der Crusader waren in der Überzahl und fühlten sich als geheuerte Seeleute per se den armen *Indenturos* überlegen. William unterschied einzelne Gruppen, die den Namen ihres Favoriten hymnisch skandierten oder Zoten über den Rivalen rissen. Manche Männer verhandelten Wetten, andere reichten Rumkrüge herum. Plötzlich wurden die Anfeuerungslieder lauter, Kampfrufe schallten durchs Deck.

William ließ sich von der Stimmung mitreißen und bahnte sich einen Weg durch die Menge, um das Geschehen aus nächster Nähe zu verfolgen. Der Kampf hatte gerade begonnen, in dem freigehaltenen Kreis schlugen sich zwei Männer. Für die Matrosen war ein drahtiger, magerer Mann im Ring; er trug eine Binde über dem linken Auge und kämpfte mit stoffumwickelten Fäusten. Der Kämpfer der *Indenturos,* ein großer, bäurischer Mann, wirkte wenig angriffslustig und wich den Schlägen des Einäugigen schwerfällig aus. Die *Indenturos* verlangten lautstark, er solle mehr Engagement zeigen, während die Schiffsbesatzung über den trägen Landmann Witze riss.

Der Einäugige geriet zunehmend in Rage über den lahmen

Gegner, der ihm einen wenig ehrenvollen Kampf bescherte. Er beschimpfte den Spanier und versuchte, ihn durch unfaire Ausfälle zu reizen; darüber wurde er unvorsichtig. Als er nach einem wirkungslosen Haken zu langsam zurücktrat, holte der Bauer etwas weiter aus und schlug dem Matrosen mit harter Faust gegen die Schläfe. Der Einäugige ging sofort zu Boden und wurde ausgezählt. Der Kampf war so plötzlich zu Ende, dass kaum Begeisterung aufkam. Das Stampfen verebbte, Wetten wurden ausgezahlt. Dem Sieger klopfte man auf die Schulter, den Matrosen holte ein Guss Salzwasser und ein Tritt seines Buchmachers in die Gegenwart zurück.

In der Kampfpause gingen die Männer um William auf Abstand. Sie taten so, als nähmen sie keine Notiz von ihm, aber das stimmte nicht. Das Leben unter Soldaten hatte ihn gelehrt, dass Mannschaften von sozialen Unterschieden verunsichert wurden. Als Ranghöherer hatte er Begegnungen mit den Gemeinen auf das erforderliche Maß beschränkt, um sie nicht in Verlegenheit zu bringen. Aus demselben Grund erwog er jetzt, zu gehen. Greene würde schon eine Möglichkeit finden, ihm den Wundarzt zu präsentieren. Doch kaum hatte er sich entschlossen, da strebte die Menge wieder zur Mitte. Der Ring war nicht mehr leer.

Durch eine Bretterwand vom Frachtraum abgetrennt, gab es achtern einen Verschlag. Der Raum diente als Kerker für Missetäter, die wegen der Schwere ihrer Verfehlung nicht nur in der üblichen Weise ausgepeitscht, sondern danach zur weiteren Disziplinierung eingesperrt wurden. In dem Verschlag blakte ein Talglicht in einer Wandhalterung. Der Boden war sauber und trocken, trotzdem hielt sich ein unguter Geruch nach Schimmel, Urin und etwas anderem, man wollte nicht wirklich wissen, nach was. Es war ein entmutigender Geruch, die Essenz menschlicher Angst.

Der Caudillo der *Indenturos* beanspruchte den Verschlag als

Kabine, um seinen besten Kämpfer vom Lärm und der Menge fernzuhalten und die Spannung der Zuschauer zu steigern. Hier nun wartete Oliver Roscoe darauf, in die Arena geschickt zu werden. Zwischen zwei Verbundhölzern an die Verplankung gelehnt, die knielangen Leinenhosen mit einem Stück Seil gegürtet, stand er mit geschlossenen Augen und stellte sich vor, dass nur ein paar Zoll verpichtes Eichenholz in seinem Rücken ihn von dem kalten Abgrund trennten. Hier unter der Wasserlinie war er sich der Tiefe des Ozeans selbst im Schlaf bewusst. Hatte er denn keine Angst? Immerhin hatte er einen Schiffbruch erlebt und überlebt.

Als in jenem Sturm die Tristar unter ihm barst und sein Schrei im Strudel erstickt wurde, als er zwischen erdrückende Wassermassen geriet und, hilflos an die Heckgalerie gefesselt, mit den Schiffstrümmern zwanzig, vierzig, sechzig Fuß in eisige Dunkelheit hinabgerissen wurde, da wusste er, er war tot – bis plötzlich durch eine Schwäche der Konstruktion und irgendein unverdientes Glück das sinkende Wrack zum zweiten Mal zerbrach und Roscoe, an sein rettendes Stück Holz gebunden, nach oben getragen wurde, während um ihn alles in die Tiefe sank. Als er die Wasseroberfläche durchstieß, spürte er zum ersten Mal, was Luft war und Atem und Leben.

Jetzt war er wieder auf einem Schiff, eingesperrt im licht- und luftlosen untersten Frachtraum der Brigg. Hier unten war man verloren, hier war man chancenlos. Doch er hatte keine Angst. Er war viel zu einsam, um Angst zu haben.

Das Talglicht flackerte im Luftzug, als der Caudillo hereinkam, ein kräftiger Mann von athletischer Statur, gut einen Kopf größer als Roscoe, mit kahlgeschorenem Schädel und harten, alterslosen Zügen. Wie alle *Indenturos* trug er lange Arbeitshosen und ging barfuß. Um seinen Hals hing an einem Lederband ein silbernes Amulett der Heiligen Jungfrau, graviert mit seinem Namen, Santáneo.

Er lachte derb und sagte in asturischem Spanisch: »Heute

werden wir richtig abkassieren, Kleiner! Joao hält Wetten auf dich von fünfzehn zu eins, du weißt, was das heißt. Jetzt pass auf, dein Gegner ist groß und schwer gebaut. Du kannst das schaffen, wenn du ihn schnell genug packst. Aber denk dran, er gehört zur Seemannszunft, also nur Schläge von der Gürtellinie aufwärts, klar? Versuch ja nicht deine Kicks, sonst nehmen sie dich auseinander. Mach einfach, was ich dir gesagt habe, und du bist im Handumdrehen mit ihm fertig. Noch mal: Was sollst du tun?«

»Schnell angreifen«, wiederholte Roscoe gleichgültig. »Nur Schläge über der Gürtellinie. Keine Kicks.«

»Genau. Und jetzt geh da raus, Kleiner!« An der Tür rief Santáneo ihn zurück: »He, Martinez!«

»Was?«

»Vergiss nicht, dass die Leute 'ne Menge bezahlt haben. Die wollen dich kämpfen sehen. Also gib ihnen den Champ, gib ihnen Martinez!« Roscoe sah ihn ausdruckslos an, nickte und ging hinaus.

Auf dem Kampfplatz wartete ein bulliger Mann, ein muskelbepackter Waliser mit Namen Mungo Jack. Er massierte seine Bizepse und lockerte die Schultern, ein paar Mal spuckte er verächtlich auf den Boden. Im Halbkreis um ihn standen die Matrosen der Crusader, Jack war ihr Champion. Rhythmisches Stampfen setzte ein, über die Köpfe der herandrängenden Zuschauer rief man ihm Siegesparolen zu.

Große Erwartung hatte alle gepackt. William spürte, wie die Spannung auch ihn ergriff. Er wollte den nächsten Kampf auf keinen Fall versäumen und ließ sich mit der Menge näher zur Arena schieben. Die Matrosen drängten sich am Ring, sie nahmen Aufstellung hinter ihrem Kämpfer und tönten voller Zuversicht, Mungo Jack werde den Sieg davontragen.

Da rief jemand auf der anderen Seite: »Martinez!«

Kaum hörten die *Indenturos* den Name ihres Favoriten,

stampften sie laut im Takt und skandierten voller Enthusiasmus: »Mar-ti-nez! Mar-ti-nez!« Die Begeisterung für den angekündigten Kämpfer griff auf den ganzen Raum über, der Boden bebte, alle *Indenturos* und Matrosen stampften und schrien, sie wollten Martinez kämpfen sehen. Endlich öffnete sich eine Gasse zwischen den Zuschauern. Wie alle wandte William den Blick dorthin und machte sich auf eine besondere Darbietung gefasst.

Ein Mann bahnte sich zügig den Weg durch die Menge. Er sah unter seinen verfilzten Locken weder nach rechts noch links und schritt mit kraftvoller Grazie durch die Männer, die begeistert seinen Namen riefen. Als er den Kampfplatz betrat, musterte Mungo Jack ihn mit verächtlicher Miene. Martinez hob kurz den Blick, ohne seine Schritte zu verlangsamen durchmaß er den Ring und griff augenblicklich an. Die Zuschauer begriffen erst, was geschah, als Martinez seinen muskelstrotzenden Gegner in kurzem Anlauf ansprang. Ein Fuß auf Jacks rechtem Knie, der andere auf dessen linker Hüfte, hielt er hoch aufgerichtet über seinem Gegner eine Sekunde die Balance, ehe er die Arme hochriss und die zur Doppelfaust geschlossenen Hände hinunter in Jacks Genick hieb. Aus dem Schwung des Schlags sprang er über den zusammenbrechenden Mann hinweg und landete mühelos hinter ihm auf den Füßen.

Mungo Jack lag gefällt im Ring. Die Menge stöhnte ungläubig auf, was sollte das? Niemand griff auf diese Art an! Langsam kam Mungo Jack zu sich. Er hatte nicht verstanden, was passiert war, und stierte unkoordiniert in die Runde. Die Matrosen brüllten ihm zu, er solle aufstehen und weiterkämpfen. Indes war Martinez in Bewegung geblieben. Auf einer Kreisbahn schritt er um seinen Gegner herum, wobei er weder die Schmährufe der Matrosen noch die Ermahnungen der *Indenturos* wahrzunehmen schien. Als Jack unsicher auf die Beine kam, verließ er seine Kreisbahn und ging ohne Eile auf ihn zu.

Die warnenden Rufe der Zuschauer erreichten Jack nicht

mehr. Martinez, wie ein Halbwüchsiger neben dem kräftigen Waliser, legte in einer geschmeidigen Bewegung von hinten einen Arm um Jacks Hals, schloss mit einem kurzen Ruck die Armbeuge und drückte ihm den Kehlkopf zu. Ehe Jack seinen Feind abschütteln konnte, hatte Martinez mit der freien Hand in Jacks rechten Ellbogen gefasst und überdrehte ihm den Arm zum Schulterblatt. Während der Seemann in dem schmerzhaften Griff hilflos nach Luft keuchte, versetzte Martinez ihm einen hoch angesetzten, schweren Tritt gegen den Oberschenkel.

Jack brachen die Beine weg, er hing aber noch in Martinez' Griff, sodass sein eigenes Körpergewicht ihm die Kehle zudrückte und zugleich den verrenkten Arm aus dem Schultergelenk drehte. Martinez konnte ihn nur kurz so halten; um nicht selbst zu Boden gerissen zu werden, ließ er ihn fallen. Mungo Jack brüllte wie ein Tier. Sein ausgekugelter Arm stand in falschem Winkel ab, während er sich keuchend am Boden wand, um durch den gequetschten Kehlkopf Luft zu bekommen. Martinez wandte sich gleichgültig ab und nahm seine Kreisbahn wieder auf. Die ersten Zuschauer fingen an zu murren, dann ertönten laute, aufgebrachte Stimmen und Pfiffe. Niemand achtete mehr auf den Gentleman-Passagier, der unbewegt das Geschehen im Ring beobachtete.

William indes war völlig perplex. Er ließ den paradierenden Martinez nicht aus den Augen, während er nach dem entscheidenden Fehler in seiner Wahrnehmung suchte. Er hatte das unverwechselbare Bewegungsmuster sofort erkannt, als der *Indenturo* unter den Stakkatorufen seiner Fans in den Ring gelaufen war. Die Art, wie Martinez nun seinen Gegner umkreiste, weckte in ihm Erinnerungen der unangenehmsten Art. William hatte schon manches erlebt, aber dies zweite Wiedersehen mit Oliver Roscoe war von allen bösen Überraschungen die schlechteste! Vor einem Monat hatte die »London Tribune« in den Schiffsmeldungen vom Untergang der Tristar berichtet.

Für William hatte sich Roscoes Schicksal damit erfüllt und er hätte nie mehr einen Gedanken an ihn verschwendet. Doch offenbar gab es eine schützende Hand, die den Kreolen vor einem zeitigen Tod bewahrt hatte.

Während William über so viel unverdientes Glück nachsann, zog Roscoe unbeirrt seine Kreise. Noch konnte sich niemand entschließen, Mungo Jack auszuzählen, obwohl das Publikum lautstark nach einer Entscheidung verlangte. Die Matrosen empörten sich über die unlauteren Kampfmethoden; sie wollten nicht hinnehmen, dass ihr Favorit gegen diesen Schuldknecht verlor. Bei den *Indenturos* war die Stimmung verhalten. Misstrauisch beobachteten sie ihren Champion Martinez, als fragten sie sich, was plötzlich in ihn gefahren war.

Endlich tat sich etwas. William sah drei *Indenturos* in den Ring treten, unter ihnen ein großer, kahl geschorener Mann von gewisser Autorität, der Roscoe, den sie hier Martinez nannten, mit einem gefährlichen Grinsen zu sich winkte. Dann erklärte er Mungo Jack mit lauter Stimme für kampfunfähig und forderte die Matrosen auf, ihren Mann wegzubringen. Nach Jacks Abgang entbrannte Streit zwischen den Lagern. Die Engländer wollten den Kampf für ungültig erklären. Sie verlangten nicht nur ihr Geld zurück, sie wollten ihren Favoriten auch rehabilitiert sehen.

Der kahlköpfige Caudillo der *Indenturos* aber ließ sich nicht aus der Ruhe bringen. »Ihr habt es selbst gesehen: Martinez war schneller als Mungo Jack, er ist eindeutig der Sieger in diesem Kampf.«

»Was für ein Kampf, Santáneo? Es hat gar keinen Kampf gegeben!«, ereiferte sich Jacks Trainer, ein Bootsmann der Crusader. »Den Gegner hinterrücks zu überfallen, das ist bei Gott nicht fair! Von uns würde niemand so kämpfen!« Er spuckte verächtlich auf den Boden.

Sofort trat Santáneo drohend vor. »Soll das heißen, wir kämpfen nicht fair, *Inglese*?«

»Darum geht es nicht«, ergriff nun der Erste Maat, ein besonnener Mann, das Wort. Mit einem Seitenblick auf Roscoe fuhr er fort: »Niemand hat was gegen Martinez, solange er sich an die Regeln hält. Und auf einem englischen Schiff gelten beim Boxen englische Regeln.«

Roscoe schien sich nicht angesprochen zu fühlen; er stand neben dem Caudillo, als ginge ihn die Sache nichts an.

Inzwischen versuchte der Maat zu vermitteln: »Ich denke, das Einfachste wäre, der Kampf würde morgen Abend wiederholt. Alle Wetten bleiben stehen, der neue Kampf bringt die Entscheidung. Was meinst du dazu, Santáneo?«

Der Caudillo überlegte kurz, er sagte: »Mungo Jack war der Herausforderer. Unwahrscheinlich, dass er morgen antreten wird.«

»Lasst das unsere Sorge sein. Wenn Jack ausfällt, schicken wir einen anderen in den Ring. Ist das in Ordnung?«

Santáneo stieß Roscoe unsanft in die Seite. »He, Martinez, mach auch mal den Mund auf! Wirst du auch kämpfen, wenn statt Jack ein Ersatzmann gegen dich antritt?«

»Klar, warum nicht?«, meinte Roscoe achselzuckend.

»Also einverstanden«, entschied Santáneo, »wir schicken Martinez morgen gegen euren Mann in den Ring.«

Der Maat sowie der Großteil der Besatzung schienen zufrieden, nur der Bootsmann setzte zornig nach: »Santáneo, sag dem kleinen Wichser, wir werden ihn morgen Respekt lehren!«

Noch ein paar derbe Worte wurden gewechselt, doch die Spannung hatte sich gelöst. Bald zogen die Mannschaften der Crusader ab in ihr Quartier.

Auch William machte sich auf den Rückweg; Jim Greene und den Wundarzt hatte er vollkommen vergessen. Zurück in seiner Kajüte, brachte ihm der Steward heißes Wasser und frische Handtücher. Während er William beim Entkleiden behilflich war, erzählte er von ihrem schottischen Mitreisenden.

»Es geht Mr. McElrond schon besser, Sir. Die Medizin scheint seine Beschwerden tatsächlich zu lindern. Er sagte, er sei Ihnen wirklich sehr dankbar.«

William hielt überrascht beim Lösen des Halstuchs inne. »Weswegen sollte er mir dankbar sein?«

»Nun, weil Sie ihm den heilkundigen Mann geschickt haben, diesen Spanier mit seinen arabischen Tinkturen.«

William lächelte; auf Jim Greene war Verlass.

In das Knarren und Knarzen der Planken und Sparren mischten sich die nächtlichen Geräusche des Gemeinschaftsquartiers, Schnarchen, Husten, einer redete im Schlaf. Der Wächter tappte zwischen den schaukelnden Hängematten hindurch und löschte die letzten Talglichter.

Roscoe war hundemüde, außerdem fror er und hüllte sich trotz der feuchten Wärme des Quartiers in eine Decke. Doch er durfte noch nicht schlafen. Santáneo kam und schüttelte ihn grob.

»Hast du völlig den Verstand verloren!«, fauchte er mit gesenkter Stimme, um die anderen Männer nicht zu wecken.

»Was willst du, Santo?«, maulte Roscoe. »Ich bin müde, lass mich in Frieden.«

Darauf gab Santáneo ihm eine Kopfnuss. »Keine Kicks, hatte ich gesagt!«, fuhr er ihn an. »Aber du musst dem Mann die Beine unterm Arsch wegtreten. Ist dir klar, was das bedeutet?«

»Na, er ist halt auf die Fresse gefallen.«

»Schwachkopf! Es bedeutet, dass sie es dir heimzahlen werden. Mann, du hast es nicht kapiert, was?« Santáneos Ärger versandete angesichts von Roscoes Begriffsstutzigkeit. »Ich hab dich gewarnt: Mungo Jack gehört zur Zunft. Diese Leute werden unangenehm, wenn du ihre Regeln nicht respektierst.« Er stützte die Unterarme gegen den niedrigen Decksbalken. Mit der Bewegung des Schiffs stieß die Hängematte an seine Oberschenkel. Lässig schwang er ein Bein darüber. »Pass morgen auf, Miguel, dass sie dich nicht bei den Eiern kriegen!«

Roscoe reagierte, wie es von ihm erwartet wurde, er streichelte Santáneos Bein, legte ihm die Hand auf den Schritt. »Santo, Santo«, sagte er nachgiebig, »du lässt doch nicht zu, dass sie mir was antun.«

Santáneo lachte anzüglich, dann stieß er seine Hand weg. »Morgen bist du fällig. Aber zuerst wirst du kämpfen.« Er stieg über die Hängematte hinweg und ging zu seinem Schlafplatz.

»*Pues nada*«, murmelte Roscoe schläfrig. Die Augen fielen ihm zu, der laszive Zug um seinen Mund verschwand. Bald lag er eingerollt in seine Decke und schlief.

41.

Am nächsten Tag war McElrond so weit wiederhergestellt, dass die Passagiere nach dem Dinner wie gewohnt ihr Kartenspiel aufnehmen konnten. Kapitän Robins ließ ein paar Flaschen Wein aus seinen privaten Beständen kommen und gab sich die Ehre, den Abend mit seinen Gästen zu verbringen. Fletcher verhielt sich in Anwesenheit des Kapitäns zurückhaltender. Wenig inspiriert unterstützte er Williams Spielzüge, während die »Zivilisten« ihre Chance bekamen und die eine oder andere Runde gewannen.

Als Fletcher sich nach einer Stunde verabschiedete, um seine Wache anzutreten, legten auch die anderen die Karten beiseite. In der komfortablen Umgebung des Kapitänssalons, gefördert von dem recht anständigen Wein, entwickelte sich die Unterhaltung ganz entspannt in großzügigen Bahnen. William sparte sich seine lakonischen Spitzen und war geradezu charmant. Cortés in seiner Eitelkeit glaubte, der arrogante Engländer hätte endlich eingesehen, dass er ihm als dem Älteren ein gewisses Entgegenkommen schuldete, und nahm seine Aufmerksamkeiten geneigt entgegen.

Tatsächlich erlebte William den Abend in einem Zustand von Euphorie. Sein Hochgefühl entsprang aber keineswegs selbstkritischer Einsicht, wie Cortés vermutete. Es war vielmehr die Wirkung eines neuen kämpferischen Impulses, ausgelöst durch seine Begegnung mit Oliver Roscoe: Endlich hatte sein Rachevorsatz, den er seit jenem Tag im August mit selbstzerstörerischem Hass verfolgte, wieder eine konkrete Richtung.

Im Grunde kam es ihm entgegen, dass Roscoe noch am Leben war. Nachdem er ihn unter den *Indenturos* entdeckt hatte, war sein nächster Gedanke, Roscoes missliche Lage als Leibeigener für seine Zwecke auszunutzen. Allerdings bezweifelte er, dass Roscoe den Indenturvertrag auch zu erfüllen und auf seine Freiheit zu verzichten gedachte. Wahrscheinlich hatte er vor, sich im ersten amerikanischen Hafen davonzumachen. Oder er rechnete damit, dass sein Freund Reed ihn freikaufen würde.

Das Verhältnis der beiden war William nicht klar. Bei ihrer Begegnung in London aber hatte er den Eindruck gewonnen, dass Roscoe die Trennung von Reed zu schaffen machte. Wenn Reed, wie Roscoe erwähnt hatte, ihn tatsächlich hatte zur Rückkehr bewegen wollen, dann konnte Roscoe die Indentur bedenkenlos eingehen im Vertrauen, dass sein Freund ihn bei der Ankunft in Amerika auslöste. Bis dahin würde Roscoe allerdings einige Härten auf sich nehmen müssen. William hatte am Abend zuvor genug gesehen; es musste schlimm sein, während der wochenlangen Überfahrt ohne Tageslicht im Unterdeck zu verwahrlosen, in Gesellschaft von Menschen, die nichts zu verlieren hatten und sich entsprechend verhielten. Doch Roscoes desolater Anblick konnte William nicht täuschen: Um nach Amerika zurückzukommen, würde er jede Entbehrung ertragen.

Denn er hatte Williams Rachedrohung sicher nicht vergessen. Er musste Reed warnen, dass William ihm nach dem

Leben trachtete, und zu verhindern versuchen, dass er seine Drohung wahr machte. Und wenn es dazu käme, dass sie sich zu dritt gegenüberträten, wäre Roscoe die ernstere Bedrohung. Sein Angriffsverhalten war nicht vorhersehbar, das hatte William bei dem gestrigen Kampf beobachtet. Roscoe verließ sich vollkommen auf seine Intuition, zudem war er in der Lage, seine Kräfte absolut gezielt einzusetzen. William musste sich vor ihm in Acht nehmen, so viel war sicher.

Das Beste wäre, er brächte Roscoe unter seine Kontrolle. Vielleicht sollte er ihn Cortés abkaufen! Der Gedanke gefiel ihm. Er würde Roscoe zu seinem Sklaven machen und ihn seine Schuld abarbeiten lassen; immerhin hatte der Kreole einiges wiedergutzumachen. Andererseits, wenn Roscoes Zuneigung für Reed auf Gegenseitigkeit beruhte, bekäme Williams Rache einen zusätzlichen delikaten Aspekt: Dann könnte er Reed quälen, indem er Roscoe vor seinen Augen zugrunde richtete ... Er malte sich die Verzweiflung seiner Feinde aus, wenn er sie einen nach dem anderen vernichtete, und genoss den Schauer der Genugtuung.

Am Ende holte sein Verstand ihn auf den Boden zurück: Cortés konnte seine Leibeigenen nicht einfach weiterverkaufen, wie es ihm passte, er durfte die Leute nur für den zeitlich begrenzten Plantagendienst veräußern. Die Indentur erlaubte nicht, dass Weiße auf diesem Wege zur Handelsware wurden. Es wäre allerdings etwas anderes, überlegte William, wenn Cortés aus irgendeinem Grund gezwungen wäre, ihm einen seiner *Indenturos* zu überlassen. Zum Beispiel um eine persönliche Schuld zu begleichen, eine Spielschuld möglicherweise.

Es war Santáneos Idee gewesen, den Verschlag im achterlichen Teil des Frachtraums als Kabine zu nutzen. Er war überzeugt, es steigerte die Wirkung, den Favoriten erst dann zu präsentieren, wenn das Deck von den Rufen und Pfiffen der ungeduldigen Menge widerhallte. Auch hatte er seinen Leuten beigebracht, nach jeder Runde aus dem Ring in den Verschlag zu kommen. Auf diese Art hatte er die Kämpfer besser im Griff und konnte Einfluss nehmen auf das, was in der Arena vor sich ging.

Genau das machte ihm heute Sorgen. Martinez, den er gleich in den Ring schicken würde, war nicht kontrollierbar. Er war ein genialer Kämpfer und bislang ungeschlagen, trotzdem hatte Santáneo seine Vorbehalte. Und wie vorausgesehen gab es jetzt Schwierigkeiten, weil Martinez durch einen unnötigen Regelverstoß die Schiffsbesatzung gegen sich aufgebracht hatte. Das würden sie ihm nicht durchgehen lassen. Santáneo wusste, dass in der aufgeheizten Atmosphäre draußen bereits feststand, zu wessen Gunsten der Kampf ausgehen würde. Und er, Santáneo, hätte danach den Ärger, wenn er Don Duarte erklären musste, warum die Matrosen Martinez fertiggemacht hatten. Um den Schaden für den *Patrón* zu begrenzen, musste er seinen Mann wenigstens zur Vorsicht mahnen.

Roscoe trug seine gleichgültige Miene zur Schau. Nichts an ihm verriet eine gesteigerte Spannung, wie es vor einem entscheidenden Kampf zu erwarten gewesen wäre.

Santáneo massierte ihm die Nacken- und Schultermuskulatur und gab ihm dabei letzte Anweisungen. »Ich will dir nicht den Spaß verderben, Miguel. Du brauchst den Gegner nicht zu schonen, pack ihn so hart an, wie du kannst, alles andre wäre verkehrt. Aber achte auf die Stimmung der Männer. Vergiss nicht die Drohung von Jacks Trainer, diesem Arschloch: Der Kerl, den sie heute in den Ring schicken, hat den Auftrag, dich zu erledigen. Ich war eben da draußen. Ich kann dir sagen, Kleiner, die haben eine verdammte Wut auf dich! Also komm den Leuten nicht zu nahe. Bleib am Mann, halte dich immer in der Mitte der Arena. Und lass vor allem deine idiotische Parade um den Ring …«

»Verdammt, Santo!« Roscoe schlug Santáneos Hände beiseite. »Willst du mir Angst machen? Ich weiß, was ich tue. Also halt einfach das Maul!«

Einen gefährlichen Moment herrschte Schweigen. Plötzlich wurde gegen die Tür geklopft, der Trainer der Matrosen kam mit dem Ersten Maat herein. Santáneo und die Seeleute nickten sich knapp zu. Roscoe aber, anstatt zu grüßen, fing unmotiviert an zu lachen.

»Ist der bekifft?«, fragte der Maat.

»Was kümmert es euch?«, knurrte Santáneo. »Also, wird Mungo Jack heute antreten?«

»Nicht dran zu denken«, meinte der Maat. »Es geht ihm nicht gut ...«

»Was heißt ›nicht gut‹? Jacks Schlagarm ist hin, so sieht's aus!«, keifte der Trainer gegen Roscoe. »Er wird vielleicht nie mehr antreten, und das ist deine Schuld, du miese kleine Rat...«

Den Rest brachte er nicht mehr heraus. Roscoe hatte ihn an der Kehle gepackt, hielt ihn am ausgestreckten Arm und drückte ihm den Hals zu. Der Matrose versuchte mit beiden Händen, sich zu befreien. Aber Roscoe hielt ihn wie im Schraubstock fest, indem er ihn nachäffte: »Miese kleine Ratte, wie?«

Die Augen des Mannes wurden glasig.

»Lass ihn los, Martinez«, befahl Santáneo.

Roscoe grinste nur.

»Hast du mich nicht verstanden?«, fuhr Santáneo ihn an.

Darauf ließ Roscoe den Bootsmann los, der zurücktaumelte und sich hustend den Kehlkopf rieb.

Der Maat klopfte ihm ermunternd auf den Rücken, dann wandte er sich an Santáneo: »Bringen wir es hinter uns. Der Kämpfer heute heißt Quincey, ein Mittelgewicht. Er gehört zur Zunft. Schläge unterhalb der Gürtellinie werden als Regelverstoß gewertet, desgleichen Tritte und hohe Kicks. Und du merk dir eins, mein Junge«, sagte er zu Roscoe, »der Kampf beginnt, wenn ich das Zeichen gebe. Ist das klar?«

Roscoe nickte.

»Gut. Wir sehen uns in fünf Minuten am Ring.« Er tippte

an seine Mütze und ging mit dem Bootsmann, der immer noch hustete, hinaus.

Roscoe horchte mit erhobenem Kopf auf das Gejohle, das vom Frachtraum in den Verschlag drang. Die Bohlen unter seinen Füßen bebten vom Stampfen, Stampfen, Stampfen, während sie draußen skandierten: »Mar-ti-nez, Mar-ti-nez, Mar-ti-nez!«

Die Tür wurde aufgerissen, der Lärm steigerte sich. Santáneos Buchmacher Joao, ein Portugiese mit tuberkulösen Zügen, rief: »He Martinez, beweg deinen Arsch zur Arena, es geht los. Tempo!«

Schon war Joao wieder draußen. Roscoe sah sich nach Santáneo um. »Santo?«

»Was willst du?«

»Kommst du nicht mit?«

Santáneo setzte sich auf eine Kiste, die einzige Sitzgelegenheit in dem Verschlag. Nein, er wollte das nicht mit ansehen. »Heute nicht, Miguel«, sagte er. »Na geh schon. Sie warten auf dich.«

Es wehte ein stetiger Passat, im Einklang mit den Wellen trug er das Schiff und die Menschen darauf nach Westen, nahm sie mit in eine Welt, die sie »neu« nannten, weil die andere Welt, die sie kannten, für ihre Träume zu alt geworden war. Der Mond stand groß und beinahe vollkommen rund über der weiten Wasserfläche. William öffnete die Heckfenster und schaute vom auskragenden Kastellaufbau hinab, während sich das Schiff mit dem Seegang hob und gemessen zurück in die Wellen tauchte. Im Mondlicht schäumte die Gischt weiß auf der nacheilenden Bugwelle und machte die schnelle Fahrt sichtbar. Über ihm pfiff der Wind in den Segeln, unten rauschten anlaufende Seen gegen den Rumpf. Noch weiter unten, im Frachtraum unter der Wasserlinie, begann für Oliver Roscoe ein aussichtsloser Kampf.

»Was halten Sie von einer letzten Partie vorm Zubettgehen, Gentlemen?« William wandte sich abwartend an die Runde. Wie erhofft, erntete er wenig Beifall.

McElrond dämmerte in seinem Sessel dank der sedierenden Medizin des Marranen der Besserung entgegen. Kapitän Robins dagegen rang seinem Geist intellektuelle Höchstleistungen ab. Über ein Mahagoni-Bureau geneigt, das der Steward neben seinen Sessel gerückt hatte, feilte er an wohlklingenden Wendungen für seine Tagebucheinträge.

Nur Cortés, der bei den offenen Heckfenstern eine Zigarre rauchte, lächelte unter schweren Lidern. »Sie neigen nicht zur Muße, Mr. Marshall, das habe ich bereits bemerkt. Trotzdem sollten wir die friedvolle Nacht nicht durch fortgesetztes Glücksspiel entwürdigen.«

»Was ist daran entwürdigend, Señor Cortés, es geht um Kultur«, widersprach William und auf den Stock gestützt, als stünde er auf einem Londoner Boulevard, erzählte er: »Kürzlich habe ich im West End ein neues Stück gesehen. Berufsbedingt kam ich länger nicht ins Theater, der Geschmack der Londoner mag sich inzwischen gewandelt haben, egal, ich wollte ein Stück sehen, das dem Zeitgeist entspricht, und ich bekam dies: Ein schneidiger Kriegsheld ergibt sich nach der Rückkehr in der Heimat dem Müßiggang. Bei Wein, Weib, Würfel und Wetten sind der Sold und das väterliche Erbe bald durchgebracht. Hoch verschuldet begegnet er einer schönen Frau, der vorigen Favoritin des Prinzen, nun Geliebte eines begüterten Höflings. Was gilt es? Er wettet mit dem Höfling, binnen Monatsfrist die Gunst der Dame zu erlangen – und reüssiert! Dank des Wettgewinns ist er aller Geldsorgen ledig. Inzwischen berichten die Zeitungen von dem entehrenden Handel, und als die Dame davon erfährt, verstößt sie ihren erfolgreichen Liebhaber. Darauf entwickelt unser Held erstmals menschliche Qualitäten. Er bemüht sich ein zweites Mal um die Dame und umwirbt sie ein ganzes Jahr, bis sie ihn schließlich seiner Liebe wegen erhört. – Eine moralische Romanze über Glücksspiel und Liebe, die das Londoner Publikum im Sturm eroberte. Señor, was sagt man dazu?«

»Bravo!« Cortés applaudierte. »Sie haben ein Talent für Satire, das hätte ich Ihnen nicht zugetraut.«

Kapitän Robins hatte mit tintetropfender Feder Williams Stegreifkritik gelauscht. Ganz entmutigt von so mühelos-leichter Wortspielerei, raffte er seine eigenen biederen Literaturversuche rasch zusammen. Den armen McElrond, der bei Cortés' Beifallsbekundungen erwacht war, ließ er vom Steward in die Kajüte begleiten. Dann wünschte er den anderen beiden Passagieren weiterhin angenehme Unterhaltung und ließ sie allein.

»Nun, Señor Cortés, was halten Sie von einer letzten, kleinen Partie?«, fragte William noch einmal.

Der Spanier legte die Zigarre beiseite und klappte einen kleinen Spieltisch auf. »Dies hier sollte genügen«, meinte er und zog sich einen Stuhl heran.

Der Lade unter der Tischplatte entnahm er ein Spiel Karten und mischte. William brachte ihre Gläser und eine Flasche Wein, dann schob er einen Sessel heran und setzte sich, den Stock griffbereit an seiner Seite. William gab, Cortés kam heraus. Zum ersten Mal spielten sie nur zu zweit. Cortés konzentrierte sich als Einzelspieler viel besser auf die Karten. Als sich eine erste Chance abzeichnete, genoss er die Souveränität eines lakonischen Kommentars.

»Singleton!«

»Da muss ich passen. Ihr Spiel, Señor Cortés.«

William gab sich den Anschein angeregter Spielfreude, manchmal wirkte er fast leichtfertig. In Wirklichkeit aber war jeder Spielzug von ihm genau durchdacht. An diesem Abend würde keine Karte fallen, wenn er es nicht genau so wollte. Seine Strategie war einfach. Die ersten Runden brachten seinem Gegner schnelle Erfolge; dabei warf er sich selbst mangelnde Konzentration vor, um Cortés zu vermitteln, dass es nicht so einfach wäre, ihn zu schlagen. Dann steigerte er deutlich das Tempo. Doch ohne fulminante Ausfälle blieb die Partie farblos und hielt sich auf einem ausgeglichenen Niveau. Schließlich hatte jeder Spieler sein Blatt durch Ablegen und Aufnehmen neuer Karten so weit verbessert, dass letztlich eine einzige Karte über Sieg oder Niederlage entscheiden würde.

Stillschweigend einigten sie sich auf eine Spielpause und legten ihr Blatt verdeckt auf den Tisch. Cortés nahm seine glimmende Zigarre und lehnte sich zurück.

»Erinnern Sie sich, wir sprachen zu Beginn der Reise einmal über den amerikanischen Krieg. Verzeihen Sie meine Neugier, Colonel, aber ich habe mich in dem Zusammenhang oft gefragt, wie jemand von Ihrer intellektuellen Brillanz Autoritäten gegenüber so treu sein kann.« Da William schwieg, setzte er hinzu: »Ich meine, wieso haben Sie, trotz besserem Verständnis von der Situation in den Kolonien, dennoch Dinge getan, die in Ihren Augen falsch waren und nur fatal enden konnten?«

»Wovon sprechen Sie, Señor?«, erwiderte William ausdruckslos. »Wann hätte ich Ihnen je meine Einschätzung der britischen Strategie oder des Einsatzes unseres Expeditionsheeres erläutert?«

Cortés ließ sich durch den kühlen Ton nicht beirren. »Sagen wir, Colonel, ich hatte mehrfach Gelegenheit, Sie im Stab um Lord Cornwallis zu beobachten. Damals war ich oft in South Carolina, die Pflanzer brauchten meine *Indenturos*, nachdem ihre Sklaven in britische Lager geflohen waren.«

William hob ganz sacht die Brauen; also wusste Cortés, wer er war! »Sie waren in Silk Hope?«, bemerkte er kalt. »Ich erinnere mich zwar an den erbärmlichen Anblick der Latinosklaven, doch Sie hatte ich vollkommen vergessen.«

Cortés lachte leise. »Sie haben mich verachtet. Aber ich habe Sie immer bewundert, Colonel. Ich erinnere mich an eine Stabskonferenz auf Mr. Laurens' Plantage, als Ihr General Cornwallis mit den Kommandeuren des besetzten Südens eine

Verlagerung der Verteidigungslinie nach Norden erörterte. Sie warfen dem Plan Halbherzigkeit vor und forderten eine grundsätzliche Änderung der Strategie.«

»Ich würde es heute wieder tun. Zu jenem Zeitpunkt wäre es noch einmal möglich gewesen, in einem Generalangriff gegen die Rebellen vorzugehen. So wie es von Anfang an die bessere Strategie gewesen wäre, die Rebellion mit voller militärischer Stärke niederzuwerfen und dann möglichst bald durch einen schnellen Truppenabzug die Normalität wiederherzustellen. Es hätte dann meines Erachtens vollkommen ausgereicht, die vorhandenen Garnisonen zu verstärken und die Landestruppen und Milizen in das stehende Kolonialheer einzubinden. Die *Provincials* unter britischem Kommando, perfekt!« Er seufzte, offenkundige Fehlentscheidungen schmerzten ihn noch nach längerer Zeit. »Den Süden zu besetzen, war der größte Fehler gewesen. Es ist immer falsch, viele eigene Soldaten über einen langen Zeitraum im Feindesland zu haben.«

»Aber genau diesen Zustand haben Sie maßgeblich mit Ihren Reitertruppen unterstützt«, hielt ihm Cortés vor. »Warum, wenn Sie im Grunde nicht davon überzeugt waren?«

»Ich fürchte, Señor, für einen Zivilisten ist das schwer zu verstehen.« William überlegte einen Augenblick. »Es gibt einen Loyalitätsreflex tief im Innern, der einen hemmt, die Autorität der oberen Befehlsebene offen anzuzweifeln; wahrscheinlich ist es eine der Folgen langjähriger Kriegserfahrung. Soldaten müssen sich aufeinander verlassen können, dieses Prinzip heißt Loyalität. Persönliche Überzeugungen haben nichts damit zu tun. Für mich bedeutete es, nachdem die Besatzung des Südens beschlossen war, dass ich alles tat, sie auch durchzusetzen.«

Cortés nickte, es befriedigte ihn, dass es ihm gelungen war, den Colonel aus der Reserve zu locken. Seit ihrem ersten Dinner an Bord wusste er, dass William jener Colonel Spencer, der Schlächter der Carolina-Kampagnen, war. Sein Inkognito besaß für ihn sicher einen nicht geringzuschätzenden Wert, bedachte man sein Reiseziel unter dem Aspekt seiner umstrittenen Rolle im besetzten Süden wie auch der Tatsache, dass ihn dort jedermann für tot hielt. Es hätten sich verschiedene Möglichkeiten angeboten, aus dem Wissen um seine Identität Kapital zu schlagen.

Dass Cortés ausgerechnet darauf verfiel, Williams Ehre herauszufordern, war unklug, denn er spielte William damit genau den Trumpf zu, der ihm noch fehlte.

William hatte die Karten wieder aufgenommen und war bereit, sein Blatt aufzudecken. Die Kartenfolge auf seiner Hand war unauffällig und doch unschlagbar, auch wenn Cortés sich in der besseren Position wähnte; dafür hatte William gesorgt. Aber zunächst ging es um den Einsatz. Sie hatten im Spielverlauf ihre Einsätze im üblichen Maße erhöht. Der Sieg dieser Partie sollte William allerdings mehr einbringen als Geld, darum prüfte er in Gedanken sein Argument, das Cortés dazu bewegen sollte, die Indentur von Miguel Martinez zu setzen.

Da kam ihm Cortés zuvor. »Wie wäre es, Colonel, da wir im Begriff sind, diese interessante Partie zur Entscheidung zu bringen, die Einsätze dergestalt zu erhöhen, dass es unserem denkwürdigen Wiedersehen Rechnung trägt?«

William glaubte, sich verhört zu haben: Erkannte Cortés denn nicht, dass sein Gegner sich seines Sieges hundertprozentig sicher war? »Und welchen Einsatz halten Sie für angemessen, Don Duarte?«

»Nun, ich denke an einen ideellen Einsatz, etwas von Bedeutung. Ich fordere von Ihnen den Einsatz von ... Mr. Marshall!«

William sah verblüfft auf; Cortés war imstande, ihn zu überraschen! »Wenn ich Sie richtig verstehe, Señor, soll ich mein Inkognito auf Ihren Sieg setzten? Falls Sie gewännen, hielten Sie meine Ehre in Händen, Sie könnten mich, wann immer es ihnen beliebt, vernichten. Bei allem Respekt, finden Sie das durch unser kleines Spiel gerechtfertigt?«

»Sie machen sich unnötig Sorgen, Señor Spencer! Selbst

wenn ich gewänne, worin bestünde die Realisierung meines Gewinns? Doch nur darin, für mein Stillschweigen von Ihnen respektiert zu werden. Ihre Ehre gegen meine – wo ist das Risiko?«

William hatte verstanden. »Also gut. Ich setze den ehrenwerten Mr. Marshall gegen Ihr Gebot, das dann aber auch kein reiner Geldwert sein sollte.«

»Kein Geld? Doch was sonst? Ich bin nur ein einfacher Händler!« Cortés wurde nachdenklich, darum kam William ihm zu Hilfe.

»Wenn ich einen Vorschlag machen dürfte, Don Duarte: Sehen Sie, mir fehlt ein persönlicher Diener. Sie könnten also einen Ihrer *Indenturos* auf meinen Sieg setzten.«

»Ein *Indenturo* als Diener? Señor, das kann nicht Ihr Ernst sein! Diese Leute sind Bauern, Herumtreiber, Kriminelle. Sie würden keinen geeigneten Diener unter ihnen finden.«

»Nun, vielleicht gibt es doch einen halbwegs geeigneten Burschen, hören Sie zu: Gestern Abend ging ich mit dem Steuermann zu Ihren *Indenturos* auf der Suche nach dem heilkundigen Marranen, der unserem schottischen Freund helfen sollte. Dabei fiel mir ein junger Mann auf, der mir passabel erscheint. Er heißt Martinez oder so ähnlich. Ich wäre bereit, durch seine Indentur Ihren Einsatz als geleistet zu betrachten.«

Cortés nickte, er schien zufrieden. »Gut, dann gilt es: Der *Indenturo* Martinez gegen Mr. Marshall!«

Nun war es an ihm, seine letzte Karte zu nehmen und aufzudecken: Sein Blatt war ein absolutes Siegerblatt, die großen Trümpfe, eine hohe Bilderfolge, mit diesem Blatt musste man zufrieden sein, jeder wäre es gewesen. Jetzt konnte sich William entscheiden, ob er die nächste Karte im Stock nahm; der Form halber sah er sie kurz an, ließ sie liegen und deckte sein Blatt auf.

Cortés beugte sich vor, irritiert betrachtete er die unscheinbaren Karten. Kein Bild, die hohen Trümpfe lagen schon in seinem Blatt, wieso also blieb der Engländer so gelassen? Dann erkannte er seinen Irrtum: Es war die *Innocence,* das unschuldige Blatt, die drei niedrigsten Trümpfe zusammen mit den farbengleichen Nullwerten der vorangehenden Karten des Spiels. Selten kam sie zustande, weil die schwachen Trümpfe als erste abgeworfen wurden. Doch in dieser seltenen Kombination lag der besondere Wert der *Innocence.* Cortés sah voller Bewunderung zu William auf: Colonel Spencer hielt »die Unschuld« in seinen Händen!

»Sie haben um Ihre Ehre gespielt und sie verteidigt, dazu haben Sie einen Diener gewonnen. Ich gratuliere, Señor Spencer. *Bien joué!*«

»Es war mir ein Vergnügen, Don Duarte!«

Sie standen auf, verbeugten sich voreinander und verließen den Salon.

Auf dem Gang wartete der übernächtigte Steward. »Kann ich Ihnen behilflich sein, Sirs?«

»Allerdings, Steward«, sagte Cortés, »holen Sie den Zahlmeister und kommen Sie mit ihm in meine Kajüte.« Als der Steward davoneilte, meinte Cortés müde: »Spielschulden sollte man sofort begleichen. Ich lasse die Indentur dieses Martinez gleich auf Sie überschreiben. Gute Nacht, Colonel.«

Keine Viertelstunde später führte der Steward den Zahlmeister in Williams Kajüte, der ihm den Indenturkontrakt aushändigte. Ein Lächeln spielte um Williams Mund, als er sagte: »Meine Herren, bringen Sie diesen Martinez gleich herauf.«

Dann las er die Urkunde: »Der Unterzeichner verpflichtet sich unter Verzicht auf seine Freiheit für die Dauer von sieben Jahren zum Plantagenarbeitsdienst in Amerika. Durch eigenhändige Unterschrift bestätigt«, hier stand in unreifer Handschrift: »Miguel Olivero Ruizco Martinez de Avilés«.

Schöner Name, dachte William.

Sie zogen Roscoe in den Verschlag, weg von der Menge und von dem wilden Lärm, dem Stampfen und Schreien.

»He Martinez, ich hab' sieben zu eins auf dich gesetzt, sieben zu eins! Du musst den Kampf gewinnen, Martinez, hörst du?«

»Schau ihn dir an, er ist fertig. Wie soll der gewinnen?«

»Schon gut, *hombres*, lasst ihn hier.« Santáneos dunkle Stimme klang ruhig durch das nervöse Geschrei der beiden Helfer. »Sagt ihnen, Martinez kommt gleich wieder in den Ring. Jetzt geht raus. Und macht die verdammte Tür zu!«

Kaum hatten die Helfer ihn losgelassen, fiel Roscoe zu Boden. Die Planken unter ihm vibrierten, der ganze Verschlag dröhnte, weil sie da draußen weiter stampften und schrien und stampften. Er schloss die Augen, fühlte seinen rasenden Herzschlag. Sein Körper war ein einziges dumpfes Pochen, es fühlte sich nicht gut an, aber er lebte noch. Jemand fasste seinen Arm, schüttelte ihn. Er erkannte Joaos heisere Stimme.

»Martinez? Verdammt, du kannst dich jetzt nicht ausruhen. Steh auf, du musst zurück in den Ring und dieses Großmaul fertigmachen. Hörst du mich, *hombre*?«

»Lass ihn in Ruhe, Joao, du siehst doch, er muss erst mal Luft holen«, sagte Santáneo.

Oh hilf mir, Santo, dachte Roscoe, bitte hilf mir.

»Also erzähl, Joao, was ist passiert.«

»Erst lief's ganz gut für Martinez. Er ist wie immer sehr schnell, schlägt und trifft und lässt Quincey ein paarmal ins Leere laufen. Dann geht der Engländer wie ein wilder Stier auf ihn los. Martinez will ausweichen, doch Mungo Jacks Leute haben ihn sich gegriffen. Sie halten ihn fest, und Quincey nimmt ihn in die Mangel.«

»Und der Ringrichter?«

»Der Maat hat den Kampf unterbrochen, um mit seinen Männern ein ernstes Wort zu reden.«

»Martinez muss also wieder raus.«

»Das sag ich doch! Aber ich weiß nicht, Santáneo. Ich glaub, der kommt nicht mehr hoch.«

»Keine Sorge, Martinez ist zäh. Gib ihm einfach noch ein paar Minuten, Joao.«

»Er muss sofort wieder in den Ring, sonst ist der Kampf verloren. Bringen wir ihn auf die Beine, Santáneo. Da, er blutet! Scheiße, *hombre*, er blutet!«

»Beruhig dich, Joao. Geh und sag dem Ringrichter, dass unser Mann sofort zurückkommt. Na geh schon, sonst wird er ausgezählt.«

Joao ließ noch nicht locker. »Weißt du, wie viel auf ihn gesetzt ist? Scheiße, *hombre*, die Männer verlieren ihr ganzes Geld, wenn er's nicht schafft!«

»Hau endlich ab, Joao! Versuch, Zeit zu gewinnen. Sag ihnen fünf Minuten, fünf Minuten! Geh!«

Santáneo legte Roscoe die Hand auf den Brustkorb, er strich ihm das nasse Haar aus der Stirn, hob vorsichtig seine Augenlider, tastete unter seinem Kiefergelenk nach der Halsschlagader. »Komm schon, Kleiner«, sagte er, tätschelte ihm die heißkalten Wangen und wischte mit einem Lappen den Schweiß und das Blut von seiner Brust. Der Boden vibrierte, draußen stampften sie und stampfen und schrien.

Lasst mich in Frieden. »Lasst mich!«

»Was?«

»Bitte, Santo, lass mich einfach … hier liegen.«

»He, red keinen Unsinn. Du musst weiterkämpfen.«

»Ich kann nicht.«

»Oh doch, du kannst, Miguel. Ich weiß, dass du es kannst.«

»Die wollen mich fertigmachen!« Er bedeckte mit den Händen sein Gesicht und schluchzte: »Santo, ich will nicht mehr da raus! Hörst du nicht, was sie rufen?« Er nahm die Hände herab, die jetzt voller Blut waren. »Wenn du mich in den Ring schickst, wird der Kerl mich umbringen!«

»Jetzt pass mal gut auf, Miguel.« Santáneo packte ihn im Genick und zog ihn so nah zu sich heran, dass er trotz des dröhnenden Lärms nicht die Stimme erheben musste. »Es ist mir

scheißegal, ob du da rauswillst oder nicht. Es ist mir auch scheißegal, ob der Typ dich umbringt. Ich hab Geld in diesen Kampf gesteckt, und das will ich wiedersehen, klar? Du weißt, was ich von dir erwarte. Also reiß dich zusammen und hör auf zu flennen! Du wirst diesen Kampf zu Ende bringen, verstanden?«
Santáneo ließ ihm keine Zeit zu antworten, er riss ihn hoch auf die Füße und stieß ihn zum Ausgang. »Geh und besieg ihn!«

Er kam nicht bis zur Tür. Seine Knie gaben nach, er griff nach dem Plankenverbund. Es wurde ihm schwarz vor Augen, er glaubte, er müsste sich übergeben.

Nicht loslassen, bloß nicht zu Boden gehen. Wenn ich falle, bin ich tot. Oh, hilf mir doch, bitte hilf mir! Sie wollen mich umbringen, Algie! Hilf mir! …

Die Tür wurde aufgestoßen, durch den Lärm hörte er jemanden auf Englisch fragen: »Was in aller Welt … Bootsmann, ist er das?«

»Aye, Sir, das ist der *Indenturo* Miguel Martinez, Sir.«

»Was ist mit ihm passiert? Du da, Spanier, wieso ist der Mann verletzt?«

»Das sehen Sie doch, er hat gekämpft«, antwortete Santáneo gereizt. »Halt, was haben Sie mit ihm vor, Zahlmeister?«

»Wir nehmen ihn mit. Großer Gott, der ist ja furchtbar zugerichtet! Martinez, kannst du gehen? Vorsicht, langsam! Steward, halten Sie ihn fest!«

Er ließ das Verbundholz los und fiel. Aber die Männer fingen ihn auf. Der Steward hielt ihn, während der Zahlmeister rief: »Kommen Sie her, Bootsmann, helfen Sie uns, den Mann hier rauszubringen.«

»Aye, Sir!«

Der Steward und der Bootsmann nahmen ihn zwischen sich, sie trugen ihn mehr, als dass er ging. Er hörte noch, wie Santáneo dem Zahlmeister nachrief: »He, wo bringen Sie ihn hin?«

»Nach oben. Der Junge hat Glück, ein Gentleman hat ihn beim Kartenspiel gewonnen.«

Er träumte davon, auf dem Meer zu treiben, sicher vom Wasser getragen im Auf und Ab der Wellen. Das Geräusch der anrollenden See wurde Teil seines Traums, ohne die Schwelle zum Erwachen zu berühren. Am folgenden Tag frischte der Wind auf, ein kühler Hauch wehte zur Luke herein und strich über sein Gesicht. Immer noch schlafend sog er die Seebrise in seine Lungen und wusste: Das war nicht mehr der dumpffeuchte Frachtraum unter dem Wasser. Er war oben, auf dem oberen Deck! Die Beklemmung löste sich, die all die Tage auf See, eingepfercht mit vierzig Mann im tiefsten Teil des Schiffs, wie ein enger Reif um seine Brust gelegen hatte. Er tauchte auf in einen ruhigen Halbschlaf und atmete eine Weile die reine, klare Luft, bis ihn unversehens eine schlimme Erinnerung überfiel: Quinceys böses Grinsen, bevor er zuschlug.

Damit war er endgültig wach und fand sich allein in einem halbdunklen Raum. Er wollte sich aufsetzen, doch schon bei der geringsten Bewegung antwortete sein Körper mit heftigen Schmerzen. Sachte, unter flachem Atmen zog er die Decke zur Seite und begann, sich vorsichtig abzutasten. An Rippen, Bauch und Leisten spürte er unter der Haut deutliche Schwellungen, die teilweise mit Verbänden abgedeckt waren. Auch im Gesicht ertastete er Blutergüsse, der Kiefer schmerzte, die linke Schläfe pochte unter einem Verband. Weil es ihn fror, zog er die Decke wieder bis zum Kinn herauf.

Aus seiner Koje blickte er in eine kahle Kammer mit Tisch und Stuhl. Die Luke am Kopfende der Koje war bis auf einen Spalt von einem Holzladen verschlossen. Die Kammertür war nur angelehnt, im Raum nebenan waren Schritte zu hören, dann sagte ein Mann auf Englisch: »Sehen Sie nach ihm, Steward, und erneuern Sie, wenn nötig, die Verbände. Ich muss mich fürs Abendessen umkleiden. Rufen Sie mich, falls er aufwacht.«

»Sehr wohl, Sir.«

Der Steward kam mit einem Stoffbündel unterm Arm herein. Roscoe stellte sich schlafend, während der Steward sich an dem Verband um seinen Kopf zu schaffen machte, indem er behutsam den Leinenstreifen löste. Dann legte er eine frische Kompresse auf die Schläfenwunde, die bei der Berührung mit der Heiltinktur brannte. Nachdem er die Wunde verbunden und sich überzeugt hatte, dass auch die übrigen Verbände trocken waren, deckte er Roscoe wieder zu.

»Immer noch nicht wach?«, sagte er. »Na, von mir aus schlaf weiter, armer Latino.«

»Ich bin kein Latino!«, fauchte Roscoe.

Der Steward grinste: »Na so was? Wir sind ja doch wach.«

»Ich bin Kreole, mein Name ist Martinez, merk dir das.«

»Schon gut, beruhig dich wieder.« Der Steward ging zur Tür und rief: »Sir, er ist aufgewacht.« Dann warf er die gebrauchten Verbände in einen Eimer und ordnete auf dem Tisch das unbenutzte Leinen und die frischen Kompressen.

Roscoe fragte missmutig: »Wo bin ich hier eigentlich?«

»In der Dienerkammer der zweiten Backbordkajüte, im Passagierdeck.«

»Und wieso bin ich hier?«

»Gute Frage, Martinez: Señor Cortés hat dich gestern beim Kartenspiel als Einsatz geboten. Der Colonel hat die Partie gewonnen, du gehörst jetzt ihm. Und du kannst von Glück sagen, dass er dich rechtzeitig da unten rausholte. Wie ich hörte, wollten unsere Männer dich fertigmachen.«

Nebenan ging jemand durchs Zimmer. Als sich die Schritte entfernten, war deutlich das Aufsetzen eines Stocks zu hören.

Roscoe fragte schnell: »He, Steward, wie heißt dieser Colonel?« Aber der Steward war mit Aufräumen fertig und ging, ohne zu antworten, hinaus. Roscoe spürte auf einmal den unruhigen Seegang. Er schloss die Augen, ihm war übel und er dachte: Nicht Spencer! Als er die Augen wieder öffnete, stand William vor seiner Koje.

»Wo sind meine Duellpistolen, Mr. Roscoe? Und sagen Sie nicht, sie liegen mit Ihrem Schiff auf dem Meeresgrund!«

Roscoe erwiderte ohne zu überlegen: »Sie haben immerhin meinen Ebenholzstock. Kein schlechter Tausch, oder?«

William nickte grimmig. Oliver Roscoe wirkte nicht besonders dankbar. Er hatte auch keine Dankbarkeit erwartet, aber die unverschämten Reden würde er ihm austreiben.

»Mr. Roscoe, ich denke, wir sollten unsere Prioritäten klären.« Er zog den Stuhl heran, setzte sich mit übergeschlagenen Beinen neben die Koje und begann: »Erstens: Ich bin Ihr Herr. Durch einen Zufall, den ich nicht vorbehaltlos ›glücklich‹ nennen möchte, bin ich in den Besitz Ihrer Indentur gekommen, also gehören Sie für die nächsten sieben Jahre mir. – Zweitens: In dieser Zeit werden Sie mir in allem, was ich von Ihnen verlange, widerspruchslos zu Diensten sein. Hier an Bord werden Sie mit den Pflichten eines Kammerdieners betraut, vom Aufräumen meiner Kajüte bis zum Aufwarten bei Tisch. Da sich das Leben auf diesem Schiff nicht sehr formell gestaltet, werden Sie damit kaum ausgelastet sein, daher stelle ich Sie dem Zahlmeister gegen Gebühr stundenweise zur Verfügung. Irgendwie müssen Sie schließlich den Verlust meiner wertvollen Pistolen abarbeiten, nicht wahr? – Drittens schließlich: Nach unserer Ankunft in Amerika überlege ich mir eine einträgliche Tätigkeit für Sie. Ich werde Sie nicht zum Dienst auf eine Plantage schicken, denn ich möchte Sie im Auge behalten. Aber ich versichere Ihnen, Sie werden nicht über Langeweile zu klagen haben.« Er stand auf und wandte sich zur Tür.

Den Schmerz missachtend, fuhr Roscoe empört auf: »Was denn, Spencer, ich soll mich für Sie krumm schuften? Sie können sich wohl keinen Diener leisten.«

William drehte sich auf dem Absatz herum. »Vorsicht, Mr. Roscoe!« Er setzte ihm die Stockspitze auf die Brust. »Sie haben meinen Diener auf dem Gewissen, schon vergessen? Ich fürchte, sein armes Leben wird Sie teuer zu stehen kommen.«

Roscoe wollte vor dem Stahlsporn zurückweichen, worauf sein zerschlagener Körper mit einer neuen Schmerzwelle antwortete. Gepeinigt ließ er sich zurückfallen.

Doch William war noch nicht fertig. »Noch etwas, Mr. Roscoe: Nennen Sie mich nie wieder Spencer! Sie sprechen mich mit ›Mr. Marshall‹ an oder mit ›Colonel Marshall‹ oder einfach mit ›Colonel‹. Habe ich mich klar ausgedrückt?«

Roscoe schwieg verbissen.

»Nun, Mr. Roscoe?«

»Ja, Sir«, gehorchte er widerstrebend, und William nahm endlich den Stock herab.

»Da wir schon bei Namen sind: Aus dem Kontrakt erfuhr ich Ihren richtigen Namen, Señor Ruizco Martinez de Avilés. Falls Sie nicht auf der titelkorrekten Anrede bestehen, würde ich es bei Mr. Roscoe belassen. Überlegen Sie es sich. Und werden Sie schnell gesund.«

William begegnete Roscoe mit sichtlicher Verachtung. Das tat er weniger, um Roscoe zu demoralisieren, als um nicht am Ende noch seinen eigenen Skrupeln zu unterliegen. Als Roscoe zerschlagen und blutend in seine Kajüte gebracht worden war, rief der jammervolle Anblick bei ihm keineswegs Genugtuung hervor, im Gegenteil, plötzlich ertappte er sich bei einer Anwandlung von Mitleid. Damit hatte er nicht gerechnet, er fand seine Reaktion auch unangebracht, wenn er bedachte, wie gewissenlos sich Roscoe an Néné vergangen hatte. Trotzdem ließ Roscoes unmittelbares Leid ihn nicht unberührt.

Das war nicht Sinn der Übung, Roscoe war nur Mittel zum Zweck, sonst nichts; er wollte ihn seinem Willen unterwerfen und sich seiner zur Rache an Reed bedienen. Um also seinen Tatentschluss nicht zu verwässern, war er auf Abstand bedacht. Er überließ dem Steward Roscoes Pflege mit der klaren Anweisung, dass alles Erforderliche für den Kranken getan werde. Im Übrigen aber versuchte er, Roscoes Anwesenheit in der

Kajüte zu ignorieren und jede Begegnung zu vermeiden, bevor der Kreole als sein Kammerdiener den Dienst antreten konnte.

Nach einer anfänglich scheinbaren Besserung verschlechterte sich Roscoes Zustand im Laufe der folgenden Tage. Der Steward hatte sich gewissenhaft um ihn gekümmert. Doch als William nach zwei Tagen spätabends seine Kajüte betrat, traf er den Marranen an, der Roscoe nochmals untersucht und Anzeichen innerer Verletzungen festgestellt hatte. Der Mann bedauerte, dass man in dem Falle nicht mehr tun könne, als den Patienten mit starken Drogen zu betäuben, damit er nicht so sehr leide. William ließ sich die Dosierung des Betäubungsmittels erklären, bezahlte den Marranen und schickte ihn mit düsteren Gedanken fort.

Weit nach Mitternacht wurde er durch zwei geschlossene Türen von lautem Klagen geweckt. Weil er den Steward um die Zeit nicht mehr rufen wollte, ging er selber nach Roscoe sehen. Er fand ihn seit ihrer letzten Begegnung erschreckend verändert, seine Wangen waren eingefallen und fieberfleckig, die Haut am Körper gelblich fahl und nass von kaltem Schweiß. Roscoe krümmte sich mit schmerzverzerrtem Gesicht und schrie in seiner Not.

»Roscoe, hören Sie, was ist mit Ihnen?« William suchte seinen Blick; Roscoes Augen waren von Angst geweitet, wieder schrie er vor Schmerz. »Sagen Sie mir, wo es am meisten wehtut.«

Roscoe konnte kaum sprechen, er krümmte sich, presste die Hände in seine Flanken, dann auf den Rücken. Über sein gequältes Gesicht liefen Tränen, er keuchte: »*Me duele aqui ...*«

»Sprechen Sie Englisch, Mann!«

»Mein Rücken ... und hier.«

»Sie haben Schmerzen in den Lenden und im Rücken?«

Roscoe nickte matt.

»Wo ist es am schlimmsten?«

»*Aqui.*«

»Im Rücken, und wo? Gleich unter den Rippen?«

»*Sí.*«

»Pissen Sie Blut?«

»*Sí.*«

Das war nicht gut. Wahrscheinlich waren durch die vielen Schläge auch die Nieren verletzt worden. »Ich gebe Ihnen etwas gegen die Schmerzen, dafür sollten Sie sich aufsetzen.«

William zog ihn aus dem Liegen hoch, rollte die Decke zusammen und schob sie ihm unter den Rücken. Als er die Medizin holen wollte, griff Roscoe nach seinem Arm und hielt sich panisch vor Angst und Schmerz an ihm fest.

»Ich hole nur das Schmerzmittel, Mr. Roscoe. Jetzt lassen Sie schon los!« Ungeduldig entzog er ihm seinen Arm und ging hinaus.

Auf dem Tisch standen schon vorbereitet ein Krug mit Wasser, ein Trinkbecher und eine Flasche mit Laudanum. William goss etwas davon in den Becher, füllte ihn mit Wasser auf, zögerte, ob er mehr Laudanum nehmen sollte, und hielt auf einmal inne. Was machte er hier? Wie kam er dazu, seinen Nachtschlaf für diesen Burschen zu opfern? Mit zwei Schritten war er bei der Tür, riss sie auf und rief in den Gang: »Steward! Kommen Sie!« Vor der offenen Kajüte, die Hände in den Taschen des Schlafrocks, ging er düster auf und ab. Roscoe wimmerte in seiner Kammer. Zum Teufel, musste er so flennen? Ein brutaler Schläger, und dabei so eine Memme!

Roscoe schrie wieder vor Schmerz, dazwischen rief er klagend: »*Ayeúdeme, por favor* ... bitte Spencer, hilf mir!«

Nun war es genug. William nahm den Becher mit dem Laudanum und ging wieder hinein. Roscoe war in elender Verfassung; die Knie angezogen, die Arme um den Leib geschlungen, krümmte er sich auf dem Lager. Er schien fassungslos vor Entsetzen über das, was mit ihm geschah. William stellte den Becher auf den Tisch und setzte sich an die Koje.

Sofort krampfte Roscoe eine Hand um seinen Arm. »Spencer, Spencer, bleib bei mir … bitte, hilf mir!«

»Ich sollte Sie besser verrecken lassen.«, knurrte William. »Jetzt hören Sie auf mit dem Gejammer.« Er zog ihn zum Sitzen hoch, nahm mit der freien Hand den Becher und hielt ihn Roscoe an die Lippen. »Trinken Sie. Etwas mehr. Runterschlucken. Und noch mal. In Ordnung.« Er half ihm, sich wieder hinzulegen und deckte ihn zu. Roscoe fror und zitterte nach den Schmerzen der durchlittenen Krise. William holte aus seiner Kajüte eine Wolldecke und deckte ihn zusätzlich damit zu.

Er zog sich den Stuhl heran und wartete, dass das Mittel zu wirken begann. Roscoe beruhigte sich allmählich. Durch das Laudanum entspannten sich seine Gesichtszüge, er atmete ruhiger, bald konnte er die Augen nicht mehr offen halten und schlief ein. Während William ihn so betrachtete, kamen ihm Zweifel, ob es eine gute Idee gewesen war, mit Cortés um Roscoe zu spielen.

Als er die Kammer verließ, kam der Steward, verschlafen, doch korrekt gekleidet, in die Kajüte. William bat ihn, den Rest der Nacht bei dem Kranken zu wachen.

»Ich denke, es geht ihm besser. Falls er aufwacht und über Schmerzen klagt, geben Sie ihm aus dem Becher hier zu trinken.«

»Und wenn es ihm schlechter geht, Sir?«

»Herrgott! Dann geht es ihm eben schlechter … Nein, tut mir leid, Steward; dann wecken Sie mich natürlich, was sonst!«

Er ging in seine Schlafkammer und warf sich aufs Bett. Ja, was tat man, wenn ein Mann vor Angst und Schmerz um Hilfe schrie? Man half ihm, was sonst. Man stand nicht dabei und sah unbeteiligt zu, wie ein anderer erneut die Klinge ansetzte.

Roscoe wurde wieder gesund. Seine Nieren hörten auf zu bluten, und er konnte essen, ohne sich danach zu übergeben. Die Quetschungen und Prellungen gingen zurück, die Wunde an seiner Schläfe schloss sich zu einer sichelförmigen Narbe, und nachts schlief er ohne Schmerzmittel. Sobald er aufstehen konnte, schickte William ihn zum Schiffsbarbier und ließ ihm die Haare scheren; nach der hygienischen Misere im Unterdeck die einzige Möglichkeit, des Ungeziefers an seinem Leib Herr zu werden. Im Schiffsmagazin fand sich eine passende Kadettenuniform, in der er allerdings mehr wie eine Ordonnanz denn wie ein Lakai aussah.

William forderte neben der Erfüllung seiner Dienerpflichten vor allem Disziplin. Nun war Disziplin nicht Roscoes Problem, wie jedes vernachlässigte Kind liebte er Hierarchien, und einem Mann wie Spencer, den er bei aller Aversion respektierte, konnte er sich unterordnen. Vom Tag seiner Genesung lehnte er sich nicht mehr gegen seine Autorität auf. Es bedurfte auch keiner Anweisungen oder Vorhalte, Roscoe war selbst bestrebt, seine Sache gut zu machen. William aber beobachtete ihn genau, denn er gab sich nicht der Illusion hin, Roscoes momentanem Wohlverhalten zu trauen.

Roscoe hatte sich schnell mit der veränderten Situation abgefunden. Das Leben an Deck erschien ihm wie eine Wohltat nach den abschreckenden Verhältnissen im Frachtraum, und da William ihn nicht schikanierte oder demütigte, war er beinahe froh, dass er die Überfahrt auf der Crusader in seinen Diensten fortsetzen durfte. Natürlich stand für ihn fest: In Amerika wäre er wieder ein freier Mann.

Eines strahlenden Morgens, William unterhielt sich mit Jim Greene auf der Ruderbrücke, kam Roscoe in schnurgeradem Gang über das rollende Deck, stieg zur Brücke herauf und grüßte. William nickte anerkennend. Roscoes dunkelblaue Uniform saß perfekt. Er hatte auf dem Krankenlager etwas von seinem Kampfgewicht verloren, auch sein Gesicht war schmaler geworden, die schönen, ebenmäßigen Züge wirkten wie gemeißelt. Zudem ließ das radikal kurz geschorene Haar ihn gereift erscheinen. Es war erstaunlich, aber nach allem, was er hinter sich hatte, sah Oliver Roscoe besser aus denn je.

»Sie haben mich rufen lassen, Sir?«

»Ganz recht, Mr. Roscoe«, sagte William. »Unser Navigator, Mr. Greene hier, meint, dass wir mit etwas Glück in zwei Tagen Bermuda erreichen.« Das wusste Roscoe auch, hörte aber aufmerksam zu, als William ausführte: »Die Crusader wird als nächstes Ziel Grand Bahama anlaufen, danach zu den Keys und nach Florida segeln und etwa drei Wochen später in Charles Town eintreffen. Mr. Greene sagt, es sei daher klüger, von Saint George aus mit einem amerikanischen Handelsschiff weiterzureisen.«

»Aye, Sir«, bestätigte Jim Greene. »Von Bermuda bis zur Küste von Carolina sind es noch rund fünfhundertvierzig Seemeilen. Eine schnelle Brigg könnte die Strecke in einer guten Woche zurücklegen.«

»Heißt das, Sir, dass wir in Saint George von Bord gehen werden?«

William hatte die Frage erwartet. »Allerdings, Mr. Roscoe. Bereiten Sie alles vor, damit unser Gepäck in kurzer Zeit gepackt ist.«

»Sir. Ich kümmere mich drum.« Roscoe salutierte und stieg von der Brücke zum Hauptdeck hinunter.

William sah ihm nach, wie er unter dem Achterdeck verschwand, um mit dem Quartiermeister ihre Ausschiffung vorzubereiten. Roscoe dachte an Flucht, das war William klar; seine verhaltene Spannung war auf Schritt und Tritt zu spüren, als wäre er auf dem Sprung. Sicher würde er versuchen, bei ihrem Halt auf Bermuda zu entfliehen; das musste er auch, wenn er William zuvorkommen und seinen Freund Reed vor ihm warnen wollte. Doch William würde nicht zulassen, dass Roscoe seine Rachepläne durchkreuzte, und hatte seine Vorkehrungen getroffen.

Am Abend vor ihrer Ankunft auf Bermuda bat Kapitän Robins seine Passagiere in den Salon. Nach einer Reise von über dreitausend Seemeilen trafen sie sich ein letztes Mal in vertrauter Runde, sprachen über ihre Pläne und dankten Robins für seine Gastfreundschaft, die ihn ein Gutteil seiner Weinvorräte gekostet hatte. Man trennte sich zeitig, denn Cortés musste seine Ausschiffung vorbereiten; in Saint George wartete ein Frachtschiff, das ihn und seine *Indenturos* zu den Tabakplantagen Virginias bringen sollte.

Auch William hatte sich für eine direkte Passage nach Charles Town entschieden. Da mehrere amerikanische Handelslinien Bermuda anliefen, würde er nicht lange auf die Weiterreise warten müssen. Er wünschte McElrond viel Erfolg bei der Suche nach den Smaragden Brasiliens, dann ging man auseinander.

Wie immer machte William einen nächtlichen Spaziergang an Deck, stieg aufs Achterdeck und betrachtete den sternenübersäten Himmel. Als er sich zur Konstellation am südlichen Himmel umwandte, fiel sein Blick auf Cortés, der mittschiffs an der Backbordreling lehnte und eine Zigarre rauchte. William erwog, hinüberzugehen und sich jetzt von ihm zu verabschieden, bevor sie sich morgens beim Ausschiffen aus den Augen verlieren würden. Da sah er einen breitschultrigen Mann hinter dem Großmast hervortreten; Cortés winkte ihn ohne Überraschung heran und begann eine Unterhaltung mit ihm.

William erkannte in dem Mann den spanischen Caudillo. Es war ungewöhnlich, dass er sich an Deck zeigte, denn die *Indenturos* durften den unteren Frachtraum nachts nicht verlassen. Doch hier lehnte er ganz selbstverständlich neben Cortés an der Reling und redete gestenreich, keinesfalls so, wie ein Sklave mit seinem Herrn sprechen würde. Dann zog er einen Beutel hervor und übergab ihn seinem *Patrón*. Der nahm daraus ein paar Münzen und ließ sie klingend in die aufgehaltene Hand des *Indenturos* fallen. Der Mann verneigte sich und verschwand, Cortés entfernte sich zu den Passagierskajüten.

William, der alles von der dunklen Galerie beobachtet hatte, wunderte sich nicht, dass Cortés von den Kampfgewinnen seiner Leibeigenen profitierte. Er gestattete sich nur ein befriedigtes Lächeln, weil sich seine Meinung über den spanischen Menschenhändler in jeder Hinsicht bestätigte.

Die Glocke läutete zum Wachwechsel, die Matrosen der ersten Hundewache kamen herauf und lösten die Bemannung an Deck ab. William stieg zum Hauptdeck hinunter, gerade als die Tür zum Passagiertrakt aufgestoßen wurde. Er blieb abwartend stehen, denn er hatte Roscoe erkannt, der in nächster Nähe an ihm vorbeiging und der Wachablösung zum Vorschiff folgte. Roscoe blieb bei der Fock stehen und sah sich suchend um. Schon trat der Caudillo auf ihn zu und begrüßte ihn mit dem rituellen Handschlag, ehe sie zur dunklen Bugspitze davongingen.

»*Faites votre jeu!*«, sagte William und ging hinein.

Santáneo und Roscoe setzten sich, um ungestört reden zu können, in eins der Beiboote vorn im Bug.

»Alles klar, Miguel?«

»Könnte nicht besser sein. Und, hast du dir was überlegt, Santo?«

»Hab ich, Kleiner, hör zu: Wir warten, bis die Mannschaft Landgang hat. Außer einem Offizier und zwei Mann von der Wache bleibt keiner an Bord. Weißt du schon, wo er dich einbuchten lässt?«

»In der Munitionskammer.«

»Und dein Wärter?«

»Thompson, er gehört zur Schiffsverteidigung und wird die ganze Zeit Wache schieben. Wie soll sich das Ganze eigentlich abspielen, Santo?«

»Lass dich überraschen. Hast du das Geld?«

»Hier. Zähl es.«

»Ich vertraue dir, Kleiner!«

»Ich dir aber nicht, also zähl.«

Santáneo zählte, nickte und verstaute das Geld in seinem Hemd. Sie standen auf.

»Gut, Miguel, dann pack deine Sachen.«

»Ist längst erledigt. Den Kleidersack hab ich in der Offiziersmesse verstaut, im Spind neben dem Eingang. Bring ihn mit, ich brauche die Sachen, hörst du? Es ist wichtig!«

»Geht klar.« Santáneo fasste Roscoe impulsiv bei den Schultern, küsste ihn auf beide Wangen und sagte: »Morgen um die Zeit bist du ein freier Mann, Miguel.«

Der Archipel von Bermuda war die Spitze eines Korallenriffs, das auf den Abhängen eines versunkenen Vulkans gewachsen war. Die nördliche Flanke bildete eine Lagune, im Süden ragte die Hauptinsel steil aus der Brandung, darunter fielen die Hänge des Basaltsockels in die Tiefen der Sargassosee. Seit Sonnenaufgang kreisten Sturmvögel über den Toppen der Crusader. Angelockt von den riesigen Segelschwingen, folgten sie dem Schiff eine Weile. Dann erschienen die Inseln am Horizont, und die Vögel eilten voraus.

Die Matrosen drängten sich im Bug der Crusader, sie grüßten mit freudigen Rufen den sicheren Hafen, die Hauptstadt der nördlichen Insel Saint George. Der längste, beschwerliche Teil der Reise lag hinter ihnen, von hier aus würde das Schiff ruhigen Kurs in die Karibik nehmen.

William stand am Schanzkleid und sah zu, wie der Anker durch das kristallklare Wasser auf den Grund der Lagune fiel. Mit der Brise trieb eine Portugiesische Galeere heran. Das durchscheinende Hautsegel der Qualle blähte sich im Wind, während ihre tödlichen Fangarme das Ankertau umspielten.

Von krakeelenden Händlern umringt, lagen an der Hafenmole drei amerikanische Handelsschiffe vertäut, darunter der Lastensegler, der Cortés' Lohnsklaven nach Virginia bringen sollte, dann ein Geleitschiff der Royal Navy und noch zwei einheimische Klipper aus Hamilton, der nächsten größeren

Ansiedlung am Sund. Da für mehr Schiffe an der Mole kein Platz war, blieb die Crusader vorläufig auf Reede liegen. Wenn die Handelsfahrer abgefertigt und wieder in See gestochen wären, konnte sie am Hafen anlegen und ihre Fracht für Bermuda gelöscht werden.

Der geschäftige Lärm vom Kai riss William aus seiner Betrachtung, und er begab sich in seine Kajüte. Pünktlich um zehn Uhr, wie mit dem Kapitän abgesprochen, meldete sich bei ihm der Vollmatrose Thompson. Der vormalige Marinesoldat trug eine Pistole im Holster und hatte eine Kette mit Handschellen dabei.

Roscoe erstarrte buchstäblich, als er die Kette erblickte. William erklärte ihm ungerührt, dass er angesichts ihres Interessenkonflikts beschlossen habe, ihn für die Dauer des Aufenthalts auf Bermuda unter Arrest zu stellen.

»Ersparen Sie uns weitere Unannehmlichkeiten und finden Sie sich mit Ihrer vorübergehenden Haft ab. Mr. Thompson hier ist für Ihre Bewachung zuständig. Ich würde es Ihnen hoch anrechnen, wenn Sie ihm keine Schwierigkeiten machen. Haben wir uns verstanden, Mr. Roscoe?«

»Ja, Sir«, antwortete Roscoe gesenkten Hauptes, ein Fanal ungerechter Behandlung.

William gab Thompson ein Zeichen, Roscoe die Handschellen anzulegen. »Dass wir uns richtig verstehen, Mr. Thompson: Ich möchte, dass es Mr. Roscoe an nichts fehlt. Ich komme mich später überzeugen, ob er anständig untergebracht ist.«

»Aye, Sir. Ich werde mich darum kümmern.«

»Gut. Nehmen Sie ihn mit.«

William ging von Bord. Er ließ sich mit allem Gepäck zum Hafen rudern und begab sich zum Büro der Norrington Steele, um eine Passage nach Charles Town zu kaufen. Der Hafenagent meinte, die Venture, eine Barkentine des Linienverkehrs, werde innerhalb einer Woche eintreffen. William reservierte eine Kajüte für sich und seinen Diener. Danach nahm er sich ein Zimmer in einem passablen Hotel und verbrachte eine ausgedehnte Siesta in einem Bett ohne Seegang. Nach einem frühen Abendessen ließ er sich zur Crusader hinausrudern, um nach Roscoe zu sehen.

Nach starken Gewitterschauern am Nachmittag hing eine Dunstglocke über der Lagune. Kein Windhauch regte sich, auf dem spiegelglatten Wasser schwojte die Crusader gemächlich um den Anker. Als William an Bord kam, herrschte tiefe Stille, nur das Knarren und Knacken des Schiffskörpers war zu hören. Im Zwischendeck stand die Luft. Thompson, der auf einer Taurolle vor sich hin döste, raffte sich auf, als er William kommen hörte, und nahm lässig Haltung an. Auf die Frage, wie es dem Inhaftierten gehe, antwortete er lapidar: »Man hört nichts von ihm.«

Er sperrte die Tür auf, damit William einen Blick in die Munitionskammer werfen konnte. Roscoe hatte sich ein provisorisches Lager aus einem Ballen Segeltuch gerichtet. Darauf saß er, gegen ein Pulverfass gelehnt, ohne aufzusehen. William blieb abwartend in der Tür stehen.

Nach einer Weile sagte Roscoe: »Vergessen Sie mich einfach hier drin, dann sind Sie mich endgültig los!«

»Sie loszuwerden, habe ich vergeblich gehofft«, entgegnete William. »Inzwischen finde ich es beruhigender, jederzeit zu wissen, wo Sie sich aufhalten.« Er sah sich um, der Raum schien trocken und sauber, eine Luke nach draußen ließ genug Luft herein, am Boden neben Roscoes Lager standen ein Krug Wasser und ein Kochgeschirr aus der Kombüse; Thompson hatte ausreichend für Roscoes leibliches Wohl gesorgt. William wandte sich zum Gehen, indem er sagte: »Kopf hoch! Das hier geht auch vorüber. Wir sehen uns morgen, Mr. Roscoe.«

»*Adiós, Colonel!*«

In der Nacht schallten Musik und Gegröle aus den Hafenkneipen über die windstille Bucht. Die Wasserfläche schien die

Geräusche zu verstärken, jedenfalls kam es Thompson so vor, der nun seit zwölf Stunden Wache schob.

Als nachmittags die Mannschaft an Land ging, verschwendete er keinen Gedanken daran, dass er hier unten Dienst hatte. Dann kamen die Männer zur Wachablösung zurück, nach dem Landgang waren sie nicht mehr in Topform, aber sie hatten ihren Spaß gehabt. Vier Stunden später kam die nächste Wachablösung. Mittlerweile waren alle Mann an Land gewesen, nur Thompson durfte nicht weg. Erst in der Nacht würde der Maat seinen Posten übernehmen, damit er wenigstens zum Schlafen käme. Er musste also noch länger hier sitzen. Dabei war der Bursche da drinnen ganz friedlich. Wozu hatte man ihn überhaupt in Ketten gelegt? Ohne den Schlüssel kam aus der Munitionskammer keine Maus heraus!

So haderte Thompson mit seinem ungerechten Schicksal. Einmal schlief er ein, wachte gähnend wieder auf und vertrat sich die Beine. Er hatte überhört, wie viel Glasen das Signal gegeben hatte, es musste inzwischen gegen Mitternacht sein. Wo blieb der Maat? Endlich hörte er jemanden kommen. Er schraubte den Docht in der Petroleumlampe höher, als hinter ihm eine weiche Stimme sagte: »Na, Seemann? Hast wohl auf mich gewartet!«

Er fuhr herum. Im Gang stand ein Mädchen, eine dralle junge Person mit blondem Lockenhaar. Die kurzen Röcke wippten um ihre Knie, als sie näherkam und schnurrte: »Ich glaub, ich hab mich auf dem großen Schiff verlaufen!«

Thompson fand die Sprache wieder: »Wie kommst du hierher? Weiber sind an Bord nicht erlaubt!«

»Du könntest etwas netter sein! Wo ich nur deinetwegen hergekommen bin.«

»Meinetwegen? Du kennst mich doch gar nicht!«

»Wer kann schon jeden kennen? Aber du darfst mich kennenlernen.«

»Du meinst ...«

»Na, du musst doch auch mal Spaß haben, wie die andern Jungs.«

»Da hast du verdammt recht, Mädel, und ich würde schon wollen. Aber ich muss auf den Gefangenen aufpassen.«

»Ein Gefangener? Da drin?« Sie ging zur Munitionskammer, rüttelte an der verschlossenen Tür und sagte schulterzuckend: »Da kommt keiner raus, wenn du mich fragst.«

»Ganz meine Meinung.«

»Na dann, Seemann. Worauf wartest du noch?«

Thompson war schon bei ihr und legte den Arm um ihre Taille. Willig ließ sie ihn fassen und tasten, wo und wie er wollte, ließ sich am Hals und im Ausschnitt küssen, dass er schnell erregt war und sie sofort haben wollte. Ohne sie loszulassen, warf er sich mit ihr auf die Taurolle, die sich in Schlaufen am Boden ausbreitete. Das Mädchen schien es zu mögen, wie er sie packte, jedenfalls tat sie eifrig mit. Eine Hand zwischen ihren Brüsten, die andere unter ihren Röcken, drängte er sich zwischen ihre Schenkel und keuchte heiser vor Gier: »Lass mich rein, lass mich in dich rein, oh, das ist … oaaah!«

Santáneo stand im Gang und sah den beiden zu. Als Thompson zur Sache kam, trat er heran und zog dem Seemann mit einer Spillspake einen Schlag über den Schädel. Thompson stöhnte noch einmal und brach auf dem Mädchen zusammen.

Sie hielt ihren bewusstlosen Galan umarmt und beschimpfte Santáneo, der mit dem Hebelholz in der Hand über ihr stand: »Du Rüpel! Hättest ruhig noch warten können!«

Santáneo kümmerte sich nicht um ihr Gekeife. Er drehte den ohnmächtigen Thompson ungerührt zur Seite und löste ihm den Schlüsselring vom Gürtel. Dann schloss er die Tür zur Munitionskammer auf.

Roscoe stieß die Tür auf und ließ sich von Santáneo die Handschellen lösen. »Das wurde auch allmählich Zeit«, murrte er und rieb seine wundgescheuerten Knöchel. Dann bemerkte er das halbnackte Mädchen, das verdrossen neben Thompson kauerte. »He, *rica*, ich hab euch von da drinnen gehört.« Er hockte sich zu ihr, zog sie an sich und sagte: »Ich könnte weitermachen, wo er aufgehört hat.«

»*Dío*, Miguel!«, fuhr Santáneo dazwischen. »Musst du alles ficken, was zwei Beine hat? Los, lass uns zusehen, dass wir hier wegkommen!«

»Er hat recht, *rica*, ich muss gehen«, sagte Roscoe und küsste sie flüchtig. »Und danke, wegen Thompson!« Dann folgte er Santáneo nach oben.

Niemand bemerkte sie, als sie heraufkamen. Ein Matrose hing mittschiffs über der Reling und gab von sich, was er in der letzten Schenke zu viel getrunken hatte. Ein anderer lehnte müde am Steuerrad und sah über die mondbeschienene Lagune aufs offene Meer. Santáneo und Roscoe liefen lautlos zum Hauptdeck, wo backbord eine Geschützpforte als Ausstieg diente. Unten dümpelte ein Ruderboot am Halteseil.

»Mein Kleidersack?«

»Ist schon im Boot, unter der Ruderbank verstaut.«

»Danke, Santo.«

»War das Mindeste, was ich für dich tun konnte. Jetzt lass uns abhauen!«

Santáneo griff nach der Strickleiter. Doch Roscoe blieb, wo er war. In seinem schleppenden Tonfall sagte er: »Na ja, nach allem war es das Mindeste.«

Santáneo drehte sich zu ihm herum. »Stimmt irgendwas nicht?«

Roscoe sah ihn unverwandt an. »Santo, Santo, warum hast du mir nicht geholfen? Du hast mich einfach wieder da rausgeschickt.«

Santáneo ließ die Strickleiter los. Er trat auf Roscoe zu, gab ihm einen freundschaftlichen Klaps. »Was ist, wieso fängst du jetzt davon an?«

»Du hast gesagt, du wärst mein Freund. Aber du hast keinen Finger gerührt! Es war dir egal, was die mit mir vorhatten.«

»Hör mal, Miguel, das war eine Scheißsituation! Denk an die Summe, die auf dich gesetzt war. Wir konnten nicht zurück, Joao und ich.«

»Aber sie hätten mich getötet, Santo!«

»Ach, Miguel.«

»Was?«

»Kleiner, es tut mir leid, wirklich!«

»Ja, Santo, mir auch.«

Er war immer noch sehr schnell, Santáneo sah den Schlag nicht kommen. Als Roscoes Handkante sein Brustbein traf, blieb dem athletischen Mann die Luft weg, und er ging in die Knie. Ohne Hast legte Roscoe ihm einen Arm um den Hals und schloss die Armbeuge, dann fasste er ihn mit der freien Hand fest ums Kinn und riss ihm den Kopf ruckartig nach rechts. Mit einem deutlichen Knacken brach Santáneos Genick. Roscoe ließ ihn fallen und schritt über den Toten hinweg, ergriff die Strickleiter und schwang sich über die Reling.

XI. Charles Town! Charles Town!

42.

Die aufgefaltete ›Royal Gazette‹ vor sich auf dem Schreibtisch, blickte Algernon Reed durch die offenen Fenstertüren in Richtung der Rasenterrassen und des Ashley River. Ein junger Schwarzer, der an einem Stehpult mit dem Abfassen von Geschäftsbriefen beschäftigt war, sah von einem begonnenen Schreiben auf und beobachtete seinen Herrn, der schon eine ganze Weile reglos aus dem Fenster blickte.

»Mr. Reed?«, sagte er nach einer weiteren Minute. »Sir?«

Er bekam keine Antwort.

Leise legte er die Schreibfeder weg, ging, immer mit Blick auf Reed, aus dem Zimmer und schloss sehr behutsam die Tür. Dann rannte er aus dem Haus und die Auffahrt entlang zu den Stallungen. Atemlos lief er durchs Haupttor und blickte suchend an den Boxenreihen entlang.

»Wo ist Mr. Quinn?«, rief er den Stallburschen zu, die die vorderen Abteile ausmisteten.

Weiter hinten trat Gabriel Quinn aus einer Box auf die Stallgasse. »Was gibt's, Marcus?«

»Mr. Quinn, Sie müssen kommen, schnell!«

Quinn lief zu ihm nach vorn. »Ist was passiert?«

»Ich weiß nicht, aber er spricht nicht!«

»Wo ist er jetzt?«

»Im Arbeitszimmer.«

»Danke, mein Junge.« Quinn war schon durchs Tor hinaus und sprintete den Rasenhang hinauf zum Herrenhaus.

Bei seinem ersten Besuch auf Hollow Park war ihm sofort klar gewesen, dass Reeds Angebot, ihn als Bereiter einzustellen, jeder Notwendigkeit entbehrte. Stallungen und Fuhrpark waren in bewährten und guten Händen, es wurde Quinn freigestellt, sich im Marstall eine Betätigung zu wählen, die ihm zusagte. Tatsächlich schien Reed von ihm nicht mehr zu erwarten, als dass er ihn außer Haus, auf seinen Ausritten oder bei Fahrten in die Stadt begleitete.

Reed war sich der fortschreitenden Veränderung seines Wesens bewusst und auch, dass er in zunehmendem Maße auf den Beistand eines Vertrauten angewiesen war, wenn seine Geisteskrankheit unentdeckt bleiben sollte. Jahrelang hatte Roscoes Freundschaft ihm ausreichend Schutz geboten, aber seit Roscoe ihn verlassen hatte, fühlte er sich nicht mehr sicher. Daher war es für ihn wie ein Geschenk, als er Gabriel Quinn wiedertraf. Er kannte Quinn von der Miliz, damals hatte er den jungen Adjutanten wegen seiner Unerschrockenheit schätzen gelernt. In Augenblicken höchster Gefahr hatten sie sich wortlos verständigt. Reed wusste, dass er ihm blind vertrauen konnte.

Quinn zögerte nicht, der Aufforderung seines Captain zu folgen und sich auf Hollow Park zu verdingen. Es dauerte nicht lange, dann bestätigte sich, was anfangs nur eine böse Ahnung gewesen war: Reeds Anwandlungen von Abwesenheit traten regelmäßig auf. Quinn deutete sie als Zeichen eines geistigen Defekts, vielleicht die Vorboten eines mörderischen Impulses. Jedenfalls stand für ihn fest, dass Reed seiner Hilfe bedurfte. Und so kamen sie stillschweigend überein, dass nun er die Verantwortung für Reeds Lebensführung übernahm.

Als Erstes setzte er Reeds alleiniger Residenz im Herrenhaus ein Ende, indem er den Hausdiener Castor und den Sekretär Marcus im zuvor unbenutzten Dienstbotentrakt einquartierte. Er selbst bezog die Pförtnerwohnung neben der Halle, um immer in der Nähe zu sein. Mit einfachen Dingen wie geregelten Mahlzeiten, festen Bürostunden, Höflichkeitsbesuchen bei Nachbarn oder dem sonntäglichen Kirchgang stellte Quinn die Art von Normalität her, die Reed jahrelang gefehlt hatte. Tatsächlich wirkten die geordneten Abläufe und Quinns bodenständige Natur Reeds Absonderlichkeiten heilsam entgegen. Bald sah es so aus, als wäre sein geistiger Verfall zum Stillstand gekommen.

Quinn klopfte und trat ein. Ohne zu reagieren, starrte Reed mit leerem Blick zum Fenster. Inzwischen kannte Quinn den Anblick einer Absence. Er trat hinter Reeds Stuhl und legte ihm die Hände mit mäßigem Druck auf die Schultern, indem er beiläufig mit ihm sprach.

»Sie erinnern sich, Captain, dass Sie sich heute das Training der jungen Galopper ansehen wollten? Wenn wir rechtzeitig zum Start dort sein wollen, sollten wir bald aufbrechen.«

Reed wandte langsam den Kopf.

Sofort ließ Quinn ihn los, trat neben ihn und hielt seinen Blick fest, während er ruhig weitersprach: »Ich habe gehört, die neuen Dreijährigen aus Mr. Clayburns Rennstall wären eingetroffen, Sir. Mr. Clayburns Sohn will im ersten Probelauf selber mitreiten ...«

»Wir sprachen unlängst über ... Mr. Roscoe«, sagte Reed stockend.

Quinn dachte kurz nach. »Sagten Sie nicht, er sei in London?«

»Er wollte zurückkommen ... Hier steht, sein Schiff, die Tristar, sei gesunken.«

»Sir, das tut mir leid für Ihren Lieutenant.«

Reed nickte abwesend.

Quinn merkte ihm an, wie verstört er war; womöglich hatte die Nachricht vom Untergang der Tristar die Absence ausgelöst. Es erschien ihm jedenfalls nicht angebracht, dass sich Reed im jetzigen Zustand mit Roscoes tragischem Tod auseinandersetzte. Also ging er nicht weiter auf die Zeitungsmeldung ein, sondern blieb beim Thema Rennsport. »Wenn es Ihnen recht ist, Sir, lasse ich unsere Pferde satteln. In einer Viertelstunde können wir unterwegs zur Rennbahn sein.«

Reed erkannte Quinns Sorge und versuchte zu lächeln. »Es ist gut, Mr. Quinn. Ich komme in zehn Minuten zum Sattelplatz.«

Nachdem Quinn fort war, las er noch einmal die Nachricht vom Untergang der Tristar. Danach trennte er die Seite mit dem Federmesser aus der Zeitung, faltete das Blatt und steckte es in die Innentasche seines Rocks. Nach dem ersten Schock hinterließ die Nachricht von Roscoes Tod in ihm ein Gefühl hoffnungsloser Leere. Dass er den Freund nie mehr wiedersehen sollte, erschien ihm unerträglich.

Ein Reitknecht führte Quinns Quarter Horse fertig aufgezäumt auf den Sattelplatz und warf den Zügel locker über die Haltestange, wo das Tier geduldig auf der Trensenkette kauend stehen blieb. Gleich darauf kam Quinn mit Reeds Reitpferd aus dem Stall. Der Fuchshengst war ein prächtiges Tier, doch für den, der ihn betreute, eine Plage. Unter den mitleidigen Blicken der Stallburschen mühte Quinn sich mit Sattel und Zaumzeug ab, während Lone Star empört die Augen rollte, den Kopf hochwarf und ausschlug. Als Quinn endlich den Sattelgurt festziehen wollte, stieß ihn das Pferd mit dem Kopf schmerzhaft in die Seite. »Mach das ja nicht noch mal!«, drohte Quinn mit leiser Stimme.

Dann kam Reed, und sofort strebte Lone Star zu ihm hin. Quinn übergab ihm die Zügel und versuchte abzuschätzen, ob sich Reeds Verfassung nach der Absence wieder stabilisiert hatte. Tatsächlich war ihm keine Schwäche anzumerken; äußerlich wie immer perfekt, schwang er sich gelassen in den Sattel. Während er mit den Stallburschen ein paar freundliche Worte austauschte, bemerkte er Quinns prüfenden Blick und mokierte sich ein wenig: »Worauf warten wir, Mr. Quinn? Sie hatten mich zu Eile angehalten. Könnten Sie jetzt auch aufsitzen?«

»Es kann sofort losgehen, Captain!«, rief Quinn und sprang auf sein braves Quarter Horse.

Sie ritten zum Fluss und folgten ein Stück dem Uferweg am Wasser entlang. Wo die Plantagen begannen, wechselten sie auf einen Wirtschaftsweg, der für breitere Fuhrwerke angelegt war. Sie ließen die Pferde im Wechsel traben und Schritt gehen, Quinn folgte Reed mit zwei Pferdelängen Abstand, wie es seiner Stellung entsprach; was Reed nicht hinderte, ihn manchmal an seine Seite zu winken, um ihn etwas zu fragen oder auf etwas hinzuweisen. Danach ließ Quinn sein Pferd jedes Mal wieder zurückfallen, denn er zog es vor, die Umgebung aus dieser Position zu überblicken.

Stets galt sein Augenmerk Reeds Befindlichkeit. Er hatte es sich zur Aufgabe gemacht, jede Störung von ihm fernzuhalten, denn auch wenn er die Anzeichen einer Absence erkennen konnte, wusste er nicht, was deren Ursache war; ob ein äußerer Auslöser oder eine innere Verstimmung die Absence hervorrief oder ob beides, ein äußerer Reiz mit einem labilen Seelenzustand, dabei zusammentreffen musste. Da Reed nicht über seine Anfälle sprach, war Quinn auf seine eigene Beobachtung angewiesen. Doch er konnte nicht ständig um ihn sein, darum hielt er Marcus und Castor an, ihm jede Stimmungsschwankung ihres Herrn sofort mitzuteilen. Das Wichtigste war, Reed unverzüglich aus einer Absence »zurückzuholen«. Quinn wusste, was sonst geschehen konnte; jemand, der sich der Wissenschaft und den Menschen gleichermaßen verpflichtet fühlte, hatte es ihm erklärt.

Bei seiner letzten Lieferfahrt in Crossbows Diensten hatte er Ingham das Journal mit den Aufzeichnungen zu seiner Malariastudie zurückgebracht. Ingham hatte ihn auf eine Tasse Tee hereingebeten, um sich mit ihm über den akuten Anstieg von Fiebererkrankungen in den Flussniederungen zu unterhalten.

»Zuverlässige Auskunft kann mir nur jemand geben, der in dem betroffenen Gebiet lebt und mit den Kranken in Kontakt kommt. Verfügt derjenige noch dazu über eine so gute Beobachtungsgabe wie Sie, Mr. Quinn, dann ist sein Urteil für meine Arbeit von unschätzbarem Wert.«

»Sie wissen doch, Doktor«, warf Quinn ein, »ich kann die Studie nicht fortführen.«

»Das müssen Sie auch nicht, Sie haben für die Wissenschaft genug getan. Dafür bin ich Ihnen sehr dankbar. Nehmen Sie Zucker im Tee?«

In der Küche an dem großen Esstisch ließ sich gut reden. Die informelle häusliche Atmosphäre wollte Ingham sich zunutze machen, um dem jungen Stallmeister noch einmal wegen des Mordfalls auf den Zahn zu fühlen. »Sicher sind Sie erleichtert, von Elverking wegzukommen«, begann er auf gut Glück.

Quinn nickte. »Oh ja, Sir, das stimmt! Als Bereiter auf Hollow Park bekomme ich meinen eigenen Verantwortungsbereich, kein Vergleich zu dem anspruchslosen Kutschdienst bei Mr. Crossbow.«

»Zweifellos! Doch ich meinte gar nicht Ihre Arbeit. Bei Ihrem letzten Besuch machten Sie mir einen besorgten Eindruck. Ich fürchte, dass diese Mordsache Sie mehr belastet, als Sie sich eingestehen wollen. Und ehrlich gesagt, verstehe ich Ihre Sorge sehr gut. Schließlich wissen wir beide, dass sich der Mörder noch auf freiem Fuße befindet.«

Quinns Haltung spannte sich, da ihm nicht behagte, welche Richtung die Unterhaltung nahm.

Ingham jedoch fuhr ungerührt fort: »Dieser Mann, nennen wir ihn den Erlkönig: Was, glauben Sie, wird er tun?«

Quinn runzelte die Brauen. »Woher soll ich das wissen?«

»Nun, denken Sie nach, erinnern Sie sich an den Anblick der Toten: Schockierend, nicht wahr? Die Frau war nicht einfach erwürgt oder erstochen worden. Man hatte sie systematisch zu Tode gequält. Ich denke, Sie kennen den Begriff der Folter?«

»Ja doch, hören Sie auf!«, wehrte Quinn angewidert ab. »Ich weiß, was Sie meinen.«

»Tatsächlich? Da bin ich mir nicht sicher, Mr. Quinn. Ich versuche Ihnen nämlich zu erklären, dass das, was der Frau passierte, nicht zufällig geschah.«

»Was heißt denn zufällig?«

»Zufällig hieße, der Täter hätte die Frau im Affekt, etwa im Blutrausch, derartig zugerichtet. Das kommt vor. Hier aber war kein Zufall im Spiel, dies hat es exakt so schon früher gegeben, zweimal, um genau zu sein. In meinen Obduktionsberichten aus den Jahren '77 und '79 habe ich beschrieben, dass die identische Methode angewendet wurde, um einen Matrosen und eine junge Kellnerin zu Tode zu foltern. Nach dem Fall von Elverking sind es drei Tote, dieselbe Gegend, dieselbe bizarre Tötungsart. Ich denke, er wird es wieder tun.«

Quinn wirkte nicht so betroffen, wie man vielleicht erwartet hätte. Ingham bemerkte jedoch, dass er für die Dauer eines Stoßgebets die Augen geschlossen hatte; ein subtiler Hinweis nur, der ihn aber in seiner Annahme bestärkte, dass Quinn den Mörder kannte. Anscheinend hatte er Inghams Warnung verstanden und welche Folgen es haben könnte, wenn er den Mörder schützte, denn er sagte: »Sie meinen, Doktor, er habe schon drei Mal auf diese Art getötet und würde es wieder tun. Wieso? Was für einen Grund sollte jemand haben, Menschen so etwas anzutun?«

»Sie fragen nach dem Motiv? Halten Sie sich einfach vor Augen, was er getan hat.«

»Getan? Nun, wenn ich Sie richtig verstehe, quält er seine Opfer systematisch zu Tode.«

»Sehen Sie!«

»Glauben Sie etwa, er möchte Menschen langsam und qualvoll sterben sehen?«

»Ein anderes Motiv ist nicht ersichtlich.«
»Aber das ist doch ...«
»Krank? Das Verhalten eines Irren? Das wollten Sie doch sagen, Mr. Quinn, nicht wahr?« Nachdenklich nahm Ingham seine Teetasse. »Der Gedanke kam mir bereits, als ich die erste verstümmelte Leiche untersuchte. Wer so etwas macht, muss ein schwer gestörter Mensch sein. Ein Psychopath.«
Er trank die Tasse in einem Zug leer. Als er sich nachschenkte und auch Quinns Tasse füllen wollte, bemerkte er, dass er seinen Tee nicht angerührt hatte. Was hat der Bursche nur vor?, dachte er ungehalten. War ihm nicht klar, dass noch mehr Menschen sterben würden, wenn er weiterhin schwieg? Ingham war schon so weit, Reeds Namen direkt ins Spiel zu bringen, als Quinn einen neuen Gedankengang einschlug.
»Gut, Doktor, angenommen, der Erlkönig wäre geisteskrank. Jeder weiß, dass Geistesgestörte sich sonderbar verhalten, darum geht man ihnen aus dem Weg, und wenn sie gefährlich werden, sperrt man sie ein. Ich will damit sagen, ein geistesgestörter Mörder würde auffallen. Er sollte nicht schwer zu finden sein.«
Ingham hatte ihn unterschätzt. »Sie haben recht, Mr. Quinn«, erwiderte er. »Die meisten Geisteskranken verhalten sich auffällig. Aber es gibt auch Fälle von Wahnsinn, die unbemerkt entstehen. Sie können jemanden viele Jahre kennen, doch sein wahrer Geisteszustand wird erst offenbar, wenn sein Wahn plötzlich hervorbricht.«
»Demnach müsste vor ungefähr fünf Jahren, als der erste Mord geschah, jemand, der bis dahin normal erschien, durch ein verändertes Verhalten aufgefallen sein, richtig?«
»So könnte es gewesen sein.«
»Von da an hätte man gewusst, dass mit ihm etwas nicht stimmt. Ich meine, ein Irrer, der zu Gewalttätigkeit neigt, wird seinen Zustand schwerlich verbergen können.«
Ingham nickte nachdenklich. »Richtig, ein manifest gewalt-

tätiger Geisteskranker kann sich nicht auf Dauer verstellen. Er würde es auch gar nicht versuchen, es sei denn, seine Krankheit verbirgt sich hinter dem Anschein von Normalität. Man weiß von Fällen, in denen lediglich ein Teil des Wesens erkrankt, man könnte auch sagen, der Betroffene besitzt eine gesunde und eine kranke Wesenshälfte, und nur in bestimmten Situationen, wenn die kranke Wesenshälfte seinen Geist beherrscht, tritt der Defekt in Erscheinung. Jemand mit einer harmlosen Störungsvariante würde seine Mitmenschen zeitweilig belästigen. Handelt es sich aber um eine schwere aggressive Störung, könnte er in diesem Zustand gefährlich werden.«

»Und jemanden töten?«, fragte Quinn. »Sie glauben also, jemand würde von einem Augenblick zum anderen gewalttätig, beginge womöglich beispiellose Grausamkeiten und fände kurz darauf zu seiner normalen Verfassung zurück? Denken Sie nicht, man würde erkennen, was in ihm vorgeht?«

»Vielleicht. Wir wissen darüber noch zu wenig. Es gibt kaum Anzeichen für einen verborgenen inneren Defekt.«

»Was für Anzeichen, Doktor?«

»Abwesende Momente, geistige Aussetzer, wenn Sie so wollen; manche sprechen von Absencen. Man glaubt, ein Mensch mit einem gespaltenen Wesen erlebt Augenblicke des Übergangs, wenn der bestimmende Wille von der einen Bewusstseinshälfte zur anderen wechselt. Solange beide Seiten um diesen Anspruch ringen, wirkt der Betroffene geistig wie gelähmt, bis sich eine Bewusstseinshälfte durchsetzt und die geistige Führung übernimmt.«

»Das heißt, während der Absence ist alles noch offen. Könnte man in diesem Moment nicht eingreifen und verhindern, dass die kranke Wesensseite sich durchsetzt?«

»Ein interessanter Ansatz, Mr. Quinn, aber zu theoretisch; ein Mensch, der in Absence fällt, wird niemanden um Beistand anrufen, weil er naturgemäß nicht weiß, was mit ihm geschieht.«

»Doch wenn man Absencen rechtzeitig erkennt, könnte man auf den Betreffenden einwirken und ihn zurückholen ...«

»Halt, Sie stellen sich das zu einfach vor! Die Absence ist ein komplexes Geschehen, bei dem sich der Geist vollständig vom Bewusstsein löst. Sie ist ein abstrakter Raum jenseits von Gedanken und Gefühlen. In dem Zustand ist ein Mensch nicht ansprechbar. Wie wollen Sie ihn erreichen oder gar von dort zurückholen?«

»Es ist eine Frage des Vertrauens«, antwortete Quinn prompt. »Jemand, dem der Kranke vollkommen vertraut, wird ihn auch in der Absence erreichen und hätte die Möglichkeit, ihn in die Normalität zurückzuholen.«

Ingham konnte es nicht fassen: Quinn glaubte allen Ernstes, einen Psychopathen in seinem Wahn beeinflussen zu können! Das musste er ihm auf jeden Fall ausreden. »Idealismus wie der Ihre ist unerlässlich, wenn man mit psychisch gestörten Menschen umgeht, Mr. Quinn«, sagte er geduldig. »Trotzdem halte ich solches Vorgehen für zu gewagt. Bedenken Sie, man müsste den Betreffenden permanent überwachen. Und selbst wenn man eine Absence rechtzeitig erkennt, ist es fraglich, ob man in der Weise eingreifen kann, wie Sie es sich vorstellen. Auch ein vertrauensvolles Verhältnis kann nicht verhindern, dass sich der Kranke dem Einfluss entzieht. Und schließlich dürfen Sie die Dynamik dieser Krankheit nicht vergessen: Das Kräfteverhältnis der konkurrierenden Wesenshälften verschiebt sich unaufhaltsam.«

»Sie meinen, die kranke Seite wird stärker?«

»Und die gesunde Seite verliert an Kraft, ja, leider entwickelt sich die Krankheit in diese Richtung. Mit der Zeit wird der Betroffene dem Einfluss seiner dunklen Einflüsterungen verfallen. In den Augen seiner Mitmenschen verliert er nach und nach alles, was seine Persönlichkeit ausmacht, Gefühle, Intellekt, selbst die Empfindung für Hunger, Kälte, Schmerz. Am Ende, Mr. Quinn, ist er weniger als ein Tier.«

Sie saßen sich eine Weile schweigend gegenüber. Beide kannten die Wahrheit über den Mörder von Elverking, aber ihre widerstreitenden Ziele machten es ihnen unmöglich, offen miteinander zu sprechen.

Quinn hatte zumindest ein besseres Verständnis für Reeds Geisteszustand bekommen. Er wusste jetzt, dass sich seine Verfassung unaufhaltsam verschlechterte; umso mehr war er entschlossen, ihn nicht im Stich zu lassen. Solange er verhindern konnte, dass Reed anderen gefährlich wurde, wollte er ihm ermöglichen, unter seinem Schutz ein achtbares Leben zu führen. Er hatte seine Entscheidung getroffen, und er hinterfragte sie nicht mehr. Obwohl er die Tote gesehen hatte und wusste, wohin der Irrsinn Reed treiben konnte, sah er in ihm in erster Linie den bewunderten Offizier, an dessen Seite er den Krieg überlebt hatte. Nun, da Reed seine Hilfe brauchte, stellte sich Quinn zwischen ihn und die Welt, um ihn notfalls mit dem eigenen Leben zu beschützen.

Ingham staunte, dass Quinn seiner Sache so sicher war. Auch wenn er sein Ziel nicht gutheißen konnte, beneidete er ihn um seine Unerschrockenheit. Auf einmal fühlte er sich alt. Er seufzte und sagte: »Ich muss an meine Reputation als Wissenschaftler denken. Es ist meine Pflicht, den Richter über die Identität des Mörders in Kenntnis zu setzten.«

»Dann wissen Sie also, wer es ist, Doktor?«, meinte Quinn unverfroren.

»Vorsicht, Mr. Quinn, auch für Sie steht eine Menge auf dem Spiel, vergessen Sie das nicht. Sollte wieder ein verstümmeltes Opfer aufgefunden werden, würde der Weg zu dem Mörder auch zu Ihnen führen. Es würde für Sie zum Schlimmsten kommen!«

Quinn sah ihn lange an. Dann schüttelte er langsam den Kopf, indem er sagte: »Es wird keine Opfer mehr geben, Doktor. Vertrauen Sie mir.«

Die Reiter hatten die Straße verlassen und ritten an grünen Weiden entlang. Vereinzelt zeigten sich dunkle Einsprengsel von Salz- und Sauerwiesen, doch überwiegend wuchs hier gutes Gras für die hochgezüchteten Pferde, die auf den Koppeln der Rennsportanlage grasten. Es hatte Quinn bei ihrem ersten gemeinsamen Besuch mit Stolz erfüllt, dass Reed ihn den anderen Rennstallbesitzern als Trainer seiner englischen Galopper vorgestellt hatte.

Als sie jetzt durch das Tor zur Rennbahn ritten, schien Reeds Absence ohne Nachwirkungen vorübergegangen zu sein. Er sprang vor dem Clubhaus vom Pferd, vertraute Lone Star einem der vielen Stallburschen an und gesellte sich zu einer Gruppe von Pferdetrainern und Züchtern aus der Umgebung, die sich über die Chancen der ersten amerikanischen, rein auf sportlichen Einsatz gezüchteten Rennpferde unterhielten. Bald wurde Quinn von ihm hinzuzitiert, und seine Bekannten begrüßten den jungen Mann freundschaftlich.

Quinn spürte, es war Reeds Wunsch, ihn heute in seiner Nähe zu wissen. Also würde er an seiner Seite bleiben, heute wie an allen Tagen, solange Reed seines Beistands bedurfte. Er wusste, dass das Ende vorgezeichnet war. Aber daran wollte er jetzt nicht denken.

43.

Joshua fasste die Aufzeichnungen des Plantagenberichts ab, doch er konnte sich kaum konzentrieren. In Gedanken war er bei seiner Frau. Seit dem Besuch im Gefängnis waren Wochen vergangen. Er bekam keine Nachricht von ihr, und wenn er an die erschütternden Verhältnisse des Kerkers dachte, fürchtete er, sie würde die Untersuchungshaft nicht überleben. Nein, es hatte keinen Zweck, er würde heute nichts zu Papier bringen.

Er legte den Bleistift beiseite, stützte den Kopf in die Hände und seufzte schwer.

Antonia, die am Schreibtisch gegenüber die Post erledigte, betrachtete ihn voller Sorge. Je näher Rovenas Gerichtsverfahren rückte, desto unzugänglicher wurde Joshua. Bisher hatte sie es vermieden, mit ihm über den Prozess zu sprechen, wie sie allen Gesprächen aus dem Weg ging, die den Fall von Elverking berührten. Sie wollte nicht darüber nachdenken müssen, wie unverzeihlich falsch sie sich verhielt. Doch angesichts von Joshuas Verzweiflung konnte sie nicht so tun, als ginge sie das alles nichts an, und fasste sich ein Herz.

»Ich verstehe, dass dich das untätige Warten zermürbt«, sagte sie. »Aber betrachte es als gutes Zeichen, dass die Ermittlungen so zögerlich vorangehen. Offenbar reichen die Beweise der Anklage nicht aus, um den Mordvorwurf gegen Rovena aufrechtzuerhalten.«

»Wie können Sie annehmen, es gäbe irgendwelche Beweise?«, erwiderte Joshua schroff. »Die Anklage ist ein Gebäude aus Lügen! Meine Frau trifft keine Schuld, doch man will sie für den Mord verantwortlich machen.« Er nickte bitter. »Ihr Schwager Hocksley steckt dahinter. Just an dem Tag, als man die Tote fand, war er auf Elverking zu Gast, wussten Sie das?«

Sie erinnerte sich, dass Hocksley zu Crossbows Plantage unterwegs war, als er nach Hollow Park kam, um sie abzuholen. »Du glaubst, Hocksley hätte mit der Sache zu schaffen?«

»Wie's aussieht, war er es, der die Ermittlungen gegen meine Frau in Gang brachte. Er hat Mr. Crossbow aufgetragen, dem Constable die Geschichte von dem Ritualmord aufzutischen, um den Verdacht auf Rovena und ihre Gefolgsleute zu lenken.«

»Also doch!«, rief Antonia. »Ich wusste, dass er die Mougadous im Visier hat.«

»Rovena sagt, Mr. Hocksley fürchte die Rache von Monsieur Raoul mehr denn je. Der Mordfall von Elverking liefert ihm den passenden Vorwand, gegen die ganze Voodoo-Gemeinde vorzugehen; so könnte er seine Feinde auf einen Schlag loswerden.«

»Aber wie hat er von den Freitagsmessen erfahren? Nur die Mougadous wussten von den geheimen Treffen.«

»Sie wurden aus den eigenen Reihen verraten.«

»Von Angehörigen des Stammes? Wer würde so dumm sein?«

»Dumm, Ma'm?«, fuhr Joshua auf. »Sie wissen so gut wie ich, welche Zwangsmittel einem Sklavenhalter zu Gebote stehen. Mr. Hocksley nahm sich den Caid von Elverking vor, Jeremy Mougadou, ein Onkel von Raoul und Rovena, den er vor Jahren nach Carolina bringen ließ, um die Clique einflussreicher schwarzer Kariben von Port-au-Prince zu zerschlagen. Er drohte, Jeremys Söhne ins Work House zu schicken; da erzählte ihm Jeremy, was er wissen wollte. Bei der landläufigen Angst der Weißen vor einem Sklavenaufstand war es für Hocksley ein Leichtes, die Idee einer Voodoo-Verschwörung in die Welt zu setzen, und mit der Geschichte eines Ritualmordes gab es eine Handhabe gegen Rovena und die Mougadous von Stratton.«

Antonia war nicht überrascht, dass Hocksley seine Hand im Spiel hatte. Allerdings konnte sie nicht verstehen, dass Joshua so unvorsichtig gewesen war, Rovenas riskantes Treiben zu unterstützen, und sagte: »Charlene hatte also recht gehabt, dass sie Rovenas Heimlichkeiten missbilligte. Voodoo zu praktizieren ist verboten. Rovena weiß das, nun hat sie selber den Grund geliefert, den Leute wie mein Schwager gesucht haben.«

»Aber jeder hier weiß, dass Rovena nichts mit dem Mord zu tun hat.«

»Ja, Joshua, wir wissen es, nur lässt es sich nicht beweisen.«

»Doch, wenn sie mich nur ließe!«, stieß Joshua zwischen den Zähnen hervor.

Antonia horchte auf. »Soll das heißen, Rovena will nicht, dass du etwas unternimmst?«

Er nickte düster. »Die Mougadous wissen, wer die Frau getötet hat. Es ist jemand, dem sie sehr viel zu verdanken haben. Darum werden sie schweigen.«

»Joshua, um Himmels willen, dann werden sie alle hingerichtet!«

»Trotzdem würden sie ihn niemals preisgeben, nachdem er ihre Stammesbrüder vor Verfolgung bewahrt hat.«

»Und du, Joshua?«, fragte sie vorsichtig. »Weißt du, wer die Frau getötet hat?«

Er zuckte nicht mit der Wimper, und sie verstand, dass er an die Entscheidung der Mougadous gebunden war.

»Du darfst den Mörder nicht schützen!«, mahnte sie ihn, doch es klang wenig überzeugend.

Er stand auf, ging zum Fenster, das vor der Dunkelheit sein Spiegelbild zeigte. Was er dann sagte, machte für sie alles noch schlimmer: »Der Mann hat eine weiße Prostituierte umgebracht, was geht mich das an? Ich werde mich an die halten, die meiner Frau nach dem Leben trachten.«

Als nach einer Woche der Wagen des Provost Dungeon zum zweiten Mal nach Legacy kam, waren alle sofort alarmiert. Noah Lytton sah das vergitterte Gefährt vorm Kutscherhaus halten und schickte einen Stallburschen zum Herrenhaus, um Antonia zu benachrichtigen. Als sie etwas kurzatmig wegen der fortgeschrittenen Schwangerschaft zum Wirtschaftshof gelaufen kam, wurde Joshua zwischen zwei Wärtern des Dungeon aus seinem Haus geführt. Charlene, die Antonia gefolgt war, sah voll stummer Verzweiflung zu, wie ihr Sohn widerspruchslos in den Wagen stieg.

»Augenblick, Constable!« Antonia trat dem Mann in den Weg. »Mr. Robert ist mein Verwalter. Ich verlange eine Erklärung, warum Sie ihn verhaften wollen.«

Der Constable zog ein gefaltetes Blatt aus der Ärmelstulpe und gab es ihr. Sie sah das Siegel des Richters, las Joshuas Namen, während der Mann erläuterte: »In dem Haftbefehl, Ma'm, wird Mr. Robert des Landfriedensbruchs beschuldigt.«

»Landfriedens... Wie in aller Welt kommt es zu dieser schwerwiegenden Anschuldigung, Constable?«

Der Polizist erzählte in knappen Worten, dass Joshua beschuldigt werde, den Grundbesitz Prospero Hill mit vorgehaltener Waffe betreten und die Sklaven auf dem Anwesen gegen ihren Herrn aufgewiegelt und zum Aufstand angestachelt zu haben. »Der Eigentümer hat daraufhin das Gericht angerufen. Bei Aufwiegelei zum Aufstand erkennt das Gesetz auf Landfriedensbruch.«

»Das ist absolut lächerlich!«, versetzte Antonia. »Wie kann Richter Jones den infamen Behauptungen meines Schwagers glauben? So einfach kann man jemanden nicht ins Gefängnis bringen.«

»Ma'm, ich habe meine Befehle. Der Richter wird Mr. Robert vernehmen und die Anzeige von Mr. Hocksley überprüfen. Offensichtlich ist der Vorwurf nicht aus der Luft gegriffen. Ihr Verwalter scheint jedenfalls nicht überrascht, dass wir ihn holen kommen. Nun würden wir gerne abfahren, Mrs. Lorimer.«

Sie stand vor der Kutsche in der Auffahrt und machte keine Anstalten, zur Seite zu gehen. Charlene, die neben dem Gefängniswagen gestanden und durch das Gitter schweigend Joshuas Hand gehalten hatte, kam zu ihr, um sie zu besänftigen.

»Miss Antonia, Sie können jetzt nichts tun. Kommen Sie mit mir.«

»Nein!«, schrie Antonia und schob Charlene ungeduldig beiseite. »Ich werde nicht hinnehmen, dass Hocksley das Gesetz in diesem Land mit Füßen tritt!« Aufgebracht wandte sie sich an den Polizisten: »Warum lässt er mich nicht gleich mitverhaften? Das ist es doch, was Hocksley eigentlich will!«

»Richtig, Ma'm. Mr. Hocksley unterstellte, Ihr Verwalter hätte auf Ihre Weisung gehandelt. Richter Jones hat jedoch vorläufig von gerichtlichen Schritten abgesehen, da in Ihrem Falle keine Fluchtgefahr besteht.«

»Fluchtgefahr! Hat man da noch Worte!«

»Beruhigen Sie sich, Miss Antonia«, sagte Charlene. »In Ihrem Zustand ...«

»Vergiss meinen Zustand! Ich bekomme ein Baby, kein Grund, mich von Hocksley in die Knie zwingen zu lassen!«

Ungehalten und heftig atmend, umfing sie ihren gewölbten Leib. Charlene hatte recht, die Aufregung tat nicht gut. Sie spürte die Unruhe des Kindes und fühlte sich so ohnmächtig. Als Charlene den Arm um sie legte, widersetzte sie sich nicht mehr, sondern ging mit ihr zur Seite, damit der Constable mit dem Gefangenen abfahren konnte. Antonia sah dem Gefährt nach; eine scharfe Falte erschien zwischen ihren Brauen.

»Charlene, pack unsere Sachen. Wir fahren in die Stadt.«

Am nächsten Tag sprach sie beim Gerichtshof in der King Street vor und bat um eine Unterredung mit dem Richter. Man ließ sie warten. Einen um den anderen ruhelosen Tag verbrachte sie im Haus ihrer Schwester, bis nach einer Woche Richter Jones geruhte, sie zu empfangen.

Ein Blick in sein Amtszimmer verriet den Zwiespalt, an dem die Würde der Gerichtsbarkeit unter der fortgesetzten britischen Besatzung litt; so hing über dem Schreibtisch nach wie vor das Konterfei König Georges, während gegenüber, als Blickfang zwischen den Fenstern zum großen Platz, das Palmetto-Banner prangte, eine weiße Fächerpalme auf ultramarinblauem Grund, Wahrzeichen des revolutionären South Carolina, das an die erfolgreiche Verteidigung Charles Towns gegen die englischen Invasionstruppen im ersten Kriegsjahr erinnerte.

Richter Jones trug den obligatorischen Talar, die weiße Rosshaarperücke jedoch beließ er auf dem Ständer im Aktenschrank, ein diskreter Hinweis, dass er der Anhörung keinen offiziellen Charakter beimaß. Er bot Antonia einen Platz an und las ihr aus der Haftakte vor, was Hocksley zu Protokoll gegeben hatte: Am 9. Juli 1782 um die Mittagszeit, hieß es, sei der Freigelassene Joshua Robert bewaffnet, in Begleitung zweier ebenfalls freigelassener schwarzer Farmarbeiter der Plantage Legacy, mit einem Wagen nach Prospero Hill gekommen. Auf Geheiß von Mr. Robert hätten seine Begleiter unverzüglich begonnen, einen abgestorbenen Baum vor dem Herrenhaus zu fällen. Als Mr. Hocksleys Verwalter Ronald Perkins dazwischengehen wollte, habe Mr. Robert ihn mit vorgehaltener Waffe davon abgehalten, bis seine Männer den Baum gefällt hatten. Bevor er mit seinen Leuten wieder davongefahren sei, habe Mr. Robert zu den Sklaven, die zahlreich herbeigelaufen seien, gesagt: »*Rovena-la-Sorcière* hat den Baum verwünscht. Es wird Unglück über euren Master kommen, der so viele von uns ins Verderben gestürzt hat!«

Jones schlug die Akte zu. »Als die Sache passierte, war Mr. Hocksley nicht zu Hause, möglicherweise wäre die Situation sonst eskaliert. Als er davon erfuhr, hat er umgehend Strafanzeige erstattet und die Aussage des Verwalters zu Protokoll geben lassen. Sie werden vielleicht einwenden, das sei viel Lärm um nichts ...«

»Ein toter Baum wurde gefällt, Euer Ehren, mehr nicht!«

»... aber wie man mir glaubhaft versicherte, handelt es sich nicht um einen beliebigen Baum, Madam. Das wusste Mr. Robert, er sagte selber, der Baum sei verwünscht. Indem er ihn fällen ließ, gab er dem unseligen Voodoo-Aberglauben, den man den Sklaven vergebens auszutreiben versucht, neue Nahrung. Mr. Hocksley berichtete mir von großer Unruhe unter seinen Arbeitern. Er befürchtet anscheinend, es könnte zu einem Aufruhr kommen. So etwas würde womöglich weite Kreise ziehen.« Jones machte eine Pause, um dem Folgenden mehr Gewicht zu verleihen: »Es sieht so aus, als habe Mr. Robert die Saat eines Aufstands nach Prospero Hill gebracht.«

Antonia wurde jetzt klar, dass Hocksley die vergangenen Tage genutzt hatte, um den Richter von seiner Sicht zu überzeugen. Sie zwang sich zur Ruhe, um Joshuas Sache so gut wie möglich zu vertreten. »Euer Ehren, ich kenne Mr. Robert seit meiner Kindheit, er ist im Hause meines Vaters mit mir aufgewachsen. Ich versichere Ihnen, aufrührerische Gedanken liegen ihm fern, seine Lebensführung macht das deutlich: Er ist das beste Beispiel dafür, dass ein Schwarzer durch Zuverlässigkeit seine Freiheit erlangen und es mit Vernunft und harter Arbeit zu etwas bringen kann. Warum sollte er alles, was er mühevoll aus eigener Kraft erreicht hat, durch eine solche Tat aufs Spiel setzen? Ich bestreite nicht, dass Mr. Robert im Zorn zu weit gegangen ist. Er hat Mr. Hocksleys Eigentum verletzt und muss den Schaden in angemessener Form wiedergutmachen. Aber Aufwiegelei zum Aufstand, gar Landfriedensbruch? Ich bitte Sie, Richter, dergleichen hat Mr. Robert nicht im Sinn.«

»Sind Sie sicher, Mrs. Lorimer? In dieser Gegend ist man sehr sensibel für die Gefahr, die von einer Agitation der Sklaven ausgehen kann.«

Die Andeutung genügte, offenbar zog er eine Parallele zu dem blutigen Stono-Aufstand in den Vierzigerjahren, der nur unter erheblichen Verlusten auf beiden Seiten hatte niedergeworfen werden können. Die Erinnerung daran hatte sich bei der weißen Bevölkerung als Schreckensvision festgesetzt.

»Gerade jene ehemaligen Sklaven, die ihr Schicksal wie Ihr Verwalter selbst in die Hand nehmen, müssen wir im Auge behalten. Mag sein, dass Mr. Robert sich im Zorn zu der Tat hinreißen ließ. Doch dabei war ihm bewusst, welchen Eindruck sein bewaffneter Auftritt auf die anderen Schwarzen haben musste. Wie Mr. Perkins es darstellt, hat sich Mr. Robert direkt an die versammelten Sklaven gewandt und erklärt, er sei gekommen, um ihren weißen Herrn zu maßregeln – was braucht es mehr, um Unfreie zu Auflehnung und Widersetzlichkeit aufzurufen? Bedenkt man, wie schnell solche Unruhen um sich greifen und zu landesweiten Aufständen führen können, muss die Anklage gegen Mr. Robert auf Landfriedensbruch lauten.«

Das Bild, das der Richter von Joshua gewonnen hatte, kam nicht von ungefähr. Antonia wusste, dass Joshua den Stolz des dritten Robert Bell geerbt hatte. Als Sohn des mächtigen Pflanzers hatte er sich ehrgeizige Ziele gesteckt, und sein Aufstieg vom Sklaven zum Plantagenverwalter war sicher manchem ein Dorn im Auge. Was ihm aber nun zum Verhängnis wurde, war die Verbindung mit Rovena Mougadou. Der Voodoo-Kult wurde von der weißen Bevölkerung als Bedrohung empfunden, als Hort des Widerstands per se! Kein Richter würde Joshuas Behauptung glauben, er habe mit dem zweifelhaften Umfeld seiner Frau nichts zu schaffen.

Während der Anhörung schwand Antonias Rest von Zuversicht. Sie musste einsehen, dass sie nichts für Joshua tun konnte. Ebenso wenig würde er selbst versuchen, sich zu retten, wie Rovena und die Schwarzen, die im Work House ihrem Prozess entgegensahen.

Niedergeschlagen verließ sie das Gerichtsgebäude. Noah, der bei der Kutsche gewartet hatte, nickte ihr traurig zu, als er ihr beim Einsteigen half. Sie betupfte mit dem Taschentuch Stirn, Hals und Wangen. Sonne und Hitze machten ihr zu schaffen. Sie sehnte sich nach einem kühlen Bad und einem bequemen Hauskleid und sagte Noah, sie wolle unverzüglich nach Lyndon Hall zurückfahren.

Er hatte die Pferde kaum in Bewegung gebracht, als jemand vom Gehsteig rief, er solle anhalten. Der Landauer kam wenige Meter vor dem Bankhaus Ashley & Bolton zum Stehen, neben dem Wagenschlag sagte eine männliche Stimme: »Wieso hast du nicht gesagt, dass du in der Stadt bist?«

Antonia hob überrascht den Kopf. »Andy!« Sie ergriff seine Hand, die auf dem Wagenschlag ruhte. »Es sind furchtbare Dinge passiert, alles läuft irgendwie aus dem Ruder! Ach, Andy, ich weiß nicht mehr weiter!«

Tyler sah, dass sie den Tränen nahe war, darum machte er nicht viel Worte, stieg in die Kutsche und rief: »Zur Meeting Street, rasch!« Während der Fahrt stellte er keine Fragen, hielt nur ihre Hand, bis sie Lyndon House erreicht hatten. Er begleitete sie in ihren Salon und schickte ihre Zofe, den Tee zu bringen. Nach einer Weile, als Antonia nur stumm am Tisch saß, ohne ihre Tasse anzurühren, fragte er: »Möchtest du allein sein? Soll ich lieber gehen?«

»Nein, Andy, bitte bleib!« Sie tat ihr Taschentuch weg, versuchte ein Lächeln. »Bitte setz dich zu mir. Es ist gut, dass du da bist.«

Es stimmte, sie war froh, dass er da war, auch wenn sie ihn von sich aus nicht aufgesucht hätte. Er war ihr keineswegs gleichgültig, sie mochte seinen klugen, verführerischen Charme, seine Klarheit, seinen grundanständigen Charakter. Doch sie scheute vor seinem allzu entschlossenen Liebeswunsch zurück. Seit der Liebelei jenes einen Nachmittags versuchte sie, ihre Begegnungen auf die geschäftlichen Besprechungen in der Bank zu beschränken. Zu Hause verbat sie sich, an ihn zu denken, auf Legacy sollten alle ihre Gedanken William gehören. Es waren wehmütige Gedanken über Verlust und Enttäuschung; die glücklichen Erinnerungen an ihn hätte sie nicht ertragen. Nun aber, in der gegenwärtigen Bedrängnis, war kein Raum für Sentimentalität; jetzt wurde ihr klar, wie sehr sie Tyler brauchte.

Er hörte konzentriert zu, während sie ihm alles erzählte, von Rovenas Festnahme über Joshuas Auftritt auf Prospero Hill und seine Verhaftung wegen Landfriedensbruchs bis hin zu ihrem Gespräch mit Richter Jones. Danach schwieg Tyler nachdenklich. Sie hatte erwartet, er würde sie trösten oder versuchen, sie vielleicht durch Zärtlichkeiten von ihrem Kummer abzulenken. Aber das tat er nicht. Er stand auf und ging mit ernster Miene im Zimmer auf und ab, sodass sie allmählich nervös wurde.

»Sag doch etwas, Andy!«

Er blieb vor ihr stehen »Ist dir klar, wie verteufelt ernst die Situation ist?«

»Ich weiß, es war unklug von Joshua, sich mit Hocksley anzulegen ...«

»Also, ›unklug‹ trifft es wohl nicht ganz!«, rief Tyler verständnislos. »Wenn ich bedenke, was für ein langer Weg es war, deine Plantage vor dem Ruin zu bewahren! Was für gewagte rechtliche Konstruktionen haben wir erfunden und eine Verfügung gegen den Planters Club erwirkt, damit Legacy wieder zum Börsenhandel zugelassen wurde.« Er atmete tief durch und fuhr nüchtern fort: »Marshall und ich hatten jeden Schritt bis ins Detail durchdacht, wir bekamen Shaughnesseys Bankbürgschaft, um deine Bonität wiederherzustellen, und sein Darlehen, damit du handlungsfähig wurdest. So viel war notwendig, damit du Legacy behalten und deine Leute ernähren konntest. Und jetzt, Antonia, durch diese dumme Provokation, kann das alles zunichtegemacht werden!«

Wieder ging er nachdenklich durchs Zimmer. Es war ihm anzusehen, dass er bereits nach einer Lösung suchte, um einen größeren Schaden abzuwenden.

Antonia hingegen dachte an Joshua und sagte: »Wir müssen verhindern, dass Hocksley mit seiner Behauptung durchkommt. Bei einer Anklage wegen Landfriedensbruchs wäre Joshua verloren.«

»Vergiss bitte für einen Moment Mr. Robert; um seine Verteidigung kümmern wir uns später. Jetzt müssen wir uns darauf konzentrieren, Legacy zu retten.«

Verunsichert, denn so ernst hatte sie ihn noch nie erlebt, fragte sie: »Du meinst, es steht so schlecht?«

»Ich verstehe dich nicht!«, gab er entnervt zurück. »Warum bist du nicht sofort zu mir gekommen? Nach dem Vorfall auf Prospero Hill hättest du mir gleich Bescheid geben müssen. Siehst du nicht, dass das Unternehmen in Gefahr ist? Nett, dass du dich um Mr. Robert sorgst. Aber erst einmal geht es um deinen Besitz, Antonia, um Legacy!«

»Aber ja, natürlich, es geht um Legacy, immer geht es um Legacy! Ich kann mich nicht erinnern, dass es irgendwann in all den Jahren nicht um Legacy ging!« Sie hatte heftiger gesprochen, als sie es wollte, matt setzte sie hinzu: »Wozu das alles? Ich will nicht mehr.«

»Was soll das heißen?«

»Es wird mir zu viel, Andy, kannst du das nicht verstehen? Diese Verantwortung für ein Stück Land! Ich bringe mein Leben damit zu, das Vermächtnis meines Vaters zu erhalten, koste es, was es wolle. Ich bin die ewigen Sorgen, das ewige Kämpfen leid, Andy. Ich will nicht mehr.«

War das wirklich wahr? Sollte ihr die Idee von Legacy abhandengekommen sein? Nachdem andere so viel getan hatten, um den Besitz zusammenzuhalten, nach den Anstrengungen und Mühen für den Wiederaufbau, nach alldem wollte sie aufgeben? Sie hob den Kopf, und ihre Blicke trafen sich. Andy sah nicht mehr aufgebracht oder verärgert aus. Lächelnd stand er vor ihr, gelassen und selbstverständlich immer für sie da, wenn sie ihn brauchte. Er nahm sie bei den Händen und zog sie hoch in seine Arme.

»›Ich will nicht mehr‹ will ich nicht hören«, sagte er mit sanftem Vorwurf.

Sie merkte, wie sie errötete.

Er aber sah an ihr herab und sagte halb erstaunt, halb amüsiert, als hätte er es gerade erst bemerkt: »Donnerwetter, was hast du für üppige Formen gekriegt!«

»Was?«

»Sieh dich an!«, lachte er. »Du bist ein prachtvolles Weib geworden! Aber ich wage nicht, mir vorzustellen, wie du in zwei Monaten aussehen wirst.«

»Wie uncharmant!« Pikiert wollte sie sich von ihm losmachen. Aber er hielt sie lachend fest. Vergebens versuchte sie, sich ihm zu entwinden. Erst als sie von der Balgerei ganz außer Atem war, gab er sie frei, und sie ließ sich in die Kissen des Diwans fallen. Versonnen sah er zu, wie sie ihr Kleid, das überall zu eng geworden war, zurechtzog.

»Schau nicht so, Andy! Ich kriege schon wieder meine frühere Figur.«

»Aber nein, du bist schön«, sagte er mit veränderter Stimme. »Du bist so wunderschön, Tonia.« Plötzlich kniete er vor ihr nieder. »Ich liebe dich, Antonia, ich liebe dich schon so lange!« Er nahm ihre Hand, küsste die Finger, die Handfläche. »Ich will, dass du meine Frau wirst.«

Sie hielt den Atem an. Als er sich vorneigte, um sie zu küssen, fiel ihm eine Locke in die Stirn, die sie lächelnd mit zarter Hand zurückstrich.

»Wirst du mich heiraten, Tonia?«

»Ich weiß nicht ...«

»›Ich weiß nicht‹ will ich nicht hören«, sagte er und küsste sie.

Der Platz war perfekt gewählt, ein Tisch ganz vorn in der Rundung des großen Balkons im ersten Stock. Die flankierenden Säulen waren von Bougainvilleen umrankt, Blütenkaskaden fielen wie ein rosaroter Vorhang über das schmiedeeiserne Geländer herab. Von unten reichten die Blattfächer der Palmettopalmen bis zur Balustrade herauf und wiegten sich raschelnd in der Seebrise.

Ja, es war perfekt, wie alles, was Tyler in die Hand nahm. So auch an diesem Abend, da er sie zum Souper in Charles Towns bestes Restaurant, das Golden Bowl, führte. Unterwegs in der Kutsche hatte sie ihm versprechen müssen, fürs Erste nicht mehr über Joshuas Prozess nachzudenken.

»Morgen werde ich mit unserem Anwalt beraten, wie man in dem Fall am besten vorgeht. Aber dieser Abend ist unser Abend, Tonia, lass ihn uns genießen. Heute gibt es nur dich und mich, alles andere ist unwichtig.«

Sie ließ sich von ihm küssen und war froh, dass er in der dunklen Kutsche die Tränen in ihren Augen nicht sah. ›Es gibt nur noch uns, alles andere ist unwichtig‹ – das waren Williams Worte gewesen in jenem tiefen, atemlosen Moment. Und wo war er heute?

Nein, heute wollte sie nicht an William denken. Sie hatte sich in Tylers perfekte Welt begeben und würde alles geschehen lassen, wie er es entschied. Sie wollte spüren, wie es war, ihm nah zu sein. Sie beobachtete ihn, wie er mit dem Oberkellner das Menü zusammenstellte, wie er sie kurz anlächelte, so völlig sicher in dem Gefühl, das Richtige für sie zu wählen. Jede seiner Gesten bezeugte, wie gewiss er sich seiner Liebe war; jedes Hinneigen des Kopfes, die Berührung seiner Hand auf ihrem Handgelenk, der Druck seines Knies gegen ihr taftumhülltes Bein. Er bezog sie in seine Sphäre ein, war charmant und verliebt und genoss es sichtlich, vollkommen er selbst zu sein. Sie wusste noch genau, wie sie ihm zum ersten Mal in der Bank begegnet war: Erst nachdem er entschieden hatte, ihr in ihrer finanziell prekären Lage entgegenzukommen, hatte er mit ihr geflirtet. Jenseits aller Eitelkeit hatte er genau dadurch ihre Achtung gewonnen.

»Wenn du mich weiter so ansiehst, Tonia, kann ich für nichts garantieren.« Er fasste sie um ihre Taille. »Vielleicht sollten wir gleich nach Hause fahren?«

»Du bist unmöglich!«, flüsterte sie und rückte ein Stück ab, als der Weinkellner den Champagner brachte.

Tyler reichte ihr ein Glas mit dem funkelnden Getränk, sie ließen die Kelche leise aneinanderklingen. »Trink das, dann wirst du etwas gesprächiger. Hätte ich geahnt, dass dir mein Heiratsantrag die Sprache verschlägt …«

»Dann hättest du's sein lassen?«

»Nein, sicher nicht. Ich konnte gar nicht anders! Übrigens hast du noch nicht ›Ja‹ gesagt.«

»Ich habe auch nicht ›Nein‹ gesagt.«

»Gut, dann muss ich mehr Champagner bestellen.«

Es war so leicht, seinem spielerischen Ton zu folgen. Sie ließ sich von ihm necken und alberte mit ihm herum, und immer war sie sich der Verliebtheit gewahr, die wie ein musikalisches Motiv in seinen Worten schwang.

Nach dem Souper gingen sie hinunter in den Garten des Foundation Club und spazierten Arm in Arm durch die illuminierten Lorbeeralleen. Bei der großen Fontäne trafen sie Mr. Ashley, der mit seinem alten Freund und Geschäftspartner David Bolton aus dem Club gekommen war, um dem Zigarrendunst des Rauchsalons zu entfliehen.

»Ha, Tyler, nun ist es offenbar!«, rief Ashley jovial. »Ihr Engagement für Mrs. Lorimers kleine Plantage kam mir von Anfang an verdächtig vor.« Er nickte wohlwollend, als er seinen Juniorpartner mit der strahlenden Antonia am Arm begrüßte; zu ihr sagte er augenzwinkernd: »Verfügen Sie jederzeit über mich, falls dieser junge Mann Ihre Geduld auf die Probe stellen sollte. Ja, Sie lächeln, meine Liebe! Glauben Sie mir, ich weiß, wovon ich rede.« Dann wandte er sich erklärend an Bolton: »Wissen Sie, David, ich habe noch niemanden kennengelernt, der seine Ziele hartnäckiger verfolgt als Mr. Tyler. Ich bin überzeugt, er ist der jüngste Bankier, Juniorpartner und Shareholder dieses Kontinents …«

»Wozu sich der Kontinent beglückwünschen darf!«, kam die Antwort aus ihrer Nähe. Zwei Männer waren um die Fontäne herumspaziert und blieben bei der kleinen Gesellschaft stehen.

»Danke, Mr. Clayburn. Ermutigen Sie mich weiter, und ich kandidiere für die Präsidentschaftswahl«, erwiderte Tyler leichthin, etwas seriöser wandte er sich an Clayburns Begleiter: »Guten Abend, Mr. Reed. Wie geht es Ihnen, Sir?«

Reed war nach kurzem Zögern herangetreten; den Dreispitz unterm Arm, grüßte er die Anwesenden: »Wie geht es Ihnen, Gentlemen? Mr. Ashley, Mr. Tyler, oh, Mr. Bolton, Sir!« Und mit einer vollendeten Verneigung sagte er zu Antonia: »Guten Abend, Mrs. Lorimer. Wie schön, Sie zu sehen, Madam.«

Nach einem kurzen Gruß wich sie seinem Blick aus und sah Tyler mit dem Ausdruck einer stummen Bitte an, um ihn zum Aufbruch zu bewegen. Doch Clayburn hatte ihn bereits mit Beschlag belegt, wortreich unterbreitete er ihm und den beiden anderen Bankiers ein Vorhaben zum Bau einer neuen Rennbahn. Die Männer gingen zu viert im Gespräch um die Fontäne davon. Antonia blieb mit Reed zurück.

Er spürte ihre Befangenheit und sagte: »Es tut mir leid, Madam, wenn ich Sie in Verlegenheit gebracht habe. Darf ich Ihnen dennoch sagen, wie glücklich ich bin, Sie wiederzusehen?«

»Mr. Reed, Sie missverstehen ...«

»Möchten Sie spazierengehen?«, unterbrach er sie. »Ich denke, wir sollten uns den Herren anschließen.«

Sie war froh, dass er darauf verzichtete, ihr seinen Arm anzubieten. Während sie den anderen in einigem Abstand folgten, schwieg sie, unsicher, wie sie sich verhalten sollte.

Bevor ihr stummer Spaziergang peinlich zu werden drohte, sagte er: »Ich merke schon, die Freude über unser Wiedersehen ist recht einseitig.«

»Können Sie das nicht verstehen?«, stieß sie leise hervor. »Haben Sie vergessen, dass mein Schwager uns zusammen in Ihrem Hause angetroffen hat.«

»Und das beunruhigt Sie?«

»Er könnte mich mit einer einzigen Bemerkung über jenen Besuch restlos kompromittieren!«

Abrupt blieb er stehen. »Mr. Hocksley würde sich hüten, mich auf diese Art herauszufordern. Im Übrigen, Madam, haben Sie sich selbst kompromittiert, als Sie sich mit diesem Engländer einließen.«

»Welcher ... Engländer?«

»Was wollen Sie mir eigentlich vormachen? Glauben Sie, ich wüsste nicht, wer Ihr trefflicher Verwalter war? Mr. Spencer hat

Ihre Gastfreundschaft offenbar ungebührlich ausgenutzt, ehe er sich bei passender Gelegenheit davonmachte!«

Sie biss sich auf die Lippen und wollte weitergehen, aber er fasste ihren Arm und zwang sie, stehen zu bleiben. »Madam, bitte, machen Sie sich darum keine Sorgen, Spencer ist mir gleichgültig! Sie wissen, dass ich alle Ihre Schwierigkeiten mit einem Federstrich aus der Welt schaffen könnte. Ich habe Ihnen schon einmal ein Arrangement vorgeschlagen, jetzt wiederhole ich mein Angebot. Vielleicht denken Sie inzwischen anders darüber?«

»Ich habe Sie nicht um Ihre Hilfe gebeten!« Sie wollte sich ihm entziehen, doch der Griff um ihr Handgelenk wurde fester.

»Sie weisen mich wieder zurück?«, sagte er mit drohendem Unterton. »Sie glauben, Sie könnten mich abweisen?«

»Mr. Reed, lassen Sie meine Hand los, bitte!«

»Warum? Haben Sie Angst? Ja, Sie fürchten sich vor mir. Was habe ich Ihnen getan, Antonia, dass Sie solche Angst haben?«

»Nichts, Sie haben mir nichts getan!« Sie dachte an den Morgen auf Hollow Park, an die Berührung seiner kühlen, blutbefleckten Hand. Ein Schauer überlief sie. »Nein, Sie haben mir nichts getan, Algernon. Dafür danke ich Ihnen.«

»Wofür sollten Sie mir ... danken?«

Sie standen jetzt allein bei der Fontäne. Die anderen Gäste hatten die Flanierwege verlassen und waren hineingegangen. Tyler war mit Ashley, Bolton und Clayburn auf der erleuchteten Terrasse des Clubs geblieben. Sie ließen sich Drinks herausbringen, unterhielten sich, lachten. Antonia und Reed indes schienen gleich den steinernen Genien um das Bassin in stummer Selbstbetrachtung zu verharren. Reed sah reglos auf Antonia herab, während sie aufmerksam beobachtete, wie sich sein Ausdruck unmerklich veränderte, fast als wollte er lächeln. Doch er lächelte nicht. Seine grünen Augen wurden blicklos und durchsichtig wie Eis. Kein Lidschlag milderte sein Starren.

Das also ist es immer gewesen!, dachte sie. Starke Empfindungen mussten diesen Zustand bei ihm hervorrufen, so als würde sein Bewusstsein gefrieren. Sie hatte es öfter bemerkt, aber jetzt erst begann sie, es zu verstehen. Nein, sie hatte keine Angst. Ihr Fluchtinstinkt schwieg. Sie wartete einfach ab, was geschah.

Auf dem Weg näherten sich Schritte. »Bleiben Sie ruhig stehen, Ma'm«, sagte jemand hinter ihr. »Es ist gleich vorüber.«

»Ich weiß«, flüsterte sie, ohne sich umzusehen.

Ein Mann in Reitkleidung ging an ihr vorbei. Er fasste Reed energisch am Oberarm, sagte aber in ehrerbietigem Ton: »Ihr Wagen wartet vor dem Club, Sir. Wenn Sie es wünschen, kann ich später noch einmal wiederkommen.« Er ließ Reeds Arm los und trat zur Seite.

Antonia bemerkte, dass Reed den Blick von ihr nahm und sich langsam dem Mann zuwandte, der ruhig weitersprach: »Mr. Clayburn sagte mir, Sie seien mit Mrs. Lorimer im Garten. Natürlich wollte ich Ihre Unterhaltung mit der Dame nicht stören.«

»Danke ... Mister ... Quinn.« Reed fand langsam die Sprache wieder. »Verzeihen Sie, Madam ... Kennen Sie Mr. Quinn? Ein talentierter junger Mann mit einem bemerkenswerten Gespür für *timing*.«

Quinn verneigte sich. Sie musterte den hochaufgeschossenen Burschen, dessen ruhiger, abwägender Blick Intelligenz verriet. Quinn wirkte reifer, als er an Jahren zählen mochte, und wie es aussah, war er Reed absolut ergeben.

Sie gingen zu den anderen auf die Terrasse. Clayburn empfing Reed gleich mit der Frage, in welcher Größenordnung er sich an dem Rennbahnprojekt beteiligen wolle. Antonia und Quinn blieben am Rand der Terrasse unter den ausladenden Ästen eines Lebensbaums stehen. Im Laub über ihnen schimmerten pastellfarbene Papierlampions.

»Sie waren eben sehr freundlich, Ma'm«, sagte Quinn. »Mr.

Reed hatte einen anstrengenden Tag und war wohl nicht besonders aufmerksam.«

»Ich kenne Mr. Reeds abwesende Momente, Mr. Quinn!«

»Oh, tatsächlich?« Quinn vergewisserte sich, dass niemand zuhörte, ehe er leise fortfuhr: »Dann werden Sie ihm diese Schwäche heute verzeihen?«

»Mit Schwäche hat das nichts zu tun«, versetzte sie scharf. »Sie wissen so gut wie ich, wozu er imstande ist.«

»Darüber dürfen Sie nicht sprechen!«, sagte er tonlos. »Niemals, haben Sie gehört?«

»Menschen sterben, Mr. Quinn! Sehen Sie nicht, dass er wahnsinnig ist?«

»Er ist ein Gentleman, nur manchmal geht es ihm nicht gut.«

»Er ist ein Mörder, er tötet auf unbeschreiblich grausame Weise!«

»Das wird nicht mehr geschehen. Glauben Sie mir, es ist vorbei.«

»Wie wollen Sie das wissen? Wer sind Sie, sein Arzt?«

»Ma'm, ich kann es verhindern, weil ich weiß, wie ich mit ihm umgehen muss. Sie haben es selbst gesehen, ich habe die Situation im Griff.«

»Ja, ich habe es gesehen und gehört, wie Sie mit ihm reden. Aber was ist, wenn der Irrsinn ihn vollends erfasst? Wenn Sie keinen Einfluss mehr auf ihn haben ...«

»Dann wird der Tag sein letzter sein. Doch bis dahin werde ich nicht zulassen, dass man Hand an ihn legt!«

Quinn meinte es ernst, wie es aussah, war er entschlossen, Reed zu beschützen und ihm beizustehen bis zum Tod. Antonia dachte an alle, die, um Reed zu schützen, ihr Leben hingeben oder zusehen würden, wie andere starben; Rovena und Joshua, Castor und die Mougadous von Stratton; auch sie selbst und Quinn waren gebannt von der Vorstellung, Reed beschützen zu müssen. Bedrohlich erhob sich der Schatten des riesigen Rades. Ohne ihr Zutun war es wieder in Bewegung gekommen, doch es rollte jetzt in eine andere Richtung. Die Speichen drehten und drehten sich immer schneller. Wenn niemand es aufhielte, würden viele darunter zermalmt werden.

Quinn verabschiedete sich rasch, um Reed zu seiner Kutsche zu begleiten. Die Gesellschaft löste sich auf. Tyler, seiner Verpflichtungen endlich ledig, kam und entschuldigte sich, dass er sie so lange vernachlässigt hatte.

»Es tut mir leid, Tonia. Anscheinend denkt alle Welt, ein Bankier täte nichts lieber, als sich über Geld und Renditen zu unterhalten.«

»Womit alle Welt recht hat«, antwortete sie gereizt, dann bemerkte sie seinen fragenden Blick. »Verzeih, Andy, ich hab es nicht so gemeint.«

Sie hakte sich bei ihm unter und ging mit ihm zum Tor. Sie war froh, dass er bei ihr war, in seiner Gegenwart konnte nichts Schlimmes geschehen. Bei ihm war sie sicher.

»Es war schön dort oben auf dem Balkon, unter den Sternen«, sagte sie. »Wir hätten nicht herunterkommen, wir hätten für uns bleiben sollen, nur wir zwei.«

»Wir werden für uns sein, wann und wo du willst, Tonia«, antwortete er. »Wir könnten immer zusammen sein, wenn du meine Frau wirst.«

Er drängte sie nicht. Nie würde er etwas von ihr verlangen, das sie sich nicht aus freien Stücken wünschte.

Und weil sie das wusste, sagte sie: »Ja, Andy.«

Nach drei Schritten blieb er stehen. »Warte, hieß das gerade ›Ja-ich-werde-deine-Frau‹?«

»Ja, Andy!« Sie lächelte über sein freudestrahlendes Gesicht. »Bring mich nach Hause, Liebster.«

Arm in Arm gingen sie durchs Tor, während im Garten die Lichter verloschen.

44.

Schon auf die Entfernung erkannte Quinn die Kutsche von Elverking, die zwischen blühenden Baumwollfeldern auf die Plantage zufuhr. Er zügelte das Pferd und klopfte ihm den Widerrist. Er hatte den jungen Galopper zweimal die Strecke zur Anlegestelle und zurück gejagt. Das Pferd zeigte keinerlei Anzeichen von Ermüdung, leichtfüßig tänzelte es auf der Uferböschung und wendete den Kopf nach seinem Reiter, als wollte es ihn zu einem weiteren Sprint auffordern. »Genug für heute«, sagte Quinn und beobachtete, wie der Wagen in die Allee einbog und auf das Herrenhaus zufuhr. Er ließ das Pferd mit einem Zungenschnalzen antraben und für die kurze Strecke zum Hof in leichten Galopp fallen. Vor den Stallungen sprang er ab und gab die Zügel einem älteren Burschen, der das erhitzte Rennpferd trocken reiben sollte.

Wie gewohnt ging er über den Rasenhang zum Herrenhaus und trat von der Gartenseite in Reeds Arbeitszimmer. »Wo ist der Captain, Marcus?«, fragte er den jungen Sekretär, der gleich von seinem Schreibpult aufgestanden war.

»Er ist nach oben gegangen, Mr. Quinn. Er wollte sich umkleiden.«

»Geh und melde ihm, dass Mr. Crossbow gekommen ist.«

Marcus zögerte, er murmelte: »Bitte entschuldigen Sie, Mr. Quinn.«

»Ja?«

Quinn wartete geduldig, bis Marcus mit der Sprache herausrückte: »Es ist wegen dem anderen Gentleman.«

»Lieutenant Roscoe?« Quinn seufzte. »Was ist jetzt wieder los?«

»Er macht mich vor dem Herrn schlecht! Er hat zu Mr. Reed gesagt, ich würde es nie richtig lernen, Briefe zu schreiben. Nur weil ich schwarz bin.«

»Unsinn! Der Captain weiß, dass du deine Sache gut machst.

Warum würde er dich sonst zum Sekretär ausbilden? Hör nicht auf Roscoes Sticheleien. Unter uns: Er ist derjenige, der Probleme mit der Rechtschreibung hat.«

Marcus lachte.

»He, das ist nicht lustig!«, wies Quinn ihn zurecht. »Sei besser vorsichtig, wenn du mit Roscoe zu tun hast. Nun geh und sag Mr. Reed Bescheid.«

»Aber Mr. Roscoe ist auch oben, er ist bei Mr. Reed.«

»Natürlich ist er bei ihm, wo wird er sonst sein. Na schön, Marcus, du brauchst nicht hinaufgehen. Sag Castor, er soll den Herrn holen.«

Inzwischen ging Quinn in die Halle, um Crossbow hereinzubitten. »Mr. Reed wird jeden Moment kommen, Sir«, sagte er und bot Crossbow einen Platz an. Sein Groll auf den früheren Dienstherrn war unvermindert. Um nicht mit ihm reden zu müssen, gab er vor, beschäftigt zu sein, ordnete die Ernteberichte auf Reeds Schreibtisch und sortierte die Post.

Seit er von Elverking fort war, wuchs seine Sorge um Zadia. Er hatte mit Reed vereinbart, dass sein Lohn großenteils einbehalten wurde, bis er Zadias Kaufpreis erarbeitet hätte. Wenn drei Viertel der Summe erreicht wären, wollte Reed das Mädchen von Crossbow kaufen und in seinem Haushalt beschäftigen. Fast drei Monate waren seitdem vergangen, und Quinn hatte erst einen geringen Bruchteil der Summe erarbeitet.

»Sie machen sich gut in Ihrer neuen Umgebung, Quinn«, unterbrach Crossbow seine Gedanken. »Vom Fuhrknecht zum Haushofmeister auf Hollow Park, das nenne ich Karriere! Anscheinend besitzen Sie Qualitäten, die mir verborgen geblieben sind.«

»Captain Reed hat mich als Bereiter eingestellt, mehr nicht.«

»Warum so bescheiden, Quinn? Man hört, Sie genießen Reeds Vertrauen. Sie wichen praktisch nicht von seiner Seite, heißt es.«

»Es gehört zu meinen Aufgaben, Captain Reed auf Ausritten

zu begleiten. Im Übrigen bemühe ich mich, meinen Herrn nicht zu enttäuschen. Allerdings bezweifle ich, dass Sie so etwas verstehen.«

Crossbow war rasch aufgestanden. Reed kam herein, grüßte seinen Subverwalter durch ein Nicken und sagte mit Blick auf Quinn: »Der junge Mann ist ein Geschenk des Himmels. Ich weiß gar nicht, wie ich zuvor ohne ihn ausgekommen bin.« Dann setzte er sich an seinen Schreibtisch und sagte: »Was können Sie mir berichten, Mr. Crossbow? Die Erntearbeiten gehen hoffentlich reibungslos vonstatten?«

Marcus schlüpfte zur Tür herein und nahm seinen Platz am Pult ein. Quinn fand, dass er nicht mehr gebraucht wurde. Auf Reeds zustimmende Geste ging er hinaus.

Beim Weg durch die Halle blickte er in den spärlich möblierten Salon und entdeckte Roscoe, der in der offenen Fenstertüre stand; den linken Arm ruhig ausgestreckt, in der Hand eine Pistole mit langem Lauf, machte er Zielübungen auf die in der Entfernung weidenden Pferde.

»Würden Sie bitte nicht die Pferde anvisieren!«, sagte Quinn verärgert, indem er auf ihn zuging.

Roscoe ließ die Waffe sinken und drehte sich schwungvoll auf den Absätzen um. »Gabriel, mein Freund! Warum so ernst?«

Quinn überlegte, ob das eine echte Frage war oder lediglich Ausdruck von Roscoes Manieriertheit. Die Miene des Kreolen ließ sich nicht deuten, also entschied er sich für die Frage und sagte friedfertig: »Lassen Sie Marcus in Ruhe, Roscoe. Nur weil der Captain den Jungen mag, müssen Sie ihn nicht schikanieren.«

»Bist du darum so schlecht auf mich zu sprechen, Quinnie?«, erwiderte Roscoe in seinem schleppenden Tonfall. »Ich hab dem Bengel doch gar nichts getan.«

»Das würde ich Ihnen auch nicht raten, Lieutenant.«

»Oho, du würdest es mir also nicht raten!« Unvermittelt hob Roscoe die Pistole, setzte die Mündung des Laufs genau auf

Quinns Herz und spannte den Abzug. Das metallische Geräusch, mit dem der Federmechanismus einrastete, hallte durch das leere Zimmer. Quinn hielt den Atem an. Einige Augenblicke standen sie unbewegt Auge in Auge, dann begann Roscoe zu grinsen. »Respekt, Gabriel. Dein Meister wäre stolz auf dich!«

Quinn stieß den Atem aus, schob den Pistolenlauf zur Seite und ging an Roscoe vorbei nach draußen. Er war kaum zwanzig Yards vom Haus entfernt, als ein Schuss die Luft erschütterte. Von dem ohrenbetäubenden Lärm erschreckt, flogen alle Vögel der Umgebung davon.

Quinn fuhr wütend herum. Er stand neben einem Zierfischbecken, auf dessen Rand, kein Fußbreit von ihm, die steinerne Figur eines Fauns kauerte, der sich selbstverliebt im Wasserspiegel betrachtete. Die Hand des kleinen Halbgottes, die eine Rohrflöte hielt, lag abgetrennt neben dem Becken im Gras. Roscoe, im Pulverrauch zwischen den Säulen des Wandelgangs, erwiderte mit einem Schulterzucken Quinns abgründigen Blick, bevor er die Pistole ins Holster steckte.

Immer wieder nahm Quinn sich vor, es nicht zu einer Auseinandersetzung mit Roscoe kommen zu lassen, auch wenn dessen Distanzlosigkeit es ihm schwermachte, sich nicht provoziert zu fühlen. Doch wie die Dinge lagen, hatte er keine Möglichkeit, sich gegen Roscoe zu behaupten. Das war ihm in dem Moment klar gewesen, als er den Kreolen vor einem Monat wiedersah …

Es war an einem Sonntag Mitte Juni. Als Quinn und Reed von der Rennbahn zurückkamen, stand auf dem Sattelplatz ein fremdes Pferd. Jemand hatte es beim Wassertrog angebunden und unversorgt sich selbst überlassen.

»Wo kommt das Pferd her?«, fragte Quinn den Stallburschen.

Der Junge zeigte zum Herrenhaus. »Es gehört dem Gentleman dort. Er ist vor einer Stunde gekommen, seitdem sitzt er dort oben, Sir.«

Quinn und Reed blickten zum Herrenhaus. Ein Mann saß

auf einer Bank im Wandelgang. Rock und Hut hatte er abgelegt; die Beine lässig von sich gestreckt, lehnte er in den Polstern.

»Ungefragt darf niemand den Garten betreten, Captain. Ich werde mich sofort darum kümmern«, sagte Quinn und rief den Stallmeister, um ihn wegen des Fremden zur Rede zu stellen.

Doch Reed hörte ihm nicht mehr zu. Den Fremden gespannt ins Auge gefasst, ging er den Hügel hinauf und wurde mit jedem Schritt schneller, schließlich lief er das letzte Stück aufs Haus zu. Quinn war ihm gefolgt, er kam gleichzeitig mit Reed an, der ungläubig ausrief: »Oliver!«

Der Mann sprang sofort von der Bank auf. Im nächsten Moment lief er auf Reed zu und warf sich ihm in die Arme.

Der hielt ihn fest, drückte ihn ans Herz. »Oliver! Oliver!«

Quinn hatte ihn auf den zweiten Blick erkannt, Oliver Roscoe, Captain Reeds First Lieutenant aus ihrer Zeit bei der Miliz. Roscoe hatte eine kräftigere Statur bekommen, das kurz geschorene Haar hob seine schönen Gesichtszüge markant hervor.

Hatte Reed nicht gesagt, Roscoe sei ertrunken? Wie auch immer, er war hier, Reed strahlte in freudigem Überschwang und fuhr ihm lachend durchs Haar. Roscoe hatte keine Scheu, seine Gefühle zu zeigen, er küsste Reed auf die Wangen, während ihm Freudentränen übers Gesicht liefen. Wie die beiden sich anblickten, zu überwältigt, um die Empfindung dieses Augenblicks in Worte zu fassen, bekam Quinn zum ersten Mal einen Eindruck von ihrer ungewöhnlichen Freundschaft. Er fühlte sich ausgeschlossen. Doch er sah, wie glücklich Reed war, und konnte es verstehen: Reed hatte Roscoe tot geglaubt. Ihr Wiedersehen konnte nur so sein und nicht anders.

Der Tag müsse gefeiert werden, entschied Reed und ließ die besten Flaschen aus dem Weinkeller holen. Während eilends ein Festessen zubereitet wurde, tranken die Männer ein erstes

Glas auf Roscoes Heimkehr. Reed bestand darauf, dass Quinn blieb und das Wiedersehen mit ihnen feierte. Zunächst musste Roscoe erzählen, wie er das Schiffsunglück überlebt hatte. Also schilderte er die Sturmfahrt der Tristar, die Havarie auf hoher See und wie er schließlich als Einziger dem Untergang entronnen war. Dass er danach ausgerechnet in der Obhut eines Geistlichen landete, erschien allen wie eine Ironie des Schicksals. Darauf tranken sie.

Über dem Mahl und dem Reden und Trinken war es Nacht geworden. Die Diener steckten neue Kerzen auf die Leuchter und zogen sich zurück. Eine unwirkliche Atmosphäre umgab die drei und beschwor die Gefährtenschaft, die sie im Krieg verbunden hatte; die zusammen durchlebten Gefahren, den Siegestaumel und die Niederlagen, in denen das Band der Kameradschaft am stärksten war. Sie erinnerten sich an die Gefallenen, deren Tod das eigene Leben so kostbar machte, und fühlten sich noch einmal wie Helden, wurden sentimental oder lachten ausgelassen, Männer eben, die gemeinsame Abenteuer wiederaufleben ließen.

Irgendwie kam die Rede auf die Zeit vor der Besatzung. Reed ging nicht darauf ein, als Roscoe von »ihren Nächten« sprach. Quinn, der sich darunter alles und nichts vorstellen konnte, sah fragend von einem zum andern. Da trank Reed sein Glas in einem Zug aus, meinte, es sei spät geworden, und hob die Tafel auf. Quinn begleitete ihn wie an jedem Abend bis an die Zimmertür und wünschte ihm eine gute Nacht. Als er wieder zur Halle hinunterging, begegnete er Roscoe, der sich zum Gästetrakt im ersten Stock begab. Sie nickten einander wortlos zu und gingen ihrer Wege.

Castor sorgte wie an jedem Abend für die Bequemlichkeit seines Herrn. Er entzündete die Nachtlichter am Kamin, öffnete ein Fenster und zog die Vorhänge zu. Nachdem er Reed beim Entkleiden behilflich gewesen war, ließ er ihn allein.

Draußen schrie eine Nachtschwalbe. Reed zog seinen grauseidenen Hausmantel über, schob den Vorhang wieder auf und blickte hinaus. Jenseits der Rasenterrassen strömte der Fluss schwarz und glitzernd im Mondlicht. Als die Zimmertür ins Schloss fiel, drehte er sich um.

Roscoe kam auf nackten Sohlen auf ihn zu. Ganz nah trat er vor ihn hin und sah ihm in die Augen. Man konnte nie wissen. Die latente Gefahr, die von Reed ausging, war für ihn ein starker erotischer Reiz, als näherte er sich einem Raubtier mit bloßen Händen. Dabei hielt er sich für stark genug und wäre im Ernstfall auch brutal genug, einen Angriff Reeds abzuwehren. Doch daran dachte er jetzt nicht.

»Algie, mein Liebster!«, flüsterte er, die Stimme rau vor Verlangen. Er zog ihn an sich, küsste ihn. Den seidenen Mantel streifte er ihm ab, dann drückte er ihn aufs Bett nieder und betrachtete hingerissen die vornehme Gestalt des Geliebten, seine blassen, wohlgestalten Glieder. Nach so langer Zeit endlich am Ziel seiner Sehnsucht, riss er sich die Kleider herunter und nahm Reeds makellosen Körper in Besitz. »Ich liebe dich, mein Algie, ich liebe dich so sehr!«, keuchte er und tat ihm seine Liebe an, die einzige Liebe, die er kannte.

Reed ließ es geschehen. Seine Passivität erregte Roscoe über alle Maßen.

»Armer Algie, mein schöner Liebling! Nie mehr werde ich dich verlassen«, beteuerte er atemlos vor Lust und Glück.

Reed erwiderte seine Leidenschaft nicht. Natürlich machte es ihn glücklich, dass sein Freund zurückgekehrt war, endlich fühlte er sich wieder sicher und war nicht mehr allein. Anders als Quinn, der ihm vor allem aus Respekt die Treue hielt, stand ihm Roscoe auf eine besondere Art nahe, sodass ihn nicht einmal seine Bluttaten in die Flucht schlugen; was Reed letztlich nicht überraschte, hielt er Roscoe doch für zu dekadent, um angemessenes Entsetzen zu empfinden. Wie dem auch sei, Roscoe hatte ihm gefehlt, und er hatte ihn voller Zuneigung wieder aufgenommen. Aber er verspürte kein körperliches Verlangen. Der Liebesakt löste etwas anderes bei ihm aus.

Nah beim Haus schrie die Nachtschwalbe, der Ruf des Unglücksvogels klang klagend durchs Fenster. Im unruhigen Kerzenlicht zeigten sich rosige Male auf Roscoes Haut, Spuren seines letzten Kampfs auf der Crusader. Die Beine lässig gekreuzt, saß er ans Fußende des Bettes gelehnt und spielte mit den Duellpistolen. Zwei Finger um den Abzug jeder Waffe gelegt, ließ er sie abwechselnd in seinen Händen kreisen.

»Spencer wollte sie wiederhaben. Aber ich habe sie mitgenommen, als ich in Bermuda von Bord ging. Eine ist für dich. Welche möchtest du?« Er bog den Kopf zurück und sah nach seinem Freund. »Komm, such dir eine aus.«

Reed hatte sich an der Anrichte ein Glas Wein eingeschenkt. Er trank einen Schluck, kam zurück zum Bett und hielt Roscoe das Glas hin. Roscoe ließ eine Waffe ins Kissen fallen, um das Weinglas zu nehmen. Reed sah ihm zu, wie er in langen Schlucken trank. »Spencer hat dich auf der Überfahrt also gesundgepflegt«, sagte er. »Warum wohl?«

Roscoe zuckte die Schultern. »Wahrscheinlich ging ihm mein Gewinsel auf die Nerven.« Er leerte das Glas und stellte es auf den Boden. »Und was heißt schon ›gepflegt‹? Er hat mir Laudanum eingeflößt; ein paar Tage länger, und ich wäre von dem Zeug nicht mehr losgekommen.« Unwillig stieß er hervor: »Den Rest der Reise hat er mich wie seinen Sklaven behandelt!«

»Das war sein gutes Recht, Oliver. Er hat deine Indentur erworben, du gehörst jetzt ihm.«

»Nein! Warum sagst du so was? Er hatte beim Kartenspielen Glück, das zählt nicht.«

»Oh, natürlich ist es demütigend, als Spieleinsatz behandelt zu werden. Aber faktisch ändert es nichts, er kann dich als Zeitsklaven für sich arbeiten lassen.«

»Meinst du, er wird mich deshalb bis hierher verfolgen?«

»Oliver, mein Lieber«, Reed lachte unfroh. »Wenn er herkommt, dann, um mit mir abzurechnen.«

»Soll er nur kommen.« Roscoe hob die Pistole, die er immer noch in der Hand hielt, und zielte abwechselnd auf die Kerzen über dem Kamin. »Er müsste wissen, dass er keine Chance hat. Immerhin sind wir zu zweit.«

»Zu dritt, vergiss nicht meinen Adjutanten.«

»*Dío*, der treue Quinnie!« Roscoe schnaubte verächtlich. »Schick ihn fort. Jetzt, wo ich zurück bin, brauchst du ihn nicht mehr.«

Reed lächelte und streichelte ihm versöhnlich die Wange. Dann nahm er seinen Hausmantel vom Boden, zog ihn an, und sagte, während er den Gürtel um seine Taille band: »Ich habe Quinn eingestellt, damit jemand in der Nähe ist, auf den ich mich verlassen kann. Ich merke, dass es mir in letzter Zeit nicht besonders gut geht.«

»Dir ist es nie gut gegangen, Algie. Darum war ich ja immer bei dir.«

»Die letzten zehn Monate warst du es nicht.«

»Weil du mich rausgeworfen hast!«

»Ich wollte, dass du etwas aus deinem Leben machst, etwas Sinnvolleres als Parties, Wetten, Faro …«

»Oh nein, du hast mich rausgeworfen, weil ich dir zu teuer wurde. Algie, sei ehrlich!«

Reed stand am Bettende und strich Roscoe gedankenverloren durchs Haar. »Es tut mir leid, Oliver. Ich hätte dich nicht fortschicken sollen.«

»Schon gut. Ich bin ja zurückgekommen.«

»Ja, du bist zurückgekommen … Danke.« Er strich ihm weiter durchs Haar. Es war ein angenehmes Gefühl, Roscoes kurzen Schopf zwischen den Fingern hindurchgleiten zu fühlen. Stumm sah er auf ihn herab und wiederholte das langsame Striegeln von der Stirn zum Genick, immer dieselbe Bewegung, wieder und wieder. So sollte es bleiben. Auch du, Oliver, bleib so, bewege dich nicht mehr ...

»Algie, was ist?«

Reed antwortete nicht, er streichelte Roscoe zart über die Wange, seine Hand glitt hinab, hinab zu seiner Kehle. Blitzartig griff Roscoe nach Reeds Handgelenk, warf sich herum und packte auch seinen andern Arm.

»Nein, Algie«, sagte er, indem er ihn eisern festhielt. »Das würdest du doch nicht tun?«

Reed rührte sich nicht. Er versuchte nicht, sich zu befreien, sondern sah blicklos in den Raum.

Roscoe wusste, dass sein Freund in einer Absence gefangen war, wo seine Worte ihn nicht erreichen konnten. Vorsichtshalber hielt er ihn fest, bis sich die Katatonie des Anfalls löste. Dann zog er ihn aufs Bett, nahm ihn in die Arme und sagte ihm Worte intimer Vertrautheit.

Reed zeigte keine Reaktion. Nur ein Teil seines Wesens wusste, er war nicht allein.

Seit Reed den verloren geglaubten Freund wieder bei sich aufgenommen hatte, stand Roscoe in seiner Gunst an erster Stelle. Damit musste Quinn sich abfinden. Reed bereitete es Freude, Roscoe jeden Wunsch zu erfüllen. Er fuhr mit ihm in die Stadt, ließ ihn nach der neuesten Mode einkleiden und verwöhnte ihn auf jede erdenkliche Art. Soweit Quinn es beurteilen konnte, gab er für seinen Freund allein in den drei Tagen nach seiner Ankunft mehr Geld aus, als ihn der Halbjahresetat der Pferdezucht kostete. Aber das war noch Quinns geringste Sorge.

In dem ausgewogenen Gefüge täglicher Abläufe, das er für Reeds Gemütsruhe unerlässlich hielt, stellte Oliver Roscoe eine nicht berechenbare Größe dar. Die Anarchie, mit der er seine Bedürfnisse auslebte, störte die schöne Ordnung, die zu Reeds seelischem Gleichgewicht beitragen sollte. Roscoes Benehmen war in mancherlei Hinsicht eine Zumutung. Quinn wunderte sich, dass Reed seinem Herzensfreund jede Laune durchgehen ließ und ruhig zusah, wie er die Bewohner von Hollow Park schikanierte. Nur mit seinem Intrigieren gegen Quinn stieß Roscoe bei Reed auf Granit.

Roscoe passte es ganz und gar nicht, dass Reed seinen früheren Adjutanten Quinn nach Hollow Park geholt hatte. Quinns Ergebenheit und Rechtschaffenheit reizten ihn unablässig zu boshaftem Gespött. Schon bald bekam Quinn das unangenehme Gefühl, im Zielpunkt seiner verheerenden Energie zu stehen.

Jetzt, nach Roscoes unverschämt gut gezieltem Warnschuss, biss Quinn wütend die Zähne zusammen; er wollte ihm nicht die Genugtuung verschaffen, er habe sich ernstlich bedroht gefühlt. Kommentarlos wandte er sich ab und ging zu den Stallungen.

Auf dem halben Weg hatte Roscoe ihn eingeholt. »He Quinn, ich muss mit dir sprechen«, sagte er, unempfindlich für Quinns eisiges Schweigen. »Ich brauch ein anständiges Pferd. Algernon meinte, du könntest mir bei der Auswahl helfen. Du kennst dich mit den Gäulen wohl am besten aus.«

Quinn stöhnte innerlich auf. Um sich der Aufgabe schnell zu entledigen, sagte er: »Nehmen Sie ein Quarter Horse. Es sind ausdauernde, zuverlässige Pferde, die einen sicher nach Hause bringen. Falls es etwas Eleganteres sein soll: Wir hätten ein paar Hunter aus einer erstklassigen Zucht in Maryland.« Inzwischen hatten sie das Haupttor erreicht. Weil er Roscoe loswerden wollte, schlug Quinn ihm vor: »Sehen Sie sich in Ruhe um, Lieutenant. Wenn Sie ein Pferd gefunden haben, das Ihnen zusagt, lassen Sie es mich wissen. Sie finden mich drüben bei den Karossiers.«

Er ging, bei den Arbeitspferden nach dem Rechten zu sehen. Ein Kutschpferd lahmte. Er rieb die Sprunggelenke mit Blister ein. Als er fertig war, stand Roscoe am Boxengatter; er hatte ihm wohl schon eine Weile zugesehen. »Haben Sie sich ein Pferd ausgesucht?«, fragte Quinn und kam zu ihm heraus.

Roscoe nickte. »Da hinten, die vorletzte Box, ein junger Hengst, vielleicht fünf Jahre alt. Der würde mir gefallen.«

»Glaub ich Ihnen aufs Wort«, meinte Quinn und schloss das Boxengatter. »Aber den kann ich Ihnen nicht geben.«

»Warum nicht?«

»Er lässt sich nicht reiten.«

»Ich hab noch jedes Pferd geritten!«

»Den nicht, Mr. Roscoe, nicht Furious. Er ist ein Wildfang aus den westlichen Territorien, Mr. Reed möchte ihn für die neuen Galopprennen trainieren. Aber so lässt er sich nicht zähmen. Wir werden ihn im Winter legen.«

»Ihr wollt ihn kastrieren? Dann erschießt ihn lieber gleich!«

»Lieutenant, ich habe einen Stall zu betreuen, keinen Zirkus. Vergessen Sie Furious, er ist nicht zu gebrauchen. Suchen Sie sich ein anderes Pferd aus.«

Er brachte Blister und Bandagierzeug in die Sattelkammer. Als er zurückkam, war Roscoe verschwunden.

Am Nachmittag war Quinn im Magazin beschäftigt. Gegen fünf Uhr wollte er noch einmal nach dem lahmenden Zugtier sehen. Auf dem Weg zu den Stallungen kam er am Wagenschuppen vorbei, wo ein paar Stallburschen aufgeregt miteinander redeten. »Was gibt's denn, Jungs?«

»Das müssen Sie sich ansehen, Mr. Quinn! Wir haben alle auf Furious gesetzt!«

Quinn zog die Brauen zusammen. »Was ist mit Furious?«

»Der Freund von Mr. Reed will ihn reiten.«

»Zum Teufel mit Roscoe!«, fluchte Quinn. »Wo ist er?«

»Im Korral.«

Von den Jungen gefolgt, durchquerte Quinn den Wagenschuppen und kam durch das rückwärtige Tor auf den Zureitplatz. In einem von mannshohen Holzgattern umgrenzten Korral stand, fertig gesattelt und gezäumt, der schwarze Hengst Furious. Das Pferd hatte die Ohren flach an den Kopf gelegt und beobachtete Roscoe, der sich die Stiefelstulpen über die Knie zog und Sporen anlegte.

»Was soll das werden, Lieutenant?«, fragte Quinn. »Sie können Furious nicht reiten!«

»Abwarten.«

»Sie werden sich den Hals brechen!«

Roscoe zog den Rock aus und warf ihn Quinn wie einem Untergebenen zu, betrat den Korral und stieß das Gatter hinter sich zu. Er führte das Pferd zur Mitte der Bahn. Als er zum Aufsitzen herantrat, warf Furious den Kopf hoch und wollte seitlich ausbrechen. Roscoe hatte damit gerechnet. Er fasste nach dem Zaum, und bevor Furious wusste, wie ihm geschah, riss Roscoe ihm den Kopf fast bis zum Boden herab. Quinn sog scharf den Atem ein; so durfte man es nicht beginnen.

Als Roscoe sich in den Sattel hochzog und die Zügel straff aufnahm, schnaubte Furious böse, bog den Hals weit zurück, blieb aber steifbeinig am Platz. Gleich wird er losstürmen und ihn mit ein paar wilden Sprüngen abwerfen, dachte Quinn; so hatte er es selbst erlebt. Doch immer noch geschah nichts. Furious schnaubte aus geweiteten Nüstern und stemmte die Hufe in den Sand. Nun nahm Roscoe die Hände weit herab und drückte so den Kopf des Pferdes mit den Kandarenzügeln herunter. Der Hengst biss zornig auf die Kette in seinem Maul, schüttelte unwillig den Kopf. Roscoe verlagerte das Gewicht und nahm die Zügel in eine Hand. Als Furious unentschlossen zwei, drei Schritte rückwärts ging, hieb er ihm die Sporen in die Flanken. Furious schrie, stieg auf die Hinterhand und stürzte los. Auf der halben Bahn warf er sich herum, stieg erneut und drehte sich dann wie rasend im Kreis. Roscoe hielt mit ausgestrecktem Arm das Gleichgewicht und blieb sicher im Sattel. Wieder stürmte Furious quer durch den Korral. Roscoe trieb ihn mit Sporenschlägen an, zog ihn aber so stark im Zaum zurück, dass Furious im Lauf untertrat und nicht wusste, wie er sich wenden noch ausbrechen konnte.

Roscoe ließ ihn eine Runde in kurzen, steilen Galoppsprüngen laufen. Als er am Gattertor vorbeikam, griff er sich eine Gerte, die er vorher dort hingehängt hatte, damit schlug er das Pferd. Es warf sich herum und vollführte Kreissprünge, um den quälenden Reiter loszuwerden, während Roscoe es weiter schlug und ihm die Sporen in die Weichen hieb. Noch nie hatte Quinn eine so schändliche Remonte erlebt. Roscoe trug scharfe Sporenräder, die das Pferd verletzten. Blut troff von Furious' Flanken, Speichel rann ihm in zähen Fäden vom Maul, während er sich keuchend erschöpfte. Roscoe ließ ihm keinen Bewegungsraum, trieb ihn vor, hielt ihn gleichzeitig zurück und schlug ihn hart mit der Peitsche, dass sich auf der Kruppe feuchte Striemen zeigten. Als er wieder die Sporen in Furious' blutende Flanke schlug, brach das Pferd in der Hinterhand ein; nur mit großer Anstrengung fand es wieder Stand.

»Lassen Sie ihn endlich in Ruhe!«, brüllte Quinn. »Verdammt, Roscoe, hören Sie sofort damit auf!«

Roscoe nickte gleichgültig, nahm die Zügel auf und versammelte das abgekämpfte Pferd. Danach ging Furious gefügig im Schritt und verhielt augenblicklich, als Roscoe die Hand mit dem Kandarenzügel senkte. Er ließ Furious ein paar Runden in den Gangarten laufen, setzte auch die Sporen ein, aber schlug ihn nicht mehr. Es war vorbei, Furious wagte keinen falschen Schritt. Roscoe ritt zur Mitte des Corrals, sprang ab und ging zum Tor. Furious stand bebend, mit hängendem Kopf. In den Sand tropfte Blut.

Als Roscoe das Gatter aufzog, war er blass, von seiner Stirn rannen Schweißperlen; die Unterwerfung des Pferdes hatte seine ganze Kraft gefordert.

»Das war das Niederträchtigste, was ich je gesehen habe!«, fiel Quinn über ihn her. »Sie sind ein gemeiner Schinder, Roscoe!«

»Reg dich ab, Gabriel. Merk dir, wie man so was macht.«

»Sie haben ihn gebrochen!«

»Er war nicht zu gebrauchen, das hast du selber gesagt. Jetzt macht er, was man von ihm verlangt. Was passt dir daran nicht?«

»Begreifen Sie das wirklich nicht? Sie haben ihn verletzt, seinen Stolz zerstört.«

»Stolz? Wofür soll Stolz gut sein? Bringen Sie ihn wieder in Form, Quinn. Dann werde ich ihn reiten.« Er ging fort, ohne sich nach Furious umzusehen.

Quinn hatte das Pferd trockengerieben, seine verletzten Flanken versorgt, mehr konnte er nicht tun. Nachdenklich betrachtete er den schönen Hengst, der mit abgewandtem Kopf an der Stallwand lehnte, um sich von dem Schock zu erholen. Quinn war ziemlich aufgewühlt, er fühlte sich in seiner eigenen Seele verletzt, als wäre die Misshandlung ihm zugedacht gewesen. So fand Marcus ihn in düstere Gedanken versunken vor Furious' Box.

»Mr. Reed befiehlt einen leichten Wagen, Mr. Quinn.«

»Ist gut, ich bringe den Tilbury zur Auffahrt«, erwiderte Quinn mit so finsterer Miene, dass Marcus den Stall schnell wieder verließ.

Er spannte gleich an und kutschierte den Wagen vors Herrenhaus, wo er neben Crossbows Droschke anhielt. Mürrisch blieb er auf der Kutschbank sitzen in Erwartung weiterer Befehle. Reed kam mit Crossbow aus dem Haus, die beiden wechselten ein paar Worte.

»Ich werde sie morgen herbringen lassen«, sagte Crossbow.

Darauf meinte Reed: »Nicht nötig, Mr. Quinn wird sich darum kümmern.«

Crossbow verbeugte sich und ging zu seiner Kutsche. Ohne Quinn zu beachten, stieg er auf und fuhr davon. Quinn sah sich unschlüssig um. Als Reed wieder hineingehen wollte, sprang er ab und lief zu ihm. »Captain, Sie wollten doch ausfahren?«

»Nein, Mr. Quinn. Sie fahren allein.«

»Allein, Sir?«

»Nun, ich habe Crossbow eine Sklavin abgekauft, die in meinem Haushalt dringend gebraucht wird. Ich dachte, Sie holen das Mädchen in Elverking ab.« Er nickte kurz und ging ins Haus.

Quinn stand wie vom Donner gerührt. Der Wechsel von Wut in Freude und Glück kam zu plötzlich. Zadia! Ihm wurde ganz heiß. Mr. Reed hatte Zadia gekauft! Er durfte sie nach Hollow Park holen, schon heute würde sie bei ihm sein! Wieso stand er hier noch rum? Er spurtete zum Wagen, war in einem Satz auf dem Kutschbock und brachte das Pferd mit Freudengeschrei auf Trab: »Yeahoo-hoo! Lauf schon, lauf zu!«

Seine Gedanken eilten voraus zu seinem Mädchen. Roscoes Gemeinheit war vergessen, sogar die Sorge um seinen Captain.

Es sind kurze, unerwartete Augenblicke, die Vollkommenheit in sich bergen. Als Quinn eines Abends durch die Stallgasse ging, erlebte er so einen vollkommenen Augenblick: Die Augustsonne stand noch nicht zu tief, ihre Strahlen fielen durch die Fenster in der Westseite auf eine Pyramide aus Strohballen. Oben, umflirrt von glitzerndem Staub, sah er eine grazile Gestalt – Zadia im goldenen Licht! Mit der Gewissheit, die man nur aus Träumen kennt, spürte er, dass es dieser Moment war, der seinem Leben einen Sinn gab.

Sie kletterte herab und umarmte ihn, leicht wie der Flügel eines Vogels. Dann ließ sie sich auf dem unteren Strohballen nieder, um ihm wie früher bei der Arbeit zuzusehen.

Er betrat Furious' Box, untersuchte die verschorften Flanken des Pferdes, zog hier und da einen Halm aus Mähne und Schweif. »Na, mein wilder Bursche«, sagte er leise. »Sieht doch wieder ganz gut aus.« Aber das stimmte nicht. Furious zeigte kein Interesse an seiner Umgebung. Den Kopf auf die Abtrennung zur Nachbarbox gelegt, dämmerte er apathisch vor sich hin. Quinn wirkte ratlos, als er das Tor schloss.

»Ist er krank?«

»Er war verletzt, Zadia. Jetzt sind die Wunden verheilt, aber es geht ihm trotzdem nicht besser.«

»Was fehlt ihm denn?«

»Ich weiß nicht. Ich glaube, er ist unglücklich. Sein Herz wurde gebrochen ... Zadia?«

Sie war verschwunden. Als er suchend um sich blickte, sah er Roscoe vom Haupttor auf sich zukommen. In seinem schnurgeraden Gang, durch Bahnen goldenen Abendlichts, durch Licht und Dunkel schritt Roscoe dahin. Quinns Miene verdüsterte sich.

Roscoe trat neben ihn an die Box. Nach einem Blick auf den kranken Hengst fragte er: »Wird er wieder?«

»Was geht Sie das an«, entfuhr es Quinn. Er zog das obere Torgatter zu, um Furious' traurigen Anblick zu verbergen.

»Immer noch wütend, Gabriel?«

Vielleicht war es Roscoes enervierender Tonfall, der den Ausschlag gab. Jedenfalls wurde Quinn klar, dass er ihm endlich die Meinung sagen musste, wenn er sein Gesicht nicht verlieren wollte.

»Was fällt Ihnen eigentlich ein, Roscoe?«, begann er. »Ich hielt Sie noch nie für besonders helle, aber selbst Sie müssten doch wissen, dass es Grenzen gibt. Ich meine, jedes Kind lernt zu unterscheiden, was richtig ist und was falsch, oder?«

Roscoes Ausdruck wurde unmerklich härter, als würde er die Zähne zusammenbeißen.

Quinn fuhr ungerührt fort: »Ich spreche nicht von Furious, ich rede davon, dass Sie die Gefühle anderer mit Füßen treten, Roscoe! Dauernd sagen Sie Gemeinheiten, sind verletzend oder auf kränkende Art gleichgültig. Wieso? Hat Ihnen niemand beigebracht, dass man so etwas nicht tut? Stellen Sie sich nur mal vor, man würde Sie ständig demütigen oder Ihr Selbstgefühl verletzen!«

Jetzt fiel ihm auf, wie Roscoe sacht sein Gewicht verlagerte und sich kaum merklich straffte, als wäre er auf dem Sprung.

Instinktiv wich Quinn zurück, er kannte Roscoes jähe Gewalttätigkeit. Aber Roscoe rührte sich nicht von der Stelle, er sah ihn nur fassungslos an. Langsam dämmerte es Quinn, dass er ihn durch seine Worte schwer getroffen haben musste; so schwer, dass er sich nicht einmal wehrte. Aber was hatte er denn gesagt? Eigentlich, fand er, war er noch recht milde mit Roscoe ins Gericht gegangen.

Weil Roscoe noch immer nichts erwidert, sagte Quinn in nachsichtigerem Ton: »Was ist los mit Ihnen, Roscoe? Ich meine, so brutal, so gewalttätig wie Sie es sind, kommt doch niemand zur Welt!«

Was immer Quinn erwartet hatte, Ausflüchte, Anklagen, Beschimpfungen, nichts dergleichen geschah. Roscoe fuhr sich kurz übers Gesicht, danach hatte er wieder den teilnahmslosen Ausdruck angenommen, den Quinn so gut an ihm kannte.

»Was weißt du von meiner Welt, Gabriel Quinn?«, sagte er, wandte sich ab und ging davon, so anmutig und mit unnachahmlicher Leichtigkeit, dass man den staubigen Boden unter seinen Füßen vergaß.

Quinn hörte ein Rascheln; Zadia war zurückgekommen.

»Hast du dich vor Roscoe versteckt?«

Sie nickte.

Es war ihm nicht entgangen, dass sie Roscoe nach Möglichkeit aus dem Weg ging. Er setzte sich zu ihr auf den Strohballen, nahm ihre schmale Hand. »Ich verstehe, dass du ihm nicht traust. Auch die anderen hier mögen ihn nicht.«

»Der Herr mag ihn. Mass'a Reed hat ihn sehr gern.«

»Na ja, sie kennen sich aus dem Krieg, das verbindet. Der Captain sieht ihm manches nach.«

»Sie sind ein Liebespaar, Gab. Weißt du das nicht?«

»Was? Nein! Woher soll ich das denn wissen!« Er zog die Brauen zusammen. »Wie hast du davon erfahren?«

»Castor hat's mir gesagt.«

Was Zadia ihm so selbstverständlich erzählte, wusste vermutlich jeder auf Hollow Park. Quinn machte sich über diese Dinge wenig Gedanken. Männerliebe gab es häufig, in Roscoes Fall wunderte es ihn nicht. Aber der Captain? Es würde natürlich Reeds Schock erklären, als ihn die Nachricht von Roscoes Tod erreichte; bei ihrem Wiedersehen hatte Quinn gespürt, das war mehr als Freundschaft. »Sag mir, Zadia, was hat Castor dir noch über die beiden erzählt?«

»Er sagt, Mr. Roscoe hat schon vorm Krieg hier gewohnt. Er hat sich um den Herrn gekümmert.«

»Warum? War er krank?«

»Manchmal war er sehr krank, sagt Castor. Nur sein Freund konnte ihm dann helfen. Als Mr. Roscoe fort war, ging es Mass'a Reed immer schlechter.«

»Allerdings ging es ihm schlecht!«, sagte Quinn und erschauerte beim Gedanken an Prudence' Leiche.

Aber so weit würde es nicht mehr kommen, er konnte dafür sorgen, dass Reeds kranker Geist zur Ruhe kam. Wenn nur Roscoe den Frieden nicht störte! Seltsam, dass Reed ihn in allem gewähren ließ ... Auf einmal kam ihm ein beunruhigender Gedanke: Dr. Ingham hatte gesagt, dass bei einer Wesensspaltung der aggressive Anteil mit der Zeit bestimmend wurde. Hieße das nicht, dass ein Psychopath wie Reed sich zunehmend so verhielte, wie es dem mörderischen Teil seiner Persönlichkeit entgegenkam? Denn genau das tat Reed: Indem er sich einen Chaoten wie Roscoe zum Vertrauten nahm, eliminierte er die mäßigenden Einflüsse seiner Umgebung, und dem Willen seiner dunklen Wesenshälfte konnte nicht mehr entgegengesteuert werden.

Ingham hatte recht: Quinn hatte die Situation nicht mehr im Griff.

45.

Tyler kam zur frühen Abendstunde zurück in den Club. Dynamisch durchquerte er die Empfangshalle und war schon am Treppenaufgang, als der Portier ihm durch dezentes Räuspern bedeutete, noch einmal zur Loge zurückzukommen.

»Was gibt's, Stevens?«

»Sir, Sie haben Besuch. Ich bat den Gentleman, in der Bar auf Sie zu warten. Hier, Mr. Tyler, seine Karte.«

Doch Tyler brauchte die Karte nicht, er hatte den Besucher im Durchgang zur Bar erblickt. Nein, er wollte es nicht wahrhaben! Der Mann kam schon auf ihn zu, groß, hager, dunkel gekleidet. Die Stockspitze klang hell auf dem Marmor der Halle.

»Sie sind es tatsächlich!«, stieß Tyler hervor. »Wie geht es Ihnen, Mr. Marshall?«

»Tyler! Ich freue mich, Sie zu sehen.« Für Sekunden herrschte Schweigen, bis William bemerkte: »Sieht nicht so aus, als hätten Sie mit meiner Rückkehr gerechnet?«

»Wenn ich mich recht erinnere, klang Ihr Abschied ziemlich endgültig. Aber wo kommen Sie her, doch sicher nicht von der Armee? Sie sehen fabelhaft aus, wenn ich das sagen darf.«

»Und Sie sehen aus, als könnten Sie ein ordentliches Dinner vertragen, Tyler. Was halten Sie davon, wenn wir zusammen essen? Ich muss wichtige Dinge mit Ihnen besprechen. Oder haben Sie heute Abend schon etwas vor?«

Oh, er hatte allerdings etwas vor, er war mit Antonia verabredet. Mit welcher Begründung sollte er ihr absagen? Er brachte es nicht über sich, ihr zu eröffnen, dass Marshall zurückgekommen war; jedenfalls nicht heute, vielleicht morgen.

»Natürlich, lassen Sie uns essen gehen, hervorragende Idee!«, sagte er. »Ich möchte mich nur noch umkleiden, dann können wir gehen.«

William sah ihm amüsiert nach. Seine Ankunft hatte Tyler sichtlich irritiert, nachdem er noch kurz zuvor mit Siegermiene in die Halle gestürmt war. William wusste, er hatte sich in Charles Town nicht viele Freunde gemacht; auch Tyler hatte Vorbehalte, allerdings aus einem anderen Grund. Doch das focht ihn nicht an, er freute sich darauf, mit Tyler zu dinieren. Schließlich war es schön, der Überbringer guter Nachrichten zu sein.

Sie gingen ins Warwick, wie am Abend vor Williams Abreise. William übergab Tyler nach dem Essen einen Brief des Londoner Notars Clarke. Darin wurde das Bankhaus Ashley & Bolton, das die Konten des verstorbenen Longuinius verwaltete, über Antonias Erbeinsetzung in Kenntnis gesetzt und angewiesen, das gesamte geldwerte Vermögen aus dem Nachlass auf sie zu übertragen. Gleich schob Tyler Gläser und Teller zur Seite, legte sein Schreibzeug auf den Tisch und fing an, die neue Situation in Zahlen darzustellen; er summierte die Geldbeträge aus dem Erbe mit den vorhandenen Aktiva, stellte die Forderungen seiner Bank und Shaughnesseys Darlehen dagegen und brachte überschlägig die Zinsen in Anrechnung. Dann lehnte er sich zurück, nickte. »Damit kann Mrs. Lorimer die Plantage auf einen Schlag entschulden.«

»Konnte ich etwas Besseres aus England mitbringen«, sagte William, mehr zu sich selbst. Er rief den Kellner, bestellte französischen Cognac für sie beide. Sie stießen an, tranken sich zu. Dann ergriff er wieder das Wort. »Ihr Beifall klang etwas verhalten. Man könnte meinen, der Glücksfall dieser Erbschaft käme zur Unzeit. Vielleicht sagen Sie mir, was los ist, Tyler. Gibt es Probleme mit Legacy?«

Tyler überlegte kurz. »Ja, es gibt Probleme. Es betrifft den Verwalter.«

»Mr. Robert? Was ist passiert?«

»Der Mann sitzt im Gefängnis und wartet auf seinen Prozess. Er soll Sklaven zum Widerstand gegen ihren Herrn aufgerufen haben. Es wird ihm Aufwiegelei vorgeworfen, die Anklage aber lautet auf Landfriedensbruch.«

»Gütiger Himmel!«

»Es geht noch weiter, Roberts Frau ...«

»Er ist verheiratet? Die *Antillaise*!«

»Genau. Auch sie wird man vor Gericht stellen, wegen Mordes, eine hässliche Geschichte. Vor etwa einem Vierteljahr wurde auf einer Tabakplantage am oberen Ashley River eine verstümmelte Leiche gefunden. Die *Antillaise* und ihre Voodoo-Anhänger werden nun beschuldigt, die Frau im Zuge einer kultischen Zusammenkunft getötet zu haben. Es sieht nicht gut aus für sie, zumal in beiden Verfahren die Nachforschungen von einflussreicher Seite vorangetrieben werden.«

William meinte düster: »Lassen Sie mich raten: Hocksley?«

»Wer sonst. Er hat dem Gericht eine Zeugenaussage geliefert, mit der die Voodoo-Priesterin glasklar der Tat überführt werden konnte. In Mr. Roberts Fall ist es komplizierter, hier steht Aussage gegen Aussage. Es hängt vom guten Willen des Richters ab, ob er Anklage wegen Landfriedensbruchs erhebt oder es bei einem minderschweren Deliktvorwurf bewenden lässt. Tonia, ich meine Mrs. Lorimer, hat bei Gericht vorgesprochen, um zu verhindern, dass es zum Prozess kommt. Aber Hocksley und seine Kamarilla wollen Robert hängen sehen. Auch die Voodoo-Priesterin und die Sklaven von Stratton sind schon so gut wie verurteilt.«

»Was ist mit Legacy?«

Tyler schüttelte den Kopf. »Es droht ein neuerlicher Ausschluss durch die Handelsvereinigungen. Das Problem ist, dass der Verwalter die Geschäfte selbstständig geführt hat. Wenn es zu einer Verurteilung Mr. Roberts käme, würden die Verkaufslizenzen für Legacy eingezogen. Was die Bank in diesem Falle wegen Mrs. Lorimers Kreditwürdigkeit beschließen würde, entscheiden die Anteilseigner. Selbst wenn sie durch die Erbschaft in der Lage wäre, sich zu entschulden – ohne Börsenzulassung ist Legacy nicht mehr viel wert.«

Von dem Moment, da Hocksleys Name gefallen war, wirkte

William grimmig entschlossen. »Also gut, Tyler«, sagte er nach kurzem Überlegen, »zuerst müssen wir Mr. Robert aus dem Kerker rausholen, dann sollte der fatale Vorwurf wegen Landfriedensbruchs schleunigst aus der Welt geschafft werden. Und wir brauchen einen guten Anwalt für seine Frau.«

»Was Sie vorhaben, wird nicht leicht werden. Beiden Angeklagten legt man Angriffe gegen Weiße zur Last, in beiden Fällen wird die Höchststrafe verlangt.«

»Nun, natürlich wird es etwas kosten.«

»Es ist nicht nur eine Frage des Geldes.«

»Aber mit Geld kann man vieles erreichen. Werden Sie mich unterstützen?«

Tyler nickte, ohne zu zögern. »Sie können auf mich zählen.«

Als die beiden Männer sich an diesem Abend trennten, dachten sie an dieselbe Frau. William fuhr zu seinem Hotel an der Queen Street, nicht weit von der Promenade an der Battery. Es war schön, wieder hier zu sein, alles erinnerte ihn an Antonia und er wäre am liebsten sofort nach Legacy weitergefahren. Nach dem Gespräch mit Tyler wusste er, dass es besser war, es nicht getan zu haben.

Er warf sich vor, Hocksleys böswillige Energie unterschätzt zu haben; nun hatten die alten Querelen in seiner Abwesenheit neue Blüten getrieben. Er stimmte Tyler zu, es würde schwer werden, das Recht und die Gerechtigkeit gegen Vorurteile und Machtinteressen zu verteidigen, und doch ... all das wog leicht, verglichen mit der einen Aufgabe, die vor ihm lag und die zu Ende zu bringen er hergekommen war. Erst danach könnte er zu Antonia zurückkehren.

Tyler fuhr nach Lyndon House, ging hinauf in Antonias Zimmer und weckte sie. Sie war noch schläfrig, doch so aufregend in ihrem Spitzenhemd, dass er sie begehrend an sich zog.

»Andy, Liebling! Ich dachte, du kommst so spät nicht mehr. Du hast mir geschrieben; was war denn?«

»Erzähl ich dir später. Oh Tonia, Liebste, lass mich zu dir!«

Er konnte ihr nicht sagen, dass Marshall zurückgekommen war und sofort wieder die Dinge in die Hand nahm, sich um sie, ihre Plantage, um Joshua und Rovena und ihrer aller Wohlergehen kümmerte, und natürlich auf diese unverschämt selbstherrliche Art! Nein, er sagte ihr nichts. Er nahm sie in die Arme und wusste, warum er heute Nacht zu ihr kommen musste. Er wollte sich nicht nur ihrer Liebe versichern. Er wollte sie besitzen in dem Gefühl, dass der Mann, der als Einziger das Recht beanspruchen konnte, sie für sich zu fordern – und es wahrscheinlich auch tun würde! – wieder hier in der Stadt war, aber dass er, Tyler, es war, der Antonia im Arm hielt. Er musste sie haben, jetzt, in dieser Nacht. Vielleicht war es ihre letzte Nacht.

Richter Jones wurde sehr verdrießlich, als ihm am Morgen beim Betreten des Gerichtsgebäudes sein Schreiber aufgeregt entgegeneilte. Jones hatte im Laufe dieses Tages etliche Vernehmungen zu leiten und war nicht in der Stimmung, sich vor Beginn der ersten Sitzung mit Misshelligkeiten zu befassen. Ohne den Schritt zu verlangsamen, ging er zu seinem Amtszimmer, während der Schreiber auf ihn einredete.

»Euer Ehren müssen entschuldigen, doch ich möchte darauf hinweisen, dass Sie Besuch haben.«

»Um diese Zeit habe ich keinen Besuch, Baskins.«

»Nun, Sir, es ist aber leider so! Ein Gentleman wartet in Ihrem Büro auf Sie.«

»Und wie ist er da hineingekommen?«

»Er ist hineingegangen.«

»Das ist nicht Ihr Ernst, Baskins!«

»Ich konnte ihn nicht daran hindern, Sir.«

Sie waren beim Zimmer des Richters angelangt. Jones riss

die Tür auf und warf sie hinter sich wieder zu, bevor Baskins hereinschlüpfen konnte. In der Stille des Zimmers seufzte er vernehmlich, dann nahm er den Talar aus dem Garderobenschrank. »Baskins ist ein Idiot!«, murmelte er entnervt.

»Seien Sie nicht zu streng, Richter, er hat sein Bestes versucht.«

Jones fuhr herum; er hatte den Urheber des Ärgers ganz vergessen. Beim Pult des Gerichtsschreibers stand ein schlanker Mann im schwarzen Gehrock, der sich auf einen Stock stützte. Seine ironische Bemerkung über den Schreiber minderte nicht die Autorität, die er ausstrahlte, sodass sich zu Jones' Verärgerung eine gewisse Vorsicht gesellte. Mit mürrischer Miene warf er sich in seinen Schreibtischstuhl und fasste den ungebetenen Besucher streng ins Auge.

»Es müssen gewichtige Gründe sein, die Ihr forsches Vordringen in mein Büro rechtfertigen, Mister …?«

»Marshall, Sir. Colonel William Marshall. Ich komme in der Tat aus wichtigem Anlass zu Ihnen. Darf ich mich setzen?«

Er war an den Schreibtisch getreten. Wenn Jones nicht zu ihm aufblicken wollte, musste er ihm wohl oder übel einen Platz anbieten. »Gut denn, setzen Sie sich. Also, Mr. Marshall, was führt Sie zu mir?«

William nahm ein Schreiben aus der Brusttasche, entfaltete es und reichte es dem Richter. Das Blatt trug den Briefkopf von Ashley & Bolton und war vor etwas mehr als einem halben Jahr ausgestellt worden. »Diese Vollmacht legitimiert mich als Verwalter der Liegenschaften von Legacy am Plains River. Als Vertreter der Eigentümerin Mrs. Lorimer beantrage ich eine Haftüberprüfung in der Strafsache gegen Mrs. Lorimers Angestellten Mr. Joshua Robert.«

Jones überflog die Vollmacht, dann sah er erstaunt auf. »Mrs. Lorimer wurde von mir bereits über die Gründe belehrt, die zur Verhaftung von Mr. Robert geführt haben. Ich wüsste nicht …«

»Bitte entschuldigen Sie, dass ich Sie bereits an dieser Stelle unterbreche, Sir. Ich möchte nicht über die Anschuldigungen sprechen, die gegen Mr. Robert vorgebracht worden sind. Ich möchte lediglich darlegen, dass Mrs. Lorimer auf Mr. Roberts Leistung derzeit nicht verzichten kann. Die Erntemonate erfordern eine genaue Überwachung der Abläufe auf den Pflanzungen. Ohne die Aufsicht durch Mr. Robert werden die Arbeiten nicht korrekt erledigt. Mrs. Lorimer ist überzeugt, dass der Vorwurf zu Unrecht gegen Mr. Robert erhoben wurde, und ist bereit, in Person für seinen Verbleib auf ihren Besitzungen zu bürgen.«

»Womit es in diesem Falle nicht getan wäre«, wandte Richter Jones ein, nur um den juristisch präzisen Ausführungen etwas entgegenzusetzen. Inzwischen wurde Jones' Ton gegenüber seinem Besucher eine Spur respektvoller. »Wie Sie sicherlich wissen, Mr. Marshall, ist bei jeder Haftaussetzung bis zum Prozess eine Kaution zu hinterlegen. Nun ist das Risiko, dass der Beklagte flieht, in diesem Fall sehr hoch, und eine angemessene Summe ...«

»Würden eintausend Pfund als Kaution genügen?«

Dem Richter verschlug es die Sprache. Kein noch so wohlhabender Pflanzer um Charles Town käme auf die Idee, mit einer solchen Summe für einen seiner Angestellten zu bürgen. War nicht Mrs. Lorimers Plantage so gut wie ruiniert? »Wenn ich richtig informiert bin, verfügt die Dame nicht annähernd über Mittel in dieser Höhe.«

»Sie bekommen das Geld von der Bank«, erwiderte William und legte dem Richter ein weiteres Papier vor, einen Bankcheque, ausgestellt von Ashley & Bolton, bezogen auf einen gewissen Rechtsanwalt Thomas Spencer in London. Fassungslos hielt Richter Jones den Cheque über eintausend Pfund Sterling in Händen. William, der für Joshuas Freilassung gerade über ein kleines Vermögen verfügt hatte, bemerkte vergleichsweise nüchtern: »Ich werde hier warten, bis Sie den Cheque geprüft haben, falls Sie Zweifel hegen, ob auch eine ausreichende Deckung vorliegt.«

»Ich hatte nichts dergleichen erwogen, Sir«, verwahrte sich der Richter. »Sobald die Summe ausgezahlt ist und zur Sicherheit hier bei Gericht als geleistet gilt, wird Mr. Robert auf freien Fuß gesetzt. Allerdings unter der strengen Auflage, sich sofort auf die Plantage von Mrs. Lorimer zu begeben und das Anwesen bis zum Prozess nicht mehr zu verlassen.«

Der Gerichtsschreiber wurde hereingerufen, damit er an Ort und Stelle die Entlassungspapiere ausfertigte. Nachdem William den Einsatz der Kautionssumme unterzeichnet und Jones den Erhalt des Cheques bestätigt hatte, fragte er William: »Wieso hat Mrs. Lorimer überhaupt die Mühe auf sich genommen, selber bei mir vorzusprechen, anstatt sofort Sie als ihren Bevollmächtigten zu schicken, Mr. Marshall, der Sie die Sache gleich mit dem, sagen wir, nötigen Gewicht vorgetragen haben?«

»Mrs. Lorimer erlag wohl der irrigen Vorstellung, es genüge, mit der Wahrheit zu argumentieren«, erwiderte William kalt und stand auf. »Guten Tag, Euer Ehren.« Er deutete eine Verneigung an und verließ das Büro, indes Baskins ihn eilfertig zum Ausgang begleitete.

Vom Gerichtshof zur Bank waren es nur wenige Schritte. William berichtete Tyler, dass er Joshuas Freilassung auf Kaution erwirkt habe. Er händigte ihm die Entlassungspapiere aus und bat ihn, nach Zahlung der Kautionssumme umgehend Joshuas Rückkehr nach Legacy in die Wege zu leiten. Dann verabredeten sie sich für den nächsten Tag zum Lunch, und William ließ sich eine Droschke rufen.

Er nannte dem Kutscher eine Hausnummer in der Jules Row. Vor dem Haus des Arztes bat er den Mann zu warten und stieg die Vordertreppe hinauf. »*Branwell Ingham – Physician, M.D., F.R.S.*« las er auf dem Messingschild. Auf sein Läuten öffnete eine füllige Frau mittleren Alters in Schürze und weißer Haube, die ihre teigverklebten Hände in sicherem Abstand von sich hielt. »Tut mir leid, Sir, der Doktor ist auf Hausbesuch«, sagte sie. »Sie müssen später wiederkommen.«

»Würden Sie mir verraten, wann *später* sein wird, Mrs. Ingham?«

»Oh, Sir! Nicht doch! Ich bin die Haushälterin, Mrs. Randell.« Sie errötete geschmeichelt. »Leider kann ich nicht sagen, wie lange die Visiten dauern. Der Doktor nimmt sich viel Zeit für seine Patienten.«

»Das scheint mir eine gute Empfehlung, Mrs. Randell. Nun möchte ich nicht aufdringlich erscheinen, aber könnten Sie sich vorstellen, dass ich im Hause auf Dr. Ingham warten dürfte?«

Zu seiner Überraschung nahm Mrs. Randell ihn kurzerhand mit in ihre Küche und versorgte ihn mit Tee und frischen Butterkeksen, ehe sie weiter am Herd hantierte. Nach einer halben Stunde kehrte Ingham zurück. Er hatte Stimmen aus dem Gartengeschoss vernommen und kam nachsehen, wer zu Besuch war.

»Mr. Marshall wollte auf Sie warten, Doktor, und da ich gerade gebacken hatte ...«

»Danke, Mrs. Randell. Sir, bitte kommen Sie in meine Ordination.«

Der Arzt notierte auf einem neuen Blatt seiner Kartei das Datum und den Namen seines Besuchers. »Also, Mr. Marshall, wie kann ich Ihnen helfen?«

»Meine Kriegsverletzungen machen mir zu schaffen. Die Wunden sind seit letztem Winter verheilt, trotzdem habe ich weiterhin Beschwerden.«

»Anhaltende Schmerzen können die Folge einer Fehlbehandlung sein«, sagte Ingham. »In den Lazaretten kommt die Wundversorgung leider oft zu kurz. Ich möchte mir Ihre Verletzungen ansehen, dann kann ich Ihnen mehr sagen.«

Während er den Anlass der Untersuchung notierte, legte

William Rock, Weste und Hemd ab. Dann stand Ingham auf, ging um ihn herum und betrachtete schweigend die teils rötlichen, teils verblassten Narben, die sich als gleichmäßiges feines Muster über Brustkorb und Flanken hinzogen. Er ließ William die Arme anheben und fand an seinen Seiten dieselben Wundmale.

Er hatte die Art von Verletzungen sofort wiedererkannt, die von flach unter der Haut geführten Messerschnitten herrührten und in der Häufung zu Verbluten führten. Drei Menschen waren auf solche Weise getötet worden, ihre Leichen wiesen die gleichen symmetrischen Schnittverletzungen auf wie dieser Mann; es war mehr als nur wahrscheinlich, dass er wie die drei Toten demselben Täter zum Opfer gefallen war. Ingham durfte ihn also auf keinen Fall gehen lassen, bevor er nicht von ihm erfahren hatte, wer ihn so zugerichtet hatte. »Ich habe viele Kriegsverletzungen gesehen, Mr. Marshall, aber das hier? Sie hätten verbluten müssen.«

»Ich fand Zuflucht bei Leuten, die mir halfen.«

»Offensichtlich wurden Sie gut gepflegt; glatte Wundränder, die Schnitte sind ohne Stiche verheilt. Wären Sie im Feldlazarett gelandet, sähe das heute anders aus.«

»Wäre ich in einem *Ihrer* Lazarette gelandet, hätte man sich kaum die Mühe gemacht.«

Ingham sah überrascht auf, dieser Marshall war britischer Soldat! »Wir haben Gefangene korrekt behandelt«, wies er den Vorwurf zurück. Nach kurzem Bedenken setzte er hinzu: »Demnach ist Marshall nicht Ihr richtiger Name?«

»Nein, aber belassen wir es dabei.«

Ingham fasste ihn nun genauer ins Auge. Das Übel trug mancherorts einen prominenten Namen, und den Mann hier hatte vielleicht ein nicht ganz unverdientes Strafgericht ereilt. Doch revanchistische Regungen waren Ingham fremd. Mochte des Engländers wahre Identität in Frieden ruhen oder auch nicht, Marshall war als Patient zu ihm gekommen, darum beschränkte er sich aufs Medizinische. »Wie ich schon sagte, Sir, Ihre Verletzungen sind besser verheilt, als Sie es üblicherweise hätten erwarten können. Eine leichte Besserung könnte noch eintreten, aber stellen Sie sich darauf ein, mit Beeinträchtigungen leben zu müssen.« Mit einem Blick auf Williams hagere Gestalt meinte er: »Sie sollten sich ausruhen, bis Sie von Grund auf erholt sind. Sie machen mir nicht den Eindruck, als hätten Sie seit Kriegsende ein beschauliches Leben geführt.«

Er bat ihn, sich ans Fenster ins helle Licht zu stellen, prüfte genau den Verlauf des auffälligen Narbengeflechts und verglich es im Geiste mit den Beschreibungen seiner Obduktionsberichte. Schließlich sagte er: »Ich möchte mit Ihnen über etwas sprechen, Mr. Marshall, das über Ihre persönliche Situation hinaus sehr wichtig ist.«

»Für wen außer für mich sollte das hier wichtig sein?«

»Sagen wir es so: Ich befasse mich seit Längerem mit bestimmten Vorfällen. Schon nach dieser ersten oberflächlichen Untersuchung denke ich, es besteht womöglich ein Zusammenhang zu dem, was Ihnen widerfahren ist.«

»Das heißt, Sie haben solche Verletzungen schon einmal gesehen?«

»Allerdings, ja. Es würde mir sehr weiterhelfen, wenn Sie mir erzählen, wie es in Ihrem Fall dazu gekommen ist.«

»Nach was sieht es denn aus, Doktor?« Zu spät bemerkte Ingham den drohenden Unterton. William fuhr ihn wütend an: »Ich bin gefoltert worden! Möchten Sie Einzelheiten hören? Wollen Sie wissen, wie es ist, wenn jemand sich an Ihren Schmerzen weidet? Wollen Sie hören, dass ich geschrien habe? Oh ja, ich habe geschrien! Ich habe gefleht, er solle es endlich zu Ende zu bringen. Lieber wollte ich sterben, als das noch länger ertragen.« Heftig atmend wandte er sich ab. Als er sich beruhigt hatte, ging er zum Tisch zurück, zog Hemd und Weste an, ließ sich in den Stuhl fallen. Er fuhr sich übers Gesicht. »Bitte entschuldigen Sie, Doktor.«

»Sie müssen sich nicht entschuldigen, Mr. Marshall. Es war meine Schuld, ich hätte Sie nicht danach fragen dürfen.«

Ingham wusste, er hatte es ganz falsch begonnen; wenn Marshall sich gedrängt fühlte, würde er weder über seine Folter noch über denjenigen sprechen, der ihn gequält hatte. Um mehr zu erfahren, musste Ingham behutsamer vorgehen und versuchen, William mit der Argumentation des Arztes zu überzeugen. »Hören Sie bitte, Sir, Sie sind zu mir gekommen, damit ich Ihnen helfe. Dafür muss ich aus medizinischer Sicht die Umstände kennen, die zu Ihren Verletzungen geführt haben. Natürlich müssen Sie nicht darüber sprechen, wenn Sie nicht wollen.« Er trat neben William, legte ihm eine Hand auf die Schulter. »Darüber hinaus, bitte verstehen Sie mich richtig, gibt es für mich wirklich wichtige und zwingende Gründe zu erfahren, was mit Ihnen geschehen ist. Darf ich fortfahren?« Als William nach kurzem Zögern nickte, setzte sich der Arzt wieder an den Tisch. »Verletzungen wie Ihre habe ich bisher nur an Toten gesehen; an dreien, um genau zu sein.« Er zog aus einem Stapel Unterlagen die Obduktionsberichte. »Das letzte Opfer, eine junge Frau aus der Gegend, wurde erst vor wenigen Wochen am Ashley River gefunden.«

»Sie meinen, hier wurde kürzlich eine Leiche mit … ebensolchen Verletzungen gefunden?«

»So ist es: symmetrische Schnitte, das Ablösen gleichförmiger Hautpartien. Da ich die Obduktion an besagten drei Leichen durchgeführt habe, möchte ich behaupten, dass alle drei Opfer von demselben Täter umgebracht worden sind.«

»Und Sie glauben nun, ich werde Ihnen sagen, wer es war?«

Williams Ausdruck hatte sich verändert, ruhige Entschlossenheit hatte seine vorigen Gefühle verdrängt.

Ingham erkannte erschrocken, dass er die Situation falsch eingeschätzt hatte: Marshall war seinem Folterer längst auf der Spur; mit welchem Ziel, lag auf der Hand. »Was haben Sie vor?«

»Was glauben Sie, Doktor?«

»Sie wollen sich rächen! Wer wollte es Ihnen verdenken.« Ingham seufzte schwer. »Bitte, tun Sie es nicht, geben Sie Ihre Rachegedanken auf, Mr. Marshall. Es wird sich dadurch nichts ändern, glauben Sie mir. Die Ressentiments werden bleiben. Sie können, was geschehen ist, nicht ungeschehen machen.«

»Ich habe in der Folter meinen eigenen Tod erlebt! Also sagen Sie mir nicht, was ich darf und was nicht. Ich will Genugtuung, ich will meinen Peiniger vernichten. Und Sie sollten mich nicht aufhalten. Oder wollen Sie, dass noch mehr verstümmelte Leichen auftauchen?«

»Sie wissen, wer es ist! Suchen Sie ihn hier, in Charles Town?« Ingham wartete nur darauf, dass William ihm Reeds Namen nannte.

»Natürlich weiß ich, wer es ist. Ich hoffe, er wird sich als meiner Rache würdig erweisen.«

»Nicht doch, bitte hören Sie mir zu: Ich habe Ihnen von den anderen Opfern erzählt. Wenn Sie den Mann aus Vergeltung für das, was er Ihnen antat, töten, werden diese Mordfälle nie gelöst werden.«

»Oh natürlich, Sie wollen den Beweis und ein ordentliches Verfahren, um Ihre obskuren Leichenfunde aufzuklären, richtig? Was wird dann aus meiner Rache? Nein, Dr. Ingham, er gehört mir.«

»Aber verstehen Sie denn nicht, Mr. Marshall: Wenn gegen diesen Mann kein Prozess geführt wird, werden Unschuldige sterben. Man will vierzehn Sklaven und eine Freigelassene für den jüngsten Mord verantwortlich machen. In dem Fall gibt es einen neuen Aspekt: Die reichen Pflanzer wollen die allgemeine Empörung über den Mord nutzen, um exemplarisch gegen den gefürchteten Voodoo-Kult vorzugehen. Sie werden die Schwarzen hängen, wenn der wahre Täter nicht überführt werden kann.«

»Da sehen Sie es: Unschuldige werden verurteilt, weil einflussreiche Leute es wollen. Was wäre, wenn auch der Mann, den ich verfolge, über genügend Einfluss verfügt? Glauben Sie, dann würde ihm der Prozess gemacht?«

Ingham schüttelte den Kopf, so kam er nicht weiter. War es nicht zum Verzweifeln. Nicht genug, dass Mrs. Lorimer und Mr. Quinn schwiegen, um Reed zu schützen: Auch Marshall beschritt ohne Rücksicht auf Recht und Gesetz den Weg der Selbstjustiz und verhinderte unter Umständen, dass die Wahrheit jemals ans Licht kam. Sollte es möglich sein, dass drei sonst verständige Menschen sich bei einer so wichtigen Entscheidung bedenkenlos über alle ethischen Erwägungen hinwegsetzten, indem sie ihren privaten Beweggründen folgten, sei es aus übersteigerter Loyalität oder einem alttestamentarischen Racheverlangen? Nun, offenbar war es möglich. Umso mehr war es an ihm, Branwell Ingham, die Sache der Vernunft zu verfechten, um eine gerichtliche Überprüfung der Mordfälle herbeizuführen.

Es widerstrebte ihm, Vermutungen zu äußern, die er vielleicht nie beweisen konnte. Doch nun musste er von Dingen reden, von denen er lieber geschwiegen hätte, denn vielleicht war es seine letzte Chance, Marshall von Reeds Verfolgung abzubringen. »Leider, Mr. Marshall, kann ich Ihre Zweifel nicht von der Hand weisen. Und genau wie Sie fürchte ich, dass es zu einer Verurteilung des Mannes, der Sie gefoltert und drei Menschen getötet hat, nicht kommen wird. Aber die Gründe dafür sind weder Macht noch Einfluss, noch ist es eine Frage der Hautfarbe.«

»Anscheinend wissen Sie mehr als ich, Mr. Ingham?«

»Mutmaßungen, Mr. Marshall, nicht mehr. Ich meine, was würde geschehen, wenn man des Mörders habhaft würde? Zunächst müsste man ihn unter Verschluss nehmen, weil die Menge ihn sonst höchstwahrscheinlich in Stücke risse. Während der Schutzhaft würde sein Fall untersucht; was immer man sich darunter vorzustellen hat. Zum Beispiel würde man ihn in Ketten legen und hungern lassen, mit Feuer und Zangen seine

Reflexe testen und noch viele andere fragwürdige Experimente an ihm vornehmen. Wenn man ihn lange genug befragt und beobachtet hätte, ohne dahintergekommen zu sein, wieso er diese bestialischen Dinge tut, würde man aus Ratlosigkeit oder Desinteresse von ihm ablassen, um ihn einem furchtbaren Strafgericht zu überantworten. Und wissen Sie, warum? Weil der Mann geistesgestört ist! Der Mörder von Elverking, Ihr Folterer, Mr. Marshall, ist ein Psychopath.« Er seufzte resigniert. »Darum dürfen wir ihn für seine Taten nicht verantwortlich machen, das sagt mir mein Gewissen. Aber das wird ihm nichts nutzen. Man wird ihn wie ein gefährliches Tier dafür leiden lassen, dass er so ist, wie er ist.«

William schwieg. Inghams Behauptung, dass Reed irrsinnig sei, hatte in ihm Unbehagen geweckt, das sich nicht so leicht würde zerstreuen lassen. Er nahm seinen Stock und stand auf. »Ich danke Ihnen für Ihre Geduld, Doktor. Falls Ihnen etwas einfällt, das mir helfen könnte, nicht mehr ständig an die Verletzungen denken zu müssen, lassen Sie es mich bitte wissen.«

»Ich werde über Ihren Fall nachdenken und mich bei Ihnen melden, wenn ich einen Behandlungsansatz finde.« Er begleitete William zur Tür. »Wie erreiche ich Sie?«

»Schreiben Sie mir nach Serenity Heights.«

»Serenity Heights am Santee, das Landgut des Abgeordneten Longuinius? Dort wohnen Sie?«

»Es gehört mir.« Er verbeugte sich. »Leben Sie wohl, Doktor.«

Anderntags war er mit Tyler im Warwick verabredet und wartete auf ihn an der Bar. Zur Mittagszeit herrschte reger Betrieb. Viele Männer kamen auf ein Glas Ale herein. Auch das Restaurant, das abgetrennt einen Teil des Gastraums einnahm, war schon gut besucht. William las auf einer Wandtafel die Speisekarte, als er durch den Spiegel über der Bar jemanden entdeckte, dessen Gesicht ihm unangenehm bekannt vorkam: Elijah Crossbow saß im Restaurant mit ein paar Leuten beim

Essen. Als er aufstand und den Schankraum durch eine Seitentür verließ, folgte ihm William nach draußen.

Ein Durchgang führte zum Abtritt im Hinterhof. William blieb in dem unbeleuchteten Gang stehen. Nicht lange, und Crossbow kam aus dem Gelass. Während er noch für den bequemen Sitz seiner Hosen sorgte, trat William ihm in den Weg. »Sieh an, Mr. Crossbow!« Er klopfte ihm unsanft mit dem Stockknauf ans Brustbein.

»Sie schon wieder!«, knurrte Crossbow und stieß fluchend den Stock zur Seite. »Was wollen Sie? Wir haben nichts miteinander zu schaffen!«

»Wohl wahr! Aber Sie werden einen Botendienst für mich erledigen, Crossbow, also hören Sie genau zu.«

Crossbow wollte ihm wütend erwidern, doch der erhobene Stock in Williams Hand erlaubte keine Diskussion.

»Falls Sie Mr. Hocksley begegnen sollten«, fuhr er fort, »und es käme zufällig die Rede darauf, dass ich wieder in der Stadt bin, dann richten Sie ihm Folgendes aus: Ich weiß, wer die Tote in das Stauwehr Ihrer Plantage geworfen hat. Sobald ich dem Richter darlege, wer den Mord in Wirklichkeit begangen hat, wird die Anklage gegen die Schwarzen und ihre Voodoo-Priesterin hinfällig. Mr. Hocksley wird sich dann bei Monsieur Raoul für die Unannehmlichkeiten, die er den Leuten seines Clans bereitete, entschuldigen müssen. Ich hoffe für Sie, Crossbow, dass Sie klug genug waren, sich aus der Sache herauszuhalten. Diese Mougadous sollen äußerst nachtragend sein.«

Crossbow versuchte einen Einwand, aber William war noch nicht fertig. »Übrigens wird der Verwalter von Legacy, Mr. Robert, heute aus der Haft entlassen. Der Vorwurf des Landfriedensbruchs wird wohl fallengelassen, nachdem man Mr. Robert schwerlich unterstellen kann, er habe die Sklaven gegen Mrs. Lorimers Familienangehörige aufwiegeln wollen. Aber wer weiß, vielleicht möchte Mr. Hocksley mit Mr. Robert um einen toten Baum streiten?«

Crossbow hatte ihm zähneknirschend bis zum Schluss zuhören müssen. Wie zur Erinnerung klopfte ihm William, aber diesmal sachte, mit dem Stockknauf ans Revers, dann ging er zurück in den Schankraum. Als er an der Bar ein Glas Ale bestellte, bemerkte er wieder durch den Spiegel, dass Crossbow eilig dem Ausgang zustrebte. William grinste bei der Vorstellung, dass seine Mitteilung Hocksley ein paar schlaflose Nächte bereiten würde.

Tyler hätte das Treffen im Warwick am liebsten abgesagt. Seit zwei Tagen befand er sich in einer Zwangslage, die er kaum aushalten konnte. Es beschämte ihn, dass er sich Marshall gegenüber unaufrichtig verhielt, und er brachte doch nicht den Mut auf, sein Verlöbnis mit Antonia zu offenbaren. Auch vor Antonia war er befangen. Je länger er ihr verschwieg, dass Marshall in der Stadt war, desto schlechter fühlte er sich, weil er sie hinterging. Wäre Marshall doch nur ein paar Monate später zurückgekommen! Dann wäre er mit Antonia verheiratet gewesen, Marshall hätte sich damit abfinden müssen. Nun aber, angesichts Marshalls kalter Souveränität, mochte er nicht daran denken, wie Antonia es aufnehmen würde, wenn Marshall sie für sich beanspruchte.

William hatte für sie einen Tisch im Restaurant bekommen. »Tyler, alter Junge, Sie sehen abgespannt aus. Was ist? Essen Sie nichts? Das Roastbeef ist ganz passabel.«

»Nein, danke, nur Kaffee für mich. Ich muss mich gleich wieder auf den Weg machen. Heute um drei Uhr wird Mr. Robert entlassen. Ich wollte ihn am Gefängnis abholen, um mit ihm über Longuinius' Vermächtnis zu sprechen. Es wird einige Veränderungen für Legacy mit sich bringen, Robert sollte über alles informiert sein.«

»Aber meine Rückkehr wird vorläufig nicht erwähnt, Tyler.«

»Keine Sorge, von mir wird es niemand erfahren.«

»Gut. Sie wissen, dass sich Mr. Robert binnen vierundzwanzig Stunden nach der Entlassung auf der Plantage einfinden muss?«

»Das lässt sich einrichten. Sobald ich ihm die neue Situation erklärt habe, bringt ihn unser Wagen unverzüglich nach Legacy.« Tyler machte eine kleine Pause, um dann beiläufig zu fragen: »Wann werden Sie rausfahren?«

»Zur Plantage? So bald ich kann. Aber zuvor muss ich etwas regeln, das keinen Aufschub duldet.«

»Verstehe«, sagte Tyler, um Zeit zu gewinnen. Antonia würde nachmittags gemeinsam mit Joshua nach Legacy zurückfahren, davor wollte er sie noch einmal sehen. Er musste sie seiner Liebe versichern, bevor sie Marshall wiedersah. Mehr konnte er nicht tun, das Weitere hing von ihr ab. Seine Befürchtungen nahmen ihn völlig gefangen, sodass ihn Williams nächste Frage ziemlich aus dem Konzept brachte.

»Erzählen Sie mir, Tyler, wie geht es Mrs. Lorimer? Wann haben Sie sie zuletzt gesehen?«

»Gesehen? Ja, wann war das … Nun, ich denke, es geht ihr gut. Bei ihrem letzten Besuch in der Bank sah sie sehr gut aus, ich meine … sie sah wie immer sehr gut aus.«

»Wirklich?« William konnte sich gut vorstellen, wie Antonia aussah, sie musste jetzt hochschwanger sein. Wenn Tyler sie in den letzten sechs Wochen gesehen hatte, wusste er, dass sie ein Kind bekam; natürlich verlor er als Gentleman darüber kein Wort. Ob er vermutete, dass es Williams Kind war? Na, irgendetwas würde er sich wohl denken. Jedenfalls schien er unzugänglich, was Antonia anging, aber warum? William runzelte die Stirn. War es an der Zeit, sich ein paar Gedanken zu machen, über Tyler und Antonia?

»Ich muss jetzt los«, unterbrach Tyler Williams Überlegung. »Sehe ich Sie heute Abend?«

»Ich denke schon. Am Nachmittag will ich für ein paar Stunden trainieren, es könnte also später werden.«

Tyler ließ eine Münze auf dem Tisch für den Kaffee. »Dann bis heute Abend im Club«, sagte er und war draußen.

Der Fechtclub der Universität von Charles Town lag an der nördlichen Peripherie des Campus. In der Fechthalle, einem kirchenartigen Bau im gotischen Stil, befanden sich mehrere Übungsplanches und eine Tournierplanche. William hatte sich mit dem Fechtmeister auf täglich ein paar Stunden anspruchsvollen Trainings verständigt. Der Fechtmeister war selber Kriegsveteran, ein nüchterner Mann Anfang vierzig, der ihn auf jeden Schrittfehler hinwies, nachdem William verlangt hatte, seiner Beeinträchtigung keine Beachtung zu schenken.

Seit seine Gesundheit es wieder erlaubte, hatte er sich konsequent in Form gehalten. Zwischenzeitig hatte er in Farell einen kühnen Übungsgegner gefunden. Nun ging es um die Vorbereitung auf ein konkretes Ziel, damit wurde das Training zu einer harten Probe seiner Leistungsfähigkeit, aber auch seiner Geduld. Auch wenn die Wahl der Waffen für das Treffen noch offen war, gab es doch keine bessere Vorbereitung als die Übung mit dem Schwert.

An diesem Nachmittag verdichtete sich Williams Energie in kaum abwehrbaren Attacken, bis sein Lehrer die Waffe umgewendet in die Linke nahm, zum Zeichen seiner friedlichen Absicht, die Planche verließ und auf ein Wort herüberkam.

»Ich muss Sie nicht darauf hinweisen, Sir, dass Duelle mit tödlichem Ausgang Konsequenzen haben. Sie sollten sich gut überlegen, ob das, was Sie vorhaben, das Risiko wert ist.«

William hatte ebenfalls den Säbel mit der Berge nach oben in die Linke gewechselt. Sein Atem ging rasch, aber er wirkte nicht angestrengt. Natürlich war seine Schnelligkeit nach der Beinverletzung eingeschränkt, einem durchschnittlichen Fechter wäre er dennoch überlegen, selbst ein guter Kämpfer könnte ihn nur mit Mühe besiegen. »Es wird kein Duell im klassischen Sinne sein, falls Sie das meinen. Das Treffen wird nicht angekündigt, und es wird keine Sekundanten geben.«

»Eine Abrechnung Mann gegen Mann? Sir, bedenken Sie, als Soldat bleibt es für Sie eine Frage der Ehre. Sie dürfen einen Mann, der Ihnen gegenüber keine Chance hat, nicht töten.«

Mit dem Vorhalt des Meisters, seinen Entschluss genau zu prüfen, hatte William gerechnet. Nun hätte er zugeben müssen, dass er nicht daran dachte, Reed irgendeine Chance zu lassen, denn er betrachtete ihn nicht als ehrenhaften Gegner. Er versicherte daher guten Gewissens, die Ermahnung des Meisters zu beherzigen, bedankte sich für seine Geduld und verabschiedete sich in militärischer Form.

Der erste Schwall kalten Wassers war ein Schock. »Weiter, Sir?«, fragte der Schwarze, der ihn beim Bade bediente.

William nickte mit geschlossenen Augen. Im Badehaus des Fechtclubs, einem Pavillon mit Steinbänken und römischen Mosaiken, ergab er sich nach der Anspannung des Zweikampfs der läuternden Wirkung des Wassers. Diesmal war es ein heißer Guss. Er hob die Arme, genoss die wohltuende Wärme über den verheilten Rippenbögen. »Weiter.« Wieder eiskaltes Wasser, es biss in Kopfhaut und Schultern. In den hohlen Händen fing er es auf, tauchte sein Gesicht hinein, trank Kühle in den vom Training erhitzten Körper. »Weiter.« Heißes, dann kaltes Wasser. In stetig wechselndem Erschauern entspannte er sich und ließ langsam von seiner Angriffshaltung ab.

Er kannte sein schwieriges Temperament; was einmal jugendliches Draufgängertum war, hatte sich mit den Jahren in puren Durchsetzungswillen gewandelt, der ihn an seinen Zielen fast zwanghaft festhalten ließ. Umso mehr erstaunte ihn, dass es Ingham gelungen war, Zweifel zu säen auf seinem makellosen Weg der Vergeltung. Nicht jede Frage ließ sich so klar beantworten wie die nach seiner Ehre als Soldat. Ingham hatte ihm den Gedanken von Reeds Wahnsinn in den Kopf gesetzt. Entspräche das der Wahrheit, wäre Reed also wirklich geistesgestört, würde Williams Racheplan hinfällig, denn einem Irren durfte er nichts antun, ohne sich vor dem Leben und vor sich selbst zu entehren.

Was aber, wenn Ingham bluffte? Der Arzt hatte ein erklärtes Interesse, Reed als Täter im Mordfall von Elverking zu präsentieren, um die Verurteilung der unschuldigen Sklaven abzuwenden. Womöglich hatte er Reed darum als geisteskrank dargestellt, weil er wusste, dass er dann von William nichts zu befürchten hätte. Inzwischen hatte William sich umgehört; Reed war in der Gegend ein geachteter Mann, sein Anwesen Hollow Park galt als exzellent geführtes Unternehmen, niemand redete nachteilig über ihn. Wäre Reed so schwer geisteskrank, wie Ingham geschildert hatte, wäre es nicht längst jemandem aufgefallen?

Der Diener hatte begonnen, ihn mit einem Schwamm abzureiben. Er dosierte mit erfahrener Hand feste Striche über Rücken, Arme und Beine, sachte Striche über die Narbenhaut der Brust. Anschließend breitete er weiche Tücher über eine Steinbank, William stieg aus dem Becken, legte sich auf die Bank und ließ sich massieren. Halbwach merkte er noch, wie der Schwarze ihn mit einem Tuch bedeckte und ging.

»Sie wollen zu ihm? Lassen Sie es bleiben, wenn Ihnen Ihr Leben lieb ist.«

Abrupt setzte William sich auf, als ihm aus der Erinnerung das Bild Roscoes im blaugoldenen Admiralsrock vor Augen trat. Aber natürlich, Roscoe wusste, was mit seinem Freund los war: »Andere hatten weniger Glück«, hatte er gesagt und vielleicht damit andeuten wollen, dass schon mancher Reeds Irrsinn zum Opfer gefallen war?

Nun, sicher würde er Roscoe auf Hollow Park antreffen, das machte es einfacher, denn dann konnte er ihn fragen, ob Reed verrückt war oder nicht. Er musste zugeben, die Vorstellung, dass Roscoe entscheiden würde, ob sein Freund leben oder sterben sollte, entbehrte nicht eines gewissen Reizes.

46.

Das Mädchen hatte die Koffer ins Schlafzimmer gebracht. Sie legte die neuen Kleider sorgfältig zusammen und begann, sie mit der feinen Wäsche, den Miedern, Röcken und Schuhen einzupacken. Antonia ging zwischen Salon und Schlafzimmer hin und her und sammelte Kleinigkeiten ein. Vom Frisiertisch nahm sie eine Perlenschnur und band sie sich um den Hals.

»Du kannst alles Übrige in die Koffer packen«, sagte sie nach einem kurzen Blick durchs Zimmer und ging in ihren Salon. Der Schreibtisch war abgeräumt bis auf einen Stapel Briefe. Sie setzte sich und sortierte die Korrespondenz, Privates tat sie in ihre Handtasche, Geschäftsbriefe legte sie in eine Mappe, die Tyler zur Bank mitnehmen sollte. Bei der Durchsicht eines Konvoluts von Dokumenten, das an Ashley & Bolton adressiert war, fiel ihr ein Brief des Londoner Notars Clarke, der Longuinius' Testament eröffnet hatte, in die Hände.

Nie würde sie ihr Hochgefühl vergessen, als Tyler ihr gestern die Nachricht von der Erbschaft überbrachte. Er allerdings schien über ihren unverhofften Wohlstand nur mäßig erfreut; fast konnte man den Eindruck gewinnen, es wäre ihm lieber, wenn sie in finanziellen Dingen weiterhin auf sein kaufmännisches Geschick angewiesen wäre, anstatt sie in diesem Geldregen zu sehen. Als er ihr dann kundtat, dass Joshua gegen Kaution aus dem Gefängnis freikommen sollte, war sie vollends glücklich. Auch wenn der Vorwurf des Landfriedensbruchs noch weiter über Joshua schwebte, war sie beruhigt, ihn an ihrer Seite zu wissen, wenn sie nach Legacy zurückkehrte.

Clarkes Brief in der Hand, dachte sie an den verstorbenen Longuinius. Er war es, der sie ans Lesen gebracht, der ihren Intellekt gefördert und für die Ideen der Aufklärung geöffnet hatte. Als empathischer Verfechter von Frieden und Freiheit verabscheute er den Krieg als eine Geißel, die den Menschen vor allem in geistiger Knechtschaft hielt. Durch sein Erbe hatte er Antonia von allen irdischen Sorgen befreit, und sie konnte ihm nicht einmal danken.

Sie entfaltete den Brief des Notars und begann zu lesen. Der erste Passus behandelte, wie ihr Tyler bereits ausführlich berichtet hatte, das ihr zugefallene Erbe sämtlicher Vermögenswerte. Dann las sie den nächsten Passus, hielt überrascht inne, las ihn ein zweites Mal: Hier stand, der Erbe von Longuinius' Grundbesitz in Amerika und neuer Eigentümer des Anwesens Serenity Heights wäre William Spencer! Kopfschüttelnd las sie den Absatz noch einmal, den Feingehalt der wenigen Zeilen wägend, die zweifelsfrei bezeugten, dass Julien Longuinius, Mitbegründer der amerikanischen Unabhängigkeit, seinen Wohnsitz im Herzen des Landes dem bestgehassten britischen Kommandeur, dem berüchtigten Schlächter Spencer, vermacht hatte.

Was hatte Longuinius sich dabei gedacht? Von Anfang an hatte sie mit Erstaunen registriert, dass er für William eine besondere Sympathie an den Tag legte, wohl wissend, dass dieser Mann jahrelang amerikanische Patrioten verfolgt hatte und die repressive Machtpolitik Englands befürwortete, die Longuinius als liberaler Staatsmann verabscheute. Des ungeachtet hatte er William in sein Haus eingeladen, hatte mit ihm korrespondiert und ihn in seinen letzten Lebensstunden zu sich gerufen. Nun erst wurde Antonia bewusst, wie groß seine Zuneigung für William gewesen sein musste, dass er ihm Serenity Heights hinterlassen hatte, diesen einzigartigen Ort in den High Hills, und ihn dadurch auch vor der Welt zu seinem Erben machte.

Doch damit nicht genug, in einem weiteren Passus des Schreibens wurden als Erben die Kinder aus einer Verbindung zwischen ihr und William genannt; auch ihnen hatte Longuinius einen Teil seines Vermögens hinterlassen. Sie ließ das Blatt sinken. Wills Kind, ihr Baby! Als Longuinius sie damals im Planters Club zusammen sah, hatte er sofort gespürt, dass William die Liebe ihres Lebens war. Er hatte sie bestärkt, ihrer Liebe zu vertrauen und ihn gehen zu lassen, wenn er denn gehen musste, um ihn irgendwann wieder in die Arme zu schließen. Und sie hatte ihn gehen lassen, hatte gewartet und versucht, an seine Rückkehr zu glauben. Longuinius hatte William vertraut, warum hatte sie es nicht gekonnt?

Charlene stand in der Tür. Sie hatte zweimal angeklopft, doch Antonia rührte sich nicht und sah mit abwesendem Ausdruck vor sich hin. Charlene kannte diesen Ausdruck an ihr, genau so hatte Antonia in den ersten Wochen nach Williams Abreise ausgesehen. Nachdem sie Tylers Antrag angenommen hatte, verlor sich dieser Ausdruck allmählich, und Charlene hatte gehofft, die Zeit der Trauer wäre vergangen. Doch jetzt erschien ihr Antonia auf einmal wieder matt und glanzlos.

»Geht es Ihnen gut, Miss Antonia?«

»Oh, Charlene, natürlich, es geht mir gut. Nur möchte ich endlich nach Hause!«

»Na, was meinen Sie, was wir die ganze Zeit tun, Missy? Sobald wir Ihre Sachen gepackt haben, können wir abfahren.«

Wenn es denn nur Heimweh war! Auch Charlene sehnte sich nach der Plantage, den vertrauten Gesichtern daheim. Schon über einen Monat waren sie in Charles Town, seit dem Tag von Joshuas Festnahme. Charlene hatte in der Nähe ihres Sohnes bleiben wollen, und Antonia wurde von Tyler hier festgehalten, der sie verständlicherweise nicht fortlassen wollte. Die Leute von Legacy hielten die Dinge einigermaßen am Laufen. Noah versorgte die Stallungen, während die Vormänner Allan und Earl mit ihren Farmarbeitern die Ernte einbrachten. Trotzdem kamen täglich Briefe mit Anfragen, was wann und wie gemacht werden sollte. Auch wenn Antonia Tylers verliebte

Aufmerksamkeit zu genießen schien, so wusste Charlene, dass sie in Gedanken mehr auf Legacy weilte als in der Stadt. Das war nur normal, sie sollte schließlich bald ein Kind bekommen, natürlich sehnte sich eine Frau in solcher Lage nach ihrem Zuhause ... Und doch, fand Charlene, irgendetwas stimmte nicht.

Als Joshua am Nachmittag vom Gefängnis zurückkam, hatte Antonia ihn mitten auf dem Vorplatz selig umarmt und dadurch alle in Verlegenheit gebracht, besonders den feinen Mr. Tyler, der sich etwas fehl am Platze fühlte und bald ging. Jedenfalls war Antonia glücklich, sogar Miss Lydia wurde zeitweilig von der familiären Hochstimmung angesteckt. Aber nun, kaum eine Stunde später, fand sie Antonia niedergeschlagen in ihrem Zimmer, und ihre Freude über die Heimfahrt schien dahin.

»Sie sollten sich allmählich reisefertig machen«, sagte Charlene, um sie vom Grübeln abzulenken. »Ich schicke Joshua rauf, damit er den Papierkram für Sie zusammenpackt.«

»Ach, ich bin fast fertig, nur ein paar Briefe muss ich noch sortieren.«

»Richtig, da kam noch ein Brief!« Charlene fischte aus der Schürzentasche ein ungesiegeltes Schreiben und legte es auf den Schreibtisch. »Der Gerichtsdiener hat das für Sie abgegeben. Es geht um die Kaution. Er sagte, Sie müssen noch was unterschreiben.«

Charlene ging zurück an die Reisevorbereitungen, während Antonia das Tintenglas aufschraubte, das Schreiben entfaltete und las. Die Kaution, zunächst als Bankcheque hinterlegt, war inzwischen von Ashley & Bolton in voller Höhe ausgezahlt worden. Ausgestellt war der Cheque von einem Londoner Rechtsanwalt namens ... Thomas Spencer.

Williams Bruder Thomas? Wieso in aller Welt kam der Cheque von Thomas Spencer? Sie war davon ausgegangen, dass Tyler das Geld für die Kaution ihrem Erbe entnommen hatte. Sie las weiter, dass der Cheque ausgestellt war über die exorbitante Summe von eintausend Pfund! Nie hatte sie an eine

Kaution von solcher Höhe gedacht. Sie überflog das Schreiben erneut, es waren tatsächlich eintausend Pfund, und der Cheque war zur Zahlung eingesetzt worden von … Sie starrte auf das Blatt, las halblaut: »Zur Zahlung eingesetzt durch Mr. William Marshall.« Das Schreiben war gestern von William unterzeichnet worden.

Er war zurück! Sie versuchte, ruhig zu bleiben. Das Blatt lag vor ihr auf dem Schreibtisch, sie brauchte es nicht noch einmal zu lesen. William war zurückgekommen, er hatte die Dinge wieder in die Hand genommen und als Erstes Joshua für die unglaubliche Summe von eintausend Pfund aus dem Kerker geholt. Wieso hatte ihr niemand gesagt, dass er zurück war? Und warum war er nicht gleich zu ihr nach Lyndon House gekommen? Wegen des Cheques musste er bei Andy in der Bank gewesen sein, Andy hätte ihm doch erzählt … Nein, Andy hatte es ihm verschwiegen. So wie er auch ihr verschwiegen hatte, dass William zurückgekehrt war. Vorgestern kam er spät in der Nacht zu ihr; aufgeregt und befangen zugleich, beteuerte er ihr seine Liebe. An dem Tag musste er William getroffen haben. Natürlich hatte er es ihr nicht gesagt.

Und William? Wahrscheinlich hatte er Longuinius' Testament, die Dokumente über ihre Erbschaft und die Anweisungen an die Bank aus London mitgebracht. Sicher war er gekommen, um sein Haus in den High Hills in Besitz zu nehmen. Vielleicht wollte er in Amerika bleiben, für immer auf Serenity Heights leben, mit ihr …

Andy! Was hatte er William erzählt? Hatte er ihm am Ende gesagt, dass er sie heiraten wollte? Dass sie ihm schon ihr Jawort gegeben hatte? »Nein! Will, glaub ihm kein Wort!«, stieß sie erschrocken hervor. »Ich liebe nur dich, ich habe immer nur dich geliebt. Glaube ihm nicht, Will, bitte, glaube ihm nicht!«

Was hatte sie getan, oh, was hatte sie bloß getan! Vom inneren Ansturm überwältigt, ballte sie die Fäuste und schlug mit aller Kraft auf den Schreibtisch. Die Holzplatte dröhnte, das Tintenfass kippte um, der Federhalter rollte über die Tischkante. Sie biss sich auf die Lippen, schlug wieder auf die Tischplatte, wieder und wieder. Das Blatt vor ihr bebte bei jedem verzweifelten Schlag, von ihren Tränen zerrannen die akkuraten Zeilen. Doch sie hörte nicht auf, die schmerzenden Knöchel auf das Holz zu schlagen. Sie schlug und schlug, sie konnte nicht aufhören.

Das Mädchen kam zur Tür und starrte mit großen Augen auf die Frau, die sich die Lippen zerbiss, ihre schönen Hände blutig schlug und dabei unheimlich stumm blieb. Als sie immer weiter mit unverminderter Kraft auf die Schreibtischplatte schlug, rannte das Mädchen hinaus und holte Charlene. Charlene legte ihre starken Arme um Antonia, sie hielt sie schweigend fest, nur Antonias raues Keuchen war zu hören. Später ließ sie es geschehen, dass Charlene ihre aufgeschlagenen Knöchel verband und sie zu Bett brachte. Sie empfand nur den brennenden Schmerz in den Händen. Sie wollte diesen Schmerz. Besser dieser Schmerz als ein anderer.

Kurz vor sieben. Gleich begannen die Vorstellungen der Theater und Varietés. Auf den Straßen herrschte Betrieb, Leute in Abendgarderobe oder Ausgehuniformen, junge Burschen mit ihren Mädchen. Der Kutscher einer nagelneuen, burgunderroten Kalesche beschimpfte vom Kutschbock herab den Fahrer einer Mietdroschke, der den Verkehr aufhielt. Im Fond des luxuriösen Fahrzeugs lehnte Lydia Bell. Anders als die meisten Passanten zu dieser Tageszeit war sie auf dem Heimweg, nachdem sie am Nachmittag einer Wohltätigkeitsfeier mit ihrer Anwesenheit Glanz verliehen und die geladenen Gäste ermuntert hatte, für die Kriegswaisenkasse zu spenden.

Sie dachte etwas melancholisch an die Stille, die sie bei ihrer Rückkehr in Lyndon House erwartete, nachdem Antonia zu ihrer Plantage an den Plains River zurückgefahren war. Lydia konnte nicht verstehen, dass ihre Schwester sich auf ihr langweiliges Landgut zurückzog, wenn ein Mann wie Andrew Tyler willens war, ihr die Stadt zu Füßen zu legen. Hätte sie doch Joshua allein zurückschicken sollen, damit er sich um die Pflanzungen kümmerte! Wofür sonst hatte Tyler ihn aus dem Gefängnis geholt? Aber Antonia ließ sich nicht umstimmen, und die Schwestern hatten sich mit einem flüchtigen Kuss verabschiedet.

In ihrer mild gedämpften Stimmung durch das Geschimpf ihres Kutschers gestört, klappte sie das Wagenfenster herunter, um ihn seines Tons zu verweisen. Da sah sie auf dem Gehsteig einen dunkel gekleideten Mann, dessen markantes Gangbild ihr ins Auge stach, und rief: »Halt an, Nathan!« Als der Kutscher die vier Grauschimmel des Gespanns am Straßenrand zum Stehen gebracht hatte, beugte sich Lydia aus dem Wagenfenster. »Hallo, Mr. Marshall! So bleiben Sie doch stehen!«

William wandte sich um und erkannte Lydia Bell, die ihn zu ihrer Kutsche heranwinkte. Er lüftete den Hut. »Immer eine Freude, Sie zu sehen, Madam.« Er verneigte sich und wollte sich nach ein paar höflichen Floskeln wieder verabschieden, denn er war mit Tyler im Sports Club verabredet.

Doch so schnell ließ ihn Lydia nicht gehen. »Wie kommt es, dass Sie in der Stadt sind und sich nicht in Lyndon House blicken lassen?«

»Vielleicht bin ich gerade erst angekommen?«

»Seien Sie nicht albern, Marshall, kein Mensch reist nach dem Dinner an!«

»Bestechende Logik, Madam! Sie haben mich ertappt, in der Tat bin ich bereits seit drei Tagen in Charles Town. Meine Geschäfte haben mich gehindert, früher bei Ihnen vorzusprechen. Wenn Sie gestatten, werde ich es morgen zur üblichen Zeit nachholen.«

»Tun Sie das, mein Herr. Leider musste meine Schwester heute abreisen, es hätte sie bestimmt gefreut, Sie zu sehen.«

»Antonia war hier?«

»Hm, schon eine ganze Weile. Doch nun wollte sie zurück aufs Land. Ach, wenn ich heimkomme, wird das Haus so leer sein!«

Er hörte ihr nicht mehr zu. Antonia war in Charles Town gewesen, so nah! Nun, vielleicht war es besser, dass sie sich verpasst hatten. Erst dann, wenn alles vorbei wäre, wollte er zu ihr gehen. Trotzdem störte es ihn, dass er nichts von ihrer Anwesenheit gewusst hatte. Während Lydia neben ihm über Nichtigkeiten plapperte, überlegte er, wieso Tyler ihm nicht gesagt hatte, dass Antonia in der Stadt war. Er musste es gewusst haben, gewöhnlich verband sie ihre Besuche in Charles Town mit einem Termin in der Bank. Oh Tyler! Hatte er nicht gesagt, er wolle Joshua in seinem Wagen nach Legacy bringen lassen?

»Sagen Sie, Miss Bell, wann ist Mrs. Lorimer heute abgereist?«

»Ach, das weiß ich nicht. Es herrschte große Aufregung wegen Joshua Robert, er war im Gefängnis, stellen Sie sich vor! Aber Mr. Tyler hat dem Richter klargemacht, dass er ihn freilassen muss, und er hat Joshua heute höchstpersönlich vom Gefängnis nach Lyndon House gebracht. Antonia kann froh sein, dass sich Mr. Tyler um alles kümmert. Sogar den großen Reisewagen von Ashley & Bolton hat er ihr für die Heimfahrt überlassen.«

»Wie ritterlich von Mr. Tyler!«, knurrte William.

»Nicht doch, Mr. Marshall«, ermahnte ihn Lydia. »Sie hatten mir versprochen, es nicht persönlich zu nehmen.«

»Was soll ich Ihnen versprochen haben? Wovon reden Sie eigentlich?«

»Das wissen Sie nicht mehr? Ich sagte Ihnen, dass sich Antonia auf dem Winterball in Mr. Tyler verliebt hat. Damals machten Sie auf mich nicht den Eindruck, dass es Sie sehr kränken würde. Nun sollten Sie die Größe besitzen, nachdem es offiziell ist, dass die beiden heiraten …«

»Sie heiraten?« Unbeherrscht schlug er gegen den Wagenschlag.

Der Kutscher machte gleich Anstalten herunterzusteigen, als er aber den Mann neben dem Wagen erkannte, ließ er es lieber bleiben.

Lydia merkte zu spät, dass sie William besser nichts über Antonias Heiratspläne erzählt hätte. Um ihn zu beschwichtigen, legte sie eine Hand auf seinen Arm und sagte: »Bitte, Sie müssen meine Schwester verstehen. Vielleicht sollte ich es Ihnen nicht verraten, aber … na ja, sie war, wie man so sagt, leichtsinnig gewesen. Es wurde höchste Zeit, dass sie bekannt gab, Mr. Tyler zu heiraten, bevor die Leute angefangen hätten zu reden.«

William fühlte, wie sich sein Herz vor Kummer und hilflosem Zorn verkrampfte. Zugleich spürte er ihre kleine Hand auf seinem Arm, das gab ihm etwas Halt und half ihm, sein Gesicht zu wahren. »Worüber könnten die Leute reden, Madam?«

»Verstehen Sie denn nicht? Meine Schwester ist schwanger! Ich bin überzeugt, Mr. Tyler hätte sie in dieser Lage nie im Stich gelassen. Trotzdem hat sie lange gezögert. Sie hat wohl gehofft, dass ein Wunder geschieht!«

Oh ja, das hat sie, dachte William; sie hatte gehofft, er käme zurück, und hätte es wahrscheinlich auf einen Skandal ankommen lassen, wenn Tyler sie nicht überredet hätte, ihn zu heiraten. Zugegeben, Tyler hatte genau das getan, was William im Falle, dass er nicht wiedergekommen wäre, von ihm erwartet hätte. Aber nun war er zurück. Und was tat dieser verdammte Yankee? Verbrachte die Abende mit ihm in Bars und Clubs, doch über Antonia und seine Absichten verlor er kein Wort!

Er sah Lydia abgründig an und sagte: »Der zukünftige Gatte Ihrer Schwester ist bestimmt ein gern gesehener Gast in Lyndon House?«

»Natürlich, er besuchte Antonia jeden Tag. Ich bekam ihn leider selten zu Gesicht, meist kam er spätabends. Sie wissen ja, diese Bankleute haben furchtbar viel zu tun.« Zum Abschied drückte sie rasch seinen Arm. »Sie müssen mir versprechen, Antonia auf der Plantage zu besuchen. Es gefällt mir nicht, dass sie dort immer alleine ist. Wirklich beruhigt war ich nur, als Sie noch der Verwalter von Legacy waren. Es war eine gute Zeit.«

»Ja, Madam, wenn Sie es sagen.« Er verneigte sich. »Leben Sie wohl.«

Lydia sah ihm nach. Dunkel, hager, auf seinen Stock gestützt, umgab ihn so viel Tragik, dass sie sich rasch das klare Bild Andrew Tylers ins Gedächtnis rief. Gut, dass Antonia ihm ihr Jawort gegeben hatte.

»Weiter!«, befahl sie dem Kutscher. Dann, beim Gedanken an ihr leeres Haus, setzte sie hinzu: »Fahr zu den Raleighs in die King Street. Ich besuche noch meine Cousine.«

William betrat wenig später den Charles Town Sports Club. Ohne den fragenden Blick des Portiers zu erwidern, schritt er pfeilgerade durch die Halle zur Bar. Wahrscheinlich ist es ein Fehler, ging es ihm durch den Kopf. Aber jetzt konnte er nicht mehr zurück. Tyler, der in Gesellschaft anderer Clubmitglieder auf ihn wartete, musste an seiner finsteren Miene augenblicklich erraten haben, was los war. Er stellte sein Glas beiseite und straffte sich, während William zum harten Klang der Stockspitze näherkam. Er trat so nah auf Tyler zu, dass die Grenzen von Höflichkeit und Respekt überschritten waren.

»Sie verfluchter Heuchler!«

»Nicht hier, Marshall, bitte!«

Die Männer an der Bar hatten ihr Gespräch unterbrochen und sahen abwartend herüber. William, dem an einer öffentlichen Auseinandersetzung nicht gelegen war, nickte kurz.

»Gut. Kommen Sie mit!« Er machte auf dem Absatz kehrt und verließ den Club, wie er gekommen war.

Unter den missbilligenden Blicken der anderen Gäste stürzte Tyler den Inhalt seines Glases herunter, ehe er William nach draußen folgte.

Vor dem Tor des Clubs holte er ihn ein. »Ich wollte es Ihnen schon längst sagen ...«

»Wie konnten Sie es wagen!«, schnitt ihm William das Wort ab. »Wer hat Ihnen erlaubt, um ihre Hand anzuhalten?«

»Erlaubt? Denken Sie an unser Gespräch vor Ihrer Abreise: Ich hatte Ihnen meine Absichten offen erklärt. Und Sie haben Antonia damals freigegeben.«

»Oh nein, da irren Sie sich! Wieso sollte ich sie Ihnen überlassen?«

»Sie sagten selbst, letztlich treffe immer die Frau die Entscheidung; waren das nicht Ihre Worte? Wie es aussieht, hat sie sich für mich entschieden.«

»So einfach stellen Sie sich das vor, Sie cleverer Yankee?« William lachte verächtlich. »Ich weiß ja, Sie waren verliebt. Und Antonia, einsam und verlassen, ließ sich von Ihnen trösten. Schön und gut. Aber das war auch alles.«

»Oh nein, Marshall, auch wenn Sie es nicht wahrhaben wollen, es ist viel mehr als das: Antonia hat mir ihr Jawort gegeben, sie will meine Frau werden!«

»Das kann sie nicht, sie ist meine Frau. Sie gehört mir!«

»Wie können Sie so reden nach allem, was Sie getan haben? Sie wussten, dass sie ein Kind erwartete, trotzdem sind Sie fortgegangen, ohne ihr die geringste Hoffnung zu lassen, dass sie Sie je wiedersehen würde.«

»Und nun bin ich zurückgekehrt. Pech für Sie, Tyler!« William lächelte maliziös. »Glauben Sie mir, ich werde dafür sorgen, dass Antonia Sie schnell vergisst.«

Tyler wurde blass. Er hatte mit Wut, mit Vorwürfen gerechnet, aber nicht mit solcher Bosheit. Das ging zu weit, er durfte sich nicht alles gefallen lassen. »Sir, Sie wissen, dass ich von Ehrenhändeln nichts halte. Doch da Sie es darauf anlegen, bitte, ich stehe Ihnen zur Verfügung.«

»Hach, machen Sie sich nicht lächerlich! Was sollte mir daran liegen, Sie zu erschießen oder Ihre Brust mit meinem Säbel zu durchbohren? Verlangt es Sie danach, als tragischer Held für Antonia zu sterben?«

»Was hätte sie davon?«, sagte Tyler beherrscht. Trotz Williams verletzender Worte versuchte er es im Guten. »Wenn Sie sich nicht mit mir schlagen wollen, Marshall, so verspotten Sie mich auch nicht. Lassen Sie uns vernünftig miteinander reden. Sie hatten mich über die Verhältnisse auf Legacy im Unklaren gelassen, also woher sollte ich wissen, dass Sie in Wirklichkeit so viel für Antonia empfinden? Ich hatte die besten Absichten, als ich ihr meinen Antrag machte. Und wenn Sie mir sagen, Sie seien mit den besten Absichten zurückgekehrt, so muss ich das glauben. Nur hilft es uns beiden nicht weiter. Antonia allein muss entscheiden, wem ihr Herz gehört.«

»Ihr Herz?« William schien von dieser Wendung seltsam berührt. »Was für eine Vorstellung, Mr. Tyler, haben Sie von Antonias Herz? Sie denken an ein hübsches, rotes Ding, das weich und leise pocht, nicht wahr?«

Tyler wusste nicht, worauf er hinauswollte.

William fuhr fort: »Nein, Antonias Herz ist ganz anders, es ist mutig und stark genug für zwei Menschen. Eines Tages hat sie es genommen und in zwei Hälften geteilt, und sie hat mir eine Hälfte ihres Herzens gegeben, damit ich leben konnte. Ja, es ist wahr, ich lebte nur weiter, weil sie es wollte. Bis heute hält sie mich mit ihrem starken Herzen am Leben.« Er zögerte, dann sagte er: »Ich würde mich hinlegen und sterben, würde ich Antonia verlieren.«

Eine Droschke näherte sich. William gab dem Kutscher ein Handzeichen, der Wagen hielt am Gehsteig an.

»Warten Sie, Marshall!«

Tyler trat rasch auf ihn zu; zu rasch, denn William fuhr unverzüglich herum. Impulsiv packten beide gleichzeitig zu, so fest, dass jeder schmerzhaft den Griff des andern spürte, während sie einander Auge in Auge auf Abstand hielten.

»Bitte, Marshall, lassen wir es nicht so enden!«, stieß Tyler hervor.

Darauf ließ William ihn los. Er berührte kurz die Hutkrempe mit dem Knauf des Stocks, stieg in die wartende Droschke und hieß den Kutscher abzufahren.

Ihre Hände lagen ruhig auf der Decke, zwei in Verbandmull gewickelte, weiße Bälle, wie reife Baumwollkapseln. Die Aufregung war nicht gut für das Baby. Erschreckt hatte es mit seinen kleinen Füßen von innen gegen ihren Bauch gestoßen, damit sie aufhörte, sich selber wehzutun. Jetzt hatte es sich beruhigt, das Kind schlief. Antonia aber lag wach im Bett und starrte hinauf zum Betthimmel. Sie konnte nicht schlafen. Sie konnte keine Ruhe finden.

Es war Abend geworden, hinter geschlossenen Vorhängen lag das Zimmer im gelben Licht der Petroleumlampe. Gepäckstücke standen umher, Koffer, Hutschachteln, Reisetaschen. Sie wollte längst auf dem Weg nach Hause sein. Als sie aufstand, wurde ihr schwindelig, sie musste sich am Bettpfosten festhalten und kurz die Augen schließen, dann war die Schwäche vorüber. Sie streifte die Verbände von den Händen und ging in den Salon. Auf dem Schreibtisch lag die Mappe für die Bank, obenauf der Brief vom Gericht, den sie unterzeichnen sollte. Jemand hatte das Tintenglas und den Federhalter zurückgestellt, die vergossene Tinte aufgewischt. Sie setzte sich, nahm aus der Schreibtischlade einen Bogen Briefpapier und tauchte die Feder ein. Die Nachricht war schnell geschrieben. Sie läutete nach dem Mädchen. »Schick Nathan mit dem Brief los. Er soll sich beeilen.« Dann wartete sie.

Bald hörte sie seine Schritte auf dem Gang, dazu Charlenes Stimme.

»Das ist keine gute Idee, Sir! Bitte Mr. Tyler ...«

Er klopfte, öffnete die Tür. Antonia stand auf, ging ihm aber nicht entgegen; auch er blieb einen Augenblick in der Tür stehen. Er war in feiner Abendgarderobe, der Rock von grauem Atlas, die Weste aus purpurrotem Samt. Wie immer sah er blendend aus, doch nicht sehr glücklich. Sie las in seinen Zügen, was er für sie empfand, sah die vertrauten Gesten, das Neigen des Kopfes, die Hand, die durchs Haar fuhr, und ihr Herz krampfte sich zusammen. Was hatte sie erwartet? Dass er ihr plötzlich nichts mehr bedeutete? Er kam auf sie zu und nahm sie in die Arme, alles mit dieser Gewissheit, das Richtige zu tun. Er hielt sie so, dass sie seinen Herzschlag spürte. Irgendwann sprach er leise in ihr Haar: »Als er heute zu mir kam, habe ich geglaubt, er bringt mich um.«

Sie löste sich aus der Umarmung und ließ sich auf den Stuhl sinken. »Ihr habt miteinander geredet?«

»Er hat geredet. Ich habe versucht, meine Ehre zu retten.«

»Du hast gesagt, er kommt nicht mehr zurück!«

»Ich habe es geglaubt. Ich musste ihn so verstehen!«

»Andy, ich habe dir vertraut. Was hast du nur getan?«

»Ich? Was ich getan habe, fragst du? Ich habe dir in aller Form den Hof gemacht, denn ich war sehr verliebt. Aber weil ich sah, dass du noch an ihn dachtest, hielt ich mich zurück. Ich hätte mich fast lächerlich gemacht vor lauter Ritterlichkeit, während andere …«

»Andere?«

»Irgendwann musste ich dir doch zeigen, dass ich es ernst meine. Und du hast mich nicht abgewiesen, im Gegenteil.«

»Du warst sehr zielstrebig.«

»Ich war verliebt! Und du warst schwanger.«

»Wie meinst du das, Andy?«

»Genau wie ich es sage: Du bekamst ein Kind von einem Mann, der dich verlassen hatte. Und ich war ein feiner Junge und habe gesagt, es mache mir nichts aus.«

»Unterstellst du mir, ich hätte deshalb deinen Antrag angenommen? Glaubst du das, Andy Tyler?«

»Ich weiß nicht mehr, was ich glauben soll.« Noch nie hatte

er so gesprochen, noch nie so traurig geklungen. »Antonia, warum hast du Ja gesagt, als ich dich fragte, ob du mich heiraten willst?«

»Du hast mir einen Antrag gemacht, und ich habe ihn angenommen.«

»Warum hast du Ja gesagt?«

»Was soll das, Andy? Ich wollte deine Frau werden, darum habe ich Ja gesagt.«

»Liebst du mich?«

»Wie kannst du so etwas fragen!«, rief sie und musste sich abwenden.

Er setzte sich zu ihr, fasste sie bei den Schultern, drehte sie zu sich her. Er war sich seiner Gefühle für sie so sicher! »Ich frage dich, weil ich dich liebe und geglaubt habe, du liebst mich auch. Hast du nicht eben gesagt, du hättest mir vertraut? Ich habe dir auch vertraut, Tonia. Sag mir jetzt, liebst du mich?«

Sie sah ihn mit Tränen in den Augen an. Sie wollte ihn lieben, aber sie durfte es nicht mehr. William war wieder da, er war zurückgekommen, alleine darum musste sie William lieben.

Tyler hatte ihre Hände ergriffen und wartete.

Nein, sag es ihm nicht!, dachte sie und biss sich auf die Lippen. Sag es ihm nicht, um Gottes willen, sag es nicht!

»Ich liebe William, ich habe ihn immer geliebt.«

Er erstarrte. Dann schlug er die Augen nieder, blickte auf ihre Hände, die in seinen Händen lagen. Er bemerkte ihre aufgeschlagenen Knöchel und fragte: »Sieht sie so aus, deine Liebe zu William?«

Hastig entzog sie ihm ihre Hände und verbarg sie hinter ihrem Rücken.

»Verzeih, ich wollte dich nicht in Verlegenheit bringen«, sagte er, stand auf und nahm seinen Hut. Er wäre gern wütend hinausgestürmt, doch es gelang ihm nicht, er konnte ihr nicht einmal Vorwürfe machen, dafür war seine Achtung vor ihr zu groß. Aber er musste ihr zumindest die Wahrheit sagen.

»Marshall hat dich nicht glücklich gemacht. Er wird es nie können, so wie er auch selbst nie glücklich sein wird. Er tut sich und der Welt Gewalt an. Wahrscheinlich hat es dich beeindruckt, wie er alles, was um dich her in Scherben lag, wieder geordnet hat. Doch warte nur ab, wenn alles seinem Willen gehorcht, wird er schließlich auch dich seinem Willen unterordnen.«

»Wieso machst du alles schlecht, was er für mich und für Legacy getan hat?«, entgegnete sie. »Hat er nicht ein Vermögen ausgegeben, damit Joshua aus dem Kerker freikommt?«

»Aber siehst du denn nicht, warum er das macht: Er kommt und nimmt euer Leben in die Hand, einfach weil er es kann! Wehe dem, der sich ihm widersetzt.«

Antonia erschrak, Tyler hatte ein sehr klares Bild von William, und das Schlimmste war, er hatte mit allem, was er sagte, recht. »Du solltest jetzt besser gehen, Andy.«

»Versteh doch, es tut auch mir weh! Auch ich habe geglaubt, er wäre mein Freund.«

»Geh, Andy!«

»Tonia ...«

»Geh! Geh!«

Von Lyndon House zu dem Hotel in der Queen Street war es nur ein kurzer Fußweg. Er ließ sich nicht anmelden, sondern ging gleich hinauf und klopfte an die Zimmertür. William wollte ihn zuerst abweisen. Dann bemerkte er die Entschlossenheit in den Zügen des Jüngeren und bat ihn herein.

»Nein danke, Marshall«, lehnte Tyler ab. »Ich will Sie nicht lange stören.« Wie er auf dem Gang vor dem Hotelzimmer stand, war ihm anzusehen, dass er mit sich kämpfte, und seine Rede fiel ihm nicht leicht: »Es war mein Fehler, verstehen Sie? Ich habe mich geirrt, als ich Antonia ...« Seine Gefühle lehnten sich auf gegen das, was er im Begriff war zu sagen. Nach kurzem Besinnen begann er von Neuem: »Als Antonia sich mir zuwandte, habe ich geglaubt, sie hätte den Gedanken an Ihre Rückkehr aufgegeben. Jetzt weiß ich, sie hat während dieser Monate immer nur gewartet und darauf gehofft, dass Sie zu ihr zurückkämen. Die ganze Zeit hat sie an Sie gedacht.«

»Aber Sie wollten heiraten ...«

»Ich sage doch, es war ein Irrtum!«, erwiderte Tyler zornig. »Antonia liebt mich nicht, das habe ich jetzt begriffen. Gute Nacht.«

Er ging, ohne Williams Gruß abzuwarten.

Die Uhr tickte. Charlene und Joshua hatten begonnen, das Gepäck hinunterzutragen. Es wurde Zeit, Joshua durfte nicht länger in Charles Town bleiben, so hatte es der Richter angeordnet. Nachdem er die schweren Koffer auf die Kutsche geladen hatte, kam er zu Antonia in den Salon. »Wir müssen fahren, Ma'm. Der Constable wird morgen zur Plantage kommen und überprüfen, ob ich mich an die Auflage halte.«

»Gut, Joshua, machen wir uns auf den Weg.« Sie nahm die Mappe vom Schreibtisch. »Hier, Nathan soll diese Papiere morgen bei der Bank abgeben. Und dies muss er Richter Jones persönlich überbringen.« Sie unterzeichnete rasch das Gerichtsschreiben. Als sie es falten wollte, hielt sie inne, gab es Joshua und sagte mit schwachem Lächeln: »Lies!«

Er überflog den Brief, sah auf, nickte wortlos. Dann tat er das Schreiben zu den übrigen Postsachen und ging hinaus. Seine äußere Gelassenheit täuschte. Nachdem er auf dem Gerichtsschreiben Williams Namen gelesen hatte, konnte er seine Aufregung nur mit Mühe verbergen. Er hätte nicht sagen können, warum, aber plötzlich schien es, als kämen die Dinge in Bewegung. Die Wochen im Gefängnis hatte er in trostlosem Warten zugebracht, wenn auch in dem Bewusstsein, Rovena nahe zu sein. Nun wurde er durch richterliche Anordnung auf die Plantage verbannt und durfte nicht einmal den Versuch unternehmen, sie zu sehen. Und doch schöpfte er auf einmal wieder

Hoffnung und begann, entgegen aller Vernunft, an die Rettung seiner Frau zu glauben – nur weil der Engländer Spencer zurückgekehrt war!

Er ging hinaus zu der wartenden Kutsche, die Charlene mit Kissen und Decken für die Heimreise herrichtete. Als er seiner Mutter erzählte, was in dem Brief stand, entgegnete sie düster: »Oh, ich hab's gewusst! Ich hab meine Missy nur angesehen, und mir war klar: Es ist Marshall!« Sie schüttelte missbilligend den Kopf. »Der Schuft ist also zurückgekehrt.«

»Mum, bitte!«

»Er macht sie unglücklich, Josh. Nein, er hat es nicht verdient, dass sie ihn liebt.«

»Hör mal, Mum, du verstehst das nicht.«

»Was gibt's da zu verstehen, wenn ein Kerl sein Mädel mit 'nem Kind sitzen lässt? Oder glaubst du, er hätte nicht gewusst, wie's um sie steht? Na, das muss einer erst mal fertigbringen!«

»Er hat viel für die Plantage getan«, hielt Joshua dagegen. »Er war ein guter Verwalter.«

»Keiner sagt, er wär kein guter Verwalter.«

»Auch für uns hat er viel getan.«

»Allerdings, mein Sohn: Er hat dich in große Schwierigkeiten gebracht.«

»Wie kannst du das sagen! Hat er mich nicht für eintausend Pfund aus dem Kerker geholt?«

»Und warum bist du im Kerker gelandet? Warum hat es Mr. Hocksley auf dich abgesehen, Joshua? Nur wegen dieser Schießerei im letzten Herbst. Er hat dir das nicht verziehen.«

»Das ist doch nicht Mr. Marshalls Schuld.«

»Er hätte dich nicht mit hineinziehen dürfen. Sollen die Weißen ihre Streitereien unter sich ausmachen. Was geht uns das an?«

Er wusste, es hatte keinen Sinn, ihr zu widersprechen. Sie würde die große Ungerechtigkeit anprangern, und am Schluss hieße es wieder, als Schwarzer müsse er wissen, wo sein Platz sei. Aber er wusste es eben nicht! Er war ein freier Mann, Sohn eines weißen Pflanzers, Bruder dreier schneeweißer Pflanzertöchter. Doch ein Wort von einem dieser Sklavenhalter genügte, und er und seine Angehörigen wurden rechtlose Opfer einer unmenschlichen Willkür. Wo war nur sein Platz in dieser Welt?

Charlene spürte seinen Zorn, auch ihre eigene Verbitterung spürte sie und eine unerklärbare Schuld, dass sie ihn in diese Welt geboren hatte. Wenn sie nur wieder auf Legacy, wenn sie nur endlich zu Hause wären!

Antonia kam und ließ es sich von Charlene in den Polstern bequem machen. Den Kopf zur Seite gewendet, blickte sie abwesend aus dem Fenster. Nathan hängte zwei Laternen vorne an den Wagenkasten. Dann gab Joshua den Befehl zur Abfahrt, und die Kutsche setzte sich in Bewegung.

47.

Quinn lauschte in das stille Haus. Er war von den Stallungen herübergelaufen, plötzlich von Sorge gepackt, in seiner Abwesenheit könnte etwas Furchtbares geschehen sein. Im Arbeitszimmer hatte er nur Marcus angetroffen, der mit dem Kopieren einiger Schriftstücke beschäftigt war. Darum ging er hinauf, um in den Herrenzimmern und in den oberen Schlafräumen nachzusehen. Nach dem Rundgang kam er zurück in den Salon, aber beruhigt war er noch nicht. Reed war nicht ausgeritten, er hatte auch keinen Wagen angefordert, wo also konnte er sein?

Draußen plätscherte die Fontäne. Quinn trat auf die Gartenterrasse, wo ihn ein Dunst feinsten Sprühwassers umfing, der die Luft um das Bassin angenehm kühlte. Er setzte sich auf die Steinumfassung und beobachtete einen schwarzen Salamander, der dicht unter der Wasseroberfläche durch das Becken schwamm, ehe er geschmeidig unter ein Seerosenblatt glitt.

Quinn spürte, wie sich seine Anspannung löste. Er nahm sich vor, nicht ständig die Nerven zu verlieren beim Gedanken an mögliche Zwischenfälle. Reeds Zustand verschlechterte sich, daran war nichts zu ändern. Quinn konnte nicht mehr tun, als wachsam sein.

Durch den Säulenumgang klangen entfernt Stimmen. Rasch ging er durch die Kolonnaden zur Eingangsseite und sah Reed vor dem Haus im Gespräch mit Crossbow. Roscoe war auch da, an eine Säule gelehnt schien er der Unterhaltung gelangweilt zu folgen. In der Auffahrt stand die schäbige Kutsche von Elverking, einer der Hausklaven döste auf dem Kutschbock. Also hatte Crossbow noch keinen neuen Stallmeister gefunden, dachte Quinn nicht ohne Befriedigung.

Als er näher kam, hörte er Reed in gereiztem Ton zu Crossbow sagen: »Es war vereinbart, dass Sie mir Ersatz liefern für die vierzehn Sklaven, die im Work House auf den Prozess warten.«

»Und woher sollte ich die nehmen?«

»Das ist Ihre Sache. Jedenfalls darf die Produktivität meiner Pflanzungen nicht sinken.«

»Aber, Sir, wenn der Mann, wie er behauptet, dem Gericht den Täter benennen kann, kriegen Sie Ihre Nigger doch zurück. Ich meine, dann wäre es unnötig ...«

»Ich werde nicht auf die Entscheidung des Gerichts warten. Es ist Erntezeit, auf Stratton brauche ich volle Arbeitskraft. Liefern Sie mir bis übermorgen vierzehn erwachsene Sklaven für die Feldarbeit. Sollten meine Schwarzen aus dem Work House freikommen, erhalten Sie die Ersatzlieferung zurück.«

»Sir, ich wollte mich nicht meiner Vertragspflichten entziehen. Ich dachte nur, es interessiert Sie vielleicht, dass in der Mordsache das letzte Wort noch nicht gesprochen ist.«

»Glauben Sie denn, dieser Mann sagt die Wahrheit?«, fragte Reed skeptisch. »Ich meine, nannte er irgendwelche Beweise, auf die er seine Behauptung stützt?«

Crossbow schüttelte den Kopf. »Nein, Sir, aber ich kenne den Mann. Er blufft nicht.«

»Wieso meldet er sich erst jetzt? Seit dem Mordfall ist reichlich Zeit vergangen.«

»Er war eine Weile verschwunden, zuvor hatte er für Mr. Hocksleys Schwägerin als Verwalter gearbeitet. Wie es aussieht, ist er zurückgekommen, weil Mrs. Lorimer mit ihren Niggerfreunden Schwierigkeiten bekam. Er nennt sich Marshall. Ein Kriegsveteran. Unangenehmer Bursche.«

Quinn bemerkte, dass Roscoe schlagartig seine lässige Haltung aufgab, den Platz bei der Säule verließ und sich seinem Freund Reed zur Seite stellte. »Ich glaube, Mr. Crossbow wollte uns mitteilen, dass der Colonel in der Stadt ist«, sagte er gedehnt, woraufhin Reed bedeutungsvoll nickte.

»Danke, Mr. Crossbow, das wäre dann alles«, entließ er den Subverwalter. Crossbow verbeugte sich zum Abschied, seinen vormaligen Fuhrknecht Quinn bedachte er mit einem gehässigen Blick, ehe er sich in seinen Wagen wuchtete und dem Kutscher die Abfahrt befahl.

Roscoe wollte Reed ins Haus folgen, als Quinn zu ihm sagte: »Kann ich Sie sprechen, Lieutenant?«

Roscoe zuckte die Schultern. »Von mir aus.«

»Gut. Gehen wir in die Loge.«

In der Halle, gleich neben dem Eingang, führte eine gewundene Stiege zur Pförtnerloge im Souterrain, deren Fenster den Platz vor dem Portikus überblickten. Im Schatten unter der Säulenvorhalle bekam der Raum wenig Tageslicht. Quinn entzündete nach ihrem Eintreten daher zunächst die Kerzen in den Wandlampen. Die blanken Reflektoren leuchteten auf und spiegelten ihr Licht in den verglasten Wandschränken, in denen die Stammbücher der Pferdezucht von Hollow Park und anderer, auch europäischer Gestüte, mit denen Reed korrespondierte, verwahrt wurden.

Quinn bot Roscoe einen Sessel beim Kamin an, setzte sich

ihm gegenüber und kam gleich auf den Punkt. »Ich denke, wir müssen uns über den Captain unterhalten.«

»Es genügt, wenn du ihn Mr. Reed nennst«, meinte Roscoe. »Wir sind doch keine Jungs, die Soldaten spielen!« Er wollte die Stiefel auf das Kamingitter legen, besann sich rechtzeitig auf die Erziehungsversuche seines Freundes und zögerte.

»Machen Sie es sich nur bequem«, sagte Quinn, der Roscoe für die Unterredung bei Laune halten wollte. Dann fuhr er fort: »Seit mich der Captain in seinen Dienst nahm, habe ich ein Auge auf ihn. Ich sorge dafür, dass sein Tag in ruhigen Bahnen verläuft, gehe regelmäßig nach ihm schauen und begleite ihn stets, wenn er das Haus verlässt. Ich finde nämlich, es sollte immer jemand in seiner Nähe sein, verstehen Sie? Damit nichts passiert. Wissen Sie, wovon ich rede, Lieutenant?«

Roscoes Blick war an Teilnahmslosigkeit nicht zu überbieten. Quinn bezweifelte fast, dass man überhaupt ein normales Gespräch mit ihm führen konnte; er wappnete sich also mit Geduld, um seine Frage zu wiederholen, als er unerwartet eines Besseren belehrt wurde.

»Du sprichst von Algies Krankheit.« Roscoe lehnte sich zurück. Aus der Rocktasche nahm er eine Münze, warf sie hoch und fing sie, ohne hinzusehen, wieder auf. »Glaubst du, ich wüsste nicht, was mit ihm los ist? Mein armer Algie ist verrückt. Er war es schon immer.«

»Und es wird schlimmer, Lieutenant, das müssen Sie doch erkannt haben. Ich habe alles getan, um ihm seinen Seelenfrieden zu erhalten, eine Zeit lang ging es ihm richtig gut. Aber seit Sie zurück sind, ist seine Ruhe dahin …«

»Er ist glücklich, weil wir wieder zusammen sind!«

»Sie wollen es nicht verstehen.«

»Was denn? Algie ist mein Freund.«

»Sie schlafen mit ihm.«

»Na und?«

»Das sollten Sie nicht tun, Roscoe.«

»Warum nicht? Er mag es, ich mag es.«
»Er hat sein Gleichgewicht verloren! Immer häufiger fällt er in Absence ...«
»Das hat doch damit nichts zu tun. Komm schon, Gabriel, sei kein Heuchler. Männer treiben es manchmal miteinander, wenn sie befreundet sind. Das ist gut für die Freundschaft.«
»Freundschaft? Zum Teufel, worüber reden wir hier eigentlich? Reed ist geisteskrank. Sie wissen doch gar nicht, was in ihm vorgeht!« Es war schwieriger, als Quinn erwartet hatte. »Hören Sie, ich habe mit einem Arzt über ihn gesprochen ...«
»Was? Du hast ihm von Algernon erzählt!«
»Es fiel kein Name. Ich beschrieb ihm nur, was ich beobachtet hatte, die Aussetzer, Reeds abwesende Momente. Der Arzt meinte, solche Anzeichen können auf eine Geisteskrankheit hindeuten, die das Wesen eines Menschen von Grund auf verändere. Also ich kenne den Captain sehr gut, seine Art ist mir vertraut, doch es ist wahr, an manchen Tagen wirkt er verändert, dann spricht er mit mir in einer Weise, wie ich es sonst nicht bei ihm kenne. Der Arzt erklärte mir, die Krankheit könne einen neuen Wesenszug herausbilden, der wie eine andere Person nach außen auftrete und immer stärker werde, bis er den Menschen am Ende gänzlich beherrsche. Lieutenant, ich mache mir große Sorgen. Manchmal fürchte ich, wir könnten diesem *anderen* einmal begegnen, ohne es zu bemerken.«
»Der böse Zwilling.« Roscoe nickte. »Man muss vorsichtig sein, wenn er in der Nähe ist.«
»Vorsicht reicht nicht! Haben Sie von der Toten gehört, die an der Schleuse von Lennox Flow gefunden wurde?«
»Na ja, er hat so was lange nicht mehr getan.«
»Dann wissen Sie von den anderen!«, rief Quinn fassungslos. Natürlich, Roscoe musste von Reeds Opfern wissen, schließlich war er schon jahrelang mit ihm zusammen. Er beobachtete Roscoe, der hingelümmelt in seinem Sessel lag und mit der

Münze spielte, die er zwischen den Fingern hindurchwandern, auftauchen und wieder verschwinden ließ. Er erinnerte sich, wie ungehemmt gewalttätig sich Roscoe im Krieg verhalten hatte; die Kameraden gingen ihm deshalb aus dem Weg, nur Reed hatte es nicht gestört. Quinn fing an zu begreifen, dass Roscoe nicht zufällig Reeds Gefährte geworden war: Skrupellos genug, dessen Morde zu vertuschen, und wehrhaft genug, sich notfalls gegen ihn zu behaupten, gab er den perfekten Begleiter für einen manischen Mörder ab.

»War's das?«, unterbrach Roscoe seine Gedanken. Er warf und fing die Münze und ließ sie verschwinden, schwang die Füße vom Kamingitter und stand auf. Weil ihm Quinns Bestürzung nicht entgangen war, sagte er: »Jetzt beruhig dich wieder, Gabriel. Schau, wir sind zu zweit! Wir werden beide auf Algie achtgeben, dann wird ihm schon nichts geschehen.«

»Ihm? Es geht darum, was anderen durch ihn zustoßen könnte, vielleicht sogar Ihnen!«

»Was sollte Algie mir antun wollen? Sei ganz ruhig, Gabriel. Wenn wir aufpassen, kann nichts passieren!«

»Wenn's nur so wäre, Lieutenant«, murmelte Quinn düster und erhob sich, um ihn nach draußen zu begleiten.

An der Tür hielt Roscoe ihm die Hand hin. Quinn zögerte, ergriff sie aber dann doch.

»Wir werden ihn beschützen, mein Freund!«, sagte Roscoe, und indem er Quinns Hand einen Augenblick festhielt, schlossen sie das ungeheuerliche Bündnis, Reeds Wahnsinn vor der Welt zu verbergen.

Der Augenblick verging. Quinn entzog ihm seine Hand etwas zu schnell, worauf Roscoes schönes Gesicht einen verächtlichen Zug annahm. Quinn wurde klar, dass er sich dem Kreolen durch die Unterredung ausgeliefert hatte; ein Gedanke, der alles andere als beruhigend war.

Um der Beklommenheit und auch um Roscoes demütigendem Blick zu entkommen, griff er nach dem Nächsten, das ihm in den Sinn kam. »Wer ist eigentlich dieser Marshall, von dem Crossbow heute sprach?«

Es musste die falsche Frage gewesen sein, denn Roscoe lächelte. »Eine Fälschung! Marshall ist ein Inkognito.«

»Also wer ist er?«

»Nein, nein, Quinnie, du kennst seinen richtigen Namen. Rate!«

»Hören Sie auf, Roscoe!«

»Na gut, ich helfe dir: Letzten Sommer, die Continentals schlugen die Legion in den High Hills. Nur einer blieb am Leben. Na?«

Quinn wurde blass. »Der Dragoon? Spencer!«

»Derselbe!«

»Ich dachte, er ist tot!«

»Leider nicht. Dabei hatte Algie sich solche Mühe gegeben. Jetzt kommt er zurück, um sich zu rächen. Ob er sich auch an dich erinnert, Gabriel?«

»Crossbow sagte, er sei in der Stadt, also kann er jeden Tag hier aufkreuzen.«

»Darum werden wir ihn erwarten. Wir müssen Algernon beschützen.«

»Wir sollten es mit dem Captain besprechen …«

»Nein, das ist unsere Aufgabe, deine und meine.«

»In Ordnung, es ist unsere Aufgabe, Lieutenant.«

»Verdammt, Gabriel, hör mit deinem Lieutenant-und-Captain-Scheiß auf! Das geht einem vielleicht auf die Nerven!«

Bevor Quinn etwas darauf erwidern konnte, schlüpfte Zadia durch den Türspalt herein.

»Oh, *er* ist da«, erschrak sie. »Das wusste ich nicht, Gab.«

»Die kleine Zadia!«, sagte Roscoe in provokantem Singsang. »Dich habe ich heute noch gar nicht gesehen.«

»N-nein, Mass'a Roscoe …«

»Lassen Sie sie in Ruhe, Roscoe.«

»Was hat er denn, Zadia? Ich darf dich doch ansehen, oder?«

Unter Roscoes laszivem Blick sah sie verlegen zu Boden.

»Ich sagte, lassen Sie sie in Ruhe!«, fuhr Quinn ihn an. »Sie kann sich gegen Ihre Gemeinheiten nicht wehren.«

»War ich gemein zu dir, Mädchen?«

»Nein, nein, Mass'a.«

»Na siehst du, Gabriel.«

»Wagen Sie es nicht!«

»Was denn? Ich würde der kleinen Zadia nie etwas antun. Ich will nur ein bisschen nett zu ihr sein.«

Quinn trat zwischen ihn und das Mädchen. »Genug, Roscoe. Raus!«

Still lagen die Gärten. Stille herrschte im Haus und gab der Leere einen Sinn. Leere und Stille und die reinen Strukturen der Architektur ließen Reeds wunden Geist zur Ruhe kommen. Nichts band den Blick in der Leere oder lenkte ihn ab. In der Stille lauschte er seinen Stimmen. Sie waren immer bei ihm und sagten ihm, wer er war und was er tun musste. Wer hätte es ihm sonst sagen können?

Die Nacht war sein Tag. Von der Galerie blickte er in den mondhellen Lichthof der Halle, so konnte er stundenlang reglos verharren und der Stille lauschen. Das Haus schlief, selbst Castor war zu Bett gegangen. Nun bewachte er allein die Nacht.

Roscoe und Quinn hatten sich am Abend in die Loge zurückgezogen. Als er hinging, hörte er sie miteinander reden. Besser, sie redeten, als dass sie einander belauerten. Er brauchte sie als seine Leibwächter, doch er wäre lieber allein gewesen. Oliver, sein lieber Oliver, wurde auf die Dauer anstrengend. Er wollte so viel Aufmerksamkeit, war launisch, unverschämt und auf eine enervierende Art ignorant. Konnte ihm das genügen? Er wollte nicht ungerecht sein, Oliver war auf sein Bitten hin zu ihm zurückgekehrt. Aber die Situation war schwierig, denn er hatte Gabriel Quinn an seine Seite gerufen, den zuverlässigen, so ergebenen Gabriel. Oliver spürte trotz seiner Eifersucht, wie wichtig Gabriel für ihn war; so beschränkt war er nicht! Während Gabriel keinen Hehl daraus machte, dass es besser wäre, er würde Oliver vor die Tür setzen. Doch das würde er niemals tun, jetzt, da er endlich nach Hause gekommen war, Oliver Handsome, sein hübscher kleiner Miguel, sein Augenstern.

Er hatte gehört, dass sie über ihn sprachen. Miguel und Gabriel. Zu seinem Schutz taten sie sich zusammen, um ihn vor aller Gefahr zu bewahren, vor Spencer, vor der Verurteilung, vor dem Zorn der Welt. Miguel und Gabriel, zwei Schutzengel. Wer hatte sie ihm gesandt?

Auch hier auf der Galerie konnte er sie hören, sie waren jetzt bei ihm, zwei Stimmen in ihm. Er hörte zu, wie sie miteinander sprachen: Wir schützen eine Bestie, Miguel! – Ich liebe die Bestie, Gabriel. – Ich weiß, mein Freund. – Es ist nicht seine Schuld. Er weiß nicht, was er tut. – Aber wir wissen, was wir tun, Miguel! – Ist es unsere Schuld? – Es ist unsere Aufgabe, wir müssen ihn beschützen. Sie dürfen ihn nicht finden. – Sie werden ihn nicht finden. Niemand wird ihn finden, denn wir sind bei ihm, Gabriel, mein Freund. – Wir werden da sein, wir werden ihn beschützen, Miguel, mein Freund ...

Er hob den Kopf und sah durch das Oberlicht wie durch ein riesiges Auge aus Glas in den Himmel. Über ihm standen helle Sterne. Die Nacht war so schön! Er fühlte tiefe Sehnsucht – nach was? Wonach sehnte sich ein psychopathischer Mörder in einer solchen Nacht? Er sehnte sich nach dem, was er nicht kannte und nie hatte. Aber das, wonach er sich sehnte, musste es geben, es war der Sinn von allem, daran hatte er immer geglaubt. Warum sonst hatte er alles ertragen, ohne aufzubegehren, ohne sich je zu wehren; die einsamen Jahre der Jugend, die Angst in schlaflosen Nächten, die blinde Strafe dafür, dass er auf der Welt war? Es musste etwas geben, wofür er gelebt und gelitten hatte, aber was nur, was? Die Frauen und Männer, die er umarmte, hatten es ihm nie verraten, sie verließen ihn, bevor er die Wahrheit herausgefunden hatte. Immer sind sie so schnell gestorben, keiner wollte bei ihm bleiben. Nur einer starb nicht. Er war tapfer und stark genug, sodass Algernon ihm nahekommen konnte, ohne dass er daran starb. Den einen konnte er nicht vergessen. Nun kam er zu ihm zurück. Er würde ihm sagen, was der Sinn dieses furchtbaren Lebens war. Spencer würde es ihm sagen.

Vom Fluss wehte eine leichte Brise über die gemähten Rasenflächen. Castor öffnete die Türen zur Gartenterrasse, um die frische Morgenluft hereinzulassen. Er wandte sich um, als er von der Halle her träge Schritte hörte; so klang es, wenn Roscoe unausgeschlafen zum Frühstück herunterkam. Der Schwarze trat an die Verbindungstür zum Speisezimmer und warf einen Blick in den sonnenhellen Raum.

Reed stand neben dem Esstisch und trank Tee. Wie jeden Morgen war er zeitig aufgestanden und sehr sorgfältig gekleidet. Roscoe kam mit einem mürrischen Gruß herein, ließ sich in einen Stuhl am Frühstückstisch fallen und rieb sich stöhnend Stirn und Schläfen. Er wirkte übernächtigt und war nachlässig gekleidet. Reed musterte mit gehobenen Brauen seinen Aufzug, die offene Weste, die umgeschlagenen Manschetten, den losen Hemdkragen ohne Halstuch. Er sagte kein Wort, doch Roscoe ärgerte sich über den unausgesprochenen Verweis.

»Was ist? Immerhin bin ich aufgestanden.«

Zadia huschte herein, sie stellte eine Schüssel mit Omelett und gebackenem Schinken vor ihn hin. Als sie hinausgehen wollte, hielt er sie am Arm fest. »Du bleibst da.«

»Was wollen Sie, Mass'a?« Ängstlich starrte sie die Hand an, die ihren dünnen Unterarm hielt.

Roscoe zog sie näher zu sich. »Warum bist du vorhin weggelaufen?«

»Bitte, ich musste das Frühstück servieren.«

»Hier frühstückt doch keiner außer mir … aaah, verfluchte Kopfschmerzen!« Er legte die Hände an die Schläfen und schloss gepeinigt die Augen. Zadia wollte weglaufen, aber er griff wieder ihren Arm. »Hiergeblieben.«

Reed sah zu, wie Roscoe das Mädchen gegen ihren stummen Widerstand auf seinen Schoß zog, ihren Hals und ihre Kehle küsste. Er sagte beiläufig: »Du solltest nicht die ganze Nacht durch trinken, Oliver. Dann ginge es dir am Morgen besser.«

»Lass mich länger schlafen, und alles wär in Ordnung!«, rief Roscoe entnervt.

»Nun, ich darf dich daran erinnern, dass wir uns für heute die Inspektion von Stratton vorgenommen hatten.«

»Und? Hab ich es vielleicht vergessen? Ich bin aufgestanden, wir werden zu dieser gottverdammten Pflanzung reiten, und ich kann dort ein bisschen den Verwalter spielen. Zufrieden?«

Zadia hatte sich ihm entwunden und war von seinem Schoß geglitten, Roscoe zerrte sie roh zurück, aber rasche Bewegungen hatten bei seiner Verfassung ihre Tücken; er wäre beinahe mit dem Stuhl umgekippt und musste sich am Tisch festhalten. Zadia konnte sich befreien und war wie der Wind zur Tür hinaus.

»He, du sollst hierbleiben!«, brüllte ihr Roscoe hinterher.

Reed sagte in ungewohnt schneidendem Ton: »Um dir Respekt zu verschaffen, solltest du dich um etwas mehr Würde bemühen. Im Übrigen ist das Mädchen für dich tabu, Oliver. Sie gehört Quinn.«

»Ich weiß, dass sie ihm gehört.« Roscoe grinste. »Das ist der Spaß daran.«

»Wenn du ein Mädchen willst, kaufe ich dir eine kleine Schwarze.«

»Nicht nötig, diese hier gefällt mir.«

»Nein, diese lässt du in Ruhe, Oliver!«

»Na schön, ich lass sie in Ruhe.« Roscoe hob lässig die Hand an die Schläfe. »Zu Befehl, Captain Reed, Sir!«

»Was ist denn hier los?«

»Ah, guten Morgen, Mr. Quinn. Ich fürchte, Mr. Roscoe ist in übler Katerstimmung.«

»Kunststück! Wie viele Flaschen haben Sie gestern Abend mit nach oben genommen, Lieutenant? Drei, vier? Waren es vielleicht fünf?«

»Ach, fick dich, Gabriel! Was soll man hier schon tun, außer sich besaufen?«

»Wie wär's mit Schießübungen?«

Roscoe und Quinn wechselten einen Blick, was Reed nicht entging. Ein kalter Schatten glitt über sein Gesicht, dann sagte er zu Quinn: »Die Reismühle von Stratton muss inspiziert werden. Ich möchte, dass Sie Lone Star für Mr. Roscoe satteln.«

»Mein Captain, Sie wissen, Lone Star ist für einen fremden Reiter heikel ...«

»Keine Sorge, Mr. Roscoe reitet jedes Pferd.«

»Sag ich doch«, warf Roscoe grinsend ein.

Quinn überging die Bemerkung, er fragte Reed: »Sir, welches Pferd möchten Sie reiten? Einen Hunter?«

»Nein. Mr. Roscoe reitet alleine nach Stratton. Er kommt dann zum Sattelplatz hinunter. Das wäre alles, Mr. Quinn.«

Verblüfft, so kurz und unverbindlich abgefertigt zu werden, machte Quinn kehrt und nahm den Weg durch die Kolonnaden hinaus.

Reed trank seinen Tee aus und stellte die Tasse wieder akkurat auf das für ihn vorgesehene Gedeck auf dem Frühstückstisch. Dann ging er zur Tür, ließ den Blick zum Flussufer und zu den Rasenterrassen schweifen. In der Entfernung waren Gärtner damit beschäftigt, die symmetrischen Buchshecken des Formalen Gartens zu beschneiden. Näher beim Haus mähten Männer mit Sensen den Rasen. Reed sah ihnen zu, seine Augen folgten ihren gleichmäßigen, ausgreifenden Bewegungen, dem harmonischen Wechsel der auf- und abschwingenden Sensen.

Roscoe schob ohne Appetit den Teller fort. Auf ein stummes Zeichen Castors räumten die Diener eilends Geschirr und Speisen ab und zogen sich zurück. Nach einem letzten Blick zu seinem Herrn ging Castor hinaus und schloss leise die Tür.

Roscoe beobachtete Reed, der schon eine Weile reglos am Fenster stand. Seufzend stand er auf und ging zu ihm, legte ihm eine Hand auf die Schulter und sah mit ihm hinaus zu den Schnittern. »Warum willst du nicht mitkommen?«, sagte er leise. »Es ist so ein schöner Tag. Wenn wir in Stratton fertig sind, könnten wir weiterreiten zu den Dörfern am Fluss. Heute ist Markttag, sicher gibt es irgendwo Hahnenkämpfe. Wir trinken mit den Leuten, haben ein bisschen Spaß. Komm, Algie, sag was.«

Langsam drehte Reed sich um. Er schob Roscoes Hand von seiner Schulter, dabei sah er ihn an, als versuchte er, sich an etwas zu erinnern.

Roscoe zögerte – nein, es war keine Absence wie so häufig in der letzten Zeit. Reed war klar und ganz bei ihm. Und doch war etwas anders. »Was ist los, Algernon?« Wie es seine Art war, hob er fragend die Brauen – und Reed tat es ihm nach! Für einen Moment sah es so aus, als versuchte er, Roscoes Mimik zu imitieren. Dann verlor sein Ausdruck auf einmal jede menschliche Wärme.

Sofort stieß Roscoe ihn heftig von sich. Reed fing den Stoß ab, ohne zu straucheln. Ein tiefes Grollen drang aus seiner Brust, indem er ein, zwei Sekunden verharrte, dann erfolgte der Angriff mit einer Wucht, die auch Roscoe als erprobter Kämpfer ihm nie zugetraut hätte. Es war, als würde er von einem Raubtier angefallen: Reed stürzte mit ihm nieder und versetzte ihm einen fürchterlichen Hieb, der ihm beinahe das Bewusstsein nahm. Roscoe blieb keine Zeit, sich zu fassen. Reed schlug die Hände wie rohe Klauen in seinen Körper, riss ihn hoch und schmetterte ihn ein zweites Mal zu Boden, dass Roscoe glaubte, sein Schädel würde zertrümmert. Oh, er kannte die Methode des irrsinnigen Reed; der Anschlag sollte ihn nicht töten, nur wehrlos machen für das, was danach käme.

Reed kauerte über ihm, seine fremden, kalten Augen erkannten den Freund nicht mehr, in seinem Wahn wollte er ihn grausam zu Tode bringen wie die anderen Opfer zuvor.

Doch Roscoe war ein Kämpfer. Nach dem ersten Schock erwachten seine Instinkte, er versammelte seine Kraft und konzentrierte sich darauf, den schwachen Punkt des Gegners zu erkennen. Reed indessen drückte ihn mit den Knien auf den Boden, während sein Klauengriff sich um Roscoes Kehle schloss. Da plötzlich erstarrte sein irrer Blick: Roscoe grinste ihn an! Noch nie hatte eines seiner Opfer gegrinst, neugierig beugte er sich zu ihm herab, wie ein Tier, das eine unbekannte Beute bewitterte. In diesen Augenblick legte Roscoe sein Leben. Er riss den Kopf hoch und schlug seine Stirn gegen Reeds Nasen- und Jochbein. Er hörte das Knirschen brechender Knochen und rammte dem Mann sein Knie in die Weichen.

Er würde nie vergessen, wie die Bestie aus Reed schrie. Sein armer Freund bäumte sich auf und hob die Hände vors Gesicht. Zwischen seinen Fingern troff Blut hervor, floss auf die weißen Spitzenmanschetten und die Ärmel seines teuren Rocks. Roscoe trat ihm gegen das Brustbein und warf ihn ganz von sich. Dann packte er den blutenden, vor Schmerz blinden Mann beim Haarschopf und schlug ihn mit einem gezielten Fausthieb bewusstlos.

Schwer atmend stand er über den Ohnmächtigen gebeugt, die Hände in die stechenden Seiten gestützt. Als er sich der nächsten Aufgabe gewachsen fühlte, griff er ihn unter den Achseln, zog ihn hoch und warf sich den erschlafften Körper über die Schultern. Keuchend unter der Last, trug er ihn durch die Halle und die Treppe hinauf nach oben in das Zimmer über dem Garten. Dort legte er ihn aufs Bett, streifte ihm die Schuhe ab und begann, ihm die blutigen Kleider auszuziehen. Aus dem

Bad brachte er Tücher und die Waschschüssel, setzte sich neben den wie leblos Daliegenden aufs Bett und wusch ihm behutsam das Blut vom Gesicht, von der Brust, von den Armen und von seinen schönen Händen. Sorgsam trocknete er ihn mit frischen Tüchern. Zuletzt zog er ihm den seidenen Hausmantel an und bettete ihn auf weichen Kissen.

Lange saß er auf dem Bettrand und betrachtete seinen Freund, der in einer tiefen Ohnmacht lag. Reed hatte aufgestöhnt, als Roscoe zuvor die angebrochenen Knochen seines Gesichts berührte. Nun lag er ganz ruhig. Roscoe hielt seinen Zustand für stabil genug, um ihn kurze Zeit allein lassen zu können, und ging zu seinem Zimmer. Als er zurückkam, hatte er das Holster mit den Duellpistolen und einen Lederbeutel mit Kugeln, Pulver und Lunten bei sich. Reeds Verfassung war unverändert.

Roscoe setzte sich aufs Bett, nahm die Waffen zur Hand und lud sie. Eine Pistole schob er zusammen mit dem Holster und der Munition unter das Bett. Die andere legte er entsichert ans Bettende. Seinen Kopf auf dem Kissen neben Reeds Kopf, rückte er ganz nah zu ihm hin und nahm ihn in den Arm. Er küsste ihn, sagte ihm Worte ihrer Vertrautheit, und Tränen liefen ihm übers Gesicht.

Es war also geschehen, Reed hatte ihn im Wahnsinn angegriffen. Dieses Mal hatte er Glück gehabt, einen zweiten Angriff Reeds würde er vielleicht nicht abwehren können. Als aus Algernons Augen der Wahnsinn auf ihn blickte, da wusste er, dass für seinen Freund die Zeit abgelaufen war. Er streichelte die blassen Wangen des Bewusstlosen, den seine Worte nicht mehr erreichen konnten.

»Es war doch schön, dieses wilde Leben, mein Algie, mein Liebster, es war nicht nur schrecklich. Wenn ich gewusst hätte, dass es so schnell vorbei sein würde, wäre ich nicht fortgegangen. Ich wollte immer bei dir sein, ich wollte dich nie verlassen ... und jetzt verlässt du mich! Ich liebe dich so sehr, Algie. Lass mich hier nicht allein!«

Ein Schuss teilte den Tag in das Davor und das Danach. Vögel flatterten aufgeschreckt aus den Kronen der alten Eichen. Als der Nachhall verklungen war, ließen sie sich wieder in den Bäumen nieder, als wäre nichts geschehen.

48.

Die Straße verlief in gerader Linie durch fruchtbares Plantagenland. Zur Rechten zog der Fluss in Schleifen und Kurven dahin, ringsum glitzerten Feuchtwiesen und geflutete Reisfelder in der Sonne. Ein Reiter war alleine unterwegs. Manchmal kam ihm ein Fuhrwerk entgegen oder er passierte eine Sklavenkolonne, die einem beladenen Erntewagen folgte. Wenn er anhielt, um das Pferd an einem Wasserlauf trinken zu lassen, schweifte sein Blick von Norden nach Süden, und er wusste, dies ganze Land mit allen Pflanzungen, allen Dörfern und Menschen und Tieren gehörte einem einzigen Mann. Der Reiter war auf dem Weg zu ihm. Fast ein Jahr hatte seine Reise gedauert, nun kam er ans Ziel. Er hatte keine genaue Vorstellung, wie es zu Ende gehen würde. Erst wenn jener Mann vor ihm stand, würde er es wissen. Erst dann.

Hunderte Sklaven arbeiteten auf den Feldern, Schweiß glänzte auf ihren Gesichtern, während sie die reifen Rispen der Reispflanzen schnitten. In den höher gelegenen Baumwollplantagen trugen die Pflücker riesige Rupfensäcke, deren Last ihnen in die Schultern schnitt. Trotz der Fron in Hitze und Staub hörte man zuweilen Gesang; vielleicht gerade deshalb. Dem Sonnenstand nach musste es elf Uhr sein. Die Aufseher hielten Ausschau nach den Essenskarren. Hier und dort klang blechern der Pausenschlag, die Sklaven durften die Felder verlassen und in langen Reihen zu den Rastplätzen gehen.

William hatte Charles Town um zehn Uhr verlassen. Er

wollte den Ritt von etwa siebzehn Meilen zügig, aber ohne Eile zurücklegen und um die Mittagszeit auf Hollow Park eintreffen. Niemand erwartete ihn, er hatte Zeit, und die Gegend war ihm vertraut. Während des zweiten Feldzugs in den südlichen Provinzen hatten seine Aufklärungseinheiten hier im Grenzbereich zwischen dem besetzten Charles Town und dem rebellischen Hinterland patrouilliert. Der brackige Meergeruch vom Gezeitenwechsel in den Flussniederungen, der heute in der Luft lag, war in seiner Erinnerung untrennbar mit jenen gefahrvollen Kampagnen verbunden.

Wie gewohnt war er eine Stunde vor Tagesanbruch aufgestanden. Während er sich in der unberührten morgendlichen Stille ankleidete, hatte er sein Leben im Geiste vorüberziehen lassen. Es war eine soldatische Übung zum Ausgleich der Gefühlslage; man zog leichter in die Schlacht im Bewusstsein, dass alles, was dieser Tag für einen bereithielt, nur einen kleinen Teil in der Summe des ganzen Lebens ausmachte. Er besann sich gern auf die klaren Vorgaben des Militärs. Die Strukturen des Heeres hatten ihn geprägt, sie hatten seinen mutwilligen Charakter geformt und ihn vor dem desillusionierten Ennui und den mittelmäßigen Leidenschaften eines zivilen Daseins bewahrt.

Dies würde sein letzter Feldzug sein. Und danach? Wie sollte er weitermachen, wenn seine Rache vollendet, wenn sein Krieg definitiv zu Ende war? Es gibt immer einen nächsten Krieg, hieß es. Aber nicht für ihn, er wollte mit Antonia ein neues Leben beginnen. Wenn er mit ihr zusammen wäre, könnte er das Leid, das die untilgbare Schmach der Folter ihm auferlegte, leichter ertragen. Aber würde sie ihm verzeihen, dass er sie verlassen hatte? Als er fortging, hatte er sich verboten, an das Kind zu denken; es war schlimm genug gewesen, sich Antonias Lage vorzustellen, nachdem er sie geschwängert und sich dann davongemacht hatte. Damals hatte er nicht vorgehabt, zu ihr zurückzukehren. Konnte er es wagen, vor sie hinzutreten?

In der mittäglichen Hitze erstarben die natürlichen Geräusche, nur der Gesang der Zikaden tönte in betäubender Monotonie aus den Zedern und Weißeichen an der Zufahrt nach Hollow Park. William ließ das Pferd im Schritt weitergehen. Nach einer Viertelmeile endete die Allee an einem ovalen Platz, dahinter lag das Herrenhaus. Das Anwesen hätte einen verlassenen Eindruck gemacht, wäre nicht jeder Weg, jeder Baum und jeder Strauch aufs Sorgfältigste gepflegt gewesen. Auch die Anordnung der Säulenfassade hinter dem elliptischen Vorplatz wirkte sonderbar künstlich, wie die Bühne eines antiken Theaters.

Er ließ das Pferd zehn Yards vom Haus halten und saß ab. Erst jetzt bemerkte er den schwarzen Wächter, der oben zwischen den Säulen des Eingangs stand. Seiner Haltung und seinen asketischen Zügen nach unverkennbar ein Mougadou, blickte er unbewegt auf den Besucher herab.

»Sie wünschen, Sir?«

»Ich möchte Mr. Reed sprechen.«

Wie harmlos das klang, wie absurd und wie falsch! Er wollte nicht mit Reed sprechen, »ihn stellen« wäre der richtige Ausdruck gewesen. Hier in seinem Haus, am Ort seiner sicheren Zuflucht wollte er ihm gegenübertreten und endlich einlösen, was ihn bald schon ein Jahr umtrieb und an keinem Tag vergessen ließ, dass er, der schneidige Colonel mit Gardemaß, körperlich schwer gezeichnet, auf einen Stock gestützt durchs Leben gehen musste. Er wollte Reed spüren lassen, was er ihm angetan hatte, er wollte ihn physisch vernichten und jede Erinnerung an seine Existenz auslöschen. Seine Rache sollte archaisch sein, Reed sollte leiden, wie er ihn hatte leiden lassen. Wie hatten sie gespottet, ehe sie ihn folterten: »Ihr Dragoons liebt eure Schwerter!« Ja, er liebte sein Schwert, den langen Säbel mit großer Reichweite, ein Werkstück nach seinem Körpermaß, der Haltegriff nach seiner Hand geformt. Er griff nach der Waffe, die Finger schlossen sich und fanden den vertrauten Halt.

»Sage deinem Herrn, Colonel Spencer ist gekommen.«

Castor hatte Williams Griff nach der Waffe bemerkt und wusste seine Miene richtig zu deuten. Dies war ein Krieger, der im Unfrieden kam und Blut vergießen wollte. Es wäre Castors Aufgabe gewesen, ihn aufzuhalten, um seinen Herrn zu beschützen. Doch wozu sollte er ihn jetzt noch beschützen? Es gab nichts mehr, was er für seinen Herrn tun konnte. Wortlos verneigte er sich und ging ins Haus, zu seinem Platz in der Halle.

»Kann ich Ihnen behilflich sein, Sir?«

Auf einem Wirtschaftsweg näherte sich ein robuster junger Mann, er führte ein nervöses Pferd am Zügel und kam quer über den Vorplatz auf William zu. Gekleidet wie ein Reitknecht, schien seine Haltung doch militärisch geprägt. Er könnte im Krieg gedient haben, dachte William. Sollten sie sich schon begegnet sein?

Auf seinen fragenden Blick sagte der Mann: »Mein Name ist Gabriel Quinn, ich bin Mr. Reeds Bereiter. Ich werde mich um Ihr Pferd kümmern.«

William übergab ihm die Zügel, Quinn brachte beide Pferde in den Schatten unter den hohen Bäumen. Als er zurückkam, blieb er in respektvollem Abstand vor William stehen. »Sie tragen einen Säbel, Sir?«

»Es scheint mir der Situation angemessen, Mr. Quinn. Ich bin gekommen, um Mr. Reed zu töten.«

Eine solche Ankündigung ließ verschiedene Reaktionen zu; Quinn versuchte, kaltblütig zu erscheinen. »Der Captain hat Sie schon erwartet, Colonel.«

»Sie sind Reeds Adjutant! Wusste ich doch, dass ich Sie schon mal gesehen habe.« William lachte verächtlich. »Hat Reed Sie etwa zum Leibwächter bestellt?«

»Vorsicht, Colonel! Selbst wenn Sie es schaffen sollten, an mir vorbeizukommen: Aus dem Haus kommen Sie nicht mehr lebend heraus.«

William winkte entnervt ab. Warum Energie an diesen Jungen vergeuden und die scharfe Klinge seiner Rache verderben? Ohne Quinn weiter zu beachten, schritt er auf das Haus zu.

Aber Quinn wollte seinen Posten nicht kampflos aufgeben. Er lief vor und schnitt ihm den Weg ab, stellte sich vor die Eingangstreppe und zog aus der Arbeitsjacke eine Pistole. Die Waffe im Anschlag, rief er: »Halt, Colonel!«

William ging weiter und zog gelassen den Säbel.

»Ich sagte: Halt!«

William verengte die Augen, schnellte in einem Ausfallschritt nach vorn und führte einen Schlag mit der flachen Säbelklinge auf Quinns Schussarm. Quinn hatte den Hieb nicht einmal kommen sehen, er ließ die Pistole fallen und ging ächzend in die Knie. William hob die Waffe auf, feuerte sie über die Bäume ab und warf sie ihm wortlos vor die Füße. Als er sich dem Haus zuwandte, raffte Quinn sich wieder auf. Den schmerzenden Arm an den Körper gepresst, trat er ihm erneut in den Weg.

»Sir, ich weiß, was Sie ihm vorwerfen. Aber Sie können Captain Reed für diese furchtbare Tat nicht zur Rechenschaft ziehen!«

»Ach nein?«

»Bitte, es würde zu weit führen, Ihnen das zu erklären. Aber Sie dürfen ihn nicht richten.«

»Keine Sorge, Mr. Quinn, das wird ein anderer tun. Ich werde ihn lediglich töten.«

William steckte den Säbel in die Scheide zurück und stieg die Freitreppe zum Eingang hinauf.

Quinn rief ihm nach: »Denken Sie an meine Worte: Wenn Sie versuchen, Mr. Reed etwas anzutun, werden Sie das Haus nicht lebend verlassen.«

William zögerte, dann wandte er sich noch einmal um. »Lassen Sie mich raten: Roscoe, der verlorene Sohn, ist heimgekehrt. Anscheinend ist doch auf ihn Verlass.«

»Er wird sich Ihnen in den Weg stellen, Spencer!«

»So wie Sie, Mr. Quinn?«

An der Schwelle zu Reeds Haus überschritt William eine magische Grenze, er betrat die unmittelbar private und ureigene Lebenssphäre seines Feindes. Aus Abscheu, Hass oder Verachtung hatte er ihm bislang eine nur abstrakte Existenz eingeräumt, hatte ihn in zweifelhaften Verhältnissen sehen wollen – wider besseres Wissen, denn er hatte von Reeds Wohlstand gehört. Umso mehr überraschte ihn die kühle Harmonie, die das Herrenhaus von Hollow Park in seiner architektonischen Ausgewogenheit prägte und die William mit seiner Vorstellung von Reeds Persönlichkeit unvereinbar erschien. Er hielt kurz inne, ließ die atemberaubende Perspektive der Halle auf sich wirken, den weiten Luftraum über zwei Etagen mit einer Kuppel, in der ein wasserklares, gläsernes Auge das Sonnenlicht brach.

Zu seiner Orientierung ging er um die Säulenhalle herum: Hinter den acht geschlossenen Flügeltüren der ersten Etage mussten die Gesellschaftsräume liegen. Zwei Treppenaufgänge führten auf eine offene Galerie und zu den Zimmern der zweiten Etage, darüber lag eine weitere geschlossene Galerie zur obersten Etage. Am Ende seines Rundgangs sah er sich plötzlich dem schwarzen Wächter gegenüber. Wie eine Statue aus ägyptischem Diorit, die Hände flach auf den Knien, den Blick vor sich gerichtet, saß er auf einer Bank zwischen den Treppenaufgängen.

»Du solltest Mr. Reed meine Ankunft melden. Warum hast du es nicht getan?«

Der Mougadou schwieg.

William fragte schärfer: »Wo finde ich deinen Herrn?«

Wieder ließ der Schwarze keine Regung erkennen.

William besann sich und sagte: »Also gut. Wo ist Mr. Roscoe?«

Allem Anschein nach war die Erbitterung des schwarzen Dieners über den Kreolen größer als seine Beherrschung. Er hob den Kopf, sah hinauf zur ersten Galerie. William folgte seinem Blick und nickte.

Die Türen zur Galerie waren geschlossen bis auf eine. Aus dem Raum dahinter war in Abständen ein schwaches Klopfen zu hören, tock … tock. William schob die Türe auf. Vor ihm lag das Schlafzimmer des Hausherrn, er sah ein breites Bett, Kommoden und Sessel, den Durchgang zur Ankleide und zum Badezimmer. Die Vorhänge waren zugezogen und dämpften das grelle Mittagslicht.

Das Klopfen kam vom Bett. Ein Pistolenlauf stieß gegen den Bettrahmen, die Waffe, eine von Williams Duellpistolen, lag in der Hand von Oliver Roscoe. Er saß gegen das hohe Kopfteil gelehnt auf dem Bett, mit angewinkeltem Arm hielt er die Pistole so in der rechten Hand, dass ihr Lauf auf seiner Schulter auflag. Dann und wann, durch eine Drehung des Handgelenks, ließ er das kühle Metall an seinem Hals hinaufgleiten. Wenn die Waffe durch ihr Eigengewicht herabsank, stieß der Lauf gegen den Rahmen des Kopfteils, tock … tock.

Neben Roscoe auf dem Bett lag Algernon Reed, im grauseidenen Hausmantel auf dem Rücken ausgestreckt, die Arme ausgebreitet und die Handflächen geöffnet. Er lag mit geschlossenen Augen da, es sah aus, als ob er schliefe, doch er schlief nicht. Den Kopf hatte er seinem Freund zugewandt, die kurzen Patrizierlocken lagen dunkelrot um seine weiße Stirn. Blut floss dunkelrot über seine Brust und die graue Seide. Blut war überall, es färbte die Decken und das Laken und die weißen Kissen rot, so rot. Reed lag ganz still. Er war tot. Doch es sah aus, als ob er schliefe.

William sah ihn und wusste, dass er zu spät gekommen war. Seine Rache, jener herrliche Akt bedenkenloser Gewalt, mit dem er ein machtvolles Gegengewicht setzen wollte zu seinem Unglück, konnte Reed nicht mehr erreichen. Alles war anders, als es sein sollte.

Er ging in das Zimmer und zog die Vorhänge auf, um sich den Toten auf dem Bett genau anzusehen. Die Brust über dem Herzen klaffte von einem Einschuss, die Nase schien an der

Wurzel gebrochen zu sein, die Haut war ringsum blutunterlaufen wie nach einem massiven Schlag. Die feinen Züge waren dennoch unverwechselbar, und auf die dunklen Locken fiel roter Sonnenglanz wie damals, als Reed den Helm abgenommen hatte und lässig ins niedergetretene Gras warf ... Roscoes Faustschläge und Tritte hatten Williams Körper übel zugerichtet. Als Roscoe genug hatte, empfand William überall Schmerz, Atmen war eine quälende Notwendigkeit, ein raues Keuchen. Seine Weichen brannten, die gequetschten Organe füllten sich mit Blut, doch verglichen mit dem, was folgte, schien ihm die Episode mit Roscoe wie eine Lappalie.

Damals, im Licht der sinkenden Sonne, beugte Reed sich über ihn, er hielt ihm ein Jagdmesser nah vors Gesicht und lächelte unheilvoll. Erst fuhr er mit der Klinge unter Williams Hemd, durchtrennte den Stoff und band ihm mit den Fetzen die Hände hinter dem Kopf zusammen. Dann, mit konzentrierter Miene, setzte er das Messer unter Williams linke Achsel, stemmte sich gegen den Schaft, bis die Spitze ins Fleisch eingedrungen war, und führte im Bogen einen Schnitt über die Brust zur Körpermitte. Dasselbe wiederholte er auf der rechten Seite. Zwei Fingerbreit darunter schnitt er die nächsten beiden Bögen und so immer weiter, in blutender Symmetrie, über den Brustkorb und die gespannte Haut unterhalb der Rippen bis zum Schambein. Die Klinge zog er meist flach unter der Haut hindurch, als wollte er sein Opfer häuten. Von den Schmerzen bis zum Äußersten gefordert, flehte William zwischen seinen Schreien um Gnade. Als er gelernt hatte, dass Flehen sinnlos war, schrie er nur noch in den gleichgültigen Himmel. Er hoffte auf den Tod als das Ende seines Elends, doch Reed zerrte ihn jedes Mal zurück, wenn ihm die Sinne schwanden. »Stirb nicht«, keuchte er erregt, »noch nicht!« Irgendwann zerschnitt er ihm die Fesseln, zog ihn an sich und ... küsste ihn.

Jäh fuhr William zurück. Diesen Teil der Erinnerung hatte

er bisher vermieden, auch wenn er ihn nicht ganz aus seinem Gedächtnis verbannen konnte; ebenso wenig wie das Wissen, dass Reed ihn am Ende seines Leidens, nachdem er ihn bis zur moralischen und physischen Selbstaufgabe gequält hatte, gar nicht hatte töten wollen. Aber was war schlimmer als der Tod? William konnte dem, was Reed ihm angetan hatte, keinen Namen geben. Doch was immer es war, es wandelte seine Unterwerfung am Ende in Hingabe an den »Herrn seiner Qualen«: Er hatte Reeds Kuss erwidert, als sei es das Einzige, was er in seinem Leben noch tun konnte.

Heiße Scham erfüllte ihn, ein peinigendes Gefühl der Schmach, das der Erniedrigung durch die Folterqualen gleichkam. Solche Schande konnte nur durch Blut getilgt werden. War er nicht deshalb hierhergekommen? Er blickte auf den Toten, auf das viele Blut, Reeds Blut, das hier und heute vergossen werden sollte – nun war es vergossen worden. Es war zu Ende. Endlich war es vorbei.

Das Klopfen hatte aufgehört. Roscoe beobachtete Williams inneren Kampf angesichts des blutüberströmten Leichnams. Es musste geraume Zeit vergehen, bis eine Art resignierter Ernüchterung Williams Züge entspannte. Als er sich von dem Toten abwandte, stand Roscoe auf, ging hin zu ihm und übergab ihm unaufgefordert die Pistole. William strich über den langen Lauf und die Silberapplikationen. Während er mit den Fingern den schwarzen Pulverschmauch verrieb, sagte er: »Wo ist die andere?«

Roscoe zögerte unmerklich, dann ging er zurück und holte die zweite Pistole mit dem Holster und der Munition unter dem Bett hervor.

William ließ ihn nicht aus den Augen. »Sichern!«, sagte er ruhig.

Roscoe legte Holster und Munition aufs Bett und sicherte die Waffe.

»Jetzt entladen. Nehmen Sie vorsichtig die Kugel heraus.«

Während Roscoe begann, die Pistole zu entladen, löste William sein *porte-épée* und legte den Säbel mit der Pistole auf einen Tisch. Um sein schmerzendes Bein zu entlasten, setzte er sich in den nächstbesten Sessel und lockerte den Stiefelriemen. Darüber entging ihnen, dass Quinn heraufgekommen war.

Quinn ging bis zur Zimmermitte und erstarrte einen Atemzug lang, als er den Toten erblickte. Fassungslos fuhr er zu den beiden Männern herum.

»Was haben Sie getan?« Er sah die Pistole in Roscoes Händen. »Sie hatten mir Ihr Wort gegeben, Roscoe!«, stieß er heftig hervor. »Sie haben gesagt, Sie würden ihn beschützen, und jetzt ist er tot!«

»Halten Sie sich zurück, Mr. Quinn«, versetzte William scharf. »Mr. Roscoe wird Ihnen später erklären, was passiert ist.«

Doch Roscoe erwiderte nicht weniger heftig: »Ich habe das nicht gewollt, Gabriel! Es blieb mir keine andere Wahl, er hat versucht, mich umzubringen.«

»Das ist nicht wahr, Sie lügen!«, schrie Quinn. »Heute Morgen hab ich den Captain gesehen, es ging ihm sehr gut, ich habe doch mit ihm gesprochen ...«

»Das war nicht Algernon! Es war der andere, der Zwilling. Ich habe es zu spät bemerkt, erst als er mich angriff.«

»Aber Sie haben behauptet, Sie könnten ihn beherrschen. Sie haben gesagt, Sie hätten es im Griff, Lieutenant ...«

»Wie sollte ich wissen, dass es so furchtbar würde?«

Quinn kam ein unseliger Gedanke. »Nein, ich glaube Ihnen nicht. Ich denke, Sie beide haben das gemeinsam geplant.« Er wandte sich zornig gegen William: »Sie, Colonel, haben ihn hergeschickt, er sollte Ihnen helfen, den Captain zu töten. Wie hatten Sie zu mir gesagt: Es sei auf ihn Verlass? Oh ja, das haben

Sie gesagt! Geben Sie es zu, Sie haben ihn dazu *abgerichtet*! Er wartete nur auf Ihren Befehl.«

»Großer Gott, Quinn! Was reden Sie da?«, rief William entnervt.

Plötzlich ein Schnappen von Metall, Roscoe hatte die Pistole entsichert; sie war noch geladen. Er spannte den Abzug und richtete die Waffe auf Quinn.

»Spencer, sagen Sie ihm, dass das nicht wahr ist! Ich war Algies Freund, ich hätte ihn nie verraten!« Wie sollte er das alles nur ertragen? Algernon war tot, er selber hatte ihn erschossen, um ihm ein schlimmeres Los zu ersparen. Oh, er hätte sich auch gleich erschießen sollen! Nun war er allein, er hatte den einzigen Menschen verloren, der ihn gern gehabt hatte und den er über alles geliebt hatte. Wilder Schmerz zerriss sein Herz. Wie konnte Gabriel behaupten, er habe Algernon auf Spencers Geheiß getötet? Wie konnte er das glauben!

William war langsam aufgestanden. Er bedeutete Quinn, jetzt besser den Mund zu halten, dann sagte er zu Roscoe: »Nehmen Sie die Waffe herunter.«

Roscoe schüttelte den Kopf, mit zusammengepressten Lippen zielte er weiter auf Quinn.

»Kommen Sie, was soll das? Sie sehen doch, Mr. Quinn ist unbewaffnet.« William sah, dass Roscoe völlig am Ende war; umso weniger gefiel es ihm, dass er mit einer Pistole herumfuchtelte. Gerade wollte er ihn erneut auffordern, die Pistole zu senken, als ein schwarzes Mädchen hereinhuschte. Kurze Zöpfchen flogen um ihren Kopf wie bei einem Kind.

»Zurück, Zadia!«, schrie Quinn.

Sie zögerte. Durch einen Schwenk des Arms richtete Roscoe den Lauf der Pistole jetzt auf sie. Zadia blickte verwirrt von Quinn zu Roscoe, dann sah sie den Toten auf dem Bett, und ihr Gesicht wurde schmal vor Trauer.

»Rühr dich nicht, Zadia!«, rief Quinn voller Angst.

William fühlte sich an die Szene in der Burg erinnert, an

Nénés tragischen Tod. Mit aller Überzeugungskraft, derer er fähig war, sagte er: »Mr. Roscoe, Oliver, bitte, ich beschwöre Sie! Tun Sie dem Mädchen nichts!«

Quinn, außer sich vor Sorge um Zadia, war weniger beherrscht. »Zum Teufel, Roscoe«, schrie er, »sind Sie verrückt geworden? Nehmen Sie die verdammte Waffe runter!«

Zadia indessen betrachtete Roscoe voller Mitleid, sie sagte: »Nein, er ist nicht verrückt. Nur sehr traurig, weil Mass'a Reed tot ist.« Dann ging sie auf Roscoe zu.

Quinn schrie: »Zadia, nicht!«

Aber sie ging weiter, ohne die Pistole in Roscoes Hand zu beachten. Als sie vor ihm stand, sagte sie ernst: »Der Herr hat Sie sehr gern gehabt. Er hat mit Ihnen gelacht und war glücklich, wenn Sie bei ihm waren.«

»Ja, manchmal war er glücklich.« Roscoe ließ die Pistole sinken. »Aber Algie ist fort. Den anderen konnte ich nicht am Leben lassen.«

»Nein, Mass'a Roscoe. Das konnten Sie nicht.«

William gab Quinn einen Wink, dass er Zadia bei der Hand nahm und rasch mit ihr hinausging. Kaum fiel die Spannung von ihm ab, wurde William sich der stechenden Schmerzen in seinem Bein wieder bewusst. Er ließ sich in den Sessel fallen und musste die Zähne zusammenbeißen, um nicht aufzustöhnen, als er das Bein ausstreckte. Gereizt sagte er zu Roscoe, der immer noch mit der Waffe in der Hand dastand: »Geben Sie mir endlich die Pistole, auch Holster und Munition, na los.«

Roscoe gehorchte widerspruchslos und legte alles wie verlangt auf den Tisch. Während William die beiden Duellpistolen neu lud und in den Pistolentaschen verschnürte, war Roscoe zu dem Toten zurückgekehrt. Er hatte sich zu ihm ans Bett gesetzt und hielt dessen rechte Hand zwischen seinen Händen.

William lehnte sich zurück, schloss die Augen. Der Tag seiner Rache neigte sich. Reed war tot, es gab nichts mehr für ihn zu tun. Er hatte es sich anders vorgestellt, aber vielleicht war es besser so. Es mochte eine Stunde vergangen sein, als er aufstand und den Säbel und den Pistolengurt umschnallte. »Kommen Sie, Mr. Roscoe. Es wird Zeit.« Er nickte ihm kurz zu. Zögernd ließ Roscoe die Hand seines Freundes los und folgte ihm.

Quinn hatte in der Loge gewartet. Als die beiden Männer aus dem Haus kamen und die Eingangsstufen hinuntergingen, lief er auf den Vorplatz. Ohne Vorwarnung stürzte er sich auf Roscoe, packte ihn und fauchte wütend: »Glauben Sie nicht, ich lasse Sie so einfach laufen, Roscoe! Sie haben den Captain erschossen, Sie haben Zadia mit der Pistole bedroht, dafür werden Sie büßen!«

»Hören Sie auf, Mann!«, ging William dazwischen. »Sehen Sie nicht, was mit ihm los ist?«

Quinn versetzte Roscoe einen harten Stoß vor die Brust, bevor er von ihm abließ. Roscoe hatte nicht versucht, sich zu wehren. Er machte tatsächlich einen erbarmungswürdigen Eindruck. Dennoch war William auf der Hut; um Schwierigkeiten zu vermeiden, schickte er ihn die Pferde holen, die noch im Schatten der Allee standen, wo Quinn sie zurückgelassen hatte.

»Wie läppisch er sich jetzt hinter Ihrem Mitleid verkriecht!«, höhnte Quinn hinter ihm her. »Gestern noch prahlte er, dass er Sie töten würde, wenn Sie es wagen sollten herzukommen.« Er spuckte verächtlich auf den Boden. »Hah, wer traut schon einem Kreolen!«

»Roscoe sagte, Reed habe ihn umbringen wollen«, meinte William stirnrunzelnd. »Was halten Sie davon? Ist an dieser Geschichte von dem geistesgestörten Mörder also doch etwas dran?«

»Wer hat Ihnen davon erzählt?«

»Ein Arzt, der auf meine Hilfe bei der Aufklärung einiger obskurer Todesfälle hoffte.«

»Ingham! Dann wussten Sie Bescheid?«

»Ich war mir nicht sicher. Ich wollte mich selber überzeugen, ob Reed wahnsinnig war. Was Roscoe sagte, hört sich danach an, dass der Arzt mit seiner Vermutung richtig lag.«

»Das gab Roscoe trotzdem nicht das Recht, Reed zu töten! Es wäre bestimmt noch eine Zeit lang gut gegangen. Ich hätte schon aufgepasst, dass nichts passiert ...«

»Und wie? Wollten Sie ihn in einen Käfig sperren? Wie lange hätten Sie das durchgehalten, Quinn? Roscoe hat Ihnen allen Schlimmes erspart, betrachten Sie es einmal so.«

Quinn schüttelte düster den Kopf. »Und was soll jetzt geschehen? Ich muss melden, dass Mr. Reed ... verstorben ist.«

»Warten Sie, bis der Arzt da war. Ich werde Ingham verständigen, damit er herkommt und den Totenschein ausstellt. Danach können Sie den Constable informieren.«

»Sir, was soll ich ihm erzählen? Sie haben Mr. Reed gesehen, er hat Verletzungen in seinem Gesicht. Es ist offensichtlich, dass es einen Kampf gegeben hat.«

»Schildern Sie, was passiert ist: Dass Reed sich wegen einer Auseinandersetzung mit seinem Freund Roscoe geschlagen hat. Sagen Sie, dass Roscoe abgereist sei, und dass Sie Reed später erschossen in seinem Zimmer aufgefunden haben. Zumindest entspricht jedes für sich der Wahrheit.«

»Am Ende wird es heißen, Mr. Reed habe sich erschossen, weil sein feiger Freund ihn verlassen hat. Erwarten Sie allen Ernstes, dass ich Roscoe decke?«

»Ich erwarte nur, dass Sie vernünftig sind. Oder glauben Sie, Ihr Captain würde wollen, dass man Roscoe für seinen Tod zur Rechenschaft zieht?« Er übersah Quinns abgründigen Blick und meinte abschließend: »Dann wären wir uns einig.«

Roscoe kam mit den Pferden. Quinn wollte Lone Star beim Zaum fassen, überlegte es sich aber anders und sagte zu Roscoe: »Mr. Reed wollte, dass Sie Lone Star reiten. Also nehmen Sie ihn mit.«

Ohne ein Wort des Danks schwang sich Roscoe in den Sattel. Lone Star schnaubte nervös und warf den Kopf hoch.

Quinn machte sich auf alle möglichen Grobheiten gefasst, doch Roscoe überraschte ihn, indem er das Pferd ruhig versammelte.

Als William im Sattel saß, winkte er Quinn noch einmal heran. »Schicken Sie Roscoes Sachen in die Stadt, zum Hearton Hotel in der Queen Street.«

»Sie nehmen ihn mit?«

»Fürs Erste.«

Roscoe verbrachte die meiste Zeit des Tages in seinem Hotelzimmer. Er war zu nichts zu gebrauchen und lag schweigend in einem Sessel an der offenen Balkontür.

Von Zeit zu Zeit sah William nach ihm. Er ließ ihn in Ruhe, an einer Rückkehr zu ihrem vormaligen Herr-und-Diener-Verhältnis war ihm nicht gelegen. Doch stand für ihn fest, dass er am Tag seiner Abreise aus Charles Town Roscoes selbstgewählter Isolation ein Ende setzten würde.

Er wusste nicht genau, was ihn bewogen hatte, Roscoe nach Reeds Tod mitzunehmen. Es hatte wohl damit zu tun, dass seine Vergeltung fehlgeschlagen war und sein Racheverlangen keine Genugtuung erfahren hatte. In Ermangelung des eigentlichen Ziels konnte er seine Ressentiments wenigstens gegen Roscoe richten. Doch was war damit gewonnen? Indem er Roscoe täglich begegnete, musste er sich auch seinen unbefriedigten Hassgefühlen täglich aufs Neue stellen. Den erhofften Frieden würde er so bestimmt nicht finden!

Nein, im Grunde gab es nur einen Weg, die Erbitterung und den Hass in seinem Herzen zum Schweigen zu bringen: Er musste sich überwinden und Roscoe vergeben, was er und Reed ihm angetan hatten. Vergebung, keine Vergeltung. Vielleicht würde dann auch das Gefühl der Demütigung von ihm genommen und er konnte seine Selbstachtung wiedererlangen.

Es war ein ungewohnter Gedanke, und er nahm seiner Verachtung für Roscoe den Stachel.

Im Zuge der Vorbereitungen, Serenity Heights in Besitz zu nehmen, übertrug William die Vermögensverwaltung für sein Anwesen dem Bankhaus Ashley & Bolton. So war es unvermeidlich, dass er und Tyler sich noch einmal begegneten. In der geschäftsmäßigen Atmosphäre des Konferenzraumes, in Anwesenheit des Bankinhabers Gordon Ashley und seines Sekretärs, legte Tyler die Art von Aufmerksamkeit an den Tag, die William als vermögender Anleger erwarten durfte. In knappen Worten erläuterte er, wie die Bank Williams nicht unbeträchtliche Einkünfte langfristig gewinnbringend anlegen wollte.

»Es freut uns, Mr. Marshall, dass Sie uns diese verantwortungsvolle Aufgabe übertragen«, schloss er förmlich. »Sie beweisen unserem Unternehmen dadurch großes Vertrauen.«

»Wie Sie wissen, haben wir auch Mr. Longuinius über viele Jahre beraten«, ergänzte Ashley mit mehr Verbindlichkeit. »Daher darf ich Ihnen offen gestehen, dass mich Ihre Erbeinsetzung überrascht hat. Als ich mit Longuinius über die Testamentsgestaltung sprach, hat er Ihren Namen nie erwähnt. Ich meine, es ist doch ungewöhnlich, dass er kurz vor seinem Tode eine Verfügung trifft, durch die er einen Mann, der quasi aus dem Nichts auftaucht, zu seinem Nachfolger macht?«

»Es stimmt, kaum jemand wusste von der Freundschaft, die uns verband«, entgegnete William, der mit dieser Frage gerechnet hatte. »Es waren gefahrvolle Zeiten, als wir uns begegneten, Zeiten der Not; mag sein, er hat deshalb nicht darüber gesprochen. Wir lernten uns kennen, als der Kampf um die Unabhängigkeit in der Tat auf Messers Schneide stand. General Washington wartete in Valley Forge auf Truppenunterstützung, während die Engländer es sich in Philadelphia gut gehen ließen. Longuinius und ich wohnten in der besetzten Hauptstadt unter demselben Dach, zusammen mit einquartierten britischen Offizieren. Ich lieferte ihm militärische Informationen über die Besatzungstruppen, die er durch Mittelsmänner an Washingtons Geheimdienst weiterleitete. Als es für ihn in Philadelphia zu gefährlich wurde, half ich ihm, aus der Stadt zu fliehen. Später behauptete er, ich hätte ihm damals das Leben gerettet.«

Es war die Wahrheit, ließ man außer Acht, dass sie in Wirklichkeit Feinde waren und er, William, völlig ahnungslos dazu beitrug, dass den Engländern einer ihrer meistgesuchten politischen Gegner durch die Lappen ging. Colonel Harcourt hatte, um William zu schützen, dafür gesorgt, dass der Vorfall nicht bekannt wurde. William war überzeugt, Longuinius hätte an dieser Darstellung der Episode seine Freude gehabt.

Ashley betrachtete ihn wohlwollend. »Gemeinsam durchstandene Gefahren sind eine starke Verbindung, Mr. Marshall. Das erklärt natürlich vieles.« Er hatte William als Verwalter Legacys geschätzt. Nachdem Longuinius den neuen Mann durch seine großzügige Zuwendung ausgezeichnet hatte, fühlte der Bankier sich in seiner Einschätzung bestätigt. »Wissen Sie, ich kannte Julien Longuinius viele Jahre. Er war nicht nur in South Carolina ein angesehener Mann, sondern gilt auch als einer der führenden Staatstheoretiker Amerikas. Serenity Heights war seine Eremitage, wenigen wurde das Privileg zuteil, ihn dort besuchen zu dürfen. Aus seinem Testament geht hervor, dass er Sie als Einzigen vor seinem Tode zu sich rief. Vielleicht dachte er nicht allein an seinen Grundbesitz, als er Sie zu seinem Erben ernannte?«

William lächelte. »Nehmen wir es als das, was es ist. Ich werde es als größtes Privileg betrachten, an diesem einzigartigen Ort leben zu können. Der Genius Loci von Serenity Heights kann einem Kriegsveteranen wie mir nur guttun.« Er stand auf, auch die anderen erhoben sich, um ihn zu verabschieden.

Tyler begleitete ihn hinaus. Der Wind hatte aufgefrischt und brachte kühlere Luft von der See. Während sie unter dem Portal auf die Droschke warteten, wollte Tyler seinen Unmut nicht länger verbergen.

»Wie war das gleich: Sie haben dem großen Longuinius das Leben gerettet? Wirklich fabelhaft!«

»Was gefällt Ihnen daran nicht, Tyler?«

»Ging es nicht auch dezenter?«

»Das Leben ist nicht dezent.«

»Da haben Sie recht, Marshall. Zumindest bei Ihnen muss man auf alles gefasst sein.«

Es gab nichts mehr zu sagen, trotzdem wollte keiner als Erster das Feld räumen. »Wann reisen Sie ab?«, fragte Tyler.

»Morgen.«

»Sie gehen nach Serenity Heights, auf Ihren neuen Besitz?«

»Nicht sofort, ich will zuerst nach Legacy.«

»Oh richtig. Legacy. Wie konnte ich das vergessen!«

Tylers Miene ließ nicht erkennen, ob er nur gekränkt oder wütend war. Deshalb zögerte William; er wollte sich nicht im Streit von ihm trennen.

»Ich denke, Tyler, ich kann Ihnen nachempfinden ...«

»Nein, Marshall, das können Sie nicht!«, fiel ihm Tyler aufgebracht ins Wort. »Wenn Sie es könnten, wäre das alles nicht passiert. Nur jemand wie Sie, der eben nicht nachfühlen kann, was er anderen antut, fordert Liebe ein, wo er doch Verachtung verdiente, nachdem er eine Frau in Antonias Lage verlassen hat!« Seine scharfen Worte hatten Passanten aufhorchen lassen, darum mäßigte er sich, als er weitersprach: »Ist Ihnen nie der Gedanke gekommen, dass ich Antonia freigebe, weil ich ihre Zerrissenheit nicht mitansehen möchte? Ich will ihr den Schmerz einer Entscheidung ersparen, und ich nehme auch auf Ihre Gefühle Rücksicht.«

»Vielleicht sollten Sie in Zukunft weniger rücksichtsvoll sein.«

»Und lernen, wie man über Leichen geht, so wie Sie? Das können Sie doch am besten, Marshall.«

William war sich der Würdelosigkeit dieses Wortwechsels bewusst. Wieso hatte er es dazu kommen lassen? Er wollte Tyler nicht verletzen, er mochte ihn, trotz allem, und das musste er ihm sagen. »Sie haben recht, ich bin rücksichtslos und gehe über Leichen, wenn es sein muss. Aber nicht heute.« Die Droschke fuhr vor. Er berührte ihn versöhnlich am Arm. »Leben Sie wohl, Tyler. Ich hoffe, wir sehen uns wieder.«

Es war nicht die übliche Sprechzeit für Patienten, aber als Mrs. Randell ihn anmeldete, empfing Ingham ihn sofort und bat ihn, an seinem Arbeitstisch Platz zu nehmen. »Als ich vor drei Tagen Ihre Nachricht bekam«, begann Ingham, »bin ich sofort nach Hollow Park hinausgefahren.«

»Hat Mr. Quinn Ihnen berichtet, was passiert ist?«

»Das hat er, wenn auch etwas verworren.« Ingham überlegte kurz, dann sagte er: »Machen wir uns nichts vor! Sie wissen, ich hatte befürchtet, dass es so kommen würde. Ich wollte es Mr. Quinn ausreden, sich auf ein so gefährliches Experiment mit einem Geistesgestörten einzulassen, aber er war nicht davon abzubringen. Er hatte nicht damit gerechnet, dass sich Mr. Reeds Zustand so rapide verschlechtern würde. Vielleicht hat auch irgendein unerwartetes Ereignis seinen kranken Geist aufgestört? Wir wissen es nicht. Diese geistigen Krankheiten sind sehr rätselhaft.« Ingham seufzte. »Der arme Quinn macht sich Vorwürfe, er hätte nicht richtig aufgepasst. Ich habe versucht, ihn zu beruhigen. Ich sage es ungern, Mr. Marshall, aber es war für alle Beteiligten vielleicht das Beste, dass Reed sich erschossen hat.«

»Nicht für alle Beteiligten.« William dachte an seine verlorene Rache. So sehr hatte er sie herbeigewünscht, dass sie nun bei ihm blieb, wie ein Versprechen, das er nicht einlösen konnte. Er dachte auch an Joshuas Frau, Rovena. »Was wird jetzt aus den Schwarzen, die sich für den Mord von Elverking verantworten müssen? Durch Reeds Tod wird ihre Lage nicht besser.«

»Oh, Sie haben es noch nicht gehört? Man hat sie freigelassen.«

»Dann werden sie also nicht angeklagt? Warum?«

»Der Mörder wurde gefunden.«

»Moment, Doktor, Sie und ich wissen, dass der Mörder ... tot ist.«

»Sehr richtig, er ist tot.« Ingham nickte. »Man hat die Leiche des Mannes in der Reismühle von Stratton gefunden, er hat sich auf dem Trockenboden erhängt. Es handelt sich um den Caid von Elverking, Jeremy. Reeds Verwalter fand ihn bei der Inspektion der Mühle.«

William runzelte die Stirn. »Wieso glaubt man, dieser Jeremy habe die Frau getötet?«

»Nun, genau weiß man es natürlich nicht. Es heißt, Jeremy habe bei der Vernehmung durch den Constable die Voodoo-Priesterin und ihre Anhänger des Mordes an Prudence Fraser beschuldigt; man glaubt nun, er versuchte, den Verdacht auf die Voodoo-Sklaven zu lenken, die ohnehin jedermann suspekt sind. Dann ist er davongelaufen; für den Constable kommt seine Flucht einem Geständnis gleich.«

»Aber Sie sagten, der Mann habe sich erhängt. Das ist nicht logisch: Erst ist er geflohen, dann soll er sich umgebracht haben? Was glauben Sie, ist wahr, Doktor?«

»Schwer zu sagen. Kürzlich kam ich zu meinen Malariapatienten nach Elverking, dort hörte ich von den Sklaven eine andere Version. Sie erzählen sich, eines Nachts seien Leute des Mougadou-Clans gekommen und hätten Jeremy mit einem Seil um den Hals weggeführt. Jeremy gehörte auch zu den Mougadous, wie diese Priesterin und Reeds schwarzer Leibdiener Castor; ich sah ihn auf Hollow Park, er könnte Jeremys Zwillingsbruder sein. Man weiß von Intrigen um die Macht innerhalb dieses Clans, denen bisweilen ihre engsten Angehörige zum Opfer fallen. Hier sind Dinge im Spiel, die uns fremd sind und denen wir lieber nicht nachgehen sollten. Wie auch immer, offiziell hält man den Caid Jeremy für den Mörder von Prudence Fraser. Mit seinem Tod gilt der Fall als abgeschlossen.«

»Wie erfreulich.« William zuckte nicht mit der Wimper.

»Was wird jetzt aus Ihrer Theorie, Doktor? Wollten Sie nicht beweisen, dass es einen Zusammenhang zwischen der Toten von Elverking und den früheren Mordopfern gibt?«

Ingham schob die Papiere, die seinen Schreibtisch bedeckten, zu einem ordentlichen Stapel zusammen; eine Hand auf seinen Unterlagen, antwortete er: »Als ich die Spur des Täters verfolgte, ging es mir darum, weitere Morde zu verhindern. Nun bin ich mir ziemlich sicher, dass es keine verstümmelten Leichen mehr geben wird. Wem sollte ich etwas beweisen wollen? Außer mir hat sich doch niemand dafür interessiert.« Dann fragte er ruhig: »Was wurde aus Ihrer Rache, Mr. Marshall?«

»Meine Rache? Es hat sie nicht gegeben, es war zu spät.«

Ingham seufzte erleichtert, denn bis zu diesem Moment war er im Zweifel gewesen, ob es nicht doch William war, der Reed erschossen hatte. »Ich habe etwas für Sie«, sagte er und stand auf. Als er an William vorbeiging, legte er ihm für einen Moment seine Hand auf die Schulter.

Die schlichte Geste tat William gut. Es gab so vieles, was er dem Arzt gerne anvertraut hätte, Gedanken, die er sonst niemandem mitteilen, Empfindungen, die er nur schwer in Worte fassen konnte. Ingham hätte verstanden, warum er nicht lassen konnte von seinen dunklen Gefühlen für Reed, auch wenn sie nicht mehr erwidert würden und für immer wie eine kalte Last auf seinem Herzen lagen.

Indessen hatte Ingham gefunden, was er suchte. Es war ein altes Notizenbuch, er legte es vor William auf den Tisch. »Es fiel mir wieder ein, nachdem Sie neulich gegangen waren. Es sind Aufzeichnungen von der Hand eines Mädchens, eines klugen und gewissenhaften Mädchens. Sie starb als junge Frau im Kindbett, ihr Mann Robert Bell gab mir das Büchlein, weil er mein Interesse für die Naturmedizin kannte. Adela Bell war mit einer indianischen Heilerin befreundet; in diesem Buch hatte sie aufgeschrieben, was die Indianerin über die Medizin der Stämme in unserer Region berichtete. Sie finden hier

Rezepturen von einer Heilweise, die bald so alt ist wie dieser Kontinent. Lesen Sie es, vielleicht ist darin beschrieben, wie Sie Ihre Beschwerden lindern können.«

William schlug das in Leder gebundene Notizenbuch auf. Nach einem rot gemusterten Vorsatzblatt begann auf der ersten Seite der Eintrag: »Serenity Heights, am 3. Juni 1747: Vier Federn hat blauen Mohn aus den Bergen mitgebracht. Wir haben ihn getrocknet und zermahlen und mit dem Öl wilder Pekannüsse vermischt ...«

Das Buch enthielt in einer sorgfältigen, unkindlichen Handschrift genaue Beschreibungen zur Herstellung und Wirkungsweise der alten indianischen Medizin. William sah das Mädchen vor sich, das diese Rezepturen gesammelt und aufgeschrieben hatte, Adela Cosel, Antonias Mutter, er kannte sie von dem Bild in Antonias Zimmer. Er war überzeugt, wenn überhaupt, fände er in diesen Aufzeichnungen Heilung für Körper und Seele.

Alles schien sich zu einem Ganzen zu fügen, Serenity Heights und Adela, Vier Federn und Antonia, Henry Lorimers Tod und Longuinius' Liebe zu dem Sohn, den er nie hatte. Er schloss das Notizenbuch und steckte es in die Innentasche seines Rocks. Orte, Menschen, selbst Worte, die ein Kind vor langer Zeit schrieb – sein Leben schien mit diesem Land verbunden. Hierherzukommen war Heimkehr.

49.

Zu beiden Seiten des Eingangs brannten Lichter in den Laternen. Es war noch dunkel, erst in ein paar Stunden würde im Osten der Sternenhimmel verblassen. Im Haus knackten hier und da die Holzdielen, sonst war es still. Halle, Esszimmer, Bibliothek schwiegen wie in Erwartung. Antonia schlief in ihrem

Himmelbett, eine Hand auf dem gewölbten Bauch, mit leisem, ruhigem Atem. Ihr Zopf hatte sich gelöst, das Haar breitete sich über das Kissen. Für Sekunden verzog sie die dunklen Brauen, als hätte ein ernster Gedanke sie im Schlaf gestreift.

Die Schwangerschaft hatte sie verändert, die Formen ihres Körpers gerundet, ihrer Gestalt mehr Weiblichkeit verliehen. Ihre Wangen waren voller, der Mund weicher. William lehnte an einem Bettpfosten. Er hatte das Nachtlicht auf der Kommode näher gerückt und betrachtete Antonia hingerissen. Ihr Anblick blieb nicht ohne Wirkung; er legte Rock und Weste ab und löste das weiße Halstuch, setzte sich auf den Bettrand, zog die Stiefel aus und entledigte sich all der eitlen, teuren Kleider. Die kühle Nachtluft ließ ihn kurz erschauern. Er legte sich neben die schlafende Frau, nahm sie behutsam in die Arme, endlich war er bei ihr. Sie zu berühren, ihre warme Nähe zu spüren, war zu erregend. Er vergaß die Behutsamkeit, schob ihr dünnes Nachthemd hoch, um ihren vollen Körper zu umarmen.

»Will …? William!«

Seine Hände fassten mit vertrautem, festem Griff ihre Brüste und Hüften, die Wölbung ihres Bauches. »Wie schön du bist!«, flüsterte er atemlos und küsste sie. »Meine Antonia, meine Liebste!« Ihre nachgiebigen, weichen Rundungen waren für ihn ein unerwarteter sinnlicher Reiz, glühend vor Lust zog er sie an sich. Er wollte sie sofort nehmen, gierig, rau, süchtig nach Liebe.

Erschrocken umfing sie ihren Bauch mit den Armen, um den Ansturm abzumildern, als sie seinem Drängen nachgab und ihn zu sich ließ. Noch scheu umfasste sie Williams Nacken, hielt sich an ihm fest und wurde mitgerissen von seinem Verlangen. Er spürte ihren raschen, heißen Atem an seiner Kehle, hörte die Worte ihrer Hingabe, dann vergaß er die Welt um sich. Er nahm kaum wahr, wie sie plötzlich aufschrie.

»Vorsicht, Will, Liebster! Sacht!«

Ihr Inneres hatte sich schmerzhaft zusammengezogen, um

das neue Leben vor selbstsüchtiger Lust zu schützen. Der Schmerz pulsierte tief in ihrem Leib, nahm ihr für Sekunden den Atem und verebbte so schnell, wie er gekommen war. Sie horchte nach innen. Als nichts weiter geschah, machte Williams Gegenwart sie den Schmerz bald vergessen.

Beim ersten Morgengrauen schlief sie in seinem Arm ein. Er wartete, dass ihr Atem gleichmäßig wurde, löste ihre Umarmung, hüllte sie in ihre Decke und stand auf. Als er das Zimmer verließ, war es im Haus so still wie zuvor. Er durchquerte die Halle und warf einen Blick in die Bibliothek. Der ovale Raum lag in rosigem Frühlicht, es war niemand darin. Wo konnte er sein? Durch den hinteren Flur betrat er das Verwalterappartement. Das Dienerzimmer war sauber gefegt und aufgeräumt, das Bett frisch bezogen. Hier war er also auch nicht. Er ging durch die Ankleide, öffnete die Tür zum Schlafzimmer.

Kalter Rauch und Alkoholgeruch schlugen ihm entgegen. In Hemd und Hosen lag Roscoe in dem großen Bett. Am Boden standen zwei leere Weinflaschen, auf dem Tisch eine halbvolle Brandykaraffe, ein Glas und eine leere Zigarrenschachtel. »Zum Teufel! Roscoe, was fällt Ihnen ein?«

Roscoe stützte sich auf die Ellenbogen, schüttelte benebelt den Kopf. »W-was?«

»Wer hat Ihnen erlaubt, meine Zigarren zu rauchen?«

»Aaah! Spencer, schreien Sie nicht so, ich bin ja wach.« Roscoe ließ sich zurückfallen und presste die Hände gegen die Stirn.

William trat ans Bett. »Stehen Sie auf.«

»Ich kann nicht.«

»Sie werden aufhören, sich Abend für Abend zu betrinken. Ab heute ist Schluss damit. Haben Sie mich verstanden? ... Mr. Roscoe?«

»Ja, ja! Und was soll ich stattdessen tun?«

»Was weiß denn ich? Das, was andere Leute tun.«

»Henrys Frau vögeln?«

Dafür, dass er nachts bis zum Umfallen getrunken hatte, war Roscoes Reaktion beachtlich; als William ihn am Kragen packen wollte, rollte er sich blitzschnell zur anderen Seite und sprang vom Bett. Grinsend fragte er: »Hab ich was Falsches gesagt?«

William erwiderte darauf nichts und ging in Richtung Verwalterbüro. Als er an Roscoe vorbeikam, wich der Kreole ein Stück zurück. »Ziehen Sie sich an, Roscoe. Wenn Sie hinausgehen, hinterlassen Sie das Zimmer so, wie Sie es vorgefunden haben.«

»Aye, Sir!«

»Und sparen Sie sich Ihre Scherze.«

Er ist zurückgekommen! Antonia schloss wieder die Augen, verweilte im Gedankenreich der Möglichkeiten. Der neue Tag konnte warten, hinter ihren geschlossenen Lidern lag noch die Nacht, Williams Umarmung, seine Liebe. Solange sie tat, als schliefe sie noch, blieb die Nacht bei ihr mit dem Klang seiner dunklen Stimme, dem Geschmack seiner Haut auf ihrer Zunge.

Irgendwann wurde es zu hell, um weiterzuträumen. Er war natürlich nicht da, er war im Dunklen aufgestanden, wie immer. Sie fragte sich, wann er überhaupt schlief. Schwerfällig setzte sie sich auf. In den vergangenen Wochen war sie träge geworden, ihr Zustand machte sie reizbar und launisch. Es war noch gut einen Monat bis zur Geburt, doch längst war sie es leid, den unförmigen Bauch mit sich herumzuschleppen. Warum musste eine Schwangerschaft so beschwerlich sein? Nachts schlief sie nicht gut, morgens konnte sie sich kaum entschließen aufzustehen. Und mit jedem Tag fand sie sich unattraktiver.

Letzte Nacht war das anders gewesen. William hatte ihren füllligen Körper stolz und selbstgefällig betrachtet, da sie den Beweis seiner Manneskraft zur Schau trug. Er hatte ihre weiche Weiblichkeit begehrt und sie so glücklich gemacht, dass sie sich selbst wieder gefiel. Sie wusch sich mit kaltem Wasser und zog ein schlichtes, weit fallendes Kleid an. Das Haar trug sie offen, nur von einem Band aus der Stirn gehalten. Sie wusste, dass es William so am besten gefiel. Nach einem lächelnden Blick in den Spiegel ging sie hinunter, um ihn zu suchen.

Sie hörte, dass Charlene sich in der Küche mit jemandem unterhielt. Aber es konnte nicht William sein, seine Stimme klang anders. Sie trat ein und sah Charlene am Tisch stehen, in der Hand hielt sie die Teekanne. »Tee ist das Richtige, der bringt Sie wieder auf die Beine.« Streng musterte sie einen jungen Mann, der neben ihr auf der Bank lungerte. »Kann man so unvernünftig sein? Zwei Flaschen Wein und noch Brandy!«

»Schon gut, Mammy, ich hab's kapiert.«

Der Tonfall war unverwechselbar.

»Oliver Roscoe?«

»Antonia! Wie geht es Ihnen?« Roscoe war zur Begrüßung aufgestanden. »Donnerwetter!«, entfuhr es ihm, indem er sie von oben bis unten betrachtete. »Sie sehen … einfach umwerfend aus, wirklich.«

»Geben Sie sich keine Mühe«, meinte sie, indem sie sich nicht gerade graziös niederließ. »Eine Schwangerschaft ist ein unvorteilhafter Zustand, man wird plump und schwer, kein Grund für Komplimente.«

Roscoe zuckte ungalant die Schultern und setzte sich wieder. Sie wunderte sich, wie gut er gekleidet war. Früher trug er exzentrische Garderoben; Henry hatte ihn einen Paradiesvogel genannt. Heute, im dunklen Rock, ohne die langen Raffael-Locken, wirkte Roscoe nahezu seriös.

Aus Charlenes Worten klang heraus, dass er schon seit letzter Nacht in ihrem Haus war, also musste er mit William hergekommen sein. War das möglich? William hatte geschworen, sich an Reed und Roscoe zu rächen. Nun, Reed war tot, es hieß, er habe sich erschossen. Selbstmord war etwas Schreckliches, dennoch hatte sie erleichtert aufgeatmet, als sie davon erfuhr. Endlich, nach Monaten, entließ sein Tod sie aus ihrer

Gewissensnot. Auch Williams tödliche Feindschaft gegen ihn musste damit ihr Ende finden. Doch was war mit Reeds Freund Roscoe? Offensichtlich hatte William ihn gefunden, ihm aber trotz seiner Rachedrohung kein Haar gekrümmt. Und warum brachte er ihn mit nach Legacy?

»Sagen Sie, Oliver, was machen Sie eigentlich hier?«

»Ich bin mit dem Colonel unterwegs zu seinem Haus in den High Hills. Hat er Ihnen das nicht erzählt?«

»William geht nach Serenity Heights, mit Ihnen?«

»Tee, Miss Antonia?«

»Charlene! Wo ist Mr. Marshall?«

»Er ist mit Joshua und Mr. Allan raus zu den Reispflanzungen. Wenn sie von dem Umritt zurück sind, will er gleich mit diesem Gentleman hier aufbrechen.«

»Und wieso erfahre ich nicht …«

»Ich hätte Ihnen schon Bescheid gesagt, Missy. Wer ahnt denn, dass Sie so früh aufstehen?«

Antonia erhob sich so würdevoll, wie es ihr möglich war. »Wenn er wieder da ist, sag ihm, ich warte auf ihn im Büro«, meinte sie kühl, und an Roscoe gewandt: »Sie kommen mit mir.«

Sie nahm am Schreibtisch Platz. Roscoe ging gleich zur Anrichte, nahm eine geschliffene Brandykaraffe und öffnete sie mit fragendem Blick. »Sie erlauben doch?«

»Was soll das um diese Zeit?«

»Ich bin krank, Ma'm.« Er klopfte gegen die Karaffe. »Das hier hilft!«

»Machen Sie doch, was Sie wollen.«

Er goss sich ein Glas voll, hob es kurz in ihre Richtung, trank es in einem Zug aus und schenkte sich wieder ein. Mit dem Glas in der Hand lümmelte er sich in einen der Ledersessel ihr gegenüber und trank in kleinen Schlucken von seinem Brandy. Sie versuchte, ihn zu übersehen, nahm das erstbeste Schriftstück zur Hand, den Ernteberichtdes letzten Quartals, und begann darin zu blättern.

»Das Kind ist von Bill Spencer, oder?«, fragte er unvermittelt.

»Das geht Sie nichts an«, entgegnete sie, ohne von den Papieren aufzusehen. »Woher wollen Sie das überhaupt wissen?«

»Algie sagte, es sei von Spencer.«

»Wer ist Algie?«

»Mein Freund, Algernon Reed. Er hat Sie doch oft hier auf der Plantage besucht.«

Gereizt legte sie den Bericht beiseite. »Hören Sie, Oliver, ich weiß nicht, ob Sie den Unterschied verstehen, doch Mr. Reeds gelegentliche Besuche waren eine höfliche Geste. Wir waren nur flüchtig bekannt.«

Roscoe drehte das Glas in der Hand, in seinen dunklen Augen lag trotziger Widerspruch. »Algie hat mir von Ihnen erzählt. Er hielt ja sonst nicht viel von Frauen, aber Sie haben ihn beeindruckt, das hab ich gleich gemerkt.« Der Alkohol verstärkte seine schleppende Sprechweise, als er fortfuhr: »Immer sprach er davon, wie gebildet Sie sind und wie klug. Algie mochte kluge Menschen, und Sie mochte er ganz besonders.«

»Mr. Reed war ein aufmerksamer Gesprächspartner«, sagte Antonia, um eine neutrale Wendung bemüht. »Ich hörte von seinem tragischen Tod. Was hat ihn wohl so weit getrieben, sich das Leben zu nehmen?«

»Oh, es gab da so manches, nicht wahr, Mr. Roscoe?«

Antonia fuhr herum, William stand in der Tür zur Halle. Seine Worte waren an Roscoe gerichtet, aber sein eisiger Blick galt ihr.

»Will! Warum kommst du nicht herein?«

Er konnte noch nicht lange dort gestanden haben, die letzten Sätze aber musste er gehört haben, denn er sagte: »Ich wusste, dass Reed ein Freund deines Mannes war. Aber du hast mir nie erzählt, wie gut er auch dich kannte, Antonia!«

Sein Blick war unerbittlich. Das war nicht der Mann, der sie letzte Nacht voller Sehnsucht umarmt hatte; hier stand der finstere Colonel Spencer mit seinen unmenschlichen Vorstellungen von Loyalität. Für eine Nacht hatte sie vergessen, wie er wirklich war.

»Was heißt gut kennen?«, versuchte sie, seinen Vorwurf zu entkräften. »Ich bin ihm nicht oft begegnet. Er kam manchmal mit Frank zum Tee, wir sprachen über Henry.«

»Natürlich!«

»Sei nicht zynisch. Frank und Reed waren Freunde meines Mannes, wir machten Konversation, wie unter Nachbarn üblich. Das war alles, ich kannte Reed nicht näher.«

»Oh doch, Sie kannten ihn sogar sehr gut.«

Roscoe! Ihn hatte sie vollkommen vergessen. »Was reden Sie da, Oliver?«

»Sie waren bei ihm auf Hollow Park, nicht nur zum Tee, Sie sind länger geblieben, Algie hat es mir erzählt. Er hatte Sie sehr gern. Eigentlich wollte er, dass Sie seine Frau werden.«

»Um Gottes willen, nein! Wie können Sie so etwas behaupten?«

»Er hat oft davon gesprochen.«

»Das ist nicht wahr, Oliver!«

»Doch ist es wahr! Ich lüge nicht!«

»Stimmt, er lügt nicht. Er kann es gar nicht«, bestätigte William, kam herein und setzte sich neben Roscoe in einen Sessel. Als er das Glas in seiner Hand sah, nahm er es ihm wortlos ab und stellte es beiseite.

Nach dem erregten Wortwechsel wirkte ihr Schweigen umso bedrückender. Antonia spürte, dass William sich gegen sie verschloss; sie kannte den distanzierten Ausdruck, der seine Züge verhärtete, nur zu gut. Sie konnte nicht verstehen, warum er an ihrer Aufrichtigkeit zweifelte. Ihre ganze Liebe hatte sie darauf verwendet, sein Vertrauen zu gewinnen, am Ende war es vergebens, das wusste sie jetzt. Schon ihre Erinnerung an Henry war William zuwider gewesen; ihre Begegnung mit seinem Erzfeind Reed aber würde er ihr nie verzeihen. Eher opferte er ihre Liebe, als dass er seine stolzen Prinzipien aufgäbe. Sie war es müde, sich immer von Neuem zu rechtfertigen und ihm ihre Liebe beweisen zu müssen, während er sogar Roscoes Worten mehr glaubte als ihren Beteuerungen. Und doch versuchte sie es ein letztes Mal.

»William, ich weiß nicht, was Mr. Reed sich vorstellte oder was er anderen über mich erzählte. Ich habe ihn nie ermutigt, und wenn ich ihm begegnete und wir uns unterhielten, dann einfach, weil es die Höflichkeit gebot.«

»Aber ausgerechnet er, Antonia! Wie konntest du nur? Nach allem, was dieser Mann mir angetan hat, machst du mit ihm freundlich Konversation, so freundlich anscheinend, dass er sich in dich verliebt hat!«

»So war es nicht, versteh doch! Ja, ich merkte, dass er meine Gesellschaft suchte und sich bemühte, besonders zuvorkommend zu sein. Aber ich wollte das nicht, weil ich wusste, was er getan hatte. Er war mir unheimlich, und ich bin ihm aus dem Weg gegangen.«

»Zum Glück, darum bist du noch am Leben!«, sagte William schroff. »Reed war geistesgestört, ein gefährlicher Irrer. Du wärst nicht sein erstes Opfer gewesen.«

»Woher weißt du das?«

»Spielt das noch eine Rolle? Als ich ihn fand, war er tot. Ich bin zu spät gekommen.« Er sah Roscoe an, nickte. »Es ist besser so.«

Dann, wie auf ein Zeichen, standen beide auf, nahmen ihre Hüte, gingen zur Tür. Dort zögerte William. Antonia spürte, dass er es ihr überlassen wollte, den nächsten Schritt zu tun. Rasch raffte sie ihre Röcke und ging voraus durch die Halle. Als sie aus dem Eingang traten, wartete Noah schon mit den Pferden. Er hatte seine liebe Not mit Lone Star. Antonia hatte Reeds verrücktes Pferd sofort erkannt, das ungebärdige Tier riss am Zügel und schlug den Boden mit den Hufen.

»Sir, ich kann diesen Teufel nicht bändigen!«, rief Noah entnervt.

Auf Williams Wink verabschiedete Roscoe sich von Antonia. »War schön, Sie wiederzusehen, Ma'm.« Er verneigte sich, dann drückte er den Hut fest in die Stirn, lief die Stufen hinab, nahm von Noah die Zügel und sprang in den Sattel. Lone Star schüttelte die flammende Mähne, doch seine Auflehnung war vorüber. Aus Gründen der Disziplin ließ Roscoe ihn in schönen Volten um das Auffahrtsrondell traben.

Antonia stand mit William unter dem Portikus, es war ihr zweiter Abschied an dieser Stelle. Es tat nicht sehr weh, und weil sie nicht mehr versuchen musste, mit ihm glücklich zu werden, konnte sie ihn weiter lieben. Es machte sie nur traurig, dass er nie versucht hatte, dem Leben einfach nachzugeben. Er würde nicht aufhören, zu kämpfen und sich immer wieder aufs Neue zu beweisen. Es war seine Art zu leben, während sie ihr Glück anderweit finden würde; endlich war ihr das klar geworden.

Sie erwiderte den Blick seiner hellen grauen Augen und lächelte. »Siehst du, ich stelle dir keine Fragen, Will.«

Überraschend behutsam nahm er sie in den Arm, als er sie zum Abschied küsste.

Joshua kam zum Haus, ohne Eile stieg er die Stufen des Portikus herauf und blickte zusammen mit Antonia den Reitern nach. William war auf seinem eleganten Hunter weit voraus, während Roscoe mit Lone Star in gehörigem Abstand folgte. Joshua nahm den Grashalm, auf dem er kaute, aus dem Mund.

»Wo reitet er hin?«

»Nach Serenity Heights. Es erwartet ihn dort viel Arbeit. Onkel Julien ließ das Gut über den Krieg nicht bewirtschaften, das Land ist verwildert, die weitläufigen Gärten müssen in Form gebracht werden. Er wird eine Weile beschäftigt sein.«

»Und Roscoe?«
»Den nimmt er mit.«
»Warum tut er sich das an?«
»Ich glaube, Joshua, William tut sich das an, weil er an etwas erinnert werden will. Bei den Triumphzügen im alten Rom, weißt du, folgte dem Feldherrn ein Mann, der über ihn den Lorbeerkranz hielt und ihm doch ständig ins Gedächtnis rief, dass er sterblich sei. Aus demselben Grund, denke ich, hat William sich entschlossen, Oliver Roscoe mitzunehmen.«

50.

Am Nachmittag begann der Himmel zu leuchten. Vereinzelte Wolken zogen vorüber und fingen sich ihren Anteil am goldenen Licht. Die Natur war wieder in Bewegung gekommen, mit jähen Windböen kündigten sich die Herbststürme an. Es war Antonias liebste Jahreszeit, morgen war ihr Geburtstag.

Sie ging zu den Stallungen. Grace hatte sich ein Sprunggelenk verstaucht. Seit das temperamentvolle Pferd nicht mehr regelmäßig geritten wurde, tobte es sich auf der Koppel zu ungestüm aus. Antonia wollte mit Joshua einen Trainingsplan erstellen, damit es dem kleinen Araberpferd nicht gar zu langweilig wurde. Auf der Hälfte des Weges blieb sie plötzlich stehen und fasste ihren gewölbten Bauch, atmete mit offenem Mund tief ein und aus, bis die Wehe verebbte. Als sie weitergehen wollte, überfiel sie eine zweite, stärkere Wehe. Sie ließ sich vorsichtig auf die Knie nieder, stützte sich mit einer Hand am Boden ab, mit der anderen betastete sie ihren harten Bauch. Die Kontraktion war stark. Sie wusste, sie musste jetzt atmen, immer ruhig weiteratmen.

Charlene und Enjada Lytton hatten ihr noch einen knappen Monat gegeben. Aber letzte Nacht hatte sich etwas verändert, sie hatte es gleich gespürt. Sie hatte Williams Verlangen nicht widerstehen können, und dann war er nicht gerade zurückhaltend gewesen. Zu viel Liebe sei nicht gut für das Baby, pflegte Enjada zu sagen, die sechs gesunde Kinder zur Welt gebracht hatte. Offenbar war Williams ungehemmte Leidenschaft nicht ohne Folgen geblieben. Jetzt lag sie hier auf dem Weg und wusste nicht, wie sie aufstehen sollte. Wenn doch nur jemand käme!

Charlene hörte einen hellen Vogelschrei. Ein zweiter Schrei folgte, ansteigend wie eine Frage: Eine Frau schrie in den Wehen – Antonia! Charlene lief zum Wirtschaftshof und sah sie schon von Weitem vorn auf dem Weg, gekrümmt auf Knien. Als sie ihr aufhelfen wollte, schrie Antonia unter der Wucht der nächsten Wehe. Joshua kam angehastet, er hob sie auf und trug sie zum Haus.

»Nicht nach oben«, sagte Charlene in der Eingangshalle, »bring sie gleich in Mr. Marshalls Wohnung.« Sie eilte voraus, holte Decken und Laken und bereitete das große Bett für die Niederkunft vor.

Joshua hielt Antonia solange im Arm. Sie krümmte sich und wimmerte leise, nach den ersten Wehenschmerzen wurde ihr bang vor dem, was sie jetzt erfüllen musste. Joshua legte sie behutsam aufs Bett. Charlene fing an, sie auszukleiden, und schickte ihren Sohn hinaus. Aber Antonia hielt ihn fest.

»Warte, Joshua!«

Charlene wollte nichts davon hören. »Das ist nichts für Männer, Missy, Kinderkriegen ist Frauensache.«

Doch Antonia hielt sein Handgelenk umklammert. »Joshua, er hat versprochen, dass er kommt ...«

»Gut, Ma'm, ich reite den beiden nach, so weit können sie noch nicht sein.«

»Nein, nein, Joshua, du musst nach Charles Town reiten! Geh zu Mr. Tyler, sag ihm, wenn er mich noch liebt, soll er zu mir kommen! Bitte, hol Mr. Tyler, hol Andy!«

Zwei Reiter hielten am Waldrand. Vier Federn hatte sie erwartet und bedeutete ihnen näherzukommen. Sie ritten über die Lichtung, unterhalb des kleinen Hügels saßen sie ab. William warf Roscoe die Zügel zu und stieg die ausgetretenen Stufenhölzer zu der Hütte hinauf. Er verneigte sich vor der Indianerin. Sie erwiderte den Gruß auf ihre Weise, indem sie die rechte Hand über sein Herz hielt. Sie schien zu lächeln, auch wenn ihr Mund seine Strenge behielt.

Wie freute sie sich, ihn wiederzusehen! Wie froh war sie, dass er stark und gesund zurückgekehrt war; wie stolz, dass er die körperlichen Beschwernisse, die Folgen der Marter, gelassen ertrug. Obwohl die Gewissheit, dass er wiederkäme, immer mit ihr war, hatte sie ungeduldig seine Rückkehr erwartet. Nun war er wieder da, wo alles begann. Ihr indianisches Herz hieß den Krieger willkommen. »Wir müssen reden.«

William folgte ihr in die Hütte. Sie bot ihm einen Platz an, auf der Bank unter dem Fenster. Während sie Tee bereitete, sah er sich um. Er atmete den erdigen Geruch der Heilpflanzen, die zum Trocknen von der Decke hingen; es war der Geruch, der ihn umgeben hatte, als er im Kutscherhaus aus der Ohnmacht erwachte. Von draußen drangen Geräusche herein, gedämpftes Wiehern. Er sah aus dem Fenster. Unten am Hügel wartete Roscoe mit ihren Pferden, er wirkte abwesend, sah verschlossen vor sich hin. Vier Federn war neben William ans Fenster getreten.

»Jemand muss ein Auge auf ihn haben«, erklärte er, »darum habe ich ihn mitgenommen.«

Ohne Roscoe aus den Augen zu lassen, sagte sie: »Er ist schon einmal hier gewesen, doch er weiß es nicht mehr. Wer ist das?«

»Ein Heimatloser.«

»Hat er einen Namen?«

»Mehrere. Seine Mutter nannte ihn Miguel.«

»Was ist ihm passiert?«

»Das ist eine lange Geschichte.«

»Eine gute Geschichte?«

»Das weiß nur er allein.«

Vier Federns Blick ruhte auf Roscoe, der teilnahmslos die Pferde hielt. Auf einmal hob er den Kopf, er schien aufzuwachen und die Landschaft um sich her wahrzunehmen. Dann sah er zur Hütte herauf und begegnete ihrem Blick. Sie nickte ihm zu. Dabei sagte sie zu William: »Mach dir um ihn keine Sorgen. Soweit es möglich ist, geht es ihm gut.«

Sie brachte den Tee und setzte sich William gegenüber. Fast ein Jahr war vergangen, seit er auf Legacy in ein zweites Leben erwachte. Es war an der Zeit, dass er alles erfuhr. »Frag, William.«

»Was haben Sie mit mir gemacht?«

»Ich habe deine Wunden versorgt und die Schmerzen von dir genommen. Ich habe deinen Tod getroffen und mit ihm um dein Leben gerungen. Ich habe dem Großen Plan gedient, damit du zu dem Leben finden konntest, das nur du erfüllen kannst.«

»Was für ein Plan? Von welchem Leben reden Sie? Ich hatte ein Leben, ein gutes Leben! Was haben Sie nur getan?«

»Du, William, du hast etwas getan. Du hast das Gleichgewicht der Welt zerstört.«

»Oh ich weiß, worauf Sie anspielen«, erwiderte er. »Es geht um Ihre Legende, die Geschichte dieses Kriegers. Sie wollten Longuinius einreden, sie stünde in einem gewissen Bezug zu meinem Leben.«

»*Ein Krieger tötete einen schwachen Mann, so zerstörte er das Gleichgewicht der Welt*«, zitierte Vier Federn den Wortlaut der Überlieferung. »Du hast Henry Lorimer getötet.«

»Und das ist die einzige Übereinstimmung mit Ihrer Legende. Lorimer hatte sich mit seinen Truppen ergeben, ich gewährte ihm Pardon, doch er brach sein Ehrenwort. Ich habe ihn damals erschossen, und ich würde es unter denselben Bedingungen wieder tun.«

»Du hast einen schwachen Mann getötet und das Gleichgewicht der Welt dadurch zerstört ...«

»Haben Sie nicht zugehört? Er hatte sein Ehrenwort gebrochen! Er war außerdem ein Verräter und ein Kopfgeldjäger, der schwarze Flüchtlinge in die Sklaverei zurückverkaufte. Es gibt verschiedene Prädikate für jemanden, der so etwas tut. Ich finde, ›schwach‹ trifft es nicht ganz.«

»Henry war schwach«, überging sie seinen Sarkasmus. »Das hattest du sofort erkannt und ihn wegen seiner Schwäche verachtet. Nicht weil er dein Feind war, hast du ihn getötet, sondern weil er schwach war. Du hast ihn aus Hochmut getötet, William.«

Es stimmte, was sie sagte, er verachtete die Schwachen und die Feiglinge dieser Welt. Sie waren keine Herausforderung für ihn, Bill Spencer, der echte Herausforderungen liebte. Er verachtete sie, denn ihre Schwäche stellte seine Stärke infrage; sie wichen ihm aus, und sein starker Wille lief ins Leere. Schwäche war die Verneinung seines Selbstgefühls; wenn er einmal schwach würde, wäre er vernichtet. Ja, er verachtete, er hasste menschliche Schwäche, deswegen hatte er Henry Lorimer getötet.

»*Die Götter in ihrem Zorn sandten die Dämonen der Finsternis, ihn für den Frevel zu bestrafen.* Auch du wurdest bestraft.«

»Was heißt denn bestraft? Ich bin einem Irren und seinem gewissenlosen Helfer in die Hände gefallen, sie kamen zufällig des Weges.«

»Glaubst du das wirklich?« Sie wies zum Fenster, und er blickte hinaus: Roscoe hatte sich an Lone Star gelehnt, zärtlich strich er dem Vollblut durch die roten Stirnlocken, als lebte in dem irren Hengst Reeds arme Seele. »Sieh hin, William, erinnere dich!«

Und er sah die beiden Männer, die ihn verhöhnten, bevor sein Leiden begann: Oliver Roscoe, abgestumpft von Brutalität, und Algernon Reed in drohender Umnachtung. »Monatelang haben wir Spencer verfolgt«, hatte Roscoe zu Reed gesagt,

»jetzt werden wir mit ihm abrechnen, das sind wir Henry schuldig.« Nein, sie kamen nicht zufällig des Weges.

»Erzählen Sie weiter.«

»*Die Dämonen marterten ihn, und der Wind trug seine Klage über das Land. Die Frau des Getöteten aber hatte Mitleid und bat die Götter um Gnade. Da erließen ihm die Götter den Martertod. Zur Sühne sollte er die Lebensaufgabe des schwachen Mannes erfüllen. So vergrub er seine Waffen, nahm die Frau zur Gefährtin und erfüllte das Leben des anderen.*«

Hatte Antonia ihn nur gerettet, damit er Henrys Platz einnehmen konnte? Vielleicht war es so gewesen, jedenfalls nahm sein Leben von da an einen anderen Verlauf: Er änderte seinen Namen, setzte die Plantage instand, lebte mit Antonia wie Mann und Frau zusammen. Weil Vier Federn schwieg, fragte er: »Ist die Geschichte hier zu Ende?«

»Du hast Henrys Lebensaufgabe erfüllt, seine Geschichte ist zu Ende. Du bist frei.«

»Und Antonia?«

»Du bist fortgegangen.«

»Ich konnte doch nicht so tun, als hätte ich vergessen, wer ich bin!«

»Weißt du es jetzt?«

»Ich weiß, wo mein Platz ist, darum bin ich zurückgekehrt. Ich möchte mit ihr zusammenleben.«

»Nein, William.«

»Ich liebe sie!«

»Aber nicht genug.«

»Was wissen Sie davon!«, stieß er hervor und wandte sich ab; die Indianerin sollte nicht sehen, was in ihm vorging. Mit der Dämmerung wurde es in der Hütte dunkel. Vier Federn holte einen Kienspan, entzündete die Petroleumlampe über dem Tisch und setzte sich wieder. Sie durfte ihn erst gehen lassen, wenn die Geschichte des Kriegers zu Ende erzählt war.

»*Die Dämonen blieben bei ihm, um ihn zu erinnern.*«

»Nun, Reed ist tot. Sein Freund dort hat ihn erschossen.«
»Miguel? Und du hast ihn mitgenommen?«
»Ich konnte ihn doch nicht bei dem Toten zurücklassen.«
»Nein, William, das konntest du nicht.« Vier Federn lächelte. Wie hell und klar war sein Blick! Obwohl er so viel hatte ertragen müssen, war sein Herz stark geblieben. Sie hatte sich nicht in ihm getäuscht.

Die Türe wurde aufgeschoben, Roscoe stand im Eingang.
»Warum kommst du nicht herein?«, fragte Vier Federn.
Er wich ihrem Blick aus und wandte sich an William: »Wir sollten losreiten, wenn wir noch vor der Dunkelheit über den Fluss kommen wollen.«

William nickte, stand auf, nahm Hut und Stock.
Vier Federn ging mit hinaus. »Habt ihr einen weiten Weg?«
»Wir reiten nach Serenity Heights.«
»Ein guter Ort. Lebe wohl, William Spencer!«
»Madam!« Er verneigte sich. Den Hut unter dem Arm, folgte er Roscoe zu den Pferden.

Die Reiter waren fort, der Hufschlag verklungen. Vier Federn stieg von dem Hügel und ging durch das hoch aufgeschossene Gras zur Mitte der Lichtung. Dort blieb sie stehen, das Gesicht nach Westen gewandt, zum Abendstern. Sie breitete die Arme aus, mit geöffneten Händen, als trüge sie den Himmel. Es war das Gleichgewicht der Welt.

Ende

Inhaltsverzeichnis

I. Ankunft   7

II. Legacy   11

III. Henry Lorimer   101

IV. William Marshall   135

V. Colonel Spencer   193

VI. Algernon Reed   301

VII. London   363

VIII. Oliver Roscoe   491

IX. In der Neuen Welt   521

X. Heimkehr   647

XI. Charles Town! Charles Town!   715

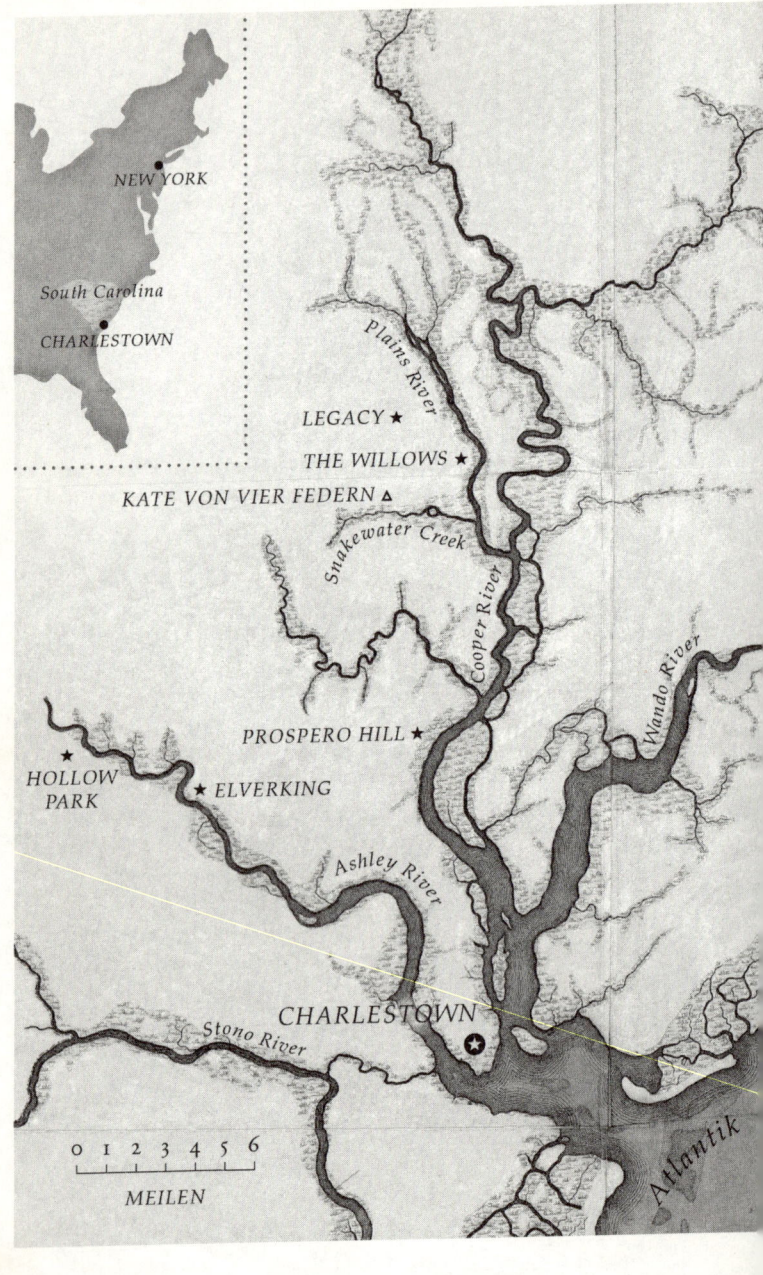

Anhang

10 *Lowcountry:* Das Tiefland South Carolinas zwischen der Küste und den Gezeitenflüssen Ashley, Cooper und Wando River.
14 *Büchertruhen:* In Privathäusern des 18. Jh.s standen Bücher nicht in Regalen oder Schränken. Man ließ für eine Bibliothek geräumige, oft aufwendig gearbeitete Büchertruhen anfertigen, in denen die in jener Zeit sehr kostbaren Bücher aufbewahrt wurden.
16 *Yards:* Längenmaß in den USA und Großbritannien, 1 Yard (Abk. yd) entspricht 91,44 cm, die hier genannte Strecke von 90 Yards also etwa 82 m.
– *Karossiers:* In Gangarten geschulte Kutschpferde.
17 *Milizen:* Überwiegend aus Zivilisten zusammengesetzte, regional organisierte Landwehrtruppen. Die Bürger der britischen Kolonien Amerikas waren verfassungsmäßig verpflichtet, dem Aufruf zur Miliz zu folgen. Im Revolutionskrieg ergänzten die Milizen aller dreizehn Kolonien die »regulären« Truppen der Kontinentalarmee General Washingtons.
18 *Charles Town:* 1670 als Charles Towne gegründet, wandelte sich die Schreibweise im 18. Jh. in Charles Town, nach der Unabhängigkeit der Vereinigten Staaten in Charlestown und schließlich zum heutigen Charleston.
– *der öffentlichen Hinrichtung des berühmten Milizkommandeurs Hayne beizuwohnen:* Colonel Isaak Hayne, ein Anführer der South Carolina Militia, wurde um ein Exempel zu statuieren von den Briten am 4. August 1781 vor den Augen der Bevölkerung als Verräter außerhalb der Stadtgrenze von Charles Town gehängt.
19 *Indigo:* In den 1740er Jahren war Indigo eines der Haupterzeugnisse South Carolinas. Im Unabhängigkeitskrieg, ohne den britischen Exportmarkt, wurde der Indigoanbau vom Reisanbau verdrängt. Nach Kriegsende konnte sich der amerikanische Indigo gegen den billigeren Indigo aus Indien nicht mehr behaupten und Baumwolle wurde nun das Hauptexportprodukt South Carolinas.
– *Legacy:* (engl.) Vermächtnis.
20 *Land der Freiheit, Heimat der Tapferen:* Der letzten Zeile des Gedichts »The Star Spangled Banner« von Francis Scott Key entlehnt, an dieser Stelle jedoch ein Anachronismus; Key, ein junger Anwalt,

schrieb das Gedicht im Zuge des »War of 1812« (Englisch-Amerikanischer Krieg): In der Nacht zum 14. September 1814 hatten die Briten Fort McHenry bei Baltimore/Maryland mit ihren Kriegsschiffen schwer bombardiert. Als am Morgen nach dem Angriff die amerikanische Flagge noch immer über dem Fort wehte, brachte Key seine Freude über den Sieg Amerikas in seiner Reverenz an die amerikanische Fahne zum Ausdruck.

21 *Yorktown:* Die Stadt am York River in Virginia hieß bei den Kolonisten York, wogegen die Briten ihren Militärstützpunkt, vielleicht als Differenzierung zu der Stadt York in England, York-Town bzw. Yorktown nannten.

– *Loyalisten:* Königstreue Einwohner der amerikanischen Kolonien, die die Revolution nicht unterstützten.

24 *das »kleine Modell«:* Die Stadtanlage der Hauptstadt South Carolinas empfanden Zeitgenossen im 18. Jh. als großartigen, gelungenen Entwurf, als »Grand Modell«. Der in Architekturfragen bewanderte Reed bezeichnet dementsprechend Antonias Gesellschaftsidee ironisch-geringschätzig als »kleines Modell«.

25 *Chaise:* Leichter, zweirädriger Einspänner ohne Türen und Vorderwände; auch Brancard oder Brancard-Chaise.

26 *boykottierte:* Der Begriff »boykottieren« wurde im 19. Jh. in Irland geprägt, als Kleinbauern dem Verwalter Charles Boycott (1832–1897) die Zahlung des Pachtzinses so lange verweigerten, bis er vom Grundeigentümer abgesetzt wurde. Hier ein Anachronismus.

27 *Hausbank meiner Familie:* Im kolonialen Amerika gab es noch keine Banken im heutigen Sinne, nur ein paar Dutzend sogenannter »Landbanken«, die Hypothekendarlehen auf Immobilien vergaben; meist waren es britische Geldinstitute, die in Verbindung mit der jeweiligen Provinzregierung standen. Lediglich eine Handvoll waren Geschäftsbanken, die mit kurzfristigen Schuldverschreibungen, Wertpapieren, Wechseln u. Ä. handelten. Die erste amerikanische private Geschäftsbank, die »Bank of North America«, wurde 1782 gegründet.

29 *Nach einem großen Brand:* In der Nacht des 15. Januar 1778 wütete ein Brand im Ostteil von Charles Town; 250 Häuser und der Handelshafen fielen den Flammen zum Opfer.

– *Explosion des Pulvermagazins:* Nach der Einnahme der Stadt hatten die Briten alle Waffen und Munition der Stadtgarnison im Pulvermagazin in der Magazin Street (zwischen der heutigen Archdale und Mazyck Street) gelagert. Durch Unachtsamkeit löste sich aus einer nicht entladenen Muskete ein Schuss, der das Lager in die Luft sprengte, über 200 Menschen tötete und einen ganzen Häuserblock zerstörte. (vgl. Walter J. Fraser Jr., Charleston! Charleston! The History of a Southern City, University of South Carolina Press Columbia 1991)

- *Yankee:* Ursprünglich Spitzname für die Bewohner Neuenglands im Norden der Vereinigten Staaten; vermutlich eine Amerikanisierung des indianischen Wortes »Y'an-gee« aus der Sprache der Wyandot (Huronen) für das französische Wort »anglais« (Engländer). Im Sezessionskrieg nannten die Südstaatler die Truppen der verfeindeten Nordstaaten abfällig Yankees. Als Reaktion darauf erhoben diese den »Yankee Doodle« zu ihrem Schlachtlied und ihrer inoffiziellen Nationalhymne.

33 *Secotan:* Indianerstamm der amerikanischen Ostküste von der Gruppe der Cherokee. Heimat der Secotan war Roanoke Island (im heutigen North Carolina), wo 1585 Sir Walter Raleigh mit 108 Siedlern die erste englische Kolonie in der Neuen Welt gründete. Hier entstand der Mythos der »Lost Colony«.

34 *Die Voodoo-Frau:* Der Voodoo-Kult geht zurück auf die Religion der als Sklaven nach Westindien und Amerika verschleppten Yoruba und Fon, sudanesische Afrikaner aus Dahomey, die ihre Götter »vodun« nannten; über die französischen Formen »vodou« und »vaudou« wurde daraus die amerikanisierte Form »Voodoo«. (vgl. Astrid Reuter, Voodoo und andere afroamerikanische Religionen, C.H. Beck München 2002)

- *einen lebenden Toten:* Die Zauberer oder Priester des Voodoo-Kults versetzen sich und die, die ihre Hilfe ansuchen, mittels Drogen und psychischen Einflusses in Trance; die Patienten werden durch die Gabe starker Nervengifte in einen komaähnlichen Zustand versetzt. Man beerdigt diese Wesen und gräbt sie nach einigen Stunden als lebende Untote, sog. Zombies, wieder aus. Ohne Erinnerung an ihr früheres Leben dienen sie ihrem »Herrn«, leisten schwerste körperliche Arbeiten und gehorchen willenlos seinen Befehlen. – Vier Federn misstraut den Beschwörungsmethoden der schwarzen Heilerin zu Recht, da der Verletzte infolge hohen Blutverlustes die kräftezehrende Voodoo-Session nicht überleben würde.

38 *Schwert:* Reitereien des 18. Jh.s kämpften wegen der größeren Reichweite mit besonders langen Säbeln. Die Soldaten nannten diese Säbel »sword«, also »Schwert« im untechnischen Sinne.

42 *Karaa-Krähe:* Es handelt sich um die Amerikanerkrähe (Corvus

brachyrhynchos), ein über den Nordamerikanischen Kontinent von Kanada bis Florida verbreiteter Rabenvogel mit schwarzem Gefieder und blaugrün schimmernden Schwungfedern an den Flügeln. Amerikanerkrähen haben ein ausgeprägtes Sozialverhalten und warnen Artgenossen vor Gefahren.

52 *Volten:* Die Volte (vulgärlat.) ist eine Reitfigur, bei der das Pferd eine enge Kreisbahn auf dem inneren Fuß beschreibt.

— *kantern:* In kurzen Schrittspannen galoppieren.

53 *Dragoons:* Berittene Soldaten der Light Infantry, wörtl. »leichte Infanterie«, auch »berittene Infanterie«. Die Light Infantries waren gemischte Infanterieeinheiten aus Reitern (Dragoons) und Fußsoldaten; jeder Reiter nahm einen kleinen, im wörtlichen Sinne leichten Fußsoldaten mit aufs Pferd und brachte ihn zum Einsatzort. Dort formierten sich die Infanteristen zu Kampflinien, während die Dragoons ihre Angriffe über die Flanken führten wie die Flügelschwadronen eines Kavallerieregiments.

— *British Legion:* Im August 1778 wurden aus amerikanischen Loyalisten rekrutierte Truppenverbände unter englischem Kommando als gemischte Infanterie- und Kavallerietruppen aufgestellt. Die Legion bekam grüne Röcke, um sie den Queens Dragoons der Britischen Armee anzupassen. Fast 20 000 Loyalisten wurden in die Britische Armee eingegliedert, einige weitere Tausend kämpften in loyalistischen Milizen. – Die Dragoons, von denen hier die Rede ist, waren als Reiterschwadronen der British Legion für ihre erbarmungslose Angriffstaktik berüchtigt.

54 *Englische Regulars:* Den Regeln des Drills entsprechend für den Kriegsdienst ausgebildete Soldaten der Britischen Armee; im Unterschied zu nicht gedrillten Bürgermilizen.

62 *Work House:* Das historische Sklavengefängnis steht noch heute Ecke Magazine und Load Street in Charleston. Es diente als Zuchthaus zur Einkerkerung, Abstrafung und Hinrichtung schwarzer Sklaven. Im Hof daneben fand auch ein Markt für Zweit- und Drittverkäufe von Sklaven statt. (vgl. Edward Ball, Slaves in the Family, Farrar Straus & Giroux New York 1998)

— *»Selbsternannte Philosophen«:* Anspielung auf die 1743 von Benjamin Franklin propagierte »American Philosophical Society«, die Intellektuelle der verschiedenen Kolonien zusammenbringen sollte mit dem Ziel »... to promote all philosophical Experiments that let light into the Nature of Things, tend to encrease the Power of Man over Matter, and multiply the Conveniences of Pleasures of Life«.

(vgl. Gordon S. Wood, The Americanization of Benjamin Franklin, The Penguin Press New York 2004)

63 *Indigoterie:* Verarbeitung der Indigopflanze zur Farbstoffgewinnung. Nach dem Schnitt wird Indigo in Wannen gewässert, um den Farbstoff Indikan aus der Pflanze zu lösen, der nach zehn Tagen infolge Fermentierung und Gärung als blauer Farbstoff ausflockt. Der Sud muss lange unablässig gestampft werden, bis der Farbstoff sich vom Wasser trennt und am Wannenboden niederschlägt. Der so gewonnene Farbstoffbrei wird in Säcken aufgehängt, um das Wasser zu verlieren. Dann wird die Masse in Formen gepresst und getrocknet.

64 *Saint-Domingue:* Der französische Westteil der Karibikinsel Hispaniola (Große Antillen) erklärte am 1. Januar 1804 unter dem Namen Haiti seine Unabhängigkeit. Haiti ist die franz. Schreibweise von »Ayiti«, haitianisch für »Bergland«.

– *Antillaise:* Von den französischen Antillen stammende Frau.

77 *Minuteman:* Amerikanischer Kolonist, der auf ein Alarmsignal von der Feldarbeit »in Minuten« einsatzbereit war. Ähnlich einem Schweizer Reservisten war er stets bewaffnet. »Minutemen« beteiligten sich sowohl als Milizen als auch in regulären Truppenverbänden am Kampfgeschehen.

– *Lenud's Ferry:* Am 5. Mai 1780 wurden die Continentals unter Col. Horace Coats bei Lenud's Ferry von Lt.-Col. Banastre Tarleton vernichtend geschlagen.

78 *der Schlächter:* engl. »the Butcher« wurde der britische Lt.-Col. Banastre Tarleton sowohl von den Rebellen als auch von seinen eigenen Leuten genannt.

83 *Rovena-la-Sorcière:* (franz.) Rovena die Hexe.

84 *Caid:* Oberhaupt der schwarzen Sklaven von Beau Séjour auf Saint-Domingue; sein Rang entsprach dem eines Stammesoberhauptes der ursprünglichen afrikanischen Hierarchie.

– *Hispaniola:* Kolumbus betrat am 6. Dezember 1492 die Nordküste der Insel Haiti und errichtete die Siedlung La Navidad (span. für Geburt Christi = Weihnachten). 1496 wurde Santo Domingo gegründet, heute Hauptstadt der Dominikanischen Republik. 1697 trat Spanien den Westteil der Insel, franz. Saint-Domingue, das heutige Haiti, an Frankreich ab. Schwarzafrikanische Sklaven, die als Arbeitskräfte auf die Insel geschafft wurden, stellten bald den Großteil der Bevölkerung. Nach jahrelangen Bürgerkriegen wurden 1844 die schwarzen Haitianer von den spanischen Kreolen aus dem Ostteil der Insel vertrieben, die dort die Dominikanische Republik ausriefen. Hispaniola war endgültig in eine lateinamerikanische und eine schwarzafrikanische Hälfte geteilt.

- *Richmond und Povincetown:* Städte in Virginia und Massachusetts.

86 *Levade:* Dressurübung der »Hohen Schule über der Erde«; provoziertes Steigen eines Pferdes.

89 *ununterbrochen Krieg geführt:* Viele englische Soldaten hatten vor dem Revolutionskrieg am Siebenjährigen Krieg, amerik. »French and Indian War«, teilgenommen.

96 *Claret:* Im 18. Jh. die übliche englische Bezeichnung für Bordeauxweine.

- *auf abwesende Freunde:* Der (erste) Trinkspruch »For absent Friends« gilt dem Gedenken Verstorbener, hier der Kriegsopfer.

98 *General Greene rücke mit seinen Trupppen:* Zwischen November und Dezember 1781 eroberten die amerikanischen Streitkräfte unter General Nathanael Greene den größten Teil South Carolinas zurück und rückten bis auf fünfzehn Meilen nach Charles Town vor.

99 *Kaliber .63:* Pistolenkugel von etwa 16 mm Durchmesser.

103 *Exchange and Custom House:* Auch Exchange and Provost Building; erbaut 1767–1771, diente Ende des 18. Jh.s als britische Zoll- und Steuerbehörde und Warenbörse von Charles Town, als Markthalle und für öffentliche Versammlungen, während der Amerikanischen Revolution zwischen 1780 bis 1782 auch als Militärgefängnis und als Kaserne. 1774 wurde hier konfiszierter Tee gelagert, im selben Jahr trat hier der Provinzialkongress von South Carolina zusammen. Das Gebäude lag ursprünglich direkt an der Kaimauer des Hafens. Mit dem Gezeitenwechsel des Cooper River stieg und fiel das Wasser in den Kellerräumen und setzte den Provost Dungeon, den Kerker, regelmäßig unter Wasser. (vgl. Alexander R. Stoesen, The British Occupation of Charleston, 1780–1782. In: The South Carolina Historical Magazine Vol. 63 No.2, The South Carolina Historical Society, Charleston, SC 1962)

104 *Kapitulation:* Mit der Einnahme der Hauptstadt glaubte der britische Oberbefehlshaber General Clinton den Süden geschlagen und verlegte große Truppenteile des englischen Heeres zurück nach New York, während starke Besatzungstruppen Charles Town kontrollierten. Die amerikanischen Milizen des Südens nutzten den Vorteil der Weite ihres Landes und begannen, den Gegner in unzähligen Scharmützeln zu zermürben, und verlegten sich nach dem Vorbild der englischen Dragoons auf Anschläge aus dem Hinterhalt. Die wachsende Streitmacht, die sich in Virginia um General Washington

sammelte, stärkte den Widerstandswillen der Aufständischen im Süden. So wurden die Amerikaner zu einem ernstzunehmenden Gegner für die überhebliche Besatzungsarmee. (vgl. Robert D. Bass, The Green Dragoon, Henry Holt & Company New York 1957)

107 *Stono-Aufstand:* engl. »Stono Rebellion«, auch »Cato's Conspiracy« oder »Cato's Rebellion«; bewaffneter Sklavenaufstand am 9. September 1739 im Gebiet des Stono River bei Charles Town, an dem sich 80 afrikanisch-stämmige Sklaven beteiligten, um in die spanische Kolonie Florida zu entkommen. Der Aufstand wurde blutig niedergeschlagen. Er war einer der ersten Sklavenaufstände auf dem Staatsgebiet der heutigen Vereinigten Staaten und galt als der größte der Kolonialzeit.

119 *Major Marion:* Francis Marion kämpfte als Captain der (britischen) Kolonialarmee im French and Indian War (Siebenjähriger Krieg). Im Revolutionskrieg organisierte er, nun im Rang eines Majors, die Milizen in den südlichen Provinzen. Seine Partisanentrupps fügten den englischen Besatzern empfindliche Verluste zu. Wegen seiner gerissenen Hinterhaltstaktik, die für die Nachschublinien der Briten zur ernsten Bedrohung wurde, erhielt der berühmte Rebell von seinem erbitterten Gegner Tarleton den Beinamen »Swamp Fox«. Entgegen anders lautender Darstellungen sind Marion und Tarleton einander nie persönlich begegnet.

127 *Sklaven, die sich in das englische Feldlager geflüchtet hatten:* Viele schwarze Sklaven wurden von den Engländern verschleppt, um in deren Feldlagern zu arbeiten; manche von ihnen ließen sich rekrutieren und kämpften in den Reihen der Briten, weil sie hofften, dadurch ihre Freiheit zu erlangen.

132 *Gefangenenschiffe:* Abgetakelte Schiffe, sog. Hulks, wurden als Gefängnisse für Kriegsgefangene (Mannschaften und Unteroffiziere) umfunktioniert. In den britischen Gefangenenhulks im Cooper River vor Charles Town vegetierten Hunderte Soldaten und Milizen unter Hunger und Seuchen zum Teil mehrere Jahre dahin.

138 *Bunker Hill, Saratoga:* Bedeutende Schlachten des Revolutionskrieges; bei dem Treffen in Bunker Hill vor Boston am 16. und 17. Juni 1775 besiegten die Briten bei hohen eigenen Verlusten die Rebellen; 1054 der insgesamt 2200 britischen Truppen fielen, die Amerikaner verloren 441 von insgesamt 3200 Mann. Bei Saratoga gab sich der britische General Burgoyne am 17. Oktober 1777 mit seiner gesamten Armee von 10 000 Mann geschlagen. Neben Yorktown war es die schwerste Niederlage der Briten.

143 *Palladio:* Andrea Palladio, italienischer Architekt der Renaissance, dessen der klassischen Antike entlehnter Baustil im 18. Jh. von den Engländern besonders geschätzt wurde. Palladio entwarf seine Bauten nicht allein nach klassisch-ästhetischen Gesichtspunkten; er verbesserte das Raumklima seiner Bauten, indem er die Luftzirkulation innerhalb der Häuser optimierte und teilweise sogar zu den antiken Heißluft-Fußbodenheizungen zurückkehrte.

150 *Taftkleid à l'Anglaise:* Die Robe à l'Anglaise wurde aus dem ursprünglichen Manteau entwickelt, einem Rock mit darüber getragenem mantelartigen Kleid, das vorne offen bleibt, sodass die Schnürbrust sichtbar wird. Die Robe à l'Anglaise kommt ohne Reifrock aus, wird nur über einem Hüft- und Pokissen getragen; das Oberteil wird vorne mit Haken und Ösen verschlossen. Die Ärmel sind ellbogenlang mit hoch angesetzten Aufschlägen.

152 *geweigert hatten, England den Treueid zu leisten:* Die Besatzer verlangten von den Bürgern der Stadt, den sog. Pledge of Allegiance, einen Treueid auf die Krone, abzulegen und der Revolte abzuschwören. Wer sich weigerte, war praktisch vom Erwerbsleben ausgeschlossen. Die von Handel und Handwerk lebenden Bürger Charles Towns, Ärzte, Dozenten und Anwälte, sahen sich mehrheitlich gezwungen, den Eid abzulegen, um überhaupt ihren Beruf ausüben zu dürfen. (vgl. Alexander R. Stoesen, The British Occupation of Charleston, 1780–1782. In: The South Carolina Historical Magazine Vol. 63 No.2, The South Carolina Historical Society, Charleston, SC 1962)

– *East Florida:* 1763, nach dem Sieg Englands gegen Frankreich um die Vorherrschaft in den amerikanischen Kolonien im French and Indian War, erhielt Spanien das vormals französische Gebiet Louisianas westlich des Mississippi einschließlich New Orleans; im Tausch dafür ging Florida an England.

154 *Acre:* Flächenmaß in den USA und Großbritannien, 1 Acre (Abk. a.) entspricht etwa 4047 m², 1000 Acres also etwa 4 km² oder rund 400 Hektar.

– *John Adams:* Abgeordneter auf beiden Kontinentalkongressen, von 1789 bis 1796 Vizepräsident und von 1797 bis 1801 Präsident der Vereinigten Staaten von Amerika.

164 *Gouverneur Rutledge:* In den Wirren des Unabhängigkeitskrieges wurde John Rutledge zum ersten offiziellen Gouverneur South Carolinas gewählt. Er trat sein Amt am 9. Januar 1779 an und behielt es bis zum 31. Januar 1782. Rutledge und seine Regierung mussten zeitweise vor den Briten nach North Carolina fliehen.

165 *Exzellenzen Howe:* Zu Anfang des Revolutionskriegs teilten sich die beiden Lords Howe die Führung der britischen Streitkräfte. General Sir William Howe siegte in Bunker Hill; infolgedessen zum britischen Oberbefehlshaber ernannt, eroberte er 1776 mit seinem Bruder Admiral Richard Howe New York und siegte 1777 am Brandywine Creek. Wegen seiner Tatenlosigkeit bei Valley Forge wurde er 1778 durch Sir Henry Clinton abgelöst.

168 *Le Nôtre:* Gartenarchitekt Ludwigs XIV.

169 *Il Valentino:* Cesare Borgia wurde in seiner Eigenschaft als Herzog von Valentinois auch »Il Valentino« genannt.

– *Admiral de Grasse:* Der französische Admiral legte mit seinem Geschwader eine Blockade vor die Chesapeake Bay vor Yorktown und verhinderte so, dass englische Entsatzungstruppen Lord Cornwallis und seinem eingeschlossenen Heer zu Hilfe kamen.

183 *Reisbänke:* Etwa sechs Fuß hohe Dämme rund um die Überschwemmungsfelder für den Reisanbau. Das Anlegen der Reisbänke war eine mühsame, langwierige Arbeit.

– *Hunter:* (engl.), wrtl. Jäger; Bezeichnung eines stabilen, geländetauglichen Pferdes für die Jagd.

185 *Dandy:* Verkürzt aus engl. Jack-a-Dandy (17. Jh.); eitler, modeorientierter Mann.

187 *Indenturknechte:* Im 18. Jh. verkauften sich viele landlose Bauern aus Europa für den Preis der Überfahrt und die Aussicht auf eine Parzelle Land an amerikanische Grundherren in die Indentur. Die freiwillig eingegangene Leibdienstbarkeit bedeutete, dass man für eine vertraglich festgelegte Dauer (zwischen sechs und zehn Jahren) wie ein Leibeigener für seinen Herrn arbeiten musste.

198 *vierzig Fuß:* Circa zwölf Meter Höhe; das Musikzimmer ist ein authentischer Ballsaal in Charleston.

218 *Infanteriebataillon:* Ein Bataillon ist ein Truppenverband aus mehreren Kompanien (oder Batterien).

219 *William Congreve:* 1670–1729, englischer Dichter und Theaterautor der Restauration.

233 *Foundation Club:* Der Name geht auf die zweite Gründung von Charles Town zurück. Nachdem man die erste Siedlung im westlichen Schwemmland des Ashley River wegen des unzuträglichen Klimas nach wenigen Jahren aufgegeben hatte, baute man eine neue Stadt auf dem soliden Landsockel zwischen den beiden Meerarmen.

236 *neue Dollarscheine:* Amerika gewann seine Unabhängigkeit mithilfe von staatlich emittiertem Papiergeld. Der Dollar (benannt nach

dem Spanish milled dollar) war die ursprünglich für die Vereinigten Kolonien vorgesehene Kontinental-Währung zu Beginn des Revolutionskriegs. Im Süden gab es daneben das South Carolina Pfund. Nach 1776 erfolgte eine Emission von $ 1 000 000. Die »credit bills« genannten Scheine hatten unterschiedliche Vignetten und Mottos auf der Vorderseite, während sich auf der Rückseite kunstvolle Szenen, manchmal aus der klassischen Antike, fanden. Stückelungen wurden in Dollar wie auch in South Carolina Pfund ausgegeben, z. B. $40 (£65), $50 (£81 5s), $60 (£97 10s) bis $100 (£162 10s). 1782 war das in Revolutionszeiten emittierte Papiergeld infolge der rapiden Inflation praktisch wertlos.

250 *»Kalender des armen Richard«:* »The Poor Richard's Almanach«, von Benjamin Franklin herausgegebener Almanach mit Sinnsprüchen im Stil der bodenständigen, vernünftigen Weltsicht eines biederen Neuengländers.

– *'75 wie General Lee:* General Charles Lee, der in Amerika unter Braddock gegen die Franzosen und Indianer gekämpft hatte, legte am 22. Juni 1775 seinen Rang in der englischen Armee nieder und schloss sich der Rebellion an.

258 *»Les belles Bells«:* franz. Wortspiel, »Die schönen Bells«.

260 *Harcourt:* Colonel William Harcourt, Kommandeur der 16th Light Dragoons, terrorisierte die Verteidiger New Yorks mit seinen Spähern, den »rotberockten Monstern«. In einem Handstreich nahm er General Lee gefangen, der Coup wurde als »The Palladium of America« bekannt. An der Seite Earl Harcourts zeichnete sich der junge Banastre Tarleton aus.

– *André:* Major John André gehörte zum britischen Intelligence Service, die Truppen seines Linienregiments operierten nach den Methoden des Geheimdienstes. Er war für das Massaker von Paoli verantwortlich, als britische Infanterie bei Nacht das Lager von »Mad« Antony Wayne überfiel und alle Rebellen im Schlaf mit Bajonetten niedermachte. André wurde 1779 im Zusammenhang mit dem Verrat von Benedict Arnold als Spion enttarnt und gehenkt.

261 *Valley Forge:* Im Oktober 1777 wurde General Washington bei dem Versuch, Philadelphia zurückzuerobern, zurückgeschlagen. Er zog sich mit seinen Truppen über den Schuylkill River nach Valley Forge zurück. In einem entbehrungsreichen Winterlager begann das amerikanische Heer, erstmals eine Kavallerie aufzubauen.

– *Miss Shippen:* Die Loyalistin Margaret Shippen entstammte erzkonservativen Torykreisen in Philadelphia. Sie führte im besetzten

Philadelphia 1778 bis 1780 ein gesellschaftliches Leben als entgegenkommende Gastgeberin der englischen Offiziere. 19-jährig heiratete sie den amerikanischen Generalmajor (und späteren Spion und geächteten Verräter) Benedikt Arnold, der 1781 zu den Briten desertierte. Mit ihm übersiedelte sie 1791 nach London.

266 *Waxhaws:* General Cornwallis verfolgte mit der British Legion die Kontinentalarmee über den Santee River nach North Carolina. Auf der Grenze zwischen North und South Carolina kam es zur Schlacht von Waxhaw, die von britischer Seite schnell entschieden, von den Dragoons jedoch mit beispielloser Brutalität bis zur Vernichtung der Rebelleneinheiten geführt wurde; nicht einmal die Soldaten, die sich ergaben, wurden verschont. Die Amerikaner verloren bei den Waxhaws ihre neuen Regimenter. (vgl. Robert Bass, The Green Dragoon, Henry Holt & Company, New York 1957)

267 *Die Schwarze Flagge:* Die Schwarze Flagge war der Befehl an die Truppen, in der Schlacht keine Gefangenen zu machen.

280 *mehr freigelassene Schwarze als nach dem Gesetz zulässig:* Durch den Krieg hatten sich die Bestimmungen der Emanzipation, welche die Freilassung schwarzer Sklaven regelten, in den ehemaligen Kolonien verschärft.

281 *Cuff:* Afrik. »cuffee« für »schwarz« oder »Schwarzer«; abwertend für schwarze Sklaven.

– *egun:* Die Ahnen der Mitglieder einer Voodoo-Gemeinde. (vgl. Astrid Reuter, Voodoo und andere afroamerikanische Religionen, C.H. Beck, München 2002)

285 *Remonte:* Ergänzung des militärischen Pferdebestandes durch Jungpferde.

286 *Longe:* Der lange Zügel, an dem das Pferd zum Erlernen von Dressurübungen oder beim Voltigieren geführt wird.

290 *freitagnachts:* Die Anhänger des Voodoo zelebrieren nächtliche Freitagsmessen an geheimen Versammlungsorten, an Küsten oder Flussufern.

291 *ounsi:* Initiierte Anhänger des Voodoo; Mitglieder einer Voodoo-Gemeinde, die sich als spirituelle Großfamilie versteht. (vgl. Astrid Reuter, Voodoo und andere afroamerikanische Religionen, C.H. Beck, München 2002).

– *um uns und unsere Anhänger einzuschüchtern:* Die schwarzen Sklaven und »marrons« (entlaufene Sklaven) von Saint-Domingue versuchten in den 1750er Jahren einen Aufstand unter Führung des Voodoo-Priesters Francois Makandal, der einen groß angelegten

Giftanschlag gegen die Weißen plante. Der Anschlag wurde im Ansatz vereitelt und Makandal 1758 zur Abschreckung grausam hingerichtet. (vgl. Stefan Rinke, Revolutionen in Lateinamerika, C.H. Beck München 2010)

308 *Sklavendorf:* Im Stadtgebiet von Charles Town gab es sog. Stadtplantagen, weitläufige Anwesen, die sich über mehrere Straßenzüge erstreckten und neben einem herrschaftlichen Wohnhaus etliche Nebengebäude umfassten wie ein Küchenhaus, ein Waschhaus, Stallungen und Remisen sowie ein Sklavendorf für die schwarzen Haussklaven.

– *Gumbo:* Scharf gewürztes Gericht aus verschiedenen Fleisch- und Fischsorten und Gemüse.

312 *Absencen:* Wrtl. Abwesenheiten; Bezeichnung für eine Phase des Übergangs zwischen den Bewusstseinssphären bei der Schizophrenie.

314 *Southern Belles:* Frei übersetzt »die Schönen des Südens« für die lebensfrohen Mädchen Charles Towns. Hier ist es ein Anachronismus, denn die Wendung entstand erst im 19. Jh. vor dem amerikanischen Bürgerkrieg als Bild für die leichtlebig-pseudofeudale Antebellum-Gesellschaft der Südstaaten, im Gegensatz zu den industrialisierten, bürgerlich-puritanischen Staaten im Norden der Vereinigten Staaten.

321 *kaum fünf Fuß sechs Inches groß:* (5 ft.6 i) Entspricht einer Größe von 1,68 m; auch für damalige Verhältnisse für einen Mann eine unterdurchschnittliche Größe.

329 *und Mr. Laurens zurückkommen würde:* Henry Laurens wurde am 3. September 1780 von den Briten auf dem Weg in die Niederlande gefangen genommen und im Tower von London festgesetzt. Am 31. Dezember 1781 wurde er im Austausch gegen die Freilassung von General Cornwallis nach Amerika entlassen.

333 *oungan* und (334) *manbo:* Leitender Priester bzw. Leitende Priesterin einer Voodoo-Gemeinde. (vgl. Astrid Reuter, Voodoo und andere afroamerikanische Religionen, C.H. Beck München 2002)

345 *Hexer in Salem:* 1692 kam es in Village Salem in Neuengland zu Prozessen wegen Hexerei, in deren Verlauf 20 Beschuldigte hingerichtet, 55 Menschen unter Folter zu Falschaussagen gebracht und 150 Verdächtige inhaftiert wurden. Ein Bauer, der während der Verhandlung die Aussage verweigert hatte, wurde deshalb anstatt durch Hängen durch Zerquetschung mit Steinen hingerichtet.

350   *en famille:* (franz.) in der Familie; hier in der Bedeutung »in privatem, familiärem Rahmen«.
357   *ménage à trois:* (franz.) Haushalt zu dritt; Dreiecksbeziehung.
  –   *College Quarter:* Das Universitätsviertel umfasste das Straßenkarree zwischen King und Coming Street sowie Calhoun und George Street.
  –   *Liberal Education:* Im 18. Jh. führte Dr. Simon Felix Gallagher die Tradition des »rigorous scholarship« ein. Die »State Gazette« von South Carolina hob 1790 neben den Kenntnissen der Studenten in Griechisch und Latein besonders deren außerordentliche Fähigkeiten (proficiency) »in liberal arts and sciences« hervor.
358   *Ink, Quills & Parchment:* (engl.) Tinte, Federn und Pergament.
365   *Grosvenor Square:* Adresse im elegantesten Viertel des Londoner West End.
377   *Row:* Eigentlich Rotten Row, Saumpfad am Rande des Hyde Parks, frequentiert von der reitenden High Society Londons.
379   *Provincials:* Man sprach von Provincials, was so viel bedeutet wie Landwehr oder Miliz, im Unterschied zu den Regulars oder den Soldaten der »line«, den ausgebildeten Truppen des Heeres.
  –   *Green Horse:* Im August 1778 wurde die British Legion als gemischte Infanterie- und Kavallerietruppe aufgestellt. Die Legion bekam grüne Röcke, um sie den Queens Dragoons (der British Army) anzupassen. Daher der Name »Green Horse« für die Reitereinheiten der Dragoons.
  –   *Stout:* Englisches Starkbier.
385   *Gulla-Shanty:* Gullah nannte man den Patois der schwarzen Sklaven in den Südstaaten, der in South Carolina umgangssprachlich bis heute gesprochen wird. Shanty kommt von franz. chanter (singen) für Gesang oder Lied.
387   *fünfzehn Knoten:* 1 Knoten (kn), Geschwindigkeit von Schiffen: 1 Seemeile (sm) = 1,85 km pro Stunde.
388   *der Fall hat die Lager verzogen:* Mit Fall bezeichnet man den Neigungswinkel der Masten zum Heck hin; durch die geänderte Symmetrie wird der Segeldruck vermindert.
  –   *Criollo:* (span.) Kreole; Bewohner der iberoamerikanischen Kolonien.
392   *Savile Row:* Für exquisite Herrenschneidereien bekannte Straße in London.
  –   *Inner Temple:* Stadtbezirk in London, benannt nach der Festung des Kreuzritterordens der Templer und der Old Temple Church, eine

oktagonale Kirche aus dem 12. Jahrhundert; traditionellerweise befinden sich in diesem Viertel viele Anwaltskanzleien und Notariate.

393 *der große Brand:* The Great Fire of London (der Große Brand von London) im September 1666.

394 *Barrister:* Rechtsanwalt an den englischen Obergerichten.

401 *das noble Experiment:* »The Noble Experiment«; mit der Gründung der Vereinigten Staaten wurde das staatspolitische Konzept der Aufklärung, nämlich eine Demokratie nach klassischem Vorbild zu etablieren, erstmals erfolgreich umgesetzt.

403 *B.A.:* Abk. für British Army.

408 *den Widerstand der Rebellen zu brechen:* Ab 1779 oblag General Clinton als Commander in Chief die Leitung der Kolonialarmee und des Invasionsheeres in den amerikanischen Provinzen. Weil Clinton nach Jahren ergebnisloser Kampagnen einen Erfolg erzwingen wollte, schickte er Lt.-Gen. Cornwallis mit mehreren Divisionen in den Süden, um von hier ausgehend die Revolte niederzuschlagen.

411 *unser teurer General Wolfe:* General Wolfe besiegte die Franzosen in Kanada; er fiel in der Entscheidungsschlacht und wurde fortan vom englischen Militär als Held verehrt. Sein Tod auf dem Schlachtfeld ist in einem Gemälde von Benjamin West dargestellt. Sein Grabmal befindet sich in der Westminster Cathedral.

414 *laisser-aller:* (franz.) in der Bedeutung »den Dingen ihren Lauf lassen«.

421 *Col. B.A.:* Colonel British Army.

422 *die beste aller möglichen Welten:* Voltaire, Candide, »le meilleur monde de tous les mondes possibles«; in seiner Satire führt Voltaire die Leibniz'sche Philosophie ad absurdum.

424 *viertausend Pfund:* 1 Pfund Sterling hatte im 18. Jh. einen Geldwert von rund 200 Euro. – Williams Einkommen entsprach also etwa heutigen 800 000 Euro.

443 *Nouvelle France:* (franz.) Neufrankreich; die erste Gründung im heutigen Kanada.

461 *Der Urgroßvater des jetzigen Lord DuBreille:* Enguerrand du Braille (1619–1683).

465 *Brown Bess:* Populärer Name des Infanteriegewehrs der British Army, des »British Land Pattern Musket«, das von 1722 bis in die 1860er Jahre durchgängig eingesetzt wurde. Eine Steinschlossmuskete vom Kaliber .75 (oder .71 inches) für Kugeln der Größe 18 mm (undersized). 1768 wurde die »Short Land Musket« (New Pattern) mit einer Länge von 149 cm (58,5 inches) eingeführt,

1771 eine Dragoon-Version mit hölzernem Ladestock. 1790 kam das »Indian Pattern« als wiederum 7,6 cm kürzeres, insgesamt also 140,4 cm langes Infanteriegewehr in den Gebrauch. Da die meisten männlichen Bürger der amerikanischen Kolonien gesetzlich verpflichtet waren, für den Einsatz in der Miliz Waffen zu besitzen, war im amerikanischen Revolutionskrieg die »Brown Bess« Long Land Pattern das von beiden Seiten, Amerikanern wie Briten, üblicherweise benutzte Gewehr.

494 *Spanisch-Florida:* Die spanischen Konquistadoren entdeckten die Halbinsel zu Ostern, auf Spanisch »Pascua Florida«, und nannten das Land darum La Florida.

495 *St. Augustine:* St. Augustine, an der nördlichen Atlantikküste Floridas gelegen, war die erste ständige Siedlung europäischer Einwanderer in Nordamerika. Die Spanier gründeten die Stadt 1556 als befestigten Stützpunkt und Zwischenlager für ihre Handelsgüter aus der Neuen Welt. Von hier fuhren die Schiffskonvois ihrer Gold- und Silbertransporte nach Spanien.

502 *aufgrund eines natürlichen Sinnes für Bewegungsabläufe:* Heute würde man von »motorischer Dynamik« sprechen. Dabei wird Schlagkraft durch koordinierte Bewegung erreicht; die Basis der asiatischen Kampf(sport)-Technik.

507 *Handsome:* (engl.) hübsch, schön; Anrede für eine Person: Du Hübscher!

517 *L'Archange Michel:* (franz.) der Erzengel Michael.

518 *Padre, ayeúdeme, por favor:* (span.) Padre, helfen Sie mir, bitte!

– *Perdone, Padre, no comprendo:* (span.) Verzeihung, Padre, ich verstehe nicht.

– *Il mi nome ... es Miguel:* (span.) Mein Name ... ist Miguel.

519 *OSH:* lat. Kürzel (Ordo Sancti Hieronymi) der Hieronymiten, ein iberischer Orden, 1373 von Papst Gregor XI. zur Regel des Hl. Augustinus und zur Spiritualität des Hl. Hieronymus verpflichtet. Der Orden wurde 1833 aufgelöst und in Portugal völlig ausgelöscht.

530 *freizukaufen:* Durch Bezahlen der Freikaufsumme änderte sich noch nichts am Status der Unfreiheit. Der Eigentümer eines Sklaven musste durch eine offizielle Emanzipationserklärung einwilligen, ihn in die Freiheit zu entlassen.

532 *fast 25.000 Acres:* Eine Fläche von 25.000 Acres entspricht etwa 10.000 Hektar.

– *Old Town Landing:* Hier traf im März 1670 die Carolina mit den ersten Siedlern ein. Der Indianerstamm der Kiawah wies ihnen im großen Mäanderbogen des Ashley River einen Platz für eine Ansiedlung zu.

- *eine Viertelmeile:* Gerechnet wurde in englischen Meilen; 1 Meile (mile) entsprach 1609 Metern. Die Zufahrt nach Hollow Park war demnach etwa 400 Meter lang.

534 *Gründung Charles Towns:* Die Stadt wurde 1670 gegründet und nach dem englischen König Karl II. Charles Town genannt.

535 *Alligatoren hatten ihn halb aufgefressen:* Der Mississippi-Alligator (Alligator mississippiensis) lebt im Südosten der USA in einem Verbreitungsgebiet von North Carolina über Florida und Louisiana bis Texas. Die fast schwarzen Alligatoren werden dreieinhalb bis vier, manchmal bis zu sechs Meter lang und bevorzugen langsam fließende Süßwasserflüsse, Sümpfe, Marschland und Seen.

- *Rasenterrassen:* Das Vorbild für die Rasenterrassen von Hollow Park befindet sich auf der Plantage Middleton Place am Ashley River.

556 *Elverkonge:* Name des Elfenkönigs, ursprünglich eine Gestalt aus der dänischen Sagenwelt; im Englischen Elverking oder Elvking. Im Deutschen als Erlkönig bekannt nach dem Gedicht von Johann Wolfgang von Goethe.

560 *Erlkönig:* Gemeint ist die Figur der nordischen Volksmärchen um den Mythos des Elfenkönigs. Die Ballade »Der Erlkönig« von Goethe entstand 1782, das Thema wurde den Volksmärchen um die Sagengestalt des Elverkonge, des Elfenkönigs, entlehnt.

577 *einen klagenden Gottesruf:* In Anlehnung an das Wort »Gospell«, altenglisch für »Evangelium« (god = gut, spel = Nachricht). Erst Ende des 19. Jh.s wurde mit Gospel die afroamerikanische Kirchenchormusik benannt.

596 *als Hexe auf dem Scheiterhaufen verbrannt:* 1769 wurde im Work House von Charles Town ein Sklave namens Liverpool mit seiner Frau unter dem Vorwurf, ein weißes Kind vergiftet zu haben, bei lebendigem Leibe verbrannt. (vgl. Edward Ball, Slaves in the Family, Farrar Straus & Giroux New York 1998)

626 *nach dem ersten Gottesdienst:* Der erste Sonntagsgottesdienst wurde am Samstagnachmittag um 15 Uhr, dem liturgischen Beginn des Sonntags, gehalten.

628 *neuer, zweckmäßiger Wohnhäuser:* Sog. Single Houses; nur ein Zimmer breite, zweistöckige Häuser.

649 *General des spanischen Ordens:* Die Jesuiten nannten ihre obersten Ordensgeistlichen Generäle.

652 *Levadas:* Drainagekanäle, die das Quellwasser aus den Bergen Madeiras zur Bewässerung der Agrarflächen und als Trinkwasser in die Ortschaften leiten. Insgesamt wurden seit 1461 über 2000 km dieser Kanäle angelegt. (vgl. John and Susan Farrow, Madeira, The Complete Guide, Robert Hale London 1990)

654 *Indentur:* Der englische Begriff Indentur leitet sich vom mittelenglischen/lateinischen Begriff »indenture of retainer« ab: ein Vertrag in doppelter Ausführung auf demselben Blatt Papier, wobei die beiden Kopien im Zickzackmuster auseinandergeschnitten wurden. Wegen des daraus entstehenden Zahnmusters (indenture) konnten die beiden Teile später zusammengelegt werden. Mit der Übereinstimmung sollte die Echtheit der Urkunden bestätigt werden können. Die englischen Siedler des ausgehenden 17. Jh.s erhielten für jeden Kontraktknecht, den sie ins Land mitbrachten, das Anrecht auf 60 Hektar Land.

656 *Edinburgh Hotel:* Anachronismus; Mitte des 19. Jh.s eröffnete der Schotte William Reid das »Royal Edinburgh Hotel« in Funchal (vormals Quinta das Fontes). Später baute er über dem Riberio Seco im Westen Funchals das weltberühmte Luxushotel »Reid's Palace«. (vgl. John and Susan Farrow, Madeira, The Complete Guide, Robert Hale London 1990)

658 *Le Havre-de-Grace:* Das heutige Le Havre in der Normandie.

661 *Hängematten:* Üblicherweise gab es nur auf Kriegsschiffen Hängematten. Hier wurde ein Frachtraum für den Transport von Indenturknechten umfunktioniert; da es keine Kojen gab, bekamen sie Hängematten.

665 *Provinzler:* In der englischen Bedeutung von »Provincials« für Männer der Landwehr oder Miliz, im Unterschied zu Regulars, den ausgebildeten Soldaten des Heeres.

– *wer Krieg führt, muss zur Anwendung äußerster Gewalt bereit sein:* Anachronismus; Clausewitz formulierte diese Prämisse erstmals 1832 in seiner philosophischen Abhandlung »Vom Kriege«. (vgl. Carl von Clausewitz, Vom Kriege, Insel Verlag Frankfurt am Main/Leipzig 2005)

667 *Landwehr:* Im Amerikanischen heißen die (freiwilligen) Kämpfer der Landwehr »volunteers«. Im Deutschen bezeichnet »Freiwilliger« einen Soldaten, der sich freiwillig zum Kriegsdienst bzw. Wehrdienst verpflichtet, um Seite an Seite mit den »unfreiwillig« dienstverpflichteten Soldaten in denselben Einheiten zu dienen. Der »volunteer« entscheidet über das Ob und das Wie seines Ein-

satzes im Krieg; dagegen muss sich ein »Freiwilliger« (Soldat) dem Vorgehen (Wie) seiner Einheit anschließen.
668 *Naturrecht:* Diesem Begriff der Aufklärung kommt der heutige »Menschenrechte« am nächsten.
670 *Konstellation:* Sternbilder.
– *Großluk:* Die Tür zum Hauptniedergang des Schiffs vor dem Großmast.
– *Niedergang:* Leiter (oder Treppenschacht) in Schiffen, die die einzelnen Decks miteinander verbindet.
– *Last:* Der Frachtraum eines Schiffes über dem Kiel.
– *Back:* Aufbau auf dem Vorschiff; auch der Essbereich der Mannschaften (Backschaften) oder einfach der Tisch.
671 *Freiwache:* Der Teil der Mannschaft, der keinen Dienst tut. Bei Schiffen der Handelsklasse gab es in der Regel die Einteilung in zwei Wachen, die Steuerbord- und die Backbordwache. In dem Falle war jeweils die Hälfte der Mannschaft in Freiwache. Da gegebenenfalls nachts nur eine reduzierte Fahrwache Dienst hatte, konnten auch zwei Drittel der Mannschaft in Freiwache sein.
681 *Pues nada!:* (span.) Also gut! Na dann!
687 *Marrane:* In Spanien lebende Juden, die sich nach der »Reconquista« taufen ließen, um nicht von den katholischen Kastiliern verfolgt zu werden.
688 *eine moralische Romanze über Glücksspiel und Liebe:* Was William als Theaterstück beschreibt, hat sich in Wirklichkeit im London der 1780er Jahre zugetragen. Hauptakteur der galanten Wette war der hier bereits öfter erwähnte Lt.-Col. Banastre Tarleton, der sich nach der Rückkehr aus dem Revolutionskrieg dem Glücksspiel ergab und im Zuge dessen die besagte Wette einging und eine ehemalige Maitresse des Prince of Wales eroberte, die schöne und kluge Perdita. Die wechselhafte Beziehung Tarletons zu der Schauspielerin und Schriftstellerin Perdita Robinson währte insgesamt fünfzehn Jahre, sie lieferte Stoff für manchen Skandal und war ein dauerhaftes Thema des Londoner Gesellschaftsklatsches. Tarleton verließ Perdita schließlich, um eine adlige Erbin zu heiraten, die fast dreißig Jahre jünger war als er und deren Vermögen ihm endlich den Lebensstil ermöglichte, den er für seine kostspieligen Neigungen benötigte. Seine Frau verehrte ihn über seinen Tod hinaus und ließ ihm ein prunkvolles Grabmal errichten. Ihre Ehe blieb kinderlos. (vgl. Robert Bass, The Green Dragoon, Henry Holt & Company New York 1957)

690 *durch einen schnellen Truppenabzug die Normalität wiederherzustellen:* Was William beschreibt, entspricht der Powell-Doktrin. William Powell, der Oberbefehlshaber der US-Streitkräfte im Irak, hatte diese Strategie im Zweiten Golfkrieg 1990/91 vertreten (Operation Desert Storm).

708 *Der Archipel von Bermuda:* Bermuda liegt bei 32°20' nördlicher Breite und 64°45' westlicher Länge. Mit Gründung von St. George 1612 begann die sukzessive Inbesitznahme des Archipels durch englische Kolonisten, landhungrige Habenichtse und missionarische Weltverbesserer. Man brachte Gefangene, Sklaven und Indianer auf die Inseln. Ein Eintrag zur ersten Lieferung von Sklaven in der Chronik von St. George aus dem Jahre 1616 besagte, nun sei die Inselgruppe »zivilisiert«. Es gab keine Süßwasserquellen, die Menschen fingen Regenwasser auf und speicherten es in unterirdischen Zisternen. Das wertvolle Trinkwasser war das wichtigste Handelsgut für vorbeikommende Schiffe; der Preis pro Gallon-Fass (etwa 4,5 Liter) Frischwasser wurde vom Gouverneur festgesetzt.

711 *Glasen:* Zeitangaben auf Schiffen; das Stundenglas wurde umgedreht, die Glocke geläutet.

745 *Lebensbaum:* Life Oak oder Steineiche, ein großer immergrüner Laubbaum mit seitlich ausgreifenden Ästen, der in den Südstaaten der USA typischerweise von Bartflechten überwuchert wird.

759 *aus den westlichen Territorien:* (engl.) Territories; die nicht besiedelten Gebiete westlich der sog. Frontier, der Grenze zum Indianerland.

761 *Remonte:* Hier: das Zureiten eines Pferdes.

773 *eintausend Pfund:* 1 Pfund Sterling hatte im 18. Jh. den Geldwert von rund 200 Euro; die Kautionssumme entsprach also etwa heutigen 200 000 Euro.

774 *M.D., F.R.S.:* (lat.) Medicinae Doctor (Doktor der Medizin), Fellow of the Royal Society (Mitglied der Royal Society).

852 *dass er sterblich sei:* (lat.) memento mori: »Bedenke, dass du sterblich bist!«

Nachwort

Die Geschichte der Amerikanischen Revolution führte mich nach South Carolina, Erzählungen aus dieser bewegten Zeit brachten mir die historischen Orte und literarischen Plätze nahe, die den Rahmen schufen für den Roman ›Die Plantage‹. Die Handlung der Geschichte ist zwar fiktional, doch fand ich Inspiration für meine Charaktere in der Literatur des 18. Jahrhunderts, in Biographien und neueren Beschreibungen der vielschichtigen Gesellschaft, die sich damals im Süden der Vereinigten Staaten etablierte. Besonders erwähnen möchte ich folgende Bücher:

Robert Duncan Bass, The Green Dragoon, The Lives of Banastre Tarleton and Mary Robinson, Henry Holt & Company New York 1957

Walter J. Fraser Jr., Charleston! Charleston! The History of a Southern City, University of South Carolina Press Columbia 1991

Edward Ball, Slaves in the Familiy, Farrar Straus & Giroux New York 1998

Joseph J. Ellis, Founding Brothers, The Revolutionary Generation, Alfred A. Knopf New York 2002

Astrid Reuter, Voodoo und andere afroamerikanische Religionen, C.H. Beck München 2003

Gordon S. Wood, The Americanization of Benjamin Franklin, The Penguin Press New York 2004

Catherine Tarley, September 2012